London
Finisterre
Madrid
Azoren
Sevilla
Cádiz
Teneriffa
Kapverden
Guinea
Sierra Leone

Rebecca Gablé

Der Palast der Meere

Weitere Titel der Autorin:

Das Lächeln der Fortuna
Das zweite Königreich
Der König der purpurnen Stadt
Die Siedler von Catan
Die Hüter der Rose
Das Spiel der Könige
Hiobs Brüder
Der dunkle Thron
Das Haupt der Welt

Von Ratlosen und Löwenherzen

Titel in der Regel auch als Hörbuch und E-Book erhältlich

REBECCA GABLÉ

DER PALAST DER MEERE

Ein Waringham-Roman

LÜBBE EHRENWIRTH

MIX
Papier aus verantwortungsvollen Quellen
FSC
www.fsc.org
FSC® C083411

Dieser Titel ist auch als Hörbuch und E-Book erschienen

Originalausgabe

Dieses Werk wurde vermittelt durch die
Michael Meller Literary Agency GmbH, München

Lektorat: Karin Schmidt
Umschlaggestaltung: Johannes Wiebel, punchdesign, München
Umschlagmotiv: The Mariners Mirror, titlepage (colour engraving), Bry, Theodore de (1528-98) / National Maritime Museum, London, UK / Bridgeman Images
Satz: Dörlemann Satz, Lemförde
Innenillustrationen: Jürgen Speh, Deckenpfronn
Vorsatzkarte: Jürgen Speh, Deckenpfronn
Gesetzt aus der Aldus
Druck und Einband: CPI books GmbH, Leck – Germany

Printed in Germany
ISBN 978-3-431-03926-9

5 4 3 2 1

Sie finden uns im Internet unter: www.luebbe.de
Bitte beachten Sie auch: www.lesejury.de

Im Gedenken an
Stefan Lübbe

Like as the waves make towards the pebbled shore,
So do our minutes hasten to their end.
Each changing place with that which goes before,
In sequent toil all forwards do contend.

William Shakespeare

Dramatis Personae

Es folgt eine Aufstellung der wichtigsten Figuren, wobei die historischen Personen mit einem * gekennzeichnet sind.

Waringham

Isaac of Waringham
Eleanor of Waringham, seine ältere Schwester, das »Auge der Königin«
Isabella of Waringham, seine jüngere Schwester
Francis, Earl of Waringham, sein älterer Bruder
Millicent Howard, Francis' Gemahlin
Lappidot, Adah und Zillah, ihre Kinder
Abigail Wheeler, eine büchersüchtige Magd
John Harrison, ein entfernter Cousin und Arzt in London
Marian Edmundson, noch ein entfernter Cousin, Abenteurer zur See

Hof und Adel

Elizabeth I. *, Königin von England
Robert »Robin« Dudley*, Earl of Leicester
William Cecil*, Secretary of State, Baron Burghley
Katherine Knollys*, offiziell Elizabeths Cousine, wahrscheinlich aber ihre Halbschwester, Hofdame
Francis Knollys*, ihr Gemahl
Laetitia »Lettice« Knollys*, ihre Tochter
Henry Carey*, Baron Hunsdon, Lady Katherines Bruder
Lady Mary Sidney*, Robin Dudleys Schwester, Hofdame

Katherine Grey*, Elizabeths Cousine, eine gefallene Hofdame
Burchard Kranich*, alias Doktor Burcot, Alchemist, Betrüger und Heiler
Thomas Tallis*, Musiker der Chapel Royal und Papist
Francis Walsingham*, Diplomat, Meisterspion, Secretary of State
Mahalath of Helmsby, eine papistische Hofdame
Jeremy und Jethro Andrews, *Gentlemen Pensioners* und Eleanors Schatten
Richard Topcliffe*, ein Ungeheuer
Sir Amyas Paulet*, Diplomat und Verwahrer der schottischen Königin
Sir Walter Raleigh*, Favorit der Königin, Soldat, Entdecker und Poet
Gilbert Gifford*, Doppelagent
Anthony Babington*, Verschwörer und potenzieller Königinnenmörder
John Ballard*, Jesuit und Mitverschwörer

Londoner Unterwelt

Gabriel Durham, der König der Diebe
Lewis Draper, sein Bruder
Rosalin Durham, ihre Mutter
Ben Ruby, »der Totengräber«, Gabriels Statthalter
Lancelot, Meister der »Seven Sisters«
Andrew Basset, Meister der »Merry Minstrels«
Ned Willcox, Meister der »Red Slayers«

Schotten

Mary Stewart*, Königin von Schottland
Henry Stewart*, Lord Darnley, ihr 2. Gemahl
James Hepburn*, Earl of Bothwell, ihr 3. Gemahl
Sir Graham Douglas, ein Highlander

Seefahrer und Piraten

John Hawkins*, Freibeuter, Treasurer der Admiralität
Francis Drake*, sein Cousin, Freibeuter und Weltumsegler
Robert Barrett*, Kommandant der *Jesus of Lübeck*
William Boroughs*, Kommandant der *Golden Lion*
Charles Howard of Eppingham*, Lord High Admiral
Martin Frobisher*, Freibeuter und Vizeadmiral

Spanier

Álvaro de la Quadra*, Bischof von Aquila, der spanische Gesandte am englischen Hof
Pedro Soler*, Zuckerpflanzer auf Teneriffa
Padre Pedro Soler*, sein Sohn
Fernando, sein weniger heiliger Sohn
Clara, seine Tochter
Tomás, ein Guanche, der eigentlich Arafo heißt und auch gar kein Spanier ist
Miguel de Castellanos*, Kommandant von Rio de la Hacha
Martín Enríquez de Almanza*, Vizekönig von Neuspanien
Baltasar de Escobar, Zuckerpflanzer und Goldschmuggler
José de Velasco, korrupter Gouverneur von Panamá
Alejandro Farnesio*, Herzog von Parma, Gouverneur der Spanischen Niederlande
Alonso Pérez de Guzmán*, Herzog von Medina Sidonia, Kommandant der spanischen Armada

ERSTER TEIL
1560–1563

»Einer Frau die Regentschaft, Souveränität oder Herrschaft über ein Reich, eine Nation oder eine Stadt anzuvertrauen ist wider die Natur, anmaßend gegen Gott, ein Verstoß gegen seinen offenbarten Willen und seine Gebote, und schließlich ist es eine Untergrabung jeder guten Ordnung und Gerechtigkeit.«

John Knox: *Der erste Trompetenstoß wider die abscheuliche Herrschaft der Frauen* (1558)

London, März 1560

»Das Eisen ist heiß«, sagte der Constable, und das Funkeln in den Augen verriet seine freudige Erwartung.

»Hier ist ein Mann, der seine wahre Bestimmung gefunden hat«, murmelte Isaac.

»Halt lieber die Klappe«, warnte die Marktfrau, die in der dicht gedrängten Menge neben ihm stand.

Der Constable legte die Hand um den hölzernen Griff des langen Brandeisens, das in einem Kohlebecken zu seiner Linken lag, hob es hoch und zeigte den Zuschauern das rot glühende »M«. Ein beifälliges Raunen ging durch die Menge.

Die junge Frau am Pranger fing an zu schluchzen. Sie stand in unwürdiger Haltung leicht vorgebeugt, Hals und Handgelenke steckten in den dafür vorgesehenen Löchern. Ihr ohnehin schmuddeliges Kleid war mit Flecken übersät, wo die Dreckfladen und sonstigen Wurfgeschosse der Umstehenden sie getroffen hatten, die vornehmlich auf ihr schmales Hinterteil gezielt zu haben schienen.

Der Constable trat vor die arme Sünderin und strich ihr mit der linken Hand das Haar zurück; es wirkte geradezu zärtlich. Sie hatte die Augen zugekniffen, und so sah sie nicht, wie er das Eisen hob. Ohne jedes Zögern und zielsicher drückte er es ihr mitten auf die Stirn. Das glühende Eisen zischte auf der Haut, ein dunkler Rauchkringel stieg auf, und die Verurteilte stieß einen langgezogenen Schrei aus.

Die Schaulustigen applaudierten und johlten – weil der Gerechtigkeit Genüge getan war oder weil sie sich gut unterhalten fühlten, Isaac wusste es nicht.

»Das war's. Deine zwei Stunden sind um, Mädchen«, sagte der Constable und zwickte sie augenzwinkernd in die linke Brust, ehe er den Bolzen zurückzog und die schwere hölzerne Zwinge aufklappte. »Und jetzt hör schon auf zu flennen. Wir hätten dir auch ein Ohr abschneiden können. Verdient hättest du's allemal.«

Die Leute von Cheapside begannen, sich zu zerstreuen und kehrten zu ihren Marktständen, Läden und Werkstätten zurück.

Nur die junge Frau am Pranger rührte sich nicht.

»Was ist?«, schnauzte der Constable. »Willst du noch ein Stündchen länger bleiben?«

Sie richtete sich langsam auf, presste den Handrücken vor den Mund, um ihr Schluchzen zu unterdrücken, und torkelte nach links, gefährlich nah an den Rand der erhöhten Plattform.

Isaac stieg die fünf Stufen hinauf und nahm ihren Ellbogen. »Komm, Sarah.«

Ruckartig drehte sie den Kopf weg, damit er ihr Brandmal nicht sah. »Mir ist so schlecht ...«, flüsterte sie.

»Das wird wieder«, entgegnete er und gab sich Mühe, unbekümmert zu klingen. »Jetzt lass uns erst einmal von hier verschwinden.«

»Ihr solltet Euch nicht mit so einer abgeben«, belehrte der Constable ihn streng. »Was hat ein feiner junger Gentleman wie Ihr mit einem durchtriebenen Luder wie der da zu schaffen?«

»Sie ist meine Braut«, gab Isaac zurück. »Wir wurden einander versprochen, ehe ihr Vater Opfer einer papistischen Verschwörung wurde und verarmte, sodass sie sich als Küchenmagd verdingen musste.«

Es war gelogen, aber der Constable starrte ihn verdattert an und kam gar nicht auf die Idee, diese wilde Geschichte anzuzweifeln. Isaac war ein hervorragender Lügner. Es war nichts, worauf er sonderlich stolz war, aber in einer Stadt wie dieser hatte eine solche Gabe durchaus ihre Vorzüge.

Mit einem Kopfschütteln wandte der Ordnungshüter sich ab, winkte seine beiden Büttel herbei und bedeutete ihnen, Kohlebecken und Brandeisen wegzutragen.

Sarah zitterte am ganzen Leib. Das war der Schock, nahm Isaac an. Oder womöglich auch die Kälte. Die Märzsonne, die fahl durch dünne Schleierwolken schien, hatte noch nicht viel Kraft. Falls Sarah vor ihrer Bestrafung Schuhe und Mantel besessen hatte, waren sie im Gefängnis abhandengekommen. Das dünne Kleid war kein ausreichender Schutz gegen den ruppigen Wind, der zwischen den dicht gedrängten Häusern auf der West Cheap entlangwehte.

Aber Isaac hatte seinen eigenen Umhang zu Hause vergessen wie so oft und konnte ihr deshalb nur seinen Arm anbieten. Das Mädchen stützte sich darauf und ließ sich von der Plattform helfen, das Gesicht immer noch abgewandt.

Sie gingen ein Stück die belebte Straße entlang, wo die Marktweiber, Krämersfrauen und Dienstmägde, die ihre Einkäufe erledigten, dem seltsamen Paar mit finsteren Blicken folgten oder sogar die Faust schüttelten. Dann bogen Isaac und Sarah in die Bread Street ein. Hier wurden die Häuser allmählich größer und vornehmer, und es herrschte weniger Betrieb.

An der Kirchhofmauer von All Hallows hielt Sarah an, ließ Isaac los und lehnte sich an das schmiedeeiserne Tor. »Wo willst du mich hinbringen?«, fragte sie. Ihre Stimme klang dünn.

»Keine Ahnung«, gestand er achselzuckend. »Erst mal nur weg von dort.« Er schaute sie an. Jetzt hielt sie den Kopf gesenkt, aber er konnte das rot glänzende Zeichen auf ihrer Stirn trotzdem sehen. Jeder konnte es sehen – das war ja der Sinn der Sache. »Wo … kannst du denn hin?«

»Nirgends.«

Er lehnte sich neben ihr an die hüfthohe Mauer. »Was hast du angestellt?«

Sie brauchte ein Weilchen, ehe sie es fertigbrachte, ihm zu antworten. »Ich … ich hab die Audleys vergiftet. Meine Herrschaft.«

Er zog scharf die Luft durch die Zähne. »Süßer Jesus … Dafür hätten sie dich auch in siedendem Öl kochen können.«

»Die Audleys sind aber doch nicht gestorben.«

»Trotzdem.«

»Ja, ich weiß.« Sie schwieg einen Moment. Als sie wieder sprach, klang ihre Stimme bitter: »Ich wollte sie gar nicht umbringen. Sie sollten sich nur mal ein paar Tage so richtig elend fühlen. So wie ich und alle anderen, die für sie schuften müssen.«

»Und? Hat es geklappt?« Isaac konnte ein Grinsen nicht ganz unterdrücken.

Sarah nickte. »Aber das war nicht wert, mein Leben zu ruinieren. Ich hätte nie gedacht, dass sie mir auf die Schliche kommen. Vermutlich hat einer der anderen Dienstboten mich beobachtet und dann angeschwärzt. Der Kammerdiener, schätze ich. Und jetzt … jetzt weiß ich überhaupt nicht, was aus mir werden soll, Isaac.«

Mit einem Mal überwand sie ihre Scham und hob den Kopf. Das Brandmal auf der Stirn sprang ihn regelrecht an. Es würde natürlich verheilen und verblassen. Aber keine Haube würde es jemals vollständig verdecken, dafür war es zu groß. Von heute an würde jeder, der Sarah sah, auf den ersten Blick wissen, dass sie irgendetwas Abscheuliches ausgefressen hatte, denn das »M« stand für »Missetäter«. Sie würde nie wieder anständige Arbeit finden, egal, wohin sie ging.

Isaac griff nach seiner Börse. Sie war beklagenswert leicht, doch als er den Inhalt in die Linke schüttete, sah er, dass es immerhin fast zwei Schilling waren, die er bei sich trug. Er nahm Sarahs schwielige Hand. Ihre Nägel waren ganz abgekaut. Das hatte sie als kleines Mädchen schon gemacht, als sie in die Krippe gekommen war, erinnerte er sich. Ein Waisenkind von Königin Marys Gnaden …

Isaac ließ die Pennys in ihre Hand klimpern. »Hier.«

»Das kann ich nicht annehmen«, protestierte sie halbherzig, während ihre Faust sich schon um die Münzen schloss.

Er winkte ab. »Schon gut. Morgen ist Sonnabend, da verdiene ich immer gut.«

»Womit?«, fragte sie.

»Beim Pferderennen in Mile End.«

»Du wettest?« Ihr missfälliger Tonfall war schon irgendwie drollig, so in Kombination mit dem Brandmal auf der Stirn, aber er nahm Abstand davon, sie darauf hinzuweisen.

Er schüttelte den Kopf. »Ich reite. Die Londoner Gentlemen

lassen es sich etwas kosten, wenn ihre Gäule ein Rennen gewinnen.« Er verschwieg, dass er seinen Lohn gelegentlich gleich wieder verlor – beim Hahnenkampf oder bei der Bärenhatz, auf die er leidenschaftlich wettete.

Sie waren an der Einmündung zur Thames Street angelangt, wo wie üblich ein hektisches Durcheinander herrschte: Fuhrwerke, Reiter, Kutschen und Fußgänger drängten sich auf der Straße in beide Richtungen, und da nie irgendwer Platz machte, waren alle sich gegenseitig im Weg. Ein jeder war in Eile, doch viele fanden einen Moment Zeit, um die junge Küchenmagd mit dem frischen Brandmal auf der Stirn zu begaffen. Zwei Handwerksburschen in Lederschürzen spuckten auf die Straße, kaum dass sie sie passiert hatten.

Sarah war stehengeblieben und starrte furchtsam auf das Gewimmel, so als sei sie erst gestern vom Lande gekommen und nicht in Sichtweite von St. Paul aufgewachsen.

»Isaac, was … was soll ich nur tun?« Sie war bleich, ihr vormals hübsches Gesicht wirkte eigentümlich starr, und sie sah aus, als hätte sie die Zähne zusammengebissen. Sicher schmerzte die Brandwunde höllisch. Doch was ihr vor allem zu schaffen machte, war die Furcht. »Es wird bald dunkel. Ich … ich weiß nicht, wo ich hin soll.«

Isaac schämte sich ein wenig dafür, dass er ein Zuhause hatte, wohin er gehen konnte, ganz gleich, was er angestellt hatte. Das Willkommen dort war vielleicht nicht immer besonders herzlich, doch die Tür stand ihm stets offen. Und er wusste, was für ein Luxus das war. »Kennst du das Savoy?«, fragte er.

»Du meinst die Ruine draußen vor der Stadt? Wo die Beutelschneider und Straßenräuber und solches Gesindel hausen?«

»Hauptsächlich Bettler«, widersprach er. »Vielleicht auch ein paar Langfinger und Huren, aber sie sind harmlos. Es gibt schlimmere Orte, wo du landen könntest.«

»Weil ich jetzt selbst zum Gesindel zähle«, sagte sie leise. Es klang fassungslos.

Er hob kurz die Schultern und nickte. Man konnte es drehen und wenden, wie man wollte, die Tatsache blieb, dass sie ihrer

Herrschaft Gift ins Essen gemischt hatte. Er wusste, dass das Leben Sarah immer ziemlich herumgestoßen hatte. Aber das ging vielen so, ganz besonders in dieser Stadt. Nicht alle nahmen das indes zum Vorwand, das Gesetz zu brechen. Wer es tat, musste sich über sein Risiko im Klaren sein.

»Im Savoy gibt es einen Kerl mit einem Holzbein. Er ist ein Schwindler, verstehst du. Er bindet sich das gesunde Bein hoch und schnallt sein Holzbein an, um beim Betteln mehr Mitgefühl zu wecken. Darum nennen sie ihn Harry Dreibein. Geh zu ihm und bestell ihm einen Gruß von mir. Er wird dir weiterhelfen.«

»Woher kennst du solche Leute nur?«, fragte Sarah.

»Das willst du nicht wissen«, erwiderte er lächelnd, beugte sich vor und küsste sie auf die Wange. »Viel Glück, Sarah.«

Es dämmerte schon, als er die stattliche Kaufmannsvilla an der Ropery erreichte, und das Tor war verschlossen. Isaac klopfte vernehmlich an die Pforte, die in den rechten der beiden Flügel eingelassen war, und nach wenigen Augenblicken öffnete ihm der Diener, der die Pförtnerkate bewohnte.

»Danke, Hugh.« Isaac trat über die Schwelle.

Hugh nickte, biss von der Fleischpastete ab, die er in der Hand hielt, und bemerkte kauend: »Wo wart Ihr denn nur wieder? Euer Onkel ist in Sorge.«

»Oh, wunderbar«, murmelte Isaac vor sich hin. Er wusste, ›Euer Onkel ist in Sorge‹ war Hughs Ausdruck für ›Du steckst in Schwierigkeiten‹. »Wieso ist er nicht im Gildehaus oder beim Lord Mayor oder wo immer die Aldermen sich sonst treffen, um die Geschicke der Stadt zu lenken?«

»Woher soll ich das wissen?«, gab Hugh achselzuckend zurück. »Alles, was ich Euch sagen kann, ist, dass heute Mittag ein Bote aus Waringham gekommen ist, und kurz darauf schickte Euer Onkel ein paar Leute aus, Euch zu suchen. Ohne Erfolg, natürlich, weil Ihr wieder einmal nicht dort wart, wo Ihr sein solltet.«

Isaac antwortete nicht. *Waringham*. Nichts vermochte ihm so abrupt Bauchschmerzen zu verursachen wie dieser Name. Ein Bote. Und eine Suchmannschaft. Einen Moment lang konnte er sich nicht rühren, dann wandte er den Kopf und schaute zum Tor.

Doch Hugh hatte die Pforte verschlossen und befestigte den Schlüssel mit einer vielsagenden Geste am Gürtel. »Denkt nicht mal dran«, knurrte er.

Isaac zwang seine Füße, sich zu bewegen, ließ Hugh grußlos stehen und wandte sich nach rechts, wo das vornehme Wohnhaus seines Onkels stand. Warmes Licht fiel aus den Fenstern der Halle, flackerte dann und wann, als zwinkere es ihm zu. Es tat anheimelnd, dieses Licht, aber er wusste, es lockte ihn in irgendeine Katastrophe.

Wütend stieß er die unverschlossene Haustür mit der flachen Hand auf und stieg die Treppe zur Halle hinauf. Beinah beeilte er sich, weil er es hinter sich bringen wollte.

Durch die offene Tür trat er in den hell erleuchteten Raum mit den weinroten Seidentapeten. Seine Tante und sein Onkel saßen mit ihrem Sohn und einem Fremden am Tisch, aber ehe Isaac sie begrüßen konnte, löste sich etwas wie eine Kanonenkugel in einem grünen Kleid vom Fenstersitz und flog auf ihn zu, und im nächsten Moment klammerten sich zwei Arme um seinen Hals. »Isaac …« Es war ein tonloses Flüstern. »Gott sei Dank.«

»Isabella.« Er strich seiner Schwester ein wenig unbeholfen über den Rücken und drückte die Lippen auf ihren dunklen Schopf. Sie rührte sich nicht, lockerte auch ihren Klammergriff nicht. Ihr Gesicht war an seinem Hals vergraben, und er fühlte eine warme Nässe. Er hielt seine Schwester fest und kniff einen Moment die Augen zu. Isabella war der einzige Mensch auf der Welt, den Isaac vorbehaltlos liebte. Bei allen anderen hatte er oft Zweifel. Weil sie es nicht verdienten oder weil so schöne Gefühle nicht gerade seine starke Seite waren. Aber seine kleine Schwester liebte er unerschütterlich, bedingungslos und abgöttisch, und wenn sie traurig war oder gar weinte, wankte die Erde unter seinen Füßen.

»Was ist passiert?«

»Vielleicht hättest du die Güte, dich zu uns zu gesellen, Isaac, wo Gott schon ein Wunder gewirkt und dich nach Hause geführt hat«, lud sein Onkel Philipp ihn ein. Es war der übliche, schneidende Tonfall, diese »Was habe ich nur verbrochen, dass ich mit dir geschlagen bin«-Stimme, doch heute klang sie seltsam matt.

Isaac befreite sich behutsam aus Isabellas Umklammerung und sah ihr in die kornblumenblauen Augen. Er nahm ihre Hand und führte sie zum Tisch. Seine Tante Laura saß neben ihrem Gemahl auf einem der Brokatsessel, kerzengerade und elegant – die perfekte Dame in jeder Lebenslage. Aber auch ihre Augen waren gerötet, so als hätte sie geweint. Und von dem Ausdruck, mit dem sie ihn anschaute, wurde ihm sterbenselend: liebevoll und … mitfühlend.

Ihr Sohn Cecil saß ihr gegenüber und wünschte sich offenbar meilenweit fort, und der Mann neben ihm, den Isaac zuerst nicht erkannt hatte, war der Sohn des Stewards von Waringham.

»Jasper …«

»Isaac.«

»Also?« Isaac setzte sich neben ihn und zog Isabella auf den freien Stuhl an seiner Seite, weil er sie in seiner Nähe haben wollte.

Einen furchtbaren Moment lang sprach niemand. So als hätten sie sich alle verschworen, ihn weiter auf die Folter zu spannen.

Dann rührte sich Jasper und sagte: »In Waringham sind die Pocken ausgebrochen. Dein Neffe Lappidot ist krank. Er … Womöglich kommt er durch, es ist noch zu früh, um sicher zu sein. Aber … er hat sein Augenlicht verloren.« Jasper hatte offensichtlich Mühe, so ruhig und nüchtern fortzufahren, wie er begonnen hatte.

Isaac wollte schlucken und konnte nicht. Blind. Lappidot war sechs Jahre alt. Und blind.

Jasper sah ihm ins Gesicht. »Dein Bruder sagt, du musst nach Hause kommen.«

Das war das Letzte, wirklich das Allerletzte auf der Welt, was Isaac wollte. Mein Zuhause ist *hier*, hätte er einwenden können, aber er wusste, es würde nichts nützen.

»Was könnte ich denn tun?«, fragte er – eine erbärmliche Abwehr.

»Etwas völlig Neues, Isaac«, gab sein Onkel zurück, verschränkte die beringten Finger auf dem Tisch und beugte sich leicht vor. »Etwas, womit du noch keinerlei Erfahrung hast: Du könntest Verantwortung übernehmen und die Belange deiner Familie ausnahmsweise einmal über deine Wünsche stellen.«

»Ja, das klingt großartig, Sir«, konterte Isaac. »Ich wette, ich wäre eine richtig große Hilfe. Wer weiß, vielleicht kann Lappidot ja wieder sehen, wenn ich ihm die Hand auflege.«

»Du gottloses Schandmaul, wenn du …«, fuhr Master Durham auf, doch seine Gemahlin unterbrach ihn:

»Philipp, bitte. Es ist niemandem damit gedient, wenn ihr wieder streitet.«

Der mächtige Kaufherr mäßigte sich. Es kostete ihn sichtlich Mühe, aber es gab praktisch nichts, was er seiner Frau abschlug. Das hieß indes nicht, dass er schon fertig mit seinem missratenen Neffen war: »Wo hast du wieder gesteckt?«

»Gott, muss das wirklich jetzt sein?«, gab Isaac zurück, wandte sich an den Boten aus Waringham und fragte: »Wer ist sonst noch krank? Ist es schlimm?«

Jasper Pembroke nickte. »Bislang niemand sonst von eurer Familie. Meine Eltern und Geschwister sind auch noch gesund, aber meinen Onkel, den Stallmeister, hat es erwischt. Im Gestüt ist es am schlimmsten.«

Master Durham erhob sich. »Isaac, ich rede mit dir. Würdest du mich gütigst nicht ignorieren wie eine vorlaute Dienstmagd?«

Unwillig sah der junge Mann ihn wieder an. »Sir.« Er dachte nicht daran, sich zu entschuldigen.

»Ich wähnte dich in der Krippe.«

»Ich war auch dort, aber …«

»Deine Ausreden interessieren mich nicht«, fiel sein Onkel ihm ins Wort. Das machte er gern, war aber jedes Mal empört, wenn Isaac es tat. »Lass mich dich daran erinnern, wie es war, mein Junge: Du hast in der Nacht vor Aschermittwoch an der Bankside – wo du überhaupt nichts verloren hattest – eine Wirtshausschlägerei angezettelt und bist wegen Ruhestörung und ungebührlichen Betragens vor dem Richter gelandet. Ich unbelehrbarer Tor habe dein Bußgeld bezahlt – nicht zum ersten Mal –, und du hast eingewilligt, während der Fastenzeit in der Krippe zu arbeiten, um mich zu entschädigen. Weißt du überhaupt, was ein Ehrenwort ist? Bist du in der Lage, zu begreifen, was es bedeutet?«

Isaac spürte seine Wangen heiß werden, und auch ihn hielt es nicht mehr auf seinem Platz. Mit einem unangenehm lauten Schaben fuhr sein Stuhl zurück, als er aufsprang. »Ich war dort!«, wiederholte er wütend.

Es war eine Buße, die ihm vergleichsweise wenig ausmachte, denn er war gern in der Krippe. Sie war ein Waisenhaus an der Old Fish Street, das sein Vater, sein Onkel und einige andere Gönner gemeinsam gestiftet hatten, lange vor Isaacs Geburt, als der alte König Henry die Klöster dichtgemacht hatte und die Armen, Kranken und Waisen nicht mehr wussten, wohin sie sich wenden sollten. Die Krippe nahm elternlose Straßenkinder auf und behielt sie, bis sie alt genug waren, um für sich selbst zu sorgen. Weil es dort kein Gesinde gab, aber Vieh gehalten und ein großer Gemüsegarten bestellt wurde, war jede Hilfe willkommen, und Isaac hatte keine Angst davor, sich die Hände schmutzig zu machen.

»Ich weiß, was ein Ehrenwort bedeutet, Sir. So wie ich weiß, dass du diese Geschichte hier ausbreitest, um mich vor meiner Schwester und vor Jasper zu beschämen. Nur zu, tu das, wenn es dich erleichtert. Aber ich habe mein Wort nicht gebrochen. Die Köchin schickte mich auf den Markt nach Cheapside, um Speck und Zwiebeln zu kaufen, und dort stand Sarah Cooper am Pranger und wurde gebrandmarkt.«

»Sarah Cooper?«, fragte seine Tante verständnislos. »Wer ist das?«

»Sie war drei, vier Jahre in der Krippe«, erklärte ihr Sohn. »Ihr Vater wurde in Smithfield verbrannt, ihre Mutter war vorher schon gestorben. Darum kam sie zu uns.«

Auch Cecil schaute gelegentlich in der Krippe vorbei; oft genug zumindest, um deren Bewohner zu kennen. Anders als Isaac ging er jedoch nicht hin, um die Ställe auszumisten, sondern um die Bücher zu führen.

»Ich … konnte nicht einfach verschwinden, als ginge mich das nichts an«, versuchte Isaac zu erklären.

»Wieso nicht?«, fragte Master Durham. »Es ging dich in der Tat nichts an. Wenn die Kinder die Krippe verlassen, sind wir nicht länger für sie verantwortlich.«

»Aber das heißt nicht, dass wir aufhören müssen, ihre Freunde zu sein, oder?«

Sein Onkel stieß hörbar die Luft aus. »Es erstaunt mich immer wieder aufs Neue, wo du dir deine Freunde suchst.«

»Oh, jetzt komm, Vater, es reicht«, sagte Cecil begütigend, und mit einem verstohlenen Blick gab er Isaac zu verstehen, dass er wissen wollte, was Sarah Cooper angestellt und wo Isaac sie hingebracht hatte. Cecil war acht Jahre älter als er, aber auch kein Kind von Traurigkeit. Er war Isaacs verlässlichster Verbündeter in diesem Haus.

Master Durham gab nach. Es kam nicht einmal so selten vor, dass er sich von seiner Frau oder seinem Sohn erweichen ließ, denn eigentlich, wusste Isaac, war sein Onkel gar kein so übler Kerl. Sie waren eben nur wie Eule und Nachtigall: Es lag nicht in ihrer Natur, einander zu verstehen.

»Vielleicht wäre es das Beste für dich, nach Waringham zu gehen, Isaac«, sagte seine Tante. »Wenigstens für eine Weile. Diese Stadt ist ein schlechter Einfluss für ein Temperament wie deines. Du bist noch nicht einmal fünfzehn Jahre alt und schon …« Sie brach ab.

Aber Isaac wusste, was sie sagen wollte: *ein Taugenichts. Ein wilder Geselle. Ein Lump, mit dem es ein schlimmes Ende nehmen wird.* Und womöglich hatten alle recht, die dergleichen von ihm sagten, denn die Nacht vor Aschermittwoch war nicht die erste gewesen, die er im Gefängnis verbracht hatte.

»Bitte, Isaac, komm nach Hause«, beschwor seine Schwester ihn. »Francis und Millicent sind so verzweifelt. Wir … brauchen dich.«

Das Tonnengewicht, das er auf den Schultern spürte, wurde schwerer. Er fühlte jetzt schon, wie der Kummer seines Bruders und seiner Schwägerin ihm die Luft abschnürte.

»Dir bleibt gar nichts anderes übrig«, befand Jasper Pembroke nüchtern. »Ganz gleich, ob Lappidot lebt oder stirbt, ein Blinder kann keinen Adelstitel erben. Und dein Bruder hat keine weiteren Söhne. Du weißt, was das bedeutet.«

Isaac starrte ihn an, untypisch sprachlos, und dachte: *Gott, ich weiß, ich stelle deine Güte oft auf eine harte Probe. Aber ich finde,* das *habe ich nicht verdient.*

»Isaac?«

Er fuhr leicht zusammen, denn er hatte ihre Schritte nicht gehört.

»Was tust du hier draußen? Du wirst dir den Tod holen.«

»Nein, so leicht nicht.« Er wandte den Kopf. Die Nacht war hell, denn der Mond war mehr als halbvoll und der Himmel ungewöhnlich klar für London. Isaac konnte seine Schwester gut erkennen: Sie stand einen Schritt zur Linken, eine schmale Gestalt in einem feinen Wollmantel. Ihr Gesicht schien im Mondschein schwach zu leuchten. »Kannst du nicht schlafen?«

Isabella schüttelte den Kopf.

»Dann setz dich zu mir.« Einladend wies er neben sich auf die Krone der Mauer, die das Grundstück vom Fluss trennte. Früher war hier ein Kai gewesen, und die Schiffe der reichen Durham hatten ihre Ladungen aus aller Welt bis vor die Haustür gebracht. Aber über die Jahre waren die Schiffe immer größer geworden und konnten die London Bridge nicht mehr passieren. Die Zugbrücke zwischen dem zweiten und dritten Bogen der mächtigen Brücke, die sich früher öffnen ließ, um die Handelssegler mit ihren langen Masten hindurchzulassen, funktionierte schon seit Jahren nicht mehr, und der Stadtrat sah keinen Sinn darin, sie reparieren zu lassen. Master Durham hatte den Kai an seinem Grundstück durch die Mauer ersetzen lassen, um gegen die häufigen Hochwasser gefeit zu sein. Ein paar Stufen führten zur Mauerkrone hinauf, eine längere Treppe auf der anderen Seite hinab zum Ufer und der kleinen Anlegestelle, wo die feine Barke mit dem Wappen der Durham vertäut lag.

Isabella kletterte behände hinauf und setzte sich neben ihren Bruder.

Wortlos reichte Isaac ihr seinen Becher.

Sie trank einen Schluck und verzog das Gesicht. »Ich glaube, an Bier werde ich mich nie gewöhnen.«

»Gut so«, lobte er pflichtschuldig.

Sie schwiegen ein Weilchen und lauschten den Geräuschen vom Fluss, dem leisen Gurgeln der zurückströmenden Flut, dem Grölen der Betrunkenen in einem vorbeiziehenden Wherry.

»Ich verstehe einfach nicht, was du an dieser Stadt findest«, brach es aus Isabella hervor. »Sie ist laut und vulgär und dreckig.«

»Drei gute Gründe, sie zu lieben«, erwiderte er und grinste in seinen Becher.

»Im Ernst, Isaac.« Die Augen der Zwölfjährigen betrachteten ihn mit Unverständnis. »Waringham ist so wundervoll, so friedlich und schön.«

»Friedlich. Wie eine Gruft.«

»Komm schon, das stimmt nicht. In der Schule herrscht ewig Trubel, auf dem Gestüt genauso. Und übernächste Woche ist der Jahrmarkt. Ich hoffe jedenfalls, dass Francis ihn nicht absagen muss wegen der Pocken. Für mich ist Waringham ... ich weiß nicht so recht. Wie ein Stück vom Paradies.«

»Ich bin froh für dich«, bekannte er. »Aber für mich ist es eher die Hölle.«

»*Wieso?*«

»Weiß nicht.« Er dachte einen Moment nach. »Weil dort immer so grässliche Dinge passieren, schätze ich.«

Dabei hatte er keineswegs immer so empfunden.

Isaac war als Bastard zur Welt gekommen, während sein Vater, der Earl of Waringham, im Tower eingesperrt gewesen war und auf seine Hinrichtung wartete. Die war dann jedoch in letzter Minute abgeblasen worden, und Isaacs früheste Erinnerung war die an einen herrlichen Sommertag in Waringham, seine Mutter in einem wundervollen blauen Kleid, strahlende Augen und lachende Gesichter, wohin man blickte: die Hochzeit seiner Eltern. Damals war Waringham noch kein Ort des Schreckens gewesen, im Gegenteil. Wenn Isaac gelegentlich versuchte, zu ergründen, warum er so geraten war, wie er war – was nicht besonders häufig vorkam –, und sich zurückbesann, war das Waringham der Vergangenheit immer ein sicherer, heller Ort. Zurückgezogen und fernab vom Hof hatten sie dort in der ländlichen Einöde von Kent gelebt, und wann immer er konnte, hatte Isaac sich vor dem Schulunterricht gedrückt und war ins Gestüt geschlichen, wo niemand je verlangte, er solle anders sein, als er war.

Die Schatten waren gekommen, als Mary Königin wurde. Erst für Isaac, dann für den Rest von England. Weil sein Vater Mitglied des Kronrats geworden war, seine Mutter erste Hofdame der Königin, waren seine Eltern plötzlich aus dem idyllischen Landschaftsgemälde, das Waringham war, herausgepurzelt. Bedenkenlos hatten sie Isaac und Isabella in der Obhut ihres großen Bruders in Waringham zurückgelassen, um bei Hofe zu leben, doch Francis hatte nicht verhindert, dass Vater Simon, der das berühmte Internat von Waringham jetzt in Lord und Lady Waringhams Abwesenheit leitete, Isaacs Freiheit ein Ende machte und ihn an die Schulbank fesselte – gelegentlich im wahrsten Sinne des Wortes. Irgendwann war Isaac so verzweifelt und wütend gewesen, dass er Vater Simons Bett in Brand gesteckt hatte. Der strenge Schulmeister hatte nicht darin gelegen, als es geschah, aber es hatte ihr Verhältnis nicht gerade verbessert. Francis hatte glaubhaft den Anschein erweckt, er leide unter der Misere mehr als sein kleiner Bruder, aber geholfen hatte er ihm nicht. *Du musst dich ändern, Isaac, nicht die Welt um dich herum,* hatte Francis gesagt. Mit Trauermiene. Aber Isaac konnte nicht.

Dann hatte die Königin aus Gründen, die er nie begriffen hatte, plötzlich angefangen, Protestanten zu verbrennen. Sein Vater war nach Waringham zurückgekehrt und hatte Francis befohlen, mit seiner Frau und seinen Kindern auf den Kontinent ins Exil zu gehen, denn auch Francis und Millicent waren Protestanten.

Du glaubst nicht im Ernst, die Königin würde den Sohn ihres loyalsten und ältesten Freundes auf den Scheiterhaufen stellen, oder?, hatte Francis ungläubig gefragt.

Über das, was diese Königin zu tun bereit und in der Lage ist, wage ich keine Prognosen mehr, hatte ihr Vater geantwortet, und von der Verbitterung in seiner Stimme war Isaac ganz flau geworden.

Also ab mit Francis und den Seinen nach Frankfurt. Ihr Vater hatte Isaac und Isabella mit nach London genommen. Isaacs Martyrium hatte also ein Ende gefunden, und seine Mutter hatte ihr Hofamt niedergelegt, weil sie die Königin nicht länger ertragen konnte, und sich um ihn und seine kleine Schwester gekümmert. Aber nichts war besser geworden. Während in Smithfield die Scheiterhaufen loderten und lähmende Angst sich über die Stadt legte wie bitterer Brandgeruch, war die Ernte auf den Feldern verdorben, zwei Jahre hintereinander. Ganz England hungerte, aber nirgendwo war es so schlimm wie in London. Schließlich waren sie nach Waringham zurückgekehrt. Kaum dort, hatte sein Vater einen Schnupfen bekommen. Seine Mutter einen Tag darauf. Eine Woche später waren beide tot.

Als lese sie seine Gedanken, sagte Isabella: »Es war die Grippe, die sie umgebracht hat, Isaac. Nicht Waringham. Was ist das für ein abergläubischer Unsinn, den du da ausbrütest?«

»Ich habe nie behauptet, es habe an Waringham gelegen«, protestierte er.

Als hätte er gar nichts gesagt, belehrte seine kleine Schwester ihn weiter: »Beinah ein Zehntel aller Engländer ist daran gestorben. Es war eine Epidemie.«

»Ja, Isabella, ich weiß«, erwiderte er ungeduldig. »Aber ist dir noch nie der Gedanke gekommen, dass Vater die verdammte Grippe …«

»Nicht fluchen!«

»Entschuldige. Dass er sie willkommen geheißen hat, weil er es einfach nicht aushalten konnte, dass die Königin, die *er* auf den Thron gesetzt hatte, den Verstand verloren hat und ihre eigenen Untertanen verbrannte?«

Isabella schauderte, aber sie schüttelte den Kopf. »Er hat sich bestimmt Vorwürfe gemacht. Das sagt Madog auch. Aber die Grippe kann man sich doch nicht aussuchen, Isaac. Und du weißt ganz genau, dass er uns niemals im Stich gelassen hätte.«

»Nicht freiwillig«, räumte er ein.

Master Durham und seine Frau, die eine Schwester des verstorbenen Lord Waringham war, hatten Isaac in ihr Heim aufgenommen und immer behandelt, als wäre er ihr eigenes Kind. Und Isaac hatte praktisch nichts unterlassen, um sicherzustellen, dass sie diesen Schritt bitter bereuten. Nicht aus böser Absicht. Eher versehentlich.

Isabella hingegen war in Waringham geblieben, weil sie das unbedingt wollte. Madog Pembroke, der Steward, hatte sie in seine Familie aufgenommen, bis Königin Mary ihr schwer geprüftes Land im vorletzten Herbst endlich von ihrer Gegenwart erlöst hatte und starb, ihre Schwester ihr auf den Thron folgte und Francis, der neue Lord Waringham, genau wie all die anderen protestantischen Exilanten nach Hause kommen konnte.

»Ich hatte irgendwie geglaubt, jetzt sei endlich Ruhe«, sagte Isaac. »Schluss mit Scheiterhaufen und Schicksalsschlägen. Aber siehe da, Lappidot hat die Pocken und ist blind. Vielleicht irre ich mich, kann schon sein. Vielleicht ist Waringham kein Unglücksort. Trotzdem frage ich mich langsam, wie unser Geschlecht fünfhundert Jahre überdauern konnte.«

»Mit Beständigkeit, Bruder«, antwortete Isabella und sah ihm ins Gesicht. »Mit Geradlinigkeit und mit Ehre.«

»Ach herrje.« Er kratzte sich am Kopf. »Alles Dinge, die ich nicht besitze.«

»Das tust du sehr wohl!«

Er musste über ihren entrüsteten Tonfall lachen, legte einen Arm um ihre Schultern und sah auf den Fluss hinab. Tausendfach spiegelten die Wellen das Mondlicht, funkelten wie die Kronjuwelen und machten den Fluss schöner, als er es je bei Tag sein konnte. Am gegenüberliegenden Ufer blinkten die Lichter der Bankside, denn die Schänken und Hurenhäuser dort drüben lagen außerhalb der Stadtgrenzen und kannten daher keine Sperrstunde. Die Vorstellung, all dem den Rücken kehren zu müssen, war deprimierend. Schlimmer als das. Sie war niederschmetternd.

Er spürte Isabella frösteln und ließ sie los. »Geh lieber ins Haus, es wird zu kalt.«

Sie nickte. »Und was ist mit dir?«

»Ich komme gleich nach.«

Sie ergriff seine Rechte, drückte sie kurz an ihre Wange und ließ sie dann wieder los. »Es wird besser gehen, als du glaubst«, sagte sie zuversichtlich, während sie von der Mauer kletterte. »Wenn du erst einmal zu Hause bist und die Fohlzeit anfängt, wirst du dieser grässlichen Stadt keine Träne mehr nachweinen und sie einfach vergessen.«

Wenn ich tot bin, dachte er. *Nicht eher.* »Ja, bestimmt.«

»Bleib nicht mehr so lange«, ermahnte sie ihn. »Jasper will früh aufbrechen.«

»In Ordnung. Gute Nacht, Isabella.«

Sie verschmolz mit den Schatten der akkurat beschnittenen Büsche des Gartens, und Isaac wartete, bis er die Haustür hörte. Dann leerte er ohne Hast seinen Becher, stand schließlich auf und balancierte mit ausgebreiteten Armen die Mauerkrone entlang, bis er die Treppe erreichte. Statt seiner Schwester ins Haus zu folgen, stieg er die Stufen zur Anlegestelle hinab, kletterte in das kleinere der beiden Boote seines Onkels und löste die Leine.

»Ich stehle es nicht, Gott«, stellte er klar. »Ich borge es nur.«

Greenwich, März 1560

»Aber irgendwen muss sie heiraten, Mylady«, sagte Don Álvaro de la Quadra, der spanische Gesandte. Es klang beschwörend.

Eleanor of Waringham zog die linke Braue in den Höhe. »*Irgendwen?*«

»Natürlich wäre es die beste Lösung gewesen, sie hätte sich für Seine Majestät, meinen Herrn König Felipe, entschieden, der ihr Schwager und immer ein Freund der Engländer war, aber …« De la Quadra brach kopfschüttelnd ab.

»Aber König Felipe war des Wartens müde und hat eine französische Prinzessin genommen, darum ist es jetzt wirklich müßig, davon zu reden, nicht wahr?«, bemerkte Eleanor. Sie sagte es mit leisem Spott. Verschmitzt, hätte man meinen können. Denn der spanische Gesandte sollte nicht merken, wie besorgt man am englischen Hof über Felipes eheliche Verbindung mit Frankreich war.

Ein zweistimmiges Lachen ließ sie beide aufschauen. Die Königin stand ein wenig außer Atem vor ihrem Tanzpartner. »Wollt Ihr wohl achtgeben, Ihr unmusikalischer Klotz!«, schalt sie. »Wenn Ihr die Schritte nicht auswendig kennt, müsst Ihr eben zählen. Oder war es Eure Absicht, Eurer Königin den Hals zu brechen?«

Robin Dudley verneigte sich. »Ich ersuche untertänigst, mir die Antwort zu erlassen«, erwiderte er frech.

Elizabeth schlug ihm mit dem Fächer vor die Brust – nicht gerade sanft. »Gleich noch einmal«, befahl sie, und auf ihr Zeichen setzten die Musiker wieder ein. Dudley legte die Hände um ihre Taille, sie die Linke auf seine Schulter, und er hob die Königin zu einer Drehung, als wiege sie nicht mehr als ein Strohhalm. Als er sie absetzte, fanden ihre Hände zueinander, und dieses Mal klappte die komplizierte Wende ohne Pannen.

Elizabeths Augen strahlten.

Dudley setzte zur nächsten Hebefigur an, sodass der Lord Chamberlain und der Lord Treasurer ihm eilig Platz machen mussten.

»Aber die Königin kann doch unmöglich daran denken, *ihn* zum Gemahl zu nehmen«, wisperte de la Quadra.

»Wie kommt Ihr nur darauf, Exzellenz?«, gab Eleanor zurück, ohne den Blick von den Tänzern abzuwenden. »Ganz abgesehen von allem anderen, hat Robin Dudley bereits eine Gemahlin.«

Der Gesandte schnaubte diskret. »In diesem Land sind Scheidungen doch leichter zu erwirken als Weiderechte …«

Eleanor wandte den Kopf und schaute ihm in die Augen. Sie hielt jeden Ausdruck aus ihrem Gesicht fern und sagte nichts. Schweigen, hatte sie gelernt, konnte manchmal mehr sagen als tausend Worte, und so war es auch dieses Mal: Dem spanischen Gesandten fiel plötzlich siedend heiß ein, dass auch Eleanors Eltern sich hatten scheiden lassen. Seine Taktlosigkeit beschämte ihn so sehr, dass er errötete. Eleanor verbuchte das als persönlichen Triumph, denn Diplomaten sah man nicht gerade oft erröten.

Für einen winzigen Moment berührte sie seinen Ärmel, um ihm zu bedeuten, dass ihm verziehen war. Dann vertraute sie ihm an: »Sie ist sich ihrer Lage sehr wohl bewusst, seid versichert. Ihr mögt die Königin für flatterhaft halten, Exzellenz, oder gar für verantwortungslos, weil sie sich noch für keinen Bräutigam entschieden hat. Aber sie ist weder das eine noch das andere.«

»Natürlich nicht«, pflichtete er ihr hastig bei, aber sie hörte, dass er nicht überzeugt war.

Kühl und grau ging der Tag vor den Fenstern des Presence Chamber zur Neige, und Regen begann gegen die Butzenscheiben zu klimpern. Die Diener gingen umher und zündeten eine verschwenderische Zahl von Kerzen an, sodass die Brokatgewänder und Juwelen der Höflinge zu funkeln begannen.

Wie meistens verbrachte Elizabeth den Nachmittag auch heute hier in der großen Audienzhalle, empfing Gesandte, Lords, Bischöfe oder andere wichtige Gentlemen, um sich ihre Anliegen oder Berichte anzuhören. Es war ein ansprechender, wundervoll ausgestatteter Raum und in der kalten Jahreszeit immer ausreichend beheizt, aber alle Anwesenden im Presence Chamber mussten stehen – und zwar oft stundenlang –, während die Königin auf einem prunkvollen Sessel saß. Und wenn sie des Stillsitzens überdrüssig wurde, kam es vor, dass sie nach den Musikern schickte und einem der anwesenden Gentlemen die Ehre erwies, eine *Gaillarde* mit ihm zu tanzen. Oder auch eine *Volta* wie gerade eben, die deutlich mehr Berührungen gestattete als die vergleichsweise züchtige *Gaillarde* und über die mancher Bischof den Kopf schüttelte, weil bei den Hebefiguren gelegentlich ein Blick auf die Unterröcke der Tänzerin gewährt wurde. Von sauertöpfischen Moralhütern ließ die Königin sich freilich nicht abhalten, und in letzter Zeit erwählte sie für die *Volta* meistens Robin Dudley. Oder genauer gesagt: immer Robin Dudley. Er war ein hervorragender Tänzer. Ebenso ein exzellenter Reiter und Fechter, er verstand sich zu kleiden, hatte mit der Königin und Eleanor zusammen die Schulbank gedrückt und war darum hoch gebildet und sprach vier oder fünf Sprachen – kurzum, Robin Dudley hatte alles, was die Königin an einem Mann schätzte.

Kein Wunder, dass der spanische Gesandte nervös war. Eleanor war es auch.

»Es wird ihr nun gar nichts anderes mehr übrigbleiben, als Erzherzog Karl von Österreich zu nehmen«, befand de la Quadra. »Wenn sie das Haus Habsburg als Verbündeten verliert, ist England endgültig isoliert. Ihr bleibt gar keine Wahl.«

»Sie ist die Königin«, erinnerte Eleanor ihn kühl. »Sie *hat* die Wahl, seid versichert.«

»Aber sie muss doch wissen, welch eine mächtige Allianz die Schotten und die Franzosen bilden, jetzt, da Mary Stewarts Gemahl König von Frankreich geworden ist«, zischte der Gesandte aufgebracht. »Und solange Königin Elizabeth nicht heiratet und Söhne zur Welt bringt, ist Mary Stewart als ihre Cousine ihre Erbin!«

»Es gibt andere, die als Erben ebenso in Frage kommen. Und davon abgesehen, wird Euer König Felipe England vor der französisch-schottischen Allianz schützen, wenn er weiß, was gut für ihn ist, nicht wahr? Denn sobald Frankreich seine gierigen Finger nach den spanischen Niederlanden ausstreckt, wird er England brauchen. Also droht mir nicht, denn es wird nichts nützen.«

Don Álvaro de la Quadra schüttelte den Kopf. Es betrübte ihn immer, wenn er erleben musste, dass eine Frau wie ein Mann mit ihm redete, wusste Eleanor. Das widersprach seiner Vorstellung von der gottgewollten Ordnung der Welt. De la Quadra war nicht nur der Gesandte des spanischen Königs in England, er war auch der Bischof von Aquila, darum hielt er sich für einen Experten, was die gottgewollte Ordnung der Welt anging. Eleanor musste allerdings einräumen: Nicht nur katholische Bischöfe vom Kontinent sprachen einer Königin die Fähigkeit ab, ohne einen Gemahl an ihrer Seite zu herrschen. Die protestantischen Gelehrten taten das gleiche. *Ein Weib ist unausgefüllt ohne Mann und Kinder,* hatte einer von ihnen in der Halle ihres Bruders erklärt, *und wenn ihr Gärtchen nicht beackert wird, trübt sich ihr Geist. Gefährlich für eine Königin …*

Eleanors Bruder Francis, der Earl of Waringham, hatte den Gast eigenhändig und ziemlich unsanft aus seiner Halle befördert – was ihm überhaupt nicht ähnlich sah –, aber der Mann hatte nur gesagt, was die meisten Menschen glaubten.

»Sie muss sich für einen Bräutigam entscheiden, und zwar bald«, grollte de la Quadra leise. »Wenn sie es nicht tut, wird sie ganz Europa ins Chaos stürzen. Und wenn sie diesen Fatzken nimmt, erst recht.«

Eleanors Mundwinkel verzogen sich amüsiert, als sie sich vorstellte, was Robin Dudley wohl dazu sagen würde, als Fatzke bezeichnet zu werden. Er reagierte ausgesprochen empfindlich auf Beleidigungen. Darüber hinaus war er das nicht. Er war ein Draufgänger und hatte ein Talent, andere Männer mit seiner scharfen Zunge gegen sich aufzubringen, aber er war ein großartiger Mann. Einer der besten, die Eleanor kannte. Willensstark, unerschrocken, humorvoll und in aller Regel aufrichtig. Das war ja das Schlimme. Jeder, der Robin kannte, verstand, warum die Königin so bezaubert von ihm war. Oder vielleicht war besessen das treffendere Wort …

Elizabeth war zu ihrem Thronsessel zurückgekehrt, und die Musiker hatten sich zurückgezogen. Die Königin stützte die Hände auf die Armlehnen – es war eine Geste der Entschlossenheit – und sah sich im Presence Chamber um. »Don Álvaro«, sagte sie mit einem Lächeln. »Was gibt es Neues von meinem lieben Schwager Felipe?«

De la Quadra verabschiedete sich mit einer hastigen Verbeugung von Eleanor und trat vor die Königin. »Der König ist in Sorge wegen der Hugenotten in Frankreich, Majestät«, berichtete er.

»Wie schön, dass er einmal um etwas anderes besorgt ist als mein Wohlergehen und das meiner Untertanen«, gab sie schelmisch zurück, und hier und da wurde geschmunzelt und gekichert.

»Das seinem Herzen indes niemals fern ist«, versicherte der Gesandte.

»Erinnerst du dich, wie es war, als ihr Vater König war?«, fragte Robin Dudley leise, der zu Eleanor ans Fenster getreten war.

»Das könnte ich schwerlich vergessen. Wenn mein Vater und König Henry im selben Raum waren, bekam ich kaum Luft vor Angst.«

»Ja, sie waren nicht die besten Freunde, so viel ist gewiss«, gab Robin grinsend zurück. Er hatte bemerkenswert gute Zähne, die immer ein wenig zu leuchten schienen, wenn er lächelte, weil seine Haut dunkler war als die der meisten anderen Leute. *Zigeuner* nannten seine zahlreichen Feinde ihn deswegen abfällig. »Wenn der alte König einen Scherz machte, brachen die Höflinge in Gelächter aus. Lang und laut. Und immer klang es gepresst oder schrill, denn es war nicht ehrlich. Sie lachten, weil sie fürchteten, was er tun würde, wenn sie es nicht täten.«

Eleanor nickte.

»So ist es bei ihr niemals.« Er ruckte diskret das rundliche Kinn in Elizabeths Richtung. »Sie kann auch furchteinflößend sein und toben wie ihr alter Herr, aber sie macht die Menschen nicht so nervös.«

»Nein, ich weiß.« Die Höflinge und Bediensteten verehrten ihre Königin. Der Kronrat respektierte sie. Und die Damen und Gentlemen ihres Gefolges liebten sie. Einige lagen ihr auch zu Füßen. Manchmal erschreckte Eleanor das.

»El, tust du mir einen Gefallen?«, fragte er unvermittelt.

Sie unterdrückte ein Seufzen. »Das sollte ich eigentlich nicht, aber ich halte es nicht für völlig ausgeschlossen.«

»Würdest du zur Pferdeauktion deines Bruders reiten und zwei seiner andalusischen Stutfohlen für mich ersteigern?«

»Warum in aller Welt machst du das nicht selbst?«, fragte sie verblüfft. »Du bist *Master of the Horse* an diesem Hof, nicht ich.«

»Ich weiß.« Er schwieg einen Moment, als wolle er abwarten, ob sie ohne weitere Erklärungen einwilligte. Als er feststellen musste, dass sie das nicht tat, bekannte er eine Spur verlegen: »Du und ich wissen, dass an meiner Stelle Francis Master of the Horse hätte werden müssen. Darum ist es mir immer ein wenig peinlich, mit ihm über Pferdeangelegenheiten zu sprechen.«

»Oh, Robin«, schalt sie lachend. »Sollte es möglich sein, dass du meinen Bruder so schlecht kennst? Ein Hofamt ist das Allerletzte auf der Welt, was er je gewollt hätte. Im Übrigen beschämt es dich sonst nie, wenn du die Vorzüge deiner privilegierten Stellung genießt.«

»Was soll das denn bitte heißen?«, fragte er, und die haselnussbraunen Augen verdunkelten sich um eine Nuance, wie immer, wenn er entrüstet oder wütend war.

»Ein lukratives Amt, Ländereien, ein Haus in Kew, der Hosenbandorden«, zählte sie auf. »Und das alles innerhalb eines Jahres. Habe ich etwas vergessen?«

»Nein«, knurrte er. »Und wenn du erwartest, dass ich mich rechtfertige, muss ich dich enttäuschen.«

»Das erwarte ich nicht«, stellte Eleanor klar. Sie wusste, es war kein geringes Opfer, das Robin erbringen musste, um für die königliche Gunst zu bezahlen. Elizabeth hatte ihm Gemächer gleich neben ihren eigenen zuweisen lassen und suchte ihn dort zu jeder Tages- und Nachtzeit auf, um Karten zu spielen, italienische Gedichte zu lesen oder einen Rat einzuholen, den sie dann meistens doch nicht befolgte. Robin Dudley war nicht mehr Herr über seine Zeit und seine Person. Er gehörte der Königin mit Haut und Haar. Er musste sich ständig zu ihrer Verfügung halten, und sie gestattete nicht, dass er seine Frau besuchte.

Im Grunde ging es Eleanor kaum anders. Es gab vieles, was sie und Robin gemeinsam hatten: Beide waren sie mit der Königin zusammen aufgewachsen, hatten sie durch ihre wechselvolle und stürmische Jugend begleitet, waren beide mit ihr zusammen im Tower eingesperrt gewesen, als Königin Mary, Elizabeths ältere Schwester, die jüngere verdächtigte, an einer Revolte gegen sie beteiligt gewesen zu sein. All ihre Köpfe hatten damals gewackelt, auch wenn für Elizabeth die Gefahr am größten gewesen war. Schreckliche und gute Zeiten hatten sie gemeinsam erlebt. Doch während Eleanor sich keinen anderen Ort auf der Welt vorstellen konnte, wo sie sein wollte, als an der Seite der Königin, fragte sie sich manchmal, wie freiwillig Robin seine Rolle übernommen hatte. Auf einem weißen Schlachtross war er damals nach Hatfield gekommen, als Mary gestorben war und Elizabeth zur Königin proklamiert wurde, und hatte sich ihr zu Füßen geworfen. Hatte er geahnt, dass er dort eineinhalb Jahre später immer noch sein würde, zu ihren Füßen, um ein paar Ländereien, aber ebenso ein paar Blessuren reicher?

Eleanor wusste es nicht.

»Also wirst du's nun tun oder nicht?«, fragte er.

»Das kommt darauf an, welche Nachrichten wir aus Schottland hören«, gab sie zurück. »Alles wird davon abhängen, ob wir die Blockade des Firth of Forth halten können. Wenn die Lage sich nach Ostern zuspitzen sollte, kann ich nicht nach Waringham und Gäule für dich kaufen.«

Er lehnte sich neben ihr an die Wand und verschränkte die Arme in dem vornehmen geschlitzten Wams. »Ist es wahr, dass die alte schottische Königin krank ist?«

»Ich bin überzeugt, du weißt so viel wie ich«, gab sie zurück.

Marie de Guise, die französische und *höchst* katholische Königinmutter, regierte Schottland, während die rechtmäßige Königin, Mary Stewart, an der Seite ihres Gemahls den französischen Thron zierte. Aber auch in Schottland waren die Protestanten auf dem Vormarsch, und ihre Opposition war stark. Um sie zu unterstützen und die gefährliche Allianz zwischen Frankreich und Schottland auszuhöhlen, hatte Königin Elizabeth den schottischen Rebellen Soldaten und Schiffe geschickt und belagerte Leith, den Hafen von Edinburgh, um französische Schiffe abzufangen, die Marie de Guise Truppen und womöglich Kanonen bringen wollten.

»Das wage ich zu bezweifeln«, antwortete Robin. »Und was genau erwartet die Königin, das du tust, sollten die Franzosen die Blockade durchbrechen?«

Eleanor sah ihn an und lächelte. »Frag lieber nicht, Robin.«

»Warum nicht? Denkst du, deine Antwort könnte mir den Schlaf rauben?«

»Nichts könnte dir den Schlaf rauben«, gab sie zurück. »Aber deine letzten Illusionen vielleicht.«

Er hob abwehrend die Linke. »Verstehe. Also sag lieber nichts. Sie sind mir teuer, meine letzten Illusionen.«

Nachdem die Königin das Presence Chamber verlassen hatte, leerte der Saal sich zügig. Für die Gesandten wurde es Zeit, sich auf den Rückweg in die Stadt zu machen, für die Höflinge, sich für das abendliche Bankett umzukleiden. Wenn die Königin in Greenwich – ihrem Lieblingspalast – weilte, gab es fast jeden Abend ein prachtvolles Bankett, und oft wurde bis weit nach Mitternacht getanzt und gefeiert. Die Graubärte im Kronrat schüttelten die Köpfe über so viel Prunk und Ausgelassenheit, aber sie hatten eigentlich keinen Grund, sich zu beklagen. Ganz im Gegensatz zu ihrem Vater verstand die Königin es, die höfischen Freuden zu genießen, ohne ihre Pflichten zu vernachlässigen. Sie stand vor Tau und Tag auf, egal, wie spät es nachts zuvor geworden war, widmete ein oder zwei Stunden ihren philosophischen oder literarischen Studien und machte anschließend bei jedem Wetter einen strammen Spaziergang durch die Parkanlagen, ehe sie sich in ihren Privatgemächern das Frühstück servieren ließ, in dessen Verlauf sie ihre Hofbeamten oder Ratgeber empfing, um ihr Tagewerk zu beginnen. Königin Elizabeth vernachlässigte ihre Amtsgeschäfte niemals und fand nur deswegen Zeit zum Ausreiten, Musizieren und Tanzen, weil sie mit wenig Schlaf auskam.

Als Eleanor und Robin ihr ins innere Heiligtum des Palastes folgten, wo Elizabeths Privatgemächer lagen und nur ihre engsten Vertrauten Zutritt hatten, trafen sie an der Tür zum Privy Chamber auf Sir William Cecil, den Secretary of State.

»Lady Eleanor? Ich hatte gehofft, Euch vor dem Essen noch kurz zu sprechen«, sagte er. Seine Stimme war tief und ein wenig rau, doch er sprach meist in mildem Tonfall. Erst als sein Blick auf Robin fiel, gruben sich schlagartig Furchen in seine Stirn. »Dudley.«

»Cecil«, grüßte Robin kaum weniger frostig. »El, wir sehen uns später.« Damit wandte er sich ab und eilte davon.

»Ungehobelter Rüpel«, knurrte Cecil ihm hinterher.

Eleanor gab keinen Kommentar ab. Das tiefe gegenseitige Misstrauen und die Antipathie dieser beiden Männer waren ihr alles andere als neu.

»Ich schwöre, die ständige Anwesenheit dieses Emporkömmlings bei Hofe bringt mich in ein frühes Grab«, prophezeite der Secretary.

Eleanor schnalzte mitfühlend, wandte aber ein: »Den Triumph würdet Ihr ihm niemals gönnen, Sir.«

Cecil lächelte sie treuherzig an, und die Krähenfüße um seine

Augen, die dieses Lächeln zum Vorschein brachte, vertrieben für einen Moment den melancholischen Ausdruck.

William Cecil war zweifelsfrei der mächtigste Mann an der Seite der Königin und ihr genauso ergeben wie Robin Dudley, aber die beiden Männer waren einfach zu unterschiedlich, um einander zu verstehen. War Robin ein temperamentvolles Schlachtross, dann war Cecil ein Arbeitspferd. Er stammte aus einem unbedeutenden Rittergeschlecht, welches dem Hause Tudor seit drei Generationen treu diente. Er hatte in Cambridge studiert, wo er neben einer soliden klassischen Bildung eine protestantische Gesinnung erworben hatte. Am Gray's Inn in London hatte er die Rechtswissenschaften erlernt und an einem der königlichen Gerichte seine Laufbahn im Dienst der Krone begonnen. Er war vierzig, sah aus wie sechzig, er trank und aß mäßig, bevorzugte dunkle Kleidung und enge Halskrausen und besaß keinen nennenswerten Humor. Darüber hinaus war er absolut integer, fleißig, gescheit und listenreich und Elizabeth unerschütterlich ergeben.

Eleanor war heilfroh, dass sie ihn hatten.

Jetzt hob er belehrend einen Zeigefinger. »Ich sage Euch, Dudley wird sie und uns alle ins Unglück stürzen. Er ist verantwortungslos und unbedacht und nur auf seinen eigenen Vorteil aus.«

»Ihr tut ihm unrecht«, widersprach Eleanor kurz angebunden.

»Ihr wisst ganz genau, worauf er es abgesehen hat«, beharrte er. »Und wenn er Erfolg hat und sie ihn in ihr Bett lässt, dann gnade uns Gott …«

»Seine Anwesenheit bei Hofe entspricht ihrem Wunsch und Befehl«, erinnerte sie ihn. »Ich sehe nicht, welche Wahl er hätte.«

»Sein Vater *und* sein Großvater wurden als Verräter hingerichtet, was glaubt Ihr …«

»Es gab solche, die auch meinen Vater und meinen Großvater Verräter genannt haben«, fiel sie ihm ins Wort.

»Das war anders«, widersprach er kategorisch. »Sie waren unschuldig.«

»Hätte mein Vater Robins Vater nicht besiegt, sondern umgekehrt, würden heute alle etwas anderes sagen.« Und um das leidige Thema zu beschließen, fragte sie: »Ihr wolltet mich sprechen?«

Er nickte, nahm zaghaft ihren linken Ellbogen und führte sie zu einem dämmrigen Fenstersitz. Robin machte sich gern darüber lustig, dass der Secretary vertrauliche Gespräche vorzugsweise in dunklen Ecken führe, und es stimmte.

»Die Königin hat angedeutet, dass der Herzog von Finnland uns nach nunmehr vier Monaten lange genug mit seinem Besuch entzückt hat«, begann er mit konspirativ gesenkter Stimme, obwohl sie allein waren. »Er sammelt Calvinisten und andere Eiferer um sich, und Ihr wisst, wie die Königin über religiösen Fanatismus denkt. Sie möchte den Herzog gern loswerden, aber es muss auf eine Weise geschehen, die seinen königlichen Bruder, Erik von Schweden, nicht brüskiert.«

»Nichts leichter als das, Sir. Johann von Finnland ist ein Gauner. Er hat seinen Londoner Schneider mit Falschmünzen bezahlt.«

»*Was?*« Der Secretary sah sie fassungslos an. Aber er fragte nicht: *Ist das sicher?* Er wusste, dass Eleanor ihm nie ein Geheimnis enthüllte, das nicht überprüft und erwiesen war.

»Und nicht nur den Schneider«, fuhr sie fort. »Er wirft mit Geld nur so um sich, aber vornehmlich mit gefälschten Reichsgulden. Ihr Silbergehalt ist so gering, dass kein Kaufmann in London mehr Geschäfte mit Herzog Johann machen will.«

»Hm.« Cecil strich sich mit der Linken über den spärlichen weißen Bart. »Denkt Ihr, wenn wir ihn damit konfrontieren, wird er beschämt genug sein, um abzureisen?«

»Wir könnten ihm auch höflich drohen. Wenn der Kaiser von diesen Falschmünzen erfährt, dürfte er alles andere als erbaut sein, denn eigentlich ist der Reichsgulden eine Kurantmünze.«

»Eine was?«, fragte Cecil.

»Kurantmünze. Das heißt, der Silberwert entspricht dem Nennwert. Der Kaiser hat diese hochwertigen Münzen eingeführt, damit es überall in seinem Reich eine einheitliche Währung gibt, der die Menschen vertrauen. Wenn sich herumspricht, dass Falschmünzen im Umlauf sind, ist dieses Vertrauen im Handumdrehen erschüttert, denkt Ihr nicht?«

Der Secretary schüttelte den Kopf. »Woher wisst Ihr solche Dinge nur immer?«

»Ich könnte mich entschließen, Eure Verwunderung als Beleidigung aufzufassen. Dass Herzog Johann die Londoner Krämer betrügt, weiß ich von einer meiner wertvollsten Quellen in der Stadt, der Zofe der Gemahlin des Lord Mayor. Ich habe bei meinem eigenen Schneider und über meinen Onkel, Master Durham, ein paar diskrete Erkundigungen eingezogen, die die Aussage der Zofe bestätigten. Und was es mit dem Reichsgulden auf sich hat, habe ich mir vom Lord Treasurer erklären lassen.«

»Gut gemacht, Mylady«, raunte Cecil. »Ich bin sicher, Herzog Johann legt keinen Wert auf eine Bloßstellung. Gewiss lässt er sich überreden, bald abzureisen.«

Das Klügste wäre gewesen, Robin Dudley mit dieser delikaten Mission zu dem stolzen jungen Herzog zu schicken, denn die beiden Männer waren seit Johanns Ankunft im letzten Herbst Freunde geworden. Doch Eleanor schlug es nicht vor, sondern überließ es Cecil, seine eigenen Schlüsse zu ziehen.

Als sie in die privaten Gemächer der Königin kam, berichtete sie ihr von der Unterhaltung.

»Ach herrje, der arme Herzog Johann«, spöttelte Elizabeth.

Sie stand in der Mitte ihres großzügigen Schlafgemachs, hoch aufgerichtet wie eine stolze Artemis, und ihr Kleid verschlug Eleanor wieder einmal den Atem. Es war weinrot – eine leuchtende und doch gedeckte Farbe – mit einem eingewebten weißen Blütenmuster. Die Ärmel waren weit gebauscht, die Taille eng und der Rock üppig – kein Schnitt betonte Elizabeths schlanke und mädchenhafte Figur besser. Der aufwändige Kragen aus steifer Spitze umspielte ihren Hals und ragte hinten auf wie ein Segel, und sie trug tropfenförmige Perlohrringe und eine passende Kette mit einem rubinbesetzten goldenen Kreuzanhänger.

Katherine Knollys, ihre Erste Hofdame, hockte vor ihr und band die roten Seidenschuhe zu.

»Oh, Cat, was machst du denn da, du bist doch nicht meine Zofe …«, schalt die Königin.

Lady Cat, wie alle sie nannten, schaute lächelnd zu ihr hoch. »Gönnt mir die Freude, Majestät.« Sie stand wieder auf – nicht ganz ohne Mühe, denn sie war eine ziemlich füllige Dame –, betrachtete ihr Werk von Kopf bis Fuß und nickte zufrieden. »Perfekt.«

»Gut«, sagte die Königin. Es klang wie ein Stoßseufzer. Sie liebte schöne Kleider und Juwelen, aber das lange Stillstehen während der Prozedur des Ankleidens war ihr ein Gräuel. »El, reich mir den Spiegel, sei so gut.«

Eleanor nahm den großen Handspiegel mit dem perlenbesetzten Goldrahmen vom Tisch und brachte ihn ihr.

Kritisch betrachtete die Königin ihre aufgesteckte kupferfarbene Haarpracht und den Winkel des Diadems. Wie so oft stahl sich eine gekringelte Strähne aus dem Geflecht und fiel ihr in die Stirn. Elizabeth blies sie routiniert weg, aber sie kam sofort wieder.

»Augenblick.« Lady Cat nahm die Ausreißersträhne zwischen zwei Finger und steckte sie zurück, wohin sie gehörte.

»Das wird nicht lange halten«, warnte die Königin.

»Ich klebe sie mit Zuckerwasser fest, eh wir gehen«, versprach die Hofdame.

Mit einer Geste lud Elizabeth sie und Eleanor ein, Platz zu nehmen, und setzte sich selbst auf einen der Brokatstühle am Tisch vor dem Kamin. »Also wird Herzog Johann von Finnland uns bald verlassen und mich nicht länger zu einer Heirat mit seinem Bruder drängen. Einer weniger.«

Eleanor schenkte ihr einen Schluck Wein aus dem Krug auf dem Tisch ein. Die Königin trank sehr maßvoll, aber sie sagte gern, ein Becher vor dem Essen rege den Appetit an. Und weil sie so dünn war, dass es ihren Leibarzt in Sorge versetzte, bekam sie diesen Becher immer.

»Die Gentlemen des Kronrats können auf mich einreden, bis ihnen die Puste ausgeht, aber ich schwöre euch, ich werde niemals heiraten«, verkündete Elizabeth. Es klang verdrossen.

Diesen Schwur hörten sie weiß Gott nicht zum ersten Mal.

»Doch das wollen wir dem Kronrat lieber nicht auf die Nase binden, Majestät«, warnte Lady Cat.

»Ich verstehe ja, warum ihnen so viel daran liegt«, räumte Elizabeth unwillig ein. »Ich weiß, dass ich einen Erben brauche, und ich schwöre bei Gott, nicht meine *katholische* Cousine Mary Stewart, dieses lange Elend, wird mein Erbe.« So nannte sie die junge schottische Königin immer, denn es hieß, Mary Stewart sei sechs Fuß groß. »Aber wenn ich einen Ehemann habe – und es ist im Grunde völlig egal, ob es der katholische Erzherzog von Österreich oder der protestantische König von Schweden oder einer meiner englischen Vettern ist –, dann ist es vorbei mit der Unabhängigkeit meiner Herrschaft, das wisst ihr genau. Und der Kronrat weiß es auch. Doch sie denken insgeheim, dass das ein Segen wäre. Dabei bin *ich* diejenige, die Gott ausgewählt hat, über England zu herrschen. Ich bin mit meinem Land verheiratet, warum wollen sie das nicht begreifen?«

»Ihr habt den Grund selbst genannt«, bemerkte Eleanor. »Die Erbfolge.«

Die Königin schnitt eine kleine Grimasse des Unwillens. »Und seht nur, was das Heiraten meiner Schwester in diesem Punkt eingebracht hat. *Gar nichts.* Sie hat geheiratet, obwohl ihr davor graute, und kein Kind bekommen, und die Krone fiel an den Menschen, dem sie sie unter keinen Umständen hinterlassen wollte – an mich.«

»Königin Mary war Ende dreißig, als sie Felipe von Spanien geheiratet hat«, erinnerte Lady Cat sie. »Und kränklich. Ihr seid sechsundzwanzig und kerngesund.«

Elizabeth schüttelte den Kopf. Sie tat es vorsichtig, damit das Diadem nicht verrutschte, aber dennoch entschieden. »Seht euch doch nur an, wie es ihr ergangen ist, meiner armen Schwester: Sie hat ihre Regentschaft mit so viel Hoffnung und so guten Vorsätzen begonnen. Und die Engländer haben sie so … *geliebt*. Ihr wisst doch selbst, wie es war. Dann hat sie Felipe geheiratet, und alles wurde furchtbar. Die Engländer wollten ihn nicht und haben ihr übel genommen, dass sie einen Ausländer an ihre Seite geholt hat. Dann hat Thomas Wyatt rebelliert, und weil ihre papistischen Bischöfe ihr eingeredet haben, die Rebellion richte sich gegen ihre Rückkehr zum Katholizismus, nicht gegen Felipe, hat sie sich überreden lassen, Protestanten zu verbrennen, und England fiel in Düsternis. Ich weiß, Felipe hat das nicht gewollt, aber ihre Heirat war der Beginn von Marys Scheitern und Untergang.«

Sie hatte recht, wusste Eleanor. Genau so war es gewesen. Sie glaubte indes nicht, dass das der wahre Grund für Elizabeths Aversion gegen eine Heirat war. Doch Anne Boleyn – die Mutter, die die Königin niemals auch nur mit einem Wort erwähnte – hatte mit dem Leben dafür bezahlt, den König geheiratet zu haben. Da war Elizabeth noch keine drei Jahre alt gewesen. Und als sechs Jahre später an einem kalten Februarmorgen schon wieder eine englische Königin aufs Schafott steigen musste, war Prinzessin Elizabeth durch den verschneiten Park von Hatfield gestapft, mit gesenktem Kopf und kreidebleich und hatte gelobt: »Ich werde niemals, *niemals* heiraten.«

Eleanor hatte es gehört, denn sie war dabei gewesen. Genau wie Robin Dudley.

»Aber Ihr seid ganz anders als Eure arme Schwester, Majestät«, führte Lady Cat ihr vor Augen. »Ihr seid unabhängiger und nicht so eingeschüchtert von Sünden und Strafen und diesem ganzen papistischen Firlefanz, der Mary beherrscht hat. Ihr würdet eine bessere Wahl treffen, das weiß ich genau.«

Sie war eine lebenskluge Frau, und ihr Spitzname hätte nicht unpassender sein können, denn sie hatte so gar nichts Katzenhaftes an sich. Katherine Knollys war zehn Jahre älter als die Königin und Eleanor, mit einem ausgeglichenen, frohen Naturell gesegnet, hatte ihrem Gemahl – den sie abgöttisch liebte – ein Dutzend Kinder geschenkt und ließ ihre mütterliche Fürsorge jedem angedeihen, der ihrer zu bedürfen schien. Sie war Elizabeths Cousine, aber in Wahrheit war sie weit mehr als das: Lady Cats Mutter war Mary Boleyn gewesen, die König Henrys Bett geteilt hatte, lange bevor er ihre Schwester heiratete. Auch vor und nach Katherines Geburt. Niemand sprach es je aus, aber alle wussten: Lady Cat war die große Schwester der Königin, und genau das spiegelte ihr Verhältnis auch wieder.

»Da weißt du mehr als ich«, gab Elizabeth mit einem mutwilligen Grinsen zurück. »Wenn ich könnte, wie ich wollte, gäbe es nur einen Mann, den ich heiraten würde.«

Ihre beiden Vertrauten wussten natürlich, von wem sie sprach.

Die Königin hob den Becher, leerte ihn in einem kräftigen Zug und rief sich sichtlich zur Ordnung. »Aber auch er würde Gehorsam und Unterwerfung von mir fordern, und die bin ich nicht bereit zu geben. Auch ihm nicht.«

»Dann sei Gott gepriesen«, bemerkte Eleanor.

Das brachte ihr ein unwilliges Stirnrunzeln ein: »Es ist nicht nötig, dass du deine Meinung wieder und wieder kundtust, El.«

»Wirklich nicht? Mir scheint, es kann nicht schaden. Und habt Ihr nicht kürzlich erst gesagt …«

Sie brach ab, weil es an der Tür klopfte und Lady Mary Sidney eintrat. »Mein Bruder und der Secretary stehen vor der Kapelle und streiten wie die Kesselflicker«, berichtete sie. Es klang ungehalten. Auch Mary Sidney gehörte zu den engen Vertrauten der Königin, und Eleanor hatte sie gern. Aber schonungslos offene Gespräche waren in ihrer Gegenwart manchmal ein bisschen heikel, denn ihr Bruder war kein anderer als Robin Dudley.

»Hier, El.« Lady Mary streckte ihr einen Brief entgegen. »Der Bote wartet vor dem Presence Chamber auf deine Antwort. Er sah verfroren und ziemlich feucht aus, also habe ich ihm Wein und ein paar Kleinigkeiten servieren lassen.«

»Danke«, murmelte Eleanor zerstreut. Auf einen Blick erkannte sie das Siegel des Earl of Waringham. Kleine Wachsbröckchen rieselten in ihren Schoß, als sie es erbrach und den Bogen auseinanderfaltete.

Lappidot hat die Pocken und ist erblindet, stand dort ohne Gruß und Anrede, die Buchstaben so verwackelt, dass Eleanor die sonst so elegante Handschrift ihres Bruder kaum erkannte. *Ich habe nach Isaac geschickt, und jetzt ist er spurlos verschwunden. Gott hat sich von uns abgewandt, fürchte ich. Ich bitte dich nicht herzukommen, es ist zu gefährlich. Aber sie nennen dich nicht umsonst das Auge der Königin. Wenn irgendwer Isaac finden kann, dann du. Hilf uns, Eleanor, ich bitte dich inständig. In tiefer Verzweiflung, dein Bruder Francis, Earl of Waringham*

Plymouth, März 1560

»He, mein hübscher junger Seemann!« Die Hure schlenderte auf ihn zu und stellte sich ihm in den Weg. »Nimm eine schöne Erinnerung mit, eh du auf große Fahrt gehst, wie wär's?«

Isaac streifte sie mit einem flüchtigen Blick. Sie war alt und welk. Also vermutlich billig. Doch er verzichtete lieber. Er hatte fast kein Geld mehr, und er legte auch keinen Wert darauf, sich die französische Krankheit einzufangen. »Ein andermal vielleicht …«, murmelte er und umrundete sie ohne Mühe.

Der Hafen von Plymouth, der geschützt in einer breiten Flussmündung lag, bot keine großen Überraschungen: Lagerhäuser, Tavernen, Küfer, billige Herbergen und Segelmacher säumten die Kais. Ein kunstvoll mit Sternzeichen bemaltes Holzschild wies ein hübsches Fachwerkhaus an einer Straßenecke als die Werkstatt eines Kartenmalers aus. Zwei gut gekleidete Gentlemen kamen heraus, einer hielt eine große Pergamentrolle unter dem Arm.

Dieser Hafen war kleiner als die Kais von London, wirkte irgendwie schmucker und aufgeräumter. Dafür waren manche der Schiffe größer als alle, die Isaac je gesehen hatte. Zwei waren so riesig, dass sie zu viel Tiefgang hatten, um an den Kais festzumachen, und lagen weiter draußen im Hafen vor Anker.

In der zunehmenden Dämmerung schlängelte der junge Waringham sich durch das typische Gewimmel aus Matrosen, Hafenarbeitern, Tagedieben und Huren den Kai entlang und entzifferte die Namen der Schiffe. *St. John* las er, *Katherine* und *Lionheart. Swallow* hieß ein anderes, ein hübscher Zweimaster mit einem Vogelkopf am vorderen Ende. Bug, rief Isaac sich ins Gedächtnis. Das vordere Ende eines Schiffes nannte man Bug, das hintere Heck, rechts war steuerbord und links backbord. Und damit endeten seine seemännischen Kenntnisse. Die zweitägige Reise auf dem klapprigen Seelenverkäufer, der kentisches Leder von London nach Plymouth gebracht hatte, war Isaacs erste Seereise gewesen. Doch sie hatte ihn eines gelehrt: Anders als die meisten anderen Waringham wurde er nicht seekrank. Das war schon einmal gut zu wissen, fand er, aber es würde vermutlich nicht ausreichen, um ihm Arbeit auf einem Schiff zu verschaffen.

Die Passage nach Plymouth hatte er noch bezahlen können. Bei seiner überstürzten Flucht mit dem Boot seines Onkels war seine Börse zwar leer gewesen, doch er war ans Südufer gerudert, an der Bankside zu einem bekannten Hehler gegangen und hatte ihm seinen Ring verkauft. Viel hatte er indes nicht dafür bekommen, und er wusste, er musste sparsam damit umgehen. Wenigstens bis er entschieden hatte, wie es weitergehen sollte.

Am gestrigen Abend hatte er in einer Hafentaverne in Plymouth mit einem bretonischen Matrosen gewürfelt, der etwa seine Statur hatte und den Anschein erweckte, als bade er möglicherweise einmal im Monat, bis er dessen Kleider gewonnen hatte. Jetzt sah Isaac aus wie alle anderen Seeleute auch: Hosen aus graublauem Leinen, für einen Gentleman ungewohnt weit, die nur am Knöchel über den klobigen Halbschuhen gerafft waren. Ein vormals weißes Wams mit langen Ärmeln, darüber eine Lederweste, die bis auf die Oberschenkel reichte, und all das wurde von einem breiten Gürtel halbwegs in Form gehalten. Eine wollene Mütze, die vage an einen Brotbeutel erinnerte und »Monmouth« genannt wurde, rundete das Kostüm ab. Isaac hatte ein wenig ungläubig an sich hinabgeschaut. Aber es spielte keine Rolle, wie er aussah. Nicht aufzufallen war das einzige, was zählte.

Er kaufte von einer zahnlosen alten Frau mit einem Handkarren ein Pfund Schiffszwieback und verstaute es in dem Ledersack, den er dem Bretonen ebenfalls abgeknöpft hatte, während er weiter den Kai entlangging. Er kam zu einer schmucken Karavelle mit einer grimmigen, katzenartigen Figur am Bug, die der See zwei mächtige Pranken entgegenstreckte. *Tiger* stand in matt schimmernden Buchstaben auf dem Rumpf.

Anders als auf den meisten anderen Schiffen herrschte auf der *Tiger* reges Kommen und Gehen. Isaac beobachtete das bunte Treiben einen Moment, entschied dann aber, dass die *Tiger* zu klein für seine Zwecke war, und ging weiter zum nächsten Liegeplatz. Dort lag die *Salomon,* ein stattlicher Dreimaster und mehr als doppelt so lang wie die *Tiger,* und auch hier herrschte Betrieb.

Isaac blieb stehen.

Über eine Gangway am Heck trugen Matrosen und muskelbepackte Hafenarbeiter Säcke, Fässer und vor allem Tuchballen an Bord, über eine zweite vorn am Schiff kamen sie wieder an Land, packten sich das nächste Frachtstück und brachten es aufs Schiff. Wie Ameisen. An der Reling oben stand ein bärtiger Hüne, der entschlossen die Fäuste in die Hüften gestemmt hatte, und gab Anweisungen, wo die Fracht unterzubringen war.

Was soll's, dachte Isaac und schwang seinen Seesack über die Schulter. *Ich werde es nie herausfinden, wenn ich es nicht versuche.* Er reihte sich in den Ameisenstrom ein, schnappte sich ein möglichst kleines Fass, stellte es auf die freie Schulter und trug es an Bord der *Salomon*.

Der Hüne warf einen Blick auf die Markierung des Fasses – zwei Kreidekreuze und ein Kringel –, ohne dem Träger große Beachtung zu schenken, und wies ihn an: »Steward.«

Isaac nickte, obwohl er keine Ahnung hatte, was das zu bedeuten hatte. Er folgte seinem Vordermann mittschiffs zu einer Luke, von der eine steile, schmale Treppe, eigentlich kaum mehr als eine Leiter, hinab in den Bauch der *Salomon* führte. Unten gelangten sie in einen leeren Raum, der sich über die gesamte Schiffsbreite zog. Vor je vier Luken auf jeder Seite standen Kanonen. Isaac hätte sie sich gerne genauer angeschaut, aber der Mann vor ihm mit dem schweren Sack war schon wieder auf der Treppe, die weiter abwärts führte, und Isaac folgte ihm lieber, ehe er abgehängt wurde.

Unten stand ein Fettwanst mit Stirnglatze. »Ich hoffe, du hast dich nicht verhoben, Söhnchen«, spottete er, als er das kleine Fass auf Isaacs Schulter sah. »Das ist Salz. Ganz nach vorne durch.« Er zeigte Richtung Bug. »Wo die Pökelfässer stehen.«

Der Frachtraum kam Isaac vor wie eine niedrige, dunkle Höhle. Sobald man sich fünf Schritte von der Laterne des Fettwansts entfernt hatte, wurde man von der Finsternis verschluckt. Der Junge wartete einen Moment, bis seine Augen sich darauf eingestellt hatten, und dann erkannte er Formen: Die Ladung war bis zur Decke aufgestapelt und sorgfältig mit Seilen und Netzen gesichert.

»Nein, das ist Wein«, sagte der Fettwanst – vermutlich der Steward – zu dem Matrosen, der hinter Isaac die Stiege herabgekommen war. »Für die persönliche Vorratskammer des Captain. Zurück nach oben.« Und zum nächsten: »Das Zeug kommt da vorn auf die Backbordseite, wo der Schiffszimmermann sein Werkzeug verstaut hat.«

»Aye, Master Bennett.« Der Matrose wandte sich nach rechts und stieß mit der Stirn hart gegen einen der niedrigen Balken. Fluchend beugte er sich weiter vor.

Isaac wartete, bis sein Vordermann zurückkam, dann zwängte er sich durch die Mittelgasse und trug sein Salzfässchen Richtung Bug, vorbei an aufgestapelten Tuchballen und Häuten, riesigen Fässern mit Wasser und Ale, Zwieback und Pökelfleisch, Säcken mit Zwiebeln und Pastinaken und Würsten. Lebende Hühner standen in engen Holzkäfigen zu seiner Linken aufgestapelt und gackerten ihm verschwörerisch zu. Hinter den Käfigen waren noch mehr Tuchballen aufgereiht, und zwischen zwei der Stapel entdeckte er eine schmale Lücke.

Er sah über die Schulter zurück. Der Schimmer der Laterne war nicht zu sehen, verdeckt von der Fracht. Es hieß jetzt oder nie. Wenn der Steward sich gemerkt hatte, wen er zum Verstauen der Ladung wohin geschickt hatte, würde er im Handumdrehen hier aufkreuzen und Isaac vermutlich mit einem Tritt von Bord befördern, aber er war so beschäftigt, dass ihm möglicherweise nicht auffiel, wenn einer der Träger nicht zurückkam. Einen Versuch wert, befand der junge Waringham.

Mit einem letzten Blick zurück warf er den Ledersack in sein Versteck, kletterte hinterher, kauerte sich auf die Planken und stellte sich sein Salzfass auf den Kopf. Später, wenn der Rummel sich gelegt hatte, würde er es mit einem Stück Seil an der Wand sichern. Fürs Erste galt es, so still wie möglich zu halten und glaubhaft vorzugeben, ein Frachtstück zu sein.

Das kann niemals gut gehen, das weißt du ganz genau, und du wirst in Teufels Küche kommen, sagte die Stimme der Vernunft in seinem Kopf. Vermutlich hatte sie recht. Aber er schenkte ihr keine große Beachtung. Die Stimme der Vernunft klang genau wie sein großer Bruder Francis, und deswegen nahm Isaac sie nie wirklich ernst. Er mochte seinen Bruder, keine Frage. Man konnte praktisch gar nicht anders, denn Francis war der gutmütigste und großzügigste Mensch auf Gottes schöner Erde. Aber er war auch ein Einfaltspinsel. Wären seine Frau und sein Steward nicht gewesen, hätte Francis sich von jedem seiner Vasallen und Pächter übers Ohr hauen lassen, und die Stallburschen seines Gestüts hätten ihm ebenso auf der Nase herumgetanzt wie die kleinen Racker, die das berühmte Internat von Waringham besuchten. Francis glaubte immer von jedem das Beste, egal wie deutlich die Fakten dagegen sprachen. Das war entwaffnend, und Isaac hatte sich gelegentlich dabei ertappt, dass er sich besser benahm, als seiner Natur entsprach, um das Vertrauen seines Bruders nicht zu enttäuschen. Aber so richtig ernst nehmen konnte er ihn nicht. So wenig wie die Stimme der Vernunft.

Reglos hockte er in dem dunklen Winkel zwischen den Hühnern und den Tuchballen, stützte das Salzfass mit einer Hand, ignorierte, dass sein linkes Bein und die rechte Hand einschliefen, und wartete.

Als er schon glaubte, er sei endlich allein, hörte er Schritte und dann den Steward: »Jetzt beeil dich mal ein bisschen.«

»Ich hab's gleich, Master Bennett«, antwortete eine junge Stimme. »Das hier ist das letzte Frachtstück.«

»Das will ich hoffen«, brummte der Fettwanst. »Glaub ja nicht, du kannst es dir hier an Bord bequem machen, nur weil der Captain dein Vetter ist. Die Flut wartet auf niemanden, mein Junge, auch nicht auf Francis Drake.«

»Das werden wir ja sehen«, gab die Stimme zurück, herausfordernd und gleichzeitig unbekümmert.

Im nächsten Moment landete mit einem dumpfen Laut ein beträchtliches Gewicht auf dem Salzfässchen, klemmte Isaac schmerzhaft die Hand zwischen Fass und Bordwand ein und sperrte jedes bisschen Licht aus.

Jetzt dürfte mein Versteck perfekt sein, dachte der Junge. Blieb die Frage, ob er sich herauswagen konnte, bevor er erstickte.

Nicht lange nachdem endlich Ruhe eingekehrt war, legte die *Salomon* ab und lief mit der Abendflut aus. Isaac war zu weit vom Deck entfernt, um die Befehle zu verstehen, die oben gebrüllt wurden, aber er spürte die Bewegung, hörte das Knarren des Rumpfes, den veränderten Rhythmus, mit dem das Wasser gegen das Schiff schwappte, und schließlich das schnalzende Geräusch, als der Abendwind eines der großen Segel füllte.

Enge, Finsternis und das Schwinden der Atemluft – falls er sich das nicht einbildete – setzten ihm zu, aber fürs Erste blieb er in seinem Versteck. Er hatte keine Ahnung von der Routine an Bord eines Schiffes, aber er nahm an, sobald das Ablegemanöver vorüber war, gab es irgendetwas zu essen. Vielleicht nur Zwieback und Ale für die Mannschaft, aber für den Kapitän und die Offiziere wurde vermutlich etwas Heißes zubereitet. Würden der Quartiermeister oder der Koch herunterkommen, um etwas von den Vorräten zu holen? Gut möglich. Und Isaac durfte keinesfalls riskieren, entdeckt zu werden, bevor sie das offene Meer erreicht hatten. Vorzugsweise wollte er natürlich überhaupt nicht entdeckt werden, sondern sich am Ziel so ungesehen von Bord schleichen, wie er heraufgelangt war. Aber falls es doch passierte, mussten sie weit genug weg sein, um zu verhindern, dass er zurück an die englische Küste gerudert wurde. Denn dort wartete die Unfreiheit auf ihn. Die Bürde von fünfhundert Jahren Familientradition. Pflichten und Erwartungen, die er nicht erfüllen konnte. Er hatte keine Ahnung, welchen Hafen auf dem Kontinent die *Salomon* ansteuern würde, und es war ihm auch gleich. England war sein Verlies, der Rest der Welt verhieß die Freiheit.

Während der langen Stunden, die er allein und zunehmend von Muskelkrämpfen heimgesucht im Dunkeln ausharren musste, hatte er reichlich Gelegenheit nachzudenken. Genau genommen, mehr als ihm lieb war. Sein Gewissen plagte ihn, weil er seine Familie in der Stunde der Not im Stich ließ. Er wusste ganz genau, wie abscheulich das war. Und in der Schwärze, die ihn umgab, waren die Bilder vor seinem geistigen Auge besonders klar und detailreich, geradezu grell: Er sah Francis und Millicent, die sich in ihrem Kummer um ihr krankes Kind aneinanderklammerten, denn das taten sie immer, wenn das Leben ihnen eins auswischte. Und er sah Lappidot, krank und winzig in dem grässlichen alten Bett mit dem eingestickten schwarzen Einhorn am Kopfteil, ein kleiner Blondschopf auf einem viel zu großen Kissen, das bleiche Gesicht von Pusteln bedeckt, die Narben zurücklassen und es für alle Zeit entstellen würden, die großen blauen Augen fiebrig. Und blind. *Blind.* Mit einem Mal versetzte die Schwärze um ihn herum Isaac in Panik, sein Körper wollte rebellieren, die Beine sich strecken, die Schultern und Arme wollten die Barrieren aus Fässern und Tuchballen beiseite stoßen. Er drehte den Kopf zur Seite und presste den linken Unterarm vor die Augen. Das hier würde Lappidots Leben sein: ein Gefängnis aus Schwärze bis ans Ende seiner Tage. Und dabei war er noch so klein. Wie sollte er das aushalten? *Warum hast du das zugelassen, Gott?*, wollte Isaac fragen. *Wieso bestrafst du ihn so furchtbar, wo er doch überhaupt nichts getan hat?*

Aber er fragte nicht. Zwischen Gott und ihm herrschte ein brüchiges Stillhalteabkommen. Isaac hatte kein Vertrauen, erst recht keine großen Erwartungen mehr. Wenn er gelegentlich das Wort an Gott richtete, dann vornehmlich, um ihm zu erklären, dass das, was er gerade anstellte, nicht so schlimm war, wie es aussah. Denn er hatte Respekt vor Gott und seinen Regeln. Aber das war alles.

Und während Lappidot mit Blindheit geschlagen war – womöglich um sein Leben rang –, war Isaac nach Waringham geeilt, um an seiner Seite zu sein, ihm Geschichten vom frechen Kobold Egnarog zu erzählen und ihn zum Lachen zu bringen? Nein. Er hatte sich davongemacht, womit es ihm auf einen Schlag gelungen war, nicht nur die Verzweiflung seines Bruders zu mehren, sondern vermutlich auch noch seine beiden Schwestern um den Schlaf zu bringen. *Glückwunsch, Isaac, alter Knabe. Das war wirklich eine reife Leistung …*

Mit einem ungeduldigen Seufzen tastete er nach seinem Ledersack, um sich einen Zwieback zu genehmigen. Eigentlich hatte er gar keinen Hunger, aber ihm fiel nichts Besseres ein, um sich von seinen düsteren Gedanken abzulenken. Sie führten ja doch zu nichts. So lausig er sich jetzt auch fühlte, hätte er morgen doch wieder das Gleiche getan. Er war einfach nicht dafür gemacht, das

Joch der Familienehre auf seine Schultern zu nehmen, so leid es ihm tun mochte. Isaac wusste genau, er war das, was die Waringham alle paar Generationen hervorbrachten: kein schwarzes Einhorn, sondern ein schwarzes Schaf.

Endlich hatte er den Knoten der Lederschnur gelöst, der seinen Sack verschloss, tastete im Innern herum auf der Suche nach dem Zwiebackpaket und spürte stattdessen einen scharfen Schmerz unterhalb des Daumens.

»Verflucht!«

Vermutlich war sein Dolch aus der Scheide gerutscht. Er trug ihn lieber im Beutel verborgen als am Gürtel, denn es war eine zu kostbare Waffe für einen einfachen Seemann. Das hatte er nun von seiner Vorsicht: eine tiefe Schnittwunde im Handballen. Er presste die Hand vor den Mund, saugte das Blut auf und murmelte: »Ich wusste auch so, was du von der Sache hältst, Gott …«

Vielleicht zwei Stunden, nachdem sie abgelegt hatten, hörte er auf dem Kanonendeck über sich viele tapsende Füße und Männerstimmen, die nach und nach verstummten. Er kam zu dem Schluss, dass die Matrosen sich dort schlafen gelegt hatten. Vermutlich mit einer Decke auf den Planken oder Ähnliches. Eine harte Schlafstatt, aber verglichen mit ihm konnten sie sich glücklich schätzen, dachte er verdrossen.

Das Schiff machte gute Fahrt. Jedenfalls kam es ihm so vor, als bewege es sich rasch, und es glitt mit einem sachten Auf und Ab über die Wellen der Nordsee, das ihn bald in den Schlaf wiegte. Als er vom Füßescharren über sich wieder geweckt wurde, waren seine Glieder so steif, dass er sie zum Teil überhaupt nicht mehr spürte. Umso deutlicher spürte er den Druck auf der Blase. Es half alles nichts, er musste sich aus seinem Versteck wagen. Vorsichtig richtete er sich auf, schob den Tuchballen beiseite und kletterte über die Pökelfässer. Zwei der Hühner gackerten und schlugen mit den Flügeln, sodass ein paar Federn aufgewirbelt wurden. Isaac ging auf, dass er mehr sehen konnte als am Abend zuvor. Von irgendwoher drang Tageslicht in den Frachtraum.

Seine Arme und Beine kribbelten unangenehm, als das Blut zurückströmte. Er ließ die Schultern kreisen und ging in dem engen Mittelgang zwischen der Fracht auf und ab, bis seine Glieder ihm wieder gehorchten. Dann machte er einen kleinen Erkundungsgang. Der Zugang zur Treppe war verschlossen, aber die oberen Hälften der Doppeltür bestanden aus Holzgittern, die ein wenig mattes Licht einließen und vermutlich der Belüftung des Frachtraums dienen sollten. Zwei Schritte weiter ragte ein dicker Holzpfeiler auf. Zuerst glaubte Isaac, er stütze die Decke. Dann begriff er, dass es der Hauptmast des Schiffes war, und an dessen Fuß befand sich eine unverschlossene Luke. Darunter war ein schwarzes Loch, in dem es leise gluckerte. Isaac hoffte, es hatte seine Richtigkeit, dass sich unten im Bauch eines Schiffes Wasser befand. Und er hoffte weiter, dass niemand bemerken würde, wenn er hineinpinkelte …

Kaum war das erledigt, hörte er Schritte auf der Treppe. Ihm blieb keine Zeit, zurück zum Bug zu flüchten. Er ließ die Falltür der Luke lautlos zurückgleiten und ging Richtung Heck. Ein Schlüssel wurde ins Schloss gesteckt. Isaac drängte die Panik zurück und sah sich systematisch um. Eine Holzwand, ein schmaler Gang, mehrere Türen. Die ganz am Ende bestand aus einem rostigen Gitter, und das Kämmerchen dahinter sah aus wie ein Kerker. Dahin wollte er nicht eher als unbedingt nötig. Also probierte er die Tür zur Rechten, trat in einen dunklen, seltsam dumpfigen Raum und hatte gerade noch Zeit, die Tür hinter sich zuzuziehen, ehe er Schritte im Frachtraum hörte. Er tastete, um zu ergründen, wo er sich befand. Große Holzkisten. Taue oder Seile oder wie immer man das nannte. Ein riesiger Ballen eines sehr festen Tuchs. *Segelkammer*, ging ihm auf.

Draußen wurden Fässer herumgeschoben und geöffnet.

»Pass doch auf, Schweinebacke, du verschüttest ja die Hälfte«, schnauzte eine Männerstimme.

»Wen nennst du hier Schweinebacke?«, kam es entrüstet zurück.

»Dich, Bübchen. Du kannst mir gern zeigen, was du davon hältst, aber erst, wenn der Proviant oben ist, verstanden?«

Schweinebacke brummte missvergnügt, schien aber zu gehorchen, und wenig später kehrte wieder Ruhe ein.

Als Isaac den Schlüssel rasseln hörte, verließ er die Segelkammer und setzte seinen Rundgang durch den Frachtraum fort. Wie er erwartet hatte, bestand die Ladung hauptsächlich aus Tuchballen und Leder, beides von der eher edlen Sorte. Die Häute fühlten sich fein und weich zwischen den Fingern an und waren frei von Rissen oder Verunreinigungen. Und wie teures Tuch aussah, hatte er im Haus seines Onkels gelernt. Dieses hier war feinstes englisches Kammgarn. Vermutlich für einen Hafen in der Normandie, schätzte er.

Früher hätte es natürlich nur ein Ziel für ein Schiff voll englischer Wolle gegeben: Calais. Es war immer der Brückenkopf für den englischen Tuchhandel auf dem Kontinent gewesen. Doch Calais, welches englische Truppen vor über zweihundert Jahren nach langer Belagerung erobert und seither gegen jeden französischen Ansturm gehalten hatten, war verloren. Die papistische Königin Mary hatte es sich in einem kurzen, aber heftigen Krieg von den Franzosen abknöpfen lassen, und nicht lange darauf war sie gestorben. So als wäre es nicht eine Hafenstadt auf dem Kontinent, sondern irgendein lebenswichtiges Organ gewesen, das sie verloren hatte.

Englische Kapitäne brachten ihre Ladungen jetzt in alle möglichen Häfen der Niederlande oder entlang der französischen Küste und verhökerten sie dort oder übergaben sie ihren Agenten oder denen ihrer Auftraggeber. Der Verlust von Calais hatte dem englischen Seehandel keinen größeren Schaden zugefügt, aber trotzdem. Alle Engländer litten unter der Schmach. Und der Kronrat der neuen Königin heckte jede Woche irgendwelche Pläne aus, um Calais zurückzuerobern. Jedenfalls sagten das die Londoner. Aber es wurde nie etwas daraus.

So kam es, dass Isaac nur raten konnte, wohin die *Salomon* segeln mochte. Nicht in die Normandie, schloss er, als eine zweite Nacht anbrach und immer noch kein Hafen angelaufen wurde.

In der dritten Nacht wurde es merklich wärmer, und er überlegte, ob wohl Bordeaux der Zielhafen sein mochte.

In der vierten Nacht hörte er auf, darüber nachzugrübeln, weil seine bescheidenen geografischen Kenntnisse ihn im Stich ließen. Stattdessen aß er seinen letzten Zwieback und wrang den letzten Schluck Ale aus seinem Lederschlauch. Und dann brach der Sturm los.

Das Unwetter kam nicht von einem Herzschlag zum nächsten. Isaac hatte gespürt, dass der Seegang stärker geworden war, und auf Deck wurden Befehle gebrüllt und von rennenden Matrosen ausgeführt. Solche Aktivität war für die Nachtstunden ungewöhnlich, hatte er gelernt, darum war er vorgewarnt. Nicht gewappnet war er jedoch dagegen, dass der Sturm sich wie das Ende der Welt gebärden würde.

Der Wind heulte mit Furienstimmen, und die Brecher, die oben aufs Deck krachten, hatten eine solche Wucht, dass er damit rechnete, jeden Moment einen eisigen Guss von oben zu spüren. Die *Salomon* neigte sich seitlich, richtete sich wieder auf, schlingerte und schien dann nach vorn zu kippen wie ein Schlitten, der einen verschneiten Hügel hinabrast.

Sein Magen zeigte keinerlei Anzeichen von Rebellion, aber Isaac begann sich zu fürchten. Es war so verflucht finster. Und die Männer, die oben an Deck mit den Elementen kämpften, schienen so weit weg wie der Mond. Wenn die *Salomon* sank, würden sie genauso ertrinken wie er, aber es war trotzdem grässlich, hier unten so ganz allein zu sein.

Wie in den Nächten zuvor hatte er sich auf einer Reihe Wasserfässer ein bequemes Lager aus Tuchballen hergerichtet. Als der Sturm losbrach, hatte er sich aufgesetzt und mit der linken Hand eine der Leinen umklammert, die die Fässer sicherten. Aber jetzt spürte er, dass sein Lager ins Wanken geriet. Gerade noch rechtzeitig sprang er zu Boden, ehe eines der Fässer sich aus der Befestigung riss und in den Mittelgang rutschte.

»Das ist nicht gut«, murmelte Isaac vor sich hin. »Das ist *überhaupt* nicht gut.«

Man brauchte keine seemännische Erfahrung, um zu begreifen, dass schlingernde Ladung ein Schiff in einem Sturm zum

Kentern bringen konnte. Er tastete nach dem ausgerissenen Wasserfass und stemmte sich mit der Schulter dagegen, um es an seinen Platz zurückzubefördern, doch es rührte sich keinen Zoll. Dann neigte die *Salomon* sich wieder zur Seite, und das Fass rutschte ein Stück auf Isaac zu. Das zweite daneben schien sich auch bewegt zu haben, und er fragte sich, wie lange es dauern würde, bis eines der riesigen Dinger ihn erschlug, überrollte oder an der gegenüberliegenden Wand aus Frachtgut zerquetschte.

Allein würde er hier nichts ausrichten, erkannte er. So schnell er konnte, tastete er sich den Mittelgang entlang zur Tür. Zum Glück kannte er sich hier unten inzwischen gut genug aus, um sich auch in der Finsternis zurechtzufinden.

»He!«, brüllte er durch die Holzgitter. »He, hier unten hat sich die Ladung losgerissen!«

Niemand hörte ihn. Die Matrosen, die normalerweise auf dem Kanonendeck über dem Frachtraum schliefen, waren jetzt natürlich alle oben an Deck, und selbst wenn nicht, hätte der Sturm Isaacs Stimme dennoch übertönt.

Er trat so weit zurück, wie die Fracht es zuließ, und nahm Anlauf. Er wusste, wenn sie nicht absoffen, würde er einen Riesenärger bekommen, aber er sah keinen anderen Ausweg. Er warf sich mit allem Schwung, den er aufbieten konnte, gegen die Tür. Es fühlte sich an, als hätte er sich die Schulter gebrochen, aber die Tür hielt stand. Er versuchte es noch einmal. Es war nicht einmal so schwierig, den Schmerz zu ignorieren – seine Todesangst verlieh ihm eine Entschlossenheit, die er sich selbst niemals zugetraut hätte. Beim dritten Versuch zersplitterte das Holz um den Bolzen des Schlosses, und die Tür flog auf.

Isaac hastete die Treppe hinauf. Die Falltür am oberen Ende war geschlossen, aber nicht versperrt. Isaac drückte sie auf, kletterte aus der Luke, und dann traf ihn etwas wie die Faust eines Titanen in den Rücken und warf ihn auf die Deckplanken.

Einen Moment blieb er benommen liegen und staunte. Er hatte keine Ahnung gehabt, dass Wind solche Kräfte haben konnte. Eiskalter Regen prasselte auf ihn nieder und nahm ihm die Sicht, als er sich auf die Knie aufrichtete. Er kroch auf allen vieren zum nahen Mast, klammerte sich an ein Tau und versuchte, sich zu orientieren. Die Nacht war tintenschwarz, aber Blitze zuckten in kurzen Abständen und zeigten ihm ein grelles Bild des Schreckens: Die pechschwarze See kochte und schien ohne Übergang mit dem gleichfalls schwarzen Himmel zu verschmelzen.

Isaac blinzelte, weil es ihm in die Augen regnete, die vom raschen Wechsel zwischen Licht und Finsternis schmerzten. Einen fürchterlichen Moment lang glaubte er, die ganze Besatzung sei über Bord geweht worden, aber dann entdeckte er die Männer, die zusammengekauert entlang der Bordwand hockten, die Monmouths tief in die Stirn gezogen.

Die meisten hielten die Köpfe gesenkt, aber einer schaute auf und entdeckte den Jungen am Mast.

»Die Ladung hat sich gelöst!«, brüllte Isaac ihm zu.

»Wer bist du?«, brüllte der Matrose zurück, und die anderen schauten auf.

»Dreimal darfst du raten«, antwortete Isaac. »Ich hab mich im Frachtraum versteckt, und jetzt rollen die Wasserfässer da unten durch die Gegend.«

Der junge Matrose kam ohne erkennbare Mühe auf die Füße. »Wo ist der Bootsmann?«, fragte er seine Gefährten.

Einer zeigte Richtung Heck. »Beim Steuermann.«

Der Matrose fluchte, wandte sich aber ohne das geringste Zögern nach achtern und machte sich auf den gefährlichen Weg. Er ging gebeugt und hielt sich fest, wo immer er einen Halt finden konnte. Er hatte die Treppe zum Achterdeck noch nicht erreicht, als ihm ein bärtiger Mann in durchnässten Kleidern entgegenkam.

Der junge Matrose sprach mit ihm, gestikulierte und zeigte auf Isaac.

Der Bärtige kam eilig näher. Er musste sich nicht festhalten, und er schwankte nicht einmal. Isaac fragte sich, ob der Sturm Ehrfurcht vor ihm hatte und deswegen um ihn herumwehte. »Wer bist du, Junge?«

Isaac hievte sich mit Mühe auf die Füße. »Isaac Fitzgervais, Sir.« Das war nicht einmal gelogen. Es war der Nachname, den jeder Waringham führte, der unerkannt bleiben wollte.

»Und du hast dich im Laderaum versteckt?«

Isaac nickte.

»Kannst du mir beschreiben, wie schlimm es dort unten ist?«

»Es war stockfinster. Ich hab mich bei den Wasserfässern vorne links … backbord am Bug versteckt, und zwei von ihnen haben sich gelöst. Sie waren mit den andern zusammen gesichert, also sind die inzwischen vermutlich auch auf Wanderschaft.«

Der Bärtige nickte knapp und brüllte dann zu den Matrosen hinüber: »Watling, geh und such den Schiffszimmermann. Beeil dich. Ihr anderen kommt mit mir. Und du rührst dich nicht vom Fleck«, befahl er Isaac und drückte ihm eine Leine in die Hand, die er aufgerollt über der Schulter getragen hatte. »Bind dich am Mast fest. Ich hoffe für dich, du kannst einen vernünftigen Knoten, Landratte.« Und damit verschwand er durch die Luke.

Isaac schlotterte inzwischen vor Kälte, aber beim dritten Anlauf gelang es ihm, das Seil am Mast zu befestigen. Weil er seinen Landrattenknoten selbst nicht traute, machte er drei übereinander. Dann schlang er sich das andere Ende der Leine um die Brust und verknotete es ebenfalls. Schließlich ließ er sich mit dem Rücken gegen den Mast sinken, verschränkte die Arme auf den angewinkelten Knien, legte den Kopf darauf und wartete auf bessere Zeiten.

Kurz vor Sonnenaufgang hatte der Sturm sich ausgetobt. Der Regen ließ zuerst nach. Dann sah Isaac die Erleichterung in den Gesichtern der Männer, und schließlich spürte er selbst, dass der Wind schwächer wurde.

Die Matrosen, die nicht auf Wache waren, gingen zur Luke, um zu ihren Schlafstätten zurückzukehren. Sie streiften Isaac mit neugierigen Blicken, sprachen aber nicht mit ihm, sondern nur leise untereinander, so als wäre er irgendein exotisches Tier.

Isaac blieb, wo er war, schaute noch eine Weile zu, wie die Wolken auseinanderrissen und der unglaublichste Sternenhimmel zum Vorschein kam, den er je gesehen hatte. Dann legte er sich aufs Deck und schlief ein.

Eine Hand rüttelte ihn unsanft an der Schulter. »Komm mit.«

Isaac setzte sich auf und sah sich staunend um. Die Welt war in ein unwirkliches Licht getaucht, das zwischen zartrosa und gold zu changieren schien. Das war um Klassen besser, als den Tagesanbruch im Frachtraum zu erleben, musste er feststellen.

»Komm schon«, befahl der junge Matrose.

Isaac kam auf die Füße und machte sich an seinem Knoten zu schaffen. Das Seil war nass – genau wie seine Kleider –, und der Knoten erwies sich als störrisch. »Tut mir leid«, sagte der Junge kopfschüttelnd. »Ich fürchte, du musst mich losschneiden.«

Der Matrose zückte mit einem ungeduldigen Knurren ein furchteinflößendes Messer aus einer verschrammten Scheide, die er am Gürtel trug, und durchtrennte den Strick mit einem kleinen Ruck.

Isaac sah ihn an: eine drahtige, eher kleine Statur. Ein kurzer Schopf krauser, dunkelblonder Haare, die vorne spitz zu einer Teufelsmütze zusammenliefen, darunter eine breite Stirn, scharfe blaue Augen, eine etwas eigenwillige Nase und ein breiter Mund. Es gefiel ihm, dieses Gesicht. Er konnte nicht sagen, warum, aber es flößte ihm Vertrauen ein. »Dein Name ist Francis Drake?«

»Woher weißt du das?«, fragte der Matrose verblüfft.

»Ich hab deine Stimme erkannt. Du hast mir einen Tuchballen auf den Kopf geworfen, als ich mich gerade zwischen der Fracht versteckt hatte.« Und der Name war ihm im Gedächtnis geblieben, weil sein Bruder ebenfalls Francis hieß.

Drake nickte unverbindlich und packte ihn am Arm. »Los jetzt. Es ist nicht ratsam, den Captain warten zu lassen.«

Isaac verspürte einen Stich in der Magengegend.

Der junge Drake führte ihn durch eine Tür neben der Treppe zum Achterdeck, durch einen Raum mit einem Tisch in der Mitte zu einer weiteren Tür. Dort hielten sie an, und Drake klopfte.

»Ja!«, kam es barsch von drinnen.

Drake öffnete und schob Isaac vor sich her. »Unser blinder Passagier, Captain.«

»Danke.«

Drake tippte sich an den Monmouth und wollte gehen, aber der Captain hielt ihn zurück. »Nein, nein, bleib hier.«

Er war jünger, als Isaac gedacht hatte, vielleicht um die dreißig. Seine Kleidung war elegant und vor allem trocken – offenbar hatte er sich umgezogen, nachdem der Sturm abgeflaut war. Er hatte das gleiche Haar mit der gleichen Teufelsmütze wie Drake, aber das war alles, was auf ihre angebliche Verwandtschaft hindeutete. Der Captain war stämmiger, das Gesicht voller, die Augen waren wasserblau und ohne jeden Ausdruck. Reglos stand er auf der anderen Seite des Tisches in seiner Kajüte, die man kaum anders als vornehm nennen konnte, und betrachtete den blinden Passagier. Einen respektvollen Schritt abseits stand der Bootsmann mit dem Rauschebart.

»Dein Name?«, fragte der Captain.

»Isaac Fitzgervais, Sir.«

»Du hast dich in Plymouth an Bord der *Salomon* geschlichen?«

»Ja, Sir.«

»Warum?« Er verschränkte die Hände hinter dem Rücken, was seine Haltung auf unbestimmte Weise noch bedrohlicher machte.

»Weil …« Isaacs Mund war trocken. Er räusperte sich. »Weil ich weg wollte aus England und nicht genug Geld hatte, eine Passage zu bezahlen.«

»Was hast du ausgefressen?«

Isaac schüttelte den Kopf. »Gar nichts, Sir. Ich schwöre, ich bin nicht auf der Flucht vor dem Gesetz. Es ist … eine persönliche Angelegenheit.«

»Hm.« Es war ein höhnischer Laut, beinah ein Schnauben. Als sei er der Ansicht, blinde Passagiere hätten kein Anrecht auf persönliche Angelegenheiten. »Hast du in den drei Tagen da unten irgendetwas von den Proviantvorräten angerührt?«

»Nein, Sir.«

Der Bootsmann hielt dem Captain Isaacs Zwiebackbeutel hin. »Das haben wir gefunden, zusammen mit einem leeren Trinkschlauch und ein paar anderen Habseligkeiten in einem Seesack. Hier.« Er streckte ihm Isaacs Dolch entgegen. »Sieht ziemlich vornehm aus.«

Der Captain ergriff die Scheide, zog die Klinge mit dem goldverzierten Elfenbeingriff heraus und betrachtete sie prüfend. Dann fragte er Isaac: »Hast du das Messer gestohlen?«

»Nein, Sir. Es ist meins.«

»Dann sag mir, wer du bist. Du siehst vielleicht aus wie ein Matrose, aber du redest wie ein Gentleman.«

»Meinen Namen habe ich Euch genannt, Sir.«

»Wer ist dein Vater?«

»Mein Vater ist tot.« Isaac biss sich auf die Lippen.

»Du willst nicht mehr sagen.«

»Nein.«

»Das würde ich mir an deiner Stelle noch einmal überlegen, Isaac Fitzgervais. Niemand hat dich an Bord kommen sehen. Also muss dich auch niemand von Bord gehen sehen.«

Sein kühler, berechnender Blick und die unbewegte Miene machten Isaac mehr Angst als der Sturm letzte Nacht. Aber er setzte alles daran, sich das nicht anmerken zu lassen. »Ich weiß, Sir. Aber ich habe nichts Schlimmeres verbrochen, als mich auf Euer Schiff zu schleichen.«

»Und das war in gewisser Weise ein Segen«, warf der Bootsmann ein. »Wenn der Junge uns nicht gewarnt hätte … Es war gefährlich, Sir. Neun Fässer sind dort unten umhergerollt.«

»Danke, Master Abingdon«, antwortete der Captain. Höflich, aber frostig. Offenbar gefiel es ihm nicht, dass der Bootsmann dem Übeltäter zur Hilfe kam. Aber wenigstens fuhr er ihm nicht über den Mund.

In das kurze Schweigen hinein sagte Isaac: »Sir, ich entschuldige mich für mein unerlaubtes Eindringen. Ich habe nur ungefähr acht Schilling in meiner Börse, aber ich überlasse sie Euch gern als kleine Wiedergutmachung. Und natürlich werde ich jede Arbeit tun, die Ihr mir gebt, bis wir den Zielhafen erreichen.«

Der Captain zeigte ein Lächeln ohne allen Humor. »Das wird noch ein Weilchen dauern. Womöglich wirst du noch wünschen, du wärst daheim in England geblieben. Behalt deine acht Schilling, Junge. Niemand soll sagen, John Hawkins sei raffgierig. Ich nehme stattdessen deinen hübschen Dolch.«

Isaac musste die Zähne zusammenbeißen. Der Dolch war ein Erbstück. Der Junge konnte sich nicht erinnern, seinen Vater je ohne diese Waffe am Gürtel gesehen zu haben. Aber er sagte nichts.

Captain Hawkins ließ ihn nicht aus den Augen und nickte. Vermutlich wusste er ganz genau, was er seinem blinden Passagier wegnahm. Und in diesem Moment kam Isaac zu einer bestürzenden Erkenntnis: *Er ist kein Kaufmann. Er ist auch kein Gentleman. Captain John Hawkins ist ein Pirat …*

»Nimm ihn mit, Francis«, befahl dieser dem jungen Matrosen abrupt. »Seht, wozu er taugt, Master Abingdon. Und ich erlaube keine Sonderbehandlung. Er wird arbeiten wie jeder andere Mann an Bord. Und wenn er sich auf die faule Haut legt …« Er ließ den Satz unvollendet.

Isaac schloss, dass es vermutlich ratsam war, sich entgegen seiner Gewohnheit an Bord der *Salomon* lieber nicht vor der Arbeit zu drücken.

Waringham, April 1560

»Ihr könnt zu ihm, Mylady«, sagte Martha.

Eleanor nickte. Sie musste feststellen, dass sie sich vor dem, was sie hinter dieser Tür erwartete, fürchtete. »Ich habe dir schon hundert Mal gesagt, du sollst mich nicht so nennen«, entgegnete sie. »Du bist doch meine Cousine, Martha.«

Lappidots Amme nickte unverbindlich. »Wenn er schläft, dann weckt ihn nicht auf. Er schläft so wenig, weil die Augen ihn immerzu schmerzen.«

»Ist gut«, sagte Eleanor, nahm ihren Mut zusammen und betrat die großzügige Kammer im Obergeschoss des alten Bergfrieds.

Lappidot lag zwischen frischen Laken in dem ausladenden Bett auf dem Rücken. Als er die Tür hörte, wandte er langsam den Kopf. »Wer ist da?« Die Stimme klang matt.

Eleanor biss sich hart auf die Zunge, um einen Laut des Jammers zu unterdrücken. Das einzige, woran man Lappidot erkennen konnte, war der weizenblonde Schopf. Das einstmals so hübsche, zarte Kindergesicht war von verschorften Pusteln förmlich übersät. Dicht an dicht lagen sie beieinander. Lippen, Nase, Augenlider – nichts war ausgespart.

»Ich bin's, Todippal.«

Die verschorften Mundwinkel verzogen sich nach oben. »Tante Eleanor …«

»Wie hast du das nur erraten?«, fragte sie mit einem gezwungenen Lachen und trat zwei Schritte näher.

»Du bist der einzige Mensch, der mich so nennt«, erklärte er ernst.

»Ja, ich weiß.«

Als der Junge sich einmal bei ihr über seinen absonderlichen biblischen Namen beklagt hatte, für den er gelegentlich Spott einstecken musste, hatte Eleanor ihm vorgeschlagen, den Namen einfach umzudrehen. Und obwohl der Kleine damals noch keine klare Vorstellung von Buchstaben und ihrer Funktion gehabt hatte, gefiel ihm das Ergebnis. Sein Vater hingegen hatte entsetzt protestiert, denn Wörter verkehrt herum auszusprechen galt als teuflisch. Also hatten Tante und Neffe ein Geheimnis daraus gemacht, und »Todippal« war immer geeignet, den Jungen aufzuheitern, sogar heute.

Eleanor setzte sich auf die Bettkante. Die kleinen Hände auf der Bettdecke waren genauso von Pocken befallen wie das Gesicht. Diese grauenhafte Krankheit hatte aus einem hübschen Knaben einen Unhold gemacht. Die Pusteln würden vergehen, wusste Eleanor. Tatsächlich heilten sie schon ab. Aber die Narben, die sie zurückließen, würden ihren Neffen für immer zeichnen.

»Kann ich deine Hand halten, oder tut das weh?«, fragte sie.

Er schüttelte den Kopf. »Jetzt nicht mehr. Nur am Anfang.«

Sie legte die Rechte auf seine Linke. Das erforderte keinen großen Mut, denn die Gelehrten waren sich einig: Sobald die Pocken abheilten und der Eitergestank, der die Kranken umwaberte, sich verflüchtigte, waren sie nicht mehr ansteckend. »Wie geht es dir?«, fragte Eleanor. »Martha sagt, deine Augen schmerzen?«

»Ja. So als hätte Cedric Fitzalan mir mal wieder eine Handvoll Sand in die Augen geworfen. Und sie brennen immerzu. Immerzu …« Die einstmals kornblumenblauen Augen waren trüb und blutunterlaufen und verkrustet. »Und ich kann nichts mehr sehen, Tante.«

»Nein, ich weiß.«

»Das macht mir so schreckliche Angst. Aber ich darf nicht weinen.«

»Warum nicht?«

»Es tut noch mehr weh.« Die blinden Augen starrten in den Baldachin des Bettes hinauf und blinzelten mehrmals in schneller Folge.

Eleanor war so erschüttert vom Leid des Jungen, dass sie sich versucht fühlte, sich in die Binsen am Boden zu werfen, den Kopf in den Armen zu vergraben und zu heulen. Aber wenn Lappidot, der letzten Monat seinen sechsten Geburtstag gefeiert hatte, sich zusammennehmen konnte, dann musste sie es auch tun.

»Die Schmerzen in den Augen werden bald vergehen, genauso wie das Jucken der Haut«, versprach sie ihm. Vor ihrem überstürzten Aufbruch hatte sie noch mit dem Leibarzt der Königin gesprochen und sich alles über den Verlauf der Pocken angehört, was er wusste. »Und ich glaube, du hast schon fast kein Fieber mehr.«

Sie beugte sich über ihn und legte die Wange an seine pustelige Stirn. Plötzlich schlangen sich die kleinen Arme um ihren Hals und umklammerten sie. Behutsam hielt sie den Jungen und wiegte ihn, strich mit der Hand über seinen Rücken.

»Ich will wieder sehen«, brach es aus ihm hervor, und nun liefen die Tränen doch. »Vater sagt, Gott hat so entschieden, und ich darf mich nicht dagegen auflehnen, sondern muss lernen, es geduldig zu ertragen. Aber ich kann nicht, Tante Eleanor.« Er schluchzte. »Ich weiß nicht, wie.«

»Das kann ich gut verstehen.«

Lappidot weinte bitterlich, und als der Tränenfluss das Brennen der Augen wieder verschlimmerte, gab er Laute von sich, die sich mehr nach einem kleinen Tier anhörten als nach einem Kind.

Auf einer niedrigen Kommode neben dem Bett stand eine Wasserschüssel, in der ein Tuch schwamm. Ohne Lappidot loszulassen, griff Eleanor danach, wrang es mit einer Hand notdürftig aus und kühlte ihm die Augen. »Schsch. Du musst versuchen, dich zu beruhigen. Schsch, mein kleiner Todippal. Soll ich dir vorsingen? Ich wette, das bringt dich zum Lachen, denn es klingt scheußlich, wenn ich singe …«

Es zeigte keine erkennbare Wirkung. Also wiegte sie ihn weiter, tupfte ihm mit dem kühlen Tuch auf die zugekniffenen Lider und betete, es möge bald vorübergehen.

Eleanor of Waringham hatte schon vor Jahren erkannt, dass der Weg, den sie gewählt hatte, eine Heirat und Mutterschaft unmöglich machte. Da dieser Weg immer der einzige gewesen war, den sie sich vorstellen konnte, hatte sie mit dieser Folge nie sonderlich gehadert. Die Dinge waren eben, wie sie waren. Aber sie war jetzt beinah siebenundzwanzig, und je älter sie wurde, umso schmerzlicher empfand sie ihre Kinderlosigkeit. Lappidot füllte diese Lücke in ihrem Leben, auch wenn sie ihn gar nicht oft sah. Sie liebte ihn mehr als normalerweise üblich zwischen Tante und Neffe. Vermutlich mehr, als gut für sie war. Dementsprechend groß war ihr Kummer angesichts seines Schicksals.

Es dauerte lange, bis die Tränen versiegten und der Schmerz nachließ, und schließlich lehnte der kleine Junge erschöpft den Kopf an ihre Schulter und schlief ein. Behutsam bettete sie ihn wieder in die Kissen, deckte ihn zu und stand auf.

Als sie sich umwandte, entdeckte sie ihren Bruder. Er lehnte mit dem Rücken an der geschlossenen Tür, bleich und unrasiert und mit violetten Schatten unter den Augen. »Danke, El«, sagte er leise. »Ich wollte nicht, dass du kommst, aber ich bin froh, dass du hier bist.«

Sie trat zu ihm und schloss ihn in die Arme, hielt sich im letzten Moment davon ab, ihn zu wiegen wie eben seinen Sohn. »Ich bin sicher, er ist nicht mehr ansteckend«, bemerkte sie.

»Vermutlich nicht. Aber heute Morgen ist im Dorf wieder ein Kind krank geworden. Es ist noch nicht vorbei.«

Sie nahm seine Hand. »Lass uns gehen, damit wir ihn nicht wecken.«

Aber Francis schüttelte den Kopf. »Er soll nicht allein sein, wenn er aufwacht.«

»Dann schicken wir Martha zu ihm. Ich bleibe heute Nacht bei ihm, wenn du willst. Du siehst so aus, als bräuchtest du dringend eine Nacht Schlaf.«

Francis erhob keine Einwände. Leise traten sie auf den zugigen Korridor hinaus, und Eleanor fiel auf, wie ungewohnt still es in der alten Burg war. Geradezu unheimlich.

»Ihr musstet die Schule schließen und die Kinder heimschicken?«

Francis nickte. »Gott allein weiß, wie viele von ihnen die Pocken mit nach Hause genommen haben, aber es ging nicht anders.«

Er hielt auf sein behagliches Gemach über dem Rosengarten zu, wo die Familie üblicherweise ihre Tage verbrachte, aber Eleanor nahm seine Hand und zog ihn ein Stück weiter, durch eine Tür in eine kleine Kammer, die ihre jüngere Schwester jetzt bewohnte. Doch Isabella war nicht dort, wie Eleanor gehofft hatte.

Sie blieben in der Raummitte stehen, und Eleanor ergriff auch Francis' andere Hand. »Sag mir, wie es steht.«

Er erwiderte ihren Blick mit aller Offenheit. Sie sah Schmerz in seinen Augen, was wenig überraschend war, Erschöpfung und … Verwunderung. So war Francis seit jeher gewesen: Die Abscheulichkeiten des Lebens verwunderten ihn und erfüllten ihn mit Unverständnis. Als rechne er immer damit, im nächsten Moment werde irgendwer kommen und ihm erklären, alles sei nur ein Missverständnis, Gott sei ein kleiner Irrtum unterlaufen, der umgehend wieder behoben werde.

Dabei hätte Francis es doch inzwischen besser wissen müssen. Aber weder fünfundzwanzig Lebensjahre noch der grauenhafte Feuertod vieler protestantischer Freunde hatten ihm seine Zuversicht, sein Urvertrauen in ein gütiges Schicksal austreiben können.

»Dein Sohn wird nicht sterben, Francis. Darüber sollten wir glücklich sein, statt uns zu grämen.«

»Du hast recht. Das ist im Grunde das Einzige, was zählt, und wir hätten allen Grund, Gott auf Knien zu danken«, stimmte er zu. Zwei Tränen liefen ihm über die Wangen, und er wischte sie mit einer verschämten Geste weg.

Eleanor führte ihn zum Fenstersitz, zog ihn auf die tiefblauen Sitzpolster hinab und schloss ihn in die Arme. »Er wird lernen, mit seiner Blindheit zu leben. Wir alle werden das lernen. Was uns heute noch entsetzlich und grausam erscheint, wird irgendwann ein Teil unseres Lebens werden. Und nicht mehr so wehtun.«

»Ja, ganz bestimmt.« Er machte sich los und bat: »Hör auf, mich zu trösten, El. Sonst fang ich ernsthaft an zu heulen. Und das will ich nicht.«

Sie nickte und ließ von ihm ab. »Was heißt ›Isaac ist verschwunden‹?«

Francis erzählte ihr das wenige, was er von Isabella erfahren hatte. »Wir hätten ihn nicht bedrängen dürfen. Er hat nie einen Hehl daraus gemacht, dass er nicht viel mit Waringham im Sinn hat. Aber Jasper hat ihm praktisch die Klinge an die Kehle gesetzt – oder genauer gesagt, habe ich das getan –, und jetzt …«

»Du hast keinen Anlass, ihn in Schutz zu nehmen«, unterbrach Eleanor aufgebracht. »Erst recht nicht, dir Vorwürfe zu machen. Isaac hat dich im Stich gelassen, nicht umgekehrt. Er ist selbstsüchtig und … und rücksichtslos, genau wie seine Mutter.«

Francis verzog schmerzlich den linken Mundwinkel. Eleanor wusste, er hatte die zweite Frau ihres Vaters, in deren Obhut er aufgewachsen war, sehr gern gehabt. Aber Eleanor war sicher, dass er seine Zuneigung verschwendet hatte. Wie so oft. An ihre Stiefmutter ebenso wie an ihren Vater …

»Wie auch immer«, sagte Francis mit einer matten Geste. »Er ist davongelaufen und versteckt sich weiß Gott wo. Denkst du, du kannst ihn finden?«

Eleanor nickte. »Wenn er noch in London ist, vermutlich ja.«

»Wo sollte er sonst sein?«

Sie hob die Schultern. »Mach dir keine Sorgen um Isaac, Bruder. Er ist wie eine Katze, er fällt immer auf die Füße.«

»Du kennst ihn doch gar nicht, El«, widersprach Francis. »Du warst eben nie hier.«

Sie nickte. »Ich war hier ja auch unerwünscht.«

»So war es nicht«, protestierte er. »Du tust Vater unrecht.«

Eleanor seufzte vernehmlich.

Ihr Vater, Nicholas of Waringham, hatte Land und Titel schon als sehr junger Mann geerbt. Und er hatte getan, was so viele Lords gern taten: Er hatte eine seiner Mägde in sein Bett gelockt und ihr einen Bastard gemacht, nämlich Eleanor. Ein gutes Jahr später kündigte sich das nächste kleine Malheur an, und weil Lord Waringham sich inzwischen als Stallknecht in den Haushalt der kleinen Prinzessin Elizabeth eingeschlichen hatte, um deren papistische Schwester, seine angebetete Prinzessin Mary, vor ihren Feinden zu beschützen, wurde er gezwungen, die schwangere Magd zu heiraten. So kam es, dass Francis als einziges von Nicholas of Waringhams vier Kindern ehelich geboren war. Kaum dem Stallknechtdasein entronnen, hatte ihr Vater die unstandesgemäße Gemahlin und ihre Bälger aus Waringham verbannt und sich eine adlige Mätresse genommen. Erst nachdem diese neue Gefährtin Isaac und Isabella geboren hatte, fand er einen Vorwand, sich von Eleanors und Francis' Mutter scheiden zu lassen. In Windeseile hatte er seine Geliebte geheiratet und deren Bastarde legitimiert. Zwischendurch hatte er auch Francis nach Hause geholt, weil der ja der Erbe war, ob es dem Vater nun passte oder nicht. Aber weder Eleanor noch deren Mutter hatte er je gebeten, nach Waringham zurückzukehren. Im Gegenteil, er hatte immer dafür gesorgt, dass sie irgendwo bei Hofe unterkamen. Ihre ganze Kindheit hindurch hatte Eleanor sich nach der Zuneigung ihres Vaters und einem Zuhause gesehnt und beides nie bekommen. Und dann hatte ihr Vater auch noch seine papistische Prinzessin auf den Thron gesetzt. Ein halbes Jahr später wurde Prinzessin Elizabeth verhaftet und im Tower eingesperrt, wo sie auf ihre Verurteilung wartete. Eleanor war mit ihr gegangen. Ihr war auch gar nichts anderes übriggeblieben, denn sie hatte erkennen müssen, dass ihr Vater ihr Feind geworden und Elizabeth – ihre Milchschwester – die einzige Familie war, die sie noch hatte. Und da auf einmal war ihr Vater in den Tower gekommen, um sie nach Hause zu holen. Er hatte gepredigt, gedroht, befohlen und schließlich gefleht. Schweigend hatte Eleanor ihn angehört, und als er nichts mehr zu sagen wusste, hatte sie ihn stehenlassen und war in ihr komfortables Verlies zu ihrer Prinzessin zurückgekehrt. Das war das letzte Mal gewesen, dass sie ihn gesehen hatte. Als er starb, hatte sie zu ihrer Überraschung festgestellt, dass sie trauerte. Aber verziehen hatte sie ihm nie.

Doch das wollte sie ihrem Bruder nicht gerade heute sagen, denn Francis hatte schon genug, was ihn niederdrückte. »Vielleicht hast du recht«, sagte sie, obwohl sie es nicht glaubte. »Jedenfalls bin ich froh, dass du gute Erinnerungen an ihn hast.«

»Ja«, stimmte er mit einem kleinen Lächeln zu. »Viele. Und wer weiß, vielleicht würdest du ganz anders über ihn denken, wenn ihr je Gelegenheit gehabt hättet, einander wirklich kennenzulernen. Es sollte wohl nicht sein. Aber *er* war derjenige, der Königin Mary bewogen hat, ihre Schwester leben zu lassen. Und dich.«

»Ah ja? Ich dachte, es war König Felipe, der seine Gemahlin umgestimmt hat.«

Francis schüttelte den Kopf. »Felipe teilte seine Ansicht. Aber erst als Vater der Königin gedroht hat, ihr den Rücken zu kehren, hat sie nachgegeben.«

»Woher willst du das wissen?«

»Mutter hat es mir erzählt, als sie und Lord Willoughby zu uns nach Frankfurt ins Exil kamen. Sie war dabei.«

Eleanor wusste nichts zu sagen. Was ihr Bruder ihr offenbart hatte, erschütterte das Bild, das sie sich von ihrem Vater gemacht hatte, und sie musste feststellen, dass ihr das ganz und gar nicht gefiel.

Ein Feuer prasselte im Kamin des Wohngemachs. Francis' Frau Millicent und Isabella saßen am Tisch, jede eine der fünfjährigen Zwillinge auf dem Schoß und ein Buch vor sich.

»Eleanor!« Millicent erhob sich, setzte das Kind auf ihren linken Arm und legte den rechten ein wenig ungeschickt um ihre Schwägerin. »Wie gut von dir, dass du gekommen bist.«

Eleanor küsste sie auf die Wange und strich dem kleinen Mädchen, das sie aus großen, haselnussbraunen Augen ernst betrachtete, mit dem Finger über die Nasenspitze. »Wer bist du denn? Adah oder Zillah?«

»Adah«, antwortete die Kleine mit einem Hauch von Ungeduld, so als sei das doch sonnenklar, als sähen sie und ihre Schwester einander nicht so ähnlich wie ein Birkenblatt dem anderen.

»Natürlich. Wie dumm von mir …« Und merklich kühler grüßte sie ihre Halbschwester: »Isabella.«

Die Dreizehnjährige lächelte ihr scheu zu. »Willkommen zu Hause, Eleanor.«

Eleanor setzte sich ihr gegenüber und verzichtete darauf, zu entgegnen, dass dies hier nicht ihr Zuhause war. Sie wollte den Punkt nicht ungebührlich strapazieren.

Francis holte die kostbaren venezianischen Gläser vom Bord an der Wand. Millicent setzte ihre Tochter auf der Tischkante ab, um Wein einschenken zu können.

Eleanor sah sich derweil in dem Raum um, welcher der schönste dieses hässlichen alten Kastens war. Ein wenig grell schien die Frühlingssonne durch die drei Fensterflügel auf den Tisch mit den bequemen, etwas verschlissenen Brokatsesseln. Unter dem Bord für die Gläser war ein zweites angebracht worden, das voll dicker, vermutlich frommer Bücher stand. Über dem Kamin hing das alte Waringham-Schwert mit dem kostbaren, edelsteinbesetzten Heft und setzte vermutlich Staub an. Ihr Vater hatte es noch getragen und im Bedarfsfall auch geführt. Doch Francis machte sich nicht viel aus Waffen, und obendrein kamen Schwerter aus der Mode.

»Wie lange kannst du bleiben?«, riss Millicent ihre Schwägerin aus ihren Betrachtungen.

»Morgen früh reite ich nach London«, antwortete Eleanor. »Je eher wir Isaac finden, desto besser.«

Millicent nickte. Auch sie wirkte erschöpft und niedergedrückt. »Mir scheint, es wird höchste Zeit, dass er heimkommt. Es ist ein gottloses Leben, das er in der Stadt führt. Hier kann er zur Ruhe kommen und auf den rechten Pfad zurückfinden.«

Eleanor trank einen Schluck und gab keinen Kommentar ab.

Sie hatte Zweifel, dass Isaac an Millicents ›rechtem Pfad‹ viel Freude finden würde, und daraus konnte sie ihm nicht einmal einen Vorwurf machen. Millicent und Francis waren immer überzeugte Protestanten gewesen. Aber seit die katholische Königin Mary sie gezwungen hatte, ins Exil zu gehen, waren sie noch viel frömmer geworden. Radikal, hätte mancher sie vermutlich genannt. Puritaner. Viele englische Heimkehrer hatten sich im Exil dieser strengen protestantischen Glaubensrichtung angeschlossen, und die Königin runzelte die Stirn darüber. Elizabeth hatte keine Geduld mit religiösen Eiferern. Es gebe nur einen Jesus Christus, sagte sie gern, und alles andere sei Haarspalterei und Geschwätz.

Eleanor teilte diese Meinung. Sie wechselte das Thema. »Wie schlimm ist es mit den Pocken?«

»Owen Pembroke, der Stallmeister, ist gestern Abend gestorben«, berichtete Francis und drehte nervös den Glaspokal zwischen den Händen, ohne zu trinken. »Zwei seiner Kinder sind auch krank, kommen aber vermutlich durch. Von unseren zehn Stallburschen hat es acht erwischt, zwei sind tot. Im Dorf ist ungefähr jede vierte Familie betroffen, und von drei Kranken stirbt einer. Will Saddler zählt dazu, einer seiner jüngeren Brüder ringt mit dem Tod.«

Ihre Cousins, Marthas Brüder, wusste Eleanor. Weil ihre Mutter ja eine Dienstmagd bäuerlicher Herkunft gewesen war, hatten sie und Francis im Dorf viele Basen und Vettern. Weder der Earl of Waringham noch seine Schwester schämten sich der unstandesgemäßen Verwandtschaft, aber ihr Verhältnis war kompliziert.

»Ich wäre erleichtert, wenn du nicht hingingest, El«, bekannte ihr Bruder.

Sie schüttelte den Kopf. »Ich musste der Königin schwören, dass ich mich und damit auch sie und ihren Hof keinem Risiko aussetze, indem ich unnötigen Kontakt mit Kranken habe.«

»Wie geht es ihr?«, fragte Francis. Auch er hatte einen Teil seiner Kindheit in Elizabeths Gesellschaft verbracht, und er schätzte sie sehr. Genau wie umgekehrt.

»Prächtig«, antwortete Eleanor. »Allmählich lernt sie, mit ihrer Macht und ihrer Freiheit umzugehen, und es gefällt ihr von Tag zu Tag besser.«

Sie sah den beunruhigten Blick, den Francis und Millicent tauschten.

»Aber will sie denn nicht bald heiraten?«, fragte der junge Earl stirnrunzelnd.

»Nein, Francis, stell dir vor, sie will nicht. Wie ich sagte. Sie hat Geschmack an ihrer Freiheit gefunden und wird sie freiwillig nicht aufgeben.«

»Auch nicht für Robin Dudley?«, fragte Millicent.

Eleanor war es allmählich satt, diese Frage zu hören, und gab die gleiche Antwort wie immer: »Robin Dudley hat bereits eine Gemahlin.«

»Aber sie ist krank«, warf Francis ein.

Eleanor sah ihn verblüfft an. Sie hatte geglaubt, niemand wisse davon. Niemand außer ihr. »Wer sagt das?«

»Robin«, erwiderte ihr Bruder achselzuckend. »Er war vor ein paar Wochen hier und hat es mir erzählt. Er schien beunruhigt, aber er wusste nicht genau, was ihr fehlt.«

»Nein, woher auch, wenn er sie seit einem Jahr nicht gesehen hat«, warf Millicent spitz ein.

Adah war auf ihrem Schoß unruhig geworden, weil das Gespräch der Erwachsenen sie langweilte. Millicent stellte sie auf die Füße, und die Kleine lief zielstrebig zu ihrer Schwester, die auf einem Hirschfell vor dem Kamin mit einer Puppe spielte.

»Vielleicht erzählst du bei Gelegenheit deinem Bruder, wie besorgt Robin Dudley um seine Gemahlin ist«, schlug Eleanor ihrer Schwägerin vor. »Er scheint zu glauben, Robin wäre Amy lieber heute als morgen los, um die Königin heiraten zu können.«

»Was für eine absurde Idee«, protestierte Francis.

»Es spielt keine Rolle, wie absurd es ist«, erwiderte Eleanor. Denn Millicents Bruder war der Duke of Norfolk, einer der mächtigsten Männer in England und der einzige Adlige im Rang eines Herzogs. Was er sagte, konnte noch so lächerlich sein, es hatte dennoch Gewicht.

»Ich dachte, mein Bruder sei in Schottland«, sagte Millicent.

»Zum Glück«, gab Eleanor zurück. »Es war nicht mehr auszuhalten, wie er und Robin sich an die Kehle gingen. Und als Norfolk drohte, Robin Dudley werde nicht im Bett sterben, befand die Königin, dass Norfolks militärisches und diplomatisches Genie an der schottischen Grenze benötigt werde.« Und da saß er nun und tat natürlich absolut gar nichts, denn es gab nicht viel, wozu Thomas Howard, Duke of Norfolk, taugte. Aber das sagte sie nicht, weil sie Millicent nicht kränken wollte.

»Möge Gott dem Duke of Norfolk und den schottischen Protestanten gewogen sein, damit die armen Schotten bald aus der papistischen Tyrannei erlöst werden«, sagte diese.

»Amen«, stimmte Eleanor mit Nachdruck zu, selbst wenn die »papistische Tyrannei« in Schottland in Gestalt der alten Königinmutter Marie de Guise ihr eher aus politischen, weniger aus religiösen Gründen Sorgen machte.

»Und was ... geschieht mit Isaac, wenn du ihn findest?«, fragte Isabella, unverkennbar ängstlich.

»Ich bringe ihn zur Königin, die ihm die Leviten lesen wird. Glaub mir, das wird sogar Isaac beeindrucken. Sie kann brüllen wie ein echter englischer Löwe, das hat sie von ihrem Vater.«

»Und was machst du, wenn er sich weigert, dich zur Königin zu begleiten?«, fragte das junge Mädchen weiter.

Eleanor lächelte sie an. »Dann werde ich ihn umstimmen. Darin bin ich ziemlich gut, weißt du.«

Diese Erfahrung musste auch John Sturgess machen, ein Schneider, Pfandleiher und Hehler in Southwark, den Eleanor kurz nach Einbruch der Dunkelheit am folgenden Tag aufsuchte.

»Ich kann Euch nur raten, mir die Wahrheit zu sagen, Master Sturgess.« Eleanor zog die Handschuhe aus und ließ den Blick durch den dämmrigen, unordentlichen Laden schweifen. »Das liegt in Eurem eigenen Interesse, glaubt mir.«

»Ich weiß nicht, was Ihr eigentlich von mir wollt, Mylady«, gab Sturgess verdrossen zurück. Er war ein stiernackiger, kräftiger Kerl Mitte vierzig, Haar und Bartstoppeln grau meliert. Von eher gedrungener Statur, wirkte er doch stark und behände. Sicher musste er das sein, schätzte sie. Es brauchte Durchsetzungskraft, um in einer üblen Gegend wie dieser mit gestohlenen Waren zu handeln und dabei längere Zeit am Leben zu bleiben.

»Es ist ganz einfach«, antwortete Eleanor scheinbar geduldig, trat näher an den Ladentisch, sodass sie einander direkt gegenüberstanden, und bewunderte die Kästchen voll glänzender Knöpfe, Haken und Ösen. »Ein junger Gentleman kam vor fünf Tagen etwa um diese Stunde hierher und verkaufte Euch etwas.«

»Sagt wer?«, fragte er angriffslustig.

»Mistress Coulthard, die Wirtin der Schänke *Zum blinden Bär.*«

»Mistress Coulthard ist eine große Hure vor dem Herrn und lügt, sobald sie ihr zahnloses Maul aufmacht.«

Eleanor rührte mit dem Zeigefinger in der Knopfkiste und erwiderte abwesend: »Etwas Ähnliches sagt sie von Euch auch.« Sie schaute wieder auf. »Ich habe indes Grund zu der Annahme, dass sie dieses Mal die Wahrheit gesagt hat und dass es ein Ring war, den der junge Mann Euch verkauft hat.«

»Was für ein Ring?«

»Goldreif, schwarzer Obsidian in Form eines Einhorns. Nicht sehr wertvoll, aber ein hübsches Schmuckstück.«

»Nie geseh'n.«

Mit einer beiläufigen Bewegung fegte Eleanor das Knopfkästchen vom Ladentisch, dessen Inhalt sich unter lustigem Geklimper über die dreckigen Bodendielen ergoss. Unwillkürlich schaute Sturgess seiner Knopfsammlung hinterher, und als er seinen Fehler erkannte, war es schon zu spät. Eleanor hatte ihren filigranen Fächer aus Pfauenfedern auseinandergezogen und den Dolch, der sich im Griff verbarg, in Sturgess' linkes Ohr gesteckt.

Der Hehler erstarrte.

»Also?«, hakte sie nach. »Legt die Hände auf den Tisch, Sir, sodass ich sie sehen kann.«

Er gehorchte.

»Er kam spät, und er war außer Atem, als wär er gerannt«, berichtete er dann unwillig. »Seine Kleider waren nichts Besonderes, und er trug auch keinen Mantel, trotz der Kälte. Aber man konnte hören, dass er ein feiner Pinkel war. Er holte den Ring aus dem Beutel und sagte: ›Ich nehme, was immer du mir dafür gibst‹.« Ein unfreiwilliges Grinsen stahl sich bei der Erinnerung an dieses gute Geschäft auf sein rundliches Gesicht.

»Wie viel habt Ihr ihm gegeben?«, fragte sie.

»Drei Pfund.«

Eleanor bohrte den Dolch ein klein wenig tiefer in sein Ohr. Er zuckte zusammen. »Ein Pfund, fünf Schilling!«

Das konnte sie schon eher glauben. »Und dann?«

»Hat er auf einmal gezögert. Sah so aus, als fiel es ihm schwer, sich von dem Klunker zu trennen. Darum glaub ich nicht, dass er ihn gestohlen hatte.«

»Ihr seid ein guter Beobachter, Master Sturgess«, lobte Eleanor. »Und wie ging es weiter?«

»Er fragte mich, ob ich einen Bootseigner kenne, der noch in dieser Nacht oder am nächsten Morgen auslaufen würde und ihn vielleicht als Matrosen mitnimmt. Ich hab ihn ausgelacht. ›Es gibt genug gelernte Matrosen in London‹, hab ich ihm gesagt, ›niemand braucht ein Herrensöhnchen wie dich. Wenn du Arbeit suchst, stell dich unten am Fluss zu den billigen Huren und verkauf deinen Knabenarsch, das kann jeder‹.«

»Ich könnte mir vorstellen, das hat ihm nicht gefallen.«

»Aber schockiert hat es ihn auch nicht.« Er sah ihr in die Augen. »So wenig wie Euch, fällt mir auf.«

»Ich bedaure, wenn Euch das erschüttert. Und was weiter?«

»Er hat gelacht und gesagt, ›Nein, vielen Dank, dann wohl doch lieber meinen Ring, Master Sturgess‹. Ich sag Euch, der Bengel hatte es faustdick hinter den Ohren.«

O ja, dachte Eleanor bitter, das kann man wohl sagen. Die eineinviertel Pfund, die Isaac für den Ring bekommen hatte, waren mehr als genug, um eine Passage in die Normandie auf einem Handelssegler zu bezahlen. Isaac war auf und davon, ahnte sie.

»Habt Ihr den Ring noch?«

»Nehmt Ihr die Klinge aus meinem Ohr?«, konterte er im gleichen Plauderton.

»Das könnte Euch so passen. Ja oder nein?«

»Ja.«

»Ich kaufe ihn zurück.«

»Zwei Pfund.«

Sie verstärkte den Druck ihres Dolchs um einen Hauch. »Denkt noch mal nach.«

»Ein Pfund zehn. Kommt schon. Ich hab Euch gesagt, was Ihr hören wolltet. Und ich muss auch leben, Mylady.«

Sie warf ihre bestickte Seidenbörse auf den Ladentisch. »Zählt es ab. Und vergesst nicht: Ich will Eure Hände sehen.«

Er schüttete den Inhalt der Börse auf den Tisch und zählte mit geübten Fingern den vereinbarten Preis ab. »Den Ring hab ich hinten.«

Er wies mit dem Daumen auf den Vorhang, der vermutlich seine Wohnräume vom Laden trennte.

Eleanor lächelte ihn an, trat einen Schritt zurück und ließ die Hand mit dem Dolch sinken. Ohne die Stimme zu erheben, sagte sie: »Gentlemen, wenn ich bitten dürfte …«

Sie hatte noch nicht ganz ausgesprochen, als Jeremy und Jethro Andrews mit gezogenen Degen durch die Ladentür traten.

John Sturgess betrachtete sie mit verengten Augen. »Ich hätte wissen müssen, dass eine Lady wie Ihr nicht ohne Wachhunde in eine Gegend wie diese kommt.«

Jeremy und Jethro waren ein wenig mehr als das.

Ihr Vater war viele Jahre lang Stallmeister in Elizabeths Haushalt gewesen, die Familie dem Hause Tudor schon seit Generationen verbunden. Jeremy und Jethro gehörten Elizabeths Leibwache der *Gentlemen Pensioners* an, aber die Königin hatte sie Eleanor quasi als Dauerleihgabe überlassen. Sie waren Anfang zwanzig, sechs Fuß groß, auffallend breit in den Schultern und jederzeit gewillt, sich zu schlagen. Wenn sie mit Eleanor unterwegs waren, trugen sie keine Uniform, sondern unauffällige, gedeckte Kleidung, und trotz ihrer Statur verstanden sie es vortrefflich, mit der Umgebung zu verschmelzen und sich unsichtbar zu machen. Heute hatte Eleanor sie draußen vor der Tür gelassen, denn sie war sicher gewesen, dass sie mit dem Hehler alleine fertig wurde und ihn nicht dem manchmal doch sehr rauen Charme ihrer beiden Schutzengel aussetzen musste. Aber es war immer gut, sie vor der Tür zu wissen.

»Sir Jeremy, würdet Ihr Master Sturgess in die hinteren Räumlichkeiten begleiten und Euch einen Ring von ihm aushändigen lassen?«

»Mylady.« Das sagten sie immer. Nicht »Ja« oder »Nein« oder »Guten Morgen«, sondern dieses eine Wort erfüllte beinah jeden Zweck. Manchmal hörte Eleanor tagelang nichts anderes von ihnen.

Mit der schmalen Klinge seines Degens lud Jeremy den Hehler ein, vorauszugehen.

»Nicht nötig, ihm die Finger zu brechen«, stellte Eleanor vorsichtshalber klar.

Ohne große Mühe machte sie den Kapitän des altersschwachen Kahns ausfindig, der ihren Bruder mit nach Plymouth genommen hatte. Aber wohin der junge Mann von dort aus gewollt hatte, wusste er nicht. Nur weg aus England, habe er gesagt, so als hätte er etwas ausgefressen.

Eleanor wusste, sie konnte sich die Reise nach Plymouth sparen. Jeden Tag stachen von dort aus etliche Schiffe Richtung Kontinent in See. Eines davon hatte ihr Bruder bestiegen und war über den Horizont davongesegelt.

Sie nahm an, sie würde ihn nie wiedersehen. Trotzdem wickelte sie seinen Ring in ein Seidentüchlein und verstaute ihn im untersten Kästchen ihrer Schmuckschatulle, um ihn ihm vielleicht doch eines Tages zurückgeben zu können. Mit ein paar passenden Worten …

Auf See 34°58′ N, 11°26′ W, Mai 1560

»Isaac. He, Isaac! Ist das zu fassen?« Ein gut platzierter Tritt riss Isaac aus einem lebhaften, aber wirren Traum. Er setzte sich ruckartig auf und stieß prompt mit dem Kopf an den

Rumpf der Kanone, neben der er seine dünne Strohmatratze ausgerollt hatte.

Während ein Chor rauer Männerstimmen um ihn herum in Gelächter ausbrach, kam er auf die Füße und presste einen Augenblick die Faust auf die Stelle, wo er heute Abend todsicher eine Beule haben würde. Die allgemeine Heiterkeit auf seine Kosten nahm er kaum wahr. Hier wurde viel gelacht, immer rau und meist auf irgendjemandes Kosten. Es war meistens nicht besonders gehässig gemeint, und er hatte sich längst daran gewöhnt.

Perlgraues Licht und ein salziges, balsamweiches Lüftchen drangen durch die Geschützluken herein. Bald Sonnenaufgang, und das hieß, dass seine Wache gleich begann. Genau wie alle anderen Männer rollte er seine Wolldecke und seine Matratze zusammen und stapelte sie mit seinem Seesack an der Holzwand zur Offiziersmesse auf. Im Handumdrehen war das Kanonendeck aufgeräumt, nicht einmal ein vergessener Zinnteller oder ein verlorener Schuh lagen irgendwo herum. Captain Hawkins bestand darauf, dass dieses Deck tagsüber immer einsatzbereit war, sodass die Geschütze innerhalb von Minuten klargemacht werden konnten. Man wusste schließlich nie, wann man sie brauchen würde, aber *wenn* man sie brauchte, dann meistens schnell.

Die Besatzung der *Salomon* bestand aus rund vierzig Männern, von denen zehn Offiziere oder mitreisende Gentlemen waren, die Kapital in diese Fahrt gesteckt hatten. Sie versammelte sich mittschiffs zur Morgenandacht, und zwar vollzählig. Der Captain bestand darauf, und ihm entging niemals, wenn jemand fehlte. Am Morgen nach dem Sturm – Isaacs erstem Tag an Deck – hatte einer der Matrosen sich zu drücken versucht und wollte nach der Schreckensnacht lieber noch ein Nickerchen einlegen. Hawkins hatte den Bootsmann mit der Peitsche nach unten geschickt, um den Drückeberger an Deck zu prügeln. Seither legte selbst Isaac einen frommen Eifer an den Tag, den er früher nicht an sich gekannt hatte.

»*Zerreißet eure Herzen und nicht eure Kleider, und bekehret euch zum Herrn, eurem Gott!*«, las Hawkins, der oben an der Reling des Achterdecks stand, seine Stimme geübt und tragend.

»Denn er ist gnädig, barmherzig, geduldig und von großer Güte, und ihn reut bald der Strafe. Wer weiß, es mag ihn wiederum gereuen, und er mag einen Segen hinter sich lassen, zu opfern Speisopfer und Trankopfer dem Herrn, eurem Gott.«

»Amen!«, antwortete Isaac zusammen mit dem Rest der Mannschaft, auch wenn er nicht hätte sagen können, was der letzte Satz bedeuten sollte, und hätte sein Leben davon abgehangen. Aber das machte ja nichts.

»Blaset mit Posaunen zu Zion, heiliget ein Fasten, rufet die Gemeinde zusammen …«

So ging es weiter und weiter, während Isaacs Hunger immer bohrender wurde. Und jeden Morgen stellte er sich irgendwann die Frage, ob heute vielleicht der Tag war, da der Captain beschlossen hatte, bis zum Sonnenuntergang weiterzulesen. Es konnte keinen Zweifel geben: John Hawkins war ein zutiefst frommer Mann. Das *Book of Common Prayer* in seinen Händen war ebenso abgegriffen und zerlesen wie die Bibel, die in seiner Kajüte auf dem Tisch lag. Nur von *»Du sollst nicht stehlen!«* schien Hawkins noch nie gehört zu haben …

Als die Andacht dann doch ein Ende nahm, folgte Isaac den übrigen Männern zum Vorschiff, wo die einfachen Matrosen sich für gewöhnlich aufhielten. Das Achterdeck war den Offizieren vorbehalten, und ohne Befehl durfte man sich dort nicht blicken lassen.

Sehnsüchtig wartete Isaac auf das Frühstück, das der Schiffskoch und seine Helfer mittschiffs bereiteten. Da Brände zu den schlimmsten Gefahren auf See zählten, durfte der Koch sein Feuer nur in einem gusseisernen Kasten entzünden, über welchen er einen Kessel hing. Als das wässrige Porridge fertig war, stellten die Männer sich in einer ordentlichen Reihe auf, jeder mit einer hölzernen Schale und einem Löffel bewaffnet.

Isaac trug sein Porridge zu seinem Lieblingsplatz. Auf dem Vorderdeck stand die Pinasse – das Beiboot –, von Holzpflöcken gestützt, und wenn man sich auf ihrer Steuerbordseite aufs Deck setzte, hatte man wenigstens ein bisschen Schatten. Es war vielleicht eineinhalb Stunden nach Sonnenaufgang, aber es wurde schon heiß.

»*Alors, fiston!*« Der kleine Franzose, den die Männer Pete Petit nannten, ließ sich im Schneidersitz neben ihm nieder. »Hast du schon erraten, wo wir segeln hin?«

»Wie könnte ich das?«, gab Isaac achselzuckend zurück und schob sich einen Löffel in den Mund.

»Aber du weißt, wo wir sind, *n'est pas*?«

Der Junge schaute sich vielsagend um. »Auf dem großen, weiten, leeren Meer?«

Die Männer lachten.

Mit einem ungeduldigen Kopfschütteln zeigte Pete nach backbord. »Was liegt dort?«

»Portugal.« Isaac hatte gehört, dass der Bootsmannsmaat es gestern erwähnte. Oder vorgestern?

»Falsch, du dummer Ochse. Portugal ist längst *passé*.«

»Pass lieber auf, wie du mit mir redest«, protestierte Isaac ohne viel Nachdruck. Der ruppige Umgangston und die wenig schmeichelhaften Titel, mit denen die Männer ihn belegten, gehörten auch zu den Dingen, an die er sich in den vergangenen zwei Wochen gewöhnt hatte, aber man durfte sich hier nichts widerspruchslos gefallen lassen, sonst landete man ganz am unteren Ende der Hackordnung. »Dann eben Spanien.«

»Auch falsch. Wenn gestern wir wären gesegelt nach Osten, wären wir gelangt nach *Détroit de Messine* und zu das Mittelländische Meer, wo liegt meine wunderschöne Heimatstadt Marseille.«

»*Détroit de Messine?*«, wiederholte Isaac.

»*Oui.* Das ist eine Engemeer zwischen die südlichste Zipfel von das Spanien und *l'Afrique*.«

»Engemeer?«, hakte der Junge unsicher nach.

»Meerenge«, übersetzte Francis Drake, der bislang untypisch still zugehört hatte, und kratzte den letzten Rest Porridge aus seiner Schale. »Was Pete Petit dir sagen will, ist, dass dort drüben die nordafrikanische Küste liegt. Aber sie dürfte zwei-, dreihundert Meilen entfernt sein, schätze ich.«

Afrika, dachte Isaac, und er spürte ein Kribbeln, das genau von der Mitte seines Körpers auszugehen schien und das zu gleichen

Teilen aus Schrecken und aus Abenteuerlust bestand. Wie unvorstellbar weit weg von England. Angeblich war irgendein Cousin oder Onkel oder was auch immer seines Vaters mal hingesegelt und hatte Märchen über gestreifte Pferde erzählt, aber mehr als ein Märchenland war Afrika in Isaacs Vorstellung nie gewesen. Ganz gewiss kein Teil der wirklichen Welt. Und hier war er nun …

»Ob wir dort landen?«, fragte er, und die Männer schmunzelten über die Erregung und Sehnsucht in seiner Stimme.

Drake hob die schmalen Schultern. »Wer weiß.«

»Du«, antwortete Harker, ein wettergegerbter, grauhaariger Kerl aus Southampton. Er war der älteste Mann in ihrer *Back* – der Gruppe von Männern, die immer zusammen auf Wache waren, zusammen aßen und so weiter –, und er sprach meistens barsch, so als fürchte er, seine Autorität würde in Zweifel gezogen. »Der Captain ist dein Vetter, und ich wette, du weißt viel mehr, als du uns sagst.«

»Die Wette würdest du verlieren«, gab Drake zurück und reichte Isaac seine leere Schale.

Isaac sprang auf und sammelte auch die Näpfe der anderen ein.

»Das kannst du mir nicht weismachen …«, knurrte Harker.

»Nenn mich noch einmal einen Lügner, und du wirst es bereuen«, fuhr Drake ihn an, dessen Gemüt leicht entflammbar war.

Harker zeigte ein unerträglich überhebliches Grinsen. »Ah ja? Ich bin gespannt, Bübchen.«

»Wollen wir uns verabreden?«, schlug Drake vor. Er sprach leise, aber es funkelte in seinen blauen Augen. »Sagen wir, Landgang, erster Abend, so gegen acht?«

»Warum so lange warten? Wieso nicht heute Abend nach Sonnenuntergang? Du hast doch hoffentlich keine Angst vor deinem *Vetter*, oder, Bübchen?«

Captain Hawkins duldete keine Schlägereien unter der Mannschaft und ahndete jeden Verstoß gegen diese wie auch gegen alle anderen Regeln unbarmherzig. Wenn ein Matrose gegen einen anderen ein Messer zückte, wurde seine Hand mit diesem Messer an den Mast geschlagen, und er konnte sich nur befreien, indem er die Hand so lange hin und her bewegte, bis die Wunde groß genug war, um über den Messergriff zu passen. Isaac musste sich bei der Vorstellung ein wenig schütteln, doch er verstand die Notwendigkeit solcher Strafen. Hier waren vierzig Männer auf zu engem Raum zusammengepfercht, und ganz gleich, wie sehr sie sich auf die Nerven gingen oder sogar hassten, keiner konnte dem anderen aus dem Wege gehen. Geschweige denn weglaufen. Und in einem Sturm oder Gefecht oder bei anderen Gefahren mussten sie alle Hand in Hand arbeiten und sich aufeinander verlassen. Es war überlebenswichtig, dass sie Frieden hielten.

Drake machte einen Schritt auf Harker zu, sodass sie beinah Nase an Nase standen. »Das könnte dir so passen, Pissnelke. Also was ist? Meine Einladung steht.«

»Freunde«, sagte Beaver, der Bootsmannsmaat, der unbemerkt hinzugetreten war. »An die Arbeit, wenn ich bitten darf.«

Er hatte natürlich gesehen, was sich hier anbahnte, aber er gab keinen Kommentar ab. William Beaver war ein erfahrener Seemann und schon lange Maat unter Master Abingdon. Die Männer seiner Back achteten ihn, und Isaac hatte mit Faszination beobachtet, mit welch leichter Hand Beaver sie führte.

Drake und Harker drehten einander demonstrativ den Rücken zu und machten sich ans Werk: Harker war eingeteilt, dem Schiffszimmermann zur Hand zu gehen, der das verwitterte und teilweise zersplitterte Dollbord der Pinasse erneuern wollte. Drake begab sich an die Ausbesserung eines Segels.

Der Alltag an Bord verlief völlig anders, als Isaac sich vorgestellt hatte. Nach dem, was er in den Schänken an der Bankside aufgeschnappt hatte, setzten Matrosen von früh bis spät ihr Leben aufs Spiel, waren allesamt verwegene Kerle, die ständig in der Takelage herumkletterten, natürlich immer bei stürmischer See. Die Wahrheit sah ein wenig anders aus. Gewiss gab es Tage, da die Matrosen öfter aufentern mussten, um Segel zu setzen oder zu bergen. Wenn der Wind umsprang, musste es auch schon mal schnell gehen, und bei rauer See war es gefährlich. Höhenangst durfte ein Seemann nicht haben. Aber meistens waren die Tage der Matrosen eher geruhsam, ausgefüllt mit grässlich langweiligen Arbeiten, die der Instandhaltung des Schiffs oder der Geschütze dienten. Oft gab es nicht für alle genug zu tun, sodass der Maat sie manchmal anwies, das makellos saubere Deck zu schrubben. Zuerst hatte Isaac gerätselt, warum der Captain mehr Männer angeheuert hatte, als benötigt wurden, um das Schiff zu segeln. Der Grund war ihm erst klar geworden, als ihnen zum ersten Mal befohlen wurde, die Geschütze für eine Übung klarzumachen. Vier Mann wurden für die Bedienung jeder Kanone benötigt, zweiunddreißig also, wenn alle Geschütze zum Einsatz kommen sollten. Isaac hatte sich schon gefragt, ob Captain Hawkins enttäuscht war, dass sie bislang noch keine spanische Galeone getroffen hatten, die sie hätten aufbringen können. Ob er sich allmählich fragte, wozu er so viele Männer an Bord genommen hatte, die alle bezahlt und gefüttert werden mussten. Und ob es das war, was ihn so übellaunig stimmte.

»Soll ich dir helfen?«, fragte er Drake und wies auf das halb entfaltete Segel.

Der nickte. »Und weißt du, was für ein Segel das ist?«

Isaac setzte sich neben ihn und faltete die schmuddlig weiße, feste Leinwand weiter auseinander. Dreieckig und eher klein. »Ein Klüver?«, tippte er unsicher.

Drake brummte.

Da die gewohnte Kopfnuss für falsche Antworten ausblieb, schloss Isaac, dass es sich um ein zustimmendes Brummen handelte. Er zog die Kiste mit dem Flickzeug näher, wählte eine der dicken Nadeln und rollte ein Stück festes Garn ab. Er musste Drakes Messer borgen, um es abzuschneiden, weil der Captain ihm seines ja abgeknöpft hatte, und fädelte das Garn ohne große Mühe durchs Öhr.

»Das machst du ziemlich geschickt«, bemerkte Drake. »Bringt man jungen Gentlemen das Sticken bei, da wo du herkommst?«

Isaac schüttelte grinsend den Kopf. »Ich hab ein paar Jahre im Haushalt eines Onkels gelebt, der Tuchhändler ist.« Unter anderem. »In einem Tuchhandel muss ständig irgendetwas geflickt oder gestopft oder ausgebessert werden. Er beschäftigt eigens eine Näherin dafür, aber man kann gar nicht anders, als ein paar Handgriffe mitzubekommen.« Vor allem dann nicht, wenn man zwölf Jahre alt und rettungslos verliebt in die Näherin war …

Er begann, einen ausgefransten Saum einzufassen.

»Ein Tuchhändler«, wiederholte Drake versonnen. »Ich hätte gewettet, du bist der Sohn eines Edelmannes.« Eine sonderbare Mischung aus Spott und Neid schwang in der Stimme.

Isaac war es gründlich satt, Fragen über seine Herkunft zu hören. »Und was ist mit dir?«, konterte er. »Stammst du aus einer Seefahrerfamilie?«

»Nein.« Francis Drake durchsuchte die kleine Holzkiste nach einem passenden Flicken. »Mein Vater war … alles Mögliche. Sein Vater hatte eine Farm bei Tavistock in Devon, aber mein alter Herr war nicht der Erstgeborene. Er hat als Tuchscherer gearbeitet, dann ist er Pfarrer geworden.«

»Hast du viele Geschwister?«

Drake schüttelte den Kopf. »Wir sind nur zu fünft, aber selbst für fünf reichte es nicht, und darum schickte mein Vater mich zu Verwandten nach Plymouth.« Mit einer kleinen Kopfbewegung deutete er auf das Achterdeck.

Also war er bei den Hawkins' aufgewachsen, die, so wusste Isaac inzwischen, angesehene und ziemlich wohlhabende Kaufleute in Plymouth waren und schon seit Generationen eigene Schiffe besaßen. Isaac war verblüfft, dass Drake ihm das anvertraute, denn normalerweise erwähnte er seine Verwandtschaft mit dem Captain niemals und wurde fuchsteufelswild, wenn irgendwer unterstellte, sie verschaffe ihm Vorteile – was im Übrigen nicht zutraf. Hawkins behandelte seinen Cousin genau wie alle anderen Untergebenen: argwöhnisch, kühl, streng, aber nicht grausam.

Isaac wusste, wie es war, im Haushalt eines Onkels zu stranden: Egal wie herzlich das Willkommen, hatte man doch immer das Gefühl, ein Kuckuckskind zu sein. Aber wie es sein mochte, als *armer* Verwandter im Haus eines Onkels zu leben, wollte er sich lieber gar nicht vorstellen. »Ich bin sicher, es war das pure Honigschlecken«, bemerkte er.

Drake schnaubte belustigt. »Das kannst du laut sagen.«

»Und dann?«

»Und dann was?«

»Wie ging es weiter?«

»Du bist gar nicht neugierig, was?«

»Doch«, räumte Isaac ein.

»Und wieso?«

»Es ist eine erbliche Krankheit in meiner Familie«, gestand der Jüngere. Und Francis Drake hatte seine Neugier geweckt, weil er ein klein wenig anders war als die übrigen Männer an Bord. Er redete unflätig und konnte ungehobelt und reizbar sein wie alle anderen auch. Aber Isaac hatte inzwischen genug gelernt, um zu erkennen, dass Drake ein besserer Seemann war als jeder andere der Matrosen, möglicherweise sogar besser als der Bootsmannsmaat. Drake hatte im Gegensatz zu ihren Gefährten Tischmanieren, die er zweifellos im Haus seines Onkels gelernt hatte. Im Rahmen der bescheidenen Möglichkeiten an Bord hielt er seine Erscheinung in Ordnung. Doch vor allem besaß er den Respekt der anderen Matrosen, auch derer, die viel älter waren als er. Selbst diejenigen, die ihm seine Ausstrahlung verübelten, so wie Harker, waren doch nicht dagegen gefeit.

»Onkel schickte mich zu einem Schiffer nach Kent in die Lehre«, erzählte Drake nach einem kurzen Schweigen. »Ein guter Seemann war er, der alte Gordon, und eine Seele von Mensch. Er brachte mir alles bei, was er über Boote und Segel und die See wusste. Meist brachten wir Fracht von Essex oder Kent nach Southampton oder Plymouth. Aber wir segelten auch über den Kanal nach Brügge oder Calais und so weiter. Als er starb, erbte ich sein Boot. Er hatte niemanden sonst. Ich hab es verkauft und bin mit dem Geld hier eingestiegen.«

»Verstehe.«

»Und wenn du irgendwem ein Sterbenswort davon sagst, dass ein paar Tuchballen da unten mir gehören, schneid ich dir die Kehle durch.«

Isaac lächelte liebenswürdig und nickte.

Drake war also doch ein klein wenig mehr als ein gewöhnlicher Matrose an Bord der *Salomon*: Matrosen bekamen Heuer. Die Offiziere – Gentlemen, die oft keinen Schimmer von der Seefahrt hatten – waren manchmal abenteuerlustige Heißsporne, meistens aber Investoren, denen ein Teil der Fracht gehörte.

»Wieso hat der Captain dich nicht als Offizier an Bord genommen, wenn du schon so lange zur See fährst?«, wollte Isaac wissen.

Drake zuckte die Achseln. »Vielleicht fragst du ihn mal.«

»Nein, ich denke, lieber nicht.«

Drake verzog den etwas zu breiten Mund zu einem Lächeln ohne viel Humor. »Es ist nicht seemännische Erfahrung, die mir fehlt, weißt du.«

»Sondern?«

Statt zu antworten, schnauzte Drake ihn plötzlich an: »Bist du jetzt bald mal fertig mit dem verdammten Saum?«

Isaac hielt ihm sein Werk zur Begutachtung hin.

»Na schön«, knurrte der Matrose. »Dann zeig mir ein paar Knoten.« Er fischte einen Tampen aus der Kiste und drückte ihn Isaac in die Hand. »Na los. Ein Palstek.«

Das war einfach. »Schlange kriecht aus dem Teich«, murmelte der Junge. »Einmal um den Baum herum und zurück in den See.« Er folgte mit dem Stück Seil seiner Eselsbrücke, und siehe da – die gewünschte Schlaufe, die sich nicht zuziehen ließ, kam dabei heraus.

Drake hatte eine zweite Flickstelle in Arbeit und streifte Isaacs Machwerk nur mit einem kurzen Blick. »Webeleinen.«

Auch den bewerkstelligte Isaac, wenn auch erst im zweiten Versuch, aber beim Topsegelschotstek endete er immer mit einem einfachen Knoten in seinem Tampen und nichts sonst und erntete die erwartete Kopfnuss.

Isaac massierte sich den gemaßregelten Schädel, wütend auf sich selbst. »Aus mir wird nie ein Seemann!«, stieß er hervor.

»Was findest du denn so erstrebenswert daran?«, wollte Drake wissen.

»Oh …« Isaac ließ die Hand sinken und überlegte, was er antworten sollte. Schließlich sagte er: »Es scheint mir nicht der schlechteste Weg, seinen Lebensunterhalt zu verdienen.«

»Das liegt daran, dass wir bisher so sagenhaftes Glück mit dem Wetter hatten. Normalerweise bedeutet es gefährliche Arbeit in eisiger Kälte, immer nass bis auf die Knochen, verdorbener, durchnässter Fraß, kein Schlaf und das alles für weniger Geld, als ein Schafscherer verdient.«

»Dann musst du also ein Trottel sein, dir ausgerechnet diesen Beruf auszusuchen.«

Drake schüttelte den Kopf. »Ich liebe die See.« Mit verengten Augen sah er auf die blaue Weite hinaus. Das Sonnenlicht funkelte auf den Kämmen der Wellen. Drake war erst zwanzig, aber er hatte schon Krähenfüße um die Augen, denn wenn man bei Sonnenschein aufs Meer hinausblickte, musste man immer die Augen gegen das Gleißen verengen. Schließlich wandte der junge Matrose den Blick ab und schaute Isaac wieder an. »Aber was ist mit dir?«

»Keine Ahnung«, gestand der Junge. »Ich finde es leichter, zu entscheiden, was ich nicht will, als zu sagen, was ich will. Aber … ich habe die Brücken hinter mir abgebrochen, und irgendwie muss ich mein Brot verdienen. Oder meinen Zwieback.«

Drake betrachtete ihn einen Moment mit zur Seite geneigtem Kopf. Dann sagte er: »Ich bringe dir bei, ein Seemann zu sein, wenn du mir beibringst, ein Gentleman zu sein.«

Als Gentleman wird man geboren, hörte Isaac seinen Vater sagen. *Es gehört zu den Dingen, die man nicht erlernen kann, ganz gleich, in welch kostbare Gewänder die Emporkömmlinge bei Hofe sich kleiden.* Aber der junge Waringham fand diese Ansicht hoffnungslos rückständig. Von unfair ganz zu schweigen.

»Einverstanden«, sagte er.

London, Mai 1560

In St. Paul herrschte wie üblich buntes Treiben. Eleanor dachte manchmal, dass die altehrwürdige Kathedrale weniger ein Symbol des Heilsweges von der Taufe bis zur Erlösung war, sondern ein viel weltlicheres Sinnbild. Hier spielte sich das ganze Leben im Kleinen ab: Im südlichen Querschiff warteten Geldverleiher auf Kundschaft, und auch die Londoner Papisten verabredeten sich dort, um geheime Botschaften auszutauschen. Im Nordschiff konnte man Ämter und gefälschte Urkunden erwerben. Im

Hauptschiff flanierten Kaufherren in den feinen Livreen ihrer Gilden ebenso wie Geistliche, Edelleute und alles mögliche Londoner Volk. Huren und Wahrsager boten ihre Dienste, Bäckersfrauen und Weinhändler ihre Waren feil, Besucher vom Lande oder aus fremden Ländern starrten offenen Mundes zum hohen Kreuzrippengewölbe empor und verloren derweil ihre Börsen an einen der ungezählten Beutelschneider, und an einer der Seitentüren drängten sich arbeitssuchende Mägde und Diener, denn dort waren Zettel mit offenen Stellen angeschlagen.

»Mylady«, raunte Jethro Andrews.

Er ging einen halben Schritt links hinter ihr, und Eleanor wandte den Kopf ein wenig in die Richtung, um ihm zu bedeuten, dass sie ihn gehört hatte.

»Wir werden verfolgt.«

»Von wem?«

»Junger Gentleman in edlen Kleidern, aber mit einem Flicken auf dem Ellbogen. Will mehr erscheinen als er ist, würd ich sagen.«

»Dunkelhaarig, hellhäutig und ein Kinn wie ein Kantholz. Schotte vielleicht«, fügte Jeremy hinzu.

Eleanor war noch nie aufgefallen, dass die Schotten sich durch eine besonders ausgeprägte Kinnpartie auswiesen, aber vermutlich hatten die Andrews-Brüder trotzdem recht. Deren Beobachtungsgabe und Instinkt hatte sie im Laufe der vergangenen Monate zu schätzen gelernt. Sie konnte sich überhaupt nicht vorstellen, was der Verfolger von ihr wollte, aber egal, wer ihn geschickt hatte – Marie de Guise oder ihre protestantischen Widersacher –, sie schätzte es nicht, beschattet zu werden.

»Seid so gut und haltet mir den Gentleman vom Leib«, bat sie.

Die Andrews ließen sich zurückfallen.

Eleanor schlenderte weiter durch das Menschengewühl, die Hand locker auf die bestickte Seidenbörse gelegt. Höflich nickte sie dem Chamberlain des Earl of Arundel zu, der bei einem der Buchhändler haltgemacht hatte, die entlang des nördlichen Seitenschiffs ihre Kisten aufgestellt hatten. Ein paar Schritte weiter beobachtete sie amüsiert zwei junge Rechtsgelehrte, die lautstark einen Streit austrugen und dabei gestikulierten, dass ihre Talare wehten, bis der eine dem anderen schließlich den dicken Folianten auf den Kopf schlug, den er in Händen hielt.

Geschickt wich sie einem vorlauten Bengel aus, der in einem Bauchladen falsche Perlen so groß wie Weinbeeren vor sich her trug, als sich mit einem Mal ein eiserner Klammergriff um ihren Ellbogen schloss. »Auf ein Wort, Mylady …«

Erschrocken wandte Eleanor den Kopf. Es war kein Schotte mit kantigem Kinn, der sie gestellt hatte, sondern ein blonder, schwarzäugiger Mann um die dreißig in vornehmen, aber dezenten Kleidern. Kein Höfling. Niemand, den sie kannte. »Was fällt Euch ein, Sir«, fauchte sie. »Lasst mich los.«

Geruhsam, beinah amüsiert betrachteten sie die dunklen Augen des Fremden, und ohne ihrer Forderung nachzukommen, führte er sie in den Schatten hinter einem hohen steinernen Grabmal. Hier war es dämmriger, und sie waren von allen Blicken abgeschnitten.

Eleanor ließ ihre Börse los und führte den Fächer mit der rechten Hand zur Linken, doch der Mann stahl ihr den Fächer aus den Fingern – schneller, als das Auge folgen konnte.

Er schnalzte wie über ein unartiges Kind. »Ich habe von Eurem Fächer gehört, Mylady.«

Jetzt war sie unbewaffnet, und sie spürte Panik aufsteigen. Doch sie rang die Furcht nieder. »Das war sehr geschickt, Sir. Ich nehme an, Ihr macht das beruflich?«

»Was?«

»Stehlen.«

»Oh, seid unbesorgt. Ihr bekommt ihn wieder.« Irgendetwas an seinem Lächeln kam ihr vertraut vor, und es brachte sie aus der Fassung, dass sie nicht wusste, woher. Eleanor vergaß niemals ein Gesicht. Das war eine Fähigkeit, auf die sie stolz war, denn sie war ihr nicht in den Schoß gefallen. Sie hatte sie sich mit großen Mühen angeeignet.

»Wenn Ihr mich nicht auf der Stelle loslasst, werde ich zum altmodischsten aller Hilfsmittel greifen und schreien«, drohte sie.

»Und meint Ihr, irgendwer würde innehalten, um Euch zu

Hilfe zu eilen?«, erkundigte er sich, gab ihren Arm aber frei. Mit einer kleinen Verbeugung sagte er: »Ich bitte um Vergebung für mein ungebührliches Betragen, Lady Eleanor. Aber es war alles andere als leicht, Eure Schatten abzulenken, und mir blieben nur ein paar Herzschläge Zeit, Euch abzupassen und hierher zu führen, wo wir ungestört sind.«

»Um was zu tun?«

»Uns zu unterhalten. Genauer gesagt: Ich frage, Ihr antwortet.«

Eleanor hob das Kinn ein wenig und hielt sich im letzten Moment davon ab, ihn zu fragen, ob er denn überhaupt wisse, wen er vor sich hatte. Das war ja offensichtlich der Fall, hatte er sie doch eben mit Namen angesprochen. »Ich pflege keine Fragen von Unbekannten zu beantworten, Sir.«

»Vergebt mir.« Er offerierte eine elegante Verbeugung. »Gabriel Durham, Mylady, zu Euren Diensten.«

»Durham?«, wiederholte sie ungläubig. »Wie der Meister der Tuchhändlergilde?«

Er nickte. »Euer Onkel, ganz recht.«

»Eurer ebenso, nehme ich an«, entgegnete sie ein wenig matt. Jetzt verstand sie auch, warum sein Lächeln ihr vertraut vorgekommen war.

Gabriel Durham gab einen kleinen Seufzer von sich, der mehr Ironie als Betrübnis auszudrücken schien. »Seid versichert, er hört es nicht gern, aber es ist unbestreitbar wahr.«

Eleanor sammelte sich. »Also, Sir. Nachdem wir uns nun bekannt gemacht haben, denkt Ihr, Ihr könntet mir erklären, wieso Ihr mich hier in so konspirativer und unverfrorener Weise zu einer Unterredung gebeten habt?«

»Gewiss, Mylady.« Es klang beinah unterwürfig, und er verneigte sich schon wieder, aber in den schwarzen Augen funkelte irgendetwas. Heiterkeit oder Spott, sie war nicht ganz sicher. »Ich wüsste gerne, wieso Ihr Erkundigungen über Falschmünzerei einzieht. Welches Interesse hat die Königin mit einem Mal daran – oder sollte ich sagen, der ehrenwerte Secretary of State, William Cecil?«

»Ich wüsste wahrhaftig nicht, was Euch das angehen sollte, Master Durham, aber ich sage es Euch natürlich gern: Da die Ausgabe von Münzen das Monopol der Krone ist, hat die Königin ein berechtigtes Interesse, davon zu erfahren, wenn in London plötzlich Falschmünzen in Umlauf sind.«

Durham ließ die Pfauenfedern ihres Fächers versonnen durch die feingliedrige, große Linke gleiten, während er ihr lauschte. »Und doch waren es nicht englische Münzen, sondern Reichsgulden, die Euer besonderes Interesse geweckt haben.«

»Richtig. Ich wollte wissen, woher sie kommen.«

»Und? War es der Herzog von Finnland, der sie in Umlauf gebracht hat?«

Eleanor lächelte unverbindlich. »Denkt Ihr, ich dürfte meinen Fächer zurückhaben, ehe Ihr ihn vollständig gerupft habt?«

Er ging nicht darauf ein und machte keinerlei Anstalten, ihr Eigentum zurückzugeben. »Das war es zumindest, was meine Quellen herausgefunden haben.«

»Die zweifellos hervorragend sind, Sir. Also warum wollt Ihr eine Bestätigung von mir?«

»Weil Eure Beziehungen in herzoglichen Kreisen vermutlich besser sind als meine. Diese Geschichte beunruhigt mich ein wenig, Lady Eleanor«, gestand er, seine Worte freimütiger als sein Blick, der mehr zu verbergen als preiszugeben schien.

»Ich bin untröstlich, Master Durham.«

»Was ist so schwierig an einem einfachen Ja oder Nein? Ihr bekommt auch Euren Fächer zurück.«

»Meine Antworten sind nicht käuflich, und wenn Ihr meinen Fächer behaltet, seid Ihr ein Dieb.«

Die schwarzen Augen wurden groß und rund. »Welch niederschmetternde Beleidigung. Aber vielleicht hättet Ihr die Güte …«

»Mylady?«, kam es zweistimmig und ziemlich beunruhigt von jenseits des Sarkophags.

Eleanor wandte den Kopf. »Ich bin hier.«

Im nächsten Moment kamen die Andrews zum Vorschein. Jeremy hatte Schweiß auf der Stirn, und Jethro tat einen so tiefen Seufzer der Erleichterung, dass seine mächtige Brust sich erkennbar hob und senkte. »Der Herr sei gepriesen. Wir sind untröstlich, Mylady.«

Sie winkte beschwichtigend ab. »Kein Grund zur Sorge. Dieser Gentleman und ich …« Sie verstummte abrupt.

Gabriel Durham war fort. Sie hätte geschworen, dass er einen Lidschlag zuvor noch vor ihr gestanden hatte, aber er hatte sich in Luft aufgelöst.

»Welcher Gentleman?«, fragte Jeremy.

»Sonderbar«, murmelte sie. »Anscheinend war er plötzlich in Eile.«

Sie kehrten zurück in das Hauptschiff der großen Kirche, und die Andrews nahmen sie wieder in die Mitte.

»Wer war er, Mylady? Der seltsame Schotte war auch mit einem Mal verschwunden. Anzunehmen, dass dieser Gentleman ihn geschickt hatte, um uns abzulenken.«

»Davon dürfen wir wohl getrost ausgehen. Ein merkwürdiges Betragen für einen Durham. Aber er war ausgesprochen höflich und wollte nur eine Auskunft.«

»Durham?«, fragte Jethro argwöhnisch.

»Ja, Jethro. Gabriel Durham, um genau zu sein. Er ist mein Cousin oder irgendetwas in der Art, nehme ich an.«

Die Andrews waren stehengeblieben und starrten sie an, als hätte sie plötzlich Spanisch gesprochen. »Gabriel Durham?«, wiederholte Jeremy mit gesenkter Stimme.

Eleanor verdrehte die Augen. »Wie kommt es, dass ich mit einem Mal das Gefühl habe, mich mit zwei Papageien zu unterhalten? Na los, raus damit. Wer ist er?«

»Niemand weiß es genau«, eröffnete Jeremy ihr und sah kurz über die Schulter, ehe er fortfuhr: »Seit Jahren hat ihn niemand gesehen. In den Schänken sagen manche, er sei tot. Andere behaupten, er habe magische Kräfte und sieben Leben. Er ist der Oberste der Dunklen Bruderschaften, Mylady. Der König der Diebe.«

Eleanor sah unwillkürlich an sich hinab. Ihre Börse war verschwunden, und dort, wo sie gehangen hatte, baumelte ihr Fächer.

Eigentlich war sie in die Stadt gekommen, um Robin Dudleys Gemahlin zu treffen. Amy hatte St. Paul's als Treffpunkt vorgeschlagen, und war es auch ein ungewöhnlicher Ort für ein vertrauliches Gespräch, hatte Eleanor dennoch eingewilligt – dankbar, dass Amy überhaupt bereit war, mit ihr zu sprechen.

Wie vereinbart erwartete Dudleys Frau sie am prunkvollen Grabmal des großen Duke of Lancaster. Sie war eine auffallend schlanke Frau in einem eleganten dunkelblauen Kleid mit großer Halskrause und einer kecken kleinen Haube, an der zwei weiße Federn wippten. Seltsam still stand sie vor dem weißen Marmormausoleum, den Blick zu dessen filigran gemeißeltem Baldachin emporgehoben, und gab nicht zu erkennen, ob sie Eleanor bemerkt hatte.

Diese bat ihre Schatten mit einem Blick, sich im Hintergrund zu halten. Jethro und Jeremy entwickelten plötzlich und unerwartet ein Interesse an den lateinischen Inschriften des Nachbargrabs.

»Amy?« Eleanor trat beherzter näher, als sie sich fühlte. »Wie schön, dass du kommen konntest.«

Robin Dudleys Frau wandte langsam den Kopf in ihre Richtung. »Eleanor.« Sie lächelte nicht. »Es war keine Mühe. Ich wollte ohnehin in die Stadt, um meinen Schneider aufzusuchen.«

Sie hatten sich fast zwei Jahre nicht gesehen, und so war Eleanor wieder aufs Neue betroffen von Amys Ähnlichkeit mit der Königin. Es waren nicht allein die Statur und das leuchtend rote, gelockte Haar. Auch die weit auseinanderstehenden dunklen Augen, das etwas spitze Kinn – sie hätten Schwestern sein können. Nur dass Elizabeth noch an keinem Tag ihres Lebens so krank und ausgezehrt ausgesehen hatte wie Amy Dudley heute.

»Wie geht es dir?«, erkundigte Eleanor sich höflich.

Amy zog die schmalen Brauen in die Höhe. »Hast du dieses Treffen arrangiert, um mich das zu fragen?«

Eleanor nickte. Amys Gesundheitszustand zu ergründen war tatsächlich eine ihrer Absichten gewesen. »Was immer du glauben magst, Amy, ich bin nicht deine Feindin«, stellte sie klar.

»Aber *sie* ist es«, entgegnete Amy, und ihre Kiefermuskeln waren mit einem Mal angespannt. »Sie hasst mich, weil ich ihr im

Wege stehe. Sie empfängt mich nicht, verbietet meinem Gemahl, zu mir zu kommen, sie tut so, als existiere ich gar nicht. Und du bist ihr Geschöpf, Eleanor. Du tust, was sie will. Du *willst*, was sie will. So war es immer schon. Und es ist *mein* Mann, den sie will. Also wie kannst du behaupten, du seiest nicht meine Feindin?«

»Ja, ich kann mir vorstellen, wie es für dich aussieht.«

Robin Dudley war achtzehn gewesen, Elizabeth und Eleanor siebzehn, als er Amy Robsart begegnet war. In einem kurzen und heftigen Sturmangriff hatte er sie erobert und das Brautbett in den ersten Wochen nach der Hochzeit kaum je verlassen, behaupteten die Lästermäuler. Eleanor hatte natürlich gesehen, wofür Robin selbst blind gewesen war. *Jeder* konnte es sehen: Amy war nur ein Ersatz für das, was er nicht haben konnte. An ihr selbst hatte ihm nie viel gelegen, und aus dem Sinnesrausch war bald Ernüchterung geworden. Und Gleichgültigkeit. Als Elizabeth Königin geworden war, hatte ein Wink mit dem kleinen Finger genügt, um ihn in Windeseile an ihre Seite zu locken, und seither hatte er seine Frau nicht mehr gesehen.

»Aber du hast in einem Punkt unrecht«, fuhr Eleanor fort. »Ich will keineswegs immer das, was die Königin will. Ich finde es auch nicht immer vernünftig oder anständig, was sie will. Doch sie ist die Königin. Also was können wir tun?«

»Sie ist die Königin, ja.« Amy machte einen wütenden Schritt auf sie zu, und Eleanor nahm einen unangenehmen Körpergeruch an ihr wahr. »Aber darf sie sich deswegen benehmen wie ein heidnischer Potentat, der sich einfach die Frauen seiner Vasallen nimmt, wie es ihm gefällt?«

Eleanor glaubte nicht, dass heidnische Potentaten diese Gewohnheit pflegten. Aber Elizabeths Vater hatte unbestreitbar einen Hang dazu gehabt, seine amourösen Wünsche wider alle Vernunft oder die Regeln des Anstandes durchzusetzen, und es war nicht ganz auszuschließen, dass Elizabeth auch das von ihm geerbt hatte.

»Amy.« Sie bemühte sich, überzeugend und freundschaftlich zu klingen. »Es geht doch in Wahrheit nicht allein um die Wünsche der Königin. Du kennst Robin und weißt, was er sich mehr wünscht als alles andere.«

»Offen gestanden habe ich keine Ahnung, Eleanor. Robin hatte seit jeher so viele hochfliegende Pläne und große Wünsche, dass ich nicht sicher bin, welcher an erster Stelle steht.«

»Nun, dann sage ich es dir. Er will die Ehre seines Namens wiederherstellen und eine Dynastie gründen, die diesen Namen weiterträgt. Es ist nicht einmal ein Prinz, den er unbedingt will, sondern nur ein Sohn.«

Amy schloss für einen Moment die Lider. »Natürlich. Ich habe geahnt, dass wir im Handumdrehen an diesem Punkt auskommen würden: Ich habe versäumt, meinem Gemahl einen Sohn zu schenken. Nicht einmal eine Tochter habe ich vorzuweisen. Gar nichts. Und darum darf ich ihn nicht behalten. Das willst du doch sagen, oder?«

»Ich fürchte, so ist es«, antwortete Eleanor leise und hasste sich dafür. »Und ich wünschte, du würdest eine Scheidung wenigstens in Erwägung ziehen. Auch um deinetwillen.«

Mit einem Mal schien Amy leicht zu schwanken. »Um meinetwillen?«, fragte sie mit einem bitteren kleinen Lachen. »Was hätte ich denn zu gewinnen?«

»Das Ende der öffentlichen Demütigung, die du nicht verdient hast. Abgesehen davon, was hättest du zu verlieren? Einsamer, als du jetzt bist, könntest du kaum sein, oder? Sei versichert, es würde dir finanziell nicht schaden, wenn du einwilligst, und eine gutaussehende, obendrein reiche Frau, die du dann wärest, müsste nicht einsam bleiben.«

»Sie will ihn mir *abkaufen*?«

»Es besteht kein Grund, geschmacklos zu werden. Im Übrigen ist er es, der dich entschädigen würde, wenn du einer Scheidung zustimmst.«

»Mit *ihrem* Geld. Robin ist so arm wie ein papistischer Bettelmönch, nicht wahr? Ich schätze, er trägt keinen Fetzen am Leib, den nicht *sie* bezahlt hat. Weswegen sie ihm auch befehlen kann, besagte Fetzen abzulegen, wenn sie es wünscht …«

»Du ziehst die falschen Schlüsse. Und du solltest nicht vergessen, dass es die Königin ist, von der du sprichst.«

Amy verzog den ohnehin schon verkniffenen Mund zu einer

verächtlichen Grimasse, was ihr Gesicht für einen Augenblick noch verhärmter wirken ließ. »Wie dem auch sei. Was sollte die Grundlage einer solchen Scheidung sein? Robin und ich sind nicht verwandt. Nicht einmal entfernt.«

»Das lass nur meine Sorge sein.«

Amy legte die Linke auf die Kante des schneeweißen Marmorgrabmals, um sich zu stützen.

Eleanor machte besorgt einen Schritt auf sie zu. »Ist dir nicht wohl?«

Amy hob die Hand zu einer abwehrenden Geste. »Es ... vergeht gleich wieder«, flüsterte sie rau. »Mach dir keine falschen Hoffnungen, du verfluchtes Miststück ...«

Doch es verging nicht. Beklommen und ratlos sah Eleanor mit an, wie die Schmerzattacke Amy zusetzte, ihr erst den Atem zu verschlagen schien und dann die Kraft aus den Beinen sog. Doch ehe sie auf die Knie sank, stand Jeremy Andrews plötzlich hinter ihr, streckte die Hände aus und fing sie an den Oberarmen auf.

»Lass mich los, du Ochse«, zischte Amy matt.

Jeremy sah fragend zu Eleanor.

»Zur Shoe Lane«, entschied sie. »Jethro, geht und lasst den Wagen vorfahren. Amy, ich bringe dich zu einem Arzt.« Sie zögerte nur einen Lidschlag lang, dann nahm sie die eiskalte, feuchte Hand der Kranken und drückte sie kurz. »Er wird dir helfen, ich verspreche es dir.«

Und sie betete, dass sie nicht zu viel versprach.

Das große Haus an der Shoe Lane gehörte ihrem Bruder, doch es wurde von Doktor John Harrison bewohnt, der ein entfernter Cousin und der angesehenste Arzt in London war. Da Francis und Millicent so gut wie nie nach London reisten, waren sie froh, dass der Doktor und seine Familie das alte Gemäuer vor dem Verfall bewahrten.

Auch die Kutsche, die sie rumpelnd zum Ludgate und ein kleines Stück die Fleet Street entlang brachte, gehörte Francis, und manchmal verfluchte Eleanor ihren Bruder für seine Geringschätzung allen Prunks und Komforts. Die Kutsche war eine verschrammte, altmodische Zumutung, und das Wappen der Waringham auf der Tür so verblichen, dass es nur ein Schatten seiner selbst war. Das Schlimmste waren die ausgeleierten Federn, die jede Fahrt in diesem Relikt zur Prüfung machten. Amy saß mit geschlossenen Lidern auf der ungepolsterten Bank, hatte sich ganz in die Ecke verkrochen und biss sich bei jedem Schlagloch auf die Unterlippe. Manchmal entfuhr ihr auch ein schwaches Wimmern.

Eleanor saß beklommen neben ihr, und obwohl der Weg nicht weit war, kam die Fahrt ihr lang vor. Amy hatte ihr ihre Hand entrissen, ehe sie eingestiegen waren, und die Finger jetzt im Schoß ineinander verknotet. Eleanor wusste, es würde der Kranken keinen Trost spenden, wenn sie sie noch einmal berührte. Amys Gesicht hatte einen ungesunden Grauton angenommen, und der Schmerz hatte ihr Schweißperlen auf die Stirn und die Oberlippe getrieben. Wie schrecklich es sein musste, solch einen Anfall im Angesicht einer Feindin zu erleiden.

Endlich rollten sie durch das weit geöffnete Tor in den Innenhof des Londoner Waringham-Anwesens, und noch ehe Jethro das hübsche Fuchsgespann ganz zum Stehen gebracht hatte, kam ein schlaksiger, livrierter Jüngling herbeigelaufen und riss die Tür auf.

»Ist der Doktor zu Hause, Uriah?«

»Gerade zurück, Lady Eleanor«, antwortete er, spähte ins dämmrige Innere der Kutsche und erkannte auf einen Blick, wer seines Beistandes bedurfte. »Darf ich Euch helfen, Madam?«, fragte er mit exakt der richtigen Mischung aus Respekt und Freundlichkeit und streckte Amy die Hand entgegen. »Ich bring Euch zu Doktor Harrison.«

Es war kein Wunder, dass der Doktor ihn seinen »rechten Arm« nannte, wusste Eleanor. Uriah war wie die meisten Dienstboten in diesem Haus in der Krippe aufgewachsen, und seit er hier arbeitete, legte er solch ein Interesse an der Heilkunst und so viel Feingefühl im Umgang mit den Patienten an den Tag, dass Doktor Harrison erwog, ihn nach Oxford auf die Universität zu schicken.

Beinah instinktiv vertraute Amy sich Uriah an, kletterte mit seiner Hilfe aus der Kutsche und stützte sich auf seinen Arm, während er sie vorbei an der Apotheke im Innenhof zur Tür des Haupthauses führte.

Eleanor folgte ihnen zu dem hellen Raum neben der Küche, der als Behandlungszimmer diente.

Sie klopfte, öffnete auf eine gemurmelte Einladung von innen die Tür und trat über die Schwelle.

»Eleanor!«, rief der Doktor erfreut, klappte das Buch zu, in dem er gelesen hatte, und erhob sich von dem ausladenden Tisch, der den Raum beherrschte. Er war ein großer, schlanker Mann Mitte fünfzig mit vollem, grauem Haar und strahlend blauen Augen, und er sah ihrem Vater so ähnlich, dass Eleanor jedes Mal einen sonderbaren Stich verspürte, wenn sie ihn sah. »Wir hatten dich nicht vor heute Abend erwartet.«

»Ich bringe eine kranke Freundin, Cousin. Gott sei Dank, dass du hier bist.«

Sie hielt die Tür auf, und Uriah führte Amy Dudley herein, die sich kaum noch auf den Beinen halten konnte.

John Harrison trat mit zwei eiligen Schritten zu ihr und nahm ihren freien Arm, um sie zu der Behandlungsliege in der Ecke des Raumes zu führen.

Vor Eleanor hielt Amy an, blickte ihr einen Moment ins Gesicht und sagte: »Ich würde vermutlich schlagartig genesen, wenn *du* mir endlich aus den Augen gingest.«

Eleanor nickte wortlos.

John Harrison sah aufmerksam von einer zur anderen, dann lächelte er Eleanor zu. »Es ist vermutlich besser, du wartest oben.«

Nicht ohne Erleichterung trat Eleanor den Rückzug an.

Es kam nicht oft vor, dass sie hier übernachtete, denn für gewöhnlich kam sie mit dem Hof nach London und residierte mit der Königin und deren übrigem Gefolge in einem ihrer Paläste in der Stadt. Doch Eleanor mochte dieses Haus, und mehr als alles andere die Halle im Obergeschoss mit ihren zwei Wänden voller Bücher. Zielsicher trat sie an eines der Regale, zog eine Gedichtsammlung heraus, trug sie zum Tisch und begann zu lesen. Vor allem die Sonette hatten es ihr angetan, und am meisten berührten sie die, welche Henry Howard – Millicents und Norfolks Vater – geschrieben hatte. Bald war Eleanor so vertieft, dass sie kaum etwas davon bemerkte, als eine Magd ihr Wein und Ingwerkekse brachte und der regnerische Frühlingstag draußen allmählich in Dämmerung überging.

»Du erinnerst mich an deinen Vater, wie du da mit einem Buch sitzt und dich ganz darin verlieren kannst.« Es war John Harrisons Stimme, die sie zurück in die Wirklichkeit holte.

Eleanor schaute auf. »Es ist meine Zuflucht«, bekannte sie. »Als Auge der Königin sieht man so viel Besorgniserregendes, dass es ein Segen ist, all dem hin und wieder entkommen zu können.«

Er setzte sich zu ihr. »Das glaub ich aufs Wort.«

»Wie geht es Amy?«

Er antwortete nicht sofort, nahm sich ein sauberes Glas von dem vergoldeten Tablett in der Tischmitte und schenkte sich einen Schluck aus dem Weinkrug ein, den sie verschmäht hatte. »Nicht gut, fürchte ich. Ich habe ihr Opium gegen die Schmerzen gegeben. Man konnte zuschauen, wie es wirkte, und sie ist sofort eingeschlafen, als der Schmerz abebbte. Uriah ist unterwegs, um ihre Zofe und ihren Steward aus dem Gasthaus zu holen, die sie nach London begleitet haben. Morgen will sie zurück aufs Land. Und sie hat darauf bestanden, die Nacht im Gasthaus zu verbringen, denn sie will dich nicht sehen, fürchte ich.«

»Das ist keine große Überraschung. Kannst du mir sagen, was ihr fehlt?«

Er zögerte.

Eleanor zog die linke Braue in die Höhe. »Du argwöhnst, wenn du mir sagst, dass Amy Dudley diese Welt bald verlassen muss, werde ich freudestrahlend zu Elizabeth und Robin laufen und ihnen raten, sich einfach noch ein Weilchen zu gedulden?«

Ihr älterer Cousin schüttelte langsam den Kopf. »Nicht freudestrahlend. Aber der Rest trifft zu, nehme ich an. Hast du sie nicht zu diesem Treffen bestellt, um ihr eine Scheidung nahezulegen?«

»Ja«, räumte sie ein, aber mehr sagte sie nicht.

»Also will die Königin ihn wirklich heiraten?«

»Ich hatte bislang nicht den Eindruck. Und es war Robins Wunsch, dass ich mit Amy spreche. *Er* will die Scheidung. Aber die Königin hat keine Einwände erhoben, als ich sie bat, mich zwei Tage zu beurlauben. Was genau das zu bedeuten hat, weiß ich nicht. Hat die Königin beschlossen, ihren persönlichen Wünschen nachzugeben und damit die ganze Welt zu brüskieren und sich international zu isolieren? Oder will sie Robin mit jemand anderem verheiraten?« Eleanor hob vielsagend die Hände. »Sie hat es mir nicht gesagt, und bei diesem Thema bin ich unfähig, die Entscheidungen der Königin vorherzusagen. Und das ist die Wahrheit, Cousin. Ich habe dir reinen Wein eingeschenkt. Wirst du das gleiche tun und mir sagen, wie es um Amy steht, ohne mir niedere Motive zu unterstellen?«

»Entschuldige«, bat er zerknirscht. »Ich wollte dich ganz gewiss nicht kränken.« Er betrachtete sie einen Moment, und so groß war die Zuneigung in seinem Blick, dass Eleanors Kehle eng zu werden drohte. »Ich wünschte nur manchmal, dir wäre ein anderer Weg bestimmt als der, den du eingeschlagen hast«, fuhr John fort. »Ich habe zuschauen müssen, wie dein Vater für Mary Tudor Leib und Leben riskiert hat, nur um dann an den Dingen zugrunde zu gehen, die sie tat. Ich bete, dass es dir nicht ebenso ergeht.«

Eleanor stützte die Ellbogen auf die polierte Tischplatte und lehnte sich ein wenig vor. »Falls es so kommt, habe ich das allein meinem Vater zu verdanken.«

»Ich weiß«, räumte er zu ihrer Verblüffung ein. Dann rang er noch einen Moment mit sich, ehe er sagte: »Amy Dudley leidet an einer unheilbaren Krankheit, Eleanor. In ihrer Brust wächst ein Geschwür, das böse und gefräßig ist und ihr Fleisch verfaulen lässt.«

Eleanor erinnerte sich an den schwachen, aber widerwärtigen Geruch, den sie sowohl vorhin in der Kirche als auch in der Enge der Kutsche wahrgenommen hatte, und ihr Herz wurde schwer. Arme Amy. Welch ein erbärmliches Leben. Welch ein erbärmliches Ende …

»Der Fraß wird fortschreiten, und die Schmerzen werden sich verschlimmern. Der Quacksalber auf dem Land, der sie bislang behandelt hat, scheint kein Opium zu kennen, das sie aber dringend benötigen wird in den nächsten Monaten.«

»Sie lebt nur ein paar Meilen von Oxford entfernt. An der Universität wird es doch gewiss jemanden geben, der sie mit dem versorgen kann, was sie braucht.«

John nickte. »Ich kann einem alten Freund dort einen Brief schicken, wenn du wirklich glaubst, dass ihr Mann sie für die letzten Monate nicht doch herholen will, um ihr beizustehen. Es kann nicht lange dauern. Ich glaube nicht, dass sie Weihnachten noch erleben wird.«

Eleanor schüttelte den Kopf. »Das wird die Königin nicht zulassen.« Einen Moment senkte sie beschämt den Blick, dann sah sie den Arzt wieder an und versuchte zu erklären: »Sie erträgt es nicht, wenn man sie vernachlässigt. Alle haben sie nach und nach verlassen oder im Stich gelassen, John: ihre Mutter, ihr Vater, die beiden Stiefmütter, die sie geliebt hat. Der Welt präsentiert sie die furchtlose und unabhängige Königin – was bleibt ihr auch anderes übrig? –, aber es gibt noch eine ganz andere Elizabeth, die kaum jemand kennt. Und sie *braucht* Robin Dudley. Vielleicht nicht als Ehemann. Aber sie braucht ihn in ihrer Nähe.«

Als sie nach dem Essen die Kammer betrat, die sie bei ihren Besuchen in diesem Haus bewohnte, stellte Eleanor fest, dass das Fenster geöffnet war. Der ungemütliche Mairegen war hereingekommen und hatte die Binsen am Boden durchnässt. Mit einem ungeduldigen Schnalzen trat sie ans Fenster, um es zu schließen, als ihr Blick auf den Tisch fiel. Ein kleiner Beutel lag darauf, anscheinend leer. Irgendwer hatte ihn exakt in der Mitte des zierlichen runden Tischchens drapiert. Hoffnungslos verwirrt erkannte Eleanor ihre bestickte Seidenbörse.

Darunter lag ein nachlässig gefalteter Papierbogen, auf welchem in einer extravaganten, äußerst eleganten Handschrift stand:

Ich hoffe, Ihr könnt den kleinen Scherz vergeben, Lady Eleanor. Da ich ein Dieb bin, wäre es ein unverzeihlicher Verstoß gegen meine Berufsehre gewesen, Euch die Börse mitsamt Inhalt zurückzubringen, darum musste ich diesen bedauerlicherweise an mich nehmen. Der Gegenstand, den Ihr stattdessen darin findet, könnte sich indes als nützlich erweisen. Gebt ihn irgendeinem Wherryman auf der Themse, solltet Ihr jemals meiner Hilfe bedürfen. Euer ergebener Diener, G.D.

Neugierig zog sie die zugeschnürte Öffnung des kleinen Beutels auseinander und ließ den Inhalt in ihre Linke gleiten. Es war ein Amulett, so schien es auf den ersten Blick, eine polierte Scheibe aus einem mehrfarbigen Halbedelstein etwa von der Größe einer Sixpence-Münze. Und einer Münze war es auch nachempfunden, erkannte sie bei näherer Betrachtung, denn auf einer Seite war ein Wappen eingeprägt, das sie nicht kannte und im schwindenden Licht auch nicht genau erkennen konnte, und die umlaufende Schrift am Rand lautete »Gabrielus D.G. Rex Furum«. *Gabriel, von Gottes Gnaden König der Diebe.*

Eleanor wurde heiß und kalt ob solcher Unverfrorenheit, aber gleichzeitig musste sie sich auf die Unterlippe beißen, um ein Kichern zu unterdrücken. Sie schloss die Faust um das Amulett, und mit einem Mal war ihr eigentümlich leicht ums Herz.

Santa Cruz, Mai 1560

Der Hafen, den die *Salomon* schließlich anlief, lag zu Isaacs grenzenloser Enttäuschung nicht in Afrika, sondern an der Ostküste einer spanischen Insel namens Teneriffa. Von Norden kommend, waren sie in die langgezogene Bucht eingelaufen, dann hatte der Bootsmann Isaac, Drake und die übrigen Männer ihrer Back aufentern lassen, um die letzten Segel einzuholen, wobei nur Harker, Pete Petit und Drake, die Toppsgasten, oberhalb der Mars in die Wanten durften. Vielleicht noch hundert Yards vom Ufer entfernt, hatte Captain Hawkins befohlen, die Anker zu werfen, und zum ersten Mal, seit sie vor fünf Wochen in Plymouth in See gestochen waren, bewegte die *Salomon* sich nun nicht mehr vorwärts, sondern schaukelte sacht auf der Stelle. Es war ein sonderbares Gefühl.

»Wie kann die Insel zu Spanien gehören, wenn wir Spanien schon wochenlang hinter uns gelassen haben?«, verwunderte sich Isaac.

»Frag König Felipe«, schlug Drake vor, der neben ihm stand, die Arme auf die Reling gestützt, und zum Hafen hinüberblickte. »Wie kann die ganze Neue Welt Spanien gehören, obwohl sie auf der anderen Seite des westlichen Meeres liegt? Weil die Spanier zuerst da waren und sie in Besitz genommen haben, nehm ich an. Während die Engländer geschlafen haben.« Er zuckte mit der so typischen Ungeduld die Achseln. »So sieht's aus.«

Isaac nickte, und ihm fiel wieder ein, was er einmal in der Schule gelernt hatte: »Und weil irgendein Papst die Welt zwischen Spanien und Portugal aufgeteilt hat.«

Drake runzelte die Stirn. »Was?«

»Man sagt ›wie bitte‹«, verbesserte Isaac zerstreut und erntete einen nicht gerade sanften Schlag auf den Hinterkopf. Drake vergaß glücklicherweise selten, was Isaac ihm beibrachte, aber wenn der so viel Jüngere ihn gelegentlich verbesserte, zeigte er sich selten dankbar.

»Das war kurz nach der Entdeckung der Neuen Welt«, erklärte der Junge. »Die Portugiesen wollten keine spanische Konkurrenz bei ihren Eroberungen in Afrika und dem Gewürzhandel mit Indien. Und die Spanier wollten ihrerseits keine portugiesische Konkurrenz bei der Eroberung der Neuen Welt. Also hat der Papst … na ja, er hat eine Linie auf einer Landkarte gezogen und gesagt, alles links davon gehört Spanien, alles rechts davon Portugal.«

»Da hol mich doch der Teufel …«, knurrte Drake. »Aber glücklicherweise muss uns ja nicht kratzen … ich meine kümmern, was der Papst sagt.«

Isaac grinste vor sich hin. »Stimmt.« Er zeigte auf den Hafen. »Schön. Ganz anders als zu Hause.«

Umrahmt von schroffen schwarzbraunen Felsen schmiegte sich der Hafen unter einem bestürzend blauen Himmel ans Ufer. Die Häuser waren mehrheitlich zweigeschossig und aus Holz erbaut, und sie wirkten solide und stolz mit ihren Erkern und Balkonen. Fischerboote lagen am Ufer und rund zwanzig Segler in der Bucht vor Anker, die meisten kleiner als die *Salomon*. Kaum ein Mensch war auf der Straße zu sehen, und das wunderte Isaac nicht, denn es war ungefähr Mittagszeit und mörderisch heiß. Vermutlich hatten die Leute sich im Schatten ihrer Häuser verkrochen, deren Fenster eher klein und mit Holzläden verschlossen waren, fiel ihm jetzt auf.

»Ja, es sieht nicht übel aus«, stimmte Drake zu. »Ein bisschen verschlafen für meinen Geschmack, aber warten wir ab, was der Hafen zu bieten hat, wenn die Sonne untergeht.« Er sah auf Isaac hinab und zeigte sein ansteckendes Grinsen. »Das gilt aber nicht für dich. Du bist noch zu klein für solche Freuden.«

Isaac verdrehte die Augen. Santa Cruz bei Nacht war vermutlich ein Nonnenkloster, verglichen mit dem Londoner Hafen. Doch das sagte er lieber nicht, denn er achtete nach wie vor darauf, so wenig wie möglich über seine Herkunft und seine Vergangenheit preiszugeben.

Er wusste, dass er bald eine Entscheidung treffen musste. Sollte er auf der *Salomon* bleiben oder sich so heimlich verdrücken, wie er an Bord geschlichen war, sein Glück in Teneriffa versuchen und vielleicht auf ein Schiff warten, das ihn nach Afrika mitnahm? Das Vertrackte war, dass er nicht wusste, ob die *Salomon* hier am Ziel war oder nur einen Zwischenhalt einlegte. Niemand schien das zu wissen – außer Captain Hawkins natürlich. Isaac war klar, wenn er an Bord blieb, lief er Gefahr, geradewegs nach England zurückzukehren. Wenn er ging, konnte er auf eigene Faust diesen schmucken kleinen Hafen dort drüben unsicher machen – falls das mit acht Schilling möglich war –, ohne irgendwen um Erlaubnis fragen zu müssen.

Also war die Entscheidung doch eigentlich gar nicht schwer. Warum zögerte er dann?

»He, Isaac!«

Er wandte sich um. »Master Abingdon?«

»Der Captain will dich sehen.« Mit einer Geste schickte der Bootsmann ihn nach achtern.

»Aye, Sir.«

»Ihr anderen macht die Pinasse klar. Harker und Pete, Hexham und Drake, ihr besetzt die Riemen. Wenn der Captain drüben ist, kommt ihr zurück und setzt die Männer über, die Landgang haben. Wenn eure Wache um ist, werdet ihr abgelöst und habt selbst Landgang bis Mitternacht. Klar? Isaac, was trödelst du hier herum?«

Isaac machte sich auf den Weg. Die Offiziersmesse – die Kajüte mit dem langen Tisch – war leer. Vermutlich waren die Gentlemen alle auf dem Achterdeck, genossen das herrliche Wetter und tranken ein Glas Wein auf ihre Ankunft. Der Junge ging weiter zur nächsten Tür und ärgerte sich darüber, wie sein Herz hämmerte. Es kam ihm lauter vor als sein zaghaftes Pochen an der Tür.

»Herein!« war die barsche Stimme von drinnen zu vernehmen.

Isaac trat ein. »Ihr habt nach mir geschickt, Sir?«

Captain Hawkins war nie anders als makellos gekleidet, aber heute hatte er sich richtig herausgeputzt. Die Hosen hatten die mitternachtsblaue Farbe des Ozeans dort draußen, das edle Wams gleicher Farbe hatte ein eingewebtes Rankenmuster. Von der schneeweißen Halskrause bis zu den polierten, goldbeschnallten Halbschuhen bot Hawkins eine beeindruckende Erscheinung. Am Mittelfinger der Linken trug er einen Goldring mit einem nicht gerade kleinen Rubin und am Gürtel Isaacs Dolch.

Der Junge biss die Zähne aufeinander und richtete den Blick auf die Wandtäfelung.

»Ich gehe an Land und werde einige Tage Gast im Haus eines spanischen Kaufherrn sein. Du wirst mich begleiten. Als mein Bursche, verstehst du.«

Auf Anhieb fiel Isaac nichts ein, wozu er weniger Lust verspürte. Aber das ließ er sich nicht anmerken. Er nickte knapp. »Aye, Captain.«

»Hast du irgendwelche anderen Kleider?«

»Ich fürchte, nein, Sir.«

Der Captain brummte. »Na schön. Dann muss es eben so gehen. Kämm dir wenigstens die Haare. Und mach dir die Fingernägel sauber, verflucht noch mal, was fällt dir eigentlich ein, mir so unter die Augen zu treten?«

Isaac sah ihm ins Gesicht. »Tut mir leid. Um mir die Nägel zu reinigen, bräuchte ich mein Messer.«

Hawkins schlug ihm mit dem Handrücken ins Gesicht, und der Hieb kam so rasant schnell, dass er Isaac völlig unvorbereitet traf. Der Junge taumelte zur Seite und stieß hart gegen den Tisch, der sich natürlich nicht rührte, weil er auf den Planken festgeschraubt war. Aber Isaac bekam die Kante zu fassen, sodass er das Gleichgewicht wiedererlangte. Er spürte Blut übers Kinn laufen – vermutlich hatte der Klunker ihm die Lippe aufgerissen –, aber er wischte es nicht weg.

»Dein Messer war der Preis für Kost und Logis auf meinem Schiff.«

Die hellblauen Augen betrachteten ihn. Kalt und leidenschaftslos war dieser Blick, und Isaac fand ihn gruselig, aber jetzt, da er nicht ertrinken würde, wenn Hawkins ihn über Bord werfen ließ, fand er, es war höchste Zeit, ein bisschen Rückgrat zu zeigen. »Ich habe für Kost und Logis gearbeitet.«

»Du hast keine Ahnung vom Matrosenhandwerk«, versetzte der Captain verächtlich.

»Ich habe ja auch keine Heuer bekommen …«

Hawkins schlug ihn noch einmal. »Schluss jetzt. Verschwinde und mach dich präsentabel. In fünf Minuten will ich dich an der Pinasse sehen.«

Isaac nickte bockig. »Aye, Captain.«

Er wandte sich zur Tür, und in seinem Rücken drohte Hawkins: »Du meinst vielleicht, du kannst mir trotzen, weil du aus einer vornehmen Familie stammst, Isaac Fitzgervais. Aber sie ist ziemlich weit weg, nicht wahr? Also überleg dir gut, was du tust.«

Im perfekten Gleichklang tauchten die Ruderblätter ins Wasser, und die Pinasse glitt geschwind über das tiefblaue Wasser der Bucht. Die Wellen waren noch schneller, kamen von hinten herangerollt, überholten sie und ließen das kleine Boot schaukeln. Aber sie waren harmlos. Die Ostseite Teneriffas war dem Wind und dem offenen Meer abgewandt, und gar nicht weit entfernt sah man die nächste Insel aufragen. Hier war das Meer zahmer als auf der Westseite, was vermutlich der Grund für die Lage des Hafens war.

Im Handumdrehen hatten sie das Ufer erreicht. Harker und Pete Petit sprangen ins knietiefe Wasser und schoben die Pinasse noch ein Stückchen weiter vor, sodass der Captain trockenen Fußes an Land gehen konnte. Isaac folgte ihm zögernd. »Also dann«, sagte er zum Abschied und hob die Linke zu einem nachlässigen Gruß.

Es war ein eigenartiges Gefühl, sich von diesen Männern zu verabschieden. Außer Drake und Pete Petit hatte er keinem der Kerle seiner Back viel abgewinnen können, aber sie hatten die letzten fünf Wochen immer auf engstem Raum zusammen verbracht, gemeinsam gegessen, geschlafen und gearbeitet, und Isaac merkte erst jetzt, wie stark das Gefühl der Zugehörigkeit in dieser Zeit geworden war. Doch lieber hätte er sich in den Dolch gestürzt, den er nicht mehr besaß, als sich das anmerken zu lassen.

»*À bientôt*«, rief der Franzose ihm unbekümmert nach.

Isaac wandte sich noch einmal kurz um, obwohl er eigentlich nicht wollte. Francis Drake saß auf seiner Ruderbank, reglos und den Blick scheinbar auf die stattlichen Häuser am Kai gerichtet, aber Isaac hätte schwören können, die Lippen formten die Worte: »Sei vorsichtig.«

Seufzend nahm er Hawkins' kleine, verblüffend schwere Kiste auf die Schulter und folgte dem Captain zu einer Hafenspelunke, deren Schankraum zu seiner Verblüffung kein Dach hatte. Tische und Schemel – allesamt verlassen – standen in einem Innenhof, und im Schatten unter einem Strohdach zur Linken machte sich eine fette Frau mit tönernen Krügen und Schalen zu schaffen.

Hawkins rief ihr etwas zu, das Isaac nicht verstand.

»Ihr könnt Spanisch?«, fragte der Junge verblüfft.

Hawkins schüttelte den Kopf. »Nicht viel mehr als ›Guten Tag‹ und ›einen Krug vom Roten‹.«

Die Matrone kam an den Tisch, stellte einen Krug vor den Captain und sagte etwas. Die Konversation verlief in der Tat ein wenig mühsam, doch schließlich nickte die Frau, wandte sich ab und fing an zu brüllen. Es hörte sich an, als zetere sie, aber nach wenigen

Augenblicken erschien ohne große Eile ein vielleicht achtjähriger Knirps in einem ausgefransten Kittel und mit nackten Füßen. Er lauschte ihr einen Moment, stieß dann seinerseits einen Redeschwall hervor und zog von dannen, nachdem die Frau ihm ein kleines Stück Backwerk zugesteckt hatte.

Neiderfüllt und durstig schaute Isaac zu, wie Hawkins seinen Weinbecher ansetzte, und ehe der Tonkrug halb geleert war, kam der Knirps mit einem fein gekleideten Gentleman mit schwarzem Spitzbart zurück.

Captain Hawkins erhob sich und reichte ihm mit einem sparsamen Lächeln die Hand. »Don Pedro.«

»*Capitán* Hawkins!« Der Spitzbart war vielleicht um die fünfzig und hatte von Natur aus ein eher strenges Gesicht mit Augenbrauen wie Vogelnester, aber jetzt strahlte er. »Der Herr sei gepriesen für Eure sichere Ankunft!« Isaac nahm an, es sollte Englisch sein, was er sprach, aber man brauchte viel Phantasie, um es zu verstehen. »Ihr hattet eine gute Reise, mein Freund?«

Hawkins nickte. »Gott und der heilige Petrus haben eine schützende Hand über uns gehalten.«

Isaac sah ihn verdattert an. Für einen so eifrigen Protestanten wie Hawkins, der sein *Book of Common Prayer* vermutlich abküsste, wenn gerade keiner hinschaute, war es schon ziemlich wunderlich, plötzlich von Heiligen zu sprechen, denn die Verehrung der Heiligen war natürlich papistischer Aberglaube. Doch Isaac senkte den Blick sogleich wieder und sagte nichts. Vielleicht war es nur vernünftig, in einem katholischen Land die papistischen Gepflogenheiten zu beachten. Hawkins war ein Mistkerl, keine Frage, aber er war auch ein weitgereister Mann, der schon viel von der Welt gesehen hatte und sich in ihr zu bewegen verstand. Um diese Weltgewandtheit beneidete der junge Waringham ihn, und er dachte: Wenn ich es schaffe, in seiner Nähe am Leben zu bleiben, kann ich möglicherweise etwas von ihm lernen …

Der Spitzbart hieß Pedro Soler, erfuhr Isaac später, und er war einer der führenden Kaufleute auf Teneriffa. Er besaß ein Landgut im Süden der Insel und ein Stadthaus in der Hauptstadt, wohin er seinen Gast mit Herzlichkeit und weit ausholenden Gesten einlud. Zuvor führte er ihn jedoch aus der Schänke und ein Stück den Hafen entlang, bis sie nach rechts in ein wohltuend schattiges Gässchen einbogen. Dort gelangten sie zu einem Haus, das halb wie eine etwas bessere Hafentaverne, halb wie ein Kontor aussah. Kaum hatten Hawkins und Soler an einem der Tische in dem dämmrigen, mit dunklem Holz getäfelten Raum Platz genommen, kam ein junges Mädchen mit schwarzem Haar und großen, mandelförmigen Augen, um ihnen Wein und Erfrischungen zu bringen.

Sie ging gemessenen Schrittes weiter zum nächsten Tisch, wo drei Männer saßen, die wie Solers Zwillingsbrüder aussahen – zumindest kam es Isaac so vor – und konspirativ die Köpfe zusammensteckten.

»Worauf wartest du, Junge«, knurrte Hawkins.

»Tut mir leid, Sir …«, murmelte Isaac und beeilte sich, dem Captain und seinem Gastgeber einzuschenken.

Pedro Soler hatte ihm bislang nicht mehr Beachtung geschenkt als der Kiste, die Isaac hergetragen hatte, aber jetzt streifte er den jungen Mann mit einem kurzen Blick. Was immer er sah, schien ihm zu missfallen, denn er runzelte die Stirn, was seine Brauen mehr denn je wie Vogelnester wirken ließ. Dann vergaß er ihn wieder und fragte Hawkins: »Ihr bringt Tuch?«

»Wie bestellt, Don Pedro«, bestätigte der Captain. »Feinstes Kammgarn aus Devon, meiner Heimat. Ich habe heute früh noch alles inspiziert, es hat die Fahrt unbeschadet überstanden.«

Don Pedro strich sich zufrieden über den Spitzbart. »Das ist gut. Großartig, mein Freund! Es wird hier reißenden Absatz finden.«

Isaac wunderte sich schon wieder. Sein Onkel Philipp, der Meister der Londoner Tuchhändlergilde, hätte so etwas niemals zu einem potenziellen Lieferanten gesagt, sondern lieber den Anschein erweckt, als sei die Ware nur schwer verkäuflich, um den Preis zu drücken.

»Und ich nehme an, es sind Zucker und Wein, die Ihr mit zurücknehmen wollt?«, fragte der Spanier weiter.

Hawkins nickte. »Wie beim letzten Mal.«

»Bei dem Preis, den wir mit der Wolle erzielen werden, könntet ihr zwei Schiffe voll Zucker mit heimnehmen«, prophezeite Don Pedro.

Hawkins hob unbeeindruckt die Schultern. »Vielleicht werdet Ihr mir behilflich sein, ein zweites Schiff zu besorgen?«

Pedro Soler machte eine vage Geste Richtung Ufer. »Ich habe einen Cousin drüben in Canaria, der Euch vermutlich eines überlassen würde. Für eine gewisse Zeit, für einen gewissen Preis.«

Hawkins zögerte nicht. »Ich hätte vielleicht Interesse, mit Eurem Cousin zu sprechen.«

Soler hob seinen Becher. »Das lässt sich einrichten. Und jetzt erzählt mir, *Capitán* Hawkins, wie steht unsere heilige Sache in England? Wird die junge Königin von Schottland diese gottlose lutherische Hure vom Thron stoßen können?«

Isaac fuhr zusammen.

Aber Hawkins war die Ruhe selbst. Er verschränkte die muskulösen Arme vor der Brust und lehnte sich auf seinem bequemen Stuhl zurück. »Ich fürchte, es sieht derzeit nicht danach aus«, bekannte er bedauernd.

La Laguna, die kleine Inselhauptstadt, lag nur drei Meilen landeinwärts von Santa Cruz, und Soler hatte seinen eigenen Diener geschickt, sein Pferd zu holen und für Hawkins eins im Mietstall am Hafen zu besorgen. Statt Isaac zu erlauben, auf die *Salomon* zurückzukehren, wie der Junge inständig gehofft hatte, befahl der Captain ihm, mitsamt der Kiste und Solers Diener zu Fuß zu folgen.

Inzwischen war es Nachmittag geworden, und das klare Licht der Insel hatte einen Goldton angenommen, der die Weinfelder links und rechts des schmalen Pfades mit einem warmen Glanz überzog. Aber es war immer noch heiß. Die Hufe der beiden Pferde wirbelten hellbraunen Staub auf, der Isaac und seinen schweigsamen Begleiter einhüllte, auf der schweißfeuchten Haut klebte und in jede Pore einzudringen schien. Obendrein war Isaac hungrig und durstig, die Kiste schien mit jedem Schritt schwerer zu werden, und sein Nacken fing an zu schmerzen.

Das Gelände begann sacht anzusteigen, und als sie über die Kuppe des Hügels kamen, entdeckte Isaac in der Ferne einen Bergkegel. Dieser lag im Dunst und war nicht genau auszumachen, und Isaac hatte obendrein keinerlei Erfahrung mit Bergen, aber der dort drüben erschien ihm gewaltig, und die Kuppe schimmerte, als sei sie von Schnee bedeckt.

Der Junge hielt einen Moment inne und schaute zurück. Über die roten Ziegeldächer der wenigen Häuser hinweg hatte er freien Blick auf den Hafen, und dort lag die *Salomon*. Die drei Masten wirkten seltsam nackt mit den eingeholten, fest verzurrten Segeln, aber das Schiff bot nach wie vor einen stolzen Anblick.

Isaac unterdrückte ein Seufzen und wollte sich wieder in Bewegung setzen, als Solers Diener ihn am Ärmel zupfte und ihm bedeutete, er wolle ihm die Kiste abnehmen.

Isaac schüttelte den Kopf, wies auf Hawkins – der zwanzig Schritt vor ihnen einherritt und für einen Seemann eine erstaunlich gute Figur im Sattel machte – und bedeutete seinem Begleiter mit einer kleinen Pantomime, dass er Ärger bekommen würde, wenn er die Kiste nicht selbst trüge.

Der Junge, der ungefähr in seinem Alter war, grinste verschwörerisch und winkte beruhigend ab. *Keine Bange*, schien die Geste zu sagen, *ich gebe sie dir rechtzeitig zurück*.

Isaac nickte dankbar und setzte dem anderen seine Last auf die Schulter. »Wie magst du wohl heißen?« Er tippte sich kurz an die Brust. »Isaac. Und du?«

»Tomás.«

»Danke, Tomás.«

Tomás lächelte, rückte sich die Kiste zurecht und schritt aus. Er ging barfuß, und die scharfkantigen braunen Steine auf dem Pfad schienen seinen Füßen nichts anhaben zu können. Isaacs waren nach fünf Wochen an Bord der *Salomon*, die er großteils ohne Schuhe verbracht hatte, auch einiges gewöhnt, aber mit Tomás' lederharten Sohlen konnten sie nicht konkurrieren.

Die »Hauptstadt« lag am Ufer eines Sees, der ihr den Namen gab, und bestand aus vielleicht drei Dutzend Häusern, die allerdings großzügig wirkten und einen unaufdringlichen Wohlstand verströmten. Etwa in ihrer Mitte erhob sich eine große Kirche, und einen Steinwurf außerhalb befand sich eine Gebäudeanlage hinter einer abweisenden Mauer, die Isaac für eine Festung hielt. In Wahrheit war es etwas, von dem er gehört, was er aber noch nie im Leben gesehen hatte, weil es dergleichen in England nicht mehr gab: ein Kloster.

Als sie sich dem größten Haus auf der Südseite des staubigen Kirchplatzes näherten, gab Tomás ihm die Kiste zurück und lief vor, um das Tor zu öffnen, welches in einen schattigen Innenhof mit einem Brunnen führte. Isaac entdeckte linkerhand einen Stall mit einer offenen Front. Er stellte die verdammte Kiste auf den Boden und hielt Hawkins' Pferd, während der Captain absaß.

»Soll ich es wegbringen, Sir?«

Hawkins schüttelte den Kopf. »Das können Solers Leute erledigen. Du kommst mit mir.«

Pedro Soler führte seinen Gast ins kühle Innere seines Stadthauses. »Ich fürchte, wir müssen beim Essen auf die Gesellschaft der Damen verzichten, mein Freund, sie sind auf dem Land. Aber mein Sohn, der Padre, wird herüberkommen. Sagen wir, in einer Stunde? Dann könnt Ihr ein wenig ausruhen und Euch frisch machen.«

Hawkins deutete eine kleine Verbeugung an. »Sehr großzügig, Don Pedro.«

Eine Frau in schlichter, bäurischer Kleidung erschien und neigte schweigend den Kopf vor dem Herrn des Hauses. Sie hatte genauso rabenschwarzes Haar und bronzefarbene Haut wie Tomás, und Isaac rätselte, ob sie vielleicht seine Mutter war.

»Maria wird Euch zu Eurem Gemach führen und für frisches Wasser und so weiter sorgen«, stellte Don Pedro in Aussicht.

Maria ging voraus eine Treppe hinauf und eine Galerie entlang. Sie öffnete die zweite oder dritte Tür, bedeutete dem Gast mit einer höflichen Geste, einzutreten, und verschwand.

»Stell die Kiste dort neben das Bett«, befahl Hawkins. »Und dann verschwinde. Geh hinunter in die Küche und sieh zu, ob man dir dort etwas gibt, oder warte vor der Tür, das ist mir gleich. Aber sei in einer Stunde zurück. Ich will, dass du beim Essen hinter meinem Stuhl stehst, verstanden.«

»Aye, Captain.« Isaac ging zur Tür, hielt dann aber noch einmal inne und fragte zögernd: »Sir, was hat er gemeint, als er nach der schottischen Königin fragte?«

Hawkins' Lippen verzogen sich nach oben, und ein Funkeln trat in die hellblauen Augen, das womöglich ein verschmitztes Lächeln sein sollte. »Zerbrich dir nicht den Kopf, Bengel. Wir sind in Spanien. Meine Geschäftspartner hier sind Spanier. Also Papisten. Sie halten keine großen Stücke auf Königin Elizabeth. Und weil sie mir nützlich sind, tue ich so, als stünde ich auf ihrer Seite, weil sie sonst niemals Geschäfte mit mir machen würden.«

Isaac nickte. Es war also, wie er gedacht hatte. Doch als er die dunkel gebeizte Treppe hinablief, kam ihm in den Sinn, dass sein Onkel Philipp sich eher hätte vierteilen lassen, als vorzugeben, ein Papist und ein Anhänger der schottischen Königin zu sein, Geschäfte hin oder her. Und er stellte fest, dass er Hawkins' Beschwichtigungen misstraute.

Das Essen wurde eine größere Angelegenheit, als Isaac angenommen hatte, denn außer dem Sohn des Hausherrn, der Priester in der Kirche von gegenüber war, kamen auch ein paar Zwillingsbrüder von Don Pedro. Wenn man genauer hinschaute, sah man natürlich, dass sie keineswegs Brüder waren. Aber sie alle hatten Spitzbärte und trugen schwarze oder dunkelbraune Kleider mit kleinen weißen Halskrausen und drollige, kegelförmige Hüte.

Maria, die Dienerin, hatte Isaac in der großen, hellen Küche eine Schale Eintopf und einen Krug Wasser vorgesetzt. Er hatte zusammen mit ihr und Tomás an dem gescheuerten Küchentisch gegessen und ihrer Unterhaltung gelauscht. Zu seiner Verwunderung war es nicht Spanisch, was sie sprachen. Natürlich konnte er kein Spanisch, aber weil Vater Simon ihm auf der Schule in Waringham die lateinischen Vokabeln praktisch mit dem Trichter verabreicht hatte, war einiges hängengeblieben, und er verstand viele einzelne Wörter der spanischen Sprache, die dem Lateinischen ähnlich waren. Was Maria und Tomás sagten, klang hingegen guttural und exotisch und kein bisschen wie Latein. Sie waren beide redselig und lachten oft, und es war schön, mit ihnen zu essen. Sie heiterten Isaac auf, obwohl er nichts verstand.

So war er wenigstens satt und gut aufgelegt, als er hinter Hawkins' Stuhl stand und nichts anderes zu tun hatte, als ihm gelegentlich den Becher zu füllen.

Niemand außer Don Pedro beherrschte die Sprache des Gastes, darum verlief die Unterhaltung ein wenig zäh.

»Don Antonio möchte wissen, wann wir Eure Ladung in Augenschein nehmen können, Capitán.«

Hawkins zuckte die Schultern, kaute emsig und schluckte. »Morgen früh lasse ich sie löschen und in Euer Lagerhaus bringen. Don Antonio ist dort jederzeit willkommen. Ihr alle, Gentlemen.«

Don Pedro übersetzte, und sein Sohn sagte etwas. Es klang ein bisschen frostig. Die anderen nickten.

»Ah, richtig«, erklärte der Hausherr. »Morgen feiern wir Christi Himmelfahrt. Wir sollten also die Messe hören, bevor wir uns den Geschäften zuwenden.«

Hawkins hob seinen Becher. »Nichts lieber als das, Don Pedro. Wie Ihr Euch vorstellen könnt, dürste ich förmlich danach, denn im ketzerischen England hat man nicht oft Gelegenheit, einer heiligen Messe beizuwohnen.«

Isaac spürte einen Schauer seinen Rücken hinabrieseln. *Was für ein Heuchler,* dachte er.

»Und was denkt Ihr, wie lange es dauert, den Zucker für meine Rückreise herzuschaffen?«, fragte der Captain seinen Gastgeber.

Der beriet sich kurz mit seinen Zwillingsbrüdern, ehe er antwortete: »Don Miguel und ich werden Euch von unseren Plantagen beliefern. In drei, vier Tagen sollte die Ladung beisammen sein. Don Antonio braucht für den Wein etwa genauso lange. Malvasier, richtig?«

»Er bringt in England die besten Preise«, bestätigte Hawkins.

Die Spanier lachten herzhaft, als Don Pedro übersetzt hatte. Dann legte dieser seinem Gast die Hand auf den Arm und sagte augenzwinkernd: »Was soll man schon vom Weingeschmack der englischen *Luteranos* erwarten, nicht wahr?«

Isaac hatte allmählich genug gehört. Er schärfte sich ein, tief durchzuatmen und eine ausdruckslose Miene zu wahren, aber offenbar klappte es nicht.

»Ist es möglich, dass Eurem Burschen nicht gefällt, was er hört?«, fragte Don Pedro halb amüsiert, halb gereizt.

Hawkins machte sich nicht die Mühe, über die Schulter zu sehen. »Das kann ich mir nicht vorstellen. Er wird wissen, dass lutherische Ketzer auf spanischem Boden der Inquisition übergeben werden.«

Hawkins blieb ungefähr eine Woche auf Teneriffa, und während dieser Zeit sah Isaac niemanden von der Mannschaft der *Salomon*. Meist ließ der Captain ihn in Pedro Solers Haus in La Laguna zurück, aber selbst wenn er ihn mit zum Hafen nahm, befahl er ihm, in Don Pedros Kontor zu bleiben.

Hawkins brauchte nur zwei Tage, um die komplette Fracht der *Salomon* an die Spanier zu verkaufen, und die guten Geschäfte stimmten den Kapitän ungewöhnlich leutselig. Er ließ sich gar dazu herab, seinem Burschen ein paar kleine Münzen zuzustecken.

»Hier. Kauf dir einen Krug Wein davon. Und einen Strohhut. Der Monmouth ist zu warm hier, aber man braucht eine Kopfbedeckung zum Schutz gegen die brennende Sonne.«

Isaac dachte nicht daran, sich für die paar Tage auf Teneriffa einen neuen Hut zu kaufen, aber das sagte er nicht. »Danke, Sir. Ich darf annehmen, die Preise, die die Spitzbärte gezahlt haben, entsprachen den Erwartungen?«

»Sie haben sie weit übertroffen. Was dich im Übrigen einen Dreck angeht.«

Isaac nickte knapp und fragte nicht weiter. Aber er war froh über Hawkins' gute Geschäfte, froh, dass Francis Drake für seine Tuchballen einen anständigen Preis bekommen hatte und seinem ersehnten Ziel, von der Mildtätigkeit seiner wohlhabenden Hawkins-Vettern unabhängig zu werden, vielleicht einen kleinen Schritt nähergekommen war.

»Morgen segle ich mit der *Salomon* nach Canaria hinüber, um ein zusätzliches Schiff zu beschaffen«, eröffnete der Kapitän ihm.

»Ist Canaria die Insel, die man vom Hafen aus sieht?«

Hawkins nickte.

»Wann stechen wir in See?«

»Du nicht. Ich nehme an, du kannst lesen und schreiben?«

»Ja, Sir, aber …«

»Morgen wird die erste Lieferung von Don Pedros Zuckerplantage hier eintreffen«, fiel Hawkins ihm ins Wort. »Ich will, dass du hierbleibst und ein Warenverzeichnis anlegst. Es wäre närrisch, diesen Papisten zu trauen.«

Von deinem Misstrauen ist wenig zu sehen, wenn du mit den Papisten zusammen inbrünstig in ihrer gruseligen Messe betest, dachte Isaac verächtlich, aber das konnte er schlecht sagen, denn er tat das Gleiche – jeden verdammten Morgen –, weil der Gedanke an die Inquisition ihn mit Schrecken erfüllte.

»Und Ihr meint, es wäre weniger närrisch, mir zu trauen?«, fragte er stattdessen. »Ihr habt mich bestohlen, also warum sollte ich Euch nicht betrügen?«

Hawkins betrachtete ihn einen Moment mit verschränkten Armen. »Welches Vergnügen du daran hast, mich herauszufordern. Nicht besonders klug, weißt du.«

»Ich habe nur die Wahrheit gesagt.« *Manche behaupten, das sei ein Familienübel …*

Er wartete vergeblich auf die Ohrfeige, mit der er gerechnet hatte. »Du wirst mich nicht betrügen, weil du den Zucker nicht verkaufen könntest, den du abzweigst«, gab Hawkins eine Spur gelangweilt zurück. »Und jetzt geh lieber und verprass dein Geld, ehe ich mich entschließe, es dir wieder abzuknöpfen.«

Isaac blieb nichts anderes übrig, als zu tun, was Hawkins befohlen hatte. Also machte er sich am nächsten Morgen zusammen mit Tomás auf den Weg von La Laguna zu Don Pedros Lagerhaus am Hafen von Santa Cruz. Ein Blick auf die Bucht bestätigte ihm, was er vermutet hatte: Die *Salomon* war schon fort.

Mit einem eigentümlichen Gefühl der Verlassenheit, das wie Hunger in seinem Bauch zwickte, öffnete Isaac den Schuppen mit dem Schlüssel, den Hawkins ihm am Abend zuvor anvertraut hatte, und dann warteten sie auf das Eintreffen der Ladung.

Er folgte Tomás' Beispiel, setzte sich in den Schatten, lehnte den Rücken an die Bretterwand des Lagerschuppens, schloss die

Augen und döste, während der laue Morgen einem heißen Vormittag wich.

Mai, überlegte Isaac. Eine Woche Hitze ohne einen Tropfen Regen konnte es auch in England im Mai gelegentlich geben, aber dort war es eine Laune der Natur, die die Menschen verwunderte. Hier hingegen schien es normal zu sein. Der baumumstandene See von La Laguna, das klare Brunnenwasser und die gesunden Rebstöcke in den Weinfeldern sprachen gegen eine Dürre, doch der allgegenwärtige Staub deutete darauf hin, dass der letzte Regen nicht lange nach Ostern gefallen sein konnte. War das möglich? Konnte es ein Land geben, in dem man nicht jede verdammte Woche mit einem verregneten Sonntag rechnen musste, wo aber dennoch kein Wassermangel drohte?

Gerne hätte er Tomás danach gefragt, aber er wusste nicht, wie. Er durchstöberte die spanischen Wörter, die er in den wenigen Tagen aufgeschnappt hatte: Ostern hieß *Pascua*, wusste er. Und Wasser war *Agua*. Aber Regen?

Er hatte keine Ahnung.

Tomás schien Isaacs versonnenen Blick zu spüren, denn plötzlich schlug er die Lider auf. Schwer zu sagen, ob er geschlafen hatte oder nicht, jedenfalls trat für einen Moment ein Ausdruck größter Wachsamkeit in seine Augen, beinah als rechne er mit einem tückischen Angriff. Nicht zwangsläufig von Isaac, sondern generell. Es war beinah, als wache er immer so auf. Dann verging der sonderbare Augenblick, und Tomás lächelte ihm zu.

Isaac stand auf, klopfte sich den Staub vom Hosenboden und begutachtete den Inhalt seiner Börse. »Noch genug, schätze ich. *Qué piensas, Tomás, copa vino?*«

Tomás schien erstaunt über das Angebot, willigte aber ein.

Isaac lief zu der Schänke, wo Hawkins ihn gleich nach ihrer Landung hingebracht hatte, und war in Windeseile zurück, denn im Hafen von Santa Cruz war kein Weg besonders weit.

Grinsend stießen sie mit den Tonbechern an, tranken den kühlen, leichten Rotwein langsam und mit Genuss, und kaum hatten sie den kleinen Krug geleert, rumpelte das erste Fuhrwerk mit den Zuckerfässern in ihr Sichtfeld.

Hastig drückte Tomás Isaac seinen Becher in die Finger und sprang auf die Füße.

Auf dem Bock des Fuhrwerks saß ein Mann, der nicht wie Don Pedros Zwilling aussah, sondern eher wie ein erster, nicht vollständig geglückter Entwurf von Don Pedro. Er hatte einen Spitzbart, soweit war alles in Ordnung. Aber sein Haar war zu lang, sein Gesicht zu gebräunt, seine Muskeln zu ausgeprägt, seine Kleidung zu abgetragen. Er brachte die beiden Pferde mit einem unnötig harten Ruck am Zügel zum Stehen, sprang behände vom Bock, sodass um seine verschrammten Schuhe kleine Staubwolken aufwirbelten, und fragte: »Wo ist John Hawkins, dieser verfluchte Hurensohn?«

Isaac brauchte nur einen Lidschlag, um seine Verblüffung zu überwinden. »Ihr seid Engländer, Sir?«

»Nein, ich bin ein nacktärschiger Wilder aus der Neuen Welt …« Er streifte Isaac mit einem Blick, der Unsicherheit ebenso wie Überheblichkeit ausdrückte. »*Natürlich* bin ich Engländer, Goldlöckchen. Was hast du denn gedacht?«

Isaac räusperte sich. »Spanier.«

Der Ankömmling wiegte den Kopf hin und her. »Na ja. Halb so, halb so.« Er wandte sich zu den zwei Fuhrwerken um, die hinter ihm gehalten hatten, und brüllte den Lenkern irgendetwas auf Spanisch zu. Dann fuhr er an Isaac gewandt auf Englisch fort: »Humphrey Stevenson. Mein Vater fuhr zur See, blieb hier hängen und heiratete eine Spanierin. Ich bin Don Pedros Verwalter.«

»Verstehe.« Isaac deutete eine Verbeugung an. »Isaac Fitzgervais. Ich bin Captain Hawkins' Bursche, aber heute bin ich ausnahmsweise auch so etwas Ähnliches wie sein Verwalter, schätze ich. Er ist nach Canaria gesegelt und hat mich angewiesen, in seiner Abwesenheit ein Warenverzeichnis der Lieferung anzulegen. Wollen wir?«

Stevenson hörte ihm nicht zu. Sein Blick war auf Tomás gefallen und glitt dann weiter zu den beiden Tonbechern und dem Krug zu Isaacs Füßen. »Hast du dem verdammten Guanchen etwa Wein gegeben?«, fragte er.

Isaac folgte seinem Instinkt und schüttelte den Kopf. »Ich habe nicht genug Geld, um meinen Wein mit irgendwem zu teilen, Master Stevenson. Was bedeutet ›Guanchen‹?«

Stevenson schnaubte. »Das weißt du nicht?«

»Ich fürchte, nein. Ihr seid der erste Mann, den ich hier treffe, der mich versteht, darum sind die meisten meiner Fragen bislang unbeantwortet geblieben.«

»Ah«, machte Stevenson und bedeutete Tomás, den beiden Fahrern beim Entladen zu helfen. Er selbst machte sich daran, die Halteseile, die die Fässer auf seinem Wagen gesichert hatten, zu lösen. »Was die Wilden in der Neuen Welt sind, das sind die Guanchen hier«, erklärte er Isaac über die Schulter. »Sie waren hier, als die Spanier sich diese Inseln einverleibt haben. Wilde, die die Sonne und den Teide angebetet haben oder was weiß ich …«

»Den was?«

»Teide. Der Berg unten im Süden.« Er ruckte das Kinn in die Richtung. »Und weil die Guanchen nur Steinschleudern und keine Ahnung vom Krieg hatten, wurden sie unterworfen. Schon praktisch, wenn die neu eroberten Länder die nötigen Sklaven gleich mitliefern, Isaac Fitz-wie-auch-immer.«

»Gervais.«

»Von mir aus. Lass uns anfangen, der Tag wird nur immer heißer. Na los, hol deinen Papierkram.«

Isaac hätte noch Dutzende Fragen gehabt, aber er musste feststellen, dass er keine Lust verspürte, sie ausgerechnet diesem Mann zu stellen. Er ging in den dämmrigen Schuppen, wo er Papier, Gänsekiel und Tinte bereitgelegt hatte, und zwinkerte Tomás im Vorbeigehen zu.

Die Fässer waren nicht groß, aber weitaus schwerer, als wären sie mit Wein oder Wasser gefüllt gewesen. Die beiden Fuhrleute und Tomás luden sie sich auf die Schultern und trugen sie ins Lagerhaus, ohne zu wanken oder zu ächzen, aber sie kamen bald ins Schwitzen.

Isaac hatte keine klare Vorstellung, was Hawkins von ihm erwartete oder wie ein Lieferverzeichnis auszusehen hatte, aber weil die Fässer nicht alle identisch beschriftet waren, kopierte er die fremden Buchstabenfolgen und notierte, wie viele Fässer von jeder Sorte vorhanden waren.

»Was genau ist drin?«, fragte er Stevenson.

»Zucker vielleicht?«, gab der Verwalter mit großen Augen zurück.

Sein schwerfälliger Sarkasmus fing an, Isaac auf die Nerven zu gehen. »Was Ihr nicht sagt«, gab der Junge zurück. »Ich meinte, Kristall oder Sirup?«

»Du kennst dich aus, wie?«, höhnte Stevenson.

»Könnt Ihr eine Frage auch anders beantworten als mit einer Gegenfrage, Master Stevenson?«, gab Isaac unwirsch zurück und stieß hörbar die Luft aus. »Und nein, ich kenne mich nicht aus.«

Doch sein Onkel Philipp handelte wie alle großen Kaufherren mit den unterschiedlichsten Gütern, und er war einer der ersten in London gewesen, der erkannt hatte, dass Zucker »braunes Gold« war. Wie bei so vielen anderen Dingen war auch vom Zuckerhandel ein klein wenig Wissen bei Isaac hängengeblieben, ohne indes sein Interesse zu wecken.

»Ich bin nicht sicher, dass dein Ton mir gefällt«, knurrte Stevenson.

»Damit steht Ihr weiß Gott nicht allein da. Kriege ich nun eine Antwort? Warum sind die Fässer unterschiedlich beschriftet?«

»Weil sie aus verschiedenen Siedehäusern stammen. Alle enthalten gemahlenen Kristallzucker, wie bestellt. Aber schau nur nach, wenn du mir nicht glaubst.« Jetzt klang Stevenson verschnupft.

Isaac schüttelte den Kopf. »Das ist nicht meine Sache. Aber vermutlich wird der Captain es tun. Er ist nicht gerade besonders vertrauensselig, wisst Ihr.«

Stevenson ließ ihn mit einem Mal stehen, machte zwei Riesenschritte auf Tomás zu und schickte ihn mit einem beachtlichen Fausthieb zu Boden. »Pass doch auf, du verfluchte Kakerlake!« Er trat nach, und seine Fußspitze traf den jungen Mann am Boden in den Unterleib.

Isaac richtete das Fass auf, das Tomás versehentlich umgestoßen hatte. Der Deckel hatte sich gelöst, und ein kleiner graubrauner Zuckerkegel hatte sich auf die staubigen Holzdielen ergossen. Aber viel war es nicht. »Lasst gut sein, Master Stevenson.«

Der Verwalter schien ihn nicht gehört zu haben.

Tomás hatte sich zusammengerollt und die Arme um den Kopf gelegt, während Stevenson ihn jetzt auf Spanisch beschimpfte und seinen Worten dann und wann mit einem weiteren Tritt Nachdruck verlieh. Die beiden anderen Männer standen reglos dabei, die Köpfe gesenkt, die Gesichter ausdruckslos.

Entschlossen trat Isaac zwischen den Verwalter und den blutenden Jungen am Boden und verpasste Stevenson einen unsanften Stoß vor die fassrunde Brust. »Es reicht.«

»Was fällt dir ein, Goldlöckchen?« Stevenson klang eher verdattert als entrüstet.

»Es ist doch nichts geschehen«, sagte Isaac und bemühte sich um einen verbindlichen Tonfall. »Lasst uns das Fass wieder verschließen, und damit ist die Sache erledigt.«

»Du hast ja eine sonderbare Auffassung von Loyalität gegenüber deinem Captain.«

Isaac gedachte nicht, diesen Wichtigtuer über sein kompliziertes Verhältnis zu John Hawkins aufzuklären. »Ich glaube nicht, dass der Verlust von einer Handvoll Zucker meinen Captain an den Bettelstab bringt.«

Stevenson schnaubte, ließ aber von Tomás ab und trat in den gleißenden Sonnenschein hinaus zu seinem Fuhrwerk.

Der junge Guanche ignorierte die Hand, die Isaac ihm entgegenstreckte, kam ohne erkennbare Mühe auf die Füße und machte sich wieder an die Arbeit.

Zwei Tage später segelte die *Pérola*, eine portugiesische Karavelle, in den Hafen von Santa Cruz. Isaac saß vor Pedro Solers Lagerhaus im Schatten und wartete auf die Weinladung von Don Antonio. Es gab mühseligere Aufgaben, die einem zufallen konnten, musste er zugeben. Maria hatte ihm einen kleinen Korb mit Brot, einem Wasserkrug und sogar einem kleinen Stück Wurst mitgegeben, und so saß er nun hier, knabberte abwechselnd an dem Brot und der Wurst und hatte Gelegenheit, den Portugiesen bei ihrem

Ankermanöver zuzuschauen. Dann kamen sie mit zwei Beibooten an Land und fielen mit viel Radau und Gelächter in die beiden Hafenschänken ein. Ein halbes Dutzend von ihnen zog an Isaac vorbei, ohne ihn eines Blickes zu würdigen, und aus dem Geplätscher unverständlicher Worte hörte er zweimal den Namen Guinea heraus. Das war in Afrika, wusste er, und er fragte sich, ob die portugiesischen Handelsplätze entlang der Küste von Guinea das Ziel der Karavelle waren. Und ob die Portugiesen blinde Passagiere wohl über Bord warfen, wenn sie sie fanden …

Keine Stunde später kamen die Fuhrwerke mit den Malvasier-Fässern. Der Kerl, der dieses Mal die Oberaufsicht führte – vielleicht Don Antonios Verwalter –, konnte zwar kein Englisch, war dafür aber ein gemütlicher, verschmitzter Geselle, der Isaac einen Becher aus seinem eigenen Weinschlauch einschenkte, und das Abladen ging ohne unerfreuliche Zwischenfälle vonstatten.

Nachdem die leeren Fuhrwerke wieder davongerumpelt waren, zählte Isaac ein letztes Mal die Fässer mit Wein und Zucker und fand sein Warenverzeichnis zutreffend und komplett. Er klemmte es sich unter den Arm, um die Tür abzusperren, und als er sich zum Hafen umwandte, sah er die *Salomon* einlaufen.

Captain Hawkins schaute sich zufrieden um, die Hände in die Hüften gestemmt. Dann überprüfte er den Lagerbestand. Das machte er so gründlich, und es dauerte so lange, dass die acht Männer, die er mit an Land gebracht hatte, ganz zappelig wurden. Ungeduldig traten sie draußen von einem Fuß auf den anderen.

»Captain, können wir vielleicht schon mal einen Schluck trinken gehen?«, rief einer der Älteren. Die Matrosen gehörten nicht zu Isaacs Back, aber der Junge kannte den graubärtigen Mann. Sein Name war Pockley. Er fuhr schon seit Ewigkeiten für die Hawkins zur See und hatte keine Angst vor dem Captain. »Heiß hier in der Sonnenglut.«

Doch Hawkins schüttelte den Kopf. »Kommt nicht in Frage. Wenn ihr auf die Portugiesen trefft, gibt es im Handumdrehen Ärger, und das will ich nicht. Ihr fangt an, die *Salomon* zu beladen.«

»Aber Sir …«

»Jetzt gleich, Pockley«, fiel Hawkins ihm schneidend ins Wort. »Wir laufen heute Abend aus.« Er wandte dem alten Matrosen demonstrativ den Rücken zu und gab Isaac das Warenverzeichnis zurück. »Hier. Gute Arbeit, Junge.«

Isaac war ebenso verblüfft wie erfreut. »Danke, Sir.«

»Captain, das ganze Zeug hier ist zu viel für die gute alte *Salomon*«, warnte Pockley. »Sie wird absaufen.«

»Zerbrich dir nicht meinen Kopf«, bekam er zur Antwort. »Isaac, komm mit mir.« Im Hinausgehen wies er Pockley an: »Beladet die Pinasse und rudert zum Schiff hinüber. Master Bennet und Master Abingdon sollen das Einlagern der Fässer im Frachtraum überwachen. Macht euch an die Arbeit und trödelt nicht, es gibt viel zu tun.«

Pockley nickte ergeben. »Aye, Captain.«

Hawkins führte Isaac aus dem Schatten des Lagerhauses auf die staubige Straße hinaus. Als sie die Schänke ohne Dach passierten, hörten sie die Portugiesen, die offenbar schon in Feierlaune waren.

»Habt Ihr auf Canaria ein Schiff bekommen, Sir?«, fragte Isaac.

Der Captain schüttelte den Kopf. »Don Pedros Vetter ist ein verdammter Halsabschneider. Ich muss eine andere Lösung finden. Weißt du, wo Don Pedro steckt?«

»Nein. Ich habe ihn heute früh in der Messe in La Laguna gesehen und seither nicht mehr.«

Hawkins brummte. »Na schön. Geh ins Kontor und warte dort auf mich.«

»Soll ich nicht beim Beladen der *Salomon* helfen, Sir?«

»Du sollst tun, was ich dir sage«, knurrte Hawkins.

»Aye, aye, Captain.«

Isaac trollte sich.

Im Kontor waren die Fensterläden geschlossen, und der Hauptraum des großen Gebäudes, wo die Kaufherren von Laguna sich versammelten, um ihre Angelegenheiten bei einem Becher Wein zu erörtern, war dämmrig. Als Isaacs Augen sich auf das Halbdunkel eingestellt hatten, entdeckte er die stille, junge Frau, die hier arbeitete, und Don Antonio, der ihnen den Wein geliefert hatte. Er war der älteste von Don Pedros Zwillingsbrüdern und wirkte noch strenger und würdevoller als die übrigen Spitzbärte, was ihn indes nicht davon abhielt, der jungen Magd auf die Pelle zu rücken und ihre Brüste zu begrapschen.

Sie stand stocksteif und mit abgewandtem Kopf da und ließ sich Don Antonios Frechheiten reglos gefallen. Weil ihr nichts anderes übrigblieb, vermutete Isaac, senkte den Kopf und gab vor, das ungleiche Paar gar nicht zu bemerken, als er sich auf die lange Holzbank unter dem Fenster flegelte und durch die Ritzen im Laden auf den Hafen hinaussah. Die Sonne schien wie an allen Tagen zuvor von einem gänzlich wolkenlosen Himmel und glitzerte auf der dunkelblauen See. Die Pinasse lag längsseits der *Salomon,* und oben an Deck machten sich drei oder vier Männer an einem beweglichen Holzkran zu schaffen, um die Fässer an Bord zu hieven.

In seinem Rücken hörte Isaac Stoff rascheln und riskierte einen verstohlenen Blick über die Schulter. Don Antonio war verschwunden, und die Magd stand an einem der Tische und füllte Lampenöl aus einem Tonkrug in ein paar bereitstehende Leuchter, so als wäre gar nichts vorgefallen.

Er wachte auf, als ihn jemand unsanft an der Schulter rüttelte. »Isaac! Isaac, verflucht noch mal …«

Er richtete sich ruckartig auf. »Tut mir leid, Sir.«

»Du schläfst wie ein Toter«, bemerkte Hawkins kritisch und trat einen Schritt zurück.

Isaac rieb sich mit beiden Händen übers Gesicht. »Ich weiß. Das muss an der Hitze liegen.«

»Geh zurück nach La Laguna zu Don Pedros Haus und melde dich bei seinem Verwalter. Er ist Engländer, sein Name ist Stevenson.«

Isaac kam auf die Füße. »Ich hatte bereits das Vergnügen. Was soll ich in Don Pedros Haus? Ich dachte, wir laufen heute Abend aus.«

Hawkins ließ ihn nicht aus den Augen. »Die *Salomon* läuft aus. Du nicht.«

»Was soll das heißen?«, fragte der Junge verständnislos.

»Dass du hierbleibst. Du bist Gegenstand eines Abkommens, das ich mit Don Pedro getroffen habe. Er hat einen Sohn, der nächstes Jahr als Sekretär des spanischen Gesandten an den Hof ihrer Majestät gehen soll, unserer Königin, meine ich, und Don Pedro will, dass sein Sprössling vorher vernünftig Englisch lernt. Da kommst du ins Spiel.«

Isaac fing an, sich zu fragen, ob er womöglich immer noch träumte. »Das könnt Ihr Euch gleich wieder aus dem Kopf schlagen …«

Eine von Hawkins' unvergleichlichen Ohrfeigen vertrieb den letzten Rest seiner Schläfrigkeit. »Du wirst tun, was ich sage, Bengel.«

»Aber … aber … Verflucht, Ihr könnt mich nicht an diese Spanier *verkaufen*, ich bin …« Er verstummte abrupt.

»Was bist du?«, fragte Hawkins, und der Hohn in seinem Blick war kaum auszuhalten. »Oder wer? Nun, ich sag es dir: Du bist ein blinder Passagier auf meinem Schiff, weiter nichts, und ich kann mit dir verfahren, wie es mir beliebt. Ich hätte dich auch an Don Ricardo verkaufen können, und du hättest hier für den Rest deiner Tage auf den Zuckerrohrfeldern schuften müssen, was den Rest deiner Tage vermutlich überschaubar gemacht hätte, aber ich bin ja kein Unmensch.«

»Ach nein?«

Hawkins packte ihn am Ohr und drehte. Es tat weh, aber ehe es richtig schlimm wurde, ließ er ihn wieder los und stieß ihn von sich. »Werd ein Mann, Bürschchen. Nächstes Jahr komm ich wieder her, und falls ich es nicht vergesse, werde ich nach dir sehen und dich vielleicht wieder auslösen, wenn du ein brauchbarer Kerl geworden bist. Also nutze deine Zeit, Isaac Fitzgervais.«

Isaac fühlte sich, als wäre er vom Pferd gefallen und mit dem Kopf aufgeschlagen. Er war desorientiert und spürte eine fahle Übelkeit in der Magengrube. Seine Kehle zog sich zusammen. Er senkte den Kopf und starrte auf seine Füße.

»Jetzt verschwinde«, befahl Hawkins. »Und lass dir lieber nicht einfallen, dich zu verdrücken. Diese Insel ist nicht besonders groß, und ein gutes Stück davon gehört Don Pedro. Mit deinen Honiglocken und deinen blauen Augen kannst du dich hier so unauffällig bewegen wie ein Rabe auf einem verschneiten Scheunendach. Du kämst keine fünf Meilen weit. Und sie sind hier nicht zimperlich mit entflohenen Sklaven, glaub mir.«

Isaac fuhr zusammen. Da war es, das grauenvolle Wort. Ein *Sklave*. Das war es, was dieser Satan aus ihm machen wollte. Captain Hawkins verkaufte ihn in die Sklaverei. Den Kopf immer noch gesenkt, maß Isaac mit den Augen die Entfernung zu seinem Dolch, der an Hawkins' Gürtel baumelte, aber dann wandte der Captain sich ab, und der Dolch verschwand aus Isaacs Blickfeld.

Ein Fallreep baumelte an der Bordwand der *Pérola*, damit die Matrosen aus dem Beiboot wieder an Bord gelangen konnten, wenn ihr Landgang endete.

Isaac legte die Linke um das feste Seil, verharrte einen Moment und wartete, bis er wieder zu Atem kam. Es war ein harter Kampf gewesen, gegen die Brandung in den Hafen hinaus zu schwimmen. Jedenfalls zuerst. Nach vielleicht dreißig Yards schien die Strömung sich umzukehren und ihn aus der Bucht ziehen zu wollen, aber Isaac war ein guter Schwimmer, seine Arme und Beine stark. Bei seinem Kampf mit den Wellen war er der *Salomon* allerdings näher gekommen, als ihm lieb war, keine zehn Fuß entfernt war er an ihrer Backbordwand vorbeigeschwommen. Er hatte sogar Wortfetzen und Stimmen von oben gehört. Aber er war klug genug gewesen, sich hinter Don Pedros Lagerschuppen zu verstecken und auf die Nacht zu warten, ehe er seine Flucht wagte. Darum hatte niemand auf der *Salomon* ihn bemerkt.

Mit Bedacht und so lautlos wie möglich erklomm er die Strickleiter, und oben spähte er vorsichtig über die Bordwand der *Pérola*. Am Bug erahnte er zwei sitzende Silhouetten. Die Ankerwache. Er war nicht sicher, aber er hatte den Eindruck, sie drehten ihm den Rücken zu.

Geduckt kletterte Isaac an Bord. Nichts rührte sich, weit und breit war niemand zu entdecken. Waren denn wirklich alle außer der Ankerwache an Land?

Es sah tatsächlich so aus. Als er durch die Luke tauchte, fand er auch das Geschützdeck völlig verwaist. Mannschaftsquartier, verbesserte er sich, die Karavelle war ein Handelsschiff und hatte keine Geschützluken, bestenfalls zwei oder vier kleine Kanonen oben an Deck. Bettzeug und Habseligkeiten lagen verstreut, und um ein Haar wäre Isaac über eine Fiedel gestolpert. Hier im Schiffsbauch war es noch finsterer als an Deck, aber schließlich entdeckte er die Falltür zum Frachtraum, denn sie war groß und bestand aus einem Holzgitter.

Isaac hob sie an, glitt hindurch und schloss sie hinter sich wieder.

Der Frachtraum war weitgehend leer. Was immer die Portugiesen hergebracht hatten, war gelöscht worden, was immer sie mitnehmen wollten, noch nicht verladen. Nur ein paar Wasserfässer standen vorn am Bug, und sie rochen fürchterlich.

»Ich an eurer Stelle würde frisches Wasser an Bord nehmen«, murmelte der Junge, und er bekam eine Gänsehaut auf Armen und Beinen, so schaurig klang ihm sein eigenes Flüstern in den Ohren. Jetzt verlier bloß nicht die Nerven, schärfte er sich ein. Er wusste, er musste sich nur hinter den Wasserfässern verstecken, bis die *Pérola* ihre Ladung aufgenommen hatte und ablegte.

Und dann auf nach Guinea. Nach Afrika!

Dieses Mal hatte er nichts zu essen und zu trinken dabei, und er war jetzt schon ausgehungert. Außerdem fürchtete er sich davor, was der portugiesische Kapitän mit ihm machen würde, wenn sie ihn fanden. Aber alles schien ihm besser, als hierzubleiben. Ihn schauderte, wenn er nur daran dachte, und sein Zorn auf John Hawkins war so gewaltig, dass der Junge kaum wusste, wie er ihn handhaben sollte. Seine Wut machte ihm zu schaffen, denn es war das erste Mal in seinem Leben, dass er den Drang verspürte, einen anderen Mann zu töten. Es war ein monströses Gefühl, das sich wie ein glühendes Kohlestück in seinem Bauch eingenistet hatte. Dort schwelte es und plagte ihn, und er wollte es wieder loswerden.

Er kroch in den dunklen Winkel hinter den Wasserfässern, kauerte sich auf den Planken zusammen und versuchte, an Afrika zu denken. Hunger, Zorn, Furcht und der faulige Geruch des verdorbenen Wassers kamen ihm ständig in die Quere und machten die schönen Bilder vor seinem geistigen Auge zunichte, aber es war so still an Bord, das sachte Plätschern der Wellen an der Bordwand so beruhigend, dass er irgendwann nach Mitternacht in einen unruhigen Schlaf fiel.

Er schreckte auf, als er leise murmelnde Stimmen hörte. Das gelbliche Licht einer Laterne drängte die Schwärze im Lagerraum zurück. Schritte von drei oder vier Männern näherten sich.

»Gott verdammt, dieses Wasser ist verdorben«, knurrte eine Stimme auf Englisch.

Isaac rührte sich nicht und spürte Schweiß auf Brust und Rücken. Es war Hawkins.

Der Lichtkegel kam näher. »Master Abingdon, sorgt dafür, dass diese Fässer von Bord geschafft werden. Es ist besser, wir dürsten, als diese faulige Brühe zu trinken.«

»Aye, Sir«, antwortete der Bootsmann. »Pete, Drake, ihr habt es gehört. Macht euch an die Arbeit.«

Ein nackter Fuß erschien in Isaacs Blickfeld, dann ein Arm und eine Schulter, die sich gegen das große Fass stemmte, bis es zu kippen begann. Geschickt legten die beiden Matrosen es auf die Seite, und der Lichtschein fiel auf Isaac.

Pete Petit fuhr erschrocken zurück und stieß zischend einen französischen Fluch aus. Dann sah er unsicher zu Hawkins.

Der Captain hatte die Arme verschränkt und schaute mit verengten Augen auf den Jungen hinab. »Sei verflucht, Bengel.« Es klang gefährlich leise. »Was zum Henker hast du hier verloren?«

Isaac kam auf die Füße und stellte sich vor ihn. Er war höchstens einen halben Kopf kleiner. »Das Gleiche könnte ich Euch fragen, nicht wahr, Sir? Dies ist ein portugiesisches Schiff. Also wie kommt Ihr an Bord? Habt Ihr es vielleicht beim Würfeln gewonnen?«

Hawkins verzog die Mundwinkel nach oben. »Eine leichtsinnige Ankerwache, die im Dienst einschläft, läuft Gefahr, nie wieder aufzuwachen. Ein leichtsinniger Kapitän, der nur eine Ankerwache an Bord lässt und sich mit seiner Mannschaft volllaufen lässt, läuft Gefahr, sein Schiff zu verlieren, wenn ein anderer es gerade gut gebrauchen kann.«

»So wie Ihr.«

»So wie ich.«

»Ich bin sicher, Don Pedro und die anderen Spitzbärte werden hingerissen sein, wenn sie feststellen, dass sie Geschäfte mit einem englischen Piraten gemacht haben.«

Das Wort schien den Captain nicht zu beleidigen. Er blieb kühl und unbewegt wie meistens und winkte ab. »Don Pedro und ich haben eine Vereinbarung getroffen, wie ich dir heute Nachmittag schon erklärt habe. Leider zeigt mein Teil der Vereinbarung sich gerade ziemlich bockig, und das kann ich nicht dulden.«

Isaac wusste, er hatte verloren. Hilfesuchend sah er zu Francis Drake, und er las echtes Bedauern in den blauen Augen, aber dann deutete der junge Matrose ein Kopfschütteln an. »Ich hab dir doch gesagt, du sollst vorsichtig sein.«

Ehe Isaac etwas erwidern konnte, packte Hawkins ihn an der Schulter. »Schluss jetzt. Die Nacht vergeht, und wir haben viel zu tun. Schafft endlich die Fässer mit der Brühe hier raus. Master Abingdon, Ihr bringt unseren blinden Passagier zurück an Land.«

»Aye, aye, Captain.«

»Ich gehe nicht zurück an Land«, stieß Isaac wütend hervor.

Hawkins sah ihm in die Augen. »Leb wohl, Isaac Fitzgervais. Und vergiss nicht, ein guter Papist zu sein.«

Er schlug ihm die geballte Rechte gegen die Schläfe, und Isaacs Welt wurde finster.

Windsor, September 1560

»Majestät, im Namen Seiner Majestät König Felipe möchte ich Euch die herzlichsten Segenswünsche aussprechen.« De la Quadra verneigte sich, und ein Hauch aufrichtiger Wärme schwang in seiner Stimme.

Oder zumindest sollen wir das glauben, fuhr es Eleanor durch den Kopf.

Elizabeth strahlte ihn an. »Habt Dank, Don Álvaro. Ist es nicht ein herrliches Fest?«

Der Gesandte ließ den Blick einen Moment über die kostbar gekleideten Menschen in der erlesen geschmückten Halle schweifen und nickte dann. »Dem Anlass angemessen.«

Da hat er recht, befand Eleanor. Es war der Geburtstag der Königin, den sie hier heute begingen, der krönende Abschluss ihrer Sommerreise durchs Land. Und ein wundervoller Sommer war es gewesen, fast jeden Tag hatte die Sonne von einem strahlend blauen Himmel auf die große königliche Reisegesellschaft geschienen, und die Engländer in den Dörfern und Städten, die Elizabeth besucht hatte, waren in Scharen zusammengeströmt und hatten ihre Königin bejubelt. Elizabeth erwiderte die herzliche Zuneigung ihrer Untertanen, und das spürten die Menschen ganz genau. Die Königin hatte jede Minute in vollen Zügen genossen, und sie hatte es verstanden, keinen Schatten auf ihren perfekten Sommer fallen zu lassen. Eleanor beneidete sie um die Gabe, alles Unangenehme und Bedrohliche auf Armeslänge von sich fernzuhalten, und sei es nur für eine kleine Weile. Doch jetzt neigte der Sommer sich dem Ende entgegen, und die Schatten wurden länger.

»Trinkt einen Schluck auf das Wohl der Königin, Don Álvaro«, lud Robin Dudley den Gesandten gut gelaunt ein, angelte einen vergoldeten Pokal vom Tablett eines vorbeieilenden Dieners und drückte ihn de la Quadra in die Hand.

Der bedankte sich mit einem schmallippigen Lächeln, denn er konnte Robin nicht ausstehen, hob den Becher dann der Königin entgegen und sagte förmlich: »Möge der Allmächtige Eurem Land noch viele Jahre Eurer segensreichen Herrschaft schenken, Majestät.«

Mit einem geheimnisvollen kleinen Lächeln, so als wisse sie mehr über Gottes Pläne als de la Quadra, nickte Elizabeth ihm zu und trank ein Schlückchen aus ihrem eigenen Pokal. »Habt Ihr zufällig den französischen Gesandten gesehen, Don Álvaro?«

»Bedaure.«

»Zu dumm. Ich würde gern bald den Tanz eröffnen, eh meine Gäste an der Tafel einschlummern, aber seine Gratulation steht noch aus.«

»Ich merke, er ist nicht der einzige, der fehlt«, erwiderte de la

Quadra scheinbar beiläufig. »Ich habe Secretary Cecil heute noch gar nicht gesehen.«

»Oh, er ist hier irgendwo«, gab Elizabeth scheinbar unbekümmert zurück. »Ihr solltet nicht alles glauben, was gemunkelt wird, mein Freund.«

»Gewiss nicht, Majestät.«

Und doch hat de la Quadra wieder einmal zielsicher den Finger auf die Wunde gelegt, dachte Eleanor, die mit Lady Cat und deren Tochter Lettice in der Nähe saß. Dem treuen und sonst immer so nüchternen Secretary Cecil war am Vortag der Kragen geplatzt, und er hatte gedroht, sein Amt niederzulegen. Grund der unschönen Szene waren natürlich wieder einmal Robin Dudley und sein wachsender Einfluss auf die politischen Entscheidungen der Königin gewesen.

In gewisser Weise konnte Eleanor Cecils Verbitterung sogar verstehen. Im Juni war Marie de Guise gestorben, die im Namen ihrer Tochter Mary Stewart Schottland regiert hatte, und einen Monat später hatte Cecil das Kunststück vollbracht, einen Vertrag mit den Schotten auszuhandeln, der praktisch alle englischen Wünsche erfüllte: Die französischen Truppen waren aus Schottland verjagt worden, eine protestantische Regierung hatte die Macht übernommen, das schottische Parlament hatte sich von Rom losgesagt und die heilige Messe verboten, und sozusagen als Zuckerguss auf diesem Abkommen hatte Cecil für Elizabeth ein Mitspracherecht in schottischen Angelegenheiten ausgehandelt.

Doch die Königin hatte ihrem Secretary bei seiner Rückkehr aus Edinburgh keinen Adelstitel oder Hosenbandorden verliehen. Nur mit seinem Verhandlungsgeschick, ohne einen Tropfen Blut zu vergießen, hatte er ein Wunder vollbracht und die schottisch-französische Allianz durchbrochen, die England seit Jahrhunderten bedroht hatte, und seine Königin hatte kaum ein Schulterklopfen für ihn übrig gehabt – hatte sich gar geweigert, die beträchtlichen Kosten seiner Mission zu übernehmen –, sondern war lieber mit Robin zur Jagd geritten. Und wann immer Cecil und Robin seither in politischen Fragen auf Konfrontationskurs gingen – was praktisch immer der Fall war –, gab Elizabeth ihrem Favoriten recht. Es war das erste Mal, dass es der Königin an politischem Instinkt mangelte, und das besorgte Eleanor.

»Wenn Ihr mich entschuldigt, werde ich gehen und nachschauen, wie es mit dem Feuerwerk steht«, sagte Robin.

Die Königin betrachtete ihn mit einem missfälligen Kopfschütteln. »Unglücksrabe. Das Feuerwerk sollte doch ein Geheimnis sein. Jetzt habt Ihr meine Geburtstagsüberraschung verdorben.«

Robin zog die Brauen in die Höhe. »Wie Ihr gerade wieder einmal bewiesen habt, ist es ohnehin unmöglich, Euch zu überraschen. Also wozu das Getue?«

Sie lachte und entließ ihn mit einem nachlässigen Wink. »Dann geht, Sir, und seht zu, dass Ihr nicht Feuer fangt.«

Er zwinkerte ihr zu. »Dafür ist es zu spät, Majestät.«

De la Quadra schaute ihm versonnen nach. »Euer Master of the Horse verantwortet Eure Geburtstagsfeierlichkeiten?«

»Darauf versteht sich niemand so wie er«, gab die Königin zurück. »Ihr hättet das Schauspiel sehen sollen, das er letzte Woche in Reading organisiert hat. Eine herrlich verworrene Komödie, die Dudley eigens für den Anlass hat schreiben lassen. Hinter jedem Rosenbusch im Garten kamen ständig irgendwelche Elfen und Faune hervor und gaben der Handlung eine unerwartete neue Wendung. Gott allein weiß, was Dudley bei Regen gemacht hätte.«

»Ein … vielseitig begabter junger Mann«, bemerkte de la Quadra säuerlich.

»Oh, das ist er«, versicherte Elizabeth mit einem schelmischen Lächeln.

»Bedauerlich, dass man seine Gemahlin so selten bei Hofe sieht.« Es kam aus dem Nichts und klang vollkommen beiläufig, wie so oft, wenn de la Quadra sich in gefährliche Gewässer wagte.

Elizabeths Miene gefror erwartungsgemäß. Amy Dudleys schiere Existenz war ein Thema, das man in Gegenwart der Königin besser mied. Jeder in ihrer Nähe wusste das, auch de la Quadra. Eleanor rätselte, was der spanische Gesandte mit dieser scheinbar unbedachten Taktlosigkeit bezweckte.

Doch Elizabeth beherrschte sich meisterlich, neigte sich de la

Quadra ein wenig zu und eröffnete ihm mit gesenkter Stimme: »Seine Gemahlin wird nicht mehr lange unter uns weilen, fürchte ich.«

»Tatsächlich, Majestät? Wie das?«

»Oh, seht nur, da kommen die Akrobaten!«, rief die siebzehnjährige Lettice Knollys aufgeregt und klatschte hingerissen in die Hände, als das Dutzend drahtiger junger Männer sich vor dem Thronsessel zu einer Pyramide auftürmte.

Die Königin applaudierte ebenfalls ausgelassen, und dem spanischen Gesandten blieb nichts anderes übrig, als ihrem Beispiel zu folgen.

»Gut gemacht, Lettice«, raunte Lady Cat ihrer Tochter zu.

Lettice griff nach ihrem Fächer. »Eigentlich hat sie es gar nicht verdient, dass man ihr aus der Klemme hilft, so abscheulich, wie sie manchmal zu Robin ist.«

Die Erste Hofdame tätschelte ihr mit einem wissenden Lächeln die Hand. »Wie geht es mit dem Hochzeitskleid voran, mein Kind?«

Lettice Knollys, die selbst an diesem Hof voller schöner junger Frauen auffiel mit ihrem kupferfarbenen Haar und den herrlichen grünen Augen, litt unter einer hartnäckigen Schwärmerei für Robin Dudley, doch sie sollte noch vor Ende des Jahres Walter Devereux heiraten, den Viscount Hereford.

»Inzwischen reibungslos«, antwortete sie ihrer Mutter. »Der Schneider hat mich wochenlang vertröstet, weil der florentinische Seidenbrokat angeblich nicht zu beschaffen war oder auf dem Meer untergegangen oder was weiß ich, doch als ich ihm gedroht habe, bei Hofe werde sich herumsprechen, dass er unzuverlässig sei und keine ausgefallenen Tuche besorgen könne, kam der Brokat auf einmal wie durch Zauberei herbeigeflogen. Ich meine, es muss ja nicht sein, dass ich in Lumpen zu meiner Hochzeit erscheine und die ganze Welt sieht, warum ich Devereux heirate.«

Lady Cat nickte mit einem etwas unsicheren Lächeln. Eleanor ahnte, dass die Erste Hofdame, die selbst eine Seele von Mensch war, Mühe hatte, ihre hinreißend schöne, aber kühle und berechnende Tochter immer so recht zu verstehen. »Es ist keine Heirat des Geldes wegen«, widersprach Lady Cat gedämpft. »Devereux ist ein Mann mit Einfluss, vor allem mit Zukunft.«

»Hm«, machte Lettice trocken. »Und mit O-Beinen.«

»Was spielt das für eine Rolle?«, gab ihre Mutter zurück. »Es wird dir gefallen, an seiner Seite zu sein und seinen Aufstieg zu befördern. Eine Herausforderung, die genau auf dich zugeschnitten ist, Liebes. Du solltest froh sein, dass die Königin dieser Heirat zugestimmt hat.«

»Ja, mir ist aufgefallen, dass es nicht gerade ihr bevorzugter Zeitvertreib ist, ihre Hofdamen zu verheiraten«, spöttelte das junge Mädchen.

Draußen ertönte etwas wie ein Kanonenschlag, und Mary Sidney sprang auf die Füße. »Das Feuerwerk! Schnell, kommt, das Feuerwerk!«

Die Königin schritt zum Ausgang der Halle, würdevoll, aber doch eilig genug, dass die Festtagsroben wallten. Der Hof folgte ihr wie eine aufgeregte Kinderschar. Eleanor und Lettice bildeten die Nachhut.

»Stimmt es, dass Amy Dudley todkrank ist?«, fragte das junge Mädchen.

Eleanor beschleunigte ihre Schritte. »Schlag ihn dir aus dem Kopf, Lettice. Das ist ein guter Rat, glaub mir.«

»Ihr missversteht meine Absichten, Mylady«, gab das Mädchen frostig zurück. »Ich weiß, Ihr bildet Euch ein, alles zu wissen und jeden zu durchschauen, aber nicht mich.«

Eleanor wandte den Kopf und lächelte ihr zu. »Tatsächlich? Nun, dann bist *du* vielleicht die Herausforderung, die auf *mich* zugeschnitten ist.«

Der Montagmorgen brach so nass, windig und ungemütlich an, dass Eleanor sich beim Blick aus dem Fenster fragte, ob das verzauberte Gartenfest zum Geburtstag der Königin am Sonnabend vielleicht nur ein Traum gewesen sei.

In Elizabeths Privatgemach fand sie die Königin beim Frühstück, Robin Dudley, seine Schwester Mary Sidney und Secretary Cecil in ihrer Gesellschaft.

»El, da bist du ja endlich!« Die Königin klang, als hätte sie schon vor Stunden nach ihr geschickt. »Beim Tod am Kreuz, du schläfst von Tag zu Tag länger. Ich denke, wir sollten dir eine Woche Ausritte mit Robin und mir bei Tagesanbruch verordnen, das kuriert dich von deiner Trägheit.«

»Und was mag es sein, das uns die königliche Laune verdorben hat?«, erkundigte Eleanor sich betont höflich.

Robin lachte in sein Porridge.

»Nachrichten aus Paris«, erklärte der Secretary mit sorgenvoller Miene und hielt einen eng beschriebenen Papierbogen hoch.

»Von wem?«, fragte Eleanor und nickte der jungen Hofdame zu, die ihr eine Schale mit gezuckertem Porridge servierte.

»Von einem gewissen Francis Walsingham«, antwortete Cecil.

»Ein Freund meines Bruders«, bemerkte Eleanor.

»Tatsächlich?«, fragte der Secretary interessiert.

Francis Walsingham hatte ein Landgut in Kent, gar nicht weit von Waringham entfernt, und er war während Marys Regentschaft auf den Kontinent ins Exil gegangen, genau wie Eleanors Bruder. Während ihrer gemeinsamen Zeit in Frankfurt hatte man sie ständig verwechselt, weil die Namen Francis Walsingham und Francis Waringham für die armen Deutschen einfach zu ähnlich waren, um sie auseinanderzuhalten. »Mein Bruder nennt ihn einen der brillantesten Köpfe, die er kennt. Wieso ist Walsingham in Paris und wieso schreibt er uns, nicht Botschafter Throckmorton?«

»Unser Gesandter war unpässlich«, berichtete Cecil. »Walsingham, offenbar ein reiselustiger Geselle, war zu Besuch in Paris, logierte in Throckmortons Haus und war so freundlich, ihm als Sekretär auszuhelfen. Throckmorton befürchtet einen vom französischen Hof gesteuerten Giftanschlag auf Ihre Majestät.«

Elizabeth steckte sich ein Stück kalten Braten in den Mund und winkte ab, als verscheuche sie eine lästige Fliege. »Ich will nichts hören von diesen Schauermärchen.«

»Aber Majestät …«, begann Cecil.

»Ich glaube nicht, dass es ein Schauermärchen ist«, sagte Eleanor gleichzeitig und erntete von Cecil ein ebenso dankbares wie duldsames Lächeln. »Frankreich hat Schottland als Verbündeten verloren. An uns, könnte man sagen. Es wäre nicht verwunderlich, wenn König François sich bedroht fühlt.«

»Oder vielleicht doch seine Mutter, Caterina de' Medici«, warf Robin ein.

»Oder seine Gemahlin, Mary Stewart«, offerierte Cecil erwartungsgemäß, der die junge katholische Königin von Schottland als seine persönliche Heimsuchung betrachtete.

»Welch eine Auswahl an Verschwörern«, brummte die Königin und biss verdrossen in ein Stück Mandelkuchen.

»Throckmorton lässt jedenfalls ausrichten, Ihr möget keine Geschenke von Fremden entgegennehmen, Majestät, insbesondere keine Speisen, Getränke oder Handschuhe«, beharrte der Secretary.

»Handschuhe?«, wiederholte Elizabeth ungläubig.

Eleanor nickte. »Oh ja. Man bestreicht sie von innen mit Gift und schenkt sie einem Widersacher. Das ist die neueste Mode in Florenz und im Vatikan, heißt es.«

Die Königin streckte den Arm aus und drückte kurz ihre Hand. »Was täte ich nur ohne mein Auge …« Es war halb Spott, halb Wiedergutmachung für die schroffe Begrüßung.

Cecil und Robin stritten noch eine Weile, wie ernst die Warnungen des Gesandten in Paris zu nehmen seien, aber schließlich wurde es der Königin zu viel, und sie bat den Secretary, ihr die Mappe mit den Gerichtsurteilen zu holen, die sie heute unterschreiben musste. Auch ihre Hofdamen schickte sie nach und nach mit verschiedenen Aufträgen hinaus, bis sie mit Robin und Eleanor allein war. Doch der Frieden währte nicht lange.

Ein zaghaftes Klopfen an der Tür unterbrach ihre Debatte über das Feuerwerk am Geburtstagsabend.

»Ist das zu fassen?«, murmelte Elizabeth und rief dann streng: »Was kann so wichtig sein, Cat?«

Ihre Erste Hofdame trat unerschrocken ein. »Tut mir leid, Majestät. Aber draußen steht ein völlig verzweifelter Bote für Sir Robin. Er will mir nicht sagen, was ihn herführt, aber es ist nichts Erfreuliches, fürchte ich.«

»Wo kommt er her?«, fragte Robin Dudley.

Lady Cat sah ihm in die Augen. »Aus Cumnor Place.«

Es war einen Augenblick still. Cumnor Place war das Gutshaus in Oxfordshire, wo Robins Gemahlin lebte.

»Ich lasse bitten, Cat«, sagte die Königin und schob das Tablett mit dem Frühstück ein Stück beiseite. Dann richtete sie sich kerzengerade auf und legte die Hände auf die Armstützen ihres Sessels – die Königinnenpose.

Lady Cat führte einen untersetzten Mann von vielleicht dreißig Jahren herein. Seine schlichte, aber ordentliche Kleidung wies ihn als Hausdiener aus, und er war sichtlich nervös. Er knetete einen ohnehin schon formlosen Hut zwischen den Händen und fiel vor der Königin auf die Knie. »Vergebt mir, Majestät.« Er hatte eine kreisrunde Glatze im kurzen braunen Schopf.

»Sag uns deinen Namen«, bat die Königin mit Nachsicht, aber ohne Gönnerhaftigkeit.

»Rupert Bowes, Euer ergebener Diener.«

»Steh auf, Rupert Bowes, und berichte uns, was dich herführt. Sei ohne Furcht. An meinem Hof wird der Bote nicht für die Nachricht gehenkt, so schlimm sie auch sei.«

Bowes kniff einen Augenblick die Lippen zusammen und kam ein wenig steif auf die Füße. Sicher spürte er jeden Muskel nach dem ungewohnt langen Ritt. Er verneigte sich vorsichtshalber nochmals vor der Königin und wandte sich dann an Robin Dudley. »Es tut mir leid, Mylord. Eure Gemahlin ist tot.«

Robin antwortete nicht sofort. Sein Kinn arbeitete, und die Augen waren zu schmalen Schlitzen verengt, damit nur ja niemand sehen konnte, was er empfand. Dann verschränkte er die Arme. »Ich bin kein Lord« war die sonderbare Antwort.

»Sag uns, was geschehen ist«, bat Elizabeth den Boten. »Die Nachricht ist ja keine Überraschung.«

Bowes zuckte sichtlich zusammen, starrte sie einen Moment an, besann sich dann und senkte hastig den Blick.

»Rede schon, Mann«, fuhr Robin ihn an. »Konnte der Arzt nichts mehr tun?«

»Nein, My… Sir. Ich fürchte, sie war auf der Stelle tot.«

»Was heißt, auf der Stelle?«, fragte er verständnislos. »Sie war seit Monaten krank. Todkrank.«

Bowes' Miene wurde ausdruckslos, und dennoch gelang es dem Diener, Robin seine grenzenlose Verachtung kundzutun. »Davon weiß ich nichts, Sir. Lady Amy war nicht wohl, das war offensichtlich, aber sie ist an keiner Krankheit gestorben. Sie ist auf der Treppe gestürzt.«

»*Was?*«, rief Robin entsetzt, machte einen Schritt auf ihn zu und packte Bowes am Arm. »Was soll das heißen?«

»Robin«, mahnte Eleanor leise, und er ließ von Bowes ab, warf ihr einen flackernden Blick zu und nahm sich zusammen.

Bowes sah zu Eleanor und fasste Zutrauen. »Sie war so gut wie allein im Haus. In Abingdon war am Sonntag ein Jahrmarkt, und sie hat alle Diener hingeschickt. Sie hat … darauf bestanden, dass wir hingingen, ich kann nicht sagen, warum. Und als wir nach Hause kamen, fanden wir sie, Mylady. Sie lag am Fuß der Treppe, ihr … ihr Schädel eingedellt, das Genick gebrochen.«

Robin wandte sich abrupt zum Fenster, stützte die Stirn auf die Faust und murmelte: »Oh Gott … Jesus Christus, erbarme dich …« Seine Erschütterung war nicht zu übersehen.

Die Königin starrte den Boten an, offenbar sprachlos, und tauschte dann einen Blick mit Eleanor. Sie dachten beide das Gleiche, erinnerten sich daran, was die Königin vorgestern Abend zum spanischen Gesandten gesagt hatte: *Seine Gemahlin wird nicht mehr lange unter uns weilen*.

Nun hatte die arglos ausgesprochene Prophezeiung sich erfüllt: Amy war unter verdächtigen Umständen und ohne Zeugen ums Leben gekommen, und was der spanische Gesandte gehört hatte, würde nächste Woche die ganze Welt wissen.

Niemand, einfach *niemand* würde glauben, dass Robin und die Königin nichts mit Amy Dudleys Tod zu tun hatten.

»Mylady.« Jethro Andrews verschränkte die Finger, um Eleanor beim Aufsitzen behilflich zu sein.

»Danke, Jethro.«

»Auf ein Wort, Lady Eleanor …«

Sie verdrehte die Augen, denn ihr Auftrag erforderte Eile, und darum hatte sie gehofft, Cecil zu entwischen.

»Gewiss, Sir.« Sie stellte den Fuß wieder auf die Erde.

Cecil nickte den Andrews-Zwillingen zu und führte Eleanor in den Pferdestall, wo sie unbelauscht reden konnten und obendrein nicht nassgeregnet wurden.

»Was für ein schreckliches Unglück, Mylady.« Der Secretary wirkte ehrlich erschüttert.

»Ja, ich weiß.« Ihr eigenes Herz war bleischwer.

»Ich nehme an, die Königin schickt Euch nach Cumnor, um herauszufinden, was genau dort geschehen ist?«

Eleanor nickte. »Ihr wisst ja selbst, wie diese Sache aussieht. Alle werden Robin oder die Königin oder beide zusammen verdächtigen. Unsere einzige Hoffnung ist, den wahren Schuldigen zu finden.«

»Falls es nicht doch ein Unfall war.«

»Unwahrscheinlich, aber möglich«, räumte sie ein.

»Ihr werdet mir vielleicht nicht glauben, aber ich wünsche Euch allen denkbaren Erfolg, Lady Eleanor.«

»Doch, ich weiß, dass Ihr das tut. Denn Ihr liebt die Königin, und der Gedanke, dass sie zu Unrecht eines so abscheulichen Verbrechens verdächtigt wird, ist Euch genauso unerträglich wie mir.«

»Wie gut Ihr mich kennt«, murmelte der Secretary mit einem kleinen, traurigen Lächeln. »Aber was immer dahintersteckt und was auch immer jetzt geschieht, ich bete zu Gott dem Allmächtigen, dass Ihre Majestät nicht erwägt, Robert Dudley zu heiraten.«

Ah, dachte Eleanor. Das ist es, was er von mir wissen will. »Sie hat ihn fortgeschickt«, erwiderte sie mit einem Achselzucken. »Sie hat eine offizielle Untersuchung des Todesfalls durch den Coroner angeordnet und Robin befohlen, sich in sein Haus in Kew zurückzuziehen und dort abzuwarten, was der Coroner oder ich herausfinden. Die Königin tut wie immer das, was getan werden muss, Sir: Sie distanziert sich von Robin, solange er unter Verdacht steht, die Ermordung seiner Frau arrangiert zu haben.«

»Aber was wird sie tun, wenn ein bisschen Zeit ins Land gegangen ist?«

»Ich schlage vor, damit befassen wir uns, wenn es so weit ist. Und nun müsst Ihr mich entschuldigen, ich habe eine weite Reise vor mir, und der Regen wird schlimmer.«

Cecil legte ihr leicht die Hand auf den Arm. »Wenn sie ihn heiratet, wird sie stürzen.« Er sprach leise, aber eindringlich, und sie sah die Furcht in seinen Augen. »Ich bin nicht blind, ich weiß genau, was er ihr bedeutet. Und auch ich war einmal jung, selbst wenn Euch das unvorstellbar erscheinen mag. Aber wenn sie der Versuchung nachgibt und ihn heiratet, wird das genau der Vorwand sein, auf den Mary Stewart und die Papisten in England und Schottland, in Spanien und in Frankreich gewartet haben: Sie werden Elizabeth stürzen und töten und Mary Stewart auf den englischen Thron setzen!«

Eleanor atmete tief durch und sah einen Moment durch die offene Stalltür in den ungemütlichen grauen Herbsttag hinaus. Dann nickte sie. »Ich weiß. Und sie weiß es auch.«

»Seid Ihr sicher? Manchmal hat sie die gefährliche Neigung, die Liebe ihrer Untertanen zu überschätzen.«

Eleanor befreite sich von seiner Hand. »Lasst mich nach Oxfordshire reiten. Lasst mich schauen, was ich herausfinden kann. Vielleicht sehen wir dann alle klarer.«

»Gott sei mit Euch, Mylady.«

Eleanor kehrte zu den Andrews zurück, die geduldig auf sie warteten, und saß auf. Im Schritt ritten sie durch das Torhaus der uralten Burganlage, und als sie den Pfad entlang der Themse in nordwestlicher Richtung einschlugen, galoppierten sie an.

Jethro und Jeremy Andrews waren nicht umsonst die Söhne eines Stallmeisters: Auch wenn sie behaupteten, dass es niemand mit einer Waringham im Sattel aufnehmen könne, ritten sie in Wahrheit doch ebenso gut wie Eleanor. Es waren knapp vierzig Meilen von Windsor nach Abingdon, dem kleinen Dorf mit der verfallenen Abtei, in dessen Nähe das Gutshaus von Cumnor Place lag. Gegen zehn waren sie aufgebrochen, und in Henley bekamen sie frische Pferde. Trotz des abscheulichen Wetters und der schlammigen Straßen kamen sie vor sechs an.

Cumnor Place war ein uralter Kasten aus grauem Stein, beinah quadratisch um einen Innenhof gebaut und umgeben von einem großzügigen und liebevoll angelegten Garten. Anthony Forster, der Hausherr, empfing sie in der behaglichen Halle im Erdgeschoss.

»Lady Eleanor of Waringham? Welche Ehre! Seid willkommen, und Ihr ebenfalls, Gentlemen.«

Eleanor schob die Kapuze zurück und nahm Abstand davon, ihr langes blondes Haar zusammenzudrehen und auszuwringen wie einen Putzlumpen. »Habt Dank, Sir Anthony, und ich bitte Euch, lasst uns auf allzu große Förmlichkeit verzichten. Die Königin hat mich gebeten, herzukommen, um Euch ihr aufrichtiges Mitgefühl für den Unglücksfall zu übermitteln, der Euer Haus ereilt hat, und um den Umständen auf den Grund zu gehen.«

Forster lauschte ihr mit sorgenvoller Miene und rieb sich nervös die Hände. Er war ein entfernter Cousin von Robin Dudley, wusste Eleanor, aber äußerlich hätten sie kaum unterschiedlicher sein können. Ihr Gastgeber war ein rotwangiger Landjunker in den Vierzigern mit schütterem blonden Haar und einem Bauch, der einer Schwangeren kurz vor der Niederkunft Ehre gemacht hätte.

»Ihr findet das ganze Haus in Aufruhr und Erschütterung, Madam«, sagte er. »Wir können alle immer noch nicht fassen, was geschehen ist. Aber selbstverständlich wird ein jeder hier Euch nach bestem Vermögen unterstützen. Ich nehme an, Ihr wollt Euch erst einmal frisch machen und trockene Kleider anlegen?«

Doch Eleanor winkte ab und wies auf das lebhafte Feuer im Kamin. »Wir werden schon wieder trocken. Wenn es nicht ungelegen kommt, wäre ich dankbar, wenn Ihr mir jetzt gleich ein paar Fragen beantworten würdet.«

»Gewiss. Dann nehmt Platz und erlaubt mir, nach Wein und Erfrischungen zu schicken. Ihr müsst eine scheußliche Reise gehabt haben.«

»Gegen einen Schluck Wein hätte ich nichts«, räumte sie ein und setzte sich an den langen, klobigen Tisch, der den Raum beherrschte. Auf ihren diskreten Wink folgten die Andrews ihrem Beispiel.

Forster rief nach einem Diener und gab den Wein in Auftrag.

»Hat der Coroner seine Arbeit schon aufgenommen?«, fragte Eleanor.

Forster nickte. »Heute früh hat er die … sterblichen Überreste der armen Lady Amy in Augenschein genommen, Madam. Und dann …«

»Wo ist sie?«, unterbrach Eleanor.

»Draußen in der Kapelle. Wollt Ihr … müsst Ihr sie etwa auch …« Er brachte die Frage nicht heraus. Anscheinend fand er es anstößig, dass eine Frau eine Leiche beschauen könnte.

Doch Eleanor schüttelte den Kopf. Sie wollte den Coroner – den offiziell bestallten Leichenbeschauer – nicht gegen sich aufbringen, indem sie den Eindruck erweckte, ihm zu misstrauen. Sie würde sich später im Schutz der Dunkelheit in die Kapelle schleichen, um Amy die letzte Ehre zu erweisen und bei der Gelegenheit einen Blick auf ihre Verletzungen zu werfen. »Was hat der Coroner gesagt?«

»Zwei Dellen im Schädel, vermutlich von den Kanten der Treppenstufen. Und ihr Genick ist gebrochen. Typische Verletzungen für einen Treppensturz, meint er.«

»Aber sie verraten uns nicht, ob Lady Amy gestolpert ist oder gestoßen wurde.«

Forster schlug den Blick nieder. »Nein.« Es klang kummervoll. Eine alte Dienerin kam herein, ein Tablett mit einem Zinnkrug und einer Platte mit Brot und Käse in Händen, und starrte Eleanor mit unverhohlener Neugier an.

»Danke, Eliza«, sagte Forster.

Sie stellte ihre Gaben ab und schlurfte wieder hinaus. Der Hausherr selbst schenkte ein.

Eleanor trank einen kleinen Schluck. »Erzählt mir, was Ihr wisst, Sir Anthony.«

Er wiederholte, was der Bote Rupert Bowes ihnen heute früh berichtet hatte, und fügte hinzu: »Es war eigenartig, wie sie darauf beharrt hat, dass alle das Haus verließen. Und rückblickend natürlich auch verdächtig, fürchte ich. Sie hat ihrer Dienerschaft ein bisschen Geld gegeben, um auf den Jahrmarkt zu gehen. Das war ja noch völlig normal. Aber als eine der älteren Frauen sagte, es gehöre sich nicht, sonntags auf den Jahrmarkt zu gehen, und sich weigerte, wurde Lady Amy fuchsteufelswild. Es kann keinen Zweifel geben, Mylady: Sie wollte das Haus für sich haben.«

»Um was zu tun?«

Er hob die breiten Schultern. »Wenn ich es nur wüsste …«

»Und wenn Ihr raten solltet?«

»Würde ich sagen, sie hatte eine geheime Verabredung.«

»Ja, das scheint der einzige zulässige Schluss.«

»Ein Stelldichein, hab ich zuerst gedacht. Ich hatte gehofft, Sir Robin wäre vielleicht …«

Aber Eleanor schüttelte nachdrücklich den Kopf. »Er war in Windsor. Und hat Amy ihren Willen durchgesetzt? War das ganze Haus leer?«

»So gut wie. Mistress Owen – das ist eine ältere Dame, die hier im Haus lebt – hat mit ihr zusammen gegessen. Irgendwann zwischen elf und zwölf. Dann hat Lady Amy sich in ihre Gemächer zurückgezogen, die etwas abseits liegen. Das Haus ist sehr verwinkelt, wisst Ihr. Und nachmittags fanden die Diener sie dann bei der Rückkehr vom Jahrmarkt am Fuß der Treppe.«

»Zeigt sie mir.«

»Mylady?«

»Diese Treppe. Zeigt sie mir. Und ich würde gern Amys Gemächer sehen und mit ihrer Zofe und dieser Mistress Owen sprechen.«

Ihr Anliegen machte ihn nicht glücklicher, aber er erhob sich bereitwillig. »Folgt mir.«

Im Hinausgehen bat Eleanor ihre beiden Schatten: »Reitet ins Dorf, geht ins Wirtshaus oder wohin auch immer und findet heraus, was die Leute reden.«

»Mylady.«

Die Treppe sah völlig harmlos aus. Überhaupt nicht so, als könne sie einen Menschen das Leben kosten: sechs flache Stufen, ein Absatz, und dann nochmals fünf Stufen führten zu einem schmalen Korridor und der Tür zu Amys Räumen. Diese befanden sich am

Ende des Ostflügels dieses in der Tat sehr verwinkelt gebauten Hauses, weitab von der Halle und den Gemächern der übrigen Bewohner.

Eleanor stand mit Forster zusammen am Fuß der Treppe, und er zeigte mit dem Finger auf die Bodenfliesen. »Hier hat sie gelegen.«

»Habt Ihr sie gesehen, ehe sie bewegt wurde?«

»Ja, die Diener haben mich sofort geholt.«

»Wann war das?«

Er überlegte kurz. »Gegen vier.«

»Ist Euch irgendetwas an ihr aufgefallen, das Euch merkwürdig vorkam?«

»Nur, dass sie gelächelt hat. Ihre Lider waren halb geschlossen, und ihr Mund lächelte. Das war grausig, vor allem inmitten von so viel Blut.«

Eleanor nickte. »Es muss also irgendwann zwischen zwölf und vier passiert sein. Hat irgendwer in dieser Zeit etwas beobachtet? Einen Fremden, der ums Haus schlich? Ein fremdes Pferd?«

Der Hausherr schüttelte den Kopf. »Wie gesagt. Das Haus war ja fast leer. Niemand hat irgendetwas gesehen. Meine Frau saß mit dem Rücken zum Fenster am Stickrahmen. Ich habe ein Nickerchen gemacht. Und Mistress Owen sieht nicht mehr gut.«

Es ist hoffnungslos, fuhr es Eleanor durch den Kopf. Weder der Coroner noch ich werden je herausfinden, was genau sich hier gestern Nachmittag abgespielt hat.

»Ich danke Euch für Eure Hilfsbereitschaft und Eure Zeit, Sir Anthony. Wenn Ihr gestattet, würde ich jetzt gern Lady Amys Gemächer sehen. Nicht nötig, dass Ihr mich begleitet, es kann ein Weilchen dauern.«

»Gewiss, Mylady. Falls Ihr irgendetwas braucht, findet Ihr mich in der Halle.« Er wandte sich ab und zögerte dann. »Darf ich … darf ich Euch auch eine Frage stellen?«

»Natürlich.«

»Wie hat er es aufgenommen? Mein Vetter Dudley, meine ich?«

»Er war erschüttert«, antwortete sie. »Wirklich bis ins Mark getroffen. Ich werde Euch nicht beleidigen, indem ich Euch weiszumachen versuche, er habe noch besonders zärtliche Gefühle für seine Gemahlin gehegt. Das hat er noch nie, wenn Ihr die Wahrheit wissen wollt. Aber er besitzt Anstand. Und ein Gewissen. Er macht sich Vorwürfe, dass er sie so lange vernachlässigt hat, obwohl es eigentlich nicht seine Schuld war.«

»Ihr wollt sagen, die Königin hat ihn nicht weggelassen?«, fragte Forster fassungslos.

Eleanor lächelte und stieg die verhängnisvolle Treppe hinauf. »Ich kann mich nicht entsinnen, etwas Derartiges gesagt zu haben, Sir«, antwortete sie über die Schulter.

Oben fand sie ein schlichtes, aber komfortables Zimmer mit einem breiten Bett aus hellem Holz, einem Fenster mit Blick auf den Kräutergarten und eine heulende Magd, die die Arme auf der Tischplatte verschränkt und den Kopf darauf gebettet hatte. Als sie die Tür hörte, fuhr sie mit einem kleinen Schreckenslaut hoch. »Wer seid Ihr?«, rief sie angstvoll.

Eleanor zog die linke Braue in die Höhe, denn die Frage war ungehörig. »Eleanor of Waringham. Ich bin …«

»Das Auge der Königin, ich weiß.« Es klang abweisend.

Bitte, dachte Eleanor, so kannst du es auch haben. »Und du bist?«

»Pirgo. Lady Amys Zofe.«

»Jetzt nicht mehr, fürchte ich.«

Neue Tränen stiegen in die braunen Augen und rannen über das reizlose, nicht mehr junge Gesicht. Pirgo schüttelte langsam den Kopf.

Eleanor setzte sich ihr gegenüber auf den zweiten Schemel. »Ich nehme an, du warst gestern auf dem Jahrmarkt?«, fragte sie.

Pirgo schluchzte und nickte. »Hätte ich nur nicht auf sie gehört. Wär ich nur hiergeblieben …«

Jesus, für so etwas habe ich wirklich keine Zeit, dachte Eleanor, aber sie hielt ihre Ungeduld im Zaum. »Du konntest ja nicht ahnen, was passieren würde. Und wenn du sie so geliebt hast, wie es den Anschein hat, wolltest du ja auch sicher nicht ungehorsam sein.«

»Da habt Ihr recht, Mylady«, räumte Pirgo ein und zog die Nase hoch.

»Als du mit den anderen Dienern heimkamst und Lady Amy tot am Fuß der Treppe liegen sahst, was war dein erster Gedanke?«

»Dass ihr Leid nun ein Ende hat«, antwortete sie prompt. »Sie war … so ein erbarmungswürdiges Geschöpf. Nicht nur, weil ihr Mann sie weniger beachtet hat als einen toten Köter am Straßenrand, sondern auch wegen der furchtbaren Schmerzen.«

Eleanor nickte. »Ich dachte, sie hatte einen Arzt aus Oxford, der ihr Opium gab?«

»Woher wisst Ihr das?«, fragte Pirgo, mit einem Mal wieder voller Argwohn.

Mit knappen Worten berichtete Eleanor von ihrer Begegnung mit Amy in London. »Und der Doktor, zu dem ich sie brachte, versprach, ihr hier einen Arzt zu besorgen.«

»Ja, er kam auch eine Weile. Aber er musste ihr immer mehr von diesem Zeug geben, um ihre Schmerzen zu lindern, und dann bekam er kalte Füße. Er fürchtete, wenn die Königin und Robin Dudley sie vergifteten, würde man ihm die Schuld in die Schuhe schieben und ihn aufknüpfen. Irgendwann ist er einfach nicht mehr gekommen.« Sie fuhr sich mit dem Ärmel über die Nase, rang einen Moment mit sich und sagte dann: »Es war gut von Euch, dass Ihr sie zu einem Doktor in London gebracht habt, Mylady. Aber wirklich helfen konnte ihr sowieso keiner.«

»Nein, ich weiß. Pirgo, nimm es mir nicht übel, wenn ich diese Frage stelle, aber ist dir der Gedanke gekommen, dass Lady Amy ihrem Leben selbst ein Ende gesetzt haben könnte?«

Die Zofe nickte. »Dran gedacht hab ich schon. Aber sie war zu fromm, wisst Ihr. Sie hat so auf Gott vertraut, sie hätte nie und nimmer seinen Beistand und ihr Seelenheil aufs Spiel gesetzt. Und außerdem ist ein Treppensturz viel zu ungewiss, um sich das Leben zu nehmen, oder?«

»Das stimmt.« Eleanor stand auf, machte eine gemächliche Runde durch das Zimmer und betrachtete Amys Habseligkeiten. »Hast du etwas dagegen, wenn ich in ihre Truhe schaue?«

»Ja, ich hab was dagegen, aber ich bin sicher, es wird Euch nicht abhalten.« Die Zofe klang jetzt eher ergeben als feindselig. »Außerdem ist sie ja tot, also macht es vermutlich nichts mehr.«

Eleanor klappte den Deckel auf. »War der Coroner schon hier?«

»Ja. Und er hat auch in ihren Sachen rumgeschnüffelt.«

Kleider und Wäsche lagen nachlässig gefaltet und ziemlich wild durcheinander in der Truhe. »Hat er diese Unordnung hinterlassen?«, fragte Eleanor.

Pirgo hob die Schultern. »Zum Teil. Aber sie ging nicht gerade sorgsam mit ihren Sachen um, Mylady. Man musste ewig hinter ihr her räumen.«

Eleanor fand eine kleine Schmuckschatulle und öffnete sie: ein Paar Perlenohrringe, einige Broschen und Ringe, hübsche Stücke, aber nichts Extravagantes. »Hat er irgendetwas mitgenommen?«

»Nicht, dass ich wüsste.«

Unter einem windschiefen Stapel aus Leinenhemden lag eine liebevoll bestickte Seidentasche mit einer begonnenen Handarbeit. »Und was wollte er wissen?«

»Das Gleiche wie Ihr. Und ob ich Fremde gesehen hab. Also ehrlich, was für eine dämliche Frage. Es war Jahrmarkt – das ganze Dorf war voller Fremder!«

Noch ein Punkt, der gegen einen Unfall sprach, wusste Eleanor. Sie öffnete die Tasche und holte das halbfertige Machwerk heraus: ein kleiner Handrahmen mit einer Stickerei, die vielleicht ein Kissenbezug hatte werden sollen.

»Sie hatte keine Ausdauer bei der Handarbeit«, bemerkte Pirgo kritisch, »aber bei dieser hier war es anders. Ihr Mann hatte ihr das Garn geschickt. Darum wollte sie das Kissen um jeden Preis fertig sticken.«

Eleanor nickte, legte die Arbeit beiseite und holte nacheinander die kleinen, bunten Garnrollen aus der Tasche. »War irgendetwas anders in den letzten Tagen? War sie aufgeregt, angespannt, irgendetwas in der Art?«

»Sie war immer angespannt wegen der Schmerzen. Aber seit drei, vier Tagen war sie … gefasster. Lady Amy war eine zutiefst verzweifelte Frau, wisst Ihr, aber die letzten Tage war es, als hätte sie ein bisschen Frieden gefunden.«

Unter einem Nadelbuch versteckt lag in der Arbeitstasche ein Zettel. Eleanor entfaltete ihn, der Zofe immer noch den Rücken zugewandt, und las: *Threeneedle Street, St. Christopher, rote Tür.*

Sie ließ die kryptische Botschaft in ihre Börse gleiten, steckte den unvollendeten Kissenbezug zurück in die Tasche und räumte sie wieder an ihren Platz.

»Wenn Lady Amy so krank und verzweifelt war, Pirgo, wieso hat sie dann im Mai die weite Reise nach London auf sich genommen, um ihren Schneider aufzusuchen? Das passt nicht zusammen.«

»Doch, Mylady, es passt nur zu gut zusammen«, widersprach Pirgo. »Wenn man seinen Mann an eine andere verloren hat und krank ist und immer magerer und hässlicher wird und von innen her verfault, sodass man seinen eigenen Gestank kaum noch aushalten kann, dann kann ein neues Kleid Balsam für die Seele sein.«

Eleanor hatte mit einem Mal Mühe, ein Schaudern zu unterdrücken. Pirgos nüchterne Schilderung brachte ihr Amys Elend näher, als ihr lieb war. Vor allem näher, als für ihre Untersuchung hier gut und nützlich sein konnte. Aber Eleanor musste feststellen, dass sie nichts dagegen tun konnte. Das Mitgefühl für die einsame, verzweifelte Frau, die hier gestern gestorben war, trieb ihr die Tränen in die Augen. Sie blinzelte sie weg.

»Hab Dank für deine Zeit und deine Offenheit, Pirgo. Und wenn du in Sorge um deine Stellung bist, lass ich es Robin Dudley wissen, und er kümmert sich um dich.«

»Lieber würd ich Dreck fressen, als auch nur einen Krümel Brot aus der Hand dieses *Gentleman* anzunehmen«, bekam sie zur Antwort. »Aber es war gut von Euch zu fragen, Lady Eleanor. Sir Anthony hat schon gesagt, dass er mich behält.«

Eleanor nickte. »Ich nehme an, es ist dein engelsgleiches Wesen, das er nicht missen möchte.«

Pirgo gackerte.

Eleanor ging zur Tür. »Ich bin froh, dich heiterer zurückzulassen, als ich dich vorgefunden habe.«

»Ich auch. Ihr seid gar nicht übel, Lady Eleanor of Waringham.

Gebt auf Euch acht. Ich nehme an, es kann gefährlich werden, das Auge der Königin zu sein. Vor allem bei *dieser* Königin.«

Anthony Forster, dieser König der Gastfreundschaft, hatte ihr Obdach für die Nacht gewährt, und beim Abendessen hatte Eleanor mit dem Coroner gesprochen. Aber weder von ihm noch von den übrigen Hausbewohnern hatte sie irgendetwas Neues erfahren, und auch ihr nächtlicher Besuch in der Kapelle hatte ihr keine weiteren Erkenntnisse beschert, sondern nur Schwermut. Klein, schutzlos und zerbrochen hatte Amys Leichnam gewirkt. Man hatte das Blut abgewaschen und das Haar gerichtet, und doch waren die beiden Dellen in ihrem Schädel unübersehbar. Weder die geschlossenen Lider noch die gefalteten Hände konnten darüber hinwegtäuschen, dass Amy Dudleys Ende ein blutiges gewesen war. Beklommen hatte Eleanor die Rechte auf die marmorkalten Hände der Toten gelegt: »Ich schwöre dir, ich werde tun, was in meiner Macht steht, um die Wahrheit ans Licht zu bringen. Ich kann nur hoffen, dass es das ist, was du gewollt hättest.«

»Die Meinungen im Dorf gehen auseinander«, berichtete Jeremy Andrews, als sie sich am nächsten Morgen in aller Herrgottsfrühe auf den Rückweg machten. Der Regen hatte nachgelassen, aber es war grau und windig. »Die einen sagen, es war ein Unfall. Die anderen sagen, Sir Robin oder die Königin oder beide hätten einen Mordbuben geschickt. Ein kleiner Wichtigtuer hat gar behauptet, er hätte Sir Robin am Sonntag unweit des Dorfes durch den Wald reiten sehen. Aber als ich ihn gebeten habe, ihn zu beschreiben, lag er meilenweit daneben. Jethro hat ihm ein blaues Auge verpasst, um ihn dran zu erinnern, dass üble Nachrede Sünde ist.«

Jethro nickte knapp.

»Und ihr habt nichts gehört, das die Geschichte in ein ganz anderes Licht rücken könnte? Unbezahlte Rechnungen? Spielschulden? Betrogene Ehefrauen? Heimliche papistische Treffen?«

Jethro schüttelte bedauernd den Kopf. »Dieses Nest muss der eintönigste Ort der Welt sein, hier passiert einfach gar nichts. Der Sohn des Müllers hat bei einer Schlägerei auf dem Jahrmarkt ein

Auge verloren, das ist die größte Sensation seit Jahren. Von Lady Amy sagen alle nur, dass sie unglücklich und krank war und ständig in die Kirche lief. Aber niemand im Dorf kannte sie näher.«

»Na gut«, sagte Eleanor seufzend. Sie hatte nicht wirklich damit gerechnet, dass ihre beiden Schutzengel etwas Neues erfahren würden. »Dann auf nach London, Gentlemen. Threeneedle Street.«

»Üble Gegend«, bemerkte Jethro.

Sie nickte. »Keine Bange. Ich bin ja bei euch.«

Sie tippten sich grinsend an die Hüte und sagten im Chor: »Mylady.«

Abona, September 1560

»Nun komm schon, Isaac, sei keine Memme. Nimm noch einen Zug!« Fernando Soler hielt ihm einladend die *Pipa* hin, aus der beinah durchsichtige Rauchkringel aufstiegen. Das glimmende Kraut im Kopf dieses sonderbaren Utensils verströmte einen herben, aber nicht unangenehmen Geruch.

Isaac war schon ein bisschen flau von dem Zeug, aber er ließ sich nicht gern *Cobarde* nennen – eine Memme –, das fünfte spanische Wort, das er heute gelernt hatte. »Na schön, gib her.«

Fernandos Pfeife war aus Silber und fein ziseliert. Sie kam natürlich aus der Neuen Welt, genau wie das Tobago-Kraut, das man hineinstopfte und anzündete, und sie hatte einst einem Häuptling der dortigen Wilden gehört, hatte der junge Soler Isaac nicht ohne Stolz erzählt. Auf Isaacs Frage, wie man den Häuptling wohl überredet habe, sich von dem hübschen Stück zu trennen, hatte Fernando nur gelacht. Er lachte überhaupt gern und viel. Er war ein unbekümmerter Tunichtgut ganz nach Isaacs Geschmack.

Es hätte ja alles so viel schlimmer kommen können …

Sie saßen am späten Sonntagvormittag nach dem Kirchgang unter einem Granatapfelbaum im weitläufigen Obstgarten, unweit des vornehmen Gutshauses von Don Pedros Zuckerplantage. Diese war in Abona im Süden Teneriffas gelegen, einem fruchtbaren

Hügelland am Fuß der Berge. Hier hatte Isaac das letzte Vierteljahr verbracht, um Fernando die englische Sprache und Lebensweise nahezubringen, denn Don Pedro wollte seinen siebzehnjährigen Sohn als Sekretär des spanischen Gesandten nach London schicken. Fernando wäre viel lieber Offizier geworden und zur See gefahren, hatte er Isaac anvertraut, sobald sie beide genug von der Sprache des anderen beherrschten, um sich verständigen zu können. Aber wie die meisten Väter nahm auch Don Pedro keine Rücksicht auf die Wünsche seines Sohnes. Da Fernandos älterer Bruder Pedro die kirchliche Laufbahn gewählt hatte, war der jüngere der Erbe ihres Vaters und sollte eines Tages seinen Landbesitz und sein weit verzweigtes Handelsnetz übernehmen. Dazu bedürfe es guter Sprachkenntnisse und Weltläufigkeit, hatte Don Pedro seinem Sohn erklärt, und die werde er erwerben, freiwillig oder unter Zwang.

So kam es, dass Fernando zu Beginn ihrer Bekanntschaft beinah so verzweifelt und mindestens so wütend gewesen war wie Isaac. Doch sie hatten beide keine Woche gebraucht, um ihre Meinung zu ändern.

Isaac zog an der Pfeife. Das getrocknete Tobago-Kraut glomm auf und zischte leise. Isaac atmete den Rauch ein und schaffte es dieses Mal, nicht zu husten. Ein leichter Schwindel benebelte seinen Kopf, aber es war kein unangenehmes Gefühl. »Ich glaube, ich könnte mich an das Zeug gewöhnen«, sagte er und gab Fernando die *Pipa* zurück.

»Oh, das wirst du. Wenn man einmal damit angefangen hat, kommt man schwer wieder davon los«, erklärte Fernando.

»Sprich Englisch«, ermahnte Isaac ihn abwesend. Das war die Abmachung: Er sprach Spanisch, Fernando Englisch, und es wurde von Tag zu Tag weniger mühsam.

»Unsere frommen Missionare in der Neuen Welt, die es einfach nicht aushalten, wenn irgendwer Spaß hat, verteufeln es als Laster«, fuhr Fernando in der fremden Sprache fort. »Aber in Wahrheit ist es gut für die Gesundheit. Ein Arzt, der mal bei meinem alten Herrn zu Gast war, hat mir erzählt, es gibt sechsunddreißig verschiedene Krankheiten, die man damit heilen kann.«

Isaac nickte und verscheuchte mit einem trägen Wink eine Fliege, die ihm immerzu um die Nase schwirrte. Dieses Tobago machte schläfrig, stellte er fest.

»Wenn es nur nicht so verflucht teuer wäre«, klagte Fernando. »Du weiß ja, mein Vater hält mich kurz. Und es ist auch nicht immer zu kriegen.«

»Wenn es so kostbar ist, warum lässt dein Vater es dann nicht hier anbauen?«

Fernando nickte. »Das habe ich ihm auch schon vorgeschlagen. Wir würden sagenhaft gute Geschäfte machen, und ich hätte immer genug zu rauchen. Aber er ist dagegen. Es berge Risiken, behauptet er. Dabei wächst hier doch alles, was in der Neuen Welt wächst.« Er breitete die Hände zu einer Geste der Resignation aus. »Na ja, Don Julio, der Pflanzer in *Española*, den meine kleine Schwester heiraten wird, *er* baut Tobago an. Wenn er zur Hochzeit herüberkommt, werde ich ihn mal beiseitenehmen und eine Vereinbarung mit ihm treffen.«

»Hm«, machte Isaac unbestimmt. Clara, Fernandos »kleine« Schwester, war ein hinreißend schönes Mädchen von vierzehn Jahren, und er konnte ihren Namen nicht hören, ohne dass sein Herz schneller schlug. Das hatte er indes bislang vor Fernando verheimlicht, und so musste es auch bleiben. Spanische Väter und Brüder, hatte er gelernt, hüteten die Tugend ihrer Töchter und Schwestern noch fanatischer, als die Engländer es taten. Clara tat praktisch keinen Schritt ohne die Begleitung zweier Nonnen, die ihre Lehrerinnen und Gouvernanten waren, und Isaac sah sie außerhalb des täglichen Kirchgangs so gut wie nie. Nur bei den seltenen Gelegenheiten, da Fernando seinen Vater überredete, Isaac sonntags abends zum Essen mit an die Tafel der Familie zu bitten, hatte er Gelegenheit, sie aus der Nähe zu sehen und ihre Stimme zu hören, wenngleich sie nie viel sagte. Clara hatte die milchweiße Haut einer vollendeten Dame, große, dunkle Augen, einen hinreißenden, geschwungenen Mund von der Farbe reifer Kirschen und – das war das Allerbeste – hüftlanges, vollkommen glattes Haar wie Ebenholz. Es schimmerte, wenn der Schein einer Kerze darauf fiel, und dann hatte Isaac immer seine liebe Müh, sie nicht anzugaffen. Zweimal hatte sie ihn unter halb gesenkten Lidern hervor angesehen und gelächelt. Oder zumindest glaubte er das.

Natürlich wusste Isaac, dass seine Schwärmerei aus der Ferne genau das bleiben musste, aber er dachte trotzdem nicht gern daran, dass sie mit diesem Don Julio verlobt war und früher oder später übers weite Meer zu den Westindischen Inseln entschwinden würde. Oder nach *Española*, wie man hier sagte.

Isaac setzte sich energisch auf. »Was denkst du, Fernando, reiten wir ein Stück?«

Don Pedro hatte einige herrliche Andalusier hier auf seinem Landgut, und wie jeder Waringham fühlte Isaac sich immer magisch zum Pferdestall hingezogen.

Aber Fernando schnitt eine Grimasse des Unwillens. »Nicht jetzt. Es ist so verflucht heiß um die Mittagszeit. Vielleicht heute Nachmittag.«

Isaac nickte wortlos. Es war einer der Momente, da er daran erinnert wurde, was er hier war. Er konnte nicht tun, was er wollte, und es nahm auch niemand Rücksicht auf seine Wünsche. Fernando bestimmte, was sie taten, nicht Isaac. Der junge Soler war weder herrschsüchtig noch grausam, darum war es meist leicht zu ertragen, aber in Augenblicken wie diesen traf die Erkenntnis seiner eigenen Unfreiheit Isaac immer wieder wie ein Schock. Seine Vorfahren hatten vor fünfhundert Jahren an König Williams Seite England erobert und seither einen Grafentitel geführt. Fernandos Vorfahren waren andalusische Krämer gewesen, die bei der spanischen Eroberung Teneriffas vor rund siebzig Jahren ein glückliches Händchen bewiesen und sich einen ordentlichen Batzen der Insel unter den Nagel gerissen hatten. Und trotzdem war Fernando Herr und Isaac Diener.

Der junge Soler zog an seiner Pfeife – so emsig, dass sich kleine Grübchen in seinen glatt rasierten Wangen bildeten –, aber es nützte nichts, das Kraut war zu Asche zerfallen. Seufzend klopfte er die Pfeife am Baumstamm aus und steckte sie in sein Wams. Anders als Don Pedro und die übrigen Spitzbärte bevorzugte Fernando farbenfrohe Kleider. Heute trug er weinrote Strümpfe und kurze Pluderhosen der gleichen Farbe, und das eng taillierte Wams hatte einen warmen Goldton. Der Kragen nahm das Rot wieder auf und war mit einer Goldbordüre abgesetzt. Isaac fand die spanische Mode eine Spur geckenhaft, aber Fernando trug sie mit solch lässiger Geringschätzung, dass er immer elegant wirkte. Am schmalen Gürtel baumelte ein Dolch in einer juwelenbesetzten Scheide, und die feinen Stiefel reichten bis über die Knie.

Isaac wandte den Kopf ab, mied den Blick auf seine Seemannskluft, die im Laufe des Sommers fadenscheinig geworden war und allmählich zu Lumpen zu zerfallen drohte, und sah über die sacht abfallenden Wein- und Zuckerfelder aufs blaue, blaue Meer hinaus.

»Hast du … wie heißt das Wort … Heimweh?«, fragte Fernando unvermittelt.

Isaac sah überrascht auf und schüttelte dann den Kopf. »Fernweh trifft es eher. Seit ich England verlassen habe, hat mich eine eigentümliche Sehnsucht nach fernen Ufern überkommen.«

»Nun, Teneriffa *ist* fern von England«, gab der junge Soler grinsend zurück.

»Hm. Aber ich will Afrika sehen. Und die Neue Welt.«

»Ja, ich auch«, gestand Fernando, plötzlich ernst. »Aber mir wird es ergehen wie dir, nur in umgekehrter Richtung: Ich werde nach England verschleppt werden, wo ich nie hin wollte.«

»So übel ist es nun auch wieder nicht«, wandte Isaac ein.

»Nein?« Fernando machte große Augen. »Ein ganzes Land voller *Luteranos,* die sich von einem Weibsbild regieren lassen, und wo es immerzu nur regnet? Ich kann's kaum erwarten, ehrlich.«

Isaac musste lachen. »Dafür haben wir viele schöne Mädchen. Und keine Inquisition, die jedem die Hölle auf Erden bereitet, der mal eine Sünde begeht.«

»Das klingt in der Tat vielversprechend«, musste Fernando einräumen. »Apropos …« Er stand auf und strich seine makellosen Kleider glatt. »Ich habe noch eine Verabredung.«

Sein Grinsen verriet Isaac, welcher Art diese Verabredung war. »Aber zum Reiten ist es dir zu heiß, ja?«, brummte der junge Waringham.

Fernando lachte in sich hinein. »Kommst du mit?«

Isaac schüttelte den Kopf. »Ein andermal.«

»Das sagst du immer«, bemerkte Fernando, drängte ihn aber nicht, sondern schlenderte pfeifend davon.

Er ging zu Tomás' Schwester Juana, wusste Isaac. So wie er auch wusste, dass Juana schwanger war und sich halb zu Tode schämte. Außerdem hatte sie Angst, was passieren würde, wenn Don Pedro davon erfuhr. Fernando war immer freundlich zu ihr und brachte ihr manchmal kleine Geschenke mit – insofern hatte sie es besser als die Sklavinnen von Don Ricardo auf der Nachbarplantage –, aber die Tatsache blieb, dass die Guanchenmädchen der Willkür und den Gelüsten ihrer spanischen Herren schutzlos ausgeliefert waren.

Isaacs Erfahrungen mit Frauen beschränkten sich auf die Huren der Londoner Bankside, und er wusste, dass nur die wenigsten von ihnen freiwillig das Leben führten, in das sie geraten waren. Wenn man sie fragte, erzählten sie bereitwillig ihre Geschichten von Vergewaltigung und Schwangerschaft oder von prügelnden Ehemännern, vor denen sie geflohen waren, nur um mittellos und hungrig in der großen Stadt zu stranden. Sein Cousin Cecil behauptete, alle Huren seien Lügnerinnen, aber Isaac glaubte nicht, dass alles erfunden war, was sie ihm erzählt hatten. Sarah etwa, die er vom Pranger geholt hatte, nachdem der Constable sie gebrandmarkt hatte, würde früher oder später auch in einer billigen Spelunke und den Händen eines Hurenwirts landen. Aber die englischen Straßenmädchen, so traurig ihre Geschichten auch sein mochten, hatten letztlich eine Wahl getroffen. Juana und die anderen Guanchenfrauen, die das Unglück hatten, hübsch zu sein, hatten keine Wahl. Und wenn sie sich unwillig zeigten, wurden sie gefügig gemacht. So tapfer sie auch zu lächeln versuchten, sah man doch die Furcht in ihren Augen. Und die Verachtung für die Männer, die sich ihrer bedienten. Davon, hatte Isaac gelernt, konnte einem wirklich alles vergehen.

Unschlüssig stand er auf, und sobald er aus dem Schatten des Baumes trat, traf ihn die Mittagssonne wie ein Schmiedehammer. Auf Teneriffa war es niemals windstill, niemals schwül, weil man an jedem Punkt der Insel dem Meer nahe war. Aber die Sonne hatte hier eine solche Kraft, wie er es sich nie hätte träumen lassen, und im Juli hatte er manchmal gedacht, er werde einfach verdorren, wenn er sich nicht so rasch wie möglich in den nächsten Schatten rettete.

Er verließ die schläfrige Stille des Obstgartens und umrundete das große Herrenhaus, das gleißend weiß in der Sonne lag. Genau wie die Häuser in Santa Cruz und La Laguna hatte es kleine Fenster, die mit dunkel gebeizten Holzläden gegen die Sonne verschlossen wurden. Nach außen wirkte es still und verlassen. Aber als Isaac durch das breite Tor ins Innere des Karrees trat, gelangte er in den schattigen Hof mit seinen Feigenbäumen, wo immer Leben herrschte. Maria, die Köchin, stand am Brunnen und schöpfte. Sie lächelte ihm zu, als sie ihn entdeckte. Da Isaac meist in der Küche aß, sah er sie häufig, aber sie ließ nicht zu, dass sie Freundschaft schlossen. Ihr Sohn Tomás war weniger reserviert, aber weil er auf der Plantage arbeitete, hatte er selten Grund, das Herrenhaus zu betreten.

Zwei Hausdiener und der Küchenjunge saßen auf einer Bank unter einem der Feigenbäume und lauschten Don Pedros Burschen, der ihnen etwas auf der *Timple* vorspielte, diesem kleinen, lautenähnlichen Instrument, von dem die Menschen hier einfach nie genug bekamen.

Auch Isaac hielt einen Moment inne, doch als er Don Pedros älteren Sohn, den strengen Padre, näherkommen sah, verdrückte er sich lieber Richtung Pferdestall.

Dieser lag auf der Südseite gegenüber dem Haupttor zwischen der großen Küche und einigen Lagerräumen; kein separates Gebäude mit Boxentüren alle zehn Fuß, wie er es aus Waringham kannte, sondern Teil der weiß getünchten Gebäudefront. Durch ein zweiflügeliges Tor gelangte man in den scheunenartigen Stall, wo sich zwölf geräumige Boxen zu beiden Seiten einer Mittelgasse erstreckten.

Isaac hörte es schon, bevor er das Tor ganz erreicht hatte: ein schrilles Wiehern und das Stampfen und Schlittern von Hufen – hier war irgendetwas ganz und gar nicht in Ordnung.

Er beschleunigte seine Schritte. »Raoul?«, rief er, eilte über die

Schwelle und blieb blinzelnd stehen, weil man nach dem gleißenden Licht draußen zuerst immer nur Schwärze sah, wenn man hier hereinkam. »Raoul, wo steckst du, Mann?«

Er bekam keine Antwort – offenbar gönnte der Stallbursche sich einen freien Sonntag.

Wieder dieses panische Wiehern, Hufe schlugen donnernd gegen die Boxenwand, und zwischen dem Radau, den das Pferd verursachte, erahnte Isaac einen kleinen, mutlosen Angstschrei.

Isaac setzte sich in Bewegung. Es war die letzte Box auf der linken Seite, wusste er. Volcán hieß der Gaul, und das zu Recht.

Isaacs Augen hatten sich auf das Dämmerlicht eingestellt, und was sie sahen, als er die Box erreichte, jagte ihm einen gewaltigen Schreck ein.

»Rührt Euch nicht, Doña Clara«, sagte er so ruhig, wie er konnte.

Gehetzt wandte sie den Kopf in seine Richtung, die ohnehin schon großen, wundervollen Augen so weit aufgerissen, dass er das Weiße rund um die Iris sehen konnte. »Was ist denn nur mit ihm?«, fragte sie atemlos.

Der junge Andalusierhengst schüttelte sich und schnaubte, dann wich er auf unkoordinierten Hufen zurück, bis er an die Rückwand der Box stieß, und stieg. Sein schrilles Wiehern ging durch Mark und Bein, und als seine Vorderhufe niedersausten, verfehlten sie Claras Kopf um höchstens einen Zoll.

Das junge Mädchen wimmerte und drängte sich gegen die Seitenwand. Sie warf einen Blick zur Boxentür, aber in genau diesem Moment schlug Volcán nach hinten aus, und sie musste erkennen, es wäre Selbstmord gewesen, jetzt eine Flucht zu versuchen.

»Ich komme rein«, sagte Isaac und schluckte trocken. *Ich muss wirklich völlig wahnsinnig sein …*

Er hatte einen Gutteil seiner Kindheit in Waringham verbracht und jede Minute, die man ihn ließ, im dortigen Gestüt. Er liebte Pferde, hatte jede Menge Erfahrung im Umgang mit diesen komplizierten und wunderlichen Kreaturen, und bei den Pferderennen in Mile End hatte er sich einen Namen als Reiter gemacht. Aber das, was man in Waringham die »Gabe« nannte, diese sonderbare

Fähigkeit, ein Pferd mit seinen Gedanken zu zähmen, besaß er nicht. Dabei hätte er sie gerade jetzt so gut gebrauchen können …

Nun, dann musste eben Tollkühnheit reichen. »Ho, Volcán, was ist denn los, mein Junge«, fragte er leise, legte die Linke auf die Flanke des Pferdes und zwängte sich an ihm vorbei zu Clara, als der Hengst gerade wieder bockte und ausschlug.

Isaac ließ seine Stimme nicht abreißen. »Alles in Ordnung. Irgendetwas hat dich erschreckt, ich weiß, aber glaub mir, es ist alles gut …«

Volcán nahm keinerlei Notiz von seinen Beteuerungen, wieherte und schnaubte, und als er dieses Mal stieg, bekam Isaac einen kräftigen Huftritt vor die Brust. Er taumelte zurück, und im selben Moment entdeckte er den Vogel, der unter den Deckenbalken umherflatterte – genauso verängstigt wie der Hengst, nur nicht so gefährlich.

Isaac streckte Clara die Linke entgegen. »Euer …« *Gott, was heißt ›Seidenschal‹ auf Spanisch?* »Lappen … Tuch. Gebt es mir. Schnell.«

Sie riss sich den feinen Schal von den Schultern und drückte ihn ihm in die Hand. Isaac nahm Maß, ahnte, dass Volcán wieder nach hinten schlittern würde, machte im selben Moment einen gewagten Schritt nach vorn und warf dem verängstigten Tier das Tuch über die Ohren. Er hatte Glück: Es bedeckte die Augen, und weil Pferde nun mal nicht die allerhellsten Kreaturen auf der Welt waren, verschwand die Panik wie weggewischt, als Volcán nicht mehr sehen konnte, was ihn so erschreckt hatte. Der gewaltige Pferdeleib, der eben noch so gefährlich wie ein Rammbock auf vier Beinen gewesen war, stand still und brav, nur die Ohren zuckten noch nervös, weil Claras Seidentuch sich ungewohnt anfühlte.

»Oh, Isaac …«, flüsterte Clara. »Ich bin dir ja so dankbar.«

»Ihr kennt meinen Namen?«, fragte er und sah sie verdutzt an.

»Aber natürlich. Mein Bruder erzählt mir oft von dir, und es sind immer so amüsante Geschichten.«

Da war es wieder, dieses Lächeln, und seine ohnehin schon weichen Knie drohten nachzugeben. Aber ihm blieb gar nichts anderes übrig, als das Lächeln zu erwidern. »Sollte er sich über meine

Grammatikfehler lustig machen, kann ich Euch versichern, seine sind schlimmer«, gab er zurück. »Und jetzt sollten wir den Vogel aus dem Stall jagen. Besser, Ihr tretet aus der Box, Doña Clara.« Er strich beruhigend über Volcáns verschwitzten Hals und band das Tuch unauffällig unter seinem Kopf zusammen, damit es nicht abrutschen konnte.

Clara befolgte seinen Rat und wartete im Mittelgang, während Isaac seinen staubigen und wenig formschönen Strohhut vom Kopf nahm und den Vogel damit Richtung Fenster scheuchte. Der kleine Geselle ließ sich nicht lange bitten und flatterte unter vernehmlichem Protestgezwitscher davon.

Isaac nahm Volcán den Schal ab und brachte ihn Clara zurück. »Hier. Reif für die Wäscherin, fürchte ich.«

»Oh, das macht nichts«, versicherte sie und senkte sittsam den Blick. »Ich dachte, es sei mir bestimmt, noch heute vor meinen Schöpfer zu treten. Meine Mutter wird vermutlich sagen, es geschieht mir recht, wenn ich mich im Pferdestall aufhalte, wo ich nichts verloren habe, aber ich wollte Volcán nur eine Feige bringen.« Ihr Lächeln war eine Spur verlegen. »Ich liebe Pferde, weißt du.«

»Ja, ich auch.«

»So hab ich ihn noch nie erlebt. Ich glaube … Ich glaube, du hast mir das Leben gerettet.«

»Tja. Sie können ziemlich gefährlich sein, wenn sie in Angst geraten.«

»So wie die Menschen«, bemerkte sie.

Er nickte und rieb sich mit der flachen Hand über die Brust, wo er morgen vermutlich einen blauen Fleck in Hufform haben würde. Er war nervös, denn er schämte sich für seine zerlumpte Erscheinung.

Noch einmal streckte er ihr die Hand mit dem spitzenbesetzten Seidenschal hin, mit welchem sie immer den Kopf bedeckte, ehe sie die Kirche betrat. »Hier, Doña Clara. Ich bin froh, dass ich Euch einen Dienst erweisen konnte.«

Ihre geschwungenen Brauen schossen verwundert in die Höhe. Vermutlich hatte sie von einem Diener keine Galanterie erwartet.

Aber falls sie ihn unverschämt fand, ließ sie es sich nicht anmerken. »Ich werde mich erkenntlich zeigen, wenn ich kann«, versprach sie, und als sie nach dem Tuch griff, berührten sich ihre Finger für die Dauer eines Herzschlags.

Und das war der Moment, da eine Hand schwer auf Isaacs Schulter fiel und ihn herumwirbelte. »Was hast du hier mit meiner Tochter verloren?«, fragte Don Pedro gefährlich leise.

Isaac war zusammengezuckt, brachte aber ein Lächeln zustande – gewinnend, hoffte er. »Gar nichts, Don Pedro. Wir sind uns hier rein zufällig …«

Er verstummte, als er die knochige Faust kommen sah, und im nächsten Moment lag er auf dem sauber gefegten Ziegelboden. Don Pedro hatte ihn am Jochbein getroffen, und Isaacs ganze linke Gesichtshälfte schmerzte. Schleunigst kam er wieder auf die Füße. Er wusste, er war in Schwierigkeiten, aber erst als er Clara einen verstohlenen Blick zuwarf und das Grauen in ihren Augen sah, erkannte er, wie schlimm es war.

»Vater, lass mich erklären. Er hat mir das Leben …«

»Du bist still«, fiel Don Pedro ihr ins Wort, ohne sie richtig anzusehen. »Geh ins Haus. Wir sprechen uns später.«

Das klang überhaupt nicht gut. Isaac biss sich auf die Zunge, um sie im Zaum zu halten. Er wusste genau, was immer er sagte, würde es für sie nur schlimmer machen.

Clara senkte den Kopf, hob den Rocksaum ihres herrlichen grünen Kleides ein wenig an und lief hinaus.

Als Isaac allein mit dem erzürnten Vater war, biss er die Zähne zusammen, aber Don Pedro erhob nicht noch einmal die Fäuste gegen ihn. Stattdessen kehrte er ihm wortlos den Rücken und holte aus der Sattelkammer neben dem Stalltor einen langen Strick, mit dem er Isaac die Hände zusammenband. Dann zerrte er ihn zu seinem Wallach, der aus irgendwelchen Gründen gesattelt in der Box stand, saß auf und ritt ohne ein einziges Wort aus dem Stall.

Isaac folgte, ehe der Strick sich spannte.

Aus dem Haupttor hinaus ging es den Pfad entlang, der den Obstgarten an der Westseite begrenzte und weiter zur Zuckerplantage führte. Don Pedro ritt im Trab, und Isaac musste laufen, um Schritt zu halten. Der Weg war vielleicht eine Meile weit. Als sie auf dem staubigen Platz vor dem Verwalterhaus ankamen, rann Isaac der Schweiß über Gesicht und Hals.

Humphrey Stevenson hatte offenbar den Hufschlag gehört. Er war noch dabei, sich die schmuddelige Halskrause zuzuschnüren, als er aus der Tür seines schmucken kleinen Häuschens trat.

»Don Pedro.« Er machte einen sehr tiefen Diener.

Pedro Soler holte den Strick ein, bis Isaac neben seinem Pferd stand, dann verpasste er seinem Gefangenen einen Tritt mit der Stiefelspitze in die Nierengegend, sodass Isaac ein paar Schritte auf den Verwalter zu taumelte.

»Ich hätte es besser wissen müssen, als einen *Engländer* in mein Haus aufzunehmen«, sagte Pedro Soler, und es klang angewidert. »Sie sind und bleiben gottlose *Luteranos,* allesamt.«

»Was hat er ausgefressen?«, fragte Stevenson neugierig, und das Funkeln in seinen Augen verursachte Isaac ein unangenehmes Prickeln im Nacken.

So schrecklich war sein Vergehen anscheinend, dass Don Pedro es nicht aussprechen wollte. »Das tut nichts zur Sache«, antwortete er abweisend. »Lasst ihn bluten. Und dann steckt ihn ins Siedehaus. Ich will ihn nicht mehr sehen.«

Humphrey Stevenson steckte die Daumen in den breiten Gürtel und nahm sein Opfer mit unverkennbarer Genugtuung in Augenschein. »Gewiss, Don Pedro. Wie Ihr wünscht.«

Isaac erwiderte seinen Blick mit verengten Augen. Er wusste genau, was kommen würde, und er fürchtete sich. Er wusste auch, dass es unklug war, Stevenson herauszufordern. Es wäre ratsamer gewesen, den Kopf zu senken und Demut vorzutäuschen. Aber er musste feststellen, dass er das nicht konnte. Er war ein Waringham. Und es spielte keine Rolle, dass niemand hier das ahnte. Es reichte, dass er es wusste. Er war ein Waringham, und ganz gleich, was kam, er würde vor diesem schmierigen kleinen Schinder nicht buckeln.

Stevenson nahm Don Pedro den Strick ab. Der reiche Pflanzer wendete sein Pferd und ritt ohne Eile davon. Der Verwalter führte Isaac durch einen Ring aus Pinien und Mandelbäumen, der sein

Haus umstand, und sie gelangten auf einen staubigen Platz inmitten der grob gezimmerten Baracken, die die Sklaven der Plantage beherbergten. Auf dem Platz ragte ein Pfahl auf wie ein drohender Zeigefinger. Stevenson fädelte den Strick durch einen Ring weit oben an dem Pfahl und zog, bis Isaacs Arme über dem Kopf ausgestreckt waren, ehe er den Strick festknotete. »Na also, Söhnchen«, sagte er auf Englisch. »Das hätten wir.«

Menschen kamen aus den erbärmlichen Baracken, einzeln oder in Gruppen. Und sie bewegten sich langsam. Isaac ging auf, dass die Guanchen gezwungen wurden, zuzuschauen, wenn einem von ihnen das Fell gegerbt wurde. Oder einem englischen Unglücksraben, der vor einem halben Jahr in Plymouth irgendwie das falsche Schiff bestiegen hatte …

Während die Sklaven der Zuckerplantage sich in einem unordentlichen Halbkreis um ihn gruppierten, nahm Stevenson die Peitsche, die an einem Nagel an der Rückseite des Pfahls hing. Nicht kurz und neunschwänzig, wie Isaac es von der *Salomon* kannte, sondern ein langer, daumendicker geflochtener Lederriemen an einem kurzen Griff. Das, was man in England eine Bullenpeitsche nannte. Mit einem Mal war Isaacs Mund staubtrocken.

Stevenson trat hinter ihn, packte sein Gewand im Nacken und zerrte. Der morsche Stoff riss anstandslos, mit einem müden, beiläufigen Laut.

Der Verwalter ging ein paar Schritte zurück, und nichts geschah.

Er lässt dich zappeln, dachte Isaac. Für einen Moment betrachtete er noch den majestätischen, schneebedeckten Gipfel des Teide vor dem makellos blauen Himmel, dann lehnte er die Stirn gegen den Pfahl und schloss die Augen.

Er hörte die Peitsche durch die Luft pfeifen, ehe sie aufschlug, und war gewappnet. Falls man denn für so etwas gewappnet sein konnte. Der Schmerz kam so scharf und plötzlich, dass Isaac die fest zusammengebissenen Zähne bleckte und keuchte. Der zweite Hieb war schlimmer. Er schien exakt dieselbe Stelle zu treffen, und es war, als krieche eine Schlange aus flüssigem Feuer über Isaacs Schultern. Dieses Mal blieb ihm die Luft weg, und Tränen schossen ihm in die Augen, so wie es passierte, wenn man einen Schlag in den Magen kassierte, aber er blieb still. Und atmete. *Nicht aufhören zu atmen,* schärfte er sich ein.

Stevenson legte sich ins Zeug und zog das Tempo an, sodass Isaac bald nicht mehr wusste, was er den einzelnen Hieben entgegensetzen sollte. Sie kamen einfach zu schnell, und er geriet in Panik und verlor seinen Atemrhythmus. Er presste die Stirn fester gegen das sonnenwarme Holz, verschränkte die Finger der gefesselten Hände ineinander und bohrte sich die Nägel in die Handrücken. Ihm war schlecht. Der Schmerz und die Erniedrigung fraßen an seinen Reserven, und Isaac klammerte sich an seinen Namen und das letzte bisschen Würde, das er bis hierher gerettet hatte, so wie ein Schiffbrüchiger sich an ein treibendes Fass klammerte. Er fühlte Blut über seinen Rücken laufen, und sein Körper zuckte unter der Wucht der Schläge. Sein Atem hatte zu rasseln begonnen, er hörte ein penetrantes Summen in den Ohren, und dann war der Schweiß auf seiner Brust plötzlich kalt.

Gleich vorbei, sagte eine Stimme in seinem Kopf. Sie war tief und samtweich und die Ruhe selbst, die Stimme seines Vaters. *Gleich vorbei, du hast es fast geschafft …*

Isaac war ihr so dankbar, dieser Stimme, denn sie schien ihn tiefer in sein Innerstes zu führen, weg von dem Pfahl und der Peitsche und dem Schmerz, einer tröstlichen Dunkelheit entgegen, als eine zweite Stimme sie überlagerte und entrüstet rief: »Stevenson, habt Ihr den Verstand verloren? Was tut Ihr mit meinem Lehrer?«

Die Hiebe hörten auf. »Befehl Eures Vaters, Don Fernando.«

»Ah ja? Und wieso?«

»Das hat mich nicht zu kümmern. Und mit Verlaub, Euch auch nicht.«

Fernando schnaubte und kam um den Pfahl herum, sodass Isaac ihn sehen konnte. »Isaac … Oh, beim Antlitz der heiligen Jungfrau … Was ist passiert?«

Im ersten Moment dachte Isaac, seine Zähne seien ineinander verkeilt. Sie wollten sich einfach nicht voneinander lösen. Aber schließlich ging es doch. Er fuhr mit der Zunge an den Zähnen entlang, bis er wieder ein wenig Speichel im Mund hatte, und dann lächelte er. »Letzte Lektion, Fernando. Ein … englisches Sprichwort: Keine gute Tat … bleibt unbestraft.«

Dann endlich umfing ihn Dunkelheit und hüllte ihn ein wie eine weiche Decke.

London, September 1560

Die Threeneedle Street lag nahe dem Bishopsgate im Norden der Stadt. Sie war einmal von den Londoner Schneidern bevölkert gewesen, die hier immer noch ihr Zunfthaus hatten und denen die Straße auch ihren Namen verdankte, doch die meisten der Werkstätten waren längst entschwunden. Die feineren Schneider hatten sich größere Häuser in den neueren Stadtteilen außerhalb der Mauer gebaut, die übrigen hatten sich über die ganze Stadt verteilt. Threeneedle Street war eine schmale Gasse, deren hohe Bebauung die Sonne aussperrte, sodass der Schlamm niemals trocknen konnte. Windschiefe Mietskasernen säumten sie, mit mehr Eile als Sorgfalt zusammengezimmert, wo die feinen Londoner Kaufherren dem unablässigen Zustrom der Landflüchtigen zu überteuerten Preisen wanzenverseuchte Unterkünfte boten. Die Männer, die sich vor der überfüllten Schänke *Zu den zwei Kamelen* drängten, wirkten abgerissen und grimmig, und sie verfolgten den Weg der drei gut gekleideten Reiter mit feindseligen Blicken.

Jethro und Jeremy Andrews sahen sich ebenso argwöhnisch wie missmutig um. Sie hätten nie gefragt: *Was zum Henker suchen wir hier eigentlich?*, aber Eleanor konnte sehen, dass sie es dachten.

»St. Christopher«, sagte sie deswegen. »Und eine rote Tür.«

Jethro wies mit ausgestrecktem Arm ein Stück nach links. »Das scheint die einzige Kirche weit und breit zu sein.«

Das alte hölzerne Kirchlein war niedriger als die dräuenden Mietshäuser, und über den First fiel tatsächlich ein wenig Sonne auf die Straße. Zwei schmuddelige Knaben balgten um ein Lumpenknäuel, das ihnen als Fußball diente.

Als Eleanor vor dem Gotteshaus anhielt, entdeckte sie schräg gegenüber eine kleine, gedrungene Kate. Die Farbe der Tür war großteils abgeblättert, aber es war genug übrig, um das ungewöhnliche Rot zu erkennen. Das Häuschen stand in einem winzigen verwilderten Garten und schien sich zwischen seinen hohen Nachbarn furchtsam zu ducken.

»Lasst uns in die Kirche gehen und sehen, ob wir den Vikar finden«, schlug sie vor, saß ab, ehe einer der Andrews ihr zu Hilfe eilen konnte, und band ihr Pferd an die hölzerne Reling vor der Kirche.

Ihre beiden Schatten folgten ihr ins Innere. Die vormals vermutlich bunten Glasfenster waren herausgeschlagen worden, weil sie Heiligenbilder darstellten, und nur zu geringem Teil ersetzt. Das trübe Tageslicht fiel durch die Öffnungen in eine schmucklose, aber saubere Kirche, und wie Eleanor gehofft hatte, fanden sie am Lesepult mit der vorgeschriebenen englischen Bibel seitlich des Altars einen jungen Mann im dunklen Priestergewand.

»Vergebt mir, Reverend …«

Er sah auf und lächelte. »Marksman. Nanu? Habt Ihr Euch verirrt, Madam?«

Sie schüttelte den Kopf. »Mein Name ist Eleanor of Waringham, und ich bin im Auftrag der Königin hier.«

Er kam hinter dem Pult hervor, rieb sich die Hände, um sie vom Staub zu befreien, und betrachtete seine Besucherin mit unverhohlener Neugier. »Und was kann ich für Euch tun? Wollt Ihr mich vielleicht ins Pfarrhaus begleiten und einen Schluck Ale trinken?«

Aus dem Augenwinkel sah Eleanor die Andrews einen hoffnungsvollen Blick tauschen, aber sie schüttelte den Kopf. »Das ist gut von Euch, aber wir sind in Eile. Ich hatte gehofft, Ihr könntet mir vielleicht eine Frage beantworten.«

»Natürlich«, sagte der junge Geistliche bereitwillig.

»Wer wohnt gegenüber in dem Haus mit der roten Tür?«

Ein Gutteil des Frohsinns sickerte aus der Miene des Vikars.

»Das wüsste ich auch gern, Mylady. Er ist ein sonderbarer, eigenbrötlerischer Geselle. Schotte, sagen manche hier, aber ich weiß nicht, ob es stimmt. Ein paar Mal bin ich ihm begegnet und habe versucht, ihn anzusprechen, aber er hat mich einfach stehenlassen. Er geht jeden Morgen in aller Frühe aus dem Haus, also hat er offenbar eine Arbeit, aber was er macht, kann ich Euch nicht sagen.«

»Wohnt er schon lange hier?«

Er hob die gut gebauten Schultern. »Ein halbes Jahr vielleicht. Hier ist das lange. Niemand bleibt länger in dieser Gegend, als er muss.«

»Kommt er in Eure Gottesdienste?«

Marksman schüttelte den Kopf. »Drüben in den *Zwei Kamelen* sagen sie, er ist Papist. Aber das sagen sie hier von allen Schotten.«

Eleanor öffnete ihre Börse und fischte einen *Angel* heraus – eine Goldmünze im Wert von einem halben Pfund. »Vielen Dank für Eure Auskunft, Reverend.«

Marksman nahm das Geld mit einem unkomplizierten Grinsen und umschloss es mit einer knochigen Faust. »In einer bettelarmen Gemeinde wie dieser ist jede Spende willkommen. Habt Dank, Mylady. Gott schütze die Königin und ihr Auge.«

Der Nachmittag ging zur Neige, und eine schrille Frauenstimme rief die beiden Fußballspieler vor der Kirche zum Essen. Der Größere klemmte sich das Lumpenknäuel unter den Arm, und sie rannten zu einer der Mietskasernen hinüber.

Eleanor und ihre Begleiter überquerten die Gasse, wo die Schatten allmählich finsterer wurden, und Jethro klopfte energisch an die rote Tür.

Nach wenigen Herzschlägen wurde geöffnet. »Ja?«, fragte eine mürrische Stimme, und Eleanor erahnte im Zwielicht jenseits der Tür etwas, das wie ein verhungertes Gespenst aussah.

Behutsam, aber energisch schob sie Jethros und Jeremys massige Schultern auseinander und trat vor. »Vergebt die Störung, Sir. Mein Name ist Eleanor of Waringham, ich bin im Auftrag der Königin hier und würde mich gerne mit Euch über Amy Dudley …«

Weiter kam sie nicht.

Das Gespenst sprang sie an, und matter Stahl blitzte auf. Eleanor riss instinktiv den Arm vors Gesicht und drehte sich nach links weg, sodass die Klinge sie nicht ins Herz, sondern in den rechten Oberarm traf, und dann machte das Gespenst mit wehenden Haaren einen Satz wie ein Frosch zwischen ihr und Jeremy hindurch und rannte.

Mit einem Wutschrei nahm Jethro Andrews die Verfolgung auf, während sein Bruder Eleanor einen Arm um die Taille legte. »Kommt, Mylady. Lasst mich das ansehen.« Die knabenhafte Scheu, die sie beide ihr gegenüber sonst an den Tag legten, war verschwunden.

»Ich glaube, es ist nicht so schlimm«, sagte sie so ruhig, wie sie konnte. Es tat höllisch weh, und sie fühlte, dass ihr Ärmel von ihrem Blut durchnässt war. »Eine Schande um das Kleid.«

Jeremy brummte und führte sie ins Innere des dämmrigen Häuschens zu einem kleinen Tisch mit einem einzelnen, wackligen Schemel. »Setzt Euch.«

Eleanor erhob keine Einwände. Ihre Knie waren ein wenig unsicher, stellte sie fest. Sie ließ sich auf den Schemel sinken und sah sich um. Die einräumige Kate war verwahrlost und verdreckt; es roch fürchterlich – nach Urin, Moder und ungewaschenen Kleidern. Tongeschirr mit schimmligen Essensresten übersäte den Tisch, im Herd lag kalte Asche, die Bettstatt daneben war ein wenig vertrauenerweckender Strohsack am Boden mit einer zusammengeknüllten Decke voll dunkler Flecken, über deren Ursprung Eleanor lieber nichts Näheres wissen wollte. Und die Holzwände waren mit Kruzifixen geradezu bepflastert. Eines war aus Silber – anscheinend der einzige Gegenstand von Wert in diesem Haus –, die anderen krude und ungeschickt aus Holzlatten und Stöcken zusammengeschustert.

»Ich glaube, über die Religionszugehörigkeit dieses Gentleman brauchen wir uns nicht weiter den Kopf zu zerbrechen«, bemerkte sie.

Jeremy folgte ihrem Blick kopfschüttelnd. »Was für ein Drecksloch. Kein Anblick für eine Lady.«

»Oh, erspart mir das, seid so gut«, gab sie mit einem ungeduldigen Wink zurück und zog scharf die Luft ein, weil die Bewegung den Schmerz verschlimmert hatte.

Jeremy hockte sich hinter sie und umfasste ihren Arm. »Sprudelt wie ein munterer Quell.«

»Dann verbindet es.«

»Ich bring Euch zu Eurem Cousin, dem Doktor.«

»Das werdet Ihr nicht tun.«

Er schwieg. Es war ein geradezu unheilvolles, bedrohliches Schweigen, und fast rechnete Eleanor damit, dass Jeremy sie packen und gegen ihren Willen nach Farringdon verschleppen würde, als sein Bruder die jämmerliche Kate betrat. »Verschwunden«, berichtete er bitter. »Als hätte der Erdboden sich aufgetan und ihn verschluckt.«

Eleanor öffnete ihre Börse und holte den Zettel mit der Adresse und die sonderbare Münze heraus, die Gabriel Durham ihr damals in ihrer Kammer hinterlassen hatte. Beides reichte sie Jethro mit den Worten: »Reitet zum Fluss und gebt dies einem Wherryman. Wir warten hier. Beeilt Euch, wenn Ihr so gut sein wollt.«

»Mylady …«, begannen sie zu protestieren und verstummten abrupt wieder, als Eleanor die Faust auf den Tisch niedersausen ließ, dass die verschimmelten Tonteller klirrten.

»*Jetzt*, Jethro! Und wenn Ihr nicht wollt, dass ich verblute, schlage ich vor, Ihr verbindet mir endlich den verdammten Arm!«

Lächerlich kleinlaut hatten sie ihre Befehle befolgt. Jeremy hatte einen großzügigen Streifen seines Hemdes geopfert und ihn über der Wunde um ihren blutgetränkten Ärmel gewickelt. Augenblicklich begann das feine weiße Leinen sich rot zu verfärben, aber der Verband saß fest und schien die Wunde zuzudrücken, denn allmählich ließ der Blutstrom nach. Der Schmerz indessen nicht.

Um sich davon abzulenken, stand Eleanor auf und sah sich in der dämmrigen Kate um. »Lasst uns ein paar Lichter anzünden und uns ein wenig umschauen, während wir warten.«

Jeremy nickte. »Es ist noch ein bisschen Holz da. Ich mache Feuer. Wenn man verwundet ist, muss man sich warm halten, Mylady.«

»Einverstanden.«

Achtlos fegte er die kalte Asche auf den nackten, mit Unrat übersäten Lehmboden und stapelte die Scheite aus der Holzkiste im Herd auf. Als das Feuer brannte, sah das verwahrloste Haus schon nicht mehr ganz so trostlos aus.

Nach einer halben Stunde kehrte Jethro vom Fluss zurück. »Ich hab getan, was Ihr gesagt habt. Mylady. Und was nun?«

»Nun warten wir«, antwortete sie.

Die Brüder tauschten einen beredten Blick, widersprachen aber nicht.

Inzwischen war es dunkel geworden. Eleanor fand ein paar Kerzen, zündete sie an und stellte eine auf den Tisch, während die Brüder im Licht der anderen das Häuschen durchsuchten. Sie fanden ein paar dreckige Kleidungstücke und Alltagsgegenstände. Zwei Bücher, die sie Eleanor an den Tisch brachten, entpuppten sich als eine lateinische Bibel und Thomas Mores *Streitschrift wider die Häresie*.

»Papistisches Gift«, knurrte Eleanor angewidert und schob die beiden Bände ungeschickt mit dem linken Arm von sich. Der rechte war weitgehend gefühllos geworden, und Blut tropfte von ihren Fingerspitzen auf den Boden. »Seine Freundschaft zu Thomas More gehört zu den vielen Dingen, die ich meinem Vater niemals vergeben kann …«

Die Andrews starrten sie pikiert an, weil es noch niemals vorgekommen war, dass sie etwas so Persönliches zu ihnen gesagt hatte, und Eleanor fragte sich, ob Blutverlust zu geistiger Verwirrung führte.

Jeremys Gedanken schienen in die gleiche Richtung zu gehen, denn er sagte: »Ich wünschte, Ihr würdet uns erlauben, Euch zum Arzt zu bringen.«

»Später …«, antwortete sie ausweichend.

»Habt ein Herz, Mylady«, bettelte Jethro. »Was denkt Ihr, was die Königin mit uns tut, wenn Ihr verblutet?«

»Hängen, ausweiden und vierteilen, schätze ich«, sagte eine fremde Stimme in ihrem Rücken.

Eleanor fuhr erschrocken herum und wäre vor Schmerz fast

von ihrem Schemel gekippt. Eine wahrhaft finstere Gestalt stand unter der Tür: Schwarze Stiefelspitzen schauten unter einem langen, schwarzen Mantel hervor, eine schwarze Kapuze beschattete das Gesicht.

»Welch dramatischer Aufzug, Sir«, bemerkte sie.

»Ich wollte keine Zeit verschwenden, sonst hätte ich mir etwas Originelleres ausgedacht«, konterte Gabriel Durham. »Diese Gentlemen gehören zu Euch?«

»Mit Haut und Haar«, knurrte Jethro, ehe Eleanor antworten konnte.

»Und bis auf den letzten Blutstropfen«, fügte sein Bruder hinzu, um etwaige letzte Unklarheiten zu beseitigen.

Durham kam über die Schwelle, schloss die rote Tür und schob die Kapuze zurück.

Eleanor blinzelte verwundert. »Ich hätte schwören können, bei unserer letzten Begegnung war Euer Haar blond, Sir.«

Er fuhr sich unwillkürlich über den kurzen, rabenschwarzen Schopf, ging auf ihre Bemerkung aber nicht ein. Stattdessen erfasste er den Raum mit einem einzigen, schwer zu deutenden Blick, trat dann vor sie und wies auf ihren verletzten Arm. »Was ist passiert, und was ist es, das ich für Euch tun kann?«

»Uns ist ein papistischer Schotte abhanden gekommen, Sir, und ich dachte, Ihr könntet mir vielleicht helfen, ihn wiederzufinden. Und … und mir ist …« *Schwindelig* bekam sie nicht mehr heraus, weil mit einem Mal Schwärze aus dem dreckverkrusteten Boden aufzusteigen und sie einzuhüllen schien wie dicker Qualm. Sie sank zur Seite, und das letzte, was sie spürte, waren zwei kräftige Arme, die sie umschlangen und den Schmerz wieder aufflammen ließen.

»Wo bin ich?«, fragte sie und erschrak darüber, wie matt ihre Stimme klang.

»In meinem Haus«, antwortete Gabriel Durham.

Eleanor schlug langsam die Augen auf. Ihr Blick war ein wenig unscharf, aber sie hatte keine Mühe, zu erkennen, dass ihr Gastgeber unverfroren genug war, auf der Bettkante zu sitzen.

Erschrocken richtete sie sich auf. »Was fällt Euch ein, Ihr …«

»Schsch«, machte er, so als wäre sie ein verschrecktes Kind, legte eine Hand auf ihre unverletzte Schulter und drückte sie behutsam, aber bestimmt zurück in die Kissen. »Er hat Euch ganz ordentlich erwischt, Euer sonderbarer Schotte. Ihr müsst still liegen und ausruhen, sonst fängt die Wunde wieder an zu bluten.«

Eleanor drehte den Kopf zur Seite und sah auf ihren rechten Arm hinab. Er war nackt, nur ein frischer, wesentlich dickerer Verband lag über der Wunde. »Ähm ... wo ist mein Ärmel, Master Durham?«

Er lachte in sich hinein. »Die Dame dieses Hauses hat ihn mitgenommen, um ihn zu waschen und zu flicken. Wie praktisch, dass Ärmel heutzutage lose sind und an die Kleider genestelt werden, nicht wahr? Nicht auszudenken, was wir hätten tun müssen, wenn ...«

»Die Dame dieses Hauses?« unterbrach sie ihn, um seinen Unverschämtheiten nicht länger lauschen zu müssen. »Eure Gemahlin?«

Er lächelte auf sie herab und antwortete nicht. Das schwarze Haar passte zu seinen dunklen Augen, befand sie, und es stand ihm viel besser als blond. Obwohl er es der Mode entsprechend kurz geschnitten trug, kringelte es sich ein wenig, vor allem in der Stirn und über den Ohren. Das rechte war durchstochen, fiel ihr jetzt auf, aber er trug keinen Ohrring.

Sie wandte den Blick ab und zog die Decke über ihren unzüchtig entblößten Arm. Eine äußerst edle Daunendecke über einem frischen Leinenlaken. Und die Kissen in ihrem Rücken waren himmlisch dick und weich. »Der König der Diebe hat eine wahrhaft königliche Ruhestätte«, bemerkte sie.

Er nickte, als finde er das völlig angemessen. »Schmerzt der Arm noch?«

»Grässlich. Aber anders. Es brennt.«

»Hm. Die besagte Dame des Hauses hat Eure Wunde genäht. Mit winzig kleinen Stichen, es sollte keine Narbe zurückbleiben. Und sie hat sie mit Wein ausgewaschen, damit sie sich nicht entzündet. Trotzdem solltet Ihr auf Eure Schutzengel hören und Doktor Harrison einen Blick darauf werfen lassen.«

»Woher kennt Ihr Doktor Harrison?«

»Er ist ein Freund unseres gemeinsamen Onkels, Master Philipp Durham.«

Sie nickte. »Holt mir meinen Ärmel, Sir, seid so gut. Denkt nicht, ich sei undankbar, aber ich muss die Suche nach diesem Schotten veranlassen …«

»Oh, er ist hier«, sagte Durham, sein Gesicht mit einem Mal seltsam still. »Ihr habt lange geschlafen, Mylady, denn wir mussten Euch Opium einflößen. Es geht auf Mitternacht.«

»Er ist *hier*? Wie kann das sein?«

»Euer Schotte ist ein Tor. Ich habe keine zwei Stunden gebraucht, ihn zu finden, etwa ebenso lange, die Wahrheit aus ihm herauszuholen. Ein Tor, aber ein zäher Tor.«

Eleanor setzte sich wieder auf. »Ihr habt ihn verhört? Dazu hattet Ihr kein Recht, Sir! Ich …«

»Dies ist mein Haus, Lady Eleanor, und ich allein entscheide, was hier Recht und Gesetz ist.« Etwas funkelte in seinen Augen, und Eleanor erhaschte einen Blick auf den Mann, der sich hinter der Maske des höflichen Spötters mit den geschliffenen Manieren verbarg.

Aber sie setzte alles daran, sich nicht einschüchtern zu lassen. Sie schwang die Beine aus dem Bett, stand auf und griff nach seinem langen schwarzen Mantel, der über dem geschnitzten Fußende des Bettes hing. Den warf sie sich über die Schultern. Als sie die Kordel am Hals zuband, wurde ihr schwarz vor Augen, aber sie stützte sich unauffällig am Bettpfosten ab, und es verging. Dann wandte sie sich um. »Ich stelle Euer Hausrecht nicht infrage. Aber ich muss diesen Mann vor den Kronrat bringen, weil die Möglichkeit besteht, dass er im Auftrag der katholischen schottischen Opposition handelt.«

»Wie seid Ihr auf ihn gekommen?«, fragte er, anscheinend wider Willen, so als könne er seine Neugier einfach nicht zügeln.

»Der Zettel mit der Adresse steckte in Amy Dudleys Stickzeug. Zum Glück. Darum hat der Coroner ihn übersehen. Es war ein Versteck, das wohl nur eine Frau finden konnte.«

»Verstehe.« Durham breitete kurz die Hände aus. »Er ist Euer,

Mylady, tut mit ihm, was immer Euch beliebt. Ich habe ihn lediglich für Euch eingefangen und ein paar Antworten aus ihm herausgeholt, damit die Nacht nicht ungenutzt verstreicht. Aber ich hatte nicht die Absicht, ihn zu behalten.«

»Hervorragend.« Sie nickte knapp und raffte den viel zu langen Mantel über den linken Arm, damit sie nicht darüber stolperte. »Dann seid so gut und bringt mich zu ihm.«

»Er wartet draußen vor der Tür. Aber ich muss Euch warnen. Er ist kein sehr hübscher Anblick.«

Sie schnaubte, setzte sich auf einen der eleganten Brokatsessel am Tisch unter dem Fenster und sah ihren Gastgeber abwartend an.

»Wie Ihr wollt.« Er schenkte einen tiefroten Wein in ein zierliches Glas und stellte es vor sie. »Hier. Trinkt das. Ihr habt viel Blut verloren.«

Folgsam hob sie das Glas an die Lippen und schaute aus dem Fenster, während sie trank. Sie hatte immer geglaubt, der geheime Unterschlupf des Königs der Diebe liege in Billingsgate. Das behauptete jedenfalls alle Welt. Doch sie erkannte die schwarze Silhouette, die sich dort drüben vor dem Nachthimmel abzeichnete: Es war der Tower of London.

»Nur herein, Gentlemen«, hörte sie Durham sagen und wandte den Kopf.

Er hielt die Tür auf, und Eleanor sah die Andrews hereinkommen, in ihrer Mitte eine hagere, gekrümmte Gestalt, die sie halb trugen, halb führten. Langes, strähniges Haar von undefinierbarer Farbe hing dem Gefangenen ins Gesicht. Wenige Schritte vor Eleanor hielten die Zwillinge an und versetzten ihm einen Stoß, sodass er hart vor ihr auf den polierten Holzdielen landete. Er stieß ein Wimmern aus, nahm sich aber augenblicklich zusammen und lag still.

Eleanor legte die Hände auf die Armlehnen und war sich vage bewusst, dass sie Elizabeths Königinnenpose imitierte. Dann sah sie ihren beiden getreuen Schatten nacheinander ins Gesicht. Die Augen der Andrews-Zwillinge waren kalt und grausam, reflektierten das gedämpfte Licht wie matte Silberpennys. Kein Zweifel,

Jethro und Jeremy hatten mitangesehen, was immer Gabriel Durham mit dem Schotten getan hatte, und weder waren sie schockiert, noch missbilligten sie es.

Eleanor sah auf den Gefangenen hinab. »Lass mich dein Gesicht sehen.«

Er rührte sich nicht.

Einen Moment war nichts zu hören als das Knistern der Kerzen auf dem Tisch, dann riet Durham leise: »Tu's lieber.«

Die hageren Schultern zuckten, und der Schotte stemmte sich mühsam in die Höhe, bis er vor Eleanor kniete. Sein linkes Auge war zugeschwollen, aus dem rechten hatte er geblutet, ebenso aus Mund und Nase. Sein formloses Gewand, dessen Farbe so unmöglich zu bestimmen war wie die der langen Haare, war zerrissen und mit Blutflecken übersät.

»Seid nicht schockiert, Mylady«, sagte Jethro. »Er hat ihm weniger Blut abgezapft als dieser Strolch hier Euch. Und das ist nicht das Schlimmste, was er …«

»Danke, Sir Jethro«, unterbrach sie ihn scharf, und er verstummte.

»Wie ist dein Name?«, fragte sie den Gefangenen.

Das blutunterlaufene Auge sah blinzelnd in ihre Richtung. »Bruce.«

»Und weiter?«

»Nichts weiter.«

»Du bist Schotte?« Sie hörte den Akzent, aber er war schwach.

Er nickte und schüttelte gleichzeitig den Kopf. »Ich … ja. Geboren in … Crieff, glaub ich. Dann kam ich ins Kloster. In … ich weiß nicht … York vielleicht.« Die Stimme war dünn und eigentümlich teilnahmslos. »Kaum hatte ich die Gelübde abgelegt, kamen König Henrys Schlächter und haben uns verjagt. Alle Brüder verjagt. Und den ehrwürdigen Abt haben sie …«

»Das will ich nicht hören«, eröffnete sie ihm. Sie hatte kein Interesse an papistischen Schauermärchen über die Aufhebung der Klöster vor rund fünfundzwanzig Jahren, und das letzte, was sie wollte, war, Mitgefühl für diese Kreatur zu empfinden.

»Kanntest du Lady Amy Dudley?«

Er nickte, und sie sah den Adamsapfel in seinem mageren Hals auf und ab gleiten.

»Woher?«

»Sie kam … zu mir.«

»In das Haus mit der roten Tür?«

»Ja.«

»Wann?«

»An St. Giles …«

»Komm mir nicht mit Heiligen!«, fuhr sie ihn an.

»Es ist der vierzehnte Mai«, erklärte Gabriel Durham.

Das war der Tag, da Eleanor Amy in St. Paul getroffen hatte. »Seid Ihr Papist, Sir?«, fragte sie stirnrunzelnd.

»Ich höre die Geschichte schon zum zweiten Mal«, erinnerte er sie. »Ich habe es nachgeschlagen.«

Ein Dieb mit einer Bibliothek?, wunderte sie sich und wandte sich dann wieder an Bruce. »Woher kannte sie dich?«

»Ihr Schneider hat sie zu mir geschickt. Die Schneider kennen mich, weil ich … in ihrer Straße …«

»Und was genau sind die Dienste, für die sie dich empfehlen?«

»Das Werk des Herrn«, antwortete er und begann, die Hände zu ringen. Auch seine Finger hatten geblutet, erkannte sie mit zunehmendem Schrecken. »Nur das Werk des Herrn … immer nur sein Werk …«

Durham machte einen Schritt in seine Richtung. Es war nicht einmal eine besonders drohende Geste, aber Bruce kauerte sich zusammen und verstummte.

»Wie ist der Name des Schneiders?«

»Swanley.«

»Wo ist er zu finden?«

»In der … in der Dean's Lane.«

Eleanor sah zu den Andrews. »Gentlemen? Wenn einer von Euch so freundlich wäre?«

»Mylady.« Jeremy verneigte sich vor ihr und ging mit langen Schritten hinaus, um Master Swanley einen nächtlichen Besuch abzustatten.

»Und was war es, das Lady Amy von dir wollte?«

Bruce hatte begonnen, den Oberkörper sacht vor- und zurückzuwiegen »Ich sollte sie töten und ihr den Weg ins Paradies bereiten, hat sie gesagt … kann sie aber nicht hin … *eher geht ein Kamel durch ein Nadelöhr, als dass ein Heide in das Reich Gottes gelangt …*«

»Seltsam, ich kenne das Zitat ein wenig anders«, höhnte Eleanor, damit nur ja niemand merkte, wie es ihr vor diesem verrückten Schotten graute. »Wiederhole, was sie zu dir gesagt hat. Versuch, dich zu erinnern.«

Sie hatte wenig Hoffnung, da der Mann selbst über die eigene Biographie im Unklaren zu sein schien, aber er überraschte sie: »Sie sagte … sie brauche Hilfe, und ich sei der einzige Mensch auf der Welt, an den sie sich wenden könne. Sie war krank. Das konnte man sehen. Der Schatten des Todes hing schon an ihren Fersen. Der Schatten des Todes …« Seine Stimme versickerte.

»Nur weiter«, munterte Durham ihn scheinbar leutselig auf.

Bruce warf ihm einen flackernden Blick zu, und Eleanor sah, wie groß die Furcht des Schotten vor Gabriel Durham war. Er nahm sich zusammen. »Sie wusste, dass sie bald sterben musste, und sie wollte ihren Qualen ein Ende machen. Aber sie wollte es nicht selbst tun, weil sie sich vor der ewigen Verdammnis fürchtete. Und wieso sollte ich dir helfen, hab ich sie gefragt, deine Qualen sind mir gleich. Und da hat sie es gesagt und mir den Weg gezeigt: Die ketzerische Hure, die die Engländer ihre Königin nennen …«

Durham bewegte sich so schnell, dass Eleanors Augen kaum zu folgen vermochten, und im nächsten Moment lag Bruce jaulend am Boden und krümmte sich.

»Wenn du die Königin noch einmal beleidigst, schneide ich dir deine verdammte Zunge heraus«, drohte der König der Diebe.

Eleanor verspürte einen heißen Druck auf dem Magen und fand sich in der unmöglichen Position, Amy Dudleys Mörder beschützen zu müssen. »Weiter, Bruce. Und besser, du hältst dich an die Fakten.«

Schniefend richtete der Schotte sich wieder auf. »Eure Königin hat ihr den Mann gestohlen, sagte sie, und wenn ich es so anstellte, dass der Verdacht auf die Königin und ihren Liebhaber fiele, würde das Gerede darüber niemals verstummen. Das, sagte sie, sollte ihre Rache sein. Ihre Rache … interessierte mich nicht, aber ich konnte weiter blicken als sie, und ich wusste, wenn der Verdacht auf die ketz … auf eure Königin fällt, werden die Menschen in England die Augen öffnen, sie vom Thron stoßen und der rechtmäßigen, katholischen Königin Mary Stewart die Krone geben. Da erkannte ich, dass es Gottes Wille war und ich sein Werkzeug sein musste. Dann erzählte sie mir von dem großen Jahrmarkt in … in Abingdon, dem *Our Lady's Fair*. Ein Zeichen, versteht Ihr? Der Jahrmarkt fand an dem Tag statt, da die wahren Christen das Fest Mariä Geburt begehen, und es sollte der Tag sein, da die einzige wahre Königin Mary zu ihrem Recht kommt. Und sie … Lady Amy wusste es auch, denn sie … sie schenkte mir ein wundervolles silbernes Kruzifix. So schön. So *glanzvoll* … Vergangenen Sonnabend bin ich dann nach Oxfordshire, fand das Haus, verbarg mich im Obstgarten und wartete. Sonntagmorgen sah ich die Diener zum Jahrmarkt gehen. Ich wartete bis Mittag, wie besprochen. Dann bin ich durch die Seitenpforte ins Haus geschlichen. Die Frau … Lady Amy … sie wartete schon auf mich, gleich dort an der Tür. Und als sie mich sah, fing sie an zu beten und drehte mir den Rücken zu. Zweimal hab ich ihr mit ihrem Kruzifix auf den Kopf geschlagen. Da lag sie dann still auf den Fliesen gleich vor der Treppe … aber … aber sie blutete noch. Ich wusste nicht, ob sie tot war, also hab ich ihr auch noch das Genick gebrochen. Es brach wie ein trockener Ast. Ganz leicht. Und dann … bin ich wieder verschwunden. Es war … alles so einfach. Weil es Gottes Wille war …«

Oh, Amy, dachte Eleanor erschüttert. War das wirklich der einzige Weg? Ein einsames Ende in den Händen eines Wahnsinnigen?

»Ich denke, er sagt die Wahrheit«, riss Gabriel Durham sie aus ihren Gedanken.

Sie nickte. »Seine Geschichte deckt sich mit Amys Verletzungen und dem Fundort. Das konnte er sich nicht ausdenken.«

Bruce hatte sich zurücksinken lassen, die Arme auf den angezogenen Knien verschränkt und den Kopf darauf gebettet. Er wiegte sich immer noch.

»Und was soll jetzt mit ihm geschehen?«, erkundigte sich der König der Diebe.

Eleanor dachte nach. Sie hatte ihren Auftrag erfüllt und den Schuldigen gefunden, aber das würde nicht das Geringste nützen, erkannte sie. Amys Mörder war ein Verrückter, und ein jeder im Kronrat, im Parlament und in den Londoner Schänken, der der Königin oder Robin Dudley nicht wohlgesinnt war, würde seine Aussage in Zweifel ziehen oder sagen, es sei wohl doch eher Amys Gemahl gewesen, der ihn beauftragt habe. Bruce' Geschichte war schlüssig und plausibel und passte zu allen bekannten Fakten, aber sie war absolut nichts wert. Trotzdem musste die Königin sie natürlich hören. Und vorher, erkannte Eleanor mit sinkendem Herzen, musste Robin sie hören. Elizabeth würde sie ob ihrer Prioritäten wahrscheinlich wieder einmal abkanzeln, aber Tatsache blieb: Amy war Robins Frau gewesen.

»Ich muss ihn nach Kew bringen«, sagte sie ohne großen Enthusiasmus. Sie war müde, ihr Arm schmerzte, und es waren zehn Meilen. »Und zwar so schnell wie möglich.«

»Ich habe ein Boot«, antwortete Durham. »Ich bringe Euch hin.«

Der Gedanke war verlockend, doch sie schüttelte den Kopf. »Ihr habt mehr als genug für mich getan, Sir. Wenn ich Eure Gastfreundschaft so lange noch in Anspruch nehmen darf, warten wir hier, bis Jeremy zurückkehrt. Dann reiten wir los.«

»Bitte, wie Ihr wollt.« Es klang kühl.

Es klopfte, und nach seiner unwirschen Aufforderung trat eine Dame in einem etwas zu farbenfrohen, aber superb geschneiderten Kleid ein. »Ich bringe Euch Euren Ärmel zurück, mein Kind«, sagte sie lächelnd. Mit einem Blick erfasste sie die Lage im Raum, aber Bruce' Anwesenheit und sein erbarmungswürdiger Zustand schienen sie nicht zu erschüttern. Ihr Haar unter der modisch kleinen Haube war blond, die Figur mädchenhaft, das Gesicht nahezu faltenlos, und doch sah Eleanor, dass diese Frau jenseits der vierzig sein musste. Zweifellos die zuvor erwähnte Dame des Hauses, und obwohl nichts Vulgäres an ihrer Erscheinung war, ihre Schminke eher dezent als grell, begann Eleanor zu ahnen, in welcher Art von Etablissement sie sich hier befand.

»Habt Dank, Madam«, antwortete sie und nahm erleichtert den cremeweiß und taubenblau gestreiften Ärmel ihres Reisekleids entgegen, dem man die Abenteuer der vergangenen Tage kaum mehr ansehen konnte.

»Lady Eleanor, darf ich Euch meine Mutter vorstellen, Mistress Rosalin Durham«, sagte Gabriel. »Mutter: Lady Eleanor of Waringham.«

Rosalin neigte höflich, aber nicht unterwürfig den Kopf. »Eine Ehre, Mylady. Kann ich Euch mit dem Ärmel behilflich sein?«

»Zu gütig«, antwortete Eleanor, ohne wirklich zu wissen, was sie sagte. *Bei allen Knochen Christi,* dachte sie, *seine Mutter ist eine Hure.*

Rosalin Durham trat näher und streifte ihr den Ärmel behutsam über den verbundenen Arm.

»Jethro, seid so gut und sorgt dafür, dass unsere Pferde bereitstehen, sobald Euer Bruder zurück ist«, bat Eleanor über die Schulter.

»Ihr solltet heute Nacht nicht mehr reiten, Mylady«, erklärte Rosalin entschieden. »Die Wunde könnte wieder aufbrechen.«

»Spar dir die Mühe«, sagte Gabriel. »Sie will nicht, dass ich sie mit dem Boot …«

»He, was hast du vor, verfluchter Strolch!«, rief Jethro, und Eleanors Kopf fuhr herum.

Bruce war aufgesprungen – mit einem Mal erstaunlich munter – und machte einen Satz in ihre Richtung.

Jethro war fast an der Tür und zu weit weg, aber Gabriel war schon auf den Füßen. Den Dolch in der Faust, glitt er schützend vor Eleanor und seine Mutter, doch Bruce hatte es gar nicht auf die beiden Frauen abgesehen. Er schlug einen kleinen Haken um sie. Gabriel streckte die Hand aus, bekam ihn aber nicht zu fassen, und einen Lidschlag später klirrte Glas.

Kopfüber hatte Bruce sich aus dem Fenster gestürzt.

Eleanor zog scharf die Luft ein und lief zum Fenster, als könnte sie ihn noch irgendwie zu fassen bekommen. Aber es war natürlich zu spät. Ungeschickt, weil sie nur die linke Hand gebrauchen konnte und diese auch noch zitterte, öffnete sie den zersplitterten Fensterflügel und lehnte sich hinaus. Sie sah nur Schwärze.

Gabriel und Jethro waren aus dem Raum und die Treppe hinab geeilt. Eleanor wartete am Fenster, dem hell erleuchteten, behaglichen Gemach den Rücken zugekehrt, aber sie wusste schon, welche Nachricht sie ihr bringen würden. Als sie die Männer zurückkommen hörte, wandte sie sich nicht um.

»Er ist tot, Mylady«, berichtete Jethro. »Es waren zwei Stockwerke, und die Straße unten ist gepflastert.«

Sie nickte. »Legt ihn in eine Kiste und besorgt einen Wagen.«

»Ähm, das dürfte nicht so einfach werden«, gab Jethro zurück. »Sein Kopf ist … Wie gesagt. Die Straße ist gepflastert.«

Sie kniff einen Moment die Augen zu. »Trotzdem. Wir müssen mitnehmen, was immer von ihm übrig ist.«

Jethro atmete tief durch. »Mylady«, sagte er dann, und sein schwerer Schritt entfernte sich.

»Und das Haus an der Threeneedle Street muss beschlagnahmt und bewacht werden«, murmelte sie vor sich hin. »Wir müssen nach dem Sheriff schicken und …«

»Das werdet Ihr todsicher nicht tun«, knurrte der König der Diebe.

Eleanor besann sich. »Vergebt mir, Sir. Ich hatte kurzzeitig vergessen, in wessen Haus ich mich befinde.«

Plötzlich lag seine Hand auf ihrem unverletzten Arm, und er drehte sie zu sich um, energisch, aber nicht grob. Eleanor erkannte, dass sie mit einem Mal allein waren, denn auch seine Mutter war hinausgegangen.

Einen Moment sah Gabriel ihr ins Gesicht, dann sagte er mit einer Mischung aus Ungeduld und Nachsicht: »Es ist abscheulich, ich weiß, aber es besteht kein Grund, so erschüttert zu sein, Mylady. Die Welt ist ein besserer Ort ohne diesen Wurm.«

»Ihr habt recht.«

»Und sein Geständnis, ganz gleich wie öffentlich, wäre keinen Penny wert gewesen, um die bösen Zungen zum Schweigen zu bringen.«

»Vermutlich nicht. Aber die Königin und der Kronrat hätten ihm gewiss trotzdem gern noch ein paar Fragen gestellt.«

Sie hatte versagt, wusste Eleanor. Elizabeth und Robin im Stich gelassen. Sie würden ihr verzeihen, alle beide, denn das taten Freunde nun einmal, mit denen man alles geteilt hatte, helle und dunkle Tage, Verbannung, Gefangenschaft, Todesangst und Triumph. Doch Eleanor war nicht sicher, ob sie sich selbst vergeben konnte.

»Ihr seid verwundet und erschöpft, Lady Eleanor. Morgen wird diese Sache schon ganz anders aussehen, wartet's nur ab.«

»Das wage ich zu bezweifeln«, gab sie brüsk zurück. »Morgen werde ich mir anhören dürfen, was die Königin vom Ausgang dieser traurigen Episode hält, und glaubt mir, sie macht aus ihrem Herzen keine Mördergrube …«

Wieder funkelte Spott in seinen Augen, und er zog Eleanor noch ein wenig näher. »Sollte sie Euch davonjagen, kommt wieder her. Ich zeige Euch ein London, das Ihr noch nicht kennt, und lege es Euch zu Füßen.«

Eleanor musste unwillkürlich lächeln. »Euer Antrag ehrt mich, Master Durham, aber ich glaube, lieber nicht.«

»Es war kein Antrag«, stellte er klar und küsste sie.

Eleanor riss verwundert die Augen auf, denn das hatte noch kein Mann getan. Dann klappten ihre Lider wie aus eigenem Entschluss zu, und Eleanor konzentrierte sich auf diese unbekannten Empfindungen: Seine Bartstoppeln kitzelten sie am Kinn. Die Lippen waren weicher, als sie gedacht hätte, und fühlten sich keineswegs unangenehm auf den ihren an. Als seine Zunge sich hervorstahl, fuhr sie ein klein wenig zusammen, fühlte sich aber gleichzeitig seltsam berauscht. Frech war diese Zunge, unverschämt, wie kaum anders zu erwarten, und dennoch umspielte Eleanor sie mit der ihren und ertappte sich bei dem Wunsch, dieser Augenblick möge verweilen.

Doch dann beendete Gabriel den Kuss. Abrupt, so kam es ihr vor.

Eleanor öffnete die Augen, und ihre Blicke trafen sich.

»Wie schön Ihr seid«, sagte er leise, es klang beinah verwundert. »Ich schwöre, ich habe noch niemals so blaue Augen gesehen. Und vermutlich sollte ich das nicht sagen, denn Ihr hört es gewiss jeden Tag hundertmal.«

»Keineswegs, Sir. In Gegenwart der Königin ist ein Gentleman gut beraten, keiner anderen Frau Komplimente zu machen.«

»Das glaub ich aufs Wort.« Er schaute sie unverwandt an, eindringlich, als wolle er etwas ergründen oder sich ihren Anblick genau einprägen. Dann verzog der unverschämte Mund sich zu einem Lächeln. »Ich habe eine Menge kostbarer Dinge gestohlen, die nicht leicht zu haben waren. Aber ich glaube, du wirst mein Meisterstück.«

Eleanor schüttelte den Kopf und befreite sich energisch aus seinen Armen. »Ich habe keine Ahnung, wovon Ihr redet«, entgegnete sie streng.

»Nein.« Er nahm ihre Hand und küsste sie mit einer galanten Verbeugung. »Ich weiß.«

Abona, Mai 1561

Als Isaac die Lider aufschlug, fand er sich Auge in Auge mit einer fetten Kugelspinne, die mit angewinkelten Beinen auf seinem linken Unterarm hockte. Er knurrte angewidert und blieb reglos liegen, hob aber langsam die Rechte, um die Spinne zu erledigen.

Ehe er zuschlagen konnte, umfasste Tomás sein Handgelenk. »Lass sie zufrieden. Sie tut dir nichts, wenn du ihr nichts tust.« Er beugte sich weiter über ihn und blies die Spinne sacht an. Anstandslos krabbelte sie von Isaacs Arm und verschwand in den getrockneten Zuckerblättern, die den Bodenbelag der Baracke bildeten.

Isaac setzte sich auf und fuhr sich mit beiden Händen durch die Haare. »Ich *hasse* diese Viecher.«

»Ich weiß. Aber sie sind Teil der Schöpfung, und darum müssen wir ihnen respektvoll begegnen, sonst beleidigen wir die Götter.«

Isaac kannte diesen Vortrag. Die Guanchen liebten jeden noch so vertrockneten Grashalm und jede krabbelnde Kreatur auf diesem Eiland, egal, wie viele Beine sie hatte. »Aber eure Götter haben viel zu viele davon gemacht«, bemängelte er. »Sie sind einfach überall.«

Tomás nickte. »So wie der Gecko, der die Geheimnisse der Götter kennt und heilig ist. Viele Geckos brauchen viele Kugelspinnen, um satt zu werden. Und jetzt komm endlich, wir sind spät dran.«

Die anderen rund zwanzig Männer, mit denen sie die erbärmliche Baracke teilten, hatten sich längst erhoben und traten ins Freie.

Isaac kam schleunigst auf die Füße, und zusammen mit Tomás bildete er die Nachhut. Niemand musste eine Decke zusammenfalten, denn sie hatten keine, auch nicht im Winter, wenn die Nächte kalt waren. Niemand musste sich anziehen, denn sie schliefen in den Lumpen, die sie kleideten. Und Wasser für eine Morgentoilette gab es auch nicht. Isaac hätte sich in seinen schlimmsten Alpträumen nicht ausmalen können, wie kärglich und entbehrungsreich das Leben eines Sklaven auf einer Zuckerplantage sein konnte.

Und wie hart.

Fast gleichzeitig mit den Bewohnern der anderen Baracken traten sie hinaus auf den Platz mit dem Pfahl. Der Tag begann hier eine halbe Stunde vor Sonnenaufgang mit einem harschen Glockenton, der die rund zweihundert Sklaven ins Freie rief, wo sie sich in halbwegs ordentlichen Reihen aufstellen und im Chor drei *Paternoster* und drei *Ave Maria* beten mussten. Anschließend gingen ein paar Frauen die Reihen entlang und verteilten das Frühstück: ein zu kleines Stück Brot, eine Banane und eine Schale Wasser für jeden. Hastig stürzte Isaac das Wasser herunter, weil die Frauen mit den Ledereimern und der Schale sich beeilen mussten, alle zu erreichen, ehe ein weiteres Glockensignal den Arbeitsbeginn verkündete. Vor dem Feierabend kurz vor Sonnenuntergang gab es nämlich für niemanden mehr etwas, weder Speise noch Trank. Dreizehn Stunden zur jetzigen Jahreszeit, schätzte Isaac.

Er kaute langsam, zögerte das Herunterschlucken so lange hinaus, wie er konnte. Es machte nicht wirklich einen Unterschied. Man wurde nicht satter davon, und er konnte sich an keinen Tag erinnern, seit er hier war, da er nicht gehungert hatte. Aber wenn man sein Essen verschlang, konnte es passieren, dass es wieder hochkam, wenn die Hitze und die Schinderei auf den Feldern oder im Siedehaus zu schlimm wurden, und das war gefährlich. Humphrey Stevenson sorgte dafür, dass die Sklaven der Plantage genug zu essen bekamen, um zu überleben, damit Don Pedro nicht andauernd neue kaufen musste. Aber es war nur so gerade eben ausreichend. Und wer sein Frühstück wieder ausspuckte und irgendwann entkräftet zusammenbrach, hatte keine Gnade zu erwarten.

Als es hell genug wurde, machten sie sich auf den Weg. Etwa vierzig Männer – zwei Baracken – schlugen den Pfad in nördlicher Richtung ein. Sie passierten die schäbige Kirche, wo sie sonntags die Messe hören mussten, gingen durch einen Pinienhain, dessen Duft Isaacs Stimmung hob, und dann hinaus auf die endlos weiten Zuckerfelder.

»Was heute?«, fragte einer von den Neuen, der noch nicht viel Spanisch sprach.

»Wir ernten Zuckerrohr. Hast du das schon mal gemacht?«

Der Mann schüttelte den krausen, schwarzen Lockenkopf. Er war Afrikaner. Don Pedro hatte kürzlich drei Dutzend von einem portugiesischen Sklavenhändler gekauft, weil ihm Arbeitskräfte fehlten, und anfangs hatte Isaac sich immer zusammenreißen müssen, um sie nicht anzustarren, denn seine Neugier auf Afrika erstreckte sich natürlich auch auf dessen Bewohner. Dieser Kerl hier war hoch aufgeschossen und schmal, sein Gesicht mit den hohen Wangenknochen wirkte edel, und seine Haut war mehr schwarz als braun.

»Ich erklär dir, wie es geht«, erbot sich Isaac.

»Mir egal«, gab der Mann verächtlich zurück. »Zuckerarbeit mir egal.«

Isaac nickte. »Dann sieh zu, wie du zurechtkommst, Kumpel.« *Du wirst schon früh genug merken, dass Unerfahrenheit hier niemanden vor Prügeln bewahrt …*

Der Afrikaner änderte seine Meinung. »Sag.«

»Zuerst wird das Feld in Brand gesteckt, damit die trockenen Blätter und das Ungeziefer verbrennen. Also musst du aufpassen, wo du hintrittst, wenn du ins Feld gehst, es gibt überall Glut. Dann bekommt jeder von uns ein Messer, mit dem …«

»Warum nicht töten Spanier mit Messer?«

»Weil wir nie genug Bewaffnete sind, um *alle* Spanier zu töten. Das hier ist eine Insel, verstehst du, man kann nicht davonlaufen. Sie würden uns spätestens am Hafen überwältigen. In Santa Cruz haben sie eine Miliz von über tausend Mann, hervorragend ausgebildet und bewaffnet. Außerdem taugt ein Rohrmesser nicht, um damit zu kämpfen. Du verstehst es, wenn du es siehst. Also: Nach dem Abbrennen gehen wir durch die Reihen, eine Hälfte schneidet, eine Hälfte sammelt. Man muss das Rohr weit unten abschneiden. Es wächst wieder, und nächstes Jahr kann man von derselben Pflanze wieder ernten. Jedenfalls schuftest du die ganze Zeit in gebeugter Haltung und …«

»Kann *ein* Spanier töten mit Messer.«

Isaac nickte. *Du wirst hier nicht alt,* fuhr es ihm durch den Kopf. »Aber sie verbrennen dich bei lebendigem Leib, wenn du es tust.«

Die Ausrede, mit der die Spanier die Sklaverei rechtfertigten, war die Bekehrung der heidnischen Wilden zum wahren Glauben. Aber wer nicht einsehen wollte, dass die Spanier es doch nur gut mit ihm meinten, ihn gefangen hielten und für sich schuften ließen, um sein Seelenheil zu retten, und wer sich mit einer Waffe in der Hand gegen seine Wohltäter erhob, galt als unbelehrbarer Ketzer, dessen Seele nur das Feuer reinigen konnte …

»Besser brennen. Besser als Zuckerarbeit.«

»Tja, Mann, was immer du sagst …«

»Mein Vater Häuptling!«, brach es aus dem jungen Afrikaner hervor, und seine Stimme überschlug sich.

Meiner auch. Nur nützt uns das hier überhaupt nichts. »Denk nicht, ich könnte dich nicht verstehen. Aber wenn du es den Spaniern wirklich zeigen willst, musst du weiterleben.«

Er glaubte nicht, dass er es ohne Tomás und dessen Schwester geschafft hätte. Stevenson hatte ihn wirklich übel zugerichtet an jenem fernen Sonntag im Spätsommer, und Isaac hatte Fieber bekommen. Trotzdem war der Verwalter nach zwei Tagen in der Baracke erschienen und hatte gedroht, wenn Isaac sich am nächsten Morgen nicht zur Arbeit einfinde, sei er noch einmal fällig.

Isaac hatte auf seinem Lager aus trockenen Zuckerblättern gelegen und versucht, sich mit dem Gedanken vertraut zu machen, dass er am folgenden Tag sterben würde, denn er konnte nicht einmal aufstehen. Aber dann war Tomás gekommen und hatte ihm ein widerwärtiges Gebräu eingeflößt, welches das Fieber verjagte und Isaac wieder auf die Beine brachte.

Das war nicht einfach und auch nicht ungefährlich gewesen, wusste Isaac inzwischen. Die Guanchen kannten die Eigenarten einer jeden Pflanze auf der Insel, aber es war ihnen verboten, ihre Heilkunst auszuüben, die die Spanier teuflisch nannten. Trotzdem war Tomás zu seiner Mutter in die Küche des Gutshauses geschlichen und hatte sie überredet, Isaac einen Trank zu bereiten. So wie er ihm auch geholfen hatte, die ersten Tage im Siedehaus zu überstehen. Und seine Schwester Juana, die in der Lagerküche arbeitete, hatte Isaac dann und wann ein zusätzliches Stück Brot zugesteckt, bis er wieder richtig gesund war, und ihm sogar Feigen und Oliven gebracht. Ihre Freundlichkeit mehr noch als ihre Gaben hatte ihm Mut gemacht. Und Mut war etwas, das man hier unbedingt zum Überleben brauchte.

Das Schlimmste waren nicht einmal die erbärmliche Unterkunft oder der Hunger oder die Schläge gewesen; was Isaac wirklich in die Knie zu zwingen drohte, war die Arbeit. Jeder Schritt der Zuckergewinnung ging mit Feuer einher, und die Hitze auf den abgebrannten Feldern und im Siedehaus zusätzlich zur sengenden Sonne, die jeden verdammten Tag vom lapislazuliblauen Himmel brannte, war ihm vollkommen unerträglich erschienen. Dazu die kreuzbrechende Schinderei mit leerem Magen, von Sonnenaufgang bis Sonnenuntergang, sechs Tage die Woche. Vier- oder fünfmal war er in Ohnmacht gefallen – wie ein Mädchen – und von den Schlägen des Aufsehers und dem Gelächter seiner

Leidensgenossen wieder aufgewacht, von denen manche ihn mit Verachtung betrachteten, weil er seinen Anteil der Arbeit einfach nicht bewältigen konnte und sie für ihn einspringen mussten. Es war ein unsägliches Jammertal gewesen.

Bis er sich schließlich daran gewöhnt hatte. Sein Körper war hart und sehnig geworden. Seine Haut, die in den ersten Wochen ständig krebsrot gewesen war und sich geschält hatte, sodass er schon wieder Fieber bekam, hatte einen tiefen Bronzeton angenommen, und die Sonne konnte ihr nichts mehr anhaben. Er fand dieses Leben immer noch mühselig und in vieler Hinsicht erbärmlich, aber nicht mehr unerträglich. Und die Erkenntnis, wie anpassungsfähig die menschliche Natur war, vor allem wie zäh, faszinierte ihn.

Arias, einer von Stevensons Untergebenen, überholte sie mit einem halben Dutzend Wachen – alle hoch zu Ross und bis an die Zähne bewaffnet –, kurz bevor sie den Feldrand erreichten.

»Ein guter Tag«, raunte Isaac Tomás zu.

Sein Freund nickte.

Carlos Arias war ein wortkarger, nüchterner Mann, der mit Erfahrung und Umsicht dafür sorgte, dass die Arbeit erledigt wurde, aber er fand kein Vergnügen daran, die Sklaven zu quälen und zu demütigen.

»Tomás, mach Feuer«, befahl er und reichte dem Jungen die brennende Fackel, die ihm den Weg aufs Feld hinaus erhellt hatte.

Während Isaac und Tomás trockene Zuckerblätter aufschichteten und sorgsam darauf achteten, dass sie ihr Feuer nicht zu nah am Feld entzündeten, näherte sich gemächlich ein Karren, der von einem Maultier gezogen wurde. Der Guanche, der auf dem Bock saß, stieg herunter und verteilte vorbereitete Fackeln an ein Dutzend Männer.

»Es ist hell genug. An die Arbeit«, befahl Arias. »Und seht euch vor.«

Die Männer zündeten ihre Fackeln an, gingen ins Feld und verschwanden zwischen den mehr als mannshohen Zuckerpflanzen. Hinter der ersten Reihe verteilten sie sich auf die gesamte Breite des

Feldes, wusste Isaac, verständigten sich mit Blicken und Rufsignalen, steckten die trockenen Blätter der Pflanzen in ihrem Abschnitt systematisch in Brand und gingen rückwärts weiter in die nächste Reihe. Sie mussten schneller sein als das Feuer, aber die Reihe der Männer musste immer intakt bleiben, ein jeder darauf achten, dass er seine Nachbarn noch im Blick hatte. Denn wer vom Feuer eingeschlossen wurde, hatte keine Chance, ihm zu entkommen.

Während die übrigen Sklaven darauf warteten, dass es herunterbrannte, verteilten Arias und die Wachen die Rohrmesser. Diese erinnerten ein wenig an Fleischerbeile: ein dicker Holzschaft von einem knappen Fuß Länge mit einer breiten Klinge, die vorn abgeflacht war. Scharf genug, um einen Mann damit zu töten, wie Isaac dem Afrikaner gesagt hatte, aber da das Messer klobig war und keine Spitze hatte, war es nicht zum Kampf geeignet.

Die Schnitter gingen ins Zuckerfeld, noch ehe das Feuer ganz verglommen war, aber auch Brandblasen an den Füßen plagten Isaac nicht mehr, denn seine Fußsohlen waren so hart wie altes Schuhleder. Dicht über dem Boden schnitt er das erste Rohr ab und machte, was alle anderen auch taten: Er schlug mit dem Messer die Spitze seines Rohrs ab und steckte sie in den Mund. Die faserige Pflanze war schwer zu kauen und der Geschmack widerwärtig süß. Aber es machte satt.

Isaac spuckte das ausgekaute Rohr auf die schwarz verbrannte Erde. »Wo ist Juana?«, fragte er Tomás. »Ich habe sie heute früh gar nicht gesehen.«

»Ihr Kind kommt«, erklärte Tomás, der einige Schritte zu seiner Linken arbeitete, immer noch schneller als Isaac.

»Oh«, war alles, was dem jungen Waringham zu der Neuigkeit einfiel.

»Sie hat gestern Abend schon gemerkt, dass es bald so weit ist. Stevenson hat ihr erlaubt, zu Mutter zu gehen.«

»Wie großmütig …«, murmelte Isaac vor sich hin und drosch drei- oder viermal auf ein besonders widerspenstiges Rohr ein, ehe es fiel.

»Immerhin könnte es ja seins sein«, gab Tomás achselzuckend zurück.

Isaac nickte. Er wusste, Fernando Soler war nicht der einzige Spanier, der sonntags nachmittags zu Juana geschlichen war. Isaac musste ein Schaudern unterdrücken. Er wollte nicht, aber er musste sich vorstellen, was er wohl empfinden würde, wenn es seine Schwester Isabella wäre.

»Du trägst es mit Fassung, wie ich sehe.«

»Ja«, knurrte Tomás auf die gefällten Zuckerrohre hinab. »Was sonst kann ich tun?«

Gar nichts, wusste Isaac. Nur sterben. Genau wie der Afrikaner vorhin gesagt hatte. Das war das Wesen der Sklaverei: Wer sie nicht ertragen konnte, wurde einfach aussortiert. Abgeschlachtet und ersetzt. Wie eine Kuh, die keine Milch mehr gab. Sklaverei machte Menschen zu Vieh.

»Du hältst mich für feige, ich weiß«, sagte Tomás, aber es klang eher gleichgültig als bitter.

»Im Gegenteil. Ich halte dich für klug. Und ich bewundere deine Selbstbeherrschung. Mit meiner ist es nie so besonders weit her.«

»Wenn du lang genug hier bist, wirst du sie lernen.«

Gott bewahre ... »Du hast bestimmt recht, Tomás.«

Der richtete sich mit einem Mal auf und ließ das Messer sinken. »Das ist nicht mein Name.«

»Nein, ich weiß.«

Sein richtiger Name war Arafo. Und Juana hieß auch nicht Juana. Aber die Spanier hatten den Guanchen ihre Sprache und ihre Namen ebenso verboten wie ihre Götter und ihre Medizin.

»Mein Volk ist fast erloschen«, sagte Tomás, den Blick auf das endlose Meer aus Zuckerrohr gerichtet. »Sie haben uns überfallen und besiegt und versklavt, und sie haben uns ihre widerlichen Krankheiten gebracht, sodass mein Volk ausstirbt. Es sind nicht einmal mehr genug von uns übrig, um ihre Felder zu bestellen.«

Darum holten die Spanier sich immer mehr Afrikaner, wusste Isaac, die größer, stärker und zäher waren als die eher schmächtigen Ureinwohner dieser Insel. »Worauf willst du hinaus?«

»Darauf, dass wir uns dem Sturm beugen müssen, wenn wir überleben wollen. Es ist egal, dass Juanas Kind einen spanischen Vater hat. Es muss in unseren Traditionen erzogen werden und unsere Lieder lernen, wir müssen es als eines der unseren lieben und beschützen.«

Isaac machte sich wieder an die Arbeit und dachte darüber nach. »Aber ist es nicht das Blut, das zählt?«

»Nein«, antwortete Tomás und begann ebenfalls wieder zu schneiden. »Blut ist nur Körper. Hülle. Was zählt, ist Geist. Und wenn wir nicht …«

Er verstummte abrupt, als ein Peitschenriemen auf seinem Rücken landete. »Schnauze«, grollte der spanische Aufseher, schwang die Peitsche noch einmal und ließ sie auf Isaacs Schultern niederfahren. »Euer Plauderstündchen könnt ihr sonntags abhalten, jetzt wird Rohr geschnitten, klar?«

Sie arbeiteten schweigend weiter. Die krummen Rücken dem Spanier zugewandt, warteten sie ab, ob er fürs Erste fertig mit ihnen war oder nicht. Isaac hasste dieses Gefühl, die Erniedrigung dieser völligen Hilflosigkeit. Das Ausgeliefertsein. Er schaute auf das Rohrmesser in seiner Rechten, und mit einem Mal verspürte er eine enge Verbundenheit mit dem Afrikaner von heute früh. Es wäre so eine Erleichterung, den Spieß nur ein einziges Mal umzudrehen und einen von diesen Drecksäcken fertigzumachen. Und es wäre so einfach: eine halbe Drehung und ein einziger Streich mit der Messerklinge. Isaac wusste, wo die Schlagader am Oberschenkel eines Mannes verlief. Der Wachmann wäre längst verblutet, ehe irgendwer ihm zu Hilfe kommen konnte. Aber Isaac begnügte sich damit, es sich auszumalen.

Er hörte einen zweiten Reiter hinter sich näherkommen. »Irgendwelche Schwierigkeiten?«, fragte Carlos Arias.

»Nein«, gab der Wächter brummelig zurück. »Sie wollten nur ein Päuschen einlegen.«

»Hm«, machte der Aufseher unbestimmt. »Reite rüber ans Ostende, Jorge, und sieh mit Antonio nach den Afrikanern. Sie sind noch unerfahren, es geht nicht voran.«

Isaac hörte Jorge sein Pferd wenden und über den abgeernteten Teil des Feldes zurückreiten.

»Du, Blondschopf«, sagte Arias. »Wie heißt du gleich wieder?«

»Isaac«, antwortete er, richtete sich auf und wandte sich um.

Arias nickte. »Wenn ihr ans Ende eurer Reihe kommt, helft ihr beim Aufladen und fahrt mit ins Siedehaus.«

Isaac nickte. »Ist gut.« Er machte sich wieder an die Arbeit.

»Du hast dich gut gemacht, Junge«, bemerkte Arias in seinem Rücken. Er sagte es nüchtern, aber für seine Verhältnisse war es ein überschwängliches Lob.

Isaac grinste geisterhaft auf den dicken, hohlen Stängel in seiner Linken hinab. »Ihr Spanier habt eben ein unfehlbares Talent, eure Sklaven solch gottgefällige Tugenden wie Fleiß und Ausdauer zu lehren. Und Demut.«

Isaac stand auf dem Wagen, und Tomás warf ihm die langen Rohre zu. Es war später Vormittag – die heißeste Zeit des Tages noch nicht erreicht –, aber Isaac spürte das gefährliche Stechen der Sonne im Nacken. Es dauerte jedoch nicht lange, bis der letzte Wagen beladen war. Zwei weitere warteten schon.

Carlos Arias gab das Signal, und die Fuhrwerke setzten sich gemächlich in Bewegung. Das frisch geschnittene Rohr musste umgehend weiter verarbeitet werden, wusste Isaac, weil der Zucker sonst versauerte. In den Siedehäusern wurden die geernteten Rohre auf langen Tischen in Stücke gehackt und kamen in die Presse. Die ausgepressten Stängel – Bagasse genannt – dienten als Brennmaterial für die Feuer, über denen der Saft in grotesk großen Bottichen zu Sirup gekocht wurde.

Isaac ging neben dem Gespann, das den ersten Wagen zog, und fuhr dem linken der beiden braven Ackergäule beiläufig über die Mähne. Dann stutzte er, ließ sich einen Schritt zurückfallen und betrachtete die Hinterhand des Pferdes. »Was ist mit dem Braunen?«, fragte er den Fahrer.

Der Guanche hob die Schultern. »Ich weiß nicht. Bis eben ging er ganz normal. Alte Knochen, nehm ich an.«

Der Schritt des Braunen wirkte klamm und steif, aber alt sah das Tier nicht aus, fand Isaac. »Hat er gestern gestanden?«

»Ich glaub schon. Ich hatte gestern jedenfalls ein anderes Gespann. Wieso?«

»Halt einen Moment an«, bat Isaac.

»Bist du verrückt? Ich halte an, wenn *er* es sagt, nicht eher.« Er nickte zu Arias hinüber.

Der wandte in genau diesem Moment den Kopf. »Was gibt es denn?«, rief er zu ihnen hinüber, eine Spur ungeduldig.

Isaac zögerte. Seit über einem halben Jahr hatte er einen Bogen um jedes Pferd gemacht, denn er hatte nicht vergessen, dass es ein verdammter Gaul gewesen war, dem er diese kolossale Klemme verdankte, in der er steckte. Er war ihnen gram und argwöhnte, dass sie ihm Unglück brachten. Doch er musste feststellen, dass er trotz seines Grolls nicht tatenlos zusehen konnte, wenn ein Pferd Schmerzen litt.

»Der Gaul ist lahm«, antwortete er Arias. »Ich glaube, es ist ein …« Was in aller Welt mochte *Kreuzverschlag* auf Spanisch heißen? »Wenn Ihr mir erlaubt, ihn einen Moment anzuschauen, kann ich vielleicht sagen, was ihm fehlt.«

»Wozu? Es ist ja nicht mehr weit.«

Isaac zuckte rebellisch die Achseln. »Bitte. Aber wenn es das ist, was ich glaube, wird er lange vor dem Siedehaus in der Hinterhand einbrechen und liegen bleiben, wo er fällt.«

Arias wendete sein Pferd und kam zu ihnen herübergetrabt. »Halt an, Matís.«

Der Guanche brachte das Gespann zum Stehen. Der Braune ließ erschöpft den Kopf hängen, und er hatte angefangen zu zittern. Von einem Herzschlag zum nächsten sah er so krank aus, dass es auch dem ungeschulten Auge nicht verborgen bleiben konnte.

Isaac fuhr ihm mitfühlend über die Ohren.

Arias fluchte leise, saß ab und nahm das kranke Tier selbst in Augenschein. »Das hat mir gerade noch gefehlt. Alles geht drunter und drüber bei den Gäulen. Wird er verrecken?«

Isaac strich langsam mit der flachen Hand über Kruppe und Oberschenkel. Die Muskeln waren verhärtet, aber noch fühlte es sich nicht so an, als sei das Pferd aus Granit gemeißelt. Der junge Waringham schüttelte den Kopf. »Wir müssen ihn hier stehen lassen.« Er zeigte auf eine ausladende Pinie, die ein Stück links des Pfades wuchs. »Am besten pflocken wir ihn dort im Schatten an. Er braucht eine Decke …«

»Eine *Decke*? Bei der Hitze? Das kann nicht dein Ernst sein.«

Doch Isaac nickte ungerührt. »Ich weiß, aber glaubt mir, je wärmer wir … Ihr ihn haltet, desto schneller geht es vorbei. Es ist … so ähnlich wie ein Muskelkater, nur schlimmer. Es passiert, wenn ein Pferd, das viel arbeiten muss, plötzlich einen Tag steht, aber trotzdem das gleiche Futter bekommt wie sonst. Das … vergiftet die Muskeln. Und dann …« Er brach ab, als er den Blick sah, mit dem der Aufseher ihn traktierte.

»Woher weißt du das?«, fragte Arias argwöhnisch.

»Ich … ich bin auf einem Gestüt aufgewachsen.«

»In England?«

»Ja. In England.« Er musste die Zähne zusammenbeißen. Die Sehnsucht nach Waringham, die ihn mit einem Mal überkam, war so heftig, dass sie ihm die Tränen in die Augen treiben wollte. Aber Isaac hätte sich lieber in die Hände der Inquisition begeben, als vor Carlos Arias die Haltung zu verlieren.

Der betrachtete ihn lange, die Augen verengt, die Hände in die Hüften gestemmt. Isaac ahnte, dass er sich in Schwierigkeiten gebracht hatte, und wünschte, er hätte einfach den Mund gehalten. Für einen Sklaven war es immer das gesündeste, nicht aufzufallen. Tat er es doch, konnten im Handumdrehen die furchterlichsten Dinge geschehen.

Doch dann ließ der Aufseher die Hände sinken, und der Moment war vorbei. »Matís, spann das Pferd aus und binde es da vorn im Schatten an.«

Matís kletterte vom Bock.

»Und du läufst zurück und holst eine Decke und ein neues Pferd aus dem Stall«, wies Arias Isaac an. »Nein, halt. Schick mir irgendeinen Guanchenbengel. Du bleibst im Stall und sorgst dafür, dass nicht noch mehr Pferde falsches Futter bekommen.«

Isaac nickte knapp. »Ich bin überzeugt, der Stallknecht wird entzückt sein, wenn ich ihm Ratschläge erteile.«

Arias schüttelte mit einem kleinen, humorlosen Lächeln den Kopf. »Er ist vor einer Woche gestorben. Und ich glaube, wir haben gerade einen neuen gefunden.«

Oh, Jesus, lass es wahr sein, dachte Isaac und setzte alles daran, die aufkeimende Hoffnung nicht zu zeigen. Sollte es wirklich möglich sein? Keine kreuzbrechende Zuckerrohrernte mehr unter sengender Sonne? Keine endlosen Tage in der wabernden Hitze und den widerlich süßen Dämpfen im Siedehaus? Stattdessen Pferde? Die Aussicht war so himmlisch, dass er ihr nicht trauen konnte. »Ich glaube nicht, dass Stevenson … ich meine, dass der *Patrón* von der Idee viel halten wird.«

»Lass den *Patrón* meine Sorge sein. Ich weiß, dass er nicht sonderlich gut auf dich zu sprechen ist, und ich bin sicher, er hat seine Gründe. Aber ihm ist vor allem daran gelegen, dass die Arbeit hier reibungslos vonstatten geht und keine unnötigen Kosten entstehen, weil uns die Gäule krepieren. Don Pedro ist kein Freund unnötiger Kosten.«

Nein, das glaub ich aufs Wort, dachte Isaac.

»Also tu, was ich sage, Blondschopf, oder muss ich dir erst Beine machen?«

Isaac nickte folgsam, wandte sich ab und rannte schneller, als in der Hitze vernünftig war, zurück zur Sklavensiedlung. Erst als er in den Schatten des kleinen Pinienhains eintauchte, gönnte er sich ein breites Grinsen.

Greenwich, Juni 1561

»Majestät, es ist mir eine Ehre, Euch ein neues Porträt meines Königs Erik zu präsentieren.« Der schwedische Gesandte machte eine zackige Verbeugung. »Ich bin gehalten, Euch zu versichern, dass König Eriks Bewunderung für Eure Majestät nicht im Mindesten abgekühlt ist, und er sendet Euch dieses Gemälde, um Euch an seine immerwährende Zuneigung zu erinnern.«

Elizabeths Fächer legte einen Zahn zu. Vielleicht, weil es so stickig und heiß im Presence Chamber war, denn es war für die Jahreszeit ein unüblich schwüler Nachmittag. Vielleicht aber auch, weil die Liebesschwüre des schwedischen Königs ihr auf die Nerven gingen.

»Wir sind gespannt, lieber Graf«, versicherte die Königin mit einem kleinen, schelmischen Lächeln.

Auf ihren einladenden Wink hin zog der Gesandte das verhüllende Tuch – das aus schwerem, golddurchwirktem Samt im königlichen Purpur gefertigt war – von der Leinwand. Diese war von unbescheidener Größe und trug einen Rahmen aus vergoldetem Holz. Den beiden Dienern, die das Porträt hielten, rann der Schweiß über die Stirn.

Elizabeth erhob sich aus ihrem Sessel, trat näher und blieb vor dem Bild des schwedischen Königs stehen. »Beim Tod am Kreuz«, murmelte sie. »Was für ein stattlicher König. Welche Frau könnte widerstehen …«

Der Gesandte blinzelte, als könne er sein Glück kaum fassen. Er war neu in seinem Amt und hatte noch nicht gelernt, dass es rein gar nichts zu bedeuten hatte, wenn Elizabeth so etwas sagte.

»Nun, Majestät, wenn dem so ist, darf ich vielleicht vorschlagen, dass Ihr Sir Robert Dudley zu meinem König schickt, um …«

»Es wäre wohl kaum angemessen, wenn ich meinen Stallburschen zum König von Schweden schicke, Sir«, fiel sie ihm scharf ins Wort, aber es war Robin, den sie dabei anschaute. Ein kaum wahrnehmbarer Laut ging durch den großen Saal, als der ganze Hof scharf die Luft einzog. Dann lachte die Königin – scheinbar unbeschwert – und fügte hinzu: »Die Wahrheit ist, ich kann nicht auf Sir Robert verzichten. Er ist wie mein Schoßhündchen, versteht Ihr, wann immer er einen Raum betritt, wissen alle, dass auch ich in der Nähe sein muss.«

Dieses Mal zog niemand die Luft ein. Stattdessen schienen alle für ein paar Herzschläge lang zu Salzsäulen erstarrt zu sein. Vor allem Robin. Er stand zwei Schritte von ihr entfernt am Fuß der Estrade, reglos wie ein Standbild. Nur seine Wangenmuskeln arbeiteten.

»Lasst König Eriks Porträt in meine Gemächer bringen«, wies die Königin die Diener an. »Ich könnte nicht ertragen, davon getrennt zu sein, und es soll das erste sein, was ich am Morgen erblicke, das letzte, wenn ich mich abends niederlege.«

Mit unverkennbarer Erleichterung trugen die beiden Männer das Gemälde hinaus, und der schwedische Gesandte trat unter zu vielen Verbeugungen zurück und verschmolz mit der Menge.

»Wen haben wir als Nächstes?«, fragte Elizabeth.

»Don Álvaro, Majestät«, antwortete Cecil säuerlich.

Elizabeths Miene zeigte ebenfalls wenig Enthusiasmus für den spanischen Gesandten, aber sie empfing ihn mit routinierter Höflichkeit.

»Ich weiß ehrlich nicht, wie ich das noch länger aushalten soll«, murmelte Robin Dudley Eleanor zu.

Die zuckte ein wenig zusammen, denn sie hatte ihn nicht kommen sehen, weil sie sich ganz auf den Austausch liebenswürdiger Drohungen zwischen Elizabeth und de la Quadra konzentriert hatte.

Jetzt wandte sie den Kopf und sah ihren Freund aus Kindertagen voller Mitgefühl an. »Doch, doch, das wirst du«, antwortete sie tröstend. »Weil du sie kennst. Du weißt ganz genau, dass sie um sich schlägt, weil sie unglücklich ist.«

Er nickte. »Nur schade, dass sie sich nie einen anderen Prügelknaben aussucht als immer nur mich.«

Der dunkle Bartschatten, der sich meist schon nachmittags auf seinen Wangen zeigte, ließ ihn mit einem Mal ausgemergelt wirken. Robin hatte Gewicht verloren, ging Eleanor auf. Das war kein Wunder. Die Königin litt, das war keine Frage, aber Robin, wusste Eleanor, litt noch mehr.

»Es tut mir leid, Robin«, sagte sie hilflos. »Ich wünschte bei Gott, ich hätte mehr für dich tun können. Für euch beide. Wäre mir der verdammte Schotte nicht durch die Finger geschlüpft …«

»Oh, El, das sagst du andauernd«, unterbrach er ungeduldig. »Aber du weißt genau, dass es nicht den geringsten Unterschied gemacht hätte. Die Verdächtigungen und der Hohn wären genau die gleichen gewesen, hier ebenso wie auf dem Kontinent. Die Menschen zerreißen sich nun mal gern die Mäuler, da kann man nichts machen. Und offen gestanden verstehe ich nicht, wieso sie mich nicht einfach heiratet. Schlimmer kann das Gerede wirklich nicht mehr werden.«

»Nein, aber Cecil hat trotzdem recht, Robin. Wenn sie das tut, wird sie stürzen.«

»Blödsinn!«, fuhr er auf, eine Spur zu laut.

Elizabeths Blick glitt für einen winzigen Moment in ihre Richtung, und der Moment reichte, um weiche Knie zu bekommen.

»Es ist kein Blödsinn«, entgegnete Eleanor, gedämpft, aber scharf. »Und es war keine sehr kluge Idee, König Felipe anzubieten, du werdest England zurück in den Schoß der katholischen Kirche führen, wenn er deine Ehe mit der Königin absegnet, denn jetzt hassen dich nicht nur die englischen Papisten, sondern die Protestanten ebenso.«

»Aber das hätte ich doch in Wahrheit niemals getan, El, das weißt du ganz genau …«

»Nein? Das heißt, du gibst dein Wort mit dem Vorsatz, es zu brechen? Dann bist du kein Gentleman, fürchte ich.«

»Ja, mach dich nur lustig über mich«, knurrte er düster.

»Ich bin nicht sicher, ob ich das tue. Manchmal erschreckt es mich, zu welchen Kompromissen mit deinen Überzeugungen du bereit bist, um sie zu bekommen.«

Er hob mit einem entwaffnenden Lächeln die Schultern und sah ihr treuherzig in die Augen. »Alles ist erlaubt im Krieg und in der Liebe, oder?«

Aber Eleanor war anderer Ansicht. »Nicht wenn man mit seiner Liebe einen Krieg riskiert.«

Er ließ sich seufzend gegen die edle Tapisserie an der Wand sinken. »Gott, was für ein verpfuschtes Leben … Meine arme Amy hat ein furchtbares Ende gewählt, weil ich nie bei ihr war und ihr in ihrer Krankheit nicht beigestanden habe. Vermutlich ist es Gottes Strafe für meine Sünden, dass ich mich nach einer Frau verzehre, die ich nicht haben kann und die mir aber gleichzeitig verbietet, eine andere zu heiraten.«

»Du willst eine andere heiraten?«, fragte Eleanor erschrocken.

Er winkte ungeduldig ab. »Nein. Niemand Bestimmtes. Aber ich bin erst neunundzwanzig Jahre alt, weißt du, ich wäre gern mit *irgendjemandem* verheiratet. Das ist normal. Alle außer mir dürfen es, oder nicht? Und ich will …«

»Einen Sohn, ich weiß. Sag, wer ist der kleine Mann dort drüben in Herefords Gefolge? Ich habe ihn noch nie gesehen, glaube ich.«

»Hm? Oh, keine Ahnung. Irgendein Rechtsverdreher von Gray's Inn. Grauenvoller Akzent, Yorkshire oder sonst irgendetwas im wilden Norden. Er hatte die Stirn, mich zu fragen, ob ich ihm eine Audienz bei der Königin verschaffen könne. Er müsse sie auf einen rechtlichen Missstand aufmerksam machen.«

Eleanor zog die schmalen Brauen in die Höhe. »Ich hoffe, du hast ihm geraten, sein Anliegen aufzuschreiben und der Königin zu überreichen, wenn sie am Sonntag nach dem Kirchgang Petitionen entgegennimmt?«

Robin schüttelte langsam den Kopf. »Du hast recht. Das hätte ich sagen sollen. Aber ich hab ihm lediglich geraten, mir aus dem Weg zu gehen, wenn er nicht mit einem Tritt vor der Tür landen wolle. Ich kenne mich selbst nicht mehr, El. Ich … bin so unglücklich, dass ich allmählich eine Gefahr für die Menschheit werde.«

Du meine Güte, reiß dich zusammen, Robin Dudley, wollte sie sagen, aber sie wusste, das tat er schon. So gut er es eben vermochte. Sie drückte unauffällig seine Hand. »Lass uns verschwinden und ausreiten, was meinst du? Das bringt dich auf andere Gedanken.«

Seine Miene hellte sich auf, und er nickte. Natürlich war es ein eklatanter Verstoß gegen alle Etikette, sich aus dem Presence Chamber zu entfernen, ehe die Königin es tat, aber ein wirklich versierter Höfling beherrschte die Kunst, sich ganz allmählich und unbemerkt durch die Reihen nach hinten zu schlängeln und durch eine der diskreten Tapetentüren zu verschwinden.

Dennoch raunte Robin düster: »Wenn sie mich in fünf Minuten wieder nach vorn ruft, um den nächsten Jaucheeimer über meinem Kopf auszukippen, sind wir geliefert.«

»Das wird sie nicht. Du weißt doch genau, dass sie die einzige ist, die unseren Abgang bemerken wird.«

Aber das war offenbar nicht ganz richtig. Als Eleanor eine gute Stunde später aus den Stallungen zurückkam, wo sie einen weitaus fröhlicheren Robin zurückgelassen hatte, lauerte ihr am Brunnen im Garten hinter dem Südflügel ein unscheinbares Männlein auf, trat ihr in den Weg und vollführte eine tiefe, etwas linkische Verbeugung. »Vergebt mir, Mylady, dürfte ich um einige Minuten Eurer kostbaren Zeit bitten …«

Seine Stimme war dünn und bröckelig wie altes Laub, sein Akzent so breit, dass sie fast Mühe hatte, die Worte auszumachen, aber er sprach ohne Verlegenheit, und das gefiel ihr. »Ihr müsst der Rechtsgelehrte aus Gray's Inn sein. Sir Robin Dudley hat mir von Euch berichtet.«

»Der arme Tropf ist so in Jammer versunken, dass er mir auch abgekauft hätte, ich sei die Königin von Saba«, sagte der Rechtsgelehrte mit völlig veränderter Stimme. »Aber ich war keineswegs sicher, dass ich *Euch* täuschen konnte.«

Etwas Sonderbares durchzuckte Eleanor. Freude und Schrecken zugleich. »Gabriel …«

Er neigte ein klein wenig den Kopf. »So vertraulich? Ich bin geschmeichelt.«

Und dann geschah etwas Bemerkenswertes: Er richtete sich auf, der wie von zu viel Arbeit am Schreibpult gekrümmte Rücken wurde gerade, die drolligen O-Beine streckten sich – Eleanor konnte förmlich zusehen, wie der Mann vor ihr um fünf Zoll wuchs.

Fasziniert schüttelte sie den Kopf. »Wie macht Ihr das nur?«

Grinsend streifte er sich die schulterlange graue Perücke vom Kopf und fuhr sich mit der Linken über den kurzen, dunklen Schopf. »Es gefällt Euch?«

»Oh, bildet Euch nur nicht zu viel ein, Ihr Gockel«, kanzelte sie ihn ab.

Das erschütterte ihn nicht. »Ich gebe zu, es ist meine Leidenschaft, mich zu maskieren und zu verstellen. Eine alte Familientradition, könnte man sagen. Es hat so manchen Schauspieler unter den Durham gegeben. Das Erfolgsgeheimnis ist nicht die Verkleidung, ein Akzent oder ein falscher Bart. Man muss überzeugend in seiner Rolle sein. Wenn ich selbst glaube, ich bin ein Rechtsgelehrter aus York, dann glaubt Ihr es auch.« Er hob lächelnd die

Schultern und versteckte die Perücke unter dem schäbigen schwarzen Talar.

Eleanor ließ den Blick kurz über den sonnendurchfluteten Garten schweifen. Es war niemand zu sehen. Doch lange würde die Audienz im Presence Chamber nicht mehr dauern, und dann würden die Höflinge hinausströmen, um sich die Beine zu vertreten.

»Aber was tut Ihr hier denn nur, Sir?«, fragte sie.

»Was glaubt Ihr wohl? Euch anschauen. Es ist das dritte Mal. Zu Weihnachten war ich als Trompeter im Gefolge des Lord Mayor hier …«

»Ihr könnt Trompete spielen?«

»Sehr mäßig. Ich stand gleich neben dem Sheriff, der davon träumt, mich aufzuknüpfen. Ich hatte selten ein vergnüglicheres Weihnachtsfest. Und Ostern war ich sogar zum Ball in Windsor. Im Gefolge des venezianischen Gesandten. Ich habe damit geliebäugelt, Euch einen Tanz zu stehlen, aber Ihr wart die ganze Nacht von anderen Verehrern belagert, und ein Duell hätte vielleicht doch zu viel Aufsehen erregt.«

Sie war bezaubert von seiner Verwegenheit. Und von dem Umstand, dass er große Mühen auf sich genommen und sich in Gefahr gebracht hatte, nur um sie zu sehen. Solche Aufmerksamkeit war ungewohnt für Eleanor, sodass sie sie beinah verlegen machte. Doch nichts von alldem war ihr anzumerken, als sie ihn streng zurechtwies: »Das dürft Ihr nicht tun. Ich will nicht schuld sein, wenn Ihr ertappt und aufgehängt werdet.«

»Wenn ich aufgehängt werde, dann habe ich das allein mir zu verdanken, seid beruhigt.«

Sie nickte. »Trotzdem.«

»Also schön.« Sein unbekümmertes Lächeln verblasste. »Ich verschwinde gleich wieder.«

Aber das war das Letzte, was Eleanor wollte.

Seit er den Schotten für sie eingefangen hatte, nein, eigentlich seit er ihr in St. Paul aufgelauert hatte, war dieser Mann ihr nicht mehr aus dem Sinn gegangen. Wann immer sie an ihn dachte, schien ihr Herzschlag sich ein wenig zu beschleunigen, und ein höchst merkwürdiges Gefühl beschlich sie, eine Mischung aus

Sehnsucht und Erregung und Schrecken. Sie war verliebt, wusste sie. Natürlich durfte sie das nicht sein, und in diesen Mann schon gar nicht. Er war kein Gentleman, sondern ein Schurke. Ein Dieb und gewiss Schlimmeres. Er war gefährlich. All das wusste sie, und es änderte nicht das Geringste.

Sie zögerte noch einen Moment, denn sie stand mit den Fußspitzen am Abgrund, fühlte kleine Erdkrumen unter sich bröckeln und ins Nichts rieseln.

Dann sagte sie: »Das werdet Ihr nicht tun, Sir.« Sie wandte sich abrupt ab und befahl über die Schulter: »Folgt mir.«

Es gab nicht viele Orte im Park von Greenwich, wo man im Sommer vor Entdeckung sicher war. Doch dieser Palast zählte zu denen, wo Eleanor aufgewachsen war, und sie hatte mit Elizabeth zusammen jeden Winkel erforscht. Jenseits des großen, formalen Rosengartens mit seinen Kiespfaden, die zum Flanieren einluden, lag hinter einer Reihe hoher Linden ein Irrgarten. Elizabeths Vater hatte ihn anlegen lassen, aber heute traute sich nur selten jemand hinein, denn er war verwildert und düster. Außerdem so weitläufig und tückisch, dass man stundenlang darin umherirren konnte, ohne den Ausgang wiederzufinden.

Eleanor führte Gabriel durch den Rundbogen in der hohen Eibenhecke und bemerkte: »Elizabeths Cousine Katherine Grey ist letztes Jahr für zwei Tage hier drin verschwunden, ehe sie hungrig, verfroren und völlig aufgelöst wieder zum Vorschein kam.«

»Das klingt nicht sehr verlockend. Ich hoffe, Ihr kennt Euch besser aus als sie.«

»So verzagt, Master Durham?«, neckte sie. »Seid unbesorgt. Ich finde wieder hinaus, und ich weiß sogar, wo ein geheimer Tunnel unter der äußeren Hecke hindurch und direkt zum Fluss führt.«

»Woher?«, fragte er verblüfft.

»Ich habe ihn gegraben. Zusammen mit der Königin und Robin Dudley. Vor … oh je, es muss über zehn Jahre her sein.« Sie bog rechts ab, dann links, die übernächste wieder rechts, und keinmal geriet sie ins Zaudern.

Gabriel schlenderte neben ihr einher durch die schmalen, schattigen Gänge. »Zwei Backfische und ein junger Taugenichts, die einen geheimen Fluchtweg zum Fluss und damit zur Stadt wollten. Ich bin schockiert, Mylady.«

»Ich glaub's …« Sie lächelte bei der Erinnerung an ihre Seligkeit über die ungewohnte Freiheit. »Aber wir haben bei Weitem nicht alle Dummheiten begangen, zu denen wir plötzlich die Gelegenheit hatten.«

»Höre ich ein leises Bedauern?«

»Ja«, gestand sie aufrichtig. Es war so erholsam – so *anders* –, dass sie sich in seiner Gegenwart nicht verstellen und ewig die Rolle der sittsamen Hofdame spielen musste, die ihr eigentlich gar nicht lag. »Bess … die Königin hatte gerade eine schlimme Zeit hinter sich. Der Gemahl ihrer letzten Stiefmutter, Thomas Seymour …«

»Hat versucht, sie zu verführen, ich weiß.«

»So kann man es auch nennen«, gab Eleanor zurück. Seymour, dieser gewissenlose Schuft, hatte die Schwärmerei der vierzehnjährigen Prinzessin ausgenutzt, ihr geschmeichelt und sie umgarnt und sich schließlich in ihr Schlafgemach gestohlen. Der alte König war noch nicht lange tot. Elizabeth war so verloren gewesen, und es war Halt, den sie gesucht hatte. Aber Seymours Gefühle – oder genauer gesagt, seine Absichten – waren weder wohlmeinend noch väterlich gewesen …

Eleanor verscheuchte die Erinnerung mit einem matten Wink. »Jedenfalls hätte es um ein Haar einen Skandal gegeben, und das hat uns vorsichtig gemacht. Unser Tunnel, die Freiheit, die er uns bot, hat uns berauscht. Aber wir hatten gelernt, dass Freiheit für eine junge Dame – erst recht eine vaterlose Prinzessin – verhängnisvoll sein kann.« Sie sah ihn kurz von der Seite an und zuckte die Achseln.

»Was uns zu der Frage bringt, wieso Ihr Euch allein mit einem Schurken wie mir an diesen abgelegenen Ort begebt, Mylady.«

Sie blieb die Antwort vorerst schuldig, führte ihn noch einmal nach rechts und zweimal links herum in eine Sackgasse, die in einem kleinen Rondell endete, wo eine steinerne Bank den Umherirrenden zum Ausruhen einlud.

»Ihr dürft raten, Sir«, sagte sie und nahm Platz. »Aber weil Ihr so ein gescheiter Mann seid, nur einmal.«

Gabriel setzte sich neben sie, sah ihr einen Moment ungläubig in die Augen, und dann umfasste er ihre Taille und hob Eleanor auf seine Knie. Er legte beide Arme um sie, beugte sich über sie und küsste sie. Nicht sacht, wie beim ersten Mal, sondern stürmisch und eine Spur zu rau. Sie spürte seine Zähne an der Unterlippe, und seine Zunge belagerte ihren Mund, aber es fühlte sich wunderbar an, aufregend und … *männlich.*

Als Gabriel die Hand von ihrem Oberarm zu ihrer Brust gleiten ließ und sie umfasste, atmete Eleanor tief durch. Die Hand spielte mit ihrer Brust, strich scheinbar beiläufig darüber, begann aber gleichzeitig, ihr Kleid aufzuschnüren. Eleanor war verblüfft, wie geschickt er das machte. Und sie fragte sich, wie viele Frauen er schon gehabt hatte. Dutzende? Oder mehr? Aber das störte sie nicht, im Gegenteil. Seine Erfahrung machte diesen Schritt so viel leichter für sie.

Er streifte das geöffnete Kleid über ihre Schultern herab, vergrub das Gesicht zwischen ihren Brüsten und fuhr mit der Zungenspitze darüber. »Ist es dein erstes Mal?«

»Ja.«

Er nickte, ohne den Kopf zu heben. »Und wie weit bist du gewillt zu gehen?«

»Den ganzen Weg.«

Nun sah er sie doch an. Seine Lippen erschienen ihr unglaublich rot, und seine schwarzen Augen leuchteten. Er schob einen Arm unter ihre Knie, stand auf und bettete Eleanor in das struppige, dunkle Gras vor der Steinbank. Dann kniete er sich neben sie und zog ihr die Kleider aus. Er tat es mit Ungeduld, aber geschickt, sodass Ärmel und Kleid, Reifrock und Schuhe, Mieder und Hemd keinen Schaden nahmen. Die hauchdünnen Seidenstrümpfe ließ er ihr an, genau wie das Korsett, an welchem sie mit Strumpfbändern befestigt waren. Es war ein wundervolles pfirsichfarbenes Stück, das ihre Brüste nach oben schob, die Taille einschnürte und dessen feiner Spitzenbesatz genau da endete, wo das Dreieck ihrer Schamhaare begann.

Gabriel ließ sich auf die Fersen zurücksinken und betrachtete sein Werk mit unverhohlener Bewunderung. Er streifte seine dunklen Kleider ab, ohne Eleanor aus den Augen zu lassen.

Dann beugte er sich wieder über sie, legte die Hände auf ihre Knie und schob sie auseinander. Diskret, aber mit schamloser Neugier betrachtete Eleanor seine muskulösen Arme und Schultern, die schwarzen Löckchen auf der Brust, den flachen Bauch und das aufragende Glied, denn natürlich hatte sie dergleichen nie gesehen, und dann spürte sie seine Hand zwischen den Beinen und schloss die Augen. Die Hand war schwielig und groß und nicht zimperlich. Sie rieb und neckte und forderte, und als Eleanor vor Wonne erschauderte und zu stöhnen begann, packte Gabriel sie bei den Hüften und drehte sie um.

Bis zu diesem Moment war nichts geschehen, womit sie nicht gerechnet hätte, aber das hier war unerwartet.

»Was tust du?«

»Schsch.« Es klang seltsam. Beschwichtigend und streng zugleich. Dann zog er sie auf die Knie, drückte ihren Oberkörper sanft, aber bestimmt nach vorn, und im nächsten Moment stieß er in sie hinein.

Die Überraschung dieser plötzlichen Inbesitznahme und der unerwartete Schmerz entlockten ihr einen kleinen Schrei, und Gabriel hielt still, die Hände fest um ihre Hüften gelegt, fuhr mit den Lippen über ihren Nacken und flüsterte wieder: »Schsch. Hab keine Angst. Du bist der einzige Mensch in England, der von mir nichts zu befürchten hat. Das weißt du doch, oder?« Und langsam begann er, sich in ihr zu regen.

»Ja«, antwortete sie wahrheitsgemäß, stützte die Hände ins Gras und stemmte sich ihm entgegen.

»Gut.« Es klang heiser. »Im Übrigen, Lady Eleanor … Je lauter du schreist, desto glücklicher machst du mich.«

»*Hurensohn …*«

»Oh ja.« Er lachte leise und zog sich fast ganz zurück. »Das bin ich.« Und damit pflügte er wieder in sie hinein, sodass sie mit dem Gesicht im Gras gelandet wäre, hätte er sie nicht so unerbittlich festgehalten. Er tat es wieder und wieder und wieder, und Eleanor ließ sich fortreißen wie von einer Flutwelle, gegen die man ja doch nichts ausrichten konnte. Als sie kam, warf sie den Kopf zurück und schrie, wie er es wollte, und sie fühlte sich verwegen und mutig und frei.

Gabriel hielt sie an sich gepresst und verharrte ein paar Atemzüge reglos. Dann zog er sich zurück, nahm wieder ihren Arm und drehte sie auf den Rücken. Mit dem Knie spreizte er ihre Beine, schob sich auf sie und nahm die Spitze ihrer Brust zwischen die Lippen.

Eleanor richtete sich auf die Ellbogen auf und strich sich die aufgelösten blonden Locken von der Wange. »Ich nehme an, das bedeutet, wir sind noch nicht fertig?«

»Wir haben gerade erst angefangen, Mylady«, bestätigte er.

Sie spürte seine Zähne an der weichen, empfindlichen Haut und stellte fest, dass sie noch lange nicht genug hatte. Ihre Begierde beschämte sie ein wenig – auf eine vage, unpersönliche Weise, weil Wollust sich nun einmal nicht gehörte, jedenfalls nicht für eine Frau –, aber dennoch öffnete sie die Schenkel noch ein wenig weiter und nahm ihn bereitwillig in sich auf.

»Du lernst schnell«, murmelte Gabriel.

»Du bist ein guter Lehrmeister.«

»Vielleicht, weil ich ein Hurensohn bin?« Er legte die Hände auf ihre Schultern und drückte sie ins Gras hinab. »Und ein Schurke. Aber deswegen wolltest du mich ja, nicht wahr?«

Flussabwärts von London in der Themse zu baden, war wenig ratsam – man wurde jedenfalls nicht sauberer davon. Doch Eleanor kannte einen kleinen Bach, der sich gar nicht weit vom Palast entfernt durch ein lichtes Gehölz schlängelte. Dort hatten sie gebadet, und nun lagen sie am Ufer im Farn und warteten darauf, dass sie trockneten, Eleanors Kopf auf Gabriels Oberschenkel.

»Erzähl mir von deiner Mutter«, bat sie.

»Wie kommst du ausgerechnet auf sie?«, fragte er. »Erwägst du im Lichte deiner jüngsten Erfahrungen eine neue berufliche Laufbahn?«

Eleanor lachte. Es war ein kehliger, ungezogener Laut, dieses

Lachen, und sie verstummte erschrocken. »Ich glaube, was ich eigentlich meinte, war: Erzähl mir von dir.«

»Was willst du hören? Die traurige Geschichte, wie aus einem anständigen Jungen ein Dieb wurde?«

»Ich schätze, ja.«

»Hm. Ich muss dich enttäuschen.« Er strich mit den Fingern durch ihre offenen Haare, zerteilte sie in Strähnen und breitete sie strahlenförmig auf seinen Beinen aus. »Mein Vater war Samuel Durham of Sevenelms, der mittlere von drei Brüdern.«

Sie nickte. »Lucas, der älteste, ist Lord of Sevenelms, und unser Onkel Philipp, der Meister der Londoner Tuchhändler, der jüngste.«

»Ja. Mein Vater … war völlig aus der Art geschlagen. Eine Schande für seine Familie, sagten sein Vater und seine Brüder. Statt sich in Sevenelms der Tuchherstellung oder in London dem Handel zu widmen, machte er die Bankside unsicher. Ein Raufbold und Schürzenjäger. Und ein großer Spieler.« All das sagte er nicht ohne Stolz. »Im Haus der Freuden in East Cheap – wo du mich im Spätsommer beehrt hast – lernte er ein fünfzehnjähriges Mädchen kennen und verliebte sich in sie. Rosalin, meine Mutter. Mein Vater war so besessen von ihr, dass er sie kaufte.«

»Das verstehe ich nicht«, unterbrach sie.

»Es heißt, er bezahlte der Hurenwirtin so viel Geld, dass er ein Exklusivrecht auf die schöne und heiß begehrte Rosalin hatte. Kein anderer Mann konnte sie mehr haben, und mein Vater, der ohnehin immer Spielschulden hatte, ruinierte sich vollends. Aber so kam es, dass die Vaterschaft unzweifelhaft war, als Rosalin schwanger wurde, und kurz nach meiner Geburt heiratete er sie und legitimierte mich.«

»Das heißt, du kamst als Bastard zur Welt?«, fragte sie verblüfft.

»So ist es.«

»Ich auch.«

»Im Ernst? Ich bin erschüttert, Mylady.«

Blinzelnd sah sie zu ihm auf. »Das bist du nicht. Ich wünschte, ich könnte es mit solcher Gelassenheit nehmen wie du.«

»Du verkehrst in den falschen Kreisen«, gab er mit einem Lächeln zurück.

»Hm.« Sie brummte. »Weiter.«

»Bis zu diesem Zeitpunkt hatten die Brüder meines Vaters seine Eskapaden geduldet und oft auch seine Schulden bezahlt, aber als er eine Hure heiratete, war es vorbei. Sie verstießen ihn, und wir saßen auf dem Trockenen. So wurde mein Vater ein Dieb, aber kein sehr guter, fürchte ich.«

»Wurde er aufgehängt?«

»Nein, er starb an der Pest. Da war ich ungefähr fünf. Meine beiden redlichen Onkel erfüllten an mir ihre Christenpflicht der Barmherzigkeit und schickten mich auf die besten Schulen, aber natürlich empfingen sie weder meine Mutter noch mich. Wir gehörten nicht zur Familie.« Er berichtete all das nüchtern, aber bei den letzten Worten zuckte sein Mund und verriet, wie bitter diese Zurückweisung für den kleinen Jungen gewesen war. »Meine Mutter hatte Glück, sie konnte ins Haus der Freuden zurückkehren. Es ist die erste Adresse in der Stadt. Aber mich hat es immer wütend gemacht, was sie tun musste, um nicht zu verhungern. Albern, wirst du sagen, denn heute gehört das Haus mir, und es raubt mir nicht den Schlaf, dass die Liebesdienste der jungen Madchen dort mir die Taschen füllen. Aber … sie war eben meine Mutter.«

Guter Gott, ich habe meine Unschuld an einen Hurenwirt verschenkt, dachte Eleanor ein wenig ungläubig. Aber natürlich hatte sie das schon gewusst, zumindest geahnt, und sie redete sich nicht ein, sie hätte sich anders entschieden, hätte sie seine Geschichte vorher gekannt.

»Als ich sechzehn war, schickte unser Onkel Philipp mir einen Brief und bot mir an, auf seine Kosten nach Cambridge zu gehen. Ich bin sicher, es war gut gemeint. Er schuldete mir ja eigentlich nichts. Aber die Gönnerhaftigkeit dieses Briefs hat mich so wütend gemacht, dass ich seinem Boten die Nase blutig geschlagen und die Börse gestohlen habe, und von dem Tag an stand mein Weg wohl fest.«

»Bereust du's?«

»Ich fürchte, nein. Ich bin der jüngste König der Diebe seit zweihundert Jahren. Ich schätze, das wird man nicht, wenn man für dieses Leben nicht geschaffen ist.«

»Und wie wird man König der Diebe?«

»Es fällt einem jedenfalls nicht in den Schoß, so viel ist sicher«, antwortete er mit einem kleinen Lächeln, das ihr eine Spur grimmig erschien. »Aber ich wollte es um jeden Preis. Um Macht und Geld zu haben, um meiner Mutter ein Leben ohne Freier zu ermöglichen und vielleicht vor allem, um unseren Onkel Philipp zu zwingen, mich zu empfangen und mir auf Augenhöhe zu begegnen.«

Eleanor nickte. Sie wusste, dass die Londoner Durham seit hunderten von Jahren eine geheime Verbindung zum jeweiligen König der Diebe unterhielten, auch wenn sie nicht wusste, warum oder wie es dazu gekommen war. »Und … schämst du dich überhaupt nicht?«, bohrte sie weiter »Zu stehlen, gegen das Gesetz zu verstoßen und Gottes Gebote?«

Er sah auf sie hinab, sein Blick mit einem Mal distanziert, unmöglich zu deuten. »Ich würde sagen, ich habe deine Neugier für heute genug befriedigt.«

Sie fuhr mit dem Finger über eine kleine, kreisrunde Narbe auf seinem Arm. »Nicht nur meine Neugier, Sir.«

Gabriel lachte und fing an, sich eine der Haarsträhnen um den Finger zu wickeln. »Du bist an der Reihe. Wie wird aus dem Bastard eines Earl das Auge der Königin?«

Also erzählte sie es ihm. Es war das erste Mal in ihrem Leben, dass jemand danach gefragt hatte. Alle, die ihre Geschichte bislang kannten, waren dabei gewesen. Aber nie zuvor hatte sie erlebt, dass jemand tatsächlich an ihr, nicht auf dem Umweg über sie an Elizabeth, interessiert war. Ein Tag voll neuer, erstaunlicher Erfahrungen, fuhr ihr durch den Sinn. Und als sie zu der Stelle kam, wo sie mit Prinzessin Elizabeth zusammen im Tower eingesperrt gewesen war, zog Gabriel sie zu sich hoch, presste ihren Rücken an seine Brust und legte beide Arme um sie. Es war ein himmlisches Gefühl. So *sicher.*

»Kein Wunder, dass sie dir blind vertraut«, sagte er. »Nicht viele Menschen würden sich freiwillig einsperren lassen, nur um einen anderen nicht im Stich zu lassen.«

»Warst du je eingesperrt?«

»Fünfmal, zweimal in Bridewell«, antwortete er knapp.

»Gott …« Alle Londoner Gefängnisse waren berüchtigt, wusste sie, aber vermutlich war keines so gefürchtet wie Bridewell. Es war ein Arbeitshaus, in das vornehmlich Bettler, junge Taugenichtse und lasterhafte Frauen gesteckt wurden, um ihnen ihren schlechten Lebenswandel auszutreiben. Jeden Freitagmorgen stellte man dort ein oder zwei Dutzend der Häftlinge an einen Pranger und peitschte sie aus, wahllos, ohne Urteil, nur zu erzieherischen Zwecken – und natürlich zur Erbauung der Londoner, die sich immer scharenweise auf der eigens zu dem Zweck errichteten Tribüne einfanden, vor allem um die halbnackten Huren zu sehen. »Aber es hat dich nicht gelehrt, dich zu bessern.«

»Nein. Es hat mich gelehrt, dass ich noch ein bisschen schneller und geschickter werden musste. Und was hast du im Tower gelernt?«

»Dass man dem Tod ins Auge blicken kann, ohne vor Angst den Verstand zu verlieren. Wenn das, woran man glaubt, einem wichtig genug ist. Ich denke …« Sie zögerte, und dann sagte sie es doch: »Ich habe gelernt, dass ich eine Waringham bin, obwohl ich das nie sein wollte.«

Er hatte mit einem Finger über die kleinen Härchen auf ihrem Arm gestrichen, während er lauschte, aber jetzt stahl seine Hand sich in unschwer durchschaubarer Absicht zu ihrer Brust. »Es ist weiß Gott kein Name, für den man sich schämen müsste.«

»So wenig wie der deine. Aber sie haben dich so abscheulich behandelt, dass du beschlossen hast, keiner der Ihren zu sein. Genau wie ich … Nein, Gabriel, es geht nicht.« Sie legte ihre Hand auf seine und hielt sie fest. »Ich *muss* zurück. In einer halben Stunde werden sie Suchmannschaften nach mir ausschicken. Wer weiß, womöglich mit Hunden.«

Er ließ die Hand sinken. »Wie hältst du das aus? Ein Leben unter Aufsicht und Kontrolle?«

»Ich habe nie ein anderes gekannt. Und es ist besser als ein Leben in Einsamkeit, schätze ich.«

»Tja. Wer weiß.« Er stand auf, zog sie mit sich auf die Füße und reichte ihr das Korsett an. Eleanor stellte fest, dass er einer Dame beim Ankleiden ebenso geschickt zur Hand gehen konnte wie beim Ausziehen. Sie war nicht überrascht.

Er stieg in seine fadenscheinige Juristenkluft, verzichtete aber auf die Perücke.

»Es heißt in der Stadt, die Königin geht bald auf ihre Sommerreise?«, fragte er, während er ihr den linken Ärmel ans Kleid band.

»Nächste Woche«, bestätigte sie.

»Wohin?«

»East Anglia.«

»Verdammt. Das ist zu weit für mich.«

»Der König der Londoner Diebe kann seiner Stadt nicht den Rücken kehren, weil bei seiner Rückkehr ein anderer auf seinem Thron sitzen würde?«, fragte sie amüsiert.

Er hob ungeduldig die Schultern. »Die Gefahr besteht. Dem letzten König der Diebe ist jedenfalls genau das passiert.«

»Und? Was hat er gesagt?«

»Nicht viel. Ich glaube, seine letzten Worte waren: ›Tu das nicht, Gabriel, du machst einen Fehler.‹ Aber er hat sich getäuscht. Seine Zeit war vorüber und meine angebrochen. Beides hat er nicht erkannt. Gefährlich in diesem Beruf …«

»Ich denke, das ist immer gefährlich.«

»Du hast vermutlich recht.« Er stellte sich vor sie, begutachtete sie kritisch von Kopf bis Fuß und nickte dann. »Alles makellos. So als wäre nichts gewesen …«

Eleanor musste lachen. »So fühlt es sich aber nicht an.«

»Das will ich auch nicht hoffen.« Er legte die Hände um ihre Taille und zog sie an sich. Dann hob er die Linke, strich ihr die Haare hinters Ohr und zog die Hand mit einem kleinen, flachen Gegenstand zwischen den Fingern wieder hervor. Er überreichte ihn ihr mit einer galanten Verbeugung. »Hier. Wenn du mich brauchst, schick sie mir, und ich komme, egal wohin.«

Es war die sonderbare Münze, die er ihr schon einmal gegeben hatte. Eleanor schloss die Faust darum. »Danke.«

Er ließ sie los, wandte sich ein wenig brüsk ab, dann blieb er noch einmal stehen. »Ach, übrigens … Die hinreißend schöne, grünäugige Frau dieses Lord Hereford, mit dem ich hergekommen bin?«

»Lettice Knollys«, knurrte Eleanor. Sie musste feststellen, dass es ihr nicht sonderlich gefiel, wenn Gabriel anderen Frauen Komplimente machte.

Er nickte. »Ich habe Hereford und seinen Haushalt zwei Tage beobachtet, ehe ich mich eingeschlichen habe. Und dabei habe ich zufällig entdeckt, dass die schöne Lettice es mit Robin Dudley treibt. Ich dachte, du solltest das vielleicht wissen.«

Und damit verschwand er zwischen den Bäumen.

Ipswich, August 1561

»Mary Stewart ist vor drei Tagen in Edinburgh gelandet, Majestät«, berichtete William Cecil, der Secretary of State. Die Königin ließ die Spielkarten in den Schoß sinken. »Sieh an. Caterina de' Medici wollte ihre blutjunge, schöne, verwitwete Schwiegertochter nicht länger in Paris haben, nehme ich an, und hat ihr ein Schiff geborgt, weil ich ihr die Durchreise durch England untersagt habe.«

»So sieht es aus«, stimmte der Secretary zu. »Und kaum hatte Königin Mary einen Fuß auf schottischen Boden gesetzt, hat sie verkündet, sie sei entschlossen, die Reform der schottischen Kirche umzukehren und ihr Land zurück in den Schoß der katholischen Kirche zu führen.«

Elizabeth stieß verächtlich die Luft aus. »Viel Glück, Cousine Mary. Sie ist in Frankreich aufgewachsen und erzogen worden und hat keine Ahnung, wie es in den Herzen ihrer schottischen Untertanen aussieht. Oder wie es in ihrem Königreich zugeht, das sie zuletzt gesehen hat, als sie fast noch in den Windeln lag. Ich würde sagen, die schottischen Protestanten können ruhig schlafen.«

»Trotzdem«, warf Robin Dudley ein. »Sie ist die begehrteste Partie der ganzen Christenheit. Wir müssen aufpassen, wen sie heiratet.«

Elizabeth schnipste ihm eine ihrer Spielkarten an den Kopf. »Die begehrteste Partie der ganzen Christenheit? Und ich war sicher, das sei ich.«

Sie scherzte, aber Eleanor wusste, dass Elizabeth die Konkurrenz auf dem Heiratsmarkt durch ihre schottische Cousine ganz und gar nicht schätzte. Ihre schottische Cousine, die jünger und – so wurde gemunkelt – schöner war als sie. Obwohl Elizabeth doch keinen der Bewerber wollte, die Schlange standen, um sie zur Frau zu nehmen, hatte sie sie doch gerne alle für sich allein …

Seit Elizabeths Schwester, die katholische Königin Mary, gestorben war, beanspruchte Mary von Schottland die englische Krone für sich. Weil die Katholiken die Ehe des alten Königs Henry mit Elizabeths Mutter, Anne Boleyn, eben nie anerkannt hatten. Nach ihrer Auffassung war Elizabeth ein Bastard und konnte folglich keinen rechtmäßigen Anspruch auf den englischen Thron haben. Mary Stewarts Großmutter war König Henrys Schwester gewesen. Also, fand Mary Stewart, stand die Krone ihr zu, und kurz nach ihrer Hochzeit mit dem französischen Dauphin hatte sie das Wappen des englischen Königshauses mit in das ihre aufgenommen.

Das war nur mehr eine leere Drohung gewesen. Selbst als der fünfzehnjährige Dauphin König von Frankreich wurde, hatte sich in England niemand ernstliche Sorgen gemacht. Aber im vergangenen Winter hatte dieser blutjunge König François eine Ohrentzündung bekommen und war gestorben, und mit einem Mal stellte Mary Stewart ein Problem dar. Denn wenn sie einen mächtigen katholischen Prinzen heiratete – einen Habsburger etwa, wie den spanischen Infanten –, mochte es geschehen, dass ihr Anspruch auf die englische Krone plötzlich die mächtigste Armee der Welt hinter sich hatte.

»Majestät, auf die Gefahr hin, dass Ihr mich in den Tower sperren lasst, aber Ihr *müsst* jetzt heiraten«, beschwor der Secretary sie. »Und zwar schleunigst. Es gibt einfach keine andere Möglichkeit, Euren Thron gegen schottische Begehrlichkeiten zu sichern.«

»Oh, es gibt jede Menge andere Möglichkeiten, Sir«, widersprach Elizabeth.

»Welche?«, fragte Robin mit unüberhörbarer Skepsis.

»Wir müssen unseren Einfluss auf dieses lange schottische Elend nutzen.« Mary Stewart sei sechs Fuß groß, wurde gemunkelt, deswegen nannte Elizabeth sie immer so. »Die Ärmste weiß ja nicht, in welche Richtung sie laufen soll, sie ist wie ein kopfloses Huhn. Gestern nennt sie mich einen Bastard, heute schickt sie mir einen Brief, in dem sie mit rührenden Worten um meine Freundschaft wirbt.«

Es stimmte. Eleanor hatte einige dieser Briefe gelesen. Mary Stewart, so schien es, war weder so klug noch so gebildet wie Elizabeth, eher unbedarft und eine Spur naiv. Und sie fand sich in einer Position, für die es praktisch keine Präzedenzfälle gab, die sie hätten leiten können: Sie war eine regierende Königin. Also wandte sie sich ratsuchend an ihre englische Cousine, den einzigen Menschen auf der Welt, der in der gleichen Lage war. Und so gern Elizabeth auch über sie spottete, wusste Eleanor doch dies: Die Königin hatte insgeheim Mitgefühl für Mary Stewart.

Was sie natürlich nicht davon abhielt, klare und kühl kalkulierte Entscheidungen zu treffen. »Wir müssen ihr bei der Wahl ihres nächsten Gemahls raten. Wir müssen ihr einen Kandidaten aussuchen, der so verlockend ist, dass sie ihn einfach nicht ablehnen kann.«

»Und wer soll dieses Prachtexemplar sein?«, fragte Robin skeptisch, nahm seine Karten wieder auf und sortierte sie neu.

Elizabeth hob die schmalen Schultern und schenkte ihm ein Lächeln. »Wie wäre es mit Euch, Sir?«

»Natürlich, Majestät. Ich bin überzeugt, die Königin von Schottland wäre ganz versessen darauf. Hier ist im Übrigen Eure Spielkarte, mit der Ihr mich zu bewerfen beliebtet.« Er reichte sie ihr zwischen Zeige- und Mittelfinger.

»Nein, ich will eine neue. Ich wette, Ihr habt sie insgeheim angeschaut.«

Robin steckte die Karte zurück in den Stapel, und Elizabeth zog eine neue. Eleanor beobachtete, dass ihre Hände sich dabei für einen Lidschlag berührten, und Robin strich verstohlen mit dem Zeigefinger über ihren beringten Daumen.

Was für ein Jammer es war mit diesem Mann und dieser Frau, fand Eleanor. Genau betrachtet, war es eine Tragödie. Elizabeth und Robin konnten furchtbar giftig zueinander sein und dem anderen mit großer Wonne Schmerz zufügen, aber es konnte keinen Zweifel geben, dass sie sich liebten. Es war eine Art Liebe, die man sonst eher in schwülstigen Versromanen antraf als im wahren Leben: Sie war unauslöschlich, tief, innig – und unerfüllt.

Erst seit ihrem Nachmittag im Irrgarten mit Gabriel Durham konnte Eleanor wirklich verstehen, wie groß das Opfer war, das Elizabeth und Robin erbringen mussten. Überhaupt sah Eleanor die Welt seit jenem Nachmittag aus einem neuen Blickwinkel. Nicht radikal verändert, aber dennoch anders. Nie hätte sie sich träumen lassen, welche Macht körperliche Liebe über Menschen und ihre Entscheidungen ausübte. Bislang hatte Eleanor sich immer eingeredet, es sei doch keine so bedeutsame Sache. Fleischlich, triebhaft, eine Spur abstoßend. Etwas, woran sicher nur Männer Vergnügen hatten. Sünde obendrein. Nein, hatte sie sich gesagt, sie versäumte nichts. Es war gewiss besser, sich das zu ersparen.

All die Dinge, die auch die Königin sich selbst und ihren unverheirateten Hofdamen gern vorbetete.

Doch dann hatte Eleanor zugelassen, dass Gabriel Durham ihr im Irrgarten in Greenwich eine ganz neue Welt zeigte, und nun musste sie ihren gesamten Willen aufbieten, um ihm nicht seine verdammte Münze zu schicken, auf dass er den ganzen Weg von London hierher nach Suffolk kam, nur damit sie es wieder tun konnten. Es war geradezu albern, aber das Sehnen – oder sollte sie es die gewissenlose Gier nennen? – war stärker, als sie sich je hätte vorstellen können. Und seit sie dieses Gefühl kannte, sahen die Dinge, die Männer und Frauen taten, die Entscheidungen, die sie manchmal trafen, die so unvernünftig und unbegreiflich schienen, ein wenig anders aus. Eleanor war der Verdacht gekommen, dass man die Welt eigentlich erst dann halbwegs begreifen konnte, wenn man Bekanntschaft mit diesem absonderlichen Aspekt der menschlichen Natur gemacht hatte. Und sie bedauerte Elizabeth mehr denn je, dass sie sich selbst Verzicht auferlegt hatte. So wie sie Robin bedauerte, der nicht verzichten konnte und deswegen vermutlich in einem Sumpf aus Gewissensqualen und Selbsthass steckte …

»El, du hörst mir nicht zu«, schalt die Königin barsch.

»Tut mir leid. Was sagtet Ihr?«

»Ich möchte wissen, was du von der Idee hältst, meine Cousine Mary von Schottland mit Robin zu verheiraten. Sie könnten an meinem Hof leben, ich könnte Patin ihrer Kinder sein, und wir alle hätten es famos zusammen.«

Einen fürchterlichen Moment zweifelte Eleanor, dass die Königin wirklich nur scherzte. Und sie sah den verträumten Ausdruck auf Cecils Gesicht. Der Secretary erahnte wie einen schwachen Lichtschimmer am Horizont eine Chance, Robin Dudley loszuwerden – diesen lästigen Rivalen, der ihm bei der Lenkung der Geschicke des Landes immer in die Quere kam. Es schien das Sicherste, die Frage als die Absurdität zu behandeln, die sie war. »Nun, Majestät, wenn dem Porträt zu trauen ist, das Mary Euch geschickt hat, ist sie rothaarig. Das scheint ja nach Robins Geschmack zu sein.«

»Das hängt entscheidend von dem Kopf unter dem Schopf ab«, warf er ein. »Ihrer ist doch eher hohl, scheint mir.«

»Ihr hättet ja immer noch meinen, Sir«, gab die Königin zu bedenken.

»Ja, und nichts sonst. Aber … Nanu, Grey, was hast du denn?«

Katherine Grey, Elizabeths Cousine und Hofdame, die bislang untypisch stumm am Kartentisch gesessen und gelauscht hatte, war abrupt aufgestanden. Sie presste eine Hand auf den Mund und eilte zur Tür. »Vergebt mir, Majestät«, murmelte sie undeutlich und lief hinaus.

»Ihr war heute früh schon nicht gut«, bemerkte Robins Schwester, Mary Sidney. »Ich hoffe, es sind nicht die Austern von gestern. In dem Falle dürfte das Bankett heute Abend eher dünn besetzt sein.«

»Soll ich ihr nachgehen?«, erbot sich Lady Cat mit der typischen mütterlichen Fürsorge.

»Ach was.« Elizabeth winkte unbekümmert ab. »Sie wird schon wieder. Vermutlich sind es Mary Stewarts Absichten auf meinen Thron, die ihr auf den Magen geschlagen sind. Grey träumt ja davon, dass ich sie als Erbin einsetze.«

Doch es waren weder die Austern noch die strittige Frage der Thronfolge, fand Eleanor heraus, als ein Klopfen an ihrer Tür sie mitten in der Nacht aus dem Schlaf riss.

Auf der Stelle hellwach, setzte sie sich auf. »Was gibt es denn?«

»El, ich bin es.«

»Grey? Komm rein.«

Die Tür öffnete sich, und im fahlen Mondlicht, das durch die Butzenscheiben fiel, sah Eleanor eine bleiche Gestalt im Nachthemd und mit offenen Haaren hereinschlüpfen. »Oh, El, ich bin so verzweifelt. Du musst mir helfen. Ich weiß nicht, was ich tun soll.«

Eleanor klopfte einladend auf ihre Bettkante. »Bist du krank?«

Grey nahm Platz und schüttelte den Kopf. Sie hatte sich einen Seidenschal übergeworfen, den sie fester um die Schultern zog, und sie schluchzte.

»Also schwanger«, stellte Eleanor nüchtern fest.

Die junge Frau nickte. Wortlos straffte sie das dünne Leinenhemd über ihrem Bauch, und Eleanor erkannte mit einer Mischung aus Schrecken und Verwunderung, dass die Schwangerschaft schon fortgeschritten war. Grey war seit jeher ein wenig mollig gewesen, und das hatte es vermutlich einfacher gemacht, ihren Zustand vor dem Hof zu verbergen. Trotzdem musste sie sich und ihr armes Kind bedenklich geschnürt haben, um ihr Geheimnis zu wahren. Bis jetzt.

»Du musst dich beruhigen, Grey«, sagte Eleanor, stand auf, ging an den Tisch am Fenster und schenkte einen Schluck Wein ein. »Hier. Trink das, und dann erzähl.«

Grey griff begierig nach dem Glas und leerte es in einem Zug. »Ich kann es nicht länger geheim halten. Mir war vom ersten Tag an ständig übel, aber es wird schlimmer. Und ich dachte immer, es lässt nach den ersten paar Wochen nach …« Sie schniefte unfein und fuhr sich mit dem Handrücken über die Nase.

»Wer ist der Vater?«

»Edward Seymour.«

»Edward Seymour?«, wiederholte Eleanor fassungslos. »Der Earl of Hertford?«

»Ja. Wir haben letzten Dezember geheiratet und …«

Eleanor spürte ein unangenehmes Durchsacken in der Magengegend. Sie packte Grey am Handgelenk. »Du hast *geheiratet*? Ohne die Erlaubnis der Königin?«

Die junge Frau nickte, kniff die Augen zu, und zwei Tränen rollten ihre rundlichen Wangen hinab. »Seine Schwester Jane hat uns miteinander bekannt gemacht, und wir haben uns auf Anhieb verliebt. Es war so … stark. Du kannst dir das nicht vorstellen, El.«

Tatsächlich konnte Eleanor sich weit besser vorstellen, wie es in dem jungen Liebespaar ausgesehen hatte, als Grey ahnte, aber sie wandte ein: »Deswegen musstet ihr aber doch nicht gleich heiraten.«

Ein wenig pikiert schaute Grey sie an, die großen blauen Augen weit aufgerissen. »Aber … aber wofür hältst du mich denn?«

»Für ein dummes Gänschen«, gab Eleanor schroff zurück. »Das warst du immer schon. Und das ist vermutlich das einzige, was jetzt noch deinen Kopf retten kann.«

Lady Katherine Grey – die alle Grey nannten, um sie von den vielen anderen Katherines am Hof zu unterscheiden – war Elizabeths Cousine und stand in exakt dem gleichen Verwandtschaftsverhältnis zu ihr wie die junge Königin von Schottland: König Henrys Schwester war Greys Großmutter gewesen. Deswegen war Grey eine ernst zu nehmende Anwärterin auf die Thronfolge, solange Elizabeth nicht heiratete und Kinder bekam.

»Meinen Kopf retten?«, wiederholte sie erschrocken. »Was … was soll das heißen?«

»Du bist von königlichem Geblüt, Grey. Wenn ein Mitglied der königlichen Familie ohne Erlaubnis des Monarchen heiratet, ist es Hochverrat. Jetzt sag bitte nicht, das hättest du nicht gewusst.«

»Aber woher sollte ich das wissen?« Die Stimme war schrill geworden, beinah hysterisch.

Eleanor mahnte sich zur Geduld. Grey war erst Anfang zwanzig, rund sieben Jahre jünger als die Königin, und hatte schon allein deswegen nicht zum verschworenen Kreis ihrer stürmischen

Kindheit und Jugend gehört. Anders als ihre ältere Schwester, Lady Jane Grey, die ein skrupelloser Kronrat unter Führung von Robin Dudleys Vater einmal zur Königin ausgerufen hatte. Königin für neun Tage war sie gewesen, ehe Eleanors Vater und die übrigen Papisten in England sie und ihren Kronrat stürzten und Königin Mary auf den Thron gesetzt hatten. Lady Jane war mit nicht einmal achtzehn Jahren auf dem Schafott gelandet – die erste der vielen protestantischen Märtyrer und Märtyrerinnen, die die grausame Königin Mary England geschenkt hatte –, und Jane hatte ihr Schicksal mit Mut und königlicher Würde erduldet. Aber ihre jüngere Schwester war nicht gerade aus dem Holz gemacht, aus dem man Märtyrer schnitzte.

Eleanor betrachtete das weinende Häuflein Elend auf ihrer Bettkante und schalt sich, weil sie kein Mitgefühl empfinden konnte. Dabei hatte sie letzten Monat doch selber Blut und Wasser geschwitzt, weil ihre Blutung auf sich warten ließ. Als sie dann kam, war Eleanor wie berauscht vor Erleichterung gewesen. Fast war es ihr vorgekommen, als schwebe sie eine Handbreit über dem Boden, und Elizabeth hatte sie stirnrunzelnd gefragt, was sie so unerträglich *glücklich* mache an solch einem verregneten Sommertag …

»Grey.« Eleanor gab sich einen Ruck und ergriff die Hand der Schwangeren. Die Finger waren schmal, feucht und kalt. »Dein Gemahl ist auf dem Kontinent, richtig?«

»Ja.« Sie zog die Nase hoch. »Zusammen mit Cecils Sohn. Sie wollten nach Florenz und Rom und so weiter. Oder genauer gesagt, hat die Königin sie geschickt. Um ihre Bildung zu vervollkommnen«, sie zitierte Elizabeths Worte mit Unverständnis, beinah so etwas wie Verächtlichkeit. »Gott allein weiß, wann Edward zurückkommt.«

»Wer hat Kenntnis von Eurer Hochzeit?«

»Niemand. Nur Jane wusste davon.« Aber Jane Seymour war vor ein paar Monaten an der Schwindsucht gestorben.

»Wer hat euch getraut?«

Grey zuckte die Achseln. »Ich kannte ihn nicht. Jane hatte ihn aufgetrieben. Er hatte keine Ahnung, wer wir sind, glaube ich.«

»Gut. Dann kann dir niemand zuvorkommen und euch bei der Königin anschwärzen. Das würde alles noch viel schlimmer machen. Du musst gleich morgen früh zu ihr gehen und ihr reinen Wein einschenken. Es wird ein Donnerwetter geben, und ich kann dir nicht sagen, was sie tun wird. Aber wenn du deinen Kopf retten willst, musst *du* diejenige sein, die es ihr sagt.«

Grey lauschte ihr, und mit einem Mal lag ein Ausdruck von Grauen in ihren Unschuldsaugen. Sie packte Eleanors Hand fester, krallte sich regelrecht daran fest. »Robin Dudley«, flüsterte sie.

»Was ist mit ihm?«

»Er weiß es. Ich bin zuerst zu ihm gegangen heute Nacht. Ich dachte … er könnte ein gutes Wort für uns einlegen. Aber er hat mich nur angeschnauzt und vor die Tür gesetzt. Ich glaub … er hatte Angst, aber ich weiß nicht, wovor.«

Eleanor wusste es umso besser: Robins Gemächer lagen gleich neben Elizabeths, und die Königin hatte scharfe Ohren. Vermutlich hatte Robin davor gegraut, dass die Königin plötzlich in seinem Schlafgemach erscheinen würde – wie sie es ja gerne tat –, um ihn mitten in der Nacht allein und streitend mit einer schwangeren Hofdame anzutreffen.

»Er wird uns doch nicht verraten, oder?«, fragte Grey, es war beinah ein Flehen.

Eleanor sah sie an, stand dann auf und zog Grey mit sich auf die Füße. »Komm. Es wird bald Tag. Du musst dich ankleiden, und du darfst dich nicht mehr schnüren. Das ist bestimmt nicht gut, weder für dich noch für dein Kind.«

»Aber sie wird noch wütender auf mich sein, wenn sie meinen Bauch sieht«, wandte Grey ein.

»Wie kommst du darauf?«, fragte Eleanor verblüfft.

»Sie wird grün vor Neid sein. Weil sie unfruchtbar ist«, gab die junge Hofdame mit einem unüberhörbar herablassenden Unterton zurück. »Was schaust du mich so komisch an? Das weiß doch jeder. Warum sonst sollte sie noch kein Balg von Robin haben?«

Eleanor ließ ihren Arm los und betrachtete die junge Frau einen Moment mit ausdrucksloser Miene. Dann wies sie auf die Tür. »Ich hab's mir anders überlegt, Grey.«

»Was …?«

»Du hast dir die Suppe eingebrockt, also löffel du sie auch aus.«

»Aber El, wenn du mir nicht hilfst …«

»Du hast keine Hilfe verdient. Statt die Königin zu lieben, die dich wie eine Schwester an ihrem Hof aufgenommen hat, verleumdest du sie und wiederholst das dumme Geschwätz und die Lügen, die die Papisten über sie verbreiten. Vermutlich wäre es nicht so besonders schade um deinen Kopf, solltest du ihn verlieren.«

Erwartungsgemäß brach Grey wieder in Tränen aus und ergriff die Flucht.

Es wurde schlimmer, als Eleanor vorhergesehen hatte.

Wie üblich kam sie zum Frühstück in das Privatgemach der Königin, aber niemand dort zeigte das geringste Interesse an den dampfenden Schalen und Krügen, die auf dem Tisch bereitstanden und verführerische Düfte nach gekochter Milch und Fleischbrühe verströmten.

Die Königin stand in der Mitte des großzügigen, hellen Raums, die Hände in die Hüften gestemmt, und vor ihr auf den polierten Holzdielen kniete Katherine Grey. »Bitte, Majestät, hört mich an, ich flehe …«

Verblüffend schnell hob Elizabeth die Rechte und verpasste ihr eine schallende Ohrfeige. »Ich denke, ich habe genug gehört, Madam«, versetzte sie frostig und schlug noch einmal zu.

Grey schluchzte.

»Heul mir bloß nichts vor, du undankbares, hinterhältiges Frauenzimmer! Wann wolltest du es mir sagen? Wie lange hättest du mich noch im Dunkeln gelassen, wäre Sir Robin nicht heute früh zu mir gekommen und hätte mir dein kleines Geheimnis verraten?«

Eleanor tauschte einen Blick mit Robin, der an der Fensterbank lehnte, anscheinend völlig gelassen, und die Szene verfolgte wie ein langweiliges Schauspiel.

»Ich wollte ja zu Euch kommen, Majestät, gleich heute früh, aber …«

»Ja, das hätte ich an deiner Stelle jetzt auch gesagt«, fiel die Königin ihr schneidend ins Wort und verpasste ihr noch einen Schlag.

»Majestät«, mahnte Mary Sidney beschwichtigend.

»Was?« Elizabeth fuhr zu ihr herum, und sie war ein beängstigender Anblick in ihrem Zorn. »Ihr meint, ich dürfe nicht so mit ihr umspringen, wegen ihres *Zustands*?«

»Nein. Aber es ist unter Eurer Würde, eine Eurer Hofdamen zu schlagen, ganz gleich, was sie getan hat.«

Eleanor lächelte ihr anerkennend zu. Mary hatte vollkommen recht, Elizabeth erniedrigte sich selbst mit ihrem Mangel an Beherrschung. Aber es erforderte Mut, der Königin ins Gewissen zu reden, wenn sie so wütend war. Elizabeths Vater hatte gar zu aufrichtige Höflinge fallen lassen, enteignet, eingesperrt oder anderweitig ins Unglück gestürzt, wenn sie ihm im falschen Moment gut gemeinte Ratschläge erteilten und seinen Zorn auf sich zogen.

Aber Elizabeth war nicht wie ihr Vater. Sie straffte die Schultern, atmete tief durch und mäßigte sich.

Zumindest ein wenig. »Wer war Zeuge dieser Eheschließung?«, fragte sie Grey.

»Nur … nur Jane Seymour. Sie hat auch den Reverend geholt, aber ich kenne seinen Namen nicht. Wir wollten so wenige Zeugen wie möglich.«

»Das glaub ich gern«, erwiderte Elizabeth – gefährlich leutselig.

»Edward … Mein Gemahl hat mir ein Schriftstück gegeben, in welchem er beschwört, mich geheiratet zu haben. Damit ich meinen Witwenteil seines Vermögens geltend machen könne, falls ihm auf der Reise etwas zustößt, hat er gesagt. Aber ich … ich habe das Schriftstück verloren.«

Robin schnaubte.

»Das sieht dir ähnlich«, versetzte die Königin. »Ich fange an zu bezweifeln, ob du überhaupt rechtmäßig verheiratet bist. Vielleicht besser, du findest dein geheimnisvolles Schriftstück nicht wieder, Grey. Dann können wir dich immer noch mit dem schottischen Earl vermählen, den ich für dich ins Auge gefasst hatte, und …«

»Ich bin mit Edward verheiratet, ich schwör's bei Gott!«, beteuerte Grey.

»Würdest du mich gütigst nicht unterbrechen«, fauchte Elizabeth. »Deine Schwüre überzeugen hier im Übrigen niemanden mehr.« Sie machte einen Schritt auf sie zu. »Und wenn dein Kind ein Junge wird, machst du dir Hoffnungen, dass er der nächste König von England wird? War es das, was Edward Seymour im Sinn hatte, als er dich geheiratet hat?«

»Aber Majestät«, protestierte Grey erschrocken. »Wir würden doch niemals ... Ich meine, ich habe keinen Augenblick an solche Dinge gedacht. Ich ...« Sie hob hilflos die Hände. »Ich wollte *Edward.* Keine Krone für meine Söhne.«

»Bleibt die Frage, was *er* wollte. Ein einfältiges Pummelchen ohne nennenswertes Vermögen wie dich?« Elizabeth musterte sie abschätzig von Kopf bis Fuß. »Ich habe Mühe, das zu glauben.«

Grey senkte den Kopf und weinte leise. Tränen tropften auf ihren runden Bauch.

»Du wirst viel Zeit und Muße haben, über diese interessante Frage nachzusinnen, Cousine. Sir Robin, schickt nach der Wache. Lady Katherine Grey wird zurück nach London eskortiert und dort dem Lieutenant des Tower übergeben. Wer weiß, vielleicht gibt er ihr ja das Quartier, das auch ihre Schwester Jane bis zu ihrer Hinrichtung beherbergt hat.«

Grey stieß einen jammervollen, wirklich erbarmungswürdigen Schrei aus.

Die Königin blieb ungerührt. »Ich muss darüber nachdenken, was mit dir geschehen soll, Grey. Ich rate dir, die Bibel zu lesen und über deine Sünden gegen den Allmächtigen und gegen deine Königin nachzudenken, während du auf dein Urteil wartest. Dein Gemahl – sollte er das denn sein – wird dir Gesellschaft im Tower leisten, sobald er von seiner Reise auf den Kontinent zurückkehrt. Aber bilde dir nicht ein, du würdest ihn jemals wiedersehen.« Angewidert wandte sie sich ab, trat an den Tisch und setzte sich in ihren Sessel. »Könnte mir wohl jemand dieses heulende Elend aus den Augen schaffen? Bei dem Anblick bekommt man ja keinen Bissen herunter.«

Weil sonst niemand Anstalten machte, der Bitte zu folgen, trat Eleanor vor, nahm Grey am Arm, zog sie auf die Füße und führte sie in den Vorraum.

»Ich wünschte, ich wäre tot«, jammerte die junge Frau vor sich hin.

Dein Wunsch könnte sich schnell erfüllen, fuhr es Eleanor durch den Kopf, aber das sagte sie nicht. Sie fand, Grey hatte für heute genug eingesteckt.

»Tu, was sie gesagt hat«, riet sie stattdessen, während sie auf die Wache warteten. »Es war ein ehrlich gemeinter guter Rat. Lies die Bibel.«

»Ja, das ist das einzige, was Menschen in meiner Lage zu tun übrig bleibt, nicht wahr?«, gab die Schwangere mutlos zurück. Und dann fügte sie mit einem Aufflackern von Trotz hinzu: »Dabei habe ich nichts Unrechtes getan. Nur den Mann geheiratet, den ich liebe. Aber weil sie das nicht kann, gönnt sie es auch keiner anderen.«

Da hast du nicht ganz unrecht, dachte Eleanor, entgegnete aber abweisend: »Ich habe dir schon gesagt, ich will so etwas nicht hören. Jedenfalls nicht von dir.«

Sie war erleichtert, als Robin mit vier Männern in der Livree der Gentlemen Pensioners zurückkam, die Grey höflich, aber mit grimmigen Mienen in die Mitte nahmen und abführten.

Eleanor und Robin tauschten einen Blick.

»Ich hätte nicht gedacht, dass du sie verrätst«, sagte sie, eher verwundert als vorwurfsvoll.

Robin hob seufzend die Schultern. »Was blieb mir denn anderes übrig, nachdem ich es wusste? Immerhin ist sie eine Verräterin, oder nicht? Und ein läufiges Luder obendrein …«

Eleanor spürte einen Stich bei dem Gedanken, dass die Welt das eines Tages auch über sie sagen könnte. Doch sie antwortete lediglich: »Ich bin nicht sicher, ob du dir moralische Entrüstung leisten kannst, Robin. In Anbetracht der Tatsachen, meine ich.«

»Ich habe keine Ahnung, wovon du sprichst.«

»Nein? Dann sage ich es dir: Ich spreche von dir und Lettice Knollys. Oder jetzt eigentlich Lady Hereford. Ich glaube, auch sie ist das, was du ein läufiges Luder nennst.«

Er hatte sich schon halb abgewandt, aber jetzt fuhr er wieder zu ihr herum. »Woher …« Es war ein heiseres Flüstern, und er sah kurz über die Schulter, als fürchte er, ein Lauscher verberge sich hinter den Brokatvorhängen.

Eleanor hob die Schultern. »Ich weiß, was ich wissen muss. Aber was ich herausfinde, können auch deine Feinde herausfinden. Darum rate ich dir dringend, damit aufzuhören.«

Er tat einen tiefen Stoßseufzer. »Das ist leichter gesagt als getan«, vertraute er ihr an. Er hatte sich rasch wieder gefangen.

»Wenn sie davon erfährt, dann … brichst du ihr das Herz.«

»Ich weiß, El. Nur wird sie es niemals erfahren. Wer könnte mir je irgendwas nachweisen? Denn *ich* werde todsicher nicht irgendwann mit schwangerem Bauch vor ihr stehen.«

Nein, dachte Eleanor, *aber ich vielleicht.* »Du bist ein Schurke, Robin Dudley«, schalt sie halbherzig. Es war einfach unmöglich, ihm ernstlich böse zu sein.

»Hm«, machte er zustimmend und lächelte sie treuherzig an. »Und das ist der Grund, warum sie nicht von mir loskommt. Sie hat eine Schwäche für Schurken.«

»Da ist sie nicht die Einzige.«

»Wie beliebt?«, fragte er verdattert.

»Gar nichts. Komm, lass uns frühstücken.«

Abona, Oktober 1562

Isaac trabte ein Stück durch die Brandung und galoppierte dann an. So hatte er das Ende des Strandes bald erreicht, denn der war nur etwa eine halbe Meile lang: eine sichelförmige Bucht mit dunklem, körnigem Sand.

Isaac wendete den Grauschimmel, ließ ihn bis zur Strandmitte zurück traben, saß dann ab und führte ihn am langen Zügel, wobei er die Hinterhand im Auge behielt.

»Ich denke, wir bekommen dich noch mal hin, mein Alter«, sagte er auf Englisch. Er sprach immer Englisch mit den Pferden, und es war eine Wohltat, seine Muttersprache zu hören, und sei es auch nur aus seinem eigenen Mund. »Aber verjüngen wird dich auch das Meerwasser nicht, fürchte ich.«

Der Klepper war längst in dem Alter, wo er sein Gnadenbrot auf einer Weide hätte bekommen sollen. Er musste fünfzehn Jahre sein oder älter, und ein Leben lang Karren voller Zuckerrohre oder -fässer zu ziehen, ging nicht spurlos an einem Pferd vorbei. Aber die Gnade, die Don Pedro ausgedienten Gäulen angedeihen ließ, war in etwa die gleiche wie die, in deren Genuss ausgediente Sklaven kamen: ein rascher Hieb mit der Keule. Darum hatte Isaac um Erlaubnis gefragt, mit dem Grauen einen Sonntag am Strand verbringen zu dürfen, um seine Sehnen und Muskeln im Meerwasser zu stärken. Er hatte wenig Hoffnung gehabt, dass er Stevensons Einwilligung bekommen würde, doch er hatte die Sparsamkeit des Verwalters unterschätzt. »Alles, was die Nutzdauer der Tiere verlängert, soll mir recht sein. Bei Sonnenuntergang bist du zurück.«

»Ja, Patrón.«

»Ich mein's ernst. Wenn du dich verspätest …«

»Werd ich nicht«, hatte Isaac beteuert, dem nicht der Sinn danach stand, sich Stevensons bizarre Drohungen anzuhören. »Kann ich Tomás mitnehmen? Ich habe da noch ein Muli, dem ein bisschen Bewegung in der Brandung auch nicht schaden würde.«

»Als ob ich's geahnt hätte«, hatte Stevenson geknurrt. »Schön, meinetwegen.«

Also waren sie zu zweit aufgebrochen, um wenigstens für ein paar kostbare Stunden einmal etwas anderes zu sehen als die Zuckerplantage mit all ihrem Elend, und Isaac fühlte sich erlöst.

Er hielt bei Tomás an, der mit einem angespitzten Stock zwei Fische aus dem glasklaren Wasser geholt und sie nur mit Hilfe eines scharfkantigen Steins ausgenommen hatte. Nun briet er sie über einem Feuerchen im Sand. »Sind gleich so weit«, stellte er in Aussicht.

Isaac saß ab, band den Grauen neben dem Maultier an den halb verdorrten Dornenbusch, der einsam am Strand aufragte wie ein Irrtum der Natur, und streckte sich neben Tomás im Sand aus. »Ist es nicht herrlich?«

Tomás nickte. »Welch ein Glück für uns, dass euer Gott sein Schöpfungswerk am siebten Tag ruhen ließ und die Spanier deswegen glauben, sie kommen in die Hölle, wenn sie uns sonntags auf die Felder schicken.« Er wendete den Stecken, auf den er die Fische gespießt hatte. »Fast könnte man sich einreden, wir wären freie Männer.«

»Darum wollte ich her. Ich hatte vergessen, wie es sich anfühlt.« Er fuhr mit beiden Händen durch den Sand und schloss die Augen. »Was würdest du tun, wenn du ein freier Mann wärst?«

»Genau das hier.«

Isaac öffnete die Augen. »Was meinst du?«

Tomás wies auf das Meer, den Strand, sein Feuer. »Fischen. Essen. Schlafen. Und dann wieder von vorn.«

Isaac grinste. »Meinst du nicht, das wird auf Dauer ein bisschen eintönig? Willst du nicht wenigstens eine Frau?«

»O doch.«

»Und mit ihr fischen und essen und schlafen und kleine Guanchen machen?«

Tomás lachte. »Wieso nicht. Aber ich denke, das Leben war nie so einfach, auch nicht bevor die Spanier kamen.« Natürlich konnte er sich an eine solche Zeit nicht erinnern. Als Tomás auf die Welt gekommen war, hatten die Spanier Teneriffa schon ein halbes Jahrhundert lang besetzt gehalten. Ihre Vergangenheit bewahrten die Guanchen nur in ihren Liedern und Geschichten, die aber immer seltener gesungen und erzählt wurden, weil es verboten war. »Und was würdest du tun?«

Isaac musste nicht lange überlegen. »Ich würde nach Hause segeln, nach London, in ein gewisses Haus mit grünen Fensterläden an der Bankside gehen, wo die Huren frech und billig sind und hervorragenden Eintopf kochen, und dort würde ich bleiben, bis mein Bart weiß ist.«

Tomás schüttelte seufzend den Kopf. »Ich hoffe doch, du würdest vorher deinen Bruder aufsuchen, damit er weiß, dass du noch lebst, und er dir vergeben kann.«

Manchmal bereute Isaac, dass er Tomás von Francis und Millicent und Lappidot, von Waringham und von seinen Schwestern erzählt hatte. »Hm. Vielleicht nach einer Woche oder so. Was macht der Fisch? Riecht großartig.«

»Fertig, denke ich.«

Sie fielen darüber her, verbrannten sich Finger und Zungen, aber das war ihnen gleich. Der frische Fisch war zart und köstlich. Und vor allem groß. Es war das erste Mal seit Weihnachten – ein Anlass, zu dem Don Pedro sich großzügig mit den Rationen zeigte –, dass Isaac keinen Hunger verspürte. »Oh, süßer Jesus, ist das gut. Was denkst du, holst du uns noch zwei?«

»Was ist mit den Gäulen?«

»Um die kümmere ich mich.«

»Einverstanden.«

Sie verbrachten einen unbeschwerten Tag. Sie aßen nach Herzenslust, sie badeten und hielten ein Schläfchen. Und zwischendurch ließ Isaac den grauen Wallach und das Maultier im seichten Wasser laufen, gönnte sich dann und wann einen kleinen Galopp in der Brandung und wünschte, er hätte eins der edlen Waringham-Pferde unter sich, aber im Grunde spielte es keine Rolle. Er war in seinem Element.

Vieles war besser geworden, seit ihm die Versorgung der Arbeitstiere auf der Plantage zugefallen war. Es waren ein knappes Dutzend Pferde und etwa ebenso viele Mulis; eigentlich viel zu viele Tiere für einen allein, aber er schaffte es, weil er wie zuvor auf der Plantage von Sonnenaufgang bis Sonnenuntergang schuftete. Seine Hingabe an seine neue Aufgabe hatte bald Früchte getragen, und sogar Humphrey Stevenson hatte einräumen müssen, dass die Tiere in besserem Zustand waren als zuvor. Das hieß indessen nicht, dass Isaac Prügel und Demütigungen erspart blieben. Wenn eines der Tiere krank wurde oder starb, zahlte er die Zeche, ganz gleich, wie schuldlos er war. Doch er war der allgegenwärtigen Hitze auf den abgebrannten Feldern und im Siedehaus entkommen. Er arbeitete sogar meist im Schatten. Niemand stand den ganzen Tag mit gezückter Peitsche hinter seiner Schulter. Und es war eine Arbeit, die ihm lag. Er wusste, er konnte sich glücklich schätzen.

»Denkst du wirklich, dass es viel nützen wird?«, fragte Tomás skeptisch, als Isaac den Grauen schließlich wieder anband.

Der junge Waringham schüttelte den Kopf. »Spätestens im nächsten Sommer wird es mit ihm vorbei sein. Die Maultiere vertragen die Hitze einfach besser. Pferde haben hier eigentlich gar nichts verloren, jedenfalls nicht als Arbeitstiere.«

»Nein, ich weiß.« Tomás sah zur Sonne. »Es wird Zeit.«

Isaac nickte.

Es war erst früher Nachmittag. Aber der Weg nach Abona war fast zehn Meilen weit und führte stetig hügelan. Isaac schätzte, dass sie drei Stunden brauchen würden, und sie hatten eine Stunde als Reserve eingeplant.

Doch eine Stunde war nicht genug. Es war nicht einmal der Grauschimmel, der sie auf dem Rückweg im Stich ließ. Vielleicht noch drei Meilen von Don Pedros Plantage entfernt, stolperte das Maultier – sonst immer so leichtfüßig – über einen dicken Stein auf dem schmalen Pfad und fing fünf Schritte später an zu lahmen.

Tomás sprang aus dem Sattel. »Isaac.«

Der wandte sich um und erkannte das Malheur auf einen Blick. Er spürte einen unangenehmen Stich gleich unter dem Brustbein. Sie würden es nicht rechtzeitig zurück schaffen, wusste er.

Er verscheuchte die Furcht, die ihn so unvermittelt angesprungen hatte, mit einem ungehaltenen Laut und saß ab. »Hier.« Er hielt Tomás die Zügel hin. »Reite weiter und erklär Stevenson, was passiert ist. Ich folge mit dem Muli, so schnell es geht.«

»Kommt nicht infrage«, widersprach Tomás. »Wir werden zusammen …«

»Das werden wir nicht«, fiel Isaac ihm ins Wort. »Komm schon, sei kein Idiot. Mich erwischt es so oder so, das weißt du doch, und es wird kein bisschen besser davon, wenn du den Märtyrer spielst und …«

»Den was?«

Isaac stieß hörbar die Luft aus. »Ich erklär's dir ein andermal. Los, Tomás, verschwinde. Wenn wir Glück haben, besänftigt es ihn ja, wenn wenigstens du zeitig zurück bist und ihm erklärst, was mich aufhält.« Und er dachte: Mein Gott, wie kann es sein, dass Isaac of Waringham in eine so erbärmliche Existenz geraten ist?

Tomás zögerte noch einen Moment und willigte dann ein. Wortlos tauschten sie die Zügel, und Isaac war erleichtert, als er den Grauen mit seinem schmalen, dunkelhaarigen Reiter hinter der nächsten Wegbiegung verschwinden sah.

Missmutig rieb er dem Maultier über die Stirn und befühlte dann die linke Vorderhand, die bereits zu schwellen begann. »Komm, du Unglücksrabe. Na los, mein Guter. Immer ein Huf vor den anderen. Es ist nicht mehr weit. Na gut, das ist gelogen, aber du schaffst das, glaub mir.«

Vielleicht war es das gute Zureden, womöglich auch die erfahrene Hand am Zügel, jedenfalls war noch ein rötlich goldener Schimmer am westlichen Horizont, als Isaac und das lahme Maultier vor dem Verwalterhaus ankamen.

Stevenson saß auf einer Bank neben der Tür und rauchte eine *Pipa*, wie er es zu dieser Tageszeit gern tat. Isaac kam die Frage in den Sinn, warum es eigentlich keine Mistress Stevenson gab, ob sie gestorben oder davongelaufen war oder ob es sie nie gegeben hatte.

»Schon zurück?«, fragte der Verwalter, die Pfeife zwischen die Zähne geklemmt, und stand ohne Eile auf.

Isaac nickte. »Ich nehme an, Tomás hat Euch erklärt, was mich aufgehalten hat. Ich bin so schnell gekommen, wie das Muli konnte.« Na los, raus damit, redete er sich gut zu, es muss sein. »Tut mir leid, Patrón.«

Stevenson nickte mit einem nachsichtigen Lächeln und ohrfeigte ihn links und rechts, sodass das Maultier erschrocken zusammenzuckte. Isaac hielt mit Mühe das Gleichgewicht.

»Lauf rüber zum Gutshaus«, wies Stevenson ihn an. »Don Pedro hat nach dir geschickt. Er erwartet dich. Wir zwei sprechen uns morgen früh.«

»Don Pedro?«, wiederholte Isaac ungläubig.

Er hatte Pedro Soler nicht mehr gesehen, seit der ihn mit Clara bei seinen Andalusiern ertappt und anschließend hier abgeliefert hatte. Der Eigner zeigte sich selten auf seiner Plantage, und wenn doch, ging er höchstens ins Verwalterhaus. Er verkaufte seinen Zucker von Santa Cruz aus, wo das braune Gold in Fässern voll glitzernder Kristalle oder dunkel schimmerndem Sirup angeliefert wurde. Mit dem blutigen Geschäft der Herstellung befasste Don Pedro sich für gewöhnlich nicht.

»Hast du was mit den Ohren, Junge?«, schnauzte Stevenson. »Worauf wartest du?«

Isaac band das Maultier an den tiefhängenden Ast eines Feigenbaums. »Bin ich in Schwierigkeiten? Ich meine, werde ich heute noch auf meinen eigenen Füßen zurückkommen? Falls nicht, müsste irgendwer ihm eine kalte Kompresse um die Fessel legen und stündlich wechseln. Sonst fällt er eine Woche aus.«

»Ich hab keine Ahnung, was Don Pedro von dir will, aber ich kümmere mich darum, dass jemand das Muli versorgt.«

Isaac nickte, wandte sich ab und lief Richtung Gutshaus. Er lief genau so lange, bis er wusste, dass er Stevensons Blicken entzogen war. Dann ging er langsam weiter und zermarterte sich das Hirn, was diese ungewöhnliche Audienz zu bedeuten haben mochte. Prüfend sah er an sich hinab. Auf Teneriffa wurde es schnell dunkel, sobald die Sonne versunken war, aber in der Dämmerung erkannte er seine bloßen, braungebrannten Füße, die vielfach geflickten Hosen und den ärmellosen Kittel mit dem ausgefransten Saum. Jämmerlich, aber heute ausnahmsweise alles einigermaßen sauber, weil er im Meer gebadet und seine Kleider gewaschen hatte. *Tut mir leid, wenn meine Erscheinung dich beleidigen sollte, Pedro Soler, du gottverfluchter Sausack, aber du bist derjenige, der für meine Garderobe verantwortlich ist, nicht ich …*

Als er durch das breite Tor in den Innenhof des Gutshauses trat – zum ersten Mal seit beinah genau zwei Jahren –, war es fast völlig dunkel. Doch rußende Fackeln, die in schmiedeeisernen Halterungen in der Erde und entlang der Wände steckten, beleuchteten ihm den Weg zum Wohnhaus.

Ein hochnäsiger spanischer Diener bewachte die Tür. »Was hast du hier verloren? Scher dich zurück auf die Plantage.«

»Mein Name ist Isaac. Don Pedro hat nach mir verlangt.«

Der Diener sah ihn an – ungläubig und voller Argwohn. »Warte hier.«

Isaac nickte. Sobald der Diener verschwunden war, trat er ungebeten in die Eingangshalle mit dem herrlich kühlen Steinfußboden, lehnte sich an die Wand und verschränkte die Arme. Ihm war mulmig, aber er wollte verdammt sein, wenn irgendwer ihm das anmerkte.

»He, was erlaubst du dir, Bursche!«, schnauzte der Diener erwartungsgemäß. »Du machst die Wand ganz schmutzig!«

»Ja, und du verpestest die Luft, Freundchen«, gab er zurück. »Also? Was ist jetzt?«

»Komm mit mir. Und fass ja nichts an.«

Er machte kehrt, und Isaac folgte ihm eine dunkle Holztreppe hinauf zu dem eleganten, dämmrigen Raum, wo er früher gelegentlich mit der Familie zusammen gegessen hatte.

Don Pedro saß am Kopf der langen Tafel, seine Haltung so steif wie sein Spitzbart, seine Miene verkniffen. Kein Zweifel, er hatte Isaac seit ihrer letzten Begegnung nicht ins Herz geschlossen. Zu seiner Linken saß seine Gemahlin, Doña Ana, neben ihr ihr Sohn Fernando, der Isaac mit leuchtenden Augen und einem unsicheren kleinen Lächeln entgegenblickte. »Sieh nur, Isaac, ich bin wieder da!«

Aber Isaac hatte nur Augen für den Mann an Don Pedros rechter Seite.

»Da hol mich doch der Teufel«, sagte Isaac auf Englisch. »Captain John Hawkins. Seit einem Jahr habe ich nicht mehr mit Euch gerechnet. Ich fing an zu hoffen, die See hätte Euch geholt.«

Hawkins saß bequem in seinem samtgepolsterten Sessel, die Beine übereinander geschlagen, eine Hand um sein Glas gelegt. »Womit auch immer du dir in der Zwischenzeit die Langeweile vertrieben hast, es hat dir nicht geschadet, scheint mir. Wie alt bist du jetzt?«

Isaac zuckte die Schultern. »Siebzehn am fünfundzwanzigsten Oktober. Ist noch Oktober?«

Hawkins nickte. »Du bist ein Kerl geworden. Wie ich dir geraten habe.«

»Ihr solltet lieber nicht versuchen, die Luft anzuhalten, bis ich Euch für den Rat meinen Dank ausspreche.«

Fernando versuchte ohne großen Erfolg, ein Lachen in seinem Weinglas zu verstecken. Seine Eltern, die der Unterhaltung nicht folgen konnten, zeigten Mienen höflichen Desinteresses, und nach einem Moment nahm Don Pedro sein Besteck wieder auf. Er aß mit Messer und Gabel, sah Isaac. Vielleicht wollte er mit seiner persönlichen Vornehmheit ausgleichen, dass seine Sklaven mit den Fingern essen mussten. Besteck lohnte sich ja auch kaum, bedachte man die winzigen Portionen, die sie bekamen …

So abgelenkt war er von seiner Wut, dass Hawkins' Stimme erst mit einiger Verspätung an sein Ohr drang: »… auf dem Weg über Guinea in die Neue Welt, und weil ich ohnehin hier vorbeischauen wollte, habe ich Don Fernando nach Hause gebracht. Er hatte nur Gutes von dir zu berichten. Anders als Don Pedro, fürchte ich. Ich bin schwer enttäuscht von dir, Isaac. Du hast mir Schande gemacht.«

Isaac musste lachen. Es klang ziemlich scheußlich, bitter und scharf wie Glasscherben, aber es dauerte einen Moment, ehe er wieder aufhören konnte. Dann machte er einen Schritt auf Hawkins zu. »Seid unbesorgt, Sir. Euch kann man keine Schande machen, denn tiefer könnt Ihr nicht sinken, als einen anderen Mann in die Sklaverei zu verkaufen.«

»Ich würde dir raten, dich zu mäßigen und deine Zunge zu hüten.«

»Ach wirklich? Weil sonst was passiert?« Er betrachtete den englischen Kapitän abschätzig.

»Ich könnte mich entschließen, dich noch einmal zwei Jahre hierzulassen.«

Isaac nickte ungerührt, obwohl die Verzweiflung angesichts dieser Aussicht ihn wie ein Mahlstrom in die Tiefe ziehen wollte. »Das heißt, ich kann jetzt gehen und mich meiner vernachlässigten Arbeit widmen? Gut. Lebt wohl, Captain. Vielleicht auf ein nächstes Mal …«

Er wandte sich ab, und wie er inständig, *wirklich* inständig gehofft hatte, rief Hawkins ihn zurück: »Augenblick. Ich wäre dir ausgesprochen dankbar, wenn du mir noch ein paar Minuten deiner kostbaren Zeit opfern würdest, Isaac of Waringham.«

Der wandte sich langsam wieder um. »Ah. Jetzt fange ich an zu begreifen, warum Ihr Euch die Mühe gemacht habt, vorbeizuschauen. Hofft Ihr, dass Ihr mich nach Don Pedro ein zweites Mal an meinen Bruder verkaufen könnt?«

Hawkins schüttelte langsam den Kopf. »Aber du könntest dich in anderer Hinsicht als nützlich erweisen. Dein Name und die Verbindungen, die damit einhergehen.«

Verbindungen zum Hof, meinte er natürlich. John Hawkins hatte offenbar ehrgeizige Pläne. Isaac verriet ihm lieber nicht, dass er die Königin noch nie im Leben gesehen hatte. Dass es seine Schwester Eleanor war, die Einfluss bei Hofe besaß und die ihn nicht ausstehen konnte. Genau wie umgekehrt.

»Darum bin ich gewillt, dich von Don Pedro zurückzukaufen und wieder an Bord zu nehmen«, fuhr Hawkins fort. »Unter gewissen Bedingungen.«

Isaac schärfte sich ein, keine Hoffnung zu schöpfen. Dafür war es noch zu früh. »Was für Bedingungen?«

»Nun, zuerst einmal müsste ich mich mit Don Pedro über einen angemessenen Preis einigen. Ich schätze, er wird dich teuer machen, weil du um ein Haar seine Tochter entehrt hättest.«

Isaac stieß die Luft aus. »Ich hab sie nicht angerührt.«

»Das stimmt, Sir«, mischte Fernando sich ein. »Clara hat mir alles erzählt und …«

»Du bist still!«, fuhr Don Pedro ihm über den Mund, und Isaac fiel wieder ein, dass der Spitzbart ein paar Brocken Englisch sprach und vermutlich mehr von dieser Unterhaltung verstand, als er sich anmerken ließ.

»Nun, wie dem auch sei«, fuhr Hawkins fort, als wären sie nicht unterbrochen worden. »Da die fragliche junge Dame inzwischen mit ihrem ahnungslosen Pflanzer in der Neuen Welt verheiratet ist, wird es vielleicht möglich sein, Don Pedro zu überzeugen, dass du genug gebüßt hast. Die zweite Bedingung wäre, dass du dich verpflichtest, mir fünf Jahre lang zu dienen. Als Matrose, als Übersetzer – ich merke, deine Spanischkenntnisse sind hervorragend –, als Agent, als was immer mich gut dünkt. Du tust, was ich sage, und zwar ohne Widerspruch und Ausflüchte.«

Eine andere Form von Sklaverei, wusste Isaac. Doch er zögerte nicht. »Einverstanden. Aber ich werde nicht das Gesetz für Euch brechen. Das *englische* Gesetz, meine ich, die anderen sind mir gleich. Insbesondere nicht die Gesetze zum Schutz der Krone.« Deutlicher konnte er nicht werden, aber er hatte nicht vergessen, dass Hawkins zumindest vorgegeben hatte, mit Hilfe der Spanier die papistische schottische Königin auf den englischen Thron hieven zu wollen. Vielleicht war es nur eine List gewesen, um gute Geschäfte zu machen. Vielleicht auch nicht. John Hawkins, wusste er, war einfach alles zuzutrauen. Und er wollte nicht für diesen Piraten auf dem Schafott enden, ausgeweidet und gevierteilt, wie man es mit Verrätern tat. Das würde seiner kleinen Schwester das Herz brechen, und sein Bruder würde vor Schande krepieren. Isaac hatte ihnen genug Kummer gemacht, wusste er, und er konnte auch nicht beschwören, dass er schon damit fertig war.

»Das würde ich nie verlangen«, versicherte Hawkins.

»Ihr müsst es mir schwören.«

»Wenn du mir ebenfalls einen Eid leistest.«

Isaac schluckte, aber seine Kehle war mit einem Mal so trocken, dass er nur Luft schluckte. Er wusste nicht, wie es sich anfühlte, wenn man dem Satan seine Seele verkaufte, aber er nahm an, es war so ähnlich. »In Ordnung.« Er überlegte fieberhaft, was er tun konnte, damit dies wenigstens keine bedingungslose Kapitulation wurde. Was er schließlich sagte, war: »Aber ich will meinen Dolch zurück.«

Hawkins zeigte ein unerträglich überhebliches Lächeln. »Denkst du nicht, dass du dein Glück allmählich überstrapazierst? Was machst du, wenn ich Nein sage?«

Keine Ahnung, fuhr es dem jungen Waringham durch den Kopf. »Kommt schon. Es war Willkür, ihn mir abzunehmen, und Euch bedeutet er nichts. Also gebt ihn mir zurück.«

Hawkins seufzte, als ginge Isaacs Hartnäckigkeit ihm auf die Nerven. Dann griff er nach einem Bündel, das auf dem freien Stuhl neben ihm gelegen hatte. »Hier. Ein paar deiner Habseligkeiten und vernünftige Kleidung.« Er warf es ihm vor die Füße, und obenauf in dem verschnürten Paket erkannte Isaac die mit Edelsteinen besetzte Scheide seines Dolchs.

»Danke, Captain.« Isaac hob das Paket auf und wandte sich an den jungen Soler. »Ich will deinen Vater nicht beleidigen, indem ich das Wort an ihn richte, Fernando. Aber falls er mich wirklich gehen lässt, würdest du ihn fragen, ob er mir den Guanchen Tomás verkauft? Für den Preis dieser Waffe?«

Waringham, Oktober 1562

»Lappidot … das klingt großartig«, sagte Eleanor verblüfft. Der Junge ließ Violine und Bogen sinken und verneigte sich mit einem kleinen, spitzbübischen Lächeln. »Was hast du denn geglaubt? Dass ich dir etwas vorkrächze?«

»Offen gestanden, ja«, antwortete sie freimütig. »Bei den meisten krächzt es, wenn sie sich auf der Violine versuchen. Aber nicht bei dir.«

»Ich spiele ja auch schon über ein Jahr. Und Blinde haben ein gutes Gehör, weißt du.« Er hob kurz die mageren Schultern. »Das hilft.«

Das zarte Gesicht des Achtjährigen war beinah unversehrt, die Pocken hatten nur wenige flache Narben hinterlassen. Aber sein Augenlicht hatte er nicht zurückgewonnen. Was für eine grausame Laune der Natur, dachte Eleanor.

Isabella stellte sich hinter den Jungen und legte ihm die Hände auf die Schultern. »Er ist wirklich begabt, sagt Maestro Olivieri. Viel besser, als ich je sein könnte.«

Es war ihre Violine, die Lappidot spielte. Ihr Vater hatte sie Isabella vor Jahren aus Italien mitgebracht, und obwohl sie pflichtschuldig darauf geübt hatte, war nicht viel dabei herausgekommen. So war die Violine irgendwann in einer Truhe gelandet und in Vergessenheit geraten. Doch als feststand, dass Lappidot blind bleiben würde, hatte sie sich an das schöne Instrument erinnert und es ihrem Neffen geschenkt. Es änderte nichts daran, dass Lappidot ein Leben in Dunkelheit bestimmt war, aber zumindest die Dunkelheit seiner Seele hatte die Violine vertrieben, und dafür war Eleanor ihrer jüngeren Schwester dankbar.

»Maestro Olivieri unterrichtet dich?«, fragte sie den Jungen.

»Ja, wenn er Zeit hat, kommt er her. Kennst du ihn?«

»Natürlich. Er ist oft bei Hofe und spielt für die Königin.«

»Er hat gesagt, eines Tages kann ich vielleicht auch für die Königin spielen.«

»Ich sehe nicht, was dagegen sprechen sollte.«

»Frag Vater. Dann weißt du's«, gab Lappidot finster zurück.

Eleanor tauschte einen Blick mit ihrem Bruder, der am Tisch des behaglichen Wohngemachs saß, die Beine übereinander geschlagen, und schweigend gelauscht hatte.

»Du fürchtest, sie würden ihn wie eine Jahrmarktsattraktion begaffen?«, mutmaßte Eleanor. »Den blinden kleinen Jungen, der so hübsch Violine spielt?«

Der Earl of Waringham fuhr fast unmerklich zusammen. »Du warst schon taktvoller, El, aber ja, das ist meine Sorge.«

»Entschuldige, Lappidot. Habe ich dich gekränkt?«, fragte sie.

Er schüttelte den Kopf. »Überhaupt nicht. Vater ist derjenige, der immer empfindlich bei dem Thema ist, nicht ich.«

Francis biss sich auf die Unterlippe. »Ich fürchte, du hast nicht ganz unrecht, mein Sohn.«

»Ich weiß selbst, dass ich noch nicht gut genug bin, um bei Hofe zu spielen«, fuhr der kleine Kerl ernst fort. »Aber vielleicht werde ich das eines Tages sein. Vielleicht kann ich so gut werden, dass die Leute, die mich hören, einfach vergessen, dass ich blind bin. Das ist es, was ich mir wünsche. Und wenn ich so weit bin, darfst du mich nicht in Wolle packen und hier einsperren, Vater, nur weil die Welt da draußen manchmal böse und gottlos ist.«

Francis sah den Jungen an, und so viel Liebe, solche Verletzlichkeit lag in diesem Blick, dass einem ganz elend davon werden konnte. »Du hast mein Wort, dass ich dich in die Welt hinauslasse, wenn der Maestro sagt, dass du so weit bist, Lappidot. Und wenn wir deine Mutter davon überzeugt haben, dass die Schule von Waringham auch dann fortbestehen wird, wenn sie ihr einmal für ein paar Tage den Rücken kehrt.«

Isabella zog den Jungen mit sich zum Fenstersitz, und sie setzten sich auf die etwas schäbigen Samtkissen, die dort als Polster lagen. Lappidot bewegte sich sicher durch den vertrauten Raum und bettete die Violine auf ein freies Kissen neben sich, ohne tasten zu müssen. Draußen war ein sonniger Herbsttag, und das Licht, das durch die Butzenscheiben fiel, war weich und golden.

»Kommst du zu meiner Hochzeit, Eleanor?«, fragte Isabella.

Francis hatte sie mit William Stanley verlobt, dem jüngeren Sohn des Earl of Derby. Mit Erlaubnis der Königin, verstand sich. Elizabeth war einverstanden, Derby war einverstanden, der Bräutigam war einverstanden, und die Braut war entzückt, obwohl sie ihn erst einmal im Leben gesehen hatte. Alles so, wie es sein sollte. Isabellas Leben versprach so perfekt in den für eine adlige Dame vorgeschriebenen Bahnen zu verlaufen, dass Eleanor kaum wusste, wie sie sich hindern sollte, ihrer Schwester ihr Weinglas an den Kopf zu werfen. »Natürlich komme ich«, versprach sie und rang sich ein Lächeln ab. Ihre eigene vertrackte Lage war schließlich nicht Isabellas Schuld. »Wann soll es denn so weit sein?«

»Im Mai«, antwortete Francis und zwinkerte seiner kleinen Schwester verschwörerisch zu. »Ich wollte eigentlich, dass sie diesen Herbst heiraten, denn wer weiß, ob William nicht nächstes Frühjahr in den Krieg ziehen muss, aber Isabella will die Hoffnung nicht aufgeben, dass Isaac bald nach Hause kommt. Und sie möchte ihn unbedingt dabei haben.«

»Wenn du auf ihn warten willst, wirst du alt und grau, eh du heiratest«, warnte Eleanor ihre Schwester.

»Vielleicht«, gab Isabella scheinbar seelenruhig zurück. »Aber jetzt haben wir uns auf Mai festgelegt, und es hat keinen Sinn, diese Debatte von vorne zu beginnen.«

Womöglich ist Isaac längst tot, dachte Eleanor.

Aber das sagte sie erst, als sie eine Stunde später allein mit Francis Richtung Gestüt schlenderte. »Es sind jetzt über zwei Jahre.«

»Ich weiß«, antwortete ihr Bruder. »Doch auf Seereisen geschehen unvorhergesehene Dinge. Isabella sagt, wir müssen glauben, dass Isaac lebt, bis uns jemand das Gegenteil berichtet, und sie hat recht.«

Eleanor nickte und hängte sich bei ihm ein. Sie hatten die kahle Kuppe des Hügels erreicht, den die Leute Mönchskopf nannten und von dem aus man einen Blick auf Dorf, Gestüt und Burg hatte. Wie immer blieben sie dort einen Moment stehen und schauten sich um.

»Was denkst du, El, wird es Krieg geben?«, fragte Francis schließlich.

»Ja. Wir können es uns nicht leisten, die Hugenotten den papistischen Wölfen zum Fraß vorzuwerfen, nicht mit einer papistischen Königin auf dem schottischen Thron, Francis.«

»Nein, das ist wahr.«

In Frankreich war ein blutiger Bürgerkrieg zwischen Katholiken und den »Hugenotten« genannten Protestanten ausgebrochen, die die englische Königin dringend um Beistand ersuchten. In der Vergangenheit hatte Elizabeth immer gezögert, englische Truppen in einen Krieg auf fremdem Boden zu schicken, aber dieses Mal lagen die Dinge anders. Die Anführer der Hugenotten waren mächtige französische Adlige. Wenn England ihnen zum Sieg verhalf, würde das katholische Regime in Frankreich unter der Königinmutter Catarina de' Medici in sich zusammenfallen wie ein Kartenhaus. Und England brauchte dringender denn je Verbündete auf dem Kontinent, jetzt da Mary Stewart drohte, einen Habsburger-Prinzen zu heiraten.

»Und das unwiderstehlichste an der Aussicht auf diesen Krieg ist dies«, offenbarte Eleanor ihrem Bruder: »Wenn wir den Hugenotten zum Sieg verhelfen, geben sie uns Calais zurück.«

Francis' kornblumenblaue Augen leuchteten. »Calais …«

Es war die größte Sehnsucht aller Engländer, ihre so schmachvoll verlorene Bastion auf dem Kontinent zurückzuerlangen.

»Der Fürst von Condé, der die Hugenotten anführt, hat es geschworen.« Es war ein so brisantes Geheimnis, dass Eleanor die Stimme senkte, während sie es ihrem Bruder offenbarte, obwohl sie ganz allein auf dem Mönchskopf standen und nur eine kleine Schafherde in der Nähe sie belauschen konnte.

»Ja«, sagte Francis langsam. »Ich sehe ein, dass das alles ändert. Und wer wird unsere Truppen auf dem Kontinent befehligen? Robin Dudley, nehme ich an.«

Eleanor schüttelte seufzend den Kopf. »Sein Bruder Ambrose. Natürlich wollte Robin das Kommando, und, ganz unter uns, er wäre auch der bessere Mann dafür. Aber … sie lässt ihn nicht gehen.«

»Sie hat Angst, dass er fällt.«

»Ja.«

»Sie sollte ihn endlich heiraten, El. Was schert sie das Gerede? Jeder, der Elizabeth und Robin kennt, weiß, dass sie nichts mit Amys Tod zu tun hatten. Sollen die Papisten sich doch die Mäuler zerreißen. Sie ist die Königin, was sollte es sie also kümmern?«, fragte er verständnislos.

Eleanor nickte. »Vielleicht hast du ja recht, Bruder. Womöglich täuscht Secretary Cecil sich, wenn er sagt, die Engländer würden sich gegen ihre Königin erheben, wenn sie es täte. Das Problem, das ihr alle immer so gerne vergesst, ist nur: Sie will im Grunde ihres Herzens überhaupt nicht heiraten. Auch nicht Robin Dudley. Das letzte auf der Welt, was Elizabeth will, ist ein Mann, der Gehorsam von ihr fordern kann.«

»Oh, nicht das schon wieder«, stöhnte Francis. »Das ist wirklich albern. So ist nun mal die Ordnung der Welt, und diese Ordnung kommt von Gott. Er wird sie nicht ändern, nicht einmal für die Königin von England. Aber wenn Elizabeth nicht will, dass ein Sohn von Mary Stewart und dem papistischen Habsburger, den sie vermutlich heiraten wird, ihr auf den Thron folgt, dann *muss* sie heiraten und eigene Söhne bekommen.«

»Vielleich sagst du ihr das bei Gelegenheit mal.«

»Vielleicht werde ich das«, gab er grinsend zurück. »Und was ist eigentlich mit dir? Ich weiß, du hast immer gesagt, du heiratest erst, wenn sie es tut. Aber …«

»Ich werde nicht jünger, ich weiß.«

»Nicht sehr charmant, aber zweifellos eine Tatsache«, stimmte ihr Bruder mit einem Achselzucken zu. »Also? Gibt es jemanden, an den du vor dem Einschlafen denkst? Jemanden, dem ich einmal vorsichtig auf den Zahn fühlen sollte?«

»Es gibt jemanden«, gestand sie. »Aber ich rate davon ab, ihm auf den Zahn zu fühlen.«

»Wer ist es?«, fragte er neugierig.

Eleanor brauchte einen Moment, ehe sie den Mut fand, den Kopf zu heben. Aber dann sah sie ihrem Bruder direkt in die Augen, als sie sagte: »Er ist der König der Diebe, Francis. Und ich bekomme ein Kind von ihm.«

»Er hat es viel besser aufgenommen, als ich zu hoffen gewagt habe«, gestand Eleanor.

»Gut«, antwortete Gabriel knapp und schenkte zwei Gläser aus dem Krug auf dem Tisch ein. Der Tisch stand vor einem Kamin mit einem schauderhaft protzigen Sims. Eine Hinterlassenschaft seiner Vorgänger, hatte Gabriel ihr erklärt, die ausnahmslos begnadete Diebe, in Fragen des Geschmacks aber nicht unfehlbar gewesen seien.

Sie befanden sich in seinem Haus in Billingsgate, welches sozusagen der Amtssitz des Königs der Diebe war. Es beherbergte auch seine berüchtigte Langfingerschule, in der Knaben und auch ein paar Mädchen im Alter zwischen sieben und fünfzehn in allem unterwiesen wurden, wofür man am Galgen enden konnte. Seit Hunderten von Jahren träumte jeder Londoner Sheriff davon, dieses Haus ausfindig zu machen, aber alle träumten vergebens. Niemand, der nicht zu den Dunklen Bruderschaften zählte, durfte seinen genauen Standort kennen. Kam gelegentlich ein Außenstehender an diesen geheimen Ort, wurde er entweder mit verbundenen Augen hergeführt oder aber er verließ ihn mit den Füßen voraus und in einer Holzkiste. Nur zwei Menschen waren von diesem Gesetz ausgenommen. Der eine war Master Philipp Durham, den ein uralter Eid zur Verschwiegenheit verpflichtete. Der andere war Eleanor of Waringham.

»Dein Bruder macht dir also keine Scherereien?«

»Im Gegenteil.«

»An deiner Erleichterung erkenne ich, dass du Zweifel hattest.«

Sie zog ein wenig ratlos die Schultern hoch. »Eigentlich nicht. Viele, deren Leben ganz von Frömmigkeit bestimmt ist, sind gnadenlos in Fragen der Moral, aber mein Bruder ist … so ein herzensguter Mensch, Gabriel. Er hat es einfach nicht in sich, andere zu verurteilen und Steine zu werfen. Er ist … bekümmert. Und besorgt. Aber er hat sich wirklich bemüht, es zu verstehen. Ach, ich weiß auch nicht.« Sie seufzte ungeduldig. »Francis ist … der netteste Mann, den ich kenne.«

Gabriel lachte. »Vielen Dank auch.«

»Oh, komm schon. Du wärst zu Tode beleidigt, wenn dich jemand einen ›netten Mann‹ nennen würde.«

»Hm, könnte sein.« Er drückte ihr eines seiner vornehmen venezianischen Gläser in die Hand. Dann glitt er hinter sie auf den Fenstersitz und tat das, was sie so liebte: Er zog sie zwischen seine angewinkelten Knie, legte beide Arme um sie und presste ihren Rücken an seine Brust. »Bleibt noch die Königin.«

Ihr Magen zog sich zusammen. »Ja.«

»Du musst es ihr bald sagen, Eleanor. Nicht mehr lange und man wird es sehen.«

»Nicht nur deswegen. Die Andrews haben Verdacht geschöpft.«

»Deine Schutzengel?«, fragte er nicht sonderlich beunruhigt.

»Ich fürchte, sie haben herausgefunden, dass ich mich gelegentlich allein aus dem Palast schleiche und ohne ihre Begleitung nach London reite.«

Das konnte sie gefahrlos tun, denn die gesamte Londoner Unterwelt wusste, unter wessen Schutz sie stand, und wachte mit Argusaugen über jeden ihrer Schritte, wenn sie nachts durch einsame Gassen ritt, obgleich sie niemals eine Menschenseele sah.

Gabriel strich sorgfältig ihre Haare beiseite und fuhr mit den Lippen über ihren Nacken. »Ich kann die Andrews verschwinden lassen, wenn du willst. Spurlos.«

Eleanor schnalzte mit der Zunge und verpasste ihm einen Klaps auf die große, feingliedrige Linke. Sie wusste, er scherzte nur. Oder genauer gesagt: Sie hoffte es. »Sie schauen mich an wie verlassene Welpen. Vorwurfsvoll. Todunglücklich. Natürlich würden sie nie einen Ton sagen. Aber sie sind Gentlemen Pensioners. Leibwächter der Königin. Sie stecken in einem Gewissenskonflikt, weil sie fürchten, der Königin nicht dienen zu können, ohne mich zu verraten. Und umgekehrt.«

»Gentlemen haben wirklich die wunderlichsten Sorgen«, bemerkte er trocken.

»Ja, spotte nur. Aber sie haben nicht verdient, dass ich sie hintergehe. Nur weil mir davor graut, der Königin reinen Wein einzuschenken.«

»Ich sage es noch einmal: Ich lasse dich nicht allein zu ihr gehen.«

»Oh doch, das wirst du.«

»Eleanor …«

»Das ist etwas, wobei du mir nicht helfen kannst, glaub mir. Und es würde die hässliche Szene, die es geben wird, vermutlich um einiges schlimmer machen.«

»Warum?«

»*Warum?*« Eleanor befreite sich aus seinen Armen, stand auf und stellte das Glas auf den Tisch. »Weil ich einen Bastard erwarte, verflucht noch mal! Das gehört sich nicht, solltest du das nicht wissen.«

Er erhob sich ebenfalls. »Ist das wirklich der Grund? Oder kann sie es einfach nicht ausstehen, wenn sie merkt, dass sie nicht für jede ihrer Hofdamen das Zentrum des Universums ist?«

»Wage es nicht, so abschätzig von ihr zu sprechen«, fuhr sie ihn an.

Gabriel kam einen Schritt näher. »Warum so echauffiert, Lady Eleanor? Habe ich etwa den Nagel auf den Kopf getroffen?«

»Es ist deine Blasiertheit, die mich ärgert. Du kennst die Königin noch nicht einmal und erlaubst dir trotzdem ein Urteil über sie!«

»Vergebt mir unwürdigem Dieb solche Vermessenheit, Mylady, aber es liegt nun einmal auf der Hand, dass sie eifersüchtig ist.«

Eleanor stieß hörbar die Luft aus. »Wenn ich so darüber nachdenke, sollte ich dich womöglich doch mitnehmen. Sobald Elizabeth erfährt, wer du bist, wird sie die Wache rufen und dich da und dort aufknüpfen lassen, um ihrem Zorn Luft zu machen. Vielleicht wird dich das endlich Respekt vor deiner Königin lehren, Gabriel Durham.«

Er fing an zu lachen, legte die Hände um ihre Taille und setzte sie auf die Tischkante. »Da seh ich schwarz. Und du machst mich ziemlich scharf, wenn du so wütend auf mich bist …«

»Behalt ja die Hände bei dir, du Schuft, oder ich kratz dir die Augen aus!«

»Wirklich?«, fragte er, die Lippen an ihrem Ohr. »Ich glaube nicht, dass ich das zulassen kann. Aber sieh nur, was wir hier haben …« Er zog einen schmalen roten Seidenschal aus ihrem Dekolleté und fesselte ihr damit die Hände auf den Rücken. »Und was machst du nun, hm?«

»Ich erinnere dich daran, dass ich das Auge der Königin bin«, sagte sie streng und bemühte sich ohne großen Erfolg, an ihrem Zorn festzuhalten und sich nicht umstimmen zu lassen von den großen, warmen Händen, die ihre Taille umschlossen.

»Ach richtig«, murmelte er, fand einen zweiten Seidenschal in ihrem Ärmel und verband ihr damit die Augen. »Jetzt ist die Königin blind, Mylady. Was nun?«

Seine geschickten Diebeshände glitten unter ihre Röcke, und Eleanor spürte einen herrlichen Schauer der Erwartung, ein Prickeln auf der Haut. Doch noch ehe ihr eine passende Erwiderung eingefallen war, klopfte es polternd an der Tür. Eleanor erstarrte.

Sie hörte Gabriel die Luft ausstoßen, und dann knurrte er über die Schulter: »Was bist du? Blind? Oder lebensmüde?«

Wenn er nicht gestört werden wollte, hängte er eine Kordel mit einer Murano-Glaskugel an einen Nagel draußen an der Tür. Zwei Kugeln bedeuteten, dass er unter *keinen Umständen* gestört werden wolle. Wenn Eleanor ihn besuchte, hingen drei Kugeln an der Tür.

»Glaub mir, das willst du sofort hören«, antwortete eine Stimme von draußen. Sie klang jung und furchtlos.

Die Binde verschwand von Eleanors Augen. Gabriel strich mit den Lippen über ihre Stirn, löste den Schal, der ihre Hände band, führte sie zum Bett und bedeutete ihr, hinter den geschlossenen Vorhängen zu verschwinden.

»Komm herein, Lewis«, hörte sie Gabriel sagen.

Die Tür knarrte, und durch einen schmalen Spalt in den Bettvorhängen sah Eleanor einen jungen Rotschopf eintreten. Er hatte einen riesigen Adamsapfel, Gesicht und Hände waren reichlich mit Sommersprossen gesegnet. »In Cheapside hat es in einer Taverne eine Schlägerei gegeben, an der sechs oder acht Männer beteiligt waren«, begann er grußlos. »Sie wurde hässlich, Messer wurden gezückt, und Gerard Hunter hat eins davon zwischen die Rippen bekommen.«

»Tot?«, fragte Gabriel.

Der Rotschopf nickte. »Mausetot. Angeblich war's ein Messer mit einem roten Totenschädel auf dem Schaft.«

»Oh nein …«

»Der Wirt hat Zeter und Mordio geschrien, aber als der Constable kam, waren die anderen Streithähne natürlich längst verschwunden. Genau wie die Waffe. Doch jetzt erzählen sie sich an der Bankside, dass die Red Slayers den Meister der Seven Sisters abgestochen haben und … na ja. Den Rest kannst du dir denken. Deine Stadt fängt an zu brodeln. Vor Sonnenaufgang wird das Blut auf den Straßen in Strömen fließen.«

Gabriel nahm den Gürtel mit dem Degen, der über einer Sessellehne gehangen hatte, und schnallte ihn um. »Sind Ruby und Henderson da?«

»Sie warten unten«, antwortete der Rotschopf und reichte ihm den Hut.

»Gut.« Gabriels Blick glitt zum Bett hinüber. Einen Moment schien er zu zögern, dann trat er näher und zog Eleanor am Arm aus ihrem Versteck. »Tut mir leid, aber das hier ist eine Krise.«

»Das ist mir nicht entgangen«, erwiderte sie.

»Mylady: mein Bruder, Lewis Draper. Lewis, dies ist Lady Eleanor of … es spielt keine Rolle.«

Der Rotschopf betrachtete sie mit schamloser Neugier. Dann

verneigte er sich mit einem Lächeln. »Eine Ehre, Mylady. Ich fange an zu verstehen, warum Gabriel in letzter Zeit so oft unauffindbar war.«

»Du nimmst Ruby und Henderson«, trug Gabriel ihm auf. »Ihr bringt sie runter zum Fluss und mit dem Boot nach Hampton Court.«

»Aber Gabriel …«

»Tu, was ich dir sage! Kommt zurück, so schnell ihr könnt.«

»Gabriel, ich kann allein …«, begann Eleanor.

»Das kannst du nicht«, fiel er ihr ins Wort. »In dieser Stadt ist gerade ein Krieg ausgebrochen, und niemand kann sagen, was vor morgen früh auf den Straßen passiert. Wenn ich schnell genug bin, kann ich vielleicht noch das Schlimmste verhindern, aber dazu muss ich dich sicher aus der Stadt wissen.« Er legte unvermittelt die Hände auf ihre Wangen, und sie sah, dass die plötzliche Anspannung eine Furche in seine Stirn gegraben hatte. »Unternimm nichts, ehe du von mir hörst.«

Es klang mehr wie ein Befehl denn wie eine Bitte.

Eleanor legte die Linke auf seine Rechte und befreite sich dann. *Ich werde tun, was ich für richtig halte,* dachte sie, sagte aber lediglich: »Gib auf dich acht.«

Dann folgte sie seinem Bruder zur Tür.

Drei Tage wartete sie vergeblich auf Nachrichten. Das Wetter war umgeschlagen, unablässig prasselte der Regen gegen die bleiverglasten Fenster des Palastes von Hampton Court, der Wind riss das bunte Laub von den Bäumen und fegte es in den Fluss.

Die Kriegsvorbereitungen hatten den Hof in eine sonderbare, gedämpfte Unruhe versetzt. Stundenlang verschanzte die Königin sich mit dem Kronrat und der Abordnung des Fürsten de Condé hinter verschlossenen Türen, während sie den Gesandten der französischen Krone mied und von einem Tag auf den nächsten vertrösten ließ.

Robin Dudley und sein älterer Bruder Ambrose, der seit einem knappen Jahr der Earl of Warwick war, hockten mit den übrigen Kommandanten über Karten und ellenlangen Listen mit den benötigten Zahlen an Soldaten, Schiffen, Kanonen, Pferden, Stiefeln und so weiter.

»Es ist alles ein bisschen beängstigend«, gestand ihre Schwester, Mary Sidney. »Alle sind mit einem Mal so *ernst*.«

»Nun, das sollten sie auch«, gab Lady Cat zurück und blinzelte kurzsichtig auf ihren Stickrahmen hinab. Das trübe Herbstlicht reichte eigentlich nicht für Handarbeiten. »Es ist Elizabeths erster Krieg, und es wäre fatal, wenn die Welt den Eindruck gewönne, sie betrachte ihn als neuen Zeitvertreib. Eine Abwechslung zu den ewigen Bällen, Jagdgesellschaften und Schauspielen.«

Eleanor stand von ihrem Platz auf und brachte Lady Cat einen Silberleuchter mit drei Kerzen. »Du verdirbst dir die Augen.«

»Ich weiß. Danke, Liebes«, antwortete die Halbschwester der Königin und naschte eine kandierte Kirsche. »Aber mir geht es wie Mary: Die Stimmung hier macht mich nervös. De la Quadras geheimnisvolles Lächeln, das vorgibt, er wisse etwas, das wir nicht wissen, macht mich nervös. Die miserable Laune der Königin macht mich nervös. Ich brauche Beschäftigung, um das auszuhalten. Und Zuckerwerk«, fügte sie hinzu und wählte noch eine Kirsche.

Mary Sidney legte das Buch beiseite, in dem sie geblättert hatte, und betrachtete Eleanor kritisch. »Du machst auch nicht gerade den sonst üblichen Eindruck kühler Gelassenheit.«

»Vielleicht nicht«, räumte Eleanor ein. »Ich habe schlecht geschlafen letzte Nacht.«

»Ich frage mich bloß, was wird, wenn sie nach Frankreich übersetzen, und die Königin behält Robin wirklich hier«, murmelte Lady Cat kopfschüttelnd. »Er wird so enttäuscht sein. Und seinem Bruder wird es vorkommen, als fehle ihm der rechte Arm. Sie sind ja wirklich ein Herz und eine Seele, deine beiden Brüder, Mary, und sie ergänzen sich hervorragend.«

»Hm«, stimmte Lady Mary trocken zu. »Nur sieht Ambrose nicht so gut aus wie Robin, darum darf er in den Krieg ziehen.«

Eleanor und Cat lachten. »Wo ist Ambrose' Frau eigentlich?«, fragte erstere.

»Er hat sie in Warwick gelassen«, antwortete Mary. »Du weißt ja, die Königin übernimmt kein Logis für die Gemahlinnen ihrer

Lords bei Hofe. Er behauptet, es sei ihm zu teuer, seine Frau hier zu unterhalten. Aber ich schätze, in Wahrheit hat er sie nicht mitgebracht, weil sie schwanger ist.«

Das ist ja die reinste Seuche, fuhr es Eleanor durch den Kopf. Sie stand auf – achtete darauf, sich ohne verräterische Hast zu bewegen – und trat ans Fenster. Der Ausblick auf den unablässigen Regen und den grauen Fluss war nicht gerade erhebend. Eleanor lehnte die Stirn an die kühlen Butzenscheiben.

Wie lange soll ich noch warten, Gabriel?

Elizabeth saß vor der filigranen Frisierkommode und schaute mit unverkennbarer Ungeduld im Spiegel zu, während eine der jungen Zofen ihr das Haar aufsteckte. Mit höchst wechselhaftem Erfolg.

»Oh, pass doch auf, du unnützes Ding!«, schalt die Königin mit komischer Verzweiflung. »Mir hämmert der Kopf schon schlimm genug, und du spickst mich mit Haarnadeln!«

Das junge Mädchen zuckte erschrocken zurück und knickste. »Vergebt mir, Majestät.«

Eleanor trat zu ihnen. »Lass mich das machen, Deborah. Geh und besorge Ihrer Majestät einen Becher Minzesud, der vertreibt die Kopfschmerzen.«

»Ja, Mylady.« Das Mädchen knickste nochmals und lief hinaus.

Eleanor nahm ihren Platz ein, teilte einen Strang der widerspenstigen roten Locken ab und begann, ihn zu flechten.

»Minzesud?«, wiederholte die Königin, und ihr Gesicht im Spiegel sah aus, als hätte Eleanor ihr einen Trank aus ausgepressten Blutegeln verordnet.

»Vertraut mir, Majestät. Meine Mutter schwor darauf.« Eleanor umwickelte den kleinen Zopf am Ende mit einem Zwirnfaden und machte sich an den nächsten.

Elizabeths Miene hellte sich auf. »Die gute Polly«, sagte sie. Ihre Blicke trafen sich im Spiegel.

Es war ein Moment vollkommener Vertrautheit. Vielleicht konnte es sie in dieser Form wirklich nur bei denen geben, die von derselben Brust gesäugt worden waren, das auch noch gleichzeitig, und die seither nie wieder getrennte Wege gegangen waren. Ein Ozean voller Erinnerungen. Nicht an prächtige Hoffeste, dunkle Tage und Wochen im Tower oder den Triumph der Krönung. Sondern an das Holzpferdchen mit dem Schweif und der Mähne aus Stroh, das sie beide so abgöttisch geliebt hatten. Oder die Pelikane auf dem Weiher in Hatfield, die sie handzahm gemacht hatten.

»Majestät, es gibt etwas, das ich Euch sagen muss.«

Es war der richtige Augenblick. Nicht weil er günstig schien. Sondern weil sie es einfach nicht länger aushielt, es zu verschweigen. Es fühlte sich zu sehr nach Verrat an.

Elizabeth klopfte einladend neben sich auf die kleine Bank vor der Kommode. »Ja, ich merke seit Tagen, dass dich etwas bedrückt. Ist es schlimm?«

Eleanor setzte sich neben sie, und sie wandten sich einander zu.

»Ja, es ist schlimm.«

»Ein Mann?«

»Ein Mann.«

Die Königin schloss die auffällig kleinen Hände zu Fäusten, bohrte die Nägel in die Handflächen. »Oh, El …« Mit einem Mal war sie kreidebleich, und ihre Stirn war gefurcht, als hätten die Kopfschmerzen sich schlagartig verschlimmert.

»Ich kann nicht tun, was du kannst, Bess«, sagte Eleanor leise.

Elizabeth zuckte ob der vertraulichen Anrede leicht zusammen, wies Eleanor aber nicht zurecht. »Was meinst du?«

»Du weißt genau, was ich meine. Ich kann nicht auf das verzichten, was du dir versagst. Mir fehlt einfach das Zeug dazu. Ich bin eben nicht zur Königin geboren, im Gegensatz zu dir.«

Elizabeth kniff die Augen zu. »Aber selbst die stärkste Königin kann es nicht aushalten, wenn alle sie nach und nach verlassen.«

»Ich verlasse dich nicht«, stellte Eleanor klar. »Es sei denn, du jagst mich fort.«

»Oh, bitte, mach uns doch nichts vor. Wenn du verheiratet bist, wird sich alles ändern. Dein Gemahl wird dich auf seine Güter verschleppen, damit du dort seine Bälger ausbrütest, und du wirst ihm gehören und nicht mehr dir selbst.«

»Ich habe nicht die Absicht zu heiraten«, antwortete Eleanor und legte die Hände auf die Knie. Jetzt, wusste sie, kam der wirklich schwierige Teil. »Ich bin schwanger, aber ich kann den Vater meines Kindes nicht heiraten.«

Die Königin zog erschrocken die Luft ein. »Ein *Bastard*? Ja, bist du denn von allen guten Geistern verlassen?«

»Bess ...«

»Nenn mich nicht so!« Die Königin stand auf und brachte ein paar Schritte Abstand zwischen sie. Sie ging bis zum Kamin, dann fuhr sie mit wehenden Röcken wieder zu ihr herum. »Hast du vergessen, wie es ist, wenn die Welt mit dem Finger auf dich zeigt und dich einen Bastard nennt? Du hast es erlebt, und ich habe es erlebt. Aber wenn du es vorziehst, dich nicht zu erinnern, helfe ich deinem Gedächtnis gern auf die Sprünge: Die Schande, diese ... Blicke und das Getuschel hinter deinem Rücken, die dich so erniedrigen, dass du dich am liebsten winden würdest. Schlimmer als Zahnweh und Bauchweh und aufgeschlagene Knie zusammen. Du selbst hast das gesagt, wir müssen ungefähr sechs gewesen sein. Und *das* willst du wiederholen?«

»Ich will nicht, aber ich habe keine andere Wahl.«

»Aber nicht an meinem Hof. Nicht in meiner Nähe. Du sagst, du verlässt mich nicht, doch du zwingst mich, dich fortzuschicken. Mary Stewart, dieses verfluchte Miststück, und die Habsburger und Catarina de' Medici und das ganze Papistenpack, sie alle nennen mich lasterhaft und unkeusch. Sie nennen mich Robin Dudleys *Hure*. Und da soll ich eine Hofdame mit einem Bastard an meinem Hof dulden?«

»Bist du jetzt fertig?«

Elizabeth hob einen bebenden Zeigefinger. »Madam, ich warne Euch ...«

»Tu doch nicht so, als kümmerte dich, was Mary Stewart und die Habsburger und Catarina de' Medici sagen! Es ist dir im Grunde völlig gleich. Sonst hättest du Robin längst irgendeine Grafschaft im Norden oder in Wales verliehen, auf dass er auf immerdar dorthin verschwindet. Erzähl mir nicht, dass du das nicht fertigbrächtest, wenn du wirklich überzeugt wärest, es zum Wohle der Krone tun zu müssen.«

Die Königin fuhr sich mit dem Handgelenk über die Stirn. »Ich fürchte, du überschätzt meine Opferbereitschaft an das Wohl der Krone …«

»Du bist wütend auf mich, weil ich etwas getan habe, das du missbilligst. Das ist dein gutes Recht. Und weil ich ein Geheimnis vor dir hatte. Auch das kann ich verstehen, denn es ist das erste Mal. Aber es ändert im Grunde überhaupt nichts. Es macht keinen einzigen Tag der vergangenen achtundzwanzig Jahre ungeschehen. Und was die Peinlichkeit meiner Schwangerschaft angeht: Niemand müsste je davon erfahren. Wenn sie nicht mehr zu verheimlichen ist, gehe ich für ein paar Monate nach Waringham. Das habe ich in der Vergangenheit schließlich auch gelegentlich getan. Dort bekomme ich mein Kind …«

»Das Gesicht deines heiligen Bruders möchte ich sehen …«, warf Elizabeth spöttisch ein.

Eleanor hob in vorgetäuschtem Gleichmut die Hände. »Er ist nicht glücklich über diese Geschichte, aber du kennst ihn ja.«

»Er *weiß* es schon?«

Eleanor nickte.

»Wer noch? Ich meine, die letzte von wie vielen bin ich, die dein Geheimnis erfahren haben?«

»Niemand. Nur Francis und der Vater meines Kindes.«

»Und der ist wer? Warum sagst du, du kannst ihn nicht heiraten? Hat er vielleicht schon eine Gemahlin?«

»Ich glaube nicht, aber ich weiß es offen gestanden nicht.«

»Du *weißt* es nicht? Ja, um Himmels willen, El … War es ein fahrender Gaukler auf dem Jahrmarkt in Waringham, mit dem du in den Büschen verschwunden bist?«

Eleanor biss sich auf die Lippen. *Ein Gaukler auf jeden Fall.* »Nein, Majestät.«

»Sondern? Raus damit! Beim Tod am Kreuz, ich will es jetzt wissen, El! Wer ist er?«

»Mein Name ist Gabriel Durham, Majestät«, sagte eine leise Stimme hinter ihnen, und als sie herumfuhren, löste sich eine dunkle Gestalt aus den Schatten am Fenster. Sie kam näher und sank vor der Königin auf ein Knie nieder. »Ich bitte um Vergebung, dass ich Euer Auge in Schwierigkeiten gebracht habe, aber ehe ihr mich der Wache übergebt, erlaubt mir, darauf hinzuweisen, dass Eure Fenster hier eine Einladung an jeden Dieb sind. Und an jeden Mordbuben, den die Papisten euch schicken mögen.«

»Was?«, fragte Elizabeth verdattert.

Ein zaghaftes Klopfen kündete von der Ankunft des Minzesuds. Eleanor ging zur Tür, um der Zofe das Tablett abzunehmen und sie wieder fortzuschicken. Als sie den dampfenden Becher auf der Frisierkommode abstellte, gestattete die Königin Gabriel mit einem ungeduldigen Wink, sich zu erheben. »Welche Sorte Durham seid Ihr? Sevenelms oder London?«

»London, Majestät.«

Elizabeth sah zu Eleanor. »Ein Pfeffersack? Ich bin enttäuscht, El. Ich hatte auf etwas Exotischeres gehofft. Woher habt Ihr die Schramme auf der Stirn, Sir?«

»Auch Pfeffersäcke streiten gelegentlich mit anderen Waffen als Tinte und Federkiel«, erklärte er ausweichend.

»Ja, darauf wette ich.« Ein wenig abrupt legte sie die Hand ans Kaminsims, als sei ihr für einen Moment schwindelig gewesen.

Eleanor trat einen Schritt auf sie zu. »Majestät?«

Elizabeth hob abwehrend die Hand. »Es ist nichts. Also, Master Durham: Ihr schuldet mir eine Erklärung. Was fällt Euch erstens ein, Lady Eleanor of Waringham in diese unmögliche Lage zu versetzen, und was fällt euch zweitens ein, Euch wie ein Dieb in meinen Palast einzuschleichen? Dafür könnte ich Euch hängen lassen.«

Er lächelte sie an. »Nicht nur dafür, Majestät.«

»Gabriel«, warnte Eleanor.

»Was hat das zu bedeuten, Sir?«, fragte die Königin streng.

Gabriel stutzte mit einem Mal, trat einen Schritt näher auf sie zu und sah sie unverschämt eindringlich an. »Mit Verlaub, Majestät, Ihr fiebert.«

»Was Ihr nicht sagt. Ich hätte dennoch gern eine Antwort. Und Ihr solltet Eure Königin lieber nicht anlügen.«

»Das würde ich nie wagen. Ich *bin* ein Dieb, Majestät. Ein Gauner. Ein Schuft, wie Eleanor gern sagt. Der Londoner Stadtrat hat vorletzten Monat beschlossen, die Summe, die auf meinen Kopf ausgesetzt ist, auf einhundert Pfund zu verdoppeln.«

»Und Ihr seid nicht wenig stolz darauf, merke ich.«

Er hob ergeben die Schultern, als wolle er sagen: Was will man von einem Kerl wie mir anderes erwarten?

Eleanor spürte ihr Herz rasen, und sie kniff für einen Moment die Augen zu. *Bitte, Gott,* flehte sie, *bitte lass ihn mir. Ich weiß, ich bin sündig und unkeusch und all das, aber du bist barmherzig, also lass nicht zu, dass sie die Wache ruft …*

Als sie Elizabeth lachen hörte, riss die die Augen wieder auf.

»Ach, El …« Die Königin sah von ihr zu Gabriel und musterte ihn eingehend, etwa so, als wäre er ein kostbares Pferd in einem Verkaufsring. Dann seufzte sie – untypisch nachsichtig. »Es ist nicht so, als könnte ich dich nicht verstehen. Aber hast du auch nur einen Moment daran gedacht, was passiert …« Plötzlich verengten sich ihre Augen. »… was passiert, wenn …«

»Bess!« Eleanor machte alarmiert einen Schritt auf sie zu, aber es war Gabriel, der die Königin auffing, als sie ohne Vorwarnung in sich zusammensackte.

Er schob einen Arm unter ihre Knie und hob sie hoch. Elizabeths halb frisierter Kopf sank zur Seite. Sie war bewusstlos.

»Wohin?«, fragte er.

Eleanor öffnete die Tür zum Schlafgemach der Königin. »Hier.«

Er legte Elizabeth auf das ausladende Bett mit den herrlichen Seidendecken, ergriff ihr Handgelenk und blickte darauf hinab.

»Was fällt dir ein, fass sie nicht an«, knurrte Eleanor und wollte ihn beiseiteschieben.

»Eleanor …«

»Verschwinde«, drängte sie verzweifelt. »Ich muss den Leibarzt und die übrigen Damen holen.«

»Verdammt, Eleanor, würdest du dir das anschauen?« Nicht besonders rücksichtsvoll riss er den Arm der Kranken hoch und hielt Eleanor ihren Handrücken direkt vor die Augen.

Eleanor schlug die Hände vor Mund und Nase und stieß einen kleinen Laut des Jammers aus. »Oh, mein Gott … Jesus Christus, steh uns bei …«

Gabriel bettete den Arm der Königin zurück auf das Laken und nahm Eleanor bei den Schultern. »Ich gehe und lasse dich tun, was du tun musst. Aber zeig ausnahmsweise einen Funken Vernunft und halt dich von ihr fern.«

Sie nickte ungeduldig. »Ist der Krieg der Diebe vorbei?«

»Nein.« Er trat ans Fenster und öffnete den rechten Flügel. »Aber wenn sich das hier in der Stadt herumspricht, wird er zum Erliegen kommen.« Er sah an der Fassade hinunter und kletterte auf die Fensterbank. »Sei vorsichtig, Eleanor.«

Sie wartete, bis er verschwunden war, dann trat sie durch die beinah unsichtbare Tapetentür in das benachbarte Schlafgemach. »Robin …«

»El?« Er sprang von seinem Bett auf, wo er gelegen und ein dickes Buch gelesen hatte. »El, um Himmels willen, was ist passiert?«

Sie wischte sich mit dem Handrücken die Tränen von der linken Wange. »Robin … Sie … sie hat die Pocken.«

Sierra Leone, Oktober 1562

»Afrika.« Isaac atmete tief durch, den Blick unverwandt auf das undurchdringlich bewaldete Ufer gerichtet.

»Und?«, fragte Francis Drake, der neben ihm an der Reling lehnte. »Hattest du es dir so vorgestellt?«

Isaac war nicht ganz sicher, was genau er sich vorgestellt hatte. Nicht so ein üppiges Grün jedenfalls, mit fremdartigen Bäumen, die bis in den Himmel zu ragen schienen. Riesige Vogelschwärme erhoben sich dann und wann aus den Kronen, und ein unbestimmtes Summen drang aus der Dämmerung des Waldes, so als vibriere er vor Leben.

Pete Petit wies nach backbord auf einen Baum, der sich gefährlich weit übers Wasser neigte: »Da, seht nur! Ein Affe.«

Es war ein kleiner Geselle mit braunem Fell, einem putzigen Gesicht und hellem Flaum auf dem Kopf, der auf einem Ast hockte, mit seinen geschickten Vorderpfoten Blätter abriss und sich ins Maul stopfte. Dabei blickte er neugierig auf sie hinab.

»Nur auf die gestreiften Pferde warte ich immer noch«, bemerkte Isaac.

»Auf was?«, fragte Drake amüsiert.

»In meiner Familie kursiert ein Märchen, es gebe gestreifte Pferde in Afrika.«

»Ja, das stimmt«, behauptete Pete. »Aber nicht hier im Wald. Wenn man fährt weiter ins Landesinnere, der Wald dünnt aus und geht in verdorrtes Grasland über. Da gibt es sie, ganze Herden davon.«

»Oh, natürlich …«, gab Isaac zurück. Pete behauptete immer, die unerhörtesten Dinge gesehen zu haben, und Isaac wollte sich nicht für dumm verkaufen lassen. Aber gleichzeitig kam ihm in den Sinn, dass ein verdorrtes Grasland wie ein Meer aus Heu sein müsse – ein Paradies für Pferde.

»Jesus, ist das heiß hier.« Harker schnürte sich mit einer wütenden Bewegung den Kragen auf. »Und kaum ein Lufthauch, seit wir die Küste verlassen haben.«

Er hatte nicht unrecht, es war drückend und feucht hier auf dem Fluss, und sie machten nur wenig Fahrt. Aber Isaac nahm die Hitze kaum wahr. Verglichen mit einem brennenden Zuckerfeld im kanarischen Hochsommer war das hier angenehm …

»Wo ist dein Freund, Isaac?«, fragte Beaver, der Bootsmannsmaat.

Isaac wies zur Mars des Hauptmastes. »Da oben.«

Tomás, der wie eine Katze klettern konnte, war zu der kleinen Plattform über dem Untermast aufgeentert, und dort saß er im Schneidersitz, einen Arm um den Mast gelegt, und blickte reglos auf den Fluss hinaus.

»Er soll herunterkommen«, erwiderte Beaver. »Wir sind vermutlich bald da, und der Captain will, dass wir die Geschütze klarmachen. Und sorg dafür, dass dein Kumpel ein bisschen Englisch lernt, sei so gut.«

»Oh, das wird er«, versprach Isaac. »Aber wir sind erst seit einer Woche an Bord. Ganz so schnell geht es dann doch nicht …«

Es war alles andere als leicht gewesen, Tomás zu überreden. Er war aus allen Wolken gefallen, als er hörte, dass Isaac ihn freigekauft hatte, und hatte mit der ihm eigenen ernsten Würde seine Dankbarkeit zum Ausdruck gebracht, aber worauf es hinauslief, war ein »Nein, danke«. Er könne die Insel nicht verlassen, wo seine Götter und die Geister seiner Ahnen weilten, hatte er ihm erklärt. »Ich werde sterben, wenn ich fortgehe.«

»Du wirst sterben, wenn du hierbleibst«, hatte seine Mutter widersprochen, in deren Küche im Gutshaus die Debatte stattgefunden hatte. Und weil sie eine weise Frau war und hohes Ansehen bei den Guanchen genoss, hatte Tomás schließlich auf sie gehört.

Dieses Mal war Hawkins nicht nur mit der *Salomon* gekommen, sondern mit einer Flotte von vier Schiffen: Die *Jonas* und die *Swallow,* beide eine gute Portion kleiner, aber stabil und wendig, gehörten Hawkins' Brüdern, hatte Isaac gehört, und die Nachhut bildete die stolze *Albion,* die noch *Pérola* geheißen hatte, als sie vor zweieinhalb Jahren in Santa Cruz festgemacht hatte und ihr portugiesischer Kapitän so unklug gewesen war, sie unbewacht zu lassen …

Vor ihrem Aufbruch von Teneriffa hatten sie Juan Martínez an Bord genommen, einen Steuermann aus Cádiz, den Pedro Soler für Hawkins angeheuert hatte und der sich entlang der afrikanischen Küste und in den Gewässern der Neuen Welt angeblich bestens auskannte. Sie waren rund hundert Meilen fast schnurgerade nach Süden gesegelt, bis sie Kap Verde sichteten. Dann die Küste von Guinea entlang und weiter nach Sierra Leone. Es gebe eine große vorgelagerte Insel, hatte Martínez dem Captain durch Isaac erklären lassen, die einst dem Stamm der Sherbo gehört habe, jetzt aber in portugiesischer Hand sei. Die Handelsniederlassungen dort seien gut befestigt und gesichert. Aber wenn man die Insel umrunde und einen der beiden Flüsse ins Binnenland hinauffahre, fände man am Ufer portugiesische Lagerplätze, die weit weniger gut bewacht seien, mit großen Schätzen an Gold und Elfenbein und anderen lukrativen Waren …

»Gold?«, hatte Isaac den Captain gefragt. »Was wollt Ihr mit

Gold in der Neuen Welt? Das ist, als würde man Pferde nach Waringham bringen, oder?«

»Zerbrich dir nicht meinen Kopf«, hatte Hawkins unwirsch erwidert. »Frag ihn, wie lange wir von der Insel bis zu diesen abgelegenen Niederlassungen brauchen.«

Drei Stunden oder drei Tage, je nach Wind, hatte der Steuermann achselzuckend geantwortet. Sechs Stunden waren jetzt um. Die Sonne stand wie eine reife Orange über den Baumwipfeln im Westen, und auf dem Fluss war die Dämmerung angebrochen.

Isaac pfiff durch die Zähne. Tomás regte sich, sah zu ihm herunter, und dann rutschte er mühelos am Stag hinab und landete genau vor ihm.

»Gut.« Der Bootsmannsmaat nickte knapp und führte seine Back aufs Geschützdeck hinab. »Jetzt beweist mir, dass die vielen Drills sich gelohnt haben. Isaac, du gehst und holst Munition. Weißt du noch, wo sie ist?«

»Natürlich.«

»Dann kommst du mit Drake und mir an die Bonnie. Bring deinen Freund mit und erklär ihm, dass er den Wassereimer gefüllt halten soll und wozu.«

Isaac nahm Tomás mit in den Laderaum, wo in einer massiven Kiste die eisernen Kanonenkugeln aufbewahrt wurden, jede acht Pfund schwer. Er lud Tomás vier Stück auf die verschränkten Arme und nahm selbst die gleiche Anzahl.

»Bonnie« war der Name des vorderen Geschützes auf der Steuerbordseite, einer bronzenen Falkonett. Drake und Beaver hatten bereits die Luke geöffnet und die Bonnie in Position gebracht. Harker und Pete Petit bedienten mit zwei weiteren Männern die nächste Kanone. Alle acht Geschütze wurden klargemacht, weil Martínez nicht sicher gewesen war, auf welcher Flusseite die erste portugiesische Niederlassung lag.

»Warum Kanonen, wenn der Kapitän mit den Portugiesen Handel treiben will?«, fragte Tomás Isaac gedämpft.

»Weil Captain Hawkins manchmal eine etwas absonderliche Auffassung von Handel treiben hat und nicht immer gewillt ist, für das, was er bekommt, zu bezahlen.«

»Ah.« Tomás nickte. »Was muss ich tun?«

Isaac drückte ihm einen Eimer in die Hand und wies auf ein großes, mit Salzwasser gefülltes Fass. »Mach ihn voll.«

Unterdessen hatte Beaver kleine Säcke mit Pulver aus dem Magazin geholt. Drake stopfte einen davon in den Schlund der Kanone, gefolgt von einem Büschel Heu. Isaac ließ die Kanonenkugel folgen, und Drake führte den langen Ansetzer ins Rohr und drückte alles so weit nach unten wie möglich.

Beaver setzte die Kartusche mit der Lunte ins Zündloch, Drake und Isaac schoben das Geschütz aus der Luke. »Bonnie ist klar, Sir«, meldete Beaver respektvoll an Johnson, den Master Gunner.

Fast gleichzeitig kam die gleiche Meldung von den anderen Kanonen.

»Gut gemacht, Männer.« Der Master Gunner verteilte kleine Handfackeln, die noch nicht entzündet waren, an die Kanoniere.

Und dann warteten sie.

Isaac wies auf einen Stock mit einem Schwamm am Ende, der hinter jeder Kanone auf den Planken lag, und murmelte Tomás zu: »Nimm ihn. Wenn wir gefeuert haben, tauchst du den Schwamm in den Eimer und rammst ihn einmal in den Lauf, klar?«

»Sicher. Aber wozu soll das gut sein?«

Isaac grinste. »Damit im Innern des Rohrs nichts mehr glüht, wenn Drake das nächste Pulversäckchen reinsteckt. Wär ja doch irgendwie schade um seinen Arm, oder?«

Tomás lachte leise und biss sich auf die Unterlippe.

Drake wandte den Kopf in ihre Richtung. »Was erzählst du da über mich, Isaac?«

»Oh, nur Gutes, Francis. Was denn sonst …«

Der schnaubte. »Sag deinem kleinen Kumpel lieber, er soll aufpassen, wenn die Bonnie zurückstößt, damit sie ihn nicht von den Füßen haut. Und versuch, ihn auf den Radau vorzubereiten.«

»Darauf kann man niemanden vorbereiten«, widersprach Isaac, der auf seiner ersten Fahrt mit der *Salomon* immer den Rest des Tages taub gewesen war, wenn sie die Geschütze zu Übungszwecken abgefeuert hatten. »Aber keine Bange, ihn erschüttert so leicht nichts.«

»Genug geredet«, mahnte der Master Gunner. »Ich glaube, da kommt etwas in Sicht.«

Isaac spähte angestrengt aus der Geschützluke. Johnson hatte sich nicht geirrt. Draußen brach die Nacht an, aber ein Stück voraus lichtete sich der Wald, war vermutlich gerodet worden und hatte einer großen Lichtung Platz gemacht, auf der mehrere Gebäude zu erahnen waren. Nahe am Ufer flackerten zwei Lichtpunkte, wahrscheinlich Fenster. Flüsternd berichtete Isaac seinen Gefährten, was er erkennen konnte, als vom Ufer ein Kanonenschlag donnerte.

Alle zuckten zusammen, und im nächsten Moment hörten sie ein sattes Platschen, mit dem die Kugel ins Wasser schlug.

»Was hat der Spanier gesagt?«, wisperte Drake. »Schlecht bewacht und unbewaffnet?«

Ein nervöses Lachen hier und da.

»Still«, zischte Johnson.

»Kein Treffer«, kam Hawkins' Stimme von oben aus der Finsternis – ein wenig gespenstisch und seelenruhig. »Steuerbordgeschütze klarmachen zum Feuern.«

Beaver und die anderen Kanoniere entzündeten ihre Fackeln an Johnsons Kerze.

»Wartet, bis wir auf einer Höhe mit den Gebäuden sind. Zielt auf das Haus am Ufer, nicht auf die Baracken.«

»Was für Baracken?«, fragte Isaac leise.

»Jetzt«, kam der Befehl von oben. »Feuer frei, Master Johnson.«

»Feuern nach Ermessen«, sagte der Master Gunner prompt.

Isaac trat von der Geschützluke zurück. Nur einen Herzschlag später führte Beaver die Fackel an die Lunte und die Welt verwandelte sich in eine Hölle aus Lärm und Rauch und Pulvergestank. Die Bonnie sprang zurück wie ein angreifender Bulle, bis die starken Halteseile sich spannten und den Rückstoß abfingen.

Fast zeitgleich mit der Bonnie wurde die Lizzie zu ihrer Rechten abgefeuert, die beiden anderen folgten in kurzen Abständen.

»Nachladen«, befahl der Master Gunner.

Isaac hustete und beugte sich vor, um eine neue Kugel von dem kleinen Kegel zu seinen Füßen aufzuheben. Er war nicht überrascht zu sehen, dass Tomás umsichtig seiner Aufgabe nachkam und den nassen Schwamm in das Kanonenrohr rammte.

Durch die Luke sah Isaac viele Lichtpunkte am Ufer ausschwärmen: die Besatzungen der anderen drei Schiffe. Sie verteilten sich in dem kleinen portugiesischen Stützpunkt, und er konnte im Fackelschein etwa ein Dutzend Männer erkennen, die die einzige Kanone der Portugiesen eroberten.

»Das war's mit gegnerischem Feuer«, kam die körperlose Stimme von oben – sie klang zufrieden. »Alle Mann an Deck. Bewaffnet euch und folgt mir an Land.«

Das ließen sie sich nicht zweimal sagen. Ohne Gerangel, in der einstudierten Reihenfolge kletterten sie durch die Luke an Deck. Die übrigen Männer der *Salomon* hatten inzwischen Enterhaken auf den hölzernen Landungssteg geworfen und das Schiff herangezogen. Zwei Offiziere verteilten Entermesser an die Matrosen, die johlend an Land sprangen und sich ins Getümmel stürzten.

»Du nicht, Isaac«, hörte der junge Waringham die Stimme des Kapitäns in seinem Rücken.

Wütend fuhr Isaac zu ihm herum, gab sein Entermesser aber widerspruchslos dem Mann hinter sich und trat mit Tomás beiseite.

»Es ist ohnehin so gut wie vorüber«, bemerkte Hawkins, der zu ihnen an die Reling kam. »Sie sind nicht viel mehr als fünfzig; Martínez hatte recht.«

Und die Besatzung von Hawkins' vier Schiffen belief sich auf mehr als hundert Mann, wusste Isaac. »Ich würde es trotzdem vorziehen, wenn Ihr mir die Peinlichkeit einer Sonderbehandlung ersparen könntet«, erwiderte er bissig.

Hawkins stieß höhnisch die Luft durch die Nase aus. »Auf deinen gekränkten Stolz kann ich leider keine Rücksicht nehmen. Ich brauche dich als Übersetzer und will nicht riskieren, dass du verwundet ausfällst.«

»Ich kann aber kein Portugiesisch.«

»Ich bin zuversichtlich, dass du auch diese Herausforderung meistern wirst.«

Ehe Isaac eine passende Antwort eingefallen war, packte Tomás ihn unvermittelt am Ärmel und riss ihn einen Schritt zur Seite, als ein Pfeil aus der Dunkelheit herangeschwirrt kam.

»Verflucht, der hätte mich erwischt. Danke, Tomás.«

»Keine Ursache.«

»Kannst du im Dunkeln sehen?«

»Besser als du jedenfalls«, antwortete sein Freund, und Isaac hörte das Lächeln in seiner Stimme. »Und ich kann im Dunkeln *hören*, weil ich im Gegensatz zu dir nicht in einem fort rede.«

Isaac brummte verdrossen.

»Komm mit.« Hawkins schlug ihm unsanft auf die Schulter. »Sie haben den Kommandanten, wie es scheint. Zeit zu verhandeln.«

Das große Blockhaus gegenüber dem Landungssteg mit den zwei beleuchteten Fenstern hatte die Bonnie zu Klump geschossen, in einem weiteren Gebäude hatte es ebenfalls einen Einschlag gegeben, und dort war ein Feuer ausgebrochen. Ansonsten war die Niederlassung intakt, und es hatte auf Seiten der Portugiesen nur zwei Tote und ein halbes Dutzend Verletzte gegeben. Hawkins' Männer waren bis auf ein paar kleine Blessuren unversehrt.

Drake und Harker hatten dem Kommandanten die Hände auf den Rücken gebunden und ihn auf den Landungssteg geführt.

Der Kapitän und Isaac traten zu ihnen.

Hawkins nickte seinem Gefangenen höflich zu. »Mein Name ist John Hawkins, Sir, und ich beschlagnahme sämtliche hier gelagerten Waren. Los, Isaac.«

Der junge Waringham widerholte die wenig frohe Botschaft auf Spanisch.

Der Portugiese schien ihn tadellos zu verstehen, denn seine Miene wurde grimmig. »Beschlagnahmen, Capitán Hawkins? Ich würde sagen, ›stehlen‹ trifft es besser.« Sein Spanisch klang fremd in Isaacs Ohren, aber er konnte den Worten folgen.

Hawkins blieb ungerührt, nachdem Isaac übersetzt hatte – wie immer, wenn man ihm seine Piraterie vorhielt. »Wir warten, bis es hell wird, dann nehmen wir Eure Waren an Bord. Euch und Euren

Männern wird kein Leid geschehen, wenn Ihr vernünftig seid. Gibt es hier Frauen und Kinder?«

Der Portugiese schüttelte den Kopf. »Unsere Familien sind auf der Sherbo-Insel. Dieser Außenposten hier wird nur zeitweise genutzt, wenn wir auf die Jagd gehen. Das ist nicht ungefährlich. Die Wilden haben natürlich nur Speere und Bögen, aber sie wissen sie einzusetzen. Das ist nichts für Frauen und Kinder.«

»Hm.« Hawkins nickte. »Wenn Ihr wünscht, nehmen wir Euch und Eure Männer morgen mit zurück zur Sherbo-Insel und setzen Euch dort ab.«

»Danke, aber nicht nötig«, entgegnete der Portugiese steif. »Wir haben ein Schiff.«

Hawkins gestattete sich ein dünnes Lächeln. »Nein, Sir, das habt Ihr nicht.«

Hawkins und die Offiziere sorgten im Handumdrehen für Ordnung: Rund um den kleinen Handelsposten stellten sie Wachen auf und ließen Feuer entzünden. Die Verwundeten wurden versorgt, die Gefangenen auf die *Albion* gebracht und dort bewacht, und die Schiffsköche plünderten die Vorratskammern der Portugiesen und kochten einen Festschmaus für die ganze Mannschaft.

Aber noch vor dem Essen machte Hawkins eine Bestandsaufnahme seiner Beute. In einem fensterlosen Lagerhaus mit sage und schreibe zwei dicken Schlössern an der Tür fanden sie genug Gold und Elfenbein, um den Bauch eines Schiffes damit zu füllen. »Master Alford?«

Der Erste Offizier der *Albion* trat vor. »Sir?

»Diese Fracht wird auf unsere neue portugiesische Karavelle verladen. Legt bis morgen früh ein genaues Verzeichnis an. Und dann übernehmt Ihr das Kommando des Schiffs, segelt es zurück nach England und übergebt es meinen Brüdern.«

»Aye, aye, Sir.«

Hawkins ging mit seiner kleinen Entourage weiter zum nächsten Lagerhaus, das ebenso fensterlos und ebenso gut gesichert, aber wesentlich größer war. Mit dem erbeuteten Schlüsselbund sperrte Drake die Tür auf und bog mit einem angewiderten Laut den Kopf weg. »Bei allen Knochen Christi … was für ein Gestank.«

Hawkins drückte Isaac das Entermesser in die Finger, das er in der Rechten gehalten hatte, und nahm ihm stattdessen die Fackel ab. Dann zog er seinen Degen und trat über die Schwelle.

Isaac folgte, aber er wusste schon, was er vorfinden würde. Es war der Geruch von zu vielen ungewaschenen Menschen und ihren Ausscheidungen auf zu engem Raum, der Drake angesprungen hatte. Und dieser Geruch schien die Finsternis im Innern der Baracke irgendwie dicker zu machen, breiiger. Es war, als könne das Licht der Fackel sie nur langsam zurückdrängen.

Was er im dämmrigen Schimmer erkannte, war der schrecklichste Anblick, den Isaac je gesehen hatte: Dunkelhäutige Menschen beiderlei Geschlechts lagen zusammengekettet auf der nackten Erde, dicht an dicht nebeneinander, die Füße der zweiten Reihe berührten fast die Köpfe der ersten, vier oder fünf Reihen hintereinander. Sie rührten sich fast überhaupt nicht und gaben auch keine Laute von sich. Nur ein gedämpftes Kettenklirren hier und da verriet, dass sie noch lebten.

Hawkins ließ die Fackel sinken und trat den geordneten Rückzug an. »Versperr die Tür, Francis.«

Drake drehte erst den einen Schlüssel, dann den anderen und gab den Ring seinem Cousin zurück.

»Das müssen rund hundertfünfzig sein«, sagte der nachdenklich.

Ormond, sein Erster Offizier, wies auf die zweite Baracke. »Und da drin vermutlich noch einmal die gleiche Zahl.«

Hawkins nickte zufrieden. »Dreihundert. Das ist großartig. Gentlemen, wir haben Anlass zu der Hoffnung, dass wir wohlhabender heimkehren, als wir aufgebrochen sind, und zwar wir alle.«

»Das könnt Ihr nicht tun.« Isaac erkannte seine eigene Stimme kaum. Sie war tief und rau.

Hawkins wandte sich stirnrunzelnd zu ihm um. »Wie war das?«

Isaac räusperte sich. »Das dürft Ihr nicht tun, Sir. Es ist … ganz und gar barbarisch, Menschen zu versklaven. Glaubt mir, Ihr wisst ja nicht, was es bedeutet. Lasst sie in ihre Dörfer zurückkehren. Das Gold und Elfenbein ist doch Beute genug und …«

Hawkins wandte ihm demonstrativ den Rücken zu. »Master Ormond, Ihr sorgt dafür, dass diese Fracht auf die Schiffe verteilt wird. Vergewissert Euch, das wir genügend Bohnen mit uns führen, um wirklich so viele zu ernähren.«

Er hatte es also geplant, erkannte Isaac fassungslos. Das hier war kein Zufall, sondern Hawkins war mit dem Vorsatz von England aufgebrochen, Sklaven in die Neue Welt zu schaffen.

»Ich habe mir sagen lassen, erfahrungsgemäß stirbt ungefähr ein Drittel auf der Überfahrt«, fuhr der Captain an den Ersten Offizier gewandt fort, »aber die anderen sollen uns ja nicht verhungern …«

»Sir«, begann Isaac noch einmal. »Hört Ihr eigentlich, was Ihr da redet? Es sind *Menschen*, verflucht noch mal, und Ihr habt kein Recht …«

»Noch ein Ton, Isaac, und ich schwöre dir, du wirst sie auf dem ganzen Weg von hier bis Hispaniola füttern, jeden verdammten Tag, und zwar allein. Ich glaube nicht, dass irgendwer sich bei so übelriechenden Passagieren um die Aufgabe reißen wird.«

»Das ist mir egal!« Isaac war vollkommen außer sich. »Ihr könnt nicht …«

Francis Drake packte ihn von hinten und presste ihm die Linke auf den Mund. »Halt die Klappe«, riet er grimmig.

Isaac kämpfte, um sich aus der Umklammerung zu befreien. Er war nicht mehr kleiner als Drake, und er rammte ihm mit Macht den Ellbogen zwischen die Rippen. Der junge Seemann stieß ein wütendes Zischen aus, ließ ihn aber nicht los.

Hawkins baute sich vor Isaac auf und hielt ihm drohend einen Zeigefinger vor die Augen. »Du solltest lieber nicht vergessen, was du mir geschworen hast. Willst du wirklich deine Ehre verlieren für ein jämmerliches Häuflein *Afrikaner*?«

Isaac erstarrte. Er saß in der Falle, erkannte er mit zunehmendem Grauen. Er hatte den Eid vorübergehend vergessen, aber es stimmte: Er war im Begriff, ihn zu brechen.

Er hörte auf, sich zu winden, umfasste Drakes Handgelenk und befreite seinen Mund. Zu Hawkins sagte er: »Ich frage mich, ob es nicht ehrloser ist, ihn zu halten.«

Der Captain deutete ein Schulterzucken an. »Du wirst unterwegs viel Zeit haben, dich mit der Frage zu befassen, denn wir werden sechs oder acht Wochen brauchen. Fürs Erste habe ich mehr als genug von dir gehört und gesehen. Francis, bring ihn an Bord und sperr ihn in die Brig.«

Drake packte Isaacs Oberarm, knuffte ihm mit der anderen Hand unsanft gegen die Schulter und stieß ihn aus dem Lichtkreis der Fackel. Als sie den halben Weg zur *Salomon* zurückgelegt hatten, murmelte er: »Du bist ein Schwachkopf, Isaac.«

»Todsicher«, antwortete er, und es klang erstickt, weil er mit den Tränen kämpfte.

»Nur ein feiner Edelmann wie du könnte auf die Idee kommen, sich über das Schicksal von ein paar Wilden so aufzuregen.«

»Aber ich habe es selbst *erlebt*, Francis …«

»Na und?«, fiel der ihm ungeduldig ins Wort. »Du hast Glück gehabt und bist wieder rausgekommen. Zugegeben, diese Afrikaner werden vermutlich nicht so viel Glück haben, aber was geht das dich an? Die einen gewinnen, die anderen verlieren. Und wer nicht auf sich achtgibt, verliert. Es ist nichts Persönliches. Aber wenn diese Afrikaner unvorsichtig genug waren, den Portugiesen in die Falle zu gehen, raubt es mir nicht den Schlaf, dass ich mein Glück mit ihnen mache und sie auf der Strecke bleiben.«

»Du weißt nicht, wie es ist, ein Sklave zu sein.«

»Und du weißt nicht, wie es ist, arm zu sein.«

Hampton Court, Oktober 1562

»Eleanor, es hilft alles nichts, wir müssen den Hof für die Trauerzeit vorbereiten«, sagte Lady Cat. »Die Königin würde niemals wollen, dass es bei ihrer Beerdigung unwürdige Pannen gibt.«

»Nein, ich weiß«, stimmte Eleanor zu und legte die Hände auf die Armlehnen, um aufzustehen. Aber sie blieb noch einen Moment sitzen. Sie fand einfach nicht den Antrieb, der nötig gewesen wäre. In ihrem ganzen Leben war sie noch niemals so müde gewesen. Oder so deprimiert.

Seit einer Woche war die Königin krank. Sie konnte nichts essen und so gut wie keine Flüssigkeit zu sich nehmen und war binnen weniger Tage furchtbar mager geworden. Aber das schlimmste war das Fieber. Nicht einmal ihre Kinder hätten jemals so hohes Fieber gehabt, hatten die verheirateten Hofdamen gesagt, und ganz gleich, was die Ärzte mit der Königin anstellten, sie konnten es nicht senken. Alle wussten, dass Elizabeth im Sterben lag. Aber Lady Cat war die erste, die gewagt hatte, es auszusprechen.

»Ich frage mich, was aus uns werden soll, Cat«, sagte Eleanor, gab sich endlich einen Ruck und stand auf, um an das Krankenbett der Königin zurückzukehren, wo Mary Sidney schon zu lange allein wachte.

»Und ich frage mich, was aus England werden soll«, hörte sie William Cecils Stimme in ihrem Rücken und wandte den Kopf. Der Secretary of State hatte unaufgefordert das Privy Chamber betreten. Dergleichen wäre ihm vor einer Woche niemals eingefallen.

Die Regeln bröckeln schon, fuhr es Eleanor durch den Kopf, weil alles auseinanderfällt. »Was denkt der Kronrat?«

»Jeder schlägt etwas anderes vor.« Cecil rieb sich mit Daumen und Zeigefinger der Linken die müden Augen. »Die gemäßigten Protestanten wollen endlich wieder einen Mann auf dem Thron und favorisieren Lord Huntingdon. Er wäre möglicherweise fähig, aber seine Verwandtschaft mit der Königin ist viel zu weitläufig. Er wird niemals die Unterstützung des Parlaments bekommen. Die Puritaner wollen Katherine Grey.«

Elizabeths Cousine war nach ihrer unerlaubten Hochzeit immer noch im Tower eingesperrt, wo sie einen gesunden Jungen zur Welt gebracht hatte und wo ihr unglücklicher Gemahl, Edward Seymour, ihr inzwischen Gesellschaft leistete. Eigentlich hatte die Königin verfügt, dass sie einander nicht sehen durften, aber Eleanor wusste, dass Grey wieder schwanger war.

»Zu den Puritanern zählt auch Ihr, Sir«, bemerkte Lady Cat,

schenkte dem schwer geprüften Secretary einen Becher Wein ein und reichte ihn ihm.

»Danke, Mylady, das kommt gerade recht.« Er nahm einen untypisch kräftigen Zug. »Es stimmt, ich bin Puritaner. Darüber hinaus ist Edward Seymour der beste Freund meines Sohnes. Ich kenne ihn gut und weiß, dass er nicht verdient hat, was er durchmacht. Aber trotz alledem: Katherine Grey fehlt alles, was eine Königin braucht. Sie würde so kläglich scheitern wie ihre Schwester damals und England mit in den Untergang reißen.«

Er trank noch einmal, sank auf den breiten Fenstersitz und sah in den strömenden Regen hinaus.

»Also wer dann?«, fragte Lady Cat nach einem längeren Schweigen.

»Ich weiß es nicht.« Sie mussten die Ohren spitzen, um Cecil zu verstehen, denn seine Stimme war beinah tonlos. »Gott helfe mir, ich weiß es nicht. Zum ersten Mal im Leben bin ich … vollkommen ratlos.«

Eleanor hatte bislang geschwiegen, denn sie hatte sich geschworen, sich an den Debatten über die Thronfolge nicht zu beteiligen, solange Elizabeths Herz noch schlug. Doch jetzt hatte sie das Gefühl, dem Secretary beistehen zu müssen. »Nun, zumindest scheint niemand Mary Stewart zu favorisieren.«

Cecil hob die mageren Schultern, ohne das Gesicht vom Fenster abzuwenden. »Ich möchte wetten, dass Norfolk es tut, der in seinem Herzen ein Papist ist.«

»Aber er hat keinen Einfluss«, entgegnete Lady Cat. »Er verwendet seine ganze Kraft auf seine kindische Fehde gegen Robin Dudley, und deswegen nimmt ihn niemand ernst.«

»Nein.« Cecil sah die beiden Damen wieder an. »Aber er ist dennoch der einzige Herzog des Reiches. Und der Cousin der Königin. Sein Großvater war der Bruder ihrer Großmutter. Wir dürfen nicht den Fehler machen, ihn aus den Augen zu verlieren, wenn …« Er brach plötzlich ab, und für einen Moment schien es, als kämpfe er mit den Tränen.

Lady Cat trat zu ihm und legte ihm eine tröstende Hand auf die Schulter.

Eleanor wandte sich zum Schlafgemach der Königin. »Ich sehe nach, wie es steht, und löse Mary ab.«

Wie immer musste sie sich stählen, ehe sie das Krankenzimmer betreten konnte. Als sie geräuschlos die Tür öffnete, fand sie Mary Sidney auf den Knien neben dem Bett. Sie hielt die Hand der Kranken mit ihren beiden, hatte die Stirn auf die Bettkante gelegt, und ihre Schultern bebten.

Eleanor spürte ein schmerzhaftes Durchsacken in der Magengegend und eilte zum Bett. »Mary?«

»Sie ist bewusstlos.« Die sonst so unerschütterliche Lady Mary schluchzte wie ein kleines Mädchen. »Sie ist aufgewacht, hat die Lider geöffnet und wollte etwas sagen. Aber … aber es ging nicht. Sie … konnte einfach nicht. Dann haben die Augen sich nach oben verdreht und …«

Eleanor sah auf die Kranke hinab, und der Anblick verursachte ihr einen beinah körperlichen Schmerz. Als schließe sich eine kalte, eiserne Faust um ihr Herz und drücke allmählich zu. Die Pocken bedeckten das Gesicht nicht so vollständig, wie es bei Lappidot der Fall gewesen war, aber sie veränderten es trotzdem beinah zur Unkenntlichkeit. Elizabeths Gesichtszüge hatten mehr Ähnlichkeit mit einem Unhold als mit der schönen jungen Königin von letzter Woche. Aber das eigentlich Schlimme war, wie fern sie in ihrer tiefen Bewusstlosigkeit wirkte. So entrückt. Kaum noch Teil dieser Welt.

Eleanor nahm Mary bei den Schultern und richtete sie auf. »Schsch. Du musst dich beruhigen. Entschuldige, dass wir dich so lange allein gelassen haben.« Elizabeth duldete nur ihre vertrautesten Damen an ihrem Krankenbett, und so kam es, dass Mary Sidney, Cat Knollys und Eleanor seit einer Woche beinah rund um die Uhr auf den Beinen waren. »Du brauchst eine Pause, Mary. Geh dich ein paar Stunden hinlegen und …« Eleanor verstummte, als sie Marys Hand ertastete.

Mary befreite ihre Linke mit einem fast trotzigen Ruck und hielt den Kopf abgewandt.

»Schau mich an«, befahl Eleanor. Und als ihre Freundin sich nicht rührte, legte sie beide Hände auf deren Kopf und zwang ihn herum. Die Augen glänzten vor Fieber. Und auf Stirn und Wangen zeigten sich die ersten Spuren des Ausschlags, der der Pockenbildung vorausging.

Eleanor sank neben ihr auf die Knie und schloss sie in die Arme. Sie war sprachlos. Doch was sie dachte, war: *Wenn ich mich auch anstecke, was wird dann aus meinem Kind?*

Gegen Abend erlangte die Königin das Bewusstsein zurück, und sie wirkte klarer als in den letzten Tagen. Sie bestand darauf, den Secretary und eine Abordnung des Kronrates zu empfangen und ihnen ihren letzten Willen zu diktieren: Sie verfügte, dass Sir Robert Dudley nach ihrem Tod zum Lord Protector ernannt werde und die Regierungsgewalt ausüben solle, bis die Thronfolge geregelt sei. »Denn nur ihm kann ich diese Bürde anvertrauen, Gentlemen«, sagte sie. Ihre Stimme war matt, aber sie war unverkennbar Herr ihrer Sinne. »Keinem vertraue ich wie ihm, und keinen habe ich je geliebt wie ihn, aber weil ich weiß, dass Ihr zweifelt, will ich Euch noch dies versichern: Nichts Unziemliches ist je zwischen ihm und mir vorgefallen, Gott ist mein Zeuge.«

Die Gentlemen des Kronrates tauschten unbehagliche Blicke. So offene Worte hatten sie wohl nicht erwartet, und wenngleich es ihnen nicht passte, kamen sie nicht umhin, sie zu glauben.

»Es wird alles so geschehen, wie Ihr befehlt, Majestät«, versicherte der Secretary.

Aber Eleanor glaubte ihm kein Wort. Bevor der Kronrat Robin Dudley ein Protektorat anvertraute, würden die Pferde in Waringham fliegen lernen.

Kaum hatten die Gentlemen sich verabschiedet, kam der designierte und vermutlich noch ahnungslose Lord Protector durch die geheime Verbindungstür.

»Wie steht es?«, fragte er leise. Er sah beinah so krank aus wie die Königin, war unrasiert und hohlwangig, und die Augen waren dumpf vor Verzweiflung.

Elizabeth drehte den Kopf weg. »Was hab ich dir gesagt, du Zigeuner …«, schalt sie ohne viel Elan.

»Ja, ich weiß, du willst nicht, dass ich dich so sehe«, kam er ihr zuvor. Und sie ließ sich nicht erweichen, ganz gleich, wie er bettelte. Nur wenn sie schlief, konnte er hin und wieder ein paar Minuten auf ihrer Bettkante sitzen und ihre Hand halten. »Aber ich habe dir einen Doktor aus London mitgebracht.«

Die Königin hielt das Gesicht von ihm abgewandt und hob eine der mageren Hände zu einer Geste der Abwehr. Sie hatte schon so viele Ärzte empfangen, die schon so vieles probiert hatten. »Schick ihn weg. Ich hatte … so ein anstrengendes Leben. Jetzt lasst mich wenigstens in Frieden sterben.«

Robin wandte sich mit einem flehenden Blick an Eleanor. »Er nennt sich Doktor Burcot. Ein seltsamer Kauz«, berichtete er ihr flüsternd, und sie sah seine Unsicherheit. »Ein Deutscher. Alchimist, Wunderheiler, was weiß ich. Aber der Kerl, der ihn zu mir brachte, sagt, Burcot habe letztes Jahr bei der Pockenepidemie in London erstaunliche Heilerfolge gehabt. Einen Versuch wert, meinte er, schließlich könne es schlimmer nicht werden.«

»Wer war der Mann?«, fragte Eleanor, obwohl sie es schon ahnte.

»Weiß der Henker. Sah aus wie ein Bierkutscher, redete wie ein Gentleman. Er tat so, als würde er dich kennen, und ich soll dir ausrichten, er schätze es überhaupt nicht, dass du nicht tust, was er gesagt hat.«

Eleanor nickte. »Hol diesen Doktor Burcot.«

»In Ordnung.« Es sprach Bände über seinen Gemütszustand, dass Robin – sonst unheilbar neugierig – ihr keine weiteren Fragen über den geheimnisvollen Fremden stellte. Er verschwand durch die Tapetentür und kehrte wenig später mit einem großen, hageren Mann mit einer Habichtsnase zurück.

Eleanor musterte ihn von Kopf bis Fuß. Sein kinnlanges, graues Haar war gepflegt, die Hände, sogar die Nägel peinlich sauber. Er trug ein wallendes schwarzes Gewand, fast wie ein Talar, und auf der Brust ein Amulett aus Kupfer mit allerlei magischen Zeichen. »Euer Name ist Burcot?«, fragte sie ihn.

Er neigte höflich den Kopf. »So ist es, Mylady.«

»So ist es nicht«, widersprach sie frostig. »Ihr seid Burchard

Kranich, und Ihr schuldet der Krone fünfhundert Pfund, die Königin Mary Euch für die Errichtung einer Silbermine in Cornwall geborgt hat.«

Ein Lächeln machte sein zerfurchtes Gesicht unerwartet sympathisch. »Ihr seid ausgesprochen gut informiert, Madam.«

»Das ist es, wofür die Königin mir eine großzügige Jahrespension zahlt. Und Ihr weicht mir aus.«

Der angebliche Arzt hob unbeeindruckt die Schultern. »Ein anderer Beruf, ein anderer Name. Die Silbermine ist noch in Betrieb und wird hoffentlich bald genug abwerfen, um meine Gläubiger zu befriedigen.« Er sah zum Bett hinüber. »Dafür müssten sie allerdings noch ein bisschen länger am Leben bleiben, meine Gläubiger.«

Elizabeth, die mit dem Rücken zu ihnen lag, gab einen kurzen Laut von sich. Erst hielt Eleanor es für ein Husten. Dann ging ihr auf, dass die Königin gelacht hatte. »Bring ihn her, El. Und du verschwindest, Robin.«

Robin Dudley nickte unglücklich und ging hinaus.

Eleanor geleitete Burcot zum Krankenlager. Ihr war mulmig bei dem Gedanken, ihre todkranke und deswegen untypisch hilflose Königin in die Hände dieses Scharlatans zu geben, dem sie misstraute. Aber Gabriel hatte ihn geschickt. Und obwohl sie nicht hätte sagen können, warum eigentlich, vertraute sie Gabriel Durham blind.

Der angebliche Doktor Burcot umrundete das ausladende, kostbare Bett, sodass er vor der Königin stand, und verneigte sich weltmännisch. »Majestät.« Falls ihr Anblick ihn erschreckte, ließ er sich zumindest nichts anmerken.

»Ich hoffe inständig, Ihr könnt irgendetwas gegen die Pockennarben auf Gesicht und Händen tun, Sir.«

»Nein, Majestät. Sie sind belanglos, denn sie schaden Euch nicht, und ich befasse mich nicht mit Belanglosigkeiten. Also, wenn Ihr gestattet, werde ich versuchen, etwas gegen die Pocken auf Eurem Herzen zu unternehmen, die Euch umbringen.«

»Nur zu. Und ich rate eindringlich, Euch eines anderen Tones zu befleißigen«, konterte sie.

Er ignorierte die Zurechtweisung. »Wir müssen Euch in roten Flanell hüllen und möglichst nah ans Feuer legen, Majestät.«

»Aber ich verbrenne bereits.«

»Das macht nichts. Pocken kann man nur mit Hitze austreiben. Und dann müsst Ihr einen Trank zu Euch nehmen, den ich zusammenstellen werde.«

Die fiebrigen Augen betrachteten ihn einen Moment. Geruhsam, so als ginge es hier um die Speisenfolge des Abendessens, nicht um ihr Leben. Dann deutete die Königin ein Nicken an. »Sei so gut und beschaff roten Flanell, Eleanor.«

»Nicht nötig«, Burcot hob die Tasche, die er über der Schulter trug. »Ich habe welchen mitgebracht. Lady Eleanor, wenn Ihr mir behilflich sein wollt, legt eine Decke vor den Kamin, auf der Ihre Majestät ruhen kann, und schürt das Feuer auf.«

Eleanor ergriff eine der dicken Daunendecken, die zusammengefaltet auf einem Sessel lagen, und als sie mit der unförmigen Last unter dem Arm am Krankenbett vorbeikam, umschloss die glühende Hand der Königin plötzlich ihre Linke. »Falls das hier schiefgeht, El …«

»Das wird es nicht«, entgegnete sie mit mehr Überzeugung, als sie empfand.

»Hör mir zu, verdammt …«

Eleanor sah in die kranken Augen und nickte.

»Sie … sie werden ihm das Protektorat nicht geben.«

»Nein, ich weiß.«

»Dann sorg dafür, dass er das lange Elend heiratet, wenn ich tot bin. Schwöre es mir.«

»Robin Dudley und Mary Stewart?«, übersetzte Eleanor fassungslos.

Elizabeth nickte. »Sie steht dem englischen Thron am nächsten, das wissen wir alle. Und ich will … dass seine Kinder mir folgen. Das war immer, was ich wollte. Du … kennst ein jedes dunkles Geheimnis eines jeden mächtigen Mannes in England, Eleanor. Also …«

Das kann ich nicht, dachte Eleanor beklommen. Das kann ich niemals bewerkstelligen. Der Widerstand gegen einen solchen

Plan wäre einfach zu stark, mächtiger als alle dunklen Geheimnisse zusammen.

Sie legte die Hand der Königin einen Augenblick an ihre Wange. »Ich werde tun, was ich kann«, versprach sie. »Aber besser, du stirbst nicht.«

Auf See 19°20′ N, 60°34′ W, November 1562

John Harker heulte wie ein kleiner Bengel. »Bitte, Captain«, er fuhr sich mit den gefesselten Händen über die triefende Nase. »Bitte nicht …«

»Reiß dich zusammen, Mann«, schnauzte Hawkins. »Du hast das Gesetz gebrochen und musst den Preis bezahlen. Jetzt hör auf zu flennen und fang an zu beten, na los!«

Der Verurteilte senkte den Kopf und lauschte Jeremy Waltham, dem Schiffsgeistlichen, der zu ihm getreten war und leise ein Gebet angestimmt hatte.

»Master Abingdon«, sagte der Captain schließlich mit einer kleinen, auffordernden Geste.

Der Bootsmann nickte. »Genug gebetet, Jeremy. Die Warterei macht es nur schlimmer.« Er packte Harkers zusammengebundene Hände und befestigte sie mit einem Haken an dem vorbereiteten Tau.

Harker fing wieder an zu schluchzen, unkontrolliert, in Panik, und der Schritt seiner schmuddeligen Hosen verfärbte sich gelb.

Francis Drake regte sich an Isaacs Seite und verschränkte die Arme. »Ich schätze, das wäscht sich wieder aus …«

Isaac verzog den Mundwinkel zu einem müden Lächeln. Er hatte nicht einen Funken Mitgefühl für Harker. Grässlich war die Szene trotzdem.

»Tau aufnehmen«, befahl der Bootsmann.

Drake, Isaac und vier weitere Matrosen hoben das lose Ende des dicken Seils auf, das auf den Planken lag und über der Backbordwand verschwand.

»Lasst den Mann Kiel holen«, befahl Hawkins förmlich.

Abingdon und Beaver packten den stammelnden Harker an den Armen und beförderten ihn an der Steuerbordseite über die Reling. Mit einem satten Platschen ging er unter, und sein Schrei war wie abgeschnitten.

»*Heave ho,* Männer«, kam Abingdons Anweisung, und Isaac begann genau wie die anderen, das Tau Hand über Hand zu ziehen.

»Nicht zu schnell«, mahnte Drake. »Sonst wird er komplett abgeschmirgelt …«

Es hieß, beim Kielholen gehe ein Mann mit einem weißen Hemd ins Wasser und komme mit einem roten wieder heraus. Der Verurteilte wurde unter dem Schiffsrumpf hindurchgezogen, der mit Muscheln und anderen scharfkantigen Anhaftungen bewachsen war. Zog man zu schnell, konnte er ein Auge oder Gliedmaßen verlieren. Pete Petit behauptete gar, er habe mal erlebt, dass einer ohne Kopf an der anderen Seite wieder zum Vorschein gekommen sei. Zog man langsamer, sank die Verletzungsgefahr, während das Risiko, dass der Delinquent ertrank, zunahm.

Es war ungewöhnlich still an Bord der *Salomon*. Hawkins war auf seinem gewohnten Platz oben an der Treppe des Achterdecks stehengeblieben, die Hände auf dem Rücken verschränkt, die Miene undurchschaubar. Mannschaft und Offiziere hatten sich an der Backbordreling aufgereiht und starrten gespannt auf die tiefblaue, ruhige See hinab.

»Ich glaub, ich seh ihn«, murmelte einer schließlich.

»Ja. Und er bekommt Gesellschaft«, sagte Pete und wies weiter aufs Wasser hinaus.

Isaac holte im gleichbleibenden Rhythmus mit den anderen das Tau ein, das nass und glitschig durch seine Hände glitt. Seegras und Muschelstücke hafteten daran. Er konnte über die Schultern und Köpfe hinweg nichts sehen, aber er musste nicht lange rätseln, was Pete gemeint hatte.

»Oh, Jesus …«, stieß Beaver hervor. »Haie!«

Abingdon sah über die Schulter. »Vorwärts, Drake. Holt ihn rauf.«

Sie legten einen Zahn zu, aber der Aufschrei an der Reling verriet Isaac, dass die Haie schneller waren. Von einem Herzschlag zum nächsten bot das Tau keinen Widerstand mehr, und die sechs Männer, die es gezogen hatten, hielten inne.

»Oh, seht euch das an, was für eine Sauerei …«, rief der Schiffsjunge, und es klang eher fasziniert als erschüttert.

»Ich glaub, er war sowieso schon tot«, sagte Master Bennet. »Gezappelt hat er jedenfalls nicht.«

»Wie riesig sie sind!« Die helle Stimme des Jungen überschlug sich. »Und wie schnell!«

Der Erste Offizier packte ihn am Kragen und zerrte ihn von der Reling zurück. »Wegtreten, Männer. Ich schätze, für heute haben wir genug Blut gesehen. Das gilt auch für dich, Timmy.«

Der Schiffsjunge nickte enttäuscht. »Aye, Sir.«

Der Bootsmann zog sein Messer aus dem Gürtel und durchtrennte das Tau. »Nichts übrig, was einzuholen sich lohnt.«

»Jetzt wisst ihr, was Gott davon hält, wenn englische Christenmenschen sich versündigen und mit afrikanischen Wilden einlassen«, sagte Hawkins zu seiner Mannschaft. »Der nächste, der eine der Frauen anrührt, wird Harker folgen.« Sein Blick fiel auf Isaac. »Und der nächste, der sich den Schlüssel zum Frachtraum stehlen lässt, ohne es zu bemerken, kommt auch nicht ungeschoren davon.«

Oh, aber klar doch, dachte Isaac wütend, erwiderte den kühlen Blick indessen, ohne eine Regung zu zeigen. Wenigstens das hatte er inzwischen gelernt.

Diese Überfahrt war eine Prüfung für alle an Bord der *Salomon* und der übrigen Schiffe der Flotte. Isaac war nicht der einzige, dem das Elend der afrikanischen Gefangenen unten im Frachtraum zu schaffen machte. Viele der Matrosen, auch gestandene Männer, die praktisch schon alles erlebt hatten, waren zu ihm gekommen und hatten ihm anvertraut, wie schändlich sie es fanden, was der Captain tat. »Wir sollten uns nicht wundern, wenn Gott uns einen Sturm schickt und auf den Grund des Meeres sinken lässt«, hatte der graubärtige Ron Pockley gesagt.

Einen Sturm hatten sie in der zweiten Woche tatsächlich bekommen, und er hatte es in sich gehabt. Aber alle vier Schiffe hatten ihn überstanden, und seither blies der Wind bei meist klarem Himmel stetig und kräftig, sodass sie sich schon nach fünf Wochen dem Ziel ihrer Überfahrt näherten.

Die Versorgung der afrikanischen Sklaven war tatsächlich Isaac und Tomás zugefallen. Nicht als disziplinarische Maßnahme, wie Hawkins gedroht hatte, sondern eher, weil sie sich nicht so vehement gesträubt hatten wie die übrigen Matrosen, denen davor graute.

Ein Drittel der dreihundert afrikanischen Sklaven befand sich an Bord der *Salomon,* hundertfünfzig waren auf der größeren *Albion,* die restlichen auf die zwei kleinen Schiffe verteilt. Noch in Plymouth waren die Frachträume für ihren neuen Zweck umgebaut und mit einer massiven Holzwand in zwei Bereiche getrennt worden: In der Bughälfte lagerten nun die Vorratsfässer, während die Gefangenen hinter der gut gesicherten Tür im hinteren Bereich untergebracht waren. Dort waren links und rechts einer schmalen Mittelgasse auf halber Höhe des Frachtraums hölzerne Plattformen eingezogen worden, die genau wie die Planken mit Stroh ausgelegt waren. In zwei Etagen übereinander waren die Afrikaner dort zusammengepfercht, an Eisenringe in der Bordwand und aneinander gekettet. Die Enge und die Ketten ließen ihnen kaum Spiel, sich zu bewegen. Sie konnten liegen, sitzen oder hocken, zum Aufstehen reichte die Höhe ihrer Pferche nicht aus. Einmal am Tag bekam jeder eine Schale Bohnen und einen halben Becher Wasser. Isaac und Tomás banden sich Tücher vor Mund und Nase, bevor sie zu ihnen gingen, denn die Gefangenen waren gezwungen, in ihren Exkrementen zu liegen, und der Gestank war unbeschreiblich.

Isaac hatte versucht, mit dem Bootsmann über diesen Punkt zu reden, hatte das bestechende Argument angeführt, dass die Zahl der Überlebenden am Ende der Reise vermutlich größer wäre, wenn man den Menschen ein Mindestmaß an Sauberkeit zubilligte.

Master Abingdon hatte ihm kopfschüttelnd die Schulter geklopft. »Ich weiß, du meinst es gut, Isaac, aber dazu müssten wir sie losketten, und dann fallen sie über uns her und machen uns alle kalt.«

»Sie sind nicht in der Verfassung, über irgendwen herzufallen.«

»Das ist es, was du glauben sollst. Mach dir keine Gedanken, Junge. Das sind Wilde, für die ist es vermutlich ganz normal, in der eigenen Scheiße zu sitzen. Ich geb zu, mir geht der Gestank auch an die Nieren – das ganze Schiff ist ja schon davon verpestet. Aber es ist nun mal nicht zu ändern. Erledige deine Arbeit da unten und halt dich nicht länger als nötig auf, damit du nicht krank wirst, hörst du.«

Also blieb ihnen nichts anderes übrig, als die Gefangenen zu füttern und die Toten loszuketten, die sie dann und wann fanden, um sie über Bord zu werfen.

Anfangs hatten die Afrikaner sie noch beschimpft und verflucht – jedenfalls hatte es sich so angehört –, doch inzwischen waren sie zu entkräftet dafür. Teilnahmslos blickten sie den beiden jungen Männern entgegen, die ihnen die Bohnen brachten und damit für einen weiteren Tag ein Leben in der Hölle schenkten, und Tomás' zaghafte Versuche, irgendeine Art von menschlichem Kontakt herzustellen, scheiterten.

Der Frachtraum der *Salomon* war in der Tat wie ein Vorgeschmack auf die Hölle, und die Gefangenen glichen den gepeinigten Seelen der Verdammten. Wie ein Mann sich freiwillig dorthin begeben konnte, um sich über eine der angeketteten Frauen herzumachen, war Isaac rätselhaft. Als Harker zum ersten Mal nachts zu ihm herübergeschlichen war und ihm den Schlüssel vom Gürtel gestohlen hatte, war Isaac das keineswegs entgangen. Er erriet auch ohne Mühe, was Harker im Frachtraum wollte. Nur wusste er überhaupt nicht, was er tun sollte. Auch wenn er den übellaunigen, großmäuligen Seemann nicht ausstehen konnte und verabscheute, was er tat, war es doch eine Todsünde unter Matrosen, einen Kameraden zu verpfeifen.

»Gib mir Bescheid, wenn es wieder passiert«, hatte Drake gesagt, den er um Rat gefragt und der ohne langes Grübeln befunden hatte, dass Harkers Sünde schwerer wog. »Ich sorge dafür, dass der

Maat die Pissnelke auf frischer Tat ertappt, und dann bist du fein raus.«

Mitte November erreichten sie die große Insel Hispaniola – oder Española, wie die Spanier sie nannten, denen sie gehörte. Wie beinah alles in der Neuen Welt.

Martínez, der spanische Steuermann, kannte sich in den hiesigen Gewässern offenbar nicht ganz so hervorragend aus, wie er behauptet hatte, denn sie irrten ein paar Tage an der Küste entlang, bis sie den gesuchten Hafen von Puerto Plata schließlich fanden: ein verschlafenes Hafenstädtchen an der Nordküste, weiße Häuser mit kleinen Fenstern zu Füßen eines bewaldeten, nebelverhangenen Berges.

Die schmale Bucht, die einen natürlichen Hafen bildete, war seicht, und sie mussten fünfzig Yards vom Strand entfernt ankern, damit sie nicht auf Grund liefen.

Isaac hatte die Arme auf der Reling verschränkt und schaute auf das glasklare Wasser hinab. »Meine Mutter hatte einen Armreif aus Persien mit einem Schmuckstein, der genau diese Farbe hatte. Ich glaube, er hieß Türkis.«

»Es sieht herrlich aus«, befand Francis Drake. »Einladend bei dieser Hitze.«

Es war in der Tat heiß in der Neuen Welt, heiß und feucht, und das war kein Wunder: Seit sie an dieser Küste entlangsegelten, hatte es jeden Tag geregnet, kurze, heftige Schauer mit dicken Tropfen, die einen wie kleine Kiesel trafen. Und nach ein paar Minuten war der Regen jedes Mal von einem Herzschlag zum nächsten versiegt, die brennende Sonne kam wieder zum Vorschein, und die Wälder drüben an der Küste begannen zu dampfen. Aber weder Hitze noch Schwüle konnten Isaac schrecken, und er war verzaubert von der exotischen Schönheit dieses Landes. Hinter den Häusern von Puerto Plata begann der Wald, und aus den Wipfeln erhob sich ein einzelner, sehr großer Vogel. Er war zu weit fort, um ihn genau zu erkennen, aber sein Gefieder war leuchtend rot.

Isaac zeigte mit dem Finger: »Da, siehst du das?«, rief er aufgeregt.

Drake nickte.

»Was war das?«

»Woher soll ich das wissen?«, gab der junge Seemann ungeduldig zurück. »Ich bin zum ersten Mal in der Neuen Welt, genau wie du.« Er wandte den Kopf und rief zum Bootsmannsmaat hinüber: »Können wir schwimmen gehen?«

Beaver nickte. »Aber nur die, die auch tatsächlich schwimmen *können*«, mahnte er. Isaac wusste, dass das nur auf verblüffend wenige Matrosen zutraf. »Das Wasser ist vermutlich tiefer, als es aussieht.«

»Etwa so tief wie ein Zuckerrohr lang ist«, sagte Tomás, den Blick auf die sachten Wellen gerichtet, die in der Sonne funkelten.

»Woher weißt du das?«, fragte Drake neugierig.

Tomás wies auf einen Schwarm kleiner Fische, die ebenso türkisfarben zu sein schienen wie das Wasser. »Man sieht es daran, wie sie … gehen.«

Drake lachte. »Schwimmen«, verbesserte er nachsichtig.

Tomás zog sich das Obergewand über den Kopf und streifte die Schuhe ab. »Gute Idee.« Damit kletterte er auf die Reling und glitt mit einem eleganten Kopfsprung ins Wasser, ohne das Fallreep zu bemühen. Als er wieder auftauchte, rief er ihnen zu: »Wasser ist …« Er schaute hilfesuchend zu Isaac. »*Muy caliente!*«

»Sehr warm«, übersetzte Isaac.

»Nicht mal englische *Cobardes* müssen sich davor fürchten«, versprach Tomás und tauchte davon wie eine Robbe.

»Ein guter Kerl«, bemerkte Drake.

»Das ist er«, bestätigte Isaac, seltsam erfreut über Drakes Anerkennung.

»Es war anständig von dir, dass du ihn freigekauft hast.«

Isaac schüttelte den Kopf. »Eigentlich nicht. Es war das Mindeste. Er hat mir das Leben gerettet.«

Drake sah ihn von der Seite an. »Du erzählst nie etwas von Teneriffa. Du bist doch sonst nicht gerade schweigsam, aber du hörst dir lieber zum zwanzigsten Mal Petes Mär von der zweiköpfigen Hure in Panama an, als selber ein paar deiner Abenteuer bei den Papisten zum Besten zu geben.«

»Es gab keine«, entgegnete Isaac. »Es war abscheulich und obendrein eintönig.«

Drake nickte, den Blick wieder aufs Wasser gerichtet. »Ich hab die Narben auf deinem Rücken gesehen.«

Isaac beobachtete die Bahn eines blauen Fisches, dessen Rückenflosse so bunt war wie das Gefieder eines Pfaus. »Ich würde dir davon erzählen, wenn ich hoffen könnte, dass es dich vom Sklavenhandel kuriert. Aber keine Schauergeschichte wird das vollbringen.«

»Nein, vermutlich nicht«, räumte Drake unverbindlich ein. Dann nahm er den Gürtel ab, schlüpfte aus der Weste und zog sich das Wams aus. »Los, komm ins Wasser.«

Nach dem Regenschauer am Nachmittag kam der Bootsmann zu Isaac und trug ihm auf, sich passabel herzurichten und dann bereitzuhalten: Der Captain wolle an Land gehen und bedürfe seiner Dienste.

Dank der Pinasse gelangten sie trockenen Fußes zum Strand, wo ein junger Spanier sie mit zwei Pferden erwartete. »Capitán Hawkins? Don Julio Suárez erwartet Euch. Wenn Ihr gestattet, werde ich Euch zu ihm bringen.«

Isaac hielt Hawkins zähneknirschend den Steigbügel, schwang sich dann in den Sattel, und sie folgten dem spanischen Diener über einen Weg aus Holzbohlen, der die Fronten der weißen Häuschen am Hafen säumte und dann endete, als sie in den Schatten der Bäume tauchten. Auch im Wald gab es indes einen erkennbaren Pfad, dessen zwei Fahrspuren verrieten, dass ihn auch schwer beladene Fuhrwerke benutzten. Hier und da war er mit fremdartigem Gras und Gestrüpp bewachsen und an anderen Stellen schlammig. Isaac blickte sich neugierig um. Das Unterholz war mehr als mannshoch und so dicht, dass man nicht hindurchspähen konnte, und die unbekannten Bäume waren mit hellen, ledrigen Blättern belaubt. Er sah zwei Schmetterlinge, die ihm groß wie flatternde Bücher erschienen. Sie waren wundervoll, schillerten in einem ganzen Reigen aus Farben von violett bis gelb, aber ihre schiere Größe hatte etwas Beängstigendes, gestand Isaac sich. Genau wie in Afrika summte der Wald auch hier vor Leben, überall raschelte und knisterte es. Als genau über ihnen ein Knacken ertönte, legte Isaac den Kopf in den Nacken und sah wieder einen dieser großen, leuchtend roten Vögel in die Lüfte steigen. Die Beine waren dürre Stelzen, der Schnabel grotesk lang und gebogen, aber die breiten Schwingen verliehen ihm Eleganz. Im Nu war er über den Baumkronen verschwunden.

»Es ist nicht mehr weit«, meldete der Diener sich zu Wort. »Gebt acht da vorn, wo der Weg sich verengt, manchmal schlafen dort Schlangen auf den Ästen in der Sonne, und man sieht sie kaum, weil sie grün sind.«

»Sind sie gefährlich?«, fragte Isaac neugierig, statt zu übersetzen.

Der junge Mann hob die Schultern. »Sie bringen dich nicht um, aber besser, du legst dich nicht mit ihnen an ...«

Kurz darauf blieb der Wald zurück und wich einem Anblick, der Isaac nur zu vertraut war: weite Hügel voller Zuckerrohr und inmitten dieses grünen Ozeans ein ausladendes Siedehaus.

Der Pfad führte fast schnurgerade auf das Gutshaus zu, das in einer seichten Senke stand und genau wie Don Pedros im Karree um einen großzügigen Innenhof gebaut war.

Kaum waren sie durchs Tor geritten, kam ein vornehm gekleideter Spanier aus dem Haus und breitete freudestrahlend die Arme aus: »Willkommen, willkommen, lieber Capitán Hawkins!«, rief er überschwänglich.

Sie saßen ab, der Captain warf dem Diener die Zügel zu und schnitt die sonderbare Grimasse, die bei John Hawkins als strahlendes Lächeln herhalten musste. »Don Julio.« Er reichte ihm die Hand. »Eine Ehre.«

»Isaac of Waringham«, stellte der Captain ihn unerwartet vor. »Ein junger englischer Edelmann, der sich uns angeschlossen hat, weil er etwas von der Welt sehen wollte.«

So, so, dachte Isaac mit grimmiger Belustigung. Erst verhökert er mich, und jetzt schmückt er sich mit meinem alten Namen. Aber er schluckte einen bissigen Kommentar herunter und übersetzte Hawkins' Worte getreulich. Sie waren ja nicht einmal die Unwahrheit.

»Seid auch Ihr willkommen, Isaac of Waringham.« Julio Suárez schüttelte ihm emsig die Hand. »Tretet ein, das Essen müsste jeden Moment fertig sein. Wir essen hier früh, denn es wird früh dunkel.«

Er führte seine Gäste durch eine dämmrige, herrlich kühle Eingangshalle in einen kleineren Raum, der behaglich, aber schlicht eingerichtet war. »Vergebt unser bäurisches Mobiliar«, bat Don Julio seufzend. »Jedes noch so kleine Stück Komfort muss aus der Heimat mit dem Schiff hergebracht werden, und derzeit sind es immer noch wichtigere Waren als komfortable Möbel oder Gemälde, die wir brauchen.«

»Männer wie Ihr seid die Vorhut, die die Fackel der Zivilisation und des Glaubens in dieses wilde Land trägt und es sich gemäß Gottes Gebot untertan macht«, gab Hawkins zurück. »Das verdient höchste Anerkennung.«

Ihr Gastgeber lächelte zufrieden, nachdem er die Übersetzung gehört hatte. »Ah, und hier kommt die Zierde meiner Tafel.«

Isaac wandte sich um, und sein Herz stolperte.

»Capitán Hawkins, Don Isaac, darf ich vorstellen: Doña Clara, meine Gemahlin.«

Es war mehr als zwei Jahre her, dass Isaac sie im Pferdestall ihres Vaters zuletzt gesehen hatte. Aus dem anmutigen Mädchen war eine schöne junge Frau geworden. Sie trug das herrliche dunkle Haar geflochten und aufgesteckt unter einer züchtigen Haube aus cremefarbener Spitze. Das Leinenkleid gleicher Farbe war mit einer schmalen Bordüre aus schwarzer Spitze besetzt, und trotz der wabernden Hitze, trotz der deutlich sichtbaren Schwangerschaft wirkte Clara darin so frisch, als habe sie eben noch ein kühles Bad genommen. Der herrliche kirschrote Mund zeigte ein höfliches Lächeln, doch als ihre Blicke sich für die Dauer eines Lidschlags trafen, sah Isaac einen gehetzten Ausdruck in ihren Augen, etwas wie Furcht, schien es ihm, und sie deutete ein winziges Kopfschütteln an.

Ebenso verstohlen nickte er, denn er verstand sie nur zu gut.

Sie fürchtete, ihr Gemahl könne irgendwie erfahren, dass sie den jungen Engländer bereits kannte, und Argwohn schöpfen.

Hawkins verneigte sich. »Ich bringe Euch Grüße von Eurem Vater, Doña Clara.«

»Sehr freundlich, Capitán.«

»Eine Ehre, Doña Clara«, sagte Isaac und verneigte sich formvollendet, aber er hielt den Blick auf einen Punkt hinter ihrer Schulter gerichtet.

Sie wies auf die gedeckte Tafel. »Nehmt Platz, der Wein kommt sofort.« Sie klatschte leise in die Hände – die noch genauso klein und schneeweiß waren, wie Isaac sie in Erinnerung hatte –, und zwei Diener erschienen mit Platten und Krügen.

»Das Problem ist, dass die Portugiesen ein Monopol auf den Handel mit afrikanischen Sklaven haben«, erklärte Julio Suárez, löste geschickt mit der Gabel ein Stück Fisch von den Gräten und schob es sich in den Mund.

»Die vom Papst vergebenen Monopole werden von meiner Regierung indessen nicht anerkannt«, entgegnete Hawkins – nüchtern, aber nicht angriffslustig. Er aß lustlos, und Schweiß perlte auf seiner Stirn. Isaac hatte bereits festgestellt, dass der Captain nicht sonderlich gut mit Hitze zurechtkam.

»Das ist mir bewusst«, antwortete ihr Gastgeber kauend. Dann spülte er den Bissen mit einem Schluck Wein herunter und fügte hinzu: »Von meiner Regierung hingegen schon, und der königliche Gouverneur hier auf Española und seine Amtsbrüder überall in den Kolonien überwachen die Einhaltung der Gesetze mit unnachgiebiger Strenge. Darum müssen wir uns etwas einfallen lassen.«

Hawkins nickte. »Ich nehme an, es gibt einen Bedarf für meine dreihundert afrikanischen Sklaven?«, fragte er.

Zweihundertvierunddreißig, verbesserte Isaac in Gedanken. Der Rest hatte die Reise nicht überlebt.

»Auch für dreitausend oder dreißigtausend«, gab Don Julio zurück.

Hawkins lächelte flüchtig. »Ich bin nie davon ausgegangen, dass ich für meine Sklaven die gleichen Preise bekomme wie die

Portugiesen, denn meine sind … nun, so etwas wie Schmuggelware, nicht wahr? Sagt den anderen Pflanzern, meine Sklaven werden zwar ohne päpstlichen Segen, dafür aber für ein Viertel weniger angeboten.«

Don Julio nickte langsam. Er schien einem solchen Handel alles andere als abgeneigt, aber anscheinend hatte er noch Bedenken.

Sein nachdenkliches Schweigen gab Isaac Gelegenheit, einen verstohlenen Blick auf Clara zu werfen, die zu seiner Linken am Kopf des etwas klobigen Tisches saß. Sie aß langsam, beinah mechanisch, die Ellbogen an den Oberkörper gelegt, so als wäre es eng am Tisch. Und sie hielt den Blick auf ihren Teller gesenkt. Auch englische Frauen mischten sich nicht ein, wenn Männer über Politik oder Geschäfte sprachen, aber Claras Zurückhaltung erschien ihm verdächtig. Fast glaubte er einen Hauch von Feindseligkeit zu spüren, den er sich nicht erklären konnte. Er hatte ihr das Leben gerettet, verflucht noch mal. Und teuer dafür bezahlt. Was zum Henker nahm sie ihm übel?

»Isaac?«, holte Hawkins' Stimme ihn zurück in die Wirklichkeit. Sie klang scharf.

Isaac schaute mit einem zerknirschten Lächeln auf. »Tut mir leid, Captain. Was sagtet Ihr?«

»Frag Don Julio, wie viele Sklaven er haben will.«

Der Pflanzer überlegte einen Moment, ehe er antwortete: »Dreißig.«

»Und sie kosten normalerweise vierzig Ducados das Stück? Im Durchschnitt?«

Julio nickte.

»Ich lasse sie euch für dreißig. Neunhundert Ducados, Don Julio, für dreißig kerngesunde, kraftstrotzende Afrikaner.«

Isaac wusste es besser. Keiner der Menschen im Frachtraum der *Salomon* war gesund oder kraftstrotzend. Aber ihm war es gleich, wenn Julio übers Ohr gehauen wurde. Er war ein Sklavenhalter, und allein dafür hatte er es verdient.

»Sag ihm, er soll das Geld bis morgen besorgen und als Gast an Bord der *Salomon* kommen. Dann nehme ich ihn als Geisel und lasse ihn erst wieder frei, nachdem er mir ein Lösegeld in Höhe von neunhundert Ducados gezahlt hat. Während er sich voller Entrüstung beim spanischen Gouverneur über uns beschwert, laufen wir aus und setzten nach Einbruch der Dunkelheit die Sklaven an einem Ort seiner Wahl an Land.«

Isaac kam nicht umhin, Hawkins' Gerissenheit zu bewundern. Er übersetzte den Vorschlag, und Don Julios Augen begannen zu leuchten. »Das ist großartig, Capitán. Kann ich ein paar Freunde mitbringen, die ihr ebenfalls als Geiseln nehmt?«

Hawkins' preiswerte Afrikaner waren heiß begehrt auf Hispaniola, aber es dauerte trotzdem seine Zeit, sie alle zu verkaufen. Der Captain war vorsichtig und wickelte seine Geschäfte in einer Weise ab, dass der Gouverneur zumindest so tun konnte, als glaube er den spanischen Pflanzern ihre traurigen Geschichten von Geiselnahmen und Überfällen.

Sie verließen Puerto Plata und steuerten den Hafen von Monte Christi an, wo Hawkins Kontakt zu einigen Pflanzern aufnahm, die Don Julio ihm genannt hatte. Dort blieben sie ein paar Tage und segelten dann mit einer neuen Liste von Namen weiter.

Das Muster war immer das gleiche: Hawkins lud die Spanier auf sein Schiff ein, nahm sie dann gefangen und forderte Lösegeld. Oder er überfiel sie mit einem Dutzend bewaffneter Männer in ihren Häusern und forderte sie auf, ihr Gold, ihr Silber oder ihre Zuckerfässer herauszurücken. In allen Fällen fanden die Pflanzer am nächsten Morgen an vereinbarter Stelle eine Gruppe Sklaven als »Entschädigung« für das erlittene Unrecht vor, und während die Zahl der Sklaven an Bord der vier Schiffe zur allgemeinen Erleichterung von Tag zu Tag schwand, füllten die Frachträume sich mit den Schätzen der Neuen Welt.

»Er ist ein schlauer Bastard, das muss man ihm lassen«, bemerkte Isaac, der mit Tomás im Schatten einer Palme am Strand saß und versuchte, mit einem Entermesser eine Ananas zu schälen.

»Das ist er«, stimmte sein Freund vorbehaltlos zu. »Was genau machst du da, Isaac? Es gibt einfachere Wege, einen Finger zu verlieren.«

Isaac legte die Ananas auf ein breites Palmblatt, holte aus und zerschlug sie in zwei Hälften. Dann holte er mit den Fingern das Fleisch heraus, und der süße, klebrige Saft rann ihm über die Hände. »Diese Frucht ist die Krone der Schöpfung«, verkündete er mit vollem Mund.

»Hm. Allemal besser als Bananen«, gab Tomás zurück. Neben Zucker und Tobago wurden hier auch Ananas und Stachelannonen angebaut. Und natürlich Bananen, das billige Sklavenfutter, das sie schon von Teneriffa zur Genüge kannten. »Willst du ernsthaft die ganze Ananas allein essen?«

Grinsend reichte Isaac ihm die obere Hälfte mit dem drolligen grünen Blätterschopf.

»Was glaubst du, wann Hawkins die Heimreise antreten wird?«, fragte Tomás, borgte Isaacs Messer und schnitt seine Frucht in ordentliche Scheiben.

»Keine Ahnung. Wenn es nach mir geht, kann er sich Zeit lassen. In England ist das Wetter abscheulich um diese Jahreszeit.«

Tomás kaute versonnen und schluckte. »Ich denke darüber nach, hierzubleiben.«

Isaac legte die Ananas beiseite und sah ihn an. »Ja. Das habe ich mir gedacht.«

»Du bist einverstanden?«, fragte der Guanche hoffnungsvoll.

Isaac breitete die Hände aus. »Du bist ein freier Mann, Tomás – im Gegensatz zu mir –, und du kannst tun, was immer dir gefällt.«

»Ein freier Mann, ja, dank deiner Großzügigkeit. Ich will nicht, dass du denkst, ich breche dir die Treue.«

Isaac schüttelte den Kopf. Er würde Tomás vermissen, keine Frage. Aber er fand nicht, dass sein Freund ihm irgendetwas schuldig war. »Hawkins wird es wieder tun. Er verdient hier gerade ein Vermögen. Also wird er nächstes oder übernächstes Jahr wieder nach Afrika segeln, um seine Schiffe mit neuer menschlicher Fracht zu füllen. Warum solltest du dir für ihn die Hände schmutzig machen?«

»Ja, mir graut davor.«

»Das Problem ist nur, wenn du hierbleibst, könnte es passieren, dass Don Julio oder irgendein anderer Spanier erkennt, was du bist, und dich wieder versklavt.«

»Ich habe nicht die Absicht, in Hispaniola zu bleiben«, eröffnete Tomás ihm. »Ich will nach Panama, und diese stattliche Galeone dort unten am Hafen fährt übermorgen hin. Ich habe mit dem Bootsmann gesprochen. Sie würden mich mitnehmen.«

»Und was soll in Panama besser sein als hier?«, konterte Isaac skeptisch. »Was hoffst du dort zu finden?«

»Ich bin nicht ganz sicher, aber möglicherweise einen Platz, wohin ich gehören könnte. Hast du je von den *Cimarrones* gehört?«

Isaac schüttelte den Kopf.

»Es sind Afrikaner, die schon vor langer Zeit von den Plantagen geflohen sind und sich mit den Ureinwohnern vermischt haben. Sie leben in den Wäldern rund um Nombre de Dios. Von der Jagd, von den Früchten des Waldes und von dem, was sie den Spaniern rauben. Sie sind natürlich Gesetzlose, und die Spanier machen immerzu Jagd auf sie, aber meist vergebens. Die Cimarrones sind wehrhaft und gut organisiert. Und stolz, Isaac. Sie haben die Ketten abgestreift und ein eigenes, ein *neues* Volk gegründet.«

Isaac nickte. »Verstehe.« Tomás war ein Fremder in der Welt der Spanier, so wie er ein Fremder an Bord der *Salomon* war und es auch in England sein würde, wenn er mit Isaac zurückkehrte. Doch wenn er sich diesen Cimarrones anschlösse, deren Schicksal dem seinen so ähnlich war, könnte er vielleicht irgendwann aufhören, ein Fremder zu sein. »Dann geh mit Gott, Tomás. Wenn es mich irgendwann einmal nach Panama verschlagen sollte, werde ich nach dir sehen.«

Waringham, Mai 1563

Isabellas Hochzeit mit William Stanley war ein schönes Fest, und nach einem abscheulichen, nassen Frühjahr zeigte der Mai sich in Kent an diesem Tag von seiner wonnigen Seite.

Doch sowohl die puritanischen Neigungen des Hausherrn als auch die schlechten Neuigkeiten vom Kontinent verhinderten allzu große Ausgelassenheit und Prunk.

Das schien die Braut indessen nicht zu bekümmern. In einem elfenbeinfarbenen Kleid, das ihr dunkles Haar wundervoll zur Geltung brachte, saß Isabella auf dem Ehrenplatz an der hohen Tafel in der altehrwürdigen Halle von Waringham Castle – in welcher an anderen Tagen der Unterricht der Internatsschüler stattfand –, und ihre Augen leuchteten, wann immer sie ihren Bräutigam anschaute.

»Sie ist eine Augenweide«, befand Robin Dudley. »Und ich bin keineswegs sicher, ob Stanley sie verdient, dieser Drückeberger.«

Eleanor zog die linke Braue in die Höhe. »Drückeberger?«

»Er sitzt hier an der Tafel und stopft sich mit Taubenbrüstchen voll, statt mit meinem Bruder im Feld zu stehen, sollte dir das nicht aufgefallen sein«, brummte ihr Tischherr.

Genau wie du, Robin, dachte sie, aber es wäre gar zu grausam gewesen, es auszusprechen, denn er war ja nicht freiwillig in England geblieben.

Es stand schlecht in Frankreich. Nachdem die Königin im vergangenen Herbst von den Pocken genesen war – auf wundersame Weise, sagten die Londoner –, war Robins Bruder, der Earl of Warwick, mit sechstausend Engländern übergesetzt und hatte in Le Havre Stellung gegen die Katholiken bezogen. Zuerst waren vielversprechende Nachrichten über den Kanal gekommen. Aber dann war die Pest unter den englischen Truppen ausgebrochen, und jetzt gab es gar ein Gerücht, die Hugenotten unter dem Fürsten de Condé verhandelten heimlich mit der katholischen Seite über einen Waffenstillstand.

»Ich weiß, dass es dich quält, hier statt dort zu sein, und dass du in Sorge um deinen Bruder bist wegen der Pest, aber das ist keine Entschuldigung für deine grässliche Laune, Robin«, schalt Eleanor. »Sie ist unhöfisch und macht dich obendrein langweilig.«

Er seufzte vernehmlich und trank einen Schluck. »Du hast recht … Oh mein Gott, nicht *noch* eine Predigt«, jammerte er mit gedämpfter Stimme.

Aber Eleanor sah, dass diese ihnen nicht erspart bleiben würde. John Huxley, einer der vielen Geistlichen, die mit Francis und Millicent zusammen im Exil gewesen waren, erhob sich von seinem Platz, räusperte sich, um sich Gehör zu verschaffen, und hob zu einem Vortrag über die Gottgefälligkeit der Ehe an.

»Wen versucht er zu überzeugen?«, flüsterte Robin ihr nach ein paar Minuten zu. »Deine Schwester und Stanley *sind* doch schon verheiratet.«

»Vielleicht dich«, spöttelte sie.

»Oder dich«, konterte er.

Eleanor lächelte auf ihren Safranreis hinab und fragte sich, was Robin wohl sagen würde, wenn er wüsste, dass sie zwar keinen Gemahl, dafür aber einen Sohn hatte.

Zu Beginn der Adventszeit war Eleanor mit Erlaubnis der Königin nach Waringham gekommen, und am 21. April hatte sie hier einen gesunden Jungen zur Welt gebracht, den sie auf Gabriels Bitte hin Samuel genannt hatte – nach seinem Vater. Der kleine Samuel war oben in ihrer Kammer bei seiner Amme und schlummerte vermutlich selig – er tat praktisch nichts anderes. Er schrie so gut wie nie, und er zeigte auch keinerlei Interesse an der Welt. Samuel schlief einfach am liebsten. Genauso war es bei seinem Patenonkel, dem Earl of Waringham, auch gewesen, wusste Eleanor von ihrer Mutter. Doch sie konnte nicht glauben, dass ihr Sohn so ein Lämmchen werden würde wie ihr Bruder, bedachte man, wer seine Eltern waren …

»El? Bist du eingeschlafen?«

»Entschuldige. Was sagtest du?«

»Ich habe gefragt, wann du endlich zurückkommst. Ich verstehe nicht, wieso du plötzlich solch eine Schwäche fürs beschauliche Landleben entwickelt hast.«

»Nächste Woche«, versprach Eleanor. Sie konnte sich zwar nicht so richtig vorstellen, wie sie es aushalten sollte, von Samuel getrennt zu sein, doch sie wusste, es ließ sich nicht länger aufschieben. »Morgen oder übermorgen reite ich nach Penshurst und besuche deine Schwester, und von dort aus komme ich zurück an den Hof.«

Robin nickte, seine Miene unbehaglich. »Gut von dir, dass du bei Mary vorbeischaust. Ich nehme an, sie ist einsam.«

Lady Mary Sidney hatte einen hohen Preis für die Treue zu ihrer Königin gezahlt. Die Pockennarben hatten ihr Gesicht so entsetzlich entstellt, dass sie der Welt den Rücken gekehrt, den Hof verlassen und sich auf den Landsitz ihres Gemahls zurückgezogen hatte.

Auch Elizabeths einst so makelloses Gesicht war von der grauenvollen Krankheit gezeichnet, doch bei Weitem nicht so schlimm. Und sie hatte gelernt, die Spuren mit Schminke zu verbergen. Kein anderer als Gabriel Durham – der Meister der Maskerade – hatte Eleanor die nötigen Utensilien gebracht und ihr erklärt, wie man sie anwenden musste. Das Ergebnis war, dass das Antlitz der Königin nun immer sehr blass und eine Spur puppenhaft wirkte, wie aus Elfenbein geschnitzt. Doch das tat dem Zauber keinen Abbruch, den Elizabeth auf Männer ausübte, eher im Gegenteil.

»Ja, deine Schwester ist bestimmt einsam«, stimmte Eleanor Robin zu. »Aber es war ihre Entscheidung, und ich für meinen Teil werde mich nicht in die Schar derer einreihen, die versuchen, sie zurückzuholen.«

»So wie die Königin, meinst du.«

Sie nickte und hob gleichzeitig die Schultern. »Sie kann eben nur schwer auf sie verzichten.«

»So wenig wie auf dich.«

»Wie gesagt. Ich komme nächste Woche zurück, und dann werden wir …« Sie verstummte abrupt, das Weinglas rutschte ihr aus den Fingern und zerbarst auf dem feinen Tischtuch mit einem vornehmen, hellen Klirren.

»El?«, rief Robin erschrocken aus. »Was hast du?« Dann folgte er ihrem Blick zur Tür der Halle. »Du meine Güte … was für ein wilder Geselle. Wer in aller Welt ist das?«

»Mein Bruder«, antwortete sie, und ihre eigene Stimme klang ihr seltsam in den Ohren.

Irritiert schaute Robin zu Francis hinüber.

»Mein *anderer* Bruder«, erklärte sie.

»Oh. Ich könnte schwören, du hättest gesagt, er sei tot.«

»Das war es, was ich dachte.«

Die reglose Gestalt an der Tür blieb nicht lange unbemerkt.

Isabella war die Nächste, die ihren Bruder entdeckte, und sie sprang mit einem kleinen Schrei auf die Füße und schlug beide Hände vor den Mund. »Oh, der Herr sei gepriesen …«

»Scheint, sie freut sich ein bisschen mehr als du«, murmelte Robin.

Francis und Millicent waren ebenfalls aufgestanden, und der etwas pikierte Pastor Huxley geriet ins Stocken und verstummte dann.

Isaac löste sich vom Türrahmen und kam zögernd in die große Halle der alten Burg.

Eleanor war keineswegs sicher, ob sie ihn erkannt hätte, wäre er ihr in London auf der Straße begegnet. Er war zwei Köpfe gewachsen und hatte ein Kreuz wie ein Hafenarbeiter. Wo immer er gewesen war, hatte offenbar die Sonne gebrannt, denn sein Haar war ausgebleicht, seine Haut tief gebräunt. Seine abgetragene, wenn auch saubere Kleidung wies ihn ebenso als Seemann aus wie der leicht wiegende Gang.

Isabella hatte die hohe Tafel umrundet, lief mit wehenden Röcken auf ihn zu und fiel ihm um den Hals – ihr Bräutigam anscheinend vergessen.

Francis folgte langsamer, aber auch seine Augen leuchteten vor Freude.

»Isaac …« Isabellas Stimme klang gedämpft, weil sie das Gesicht an seiner Schulter vergraben hatte, aber jeder konnte hören, dass sie gleichzeitig lachte und schluchzte.

»Gott, ich wünschte, irgendwer würde sich jemals so freuen, mich zu sehen«, raunte Robin Eleanor zu.

»Ja. Rührend«, knurrte sie.

Francis nahm seine kleine Schwester sacht beim Arm. »Erdrossel ihn nicht gleich am Tag seiner Heimkehr.«

Bereitwillig ließ sie von Isaac ab, wischte sich mit beiden Händen die Tränen vom Gesicht und sah ihn unverwandt an.

Francis legte dem verloren geglaubten Bruder die Hände auf die breiten Schultern. »Willkommen zu Hause, Isaac. Gott hat meine Gebete erhört, auch wenn er sich drei Jahre Zeit damit gelassen hat. Und welch einen Tag er sich ausgesucht hat, um dich heimkehren zu lassen.«

»Du … du hast geheiratet?«, fragte Isaac seine Schwester ungläubig.

Sie nickte und nahm seine Hand. »Komm. Ich mache euch miteinander bekannt.«

»Augenblick.« Er küsste Isabella mit diesem Draufgängerlächeln, das Eleanor so unerträglich fand, auf die Stirn, befreite seine Hand und trat zu seiner älteren Schwester. »Eleanor.«

»Isaac.«

Er blickte sie einen Moment an, geruhsam und ohne den *Hauch* von Gewissensbissen. »Unversöhnt, wie ich sehe.«

»Wenn du Wert auf meine Vergebung legst, wirst du dich bei Francis entschuldigen müssen. Und bei Lappidot.«

»Womöglich werde ich das tun.«

»Du hast sie im Stich gelassen.«

»Ich weiß.«

»Und obendrein waren sie krank vor Sorge um dich!«

»Im Gegensatz zu dir«, bemerkte er – offenbar amüsiert.

Sie hob die Schultern. »Im Gegensatz zu mir.«

»Und doch bist du diejenige, die ich hier zu finden gehofft hatte.«

»Tatsächlich? Und weshalb?«

»Ich bin beauftragt, der Königin ein Geschäft vorzuschlagen.«

Robin horchte auf. »Wirklich? Ist es lukrativ?«

»Oh ja.« Isaac hielt den Blick auf seine Schwester gerichtet. »Ein lukratives und mieses, *wirklich* mieses Geschäft.«

ZWEITER TEIL
1566–1569

»Rüttle uns auf, oh Herr, wenn wir zu selbstgefällig sind, wenn unsere Träume wahr geworden sind, weil wir zu bescheiden geträumt haben, wenn wir sicher ankommen, weil wir zu nah der Küste gesegelt sind.«

Francis Drake

London, November 1566

»Hab ich's doch geahnt«, brummte Jethro Andrews. »Er will ins Hurenhaus – bitte um Vergebung, Mylady –, weiter nichts. Wir verschwenden nur unsere Zeit.«

»Vielleicht«, gab Eleanor zurück, ohne den hageren, groß gewachsenen Mann aus den Augen zu lassen, der zehn Schritte vor ihnen die belebte London Bridge überquerte. »Aber wieso nimmt er kein Wherry, wenn er zur Bankside will?«

»Oder wenigstens ein Pferd«, fügte Jeremy hinzu. »Ein Gentleman, der zu Fuß geht, ist immer verdächtig.«

Ganz besonders dann, wenn es sich um einen *schottischen* Gentleman handelte, fand Eleanor, der obendrein im Dienst des Earl of Moray stand, des unehelichen Halbbruders der schottischen Königin.

Schneeregen schlug ihnen von vorn und von rechts entgegen, fand einen Weg in ihre Kapuzen und unter die Mäntel, die trotz der Pelzfütterung machtlos gegen die eisige Kälte schienen. Das abscheuliche Wetter hielt die Passanten und die Bewohner der London Bridge indes nicht von ihrem geschäftigen Treiben ab: Mägde und Hausfrauen erledigten Einkäufe, Lehrjungen lieferten aus, durch geöffnete Läden sah man in den Häusern die Handwerker bei der Arbeit. Zwei stetige Ströme aus Reitern, Fußgängern und Fuhrwerken aller Art bewegten sich über die eigentlich zu schmale Gasse zwischen den beiden Häuserreihen auf der Brücke: stadteinwärts auf der rechten, stadtauswärts auf der linken Seite.

Zu Letzteren zählte auch der lange Schotte, den Eleanor und ihre beiden Schutzengel beschatteten, seit er vor einer Stunde sein komfortables Gasthaus in der Dean's Lane verlassen hatte. Sein Name war Graham Douglas, und das machte ihn besonders interessant. Denn die Douglas gehörten zu den erbittertsten Feinden der schottischen Königin Mary Stewart und hassten sie beinah so wie ihr Halbbruder James, der Earl of Moray, es tat.

Jethro hauchte seine geröteten Hände an und rieb sie dann. »Was kümmert es uns, was er treibt? Haben wir nicht genug eigene Sorgen, dass wir neuerdings den Feinden der schottischen Königin nachstellen?«

»Die schottische Königin hat einen Sohn bekommen«, erinnerte Eleanor ihn. »Einen Sohn, der auch dem englischen Thron nahesteht. Darum sollten wir es zumindest wissen, wenn die Feinde der schottischen Königin in England Komplizen haben, die ohne das Wissen und die Billigung der Königin agieren. *Unserer* Königin, meine ich.«

Graham Douglas hatte das Ende der Brücke fast erreicht, als eine gut gekleidete junge Frau zu ihm trat und ihn ansprach, unverkennbar verlegen. Douglas hielt höflich inne und beugte sich ein wenig zu ihr hinab, um ihr zu lauschen.

Eleanor blieb stehen. »Oh nein.«

»Was?«, fragten die Andrews wie aus einem Munde.

Eleanor wies mit einer verstohlenen Geste auf den Schotten. »Der gute Graham Douglas wird gerade Opfer eines Diebstahls.«

»Mylady?« Jethro klang verdattert. »Dieses zarte Elfchen soll einen gestandenen Kerl ausrauben?«

Das ›zarte Elfchen‹, das aussah wie eine sechzehnjährige Unschuld, hieß tatsächlich Brenda – Bawdy Brenda für ihre Freunde – und war eine Hure und in der Londoner Unterwelt hochverehrte Trickdiebin.

»Schaut und lernt«, riet Eleanor ihren Begleitern.

Aus zehn Schritten Entfernung beobachteten sie, wie ein sommersprossiger Rotschopf mit einem riesigen Adamsapfel von hinten an Graham Douglas heranschlich und ihm die Hände über die Augen legte. »Rate, wer ich bin!«, rief er übermütig.

Statt zu raten, erstarrte Douglas vor Schreck, und während seine Hand zum Dolch fuhr, schnitt Bawdy Brenda ihm mit geschickten Fingern die Börse vom Gürtel und verschwand schneller im Menschengewühl, als das Auge zu folgen vermochte.

Die Andrews zogen hörbar die Luft ein.

Derweil nahm der Rotschopf die Hände von Douglas' Augen und trat einen Schritt zurück. »Ich bitte vielmals um Vergebung, Sir. Ich hielt Euch für einen Freund … Herrje, wie unangenehm … Ich hoffe, Ihr könnt die Verwechslung verzeihen …«

Seine Miene war so zerknirscht, dass man kaum anders konnte, als ihm zu vergeben. Obendrein war Douglas vermutlich erleichtert, dass der plötzliche Überfall eine so harmlose Erklärung gefunden hatte. Er ließ den Dolch stecken und rang sich ein etwas gequältes Lächeln ab. »Schon gut. Kann passieren.«

Er wollte sich abwenden, doch der Rotschopf verstellte ihm den Weg – scheinbar zufällig. »Erlaubt mir, Euch mit einem Glas Wein zu entschädigen. Ich höre an Eurer Sprechweise, Ihr kommt von weit her, aber seht Ihr da vorn das Wirtshaus? Es gehört zu den besten in der Stadt, wisst Ihr, und der Wein ist vortrefflich.«

»Nein, habt Dank, das ist wirklich nicht …«

»Ich bestehe darauf, Sir.« Mit einem gewinnenden Lächeln legte der Rotschopf ihm die Hand auf den Arm und lotste ihn Richtung Wirtshaus. »Kommt schon, nur ein Glas gegen die Kälte, ich würde mich besser fühlen.«

»Warum stehen wir hier, statt nach dem Constable zu schicken?«, fragte Jethro.

»Um ihm was zu sagen?«, entgegnete Eleanor. »Die Diebin ist über alle Berge, und es ist nicht verboten, einem Mann ein Glas Wein auszugeben.«

»Und wenn Ihr erst die Tochter des Gastwirts seht, Sir, glaubt mir, Ihr werdet es nicht bereuen …«

Der Rotschopf machte einen Schritt Richtung Schänke, und Graham Douglas bewegte sich in dieselbe Richtung, ohne es so recht zu bemerken.

»Was will er denn noch von ihm?«, fragte Jeremy. »Sie haben seine Börse doch schon.«

Eleanor hob die Schultern. »Weiß der Henker …«

Doch sie kannte die Antwort natürlich: Es waren die kostbaren

Ringe und Waffen und der feine Mantel. In der Schänke wartete ein weiterer Komplize, der den Schotten zu einem Würfelspiel einladen würde. Bei der Gelegenheit bemerkte das Opfer den Verlust seiner Börse. Während der Rotschopf sich erbot, die Verfolgung der Diebin aufzunehmen, gab der Komplize Douglas zum Trost noch ein Glas aus, lieh ihm Geld und ließ ihn ein paar Runden beim Spiel mit den gezinkten Würfeln gewinnen, bis der Schotte froh gelaunt und angetrunken war. Dann fing er an zu verlieren. Sein Gegenüber legte ihm eine tröstende Hand auf den Arm und schlug vor, doch einstweilen diesen hübschen Ring als Spieleinsatz zu nehmen, bis die Pechsträhne endete oder der Freund mit der Börse zurückkehrte …

»Schotte oder nicht, er kann einem fast leidtun«, bemerkte Eleanor.

»Wieso? Er ist ein Trottel«, urteilte Jethro mitleidlos.

»Er ist ein Highlander«, widersprach sie. »Diese Stadt hier muss ihm so fremd und gefährlich erscheinen wie uns die schottische Wildnis. Auf jeden Fall ist es an der Zeit, ihn zu retten, denke ich. Seid so gut und haltet Euch im Hintergrund, Gentlemen.«

Mit wenigen Schritten schloss sie zu Douglas und seinem »Wohltäter« auf, die die Tür des Gasthauses fast erreicht hatten. »Auf ein Wort, Sir Graham …«

Beide Männer wandten sich um. »Madam?«, fragte der Schotte verwundert.

Der Rotschopf schnitt eine kleine Grimasse des Missfallens, als er sie erkannte, glitt einen Schritt zur Seite und war einen Herzschlag später in der Menge untergetaucht.

»Mein Name ist Eleanor of Waringham, Sir Graham, ich bin …«

»Ich weiß, wer Ihr seid.« Es klang kühl, aber nicht unhöflich. »Euer Ruf als das Auge Eurer Königin ist bis nach Schottland gedrungen, Mylady.«

Sie lächelte. »Ich bin nicht sicher, ob ich mich geschmeichelt fühlen soll. Aber was immer man mir nachsagen mag, zumindest bin *ich* meiner Königin gegenüber loyal.«

Graham Douglas verschränkte die Arme vor der Brust. »Und

welchem Umstand verdanke ich es, dass Ihr mir auf der Straße auflauert?«

»Nicht ich habe Euch aufgelauert, sondern die junge Dame und der Rotschopf. Ich hoffe, Ihr hattet keine größere Summe in Eurer Börse.«

Erschrocken sah Douglas an sich hinab, entdeckte das Fehlen seines Geldbeutels und stieß einen Wortschwall aus, den Eleanor nicht verstand. Gälisch, vermutete sie, aber Flüche klangen in jeder Sprache gleich.

Der Schotte nahm sich zusammen. »Wie es scheint, bin ich Euch zu Dank verpflichtet.« Die Erkenntnis beglückte ihn nicht, doch er machte einen artigen kleinen Diener. »Ich bitte Euch, sagt mir, was ich tun kann, um mich erkenntlich zu zeigen.«

»Ihr könntet mir verraten, wohin Ihr geht und wen Ihr dort trefft. Das würde mir ersparen, Euch in dieser Kälte weiter zu beschatten.«

»Und wie kommt Ihr darauf, dass ich Euch die Wahrheit sagen würde?«

»Weil Highlander Ehrenmänner sind«, erwiderte Eleanor prompt. »Die Unwahrheit zu sagen wäre unter Eurer Würde.«

Ein unerwartet schelmisches Lächeln hellte das Gesicht auf und ließ den Mann mit dem strengen dunklen Bart und dem kinnhohen steifen Kragen plötzlich jünger wirken. »Dann will ich Euch nicht länger im Dunkeln lassen, Mylady. Ich bin auf dem Weg zu einem Züchter in Southwark, der die Hunde für die Bär- und Bullenhatz stellt. Man sagte mir, er züchte eine Rasse dafür, die in Schottland unbekannt ist.«

Eleanor nickte. »Man nennt sie *Bulldog*. Furchteinflößende Kreaturen. Wenn man sie sieht, möchte man kein Bär oder Bulle im Ring sein.«

»Und doch heißt es, Eure Königin hege eine große Leidenschaft für die Bärenhatz.«

Das stimmte. Es war eine der weniger schönen Eigenschaften, die Elizabeth von ihrem Vater geerbt hatte. »Und welches Interesse habt Ihr an dieser Hunderasse, Sir?«

»Ich habe die Ehre, den Earl of Moray mit Jagdhunden zu versorgen. Ich züchte sie selbst, versteht Ihr, und bin immer an neuen Rassen interessiert.«

Eleanor nickte. »Mein Bruder züchtet Pferde in Waringham. Als er auf dem Kontinent im Exil war, hat er so ungefähr jedes Gestüt zwischen der Nordsee und den Alpen besucht. Zum Leidwesen meiner Schwägerin.«

»Alsdann, Mylady. Ich hoffe, ich war in der Lage, Euren Argwohn zu zerstreuen, auf dass Ihr mir nicht weiter durch die Kälte folgen müsst.«

Ihr Argwohn war alles andere als zerstreut, aber sie lächelte. »Eine Erleichterung, das gebe ich zu. Lebt wohl, Sir. Und hütet Euch vor dem Londoner Diebesgesindel, das manches Mal in scheinbar unschuldiger Frauengestalt daherkommt.«

»Genau wie die englische Königin und ihr Auge«, gab er mit einem Augenzwinkern zurück. »Lebt wohl, Lady Eleanor. Sollte es Euch einmal nach Schottland verschlagen, wäre es mir eine Ehre, Euch meine Hundezucht zu zeigen.«

Das könnte schneller passieren, als du glaubst, dachte sie und unterdrückte ein Seufzen.

Eleanor trug den Andrews-Zwillingen auf, den Schotten weiter zu beschatten. Ganz gleich, was sie zu ihm gesagt hatte, wollte sie doch lieber nichts riskieren. Alle Menschen logen, hatte sie gelernt, egal ob Ehrenmänner oder nicht, und das galt insbesondere für jene, die im Dienst der Mächtigen standen, denn ihnen blieb oft keine andere Wahl. Wer hätte das besser gewusst als sie?

»Kommt anschließend nach Whitehall und erstattet mir dort heute Abend Bericht«, schloss sie.

Sie selbst machte kehrt, eilte zum stadtseitigen Themseufer zurück und bog hinter der Brücke nach rechts ab. Das Schneetreiben wurde dichter, als sie durch das Gassengewirr von Billingsgate lief, aber sie musste nicht fürchten, die Orientierung zu verlieren. Sie hielt an der Tür eines unscheinbaren Hauses in Ufernähe, das von außen trügerisch klein wirkte. Auf ihr Klopfen öffnete sich ein Kläppchen in Kopfhöhe, einen Moment fiel ein anheimelnder Lichtschimmer auf die verschneite Gasse hinaus, dann erschien ein Auge. Sogleich verschwand es wieder, das Guckloch wurde verschlossen, und die Tür schwang auf.

»Tretet ein, Mylady.« Ben Ruby winkte einladend. »Ich schicke Euch etwas Heißes hinauf.«

»Das wäre ein Segen«, bekannte sie.

»Scheußlicher Tag da draußen. Seht zu, dass Ihr aus dem nassen Mantel herauskommt, Ihr holt Euch noch den Tod.«

War Gabriel Durham der König der Diebe, so kam Rubys Rolle der des Secretary of State am nächsten: Er kannte jeden, wusste alles und genoss Gabriels uneingeschränktes Vertrauen. Eleanor, die genau wie ihre Königin dazu neigte, jeden mit einem Spitznamen zu versehen, nannte ihn den Totengräber, denn er war bleich und dürr, bevorzugte dunkle Kleidung und hatte von Natur aus eine Trauermiene. Doch der erste Eindruck trog: Ben Ruby war eine Seele von Mensch, hatte einen unverwüstlichen Sinn für Humor und bot jedem, der in dieses übel beleumundete Haus kam, seine väterliche Freundschaft.

Eleanor stieg die enge, knarrende Treppe zum obersten Stockwerk hinauf. Eine Kugel aus Murano-Glas hing an der linken der beiden Türen, doch Eleanor wusste, die Warnung galt nicht ihr.

Sie fand Gabriel in einem Sessel vor dem schauderhaft protzigen Kamin. Er hatte den dreieinhalbjährigen Samuel auf dem Knie und hielt ihm eine geöffnete Börse hin, deren Rand mit kleinen Glöckchen besetzt war, wie man sie aus der Falknerei kannte.

»Versuch's noch einmal, mein Junge«, ermunterte er seinen Sohn. »Wenn du es herausfischen kannst, ohne dass die Glöckchen läuten, darfst du es essen.« Er sah kurz auf. »Auch wenn deine Mutter uns gerade bei diesem verbotenen Spiel erwischt hat, was ich um jeden Preis vermeiden wollte: Mein Wort steht.«

Samuel, der ihm wie aus dem Gesicht geschnitten war, schenkte seinem Vater ein Lächeln – so strahlend und so verschwörerisch, dass Eleanor einen Stich der Eifersucht spürte.

Sie trat über die Schwelle, schloss die Tür und löste die Kordel ihres tröpfelnden Mantels. »Lasst euch nur nicht stören.«

Samuel schlängelte seine kleine Hand in den Beutel, langsam, aber geschickt, ertastete das Objekt seiner Begierde und zog es heraus. Er hatte schon gelernt, keine Faust dabei zu machen, sondern hielt den hellen Würfel zwischen Zeige- und Mittelfinger.

»Nougat?«, fragte Eleanor – verblüfft und neidisch zugleich. Es war eine neumodische, sündhaft teure Leckerei aus Südfrankreich.

Gabriel hielt ihr den Beutel hin. »Du kannst es gern versuchen. Wenn die Glöckchen still bleiben, darfst du deine Beute behalten.«

»Das könnte dir so passen«, gab sie verdrossen zurück.

Sie wusste genau, die Lederbörse mit dem Glöckchenbesatz stammte aus der Diebesschule, die diskret im rückwärtigen Teil des Hauses versteckt lag. Und der Gedanke, dass ihr Sohn mit dieser Diebesschule in Berührung kommen könnte, war ihr ein Gräuel. Aber jetzt war nicht der richtige Zeitpunkt, um mit Gabriel darüber zu streiten. Sie breitete den nassen Mantel über einen Schemel am Kamin, beugte sich über Samuel und küsste ihn auf den weichen schwarzen Schopf.

Samuel, der sonst nicht zu Zärtlichkeiten neigte, schlang unerwartet die Arme um ihren Hals.

Eleanor hob ihn hoch und trug ihn zum Fenstersitz. »Was sonst habt ihr heute angestellt, dein Vater und du?«, fragte sie ihn.

»Wir waren am Fluss und haben die Schiffe angeschaut«, berichtete er, nahm einen kleinen Bissen von seinem Nougatwürfel und ließ ihn konzentriert auf der Zunge zergehen.

»Und? Haben sie dir gefallen?«

Er nickte. Samuel war kein Freund großer Worte. Er war nicht scheu oder gehemmt, sondern wortkarg. Wenn ein Nicken ausreichte, um eine Frage zu beantworten, sah er keine Veranlassung, den Mund aufzumachen. Aber das Leuchten seiner Augen verriet, wie aufregend er den Anblick der Schiffe aus aller Herren Länder gefunden hatte.

»Ich wusste ihn kaum von dort wegzulotsen«, berichtete Gabriel. »Als ich gesagt habe, jetzt ist Schluss, es wird zu kalt, wurde er bockig. Stimmt's, Söhnchen?«

Samuel nickte wieder und aß seelenruhig weiter.

»Er ist ein Stadtkind, Eleanor. Ganz gleich, wie sehr du dir wünschst, es wäre anders. Er verkümmert in Waringham und lebt auf, sobald er hier ist. Und nichts wird daran je etwas ändern.«

»Wenn du es nur oft genug in seiner Gegenwart wiederholst, bestimmt nicht«, konterte sie. »Sei so gut, gib mir ein Stück Nougat, Gabriel. Das habe ich mir verdient, glaub mir, ohne es aus deinem albernen Beutel fischen zu müssen.«

Er trug die Börse zu ihnen herüber und bot sie ihr kommentarlos an. Eleanor griff zu – unter vernehmlichem Glöckchengeläut –, und während sie zu knabbern begann, setzte er sich zu ihnen. »Schlechte Neuigkeiten?«

Eleanor sah ihm über den Scheitel des Kindes hinweg in die Augen und schüttelte den Kopf: *Nicht jetzt*.

Er nickte, und ehe er etwas sagen konnte, klopfte es.

»Ich bin's«, kam es dumpf durch die Tür.

»Komm rein, Lewis.«

Sein Bruder trat ein, in der knochigen Linken einen dampfenden Zinnkrug. Er wies mit dem Zeigefinger darauf. »Hier. Mit den besten Empfehlungen von Ruby«, sagte er zu Eleanor.

»Danke.« Sie sehnte sich nach etwas Heißem, aber sie machte keine Anstalten, seine Gabe anzunehmen.

Lewis stellte den Krug auf dem Tisch ab, lehnte sich mit verschränkten Armen an die Wand neben dem Kamin und sagte: »Ich wäre dankbar, wenn du keine Gewohnheit daraus machen würdest, mir meine Beute abzujagen.«

Eleanor zog eine schmale, blonde Braue in die Höhe. »Dann kann ich dir nur raten, bei der Auswahl deiner Opfer besser achtzugeben. Ich hatte den Schotten schon seit einer Stunde im Visier, als ihr auftauchtet, und du hast nicht das Geringste davon bemerkt. Meine beiden Begleiter wollten übrigens nach dem Constable schicken.« Sie versuchte, die Verärgerung aus ihrer Stimme zu halten, denn Samuel sollte nicht merken, dass seine Mutter und sein Onkel Lewis – den er vergötterte – sich nicht ausstehen konnten.

»Was hat das zu bedeuten?«, fragte Gabriel und schaute von ihr zu seinem Bruder.

»Brenda und ich hatten einen perfekten Gimpel aufgetan: einen klunkerbehangenen Schotten. Er hatte die staunenden Augen überall, nur nicht auf seiner Börse. Die hatte Brenda ihm gerade abgenommen, und ich wollte ihn ins *Goldene Kalb* auf der Brücke abschleppen, um ihn abzufüllen, als *sie* mir in die Quere kam.« Er wies kurz mit dem Daumen in Eleanors Richtung. Es war eine abschätzige Geste, aber Eleanor entging nicht, dass seine Hand leicht zitterte.

Gabriel sah es auch, und ein seltsamer Ausdruck huschte über sein Gesicht, eine Mischung aus Mitgefühl und Verachtung.

Lewis ist noch nicht wieder ganz der Alte, hörte man Gabriel gelegentlich sagen, und es klang immer wie eine Entschuldigung.

In einer mondhellen Aprilnacht war Lewis mit zwei Kumpanen in das Haus eines reichen Tuchhändlers eingestiegen, doch nicht der gesamte Haushalt war zu einer Hochzeit nach Exeter gereist, wie ein bestochener Diener den Dieben geschworen hatte, sondern zwei Gehilfen und zwei Lehrjungen hatten das Anwesen bewacht und die mit Beute beladenen Diebe gestellt. Gabriels Bruder hatte über ein Vierteljahr im Newgate-Gefängnis verbracht und war wegen der Schwere des Diebstahls zum Tode verurteilt worden. Der König der Diebe hatte Himmel und Hölle in Bewegung gesetzt, um ihn freizubekommen. Erst zwei Tage vor der Hinrichtung war es ihm schließlich geglückt, mit dem Kerkermeister des Newgate zu einer finanziellen Einigung zu kommen, und obwohl er während der gesamten Haftdauer Kostgeld für seinen Bruder bezahlt hatte, war Lewis so mager und schwach gewesen, dass er das berüchtigte Gefängnis bei seiner inszenierten Flucht nicht auf den eigenen Füßen hatte verlassen können.

Eleanor schaute auf den dunklen Schopf ihres Kindes hinab und fragte sich, wie sie es ertragen sollte, wenn der Junge in die Fußstapfen seines Vaters trat. Sie hatte Gabriels Mutter gelegentlich besucht, während Lewis eingesperrt gewesen war, hatte die Furcht und Verzweiflung und auch die Scham in Rosalins Augen gesehen und gedacht: *Dort, wo sie jetzt ist, will ich niemals sein.* Also hatte sie mit Gabriel gestritten und ihm die Stirn geboten, bis er schließlich mürbe wurde und einwilligte, Samuel nach Waringham in die Obhut ihres Bruders zu geben. Doch der kleine Junge war jede Minute dort todunglücklich gewesen. Und deswegen war

Samuel nun wieder hier, in dieser Lasterhöhle voller Diebe und Huren. Gabriel hatte ein anständiges Mädchen aus einem Dorf in Surrey als Amme engagiert und hielt Samuel von allem fern, was in diesem Haus vorging, aber dennoch fürchtete Eleanor um ihr Kind.

Und nun war sie wieder schwanger.

»Wenn du mit mir streiten willst, dann sei so gut und schick nach der Amme, Lewis«, bat sie höflich. »Es muss ja nicht sein, dass Samuel das hört.«

»Ich bin nicht dein Dienstbote, *Lady* Eleanor«, gab er verdrossen zurück.

»Nein«, stimmte sein Bruder zu. »Das bist du nicht. Aber tu's trotzdem.«

Er sagte es mit einem Lächeln, beinah nachsichtig, doch Lewis verstand sehr wohl, dass es ein Befehl war. Er zögerte noch einen Augenblick, dann trat er zur Tür, öffnete sie mit unnötigem Schwung und brüllte: »Dora, lass dich sehen, wenn du hier irgendwo bist!«

Das junge Mädchen erschien im Handumdrehen. Sie mied Lewis' Blick, trat vor Eleanor und Gabriel und knickste.

Eleanor stellte ihren Sohn auf die Füße. »Geh mit Dora, Samuel. Ich komme später nach und erzähl dir vor dem Einschlafen eine Geschichte.«

Das wirkte immer. Samuel war versessen auf ihre Gutenachtgeschichten. Ohne den sonst meist üblichen stummen Unwillen ging er an der Hand seiner Amme hinaus.

Eleanor trat an den Tisch und schenkte sich einen Becher aus dem dampfenden, verheißungsvoll duftenden Krug ein. Sie nahm einen kleinen Schluck. Es war »Rauchender Bischof« – ein Trank aus Rotwein, Nelken, karamellisierten Orangen und Zitronen –, der in London während der kalten Jahreszeit sehr beliebt war. Auch auf Eleanor verfehlte er seine wärmende, tröstende Wirkung nicht. Bittersüß und schwer rann er die Kehle hinab, und ein angenehmes Glühen breitete sich in ihrem Innern aus. Sie füllte einen zweiten Becher, brachte ihn Gabriel und setzte sich wieder zu ihm auf den Fenstersitz.

»Danke.« Er schlug die Beine übereinander, stellte den Bronzepokal auf sein Knie und verschränkte die Hände darum. »Du hättest merken müssen, dass dein Gimpel beschattet wurde, Lewis«, sagte er. »Es war nicht Eleanors Schuld.«

Sein Bruder stieß hörbar die Luft aus. »Das war ja klar. Du ergreifst *immer* Partei für sie, egal, was sie tut. Und ich bin nicht der einzige, dem das auffällt.« Er schenkte sich selbst ein und nahm einen tiefen Zug.

»Das tut er überhaupt nicht«, widersprach Eleanor aufgebracht. »Aber dieser Schotte ist ein Spion, ich bin sicher. Ich konnte ihn dir nicht überlassen, selbst wenn ich gewollt hätte. Er war zu wichtig …«

»Oh, gewiss doch. Was du tust, ist ja immer so *wichtig*. Weil du im Auftrag deiner Königin handelst, wie du uns so gern und häufig erinnerst.«

Eleanor sah kopfschüttelnd zu Gabriel. »Diese Unterhaltung ist sinnlos.«

Er führte den Becher an die Lippen und trank bedächtig einen kleinen Schluck, scheinbar gelassen, aber die Ärgerfalte zwischen seinen Brauen verriet ihn. »Sie ist auch deine Königin, Bruder, das solltest du nicht vergessen. Und jetzt wäre ich dankbar, wenn wir diese Lappalie hinter uns lassen könnten. London wird auch morgen noch voll leichtsinniger Einfaltspinsel sein – Gott sei gepriesen –, die nur darauf warten, dass du sie um ihre Börsen erleichterst. Also trinken wir darauf, dass das Glück dir morgen wieder gewogen sein möge.«

Lewis schüttelte den Kopf. »Und kümmert es dich überhaupt nicht, dass sie Brenda und mich in Gefahr gebracht hat, als sie mir in die Parade gefahren ist?«

»Hör dich an, du jammerst wie ein Waschweib«, grollte Gabriel leise und erhob sich. »Ich dachte, ich hätte mich deutlich ausgedrückt: Ich will nichts mehr davon hören.«

Er stand nur einen halben Schritt vor seinem Bruder. Lewis erwiderte seinen Blick ein paar Herzschläge lang, ehe er den Kopf wegdrehte. »Schön. Wie du willst.« Er leerte seinen Becher in einem Zug und stellte ihn geräuschvoll auf dem Tisch ab. »Dann erlöse ich euch von meiner Gegenwart und mach mich auf zu Brenda, um mir meinen Anteil der mageren Beute abzuholen.«

»Gute Idee.«

»Aber du tust dir keinen Gefallen, wenn du ständig nach ihrer Pfeife tanzt. Wundere dich nicht, wenn die Männer eines Tages den Respekt vor dir verlieren.«

»Ich weiß deine Sorge zu schätzen«, knurrte Gabriel.

Lewis lachte leise, um zu bekunden, wie unbeeindruckt er von der finsteren Miene seines Bruders war, trat jedoch umgehend den Rückzug an.

Gabriel verharrte seltsam reglos, bis die Schritte draußen auf den Holzdielen verklungen waren. Dann löste sich die Anspannung in seinen Schultern, und er wandte sich zu ihr um. »Ich fürchte, Lewis ist …«

»Noch nicht wieder ganz der Alte, ich weiß«, fiel sie ihm ins Wort, und weil sie selbst hörte, wie krötig es klang, biss sie sich zerknirscht auf die Unterlippe und streckte ihm beide Hände entgegen.

»Ein unverbesserlicher Hitzkopf, wollte ich sagen«, erwiderte Gabriel, ergriff ihre Hände und zog Eleanor mit einem kleinen Ruck auf die Füße. »Man sollte nicht so genau hinhören, wenn er wütend ist.«

Sie nickte, obwohl sie ihm nicht glaubte, befreite ihre Linke und strich mit dem Zeigefinger über die Ärgerfalte, die sich augenblicklich glättete.

Gabriel lächelte auf sie hinab. »War es das, was du vor Samuel nicht erörtern wolltest?«

Sie schüttelte den Kopf. »Aber es hat mit dem Schotten zu tun, der die Ehre hatte, der heutige Zankapfel zwischen deinem Bruder und mir zu sein.«

»Ah ja? Inwiefern?«

»Elizabeth will, dass ich nach Schottland reise.«

Gabriel ließ sie los. »Was in aller Welt sollst du in Schottland?«

»Herausfinden, was dort vorgeht. Die Dinge laufen nicht nach Plan.« Sie unterbrach sich kurz, dann gab sie sich einen Ruck und gestand: »Es war ein Fehler, diesen Jämmerling Darnley zu Mary Stewart zu schicken und zuzulassen, dass sie ihn heiratet.«

»Augenblick. Gerade das war es doch, was Elizabeth wollte, oder nicht?«, wandte er ein. »Sie hat zu dir gesagt: ›Schicken wir Mary Stewart ihren Cousin Darnley, auf dass sie ihn heirate. Lassen wir ihr eine lange Leine, und wenn wir Glück haben, erhängt sie sich damit.‹ Das waren ihre Worte, richtig?«

»Ich bin erstaunt, dass du sie dir so genau gemerkt hast.«

Er hob kurz die Schultern. »Es ist immer wieder Elizabeths Durchtriebenheit, die mich beeindruckt, wie du sehr wohl weißt.« Er fischte ein Stück Nougat aus dem Beutel auf dem Tisch – ohne die Glöckchen zum Klingen zu bringen –, warf sich in einen der Sessel am Kamin und streckte die Beine Richtung Feuer aus.

Eleanor setzte sich ihm gegenüber. »Das hat sie gesagt, ganz genau. Und der Plan schien auch aufzugehen. Darnley ist ein charakterloser Wicht, wie wir alle wussten. Aber er ist ein Stewart und gleichzeitig Untertan der englischen Krone, schon allein deswegen war die Idee gut. Hätte die Ehe funktioniert, hätte Elizabeth auf dem Umweg über Darnley Kontrolle über Mary Stewart ausüben können. Doch diese Ehe hat dummerweise nicht funktioniert.«

Im vorletzten Sommer hatte die schottische Königin ihren Cousin geheiratet – über beide Ohren verliebt, so hieß es –, aber schon vor der Brautmesse hatte er sie allein gelassen, um zu seinen Kumpanen und Huren zurückzukehren. Er trank, er spielte und benahm sich in jeder Hinsicht schauderhaft, sodass die junge schottische Königin bald von ihren Illusionen kuriert war und sich mehr und mehr auf David Rizzio, ihren italienischen Sekretär, stützte.

»Trotzdem ist sie schwanger geworden«, setzte Eleanor wieder an. »Und kurz vor der Niederkunft sind ein paar schottische Rebellen und ihr famoser Gemahl in ihr Privatgemach eingedrungen und haben ihren italienischen Sekretär vor ihren Augen mit sechsundfünfzig Messerstichen abgeschlachtet. Und sie haben sie herumgestoßen und mit der Waffe bedroht.«

Gabriel ließ seinen Nougatwürfel sinken. »Du willst sagen, Darnley hat es darauf angelegt, dass sie das Kind verliert? Weil er zweifelte, ob wirklich er und nicht der Italiener der Vater war?«

»Wer weiß? Aber da dieses Kind ein Prinz geworden ist, der dem englischen Thron ebenso nahesteht wie dem schottischen, sollten wir versuchen, diese heikle Frage zu klären, verstehst du? Darum werde ich den Earl of Bedford begleiten, der in wenigen Tagen als Gesandter der englischen Krone zur Taufe des kleinen Prinzen James nach Schottland reisen wird.«

»Und was erwartet die Königin, das du tust? Wie in aller Welt sollst du herausfinden, wer der Vater des Prinzen ist?«

Eleanor hob ratlos die Schultern. »Ich habe nicht die geringste Ahnung.«

Er schüttelte den Kopf. »Was denkt Elizabeth sich eigentlich? Du bist schwanger, Herrgott noch mal.«

»Ein Grund mehr, aus England zu verschwinden …«

»Eleanor, du hast vor nicht einmal einem Jahr eine Fehlgeburt gehabt. Du kannst jetzt nicht nach Schottland reisen.«

Sie richtete sich auf. »Oh doch, ich kann. Ich kann und ich werde. Ich tue, was ich will, Gabriel Durham, genau wie du. So war von Anfang an unsere Abmachung, das solltest du lieber nicht vergessen, denn gerade du hast immer reichlich Gebrauch davon gemacht.«

Er stahl, was sie missbilligte. Er verübte Einbrüche und Raubzüge, die von Jahr zu Jahr dreister und waghalsiger wurden, was den Stadtrat veranlasst hatte, das auf Gabriel Durham ausgesetzte Kopfgeld wieder einmal zu verdoppeln. Das machte ihr Angst. Und er war ihr auch nicht treu, was sie kränkte und manchmal rasend eifersüchtig machte. Doch so lauteten nun einmal die Regeln, auf die sie sich verständigt hatten. Und Eleanor war bewusst, dass diese auf den ersten Blick so unmögliche Liaison auch genau das war, was *sie* wollte: Sie war unabhängig, aber nicht einsam. Sie selbst bestimmte über ihr Leben – soweit die Königin es nicht tat – und brauchte keinem Ehemann Gehorsam zu erweisen, musste indes nicht auf Mutterschaft verzichten. Gabriel Durham war der einzige Mann, der ihr dieses Leben bieten konnte, und der einzige, den sie wollte. Und er hatte noch niemals versucht, ihr irgendetwas vorzuschreiben. Bis jetzt.

»Na schön«, gab er zurück. »Dann werde ich mitkommen.«

Eleanor betrachtete ihn kopfschüttelnd. »Das kannst du dir gleich wieder aus dem Kopf schlagen.«

»Das werden wir ja sehen.« Er stand auf, beugte sich über sie und stützte die Hände auf ihre Sessellehnen. »Ich bin gespannt, wie du mich zu hindern gedenkst, Lady Eleanor.«

»Ich muss gar nichts tun«, gab sie zurück. »Du besitzt keine Reisedokumente, die dir den Übertritt auf schottisches Territorium gestatten, also wirst du spätestens an der Grenze verhaftet.«

»Oh, bitte«, widersprach er – so gönnerhaft, dass sie ihm am liebsten die Nase blutig geschlagen hätte. »Ich habe die gesamte Zunft der Londoner Urkundenfälscher zur Verfügung. Wenigstens ein Dutzend von ihnen ist gut genug, um mir innerhalb einer Nacht Reisedokumente anzufertigen, die echter aussehen als deine.«

»Bleibt immer noch das winzige Problem, dem Earl of Bedford zu erklären, warum der Londoner König der Diebe sich in seine Delegation geschlichen hat.«

Gabriel nickte versonnen, hob die rechte Hand und zauberte eine kleine grüne Holzkugel hinter Eleanors Ohr hervor. »Es ist letztlich alles eine Frage der Geschicklichkeit«, erwiderte er. Er fand eine rote Kugel in ihrem Kragen und eine blaue im Dekolleté. »Der Illusion und der Ablenkung.«

Mit einem frechen Grinsen sah er ihr in die Augen, richtete sich dann auf und begann, mit seinen drei Kugeln zu jonglieren.

»Gabriel, lass die Kindereien und hör mir zu«, bat sie.

Er jonglierte weiter und hielt den Blick auf die Kugeln gerichtet. »Ich bin ganz Ohr.«

»Du hast mir einmal gesagt, es sei gefährlich für den König der Diebe, seiner Stadt den Rücken zu kehren. Es schien dir zu riskant, mir nach Norfolk zu folgen, und jetzt willst du auf einmal nach Schottland?«

»Das waren andere Zeiten.«

»Tatsächlich? Ich entsinne mich, du hast auch noch gesagt, dass es unklug sei, sich zu sicher zu fühlen und die Gefahr nicht kommen zu sehen.«

Er fing alle drei Kugeln mit der Linken auf und sah Eleanor an. »Und wer ist deiner Ansicht nach der potenzielle Königsmörder, vor dem ich mich hüten sollte?«

»Weißt du das wirklich nicht?«

»Lewis?« Gabriel ließ die Kugeln in einer der unsichtbaren Taschen seines Wamses verschwinden. »Vergib mir, aber du hast keine Ahnung, wovon du sprichst. Ich weiß, ihr versteht euch nicht. Das ist mir offen gestanden völlig gleich, aber ich glaube nicht, dass du das Recht hast, ihm dergleichen zu unterstellen. Du kennst ihn überhaupt nicht.«

Die Ärgerfalte war wieder da, erkannte Eleanor, aber sie konterte unverblümt: »Vielleicht nicht. Doch ich erkenne Machtgier und Missgunst, wenn ich sie vor mir habe, denn sie sind mein täglich Brot. Darum sage ich: Halte ein wachsames Auge auf deinen Bruder. Er muss es ja nicht merken. Und falls ich mich irre, hast du nichts verloren. Aber glaub mir, jetzt ist nicht der richtige Zeitpunkt, ihm den Rücken zu kehren.«

Gabriel hatte ihr zugehört. Das war eine der Eigenschaften, die sie so an ihm liebte: Er schenkte ihr seine volle Aufmerksamkeit, wenn sie sprach, während andere Männer oft fanden, es reiche, einer Frau bestenfalls mit halbem Ohr zu lauschen. Aber überzeugt hatte sie ihn nicht, sah sie.

Er hatte einen Ellbogen aufs Kaminsims gestützt und stieß mit der Stiefelspitze ein Scheit tiefer ins Feuer. »Er ist mir gefolgt, seit er laufen konnte«, sagte er. »Ich war schon neun, als er zur Welt kam, und habe auf ihn aufgepasst, so gut ich konnte. Unsere Mutter … hatte keine Möglichkeit, sich um ihn zu kümmern. Und es gab niemanden sonst.«

Eleanor wusste all das, denn Rosalin Durham hatte ihr Lewis' Geschichte erzählt, als ihr jüngerer Sohn im Newgate eingesperrt war. Auch von dem rothaarigen, sommersprossigen Tuchhändler Anthony Greene, der damals vor über fünfundzwanzig Jahren zu ihren Stammkunden gezählt hatte und dem Haus der Freuden von heute auf morgen ferngeblieben war, als er erfuhr, dass sie einen rothaarigen, sommersprossigen Bastard geboren hatte. Von der Unzertrennlichkeit ihrer Söhne hatte sie erzählt, der Fürsorge des Älteren und der Heldenverehrung des Jüngeren.

»Wir haben uns immer aufeinander verlassen«, fuhr Gabriel fort. »Aber ich war derjenige, der sagte, was getan wird, und er war derjenige, der folgte. Es liegt daran, dass ich der große Bruder war und er der kleine, aber es liegt auch daran, wer wir sind.« Er sah sie an und hob kurz die Schultern.

Eleanor nickte. »Trotzdem. Irgendetwas … gärt in ihm. Was ist mit diesem Tuchhändler, in dessen Haus er eingestiegen ist?«

»Anthony Greene.«

Sie hob einen Zeigefinger, und als sie es merkte, legte sie die Hand hastig zurück in den Schoß. »Sein Vater. Oder zumindest glaubt er das. Und es war nicht das erste Mal, dass er dort eingebrochen ist, richtig?«

»Nein, er schaut öfter mal vorbei …« Gabriel hob die Hände mit diesem schelmischen Funkeln in den dunklen Augen, über das er keinerlei Kontrolle zu haben schien. »Es ist natürlich, Eleanor. Jeder Dieb beehrt vorzugsweise diejenigen, mit denen er eine Rechnung offen hat.«

»Aber was für eine Rechnung soll das sein? Was glaubt er denn, das Master Greene ihm schuldet?«

»Das musst du meinen Bruder fragen, Liebling. Mich kümmert es nicht, solange er sich nicht wieder erwischen lässt.«

»Begreifst du denn nicht, was es über ihn aussagt?«, hielt sie dagegen, sie beschwor ihn fast. »Diese unsinnige Rachgier? Dieser Zorn? Hast du nicht gesehen, wie seine Hände zittern? Weißt du eigentlich, dass er säuft?«

Er nickte. »Seine Hände zittern, und er säuft, ganz recht. Und ich verrate dir, warum: Sie haben versucht, aus ihm herauszuholen, wo ich zu finden bin. Irgendwer von den Halunken, die mit ihm im Newgate eingesperrt waren, hat ihnen verraten, dass er mein Bruder ist, und da haben sie ihn sich vorgenommen. Gott allein weiß, wie oft. Er hat ihnen gesagt, ich sei tot, und irgendwann haben sie es geglaubt, aber es dürfte ein Weilchen gedauert haben. Ich stehe hier frei und unversehrt vor dir, weil Lewis standgehalten hat. Weil es so etwas wie Ehre unter Dieben gibt, auch wenn ein anständiges Mädchen wie du sich das vermutlich nicht vorstellen kann. Hast du sonst noch etwas auf dem Herzen, das du über meinen Bruder sagen möchtest?«

Eleanor schüttelte den Kopf. Sie wusste, was immer sie sagte, würde auf taube Ohren stoßen. Aber was sie gerne gefragt hätte, war: *Was, wenn er zu dem Schluss kommt, dass der Preis zu hoch war?*

Greenwich, November 1566

»Isaac of Waringham, Majestät.«

»Ja, meinetwegen.« Es klang verdrossen. »Herein mit ihm. Warum nicht einmal ein Pirat zum Mittagessen?«

Christopher Hatton hielt ihm die Tür auf und winkte ihn ins Allerheiligste. Hatton war Gentleman Pensioner und Gentleman of the Privy Chamber, Letzteres eine besonders hohe Ehre, die er vornehmlich der Tatsache verdankte, dass er der beste Tänzer Englands war.

Isaac trat über die Schwelle und sank auf ein Knie nieder. »Und wollt Ihr mich gebraten oder gesotten, Majestät?«

Die Königin lachte. Sie hatte wirklich ein hinreißendes Lachen: warm, übermütig, eine Spur verwegen. »An einem zähen Burschen wie Euch würde vermutlich selbst ich mir die Zähne ausbeißen. Ihr dürft Euch erheben.«

Isaac kam auf die Füße und sah sich kurz im Privy Chamber um. Die Königin saß mit einem halben Dutzend ihrer Damen zu Tisch, aber weder seine Schwester noch der sonst allgegenwärtige Robin Dudley waren anwesend. Elizabeth trug ein herrliches Kleid aus mitternachtsblauer Seide, das eingewebte Rankenmuster in regelmäßigen Abständen mit kleinen dunkelroten Blüten bestickt, die perfekt auf die Rubinohrringe und -brosche abgestimmt waren.

»Habt Dank, dass Ihr mich so kurzfristig empfangt, Majestät. Und ich bedaure, eine Eurer wenigen Mußestunden zu stören.«

»Hm«, machte sie zustimmend und fügte dann achselzuckend hinzu: »Muße ist ein Luxus, der Herrschern in aller Regel verwehrt bleibt. Aber zum Glück lege ich auch keinen großen Wert darauf. Ich empfange Euch kurzfristig, weil es sich in der Vergangenheit für mich bezahlt gemacht hat. Und in Diskretion, weil mein Gefühl mir sagt, der spanische Gesandte sollte uns lieber nicht zusammen sehen. Irre ich mich?«

Isaac schüttelte den Kopf. »Es macht die Dinge gewiss einfacher, wenn er nichts von meinem Besuch erfährt.«

Die Königin zeigte kein Interesse an dem halb geleerten Teller mit Wildbret und Brot vor sich, führte jedoch das Weinglas an die Lippen und trank einen Schluck. »Also? Was ist es, das John Hawkins mir vorzuschlagen hat?«

»Er will eine weitere Dreiecksfahrt unternehmen, Majestät.«

»Eine was?«, fragte Lady Cat verständnislos.

Isaac trat einen Schritt näher an den Tisch, schob eine Schale mit kandierten Orangenspalten beiseite und malte mit dem linken Zeigefinger eine Linie auf das steife, dicke Tischtuch. »Von England nach Westafrika, um Sklaven aufzunehmen.« Sein Finger beschrieb die lange zweite Seite des Dreiecks: »Von Afrika in die Neue Welt, um die Sklaven zu verkaufen und Zucker, Silber, Gold und Perlen an Bord zu nehmen. Und damit zurück nach England.« Sein Finger segelte in östlicher Richtung über sein unsichtbares Meer und schloss das Dreieck.

Lady Cat nickte. »Ah.«

»Dieser Plan ist nichts Neues, Waringham«, bemerkte Elizabeth. »Aber die Spanier bewachen das Meer, das sie als das ihre zu bezeichnen die Stirn haben. Mit immer mehr Schiffen. Und auch ihre Goldflotte ist schwerer bewacht denn je. Es wird einfach zu gefährlich. Wenn Hawkins den Spaniern in die Hände fiele, wäre ich kompromittiert. Und nebenbei bemerkt, würdet ihr alle der Inquisition ausgeliefert, und das will ich nicht.«

Isaac verzog einen Mundwinkel nach oben. »Wir auch nicht, Majestät, glaubt mir. Doch Captain Hawkins' Plan ist wohldurchdacht und könnte gelingen, denn …«

»Macht mir nicht weis, Ihr wäret eines Sinnes mit Hawkins«, fiel Elizabeth ihm ins Wort. »Ihr könnt ihn nicht ausstehen. Das konntet Ihr noch nie. Und den Sklavenhandel könnt Ihr auch nicht ausstehen.«

Isaac nickte, und er brauchte einen Moment, ehe er den Mut

fand, ihr in die Augen zu sehen. Es war erst das dritte Mal, dass er der Königin begegnete, und sie schüchterte ihn ein mit der Souveränität, die sie ausstrahlte, und der Macht, die sie besaß. Auf eine sonderbare Weise, die er nicht so recht verstand, schüchterte die Königin ihn mehr ein, als ein Mann es je vermocht hätte.

»Das ist wahr, Majestät. Aber ich bin noch ein weiteres Jahr an Captain Hawkins gebunden. Da ich daran nun einmal nichts ändern kann, würde ich dieses Jahr lieber profitabel auf See verbringen als unnütz an Land, also …«

»Unter der wohlmeinenden, aber puritanischen Fuchtel Eures Bruders in Waringham«, spöttelte sie.

Isaac zuckte kurz die Achseln. Er war gerade einundzwanzig geworden und brauchte sich glücklicherweise von niemandem mehr Vorschriften machen zu lassen – wenn man von John Hawkins einmal absah, diesem Hurensohn. Aber er war nicht hier, um seine Privatangelegenheiten mit der Königin zu erörtern. Er wünschte, sie würde ihm nicht andauernd ins Wort fallen, doch vermutlich wurde man in den Tower gesperrt, wenn man sie auf ihre Unhöflichkeit hinwies.

»Ihr habt recht, das Risiko für englische Schiffe hat zugenommen. Der einzige Weg, den spanischen Flotten zu begegnen, ist, selbst mit einem größeren Verband zu segeln. Hawkins will nicht mehr allein mit der *Salomon* und ein, zwei Nussschalen aufbrechen, sondern mit mehr Schiffen, vor allem mit größeren, die mehr Ladung fassen können und mehr Geschütze haben. Nur hat er solche Schiffe nicht. Natürlich könnte er sich eines bauen lassen, aber er fragt sich, wie sinnvoll es ist, Kapital dafür aufzuwenden, wo es in England doch genug große Schiffe gibt, die in den Häfen entlang der Südküste vor sich hin modern.«

»Er meint meine Schiffe«, stellte Elizabeth klar. »Die königliche Flotte.«

Isaac nickte.

»Ich fürchte, Ihr habt den Verstand verloren, Waringham.«

Da seid Ihr nicht die Erste, lag ihm auf der Zunge, aber er beherrschte sich ausnahmsweise.

Elizabeth erhob sich von ihrem Stuhl, stemmte die Hände in

die schmale Taille und betrachtete ihn unverwandt. Davon konnte einem angst und bange werden. Die Königin war eine wirklich schöne Frau, fand er, jedenfalls für eine alte Schachtel von dreiunddreißig, aber die starke Schminke, unter der sie ihre Pockennarben verbarg, ließ ihr Gesicht maskenhaft wirken. Undurchschaubar. Das machte ihm irgendwie zu schaffen. Man wurde nicht klug aus dem Gesicht, und darum konnte man nie ahnen, was als Nächstes kommen würde. Er hatte den Verdacht, dass sie das ganz genau wusste.

»Wenn ich Hawkins ein Schiff der königlichen Flotte überlasse und es von den Spaniern aufgebracht wird, wie soll ich Felipe dann noch glaubhaft machen, von Hawkins' ›Piraterie‹, wie er sie nennt, nichts zu wissen?«

»Wenn gar nichts anderes hilft, könntet Ihr König Felipe immer noch erzählen, Hawkins hätte Euer Schiff gestohlen, Majestät. Das tut er gern und häufig, jeder spanische Seemann weiß das, darum …«

»Und wie, denkt Ihr, würde ich dastehen vor Felipe, wenn ich ihn glauben machte, meine eigenen Kapitäne hätten so wenig Respekt vor ihrer Königin, dass sie sie bestehlen?«

»Er würde es ja ohnehin nicht glauben, oder?«, gab Isaac zurück.

Elizabeth schnaubte. Es klang halb belustigt, halb verächtlich und ganz und gar unfein. Genau wie ihr Fluchen. Einen Moment war sie wie ein überirdisches Wesen, im nächsten Augenblick fluchte sie wie ein Fischweib.

»Ihr seid ein gescheiter Junge, aber von Politik versteht Ihr nichts.«

»Nein«, stimmte er zu, mit Inbrunst ebenso wie mit Erleichterung.

»Seit Ihr vor drei Jahren zum ersten Mal zu mir gekommen seid, habe ich Hawkins' Unternehmungen gebilligt, eine schützende Hand über ihn gehalten und mein Geld auf ihn gesetzt. Oder nicht meins, um genau zu sein, sondern das der Krone. *Englands* Geld. Diese Investitionen waren immer lohnend, und Gott weiß, wir konnten die Profite gut gebrauchen, um Englands Wohl zu mehren und es vor den papistischen Feinden zu schützen, die uns umgeben. Darum habe ich manches Mal ein Auge zugedrückt. Das sollte Euch indes nicht dazu verleiten, anzunehmen, ich billige Hawkins' Räuberei zur See. Das tue ich nicht. Sie ist ein notwendiges Übel, mehr nicht.«

Er nickte bockig. »Es heißt ›Räuberei‹, wenn wir es tun, und ›Kolonialisierung‹, wenn die Spanier es machen, weil irgendein Papst es so beschlossen und verkündet hat …«

»Oh, erspart mir das!«, fuhr sie ihn an. »Ich rede von politischen Realitäten, nicht von päpstlichen Bullen.«

»Päpstliche … wie bitte?«, fragte er verwirrt.

»Bullen. So nennt man die Erlasse des Papstes. Wo seid Ihr zur Schule gegangen, Ihr ungebildeter Tölpel?«

»Am liebsten gar nicht, Majestät«, räumte er unverblümt ein. »Doch wenn es unvermeidbar war, dann in Waringham und später auf dem Cordwainer College for Boys, wo man mich leider immer wieder aufnahm, egal, was ich angestellt hatte, weil mein Onkel Philipp Durham der zahlungsfreudigste Förderer dieser noblen Bildungsstätte ist.«

Elizabeth biss sich auf die Unterlippe, was ihr etwas bestürzend Schelmisches verlieh. »Ach, Ihr bedauernswerter Tropf. Eine privilegierte Kindheit ist eben nicht immer das Zuckerschlecken, wofür viele sie halten, wer wüsste das besser als ich.«

Isaac wollte um jeden Preis vermeiden, Kindheitserinnerungen mit der Königin auszutauschen. »Darf ich einen Vorschlag zur Sache machen?«

»Was zur Sache gehörig ist, entscheide ich, Ihr Flegel, aber Ihr dürft dennoch einen Vorschlag machen.«

»Die *Jesus of Lübeck*, Majestät.«

Sie runzelte die Stirn, und zum ersten Mal fiel ihm auf, wie schmal ihre Brauen waren, nicht mehr als ein hauchdünner Pinselstrich. »Ich fürchte, dieses Mal müsst Ihr meine Bildung aufbessern«, bekannte sie. »Was in aller Welt mag die *Jesus of Lübeck* sein?«

»Ein Schiff. Eine Karacke, um genau zu sein, und mit über siebenhundert Tonnen Verdrängung …« Er sah an ihrem Ausdruck, dass sie keinen Wert auf technische Ausführungen legte, und setzte neu an. »Sie ist eines der größten Schiffe, die es gibt. König Henry hat sie vor über fünfundzwanzig Jahren von der Hanse gekauft, um seine Flotte zu verstärken. Aber heute ist sie kaum mehr als ein Wrack. Ihr könntet sie ausmustern – das würde König Felipes Spione gewiss nicht argwöhnisch machen, wenn sie mal einen Blick auf sie werfen – und diskret an Hawkins ausleihen.«

Elizabeth nickte versonnen. »Habt Ihr keine Angst, dass Ihr mit diesem riesigen Seelenverkäufer untergeht und alle ertrinkt?«

Isaac grinste. »Englische Seefahrer haben vor gar nichts Angst, Majestät.«

Die Damen am Tisch schnitten Grimassen des Missfallens ob solcher Prahlerei; nur die Königin schien amüsiert.

»Die Wahrheit ist, wir könnten sie ohne allzu hohen Aufwand wieder flottmachen«, fuhr er nüchterner fort. »Sie ist ein solide gebautes Schiff. Als Kriegsschiff ist sie aus der Mode gekommen, zu groß und schwerfällig. Aber gerade ihre Größe macht sie zum idealen Handelssegler.«

Die Königin nickte nachdenklich, doch ehe sie antworten konnte, klopfte es.

»Was gibt es, Sir Christopher?«

Der öffnete die Tür schwungvoll, trat ein und verneigte sich tief. »Der Earl of Leicester, Majestät.«

Isaac atmete verstohlen auf. Der Earl of Leicester war kein anderer als Robin Dudley, und eigentlich war er es, dem der junge Waringham seinen Vorschlag hatte unterbreiten wollen.

Doch die Königin beschied: »Ich muss über Euer Ansinnen nachdenken, Waringham. Ich lasse Euch wissen, wie ich mich entschieden habe.«

Das war nun wirklich das Letzte, was er wollte. Elizabeths Mangel an Entscheidungsfreude war berüchtigt, und Hawkins würde ihm den Kopf abreißen, wenn er ihm solch eine ausweichende Antwort brachte. Doch Isaac war nicht in der Position, sie zu drängen. Nur Menschen wie Robin Dudley oder seine Schwester konnten das wagen. Ihm blieb nur, sich artig zu verneigen und zu antworten: »Habt Dank, Majestät«, auch wenn er nicht wusste, wofür.

»Ich lasse bitten, Sir Christopher«, sagte Elizabeth, sodass Isaac auf dem Weg nach draußen nur ein flüchtiges Nicken mit Dudley tauschen konnte.

Die kleine Vorhalle vor dem Privy Chamber hatte zwei Fenster zum Garten, und die Gemälde hingen dicht an dicht entlang der Wände, sodass die kostbare Seidentapete eigentlich pure Verschwendung war. Davon abgesehen war der Raum zugig und unmöbliert. Trotzdem fragte Isaac: »Kann ich hier auf Dudley warten? Den Earl of Leicester, meine ich?«

Christopher Hatton schüttelte den Kopf. »Das wird keinen Zweck haben, fürchte ich. Sie wollen ausreiten. Gott allein weiß, wie lange das dauert. Wenn Ihr eine Unterredung mit Seiner Lordschaft wollt, bittet Eure Schwester darum, sie zu vermitteln.«

»Das kann ich mir ebenso gut sparen«, erwiderte Isaac. »Wenn meine Schwester es irgendwie bewerkstelligen könnte, mir die Luft zum Atmen vorzuenthalten, würde sie es tun, Sir Christopher, so innig sind wir einander verbunden.«

Hatton zog verwundert die Brauen zusammen. »Das sieht ihr nicht ähnlich.«

»Da wisst Ihr mehr als ich. Ich kenne sie kaum. Aber womöglich habt Ihr recht und es liegt an mir.« Er trat unschlüssig an den Kamin und streckte die Hände dem etwas spärlichen Feuer entgegen.

»Ich habe die Ehre, Eure Schwester nächste Woche nach Schottland zu begleiten«, eröffnete Hatton ihm mit unüberhörbarem Stolz.

Isaac wandte den Kopf. »Was tut sie in Schottland?« Dann winkte er ab. »Dumme Frage. Sie spioniert für Krone und Vaterland, nehme ich an. Aber so weit weg vom Hof? Das ist neu, oder irre ich mich?«

»Sie geht dorthin, wo sie gebraucht wird, Sir«, gab Hatton eine Spur steif zurück. »So wie wir alle.«

Isaac nickte. Er verstand, dass dieser ausstaffierte Geck zu der verschworenen Gemeinschaft gehörte, die die Königin um sich geschart hatte und die ihm – dem Außenseiter – schon allein deswegen mit Arroganz und Ablehnung begegnete.

Er wandte sich zum Ausgang. »Alsdann, Sir Christopher. Gute Reise. Offen gestanden, ich beneide Euch nicht.«

Stirling, Dezember 1566

»Wo bleibt Darnley, zum Donnerwetter?«, murmelte Henry Carey. »Was ist denn das für ein Benehmen, der Taufe des eigenen Sohnes fernzubleiben?«

»Höchst sonderbar«, stimmte Eleanor zu. »Aber lass uns gute Miene machen, bis wir wissen, wem dieser Affront gilt, Mary Stewart oder uns.«

Er nickte und sah sich neugierig in der Halle um, die hohe Stirn gerunzelt. Henry Carey war Lady Cats Bruder und somit Elizabeths Cousin – wenn nicht gar ihr Halbbruder –, und er zählte zu Eleanors ältesten Freunden. Sie war dankbar, dass er zu der englischen Delegation gehörte, die die Königin zur Taufe des schottischen Thronfolgers nach Norden gesandt hatte: ein Mann von vierzig Jahren, dessen blondes Haar licht und dessen Bart grau wurde, schlank und athletisch von Statur und mit klugen bernsteinfarbenen Augen, in denen stets eine gute Portion Humor funkelte. Henry Carey kannte Schottland, hatte militärische und diplomatische Erfahrung, und vor allem war er integer und kompromisslos aufrichtig – was ihm bei Hofe nicht nur Freundschaften eingetragen hatte. Eleanor vertraute ihm. Das war mehr, als sie über den Earl of Bedford sagen konnte, der Elizabeths kleine Abordnung von achtzig Gentlemen als Gesandter anführte und notgedrungen der katholischen Taufzeremonie in der königlichen Kapelle dieser uralten Burg beiwohnte. Beim Gedanken an das papistische Ritual musste Eleanor ein Schaudern unterdrücken.

»Vielleicht wollte Darnley einfach nicht zuschauen müssen, wie ein katholischer Bischof dem armen Prinzen in den Mund spuckt«, mutmaßte sie.

»*Was?*«, fragte Carey entsetzt.

Sie nickte nachdrücklich. »Das machen die Papisten, Ehrenwort.«

»Aber Darnley ist doch selber Papist«, gab er zu bedenken.

»Ich weiß.« Sie dachte einen Moment nach. »Es heißt, er befinde sich hier in der Burg, auch wenn er sich nicht blicken lässt. Vielleicht sollte ich gehen und ihn suchen?«

»Auf dass die Wache dich in seinem Schlafgemach findet?«, erwiderte er ungläubig. »Vergiss lieber nicht, was die Königin gesagt hat: Du sollst hier unauffällig wie ein Schatten sein. Ich schätze, ein Eklat wäre diesem Ziel nicht gerade zuträglich, oder?«

Sie tauschten ein wissendes Lächeln, und dann verkündeten Füßescharren und aufgeregtes Getuschel am Eingang, dass die Königin von Schottland nahte.

Gespannt blickte Eleanor zu der hohen, wundervoll geschnitzten Doppeltür. Diese schwang lautlos und mit vornehmer Langsamkeit nach innen, und Mary Stewart betrat an der Spitze ihres Gefolges die festlich erleuchtete Halle von Stirling Castle.

Henry Carey zog hörbar die Luft ein. »Du meine Güte ... Kein Wunder, dass die Männer sich ihretwegen reihenweise zum Narren machen.«

Mary Stewart war eine schöne junge Frau von vierundzwanzig Jahren. Aber schön und jung waren viele. Was die schottische Königin außergewöhnlich machte, war die Mischung aus Würde und Entrücktheit, die sie ausstrahlte. Es stimmte, sie musste um die sechs Fuß groß sein, war obendrein spindeldürr und hielt sich auch noch kerzengerade, doch sie wirkte keineswegs grotesk, wie Eleanor insgeheim gehofft hatte, sondern königlich. Mary trug ein kostbares, herrlich besticktes Kleid aus cremeweißem Brokat, und ein Perlendiadem zierte ihr rötlich braunes Haar. Das Lächeln, mit dem sie die Gäste in ihrer Halle betrachtete, war wunderschön und arglos – oder zumindest *schien* es arglos –, und in ihren mandelförmigen braunen Augen lag ein warmer Glanz.

Eleanor spürte ihre Kehle eng werden, auch wenn sie beim besten Willen nicht hätte sagen können, warum eigentlich. »Wie mager sie ist ...«

»Und schau dir den fetten kleinen Prinzen an. Er wiegt vermutlich schon mehr als seine Mutter«, gab Carey zurück.

Der Graf von Brienne, der stellvertretend für den französischen König Louis das Amt des Paten versah, stand mit etwas gequälter Miene neben Mary und hielt den Täufling in den Armen: Für seine sechs Monate schien der Prinz in der Tat riesig, der kahle Kopf erschreckend groß. Nach der Geburt im Juni hatten die Spione berichtet, Mary sei bei der Niederkunft beinah gestorben. Jetzt konnte Eleanor es mühelos glauben.

»Auf jeden Fall brauchen wir uns über die Vaterschaft nicht mehr den Kopf zu zerbrechen«, bemerkte sie.

»Nein«, stimmte Carey zu. »Der Prinz ist Darnleys Ebenbild, und das nicht nur, weil der bis zum heutigen Tag ein Riesenbaby geblieben ist.«

Eleanor hob hastig den Fächer vor die Lippen.

Der Earl of Bedford winkte sie zu sich herüber, und gemeinsam traten sie vor die Estrade der altehrwürdigen Halle und beugten das Knie vor der schottischen Königin.

»Erlaubt mir, Euch im Namen Ihrer Majestät Königin Elizabeth das Taufgeschenk für ihren Patensohn zu überreichen, Majestät«, bat Bedford.

Mary Stewart forderte sie mit einer Geste auf, sich zu erheben. »Wie gütig von meiner Cousine Elizabeth, Mylord«, erwiderte sie. Ihre Stimme war tiefer, als Eleanor erwartet hatte, und ihr Akzent nicht schottisch, sondern französisch.

Bedford winkte Sir Christopher Hatton heran. Der führte zwei Diener vor die Königin, die ein goldenes und mit Edelsteinen besetztes Becken heranschleppten, das für eine Taufe ebenso geeignet schien wie für das prinzliche Bad. Doch für diesen stämmigen Säugling war es viel zu klein.

»Die Königin sagte, es habe die richtige Größe gehabt, als sie es bei der Geburt des Prinzen in Auftrag gab«, bemerkte Bedford entschuldigend. »Und sie lässt ausrichten: Sollte er inzwischen herausgewachsen sein, mögt Ihr es für den nächsten Prinzen verwenden.«

Falls Mary die Bemerkung taktlos fand – schließlich wusste

die ganze Welt, dass die Ehe zwischen ihr und Darnley am Ende war –, ging sie routiniert darüber hinweg. »Ein wahrhaft königliches Geschenk, Mylord. Richtet Königin Elizabeth meinen herzlichen Dank aus.«

Bedford verneigte sich ein wenig behäbig, und sie waren entlassen.

Livrierte Diener wiesen sie zu einem der langen Tische, von denen ein jeder sechzig Gäste aufnehmen konnte. Eleanor ergatterte einen Platz am oberen Ende, sodass sie einen ungehinderten Blick auf die Estrade und die Ehrentafel hatte. Zur offenkundigen Erleichterung des Ersatzpaten wurde der dralle Prinz einer Amme übergeben und hinausgetragen, und einen Moment später trat ein schottischer Edelmann zur Königin und flüsterte ihr etwas zu.

»Und wen haben wir da?«, fragte der tanzbegabte Christopher Hatton an Eleanors Seite.

»James Hepburn, Earl of Bothwell«, antwortete sie.

»Woher kennt Ihr ihn?«

»Er war vor ein paar Jahren in England, auf der Flucht vor seinen Gläubigern und Marys Halbbruder, dem Earl of Moray. Ihre Majestät hat ihn im Tower einquartiert, aber nach kurzer Zeit wieder laufen lassen, in der Hoffnung, dass er hier irgendein Unheil anrichtet, Filou, der er ist.«

»Du magst ihn nicht?«, erkundigte Carey an ihrer anderen Seite sich verwundert. »Und ich dachte immer, du hättest eine Schwäche für Filous. Genau wie Bess.«

Wenn du wüsstest, dachte Eleanor. »Nein, für Bothwell konnte ich mich nicht erwärmen«, bekannte sie. »Aber bilde dir selbst ein Urteil. Du wirst gewiss Gelegenheit dazu haben, denn er weicht so gut wie nie von Marys Seite.«

Der Earl of Bothwell hatte schon für Königin Marys Mutter gekämpft, als sie Schottland für ihre junge Tochter regierte und die schottischen Protestanten mit englischer Unterstützung Krieg gegen sie geführt hatten. Und das, obwohl Bothwell selbst Protestant war. Man mochte über ihn sagen, was man wollte, doch seine Königstreue war durch nichts zu erschüttern, und Eleanor ahnte, es war kein Zufall, dass er heute Abend zum festlichen Bankett von Kopf bis Fuß in blauen Kleidern erschienen war – der Farbe der Treue. Und dennoch hatte er sie mit Argwohn erfüllt, als sie ihm damals in London begegnet war. Nicht weil er ein Großmaul war. Das erschütterte sie nicht, denn daran war sie gewöhnt. Auch nicht, weil er ein Weiberheld war und scharenweise gebrochene Herzen zurückließ, wohin er auch ging. Aber dieser Earl of Bothwell hatte etwas von einem Raubtier. Was auch immer er tat, geschah, weil seine Natur ihn dazu trieb, und niemals hielt er inne, um sich zu fragen, ob es richtig, angemessen oder verantwortlich war. Bei einem beschränkten Mann hätte sie das verzeihlich gefunden. Bei einem blitzgescheiten wie Bothwell fand sie es verdächtig.

Das Fest anlässlich der prinzlichen Taufe war prunkvoll: Gold- und Silbergeschirr funkelte auf den Tischen, erlesene Speisen wurden aufgetragen, es gab Satyrspiele und Maskeraden. Und schließlich spielten italienische Musiker zum Tanz auf.

Der Earl of Bothwell stand plötzlich wie aus dem Boden gestampft vor Eleanor und bat sie zur Gaillarde, ehe Henry Carey es tun konnte.

Eleanor neigte ein wenig den Kopf und lächelte, ohne Bothwell in die Augen zu schauen, legte die Hand federleicht auf seinen Arm und ließ sich in die Mitte des Saales führen.

»Und wie gefällt Euch Schottland, Lady Eleanor?« Seine von Natur aus laute Stimme hatte keine Mühe, die Musikanten zu übertönen.

»Wie schmeichelhaft, dass Ihr Euch an mich erinnert, Mylord.«

»Ich vergesse niemals ein Gesicht. Genau wie Ihr.«

»Schottland ist in mancher Hinsicht genau so, wie ich erwartet habe, in anderer Hinsicht überhaupt nicht«, antwortete sie. »Das Land ist hügelig und schroff, wie ich dachte, auch die eisigen Temperaturen haben meine schlimmsten Befürchtungen bestätigt. Aber ich habe immer angenommen – und ich hoffe, Ihr übt Nachsicht mit mir –, dass Schottland rückständig, derb und unkultiviert sei. Doch das Gegenteil ist der Fall. Eine Halle von solch festlicher

Anmut und Schönheit wie diese hier sucht in England ihresgleichen. Die Musiker, die Speisen, Master Buchanans Verse, die wir vorhin hören durften … Ich bin beeindruckt.«

Bothwell legte einen Arm um ihre Taille und hob sie zu einer Drehung, als wiege sie nicht mehr als ein Schmetterling. Eleanor spürte eine Gänsehaut auf Schultern und Rücken. Seine Nähe, vor allem seine Berührung war ihr in höchstem Maße unangenehm. »Unsere Highlands sind noch ein wenig schroffer als diese Gegend hier, und dort würdet Ihr vielleicht auch das finden, was Ihr derb und rückständig nennt. Aber Schottland hat dreihundert Jahre lang in enger Verbundenheit zu Frankreich gestanden, weil wir immer einen gemeinsamen Feind hatten.«

»Uns«, stellte Eleanor stirnrunzelnd klar.

Er nickte mit einem Lächeln, das ihr wölfisch erschien. »Ihr, Mylady. Was es hier an Esprit und Schönheit zu entdecken gibt, ist vor allem dem französischen Einfluss geschuldet, dem wir Schotten uns gern geöffnet haben. Denn wir haben einen Sinn dafür, eine Sehnsucht, die Euch Engländern völlig abzugehen scheint.«

»Dann ist es kein Wunder, dass die Schotten ihre junge Königin so lieben, Mylord. Schließlich ist sie in Frankreich aufgewachsen und verkörpert all das, was Euer Volk sich ersehnt.«

»Ah«, machte er, und ein mutwilliges Funkeln trat in seine haselnussbraunen Augen. »Wir kommen zur Politik?«

Und ehe sie antworten konnte, legte er seine Pranken um ihre Taille, hob sie hoch und wirbelte sie im Kreis, bis ihr schwindelig wurde.

Da seine eigene Person das faszinierendste Gesprächsthema für den Earl of Bothwell war, beglückte er sie im Verlauf zweier Gaillarden und einer Volta – die Königin Mary mit Christopher Hatton tanzte, dem sein Ruf anscheinend vorausgeeilt war – mit allerhand Details seiner Lebensgeschichte: Er stammte aus den Lowlands und war der *Lord Lieutenant of the Border*, hatte einen Teil seiner Jugend in Frankreich verbracht, war Königin Mary dort zum ersten Mal begegnet und seit ihrer Heimkehr nicht von ihrer Seite gewichen. Gern und häufig legte er sich mit ihrem protestantischen Halbbruder, dem Earl of Moray, an, der so gerne König von Schottland geworden wäre und fürchterlich darunter litt, ein Bastard zu sein. Kurzum: Bothwell erzählte Eleanor lauter Dinge, die sie bereits wusste. Nur ob er Marys Liebhaber und der Grund für ihr Zerwürfnis mit ihrem Gemahl war, fand Eleanor nicht heraus.

Gegen Mitternacht wurde die Festgemeinde hinaus in den Garten gebeten, wo bei eisiger Kälte unter einem herrlichen Sternenhimmel eine Maskerade aufgeführt wurde: Eine kleine Burg war dort errichtet worden, die mit feurigen Pfeilen und Schwertern erstürmt wurde. Zu guter Letzt ging die Burg in Flammen auf, aus denen sich ein wundervolles Feuerwerk erhob.

Eleanor applaudierte begeistert. »Das war herrlich!«, sagte sie zu Henry Carey, der wieder an ihrer Seite stand. »Schade, dass Robin nicht hier ist. Er hätte etwas für Bess' nächsten Geburtstag lernen können.«

»Höre ich deine Zähne klappern?«, fragte Carey ungläubig.

Sie nickte. »Schotten haben anscheinend kein Kälteempfinden. Ich bin völlig durchfroren. Ich denke, ich werde die Gelegenheit nutzen, mich zurückzuziehen, und meine Zofe beknien, mir einen heißen Stein für mein Bett zu besorgen.«

»Tu das. Ich nehme an, dieses grandiose Feuerwerk war ohnehin der Schlusspunkt der Feierlichkeiten, und die Festgemeinde wird sich bald auflösen. Also sei vernünftig und schleich nicht durch die Korridore.«

»Du hast recht«, pflichtete sie ihm bei. »Gute Nacht, Henry.«

Er legte ihr freundschaftlich die Hand auf den Arm. »Gute Nacht, El.«

Der Schnee unter ihren viel zu dünnen Schuhen knirschte verhalten, als sie den kurzen Weg von der Great Hall zum Royal Palace hinüberging, welcher links des trutzigen Torhauses an der mächtigen Burgmauer lag. Eleanor schlich nicht, und sie rannte auch nicht, sondern ging, als habe sie jedes Recht, hier zu sein. Dabei lag ihr Quartier natürlich nicht im Gebäude der königlichen Gemächer. Mit größter Selbstverständlichkeit nickte sie den beiden livrierten Wachen am Eingang zu, und wie so oft wurde sie ohne

Weiteres eingelassen, weil sie eben eine Frau war. Niemand traute ihr zu, ein Meuchelmörder zu sein. Und die Wachen stellten ihr keine Fragen, weil sie gewiss vermuteten, sie sei die Geliebte des Prinzgemahls, und da mischten sie sich lieber nicht ein.

Der Royal Palace war um einen Innenhof gebaut, der die Gemächer von Königin und König – oder derzeit Prinzgemahl – voneinander trennte. Eleanor stieg die Treppe zum Hauptgeschoss hinauf, bog ohne besonderen Grund nach links ab und versuchte, sich zu orientieren. Der Palast war hell erleuchtet, aber totenstill. Gemälde italienischer, französischer und niederländischer Meister zierten die Wände, unterbrochen von den verschwenderisch hohen Fenstern. Alles war wie ausgestorben, sodass die ungebetene Besucherin ungehindert durch eine geschnitzte Doppeltür in eine Halle gelangte. Hier war das Licht spärlicher, aber die Wand- und Deckengemälde verschlugen ihr trotzdem den Atem. »Du meine Güte«, murmelte sie vor sich hin. »Wer auch immer diesen Palast errichten ließ – es mangelte ihm weder an Geschmack noch an Geld.«

»Es war mein Vater, Mylady«, sagte die tiefe Stimme der Königin in ihrem Rücken. »Er wollte sich hier einen Traum erfüllen, doch er starb, ehe der Palast fertig wurde. Im Übrigen, wenn es mein Gemahl ist, den Ihr sucht, verschwendet Ihr Eure Zeit. Er ist vorübergehend von seiner geheimnisvollen Krankheit genesen, die ihn von der Taufe seines Erben ferngehalten hat, und mit einigen Freunden unten in der Stadt, hörte ich.«

Eleanor war herumgefahren und knickste. »Ich hoffe, Ihr könnt mein Eindringen vergeben, Majestät. Ich war in der Tat auf der Suche nach Eurem Gemahl, aber ich bitte Euch, zieht keine falschen Schlüsse. Ich kenne ihn aus seinen Jugendjahren in England.«

»Seine Jugendjahre sind noch nicht vorüber, fürchte ich. Ihr seid Eleanor of Waringham? Das Auge meiner geliebten Cousine Elizabeth?«

»Ja, Majestät.«

Mary Stewart musterte sie in aller Seelenruhe. Dann wandte sie sich ab. »Folgt mir, Lady Eleanor.«

Die Königin führte sie durch lange Korridore auf die andere

Seite des Gebäudes, wo ihre Gemächer lagen. Auch hier gab es eine prunkvolle Audienzhalle, doch Mary ging weiter in die kleinere und behaglichere innere Halle. Dort prasselte ein Feuer im Kamin, und zwei junge Damen erhoben sich vom Tisch, als die Königin eintrat.

»Schick nach heißem Wein, Mary«, bat diese, und Eleanor fiel wieder ein, was sie einmal gehört hatte: Man hatte Mary Stewart vier gleichaltrige Gefährtinnen ausgewählt, als sie nach Frankreich geschickt wurde, die seither nicht von ihrer Seite gewichen waren, und alle vier hießen Mary, genau wie sie.

Eine davon trat nun durch eine angrenzende Tür, und Eleanor hörte sie murmeln.

Mit einer Geste wies die Königin Eleanor einen der damastbezogenen Sessel am Tisch. Eleanor wartete, bis die Königin Platz genommen hatte, ehe sie sich setzte.

»Ihr wolltet also Jugenderinnerungen mit dem Prinzgemahl austauschen, Mylady?« fragte Mary.

Eleanor schüttelte den Kopf. »So kann man es wohl kaum ausdrücken. Er kam als Knabe gelegentlich an den Hof, aber zu der Zeit war ich bereits erwachsen.«

»Also? Was dann?«

Eleanor sah kurz zu den beiden Marys hinüber.

»Sprecht nur ganz offen«, ermunterte die Königin sie. »Meine Marys sind verschwiegen, und ich habe keine Geheimnisse vor ihnen.« Sie saß immer noch so kerzengerade wie vorhin beim Bankett, aber sie ließ einen Moment den Kopf gegen die hohe Rückenlehne sinken, und Müdigkeit zeichnete ihr Gesicht.

Eleanor kam in den Sinn, dass die schwere Geburt des Prinzen sechs Monate zurückliegen mochte, aber noch nicht überwunden war. »Ich wollte schauen, wie es ihm geht. Wir hörten in England, er sei krank. Das sieht ihm nicht ähnlich. Früher strotzte er nur so vor Gesundheit und wusste kaum, wohin mit seinen Kräften.«

Königin Mary nickte abwesend.

Ein Diener brachte dampfende Silberpokale und eine Schale mit Knabbereien, und sie schwiegen, bis er den Raum wieder verlassen hatte.

»So war er auch, als er herkam«, bekannte die Königin schließlich. »Gott, was für eine Erlösung nach meinem armen kränklichen *Dauphin,* dem ich mehr Pflegerin als Gemahlin war. Darnley kam an meinen Hof wie eine frische Brise. Wir sind zur Jagd geritten und haben ganze Nächte durchgetanzt …« Sie brach unvermittelt ab.

»Und dann?«, fragte Eleanor behutsam.

Mary richtete sich wieder auf, ergriff einen der Pokale mit einer schmalen, langfingrigen Hand und trank einen kleinen Schluck. »Ich frage mich gerade, ob es nicht ein wenig zu spät in der Nacht für diese Unterredung ist, Lady Eleanor.« Ihre Stimme hatte sich verändert, sie klang barsch. »Ich bin müde. Es war ein langer Tag. Und ich weiß nicht, ob ich Euch trauen soll. Mit anderen Worten, ich bin nicht sicher, ob ich meiner Cousine Elizabeth trauen soll.«

»Sie hat nie etwas anderes als Euer Wohlergehen im Sinn, Majestät«, sagte Eleanor, und sie wusste, es klang aufrichtig. Nie sei sie überzeugender, als wenn sie für Krone und Vaterland lüge, behauptete Robin Dudley gern.

»So wird mir allenthalben versichert. Aber sie lehnt es ab, mich zu treffen, und sie weigert sich, mich als ihre Thronfolgerin anzuerkennen. Dabei wäre es naheliegend.«

»England ist protestantisch, Majestät.«

»Das ist Schottland auch«, ereiferte sich Mary. »Und niemand hasst die Katholiken leidenschaftlicher als John Knox, der Tag um Tag von seinem Fenster in Edinburgh herab predigt, was die Schotten glauben und tun sollen. Und dennoch liebt mein Volk seine katholische Königin, Lady Eleanor.«

»Ja, ich weiß«, räumte diese ein. »In den fünf Jahren seit Eurer Heimkehr habt Ihr Frieden mit England geschlossen, zwei Rebellionen unblutig beendet, ein Gesetz durchs Parlament gebracht, das religiöse Toleranz garantiert, und einen Thronfolger geboren. Die Schotten müssten verrückt sein, Euch nicht zu lieben.«

»Und es gibt jene an meinem Hof, die sagen, Königin Elizabeth sei so eifersüchtig darauf, dass ich einen Gemahl und einen Prinzen vorzuweisen habe, dass sie mich allein deswegen hasse.«

»Wer immer das sagt, kennt Königin Elizabeth nicht. Sie bräuchte ja nur mit den Fingern zu schnipsen, wenn sie heiraten wollte. Aber sie hat einen anderen Weg gewählt.«

»Den ich nie im Leben begreifen werde. Was kann eine Frau sich nur von der Ehelosigkeit erhoffen?«

Das fragst ausgerechnet du?, dachte Eleanor. Nach dem kränklichen kleinen Franzosen und dem ewig betrunkenen und untreuen Darnley? Doch was sie antwortete, war: »Freiheit, Majestät. Die Ausübung der Königsmacht, ohne sie mit einem Gemahl teilen oder sie gar an ihn abtreten zu müssen.«

»Ich teile meine Königsmacht auch nicht mit meinem Gemahl.«

»Nein. Und darüber ist er so tödlich beleidigt, dass er nichts unversucht lässt, um Euch das Leben bitter zu machen.«

Daran hatte Mary ein Weilchen zu kauen. »Darnley hat überhaupt kein Interesse daran, Schottland zu regieren«, sagte sie schließlich niedergeschlagen. »Er will die Macht, aber Politik langweilt ihn. Als ich noch erwog, ihn zum Mitregenten zu erklären, hat er sich im Kronrat regelmäßig betrunken, weil das Tagesgeschäft ihn so anödete. Er ist … ein Kind, wie ich sagte. Ein trotziges, mutwilliges Kind obendrein. Lord Bothwell glaubt …« Sie brach schon wieder ab.

Jetzt wird es interessant, dachte Eleanor. »Was glaubt er? Ich wünschte, ihr würdet mich ins Vertrauen ziehen, denn nur wenn Königin Elizabeth weiß, was hier vor sich geht, kann sie Euch helfen.«

»Falls sie das denn wirklich will.« Die Königin erhob sich graziös. »Ihr werdet mich jetzt entschuldigen müssen, Lady Eleanor. Wir setzen unsere Unterredung fort, wenn wir wieder in Edinburgh sind.«

Eleanor war mit ihr aufgestanden und sank in ihren besten Hofknicks. »Gute Nacht, Majestät. Gott schütze Euch.«

Im Burghof war es still geworden, und alles lag in Finsternis. Aber eine der Wachen am Eingang des Royal Palace geleitete Eleanor mit einer Fackel bis an die Tür ihres Quartiers in einem der weniger prunkvollen Nebengebäude.

Ihr Gemach hatte ein komfortables Bett mit weinroten Vorhängen, kunstvoll gearbeitete Behänge an den nackten Steinwänden und sogar eine Frisierkommode. Darauf stand ein Marmorhalter mit einer einzelnen brennenden Kerze.

Eleanor setzte sich auf den Schemel und begann, die Haarnadeln aus ihrem Blondschopf zu ziehen.

Die Verbindungstür zur Kammer ihrer Zofe öffnete sich geräuschlos, und ein Schatten kam hereingehuscht.

»Oh, Gott segne dich, Edna, du bist noch wach. Hilf mir mit den Haarnadeln, sei so gut. Seit Stunden hämmert mir der Kopf von den verfluchten Dingern.«

Edna trat hinter sie und befreite sie geschickt von den restlichen Plagegeistern. Aus dem Augenwinkel sah Eleanor ihren Rocksaum und stellte verwundert fest, dass er zu kurz war. Und die Hand, die nach der Bürste griff, war schwarz behaart, riesig und knochig.

In dem Augenblick, als sie auf dem Schemel herumwirbelte, sagte eine vertraute Männerstimme: »Wenn der Earl of Bothwell dich noch einmal so begrapscht, schneid ich ihm das Herz raus.«

»Gabriel …«

»Kennen diese Schotten denn gar keine Scham? Ich dachte, jeden Moment kriecht er dir unter die Röcke.«

»Oh, sei unbesorgt«, hörte sie sich sagen. »Er gehört seiner Königin mit Haut und Haar. Genau wie umgekehrt, argwöhne ich seit heute Nacht.« Sie stützte die Ellbogen hinter sich auf die Kommode und sah kopfschüttelnd zu ihm hoch: Er trug eine graue Perücke mit einem strengen Haarknoten – eine exakte Kopie der Frisur ihrer greisen Zofe. Auch das puritanisch schlichte, dunkle Kleid sah verdächtig nach Edna aus. »Liegt meine Zofe nackt und geknebelt in ihrer Kammer?«

Er winkte beruhigend ab. »Vollständig bekleidet und selig schlummernd. Ich habe ihr erzählt, ich sei ein Gentleman Pensioner, und die Königin hätte mich geschickt, um auf dich achtzugeben und mich in verschiedenen Verkleidungen ständig in deiner Nähe aufzuhalten. Das hat Edna über die Maßen beruhigt. Sie findet es nämlich unschicklich, wenn eine Dame von Adel ständig unbeaufsichtigt für ihre Königin spioniert.« Er nahm die Bürste wieder zur Hand und begann, mit langen, gleichmäßigen Strichen ihr offenes Haar zu bearbeiten. Edna hätte es nicht besser gekonnt. »Wo warst du so lange, wenn die Frage erlaubt ist?«

»Ich habe einen Schlummertrunk mit der Königin von Schottland genommen, ob du's glaubst oder nicht.«

»Tatsächlich? In der Gesindeküche sagen sie, Königin Mary sei über beide Ohren in diesen Bothwell verliebt.«

»Du warst in der Gesindeküche?«, fragte sie ein wenig erschüttert. »Und niemand hat Verdacht geschöpft?«

»Aber wieso sollten sie, Mylady?«, fragte er mit Ednas bröckeliger, hoher Stimme. »Und schließlich musste ich essen, oder? Auch Zofen haben Hunger, Mylady, sollte Euch das nicht klar sein.« Die Verstellung war so perfekt, dass es Eleanor fast davor gruselte.

»Und stimmt es nun?«, hakte er mit seiner eigenen Stimme nach. »Ist sie in ihn verliebt?«

»Ich glaube schon.«

Gabriel legte die Haarbürste zurück auf die Kommode. »Was tut deine Zofe als Nächstes?«

»Sie bringt mir warmes Lavendelwasser zum Waschen und Zähneputzen, nimmt mir den Schmuck ab und hilft mir aus dem Kleid.«

»Oh, gut.« Er legte eine Hand um ihren Oberarm und zog sie auf die Füße. »Fangen wir mit dem letzten Punkt an.«

»Außerdem hatte ich gehofft, Edna würde mir einen heißen Stein für mein Bett bringen, denn ich habe den ganzen Abend gefroren.«

»Ich weiß etwas Besseres …«

»Ich lasse mich nicht von einem Kerl in Frauenkleidern küssen«, warnte sie.

»Nein? In dem Fall sollte ich mich selbst wohl zuerst ausziehen.«

Er streifte die Perücke ab und strich sich mit der Linken über den kurzen, rabenschwarzen Schopf. Dann schnürte er das schlichte Kleid auf und zog es sich über den Kopf. Wams und Hosen kamen darunter zum Vorschein, und als er Eleanor dieses Mal umarmte, sträubte sie sich nicht.

»Eigentlich sollte ich wütend auf dich sein«, sagte sie, als ihre Lippen sich voneinander lösten.

»Weil ich deine ausdrückliche Anweisung missachtet habe und dir nach Schottland gefolgt bin?«, fragte er und öffnete die kleinen Haken und Schleifen ihres Kleides. Das tat er ohne die geringste Mühe, aber mit Respekt. Gabriel Durham wusste eine kostbare Robe zu schätzen wie kaum ein anderer Mann.

Sie nickte. Doch sie musste feststellen, dass sie erleichtert war, denn dieses Land, seine Menschen und Sitten waren ein Buch mit sieben Siegeln, dieser Hof erst recht. Gabriel konnte ihr nicht dabei helfen, sie zu entschlüsseln, aber dennoch gab es ihr Sicherheit, ihn hier zu wissen. »Und was passiert morgen?«, fragte sie. »Muss die arme Edna sich den ganzen Tag in ihrer Kammer verbergen?«

Gabriel schüttelte den Kopf. »Morgen früh werde ich im Heer der Arbeiter aus dem Dorf untertauchen, die die Spuren der Feierlichkeiten im Garten beseitigen. Übermorgen, wenn der Hof nach Edinburgh zurückkehrt, bin ich in Bedfords Gefolge. Danach sehen wir weiter.« Er legte die Hände auf ihr Gesicht und sah lächelnd auf sie hinab. »Als Zofe komme ich nur nachts zu dir, Lady Eleanor.«

Waringham, Dezember 1566

»Es tut mir leid, Isaac«, sagte Francis. »Aber ich kann dir in dieser Sache nicht helfen.« Sein Bedauern war aufrichtig, doch man konnte hören, dass es sein letztes Wort war.

Isaac klemmte sich die eiskalten Hände unter die Achseln. »Gott … Ich glaube einfach nicht, dass *du* derjenige bist, der *mir* ein schlechtes Gewissen wegen eines verfluchten Sklavenschiffs macht.«

Francis hob ein wenig das Kinn. »Du führst den Namen des

Herrn eitel und fluchst, auch noch beides in einem Atemzug, und das an einem Tag wie heute.«

Isaac war sich nie schlüssig, wie ernst sein Bruder es meinte, wenn er ihn wegen solcher Dinge zurechtwies. Todernst, vermutlich. »Entschuldige, Mylord …«

Sie stapften durch den sacht knirschenden Schnee auf der Koppel vor dem Stutenhof. Im Gestüt herrschte beschauliche Winterstille, und weil heute Weihnachten war, saßen auch die Stallburschen beim Festschmaus und würden erst zur Abendfütterung wieder auftauchen.

»Es ist nur … Ich billige nicht, was Hawkins tut«, stellte Isaac klar. »Aber ich habe ihm einen Eid geleistet, also was soll ich machen? Ich muss ihm dieses Schiff besorgen, damit wir im Frühling in See stechen können, und dann noch diese eine Fahrt und ich bin ihn los.« Er stieß eine gewaltige weiße Dampfwolke in die kalte Winterluft. »Du kannst dir nicht vorstellen, wie ich den Tag herbeisehne.«

»Doch, ich denke schon«, antwortete der Earl of Waringham. »Ich weiß, dass du mit diesem gottlosen Menschenhandel nicht einverstanden bist. Und dass du keine Wahl hast. Aber *ich* habe eine Wahl, Isaac, und ich werde keinen Finger rühren, um Hawkins sein Sklavenschiff zu beschaffen.«

Isaac nickte. »Im Grunde habe ich gewusst, dass du so entscheiden würdest. Und du hast ja auch ganz recht. Ich hatte nur das Gefühl, ich müsse dich um Hilfe bitten, um nachher behaupten zu können, ich hätte alles versucht.«

Francis schüttelte lachend den Kopf. »Das sieht dir ähnlich. Aber ich nehme an, Hawkins wird sich ein anderes Schiff beschaffen, oder?«

Isaac hatte die *Jesus of Lübeck* noch keineswegs aufgegeben, aber das sagte er nicht. »Vermutlich.«

Sie schlenderten zum neuen Stallgebäude der Stuten hinüber, und Isaac sah sich um. Selbst jetzt im tiefsten Winterschlaf waren der Wohlstand und Erfolg des Gestüts überall sichtbar: Die grau verwitterten hölzernen Ställe von einst waren verschwunden und durch langgezogene Bauten aus Ziegeln und hübschem Fachwerk ersetzt worden. Die beiden größten hier im Stutenhof boten mehr als fünfzig Zuchtstuten Platz, von denen ungefähr zwei Drittel der Baronie gehörten. Die übrigen waren Logisgäste, die hier ihre Fohlen gebären und dann von einem der drei berühmten Zuchthengste gedeckt werden sollten. Die Idee zu diesem Geschäftszweig hatte bereits ihr Vater gehabt, doch Francis war es, der sie zur Vollendung geführt und das Gestüt zu einer Pilgerstätte für Pferdezüchter aus dem ganzen Land gemacht hatte. Es half, dass die Königin fast all ihre Pferde in Waringham kaufen ließ, aber das war nicht die einzige Erklärung für Francis' märchenhaften Erfolg. Die Wahrheit war, wusste Isaac: Der gutmütige und scheinbar so weltfremde Francis war nicht nur ein exzellenter Pferdekenner, sondern ein hervorragender Geschäftsmann.

Jetzt öffnete er die obere Türhälfte an einer der Boxen und spähte hinein. »Und was wirst du tun, wenn deine fünf Jahre in Hawkins' Diensten vorüber sind? Hast du schon darüber nachgedacht?«

Isaac schloss sich ihm an. Eine Fuchsstute stand im warmen Halbdunkel und wandte ihnen neugierig den Kopf zu. »Wie du weißt, gehören Zukunftspläne nicht zu meinen Stärken.« Und erst einmal musste er von seiner letzten Fahrt für John Hawkins lebend zurückkehren, ehe er welche schmieden konnte.

»Was du auch entscheidest, hier wird immer ein Platz für dich sein. Das muss ich nicht erwähnen, oder?«

Isaac wandte den Blick von der hübschen Stute und sah seinen Bruder an. »Ich weiß das zu schätzen, Francis. Ehrlich. Aber ich bin Seemann, und daran wird sich nichts ändern.«

Die Stute kam an die Boxentür, schnupperte an Isaacs Schulter und schnaufte ihm ins Ohr.

»Clarissa ist offenbar anderer Meinung«, bemerkte der Earl trocken.

Isaac rieb Clarissa über die Nüstern, um ihre Gefühle nicht zu verletzen, trat dann aber einen Schritt zurück und entzog sich damit ihren Liebesbezeugungen. »Als Junge habe ich von einem Leben hier auf dem Gestüt geträumt«, erinnerte er sich. »Doch seither habe ich die Welt und vor allem die See entdeckt, und ich kann nicht von ihr lassen.« Er hob kurz die Schultern. »Menschen ändern sich.«

Francis zog eine Mohrrübe unter dem dicken Mantel hervor und steckte sie der Stute zwischen die samtigen Lippen. »Reitest du noch? In Rennen, meine ich?«

»Wann immer ich in London bin. Und ich wette. Natürlich nur auf meinen eigenen Sieg«, schloss er grinsend.

Francis nickte und gab keinen Kommentar ab. Nur seine Miene verriet, dass er Isaacs Wetten lasterhaft fand.

»Ich brauche das Geld«, erklärte der jüngere Bruder ungeduldig. »Wenn ich je ein eigenes Schiff haben will, wird es Zeit, dass ich ein bisschen Kapital in Hawkins' Fahrten stecke.«

»Du willst am Sklavenhandel mitverdienen, statt hier sesshaft zu werden, wo du hingehörst, eine Familie zu gründen und ein gottgefälliges Leben zu führen?«, fragte sein Bruder verständnislos.

»Oh, Francis, keine Predigt …«, stöhnte Isaac. »Es ist nicht meine Absicht, am Sklavenhandel mitzuverdienen. Auch nicht am Zucker, denn das wäre das Gleiche. Ich will ein paar Ballen Seide mit in die Neue Welt nehmen. Die spanischen Siedler dort sind versessen auf ein bisschen Luxus aus der alten Heimat. Und wenn ich die Seide gut verkaufe, bringe ich Perlen mit zurück. Oder so ähnlich. Aber wie auch immer, ich kann nicht nach Waringham zurückkehren. Ich würde eingehen.«

Francis klopfte Clarissa den Hals und schloss die Boxentür, damit es im Innern nicht zu eisig wurde. »Es hat nicht zwangsläufig tödliche Folgen, wenn man das tut, was man seiner Familie und seinem Haus schuldig ist«, erwiderte er.

»Sagst du. Aber du wolltest nie irgendwo anders sein als hier. So betrachtet hast du leicht reden. Und wir können bis nächstes Jahr Weihnachten hier herumstehen und darüber debattieren, es würde nichts ändern.«

Natürlich ging es in Wahrheit nach wie vor um die heikle Frage, wer Francis als Earl of Waringham nachfolgen sollte. Lappidot schied wohl aus. Ein weiterer Sohn war nicht in Sicht, obwohl Francis und Millicent eigentlich doch noch jung genug für ein halbes Dutzend Kinder waren. Isaac hatte keine Ahnung, woran es scheiterte. Ob mit seiner Schwägerin irgendetwas nicht stimmte. Oder ob die beiden vielleicht einfach zu heilig geworden waren, um den eher fleischlichen der ehelichen Pflichten nachzukommen. Er konnte Francis auch nicht auf den Zahn fühlen. Er mochte ihn gern, keine Frage. Anders als Eleanor war sein großer Bruder ihm immer freundschaftlich und mit unkritischer Sympathie begegnet. Aber ein Altersunterschied von zehn Jahren trennte sie, und im Grunde waren sie Fremde.

»Sollte es dir nicht beschieden sein, einen männlichen Erben zu haben, muss eben eine deiner Töchter die Fackel weitertragen. Wenn Frauen in England die Krone erben können, warum dann keinen Grafentitel?«

»Ich *habe* einen männlichen Erben«, widersprach Francis untypisch stur. »Dich.«

Isaac schüttelte langsam den Kopf. »Ich werd's nicht tun, Francis.«

»Wenn die Königin dich eines Tages zu dieser Ehre heranzieht, bleibt dir gar nichts anderes übrig«, konterte sein Bruder seelenruhig, ging weiter zur nächsten Box und schaute auch dort nach dem Rechten.

Dann sollte ich vielleicht lieber in der Neuen Welt bleiben, wenn wir das nächste Mal hinsegeln, dachte Isaac.

»Da fällt mir ein, wir erwarten meinen Schwager Norfolk bald zu einem Besuch, und er wird eine seiner jungen Cousinen mitbringen. Ich möchte, dass du sie dir anschaust, Isaac.«

»Sicher«, gab Isaac unbekümmert zurück. »Für den Anblick einer schönen Frau bin ich immer zu haben.«

»Was ich meinte, war …«

»Ich weiß *genau*, was du meinst, Mylord.«

An Neujahr breitete sich eine graue Wolkendecke über den Himmel aus wie ein verwaschenes Bettlaken. Bei Dämmerung fing es an zu schneien und hörte drei Tage lang nicht wieder auf. Isaac fühlte sich eingesperrt und argwöhnte, sein Bruder habe sich mit den himmlischen Mächten verschworen, damit die Bewohner von

Waringham Castle hier einschneiten und Isaac nicht nach London entfliehen konnte.

Auch ein rundes Dutzend der Internatsschüler war in Waringham geblieben, weil die Heimreise über die Feiertage zu weit gewesen wäre. Als die Schneefälle nachließen, verbrachten die Kinder ihre Zeit trotz der anhaltenden Kälte meist im Freien und lieferten sich im Burghof heldenhafte Schneeballschlachten. Gelegentlich schloss Isaac sich ihnen an, so auch am Tag vor dem Dreikönigsfest.

»Margaret, Lucy, verschanzt euch da vorn hinter dem Karren«, riet er den beiden vielleicht zwölfjährigen Mädchen. »Dort habt ihr einen höheren Standort und damit einen strategischen Vorteil.«

»Ihr schlagt Euch auf die Seite der *Mädchen*?«, fragte Johnny Talbot, ein segelohriger Lausebengel, angewidert.

Isaac nickte mit Inbrunst. »Immer«, bekannte er. »Das macht sich früher oder später bezahlt, glaub mir.«

Mit einem fassungslosen Kopfschütteln kehrte Johnny zu seinen Freunden zurück, die am Brunnen Stellung bezogen hatten. In ihrem Rücken erhob sich das elegante Fachwerkhaus, das der Steward mit seiner Familie bewohnte. Warmes Licht flackerte hinter den bernsteinfarbenen Butzenscheiben. Die Dämmerung war nicht mehr fern; der klare Himmel hatte eine stahlblaue Färbung angenommen, und die Luft roch nach Schnee und Bratäpfeln.

Bald flogen im Burghof die eisigen Wurfgeschosse hin und her, und Isaac stellte befriedigt fest, dass die jungen Damen mindestens so gut austeilten wie sie einsteckten.

»Und jetzt ziehen wir das Tempo an und geben ihnen den Rest, Ladys«, feuerte er sie an, hob den Arm mit seiner Schneekugel und nahm Gerald Hunsdon ins Visier, als er am Rande seines Blickfelds eine Bewegung wahrnahm. Er wandte den Kopf Richtung Torhaus und bekam zur Belohnung für seine Unachtsamkeit einen Schneeball mitten ins Gesicht. Nachdem er sich die eisigen Überreste aus den Augen gewischt hatte, sah er einen schlaksigen Jungen im Laufschritt auf sich zukommen.

»Könnt Ihr mitkommen, Sir?«, bat der Knabe keuchend, völlig außer Atem. »Maude Knollys hat sich verletzt.«

Unwillkürlich schaute Isaac sich nach Francis oder Millicent um, denn es waren ja ihre Schule und ihre Zöglinge, nicht seine. Aber natürlich waren sie nirgends zu entdecken.

Wieder flog eine Schneekugel geradewegs auf ihn zu, aber Isaac bog den Kopf weg und hob dann die Hand. »Waffenstillstand, Männer!«, rief er zum Brunnen hinüber. »Ihr seid so oder so geschlagen.« Dann nickte er dem Neuankömmling zu. »Komm. Wie ist gleich wieder dein Name?«

»Walter Raleigh, Sir.«

»Ach, richtig.« Sie eilten durch das höhlenartige Torhaus, in welchem der eisige Wind sich heulend verfing, und über die vereiste Zugbrücke. »Was ist passiert?«

»Sie hat es geschafft, mit dem Schlitten vor den einzigen Baum weit und breit zu fahren, und ist gestürzt«, antwortete Walter. »Irgendetwas stimmt nicht mit ihrem Arm, und sie schreit und schreit.«

Oh, wunderbar, dachte Isaac, und im nächsten Moment hörte er es schon: gellende, wirklich schreckliche Schreie voller Schmerz und Furcht. Er folgte den Lauten und den Schlittenspuren den steilen Burghügel hinab.

In vergangenen Zeiten, als Burgbewohner sich stets von möglichen Belagerungen bedroht wussten, hatte man den Hügel frei von Bäumen gehalten, um Feinde frühzeitig kommen zu sehen. Heutzutage spielten solche Erwägungen keine Rolle mehr, doch die Schafe, die für gewöhnlich auf dem Burghügel grasten, hielten jeden Bewuchs kurz. Etwa auf halber Höhe ragte indes eine einzelne Trauerweide auf, und die Eiskristalle auf ihren dünnen Zweigen funkelten in der Nachmittagssonne. Mit eiligen Schritten erreichte Isaac den majestätischen Baum, wo vier verängstigte Kinder standen und auf das schreiende Mädchen hinabstarrten. Die kleine Maude konnte nicht älter als sieben sein. Sie lag vollkommen starr neben dem ramponierten Schlitten, halb auf der Seite, halb mit dem Gesicht im Schnee, und schrie unverändert aus voller Kehle.

Isaac kniete sich vor sie. Maudes linker Arm wies auf halbem Weg zwischen Handgelenk und Ellbogen einen sichtbaren Knick auf. Isaac hatte im Laufe der letzten Jahre wirklich ganz andere Sachen gesehen, trotzdem wurde ihm ein bisschen flau von dem Anblick. Vielleicht, weil der Arm so winzig war.

»Maude, dein Arm ist gebrochen.« Er musste die Stimme erheben, um sie zu übertönen, und er hatte keine Ahnung, ob sie ihn auch nur wahrnahm. Das eine Auge, welches er sehen konnte, war geweitet und schien blicklos an ihm vorbeizustarren. Sie steht unter Schock, ging ihm auf, und sie muss auf der Stelle ins Warme. »Ich weiß, dass das fürchterlich wehtut, aber du wirst wieder, glaub mir. Ich bringe dich zurück auf die Burg, und … ähm, vielleicht könntest du versuchen, mit dem Geschrei aufzuhören?«

Es war zwecklos. So behutsam wie möglich hob er sie auf und legte den gebrochenen Arm auf ihre Brust, damit er nicht herabbaumelte, aber das entsetzliche Geheul wurde noch eine Spur lauter. Isaac spürte Schweiß auf der Stirn. »Komm, Walter, lass uns nicht trödeln.«

Der Junge nickte. Sie eilten zur Burg zurück, die anderen Kinder kleinlaut und furchtsam im Schlepptau.

Walter Raleigh lief einen Schritt vor Isaac her durch den Burghof, hielt ihm das schwere Eingangstor des Bergfrieds auf, führte ihn die Treppe hinauf und dann durch die große Halle auf die andere Seite des alten Gemäuers und über eine weitere Stiege zu den Schlafkammern der Internatsschüler.

Das verletzte Mädchen lag so stocksteif wie ein Brett in Isaacs Armen und schrie unvermindert. Ihre Stimme hallte in dem zugigen Korridor mit den nackten Steinwänden, und gerade als Walter die Tür zu Maudes Kammer öffnete, kam eine junge Dienstmagd herbeigelaufen. »Oh, gütiger Jesus, Maude … Was ist passiert?«, rief sie erschrocken.

»Hol meinen Bruder«, wies Isaac sie an. »Irgendwer muss nach Canterbury reiten und einen Arzt herbeischaffen. Der Arm muss gerichtet werden, und zwar so schnell wie möglich. Also beeil dich.«

»Ich schlage vor, Ihr holt ihn selbst«, gab sie zurück, so schroff, dass Isaac verdutzt blinzelte.

Er trug Maude in die kleine, behagliche Kammer und legte sie auf dem breiten Bett ab, das sie vermutlich mit einer oder zweien ihrer Schulkameradinnen teilte. Sie hatte sich heiser geschrien, hörte aber nicht auf, der Welt ihren Schmerz kundzutun. Tränen strömten aus ihren Augen, und sie war furchtbar bleich.

Die Magd drängte sich an Isaac vorbei, blickte einen Moment konzentriert auf das verletzte Kind hinab – scheinbar die Ruhe selbst. Dann legte sie behutsam, aber ohne das geringste Zögern die Hände um den gebrochenen Arm und vollführte eine winzige Bewegung, wie ein kleiner Ruck. Der grässliche Knick in Maudes Arm verschwand, und die Schreie verebbten zu einem erschöpften, jammervollen Schluchzen.

Isaac atmete verstohlen tief durch. »Gott sei Dank.«

Die Magd nahm Maudes unverletzte Hand in die Linke und fühlte ihr mit der Rechten die Stirn. »Alles wird gut, Maude. Du wirst sehen. Gleich schienen wir deinen Arm, dann hört der Schmerz bald auf, und ich packe dich warm ein und bringe dir heiße Milch mit Honig. Wie klingt das?«

Ein klitzekleines Lächeln huschte über das blasse Kindergesicht, auch wenn die Lippen immer noch gefährlich bebten. »Gut.«

»Na, siehst du«, gab die Magd zurück, halb tröstend, halb forsch, so als wolle sie sagen: *Dann wird es Zeit, dass du dich zusammennimmst.*

Das ärgerte Isaac. »Ich glaube, es hat sie ziemlich erwischt. Und ohne deine Heilkünste anzweifeln zu wollen, schlage ich vor, wir schicken trotzdem nach einem Arzt.«

»Unbedingt«, stimmte sie zu. »Ich glaube nicht, dass die Knochenenden noch verschoben sind, denn dann wären die Schmerzen unverändert. Aber wir sollten kein Risiko eingehen.« Sie wandte den Kopf und sah ihn zum ersten Mal richtig an. Ihre Augen waren so graublau wie der Golf von Guinea bei Dämmerung. »Die Königin könnte verstimmt sein, wenn der Arm ihrer kleinen Cousine steif wird.«

»Ich kann nach Canterbury reiten, Sir Isaac«, erbot sich der junge Walter, der unsicher im Türrahmen stand.

»Unsinn«, gab Isaac zurück. »Seine Lordschaft oder ich werden gehen.« Der Schnee lag so hoch, dass es schwierig werden würde, die Straße auszumachen, und der Einbruch der Dunkelheit war nicht mehr fern. »Wenn du mir einen Gefallen tun willst, hol meinen Bruder her.«

Bereitwillig wollte der Junge sich abwenden, als Master Henderson mit einem Mal auf der Schwelle stand, ein krähengleiches Männlein mit spärlichem Bart und zu enger Halskrause. »Was ist geschehen?«, fragte er, und sein Tonfall war anklagend.

»Maude ist beim Schlittenfahren gestürzt, Doktor«, antwortete Isaac. »Ich fürchte, sie hat sich den Arm gebrochen.«

»Beim Schlittenfahren?« Es klang so erschüttert, als hätte Isaac ihm eröffnet, Maude sei bei einem Flugversuch vom Dach gesprungen. Henderson kam aus Cambridge und lehrte hier Griechisch und klassische Literatur. Ein hervorragender Gelehrter, hatte Francis geschwärmt. Aber Isaac konnte sich nicht sonderlich für Henderson erwärmen.

Der fuhr zu Walter herum. »Und das hast du zugelassen?« Er verpasste ihm eine schallende Ohrfeige. Das Geräusch erschreckte Maude, die wieder zu wimmern begann. Walter hingegen blieb unbeeindruckt und unternahm keinen Versuch, sich zu rechtfertigen.

»Ich muss närrisch gewesen sein, ausgerechnet einem Taugenichts wie dir die Aufsicht über die jüngeren Kinder anzuvertrauen«, schnauzte der Schulmeister. »Da verbringe ich *einmal* eine Stunde in der Bibliothek, und schon bricht Maude *Knollys* sich den Arm!« Er betonte den Nachnamen des Mädchens nur ein klein wenig, so als sei es aus Versehen geschehen. Aber Isaac begriff auf der Stelle, was den wackeren Doktor quälte: Er schlotterte, weil Maude Lady Cats Töchterchen und mithin eine Verwandte der Königin war.

Isaac schaute zu der unverschämten Magd. Ihr Blick wiederum war auf den Schulmeister gerichtet, und das Funkeln in ihren Augen war voller Verachtung.

»Jetzt bist du fällig, du Lump …«, drohte Henderson und wollte den angeblichen Übeltäter am Ärmel hinauszerren.

»Ich fürchte, das muss warten, Doktor«, sagte Isaac. »Walter, sei so gut und tu, was ich gesagt habe, bring Lord Waringham her.

Dann gehst du hinunter in den Stall und lässt für dich und mich satteln. Wir reiten zusammen nach Canterbury.«

Die blauen Augen des Jungen leuchteten auf, und er wahrte nur mit Mühe eine angemessen betretene Miene. »In Ordnung, Sir.«

Er stob davon, und ehe Henderson protestieren konnte, bat Isaac ihn: »Würdet Ihr wohl nach den anderen Kindern sehen, Doktor? Ich glaube, sie sind alle ein bisschen verstört über Maudes Unfall.«

Henderson nickte verdrossen und trat den Rückzug an.

Unterdessen hatte die Magd Maude aus ihrem nassen Mantel geschält und sie zugedeckt. »Das war nett von Euch«, befand sie, während sie die Daunendecke feststopfte.

»Was?«, fragte Isaac.

»Walter zu helfen. Er hat es nicht immer leicht mit den Lehrern hier.«

»Oh, das kann ich ohne Mühe glauben«, gab er zurück. »Mir ging es ganz ähnlich …«

»Ja, ich weiß.«

»Wie bitte?«

»Abigail, machst du mir meine Milch?«, bat Maude.

»Gleich, Liebes.«

»Abigail?«, wiederholte Isaac verblüfft, und dann endlich erkannte er sie. »Süßer Jesus … Du bist Abbie Wheeler!«

Sie richtete sich auf und sah ihn an. »Abigail, wenn es nicht zu viel verlangt ist.«

Von ihrem Tonfall konnte man Frostbeulen bekommen. Schleunigst verbannte Isaac das Lächeln aus seinen Zügen. »Entschuldige …«

Sie stammte aus einer der alteingesessenen Bauernfamilien im Dorf, doch sie hatte hier die Schule besucht, weil seine Eltern zwei der begehrten Plätze in ihrem Internat immer für je einen Jungen und ein Mädchen aus Waringham oder aus der Krippe in London reserviert hatten. Kinder, die begabt, aber zu arm für das Schulgeld waren. Abigail Wheeler war ein besonderer Schützling seiner Mutter gewesen, erinnerte Isaac sich.

»Ich habe dir einmal die Zöpfe mit Holzleim verklebt, nicht wahr?«, entsann er sich zerknirscht. »Ich merke, du hast mir noch nicht verziehen.«

Sie faltete Maudes feinen Mantel zusammen, um ihn irgendwo zum Trocknen aufzuhängen. »Immerhin habt Ihr nicht mein Bett in Brand gesteckt, wie das des bedauernswerten Vater Simon. Der übrigens glaubte, Ihr hättet den Teufel im Leib.«

»Ich nehme es ihm nicht übel«, antwortete Isaac, und ohne jeden bewussten Entschluss hielt er ihr die Tür auf. »Ich fürchte, ich war ziemlich ungebärdig.«

»Ich glaube nicht, dass sich daran viel geändert hat«, gab sie zurück, ließ ihn stehen und verschwand auf dem Korridor.

Der Ritt nach Canterbury hatte es in sich. Es war eiskalt und finster, und hinter Teynham begann es wieder zu schneien. Aber der junge Walter war ein brauchbarer Gefährte. Als sie kurz vor dem Ziel von der Straße abkamen und sein Pferd stürzte, verlor er nicht den Kopf und glücklicherweise auch nicht die Hornlaterne, die er trug.

Francis hatte Isaac genau erklärt, wo der Arzt zu finden war, und der Doktor scheute sich auch nicht vor einem zügigen Ritt durch die eisige Dunkelheit. Trotzdem war es Mitternacht, als sie nach Waringham zurückkehrten.

Der Earl selbst nahm den Arzt in Empfang und führte ihn die Treppe hinauf. »Wie gut von dir, trotz des Wetters so schnell herzukommen, Richard«, hörte Isaac seinen Bruder sagen. »Ich stehe in deiner Schuld.«

»Unsinn«, gab der Doktor brüsk zurück. »Denk nicht, ich hätte vergessen, was du für mich und die Meinen getan hast, als wir damals in Frankfurt ankamen, mit nichts als den Kleidern, die wir am Leibe trugen …«

»Ah«, murmelte Isaac vor sich hin. »Sie haben das bittere Los des Exils geteilt. Das verbindet …«

Er und Walter waren am Eingang der Halle stehengeblieben.

»Ganz gewiss«, gab der Junge ernst zurück. »Kann ich Euch etwas fragen, Sir?«

»Natürlich. Komm mit nach oben. Ich mache uns einen Becher heißen Wein. Den haben wir uns verdient, denke ich.«

Walter zögerte. »Die Schüler dürfen die Wohngemächer der Familie eigentlich nicht betreten.«

»Wenn ich dich einlade, schon«, gab Isaac unbekümmert zurück.

Er führte den Jungen zu seiner Kammer. Sie war nicht groß, doch sie hatte einen Kamin. Isaac wusste, seine Mutter hatte diesen Raum bewohnt, nachdem sie als Lehrerin und Lord Waringhams heimliche Geliebte auf die Burg gekommen war, und ein paar ihrer Bücher standen noch auf den beiden Borden an der Wand. Sie interessierten Isaac nicht, aber er hatte sie nie weggeräumt, denn sie verliehen der Kammer Behaglichkeit. Das Fenster zeigte auf den Rosengarten, von welchem im Sommer die herrlichsten Düfte aufstiegen. Jetzt verkrustete indessen hart gefrorener Schnee die Butzenscheiben.

»Setz dich«, lud Isaac den Knaben ein und wies auf einen der Stühle, deren mitternachtsblaue Samtpolster ein wenig abgeschabt waren. Dann legte er zwei Scheite nach, gab Wein aus dem Krug auf dem Tisch in einen kleinen gusseisernen Topf und hängte ihn an dem schwenkbaren Haken übers Feuer. »Was hast du auf dem Herzen?«

Walter hatte auf der Stuhlkante Platz genommen, aber er schwieg, bis Isaac einen dampfenden Becher vor ihn stellte und sich ihm gegenüber setzte.

»Ihr fahrt zur See, Sir Isaac? Unter Captain John Hawkins?«

Isaac schnitt eine Grimasse, aber er nickte. »Noch ein Jahr. Danach werde ich mir einen anderen Captain suchen.«

»Warum?« Es klang erstaunt.

»Kennst du ihn?«

Walter hob kurz die Schultern. »Nur seinen Ruf. Ich stamme aus Devon.«

Ja, das ist nicht zu überhören, dachte Isaac. »Und in Devon hält man große Stücke auf Hawkins, wie?«

Walter sah ihn unsicher an und legte die Hände um den heißen Zinnbecher, als brauche er Halt. Er nickte.

»Tja, warum nicht«, befand Isaac achselzuckend. »Er hat unbestreitbar seine guten Seiten.« *Es sind nicht gerade besonders viele, aber hin und wieder bleibt einem nichts anderes übrig, als seinen Schneid zu bewundern.* »Wer sind deine Leute?«

Walter verstand die Frage mühelos, denn bis auf die »guten Werke« – die zwei armen Waisen oder Bauernkinder, die die Schule kostenlos besuchen durften – fanden nur Sprösslinge aus einflussreichen, meist adligen Familien Aufnahme auf dem Internat von Waringham. »Die Tante meiner Mutter war Lady Katherine Astley, Sir. Sie war die Gouvernante und später eine der Hofdamen der Königin. Sie hat mir den Platz hier besorgt. Mein Vater ist … na ja. Ein unbedeutender Gentleman vom Lande.«

»Und du willst der Schule entfliehen und zur See fahren?«

Walter hob den Becher und trank einen kleinen Schluck. »Vielleicht. Ich möchte es zu etwas bringen und mir einen Namen machen.«

»Schade, dass wir nicht tauschen können«, bemerkte Isaac. »Du wärst der Erbe von Waringham und hättest, was du willst, und ich wäre …«

»Ein Niemand«, sagte Walter düster.

»Kein Mensch ist ein Niemand.«

»Behauptet wer?«

»Alte Familienweisheit.«

Der Junge sah einen Moment auf den Ring mit dem Einhorn an Isaacs linkem Zeigefinger. »Was denkt Ihr, ist mein Wunsch … sehr eitel?«

Isaac grinste, setzte den Becher an und leerte ihn in einem Zug zur Hälfte. »Bestimmt. Aber ich bin nicht mein Bruder oder Doktor Henderson. Mich stört es nicht, wenn ein Mann nach weltlichen Dingen strebt.«

Walter erwiderte das Lächeln voller Erleichterung. »Die Seefahrt scheint mir eine Möglichkeit, um zu bekommen, was ich will. Oder Militärdienst. Doch mein Vater sagt, ich muss zur Schule und dann nach Oxford gehen. Ich weiß ja, dass er es gut mit mir meint. Aber … das ist einfach nicht mein Weg, und niemand will das begreifen.«

Walter Raleigh hätte wohl in ganz England keinen Mann finden können, der ihn so gut verstand wie Isaac, der sich genau daran erinnerte, wie es sich anfühlte, an den guten Absichten von Vätern oder Onkeln oder Brüdern zu ersticken. »Wie alt bist du?«, fragte er.

»Dreizehn, Sir. Ihr meint, das ist zu jung, nicht wahr?«

»Das kommt darauf an. Ich war vierzehn, als der famose Captain Hawkins, auf den ihr in Devon so große Stücke haltet, mich für zwei Jahre in die Sklaverei verkauft hat, und dafür war ich zu jung. Aber ein anderer Seemann aus Devon, von dem die Welt vermutlich noch allerhand hören wird und auf den ich die größeren Stücke halte, würde jetzt sagen: Ich hab's überlebt, und es hat mich zäher gemacht, also kann es nicht geschadet haben.« Er trank den Rest aus seinem Becher und schenkte sich nach. »Was genau war es also, das du mich fragen wolltest?«

Walter verknotete die Finger auf der Tischplatte. Dann nahm er seinen Mut zusammen. »Wie seid Ihr an Bord gekommen? Es stimmt doch, dass Ihr ausgerissen seid und Euch auf die *Salomon* geschlichen habt, oder? Das erzählen sich jedenfalls die Jungs hier.«

Isaac nickte.

»Wie habt Ihr verhindert, dass er Euch zurück an Land brachte? Ihr seid ja schließlich nicht irgendwer.«

»Als ich im Laderaum entdeckt wurde, waren wir schon im Golf von Biskaya. Und ich habe Hawkins nicht verraten, wer ich bin. Was sich rückblickend nicht gerade als die weiseste Entscheidung meines Lebens erwiesen hat.«

Walter lachte. »Weisheit und Abenteuerlust gehen nicht besonders häufig Hand in Hand, scheint mir.«

»Dafür bin ich wohl der wandelnde Beweis«, musste Isaac zustimmen. »Willst du, dass ich bei Hawkins ein gutes Wort für dich einlege? Ich bin nicht sicher, dass es viel nützt, denn er schert sich einen Dreck um meine Meinung. Aber ich könnte es versuchen.«

Doch Walter Raleigh schüttelte den Kopf. »Das ist wirklich sehr großzügig von Euch. Aber ich glaube, ich muss noch ein Weilchen darüber nachdenken. Ausreißen und meine Familie im Ungewissen lassen … Das ist kein leichter Schritt.«

»Nein.«

Der Junge erhob sich. »Habt Dank, Sir Isaac.«

»Wofür denn?«, wehrte Isaac ab.

»Dafür, dass Ihr nicht gesagt habt, mein Vater habe recht und ich müsse mich gedulden. Ihr wart der Erste.«

Isaac winkte ab. »Gute Nacht, Walter.«

An der Tür blieb der Junge noch einmal stehen. »Da fällt mir ein, Ihr wollt eine Unterredung mit Robin Dudley … dem Earl of Leicester, sollte ich wohl sagen, um ihn dafür zu gewinnen, dass die Königin Euch die *Jesus of Lübeck* überlässt?«

»Woher weißt du das?«

»Einer der Stallburschen hat gehört, wie Ihr vor ein paar Tagen mit Eurem Bruder darüber gesprochen habt, er hat's mir erzählt. Ich bin oft im Gestüt, wisst Ihr, wann immer ich kann.«

»Wieso überrascht mich das nicht … Aber der Earl of Leicester empfängt mich nicht, ich habe es eine Woche lang versucht«, sagte Isaac.

»Er ist ein vielbeschäftigter Mann«, gab Walter zu bedenken.

»Oh ja. Darüber hinaus hat er vermutlich nicht viel für mich übrig, denn meine Schwester Eleanor, der er freundschaftlich verbunden ist, hat nichts Gutes über mich zu sagen, fürchte ich.«

»Er war im Herbst ein paar Tage hier«, berichtete der junge Raleigh. »Und als er Lappidot die Violine spielen hörte, war er begeistert. Er hat Euren Bruder überredet, Lappidot demnächst an den Hof kommen zu lassen, damit er vor der Königin spielen kann. Wenn Ihr Euren Neffen hinbringen würdet, hättet Ihr bestimmt Gelegenheit, den Lord of Leicester zu sprechen.«

»Glaubst du wirklich? Er ist Master of the Horse, nicht Master of the Revels.«

»Trotzdem ist er es, der die Festlichkeiten bei Hofe plant, die Stücke schreiben lässt, die Musiker auswählt und so weiter. Der Master of the Revels ist nicht glücklich darüber. Das hat meine Großtante Lady Astley jedenfalls mal erwähnt.«

»Es ist vermutlich meine beste Chance. Hab Dank, Walter. Du hast einen Gefallen bei mir gut.«

Edinburgh, Februar 1567

»Gib mir zu trinken, Taylor«, verlangte der Prinzgemahl. Er saß von vielen Kissen gestützt aufrecht im Bett, die Decke bis zum Kinn gezogen. »Ich vergehe vor Fieber, und du lässt mich verdursten!«

Sein Kammerdiener, der auf einer Strohmatte vor dem Kamin gelegen hatte, fuhr schlaftrunken hoch. Doch ehe er aufstehen konnte, war Eleanor eingetreten, schenkte ein Glas aus dem Weinkrug auf dem Tisch ein und brachte es zum Bett.

»Hier, Darnley. Obwohl kühles Wasser vermutlich besser für dich wäre.«

Mit einem kleinen Schrei zuckte er zurück. »Wer seid Ihr?«

Sie holte den Kerzenhalter von der Fensterbank. »Erkennst du mich jetzt?«

»Lady Eleanor …« Es klang hoffnungslos verwirrt, und seine trüben Augen waren weit aufgerissen. Seine Miene konnte sie indessen nicht sehen, denn er trug eine schwarze Stoffmaske vor dem Gesicht. Diese war umrahmt von einem blonden Lockenschopf, der unsauber und verfilzt in alle Richtungen abstand. Henry Stewart, Lord Darnley, Earl of Ross, Duke of Albany und Prinzgemahl von Schottland bot einen Anblick, der an Lächerlichkeit kaum zu überbieten war. »Was … was tut Ihr hier?«

Sie sah zu seinem Kammerdiener. »Schlaf nur weiter. Ich kümmere mich um ihn.«

Der junge Mann erhob keine Einwände. Ohne das Einverständnis seines Herrn einzuholen, legte er sich wieder hin, zog die Decke über die Schulter und drehte ihnen den Rücken zu.

Darnley lüpfte den unteren Rand seiner Maske und trank gierig.

Die überhitzte Kammer war stickig, es roch nach seinem ungewaschenen Leib und nach Schweiß. »Was du dringend brauchst, ist ein bisschen frische Luft«, sagte Eleanor. »Erlaubst du, dass ich das Fenster öffne?«

»Kommt nicht infrage«, gab er empört zurück. »Ich bin *krank*! Ich habe die *Pocken*, da ist Wärme das Allerwichtigste! Und sagt gefälligst Majestät zu mir!«

Eleanor setzte sich auf die Bettkante. »Natürlich, wenn Ihr es so wünscht, Majestät.« Es kam ihr ein wenig albern vor, bedachte man, dass sie ihn kannte, seit er in den Windeln gelegen hatte, er außerdem weder gesalbt noch gekrönt und somit gar keine Majestät war. Aber sie wusste, sie musste ihn gewähren lassen. »Seid unbesorgt. Es sind nicht die Pocken. Das hat Euer Leibarzt mir versichert.«

Der gute Doktor hatte ihr nicht verraten wollen, woran der Prinzgemahl stattdessen litt, aber das war auch nicht nötig. Eleanors Wissensdurst und Leselust machten vor nichts halt – eine der Eigenschaften, die sie mit Elizabeth teilte –, und so hatte sie auch medizinische Werke studiert, vornehmlich aus Italien. Daher war sie in der Lage, die Symptome der französischen Krankheit zu erkennen.

Darnley zog eine Hand unter dem dicken Federbett hervor und vollführte eine wegwerfende Geste. »Ach, der Leibarzt hat doch keine Ahnung. Ich bin todkrank, aber niemand will es glauben oder kümmert sich darum. Und meine Gemahlin, dieses pietätlose Miststück, tanzt auf einer Hochzeit drüben im Palast, während ich hier liege und mich vor Schmerzen winde!« Einen Moment senkte er den maskierten Kopf, als sei er erschüttert über die Kaltherzigkeit der Welt im Allgemeinen und der Königin im Besonderen. Doch als er merkte, dass von Eleanor keine Mitleidsbekundungen zu erwarten waren, hob er wieder die Maske an und leerte den Becher.

Sie befanden sich in Kirk o' Field, einem ehemaligen Kloster, wo Darnley sein Krankenlager aufgeschlagen hatte. Der Palast von Holyrood, die königliche Residenz hier in Edinburgh, lag nur einen Steinwurf entfernt, doch der Prinzgemahl hatte sich geweigert, dort zu wohnen. Königin Mary war jedoch zu klug, um sich ins Unrecht setzen zu lassen, hatte ihren Gemahl jeden Tag besucht und aufopferungsvoll gepflegt. Eleanor bewunderte ihre Selbstbeherrschung. Syphilis hin oder her, Darnley simulierte. Er hatte weder Fieber noch Schmerzen, und der einzige Grund, warum er das Bett hütete, war seine Absicht, die Königin unter Druck zu setzen und sie zu zwingen, ihm ihre Aufmerksamkeit zu schenken.

Er streckte ihr den Becher hin. »Mehr Wein.«

Eleanor schenkte ihm nach.

»Was in aller Welt tut ausgerechnet Ihr hier, Lady Eleanor? Ich hätte gedacht, Ihr geht ein, wenn Ihr nicht dieselbe Luft atmet wie Elizabeth.«

Sie lachte, als hätte sie das nicht schon tausendmal gehört. »Ich bin vor sechs Wochen mit dem Earl of Bedford zur Taufe Eures Sohnes hergekommen – ein goldiger Junge übrigens. Ihr könnt wirklich stolz auf ihn sein.«

Darnley brummte desinteressiert.

»Als Bedford und der Rest der englischen Abordnung sich auf die Heimreise machten, war ich krank.« Anders als er hatte sie nicht simulieren müssen – sie hatte sich in der eisigen Nacht nach der Taufe beinah den Tod geholt. »Jetzt warte ich auf besseres Wetter, um nach Hause zurückzukehren.«

»Wohl dem, der eines hat«, bemerkte der Prinzgemahl, und es war das erste Mal, dass seine Stimme nicht weinerlich klang. »Immer, wenn ich in Schottland war, habe ich mich nach England gesehnt, und war ich dort, hatte ich Heimweh nach Schottland.«

Eleanor nickte. »Ja, ich kann mir vorstellen, dass es nicht leicht für Euch ist. Aber jetzt seid Ihr der Gemahl der schottischen Königin und der Vater des schottischen Thronfolgers, und darum solltet Ihr das Krankenlager verlassen und Euer schottisches Schicksal endlich in die Hand nehmen.«

Darnley schnaubte, klappte die Maske bis über die Nasenspitze hoch und trank. »Wenn Ihr wüsstet, wie es mich anödet, diesen Ratschlag zu hören. Sie wird mich niemals zum Mitregenten krönen lassen. Sie hat doch nur Bothwell im Kopf, diesen unerträglichen Aufschneider. Gott allein weiß, wie lange sie sich schon von ihm bespringen lässt …«

»Das würde sie niemals tun«, widersprach Eleanor. »Und Ihr tut Euch selbst keinen Gefallen, wenn Ihr das behauptet.« Sie nickte vielsagend zu dem Kammerdiener hinüber, der in seine Decke gewickelt vor dem Kamin lag, vielleicht schlafend, vielleicht auch nicht. »Es ist nicht zu übersehen, dass die Königin von Lord Bothwell bezaubert ist …«

»Sie macht keinen Schritt ohne seinen Rat und hat ihn zum Kommandanten der prinzlichen Leibwache erhoben. Sie macht den Bock zum Gärtner!« Da war er wieder, der quengelige Ton.

»Wenn Ihr seinen Einfluss brechen und der Mann sein wollt, auf den die Königin hört, wird es vielleicht Zeit, dass Ihr aufhört, Euch wie ein schmollender Bengel zu benehmen.«

Er riss verdattert die Augen auf – offenbar nicht daran gewöhnt, dass ihm jemand die ungeschminkte Wahrheit sagte –, und dann drehte er das Gesicht zur Wand. »Verschwindet.«

»Nicht, bevor Ihr mich angehört habt.«

»Ich will aber nichts hören.«

»Ich kann Euch helfen, Majestät«, beschwor Eleanor ihn leise.

Er sah sie wieder an. »Vielleicht. Aber wollt Ihr das auch? Wieso sollte ich Euch trauen?«

»Weil Eure Interessen auch die der Königin von England sein könnten, die immer noch gewillt ist, Euch zu unterstützen. Unter gewissen Bedingungen.«

»Was für Bedingungen?«

»Nun, vor allem müsstet Ihr aufhören, Eure Gemahlin bei Euren katholischen Freunden auf dem Kontinent als heimliche Protestantin zu verleumden, um den Papst und Felipe von Spanien zu ködern, Euch Geld und Soldaten für einen Umsturz zu schicken.«

Darnley stockte der Atem. »Woher wisst Ihr das?«

Eleanor hatte den Sekretär des päpstlichen Nuntius am hiesigen Hof bestochen, der ihr von der geheimen Unterredung zwischen seinem Herrn und Darnley berichtet hatte. »Das spielt keine Rolle. Viel wichtiger ist, dass Bothwell und die Königin es auch wissen. Und niemand will spanische Truppen in Schottland, weder Mary noch Elizabeth.«

»Ihr wollt mir weismachen, wenn ich nach der Pfeife meiner Cousine Elizabeth tanze, würde sie mir helfen, Mary vom Thron zu stoßen?«

Eher gibt es in der Hölle eine Schlittenpartie, dachte Eleanor, doch sie sagte: »Ihre Unterstützung könnte auf jeden Fall von großem Wert für Euch sein. Sind wir mal ehrlich, Majestät: Die Liste Eurer Verbündeten ist ziemlich kurz.«

Er hob die Schultern in dem angeschmuddelten Nachthemd und leerte den Becher. »Mag sein. Aber wenn der Heilige Vater und der mächtigste Mann der Welt meine Verbündeten sind, wieso sollte ich dann noch mehr brauchen?«

»Weil sie weit weg sind. Ist Euch denn nicht klar, wie brandgefährlich das Spiel ist, das Ihr hier treibt?«

Darnley hob die Hand vor den Mund und rülpste verhalten. »Pardon. Würdet Ihr mir nachschenken?«

»Der Krug ist leer.« Sie stand von der Bettkante auf. »Es ist spät geworden. Ich will Eure Bettruhe nicht länger stören. Wenn Ihr mir eine Nachricht schicken wollt, tut es bald, Majestät. Beim ersten Anzeichen von Tauwetter reise ich ab.«

Es war in der Tat spät, oder genauer gesagt früh, denn Mitternacht war lange vorbei gewesen, als sie Darnley aufgesucht hatte. Das ganze Haus war still und dunkel, aber unten in der Vorhalle wartete Gabriel. Als er ihr Binsenlicht kommen sah, stand er von der Bank auf: ein unauffälliger Mann mit schlichten Waffen in einer etwas abgewetzten Waringham-Livree. Eleanor war ein wenig erschüttert gewesen, als er zum ersten Mal in dieser Verkleidung vor ihr erschienen war. Dass er das Wappen ihrer Familie fälschte, war einfach ungeheuerlich, und es machte sie wütend, dass das Ausmaß seiner Frechheit sie selbst nach all den Jahren immer noch überraschen konnte. Das Dumme war nur, dass es ein ideales Kostüm war, um ihr auf Schritt und Tritt zu folgen und doch unsichtbar zu sein, also hatte sie ihn nicht einmal zur Rede stellen können.

Gabriel entzündete eine Fackel an ihrem Licht und hielt Eleanor wortlos die Tür auf.

Sie zog den Mantel fester um sich, denn sie hatte Respekt vor schottischen Winternächten gelernt. Der verharschte Schnee unter ihren Schuhen knirschte, als sie den ehemaligen Klostergarten durchquerten.

»Ich werde froh sein, wenn die Sonne aufgeht«, murmelte Gabriel an ihrer Seite. »Ich schwöre, hier huschen Schatten durch die Nacht.«

»Nanu? Gabriel Durham fürchtet sich vor schottischen Gespenstern?«

»Gespenster sind harmlos, vermutlich sogar die schottischen«, gab er zurück. »Aber was immer im Keller des Hauses rumort hat, während ich auf dich wartete, klang verdächtig menschlich.«

»Rumort?« Sie hatten den Obstgarten umrundet und gelangten in den Kreuzgang. Die Fackel rußte und zischte im eisigen Luftzug. Ihr gelblicher Schimmer zuckte wie ein Irrlicht über die filigranen Säulen. »Was war es denn, das du gehört hast?«

»Ich bin nicht sicher. Schritte. Und dann dumpfe Laute, als schiebe jemand ein schweres Möbelstück.«

»Vermutlich Darnleys Köche in der Vorratskammer.«

»Um zwei Uhr morgens?«

»Zugegeben, das ist seltsam.«

»Womöglich habe ich auch nur geträumt, denn ich bin zweimal eingenickt.«

Eleanor nahm seine freie Hand. »Es tut mir leid, dass es so lange gedauert hat.«

»Schon gut. Ich bin es ja gewöhnt, irgendwo im Dunkeln zu hocken und zu warten, dass …«

Ein tiefes, unheilvolles Rumpeln ließ ihn verstummen. Dann lief ein Zittern durch die Erde, und in ihrem Rücken wurde die Nacht taghell. Im selben Moment hob ein Getöse an, als sei das Ende der Welt gekommen, und Eleanor war es, als legten sich zwei große, ungeheuer starke Hände auf ihre Schultern, die sie zu Boden schleuderten.

Sie landete auf den Steinfliesen und konnte sich einen Moment nicht rühren, weil alle Luft aus ihren Lungen gepresst war. Als ihr Atem endlich zurückströmte, wandte sie den Kopf nach rechts.

Gabriel war dabei, sich auf die Knie aufzurichten. Langsam schüttelte er den Kopf – wahrscheinlich hatte er das gleiche schrille Läuten in den Ohren wie sie – und wischte sich mit dem Handrücken das Blut ab, das ihm von einer Schramme auf der Stirn ins rechte Auge lief.

»Alles in Ordnung?«, fragte er.

Sie nickte, auch wenn sie nicht ganz sicher war. Sie fühlte sich eigentümlich körperlos, konnte weder Arme noch Beine spüren, aber als sie sich hochstemmte, funktionierte noch alles.

»Sicher?« Gabriel war auf die Füße gekommen und streckte ihr die Hand entgegen.

Eleanor zog sich hoch. »Ja.«

Seine Fackel war nirgends zu entdecken, aber man brauchte auch keine. Das alte Bürgermeisterhaus in Kirk o' Field, wo Henry Lord Darnley, schottischer Prinzgemahl, logiert hatte, war eine eingestürzte Ruine, und aus den Trümmern schlugen Flammen, die Eleanor himmelhoch vorkamen. Noch während sie beide hinüberstarrten, verstört und desorientiert, unfähig zu begreifen, wieso die Welt plötzlich so verändert war, setzte das Rumpeln wieder ein, und im Zentrum der Feuersbrunst gab es eine weitere Explosion.

»Wie wär's, wenn wir von hier verschwinden, ehe wir in Stücke gerissen werden?«, schlug Gabriel vor.

Eleanor nickte. Zögernd, seltsam unwillig wandte sie sich von dem Inferno ab. »Du blutest.«

Er zuckte die Schultern. »Hauptsache, du blutest nicht.«

Erschrocken sah sie an sich hinab. Aber auf ihrem Rock war kein Blut, und sie spürte keine Nässe an den Beinen. Es könnte noch kommen, dachte sie. Es war ein ziemlich hässlicher Sturz gewesen, und letztes Jahr hatte sie ihr Kind aus heiterem Himmel verloren, ohne jeden äußeren Anlass. Mit einem Mal fror sie. »Wäre ich zehn Minuten länger geblieben …«

»Schsch. Bist du ja nicht.« Er legte ihr den Arm um die Schultern und führte sie zum Ausgang der einstigen Klosteranlage.

Eleanor schüttelte seinen Arm ab und blieb stehen. »Gabriel … Darnley ist tot.«

»Davon können wir wohl getrost ausgehen. Er und jeder Diener, der das Unglück hatte, mit ihm in diesem Haus zu sein.«

»Wie kannst du so gleichgültig sein?«

Er packte ihr Handgelenk und zog sie in den Schatten der Klostermauer. »Es war nicht die Hand Gottes, die sie vom Angesicht der Erde gefegt hat, sondern ein Pulverfass«, flüsterte er, die Lippen nah an ihrem Ohr. »Mehrere vermutlich. Und ganz gleich, wer dahintersteckt – nicht dass wir das nicht erraten könnten, aber egal –, für dich und mich wäre es sicher ausgesprochen ungesund, hier gesehen zu werden. Also lass uns von hier verschwinden. Und zwar leise und unsichtbar.«

»Wie Gespenster …«, murmelte sie. Ein Kichern zitterte in ihrer Brust, aber sie argwöhnte, es könnte hysterisch sein, also unterdrückte sie es lieber.

Eleanor hatte ein kleines Haus in der Nähe von St. Giles gemietet. Da England keine ständige diplomatische Vertretung in Schottland unterhielt, hatte sie damit gerechnet, dass sie möglicherweise allein in Edinburgh zurückbleiben würde, nachdem die Delegation des Earl of Bedford wieder abgereist war. Elizabeth hatte ihre Spionin indessen mit ausreichend Geld ausgestattet, und es war nicht schwierig gewesen, das Haus im Schatten der Kathedrale und ein paar vertrauenswürdige Dienstboten zu finden.

Gabriel, der sich bei Nacht im Gassengewirr der Stadt so sicher zurechtfand wie eine Katze, brachte sie ungesehen dorthin, während die Bürger von Edinburgh in Scharen auf die Straße hinaus und Richtung Kirk o' Field strömten, denn das Donnern der Explosion und der Schein der Feuersbrunst hatten sie geweckt.

Eleanor schloss die verwitterte Tür des Häuschens auf und trat über die Schwelle in die bescheidene Vorhalle. Gabriel folgte ihr, und sie spürte Erleichterung, als sie den Riegel rasseln hörte. Im Haus war es still. Falls das schottische Dienerpaar aufgewacht war, hatte es seine Kammer offenbar nicht verlassen.

So geräuschlos, wie die knarrenden Stufen erlaubten, stiegen sie zu Eleanors Schlafgemach hinauf. Während sie ans Fenster trat, schürte Gabriel das Feuer auf, entzündete einen Kienspan an den kleinen, lustlosen Flämmchen und hielt eine schützende Hand darum, als er ihn zum Kerzenhalter auf dem Tisch trug. Sobald das Dunkel zurückgedrängt war, sahen sie die weißen Dampfwolken, die ihr Atem bildete.

Ihr Fenster wies nach Osten, aber zu viele hohe Gebäude versperrten den Blick auf die einstige Klosteranlage. Nur ein heller Schimmer wie eine verfrühte Morgendämmerung verriet, dass dort immer noch ein Feuer wütete.

Eleanor dachte an Darnley mit seiner albernen Maske und den wirren Locken. An Taylor, den Kammerdiener im Bodenstroh. Beide nicht älter als ihr Bruder Isaac, und nun beide tot. Sie fröstelte.

Gabriel hängte ihr eine Decke über die Schultern, die er vom Bett geholt hatte. »Besser, du legst dich hin, Eleanor«, riet er. »Ein so knappes Entrinnen ist immer ein Schock. Außerdem bist du gestürzt und …«

»Schwanger, ich weiß.« Erst als sie hörte, wie belegt ihre Stimm klang, ging ihr auf, dass sie weinte. Ärgerlich fuhr sie sich mit den Händen übers Gesicht und schnalzte mit der Zunge, angewidert von sich selbst. »Schau mich an. Das ist erbärmlich. So tragisch es auch sein mag, wenn ein junger Mensch sterben muss, Darnley ist es nicht wert, ihm Tränen nachzuweinen.«

»Tu's trotzdem«, gab er mit einem Lächeln zurück und legte einen Arm um ihre Schultern. »So gibt es heute Nacht wenigstens eine Frau in Edinburgh, die den Tod des Prinzgemahls beweint. Ich habe Mühe zu glauben, dass Mary Stewart es tun wird.«

Doch Eleanor war anderer Ansicht. In den zwei Monaten seit Prinz James' Taufe hatte sie mit vielen Menschen gesprochen, die die schottische Königin gut kannten. Nicht alle waren ihr wohlgesinnt gewesen, doch alle hatten eingeräumt, dass die Königin eine Frau von Charakter und Ehre sei. Und dass sie große Geduld und Nachsicht mit ihrem Gemahl geübt hatte, obwohl Darnley doch zu den Mördern ihres Vertrauten Rizzio gezählt hatte.

Zu Weihnachten und an dem Tag, den die Papisten Mariä Lichtmess nannten, hatte die Königin Eleanor an ihren Hof geladen, und bei der zweiten Gelegenheit vor einer Woche hatten sie lange miteinander gesprochen. Über italienische Dichtung und französische Mode. Über Schottland und England. Über das undankbare Los der Frauen, die eine Krone zu tragen hatten. Eleanor hatte herausgefunden, dass Mary Stewart zwar belesen, aber weder so gebildet noch so klug wie Elizabeth war und ihr niemals das Wasser würde reichen können. Die Erkenntnis hatte sie befriedigt. Und sie hatte festgestellt, dass sie Königin Mary ins Herz geschlossen hatte. Das wiederum beunruhigte sie.

»Ich bin überzeugt, sie wird sehr erschüttert über Darnleys Tod sein, ganz gleich, was er ihr angetan hat und wie grässlich er sich oft benommen hat. Denn so ist sie. Manchmal erinnert sie mich mit ihrer hoffnungslosen Großzügigkeit an meinen Bruder Francis.«

»Eine gefährliche Eigenschaft für einen Herrscher«, bemerkte er.

»Ich nehme an, du sprichst aus Erfahrung.«

»In gewisser Weise. Mein Reich mag klein sein, meine Untertanen Gauner, aber das Prinzip der Herrschaft ist doch immer das gleiche. Sie zu bekommen ist nicht weiter schwierig. Sie zu behalten ist die wahre Kunst.«

»Und sie erfordert einen eisernen Willen und ein gewisses Maß an Skrupellosigkeit. Du besitzt beides. Genau wie Elizabeth. Aber Mary Stewart nicht.«

»Vielleicht sollte sie dann diesen Bothwell heiraten«, schlug Gabriel vor. »Er ist machtgierig und skrupellos genug für zwei.«

»Wenn sie das tut, ist sie erledigt«, prophezeite Eleanor.

Er nickte. »So wie Elizabeth erledigt wäre, wenn sie Robin Dudley heiraten würde. Darum tut sie es nicht. Aber wie wir gerade festgestellt haben, ist Mary Stewart keine Elizabeth.«

»Welch ein Glück. Die Welt wäre einfach zu klein für zwei von der Sorte.«

Edna, Eleanors Zofe, war in Schottland todunglücklich gewesen und hatte dankbar zugestimmt, als Eleanor ihr vorgeschlagen hatte, mit der Delegation nach England zurückzukehren. So war es Isobel, die schottische Magd, die Eleanor weckte, als eine fahle Wintersonne lustlos durchs Fenster lugte. »Seid ihr wach, Mylady?«

Eleanor richtete sich auf einen Ellbogen auf. Das Kopfkissen neben ihr zeigte noch eine Delle, aber Gabriel war verschwunden. Sie schob den Bettvorhang zurück. »Wie spät ist es?«

»Gleich zehn. Unten wartet ein Gentleman auf Euch.«

Eleanor gähnte verstohlen. »Wer ist es?«

»Sir Graham Douglas.«

»Wirklich?« Sie sprang aus dem Bett. »Hilf mir beim Ankleiden, schnell.«

Isobel hatte ein Tablett mitgebracht: in Suppe eingeweichtes Brot und einen Becher Ale. Eleanor frühstückte hastig, während die Magd ihr die Ärmel an das schlichte, aber warme Kleid aus dunkelblauer Wolle nestelte, das Haar bürstete und flocht. Sie hatte keine Erfahrung als Zofe, und Eleanor war manches Mal froh gewesen, dass der englische Hof sie nicht sehen konnte, wenn Isobel ihr die Haare gemacht hatte. Heute steckte Eleanor die Flechten lieber selber auf und überließ es der Magd, ihr die Schuhe überzustreifen, denn dabei konnte nichts schiefgehen.

Wenig später betrat Eleanor die Halle, die klein und schmucklos war, doch wenigstens prasselte ein einladendes Feuer im Kamin. Ihr Besucher stand davor und wärmte sich die Hände.

»Sir Graham! Habt Ihr mir einen Eurer Jagdhunde mitgebracht?«

Er fuhr herum. »Lady Eleanor … Vergebt die Störung. Ich hoffe, ich komme nicht ungelegen.«

Was er eigentlich meinte, war: Was tut eine Dame um diese Zeit noch im Bett?

Doch Eleanor gedachte nicht, ihm zu verraten, dass sie die ganze Nacht auf den Beinen gewesen war. »Keineswegs, Sir. Hat man Euch etwas angeboten? Ein Becher heißer Wein wäre sicher angebracht bei der Kälte.«

»Nein, vielen Dank. Gehe ich recht in der Annahme, dass Ihr noch nicht wisst, was letzte Nacht geschehen ist?«

Eleanor war neugierig, welche Version er ihr auftischen würde. »Es ist etwas geschehen?«, fragte sie.

»Vielleicht besser, Ihr setzt Euch hin, Mylady«, riet der lang aufgeschossene Highlander, und seine Umsicht hatte etwas Rührendes.

Nachdem sie seinem Vorschlag gefolgt war, berichtete er ihr alles, was sie in der vergangenen Nacht aus nächster Nähe miterlebt hatte, und noch ein wenig mehr: »Das Haus ist vollkommen zerstört, sogar der Keller, wo die Mauern dreizehn Fuß dick waren. Man vermutet, dass die Pulverfässer dort gestanden haben.«

Eleanor nickte. Sie erinnerte sich, dass Gabriel verdächtige Geräusche aus dem Keller gehört hatte.

»In den Trümmern wurde eine zur Unkenntlichkeit verbrannte Leiche entdeckt, doch es war nicht Seine königliche Hoheit, sondern einer der Diener. Lord Darnley fand man im Obstgarten, zusammen mit seinem Kammerdiener, William Taylor. Beide tot.«

»Im Obstgarten?«, wiederholte Eleanor verständnislos. Der lag mindestens fünfzig Yards vom Haus entfernt. War es möglich, dass die Wucht der Explosion sie so weit geschleudert hatte?

Doch Graham Douglas belehrte sie eines Besseren: »Beide trugen ihre Nachthemden, und es war kein Kratzer an ihnen festzustellen, geschweige denn Brandwunden oder was immer an Verletzungen eine Explosion verursachen kann. Keine Spuren von Ruß oder Asche. Und damit nicht genug: Ein Stuhl aus seinem Schlafgemach stand neben Lord Darnleys Leichnam, darauf lag ordentlich gefaltet sein pelzgefütterter Morgenrock, seine Seidenpantoffeln Seite an Seite darunter.«

Es war ein gruseliges Bild, fand Eleanor, noch unheimlicher durch die Tatsache, dass sie sich ganz und gar keinen Reim darauf machen konnte. Und wenn der oder die Mörder ins Haus eingedrungen waren, um all das zu bewerkstelligen, ehe sie es in die Luft jagten, konnten sie und Eleanor sich wahrhaftig nur um wenige Augenblicke verpasst haben …

»Wie ausgesprochen sonderbar, Sir Graham.«

»Ja, Mylady.«

»Sie haben keinen Kratzer, sagt Ihr. Aber woran sind sie gestorben?«

Graham Douglas hob die Schultern. »Erstickt? Vergiftet? Niemand weiß es.«

Eleanor erhob sich von der schlichten Holzbank am Kamin. »Es ist gut von Euch, mir diese Nachrichten zu bringen, so scheußlich sie auch seien. Aber ich nehme an, Ihr verfolgt mit Eurem Besuch eine bestimmte Absicht?«

Das bestritt er nicht. »Ich bin im Auftrag des Earl of Moray hier.«

Sieh an, dachte Eleanor beinah amüsiert, Mary Stewarts Halbbruder will seine Version der Ereignisse als Erster vortragen lassen.

»Es wird sicher viele Spekulationen und Schuldzuweisungen geben in den nächsten Tagen und Wochen«, fuhr Graham Douglas fort. »Und es ist kein Geheimnis, dass der Earl of Moray für den papistischen Lord Darnley nichts übrig hatte, Schwager oder nicht. Aber Ihr … Königin Elizabeth darf nicht glauben, dass er mit dieser abscheulichen Sache irgendetwas zu tun hat.«

Eleanor nickte versonnen. »Seiner ist nicht der erste Name, der mir in den Sinn gekommen ist, doch seine Beteuerungen allein werden nicht ausreichen, um Königin Elizabeth von seiner Unschuld zu überzeugen. Zumal hinter einem Königsmord – oder Prinzgemahlmord – immer ein Komplott steckt. Das wagt kein Mann allein.«

»Wie auch immer das sein mag, Lord Moray war nicht daran beteiligt. Er war vergangene Nacht auch nicht in Edinburgh, sondern hat die Stadt gestern Morgen verlassen.«

Eleanor fand, dass ihn das eher verdächtig machte als entlastete, denn natürlich würde der Bruder der Königin sich bei der Ermordung seines Schwagers nicht persönlich die Hände beschmutzen. Doch sie war geneigt, Graham Douglas zu glauben. Zumindest war er selbst von der Unschuld seines Herrn überzeugt.

»Habt Dank, Sir Graham. Ich denke, ich muss umgehend einen Bericht verfassen und nach London schicken.«

»Dann will ich Euch nicht aufhalten, Mylady.« Mit unverkennbarer Erleichterung verneigte der Highlander sich vor ihr und verabschiedete sich.

Eleanor war in Gedanken versunken, als sie die Treppe hinaufstieg, und versuchte abzuwägen, was sie als Nächstes tun sollte. Auf jeden Fall musste Elizabeth sofort erfahren, was passiert war, aber welchem Boten konnte man solch eine Nachricht anvertrauen? Wie sollte er über die tief verschneiten Straßen nach London gelangen?

Im Kopf formte sie bereits Sätze für ihren Brief, während sie ihr Schlafgemach betrat, und fuhr erschrocken zusammen, als sie den Mann entdeckte, der seelenruhig auf ihrem Bett saß.

Doch sie hatte sich sogleich wieder unter Kontrolle. »Lord Bothwell, sieh an. Falls Ihr gekommen seid, um Eure Unschuld zu beteuern, seid Ihr schon der Zweite heute Morgen. Aber ich hätte es vorgezogen, Euch in meiner Halle zu empfangen, so schäbig sie auch sei.«

Der schottische Earl erhob sich mit der trägen Geschmeidigkeit, die ihm zu eigen war und die Eleanor immer an die Raubkatzen im Tower erinnerte. »Und wenn ich Euch meiner Unschuld versicherte, würdet Ihr mir glauben, Lady Eleanor?«

»Ich fürchte, das würde mir schwerfallen«, gestand sie freimütig.

Bothwell zeigte ein Lächeln, das charmante Krähenfüße in seine Augenwinkel zauberte. »Aber wieso solltet Ihr mich verdächtigen?«

Eleanor ließ die Frage unbeantwortet und trat ans Fenster. Die fahle Sonne von vorhin war verschwunden, und es schneite. »Wie hat Ihre Majestät die Nachricht aufgenommen?«, fragte sie. »Mein Gefühl sagt mir, dass Ihr derjenige wart, der sie ihr gebracht hat.«

»Euer Gefühl trügt Euch nicht«, gab er zu. »Die Königin ist sehr erschüttert. Wenn Ihr es genau wissen wollt: Sie hat einen Zusammenbruch erlitten und mir einen Mordsschreck eingejagt, als sie plötzlich besinnungslos wurde. Ich hoffe, wenigstens an ihrer Unschuld zweifelt Ihr nicht.«

Eleanor wandte sich zu ihm um und schüttelte den Kopf. »Sie hätte sich niemals so erniedrigt, ihr Einverständnis zu solch einer feigen Tat zu geben. Ich glaube indessen, dass sie sich Darnleys Tod dann und wann gewünscht hat, und nun plagt sie ihr Gewissen, weil ihr Wunsch in Erfüllung gegangen ist.«

»Ihr kennt sie gut«, lobte er mit einem Augenzwinkern. »Doch wenn Ihr ehrlich seid, könnt Ihr ihr kaum verdenken, dass sie sich gewünscht hat, diesen Jämmerling los zu sein.«

»Und wie wir alle wissen, seid Ihr der Mann, der seiner Königin die Wünsche von den Augen abliest, nicht wahr, Mylord?«

Er winkte desinteressiert ab. Seine Hände waren wirklich riesig, fiel ihr wieder auf. Wie Schaufeln kamen sie ihr vor. »Mir ist gleich, was Ihr glaubt«, erklärte er ungeduldig.

»Und welchem Anliegen habe ich Euren Besuch dann zu verdanken?«

»Ich habe die Absicht, die Königin zu heiraten. Und ich ersuche Euch, Eurer Königin die Vorzüge einer solchen Allianz vor Augen zu führen: Ich bin der mächtigste Mann in Schottland, und ich bin Protestant. Elizabeth verschwendet ihre Zeit mit Moray, diesem feigen und wankelmütigen *Bastard,* während sie viel besser daran täte, auf mich zu setzen. Denn ich könnte mit Mary zusammen über Schottland herrschen und den Jungen großziehen, der einst auch auf Eurem Thron sitzen wird, machen wir uns nichts vor.«

»Man kann Euch nicht nachsagen, dass es Euch an Selbstbewusstsein mangelt, Mylord. Was sagt denn Königin Mary zu Eurem Antrag? Habt Ihr sie schon gefragt?«

Er schüttelte den Kopf. »Heute früh war kaum der passende Zeitpunkt. Aber sie wird mich nehmen, glaubt mir.«

Vielleicht, dachte Eleanor. Es stand außer Zweifel, dass Mary Stewart dem Earl of Bothwell sehr gewogen war und dass sie ihm vertraute. Aber die Königin musste wissen, dass der schottische Adel es niemals hinnehmen würde, wenn sie Bothwell heiratete. Es würde ihn in Schottland allmächtig machen, und die schottischen Lords sahen es gar nicht gern, wenn einer der Ihren sich über sie erhob. Genau wie die englischen. Blieb die Frage, was bei Mary an erster Stelle kam, Herz oder Verstand. Eleanor wusste es nicht.

»Ich werde Königin Elizabeth Euer Ansinnen selbstverständlich übermitteln«, stellte sie in Aussicht und hoffte, er hörte an ihrem Tonfall, dass diese Unterredung vorüber war.

Bothwell lachte in sich hinein und betrachtete sie mit einem Kopfschütteln. »Irgendwie kann ich mich des Eindrucks nicht erwehren, dass Euer Ratschlag an Eure Königin in dieser Angelegenheit nicht in meinem Sinne ausfallen wird.«

»Ihr überschätzt meinen Einfluss«, entgegnete sie. »Aber möglicherweise wird Königin Elizabeth sich über Eure Heiratspläne ein wenig wundern, da Ihr ja bereits eine Gemahlin habt, nicht wahr?«

Bothwell hob die gut gebauten Schultern. »Das ist kein Hindernis. Meine Frau und ich verstehen uns nicht. Sie wird einer Scheidung zustimmen, wenn ich sie mit genug Geld und Land entschädige. Elizabeth wird kaum moralische Bedenken gegen eine Scheidung haben, oder? Ihr Vater hat sich immerhin viermal seiner Gemahlin entledigt, zweimal mit dem Henkersbeil.«

»Nur gut, dass Lady Bothwell Euch nicht so reden hört«, spöttelte Eleanor. »Ihr könnte mulmig werden. Wie ich sagte, ich werde der Königin von Euren Absichten berichten. Und wenn Ihr mich jetzt entschuldigen würdet …«

Wie aus heiterem Himmel packte er sie am Oberarm und zog sie mit einem Ruck zu sich heran. »Denkst du nicht, es ist ein bisschen unklug, mich so zu behandeln, du kleine Schlampe?«, fragte Bothwell leise.

Mehr noch als der Zorn, war es die Verachtung in seinem Blick, die ihr Angst einjagte. »Lasst mich los«, fauchte Eleanor. »Tretet zurück, und ich werde möglicherweise vergessen, wie Ihr mich genannt habt.«

Er lachte sie aus. »Drohgebaren? Was genau soll ich an dir fürchten, hm? Deine Königin im fernen London? Sie kann dir jetzt nicht helfen.«

Gabriel, wo bist du, wenn ich dich brauche?

»Mit aufgeblasenen Großmäulern wie Euch werde ich auch allein fertig«, teilte sie ihm mit und versuchte, ihren Arm mit einem Ruck zu befreien. Aber der Klammergriff war wie eine Schraubzwinge.

»Da bin ich aber gespannt.« Er zeigte etwas, das wohl ein Lächeln sein sollte, aber mehr Ähnlichkeit mit einer hasserfüllten Fratze hatte. *Oh, Mary, ich wünschte, du könntest das sehen,* dachte Eleanor, *dann wüsstest du, was er in Wahrheit ist.* »Ich fange an, mich zu fragen, wie klug es ist, dich nach England zurückkehren zu lassen«, eröffnete Bothwell ihr.

»Ah ja?« Eleanor entdeckte ihren Fächer auf der Kommode neben dem Bett. Aber es waren vier oder fünf Schritte bis dorthin.

»Mein Verschwinden würde dort aber früher oder später auffallen«, gab sie zurück, ein wenig gepresst, denn sein Klammergriff tat ihr weh, und sie musste die Zähne zusammenbeißen.

»Oh, du wirst nicht verschwinden, Herzblatt. Aber du wirst verurteilt. Du bist gesehen worden, verstehst du. Unmittelbar vor der Explosion hast du Lord Darnleys Haus verlassen. Das ist sehr verdächtig, zumal jeder Mann in Schottland weiß, dass Darnley nicht die folgsame Marionette war, die Elizabeth wollte.« Er legte einen Arm um ihre Taille, so wie er es bei der Gaillarde beim Taufbankett gemacht hatte, und schon damals war seine Berührung ihr unangenehm gewesen. Jetzt verspürte sie so etwas wie Ekel. Sein Gesicht war dem ihren ganz nah.

Eleanor sah ihm unverwandt in die Augen. Sie setzte alles daran, ihre Furcht zu verbergen, aber sie argwöhnte, dass sie wie das Kaninchen war, das die Schlange anstarrt. »Wer mag es sein, der mich gesehen hat?«, fragte sie. »Wer außer Euch und den anderen Mördern, die Eure Komplizen waren, meine ich?«

»Und damit hast du selbst dein Urteil gesprochen«, entgegnete er mit Befriedigung, drängte sie ein paar Schritte rückwärts und schlug ihr mit dem Handrücken ins Gesicht. Die Wucht des Schlages schleuderte sie aufs Bett, und Eleanor fand sich daran erinnert, wie die Explosion letzte Nacht sie zu Boden gerissen hatte. Die Bärenkräfte dieses Mannes und seine Hemmungslosigkeit schüchterten sie ein, gaben ihr das Gefühl, klein und unzulänglich zu sein. Einen Moment sah er auf sie hinab, während er ohne Eile seine Hosen aufschnürte. »Aber bevor ich dich verhaften lasse, werden wir uns noch ein wenig vergnügen.«

In dem Moment, da Eleanor Richtung Bettkante rollte, warf er sich auf sie. Um ein Haar hätte sie den Fächer mit dem Dolch im Griff erreicht, aber dann packte Bothwell wieder ihren Arm und schleuderte sie herum, hielt ihr mit einer seiner Pranken beide Hände auf dem Rücken zusammen und presste ihr Gesicht ins Kissen, damit sie nicht schreien konnte.

Eleanor rang verbissen gegen die aufsteigende Panik, bäumte sich auf und kämpfte, um sich zu befreien. Mit der Schulter erwischte sie Bothwell irgendwo in den Weichteilen und entlockte ihm ein übellauniges Knurren, aber sein Griff lockerte sich nicht. Dann ließ er ihren aufgelösten Haarknoten los, vielleicht, um ihre Röcke hochzuschieben. Eleanor drehte den Kopf zur Seite und rang rasselnd nach Luft, doch ehe sie um Hilfe rufen konnte, rammte er ihr irgendein zusammengeknülltes Stück Stoff in den Mund.

»Sei ja still, du verfluchtes Miststück«, knurrte er und drückte ihre Hände höher zwischen ihre Schultern, sodass ihr vor Schmerz die Tränen in die Augen schossen. Dann sah sie am Rande ihres zerfließenden Blickfeldes endlich den herbeigesehnten Schatten näher huschen, und gerade als Bothwells Hand sich unter ihre Röcke schlängelte, fiel ein pfeifender Schlag, gefolgt von einem zweiten. Die Pranke rutschte von ihren Handgelenken. Der eben noch so agile Körper über ihr erschlaffte und begrub sie unter sich, sodass Eleanor schon wieder in Atemnot geriet. Dann herrschte für einen Augenblick vollkommene Stille, ehe das erdrückende Gewicht verschwand und Bothwell mit einem dumpfen Aufprall auf den Holzdielen landete.

»Jesus … Es tut mir leid, Eleanor.« Gabriels Stimme klang fremd: dünn und gepresst.

Eleanor setzte sich auf und nahm den Knebel aus dem Mund, der sich als Seidentaschentuch entpuppte. Es war sogar sauber. »Ein Mann mit Stil«, murmelte sie und schleuderte das Tuch von sich. Im Flug entfaltete es sich und schwebte lautlos auf Bothwells reglose Gestalt hinab.

Gabriel ließ den Schürhaken zu Boden fallen, kam ans Bett, verpasste dem Bewusstlosen beiläufig einen Tritt gegen die Schläfe, sank auf die Bettkante und nahm Eleanors Linke. »Ich war in der Stadt, um zu hören, welche Gerüchte sich verbreiten. Das hier … habe ich nicht kommen sehen.«

Sie schüttelte den Kopf. »Ich auch nicht. Und mach kein solches Gesicht, mir ist ja nichts passiert.«

»Nein?« Es klang scharf. Er strich mit dem Daumen über ihr Kinn und zeigte ihr das Blut, das daran haftete.

Sie bog ungeduldig den Kopf weg. »Na und? Du bist rechtzeitig zurückgekommen, um das Schlimmste zu verhindern, nur das zählt.«

Er nickte – alles andere als überzeugt. »Ich hoffe, du hast keine Einwände, dass ich ihm den Rest gebe?« Er stand auf, seine Bewegungen ungewohnt steif, beinah ruckartig, und zückte den Dolch.

»Oh, red keinen Unsinn«, sagte sie, mit einem Mal vollkommen erschöpft. »Wir stecken auch so schon in der Klemme. Und Königin Mary hängt an ihrem famosen Earl of Bothwell.«

»Dann schicken wir ihr sein Herz. Ich habe doch gesagt, ich schneid es ihm heraus, wenn er dich noch einmal anrührt.« Er stand mit dem Rücken zum Fenster und sah auf Bothwell hinab, den Dolch trügerisch locker in der Rechten. Entspannt, hätte man meinen können, aber seine Augen waren kalt und ausdruckslos. Eleanor kannte diesen Blick. Sie hatte ihn in der Nacht gesehen, als Gabriel Amy Dudleys Mörder zum Reden gebracht hatte, und seither bei ein paar anderen Gelegenheiten. Jedes Mal war Blut geflossen, also war sie gewarnt.

»Gabriel, komm her, gib mir das Messer.« Sie streckte die Hand aus und fürchtete, dass sie sich anhörte, als wolle sie einem Welpen einen Seidenpantoffel abnehmen.

Er wandte den Kopf und sah sie an.

»Ich verstehe, dass du Rache üben willst, und ich will es auch. Aber nicht ich bin nach Schottland gereist. Nicht Eleanor of Waringham. Sondern das Auge der Königin. Begreifst du, was das bedeutet?«

Er schwieg. Das konnte er besonders gut. Wenn er argwöhnte, ihre Argumente könnten stichhaltiger sein als seine, verlegte er sich auf dieses missfällige, unheilschwangere Schweigen.

»Wenn wir tun, wozu es uns drängt, und man findet ausgerechnet diesen Mann tot in *meinem* Haus, wird es wieder Krieg zwischen Schottland und England geben. Die schottischen Lords werden ihre Differenzen vorübergehend begraben und vergessen, wie groß ihr Misstrauen gegenüber Bothwell war, und die Grenze überschreiten, um Rache für diese englische Freveltat zu nehmen.«

»Aber er hat Darnley auf dem Gewissen«, wandte er verständnislos ein. »Jedenfalls pfeifen das in Edinburgh die Spatzen von den Dächern. Die Lords sollten dankbar sein, wenn sie den Strick sparen.«

Eleanor klaubte die Daunendecke vom Bett und legte sie sich um die Schultern. Ihr war furchtbar kalt. »Aber so funktioniert Politik nun einmal nicht«, wandte sie ein. »Darum musst du ihn am Leben lassen, so schwer es auch fällt. Bitte, Gabriel. Du wolltest unbedingt mit herkommen. Und denk nicht, ich sei dir nicht dankbar, dass du darauf bestanden hast, denn dieser verfluchte Schweinehund wollte mich vergewaltigen. Aber fang nicht aus Zorn einen Krieg an.«

Er hatte ihr aufmerksam gelauscht – wie immer. Aber er rang noch eine geraume Zeit mit sich, ehe er nickte und den Dolch einsteckte. Dann kam er näher, setzte sich auf die Bettkante und zog Eleanor mitsamt Daunendecke auf seinen Schoß. Er legte beide Arme um sie, und für ein paar Herzschläge gestattete Eleanor sich, seine Nähe und das Gefühl von Sicherheit, das sie ihr verlieh, in sich aufzusaugen. Das hatte sie bitter nötig. Sie zitterte trotz der Decke am ganzen Leib, und die Kälte, die das Zittern auslöste, schien aus ihrem Innern zu kommen. Sie war immer noch entsetzt über das, was beinah passiert wäre. Sie schlang die Arme um Gabriels Nacken, vergrub das Gesicht an seiner Brust und strich mit der Wange über sein festes, etwas kratziges Wams. Es war ein tröstliches Gefühl.

Es war Gabriel, der schließlich das Schweigen brach. »Das heißt, wir müssen von hier verschwinden, nehme ich an.«

Sie nickte, ohne den Kopf zu heben. »Das müssen wir sowieso.« Und sie erzählte ihm von Bothwells Plan, ihr den Mord an Darnley anzuhängen. »So absurd es sich auch anhören mag, er könnte Erfolg damit haben«, schloss sie. »Denn Königin Mary wird sich dankbar auf jeden Verdächtigen stürzen, solange es nur nicht Bothwell ist.«

»Aber wird man deine Flucht nicht als Geständnis deuten?«

Sie hob den Kopf und sah ihn an. »Ich glaube nicht. Wenn ich nicht hier bin, bin ich als Sündenbock unbrauchbar. Bothwell wird sich ein anderes Opfer suchen müssen. Apropos. Lass uns nachschauen, ob er überhaupt noch atmet oder ob du ihm den Schädel eingeschlagen hast.«

Sie standen auf und beugten sich über den Bewusstlosen. Eleanor ertappte sich dabei, dass sie Angst davor hatte, sich ihm zu nähern, und für einen Moment war ihr Zorn auf diesen Mann so übermächtig, dass sie Gabriel am liebsten gesagt hätte, sie habe ihre Meinung geändert. Vorsichtshalber biss sie sich auf ihre verräterische Waringham-Zunge.

Unterdessen hatte Gabriel den Earl ohne viel Feingefühl auf den Rücken gedreht und sah mit unbewegter Miene auf ihn hinab. »Ihm fehlt nichts.«

Eleanor sah selbst, wie die Brust sich hob und senkte. »Gut. Und was nun? Es sind fünfzig Meilen von Edinburgh bis Berwick, der ersten englischen Siedlung hinter der Grenze. Das hat Henry Carey jedenfalls einmal erwähnt. Aber den Weg kenne ich nicht, außerdem haben wir keine Pferde, und die Straßen sind vermutlich unpassierbar.«

»Dann nehmen wir ein Boot. Berwick hat einen Hafen, richtig?«

Sie nickte. Berwick lag am Tweed, nicht weit vom Meer entfernt. »Gute Idee. Woher bekommen wir ein Boot?«

Er verdrehte ungeduldig die Augen. »Wie mag der König der Diebe nur an ein Boot kommen?«

Eleanor hob beide Hände. »Schon gut. Das will ich nicht hören.«

»Oh, ich weiß, Lady Eleanor, du bist ein Stützpfeiler von Recht und Gesetz. Aber mitfahren wirst du trotzdem, nehme ich an.«

Sie wusste, er war wütend, dass sie ihm nicht erlaubte, Bothwell den Garaus zu machen, darum nahm sie seinen Hohn untypisch geduldig hin. »Kannst du segeln?«

»Vermutlich ja, wenn ich muss«, erwiderte er. »Als Junge bin ich auf der Themse gesegelt.«

Schwerlich mit der Nordsee im Winter zu vergleichen, dachte sie, aber sie konnten nicht wählerisch sein. Das Meer war ihre einzige Chance.

»Pack nur das Nötigste«, trug er ihr auf, und sie konnte förmlich sehen, wie er einen Plan fasste, während er sprach. »Und zieh die wärmsten Sachen an, die du hast. Wir legen deinen Verehrer aufs Bett, fesseln und knebeln ihn und schließen die Bettvorhänge.

Das verschafft uns vielleicht eine Stunde Vorsprung. Dann runter zum Hafen. Das allein sind zwei Meilen und wird uns weiter vorkommen bei diesem verdammten Schneetreiben. Haben wir noch Geld?«

Sie nickte. »Auch genug, um ein Boot zu kaufen.«

Doch Gabriel war dagegen. »Man würde sich an den Mann und die Frau, die ein Boot gekauft haben, erinnern. Gesünder für uns, wir verschwinden spurlos. Ich möchte meine bescheidenen seemännischen Künste nicht gegen Verfolger erproben müssen.«

Das sah sie ein. Sie wusste, es war auch so schon fraglich, ob sie je in Berwick ankommen würden. Und sie bewunderte Gabriel dafür, wie kaltblütig und bedächtig er in dieser Krise war. In London schirmte er sie meist vollkommen ab von dem, was er tat; sie wusste kaum, womit er seine Tage – und Nächte – verbrachte. Bei diesem schottischen Abenteuer hatte sie daher ganz neue Seiten an ihm kennengelernt und längst erkannt, dass die Londoner Diebe ihren Anführer klug gewählt hatten. Doch vermutlich würde es ihm zu Kopf steigen, wenn sie ihm offenbarte, was sie dachte, und darum sagte sie stattdessen: »Übrigens, alle Waringham werden seekrank.« Jedenfalls alle außer Isaac, fügte sie in Gedanken hinzu.

Gabriel nickte knapp. »Fabelhaft. Aber egal, wie krank du wirst, ich werde deine Hilfe beim Segeln brauchen. Also besser, du fastest, bis wir wieder Boden unter den Füßen haben.«

»*Englischen* Boden«, antwortete sie. »Ich kann's kaum erwarten.«

»Hm. Lass uns hoffen, dass es nicht der englische Meeresboden wird …«

Waringham, Februar 1567

»Was hältst du davon, wenn wir uns im Gestüt zwei Gäule holen und nach Hetfield reiten, Lappidot?«, schlug Isaac vor. »Oder nach Rochester.«

Sein Neffe schüttelte den Kopf. »Ich kann nicht. Falls Maestro Olivieri nächste Woche wirklich kommen sollte, muss ich noch ein bisschen üben, sonst bricht er in Wehklagen aus.«

»Na und?«, gab Isaac unbekümmert zurück. »Er wird's überleben. Außerdem glaube ich kaum, dass ein Stubenhocker wie er sich durch den Schnee hierher wagt. Ein Stubenhocker bist übrigens auch du. Also, komm schon. Die frische Luft tut dir gut.«

Doch Lappidot hatte die Violine schon unters Kinn geklemmt. »Vielleicht morgen«, stellte er in Aussicht. Es klang zerstreut. In Gedanken war er schon bei seiner Musik.

Ja, oder übermorgen, dachte Isaac und unterdrückte ein Seufzen.

Zwei Wochen hatte er in Waringham bleiben wollen – nur über die Feiertage –, und nun saß er seit fast zwei Monaten hier fest, weil sie eingeschneit waren. Isaac hatte sich in das Unvermeidliche gefügt, so wie er es immer tat. Der stille, von Frömmigkeit und Studium bestimmte Alltag im Haus seines Bruders war ihm natürlich fürchterlich auf die Nerven gegangen, aber er hatte mit den größeren Jungen der Schule eine Schneise in den Schnee gewalzt, die von der Burg ins Dorf und vom Dorf ins Gestüt führte, sodass er wenigstens dort Zuflucht suchen konnte. Er hatte an halb vergessene Freundschaften aus Kindertagen angeknüpft, vor allem mit Jasper Pembroke, dem Sohn des Stewards, mit dem er abends manchmal auf ein Bier oder zwei ins Wirtshaus unten im Dorf ging.

In Waringham gestrandet zu sein war nicht so unerträglich, wie er befürchtet hatte. Doch vor ein paar Tagen hatte Tauwetter eingesetzt, und ein königlicher Meldereiter, der auf dem Weg von Westminster nach Canterbury in Waringham haltgemacht hatte, berichtete, die Straßen seien wieder passierbar. Und seither war Isaac rastlos.

»Na gut, dann geh ich allein«, sagte er.

Lappidot ließ den angesetzten Bogen noch einmal sinken. »Sei so gut. Ich spüre deinen Bewegungsdrang bis hierher, und er macht mich ganz zappelig.«

Isaac stand vom Fenstersitz auf. »Zappelig? *Du*?« Er kannte niemanden, der so lange so zufrieden stillsitzen konnte wie sein Neffe. Lappidot, wusste Isaac, ruhte in sich selbst.

»Wie gesagt, es überträgt sich«, erklärte der Dreizehnjährige. »Also verschwinde, erlöse mich von deinem Füßescharren und dich von deiner Langeweile.«

»Einverstanden. Aber morgen kommst du mir nicht so leicht davon«, stellte Isaac in Aussicht.

Lappidot nickte – ebenso liebenswürdig wie unverbindlich. Der Bengel war genau wie Francis, hatte Isaac längst durchschaut: Seine Freundlichkeit und Großzügigkeit schienen grenzenlos, geradezu unvernünftig, aber irgendwie bekam er immer, was er wollte.

Kaum hatte Isaac die Tür des Wohngemachs hinter sich zugezogen, setzte das Violinespiel ein, und er verharrte einen Moment und hörte zu. Es war einfach unglaublich, welche Laute der Junge seinem Instrument entlockte. Isaac war nicht gerade ein feinsinniger Musikliebhaber, aber von Lappidots Spiel bekam er manchmal eine Gänsehaut.

Mit gesenktem Kopf und vor der Brust gekreuzten Armen lehnte er neben der Tür an der Wand, als Abigail mit einem Stapel gefalteter Laken die Treppe heraufkam. Sie nickte ihm wortlos zu, stützte ihre Last dann auf die rechte Hüfte und blieb ebenfalls stehen, um der Musik zu lauschen.

Bis Lappidot bei einem seiner virtuosen Läufe ins Straucheln geriet und die Musik abrupt verstummte. »Verfluchter Mist …«, kam es gedämpft durch die Tür.

»Junge, Junge, lass das nicht deinen Vater hören«, murmelte Isaac, und als er aufschaute, ertappte er die Magd bei einem Grinsen.

Schleunigst wurde sie wieder ernst, senkte den Blick und setzte ihren Weg fort. Sie hielt vor Isaacs Kammer, und als sie die freie Linke ausstreckte, um die Tür zu öffnen, purzelte der ganze Leinenstapel zu Boden.

Während Isaac zu ihr trat, um ihr zu helfen, setzte das Violinespiel wieder ein.

»Danke, aber das ist nicht nötig, Sir«, wehrte Abigail ab. Sie kniete am Boden, hob die Laken auf, strich sie glatt und stapelte sie auf ihrem Schoß.

Isaac hockte sich neben sie und folgte ihrem Beispiel. »Das wird mich nicht umbringen«, erwiderte er, hob ein Wäschestück auf, das sich entfaltet hatte, und legte es säuberlich wieder zusammen. »Was machst du denn hier?« Weil sie eigentlich für das Wohlergehen der Internatsschüler zuständig war, sah man sie nicht häufig in den Wohngemächern der Familie.

»Das seht Ihr doch«, gab Abigail zurück. »Ich lege Eure Steinfliesen mit frischen Laken aus, damit Ihr keine kalten Füße bekommt.«

Er lachte, verfrachtete seine Wäschestücke auf ihren Stapel, und gleichzeitig richteten sie sich wieder auf.

»Womit hab ich es eigentlich verdient, dass du immer so scharfzüngig zu mir bist?«, fragte er, während er ihr die Tür zu seiner Kammer öffnete.

Abigail trat über die Schwelle. »Das müsst Ihr Euch einbilden.«

»Todsicher nicht.«

Sie wandte ihm den Rücken zu – demonstrativ, argwöhnte Isaac – und begann, die Decken von seinem Bett zu nehmen und zu falten, um die Laken wechseln zu können.

Als er ihr wieder zur Hand gehen wollte, fuhr sie ihn an: »Habt Ihr nichts Besseres mit Eurer Zeit anzufangen? Könnt Ihr mich nicht einfach zufriedenlassen?«

Isaac machte unbeirrt weiter. »Das Gleiche könnte ich dich fragen. Schließlich bist du in meine Kammer gekommen, nicht umgekehrt. Ich bin es nicht gewohnt, dass mir jemand das Bett macht, und ich lege auch keinen Wert darauf. Wenn man zur See fährt, lernt man, sich selbst um sein Zeug zu kümmern. Ich kann sogar waschen, ob du's glaubst oder nicht.«

»Ja, das ist großartig«, höhnte sie. »Und doch ist es hier meine Aufgabe, jedenfalls heute, denn Eure Magd ist krank, solltet Ihr das nicht wissen. Und es stört mich nicht, Euer Bett zu machen, Sir Isaac, solange ich nicht darin liegen muss.«

»Was?«, fragte er verdattert.

»Glaubt Ihr wirklich, ich kenne Euren Ruf nicht?« Abigail

stieß wütend die Luft aus. »Gott, von diesem treuherzigen Blick wird mir ganz schlecht. Ihr meint, es kommt nicht darauf an, schließlich ist es ja nur eine Magd. Ihr glaubt, ich falle darauf herein, wenn Ihr mir Freundlichkeit erweist, und bilde mir ein, Ihr betrachtet mich als menschliches Wesen. Ebenbürtig. Aber das tut Ihr nicht. Es ist Euch auch gleich, wenn die anderen Mägde darüber tuscheln, wie lange ich mit Euch in Eurem Schlafgemach war. Was mein Vater denkt, wenn er davon hört. Oder Euer Bruder, an dessen Achtung mir zufällig gelegen ist. Nichts von alldem hat irgendeine Bedeutung für Euch.«

Isaac fühle sich, als hätte ihm jemand unverhofft einen Eimer Eiswasser über den Kopf gekippt. »Puh …« Er trat zur Tür und öffnete sie weit, um dem befürchteten Getuschel entgegenzuwirken. Dann sank er auf einen der Schemel mit den abgeschabten Samtbezügen. »Vielleicht bin ich nicht ganz so grässlich wie du glaubst«, sagte er ein wenig kleinlaut.

Abigail machte sich an die Arbeit, ohne darauf einzugehen.

Da sie mit dem Rücken zu ihm stand, konnte er gefahrlos ihr göttliches Hinterteil bewundern, das sich unter dem Kleid abmalte, wenn sie sich vorbeugte. Es stimmte natürlich, dass er sich zu ihr hingezogen fühlte. Man musste blind oder tot sein, um es nicht zu tun, denn Abigail war ein wirklich schönes Mädchen mit ihrem hüftlangen, flachsblonden Zopf und den großen graublauen Augen. Schmale Brauen, eine zierliche Nase, ein hinreißender, geschwungener Mund. Die Kurven unter dem Kleid waren üppig, aber fest, und während er die Magd betrachtete, spürte er ein ganz leichtes Prickeln in den Fingerspitzen, so sehr verlangte ihn danach, sie zu entkleiden, zu betrachten und zu berühren. Doch er ahnte, dass es damit nicht besonders gut aussah …

»Was macht eigentlich die kleine Maude?«, fragte er, als das Schweigen ihm zu lang wurde. »Ist der Arm gut verheilt?«

Abigail ging auf die entlegene Seite des breiten Bettes und stopfte das Laken fest. »So gut wie neu«, antwortete sie. »Aber Maude ist sehr erfinderisch darin, das zu verbergen, und erwählt immer noch täglich einen ihrer Mitschüler für die Ehre, ihre Schreibaufgaben erledigen zu dürfen.«

Isaac grinste. »Ein Früchtchen also.« Das musste wohl in der Familie liegen. Isaac hatte gehört, dass Maudes große Schwester Lettice, die schönste Frau bei Hofe, einen schillernden Ruf hatte. »Und tun die jungen Gentlemen immer, was Maude befiehlt?«

»Natürlich. So sind sie erzogen, nicht wahr? Galant zu sein und all das.«

Isaac nickte. »Du missbilligst das?«

»Ich glaube nicht, dass mir das ansteht.«

»Oh, komm schon. Eine verdächtig zahme Antwort für die Frau, die mich gerade so eloquent in die Schranken gewiesen hat.«

Abigail entfaltete ein zweites Laken und schüttelte es aus – mit etwas mehr Schwung als notwendig. »Ich missbillige Oberflächlichkeit.«

»Verstehe.« Isaac hob den Krug auf dem Tisch an, fand ihn aber leer. »In dem Punkt bist du eines Sinnes mit meinem frommen Bruder.«

Sie nickte. »Ein großartiger Mann.«

»Ja, ich weiß«, stimmte er vorbehaltlos zu. »Und doch lässt er dich hier als Magd schuften, obwohl du viel lieber Lehrerin wärest.«

»Wie kommt Ihr nur darauf?«

»Es ist nicht so besonders schwer zu erraten.«

Sie holte die gefalteten Decken vom Fenstersitz und breitete sie auf den frischen Laken aus. »Ich war nicht lange genug auf der Schule, um Lehrerin zu werden.«

»Warum nicht?«

»Weil mein Vater mir verboten hat, weiter hinzugehen, nachdem Eure Eltern gestorben waren. Er hat nie viel davon gehalten, weil er fürchtete, es würde mir Flausen in den Kopf setzen. Eurem Vater die Stirn zu bieten, hat er nicht gewagt, aber bei Eurem Bruder … war er mutiger.«

Und Francis hatte kampflos nachgegeben, ahnte Isaac, weil Gottes Ordnung der Welt Vätern eben das Recht einräumte, über ihre Töchter zu bestimmen.

»Doch seine Lordschaft hat mich an die Schule zurückgeholt, weil er wusste, dass sie mir fehlte«, fuhr Abigail fort, während sie die Decken in das Laken einschlug. »Auf eine Art und Weise, gegen die auch mein Vater keine Einwände hatte. Und es macht mir nichts aus, hinter den Kindern herzuräumen und ihnen das Essen aufzutragen, solange ich in ihren Büchern lesen kann, wenn sie zu Bett gegangen sind.«

»Und das ist alles?«, fragte Isaac und stand auf. »Damit bist du zufrieden?«

Ein kleines Lächeln verzog ihre Mundwinkel für einen Moment nach oben, und es brachte ihn um ein Haar aus der Fassung, dieses Lächeln. »Ich werde irgendwann lernen, damit zufrieden zu sein«, sagte sie.

Er trat einen Schritt auf sie zu, ohne es wirklich zu merken. »Trotzdem. Es war ganz sicher nicht das, was meine Mutter sich für dich gewünscht hat.«

Abigail hob die abgezogenen Laken vom Boden auf und hielt sie in einem großen Knäuel vor sich wie ein Bollwerk. »Ich könnte mir vorstellen, das Leben, welches Ihr führt, haben Eure Eltern sich auch nicht für Euch vorgestellt. Aber sie sind eben gestorben, und das hat alles geändert.«

»Wohl wahr. Doch weil ich anscheinend mit der Neigung geboren bin, gegen alles zu rebellieren, was Tradition und Autoritäten mir vorschreiben wollen, wäre ich irgendwann vor meinem Vater genauso davongelaufen wie vor meinem Bruder. Ich habe meinen Weg selbst gewählt.«

Abigail nickte. »Das ist das Privileg von euch Männern. Wir Frauen haben selten die Wahl. Wenn wir Glück haben, können wir zwischen einem Leben nach Gottes Geboten oder dagegen wählen. Zwischen Ehre oder Schande.«

Er sah ihr in die Augen. »Und du hast deine Wahl getroffen und sparst dich auf für den Glückspilz, den dein Vater aussucht.«

»So ist es.«

»Einen Bauern oder Schafzüchter oder einen Tischler vielleicht.«

Sie erwiderte seinen Blick unverwandt. »Anständige Leute, Bauern, Schafzüchter und Tischler.«

»Ich weiß. Aber du wirst dein ganzes Leben in Waringham verbringen und dich fragen, wie die Welt wohl hinter dem Horizont aussieht. Und was vielleicht alles möglich gewesen wäre.«

Abigail schüttelte den Kopf. »Für solch eitle Phantastereien werde ich schwerlich Zeit haben. Ich werde Kinder großziehen und sie lesen und schreiben und denken lehren. Ich werde dem Vater meiner Kinder ein Haus führen, in das er nach getaner Arbeit abends mit Freuden heimkehrt. Und ich werde nachts ruhig schlafen.«

Ehe Isaac einen Einwand gegen dieses geplante Familienidyll gefunden hatte, sagte Francis von der Tür: »Vergib die Störung, Bruder. Aber wie du vielleicht gemerkt hast, kämpfst du hier ohnehin auf verlorenem Posten.«

Das werden wir ja sehen, dachte Isaac und wandte sich um.

Abigail ergriff die Gelegenheit zur Flucht.

Francis machte ihr mit einem Lächeln Platz, und als sie auf dem Korridor verschwunden war, trat er ein und schloss die Tür. »Kennst du denn gar keine Scham?«

»Doch«, versicherte Isaac. »Aber sie hat nur selten Macht über mein Handeln. Ich sündige, auch wenn ich weiß, dass ich mich anschließend womöglich schämen werde. Das kann man aushalten, Mylord, wie du wüsstest, wenn du es je versucht hättest.«

Francis schien wider Willen belustigt, doch rang er diese befremdliche Anwandlung schnell nieder. »Lass sie in Ruhe, Isaac.«

Eine Bitte? Ein Befehl? Es war schwer auszumachen. Isaac winkte ab. »Oh, keine Bange. Abigail ist standhafter als Penelope und mein nicht unbeträchtlicher Charme leider völlig machtlos gegen so viel Tugendhaftigkeit.«

»Das überrascht mich nicht.«

»Na, siehst du. Und? War es das, was du auf dem Herzen hattest? Oder kann ich sonst noch etwas für dich tun?«

»Ich habe tatsächlich ein Anliegen. Robin Dudley hat mir einen Boten geschickt. Er lädt Lappidot ein, an den Hof zu kommen, auf Wunsch der Königin, schreibt er. Natürlich sind wir sehr geehrt und können nicht ablehnen. Das Dumme ist, dass wir derzeit nicht von hier fort können, weil wir täglich mit Norfolks Besuch rechnen. Würdest du …« Er geriet ins Stocken.

»Lappidot an den Hof bringen und sicher bei Dudley abliefern? Oder bei Eleanor?«

Francis nickte. »In Whitehall.«

Isaac atmete tief durch. Whitehall. Nur einen Steinwurf von London entfernt – Stadt der Freiheit, der Schänken und der Hurenhäuser. Und doch ertappte er sich dabei, dass er eigentümlich zögerlich war, der Einöde von Waringham zu entfliehen. Vermutlich warst du zu lange hier und bist im Begriff, den Verstand zu verlieren, argwöhnte er. Was war eine unvollendete Eroberung – obendrein eine ohne große Erfolgschancen – gegen die Scharen lasterhafter Mädchen der Bankside?

»Also schön, meinetwegen.«

Francis strahlte voller Erleichterung. »Ich bin dir wirklich dankbar, dass du mir aus der Klemme hilfst.«

»Nicht der Rede wert. Wofür hat man denn einen Bruder? Aber ich werde ein bisschen Geld brauchen.«

»Natürlich. Was immer du willst.« Man hörte, dass er das wörtlich meinte. Francis, der dank seiner glücklichen Hand bei der Pferdezucht von Jahr zu Jahr reicher wurde, hatte keinerlei Interesse am schnöden Mammon.

Isaac betrachtete ihn mit einem unfreiwilligen Lächeln und schüttelte den Kopf. »Nein, nein. So viel ist nicht nötig. Mit zehn Pfund wäre mir schon sehr geholfen.«

Das vorfrühlingshafte Wetter hielt an, und die Schneeschmelze verwandelte die Straße in ein Schlammbad. Isaac, Lappidot und ihre Eskorte gelangten dennoch ohne Missgeschicke nach Tickham, einem kleinen, geschäftigen Themsehafen, wo Francis seine Barke liegen hatte. Lappidot war ein guter Reiter. Eine Leine verband das Zaumzeug seines Wallachs mit Isaacs Sattelknauf, denn natürlich konnte der Junge sein Pferd nicht selbst lenken, doch er hatte den hervorragenden Sitz, der anscheinend allen Waringham in die Wiege gelegt wurde, und wann immer die Straße gut genug für einen Galopp war, stahl sich ein unkompliziertes, verwegenes Lächeln auf sein Gesicht.

Wie beinah alles, was Francis besaß, hatte auch seine Barke

schon bessere Tage gesehen. Das lange, schmale Boot mochte einmal einen grünen Anstrich gehabt haben, aber jetzt war das Holz grau und verwittert. Die Männer der Eskorte, die die acht Ruder besetzen sollten, entfalteten das große Tuch mit dem Waringham-Wappen und befestigten es am überdachten hölzernen Aufbau der Barke, aber das Wappen war verschossen und ausgefranst, der Schriftzug des Mottos – *Deus Iudex Meus* – kaum noch zu lesen.

»Eine Schande ist das, Sir Isaac«, bemerkte Melvin Adams kopfschüttelnd. »Soll die Welt denn denken, Lord Waringham wäre ein Bettler?«

»Keineswegs«, gab Isaac zurück und machte die Leinen los. »Aber die Welt soll denken, Lord Waringham missbillige jede Form von irdischem Pomp, womit die Welt ja völlig richtig läge.«

Melvin nickte und verdrehte gleichzeitig die Augen. »Man kann's auch übertreiben mit der Bescheidenheit. Der Kahn sieht aus, als wolle er noch vor Gravesend absaufen.«

»Wird er nicht«, beruhigte Isaac ihn. »Ich schätze, er hält mindestens bis zur Bankside.«

Melvin lachte. »Ich hätte nichts dagegen, dort zu stranden …« Er hob die langen Ruder auf, die seitlich neben dem Aufbau gestapelt lagen, und verteilte sie an die übrigen Männer.

Er war Lappidots Diener, aber gleichzeitig auch ein bisschen mehr als das. Er stammte aus einer wohlhabenden Schafzüchterfamilie in Waringham und hätte es eigentlich nicht nötig gehabt, sich als Kammerdiener zu verdingen. Doch als Lappidot damals erblindet war, hatte er sich um die Stellung beworben, und Francis hatte nicht widersprochen, als sein Sohn sich für Melvin entschied. Obwohl ein Altersunterschied von sieben oder acht Jahren sie trennte, waren sie Freunde. Melvin war Lappidots Augenpaar, immer zur Stelle, ohne je aufdringlich zu sein. Er hatte alles in sich aufgesogen, was die Schulmeister dem blinden Jungen beigebracht hatten, aber den klaren Blick auf die Welt, den ein Leben mit den Herden in den weiten Hügeln von Kent einem bescherte, nie verloren. Von den Dienstboten auf der Burg war Melvin Isaac der liebste. Wenn man von Abigail Wheeler einmal absah …

Sie legten ab, und weil für Isaac kein Ruder übrig war, blieb ihm nur, sich zu Lappidot auf die Sitzbank unter dem Baldachin zu gesellen.

»Wo ist meine Violine?«, fragte der Junge.

»Hier.« Die dick gefütterte Lederhülle mit dem Instrument darin lag zwischen ihnen, und Isaac schob sie näher zu Lappidot, bis der sie ertastete. Beruhigt lehnte der Junge sich zurück.

»Bist du aufgeregt?«, erkundigte sich Isaac.

Lappidot ließ sich die Frage einen Moment durch den Kopf gehen. »Ein bisschen«, räumte er dann ein. »Die Königin und ihr Hof sind sehr anspruchsvoll, heißt es.«

»Und wärst du enttäuscht, wenn du nicht gut genug für Elizabeths verwöhnte Ohren bist und sie dich gleich wieder fortschickt?«

Lappidot nickte. »Maestro Olivieri hat mir von den Musikern bei Hofe erzählt. Manche leben immer dort, sie sind bei der Chapel Royal angestellt und komponieren Choräle für die Gottesdienste der Königin. Eines Tages würde ich vielleicht gerne zu ihnen gehören. Vater wäre stolz, das weiß ich.« Er hob kurz die Schultern. »Ich kann ihn nicht oft stolz machen, verstehst du.«

»Ich glaube, du täuschst dich«, widersprach Isaac. »Er *ist* stolz auf dich.« Und das zu Recht, fuhr es ihm durch den Kopf. Lappidot war auf seine spezielle, unaufdringliche Art ein Mordskerl.

Der Junge nickte mit einem Lächeln, welches verriet, dass er seinem Onkel kein Wort glaubte, und bat dann: »Erzähl mir, was du siehst.«

»Wir kommen gerade durch Gravesend«, berichtete Isaac bereitwillig. »Das ist auch ein Themsehafen, und von hier fährt zweimal am Tag die *Long Ferry* nach London. Es ist voll und laut an Bord, und es riecht ziemlich schlimm, vor allem wenn Schweine oder Ziegen mitfahren. Aber dafür ist es billig.«

Ein ungemütlicher Wind fegte über den Fluss, aber es blieb trocken, und Isaac und Lappidot hatten ihre guten, pelzgefütterten Mäntel fest um sich gewickelt. Sie knabberten von den Leckereien, die die Köchin ihnen in einen großen Korb gepackt hatte, während Isaac seinem Neffen die ländliche Idylle an beiden Ufern mit ihren Dörfern und Gütern beschrieb, die bleigraue Farbe des Wassers und die Schwäne, die so majestätisch dahinzogen. Dann passierten sie die belebten Werften von Blackwell und Woolwich und schließlich den Palast von Greenwich am Südufer.

»Dort wurde die Königin geboren«, wusste Lappidot.

»Richtig. Vom Palast selbst sieht man von hier aus nur ein paar Zinnen und Türmchen und bleigedeckte Dächer. Aber eine Treppe führt vom Wasser zum Garten hinauf, und ein hölzernes Wassertor öffnet sich zu einem Kanal für die königliche Barke, damit Ihre Majestät trockenen Fußes bis zum Palast gebracht werden kann.«

Hinter Greenwich lag Rotherhithe, wo die Tavernen so nah am Ufer standen, dass die Matrosen der Schiffe, die auf einen Liegeplatz im Londoner Hafen warteten, von Bord aus ihr Ale erstehen konnten.

»Und gegenüber steht der Ufergalgen von Wapping. Kein schöner Anblick.«

»Hängt dort einer?«

»Drei. Es waren offenbar Piraten. Man hängt sie ...«

»... bei Ebbe nah über dem Wasser und nimmt sie erst wieder ab, wenn die Flut dreimal über sie hinweggespült ist, ich weiß. Sehen sie sehr grauslig aus?«

»Ziemlich. Die Fische und Möwen waren wohl hungrig ...«

Lappidot schüttelte sich und senkte einen Moment den Kopf, um für die armen Seelen der Piraten zu beten, während Isaac sich John Hawkins' Hinrichtung am Galgen von Wapping ausmalte. Dazu würde es natürlich niemals kommen, weil Hawkins für seine Piraterie den inoffiziellen Segen der Königin hatte, aber die Vorstellung wärmte Isaacs Herz dennoch.

Jetzt, da sie sich der Stadt näherten, wurde der Verkehr auf dem Fluss ein unübersichtliches Gewimmel aus Wherries – allein von diesen wendigen Mietbooten gab es hier an die zweitausend –, Barken, Lastkähnen und Schiffen, die die Kaianlagen des Londoner Hafens anliefen oder verließen.

»Rechts kommt jetzt der Tower in Sicht«, berichtete Isaac knapp.

»Wo Urgroßvater gestorben ist. Dein Großvater.«

»Und wo mein Vater und der deine und etliche unserer Ahnen vor ihnen auch um ein Haar ihr Leben ausgehaucht hätten. Als

Waringham kann man wirklich froh und dankbar sein, diese unglaublich trutzigen Mauern nur von außen zu bewundern.«

Sie passierten den Fischereihafen von Billingsgate, wo angeblich der Londoner König der Diebe seine geheime Festung hatte, und dann fuhren sie unter der London Bridge hindurch. Isaac beschrieb seinem Neffen die Bankside am Südufer mit ihren Spelunken, Hurenhäusern, flohverseuchten Matrosenherbergen und mitten darin die große Arena für die Bär- und Bullenhatz, den *Paris Garden*.

Auf der anderen Seite lagen weitere Hafenanlagen, dann kamen die feinen Stadtvillen der Londoner Pfeffersäcke, darunter auch die ihres Onkels Master Philipp Durham, aber man konnte nur die Kais oder Mauern sehen, die ihre Grundstücke vor dem Fluss schützten. Hinter der Fleetmündung dünnte der Verkehr wieder ein wenig aus. Bald machte die Themse eine Linksbiegung, und die Ruderer begannen, das rechte Ufer anzusteuern.

»Sind wir da?«, fragte Lappidot verwundert. »Es kann noch nicht lange nach Mittag sein.«

»Wir sind ja auch beim ersten Tageslicht aufgebrochen. Apropos. Lass uns noch einen Happen essen, ehe wir unser Glück im Palast versuchen. Er ist riesig, wie eine kleine Stadt. Eine Straße führt mitten hindurch. Wir werden ewig brauchen, bis wir uns zu Dudley durchgefragt haben.«

»Warst du schon mal in Whitehall?«, wollte Lappidot wissen.

»Als ich klein war, glaube ich. Mit meiner Mutter. Sie war Unterkämmerer der papistischen Königin Mary. Aber ich erinnere mich an nichts mehr.« Isaac begutachtete die Reste im Proviantkorb. »Das reicht für uns alle. Melvin, wenn ihr festgemacht habt, kommt her und esst mit uns.«

Die Männer ließen sich nicht lange bitten.

»Rudern macht Appetit. Vor allem flussaufwärts«, bekannte Melvin.

Isaac nickte. »Aber ich wette, euch ist wärmer als uns.«

»Das könnt Ihr laut sagen«, stimmte Melvin zu und schlug seinen wollenen Umhang über eine Schulter zurück. Darunter kam eine makellose Waringham-Livree zum Vorschein.

»Also schön«, sagte Isaac, als der Korb geleert war, und schnipste sich ein paar Krümel vom Mantel. »Wagen wir uns in die Höhle der Löwin.«

Eleanor fühlte sich erschöpfter als je zuvor in ihrem Leben, und viel mehr als eine dumpfe Erleichterung brachte sie nicht zustande, als sie endlich in Whitehall ankam. Sie bezahlte ihr Wherry.

Der Wherryman tippte sich an die wollene Mütze. »Vergelt's Gott, Mylady, aber Euer Trinkgeld war schon großzügiger.«

»Und dein Boot schon schneller«, konterte sie unwirsch.

Behindert durch ihren langen Mantel kletterte sie mit wenig Eleganz aus dem Boot, stieg die schlüpfrigen Stufen zum Palast hinauf und nickte den Wachen am Torbogen zu.

»Mylady.«

»Wisst ihr, ob der Kronrat heute tagt?«

Der Linke nickte. »Jedenfalls sind die Gentlemen hier heute alle nach und nach eingetrudelt. Schon am Vormittag.«

»Gut.«

Eleanor eilte mit wehendem Mantel durch drei aufeinanderfolgende Innenhöfe. Heute hatte sie keinen Blick für deren Schönheit. Sie betrat das langgezogene Gebäude gegenüber der Großen Halle und lief die Marmortreppe zum Hauptgeschoss hinauf.

Vor dem Saal, in welchem der Kronrat sich versammelte, wenn der Hof in Whitehall weilte, standen zwei Gentlemen Pensioners.

»Sir Christopher.«

»Lady Eleanor! Gott sei gepriesen. Wir fingen an, uns Sorgen zu machen …« Er sah sie schwanken, und mit der tänzerischen Grazie, die ihm zu eigen war, machte er einen Schritt auf sie zu und legte den Arm um ihre Taille. »Wenn Ihr gestattet …«, sagte er artig. »Ihr müsst Euch setzen. Geoffrey, besorg einen Becher Wein«, trug er seinem Kameraden auf.

Aber Eleanor hob abwehrend die schmale Linke und befreite sich energisch von seinem Arm. »All das muss warten.«

Er wusste es besser, als ihr zu widersprechen, und wies auf die Tür. »Wollt Ihr hinein?«

»Um Himmels willen. Eine Schar aufgescheuchter Lords ist

das Letzte, was mir fehlt. Geht hinein und sagt ihr unauffällig, dass ich sie sofort sehen muss. Und sie soll den Secretary und Robin … Lord Leicester mitbringen.«

»Robin Lord Leicester ist dem Kronrat heute ferngeblieben«, antwortete Christopher Hatton bissig. Er hatte nicht viel für Robin übrig, wusste Eleanor, weil er in die Königin verliebt war. »Aber ich bringe Ihrer Majestät Eure Nachricht.«

Eleanor nickte. »Wo sind die Andrews-Zwillinge?«

»Hier. Sie werden auch froh sein, Euch wiederzusehen, Mylady. Zwischendurch habe ich befürchtet, sie würden vor Gram über Eure Abwesenheit schlichtweg vergehen.«

Sein Spott war nachsichtig, aber Eleanor musste sich zusammenreißen, um ihn nicht anzufahren. »Lasst sie wissen, dass ich zurück bin. Sie sollen sich bereithalten. Ich brauche sie heute noch.«

»Wird gemacht.«

Während Hatton die schwere, hohe Tür öffnete und auf leisen Sohlen hindurchglitt, ging Eleanor zu den königlichen Privatgemächern.

Ein halbes Dutzend junger Hofdamen saß dort im Halbkreis vor dem Kamin. *Hofhühner,* wie Lady Cat sie nannte. Fünf hatten Handstickrahmen im Schoß, die sechste las ihnen aus Richard Tottels Sammlung *Lieder und Sonette* ein Gedicht von Thomas Wyatt vor.

Eleanor sank auf den Fenstersitz und lauschte einen Moment.

»Es mag dein stolzer Busen wogen, weil Amors Pfeil so oft geflogen, in Herzen, die sich weihten dir. Doch denke nicht, es ruht sein Bogen, obwohl es gänzlich aus mit mir …«

»Ich an eurer Stelle würde das nicht in Gegenwart der Königin vorlesen«, bemerkte Eleanor trocken. »Sie könnte es missverstehen.«

Die jungen Mädchen wandten sich zu ihr um. »Lady Eleanor! Da seid Ihr ja wieder. Wo habt Ihr nur so lange gesteckt?«, plapperten sie durcheinander, und dann fragte die siebzehnjährige Mary Shelton: »Stimmt es, dass Wyatt dieses Gedicht für die Mutter der Königin geschrieben hat?«

»So heißt es«, räumte Eleanor ein.

»Und stimmt es auch, dass Ihre Majestät ihre Mutter nie auch nur mit einer Silbe erwähnt?« Marys blaue Unschuldsaugen waren weit aufgerissen.

»Du stellst dieselben Fragen wie die Dienstmägde meines Bruders in Waringham«, schalt Eleanor und machte eine wedelnde Handbewegung. »Verschwindet, Mädchen. Es wird bald Zeit, dass ihr euch fürs Essen zurechtmacht. Vergesst eure Handarbeiten nicht, ich will hier keine Unordnung.«

Folgsam sammelten die Hofhühner ihre Siebensachen ein und verließen den Raum.

Was tun wir nur mit all diesen albernen Backfischen hier?, überlegte Eleanor und wünschte, sie hätte daran gedacht, eins der Mädchen nach einem Krug Rauchender Bischof zu schicken. Sie war immer noch bis ins Mark durchfroren, müde und niedergeschlagen. Rauchender Bischof, hatte sie gelernt, war ein Heilmittel gegen alle drei Plagen.

»Was für ein herzerweichender Seufzer«, bemerkte die Königin von der Tür und kam mit dem ihr eigenen leichten, raschen Schritt näher. »Was mag es sein, das dich quält?«

»Die Erkenntnis, dass ich alt werde.« Eleanor stand auf.

Elizabeth schloss sie kurz in die Arme. Sie duftete wie immer nach Ambra und Sandelholz. »Wir sind noch nicht alt, El. Es sind diese jungen Hühner, die uns das Gefühl geben – todsicher absichtlich. Aber es stimmt nicht. Mit dreiunddreißig sind wir noch jung genug für alles, was im Leben einer Frau wichtig ist.«

»Lass das nicht Cecil hören. Er könnte denken, du wolltest heiraten.«

Sie teilten ein verschwörerisches Lachen auf Kosten des Secretary, das gleichzeitig liebevoll und eine Spur gehässig war. Es tat Eleanor gut.

»Er kommt gleich«, bemerkte die Königin, ergriff den Gedichtband, der auf einem der Sessel am Kamin liegengeblieben war, und streifte ihn mit einem Blick. Dann klappte sie ihn zu und legte ihn auf einen kleinen intarsienverzierten Ebenholztisch. Sie tat es behutsam, so wie sie Bücher immer behandelte. Dann wandte sie sich Eleanor wieder zu. »Aber ich wollte dich zuerst allein sprechen. Du siehst übrigens furchtbar aus. Setz dich hin. Willst du einen Becher heißen Wein?«

»Bitte.« Eleanor sank in einen der Sessel am Kamin. Die Mädchen waren großzügig mit dem Holz gewesen, die Flammen prasselten ordentlich, und die Hitze, die ihr entgegenschlug, war ihr willkommen.

Die Königin füllte Wein aus einem vergoldeten Krug in einen Bronzepokal und stellte ihn knapp außerhalb der Flammen in den Kamin. Sie schob ihn mit spitzen Fingern näher ans Feuer, rückte ihn dann wieder weiter weg. All das wirkte ein wenig unbeholfen. Vermutlich war es das erste Mal in ihrem Leben, dass Elizabeth versuchte, Wein zu erhitzen, und ihre hoffnungslose Ahnungslosigkeit in den hausfraulichen Künsten machte ihre Fürsorge umso rührender. Als sie mit der Position des Bechers endlich zufrieden war, setzte sie sich zu Eleanor. »Also?«

Eleanor sah sie an. »Schlimme Neuigkeiten.«

Elizabeth straffte die Haltung, wie immer, wenn sie sich wappnete. »Darnley ist nicht der Vater des Prinzen?«

»Oh doch, zweifellos. Der Prinz ist sein Ebenbild. Aber Darnley ist tot, Bess. Ermordet.«

Die Augen der Königin weiteten sich für einen Moment. Das war alles, was ihren Schrecken verriet. Ihre Stimme blieb ebenso gelassen wie ihre Miene. »Was ist passiert?«

Eleanor berichtete. Die Königin lauschte ihr konzentriert, ohne sie ein einziges Mal zu unterbrechen, was ihr nicht ähnlich sah. Als Eleanor bei der Explosion von Kirk o' Field ankam, griff Elizabeth nach einem dicken Wolltuch, holte den Wein damit aus dem Feuer und füllte ihn ungeschickt in einen kühlen Becher, den sie vor Eleanor auf den Tisch stellte. »Trink.«

Eleanor gehorchte, blies vorsichtig über das heiße Gebräu und nahm einen kleinen Schluck. Augenblicklich schien sich Wärme strahlenförmig von ihrer Körpermitte auszubreiten. Es war ein himmlisches Gefühl. Auf der windgepeitschten Nordsee hatte es Augenblicke gegeben, da sie geglaubt hatte, ihr werde nie wieder warm werden. Genauer gesagt, hatte sie geglaubt, sie werde sterben …

»Und dann?«

»Am nächsten Morgen beehrte der Earl of Bothwell mich mit einem unerwarteten Besuch.« Und weil sie allein mit der Königin war, erzählte sie ihr alles, was vorgefallen war.

Elizabeth verzog angewidert das Gesicht. »Leider für gar zu viele Männer das politische Mittel der Wahl.« Dann nahm sie Eleanors Hand. »Ich hoffe, du belügst mich nicht aus falscher Scham. Konntest du ihn wirklich abwehren?«

Eleanor lächelte matt. »Nie und nimmer hätte ich das gekonnt. Er ist stark wie ein Stier und hat mehr Arme als ein Krake.« Bei der Erinnerung an Bothwells Pranken kehrte das Gefühl von Abscheu und Entsetzen zurück. Sie trank schnell noch einen Schluck. Dieses Mal einen anständigen. »Einer meiner … Diener kam mir zu Hilfe.«

»Wie verblüffend beherzt«, bemerkte Elizabeth. »Ein *schottischer* Diener hat eine *englische* Dame gegen den allmächtigen und für seine Rachgier berüchtigten Lord Bothwell verteidigt?« Sie zog die schmalen Brauen in die Höhe.

»Ich habe nicht gesagt, dass es ein schottischer Diener war.«

»Nein. Komm schon, raus damit. Du hast deinen geheimnisvollen Londoner Pfeffersack mit nach Schottland genommen.«

Sie hatten eine stillschweigende Übereinkunft, nach welcher die Königin vorgab, nicht zu wissen, wer genau Gabriel Durham war.

Eleanor nickte. Sie war zu erledigt, um weiter zu lügen, und es war ja auch gar nicht nötig. »Zuerst wollte ich nichts davon wissen. Jetzt danke ich Gott, dass Gabriel nicht auf mich gehört hat. Er hat Bothwell unschädlich gemacht und gefesselt, und während seine Lordschaft im Land der Träume weilte, haben wir uns im Hafen von Leith ein Boot besorgt und sind nach Berwick gesegelt.«

Bitterkalt war es in der offenen Nussschale gewesen, und natürlich war Eleanor seekrank geworden. Aber der Wind war ihnen gewogen; frisch und stetig, aber nicht stürmisch hatte er sie vor sich hergetragen, sodass sie mit dem letzten Tageslicht die Tweedmündung erreicht hatten. Von da war es einfacher und auch nicht mehr weit bis Berwick gewesen. Dort hatte Henry Carey sie in

Empfang genommen, Lady Cats Bruder, welcher der Kommandant der strategisch so wichtigen Grenzfestung war. Ohne Eleanor Fragen über die Identität ihres geheimnisvollen Begleiters zu stellen, hatte Carey ihr ein seetüchtigeres Schiff samt Mannschaft geborgt, denn es hätte Wochen gedauert, über die verschneiten Straßen nach London zu reisen. Zu Wasser hatten sie die rund vierhundert Meilen in nur drei Tagen geschafft, aber Eleanor wollte dergleichen so bald nicht wieder erleben. Sie hatte Höllenqualen ausgestanden. Die Seekrankheit hatte ihr furchtbar zu schaffen gemacht, und sie hatte sich halb zu Tode gefürchtet, als das Schiff nachts durch die tintenschwarze See pflügte. Sie war sicher gewesen, es werde auf ein Riff oder eine Sandbank laufen und kentern und sie in den eisigen Fluten ertrinken. Oder sie werde an der elenden Seekrankheit eingehen. Oder ihr stetiges Würgen, das auch nicht nachließ, als sie längst nichts mehr von sich zu geben hatte, werde Wehen auslösen und sie zum zweiten Mal in zwölf Monaten ihr Kind verlieren. Drei lange, sehr lange Tage und Nächte waren es gewesen …

Eleanor zog die Schultern hoch. »Es war abscheulich, aber hier bin ich, heil und unversehrt. Nur kann ich nicht zurück, um dein Auge in Schottland zu sein, solange Bothwells Macht nicht gebrochen ist, und das bedaure ich, Majestät. Ich hätte es gern geschickter angestellt.«

Elizabeth schüttelte den Kopf. »Dein Auftrag ist erfüllt, und es wurde höchste Zeit, dass du zurückkommst. Du wirst hier gebraucht.«

Sie ging zur Tür und wies eine der jungen Damen draußen an, heiße Suppe und Brot zu beschaffen. Die Speisen kamen prompt, und Elizabeth ließ Eleanor in Ruhe, während diese zum ersten Mal seit vier Tagen feste Nahrung zu sich nahm.

Schlagartig wurde ihr besser. Der Druck hinter den Schläfen verschwand ebenso wie das Schwächegefühl in den Beinen.

»Und was machen wir jetzt mit Mary Stewart?«, fragte sie.

»Wie ist sie?«, fragte Elizabeth neugierig. »Wirklich ein langes Elend?«

»Das kannst du laut sagen.« Und sie erzählte der Königin alles, was sie bei ihren persönlichen Begegnungen mit der Königin von Schottland und aus den verschiedenen Quellen, die sie in Edinburgh aufgetan hatte, in Erfahrung gebracht hatte. »Ich glaube nicht, dass Mary Stewart etwas mit der Ermordung ihres Gemahls zu tun hatte«, schloss sie ihren Bericht. »Sie besitzt Ehre und königliche Würde. Solche Feigheit passt nicht zu ihr. Aber möglicherweise ist es letztlich gleich, ob sie eingeweiht war, vielleicht sogar den Befehl gegeben hat oder nicht.«

Elizabeth nickte. »Entscheidend ist, was sie als Nächstes tut.« Sie stieß angewidert die Luft aus. »Diese ganze Affäre ist jämmerlich und abstoßend und wird ihre Ehre und königliche Würde, vor allem ihre Autorität beschädigen. Und was immer sie jetzt gern tun würde, sie *muss* Darnleys Mörder zur Rechenschaft ziehen. Sonst ist sie erledigt. Die Umstände bestimmen ihr Handeln, nicht umgekehrt. Und genau das ist es, was geschieht, wenn eine regierende Königin *heiratet.*« Sie klang eine Spur pedantisch und hatte obendrein einen Zeigefinger gehoben. Als sie es sah, ließ sie ihn sinken, fügte aber mit Nachdruck hinzu: »Du weißt, dass ich recht habe.«

»Ja, ich weiß.«

Elizabeth fuhr sich mit der Linken über den Nacken und drückte das Kreuz durch. Die schweren Roben und Diademe, die vielen Stunden, die sie in gebeugter Haltung über Dokumenten oder Büchern verbrachte – all das bescherte ihr in letzter Zeit oft Rückenschmerzen. »Wo bleiben Cecil und Robin?«, fragte sie verdrossen. »Sie müssen deine Neuigkeiten auf der Stelle hören. Aber sie sind wieder einmal wie vom Erdboden verschluckt, wenn man sie braucht.«

Entschlossen trat sie an die fast unsichtbare Tapetentür, die auch hier von ihren Privatgemächern zu Robin Dudleys führte, und durchschritt den kurzen Korridor, der immer fürchterlich staubig war, denn er war so geheim, dass die Dienstboten ihn nicht kannten und deswegen nicht saubermachen konnten. Elizabeth öffnete die Tür schwungvoll und wie üblich ohne zu klopfen. »Mylord of Leicester, wenn Ihr die Güte hättet?«

Eleanor war ihr gefolgt, und zu ihrer Überraschung fand sie

ihren jüngeren Bruder in Robins Gesellschaft. Die beiden Männer saßen zusammen am Kamin, jeder ein Glas in Händen, und heckten irgendetwas aus, Eleanor wusste es auf einen Blick. So wie sie auf einen Blick – und ohne Überraschung – erkannte, dass sich hier zwei verwandte Seelen getroffen hatten.

Und das ärgerte sie.

Die beiden Männer erhoben sich eilig, und Isaac sank vor der Königin auf ein Knie nieder.

Elizabeth streifte ihn mit einem flüchtigen Blick. »Ah, unser junger Pirat.« Es klang untypisch zerstreut. Ihre Gedanken waren bei Eleanors Neuigkeiten. »Ich fürchte, das Seemannsgarn, das Ihr Lord Leicester spinnen wolltet, muss warten, Waringham. Ihr dürft Euch entfernen, und zwar schleunigst.«

Isaac kam auf die Füße. »Natürlich, Majestät.« Er stellte sein Glas aufs Kaminsims.

Im Hinausgehen schenkte er seiner Schwester ein Lächeln, das sie wohl für unschuldig halten sollte, aber sein letzter Blick galt Robin, der ihm mit einem Nicken konspirativ zuzwinkerte.

Zu gerne hätte Eleanor gewusst, was Isaac hier zu suchen hatte. Aber jetzt war nicht der geeignete Zeitpunkt, der Sache auf den Grund zu gehen.

»Kommt mit hinüber, Mylord«, bat die Königin Robin. »Und wo zum Henker bleibt Cecil? Eleanor bringt schlimme Neuigkeiten aus Schottland und verspürt gewiss wenig Neigung, sie dreimal zu berichten.«

»Hier bin ich, Majestät«, war die Stimme des Secretary zu vernehmen, als sie ins Privy Chamber zurückkehrten, und wie immer begrüßte er die Königin mit einer formvollendeten Verbeugung, die seine ganze aufrichtige Ergebenheit ausdrückte.

»Mein Cousin Darnley ist ermordet worden«, begann Elizabeth ohne Vorrede. »Lady Eleanor wird Euch die Einzelheiten berichten, und dann müssen wir schleunigst eine Strategie entwickeln.« Sie rieb sich die Hände. »Alsdann, Gentlemen. An die Arbeit.«

Isaac saß in der *Grünen Karavelle* und feierte seine Übereinkunft mit dem Earl of Leicester.

»Wie sieht's mit dem Eintopf aus, Ela? Ich bin ausgehungert.«

»Ich hab dich doch hoffentlich nicht ausgelaugt, *Cariño?*«, neckte sie ihn.

Isaac grinste in sein Ale. »Ziemlich frech für ein anständiges katholisches Mädchen«, gab er auf Spanisch zurück.

Ela hieß eigentlich Consuela und stammte aus Sevilla. Sie war seit vier oder fünf Jahren hier – was sie nach London verschlagen hatte, hatte er ihr nie entlocken können –, aber sie litt schreckliches Heimweh und war deswegen hingerissen, wenn er Spanisch mit ihr sprach. Sie erinnerte ihn an Clara Soler. Nicht dass sie einander wirklich ähnlich gewesen wären. Niemand hätte sie für Schwestern halten können. Doch die Form ihrer Wangenknochen, die Textur der dunklen Haare, die ungezierte, aber stolze Haltung, der wiegende, aber nicht aufreizende Gang – all das war unverkennbar spanisch und machte ihn immer scharf.

Ela brachte ihm eine randvolle Schale und einen kleinen Krug Rotwein. »Aus Andalusien«, behauptete sie.

Kopfschüttelnd schob er den Krug beiseite. Er verprasste hier das Geld, das Francis ihm gegeben hatte, aber nach Möglichkeit sollte es doch wenigstens reichen, bis er in Plymouth ankam.

»Der Wein geht aufs Haus«, beruhigte sie ihn. »Du hast mir gefehlt.«

»Das glaub ich aufs Wort. Komm, setz dich einen Moment zu mir.«

Die Schänke zur *Grünen Karavelle* gehörte zu den schäbigeren Spelunken der Bankside, doch der Eintopf, den die Huren hier kochten, war genauso großartig, wie Isaac es Tomás vor langer Zeit einmal beschrieben hatte. Isaac kehrte immer noch gern in dem Haus mit den grünen Fensterläden ein, wo er als Zwölfjähriger seine mühsam zusammengesparten Pennys und sein klopfendes Herz hingetragen und seine Unschuld verloren hatte. Das Mobiliar war zusammengewürfelt und verschrammt, das Licht schummrig, damit die Matrosen aus fernen Ländern, die hier meist den Schankraum füllten, nicht auf den ersten Blick sahen, dass einige der Huren nicht mehr die jüngsten waren. Sie bedienten ihre Freier in einer muffigen Hinterkammer auf Strohsäcken, die selten frei von Flöhen waren, und nur über gespannte Schnüre drapierte Wolldecken trennten dort ein »Separee« vom nächsten. Eine erbärmliche Kaschemme hatte Isaacs strenger Onkel Philipp Durham es schaudernd genannt, und vermutlich hatte er sogar recht. Doch wann immer Isaac nach London kam, wurde er in der *Grünen Karavelle* herzlicher willkommen geheißen als in der vornehmen Kaufmannsvilla in der Ropery, weswegen er meist hier abstieg und nicht dort. Samson Codicote, der Wirt, war ein ehemaliger Seemann, der beim Untergang der *Mary Rose* den linken Arm verloren hatte, mit der verbliebenen Rechten aber mühelos für Ordnung sorgen konnte. Ein übellauniger Kerl, der seine Gäste ebenso anbrüllte wie seine Huren, doch die Mädchen hatten keine Furcht vor ihm, im Gegenteil. Sie vergötterten ihn. Darum war die Stimmung in der *Grünen Karavelle* meist unbeschwert, selbst wenn hier die Fäuste oder gelegentlich auch Möbelstücke flogen.

»Wie lang kannst du bleiben?«, fragte Ela und legte ihm die Hand aufs Bein.

»Mal sehen«, antwortete Isaac mit vollem Mund und schluckte, ehe er fortfuhr: »Bis morgen früh vielleicht.«

»Oh, das ist großartig!« Ela rückte ein Stück näher. »Und segelst du bald wieder fort?«

Isaac nickte. »Sobald es Frühling wird, hoffe ich.«

»Gott allein weiß, was du daran findest.«

Er hob kurz die Schultern und antwortete: »Ich habe Heimweh nach der See so wie du nach Sevilla.«

Sie seufzte herzerweichend und legte den Kopf an seine Schulter. Das störte Isaac nicht im Geringsten, aber er löffelte unbeirrt weiter. Der Eintopf bestand aus Bohnen, Rüben und Kohl, aber das Beste daran waren die Fischklößchen.

Draußen war die Dämmerung hereingebrochen, und die Schänke hatte sich gefüllt. An einem Tisch nahe der Tür weiter rechts war es unruhig geworden, weil ein vierschrötiger Kerl mit drahtigen, angegrauten Locken seinem Unmut über den Eintopf lauthals

Luft machte. Er brüllte das dralle junge Mädchen an, das ihn bedient hatte, und sie wich furchtsam einen Schritt zurück.

Dann fegte er die Schale mit einer wütenden Geste vom Tisch. »Du willst mich wohl vergiften, du miese kleine Schlampe! Bring mir etwas Anständiges!«

Ein junger Mann neben ihm, der den Großteil des Eintopfs abbekommen hatte, wischte sich angewidert über sein besudeltes Wams. »Mach kein solches Gewese, Väterchen, der Eintopf ist tadellos. Und pass demnächst auf, wo du hinkleckerst …«

»Oh nein«, murmelte Ela. »Jetzt gibt es Ärger.«

Der erzürnte Gast schoss von der Bank hoch. »Wen nennst du hier Väterchen, Rotzlümmel?«

Der junge Matrose stand ebenfalls auf. »Und wen nennst du Rotzlümmel, Väterchen?«

Der Vierschrötige packte ihn bei den Schultern, stieß ihn hart gegen die Wand und schmetterte ihm die Faust mitten ins Gesicht. »Ich glaube, du weißt nicht, mit wem du dich anlegen willst!«

Blut sprudelte aus der gebrochenen Nase des Seemanns, und er rutschte an der Wand zu Boden. Ehe er gelandet war, hatte sein Widersacher ihn an der Lederweste gepackt, zerrte ihn hoch und ging wieder mit den Fäusten auf ihn los.

Isaac schob Consuela von sich und stand auf.

»Misch dich lieber nicht ein«, warnte sie.

»Ich bin doch nicht lebensmüde …« Er wollte nur besser sehen.

»Das ist Richard Topcliffe«, bemerkte sie unbehaglich.

»Und? Sollte mir das etwas sagen?«

»Niemand weiß so recht, wer er eigentlich ist, aber es heißt, er steht im Dienst der Königin.«

Isaac ließ die beiden Kampfhähne nicht aus den Augen. Der junge Matrose war kein Kind von Traurigkeit und konterte mit einem gut platzierten Fausthieb in Topcliffes Magengrube, der aber keinerlei Wirkung zeigte. Topcliffe packte ihn bei der Nase und drehte. Der Seemann brüllte, riss sich los, schlug beide Hände vors Gesicht und sank auf die Knie. Blut rann zwischen seinen Fingern hindurch und versickerte in seinem kurzen dunklen Bart.

Die anderen Zecher am Tisch waren längst aufgestanden, hatten Platz gemacht und schauten zu. Niemand schien geneigt einzuschreiten. Das war eigenartig, denn für gewöhnlich beteiligten sich die Gäste hier enthusiastisch an jeder Schlägerei.

Topcliffe trat den Mann am Boden in die Seite, sodass der mit dem Gesicht im verdreckten Bodenstroh landete, und dann schnappte er sich seinen eleganten Gehstock, der auf der Bank gelegen hatte, und ließ ihn niedersausen.

Isaac verspürte nach wie vor keine große Lust, sich mit diesem Wüterich anzulegen. Aber der schien entschlossen, den jungen Seemann totzuprügeln.

Isaac schaute zum Wirt hinüber. »Wie sieht es aus, Codicote? Denkst du nicht, es ist Zeit für ein Machtwort des Hausherrn?«

Codicote sammelte mit der einen Hand, die ihm geblieben war, leere Krüge von den Tischen ein und schüttelte den Kopf. »Ich halt mich raus.«

»Großartig«, murmelte Isaac und drängte sich durch den Zuschauerring.

Richard Topcliffe stand breitbeinig über seinem Opfer und hielt den Stock mit dem blutverschmierten Silberknauf in beiden Händen. Als er ihn das nächste Mal über den Kopf hob, packte Isaac den vierschrötigen Mann von hinten an seinem krausen Schopf und drückte ihm mit dem rechten Unterarm die Luft ab. »Er hat genug. Ich schlage vor, Ihr verschwindet und trinkt nebenan weiter, Master Topcliffe.«

Der verharrte einen Augenblick wie erstarrt, nahm dann die Rechte vom Gehstock und umklammerte Isaacs Handgelenk in einer blitzschnellen Bewegung. Mit ungeheurer Kraft zwang er den Arm von seiner Kehle und drehte sich um. »Und wer bist du? Wenn du scharf auf eine Tracht Prügel bist, stell dich gefälligst hinten an.«

Kleine dunkle Augen stierten Isaac an, und ein übermächtiger Zorn war darin zu lesen, für den es keinerlei vernünftige Erklärung zu geben schien.

»Dieser verfluchte Papistenlümmel hat nichts Besseres verdient. Rattengeschmeiß sind sie, allesamt, und wie Ratten muss man ihnen das Genick brechen. Also halt dich raus, Pissnelke!«

»Oder was, Väterchen?«, fragte Isaac, trat einen halben Schritt zurück und zog sein Entermesser aus der Scheide am Gürtel.

Statt zu antworten, schwang Topcliffe seinen Prügel, aber Isaac konterte mit einem seitlichen Hieb des langen Entermessers, und der Stock wurde Topcliffe aus den Pranken gerissen. Er flog ein paar Ellen weit durch den gut gefüllten Schankraum. Die Gäste zogen geistesgegenwärtig die Köpfe ein, und der Stock richtete keinen weiteren Schaden an, ehe er nahe der Tür im Stroh landete.

Isaac setzte Richard Topcliffe die Spitze seiner Klinge auf die Brust. »Nehmt ihn mit, wenn Ihr hinausgeht.«

Topcliffe zeigte ein Lächeln, das einem den kalten Schweiß auf die Stirn treiben konnte. »Für heute lass ich dich laufen, Jungchen. Aber ich wüsste zu gern, mit wem ich die Ehre hatte.«

Isaac wusste, es war unklug, aber ihm blieb nichts anderes übrig. »Isaac Fitzgervais of Waringham.«

Der geschundene junge Seemann am Boden richtete sich auf einen Ellbogen auf. »Im Ernst?« Es klang verschnupft, weil Blut ihm die malträtierte Nase verstopfte.

Topcliffe lachte vergnügt vor sich hin. »Waringham, so, so.« Ohne Eile wandte er sich ab. »Ich freue mich auf unser Wiedersehen.«

»Das ist mehr, als ich von mir behaupten könnte«, gab Isaac freimütig zurück und schaute ihm nach, bis Topcliffe sich rüde einen Weg durch die Schaulustigen gebahnt, seinen Gehstock aufgehoben und die *Grüne Karavelle* verlassen hatte.

Dann beugte Isaac sich über den Matrosen am Boden, nahm seinen Oberarm und zog ihn auf die Füße. »Geht's?«

»Sicher.« Er wischte sich behutsam mit dem Ärmel übers Gesicht. »Aber der verfluchte Hurensohn hat mir die Nase gebrochen.«

»Ela kann sie richten. Sie hat viel Übung darin. Wie ist dein Name?«

»Marian Edmundson.«

Isaac fiel aus allen Wolken. »Wer ist dein Vater?«

»Arthur Edmundson.«

»Süßer Jesus …«

Marian lächelte eine Spur gequält. »Hab Dank, Cousin. Du kamst wirklich zur rechten Zeit. Wenn ich gewusst hätte, dass dieser Kerl besessen ist, hätte ich die Klappe gehalten. Meine Kleider konnten auch vorher schon eine Wäsche vertragen.«

Isaac nickte zu seinem Tisch hinüber. »Komm.«

Ela brachte ihnen einen zweiten Tonbecher, stellte sich vor Marian und studierte konzentriert sein Gesicht. Dann setzte sie sich rittlings auf seinen Schoß, legte die Handkanten links und rechts an seine Nase und ruckte.

Marian stöhnte, und seine großen Hände ballten sich für ein paar Augenblicke, aber dann entspannte er sich. »Besser«, sagte er mit einem kleinen Lächeln. »Danke, Ela.«

Sie strich ihm den dunklen Schopf zurück und platzierte einen schmatzenden Kuss auf seiner Stirn. »Kommt alles auf die Rechnung, Herzblatt.«

»Ja, darauf wette ich.«

Isaac wartete, bis er mit seinem Cousin allein war – soweit das in einer vollen Schänke möglich war –, dann fragte er gedämpft: »Ist es wahr? Bist du Papist?«

Marian schnaubte in seinen Weinbecher. »Blödsinn.«

»Aber dein Vater hat damals eine Meuterei unter den Offizieren der Flotte angestiftet, damit sie sich auf die Seite der katholischen Prinzessin Mary schlugen oder so ähnlich.«

»Stimmt«, räumte der junge Edmundson ein. Er näselte immer noch, und kleine Blutrinnsale liefen ihm aus den Nasenlöchern. »Mein alter Herr war ein altmodischer und unbelehrbarer Papist, genau wie deiner. Der die katholische Mary auf den Thron gehievt hat, nur um dann zusehen zu müssen, wie sie die Protestanten reihenweise auf den Scheiterhaufen stellte, und darüber vor Gram zu krepieren. Oder so ähnlich.«

Sie tauschten einen Blick, und jeder las in den Augen des anderen das Unbehagen, das fünfhundert Jahre eherner Grundsätze und Familientraditionen ihnen einflößten.

Marian trank einen Schluck. Dann stellte er den Becher versonnen zurück auf den Tisch und bekannte: »Meinen Vater hat es auch erschüttert, was aus Mary wurde. Aber anders als deiner musste er nicht zuschauen. Er segelte einfach über den Horizont davon, holte eine Schiffsladung Pfeffer nach der anderen für die Portugiesen aus Indien und wurde steinreich.«

»Lebt er noch?«

»Weiß der Henker. Seit drei Jahren mit Schiff und Fracht verschollen, vermutlich vor Goa gesunken, aber genau wissen wir es nicht.«

»Und was machst du?«

»Na ja …« Marian Edmundson tupfte mit dem Ärmel Blut von seiner Oberlippe. »Bis letzten Monat bin ich mit meinem Cousin Edmund gefahren. Englische Wolle nach Brügge, flämisches Tuch nach Bordeaux, Wein aus Bordeaux nach England. Als er mich dann schon wieder nicht zum Bootsmann befördert hat, haben wir uns verkracht. Es sind so richtig die Fetzen geflogen. Ich hab im Zorn zu ihm gesagt, dass ich lieber der Inquisition in die Hände fallen würde als noch einen Tag unter ihm zu segeln. Und nun muss ich zu meinem Wort stehen, obwohl es mir längst leidtut, und mir einen neuen Captain suchen. Ich hörte ein Gerücht, dass du so wie wir aus der Art geschlagen bist und zur See fährst. Du kannst mir nicht zufällig jemanden empfehlen?«

Isaac schenkte seinem Cousin und sich nach. »Empfehlen kann ich ihn nicht. Aber wenn du dich nicht vor einer Dreiecksfahrt scheust …«

Marians kornblumenblaue Augen leuchteten auf. »In die Neue Welt? Dort würde ich mit dem Satan selbst hinfahren.«

Isaac schnitt eine Grimasse. »Das lässt sich einrichten, schätze ich.«

Marian fuhr sich mit der Linken über den Hinterkopf. Der Blutstrom aus der Nase war inzwischen fast versiegt, doch als er die Hand zurückzog, war sie nass und rot.

»Dieser Drecksack hat dir mit dem Knauf seines Stocks auf den *Kopf* gedroschen?«, fragte Isaac ungläubig.

Marian wischte sich die Hand am Hosenbein ab. »Halb so wild. Ich hab einen ziemlich harten Schädel.«

Trotzdem. Dieser Topcliffe hatte zumindest in Kauf genommen, ihn umzubringen. Isaac musste feststellen, dass er lieber nicht wissen wollte, welche Verwendung die Königin für solch eine Kreatur hatte.

»Also, mit wem fährst du?«, fragte Marian.

»John Hawkins.«

Marian pfiff durch die Zähne. »Dann wette ich, du hast allerhand erlebt.«

Isaac hob kurz die Schultern. »So wie jeder, der zur See fährt.«

»Aber wie bist ausgerechnet du dazu gekommen?«

Isaac sah ihn einen Moment an: ein breitschultriger Kerl nicht älter als er selbst, in schmuddliger Matrosenkluft, mit kurzen dunklen Haaren und einem schlichten Goldring im linken Ohr. Ein Seemann wie tausend andere, aber mit den gleichen blauen Augen wie Francis, Eleanor und Isabella sie hatten – Waringham-Augen. Vor hundert Jahren hatte ein Waringham eine Karavelle gebaut, hatte damit Krieg gegen die Yorkisten geführt, und er hatte sein Schiff *Edmund* genannt. Genau wie den Sohn, der mit ihm segelte und ihm immer Glück brachte und der den seefahrenden Familienzweig begründet hatte. All das war furchtbar lange her, und der Kerl vor ihm ein Fremder. Und doch verband sie genug, dass Isaac ihm die Wahrheit sagen konnte: »Weil ich lieber der Inquisition in die Hände fiele, als Earl of Waringham zu werden.«

Marian hob seinen Becher. »Also, trinken wir auf die christliche Seefahrt.«

Isaac stieß mit ihm an. »Hawkins versteht sein Handwerk, das muss man ihm lassen, aber er ist ein Hurensohn. Ein Sklavenhändler. Also denk lieber noch mal drüber nach.«

»Ich weiß, was er ist und was er tut. Aber ich kann trotzdem nicht widerstehen.«

Isaac nickte. »Seine Geschäfte laufen so glänzend, dass er dieses Jahr mit einer ganzen Flotte in die Neue Welt segeln will.« Er schaute kurz über die Schulter, um sich zu vergewissern, dass niemand sie belauschte. Dann fuhr er mit gesenkter Stimme fort: »Er will die *Jesus of Lübeck* als Flaggschiff. Kennst du sie?«

»Welcher englische Seemann kennt sie nicht? Die schwimmende Hansestadt nennen sie sie in Portsmouth, weil sie so riesig ist. Aber ein ziemliches Wrack, wie man hört. Sie muss an die dreißig Jahre alt sein.«

Isaac hob ergeben die Hände. »Er hat mich trotzdem zur Königin geschickt, um sie ihr abzuschwatzen, aber ich habe es nicht gerade geschickt angestellt, und sie hat mich ohne Antwort vor die Tür gesetzt. Heute hatte ich endlich Gelegenheit, Robin Dudley mein Anliegen vorzutragen. Er war ganz angetan von der Idee, und er ist zuversichtlich, dass er Elizabeth umstimmen kann. Ich hoffe, er lässt sich nicht allzu viel Zeit, denn wir müssen bald aufbrechen, wenn wir nicht pünktlich zur Sturmsaison ins Karibische Meer schippern wollen. Aber wie auch immer. Falls es klappt und ich Hawkins die *Jesus of Lübeck* beschaffe, wird er mir womöglich ausnahmsweise einmal gnädig gestimmt sein. Also wenn du wirklich bei ihm anheuern willst, kann ich vielleicht etwas für dich tun.«

»Ich wäre dir ewig dankbar, Cousin«, beteuerte Marian. »Ich werde allmählich schwermütig von all dem Land unter meinen Füßen.«

Isaac vollführte eine Geste, die den ganzen Schankraum der *Grünen Karavelle* umschrieb. »Ich schätze, dann bist du hier genau richtig.«

London, April 1567

Die Schwangerschaft war jetzt so unübersehbar, dass Eleanor sich bei Hofe nicht mehr blicken lassen konnte. Trotzdem war sie dieses Mal nicht nach Waringham gegangen, um die Geburt abzuwarten, sondern in London geblieben. Sie verbarg sich im Haus ihres Bruders und somit in Dr. Harrisons Obhut, dessen Fürsorglichkeit ihr gelegentlich auf die Nerven ging, aber gleichzeitig war seine Nähe eine Beruhigung. Denn Eleanor fürchtete nichts mehr als eine neuerliche Fehlgeburt.

John Harrison genoss seinerseits die Gesellschaft seiner jungen Verwandten. Vor zwei Jahren war seine Frau gestorben, die Kinder waren aus dem Haus, und Uriah, sein Protegé, würde erst im kommenden Jahr von seinen Studien in Oxford zurückkehren. Mit einem Mal war es furchtbar still geworden in dem großen Haus an der Shoe Lane, vor allem abends, wenn die letzten Patienten gegangen waren.

»Du solltest wieder heiraten, Cousin«, riet Eleanor, als sie an einem ungemütlichen Frühlingsabend in der Halle mit den vielen Büchern saßen.

»Um Himmels willen«, wehrte John lachend ab. »Ich bin ein Greis von einundsechzig Jahren. Viel zu alt und verknöchert, um mich noch einmal an einen Menschen zu gewöhnen.«

»Sag das nicht«, widersprach sie. »Besser, als bis ans Ende deiner Tage allein zu bleiben.«

Er wiegte den Kopf hin und her. »Ich fürchte, ich bin anderer Meinung. Und mit Verlaub, nicht ich bin derjenige an diesem Tisch, der dringend heiraten sollte, denn nicht ich bekomme unverheiratet mein zweites Kind.«

Er sagte es mit einem nachsichtigen Lächeln, aber Eleanor spürte ihre Wangen heiß werden. »Wie taktvoll, Sir …«, murmelte sie.

»Vergib mir. Ich habe dich auf die Welt geholt, und wahrscheinlich bilde ich mir deswegen ein, ich hätte ein gewisses Anrecht auf Taktlosigkeiten. Außerdem war dein Vater einer meiner besten Freunde, und seit er nicht mehr ist …«

»Er war nie da, als ich ihn gebraucht hätte, und heute bin ich zu alt für väterliche Fürsorge«, fiel sie ihm ins Wort. Es klang harscher, als sie beabsichtigt hatte.

»Das bist du zweifellos, und ich weiß sehr wohl, dass du selbst auf dich achtgeben kannst«, räumte er ein. Er trank versonnen einen kleinen Schluck Wein und fuhr dann fort: »Ich habe nie gutgeheißen, wie dein Vater deine Mutter und dich behandelt hat. Aber ich glaube, es waren seine Vernachlässigung und ihre Hilflosigkeit in der ihr fremden Welt bei Hofe, die dich so stark und unabhängig gemacht haben. Die die Frau aus dir gemacht haben, die für ihre Königin brisante Geheimnisse in Erfahrung bringt und dann sorgsam hütet. Und die Frau, die nach ihren eigenen Regeln lebt und sich über Konventionen hinwegsetzt. Dazu gehört Mut, für eine Frau allemal. Ich kann nicht ehrlich sagen, dass ich verstehe, warum du diesen Weg eingeschlagen hast, eine nicht standesgemäße Liaison mit einem geheimnisvollen Liebhaber einer guten Heirat vorziehst. Aber da es offenbar das ist, was du willst, bewundere ich dich dafür, dass du es dir nimmst.«

»Das erstaunt mich«, gab Eleanor trocken zurück. »Die wenigsten Männer bewundern es, wenn eine Frau einen starken Willen hat. Das ist ihnen unbequem.«

»Mag sein.« Er wies auf den Tonbecher, der vor ihr stand. »Trink deinen Eierpunsch, bevor er kalt wird.«

Er hatte ihr für die letzten Wochen der Schwangerschaft ein allabendliches Gebräu aus geschlagenen rohen Eiern, Rotwein, Zimt und Orangensaft verordnet. Anfangs hatte sie es mühsam herunterwürgen müssen, inzwischen war sie auf den Geschmack gekommen. Sie nahm den heißen Becher behutsam in beide Hände, blies darüber und trank. »Du hast natürlich recht«, sagte sie schließlich. »Meine Mutter war in gewisser Weise ein abschreckendes Beispiel mit der Hingabe, die sie an meinen Vater verschwendet hat, der sie nicht wollte. Ich habe es beobachtet und mir geschworen, niemals so zu werden. Manchmal habe ich sie … verachtet, fürchte ich. Aber sie fehlt mir trotzdem.«

Vor allem, wenn ich schwanger bin, fügte sie in Gedanken hinzu. Doch ihre Mutter war mit ihrem puritanischen zweiten Gemahl damals Francis und Millicent nach Deutschland ins Exil gefolgt, und dort war sie an den Pocken gestorben. Eines der vielen protestantischen Opfer der katholischen Königin Mary, die kein anderer als ausgerechnet ihr Vater auf den Thron gebracht hatte …

Eleanor verabschiedete sich bald, denn sie war jetzt abends immer früh müde. Edna half ihr, sich zu entkleiden. Schwerfällig wie ein Walross kam Eleanor sich vor und war dankbar für ihre vertraute alte Zofe, vor der sie sich nicht genierte und die ihr mit Umsicht, aber ohne übertriebenes Getue zu Bett half. Nachdem sie hinausgegangen war, wollte Eleanor eigentlich noch ein paar Seiten Seneca lesen, aber sie war zu schläfrig.

Sie legte das Buch beiseite, blies die Kerze aus und stopfte sich ein Kissen in den schmerzenden Rücken. Unablässig prasselte der

Regen gegen die Butzenscheiben, und ihr fiel ein, dass sie das Fenster eigentlich einen Spalt hatte öffnen wollen für den Fall, dass Gabriel ihr noch einen Besuch abstattete. Das tat er in den letzten Wochen häufiger, und er kam natürlich immer nachts und durchs Fenster. Aber sie konnte sich nicht dazu durchringen, noch einmal aufzustehen. »Macht nichts«, murmelte sie vor sich hin und gähnte. »Es ist ja nicht so, als sei ein zugehaktes Fenster ein Hindernis für den König der Diebe.«

Das Prasseln des Regens vermischte sich mit einem gelegentlichen Klimpern. Graupel, dachte sie und zog die Decke bis über die Schultern. Das Klimpern und die Schwärze vor dem Fenster erinnerten sie an eine Nacht im Tower – eine der längsten und finstersten, die sie je erlebt hatte, als sie überzeugt gewesen waren, Königin Mary werde ihre Schwester zum Tode verurteilen. Eleanor erinnerte sich genau an den trostlosen Anblick der regennassen grauen Festungsmauern, der einem das letzte Quäntchen Zuversicht auszusaugen vermochte, bis man nichts mehr in den Knochen spürte als Kälte und Mutlosigkeit.

Ohne die geringste Verwunderung sah sie, dass es keineswegs mehr der Tower war, dessen nassgeregnete graue Mauern über ihr dräuten, sondern eine alte Festung am Meer. Weiß schäumend und seltsam gleißend im trüben Licht schlugen die Brecher gegen die Grundfesten, doch niemals würden sie diese Mauern zum Einsturz bringen, denn Dunbar Castle war stärker als die See, das wusste jedes Kind in Schottland.

Auf der dem Meer abgewandten Seite der Ringmauer kamen ein Mann und eine Frau mit einer Eskorte durch das gewaltige Torhaus in den Innenhof. Knechte eilten herbei, aber der Anführer hatte die Frau aus dem Sattel gehoben, ehe irgendwer sie erreicht hatte. Halb führte, halb zerrte er sie zum Hauptgebäude hinüber, ohne den Gruß seiner Männer zu erwidern, durch das Eingangstor und eine von Fackeln erhellte Wendeltreppe hinauf.

Die junge Frau wehrte sich nicht, aber ihre Haltung drückte Ablehnung aus, als er sie durch eine Tür in eine Kammer mit einem prasselnden Feuer im Kamin schob. Ein Bett mit dunkelgrünen Vorhängen und einladend aufgeschlagenen Decken, ein

Zinnkrug mit Bechern auf dem klobigen Tisch, wollene Behänge an den gemauerten Wänden – das Gemach war so behaglich wie eine alte Burg nur sein konnte.

Müde sank die junge Frau auf einen Schemel und strich sich die tröpfelnden, aufgelösten Haare aus dem Gesicht, die im Feuerschein wie Kupfer schimmerten. Sie war müde, hungrig und traurig. Der kleine Prinz, den sie in Stirling besucht hatte, hatte sie nicht erkannt und geschrien, als sie ihn auf den Arm genommen hatte. Zurückgewiesen fühlte sie sich, unverdient bestraft.

Wieso verschleppst du mich hierher ans Ende der Welt, fragte sie. Ich müsste in Edinburg sein.

Dort bist du nicht sicher, antwortete der Mann brüsk.

Ich bin nirgendwo sicher, gab sie zurück. Was ich allein dir zu verdanken habe.

Er hielt ihr einen gefüllten Becher hin, und als sie nicht gleich danach griff, nahm er ungeduldig ihre Hand und schloss ihre Finger um das Gefäß. Trink!, befahl er. Du wirst dich besser fühlen.

Sie stellte den Becher zurück auf den Tisch, um ihm zu trotzen. Ich verlange, dass wir umgehend nach Edinburg aufbrechen.

Du reitest nirgendwohin, bis du eingewilligt hast, mich zu heiraten.

Dann werden wir hier beide alt und grau, Mylord.

Wenn du dich da nur nicht irrst.

Du hast meinen Gemahl ermordet.

Ich wurde vom Parlament in allen Anklagepunkten freigesprochen.

Dieser Freispruch war eine Farce, und jeder weiß es. Die Lords wissen es, Elizabeth von England weiß es. Darum kann ich dich nicht heiraten, selbst wenn ich wollte.

Doch, du kannst, glaub mir. Du kannst und du wirst.

Ein bohrender Schmerz flammte in ihrem Unterleib auf und strahlte bis in den Rücken, gewiss verursacht von dem langen Ritt durch die nasse Kälte, und er war so scharf, dass ihr ein Stöhnen entfuhr. Dann nahm sie sich zusammen und entgegnete streng: Bilde dir ja nicht ein, du könntest mich einschüchtern. Ich bin die Königin, und darum entscheide ich allein, wen ich heirate.

Wenn du dich da nur nicht täuschst, gab er mit einem überheblichen Lächeln zurück, und gerade als der Schmerz wieder aufflackerte, sodass sie machtlos war, packte er sie am Arm, riss sie hoch und zerrte sie zum Bett hinüber.

Ihre Augen öffneten sich weit, als ihr aufging, was er vorhatte. Wenn du das tust, sorge ich dafür, dass sie dich hängen, drohte sie, aber ihre Stimme bebte, und das nahm der Drohung jedwede Wirkung.

Keineswegs, mein Engel. Wenn ich das tue, wirst du mich heiraten müssen. Das ist es wohl, was man Fakten schaffen nennt.

Du erbärmlicher Schuft … Aber weiter kam sie nicht, denn er zog sie an sich und presste die Lippen auf ihren Mund. Es war kein Kuss, sondern eine Unterwerfung. Ihre Hände stemmten sich gegen seine massigen Schultern und versuchten, ihn wegzuschieben, doch er beförderte sie mit einem Stoß aufs Bett. Dann warf er sich auf sie, presste ihre Schultern in die Kissen und spreizte mit dem Knie ihre Beine. Sie kniff die Augen zu, weil sie es nicht ertrug zu sehen, was er tat, doch was immer es für eine Kreatur sein mochte, die sie schändete, es war gewiss kein sterblicher Mann, denn der Schmerz, der dieses Mal durch ihren Körper raste, war so bestialisch, dass sie entsetzt aufschrie.

Sie rang rasselnd nach Luft, während ihr verschwommener Blick sich allmählich klärte, und erkannte im Schein einer Kerze John Harrison, der sich über sie beugte, Edna gleich hinter seiner Schulter.

Er ergriff ihre Hand. »Edna hörte dich stöhnen. Ich nehme an, die Wehen haben eingesetzt?«

»Er vergewaltigt sie«, keuchte Eleanor, riss ihre Hand los und krallte sie in sein wollenes Wams. »Er hat sie nach Dunbar entführt und will sie zwingen, ihn zu heiraten …«

»Schsch.« Kopfschüttelnd legte der Arzt ihr die Hand auf die Stirn. »Ich bin sicher, es ist so, wie du sagst, denn meine Schwester Joanna hatte auch solche Träume. Aber du darfst jetzt nicht daran denken, Eleanor. Du hast ein Kind zu gebären.«

»Aber vielleicht … ist es noch nicht zu spät! Vielleicht …« Sie richtete sich auf beide Ellbogen auf, hielt den Atem an und stieß dann die Luft aus. »Vielleicht hat der Traum die Zukunft gezeigt.«

»Edna, sei so gut, geh nach unten, weck einen der Diener auf und schicke ihn zur Hebamme. Beeil dich«, bat der Doktor. Dann nahm er Eleanors Hände in seine, sah ihr in die Augen und fragte: »Glaubst du das wirklich?«

»Nein.« Sie presste die Lippen zusammen, aber sie schaffte es nicht, die Tränen zurückzudrängen. Das nachhallende Entsetzen ihres Traums und der Schmerz waren zusammen einfach zu übermächtig.

Von der nächsten Wehe wurde ihr flau, und sie schloss die Augen, bis die Übelkeit verging. Der dumpfe Schmerz zog sich in ihrem unteren Rücken zu einem kleinen, heißen Ball zusammen und blieb vorerst dort.

»Kannst du versuchen aufzustehen?«, fragte der Arzt.

Sie nickte und kam mit seiner Hilfe auf die Füße. Er legte ihr eine Decke um die Schultern, und auf seinen Arm gestützt ging sie in der Kammer auf und ab.

»Wie lange hat es bei deinem Jungen gedauert?«, fragte er.

»Samuel. Sein Name ist … Samuel. Sechs Stunden.«

»Gar nicht übel fürs erste Mal.«

»Das hat … die Hebamme auch gesagt. Aber ich hätte nichts dagegen, wenn es dieses Mal …« Der Schmerz kam wie eine Brandungswelle und fegte sie regelrecht von den Füßen.

John umschlang sie behutsam von hinten und hielt sie, bis es besser wurde. »Denkst du, du kannst noch ein klein wenig länger laufen?«

»Solange ich muss«, antwortete sie grimmig. *Alles, Gott. Schenk mir ein gesundes Kind und nimm als Preis dafür, was immer dich gutdünkt …*

Edna kam mit zwei Mägden zurück, beladen mit Schüsseln voll warmem Wasser und Bergen von Leinen. Während John die Wöchnerin im Zimmer umherführte, richteten die Frauen das Bett für die Geburt her, und die Abstände der Wehen wurden kürzer.

Eleanor war vollauf damit beschäftigt, einen Fuß vor den anderen zu setzen, und als ihr schwarz vor Augen wurde und der Doktor ihr endlich erlaubte, sich niederzulegen, versuchte sie, sich auf ihren Atemrhythmus zu konzentrieren und auf die Anweisungen der jungen Hebamme, die inzwischen gekommen war.

»Ich … hatte vergessen, wie grässlich es ist«, bekannte sie irgendwann.

»Das tun wir alle«, gab die Hebamme zurück und massierte ihr mit erfahrenen Händen die Bauchdecke. »Ich nehme an, Gott hat es so eingerichtet, damit nicht alle Frauen nach der ersten Geburt vor den Männern davonlaufen.«

Unvermittelt wie Wetterleuchten in einer sternklaren Sommernacht kam die Erinnerung an den Traum zurück. »Nicht, dass es ihnen etwas nützen würde …«

»Nein«, stimmte die Hebamme achselzuckend zu. »Und jetzt müsst Ihr pressen.«

In den frühen Morgenstunden des 25. April brachte Eleanor ein gesundes Mädchen zur Welt, und kaum waren die Spuren der langen Geburt beseitigt, Mutter und Tochter gewaschen und endlich allein, kam der Kindsvater durchs Fenster – lautlos wie ein Schatten.

»Sag nicht, du hast all die Stunden mit den Nägeln an der Dachtraufe gehangen und zugeschaut«, murmelte Eleanor schläfrig.

Kopfschüttelnd kam Gabriel näher, und als er den warmen Lichtschein der einzelnen Kerze auf der Truhe neben dem Bett erreichte, sah Eleanor seine leuchtenden Augen.

»Ich kam kurz nach Mitternacht, und die Unruhe im Haus war unschwer zu deuten. Also habe ich im Kräuterlager des Apothekers gewartet, bis es still und dein Fenster dunkel wurde.«

Er setzte sich auf die Bettkante, nahm ihr das schlafende Neugeborene aus dem Arm und betrachtete es eingehend, ehe er sich über Eleanor beugte und sie auf die Stirn küsste.

»Es ist eine Tochter«, klärte sie ihn auf.

»Wirklich?« Die Neuigkeit schien ihm zu gefallen. Er legte das Kind auf seine Knie und hielt es mit der Linken, während er mit der rechten Hand den Kopf mit dem schwarzen Flaum liebkoste. »Und wie wollen wir sie nennen? Polly, nach deiner Mutter?«

»Kommt nicht infrage. Das ist der Name einer Dienstmagd. Der Taufname meiner Mutter war Mary, aber lieber schneide ich ihr die Kehle durch, als meiner Tochter den Namen gleich *zweier* papistischer Königinnen zu geben. Ich dachte, vielleicht Anne?«

Wie die Mutter der Königin, die niemals mit einem Wort erwähnt wird.

»Einverstanden.« Gabriel legte die winzige Anne zurück in die Arme ihrer Mutter und streckte sich neben ihnen auf der Seite aus, den Kopf in die Hand gestützt. »Alles gut gegangen?«, fragte er.

Eleanor wusste, näher würde er der Frage, ob sie bei der Geburt sehr gelitten hatte, niemals kommen. So wie sie ihn nie nach der Herkunft der Blessuren fragte, die sie oft an ihm entdeckte, wenn sie sich liebten. Blutergüsse, die von Schlägereien rühren mochten, manchmal auch Schnitt- oder Stichwunden. Er führte nun einmal ein raues und gefährliches Leben, und sie fürchtete um ihn. Aber auch darüber sprachen sie nicht. Furcht oder Schmerz einzugestehen bedeutete Schwäche, und Schwäche war etwas, das ihnen beiden suspekt war. Außerdem waren sie nicht Mann und Frau. Sie teilten ihr Leben nicht, wie Francis und Millicent es etwa taten, mit all den Höhen und Tiefen und der Intimität, die damit einherging, jeden Morgen nebeneinander aufzuwachen. Was sie stattdessen teilten, waren gestohlene Momente und Stunden hier und da, wild, aufregend und intensiv. Sechs Jahre war es her, dass Eleanor Gabriel Durham zum ersten Mal begegnet war, und immer noch verspürte sie dieses herrliche Flattern der Verliebtheit und Erregung, wenn sie ihn sah.

»Alles, wie es sein sollte«, versicherte sie. »Doktor Harrison hat mir eine Amme vorgeschlagen. Rachel, die Schwester seines Dieners. Sie hat gerade selbst eine Tochter bekommen, und sie ist diskret, sagt er. Wenn du einverstanden bist, schicke ich morgen früh nach ihr.«

Er nickte. »Und dann?«

»Bringt er Anne und ihre Amme zu meinem Bruder nach Waringham«, sagte sie und hoffte, er hörte an ihrem Tonfall, dass der Punkt nicht verhandelbar war.

»Du wirst sie nur selten sehen können, ich so gut wie nie«, wandte er indessen ein.

»Ich weiß, Gabriel.« Und die Vorstellung war schmerzlich. »Aber ich lasse nicht zu, dass sie in London aufwächst, in deinem Haus.«

»Zwischen Dieben und Huren …«

Sie nickte und versuchte, sich nicht anmerken zu lassen, dass sie für diesen Disput eigentlich viel zu erledigt war. »Schlimm genug, dass Samuel diesen Einflüssen ausgesetzt ist. Aber ein kleines Mädchen? Nein.«

Er strich ihr über die offenen Haare, vergrub die Finger in den üppigen, weizenblonden Strähnen und seufzte tief. »Ich fürchte, du könntest recht haben.«

»Welch ungewohnte Einsicht.«

Er blickte auf das winzige, krebsrote Gesicht ihrer Tochter hinab. »Zumindest sehe ich ein, dass ihr Wohlergehen wichtiger ist als meine Wünsche. Auch wenn es mir nicht sonderlich gefällt.«

Eine beachtliche Erkenntnis für einen Mann, der es gewohnt war, immer zu bekommen, was er wollte, fand sie. Sie schmiegte die Wange einen Augenblick an sein Handgelenk. »Wäre es sehr unhöflich, wenn ich einschlafe?«

»Allerdings, Mylady. Aber verzeihlich, in Anbetracht der Umstände.«

»Zu gütig«, murmelte sie, während ihre Augen schon zufielen. »Sei verschwunden, ehe mein Cousin hereinkommt, sonst erleidet der Ärmste einen Schock.«

»Versprochen«, wisperte Gabriel ihr ins Ohr. »Schlaf. Und sei gesegnet für diese bezaubernde Tochter, die Prinzessin der Diebe.«

»Eher stecke ich sie in ein spanisches Kloster.«

Er lachte leise. »Ich könnte in Versuchung geraten, dich auf die Probe zu stellen.«

»Halt die Klappe, du Schuft.«

Erbärmlicher Schuft … Wenn du das tust, sorge ich dafür, dass sie dich hängen, du erbärmlicher Schuft …

Mit der Erinnerung sickerte das Glücksgefühl aus ihrem Herzen wie Wein aus einem geborstenen Krug, und Eleanor riss die Augen wieder auf, weil sie sich plötzlich davor fürchtete einzuschlafen. Aber sie hatte keine Chance. Ihre Erschöpfung verhalf sich zu ihrem Recht. Eleanor glitt unweigerlich hinüber und sah im Traum einen zerschundenen Frauenleib auf einem blutbesudelten Laken. Ob es indes ein Nachhall der Geburt und ihr eigener Körper war, den sie sah, oder die Königin von Schottland, wusste sie nicht, und das Bild verschwamm auch sogleich wieder. Stattdessen sah sie ein gewaltiges Schiff vor einer kleinen Insel unterhalb einer exotisch anmutenden Festung, und eine Stimme sagte: *Und sehet, der Herr schleuderte Feuer herab auf die Gottlosen, und die schwimmende Hansestadt wurde ein Raub der Flammen …*

Greenwich, Juni 1567

»Bei Gott, Mary Stewart ist schneller gestürzt, als irgendwer sie stoßen konnte«, sagte Robin Dudley kopfschüttelnd. »Schneller, als selbst Ihr Euch in Euren kühnsten Träumen ausgemalt hättet, sagen die Londoner Spötter, Majestät.«

Die Königin brummte. Dann nickte sie ihrem Gesandten zu: »Weiter.«

Henry Killigrew zupfte nervös an seinem Ziegenbärtchen und setzte seinen beklemmenden Bericht fort: »Anfang Mai kehrten die Königin und Bothwell aus Dunbar zurück nach Edinburgh, Majestät. In der Zwischenzeit hatte er seine Scheidung erwirkt, und die Königin erklärte, sie wolle ihn heiraten. Sie habe diese Wahl aus freien Stücken getroffen, betonte sie, aber … es halten sich hartnäckige Gerüchte, dass Bothwell in Dunbar Mittel und Wege gefunden hat, sie zu überzeugen.«

Die Königin tauschte einen Blick mit Eleanor. »Ihr meint, er hat ihr Gewalt angetan, um sie vor ein *Fait accompli* zu stellen.«

Killigrew nickte unglücklich. »So wird gemunkelt. Aber ich weiß nicht, ob es die Wahrheit ist.«

»Es spielt im Grunde ja auch keine Rolle«, befand Robin, und als er Elizabeths und Eleanors vernichtende Blicke auffing, fügte er hastig hinzu: »Für die politischen Konsequenzen, meine ich.«

»Da hat er recht«, pflichtete William Cecil ihm bei.

Eleanor wäre um ein Haar von ihrem Sessel gekippt. Es kam nicht gerade oft vor, dass Robin Dudley und der Secretary einer Meinung waren.

Sie saßen im Arbeitszimmer der Königin um den großen, mit kostbaren Intarsien verzierten Tisch, und draußen vor den Fenstern lockte ein herrlicher Frühsommertag mit Rosendüften und Schäfchenwolken am blauen Himmel. Gedämpft drang das Lachen der Hofhühner und jungen Gentlemen herein, die auf dem Rasen am Springbrunnen Tennis spielten. Aber die Krise in Schottland würde auch auf England spürbare Auswirkungen haben, wussten alle hier am Tisch Versammelten, und darum musste der unbeschwerte Zeitvertreib heute ohne sie stattfinden.

»Gehen wir davon aus, dass es die Wahrheit ist, denn die Königin war fast zwei Wochen in seiner Gewalt in Dunbar, und außerdem sieht es ihm ähnlich«, sagte Elizabeth, die als einzige von Eleanors Traum wusste.

Der Gesandte nickte. »Es spricht vieles dafür, Majestät. Trotz ihrer Beteuerungen, sie handele aus freien Stücken, war Königin Mary nach ihrer Rückkehr unverkennbar verstört und unglücklich. Und krank. Sie empfing mich in einem abgedunkelten Gemach auf einem Diwan liegend, und ich bin offen gestanden nicht sicher, ob es wirklich sie selbst oder nicht vielleicht eine ihrer Hofdamen war, die mir von ihren Heiratsplänen berichtete. Die Hochzeit fand jedenfalls am 15. Mai in Holyrood statt. Ohne große Feierlichkeiten und nach protestantischem Ritus, wohlgemerkt.«

»Wart Ihr dort?«, fragte Eleanor.

»Nein, Mylady, ich war nicht geladen. Aber eine der vier Marys erzählte mir anschließend, das Brautpaar habe die ganze Zeit gestritten, bis die Königin die Tafel mit der Ankündigung verließ, sich von den Zinnen stürzen zu wollen.«

Elizabeth schnalzte angewidert mit der Zunge. »Wie würdevoll …«

»Nun ja«, sagte Killigrew bedrückt. »Mary Seton war wie immer sehr zurückhaltend in dem, was sie mir beschrieb, und sie ist von großer Loyalität und Ergebenheit für ihre Königin erfüllt, wie es sich gehört. Aber selbst sie deutete an, Mary Stewart sei hysterisch gewesen. Jedenfalls hat sie ihre Absicht nicht in die Tat umgesetzt, doch es war für den ganzen Hof offensichtlich, dass sie vollkommen verzweifelt war. Und unterdessen formierte sich in Stirling die Opposition. All diejenigen schottischen Lords, die sich einen Anteil an der Macht ausgerechnet hatten, wenn sie die Allianz zwischen Bothwell und der Königin unterstützten, mussten feststellen, dass Bothwell sich an seine schönen Versprechungen nicht mehr erinnerte, sobald er keine Unterstützung mehr brauchte. Oder jedenfalls glaubte er, sie nicht mehr zu brauchen. Aber er täuschte sich. Die Earls of Morton, Argyll und Mar schlossen sich mit einigen anderen gegen ihn zusammen. Beide Seiten mobilisierten ihre Anhänger. Am 15. Juni trafen sie sich bei Carberry Hill zur Schlacht, die aber niemals stattfand. Die Verhandlungen zogen sich über den ganzen Tag, und bei Einbruch der Dämmerung schlichen sich Bothwells und Marys Soldaten davon. Bothwell flüchtete. Er ist wie vom Erdboden verschluckt, vermutlich ins Ausland entkommen. Königin Mary … ergab sich den Lords unter der Bedingung, dass sie ehrenvoll behandelt werde. Das wurde ihr versprochen, doch als sie nach Edinburgh zurückgebracht wurde, hat das Volk auf der Straße sie beschimpft und mit Unrat beworfen. Dabei haben die Schotten ihre Königin doch bislang immer so geliebt für die Jahre des Friedens und die Toleranz in Religionsfragen, die sie ihnen geschenkt hat. Aber alles, was sie geleistet hat, war plötzlich vergessen. ›Lasst die Hure brennen!‹, brüllten die Menschen. Die Königin brach schluchzend zusammen. Es war … ganz und gar abscheulich, Majestät.«

Seine Wangen hatten sich ein wenig gerötet, und es fiel ihm offensichtlich schwer, den Bericht mit der kühlen Distanz zu beenden, die einem Gesandten angemessen war.

Eleanor konnte ihn gut verstehen. Mary Stewart hatte unbestreitbar Fehler gemacht. *Unverzeihliche* Fehler sogar. Sie hatte sich letztlich selbst in die Lage gebracht, in der sie steckte, mit ihrer Unentschlossenheit, Vertrauensseligkeit, vor allem mit ihrer Abhängigkeit von Männern, die nur ihre eigenen Interessen im Blick hatten. Aber wenn man ihr begegnete, konnte man nicht anders, als ihr Sympathie und Mitgefühl entgegenzubringen. Sogar Wertschätzung. Und das, wusste Eleanor, war der Grund, warum Elizabeth sich standhaft weigerte, ihre schottische Cousine zu treffen, denn Sympathie, Mitgefühl und Wertschätzung für sie zu empfinden, war das Letzte, was Elizabeth wollte. Es hätte diese vertrackte Lage nur noch komplizierter gemacht.

»Und wo ist die Königin jetzt?«, fragte Robin.

»Eingesperrt in einer tristen Inselfestung, Lochleven Castle. Sie ist sehr elend. Und … guter Hoffnung.«

»Allmächtiger«, murmelte Cecil.

Elizabeth zog versonnen den Ring mit dem herrlichen Rubin vom linken Zeigefinger, stellte ihn auf die Tischplatte und ließ ihn wie einen Kreisel tanzen. Er war ein wundervolles Schmuckstück, und man sah die Königin so gut wie nie ohne ihn. Was kaum jemand wusste: Der Rubin ließ sich mittels eines winzigen Scharniers zur Seite klappen, und darunter verbarg sich eine Miniatur von Elizabeths Mutter, Anne Boleyn.

Die Augen der Königin folgten dem Halbkreis, den ihr Ring beschrieb. Allmählich verlangsamte sich sein Wirbeln, er geriet ins Trudeln und fiel. Elizabeth ließ ihn ein zweites Mal kreiseln, tief in Gedanken versunken.

Ihre Vertrauten schwiegen. Es war an der Königin, als erste das Wort zu ergreifen.

Als der Ring zum dritten Mal unter leisem Klimpern ausrollte und dann liegen blieb, steckte sie ihn wieder an. »Was haben die schottischen Lords nun vor?«, fragte sie ihren Gesandten.

»Sie sind uneins, Majestät«, antwortete Killigrew. »Diejenigen, die mit Darnley verwandt waren oder dessen Vater, dem Earl of Lennox, nahestehen, wollen vor allem Vergeltung für Darnleys Ermordung. Da Bothwell ihnen durch die Lappen gegangen ist, wollen sie die Königin zur Rechenschaft ziehen. Sie zur Abdankung zwingen, vor Gericht stellen und verurteilen – zu lebenslanger Haft oder gar zum Tode, auch darüber herrscht Zwist. Diejenigen, die insgeheim erleichtert sind, Darnley los zu sein, wollen Königin Marys derzeitige Schwäche ausnutzen, um sie zu ihrer Marionette zu machen. Sie soll ihre Krone behalten, aber nach dem Diktat der Lords regieren. Welche Fraktion sich durchsetzen wird, war bei meiner Abreise unmöglich vorherzusehen.«

Elizabeth nickte und lächelte ihm zu. »Habt Dank, Sir Henry. Wie üblich habt Ihr England und Eurer Königin hervorragende Dienste erwiesen, und das werde ich nicht vergessen. Ich bin sicher, Ihr wollt ausruhen nach Eurer beschwerlichen Reise. Ihr dürft Euch zurückziehen.«

Killigrew schnellte von seinem Sessel hoch, verneigte sich vor ihr und ging hinaus.

»Welche der Fraktionen sich durchsetzen wird, sollten *wir* entscheiden«, sagte Elizabeth.

Robin gab ihr recht. »Und wen auch immer wir als Nächstes nach Schottland schicken, Killigrew sollte es nicht sein. Er ist verliebt wie ein Schuljunge.«

»Wen auch immer wir als Nächstes nach Schottland schicken, muss der klügste und erfahrenste Diplomat sein, den wir haben«, antwortete die Königin.

»Throckmorton«, sagten die drei anderen im Chor.

Elizabeth nickte.

»Und was soll er den schottischen Lords sagen?«, fragte Robin. »Was ich meine, ist, was machen wir aus der Tatsache, dass Mary Stewart erledigt ist?«

»Das Wichtigste ist jetzt der Prinz«, erklärte der Secretary erwartungsgemäß, der immer an die Zukunft dachte und in dem schottischen Thronfolger die Chance sah, ein protestantisches England und ein protestantisches Schottland zu einen, auf dass sie sich gemeinsam ihren papistischen Feinden auf dem Kontinent entgegenstellen konnten. »Das Beste wäre, der Junge käme hierher nach England. Dann hätten wir Einfluss auf seine Erziehung.«

»Und das perfekte Druckmittel gegen potenzielle schottische Rebellen«, fügte Robin hinzu.

»Ihr eilt zu weit voraus«, widersprach Elizabeth. »Nicht der kleine James ist der schottische Souverän, sondern seine Mutter.

Mit *ihr* müssen wir uns befassen. Und davon abgesehen, wenn wir ihn herholen, stünde er als mein Nachfolger fest, und ihr wisst, dass ich diese Frage gern offenhalten will.«

Cecil schien der Einwand auf der Zunge zu liegen, wie offen diese Frage denn eigentlich noch sei: Elizabeths Cousine Katherine Grey hatte sich mit ihrer unbedachten Heirat damals selbst aus der Thronfolge katapultiert, moderte in irgendwelchen entlegenen Burgen vor sich hin und war obendrein an der Schwindsucht erkrankt. Ihre Schwester Mary war kleinwüchsig und bucklig und kam schon allein deswegen nicht infrage. Die Liste der potenziellen Thronfolger neben James Stewart wurde kürzer.

Doch Cecil war ein schlauer Politiker und wusste, dass jetzt nicht der rechte Moment war, um das Thema zu vertiefen. »Also schön. Sollen die Lords Mary Stewarts Abdankung erwirken und sie einsperren oder enthaupten. Ihr Halbbruder, der Earl of Moray, könnte aus Frankreich zurückkehren und die Regentschaft für seinen kleinen Neffen übernehmen. Moray war immer unser verlässlichster Verbündeter in Schottland und …«

»Ich habe keine Einwände gegen Moray als Regenten, aber ich kann nicht billigen, dass die rechtmäßige Königin von Schottland vom Thron gestoßen wird. Die Papisten in England und im Ausland würden die letzten Skrupel verlieren, das gleiche bei mir zu versuchen. Ich würde praktisch meinen eigenen Thron ansägen. Nein, vielen Dank, Gentlemen, es sägen schon genügend andere daran.«

»Das gilt nur, wenn wir Mary Stewarts Entmachtung *offiziell* billigen«, gab Eleanor zu bedenken.

»Da hat sie recht«, stimmte Robin zu. »Aber nicht, wenn wir es nur inoffiziell tun. Throckmorton könnte Euren entschiedenen Protest übermitteln und den Lords gleichzeitig zu verstehen geben, dass Ihr es bei Protesten bewenden lassen wollt. Ich stimme dem Secretary zu: Ein Schottland ohne die katholische Mary Stewart auf dem Thron kann nur gut für England sein.«

»Das lange Elend fängt an, mir leid zu tun«, brummte Elizabeth. »Auf keinen Fall dürfen wir zulassen, dass sie sie hinrichten.«

»Aber wenn sie sie des Mordes an Darnley für schuldig befinden, bleibt ihnen kaum etwas anderes übrig«, gab Robin zu bedenken.

»Sie hatte nichts damit zu tun«, sagte Eleanor.

»Die Wahrheit ist für den Ausgang eines Prozesses wohl eher zweitrangig, Mylady«, gab der Secretary trocken zurück. »Wenn die Lords sie endgültig loswerden wollen, werden sie sie auch verurteilen.«

»Am besten, wir verhindern, dass es überhaupt zu solch einem Prozess kommt«, sagte die Königin. »Jedenfalls, solange wir den Ausgang nicht kontrollieren können.« Sie stützte die Hände auf die Oberschenkel. »Ich werde nicht zulassen, dass eine Meute rebellierender Lords ihren legitimen Souverän umbringt. Nur weil dieser Souverän eine Frau ist, die den Mann geheiratet hat, den sie wollte.«

Und das war es, was die Königin ihrer schottischen Cousine niemals verzeihen würde, wusste Eleanor: Mary Stewart hatte getan, was Elizabeth sich versagte. So böse das Erwachen mit Bothwell auch gewesen sein mochte, Mary hatte ihn gewollt, sie hatte ihn wider alle Vernunft geheiratet und die Folgen in Kauf genommen. Es war beinah, als halte sie Elizabeth einen Zauberspiegel vor. Sieh nur, was dir passieren wird, wenn du Robin Dudley heiratest.

Das war nichts, was Elizabeth nicht längst wusste. Aber Mary Stewart war dennoch der Bote mit der schlechten Kunde.

An einem schwülen Julitag vier Wochen später stand Eleanor mit den Andrews am Kai nahe dem Haupttor des Palastes und wartete auf das Boot, das sie in die Stadt bringen sollte.

»Der spanische Gesandte, Don Diego Guzman de Silva, hat einen neuen Hauskaplan, Gentlemen«, berichtete sie ihren beiden Schutzengeln. »Einen Jesuiten namens Richard Faulkner.«

»Ein Engländer?«, fragte Jethro. Es klang fassungslos.

Sie nickte. »Aus Newcastle, soweit ich feststellen konnte. Macht mir nicht weis, Ihr wisst nicht, dass die Hälfte aller Engländer immer noch Papisten sind.«

»Vor allem die nördliche Hälfte«, brummte Jeremy.

»Wir wollen wissen, was es mit diesem Faulkner auf sich hat«, fuhr Eleanor fort. »Und was der spanische Gesandte mit einem englischen Hauskaplan will. Da Newcastle nicht weit von der schottischen Grenze entfernt ist, liegt der Verdacht nahe, dass Faulkner ein Botengänger zwischen Spanien und den schottischen Katholiken ist. Darum schauen wir ihn uns einmal an.«

»Falls das Boot heute noch kommt«, bemerkte Jethro.

Doch Eleanor hatte keine Eile. Es war erst früher Nachmittag, und die Beschattung eines noch unbekannten Objekts begann man am besten in den Abendstunden, hatte sie gelernt, wenn die Menschen in der rastlosen, großen Stadt die Häuser verließen, um einer Einladung zu folgen, sich ins Nachtleben zu stürzen, eine heimliche Papisten-Messe zu besuchen oder eine konspirative Verabredung wahrzunehmen. Man lernte viel über einen Menschen, wenn man sah, womit er die dunklen Stunden verbrachte.

Das erste Boot, das den kleinen Kanal von der Themse zum Palast heraufkam, war indessen nicht eines der schmucken Wherrys, die hier wie in allen flussnahen Palästen für den Hof bereitgehalten wurden, sondern eine altersschwache Barke mit einem abgeblätterten grünen Anstrich.

»Wer immer da kommt, muss ein mutiger Mann sein, dass er sein Leben solch einem klapprigen Kahn anvertraut«, sagte Jeremy.

»Oder ein Narr«, fügte sein Bruder hinzu.

»Wie so oft trifft beides zu«, klärte Eleanor sie mit einem Lächeln auf. »Es ist mein Bruder.«

Jetzt erkannten auch die Zwillinge das verblasste Wappen des Earl of Waringham. Jeremy fing die Leine auf, die einer der Ruderer ihm zuwarf, und vertäute das Boot. Jethro trat hinzu, um den Ankömmlingen an Land zu helfen.

»El!«, rief Francis und sprang von Bord, ohne die hilfreiche Hand in Anspruch zu nehmen. »Was für ein verrückter Zufall, dass ausgerechnet du hier stehst.« Er schloss seine Schwester selig in die Arme und flüsterte ihr bei der Gelegenheit zu, was sie am meisten interessierte: »Anne gedeiht prächtig, man kann zuschauen, wie sie wächst, und sie ist die reine Wonne.«

Eleanor verspürte einen Stich, weil sie auf diese Wonne verzichten musste und eben nicht zuschauen konnte, wie ihre Tochter wuchs. Dennoch war sie froh über Francis' Neuigkeiten. »Danke«, wisperte sie zurück und fuhr dann in normaler Lautstärke fort: »Was verschafft uns die seltene Freude?«

»Was glaubst du wohl? Wir wollen unseren Jungen zurück. Und außerdem bringen wir der Königin ihren Cousin.«

Eleanor wandte den Kopf. Jethro hatte Millicent an Land geholfen und streckte einem weiteren Passagier die Hand entgegen. Als der aus dem Schatten des Baldachins trat, erkannte Eleanor ihn. Es war der Duke of Norfolk. *Der hat uns gerade noch gefehlt*, dachte sie mit sinkendem Herzen, doch sie trat ihm mit einem Lächeln entgegen, neigte den Kopf und hob mit beiden Händen ein klein wenig den Rock an, um einen Hofknicks anzudeuten. »Euer Gnaden.«

Sie wusste, Thomas Howard, Duke of Norfolk, legte großen Wert auf Förmlichkeiten, vor allem auf Ehrerbietung. Er war nicht nur Elizabeths Cousin, sondern der einzige Adlige im Stand eines Herzogs in England, doch er hegte den Verdacht, dass diese Vorrangstellung nicht ausreichend gewürdigt wurde. In diesem Punkt war er äußerst empfindlich, und er ließ sich sogar von Millicent und Francis – seiner Schwester und seinem Schwager – mit ›Euer Gnaden‹ anreden.

»Lady Eleanor«, grüßte er, ohne zu lächeln. Er sah sie an und doch auch wieder nicht, blickte haarscharf an ihrem Kopf vorbei, um seine Geringschätzung zum Ausdruck zu bringen. *Ich habe nicht vergessen, dass du als Bastard zur Welt gekommen bist*, schien dieser Blick zu sagen.

Statt die Andrews zu bitten, ihn hineinzugeleiten und der Königin seine Ankunft zu melden, was sich eigentlich gehört hätte, wandte sie sich an ihre Schwägerin und nahm sie bei beiden Händen. »Millicent. Wie stellst du es nur an, dass du nie einen Tag älter wirst?«

»Oh, was für eine schöne Lüge«, entgegnete die Countess of Waringham lachend.

»Vermutlich liegt es an eurem beschaulichen Landleben«, mutmaßte Eleanor. »In Waringham geschieht so wenig, worüber du die Stirn runzeln müsstest, dass du einfach keine Falten bekommen kannst.«

»Hast du eine Ahnung«, widersprach Millicent. »Unsere Internatskinder ebenso wie unsere Pferde geben uns reichlich Anlass zum Stirnrunzeln. Letzten Monat haben wir zwei Fohlen verloren, und wir mussten einen Schüler aus sehr gutem Hause fortschicken, weil er die anderen Kinder bestohlen hat. Beides war schlimm, auch wenn unsere Sorgen dir im Vergleich zur großen Politik gewiss klein und unbedeutend vorkommen.«

»Im Gegenteil«, antwortete Eleanor wahrheitsgemäß. »Sie kommen mir echt und lebensnah vor, eure Sorgen, nicht selbst verschuldet und aufgeblasen, wie politische es nur zu oft sind. Lasst uns hineingehen. Die Königin wird sich ja so freuen, euch zu sehen. Auch wenn sie Lappidot sicher nur ungern wieder ziehen lässt. Euer Gnaden.« Mit einer höflichen Geste ließ sie Norfolk den Vortritt.

Sobald er den Rücken gekehrt hatte, raunte sie den Andrews zu: »Fahrt allein in die Stadt und heftet euch an die Fersen dieses Jesuiten. Erstattet mir morgen früh Bericht. Aber nicht, wenn er zugegen ist.« Sie nickte diskret in Norfolks Richtung. »Wenn man an seiner protestantischen Fassade kratzt, kommt ein Papist zum Vorschein, ich schwör's.«

»Mylady.«

Die Königin war hingerissen über Francis' Besuch und begrüßte ihn untypisch überschwänglich. Millicent gegenüber war sie zurückhaltender, wie bei allen Frauen, die nicht zu ihrem eingeschworenen Zirkel gehörten, aber um Francis' willen gab sie sich Mühe.

»Ihr könnt Euch nicht vorstellen, wie beeindruckt der Hof von Lappidot ist. Ich ebenso«, sagte sie, nahm Francis und Millicent bei den Händen und zog sie mit sich auf den breiten Fenstersitz.

Deutlich frostiger lud sie ihren Cousin ein: »Setzt Euch zu uns, Mylord. Ein Schluck Wein?« Sie bedeutete einer der jungen Hofdamen, ihren Gästen einzuschenken.

Norfolk blieb nichts anderes übrig, als sich an den Intarsientisch zu seinem Erzfeind Robin Dudley zu setzen.

»Leicester.«

»Norfolk.«

Mehr hatten sie einander nicht zu sagen. Vermutlich besser so, dachte Eleanor.

»Eleanor, würdest du nach Lappidot schicken? Er wird sich sicher freuen zu hören, dass seine Eltern hier sind.« Und an Francis gewandt, fuhr die Königin fort: »Maestro Olivieri sagt, die Engel hätten Lappidot das Geigespiel gelehrt, und auch wenn das papistischer Unsinn ist, hat er dennoch recht. Der Junge ist außergewöhnlich. Nicht nur virtuos. Ein jeder kann die Fertigkeit erlernen und perfektionieren, wenn er nur genug übt. Aber es ist der Ausdruck, der ihn besonders macht. Verblüffend reif für einen so jungen Menschen.«

Francis grinste verlegen in sein Weinglas und bekam rote Ohren. »Ihr sagt das nicht aus Höflichkeit?«, vergewisserte er sich.

»Keineswegs«, versicherte sie.

»Sie neigt nicht gerade zu höflichen Lügen«, spöttelte Robin, was ihm einen mörderischen Blick von Norfolk eintrug.

Der schlug ungeduldig die Beine übereinander. »Majestat, ich bin in dieser Krise zu Euch geeilt, um Euch zur Seite zu stehen«, eröffnete er der Königin. »Mit Rat und Tat.«

»Das ist gut von Euch, Cousin«, antwortete Elizabeth mit einem nachsichtigen Lächeln. »Aber welche Krise mag es sein, von der Ihr sprecht?«

»Nun, Schottland natürlich«, gab er stirnrunzelnd zurück, ein Hauch von Gönnerhaftigkeit in der Stimme, als wolle er sagen: *Diese Frage kann wahrhaftig nur eine Frau stellen.*

Solch ein Tonfall war die sicherste Methode, die Königin in Rage zu versetzen. »Die schottische Krise ist zuallererst einmal genau das, eine *schottische* Krise«, erwiderte sie kühl. »Aber seid ganz unbesorgt. Wir haben Mary Stewarts Halbbruder, den Earl of Moray, aus Frankreich zurückgerufen und sorgen dafür, dass er die Regentschaft übernimmt. Und wir werden ihm … raten, wie er mit der Königin verfahren soll.«

»Aber was wird Felipe von Spanien sagen, wenn Ihr die katholische Mary zugunsten ihres protestantischen Bruders fallen lasst?«, wandte Norfolk ein.

»Er kann sagen, was er will, ich muss es ja nicht hören. Und es kann keine Rede davon sein, dass ich das lange … Mary Stewart fallen lasse. Vorausgesetzt, sie war schuldlos an der Ermordung ihres Gemahls, und vorausgesetzt, dass sie meine Bedingungen erfüllt, bin ich durchaus gewillt, ihr zu helfen.«

»Ihr müsst dafür sorgen, dass sie ihre Krone behält«, belehrte er sie.

Robin machte Anstalten, etwas zu sagen, aber die Königin hielt ihn mit einer winzigen Geste davon ab. »Das hängt allein von ihr ab«, erwiderte sie.

»Aber wenn Ihr Euch offen auf die Seite der protestantischen Lords stellt, könnte es passieren, dass Frankreich und Spanien sich gegen England verbünden!«

»Ja, und wenn ich mich offen auf Marys Seite stelle und die protestantischen Lords nicht unterstütze – auch finanziell –, könnten sie auf die Idee verfallen, sich ihrerseits mit Frankreich zu verbünden, und zwar gegen uns, so wie Schottland und Frankreich es jahrhundertelang getan haben«, konterte sie, schon deutlich gereizter. »Darum ist das Letzte, was wir tun dürfen, uns offen auf irgendeine Seite zu schlagen. Wir werden tun, was das Beste für England ist, und Felipe von Spanien soll zur Hölle fahren!«

Francis und Robin tauschten ein Grinsen. Es imponierte ihnen, wenn die Königin sich in Fahrt redete.

Norfolk hingegen war bleich geworden, und auf seinen Wangen brannten hektische rote Flecken. Er war eingeschnappt, dass seinen Ratschlägen nicht mehr Gewicht beigemessen wurde, aber ehe er die passenden Worte gefunden hatte, um seiner Kränkung Luft zu machen, klopfte es.

»Ah, hier kommt Lappidot«, sagte die Königin und gab sich keine große Mühe, ihre Erleichterung ob der Unterbrechung zu verbergen. »Ich hoffe, er hat die Violine mitgebracht. Herein!«

Doch es war Christopher Hatton, der eintrat. »Nachricht von Sir Nicholas Throckmorton, Majestät.« Er überreichte ihr das versiegelte Schreiben mit einer Verbeugung, streifte Norfolk mit einem neugierigen Blick und ging wieder hinaus.

»Neuigkeiten aus Schottland, Cousin«, sagte Elizabeth zu Norfolk, erbrach das Siegel und las den ungewöhnlich langen Text in der säuberlichen, gleichmäßigen Handschrift. Dann ließ sie den Bogen sinken. »Beim Tod am Kreuz …«

»Was?«, fragte Norfolk, die knochige Linke um die Stuhllehne gekrallt.

Die Königin verharrte noch einen Moment eigentümlich reglos. Dann hielt sie Eleanor das Schriftstück hin und vollführte eine untypisch matte, auffordernde Geste.

Eleanor nahm ihr den Pergamentbogen ab, überflog die Begrüßungsfloskeln und las den wesentlichen Teil vor: »*Um den 20. Juli herum erlitt Königin Mary in der Haft eine Fehlgeburt. Erst nach Stunden ließ man eine Hebamme zu ihr, und der Blutverlust hatte Ihre Majestät erheblich geschwächt. Sie lag schwer krank und fiebernd darnieder, als die Lords Lindsay und Ruthven am 24. mit einer vorbereiteten Abdankungsurkunde zu ihr gingen. Die Wache behauptet, die Lords hätten ihre Königin vor die Wahl gestellt, zu unterschreiben oder zu sterben. Ich bin geneigt, das zu glauben. Die Stimmung der Lords gegen Ihre Majestat ist von Zorn und Verachtung geprägt, seit sie sich geweigert hat, in eine Scheidung von Lord Bothwell einzuwilligen. Sie war am Ende ihrer Kräfte, und zu guter Letzt war ihr Wille gebrochen. Sie unterzeichnete ihre Abdankung, und am 29. soll ihr einjähriger Sohn zu König James VI. von Schottland gekrönt werden. Was nun aus Mary Stewart wird, weiß Gott allein. Aber ich fürchte um sie. Welche Verwendung soll Schottand jetzt noch für seine gefallene Königin haben?*«

Eleanor wechselte einen beklommenen Blick mit ihrem Bruder. Bei allen Dummheiten, die Mary Stewart begangen hatte, das hier hatte sie ganz bestimmt nicht verdient. Eine Fehlgeburt im Angesicht ihrer Feinde, eingesperrt in einer finsteren Inselfestung, und vier Tage später eine Abdankung mit vorgehaltenem Schwert.

»Sie sollen es ja nicht wagen«, drohte Elizabeth leise. »El, sei so gut, geh ans Schreibpult. Wir schicken Throckmorton umgehend einen Brief zurück. Moray soll von mir aus seinen kleinen Neffen krönen und in dessen Namen regieren, aber gnade Gott demjenigen, der seine Hände mit dem Blut meiner Cousine Mary Stewart befleckt.«

Plymouth, September 1567

»Captain Hawkins, Captain Hawkins, die *Jesus of Lübeck* läuft ein!«

Der Junge, der die Nachricht in die Hafentaverne *Zum verlorenen Anker* brachte, war außer Atem, und seine Augen leuchteten.

John Hawkins und die fein gekleideten Offiziere, mit denen er am Tisch gesessen hatte, vergaßen ihre dampfenden Teller, sprangen auf und eilten hinaus.

Isaac, Marian Edmundson und Francis Drake folgten gemächlicher.

Eine kühle Brise, die sich wie ein Vorgeschmack auf den Herbst anfühlte, trieb Wolkenfetzen über den blauen Septemberhimmel und tauchte den Hafen von Plymouth abwechselnd in Sonnenschein und graue Schatten. Ungefähr zwanzig Schiffe unterschiedlicher Größe lagen am Kai oder ankerten in dem geschützten Naturhafen, doch im Vergleich zu dem schwimmenden Koloss, der sich näherte, wirkten sie alle wie Nussschalen.

»Wirklich stattlich«, befand Drake, den Blick unverwandt auf die *Jesus of Lübeck* gerichtet. »Ich sehe, du meinst gewaltig, wenn du gewaltig sagst, Isaac.«

Der nickte. »Der Größe unseres Flottenkommandanten angemessen. Oder zumindest der Größe seines Selbstbewusstseins.«

Wie meistens ignorierte Francis Drake auch diese Spitze gegen seinen Cousin.

»Sie hat wirklich *sieben*hundert Tonnen?«, fragte Marian ehrfurchtsvoll, der den Blick nicht von der *Jesus* wenden konnte.

»So heißt es«, bestätigte Isaac.

»Auf jeden Fall reichlich Platz, um Schätze aus der Neuen Welt zu holen«, sagte Drake. Es klang zufrieden. »Und viele, viele Sklaven hinzuschaffen, versteht sich«, fügte er hinzu, um Isaac zu ärgern.

Der zuckte bockig die Schultern. »Wer bin ich, es zu missbilligen, da es der Wunsch der Königin ist …«, murmelte er.

Er hatte seinen Augen nicht getraut, als er den Befehl gelesen hatte, den Elizabeth mit der »Leihgabe« ihres größten Schiffes verknüpft hatte: *Segelt die* Jesus of Lübeck *nach Guinea, nehmt eine Ladung afrikanischer Sklaven auf und verkauft sie auf den Westindischen Inseln.*

Die offizielle Order der Königin lautete indessen, nach Afrika zu segeln und dort eine unlängst entdeckte Goldmine auszubeuten, die nicht auf portugiesischem Territorium lag. Diese Goldmine existierte allerdings nur in Robin Dudleys Phantasie, der dieses fingierte Auftragsschreiben der Königin obendrein dem spanischen Gesandten zugespielt hatte …

»Sieh es mal so, Isaac«, sagte Drake. »Die Sklaven kommen so oder so in die Neue Welt, denn sie werden dort dringend gebraucht. Also warum sollen sich nur die Portugiesen am Sklavenhandel und die Spanier an den Früchten ihrer Fron bereichern? Sie sind Papisten und unsere Feinde. Wir dürfen nicht zulassen, dass sie uns immer eine Nasenlänge voraus sind.«

»Ja, das klingt wunderbar plausibel«, räumte Isaac ein. »Wie alle guten Ausreden.« Aber dann wechselte er das Thema. Sie hatten diese Debatte schon oft geführt, und darum wusste er, dass er seinen Freund nie überzeugen würde. »Sie sieht nicht gerade flammneu aus, aber Barrett hat seine Sache gut gemacht, würde ich sagen.«

Robert Barrett, einer von Hawkins' zuverlässigsten Offizieren, hatte die Ausbesserung und den Umbau der *Jesus of Lübeck* überwacht und sie von Portsmouth, ihrem Heimathafen, hierher überführt.

»Das hätte ich an seiner Stelle auch getan«, gab Drake zurück. »Er hofft, dass Hawkins ihn zum Kommandanten der *Jesus* macht.«

»Und?«, fragte Marian. »Wird er das?«

»Wär möglich«, räumte Drake achselzuckend ein.

Auf den letzten beiden Dreiecksfahrten war er selbst als Offizier mitgefahren, aber ob er sich dieses Mal Chancen auf ein Kommando ausrechnete, ließ er sich nicht entlocken. Verdient hätte er es allemal, dachte Isaac. Francis Drake war der beste Seemann, den er kannte.

Die imposante *Jesus of Lübeck* ankerte längsseits der *William and John* rund hundert Yards vom Ufer entfernt. Letztere war mit ihren knapp zweihundert Tonnen das größte Schiff, das John Hawkins besaß, aber selbst sie wirkte neben der *Jesus* zwergenhaft.

Vom Kai aus schauten die Männer zu, wie Robert Barrett die Pinasse bestieg und sich herüberrudern ließ. Hawkins trat ihm entgegen und schüttelte ihm die Hand. »Gute Arbeit, Barrett.«

»Danke, Sir.« Barrett strahlte und wirkte gleichzeitig ein wenig verwirrt. Wie alle Männer, die unter Hawkins zur See fuhren, war er nicht gerade verwöhnt, was Lob anging. »Wir haben getan, was wir konnten, um sie wieder flottzumachen, aber sie ist und bleibt ein altes Mädchen.«

Hawkins nickte knapp, die Hände auf dem Rücken verschränkt. »Damit ist die Flotte vollzählig. Lasst uns zurück zum *Anker* gehen und auf die *Jesus of Lübeck* anstoßen, Gentlemen.« Er wandte sich ab, und über die Schulter sagte er beiläufig: »Francis.«

»Sir.« Drake wechselte einen Blick mit Isaac, dann schloss er sich seinem Cousin und dessen Offizieren an. Isaac und Marian bildeten die Nachhut.

Zurück im *Verlorenen Anker* orderte Hawkins einen Krug vom besten Wein. Seine Stimme war lauter, der Ton leutseliger als gewöhnlich. Kein Zweifel: John Hawkins war glänzender Laune.

Er hob sein Glas. »Auf die *Jesus of Lübeck*. Möge sie allzeit eine Handbreit Wasser unter dem Kiel haben!«

»Auf die *Jesus of Lübeck*!«, donnerten Drake und die übrigen Männer am Tisch und tranken Hawkins zu.

»Wir stechen am zweiten Oktober in See, das ist in drei Tagen«, verkündete Hawkins. »Barrett, Ihr werdet Kommandant der *Jesus*.«

»Aye, Sir.« Er strahlte schon wieder, erhob sich und verneigte sich förmlich. »Ich wähle William Saunders als Ersten Offizier.«

»Nicht übermäßig überraschend«, raunte Isaac am Nachbartisch seinem Cousin zu. »Sie waren schon als Schiffsjungen zusammen auf der *Great Harry.*«

Hawkins fuhr fort: »Hampton, Ihr bekommt die *Minion.*« Sie war das zweite Schiff, das die Königin ihm geliehen hatte.

»Glückwunsch«, murmelte Marian in seinen Becher. Die *Minion* war noch ein paar Jahre älter als die *Jesus* und sah alles andere als vertrauenerweckend aus.

Auch Hampton stand auf und verneigte sich. »Ich wähle John Garrett als Ersten Offizier.«

»Einverstanden. Jetzt zu meinen eigenen Schiffen. Francis, oder Captain Drake, sollte ich wohl sagen, du befehligst die *Judith.*«

Dieses Mal war Isaac derjenige, der strahlte wie ein Trottel, und er ließ seinen Freund nicht aus den Augen. Francis Drake hingegen blieb ernst, als er sich erhob, und dennoch war seine Befriedigung unübersehbar. »Danke, Sir.« Er neigte den Kopf nur ein wenig. »Ich wähle Isaac Fitzgervais als Ersten Offizier.«

»Was?«, fragte Isaac dümmlich.

Am Offizierstisch herrschte ein paar Herzschläge lang bleierne Stille. Es war kein Geheimnis, dass John Hawkins und der junge Seemann, der sich Fitzgervais nannte, in Wahrheit aber ein Waringham war, wie alle wussten, nicht gerade in inniger Freundschaft verbunden waren.

Hawkins wandte sich um, legte den linken Arm auf die Stuhllehne und betrachtete Isaac, als sehe er ihn zum ersten Mal. Es war ein langer, prüfender Blick. Isaac wusste ganz genau, was Hawkins dachte: *Du hast mir die* Jesus of Lübeck *beschafft, und dafür bin ich dir etwas schuldig. Du bist auch gar kein übler Seemann. Aber besitzt du die nötige Reife, vor allem das Verantwortungsgefühl, um eine Wache zu führen und Männer zu befehligen?*

Isaac erwiderte seinen Blick unverwandt und deutete ein Achselzucken an. Er konnte Hawkins bei dieser Frage nicht helfen, denn er wusste es selbst nicht. Er tendierte zu einem Nein.

Hawkins drehte sich wieder um und sagte zu Drake: »Also schön. Ich hätte eine andere Wahl getroffen, aber die Entscheidung ist die deine, ebenso wie das Kommando.«

Drake nickte, setzte sich wieder hin und hob das Glas in Isaacs Richtung: »Gib mir ja keinen Anlass, das zu bereuen.«

»Ich werd mir Mühe geben«, stellte Isaac in Aussicht. Mehr konnte er nicht versprechen.

Um seiner neuen Würde wenigstens äußerlich gerecht zu werden, kaufte er einer Kapitänswitwe in Plymouth die Garderobe und den Degen ihres Mannes ab. Der Lump war im Sommer an der Syphilis gestorben und hatte seine Familie mittellos zurückgelassen. Isaac stellte fest, dass dem toten Captain und ihm nicht nur der lasterhafte Lebenswandel gemein waren, sondern ebenso die Körpermaße. Die guten, wenn auch unauffälligen Gewänder saßen, als wären sie für ihn geschneidert.

Die Schattenseiten seines neuen Amtes machten sich indessen bald bemerkbar. Während die Matrosen, die Drake persönlich auswählte und anheuerte, bis zum Abend vor der Abreise Landgang hatten, blieb Isaac an Bord der *Judith* und beaufsichtigte zusammen mit dem Steward die Anlieferung und das Verladen des Proviants.

»Sie ist ein schönes Schiff«, bemerkte John Bennet und blickte anerkennend am Hauptmast hinauf.

»Ein bisschen klein für meinen Geschmack«, gab Isaac zurück. Die *Judith* war gerade einmal sechzig Fuß lang und verfügte nur über sechs Geschütze.

»Aber solide. Sie wird uns schon heil ans Ziel bringen, Sir.«

Isaac fuhr leicht zusammen. Bennet war schon auf der *Salomon* Steward gewesen und hatte Isaac gekannt, als der in der Hierarchie an Bord bestenfalls über der Schiffskatze gestanden hatte. Aber der Proviantmeister schien kein Problem damit zu haben, den einstigen blinden Passagier als Offizier zu respektieren.

»Mit unserem Captain allemal«, stimmte Isaac zu. »Also? Was fehlt noch?«

Bennet konsultierte eine seiner vielen eselsohrigen Listen. »Sieben Fässer Zwieback, zwei Fässer Pökelfleisch, vier Fässer Bohnen für die lebende Fracht. Den Rest haben wir.«

»In Ordnung.«

»Habt Ihr gehört, dass die *Swallow* schon fünfzig Sklaven an Bord hat?«

Isaac schüttelte den Kopf. »Wie kann das sein?«

»Captain Hawkins' Bruder ist sie auf der letzten Fahrt nicht losgeworden. Die Spanier haben ihm so zugesetzt, dass er vorzeitig umkehren musste. Da hat er die Afrikaner mit zurückgebracht. Seit dem Frühling haben die Hawkins sie in einem Lagerhaus außerhalb der Stadt versteckt. Anfangs waren es noch über siebzig, hat Abingdon mir erzählt.«

»Woran sind sie gestorben?«

»Sind sie nicht. Sie haben sie unter der Hand hier verkauft.«

»Und ich hätte schwören können, Sklavenhaltung sei in England verboten«, grollte Isaac.

»Nun, man zahlt ihnen Lohn und all so was«, erklärte Master Bennet. »Es sind keine Sklaven, sondern … Dienstboten. Aber es ist anscheinend modern bei den feinen Leuten, sich einen Mohren zu halten. Vor allem in London. Und da kommt Euer Freund mit dem Pökelfleisch.«

Marian Edmundson hatte Erfahrung im Bedienen eines Ladekrans. Umsichtig hatte er das große Fass an Bord gehievt und auf die Seite gleiten lassen, ehe er den Haken löste und es Richtung Luke rollte. Bei Isaac und dem Steward hielt er kurz an. »Eins der Zwiebackfässer da unten am Kai hat einen nassen Boden, Master Bennet. Jede Wette, dass der Zwieback verdorben ist.«

Der Steward schlug mit der flachen Hand auf seine Blättersammlung. »Verfluchtes Lumpenpack! Diese Lieferanten gehören doch allesamt aufgeknüpft. Gut aufgepasst, Edmundson.«

Marian tippte sich grinsend an den Monmouth. »Purer Eigennutz, Sir. Wir wollen ja nicht schon hungern, bevor wir die Biskaya erreichen, richtig?« Er beugte sich wieder über das Fass und rumpelte damit Richtung Laderaum, an dessen Luke ein kleinerer Kran bereitstand.

»Da habt Ihr einen guten Mann aufgegabelt, Sir«, raunte Bennet Isaac zu.

»Hm«, machte Isaac zustimmend. »Alte Seefahrerfamilie.«

Am Abend bevor sie in See stechen sollten, erbat Isaac ein paar Stunden Landgang.

»Meinetwegen«, sagte Drake, der dabei war, seine wenigen Habseligkeiten in der kleinen Kapitänskajüte zu verteilen. »Sei vor Mitternacht zurück, oder du wirst degradiert, noch ehe wir Anker lichten.«

»Das wäre vielleicht für alle das Beste«, erwiderte Isaac. »Aber keine Bange, ich bin lange vor Mitternacht zurück.« Dann wies er auf einen Gegenstand in der Ecke hinter der Koje. »Eine *Trommel*, Francis?«

»Wieso nicht?«

»Was in aller Welt willst du damit?«

Der Captain hob grinsend die Schultern. »Keine Ahnung. Den Spaniern Angst einjagen, schätze ich.«

»Dazu wird es mehr brauchen als Radau.«

»Das kommt ganz darauf an, wer den Radau macht, würde ich sagen. Und jetzt verschwinde. Ich will in mein Logbuch schreiben, und ich wette, mir fällt kein vernünftiger Satz ein.«

»Oh, du machst das schon«, widersprach Isaac zuversichtlich.

Aufgrund ihrer bescheidenen Größe konnte die *Judith* am Kai liegen, sodass Isaac für seinen Landgang kein Boot bemühen musste. Kurz nach Einbruch der Dunkelheit ging er die Gangway hinab. Das Wetter war umgeschlagen, und ein scharfer Wind blies ihm den ungemütlichen Nieselregen geradewegs ins Gesicht. Isaac hatte ganz und gar nichts dagegen, morgen in wärmere Gefilde zu entschwinden.

Die Nacht war finster, aber sein Weg nicht weit. Er schlang den Mantel fester um sich, ging mit langen Schritten zum Haus des Kartenmalers an der Ecke und bog links in eine schlammige Gasse. Vor dem sechsten Haus auf der rechten Seite blieb er stehen und klopfte.

Er wartete eine Weile vergebens, dann klopfte er noch einmal.

»Wer da?«, fragte eine Frauenstimme.

»Der Kesselflicker, Mistress«, antwortete er. »Habt Ihr vielleicht etwas auszubessern?«

Die Tür öffnete sich und gab den Blick frei auf eine hübsche junge Frau, die ein leuchtend grünes Kopftuch trug – tief in die Stirn gezogen und hinten gebunden, so wie man es auch bei manchen Seeleuten sah. In der Hand hielt sie ein Talglicht, das in der Zugluft an der Tür augenblicklich zu rußen begann.

»Isaac! So eine Überraschung.« Sie hielt eine schützende Hand um die Flamme.

»Bist du allein?«

Sie nickte. »Er ist mit Captain Stratton gesegelt. Vor nächsten Sommer kommt er bestimmt nicht zurück.«

Isaac trat über die Schwelle in die kleine, behagliche Küche des Häuschens. »Falls überhaupt je. Stratton fährt nach Indien, heißt es.«

Sarah schloss die Tür und stellte ihr Licht auf den Tisch.

»Hier, ich habe dir ein paar Kleinigkeiten mitgebracht.« Isaac reichte ihr einen Weidenkorb mit Eiern, Brot, Käse und einer ordentlichen Speckschwarte, die er am Morgen auf dem Markt erstanden hatte.

»Oh, du weißt doch, dass du das nicht sollst.« Sie legte einen Moment die Hand auf seine stopplige Wange. »Trotzdem danke. Hast du Hunger?«

Sie wollte sich zur Anrichte umwenden, aber er bekam ihr Handgelenk zu fassen und drehte sie zu sich um. »Das hat Zeit.«

Sie stellte sich auf die Zehenspitzen und küsste ihn schamlos auf die Lippen. »Es ist schön, dich zu sehen.«

»Gleichfalls«, gab Isaac zurück und schnürte ihr Kleid auf.

Er hatte sie vor zwei Jahren in einem billigen Hurenhaus in Cheapside wiedergefunden. Wirklich erbärmlich war es ihr dort ergangen. Ein Rotschopf mit einem riesigen Adamsapfel war der Hurenwirt, und die Mädchen zitterten vor ihm. Warum genau, hatte Isaac nie herausbekommen, aber Sarah war abgemagert und hatte ein blaues Auge. Ohne irgendeinen Plan hatte Isaac einen Moment abgepasst, da der Rotschopf im Hof seines Etablissements verschwand, um ein neues Bierfass zu holen, hatte Sarah bei der Hand genommen und ins Freie geführt.

»Was tust du?«, hatte sie nervös gefragt.

»Ich schaff dich hier weg.«

»Aber er wird mich umbringen. Es gibt keinen Winkel in London, wo er mich nicht findet.«

»Dann bring ich dich eben nach Plymouth.«

Es hatte sich als Segen für Sarah erwiesen. Isaac hatte weder Geld noch Einfluss besessen und hatte nicht verhindern können, dass sie auch in der Hafenstadt in Devon als Hure ihren Lebensunterhalt verdienen musste. Aber Plymouth war ein gemütliches Nest. Nicht so gleichgültig, nicht so grausam wie London. Die Hurenwirtin, bei der er Sarah untergebracht hatte, kümmerte sich mit mütterlicher Fürsorge um ihre Mädchen, und die Matrosen waren meist harmlose Freier. Die vielen Wochen, die die Männer ohne weibliche Gesellschaft auf See verbrachten, machten sie zu ungeduldig für ausgefallene Wünsche, wusste Isaac. Die Hurenwirtin hatte Sarah beigebracht, ein Kopftuch so zu binden, dass es ihr Brandmal verdeckte, und schließlich hatte Sarah unter ihren Freiern sogar einen Schiffszimmermann gefunden, der sie heiratete. Er war ein alter Seebär, dem ein paar Zähne und fast alle Haare abhanden gekommen waren, und ihn störte weder ihr Brandmal noch ihre Vergangenheit. Er wollte jemanden, der ihn bekochte und die Einsamkeit fernhielt, wenn der Tag kam, da er an Land bleiben musste. Und er war ganz vernarrt in die kleine Tochter, die Sarah ihm letzten Winter geboren hatte – das erste ihrer vier Kinder, das älter als ein paar Tage geworden war.

Seit ihrer Heirat hatte sie ihr Gewerbe natürlich aufgegeben. Aber Isaac sei ihr immer willkommen, hatte sie ihm zu verstehen gegeben, jedenfalls dann, wenn ihr Mann auf See war.

Er schob das schlichte Kleid über ihre Schultern abwärts und entblößte ihre Brüste. Genau wie ihre Rundungen waren sie üppig, und er nahm sie mit einem wohligen Laut in die großen Hände, streichelte und knetete sie, bis die Spitzen sich aufrichteten.

»Die Kleine schläft nebenan«, sagte Sarah leise, schlüpfte aus den Ärmeln und streifte das Kleid weiter abwärts, bis es in einem unordentlichen Ring um ihre Knöchel lag.

Isaac zuckte die Schultern. »Hier ist doch Platz genug.«

Sie sah hinreißend aus mit nichts als dem leuchtend grünen Kopftuch, verführerisch und eine Spur exotisch. Sarah war eine hübsche junge Frau, die Haut zart und rosig, und sie hatte wunderschöne Augen. Er zog sie an sich und legte die Hände auf ihr wohlgeformtes Hinterteil. Wieder presste sie die Lippen auf seine, küsste ihn gierig und rieb sich an ihm. Isaac hob sie hoch und setzte sie auf die Tischkante. Kaum blieb ihm Zeit, seine Hosen aufzuschnüren, als Sarah ihn schon zwischen ihre Schenkel zog. Als er ein wenig stürmisch in sie eindrang, warf sie den Kopf zurück und stöhnte.

Er legte einen Finger auf ihre Lippen und schüttelte den Kopf. »Du musst mir nichts vormachen.«

»Ich mach dir nichts vor. Aber ich bin seit zwei Monaten allein.« Sie schlang die Beine um seine Hüften, schloss die Augen und fing an, sich zu regen.

Isaac umfasste ihre Taille und zog sie mit einem kleinen Ruck näher, während er gleichzeitig in sie hineinstieß. Ihre raue Stimme trieb ihn an, immer rasanter und härter wurden seine Stöße, und es dauerte nicht lange, bis sie erschauerte und er sich keuchend ergoss.

Augenblicklich zog er sich zurück. »Verflucht … Tut mir leid, Sarah.«

Sie winkte ab und glitt von der Tischkante. »Wenn ich schwanger werde, sorge ich dafür, dass es ein bisschen zu früh kommt. Dann werden die Klatschweiber in der Nachbarschaft mir schon abkaufen, dass mein greiser Zimmermann noch mal den Hammer geschwungen hat.«

Isaac lachte. »Ziemlich durchtrieben.«

»Anders kommt ein Mädchen, das auf sich gestellt ist, nicht durchs Leben.«

»Nein, ich weiß. Wie macht man das? Dafür sorgen, dass ein Kind früher kommt?«

»Das willst du nicht wissen«, versicherte sie und bückte sich nach ihrem Kleid.

Doch Isaac beförderte es mit der Schuhspitze unter den Tisch, legte von hinten die Arme um Sarah und nahm ihr Ohrläppchen zwischen die Lippen. »Bleib noch ein bisschen so«, bat er flüsternd.

»Wie du willst«, antwortete sie nachsichtig. »Aber man muss sich wirklich fragen, wie ein Mann wie du wochenlang auf See ohne Frauen zurechtkommt.«

»Wer sagt, dass ich zurechtkomme?«

Sarah briet ihm ein paar von den Eiern, die er mitgebracht hatte, und er ließ sie, denn er wusste, sie war stolz. Dann breitete er seinen Mantel auf den Binsen am Boden aus, zog Sarah darauf hinab und liebte sie noch einmal, geruhsam dieses Mal, beinah zärtlich, und er flüsterte ihr ein paar Nettigkeiten ins Ohr, wie hinreißend ihre Haut im Feuerschein schimmerte und Ähnliches mehr. Es war die reine Wahrheit, doch er tat es vor allem, um ihr zu danken, denn sie hatte die grässliche Einsamkeit ferngehalten, die ihm in der letzten Nacht vor einer Reise ins Ungewisse immer ein wenig zu schaffen machte.

Schließlich saßen sie zusammen, die Rücken an die Kaminbank gelehnt, teilten einen Becher Ale und sprachen über alte Zeiten.

Doch als die Glocke der nahen St.-John-Kirche elf schlug, stand Isaac auf und stieg in seine Hosen. »Höchste Zeit für mich. Landgang bis Mitternacht.«

Sarah erhob sich ebenfalls und streifte ihr Kleid über. »Aber der Captain ist dein Freund. Er wird wohl ein Auge zudrücken.«

Doch Isaac wusste es besser. »Das glaub nur nicht.«

Drake hatte außer Isaac und dem Steward niemanden angeheuert, der ihn als einfachen Matrosen gekannt hatte. Und das war auch richtig, fand Isaac. Es war schwierig genug, auf einem Schiff Disziplin zu halten, wo ein paar Dutzend rauer Kerle wochenlang auf zu engem Raum zusammengepfercht waren, ohne gegen unangebrachte Kumpelhaftigkeit ehemaliger Kameraden ankämpfen zu müssen. Der neue Captain hatte eine Stellung zu wahren, und aus genau dem Grund musste er streng und unnachgiebig sein – auch und ganz besonders alten Freunden gegenüber.

Sarah brachte Isaac zur Tür.

Er zog sich den Ring mit dem Waringham-Einhorn vom linken Zeigefinger und gab ihn ihr. »Hier. Hüte ihn für mich, so wie beim letzten Mal. Das hat mir Glück gebracht. Falls das dieses Mal nicht klappt und ich nicht heimkehre, schick ihn meinem Bruder.«

Sie nickte und schloss die Faust um das Schmuckstück. »Du musst zurückkommen, also pass gefälligst auf dich auf.« Und sie küsste ihn zum Abschied so innig, dass er um ein Haar schwach geworden und noch ein halbes Stündchen geblieben wäre.

Aber dann schob sie ihn energisch aus der Tür. »Geh, fahr in die Neue Welt und mach dein Glück.«

Er nickte. »Ich bringe dir die größte Perle mit, die ich finde.«

»Oh, wenn ich nur einen Penny hätte für jedes Mal, wo ich das gehört hab …« Lachend schloss sie die Tür.

Es fiel kein Regen mehr, und die Wolkendecke war nur noch ein dünner Schleier. Im Schein des milchigen Mondlichts schlug Isaac den Weg Richtung Hafen ein. Er hatte die Kartenmalerwerkstatt an der Ecke fast erreicht, als er aus dem Augenwinkel eine Bewegung wahrnahm.

Er zog seinen neuen Degen und wirbelte herum, und weil er so schnell war, hätte er vielleicht eine Chance gehabt, wären sie nicht zu dritt über ihn hergefallen. Zwei kamen mit gezückten Klingen auf ihn zu, der Dritte schlich sich von hinten an und drosch ihm einen Knüppel zwischen die Schultern.

Isaac torkelte einen Schritt nach vorn, fing sich aber sogleich wieder. Mit einem wütenden Knurren fuhr er zu dem Feigling herum, doch ehe er zustoßen konnte, wurde er von zwei Seiten an den Armen gepackt und entwaffnet.

»So sehen wir uns wieder, Jungchen«, sagte der Keulenschwinger mit einem Frohlocken in der Stimme, von dem man eine Gänsehaut bekommen konnte.

»Master Topcliffe, sieh an. Wenn Ihr hier auf mich gewartet habt, müsst Ihr ein geduldiger Mann sein.«

»Oh, das bin ich«, versicherte Topcliffe und rammte ihm den Knüppel in den Magen.

Isaac krümmte sich, soweit Topcliffes Kumpane es zuließen,

die ihn nach wie vor gepackt hielten. Hustend und keuchend rang er nach Luft, behielt sein Abendessen aber wie durch ein Wunder bei sich. Jedenfalls fürs Erste.

Topcliffe packte ihn an den Haaren und riss seinen Kopf hoch. »Ich hörte, dass du mit John Hawkins segelst, und weil ich hier in der Gegend zu tun hatte, dachte ich mir, ich geb dir eine kleine Lektion mit auf den Weg, Isaac Fitzgervais of Waringham.«

»Wirklich? Ich bin ganz Ohr …«

Damit wählte er wohl selbst Topcliffes nächstes Ziel, denn der Knüppel sauste auf sein linkes Ohr nieder.

Es war ein ungeheuerlicher, krachender Hieb, und Isaac wurde schwarz vor Augen. Seine Knie gaben nach, und als er in sich zusammensackte, ließen die beiden Kerle ihn los, sodass er im nassen Straßendreck landete.

Er richtete sich auf einen Ellbogen auf und sah blinzelnd nach oben in dem vergeblichen Versuch, Topcliffes Gesicht zu erkennen. »Warum?«, fragte er verständnislos. »Es war nur eine Wirtshausrauferei. Warum … die Mühe?«

»Oh, es ist keine Mühe, Jungchen. Im Gegenteil. Selbstgefällige junge Gockel wie dich zurechtzustutzen ist mein liebster Zeitvertreib.« Er hob den Knüppel, und Isaac legte schützend beide Arme um den Kopf.

Ein Schlag ins Kreuz schleuderte ihn mit dem Gesicht in den Dreck, und dann prasselten die Hiebe auf ihn nieder, trafen seine Schultern, Arme, Rücken, dann den Hinterkopf.

Wenn ich das Bewusstsein verliere und um Mitternacht immer noch hier liege, wird Francis ernst machen.

Er wälzte sich auf die Seite und versuchte, sich zu einem Ball zusammenzurollen, um möglichst wenig Angriffsfläche zu bieten, aber dann brach Topcliffe ihm eine Rippe, und Isaac konnte sich nicht mehr rühren. Als ihn ein Schlag ins Genick traf, fing er an, um sein Leben zu fürchten. Er schloss die Augen und versuchte zu beten, aber es war so verflucht lange her, dass er zuletzt das Wort an Gott gerichtet hatte, dass ihm nicht einfiel, was er zu ihm hätte sagen können. Also versuchte er, an die Frau zu denken, die er unbedingt noch erobern wollte, falls er lebend von dieser Straße aufstehen sollte, doch er kam wieder nicht weit, weil er sich nicht zwischen Clara Soler und Abigail Wheeler entscheiden konnte, und seine Gedanken gerieten ins Straucheln.

Und dann hörten die Schläge mit einem Mal auf. Es wurde still in der kleinen Gasse. Nichts war mehr zu hören bis auf Topcliffes angestrengtes Keuchen.

Isaac lag reglos und wartete, wagte noch nicht so recht zu hoffen.

Doch schließlich hörte er Topcliffe sagen: »Er hat genug.«

»Ihr lasst ihn leben?«, fragte einer seiner Schergen ungläubig.

»Ich lass ihn leben.«

Er beugte sich über Isaac, packte ihn wieder bei den Haaren und sah ihm in die Augen. »Verstehst du, was ich sage?«

»Ja.« Es klang ein bisschen bröckelig, fand Isaac, aber sein Mund funktionierte offenbar noch. Er hatte sogar noch alle Zähne. Erst jetzt ging ihm auf, dass Topcliffe sein Gesicht völlig in Ruhe gelassen hatte.

»Ich lasse dich leben aus Respekt vor deinem Bruder, der einer der standhaftesten Protestanten ist, die England vorzuweisen hat.«

Isaac fragte sich, ob Topcliffe ein *Danke* von ihm erwartete. Dieser Mann war so vollkommen verrückt, dass alles möglich schien.

Doch Richard Topcliffe fuhr fort: »Solltest du damit liebäugeln, mich anzuzeigen oder deine Beziehungen bei Hofe zu nutzen, um mir eins auszuwischen, vergiss nicht, dass ich weiß, aus welchem Haus du gekommen bist. Ich würde der kleinen Schlampe dort einen Besuch abstatten, verstehst du?«

»Woher wisst Ihr, wer dort wohnt?«, fragte Isaac, zu erstaunt, um einfach den Mund zu halten, was sicher das Klügste gewesen wäre.

»Sagen wir, ich mache es mir zur Aufgabe, Dinge herauszufinden. Deine Schwester ist nicht der einzige Spion im Dienste Ihrer Majestät, Jungchen.« Es klang unbändig stolz.

Isaac räusperte sich. »Ich habe nicht die Absicht, Euch eins auszuwischen. Und auch keine Beziehungen bei Hofe.«

»Na schön.« Topcliffe ließ ihn los. »Und um die Unversehrtheit deiner gebrandmarkten Hure zu gewährleisten, wirst du etwas für mich tun.«

Oh nein, dachte Isaac mit sinkendem Herzen. »Was?«, fragte er abweisend.

»Du wirst ein Auge auf John Hawkins haben, wenn er mit den verfluchten spanischen Papisten verhandelt, und mir nach eurer Rückkehr berichten, ob er ein Komplott mit ihnen ausheckt, um die schottische Königin auf den englischen Thron zu hieven.«

»Meinetwegen.« Er war einigermaßen sicher, dass es kein solches Komplott gab. Hawkins hatte Pedro Soler und den übrigen Spitzbärten auf den Kanaren in den vergangenen Jahren bei jeder Reise vorgegaukelt, dass es sein innigster Wunsch sei, die katholische Mary Stewart auf dem englischen Thron zu sehen, aber es war nur eine Finte, um gute Geschäfte zu machen. Und trotzdem war die Vorstellung, Richard Topcliffes Spitzel zu sein, alles andere als erhebend.

»Dein Einverständnis ist nicht erforderlich, Jungchen«, erklärte dieser und trat ihn in den Magen.

Isaac schaffte es gerade noch, so lange zu warten, bis die schmatzenden Schritte im Straßenschlamm sich entfernt hatten, ehe er sich stöhnend auf Hände und Knie aufrichtete und sein Abendessen zu guter Letzt doch noch verlor.

Die Turmuhr von St. John schlug zwölf, als Isaac sich die Gangway hinaufschleppte.

»Du stellst dein Glück wieder mal auf die Probe«, bemerkte Francis Drake, der mit einer Laterne an Deck stand, als hätte er nach ihm Ausschau gehalten.

»Es liegt nie an mir«, gab sein Erster Offizier zurück. »Sondern immer an den Umständen. Was macht das Logbuch?«

»Hör bloß auf …« Der Captain seufzte vernehmlich. Als Isaac in den Lichtklecks kam, zog Drake die Brauen hoch. »Harte Nacht, he?«

Isaac machte eine wegwerfende Geste und wandte sich nach achtern. »Ich hatte schon schlimmere.«

»Warte.« Drake schloss zu ihm auf und betrachtete ihn kritisch. »Du siehst beschissen aus. Und du blutest aus dem Ohr, wusstest du das?«

»Nein. Aber es wundert mich auch nicht.«

»Was ist passiert?«

»Francis … Bei allem Respekt, aber ich würde mich gern in meine Koje hauen.«

»Ein guter Plan«, stimmte der Captain zu. »Aber vorher musst du einen Schluck trinken. Komm.«

»Danke, ich will nichts …«

»Verflucht noch mal, das ist ein Befehl!«, fiel Drake ihm ungeduldig ins Wort. »Wir laufen in vier Stunden aus, und bis dahin musst du präsentabel genug sein, um die Bordordnung zu verlesen. Also jetzt komm endlich. Ich will nicht, dass Hawkins gleich am ersten Tag sagen kann, dass ich einen Fehler gemacht habe.«

»Ich *bin* kein Fehler«, knurrte Isaac.

Der Captain nickte knapp und führte ihn zu seiner Kajüte. »Da.« Er wies auf einen der schlichten Holzstühle am Tisch. »Setz dich und zieh die Klamotten aus.«

Isaac sank müde auf den angewiesenen Platz »Kann ich nicht«, gestand er.

Drake schenkte einen Becher aus dem Zinnkrug auf dem Tisch voll und stellte ihn vor Isaac. Der schnupperte argwöhnisch daran und verdrehte die Augen. Es war Haferbier – eine Spezialität dieser Gegend, aber für jeden ungenießbar, der nicht in Devon aufgewachsen war. Isaac trank es trotzdem. Er war furchtbar durstig.

Drake half ihm aus den blut- und dreckbesudelten Kleidern – geschickt, aber nicht übermäßig behutsam. Isaac musste die Zähne zusammenbeißen. Weste, Wams und Hemd landeten in einem unordentlichen Knäuel auf dem Boden.

»Ich hoffe, du hast Ersatz dabei.«

Isaac nickte zu der Wand, hinter welcher die Offiziersmesse lag – sein neues Quartier.

Der Captain betrachtete die Blutergüsse auf Brust, Armen und Rücken, die im schwachen Licht schwärzlich wirkten. »Ist was gebrochen?«

»Eine Rippe. Vielleicht zwei.«

Drake öffnete den Deckel einer kleinen Seemannskiste an der Wand und förderte einen Leinenbeutel zutage, der zu Isaacs Verblüffung Verbandszeug enthielt. »Du hast an alles gedacht, scheint mir.«

»Untersteh dich, darüber verwundert zu sein.« Ein wenig umständlich kramte er zwei breite Leinenbinden hervor, mit denen er Isaac die Brust fest bandagierte. Ohne von seiner Arbeit aufzusehen, sagte er: »*Ein Gentleman prügelt sich nicht auf der Straße mit Hafengesindel*. Das hast du mir beigebracht.«

»Ich wette, das wusstest du vorher schon, denn es ist eine der offensichtlicheren Regeln. Ich habe mich nicht geprügelt. Das hätte ich vielleicht gern, aber ich hatte keine Chance, denn der feige Drecksack kam von hinten. Im Übrigen bin ich mir nie sicher, ob ich wirklich so großen Wert darauf lege, ein Gentleman zu sein. Nicht so großen wie du, das ist mal sicher.«

»Mir reicht es völlig, wenn die Welt mich für einen Gentleman *hält*«, widersprach Drake mit diesem mutwilligen Grinsen, das Isaac so ansteckend fand.

Auf See, 42°53′ N, 9°27′ W, Oktober 1567

Sie machten gute Fahrt während der ersten Tage. Getreulich der Anweisungen, die ihr Flottenkommandant erteilt hatte, hielten die kleineren Schiffe sich auf der Luvseite der *Jesus of Lübeck*, und sobald über dem Heck des Flaggschiffs die Signalflagge gehisst wurde, mussten sie die *Jesus* anrufen – meist zweimal am Tag.

Francis Drake bewerkstelligte das, indem er sich an die Reling stellte, die Hände trichterförmig um den Mund legte und hinüberbrüllte. Das funktionierte bei ruhiger See tadellos.

Der junge Captain machte seine Sache überhaupt gut. So quecksilbrig und impulsiv Drake auch oft sein mochte, war er doch ein guter Beobachter, und er hatte viel von seinem erfahrenen

Cousin gelernt. Doch anders als Hawkins herrschte er nicht mit dieser distanzierten Strenge, die die Männer zwar im Zaum hielt, sie aber gleichzeitig nervös machte. Drake begegnete den Matrosen vielmehr mit einer ganz speziellen, ruppigen Freundlichkeit, die dazu führte, dass sie ihm meist aus der Hand fraßen, und sie bewunderten seine seemännische Tüchtigkeit.

Es war gut, dass sie weitgehend auf sich allein gestellt waren, hatte Isaac erkannt, sodass ein jeder sich in seine neue Rolle finden konnte, ohne unter Hawkins' ständiger Beobachtung zu stehen und sich seinen – vermutlich sarkastischen – Kommentaren ausgesetzt zu finden. Das machte nicht nur Drake das Leben leichter, sondern dessen Erstem Offizier ebenso.

»Master Fitzgervais, Sir.«

Isaac wandte den Blick nicht vom Besanmast, wo die Männer seiner Wache dabei waren, Segel zu setzen. Aber er erkannte seinen Cousin an der Stimme. »Was gibt es, Marian?«

»Captain will Euch sprechen.« Marian war ebenfalls ein erfahrener Seemann und wusste, wie das Leben an Bord funktionierte oder was es ins Holpern bringen konnte. Darum machte es ihm überhaupt nichts aus, seinen Cousin so förmlich anzusprechen und ihm den Respekt zu erweisen, der einem Offizier geschuldet war.

»Ich komme gleich«, antwortete Isaac, und im selben Moment drehte der Rudergänger das Halbstundenglas um und schlug achtmal an die Schiffsglocke: Acht Glasen – es war Mittag und die Vormittagswache vorüber.

Isaac wartete, bis die Matrosen wieder sicher an Deck standen. »Gut gemacht, Männer. Besanschot an.«

Die Männer jubelten erwartungsgemäß, denn wenn mit der Besanschot das Trimmen der Segel abgeschlossen war, gab es zur Belohnung eine Ration Branntwein für jeden.

Der Steward hatte Isaac gehört und nickte ihm zu. »Komm mit und hilf mir, Danny«, wies er den Schiffsjungen an. »Du musst mir da unten die Laterne halten, damit ich sehe, was ich tue, verstanden?«

»Aye, Master Bennet.« Der zwölfjährige, schwarzgelockte Waliser machte seine erste Seereise und konnte noch nicht viel, aber er war willig und fleißig.

»Du musst aufpassen, dass kein Funke ins Fass fällt, sonst fliegt es uns um die Ohren, die *Judith* fackelt ab und wir ersaufen alle, klar?«

Danny grinste verwegen. »Klar.«

Sie verschwanden durch die Luke, und Isaac stieg die Treppe zum Achterdeck hinauf. »Captain.«

»Ah, da bist du ja endlich. Komm her.« Drake wies mit dem rechten Zeigefinger auf eine seltsame Holzstange, die er in der Linken hielt. »Was ist das?«

»Ein Jakobsstab.«

»Gut. Und was macht man damit?«

Das wurde schon schwieriger. »Navigieren?«, tippte Isaac vage.

Drake nickte. »Man bestimmt damit den Breitengrad, auf dem man segelt.«

»Wozu willst du unseren Kurs ermitteln, wenn wir nur Hawkins hinterhersegeln müssen?«

»Zum Üben, du Trottel. Höchste Zeit, dass du solche Dinge lernst. Und wir ermitteln unsere Position, nicht den Kurs. Für den nehmen wir …?«

»Den Kompass.« Isaac seufzte. »Schade, dass du so beklagenswert wenig klassische Bildung besitzt, sonst könntest du bei meinem Bruder als Schulmeister anfangen. Du hättest das Zeug.«

Der Captain lachte wider Willen, war aber sogleich wieder konzentriert. »Na los. Es geht nur am Mittag, darum müssen wir uns beeilen. Hier.«

Er drückte Isaac den vierkantigen Stock, der etwa anderthalb Yards lang war und in regelmäßigen Abständen Markierungen mit Zahlen trug, in die Hand und reichte ihm ein zweites, wesentlich kürzeres Holzstück mit einem Loch in der Mitte. »Steck das kurze Holz auf das lange.«

Isaac folgte der Anweisung. »Sieht aus wie ein Kreuz.«

»Hm. Deswegen nennt man ihn auch Kreuzstab. So, jetzt setzt du das Ende des langen Stabs unter dem rechten Auge an, am besten auf dem Jochbein. Pass auf, dass du dir nicht das Auge ausstichst. Gut. Du musst ihn so ausrichten, dass er etwa auf den Mittelpunkt zwischen Sonne und Horizont zeigt. Sieh zu, das du nicht zu lang in die Sonne schaust, sonst kannst du blind werden.«

Isaac ließ das lange Gerät sinken und sah ihn ungläubig an. »Bist du neuerdings meine Mutter?«

Drakes Rechte zuckte, als sei er versucht, zu der alten Kopfnuss-Gewohnheit zurückzukehren, aber dann besann er sich. »Hör lieber auf mich. Setz ihn wieder an, los. So, und nun schiebst du das kurze Holz aufwärts, bis seine Enden exakt den Horizont und den unteren Rand der Sonne berühren.«

Das war leichter gesagt als getan. Isaac sah blinzelnd zum Himmel auf und verschob das Kreuzstück, versuchte, die Augen gleichzeitig auf Horizont und Sonne zu haben, und fand immer ein Ende seines Hölzchens an falscher Position. Das sachte Schwanken des Schiffs machte die Aufgabe nicht leichter. Aber schließlich gelang das Kunststück.

Isaac ließ den Jakobsstab sinken – ganz vorsichtig, damit das kleinere Holzstück nicht verrutschte. Seine Augen tränten. Er musste gestehen, dass Drakes Warnung nicht ganz unberechtigt gewesen war.

Der Captain nahm ihm den Jakobsstab ebenso behutsam ab. »Dreiundsiebzig Grad«, las er ab.

»Wir sind auf dem dreiundsiebzigsten Breitengrad?«, fragte Isaac ungläubig. »Den hätte ich eher in Grönland vermutet.«

Drake schüttelte den Kopf und wies auf ein Buch, das auf dem Deckel eines fest verzurrten Fasses lag. »Du musst es da drin nachschauen.«

Zögernd schlug Isaac das Buch auf. »*Tabula primi mobilis*«, las er murmelnd vor. »Von Regiomontanus.«

»Ein deutscher Astronom. Sein Buch ist schon hundert Jahre alt, aber es gibt keine zuverlässigere Sonnendeklination.«

»Sonnen… was?«, fragte Isaac verwirrt.

»Tabellen mit Daten, Zeiten und Winkelangaben«, erklärte Drake, nahm ihm das Buch aus den Händen und blätterte zur richtigen Stelle. »Hier.« Mit dem Zeigefinger fuhr er die langen Zahlenreihen entlang. »Heute ist der achte Oktober, es ist Mittag, und wir haben zwischen Sonne und Horizont einen Winkel von dreiundsiebzig Grad ermittelt. Das heißt, wir befinden uns auf dem zweiundvierzigsten Grad nördlicher Breite.« Triumphal klappte er das Werk zu.

»Der zweiundvierzigste Grad nördlicher Breite ist indessen lang. Um unsere Position zu ermitteln, bräuchten wir einen Längengrad, oder?«

»Richtig«, stimmte Drake zu und legte das Buch beiseite. »Es gibt Methoden, um ihn zu ermitteln, aber sie sind kompliziert und ungenau. Darum navigieren die meisten mit Breitengrad und Sternbildern und Erfahrung und dem Quäntchen Glück, das man sowieso immer braucht, um irgendwo anzukommen. Und wenn man überhaupt nicht weiß, wo man ist, etwa nach einem Sturm, segelt man eben zu dem Breitengrad, den man will, und fährt daran entlang, bis man sein Ziel findet. Oder auch nicht«, schloss er grinsend.

Isaac nickte. »Apropos Sturm …« Er zeigte mit dem ausgestreckten Arm nach Westen.

Drake wandte sich um, legte die Hände auf die Reling und stierte eigentümlich reglos auf die schwarzen Wolken, die sich am Horizont aufzutürmen begannen. »Finisterre …«, knurrte er. Es klang wie ein Fluch. »Warum können wir nie daran vorbei, ohne uns Beulen zu holen?«

Es stimmte, wusste Isaac: Auf jeder der vier Fahrten, die ihn bislang an diesem Kap vorbeigeführt hatten, waren sie in schweres Wetter geraten.

»Captain!«, kam der warnende Ruf des Rudergängers unten vom Hauptdeck.

Drake beugte sich über das Geländer. »Ich hab's gesehen, Harrow. Isaac, alle Mann an Deck. Und schick mir den Bootsmann.«

»Aye, aye, Captain.«

Isaac eilte die Treppe hinab, während Drake den Jakobsstab und das kostbare Buch zusammenpackte, um sie in seiner Kajüte in Sicherheit zu bringen. Falls es dergleichen an Bord eines Schiffes in einem Sturm denn geben konnte …

Finis Terrae bedeutete der Name des tückischen Kaps an der galizischen Küste, *Das Ende der Erde*. Aber den Männern an Bord der *Judith* kam es eher so vor, als sei das Ende der Welt gekommen.

Vier Tage und Nächte trieb der Sturm sie übers aufgepeitschte Meer, wechselte allenthalben die Richtung, und jedes Mal, wenn er abzuflauen schien, war es nur das tiefe Atemholen vor dem nächsten Angriff.

Die Männer an Bord der *Judith* – Matrosen ebenso wie Offiziere – bekamen kaum eine Stunde Schlaf, waren die ganze Zeit bis auf die Haut durchnässt und bald völlig erschöpft von der Knochenarbeit an den Pumpen.

Gegen Mittag des dritten Tages löste sich ein Fass, das auf Deck vertäut gewesen war, und rollte mit der Gewalt eines herabstürzenden Felsbrockens auf Danny, den Schiffsjungen, zu, der am Mast angebunden auf den Planken kauerte, der Gefahr den Rücken zugekehrt. Master Bennet warf sich zwischen das Fass und das ahnungslose Opfer, und Gott in seiner unendlichen Weisheit belohnte den heldenhaften Steward mit zwei zerquetschten Beinen.

Master Tanner, der Bootsmann, schaffte Bennet mit zwei Matrosen unter Deck. Trotz des tosenden Sturms und der polternden Donnerschläge hörten sie ihn von dort unten schreien. Als die Nacht hereinbrach, wurde er still.

Wie alle Männer an Bord fürchtete Isaac um sein Leben, aber er wusste, er durfte sich das unter keinen Umständen anmerken lassen. Also nahm er sich ein Beispiel an Francis Drake, der nie verzweifelt schien, egal wie nass, hungrig oder müde er war, und niemals die Ruhe verlor, nicht einmal, als am Vormittag des vierten Tages der Blitz in den Hauptmast schlug. Der Donner, welcher der gleißenden Blitzsäule folgte, fegte alle an Deck von den Füßen, und vier oder fünf Männer, die dem Mast am nächsten gewesen waren, blieben liegen wie tot. Vermutlich sind sie genau das, dachte Isaac. Die Haare auf seinen Armen und Beinen hatten sich aufgerichtet, und für einen Atemzug nahm er einen seltsamen metallischen Geruch wahr, ehe der Sturm ihn davonfegte. Isaac legte den Kopf in den Nacken, um zu sehen, ob die Segel brannten. Aber er sah keine Flammen.

»Isaac, such den Schiffszimmermann!« Drake brüllte aus voller Kehle, aber der Sturm und die tosende See brüllten lauter.

Doch Isaac wusste, was zu tun war, und machte sich auf den Weg. Obwohl es zehn oder elf Uhr morgens sein musste, sah man kaum die Hand vor Augen. Er stemmte sich in den heulenden Wind und arbeitete sich langsam nach mittschiffs vor, suchte immer mit der einen Hand einen sicheren Halt, ehe er die andere losließ. Das machte ihn langsam, aber die *Judith* rollte und schaukelte in den haushohen Wellen wie eine Daunenfeder im Wind, und alle paar Herzschläge krachte ein Brecher aufs Deck. Isaac wusste, wenn er über Bord ging, würde es ewig dauern, bis irgendwer das bemerkte, und kostbare Zeit würde verrinnen, ehe der Schiffszimmermann versuchen konnte, den Mast zu retten.

Als er durch die Luke auf die steile Leiter kletterte, rollte die *Judith* so weit nach backbord, dass er den Halt verlor und hart auf den Planken des Geschützdecks landete. Seine gebrochenen Rippen protestierten mit aller Schärfe. Isaac blieb einen Augenblick mit zugekniffenen Augen liegen und presste die flache Hand auf die bandagierte Brust. »Topcliffe, du verfluchter *Bastard* …«, knurrte er und zog sich an der Leiter wieder auf die Füße.

Er fand den Zimmermann schließlich im Frachtraum, wo zwei der hölzernen Schöpfschaufeln der Kettenpumpe gebrochen waren.

»Master Lawrence …« Isaac keuchte. Die Strecke, die er zurückgelegt hatte, betrug vielleicht zwanzig Yards, aber er fühlte sich, als wäre er zwanzig Meilen gerannt. »Blitzschlag im Hauptmast.«

Die Männer, die dem Schiffszimmermann zur Hand gingen, tauschten furchtsame Blicke, und der junge John Humber aus Isaacs Wache bekreuzigte sich.

Der Schiffszimmermann zauderte. »Wenn die Pumpe nicht läuft, saufen wir ab.«

»Und wenn der Mast fällt, sind wir manövrierunfähig«, konterte Isaac. »Also geht und schaut, was Ihr tun könnt. Humber, hast du nicht erzählt, dein Vater sei Fassbinder?«

»Ja, Sir.«

»Denkst du, du bekommst die Pumpe wieder hin?«

»Ich kann's versuchen.«

»In Ordnung. Wenn du es schaffst, vergesse ich, deine abergläubische papistische Geste dem Captain zu melden.«

Der junge Matrose nicke kläglich. Alle Männer an Bord wussten, dass Drake Papismus mit aller Härte unterband – genau wie Hawkins es tat –, aber in Stunden wie diesen war die Furcht vor der ewigen Verdammnis größer als die vor irdischen Strafen.

Am frühen Nachmittag ließ der Sturm endlich nach. Nur wenig später hörte es auf zu regnen, und der Himmel riss auf. Wäre die aufgepeitschte See nicht gewesen, hätte man glauben können, alles sei nur ein böser Traum gewesen.

Isaac stand vor seiner Koje in der kleinen Offiziersmesse und zog sich das nasse Wams über den Kopf. Dann griff er nach einem Leinentuch und rubbelte sich damit über den Kopf. »Es ist so ein himmlisches Gefühl, wieder trocken zu werden, dass es den Sturm beinah wert ist«, bemerkte er.

Thaddeus Corby, der Zweite Offizier, lachte: »So was kannst auch nur du sagen, Fitzgervais. Ich hab mich fast bepisst vor Angst.«

»Ja, ich auch«, gestand Isaac. Er öffnete den Deckel der kleinen Kiste hinter seiner Koje und fand den verschlossenen Krug darin unversehrt. Mit den Zähnen zog er den hölzernen Stopfen heraus, kramte einen Zinnbecher hervor und schenkte ein. Er nahm einen ordentlichen Zug. Der Branntwein kam aus Frankreich und war ein paar Klassen besser als der, welchen die Mannschaft ausgeschenkt bekam. Er brannte sich die Kehle hinab, aber es war ein angenehmes, weiches Brennen.

Einladend hielt er Corby den Becher hin.

»Oh, unbedingt«, sagte der Zweite mit Inbrunst. »Das kommt gerade recht.« Er trank und gab Isaac den Becher zurück.

Der brachte ihn zur Koje des Dritten Offiziers, der reglos auf seiner Schlafstatt lag, einen Unterarm über die Augen gelegt. »Hier, Westbury. Davon wird dir besser, glaub mir.«

Westbury stieß ein leises, erbarmungswürdiges Stöhnen aus. »Hau bloß ab.«

Er war eine Landratte und hatte sich mit einem beträchtlichen Sümmchen in diese Dreiecksfahrt eingekauft. Aber es war ihm nicht genug gewesen, Hawkins sein Geld zu überlassen, auf dass der es verzehnfache, sondern Peter Westbury hatte sich in den Kopf gesetzt, mitzufahren und die Neue Welt zu sehen. Hawkins hatte ihn der *Judith* zugeteilt. Bis Finisterre hatte Westbury sich recht wacker geschlagen, doch der Sturm hatte ihm übel zugesetzt. Der Eimer neben seiner Koje war abgedeckt, der Geruch in der Offiziersmesse trotzdem ziemlich fürchterlich.

»Schön, ich trinke meinen Brandy auch viel lieber selbst«, räumte Isaac ein und nahm noch einen Schluck.

»Komm schon, Westbury, nimm dich zusammen.« Corby, der seit seinem zwölften Lebensjahr zur See fuhr, blickte mit einer Mischung aus Unverständnis und Mitgefühl auf den Seekranken hinab.

Westbury drehte sich mit dem Gesicht zur Kajütenwand.

Isaac und Corby tauschten ein Grinsen. Sie waren ungefähr gleich alt, von ähnlichem Temperament und verstanden sich gut. Das Zusammenleben in dem viel zu kleinen Raum, wo sie auch ihre Mahlzeiten einnahmen und der obendrein als Durchgang zur Kapitänskajüte diente, hätte reibungslos funktionieren können, wären Westburys Launen und Allüren nicht gewesen. Bislang hatten sie sie mit Humor erduldet, aber allmählich wurde es Zeit, dass die Landratte sich wie ein Seemann zu benehmen lernte.

Die Tür öffnete sich mit dem typischen Schwung und Drake trat ein. »Allmächtiger …« Er streifte den Eimer mit einem missfälligen Blick. Dann wandte er sich an Isaac. »Der Mast ist gesichert. Gott und Master Lawrence seien gepriesen.«

»Die Segel?«, fragte Isaac.

»Angesengt. Das Topsegel ist hinüber, würde ich sagen. Wie geht es den Männern, die der Blitz erwischt hat?«

»Alle leben, und alle sind aufgewacht. Kilburn hört nichts, aber der Bootsmann meint, das gibt sich vermutlich wieder. Higgs hat Verbrennungen an den Füßen, und sein Amulett hat sich in die Brust eingebrannt. Er kommt durch, wenn die Wunden nicht brandig werden, schätze ich.«

Der Captain nickte. »Aber Bennet haben wir verloren.«

»Ja, ich weiß. Ein Jammer.«

»Seebestattung in einer Stunde, Gentlemen. Master Corby, Ihr wählt die Bibelstelle aus.«

»Aye, aye, Captain.«

»Und jetzt gehe ich mich umziehen.«

Isaac hielt ihm einladend den Becher mit dem letzten Schluck Brandy hin.

»Danke.« Der Captain leerte ihn im Gehen. An der Tür zu seiner Kajüte hielt er noch einmal kurz an. »Master Westbury, steht auf und schafft um Himmels willen den Eimer hier raus.«

»Ich kann nicht«, kam es gedämpft hinter dem Arm hervor. »Einer der Schiffsjungen soll das erledigen, ich habe schließlich genug für diese Fahrt bezahlt.«

Drake betrachtete ihn ungläubig. Dann trat er an die Koje und riss mit einem Ruck die Decke zu Boden. »Master Westbury, Sir! Steht gefälligst auf, wenn ich mit Euch rede!«

Westbury blieb noch einen Augenblick reglos, dann wälzte er sich herum, setzte sich auf und kam umständlich auf die Füße. »Captain.«

Drake wies mit dem Zeigefinger auf den Stein des Anstoßes. »Wenn ich bitten dürfte, Sir. Auf der Stelle. Die Schiffsjungen sind an Bord, um dem Koch, dem Steward und dem Bootsmann zur Hand zu gehen und das Matrosenhandwerk zu lernen, nicht zu Eurer Bequemlichkeit! Und wenn Ihr jetzt nicht tut, was ich sage, werde ich Euch wegen Befehlsverweigerung anklagen und von der Rah fallen lassen, Offizier hin oder her! Ich schwör's bei Gott.«

Westbury biss sichtlich die Zähne zusammen und nickte steif. »Zu Befehl, Captain.« Er hob seinen Eimer auf, und Isaac kam nicht umhin zu bewundern, mit welcher Würde er das tat. »Da Ihr es anscheinend jedoch als Euer gutes Recht betrachtet, mich fortwährend zu schikanieren, habt Ihr gewiss keine Einwände, wenn ich Beschwerde beim Flottenkommandanten einlege.«

Drake schnaubte. »Viel Glück, Muttersöhnchen. Gott allein weiß, wo die *Jesus* mit unserem Kommandanten und die übrigen

Schiffe der Flotte sind. Wenn Ihr Euch an Deck bemüht, werdet Ihr feststellen, dass wir ganz allein auf dem weiten, weiten Meer sind. Wir haben die Flotte verloren.«

Santa Cruz, November 1567

»Wie hinreißend schön es hier ist«, schwärmte Marian Edmundson, den Blick auf den kleinen Hafen mit seinen schmucken Häusern gerichtet.

»Ja«, knurrte Isaac an seiner Seite. »Hinreißend.«

Marian wandte verwundert den Kopf. »Es gefällt dir nicht?«

Isaac unterdrückte ein Seufzen. Der Hafen war weiß, die Hügel schwarz. Der Himmel lapislazuli, das Meer mitternachtsblau, gekrönt von Wellenkämmen, die so gleißend weiß waren, dass sie das Auge blendeten. Alles perfekt. »Es ist eine wundervolle Insel, keine Frage.«

»Kennst du sie gut?«

»Ich habe über zwei Jahre hier gelebt.« Und seither hatten sie auf jeder Fahrt hier haltgemacht, um englisches Tuch zu verkaufen, frisches Wasser und neue Vorräte aufzunehmen, aber jedes Mal war Isaac erleichtert gewesen, wenn sie die Anker wieder lichteten.

»Zwei Jahre?«, wiederholte sein Cousin verwundert. »Wie kann das sein?«

»Na ja, ich war hier ... irgendwie hängengeblieben.«

»Captain Hawkins hat ihn auf unserer ersten Fahrt hier in die Sklaverei verkauft«, erzählte Francis Drake bereitwillig, der zu ihnen an die Reling des Vorschiffs getreten war.

»*Was?*«, fragte Marian entsetzt.

»Hm. Nur vorübergehend, versteht sich. Die Spitzbärte hatten Hawkins ein Angebot gemacht, das er einfach nicht ablehnen konnte, und unser wackerer Erster Offizier hier war Teil dieses Handels. Und darüber ist er immer noch so entrüstet, dass ihm der Appetit vergeht, sobald Teneriffa am Horizont in Sicht kommt.«

»Bist du jetzt bald mal fertig?«, fragte Isaac.

Drake schenkte ihm ein entwaffnendes Lächeln. »Ist es etwa nicht so?«

»Doch.«

Marian sah ungläubig von einem zum anderen und beschloss dann offenbar, nicht weiter nachzufragen. Isaac war ihm dankbar. Sein Cousin war sowieso ein großartiger Kerl, hatte er festgestellt.

Erst vor Gomera war die *Judith* wieder zur Flotte gestoßen, was zum einen am launischen Wind gelegen hatte, zum anderen aber auch daran, dass der junge Captain der *Judith* keine besondere Eile gehabt hatte, das Flaggschiff wiederzufinden, denn er und seine Mannschaft waren wunderbar allein zurechtgekommen. Also hatte Drake, der als Kommandant gleichzeitig der Obersteuermann war, einen Kurs gewählt, der immer knapp an Hawkins' bevorzugtem Fahrwasser vorbeiführte, und in den fünf Wochen, die sie gebraucht hatten, war die Mannschaft der *Judith* zu einer verschworenen Gemeinschaft zusammengewachsen. Das war zum einen dem seemännischen Können und der Autorität des Captains geschuldet, aber ebenso der unkomplizierten Natur der ersten beiden Offiziere und guten, erfahrenen Matrosen wie Marian Edmundson.

»Können wir denn nun an Land oder nicht?«, fragte dieser. »Ich hätte nichts dagegen, den hiesigen Wein zu probieren.«

»Ihr müsst euch noch gedulden«, beschied der Captain. »Der Kommandant hat mich und meine Offiziere zum Essen gebeten und wird uns sicher wissen lassen, was das da zu bedeuten hat.« Er wies zu der trutzigen Festung nördlich des Hafens hinüber, wo vor dem Tor die gesamte Miliz von Teneriffa aufmarschiert war – an die tausend Mann. »Die armen Schweine können einem leidtun, seit Sonnenaufgang stehen sie da in der sengenden Sonne stramm.«

»Zwei sind schon umgefallen«, wusste Isaac zu berichten. »Aber der Rest sieht noch ziemlich angriffslustig aus.«

Auch der Hafenmeister, der an Bord gekommen war, um die Ladung zu inspizieren, war in bewaffneter Begleitung erschienen. Er war einer der typischen Spitzbärte, und weil sie ja alle gleich aussahen, war Isaac nicht sicher gewesen, ob er ihn kannte. Sicher war indessen dies: Der Hafenmeister war ihnen mit Feindseligkeit begegnet.

»Wie's scheint, hat König Felipes Argwohn gegenüber englischen Seefahrern sich endlich bis zu den Kanarischen Inseln herumgesprochen«, bemerkte Isaac.

»Du klingst verdächtig unbekümmert«, erwiderte Drake kritisch.

»Ich *bin* unbekümmert. Wie du dich entsinnen wirst, liegt der Erfolg von Captain Hawkins' Sklavenfahrten mir nicht sonderlich am Herzen.«

Drake hob flehend beide Hände. »Wenn ich mir diese Predigt noch mal anhören muss, werde ich mich vor Langeweile im Meer ersäufen. Und ich bin gespannt, ob du immer noch so gelassen bist, wenn die Spanier Geiseln verlangen.«

Isaac spürte, wie ihm die Farbe aus dem Gesicht wich.

Lachend schlenderte Drake davon.

»Glaubst du, das werden sie wirklich?«, fragte Marian. Es klang eine Spur nervös.

»Keine Ahnung«, entgegnete Isaac achselzuckend. »Wie er sagte: Heute Nachmittag wissen wir mehr.«

»Ich hoffe nur, Hawkins gibt uns morgen endlich Landgang. Ein paar der Männer sind schon ganz zappelig vom Herumsitzen in der verdammten Hitze und Enge hier an Bord. Du weißt ja, das macht sie reizbar.«

»Ja, ich weiß. Doch sie sind alle gut beraten, sich zusammenzunehmen.«

In der sengenden Hitze des frühen Nachmittags ruderten vier Matrosen den Captain der *Judith* und seine Offiziere zur *Jesus of Lübeck* hinüber.

»Willkommen an Bord, Captain!«, grüßte Robert Barrett, der Kommandant der *Jesus*. »Gentlemen.« Er nickte den Offizieren zu. »Folgt mir. Wir speisen in der Kapitänskajüte. Dieses Schiff mag alt und klapprig sein, aber die Geräumigkeit sucht ihresgleichen.«

Die Kapitänskajüte, die sich achtern über die gesamte Schiffsbreite erstreckte, war nicht nur groß, sondern auch festlich geschmückt, stellte Isaac fest. Ein makelloses Laken bedeckte den langen Tisch, und sein Schimmern verriet, dass es aus Damast gefertigt war. Silberpokale glänzten im Kerzenschein, und in der hinteren Backbordecke des Raums standen fünf herausgeputzte und ziemlich verlegene Matrosen, die Hawkins vornehmlich wegen ihrer musikalischen Begabung angeheuert hatte, mit Fideln und Lauten. Jeden Abend ließ Hawkins sich aufspielen, hatte Isaac gehört.

Jetzt stand der Flottenkommandant hinter dem Stuhl am Kopf der Tafel, und er wirkte vornehm in seiner blütenweißen Halskrause und den feinen Kleidern aus nachtblauem Tuch. Er hob die beringte Rechte zum Gruß. »Gentlemen, willkommen an Bord. Nehmt Platz. Lasst uns einen Schluck trinken und die Lage erörtern, ehe unsere spanischen Freunde zu uns stoßen.«

»Beruhigend zu hören, dass wir noch welche haben«, raunte der Captain der *Minion* Isaac zu, während sie Platz nahmen.

Hawkins hatte ihn gehört und gab gleichmütig zurück: »Sie werden kommen, glaubt mir. Ob sie uns auch in ihre Gebete einschließen, braucht uns ja nicht zu kümmern. Doch sie werden Handel mit uns treiben, denn sie sind so angewiesen auf unsere Tuchballen wie wir auf ihr Wasser und ihre Lebensmittel.«

Hawkins behielt recht: Sein alter Freund de Ponte kam als erster, kurz darauf folgten Ricardo Solano und sein Sohn Juan, die den größten Weinbau auf der Insel betrieben, und schließlich Pedro Soler und sein Sohn Pedro, der Priester. Wie immer behandelte der spanische Pflanzer Isaac mit völliger Missachtung. Das war Isaac nur recht, und dennoch verspürte er immer ein leises Unbehagen. Der einzige Lichtblick bei diesen Begegnungen war in der Vergangenheit Fernando gewesen. Doch Isaacs alter Freund war nicht mit auf die *Jesus* gekommen.

»Capitán Hawkins!« Pedro Soler zeigte sich herzlicher als die anderen Spitzbärte. »Ihr hattet eine gute Reise, hoffe ich?«, fragte er in seinem drolligen, gebrochenen Englisch.

Hawkins schüttelte ihm die Hand. »Stürmisch. Aber damit

muss man zu dieser Jahreszeit ja immer rechnen. Wie geht es Eurer Frau, Don Pedro? Und Eurer bezaubernden Tochter?«

Isaac hätte schwören können, dass Hawkins bei dieser letzten Frage ein klitzekleines, gehässiges Lächeln in seine Richtung schickte.

»Doña Ana ist letzten Sommer von uns gegangen«, berichtete der Spitzbart ohne erkennbares Bedauern und bekreuzigte sich. Seine Zwillingsbrüder konnten zwar vermutlich nicht verstehen, was er gesagt hatte, bekreuzigten sich vorsichtshalber aber auch. »Von meiner Tochter hörte ich zuletzt im Sommer, da erwartete sie die Geburt ihres dritten Kindes. Was es geworden ist, weiß ich nicht, aber zwei Söhne hat sie schon. Don Julios Plantage hat sich sehr zufriedenstellend entwickelt, und …«

Den Rest verfolgte Isaac nicht. *Ein Leben in den Kolonien und jedes Jahr ein Kind*, dachte er verdrossen. *Sie hätte etwas Besseres verdient*. Und er ertappte sich bei der Frage, ob Clara die Niederkunft gut überstanden hatte. Ob sie glücklich war auf ihrer Zuckerplantage am Ende der Welt. Ob sie überhaupt noch lebte, und, falls ja, ob sie von den Schwangerschaften und dem vielen Zucker vielleicht fett geworden war …

»Master Fitzgervais!« Hawkins' Tonfall war scharf genug, um einen Mann zu häuten.

Isaacs Kopf ruckte hoch. »Tut mir leid, Sir. Was sagtet Ihr?«

»Habt die Güte und fragt Don Ricardo, warum er die Miliz gegen uns hat aufmarschieren lassen. Möglichst höflich, wenn ich bitten darf.«

Isaac gab sich Mühe.

Trotzdem wurde Don Ricardos Gebaren mit einem Mal so steif wie seine Halskrause. »Der Gesandte Seiner Majestät, König Felipe, warnte uns, dass Ihr spanische Städte geplündert habt, Capitán.«

»Aber nur in der Neuen Welt«, wisperte Drake seinem Weinbecher zu.

»Plündern ist ein hartes Wort, Don Ricardo«, entgegnete Hawkins mit einem gewinnenden Lächeln. »Doch unser Handel mit den Niederlassungen in Neuspanien verlief nicht immer ohne Missverständnisse, das ist wohl wahr.«

»Wir wurden angewiesen, bei Eurem nächsten Besuch auf Teneriffa kein Risiko einzugehen«, fuhr Don Ricardo unversöhnlich fort.

Hawkins gab dem Steward ein Zeichen, er möge auftragen lassen, und prompt erschienen vier junge Burschen – im richtigen Leben die Schiffsjungen der *Jesus* und der *Minion* – und trugen silberne Platten mit knusprig gebratenen kanarischen Rebhühnern auf.

»Fleisch?«, fragte Don Pedros Sohn, der strenge *Padre*. »An einem Freitag, Capitán?«

Hawkins langte unbekümmert zu. »Ich habe eine Dispens des Papstes, mein Freund, die jedem an Bord meines Schiffes freitags den Verzehr von Fleisch erlaubt«, erwiderte er.

Isaac sah ihn entgeistert an, ehe ihm aufging, dass John Hawkins einen Scherz gemacht hatte. Das hatte Isaac noch nie erlebt. *Ich wusste nicht, dass dergleichen in dir steckt, Hawkins, du Hurensohn.*

»Aber falls Euch nicht wohl dabei ist …«, fuhr der Flottenkommandant fort, und wieder gab er dem Steward ein Zeichen. Gebratene Fische wurden aufgetragen, deren Fleisch so weiß und deren Kruste so golden war, dass Isaac sich für einen Herzschlag zu dem Tag zurückversetzt fand, den er mit Tomás am Strand verbracht hatte.

Die Spitzbärte griffen erleichtert zu und wechselten verstohlene, unsichere Blicke.

Isaac kam nicht umhin, Hawkins' Strategie zu bewundern. Der Kommandant hatte den Spaniern zu verstehen gegeben, dass er es nicht länger nötig hatte, ihnen vorzugaukeln, er sei Papist. Er war ein steinreicher Kaufherr und stand unter dem Schutz seiner Königin – wenn die Spitzbärte keinen Handel mit ihm treiben wollten, bitte, dann würde er es eben anderswo tun. Aber keiner war aufgesprungen und empört von Bord gegangen. Hawkins hatte das Machtgefüge am Tisch zu seinen Gunsten verändert, ohne seine Gäste zu beleidigen, indem er ausdrücklich einräumte, dass er Protestant war, ein *Luterano*, wie sie hier sagten, was ungefähr gleichbedeutend mit dem Satan war.

Gut für dich, John Hawkins, dachte Isaac und knabberte genüsslich an einem Rebhuhnschenkel. Und gut für mich, weil ich diesem irren Bluthund Richard Topcliffe die Wahrheit sagen kann, und dann sind wir ihn mit etwas Glück beide los …

Wie schon gelegentlich in der Vergangenheit brach Don Pedro das Eis für die englischen Besucher. Angeregt unterhielt er sich mit Hawkins und Barrett über den Zuckeranbau hier und in der Neuen Welt, und bei der Gelegenheit erfuhr Isaac, dass Fernando nach Hispaniola gesegelt war, um mit seinem Schwager zusammen weiteres Land für einen Ausbau der Zuckerplantage zu erwerben. Eher beiläufig tauschten beide Seiten sich darüber aus, welche Vorräte Hawkins für seine Flotte benötigte und welche Waren er mitgebracht hatte, und als den anderen Spitzbärten aufging, welchen Umfang das Geschäft versprach, das sie sich hier möglicherweise gerade durch die Lappen gehen ließen, gaben auch sie ihre frostige Zurückhaltung auf und wurden leutselig. Die Musiker spielten wirklich hervorragend, die Schiffsjungen sorgten dafür, dass die feinen Silberpokale nicht leer wurden, und die Speisen waren erlesen.

Als die Spanier schließlich zum Aufbruch rüsteten und Gäste wie Gastgeber zurück an Deck kamen, stand die Sonne schon weit im Westen und hatte die Farbe einer reifen Orange angenommen. Man konnte zusehen, wie sie sich dem Horizont näherte.

»Nicht mehr lange, bis es dunkel wird«, bemerkte Drake.

»Vielleicht besser so«, gab Isaac zurück. »Ich bin einigermaßen betrunken.«

»Dann werd wieder nüchtern. Hier gibt es Ärger.«

Drake wies auf den Bootsmann, der sich mit verschränkten Armen vor einem Matrosen aufgebaut hatte, seine Miene untypisch finster. »Ich sage es dir zum letzten Mal, Dudley: Scher dich zurück an die Arbeit!«

»Was gibt es denn, Master Abingdon?«, fragte Hawkins, die Stirn sturmumwölkt. Vermutlich war es ihm unangenehm, dass die Spitzbärte Zeuge eines Disziplinproblems an Bord der *Jesus* wurden.

Der Bootsmann wandte den Kopf. »Tut mir leid, Sir. Aber die Männer sind nervös und streitsüchtig wie Straßenköter.« Er nickte diskret zu der spanischen Miliz hinüber, deren dräuende Anwesenheit den englischen Matrosen ebenso aufs Gemüt geschlagen war wie den Offizieren. »Dudley und Fitzwilliam haben sich gestritten, und es endete damit, dass sie sich an Land zu einem Duell verabredeten. Ich habe das verboten, aber Fitzwilliam hat sich hinter meinem Rücken von Bord geschlichen. Dudley habe ich im letzten Moment noch erwischt.«

»Master Barrett«, wies Hawkins den Captain der *Jesus* an. »Schickt eine Wache an Land und lasst Fitzwilliam zurückholen. Er wird für seinen Ungehorsam ausgepeitscht. Und du«, fuhr er an Dudley gewandt fort, »kannst auf der Stelle zu deiner Back zurückkehren, oder es ergeht dir wie ihm.«

Edward Dudley schlug die Augen nieder, aber er rührte sich nicht.

Isaac kannte ihn von zwei früheren Fahrten. Dudley war ein Säufer und ein Faulpelz. Wegen seines Namens behauptete er, er sei ein Bastardbruder des Earl of Leicester. Wenn er genug gesoffen hatte, behauptete er sogar, sein vermeintlicher Bruder hätte ihn der Königin vorgestellt. Hawkins hatte in der Vergangenheit über all das hinweggesehen, weil Dudley ein zuverlässiger Mann in schwerem Wetter war. Aber Isaac wusste, der Bootsmann war nicht glücklich gewesen, den Namen wieder auf der Musterrolle zu finden.

»Hast du nicht gehört?«, schnauzte er ihn an.

Dudley schüttelte den Kopf wie ein trotziges Kind. »Ich lass mir nicht verbieten, meine Ehre zu verteidigen!«, verkündete er mit tragischer Miene, und Isaac ging auf, dass Dudley deutlich betrunkener war als er.

»Du weißt ja noch nicht einmal, was das ist, Ehre«, versetzte Hawkins angewidert.

»Captain, Ihr habt kein Recht …«

Ohne Hast, ohne erkennbaren Zorn schlug Hawkins ihn mit der Faust zu Boden.

Der Bootsmann machte ihm schleunigst Platz.

Hawkins packte Dudley am Kragen und zerrte ihn wieder auf

die Füße. »Ich habe jedes Recht«, erklärte er, zückte den Dolch und setzte ihn dem Matrosen an die Kehle. »Hier an Bord *bin* ich das Recht, du Halunke, und wenn du nicht auf der Stelle gehorchst, lasse ich dich wegen Meuterei aufhängen.«

Die Spitzbärte konnten ihn zwar mehrheitlich nicht verstehen, aber sie begriffen offenbar den Ernst der Lage, denn sie raunten, manche traten unruhig von einem Fuß auf den anderen, und alle waren bestens unterhalten.

Das ärgerte Isaac. »Dudley, um Himmels willen, nimm doch Vernunft an«, murmelte er.

Statt den guten Rat zu befolgen, zog Dudley sein eigenes Messer und führte einen tückischen Stoß auf Hawkins' Kehle. Doch der Kommandant hatte anscheinend eine Vergangenheit, die er nicht an die große Glocke hing, denn er bewies Erfahrung im Messerkampf. Er glitt geschmeidig zurück, wechselte die Klinge von der Rechten in die Linke, zurück zur Rechten, blieb in Kampfhaltung mit leicht gebeugten Knien stehen und winkte mit einem Finger. »Also, dann komm, Bürschchen. Lass sehen, ob du den Mumm hast.«

Das ließ Dudley sich nicht zweimal sagen. Mit einem wütenden Knurren sprang er Hawkins an, der ihm wiederum auswich, die Klinge vorschnellen ließ und Dudley den rechten Oberarm aufschlitzte. Der Matrose stieß die Luft durch die zusammengebissenen Zähne aus und führte einen Stoß auf Hawkins' Gesicht. Er erwischte ihn knapp neben dem linken Auge.

Master Abingdon und der Bootsmannsmaat wollten einschreiten, doch Barrett und Drake hielten sie zurück. Jetzt, da Hawkins sich auf den Kampf eingelassen hatte, durfte kein anderer ihn beenden, wenn der Kommandant seine Autorität behalten sollte.

Hawkins brauchte indes keine Hilfe. Er tauchte unter Dudleys nächster Attacke weg, rammte seinem Gegner den Ellbogen vor den Kehlkopf, und als Dudley zurücktaumelte, trat er ihm das Messer aus der Hand.

Isaac wechselte einen Blick mit Drake und nickte anerkennend, wider Willen beeindruckt. Sein Freund lächelte mit einem kleinen Achselzucken – weit weniger verblüfft als die übrigen Zuschauer.

Dudley lag röchelnd auf den Deckplanken.

Hawkins wischte sich mit dem Handrücken das Blut ab, das ihm über die Wange lief, und ließ den Matrosen nicht aus den Augen, als er sagte: »Master Abingdon, legt den Mann in Eisen. Er wird morgen früh bei Sonnenaufgang gehängt.«

Abingdon packte den Verurteilten am unverletzten Arm und zog ihn auf die Knie.

Dudley hielt den Kopf gesenkt, aber jeder konnte sehen, dass er heulte. Offenbar war durch den Branntweinnebel gedrungen, dass er in den größten Schwierigkeiten steckte. »Vergebt mir, Sir …«, stammelte er. »Ich weiß einfach nicht, was über mich gekommen ist …«

»Hör auf zu winseln«, fuhr Hawkins ihn an. »Und woher zum Teufel hatte der Mann den Fusel?«, fragte er den Bootsmann.

Abingdon hob ergeben die massigen Schultern. »Ein Seemann, der trinken will, findet immer ein Versteck für seinen Fusel, Sir, das wisst Ihr doch.«

Das wusste jeder, der zur See fuhr.

»Ich könnte mich möglicherweise entschließen, die Beleidigung zu vergeben«, eröffnete der Kommandant dem armen Sünder und wartete genau so lange, bis dessen jammervolle Miene sich aufhellte, ehe er fortfuhr: »Aber dies ist ein Schiff Ihrer Majestät der Königin. Sie hast du mit deinem Ungehorsam ebenso beleidigt wie mich, und das ist unverzeihlich. Also mach deinen Frieden mit Gott, Dudley, du hast Zeit bis morgen früh.«

Dudley sank zu einem Häuflein Elend in sich zusammen, und seltsamerweise rührte der jammervolle Anblick die Herzen der Spitzbärte. Sie begannen, für Dudley zu bitten. *Komisch*, dachte Isaac, *ich kann mich gar nicht daran erinnern, dass sie im Angesicht menschlichen Elends zu Anwandlungen von Mitgefühl neigen …*

Aber sogar der Padre, der so gern von Höllenfeuer und Verdammnis predigte, blieb nicht davon verschont. »Welcher Art Euer Glaube auch immer sein mag, Capitán Hawkins, der Herr spricht: Mein ist die Rache. Ich bin gewiss, es steht in der Bibel der *Luteranos* ebenso wie in der unseren. Darum bitte ich Euch, zeigt Barmherzigkeit.«

»Barmherzigkeit bringt eine Flotte nicht von einem Ufer des Meeres zum anderen, Padre«, belehrte Hawkins ihn kühl, nachdem er Isaacs Übersetzung angehört hatte. »Master Abingdon, schafft mir den Jammerlappen aus den Augen.«

Der Bootsmann hievte Dudley auf die Füße und führte ihn zur Luke.

Hawkins fuhr sich nochmals über die blutüberströmte Wange, und mit einem dünnen Lächeln verneigte er sich vor seinen spanischen Gästen. »Ich hoffe, dieser unerfreuliche Zwischenfall wird unsere erneuerte Freundschaft nicht beeinträchtigen.«

Keinesfalls, wurde ihm allseits versichert, aber die Spitzbärte wirkten bedrückt und sehr nachdenklich, als sie von Bord gingen.

Auch die Offiziere der übrigen Schiffe machten sich auf den Weg zu ihren Kojen, denn die kurze Dämmerung war angebrochen, und wer am Nachmittag dem Wein zugesprochen hatte, kletterte bei Dunkelheit nicht gern ein Fallreep hoch.

Die Männer der *Judith* waren die letzten.

»Einen Augenblick noch, Francis«, bat Hawkins.

Drake wandte sich um. »Sir? Ihr solltet das nähen lassen, wisst Ihr. Es blutet sonst nur immer weiter.«

»Das ist jetzt unerheblich«, gab der Kommandant ungeduldig zurück. »Wie würdest du entscheiden?«

»Ich?«, fragte Drake verdutzt. »Ihr meint, über Dudley?«

»Ganz recht.«

Drake überlegte nicht lange. »Ich würde ihm das Fell gerben, bis ihm Hören und Sehen vergeht, und ihn schuften lassen, dass er nie wieder auf dumme Gedanken kommt. Aber ich würde ihn nicht aufhängen.«

»Warum nicht?« Es klang eher interessiert als ärgerlich.

»Weil die Männer Härte leichter akzeptieren, wenn sie mit Menschlichkeit gepaart ist, glaube ich. Dudley hat einen schweren Fehler gemacht, aber er war besoffen. Ihr könntet ihn begnadigen, wenn es Euch richtig erscheint, ohne dass irgendwer es für Schwäche halten würde.«

»Verstehe. Nun, dann nimm ihn mit.«

»Wie bitte?«

Hawkins nickte. »Seine Prügelstrafe wird natürlich hier vollzogen, als Abschreckung für andere, die sich mit rebellischen Gedanken tragen. Aber ich will ihn an Bord der *Jesus* nicht mehr haben. Also kannst du ihn mitnehmen und deine Theorie erproben.«

Er lehrt ihn, ein Schiff zu führen, so wie Francis mich lehrt zu navigieren, ging Isaac auf.

Drake schien ein wenig verwirrt und ließ sich die Sache einen Moment durch den Kopf gehen. Dann nickte er. »Einverstanden.«

»Du wirst sehen, lange musst du dich nicht mit Edward Dudley herumplagen.«

»Wieso nicht?«

»Er schuldet sein Leben der Königin, wie ich sagte. Wenn ich es schone, heißt das noch lange nicht, dass der Allmächtige es ebenfalls tut.«

Am nächsten Morgen versammelten sich die Einwohner von Santa Cruz am Hafen, um der angekündigten Hinrichtung des Matrosen beizuwohnen. Isaac stand mit Drake und den übrigen Offizieren auf dem Achterdeck der *Judith* und entdeckte auch ein paar Spitzbärte in der kleinen Traube Schaulustiger. Da der Delinquent ein *Luterano* war, hofften sie womöglich, Zeuge seiner Höllenfahrt zu werden. In der Hinsicht wurden sie enttäuscht, aber falls es ein grausiges Schauspiel war, wofür sie erschienen waren, kamen sie auf ihre Kosten.

George Fitzwilliam war der erste, den der Profos an den Mast stellte. Die neunschwänzige Katze war bei Seeleuten gefürchtet, und das zu Recht. Das satte Klatschen, mit dem sie auftraf, ließ einen schon vom Zuhören zusammenzucken. Die Striemen waren dünn und nicht immer blutig, aber dafür zahlreich, und man spürte sie noch wochenlang. Trotzdem ertrug Fitzwilliam seine Strafe stoisch, und als Master Abingdon ihn losband, ging der Matrose ohne Hilfe an seinen Platz bei der Mannschaft zurück und hatte sogar genug Kampfgeist übrig, um Dudley vor die Füße zu spucken, als der an ihm vorbeigeführt wurde. Edward Dudley hingegen stieß bei jedem Hieb gequälte Schreie aus, die gruselig in der stillen Morgenluft gellten.

»Ich hätte gedacht, er wär zäher als Fitzwilliam, dieses Waschweib«, kommentierte Thaddeus Corby, der Zweite Offizier.

»Vermutlich nimmt der Profos ihn härter ran«, gab Isaac zu bedenken.

»Hm«, machte Drake abschätzig. »Und ich schätze, dass er einen lausigen Kater hat und heute der erste Tag seit seinem zehnten Geburtstag ist, da er auf seinen Frühstücksschluck verzichten musste. Ich bin wirklich nicht scharf darauf, Dudley in meiner Mannschaft zu haben.«

»Nein, ich weiß.«

»Wo er ist, gibt es immer Ärger. Aber das Saufen während der Wache werd ich ihm abgewöhnen, ich schwör's.«

»Viel Glück, Captain«, wünschte Corby.

»Wartet's nur ab. Da fällt mir ein, wo ist dein Vetter Edmundson, Isaac?«

Der wies zum Hauptmast hinauf. »In luftigen Höhen, wo er am liebsten ist.«

Wann immer man Marian nichts anderes zu tun gab, bat er um Erlaubnis, aufentern zu dürfen, und kontrollierte Segel, Spiere, Wanten und Stage. Er konnte klettern wie eine Katze, und wenn er wieder herunterkam, strahlte sein Gesicht vor Seligkeit, so als wäre er trunken von all der salzigen Seeluft und Freiheit dort oben.

Drake pfiff durch die Zähne, und als Marian herabschaute, winkte der Captain ihn herunter. »Ich hab mir gedacht, ich mache ihn zum Bootsmannsmaat, ehe einer der anderen Kommandanten ihn mir abwirbt und es tut.«

»Gute Idee.«

»Ich stecke Dudley in seine Back, und wenn Edmundson es schafft, ihn nüchtern zu halten, bis wir, sagen wir, die afrikanische Küste erreichen, befördere ich ihn zum Steward. Wir haben immer noch keinen Ersatz für den armen Bennet, und dein Vetter hat das Zeug, egal wie jung er ist.«

Isaac nickte zufrieden. Er war froh, dass es sich für Marian bezahlt machte, sich auf dieses Abenteuer eingelassen zu haben.

Drei Tage später stach Hawkins' Flotte wieder in See. Zum Abschied feuerte die *Jesus of Lübeck* ein halbes Dutzend Salutschüsse Richtung Hafen ab, doch eines der Geschütze war zu hoch ausgerichtet, und die Kugel schlug in ein Haus neben der Kirche ein. Das sorgte für Heiterkeit an Bord der englischen Schiffe, aber Isaac dachte bei sich, dass dieser kleine Fauxpas den Handel mit den Spitzbärten von Teneriffa in Zukunft nicht einfacher machen würde. Da dies aber seine letzte Fahrt in John Hawkins' Diensten war, konnte ihm das ja gleich sein.

Bei ruhigem Wetter und schwachem Wind segelten sie nach Süden Richtung Kapverdische Inseln, und Isaac lernte zum ersten Mal, welche Herausforderung es war, Matrosen bei Laune zu halten, für die es nicht genügend Arbeit gab und die finster zum wolkenlosen Himmel aufblickten, weil sie eine Flaute fürchteten. Seeleute waren wie Bauern, hatte Isaac vor langer Zeit gelernt: Kein Wetter war ihnen je recht.

Hawkins' Beispiel folgend, ließ Drake die Mannschaft jeden Morgen auf dem Vorschiff zum Gottesdienst antreten. Die Männer knieten nieder, beteten ein Vaterunser und das Credo, und anschließend las einer der Offiziere die Epistel und das Evangelium des Tages vor, ehe der Captain eine Predigt zu der gehörten Bibelstelle hielt. Das fiel ihm nicht leicht, wusste Isaac. Francis Drake war ein frommer Protestant und ein redseliger Mann, aber das Predigen war seiner Natur fremd. Doch auch in dieser Pflicht gewann er von Tag zu Tag mehr Routine und Selbstvertrauen, und um der Langeweile und den damit einhergehenden Querelen zu begegnen, ließ er den Gottesdienst jeden Tag ein wenig länger werden.

Er ordnete an, das ganze Schiff zu schrubben, und als die Männer am Heck angekommen waren, befahl er, gleich am Bug wieder anzufangen. Sie führten Gefechtsübungen durch und lagerten die Fracht um, reparierten Segel und Takelage und sangen Seemannslieder, zu denen Danny, der Schiffsjunge, noch reichlich schräg auf der Fidel herumsägte, die er von Master Bennet geerbt hatte.

Die Disziplin hielt, und Marian Edmundson hatte tatsächlich das Kunststück vollbracht, Edward Dudley auszunüchtern. Weil

Marian schon sein halbes Leben zur See fuhr und die *Judith* kein großes Schiff war, gab es einfach kein Versteck, das vor dem neuen Bootsmannsmaat sicher war, und nachdem er Dudleys letzten Branntweinkrug aus dem Lauf einer Falkonett geholt hatte, wurde Dudley so abstinent wie ein spanisches Nonnenkloster.

Nach zwei Wochen erreichten sie Cabo Blanco, wo sie drei portugiesische Schiffe kaperten, deren Mannschaften vor französischen Piraten in eine nahegelegene Festung geflohen waren. Hawkins behielt das größte und verkaufte die anderen beiden den portugiesischen Unglücksraben zurück. Das Beste an dieser Beute war nicht das Schiff selbst, sondern seine Seekarten. Spanische und portugiesische Karten waren um ein Vielfaches zuverlässiger als alle, die man in England bekam. Darum war der Kommandant sehr zufrieden mit der Prise, aber Sklaven fand er weder an Bord noch in der Festung.

Die Portugiesen hatten aus der Vergangenheit gelernt. Sie versteckten ihre menschliche Fracht bis unmittelbar vor deren Verschiffung weiter im Inland. Und auch die Afrikaner hatten aus der Vergangenheit gelernt. Sie verbargen sich im Urwald, der den weißen Männern bedrohlich und undurchdringlich erschien, und beschossen sie mit Giftpfeilen, wenn die Sklavenjäger sich trotzdem hineinwagten.

Unverrichteter Dinge und ziemlich schlecht gelaunt führte John Hawkins seine Flotte weiter nach Süden, bis sie einen winzigen Hafen in Guinea anliefen: ein halbes Dutzend Holzhütten an einem lieblichen, halbmondförmigen Strand, dessen Sand so weiß und fein wie Weizenmehl war.

»Ein auf Abwege geratener Mönch, zwei ehemalige Offiziere der spanischen Flotte, ein portugiesischer Astrologe und ein reiselustiger Genueser leben dort, hat Hawkins mit seinen drei Brocken Spanisch herausbekommen. Und sie alle haben afrikanische Frauen«, berichtete Drake, der mit dem Kommandanten an Land gegangen war, seinen Offizieren. »Sie besitzen nichts, was zu rauben sich lohnt, aber ich glaube, sie leben schon lange hier. Der Mönch und einer der Spanier haben jeder ein halbes Dutzend Bälger mit ihren Afrikanerinnen. Also wissen sie vermutlich, wo wir finden können, was wir suchen.«

»Und sie sind bestimmt ganz versessen darauf, die Brüder und Schwestern ihrer afrikanischen Frauen in die Sklaverei zu schicken«, bemerkte Isaac.

Drake zuckte ungeduldig die Schultern. »Um das herauszufinden, kommst du heute Nachmittag mit an Land. Wir brauchen dich als Übersetzer.«

Isaac seufzte. »Aye, Captain.«

Er war fasziniert von der kleinen Gemeinschaft der Strandbewohner. Die fünf Europäer waren so braungebrannt, dass ihre Haut nicht viel heller als die ihrer Frauen wirkte. Ihre Hütten und Möbel waren selbstgezimmert und schlicht. Eine lebhafte Schar kleiner Kinder tobte nackt am Strand herum, aber ihre größeren Geschwister und Eltern waren anständig gekleidet, wenn auch alle gleich: Sie trugen hemdähnliche, knielange Gewänder und keine Schuhe.

»Alles, was wir zum Leben brauchen, schenkt uns der Wald«, erklärte der jüngere der beiden Spanier, der sich nur als Francisco vorgestellt hatte und der mit Isaacs Hilfe das Gespräch mit Hawkins führte. »Kleidung ist unser einziges Problem. Die Frauen nähen unsere Sachen aus dem, was wir gelegentlich von getöteten portugiesischen Sklavenjägern erbeuten, aber es ist nie genug.« Er hob mit einem ergebenen Lächeln die Schultern. Genau wie die anderen Menschen hier strahlte Francisco eine heitere Gelassenheit aus, und die Frage, was ihn und die Seinen nächstes Jahr kleiden sollte, raubte ihm offensichtlich nicht den Schlaf.

»Was hat Euch hierher verschlagen?« Es war nicht Hawkins' Frage, sondern Isaacs, der seine Neugier einfach nicht zügeln konnte.

»Ganz unterschiedlich«, gab Francisco zurück. »Der fromme Bruder kam als Missionar her und verliebte sich. Der Genueser ist ein Schiffbrüchiger, der hier angespült wurde. Unser Gelehrter gehörte zu einer Expedition, die die Sterne der südlichen Hemisphäre studieren wollte, und überlebte als Einziger einen Besuch bei König Setecama. Das ist der mächtigste Häuptling hier am Taggarin-Fluss.«

Über sein eigenes Schicksal und das des anderen spanischen Offiziers sagte er nichts. Meuterer, schloss Isaac und übersetzte Hawkins, was er gehört hatte.

»Auf der *Minion* haben wir noch zehn Ballen Leinen, die wir in Teneriffa nicht losgeworden sind«, bemerkte der Kommandant nachdenklich. »Vielleicht kommen wir darüber mit ihnen ins Geschäft.«

Ehe Isaac seine Zweifel kundtun konnte, breitete Francisco die Arme aus und sagte: »Kommt und esst mit uns. Ich fürchte, wir können nicht all Eure Männer beköstigen, aber es wäre uns eine Ehre, die Kommandanten und Offiziere Eurer Flotte zum Essen einzuladen. Den Mannschaften steht es frei, im Wald auf die Jagd zu gehen. Schimpansenfleisch ist besonders zu empfehlen.«

Hawkins verneigte sich höflich. »Habt Dank. Wir sind gut bevorratet, und die Mannschaften können an Bord bleiben. Meine Offiziere und ich nehmen indessen gern an, und ich hoffe, Ihr erlaubt uns, ein Fass kanarischen Rotwein beizusteuern.«

Franciscos Augen leuchteten auf. »Da sagen wir nicht Nein, Capitán.«

Es wurde ein Festmahl. Die Frauen und älteren Mädchen entzündeten ein großes Feuer, und als es heruntergebrannt war, garten sie in der Glut große Fische und in Blätter gewickelte Früchte und Kräuter aus dem üppigen, undurchdringlichen Wald, der keine dreißig Schritte hinter der Brandung begann. Hier war die Dämmerung noch kürzer als auf Teneriffa, und nach Einbruch der Dunkelheit stellten die Männer einen Ring aus Fackeln um das ersterbende Feuer auf, »zum Schutz gegen Schlangen und andere Räuber«, wie Francisco geheimnisvoll erklärte. Der tiefrote kanarische Wein fand bei den Strandbewohnern großen Anklang, bei den Männern ebenso wie den Frauen, und selbst die Kinder sprachen ihm zu, sodass sie sich bald innerhalb des Fackelkreises im Sand zusammenrollten und selig schlummerten.

»Es wird Zeit, dass wir zum Geschäft kommen, Fitzgervais«, sagte Hawkins schließlich.

Isaac hatte ein mulmiges Gefühl. Doch er verbarg seine Nervosität, als er zu Francisco sagte: »Ich will Euch und vor allem Eure Frauen nicht beleidigen, Don Francisco, aber was Captain Hawkins eigentlich in Afrika sucht, sind Arbeitskräfte für die Plantagen der Neuen Welt.«

»Sklaven«, stellte Francisco klar, und bei dem Wort wurde es mit einem Mal sehr still am Feuer.

Isaac schluckte trocken. »Ja. Und obwohl ich sicher bin, dass es Euch nicht wohlwollender stimmen wird, bin ich beauftragt, Euch eine große Menge englisches Leinen im Austausch für Eure Hilfe zu bieten.«

Francisco erhob sich ohne besondere Eile. »Ihr verdammten englischen Hurensöhne«, murmelte er. Es klang eher fassungslos als angriffslustig. »Erst teilt Ihr unser Mahl und trinkt mit uns wie mit Freunden, und dann …« Er stieß ein trauriges kleines Lachen aus, und im nächsten Moment hielt er einen höchst eleganten Dolch in der Rechten, hatte Isaac bei den Haaren gepackt und setzte ihm die Klinge an die Kehle. »Sag deinem famosen Capitán, er und die anderen Männer sollen sich verpissen.«

Hawkins, Drake und die übrigen Engländer waren aufgesprungen und zogen ebenfalls die Klingen.

»Halt!« Francisco ritzte Isaac unter dem Kinn die Haut ein, verschonte aber seine Kehle, jedenfalls fürs Erste. Dann riss er seinen Kopf nach hinten, sodass die Engländer im Fackelschein Isaacs Blut seinen Hals hinabrinnen sahen.

Hawkins stieß einen leisen Fluch aus. Er blieb stehen, ließ die Waffe aber nicht sinken.

»Sie sollen zurück an Bord gehen«, befahl Francisco. »Du bleibst als Geisel hier. Morgen früh verschwinden wir im Wald, und du kannst zu deinem Schiff zurückschwimmen. Und wenn ihr euch hier je wieder blicken lasst …«

Weiter kam er nicht, denn Francis Drake hatte mit einer blitzschnellen Bewegung eins der schlafenden Kinder gepackt, einen vielleicht achtjährigen Jungen, und setzte ihm seinerseits die Klinge an die Kehle. Das Kind war schlagartig aufgewacht und hatte die Augen weit aufgerissen, rührte sich jedoch nicht.

»Und was nun, du spanischer Sausack?«, knurrte Drake in Franciscos Richtung.

»Francis, lass ihn los, um Himmels willen«, bat Isaac leise. »Du könntest ihm so oder so kein Haar krümmen.«

»Das müssen wir dem Kerl ja nicht auf die Nase binden. Das Bübchen ist sein Sohn, glaub ich.«

Franciscos angstvoll geweitete Augen sprachen dafür.

»Es ist vermutlich besser, du lässt mich heil«, riet Isaac ihm. »Ich bin ohnehin ein miserables Druckmittel, denn Hawkins würde mir keine Träne nachweinen. Und wir sind in der Überzahl.«

Ein paar Herzschläge lang war nichts zu hören als das sachte Flüstern der Wellen und das Knistern der Fackeln. Niemand rührte sich, und niemand schien so recht zu wissen, was er als Nächstes tun sollte. Bis eine der Frauen sich erhob und in die angespannte Stille sprach. Sie war groß und schlank und hielt sich wie eine Königin, und was immer sie in ihrer wohlklingenden, gutturalen Sprache vorbrachte, die Männer lauschten ihr aufmerksam.

Als sie geendet hatte, tauschten die männlichen Strandbewohner stumme Botschaften. Schließlich schüttelte der einstige Mönch langsam den Kopf und antwortete ihr auf Spanisch: »Und wenn es schiefgeht, wird er Rache an uns nehmen und deine Kinder vor deinen Augen bei lebendigem Leibe in Stücke hacken.«

»Er wird Rache an uns und an meinem ganzen Volk nehmen und uns alle auslöschen«, antwortete sie bedächtig in der gleichen Sprache, die sie mit Akzent, aber fehlerfrei sprach. »Aber wenn wir Erfolg haben, können wir in Frieden leben. Vielleicht haben die Götter uns die *Ingles* geschickt, damit wir uns zusammentun.«

»Fitzgervais, falls es Euch nicht vor Angst die Sprache verschlagen hat, hättet Ihr eventuell die Güte?«, bat Hawkins höhnisch, anscheinend die Ruhe selbst.

Isaac konnte den Kopf nicht in seine Richtung drehen, denn der Dolch war immer noch an seiner Kehle, aber er übersetzte getreulich, was er gehört hatte, selbst wenn er es nicht verstand.

»Fragt sie, wovon zum Henker sie redet«, befahl Hawkins. »Wie's aussieht, haben ja hier die Weiber das Sagen …«

»Aye, Sir. Francis, lass den Jungen los.«

»Aber …«

»Tu es, verflucht noch mal. Ich werde nicht mit der Frau verhandeln, solange du ihr Kind bedrohst!«

Drake steckte die Klinge weg, stellte den Jungen auf die Füße und stieß ihn unsanft von sich.

Obwohl noch so klein, rannte der Knabe nicht weinend zu seiner Mutter, sondern traktierte Francis Drake mit einem neugierigen und ganz und gar unerschrockenen Blick, ehe er sich wieder zu seinen Kameraden in den Sand hockte.

Isaac legte behutsam die flache Linke auf Franciscos Handgelenk. »Erlaubt Ihr, dass ich das Wort an Eure Frau richte, Don Francisco?«

Ob es die ausnehmend höfliche Frage war oder die Tatsache, dass Drake den Jungen freigegeben hatte, war schwer auszumachen, jedenfalls steckte der Spanier den Dolch ein. Eilig, beinah verstohlen, so als erscheine die ganze Situation ihm plötzlich irrsinnig. »Gewiss«, antwortete er, seine Stimme ein wenig zittrig.

Isaac stand auf – langsam, um nur ja niemanden nervös zu machen – und wandte sich an die Frau. »Ist es König Setecama, von dem ihr sprecht?«

»Woher weißt du das?«, fragte sie barsch.

»Geraten. Aber ich habe vorhin gemerkt, dass der Name deinem Mann ein bisschen mehr als nur Respekt einflößt.«

»Du hast scharfe Ohren, *Ingles.*«

»Wirklich? Meine Lehrer pflegten immer zu sagen, ich könnte nicht hören.«

Das entlockte ihr ein ganz und gar unerwartetes Kichern – mädchenhaft und unbeschwert.

»König Setecama und seine Krieger bedrohen dein Volk und eure kleine Siedlung hier?«, fragte er weiter. »Und du hast dir überlegt, wir könnten sie euch vom Hals schaffen, indem wir ihn und die Seinen gefangen nehmen und in die Sklaverei verkaufen? Du musst sie sehr hassen.«

»Du hast recht«, räumte sie freimütig ein. »Ich hasse sie. Sie sind grausam. Sie trinken das Blut ihrer getöteten Feinde und verkaufen ihre Gefangenen an die Portugiesen. Und sie sind zahlreicher als mein Volk, darum sind wir immer unterlegen. Auch ihr könnt sie nicht allein besiegen. Setecama hat mehr Krieger als fünfzig Männer Finger haben. Aber wenn meine Brüder und ihre Krieger von Land angreifen und ihr vom Fluss, könnt ihr sie schlagen. Vielleicht.«

»Wie viele Krieger haben deine Brüder?«

»So viele wie zwanzig Männer Finger haben.«

Isaac nickte und übersetzte für Hawkins und die anderen Engländer.

»Zweihundert Wilde von Land, von der Flussseite vierhundert disziplinierte Engländer mit Geschützen und Arkebusen gegen fünfhundert schwarze Buhmänner?« Hawkins lachte zufrieden in sich hinein. »Das sollte zu meistern sein.«

Doch es war nicht so einfach, wie es sich anhörte. Der Taggarin war zu schmal und zu flach für die größeren Schiffe, sodass sie nur mit der *Angel*, der *Judith* und der *Swallow* flussaufwärts fahren konnten.

Bei Anbruch der Dunkelheit waren sie aufgebrochen, und sobald sie auf dem stillen Fluss in den Wald eingetaucht und von der See abgeschnitten waren, wurde der Wind schwach und launisch. Ein halbvoller Mond stand am wolkenlosen afrikanischen Himmel, beleuchtete ihren Weg und überzog die verschlungenen, freiliegenden Wurzeln der Mangroven mit einem perlweißen Schimmer.

Das Summen des Urwalds bei Nacht kannte Isaac bereits, aber dieses Konzert schierer Lebendigkeit hörte nie auf, ihn zu faszinieren. Dann und wann ertönte der Ruf eines Nachtvogels oder der Schrei eines geschlagenen Wildtieres.

Auf dem Fluss war es hingegen still. Die Männer verhielten sich ruhig, und nur das leise Knarren der Takelage war zu hören.

Isaac wäre um ein Haar zusammengezuckt, als Drake ihn plötzlich am Ärmel packte und nach backbord wies. »Da, sieh nur«, wisperte er.

Isaac spähte in die gewiesene Richtung und entdeckte im

Mondlicht am Ufer ein riesenhaftes Tier mit drollig kleinen Ohren und kurzen, dicken Beinen. »Was ist das?«, fragte er.

»Flusspferd.«

»Ruhe im Schiff!«, zischte Hawkins.

Gebannt sah Isaac zu der exotischen Kreatur hinüber und entdeckte zwei weitere im Wasser, von denen nur die Köpfe herausschauten. *Flusspferde.* Von denen musste er unbedingt seinem Bruder erzählen …

»Wie lange noch?«, fragte Hawkins gedämpft.

Isaac flüsterte die Frage auf Spanisch Franciscos Frau zu, sie wiederholte sie in ihrer Sprache an ihren Bruder Yhoma, der neben Hawkins und Drake auf dem Achterdeck der *Judith* stand.

Yhoma war ein furchteinflößender Krieger. Einen Kopf größer als Isaac, der schon der Längste an Bord war, wirkte er athletisch und stark genug, um einen Löwen mit bloßen Händen zu erwürgen so wie Samson in der Bibel. Sein nackter Oberkörper war mit weißen Punktlinien geschmückt. Er trug ein knielanges, lendenschurzartiges Gewand aus irgendeinem geschmeidigen Fell, und am Gürtel baumelte ein ziemlich großes Messer. Damit nicht genug, hielt er einen Speer aufrecht in der linken Hand, der genauso lang war wie er selbst.

Seine Antwort schien nur aus zwei Wörtern zu bestehen, doch was seine Schwester Isaac ausrichtete, war: »Wenn der Mond genau über der Flussmitte steht.«

»Ungefähr eine Stunde«, antwortete Isaac Hawkins, und ihm fuhr die Frage durch den Sinn, wie viel Ähnlichkeit ein Satz nach zweimaliger Übersetzung wohl noch mit dem Original haben konnte.

»Und er ist sicher, dass sein Bruder mit seinen Männern in Stellung ist, wenn wir eintreffen?«, fragte der Kommandant weiter.

»Sheri wird dort sein«, versprach Yhoma.

»Ich denke, es ist alles besprochen«, befand Hawkins – wie immer in gefährlichen Momenten die Ruhe selbst. »Francis, lass die Geschütze an Steuerbord klarmachen und warte auf mein Kommando.«

»Aye, aye, Sir.« Drake verschwand Richtung Geschützdeck.

König Setecamas »Stadt« am Ufer des Taggarin war nicht größer als Waringham, hatte Isaac mit geschickten Fragen herausgefunden. Aber was sie für Yhoma und Sheri uneinnehmbar machte, war ihre Palisade. Als die Einfriedung in Sicht kam, erkannte Isaac, dass die angespitzten Holzstämme stark und mehr als mannshoch waren, und sie standen dicht an dicht. Für Pfeile und Speere in der Tat unüberwindlich.

Für achtpfündige Kanonenkugeln hingegen …

»Feuer frei!«

Einen Lidschlag später donnerte das erste der drei Steuerbordgeschütze, und die Kugel riss eine Bresche in die Palisade. Die zweite verbreiterte den Durchlass, und die dritte flog höher und landete irgendwo im Innern der Einfriedung.

»Unter Feuerschutz anlegen!«

Der Rudergänger steuerte die wendige *Judith* ans Ufer. Während die Geschütze wieder klargemacht und erneut abgefeuert wurden, warf Drake das Fallreep über die Bordwand und kletterte, gefolgt von Westbury und zwei Matrosen, auf den schmalen hölzernen Landungssteg hinab, an dem ein paar Fischboote lagen. Isaac und Corby warfen den Männern die Leinen zu, und kaum war die Judith festgemacht, krachten die beiden Gangways auf den Steg.

Ehe Hawkins das nächste Kommando geben konnte, stürmte Häuptling Yhoma mit einem wahrhaft schaurigen Kampfschrei von Bord, gefolgt von vier Dutzend seiner Krieger, und sie nahmen die Bresche.

Hawkins fluchte, denn das war nicht abgesprochen gewesen, aber wie üblich behielt er einen kühlen Kopf. Zügig brachte er seine Männer in Stellung – jeweils eine Reihe mit Entermessern, dann eine mit Arkebusen – und führte sie in die Schlacht.

Isaac trat zu Drake.

»Los, du weißt, was du zu tun hast!« Der Captain drosch ihm kurz auf die Schulter. »Öffne das Haupttor für Sheri und seine Männer, dann kann nichts mehr schiefgehen.«

Isaac zog den Degen und winkte Marian und zwei Matrosen

zu sich. An der Bresche mussten sie über hölzerne Trümmerteile klettern, gelangten aber ungehindert ins Innere der Palisade. Chaos herrschte zwischen den Lehm- und Blockhütten. König Setecamas Wachen hatten nicht geschlafen, und überall sah Isaac Männer und sogar Frauen mit Waffen aus den Hütten eilen, doch Yhoma und seine Krieger hatten sie bereits in heftige Kämpfe verwickelt.

Isaac lief geduckt zum Westrand der Einfriedung, wo das Haupttor lag, und musste mehrere Haken um reglose Gestalten am Boden schlagen. Etwa im Zentrum des Dorfes lag ein freier Platz, wo die Kämpfe am heftigsten waren. Dort standen Hawkins und Drake beinah Rücken an Rücken und führten die Degen geschickt gegen je zwei mit Messern und Knüppel bewaffnete Gegner.

»Gott schütze dich, Francis«, murmelte Isaac und sah Edward Dudley von einem kleinen Pfeil getroffen zu Boden gehen.

Arkebusen dröhnten und erfüllten die Nacht mit Pulvergestank. Schreie von Mensch und Vieh gellten. Einen Steinwurf zur Linken war ein Feuer ausgebrochen. Es drohte auf mehrere der eng beieinanderstehenden Häuschen überzugreifen und tauchte die Schlacht in warmes, zuckendes Licht.

Genau vor dem doppelflügeligen Tor waren zwei schwarze Männer in einen erbitterten Messerkampf verwickelt, beide bluteten schon aus mehreren Wunden, die alles andere als harmlos aussahen. Isaac konnte nicht eingreifen, weil er nicht wusste, welcher von beiden Freund, welcher Feind war, und ihm schoss durch den Kopf, dass König Setecamas Krieger den Tod vermutlich der Sklaverei vorziehen würde. Gerade, als er die beiden Kämpfer umrundete, stürzten sie ineinander verkeilt auf die grasbewachsene Erde.

Eine Bewegung im rechten Augenwinkel ließ Isaac herumwirbeln, und er hatte gerade noch Zeit, seinen Degen hochzureißen, ehe der junge Krieger seinen Speer auf Isaacs Bauchnabel richtete und zustieß. Nicht sonderlich elegant lenkte Isaac den Schaft mit seiner Klinge nach unten ab und wich zur Seite, und dann fochten sie mit ihren ungleichen Waffen einen sonderbaren Kampf aus. Der Afrikaner hatte die längere Reichweite, Isaac die schärfere

Klinge. Er wusste, seine einzige Chance war, die Deckung seines Gegners zu durchbrechen. Die vielen Fechtstunden, mit denen die Offiziere der *Judith* sich die Langeweile vertrieben hatten, waren nicht umsonst gewesen. Mit dem linken Unterarm schlug Isaac den Speerschaft von seinem Körper weg, sodass der Afrikaner für einen Lidschlag mit abgewinkeltem Arm vor ihm stand. Ehe er sich zur Seite drehen konnte, stieß Isaac ihm seine Klinge ins Herz.

Noch während der Mann zu Boden sank, befreite Isaac seinen Degen und befahl über die Schulter: »Marian, Harrow, haltet uns den Rücken frei. Komm, Humber.« Er nickte dem zweiten Matrosen zu, und gemeinsam zogen sie den schweren Sperrbalken aus seinen hölzernen Ösen. Sie ließen ihn fallen und stemmten die Schultern gegen die Torflügel. Kaum hatten diese sich ein wenig geöffnet, erschienen Speerschäfte und schwarze Hände im Spalt und zogen die Flügel nach außen. Wie aufgestautes Wasser ergossen sich Häuptling Sheri und seine Männer ins Innere der Einfriedung.

»Das wär geschafft!«, rief Marian Edmundson, und Kampfesfieber brannte in seinen blauen Augen. Er zog sein Entermesser und stürzte sich ins Getümmel.

Isaac wollte seinem Beispiel folgen, als er vor der Tür einer Lehmhütte ein junges Mädchen entdeckte, das anmutig mit Pfeil und Bogen auf ihn zielte. Spielzeugbogen, dachte er, duckte sich und tauchte nach rechts weg, aber das Mädchen hatte offenbar Jagderfahrung, und ihr Pfeil erwischte ihn genau über dem rechten Schlüsselbein.

Es war kaum mehr als ein Bienenstich. Grinsend zog er den Pfeil aus der Wunde und drohte dem Mädchen mit dem Zeigefinger: »Mach das ja nicht noch mal, du kleine Kröte!«

Dann wandte er sich ab und schaute sich suchend nach einem Gegner um. Der Kampf war fast vorüber, sah er. Gefangene beiderlei Geschlechts wurden in der Dorfmitte zusammengetrieben und dort von englischen Matrosen unter Robert Barretts Aufsicht gefesselt. Im Schein der brennenden Hütten wurde indes noch gefochten: Yhoma hatte einen ebenbürtigen Gegner gefunden, der ebenso groß und stattlich war wie er. Kein Zweifel, das musste König Setecama sein. Beide Männer hielten ihre Speere in der Rechten, umkreisten einander langsam und stießen dann mit schlangengleicher Schnelligkeit zu. Im Feuerschein sah man den Schweiß auf ihren Gesichtern und den Hass in ihren Augen.

Ein kleiner Zuschauerring aus englischen Seeleuten hatte sich in sicherem Abstand um sie herum gebildet. Isaac entdeckte Thaddeus Corby zwischen den Matrosen und trat zu ihm.

Der Zweite Offizier der *Judith* drosch ihm auf die Schulter. »Gut gemacht! Ihr habt das Tor genommen, und die Schlacht ist gewonnen, möchte ich meinen.«

»Sieht so aus«, stimmte Isaac zu, und ohne jede Vorwarnung wurde ihm sterbenselend, von einem Atemzug zum nächsten.

»Fitzgervais? Um Himmels willen, Mann, du bist ja ganz grau …«

Isaac schaffte es gerade noch, sich von Corby und dem Feuerschein wegzudrehen, ehe seine Beine nachgaben. Er landete auf Händen und Knien, würgte und erbrach bittere Galle, während sich hinter der Stirn ein rasender Kopfschmerz ausbreitete. Mit tränenden Augen hob er den Kopf, und sein Blick fiel auf Edward Dudley, der krampfend und mit Schaum vor dem Mund auf dem Rücken lag. Die Fersen seiner zuckenden Füße hatten tiefe, schlammige Furchen ins Gras gefräst. Und Isaac erinnerte sich an den Spielzeugpfeil, den Dudley sich kurz vor dem Fall des Tores eingefangen hatte.

Corby war plötzlich an seiner Seite und legte ihm die Hand auf den Nacken. »Isaac, was hast du?«

»Gift …«

… *pfeil* brachte er nicht mehr heraus, weil sein Kiefer erstarrte, und dann explodierte Schmerz in seinem ganzen Körper wie ein Feuerwerk aus roten Funken.

London, Dezember 1567

»Aber Majestät, Erzherzog Karl wäre bereit, seine papistische Religion nur im Stillen auszuüben und Euch in der Öffentlichkeit zu unseren Gottesdiensten zu begleiten«, erklärte der Duke of Norfolk. Es klang, als seien damit alle Schwierigkeiten aus dem Weg geräumt.

»Dass der Kaiser zu solchen Kompromissen bereit ist, um eine Ehe zwischen Euch und seinem Bruder zustande zu bringen, sollte auch die unbelehrbarsten Skeptiker überzeugen, wie wichtig ihm dieses Bündnis ist«, fügte Cecil mit einem vielsagenden Blick in Robin Dudleys Richtung hinzu.

Robin hatte einen Apfel aus der Schale auf dem Tisch genommen und an seinem Ärmel auf Hochglanz poliert. Nun betrachtete er das Ergebnis und gab vor, Cecils Blick überhaupt nicht zu bemerken. Man hätte meinen können, das ganze Thema langweile ihn. Tatsächlich hatte er die Verhandlungen für diese Ehe jedoch mit allen Mitteln unterminiert, die ihm einfielen – fairen wie unfairen –, und die Spannungen zwischen ihm und dem Secretary hatten sich verschärft.

»Die Engländer würden einen Papisten an der Seite ihrer Königin niemals billigen«, gab er jetzt zu bedenken, und an Elizabeth gewandt fügte er hinzu: »Wir sollten lieber nicht vergessen, wie es Eurer Schwester ergangen ist, Majestät.«

Norfolk fuhr von seinem Sessel hoch und baute sich vor ihm auf. »Ihr wollt ihr drohen?«, fragte er entrüstet.

Robin blieb sitzen, schlug die Beine übereinander und schien abzuwägen, ob eine so groteske Unterstellung überhaupt einer Antwort würdig war. Dann erwiderte er: »Wie käme ich dazu … Euer Gnaden.« Es kam nach einem unüberhörbaren Zögern. »Aber es ist nun einmal eine Tatsache: Die Engländer haben Mary Tudor zu Füßen gelegen, als sie den Thron bestieg. Doch die Liebe und Verehrung ihrer Untertanen verwandelten sich beinah über Nacht in Argwohn und Ablehnung, als sie Felipe heiratete.«

Norfolk schnaubte. »Das kann man doch überhaupt nicht vergleichen, denn …«

»Doch, das kann man durchaus«, fiel die Königin ihm ins Wort. »Lord Leicester hat recht. Außerdem würde es gegen geltendes Recht verstoßen, den Erzherzog hier die Messe hören zu lassen. Wie könnte ich dulden, dass mein eigener Gemahl das englische Gesetz missachtet?«

Eleanor saß mit Lady Cat auf dem Fenstersitz des Privy Chamber, und sie tauschten einen Blick. War denn wirklich keinem der Männer klar, dass Elizabeth den Erzherzog so wenig heiraten würde wie jeden anderen Kandidaten zuvor?

»Erzherzog Karl muss seinem Papismus abschwören und Protestant werden, wenn er mich heiraten will, oder wir vergessen das Ganze«, erklärte die Königin kategorisch.

»Aber das hieße, acht Jahre Verhandlungen in den Wind zu schreiben«, protestierte Norfolk.

Die Königin tat das mit einem ungeduldigen Achselzucken ab. »Gentlemen, was ich brauche, ist kein Ehemann, sondern eine Flotte. Nur mit ihr können wir uns Spanien vom Leib halten.«

Cecil hatte sichtlich Mühe, seinen Unwillen im Zaum zu halten. Eleanor konnte ihn sogar verstehen. Seit der Krönung hatte der Secretary nichts unversucht gelassen, um Elizabeth zu einer Ehe zu überreden, zu verführen oder zu zwingen, weil er überzeugt war, dass es für Englands Wohlergehen und für Elizabeths unabdingbar sei. Wie frustrierend es sein musste, wieder und wieder zu scheitern. »Majestät, eine Seestreitmacht aufzubauen ist kostspielig, schwierig und vor allem langwierig. Bis wir genügend Schiffe haben, um unsere Küsten zu verteidigen, könnte es längst zu spät sein. Eine Ehe mit dem Erzherzog wäre ebenfalls ein Garant gegen spanische Begehrlichkeiten, und Karl ist einfach, schnell und preiswert zu bekommen.«

Elizabeth brach in ihr ansteckendes Lachen aus. Cecils politischer Pragmatismus imponierte ihr nicht nur, er amüsierte sie auch.

Dabei war die Situation alles andere als erheiternd.

König Felipe von Spanien hatte den allseits gefürchteten Herzog von Alba in seine niederländischen Provinzen geschickt, um die aufständischen Protestanten dort zur Räson zu bringen und entweder ihre Religion oder aber sie auszurotten. Alba war ein erfahrener Soldat und Politiker, und er hatte seine Aufgabe mit entsetzlicher Gründlichkeit erfüllt: Fünfzigtausend Soldaten hatte er im August in die spanischen Niederlande geführt, und sie hatten die Protestanten heimgesucht, Jagd auf sie gemacht und sie scharenweise verhaftet. Im September hatte Alba sie im »Blutrat von Brüssel« abgeurteilt, und ihre Rebellion war tot. Ihr Anführer, Willem »der Schweiger« von Oranien, hatte nach Deutschland fliehen können und Elizabeth verzweifelt um Hilfe ersucht. Doch die Königin konnte nicht riskieren, ihm Truppen zu schicken, denn Alba und seine fünfzigtausend Mann saßen immer noch in Flandern – quasi vor Elizabeths Haustür – und machten keinerlei Anstalten, nach Spanien zurückzukehren. Die englischen Küstenstädte waren in Alarmbereitschaft und hielten Ausschau nach spanischen Galeonen – Tag und Nacht. Doch jeder hier im Privy Chamber wusste: Kämen die Spanier jetzt, hätte England ihnen nichts entgegenzusetzen. Und das war der Grund, weshalb die Königin in allen politischen Entscheidungen abwägen musste: Wird Felipe den Anlass nutzen, um Alba und seine Armee über den Kanal zu schicken?

Der abscheuliche, mit Graupel vermischte Regen prasselte gegen das Fenster, und eisige Zugluft kam durch die Butzenscheiben. Lady Cat hatte sich in mindestens drei Wollschals gewickelt, musste aber dennoch allenthalben die Sticknadel sinken lassen, um sich mit einem ihrer spitzenbesetzten Seidentüchlein die triefende Nase abzutupfen. »Es wird Zeit, Majestät«, mahnte sie näselnd.

Elizabeth nickte. »Auf zur Kirche, Gentlemen. Und wenn der Bischof heute wieder über eine Stunde predigt, wird er in die Provinz versetzt.«

Die »Kapelle« im Palast von Whitehall war eine große, wundervolle Kirche, die selbst der vollzählig versammelte Hof mit seinen rund zwölfhundert Angehörigen nicht gänzlich füllen konnte.

Die Königin saß, wie immer zum sonntäglichen Kirchgang ganz in Schwarz gekleidet, in ihrer abgetrennten Nische, hatte das geflochtene Gittertürchen aber heute offen gelassen, sodass die

Höflinge sehen konnten, mit welcher Andacht sie sich in ihr *Book of Common Prayer* vertiefte.

Der Bischof von Exeter, der den Gottesdienst leitete, predigte mit großem Eifer wider das Übel papistischer Ehemänner. Das war keine große Überraschung, denn er zählte zu Robin Dudleys Freunden und hatte sich für dessen Kampagne gegen Elizabeths mögliche Verlobung mit dem österreichischen Erzherzog einspannen lassen. Doch als er zum dritten Mal den missfälligen Blick der Königin auffing, verließ ihn der Mut, und er brachte seine Tirade zu einem vorzeitigen Ende.

Der Chor der *Chapel Royal* stimmte einen Choral an, und zu Eleanors Freude war Lappidot der Solist. Er hatte einen kraftvollen, reinen und inzwischen gut geschulten Sopran. *Wir müssen uns daran erfreuen, solange es währt,* dachte Eleanor, denn lange würde es nicht mehr dauern, bis ihr Neffe in den Stimmbruch kam.

»Was aber nichts daran ändern wird, dass der Junge ein fester Bestandteil der *Chapel Royal* geworden ist«, berichtete sie ihrem Bruder voller Stolz, als sie in der Woche darauf zu einem kurzen Besuch nach Waringham kam.

Francis schüttelte den Kopf. »Das war genau das, was ich niemals für ihn wollte …«

Nur einen guten Monat hatte Lappidot es in Waringham ausgehalten, und schließlich hatte der Earl dem Betteln seines Sohnes schweren Herzens nachgegeben und ihn an den Hof zurückkehren lassen.

Eleanor hatte geahnt, dass ihren Bruder Zweifel plagten. »Francis«, sagte sie beschwichtigend. »Es ist der Ort, der ihm bestimmt ist.«

»Sagst du.«

»Sagt Thomas Tallis, der Organist und Chorleiter der Chapel Royal, und er muss es wissen. Er ist … beeindruckt von Lappidots Talent. Und Maestro Olivieri hat mir letzten Monat erklärt, er könne dem Jungen auf der Violine nichts mehr beibringen. Ist es denn nicht offensichtlich, dass Gott deinem Sohn eine Gabe geschenkt hat?«

Francis schwieg und richtete den Blick zum dreiflügeligen Fenster des behaglichen Wohngemachs. Das Wetter hatte sich gebessert, aber Eleanor zweifelte, dass ihr Bruder das Funkeln der Wintersonne vor den Butzenscheiben überhaupt wahrnahm.

Schließlich sah Francis sie wieder an. »Vielleicht ist es so, wie du sagst, und wenn Lappidot seine Begabung nutzt, um den Herrn zu preisen, bin ich der Letzte, der Einwände hat.«

»Na also.« Doch Eleanor ahnte, wie es weitergehen würde, und sie hatte sich nicht getäuscht.

»Die Frage ist nur, tut er das? Oder wird seine Gabe für den Pomp und Prunk des Hofes missbraucht?«

»Francis …«

»Melvin berichtet mir, dass die Königin immer öfter nach Lappidot schickt, dass sie ihn sogar zu später Stunde aus dem Bett holen lässt, um für sie und den Hof zu spielen.«

»Na und? Er ist kein kleiner Junge mehr. Und er ist immer so stolz, wenn sie ihn holen lässt. Sie unterhält sich auch gern mit ihm über Musik, schließlich ist sie ja selber nicht unbegabt. Der ganze Hof ist von ihm bezaubert, weil er so begabt und trotzdem so bescheiden ist. Er hat Charme und …«

»Ja, der ganze Hof ist von ihm begeistert, und nächsten Monat finden sie ein neues Objekt für ihre Begeisterung und vergessen ihn«, fiel er ihr untypisch heftig ins Wort.

Eleanor faltete die Hände im Schoß und betrachtete ihren Bruder kopfschüttelnd. »Du hörst dich an, als sei der Hof ein Haufen oberflächlicher Gecken.«

»Es gibt jene, die genau das behaupten«, erwiderte Francis trocken.

»Sie tun uns unrecht. Die Königin legt größten Wert auf die Förderung der Künste und der Wissenschaften und achtet darauf, dass beide an ihrem Hof gedeihen. Du kennst sie doch. Was immer man ihr nachsagen mag, Oberflächlichkeit gehört nicht zu ihren Fehlern. Du solltest glücklich für deinen Sohn sein. Und du könntest dich entschließen, mir und der Königin ein wenig mehr Vertrauen zu schenken, weißt du, das hätten wir nämlich verdient. Wir geben schon auf ihn acht.«

Es war einen Moment still. Schließlich bekannte Francis: »Manchmal fällt es mir so schwer, Gottes Ratschlüsse hinzunehmen, El.«

»Wirklich?« Eleanor fiel aus allen Wolken. »Und ich hätte geschworen, in der Kunst könne dir niemand das Wasser reichen.«

Er lächelte unfroh. »Oh, ich weiß. Der fromme, puritanische Earl of Waringham, ein weltfremder Bücherwurm wie sein Großvater, der nur für Gott und dessen Wort lebt und sich nie um die Belange der Welt schert. Aber das stimmt nicht.«

»Schwerlich«, gab sie zurück. »Denn so ein Mann könnte niemals der reichste Pferdezüchter Englands sein.«

Er hob abwehrend die Linke. »Es ist richtig, dass ich mich nicht für Politik interessiere und mich aus den Belangen der Welt heraushalte, soweit ich kann, aber die Belange Waringhams liegen mir am Herzen. Und ich habe es versäumt, Waringhams Zukunft zu sichern. Lappidot kann diese Zukunft nicht sein. Und auf Isaac sollten wir lieber auch nicht rechnen.«

»Nein. Wer auf Isaac rechnet, wird unweigerlich enttäuscht.«

»Millicent kann keine Kinder mehr bekommen«, eröffnete er ihr bedrückt. »Sie hatte eine furchtbare Geburt bei Adah und Zillah, und irgendetwas ist …« Er unterbrach sich. »Sie ist einfach nie wieder schwanger geworden, und Doktor Harrison sagt, das sei ein Glück.«

Eleanor nahm seine Linke und drückte sie kurz. »Aber all das ist doch nicht deine Schuld. Auch diese Umstände hat Gott geschaffen, also überlass es ihm, eine Lösung zu finden. Und wenn du demnächst anfängst, nach geeigneten Ehemännern für deine Töchter Ausschau zu halten, dann denk dabei an Waringham.«

»Ja, vielleicht wird es darauf hinauslaufen, dass Adahs Gemahl mir nachfolgt«, stimmte Francis zu. Adah war ein paar Minuten älter als ihre Schwester. Aber die Vorstellung, Land und Titel über seine Tochter an einen Fremden zu vererben, quälte Francis, merkte Eleanor.

»Ich finde es merkwürdig, dass die meisten Männer unfähig scheinen, zu begreifen, dass die Blutlinie über eine Tochter ebenso fortgesetzt wird wie über einen Sohn«, sagte sie.

»Nein, El, das stimmt nicht. Es ist nur …« Francis wusste nicht so recht weiter.

»Die Besessenheit, einen männlichen Erben zu hinterlassen, hat Elizabeths Vater und mit ihm ganz England beinah ins Verderben gerissen«, erinnerte Eleanor ihren Bruder. »Aber der Sohn, für den er so viel aufs Spiel gesetzt und für den Elizabeths Mutter letztlich den Kopf verloren hat, war ein schwacher König. Elizabeth hingegen …«

»Macht ihre Sache hervorragend, keine Frage«, stimmte Francis zu. »Aber wenn sie nicht endlich heiratet, und zwar schleunigst, wird das Haus Tudor aussterben, El. Darum ist sie kein sehr geeignetes Beispiel, um meine Sorgen zu zerstreuen.«

Eleanor hob lächelnd die Schultern. »Ehe das Haus Waringham auszusterben droht, erinnere dich daran, dass ich auch noch einen Sohn habe. Als Bastard geboren zu sein, muss ja nicht zwangsläufig bedeuten, dass man keinen Titel erben kann.«

Francis nickte. »Wie die Tudor bewiesen haben.«

Es stimmte, auch wenn es niemand besonders gern erwähnte: Das Haus Tudor stammte von einer Bastardlinie der Lancaster ab, die nur deswegen die Krone bekommen hatte, weil alle legitimen Anwärter im langen Thronfolgekrieg zwischen York und Lancaster aufgerieben worden waren.

»Und wo wir gerade von meinen Kindern sprechen«, fuhr Eleanor fort, »wenn die Amme mir nicht bald meine Tochter zurückbringt, werde ich die Kinderstube stürmen, egal wen ich aufwecke.«

Wie aufs Stichwort klopfte es an der Tür. Doch nicht Rachel, die Amme, trat auf Francis' Aufforderung ein, sondern Abigail Wheeler. Sie knickste – wie immer eine Spur unwillig. »Die Viscountess Hereford ist eingetroffen und wünscht Euch zu sprechen, Mylord.«

»Wirklich?« Francis wirkte verblüfft. Er und Millicent führten ein offenes Haus und hatten häufig Besuch, aber vermutlich kamen mehr Bischöfe oder Gelehrte aus Cambridge und Oxford nach Waringham als adlige Damen. »Dann solltest du sie wohl hereinführen, auch wenn ich keine Ahnung habe, wer sie ist.«

»Lettice Knollys«, klärte seine Schwester ihn auf.

»Ah.« Der Laut verriet, dass Francis jetzt nicht wesentlich klüger war, aber ehe Eleanor ihn erinnern konnte, dass Lettice Lady Cats älteste Tochter war, geleitete Abigail die Besucherin schon herein.

»Lord Waringham!« Lettice lächelte, als sehe sie einen lang entbehrten Freund wieder. Die Wangen milchweiß geschminkt, das herrliche kupferfarbene Haar in raffinierten Ringeln aufgesteckt, die Augen groß und strahlend von Belladonna, und der Reifrock war so voluminös, dass sie ein wenig seitlich durch die Tür treten musste. »Wie freundlich von Euch, mich zu empfangen, obwohl ich Euch so formlos und unangekündigt heimsuche.«

Francis mochte ein weltfremder Bücherwurm sein, aber es bereitete ihm keine Mühe, seine höfischen Manieren bei Bedarf zu entstauben. Er verneigte sich galant. »Lady Hereford. Es ist mir eine Ehre. Nehmt doch Platz.« Er wandte sich an Abigail. »Bring uns Wein und Erfrischungen, sei so gut.«

Lettice ließ sich auf der Kante des verschlissenen Brokatsessels nieder, und als sie Eleanor auf dem Fenstersitz entdeckte, spannten sich ihre Kiefermuskeln für einen Moment an, aber das war alles, was ihre Überraschung – oder möglicherweise ihren Schrecken – verriet. »Lady Eleanor, sieh an! Wie schön, Euch zu sehen.«

»Lettice«, grüßte Eleanor. »Was mag es sein, das uns die Freude deines Besuchs beschert? Ich wähnte dich auf eurem Landsitz in … wo war es doch gleich wieder? Derbyshire?«

»Chartley liegt in Staffordshire. Idyllisch – Ihr könnt es Euch nicht vorstellen.« Ihr Lächeln zauberte charmante Grübchen in ihre Mundwinkel, doch es hatte etwas Füchsisches, fand Eleanor seit jeher.

Francis betrachtete seine Besucherin mit einem höflichen, aber etwas distanzierten Lächeln. Ob er den Argwohn spürte, den seine Schwester gegen diese Frau hegte, oder mit seinen Gedanken anderswo weilte, konnte Eleanor nicht sagen, aber sie wusste dies: Francis war der einzige Mann, der es fertigbrachte, Lettice Knollys ohne Bewunderung oder gar Lüsternheit anzulächeln.

Drei Kinder hatte Lettice ihrem Gemahl dort oben in der Einöde von Staffordshire inzwischen geboren, zwei Töchter und einen Sohn, aber an ihrer Figur waren die Schwangerschaften spurlos vorbeigegangen, und Lettice war so überwältigend schön wie eh und je.

»Ich war zufällig in der Gegend und dachte, ich könnte die Gelegenheit nutzen und nach meiner kleinen Schwester schauen«, erklärte sie. »Sie hatte einen Unfall letzten Winter, schrieb Mutter mir.«

»Du meine Güte, das war vor einem Jahr«, erwiderte Eleanor verwundert.

»Ich lasse nach Maude schicken, sobald der Vormittagsunterricht vorüber ist«, erbot sich Francis. »Das ist ungefähr in einer Stunde. Aber seid beruhigt, Mylady. Maudes Arm ist tadellos verheilt, und sie hat das Malheur längst vergessen. Sie ist ein fröhliches und lebhaftes Kind und mit einer robusten Gesundheit gesegnet.«

»Ich glaube, das liegt in der Familie, Mylord. Dann könnte ich in der Zwischenzeit eventuell einen Blick auf Eure Pferde werfen?«

Ah, es wird wärmer, dachte Eleanor. Wenn unerwartete Besucher nach Waringham kamen, hatte es in der Regel etwas mit dem Gestüt zu tun. »Willst du ein Pferd kaufen?«, fragte sie scheinbar desinteressiert.

Lettice hob die manikürte, beringte Linke zu einer vagen Geste. »Vielleicht.«

Als Abigail mit den Erfrischungen zurückkam, waren Francis und Lettice bereits aufgebrochen. »Nanu?«

Eleanor stand vom Fenstersitz auf. »Lass es nur hier. Seine Lordschaft führt Lady Hereford durchs Gestüt, aber sie kommt wieder, fürchte ich.«

Die Magd nickte und stellte das Tablett auf dem Tisch ab.

»Abigail …«

Sie wandte sich um. »Mylady?«

Eleanor sah ihr einen Moment in die Augen. Sie kannte die Magd kaum, aber irgendetwas an der Haltung und dem Ausdruck der jungen Frau bewog sie, ihr zu trauen. Und Eleanor hatte im Laufe der Jahre gelernt, sich auf ihren Instinkt zu verlassen. »Weißt du, wie viel Gefolge sie mitgebracht hat?«

»Vier Mann Eskorte in Livree und einen Jungen. Ein Stallbursche, nehme ich an. Sie sitzen in der Küche bei heißem Bier und Schinken.«

»Danke.«

»Wenn sie ein Pferd kaufen will, warum bringt sie nicht ihren Stallmeister mit?«

»Oh, Lettice Knollys ist eine ausgezeichnete Reiterin mit viel Pferdeverstand. Sie kann ihre Wahl allein treffen. Aber ein wenig seltsam ist es trotzdem.«

Abigail nickte, schien noch einen Moment zu zögern und wandte sich dann ab.

»Was?«, fragte Eleanor.

»Mylady?«

»Du wolltest etwas sagen und hast es dir dann anders überlegt.«

»Für eine Frau in meiner Position ist es immer klug, nachzudenken, bevor man den Mund aufmacht.«

»Das ist *immer* klug, glaube ich, ganz besonders für Frauen. Aber ich wäre dankbar, wenn du in diesem Fall eine Ausnahme machst. Wer weiß, möglicherweise würdest du der Königin damit einen Dienst erweisen.«

»Darauf lege ich offen gestanden keinen großen Wert.«

Eleanor zog eine Braue in die Höhe. »Wie schockierend unpatriotisch.«

»Aber wenn diese Dame so gefährlich ist, wie Ihr andeutet, solltet Ihr vielleicht wissen, dass sie unten in der Eingangshalle Rachel und der kleinen Anne begegnet ist und ein Interesse an dem Kind gezeigt hat, das mir übertrieben und sonderbar erschien.«

Eleanors Herzschlag beschleunigte sich. »Hat sie Fragen gestellt?«

Abigail schüttelte den Kopf. »Aber womöglich stellt sie sie Eurem Bruder.«

Das machte Eleanor keine Sorgen. Auf Francis war Verlass, und er war geschickt genug, um Lettice' Neugier mit ein paar höflichen Floskeln auszuweichen. Die kleine Anne war Gabriels Ebenbild – genau wie Samuel. Keines ihrer Kinder sah wie ein Waringham aus. Und trotzdem war Eleanor unbehaglich zumute.

Noch während sie überlegte, was sie tun sollte, fragte Abigail: »Wollt Ihr vielleicht, dass ich Anne ins Dorf hinunterbringe, bis Lady Hereford wieder abreist?«

»Wie in aller Welt kommst du darauf?«

Abigail bedachte sie mit einem Wem-willst-du-hier-etwasweismachen-Blick, der für eine Magd reichlich unverschämt war.

Eleanor kapitulierte. »Und ich habe mir eingebildet, ich könnte es geheim halten …«

Natürlich hatte niemand in Waringham vergessen, dass sie vor fünf Jahren hierher gekommen war – mit rundem Bauch und ohne Trauring – und im Frühling kurz vor Isabellas Hochzeit ihren Sohn zur Welt gebracht hatte. Damals hatte sie geglaubt, das verschlafene Waringham sei weit genug vom Hof entfernt, um ihr Geheimnis sicher zu verwahren. Trotzdem hatte sie ihr zweites Kind lieber in London geboren, und es war ein Schock, dass hier trotzdem alle Bescheid wussten.

»Es ist nichts, was die Spatzen in Waringham von den Dächern pfeifen«, sagte Abigail vorsichtig. »Die Leute hier sind Eurem Haus gegenüber sehr loyal, Mylady, und falls Ihr es nicht wissen solltet: Auch einfache Menschen können diskret sein.«

»Oh, erspar mir das«, brummte Eleanor. »Sollte es dir entfallen sein, meine Mutter war eine Saddler und die Dienstmagd meines Vaters, ehe er gezwungen wurde, sie zu heiraten. Ich kann mir Standesdünkel überhaupt nicht leisten.«

Abigail deutete ein Schulterzucken an. »Aber natürlich wird gemunkelt und spekuliert. Über Nacht taucht hier Anfang Mai auf einmal ein Säugling mitsamt Amme auf der Burg auf. Seine Lordschaft behandelt das Kind wie sein eigen Fleisch und Blut, aber jeder hier weiß, dass er sich nicht in fremden Betten herumtreibt, also kann die Kleine nicht sein Bastard sein. Und während ganz Waringham rätselt, zieht es Euch mit einem Mal alle paar Wochen hierher.«

Eleanor seufzte. »Zugegeben. Ziemlich durchschaubar.« Sie

dachte einen Moment nach. »Also gut. Ich glaube, du hast recht. Es wäre das Sicherste, wir schaffen Anne und Rachel ins Dorf. Danke für deine Hilfe. Und dabei habe ich immer geglaubt, du hegst einen Groll gegen uns Waringham.«

Abigail überraschte sie mit einem unkomplizierten Verschwörerlächeln. »Das Gegenteil ist der Fall, Mylady, seid versichert. Ich bringe Anne in die Mühle. Die Müllerin ist meine Base, und dorthin wird sich Lady Hereford bestimmt nicht verirren.«

»Einverstanden. Ich hole sie zurück, wenn die Luft rein ist.«

Abigail ging zur Tür und blieb noch einmal stehen. »Wisst Ihr zufällig, wo Euer jüngerer Bruder ist und wie es ihm geht?«

»Isaac?«, fragte Eleanor verblüfft. »Er ist letzten Monat mit Captain Hawkins' Flotte nach Afrika gesegelt. Ich nehme an, es geht ihm gut, denn das Leben auf See ist offenbar das, was er will.«

Abigail nickte. »Gott beschütze ihn.«

»Ja, das hoffe ich alles in allem auch. Trotzdem. Denk nicht, ich wolle mich in deine Angelegenheiten mischen, Abigail, aber ich kann dir nur ans Herz legen, dich von meinem Bruder Isaac fernzuhalten.«

»Ihr habt ja so recht.«

»Vielleicht solltest du heiraten«, regte Eleanor an.

Abigail schnaubte. »Das müsst Ihr gerade sagen.«

»Nun ja«, murmelte Eleanor eine Spur verlegen. »Das ist … schwieriger, als es sich anhört.«

»Oh, ich weiß: Mein Vater und Seine Lordschaft meinen hingegen, es sei ganz einfach. Darum heirate ich nächsten Monat den Stallmeister.«

Auf See, 10°38' N, 40°20' W, Februar 1568

Der Geruch war das erste, was er wahrnahm, als er zu sich kam: ein beißender Gestank nach Exkrementen und ungewaschenen Leibern.

Isaac schlug versuchsweise die Augen auf. »Wo bin ich?« Es

war ein dünnes Krächzen, das keinerlei Ähnlichkeit mit seiner Stimme hatte.

»Auf der *Minion*«, bekam er zur Antwort. »Immer noch. Ihr fragt das seit gestern alle zwei Stunden.«

Isaac wandte den Kopf nach links. Die Bewegung schmerzte, als habe er Glassplitter zwischen den Wirbeln. »Doktor Lyn …«

»Ah! Ein Fortschritt. Ihr wisst meinen Namen wieder.« Der junge Schiffsarzt strahlte, und im dämmrigen Licht sah Isaac weiße Zähne inmitten des dunklen Barts aufblitzen.

»Warum … die *Minion*?«

»Weil sie das Krankenschiff ist. Der Kommandant lässt alle, die fiebern oder andere verdächtige Symptome zeigen, hierherbringen, um eine Ausbreitung von Krankheiten zu vermeiden. Auch wenn eine Pfeilvergiftung schwerlich ansteckend ist.«

Pfeilvergiftung. Isaac ließ sich das Wort einen Moment durch den Kopf gehen. Er ahnte, dass es etwas mit ihm zu tun hatte, und für einen Herzschlag sah er vor seinem geistigen Auge ein anmutiges junges Mädchen mit einem Spielzeugbogen im Feuerschein, ehe das Bild sich auflöste wie Rauchschwaden in einem Luftzug.

»Wie lange war ich krank?«

»Zwei Monate. Und ich bin nicht sicher, ob ›war‹ ganz zutreffend ist, aber seit gestern habe ich Hoffnung, dass wir wenigstens Euch durchbringen.«

»Zwei Monate …« Er fand, er müsste erschüttert sein, doch er stellte fest, dass ihm Erschütterung viel zu anstrengend war. »Wo sind wir?«

»Keine Ahnung. Irgendwo auf dem großen, leeren blauen Meer zwischen Afrika und der Neuen Welt. Wir sind vor zwei Wochen in See gestochen. Das Wetter ist gut, und der Wind bläst zur allgemeinen Zufriedenheit. Wie fühlt Ihr Euch?«

»Durstig.«

»Hm.« Der walisische Arzt saß neben ihm auf den Planken, hatte einen Arm um die angewinkelten Knie gelegt und fühlte seinem Patienten mit der anderen Hand die Stirn. »Das ist ein gutes Zeichen. Und Ihr habt kein Fieber mehr. Denkt Ihr, Ihr könnt Euch aufsetzen?«

Isaac legte die Linke auf den hilfreich ausgestreckten Arm und zog sich hoch. Es war schwierig. Als er aufrecht saß, wurde ihm schwindelig. Der Doktor legte den Arm um seine Schultern, um ihn zu stützen. Isaac lauschte seinem eigenen rasselnden Atem und starrte ungläubig auf seine abgemagerten Hände hinab. »Wie kann man zwei Monate krank sein … ohne zu sterben?«, wollte er wissen.

»Solange man schlucken und atmen kann, geht das Leben weiter«, gab Lyn achselzuckend zurück. »Und Ihr wart auch nicht die ganze Zeit bewusstlos. Nach ein paar Tagen ließen Muskelkrämpfe, Schmerzen und Fieber nach, und es schien, als wäret Ihr auf dem Wege der Besserung.«

»Ja, ich glaube, ich erinnere mich.« Die Flotte hatte wieder in der Bucht mit der kleinen Strandkolonie gelegen, und während zwei Jagdtrupps den Wald nach Frischfleisch für die Reise durchkämmten, hatten Hawkins und seine Kapitäne die eingefangenen Afrikaner auf die Laderäume der Schiffe verteilt. Abgeschlagen und fiebernd hatte Isaac in seiner Koje gelegen, aber irgendwann ging es ihm gut genug, um sich zu langweilen, und er hatte seinen Dienst wieder aufgenommen. Dann war er …

»Bin ich über Bord gefallen?«

Doktor Lyn nickte grinsend. »Ihr habt auf der Reling gesessen und dann plötzlich das Bewusstsein verloren. Typisch für dieses tückische Gift, wie wir inzwischen wissen. Ausgerechnet Euer Dritter Offizier, dieser Westbury, hat es gesehen, ist Euch nachgesprungen und hat Euch rausgefischt.«

»Oh, wunderbar …«

Lyn wandte den Kopf ab, pfiff leise durch die Zähne und winkte. Eine schemenhafte Gestalt näherte sich, die sich als ein vielleicht achtjähriges schwarzes Mädchen mit einem Wassereimer entpuppte. Sie schöpfte und hielt Isaac die Kelle hin. Für einen Herzschlag trafen sich ihre Blicke. Die Augen des Kindes waren groß und schwarz und voller Furcht.

Isaac nahm das Gefäß in beide Hände und trank gierig, zwei Schlucke, drei, ehe der Doktor ihm die Kelle abknöpfte. »Langsam. Lasst uns abwarten, wie es Euch bekommt.«

Isaac protestierte nicht, doch er merkte sofort, dass das Wasser ihm guttat. Der wabernde Schwindel ließ ein wenig nach, und er fühlte sich nicht mehr so desorientiert. »Ihr lasst die Kranken von Afrikanern versorgen?«

»Wir hatten anfangs mehr Kranke und Verwundete, als meine Freiwilligen und ich bewältigen konnten, also hat der Kommandant ein paar Kinder aus dem Frachtraum holen lassen, um uns zur Hand zu gehen. Sie sind folgsam, weil sie wissen, dass ihre Eltern dort drin sonst büßen müssen.« Lyn wies auf die Holzwand mit der verriegelten Tür.

Mehr als sie ohnehin schon büßen?, fuhr es Isaac durch den Kopf.

Der Arzt gab ihm die Kelle zurück, und dieses Mal ließ er zu, dass Isaac sie bis zur Neige leerte. Der reichte sie weiter an die kleine Wasserträgerin, die sofort wieder im Schatten verschwand.

Isaac lehnte den Rücken an ein dickes Fass, fuhr sich mit beiden Händen übers Gesicht und fand es von einem struppigen Bart bedeckt. Aber weder hatte er Läuse, noch lag er in seinem eigenen Dreck, und das lendenschurzartige Ding, das sein einziges Kleidungsstück darstellte, war sauber. Der unbeschreibliche Gestank ging nicht von ihm und dem runden Dutzend weiterer Kranker aus, die entlang der Bordwand aufgereiht lagen, sondern drang aus der anderen Hälfte des Frachtraums durch die Bretterwand. Isaac fühlte sich gleichzeitig erleichtert und beschämt.

»Der zweite Schub war schlimmer als der erste und dauerte länger an«, setzte der Doktor seinen Bericht fort. »Das verfluchte Gift hat Euch furchtbar gebeutelt. Es war grässlich mitanzusehen.«

Schmerz. Atemnot. Lähmung. Er hatte gefürchtet, er werde sterben, und zwischendurch hatte er auch gefürchtet, er werde nicht *sterben.* »Ich erinnere mich kaum«, log er.

»Dann seid froh. Nur Ihr und sieben andere habt überlebt. Dudley starb als Letzter. Das war gestern.«

»Edward Dudley?«

Lyn nickte und wies auf ein verwaistes Krankenlager zur Rechten.

Wie Hawkins prophezeit hatte: *Er schuldet sein Leben der Königin.* Plötzlich fror Isaac an Rücken und Armen.

»Besser, Ihr macht Euch wieder lang«, riet der Schiffsarzt.

»Gleich. Erzählt weiter. Wie viele außer Dudley?«

»Achtundfünfzig sind gefallen, am Gift oder ihren Verwundungen gestorben. Und wir hatten etwa ebenso viele leicht Verletzte, die wieder auf den Beinen sind.«

»Wie viele von der *Judith*?«

»Dudley, wie gesagt, und Humber. Er hat die Schlacht ohne einen Kratzer überstanden, aber als Setecama an Bord der *Jesus* gebracht wurde, hat er sich auf den ersten gestürzt, den er zu fassen bekam, und das war Humber, das arme Schwein. Er hat ihm das Genick gebrochen. Mit bloßen Händen und trotz der Ketten.«

»Ein wahrer Krieger«, murmelte Isaac.

»Hm«, machte Lyn zustimmend.

»Hat Hawkins ihn aufgehängt?«

Der Arzt schüttelte den Kopf. »Mit dem Degen erledigt, und er war verdammt schnell. Aber zu spät für Humber. Der übrigens Papist war. Der Bootsmann fand einen Rosenkranz bei seinen Sachen. Ah, ich sehe, Ihr seid nicht überrascht.«

Isaac hob die Linke zu einer matten, abwehrenden Geste und wechselte das Thema. »Was ist mit Drake und Edmundson und Corby?«

»Alle unversehrt. Und alle drei waren ständig hier und haben mir auf den Füßen herumgestanden, um sich nach Euch zu erkundigen.«

»Sie wollten nur nachschauen, ob ich schon tot genug bin, dass sie gefahrlos meine Brandyvorräte plündern können …«, murmelte Isaac und schlief wieder ein.

Als er das nächste Mal aufwachte, war er ausgehungert. Er aß versuchsweise einen Schiffszwieback, und nachdem der eine Viertelstunde unten geblieben war, aß er drei weitere. So gestärkt, zog er sich an dem schweren Wasserfass neben seinem Krankenlager in die Höhe und fiel gleich wieder um. Er wartete ein Weilchen, dann versuchte er es wieder. Am Tag darauf unternahm er die ersten zaghaften Gehversuche, und drei Tage später ließ er sich seine Kleider bringen, stutzte sich den Bart und kehrte gegen den eindringlichen Rat des Schiffsarztes auf die *Judith* zurück.

»Melde mich zum Dienst, Captain.«

»Du bist ja kaum das Fallreep heraufgekommen«, gab Drake zurück. »Und du siehst auch nicht besonders diensttauglich aus. Eher so, als wärst du vorgestern verendet.«

Isaac hielt sich unauffällig an der Reling fest. »Ich glaub's. Aber ich habe es dort drüben nicht länger ausgehalten.«

»Ja. Ein kleines Wunder, dass überhaupt irgendwer im Frachtraum der *Minion* genesen kann«, stimmte der Captain zu. »Also schön. Willkommen an Bord, Master Fitzgervais. Deine Wache ist gerade um, wie der Zufall es will, und darum lautet mein erster Befehl an dich: Ab in die Koje.«

Isaac rang sich ein Grinsen ab. »Aye, aye, Captain.«

Aber er ließ sich Zeit auf dem Weg nach achtern. Die Matrosen der Nachmittagswache begrüßten ihn mit aufrichtiger Erleichterung und tarnten ihren Schrecken über seine Erscheinung mit ziemlich raubeinigen Scherzen. Isaac gab ihnen zu verstehen, dass er ihre Anteilnahme zu schätzen wusste, ließ ihre neugierigen Fragen aber unbeantwortet. Lieber erklomm er die Stufen zum Achterdeck, sah aufs Meer hinaus und ließ sich den herrlichen, frischen Seewind um die Nase wehen. Die Sonne stand genau über ihm am beinah wolkenlosen Himmel, und Isaac spürte ihre Kraft. Vermutlich war es nicht klug, sich ihr länger auszusetzen, denn sie waren nicht weit vom Äquator entfernt, und hier konnte die Sonne einem Mann im Handumdrehen das Hirn rösten. Doch fürs Erste genoss er ihre Wärme, betrachtete seine mageren Hände in ihrem Schein und dankte Gott, dass er noch ein wenig weiterleben durfte.

Als er schließlich in die Offizierskajüte kam, traf er dort auf den Dritten Offizier, der auf seiner Koje saß, ein Schreibtablett mit Tintenhorn auf den Knien balancierte und in ein ledergebundenes Büchlein kritzelte.

»Westbury.«

Der schlaksige Kaufmann hob den Kopf und klappte hastig sein

Notizbuch zu. »Fitzgervais! Der Herr sei gepriesen, dass du wieder auf den Beinen bist. Aber du siehst …«

»Sag's nicht«, unterbrach Isaac, ging zu seiner Koje und sank ein wenig schneller darauf hinab als beabsichtigt. Seine Beine hatten ihn genau so lange getragen, wie sie mussten, aber nicht einen Moment länger, stellte er resigniert fest. »Wie ich höre, bin ich dir zu Dank verpflichtet.«

»Was?«, fragte der andere. Er wirkte fahrig und nervös. »Ach so, das. Nein, nein, nicht der Rede wert.«

Isaac streckte sich auf dem Rücken aus, steckte einen Arm unter den Nacken und sah zur niedrigen hölzernen Decke empor. »Mach dir nicht ins Hemd«, sagte er gähnend. »Ich erzähle niemandem, dass du ein Reisetagebuch schreibst, wenn du nicht willst.«

Westbury ließ sich mit seiner Antwort so viel Zeit, dass Isaac fast eingeschlafen war, als sie endlich kam: »Wenn der Kommandant liest, was ich hier schreibe, hängt er mich vermutlich auf.«

Isaac war schlagartig munter. »Wieso?«

»Weil es verabscheuungswürdig ist, was er tut und womit er sich die Taschen füllt«, brach es aus Westbury hervor. »Womit wir *alle* uns die Taschen füllen. Natürlich habe ich gewusst, in welche Art von Unternehmung ich mein Geld stecke. Aber ich habe nicht geahnt … wie es sein würde«, schloss er kläglich.

»Worüber regst du dich auf? Es sind doch nur Mohren.«

»Ja, mach dich nur lustig«, gab Westbury hitzig zurück. »Aber ich weiß, dass du genauso denkst. Sie sagen, dass du dich auf der ersten Sklavenfahrt fast um Kopf und Kragen geredet hast und dass du nur noch mit Hawkins fährst, weil du durch Eid gebunden bist.«

»Es wird so viel geredet …«, gab Isaac wegwerfend zurück, dem es überhaupt nicht recht war, dass diese aufgeblasene Landratte seinen wunden Punkt kannte. »Ich gebe dir einen kostenlosen Rat, Westbury. Beiß die Zähne zusammen und sitz es einfach aus. Und wenn wir wieder zu Hause sind und du in deinem schmucken Stadthaus in Plymouth sitzt und deine goldenen *Ducados* zählst, wirst du im Handumdrehen vergessen haben, dass Blut an ihnen klebt.«

»Ich … ich bin jetzt wirklich enttäuscht von dir«, sagte Westbury betreten.

Isaac schloss die Lider. »Glaub mir, du bist nicht der erste.«

In dem Maß, wie Isaacs Zustand sich besserte, schien das Wetter sich zu verschlechtern. Es wurde kalt und stürmisch. Der Himmel öffnete seine Schleusen, und einen ganzen Monat lang schüttete es beinah ohne Unterlass. Auf der *Angel* brach ein Fieber aus. Der Bootsmann und zwei Matrosen der *Minion* wurden von einem Brecher über Bord gespült. Auf der *Jesus of Lübeck* ertranken mehr als ein Dutzend Afrikaner, als das Wasser im Frachtraum stieg, obwohl die Pumpen Tag und Nacht im Einsatz waren. Das alte Hanseschiff war undicht, manche der Lecks groß genug, dass Fische mitsamt dem Wasser eindrangen und zwischen den Vorratsfässern umherschwammen. Nicht nur auf der *Jesus,* auf allen Schiffen sahen die Männer mit finsteren Mienen zum stürmischen Himmel auf und begannen zu raunen, diese Fahrt stehe unter einem schlechten Stern. Wenn Drake sie bei ihrem abergläubischen Geraune erwischte, verhöhnte er sie – halb wütend, halb amüsiert –, aber es wurde von Tag zu Tag schwieriger, ihnen Zuversicht einzuflößen.

Doch nach zwei Monaten auf hoher See erreichten sie die Westindischen Inseln ohne weitere Verluste. Sie liefen Dominica an, wo sie frisches Wasser aufnahmen und nichts sonst. Dort lebten nur eingeborene Wilde, mit denen sich kein Handel treiben ließ, weil sie weder englisches Tuch noch afrikanische Sklaven gebrauchen konnten.

Hawkins führte seine Flotte weiter nach Margarita, denn dort hatte er in der Vergangenheit gute Geschäfte gemacht. Die Stimmung schien indessen umgeschlagen zu sein: Die spanischen Kolonisten der Insel weigerten sich, die preisgünstigen Sklaven zu erstehen. Mit Hilfe eines kleinen, aber schwer bewaffneten Landungstrupps überredete John Hawkins sie, es sich noch einmal anders zu überlegen. Das war nicht weiter schwierig, denn Margarita zählte nur einundfünfzig Einwohner. Aber die unerwarteten Schwierigkeiten gaben Anlass zur Sorge. Beinah sechshundert Gefangene hatte Hawkins in Afrika gemacht, fast fünfhundert hatten die Neue Welt lebend erreicht. Was in aller Welt sollte werden, wenn sie sie nicht loswurden?

»Das Problem ist, dass König Felipe seinen Untertanen unter Androhung strenger Strafen verboten hat, Handel mit uns zu treiben«, erklärte Hawkins den Offizieren der Flotte bei einer Lagebesprechung Anfang Mai.

»Das ist nichts Neues«, bemerkte Saunders, der Erste Offizier der *Jesus*.

Hawkins schüttelte ungeduldig den Kopf. »Aber dieses Mal meint er es ernst. Wo immer wir einen Fuß an Land setzen, schickt der spanische König anschließend Inspektoren hin, die genauestens untersuchen, welche Geschäfte getätigt worden sind, und Felipe macht die lokalen Gouverneure persönlich verantwortlich für Verstöße gegen sein Handelsverbot. Sie haben die Hosen voll.«

Er wischte sich die Stirn mit einem Taschentuch, das Isaac groß wie ein Bettlaken vorkam. Es war mörderisch heiß – in der abgedunkelten Kapitänskajüte ebenso wie im ganzen Karibischen Meer. Obendrein schwül und dumpfig, denn die Regenzeit hatte begonnen. Hawkins war nicht der einzige, der darunter litt. Die Fieberfälle nahmen zu, auch bei den afrikanischen Gefangenen. Hawkins fürchtete vermutlich, dass er nichts mehr zu verkaufen haben würde, wenn sein Sklavenhandel nicht bald in Schwung kam.

Isaac trank einen Schluck viel zu warmen Wein und hoffte, der Kommandant werde sie bald entlassen, damit er sich den Kragen wieder aufschnüren konnte. »Vielleicht sollten wir es dort versuchen, wo Ihr die besten persönlichen Beziehungen habt, Sir. In Hispaniola, zum Beispiel.«

Er war nicht sicher, ob er das sagte, weil er Clara Soler wiederzusehen hoffte oder weil dieser vertrackte Stillstand ihm auf die Nerven ging; jedenfalls lehnte der Kommandant seinen Vorschlag erwartungsgemäß ab.

»Die Häfen in Hispaniola sind befestigt und haben starke Milizen. Sie würden uns zu Klump schießen, bevor wir die Verhandlungen beginnen könnten.« Hawkins schob sich ein Stück Fisch in den Mund und kaute – emsig und übellaunig. »Aber Ihr habt nicht unrecht, es wird nur mit persönlichen Beziehungen gehen. Captain Drake?«

Francis, der zurückgelehnt auf seinem Stuhl vor sich hingedöst hatte, setzte sich mit einem Ruck auf. »Sir?«

»Ihr nehmt die *Judith* und die *Angel* und segelt nach Rio de la Hacha. Erkundet die Lage. Ladet den Gouverneur zum Essen ein, falls er uns freundlich gesinnt ist, und findet heraus, wie hoch sein Preis ist. Sollte die Stimmung ungemütlich sein, blockiert den Hafen. Lasst niemanden hinein oder heraus, bis ich komme.«

»Aye, Sir.« Drake nickte seinen Offizieren zu, und sie standen auf.

»Warum fahren wir nicht alle nach Rio de la Hacha?«, fragte der Kapitän der *Minion*. »Nirgendwo lockt reichere Beute als bei den dortigen Perlenhändlern.«

»Wir versuchen es erst einmal weiter auf den Inseln«, beschied der Kommandant. »Nichts gegen die Perlen von Rio de la Hacha, aber ich will unsere verbliebenen Afrikaner nicht mit zurück nach England nehmen.«

Hampton Court, Mai 1568

»Wer zuerst am Irrgarten ist. Los!«

Die Königin preschte davon. Robin und Eleanor galoppierten ebenfalls an und setzten ihr nach. Sie waren am Reihersee nördlich des Palastes, die Rennstrecke vielleicht zwei Meilen lang, schätzte Eleanor.

Die Eskorte beeilte sich, ihnen zu folgen, aber nur die Andrews-Zwillinge schafften es, sich nicht abhängen zu lassen. Elizabeth ritt wie der Teufel; der kecke grüne Hutschleier flatterte ebenso waagerecht in der lauen Mailuft wie der Schweif ihres Rappen. Sie hatte einen makellosen Sitz, und wenngleich der Damensattel niemals perfekte Balance bieten konnte, setzte sie über die Hecke, die eine der Schafweiden begrenzte, ohne ihr Tempo zu verlangsamen.

Robin und Eleanor schenkten ihr nichts, und als sie über die leicht abschüssige Wiese galoppierten, waren alle drei gleichauf. Jetzt kamen die Parkanlagen des Palastes in Sicht, und nachdem sie die nächste Hecke übersprungen hatten, lag die Königin eine halbe Länge vorn. Mit einem triumphalen Lachen spornte sie ihr Pferd an, für die letzte halbe Meile alles zu geben.

Die Wachen sahen sie kommen, öffneten schleunigst das zweiflügelige Tor und sprangen beiseite, um sich in Sicherheit zu bringen. Eleanor holte auf, doch gerade als sie anfing zu glauben, sie könnte gewinnen, schob Robin sich auf der linken Seite erst in ihr Blickfeld, dann an ihr vorbei. Schaum flog vom Maul seines Fuchses, und Eleanor kam nicht umhin, die Eleganz und Kraft des Tieres zu bewundern. Es schien nicht zu laufen, sondern zu fliegen.

Vielleicht noch hundert Yards vom Ziel entfernt, überholte Robin auch die Königin – was diese mit einem empörten Wutschrei quittierte – und preschte als Erster durchs Tor.

Rösser und Reiter keuchten, als sie am Irrgarten anhielten.

Robin klopfte seinem Pferd lachend den schweißglänzenden Hals. »Gut gemacht, mein andalusischer Prinz. Ich bin allerdings nicht sicher, ob du nicht wegen Hochverrats geschlachtet und heute Abend in der Halle serviert wirst. Die Königin *hasst* es, zu verlieren …«

»Allerdings«, stimmte Elizabeth krötig zu. »Und es ist in hohem Maße unpatriotisch, andalusische Pferde zu reiten, Mylord.«

»Woher stammt Euer feuriges Ross gleich wieder, Majestät?«, konterte er, und der Schalk funkelte in seinen Augen.

»Aus Waringham, du Schuft.«

Robin öffnete den Mund, als wolle er etwas entgegnen, und schloss ihn dann wieder.

Es war Jethro Andrews, der es aussprach: »Genau wie seins, darauf würd ich meinen Kopf verwetten«, aber zum Glück raunte er es lediglich seinem Bruder zu, und die Königin hörte es nicht.

Jeremy nickte fachmännisch.

Eleanor spürte einen heißen Druck hinter dem Brustbein, und sie hätte Robin Dudley am liebsten eins mit der Reitgerte übergezogen.

Gemächlich ritten sie im Schritt durch die schattigen Alleen von Hampton Court Richtung Stallungen, Elizabeth und Robin vorneweg, dann Eleanor zwischen ihren beiden Schutzengeln, und der Rest der Wache, der inzwischen aufgeschlossen hatte, bildete die Nachhut.

Livrierte Stallburschen erwarteten sie und nahmen ihnen die Pferde ab.

»Ich frage mich immer, wie sie es fertigbringen, dass diese leuchtend roten Wämser nie schmutzig aussehen«, sagte Eleanor und schaute dem Jungen nach, der ihre geliebte Stute Thalia wegführte. »Eigentlich kann man nicht mit Pferden arbeiten, ohne sich dreckig zu machen.«

»Was ist das Geheimnis, Mylord?«, fragte die Königin Robin.

Der Master of the Horse saß elegant ab. »Sie haben jeder ein Wams zum Wechseln, und wenn sie eines ruinieren, bekommen sie eine Woche lang kein Ale. Das ist die Strafe, die sie am meisten fürchten, stimmt's nicht, Rupert?«

»Stimmt, Mylord«, räumte der knochige Jüngling mit einem breiten Grinsen ein.

Robin reichte ihm die Zügel. »Reib ihn ordentlich ab und striegel ihn gründlich.«

»Wird gemacht, Mylord.«

»Ich meine *gründlich*, Rupert. Haar für Haar.«

Der Junge gelobte nochmals höchste Sorgfalt und trottete mit seinem Schützling davon.

»Ich kann mir nicht helfen«, bemerkte die Königin. »Aber Robin scheint um sein neues Ross wesentlich besorgter als um meine. Ah, und da kommt Sir Christopher. Mit ernster Miene, wie ich sehe. Ich fürchte, unser unbeschwerter Nachmittag ist zu Ende.«

Christopher Hatton verneigte sich. »Majestät, ein schottischer Gesandter ist eingetroffen und ersucht dringendst eine Audienz.«

»Wer ist es?«, fragte Elizabeth.

»Sir Graham Douglas.«

Die Königin tauschte einen Blick mit Eleanor. Dann antwortete sie: »Ich hoffe, er bringt mir Mary Stewarts Perlen, die ich ihrem Bruder für Unsummen abgekauft habe.«

Mit ihrem leichten und raschen Schritt ging die Königin Richtung Palast, Hatton, die Andrews und die restlichen Gentlemen Pensioners im Schlepptau. Eleanor sorgte dafür, dass sie und Robin die Nachhut bildeten, und ließ sich ein paar Schritte zurückfallen.

»Hast du den Verstand verloren?«, fragte sie ihn gedämpft.

»Wieso?«, entgegnete er, scheinbar verwundert und unschuldig, aber ein winziges Flattern der Augenlider verriet ihn.

»Du lässt dir von Lettice Knollys ein Pferd schenken?«

Robin stieß die Luft aus. Es klang wie ein Stoßseufzer. »Woher weißt du das schon wieder? Wie kriegst du all solche Dinge nur immer heraus?«

»Meistens durch harte Arbeit. In diesem Fall kam mir der Zufall zu Hilfe. Ich war dort, als sie kam, um es zu kaufen. Also?«

»Ich bin nicht sicher, ob dich das etwas angeht, El.« Es sollte angriffslustig klingen, aber es geriet schuldbewusst.

»Ich dachte, die Geschichte zwischen euch sei seit Jahren vorbei.«

»Hm, das war sie auch. Aber irgendwie …« Er hob kurz die Schultern und versuchte, sie mit seinem Lächeln zu entwaffnen. »Es wäre äußerst ungalant gewesen, ihr Geschenk nicht anzunehmen.«

»Es wäre klug gewesen. Lettice Knollys ist Gift, Robin. Ein berechnendes Miststück. Hüte dich vor ihr, das ist ein guter Rat. Im Übrigen bist du dabei, deinen Fehler mit Amy zu wiederholen. Du findest Lettice anziehend, weil sie *ihr* ähnlich sieht.« Diskret wies sie auf die Königin.

»Mit Verlaub, aber du täuschst dich.« Mit einem Mal klang er kühl. »Du tust mir unrecht, wenn du mich für so oberflächlich hältst, und ihr erst recht. Sie ist … eine wirklich außergewöhnliche Frau.«

»Aber Lord Herefords«, erinnerte sie ihn scharf. »Ich hoffe, du weißt, was du aufs Spiel setzt? Dass es Dinge gibt, die die Königin nicht einmal dir verzeihen würde, wenn sie sie herausfände?«

Robin blieb stehen und sah sie forschend an. »Drohst du mir?«, fragte er.

Eleanor schüttelte den Kopf. »Ich will nicht diejenige sein, die ihr den Dolch ins Herz stößt. Aber wenn du weiterhin so leichtsinnig bist, wird sie es herausfinden. Und dann gnade euch Gott.«

Robin setzte sich wieder in Bewegung, mit langen, wütenden Schritten. »Wenn sie ihr Monopol auf mich so hoch schätzt, bräuchte sie mich nur zu heiraten, Eleanor.«

»Du weißt genau …«

»Oh, ich kenne all die Gründe, die dagegen sprechen, vielen Dank. Aber ich verschwende hier die besten Jahre meines Lebens in einer unmöglichen Position und … *verzehre* mich ohne alle Hoffnung auf Erfüllung. Und das Schlimme ist, dass ich das auch weiterhin tun werde, solange sie mich an ihrer Seite haben will, weil ich nicht anders kann. Aber sie hat keinen Anspruch auf den Teil von mir, den sie nicht will.«

Ehe Eleanor etwas erwidern konnte, rief die Königin zu ihnen herüber: »Wo bleibt ihr denn, ihr Turteltäubchen? Kommt endlich! Ich will meine Perlen sehen.«

Die Perlen waren atemberaubend. Sechs Reihen perfekter, satt schimmernder Exemplare von beachtlicher, aber keinesfalls protziger Größe, und als die Königin sie versuchsweise anlegte, reichte die längste der Ketten ihr bis zur Wespentaille hinab.

»Ja, recht hübsch«, lobte Elizabeth ihr Spiegelbild. Sie sagte es eine Spur kritisch, weil der schottische Gesandte zugegen war, aber ihre Augen verrieten ihre Begeisterung über den neuen Schmuck. »Und das Beste daran ist, dass ich sie Caterina de' Medici vor der Nase weggeschnappt habe!«

Francis Walsingham, aufsteigender Stern am diplomatischen Firmament und seit Neuestem listenreicher Spion in Secretary Cecils Diensten, hatte herausgefunden, dass die französische Königinmutter ebenfalls ein Angebot für Mary Stewarts Perlen abgegeben hatte, und danach hatte Elizabeth den Schmuck unbedingt haben müssen. Vermutlich rieb der schottische Regent, der Earl of Moray, sich immer noch die Augen ob des märchenhaften Preises, den er dank der beiden Bieterinnen für die Perlen seiner Halbschwester erzielt hatte …

»Ich hoffe, Ihr versteht die politische Geste, Majestät«, sagte der schottische Highlander mit dem strengen dunklen Bart. »Dass der Earl of Moray in dieser Frage England den Vorzug gegeben hat, nicht Frankreich.«

»Ich verstehe die Geste durchaus, Sir Graham«, versicherte Elizabeth. »Denn mag ich auch nur eine Frau sein, bin ich doch kein Schaf.«

Graham schoss das Blut in die Wangen, und er verneigte sich steif. »Ich bitte vielmals um Vergebung, Majestät, sollte ich …«

»Schon gut.« Die Königin ließ sich in einen Sessel sinken. Sie hatte Graham in ihrem Arbeitszimmer empfangen, weil seine Botschaft vermutlich zu heikel für den großen Audienzsaal war, und hatte die Schreiber und Hofdamen hinausgeschickt. Nur Lady Cat, Eleanor und Robin waren zugegen. »Ich sehe Euch an, Ihr bringt außer meinen Perlen auch Neuigkeiten, Sir Graham, und es sind keine guten. Also heraus damit, und nur keine Scheu. Ich belle gelegentlich, aber ich beiße nur in begründeten Ausnahmefällen.«

»Dies könnte einer sein, Majestät«, entgegnete Graham Douglas mit dem schelmischen Lächeln, mit dem er sein Gegenüber immer überraschen konnte, weil es so gar nicht zu ihm passte. Es verschwand auch sogleich wieder, und er fuhr fort: »Königin Mary ist vor zwei Wochen aus der Gefangenschaft in Lochleven entkommen.«

»Entkommen?«, wiederholte Elizabeth verblüfft. »Wie das, Sir?«

Graham Douglas deutete ein Schulterzucken an. »Mit Hilfe meines Vetters Geordie, fürchte ich.« Er biss sich kurz auf die Unterlippe und warf Elizabeth einen verstohlenen Blick zu. Was immer er in ihrem Gesicht las, bewog ihn, fortzufahren: »Ihr müsst verstehen, Majestät, dass Politik in Schottland immer ein kompliziertes Verwirrspiel aus widerstreitenden Verwandtschaften und Loyalitäten ist.«

»Das ist in England nicht anders«, versicherte die Königin.

Der Gesandte nickte und fasste Zutrauen. »Mein Herr, der Earl of Moray und Regent von Schottland, ist ein Halbbruder der gestürzten Königin, wie Ihr zweifellos wisst. Sie hatten denselben

Vater. Was vielleicht nicht allgemein bekannt ist: Mein Cousin William Douglas, der Königin Mary auf seiner Burg in Lochleven … verwahrt hat, ist ebenfalls ein Halbbruder des Earl of Moray. Sie hatten dieselbe Mutter. Zwischen William und der Königin besteht also keinerlei Verwandtschaft, und so war Lord Moray gewiss, dass sein Halbbruder seine Halbschwester sicher unter Verschluss halten würde. Womit er nicht rechnen konnte, war, dass Williams *anderer* Bruder Geordie sich in Königin Mary verlieben würde. Und zwar rettungslos, Majestät. Er hat ein Herz aus Gold, unser Geordie. Elf Monate lang hat er mit angesehen, wie die Königin in Lochleven eingesperrt war, war Zeuge ihrer Verzweiflung, ihrer Krankheit, der Fehlgeburt, der Abdankung … und ständig hat er mit seinem Bruder – ihrem Kerkermeister – gestritten. Wann er angefangen hat, mit ihren Anhängern zu paktieren und ihre Flucht zu planen, wissen wir nicht. Tatsache ist, dass er den Kammerdiener bestochen hat, William die Schlüssel zu stehlen, und dann hat er Königin Mary aus ihrem Quartier befreit, sie als Jungen verkleidet und über den See gerudert.«

»Wann war das?«, unterbrach Robin.

»Am zweiten Mai. Wie sich im Nachhinein herausstellte, war alles von langer Hand geplant und gut vorbereitet. Geordie brachte sie zu den Hamiltons, wo ihre Anhänger sich schon versammelt hatten, und sie griffen zu den Waffen. Aber Lord Moray erfuhr umgehend von der Flucht der Königin, und auch wir rüsteten uns. Bei Langside in der Nähe von Glasgow kam es am dreizehnten zur Schlacht, und die sechstausend Mann der Königin unterlagen. Sie geriet in Panik und floh.« Er brach ab.

»Ja?«, sagte Elizabeth auffordernd und lehnte sich ein wenig vor. »Floh wohin, Sir Graham?«

Er räusperte sich. »Nach England, Majestät.«

Eleanors Herz stolperte.

Robin Dudley, der dabei war, sich einen Becher Wein einzuschenken, schüttete einen ordentlichen Schwall daneben.

Für einen Moment war es so still, dass man draußen im Garten die Vögel zwitschern hörte.

»Nach England …«, echote die Königin schließlich.

Graham Douglas nickte. »Nach drei Tagen und Nächten im Sattel überquerte sie am sechzehnten den Solway Firth mit Kurs auf die englische Küste. Wo sie gelandet ist oder ob sie überhaupt gelandet ist, wissen wir nicht.«

»Sie landete in Workington in Cumberland«, sagte Secretary Cecil von der Tür. Er war außer Atem, so als sei er schneller gelaufen, als seiner Gesundheit zuträglich war. »Erschöpft, hungrig und verzweifelt, aber … lebendig.« Er gab sich Mühe, sein Bedauern ob dieser Tatsache zu verbergen.

»Wie nett, dass Ihr mich jetzt bereits über diese Vorfälle informiert, Sir«, höhnte die Königin.

Cecil trat unerschrocken näher und verneigte sich. »Ich bitte um Vergebung, Majestät, aber es ist noch keine Viertelstunde her, dass Francis Walsingham mir diese Neuigkeiten brachte. Er war mit Throckmorton in Schottland, aber die Wirren dort machten das Reisen gefährlich und schwierig, darum kam er erst heute zurück.«

»Und wo ist Mary Stewart jetzt?«, fragte die Königin.

»In Carlisle. Die Fischer von Workington wussten nicht, was sie mit ihr anfangen sollten, und offenbar gruselte ihnen ein wenig vor ihr. Sie hat sich das Haar geschoren, um unerkannt zu bleiben. Aber ein gewisser Geordie Douglas, der sie begleitete … Ein Vetter von Euch, Sir?«, fragte er den armen Sir Graham spitz.

Der nickte mit einem schmallippigen Lächeln.

Cecil musterte ihn noch einen Moment, dann fuhr er an die Königin gewandt fort: »Der wortgewandte und schneidige Sir Geordie überzeugte die Fischer, dass sie es tatsächlich mit einer Königin zu tun hatten, und sie brachten die sonderbare Reisegesellschaft zum nächsten Landgut, dessen Lord die Geistesgegenwart besaß, sie schleunigst nach Carlisle Castle zu geleiten, wo sie nun hockt wie eine Spinne im Netz und ihr papistisches, aufrührerisches Gift in Briefen an Gott und die Welt versendet, unter anderem auch an Euch, Majestät.« Er hob die Linke mit einem kleinen versiegelten Schreiben.

Elizabeth nickte und dachte einen Moment nach. Dann stützte sie entschlossen die Hände auf die Armlehnen ihres Sessels. »Sir

Graham, habt Dank für Euren Botendienst. Seid mein Gast, bis mein Kronrat und ich entschieden haben, wie wir weiter verfahren wollen, und ich Euch einen Brief für den schottischen Regenten mitgeben kann.«

»Majestät.« Graham Douglas verneigte sich vor ihr, und auf dem Weg zur Tür schmuggelte er Eleanor ein angespanntes Lächeln zu.

»Beim Tod am Kreuz!«, brach es aus der Königin hervor, kaum dass die Tür sich geschlossen hatte. »Wie kann das lange Elend es wagen, mich in diese unmögliche Lage zu bringen? Wo gerade alles so famos war mit den Schotten und dem Earl of Moray.«

Tatsächlich hatten die Beziehungen zwischen England und Schottland seit Mary Stewarts Sturz im letzten Sommer eine Wendung zum Guten genommen: William Cecil und den Earl of Moray verbanden ihre puritanische Gesinnung, ihr Glaube an die gemeinsame Zukunft ihrer beider Nationen und ihr sprödes, vollkommen humorloses Wesen, das der Überzeugung entsprang, das Leben sei grundsätzlich schwer und die Welt grundsätzlich schlecht. Sie waren wahrhaftig Brüder im Geiste, wusste Eleanor, und ihre Verbundenheit war gut für England.

»Was will sie denn?«, fragte Elizabeth stirnrunzelnd und wies auf den Brief in Cecils Hand.

»Ihre Krone, englische Truppen und Eure schwesterliche Freundschaft. Hier, lest selbst.«

Elizabeth hob abwehrend die Linke. »Später.« Sie spielte versonnen mit der wundervollen Perlenkette um ihren Hals.

»Majestät.« Cecil trat einen Schritt näher auf sie zu. »Ihr solltet sie zurück nach Schottland schicken.«

»Nein.«

»Solange sie in England bleibt, ist sie die perfekte Galionsfigur für jede papistische Verschwörung. Vergesst nicht, es gibt solche, die Mary Stewarts Anspruch auf die englische Krone für besser halten als Euren.«

»Vor allem Mary Stewart selbst«, warf Robin Dudley ein.

»Und gerade im Norden gibt es viele Papisten unter dem Adel«, fuhr Eleanor fort. »Das ist zu gefährlich.«

Doch Elizabeth schüttelte den Kopf. »Sie zu ihrem Bruder zurückzuschicken würde ihren sicheren Tod bedeuten. Moray wird sie nicht leben lassen, nachdem er gesehen hat, wie rasch sich sechstausend Schotten hinter ihr versammelt haben. Er wird sie für Darnleys Ermordung verurteilen, und ein gekrönter Souverän wird hingerichtet. Das ist ein unaussprechliches Verbrechen, sowohl gegen die Gesetze der Welt als auch gegen die göttliche Ordnung. Und ich mache mich nicht zur Komplizin.«

Man konnte hören, dass es ihr letztes Wort war.

»Aber was, wenn Mary Stewart sich entschließt, weiter nach Frankreich oder – Gott bewahre – nach Spanien zu reisen?«, fragte Cecil. »Der Herzog von Alba steht mit fünfzigtausend spanischen Soldaten auf der anderen Seite des Kanals. Wenn Felipe die seiner Auffassung nach rechtmäßige und katholische Königin Mary in die Finger bekäme, wird er Alba befehlen, in England einzufallen und ihren *englischen* Thron zu erobern.«

»Sie darf England auf keinen Fall verlassen«, stimmte Elizabeth ihm zu. »Wir behalten sie fürs Erste als Gast in Carlisle, aber es muss gewährleistet sein, dass sie sich unserer Gastfreundschaft nicht entzieht.« Sie sah zu Eleanor. »Du musst zu ihr reisen. Sie kennt dich. Du hast schon einmal ihr Vertrauen gewonnen. Finde heraus, was sie im Schilde führt.«

»Natürlich reite ich zu ihr, wenn es Euer Wunsch ist, Majestät.« *Es sind ja höchstens dreihundert Meilen*, fügte sie in Gedanken seufzend hinzu. »Aber Mary Stewart ist eine von den Frauen, die eher Männern traut als Frauen. Wenn Ihr jemanden wollt, der ihr Vertrauen gewinnt, schickt Ihr einen … einen väterlichen Freund. Ich glaube, es war im Grunde immer ein Vater, nach dem sie sich gesehnt hat. Auch deswegen ist ihre Ehe mit dem Kindskopf Darnley gescheitert. Schickt ihr …«

»Francis Knollys«, schlug Robin vor.

Lady Cat, die wie meistens stickend auf dem Fenstersitz hockte und schweigend zuhörte, sah verblüfft auf. »Was fällt dir ein, Robin? Mein armer Gemahl soll in den wilden Norden reisen und es mit dieser schottischen Natter aufnehmen? Weißt du eigentlich, dass er fast sechzig Jahre alt ist?«

»Darum ist er genau der Richtige«, entschied die Königin erbarmungslos. »Wo steckt er?«

»Nun, zu Hause in Taunton, Majestät, wo sonst?«

»Schick nach ihm«, trug Elizabeth ihr auf. »Er ist Unterkämmerer meines Haushalts, verdammt, er sollte sich öfter hier blicken lassen! El, du begleitest ihn nach Carlisle. Aber lasst euch ein paar Tage Zeit, eh ihr aufbrecht. Das lange Elend soll ruhig ein Weilchen schmoren …«

Das herrliche Maiwetter hielt an, und vordergründig folgte das Leben bei Hofe seiner gewohnten Routine – prachtvoll und doch beschaulich –, während die Vorbereitungen für die jährliche Sommerreise der Königin allmählich in Gang kamen. Hinter den Kulissen hatte die Flucht der abgesetzten schottischen Königin nach England die Regierung jedoch in Aufruhr versetzt. Eine hektische Betriebsamkeit war spürbar wie das aufgebrachte Summen eines Bienenstocks, in welchen ein mutwilliges Kind einen Stecken gestoßen hat. Secretary Cecil empfing Tag und Nacht Diplomaten und Spione, und im Kronrat wurde endlos gestritten.

»Wir reiten nach Cripplegate, Gentlemen«, eröffnete Eleanor den Andrews-Zwillingen zwei Tage nach Graham Douglas' Besuch.

»Mylady.«

Jethro hielt ihr den Steigbügel, und Eleanor saß auf.

»Wen suchen wir?«, erkundigte sich Jeremy.

»Ausnahmsweise suchen wir niemanden, sondern wir *be*suchen Francis Walsingham.«

Die Andrews schwangen sich in die Sättel und folgten ihr zum nördlichen Tor der riesigen Palastanlage bei Charing Cross. Dort bogen sie rechts ab in The Strand und folgten der Straße vorbei an den Ruinen des Savoy-Palastes, wo die jämmerlichsten der Londoner Bettler und Langfinger hausten, die aus verschiedenen Gründen keine Aufnahme in die Dunklen Bruderschaften fanden. Die drei Reiter passierten den Temple-Distrikt der Londoner Rechtsgelehrten und gelangten durch das Ludgate in die Stadt.

Dort herrschte das übliche ohrenbetäubende Durcheinander

aus Fuhrwerken, Reitern und Fußgängern, aber trotz Enge und Betriebsamkeit war die Stimmung auf den Straßen ausgelassen ob des herrlichen Sonnenscheins, und die Londoner trugen ihre farbenprächtigsten Kleider zur Schau, als wollten sie mit den Frühlingsblumen auf dem großen Friedhof von St. Paul wetteifern.

Eleanor und ihre Begleiter ließen die Kathedrale rechterhand liegen, bogen nach Norden in die Milk Street ein und kamen wenig später ans Ziel.

Sie ritten in den Innenhof eines schlichten, aber großen Hauses unweit der Guildhall, und Jethro trug dem herbeigeeilten Diener auf: »Lady Eleanor of Waringham für Master Walsingham.«

Der junge Mann hielt Thalia am Zügel, während Eleanor aus dem Sattel glitt, und bat höflich: »Folgt mir, Mylady. Wünschen die Gentlemen eine Erfrischung, während sie warten?«

Die Andrews sahen fragend zu Eleanor, um zu ergründen, ob sie sie an ihrer Seite haben wollte, während sie mit Walsingham sprach. Sie schüttelte den Kopf.

»Die Gentlemen sind einem Becher Ale nie abgeneigt«, antwortete Jethro und wies auf die Bank, die zwischen zwei ziemlich kümmerlichen Rosenbüschen an der sonnenbeschienenen Hauswand stand. »Wir warten dort.«

Der Diener führte Eleanor ins dämmrige Innere und eine Treppe hinauf. Keine Gemälde, nur fächerförmige Rußflecken über den Fackelhaltern zierten die gekalkten Wände, und das Haus wirkte beinah düster in seiner Schlichtheit. Allein das Kinderlachen, das gedämpft zu vernehmen war, hellte es auf.

Ihr Begleiter verschwand durch eine Tür. Im Handumdrehen kehrte er zurück. »Tretet ein, Mylady.«

»Lady Eleanor!« Francis Walsingham kam ihr mit einem Lächeln entgegen: ein großer, gutaussehender Mann Mitte dreißig, mit dunklem Haar, das sehr kurz geschnitten war und sich wie eine enge Kappe an seinen Kopf schmiegte. Ein sorgfältig getrimmter Bart, eine eigenwillige, leicht gekrümmte Nase, buschige Brauen und darunter dunkle Augen, in denen ein Hauch von Melancholie lag. »Endlich lerne ich die Schwester meines lieben Freundes Lord Waringham kennen.«

Eleanor fand ihn auf Anhieb sympathisch. »Master Walsingham. Sehr freundlich, dass Ihr Zeit für mich finden konntet. Ich …« Sie brach ab, als sich aus einem Sessel, der mit dem Rücken zur Tür stand, ein weiterer Mann erhob.

»Lady Eleanor«, grüßte auch er mit einer knappen, zackigen Verbeugung.

Eleanor spürte, wie ihr Lächeln gefror. »Master Topcliffe.«

»Ah, Ihr kennt Euch bereits«, bemerkte Walsingham, und die buschigen Brauen hoben sich für einen Moment, so als wollten sie eine Frage stellen.

»Die Ausübung unserer Pflichten hat uns in der Vergangenheit gelegentlich auf die gleichen Pfade geführt«, erklärte Topcliffe ominös.

Aber glücklicherweise nicht oft, dachte Eleanor unwillkürlich. Topcliffe war Secretary Cecils Mann fürs Grobe. Er war ein listenreicher Spion, musste sie zugeben, aber seine größte Begabung – und seine Leidenschaft – war es, anderen Menschen ihre Geheimnisse mit Gewalt zu entreißen. Alles an ihm war hart und kantig – vom drahtigen, grau melierten Haar über die scharfgeschnittenen Züge bis hin zu seinem kompakten, muskulösen Körperbau. Seine blauen Augen waren kalt und distanziert und blieben es auch jetzt, als er lächelte.

»So wie heute auch, nehme ich an«, fuhr Topcliffe fort. »Oder sollte es nicht diese schottische Schlampe sein, die Euch herführt?«

Seine grundsätzliche Geringschätzung für alle Frauen war Eleanor keineswegs neu, und sie rätselte nicht zum ersten Mal, wie er damit in Elizabeths Diensten überleben konnte. »Unter anderem, Sir. Wobei ich es vorzöge, die Cousine Ihrer Majestät nicht als Schlampe bezeichnet zu hören, Schottin oder nicht.«

»Da hat sie recht«, pflichtete Walsingham ihr bei, aber der Tonfall war so milde, dass er nicht einmal einen Wüterich wie Topcliffe in Rage bringen konnte.

Der hob gleichgültig die massigen Schultern. »Das Einfachste wäre, wir schickten sie ihrem Bruder zurück, damit der ihr den Kopf abschlägt.«

»Bedauerlicherweise will Ihre Majestät davon nichts hören«, erwiderte Eleanor.

»Es wäre aber das Sicherste, um papistische Verschwörungen zu unterbinden«, beharrte er.

»Doch wir werden einen anderen Weg finden müssen«, sagte Eleanor. »Zum Beispiel sollten wir verhindern, dass Mary Stewart und der spanische Gesandte Botschaften austauschen.«

Topcliffe leerte den Zinnbecher, den er in der Rechten hielt, mit einem einzigen, geräuschvollen Zug. »Ich lasse sein gesamtes Gefolge observieren.«

»Gut.«

Er stellte den Becher auf den Tisch. »Da fällt mir ein, Mylady, ich bin vor ein paar Monaten Eurem Bruder begegnet, kurz bevor er mit Hawkins' Flotte segelte.«

»Tatsächlich?« Eleanor gab vor, nur mäßig interessiert zu sein. In Wahrheit war ihr der Schreck in die Glieder gefahren. »Darf ich hoffen, dass Ihr ihm keine verräterischen oder papistischen Umtriebe unterstellt? Mein Bruder Isaac interessiert sich weder für Politik noch für Religion, Sir, sondern allein für seine eigene kostbare Person.«

Topcliffe lachte in sich hinein. »Ich merke, Euer berühmter Scharfblick macht nicht einmal vor der eigenen Familie halt. Auf bald, Mylady.« Wieder diese zackige Verbeugung. »Ich komme heute Abend noch einmal vorbei, Walsingham.«

Der Gastgeber nickte und schaute Topcliffe nach, bis dessen polternde Schritte auf der Treppe verklungen waren.

Dann wies er einladend auf den Sessel am Kamin. »Bitte, Mylady. Nehmt Platz. Ein Schluck Wein?«

»Wenn ich nicht aus Topcliffes Becher trinken muss, gern.«

Francis Walsingham holte ein Glas von einem Tablett auf der Anrichte. Eleanor nutzte die Gelegenheit, den Raum in Augenschein zu nehmen: groß, schäbig möbliert und zwei Wände voller Bücher.

»Ja, mir ist nicht entgangen, dass Ihr Richard Topcliffe nicht sonderlich schätzt«, bemerkte Walsingham und reichte ihr das gefüllte Glas.

»Er ist ein Ungeheuer«, erwiderte sie und war von ihrer eigenen Unverblümtheit irritiert.

Walsingham setzte sich ihr gegenüber, ohne auf ihre Einschätzung seines vorherigen Besuchers einzugehen. Wenigstens sagte er nicht: ›Aber nützlich‹, so wie Cecil es tat.

Das erleichterte sie. Und dennoch provozierte Walsinghams Schweigen sie zu einem weiteren Bekenntnis: »Ich habe ihn einmal aus purer Neugierde überprüft. In Somerby, wo er aufgewachsen ist, sagen die Leute, er habe als Knabe Eichhörnchen und Katzen in Fallen gelockt und zu Tode gequält. Seine Eltern starben bei einem Brand, als er zwölf war.«

»Und Ihr habt Euch gefragt, ob der junge Richard gezündelt hat?«

»Der Gedanke ist mir gekommen«, räumte Eleanor ein.

»Topcliffe kam unter die Vormundschaft seines Onkels«, setzte Walsingham den Bericht fort, der doch eigentlich ihrer war.

»Sir Anthony Neville«, knüpfte sie eilig an. »Der sein Mündel verprügelte und hungern ließ, während er seine Ländereien ausplünderte.«

Walsingham nickte. »Und dieser Ausbund an christlicher Barmherzigkeit war Katholik.«

Eleanor schaute verblüfft auf. »Dieses Detail … war mir entgangen«, räumte sie unwillig ein, ärgerlich über ihr Versäumnis. »Und Ihr wollt nun behaupten, man müsse Topcliffe seinen Hass auf alle Papisten deswegen nachsehen? Persönliche Ressentiments sind ein schlechter Ratgeber, wenn man im Dienst der Krone steht, Sir.«

»Ich will nichts dergleichen behaupten«, entgegnete er. »Aber sagt Ihr nicht gern: Je mehr wir über einen anderen wissen, desto besser können wir ihn durchschauen. Je besser wir ihn durchschauen, desto besser können wir ihn vorhersagen. Je besser wir ihn vorhersagen können, desto sicherer sind wir vor bösen Überraschungen.«

Eleanor fragte ihn nicht, woher er ihr Credo kannte, sondern hob mit einem ergebenen Lächeln die Schultern. »Je länger ich in diesem Geschäft bin, desto klarer wird mir, dass man niemals sicher vor bösen Überraschungen ist. Doch in einem Punkt habt Ihr zweifellos recht: Richard Topcliffe wird vor nichts zurückschrecken und vor nichts haltmachen, um der papistischen Gefahr zu begegnen, der England sich ausgesetzt findet und die mit Mary Stewarts Flucht noch bedrohlicher geworden ist.«

Walsingham nickte versonnen, schlug die Beine übereinander und verschränkte die Hände auf dem Knie. »Und was ist es, das ich für Euch tun kann, Lady Eleanor?«

»Es geht um Lord Bothwell, Mary Stewarts Gemahl. Er ist an den dänischen Hof geflohen, wie Ihr sicher gehört habt, und Ihre Majestät erwägt, den dänischen König zu ersuchen, ihn an Schottland auszuliefern, damit Bothwell für Darnleys heimtückische Ermordung zur Rechenschaft gezogen werden kann.«

»Falls Bothwell denn tatsächlich dafür verantwortlich war«, warf Walsingham ein.

»Ich habe nicht den geringsten Zweifel, aber selbst wenn nicht, hätte er verdient zu hängen für das, was er Mary Stewart in Dunbar angetan hat«, gab Eleanor zurück. »Die entscheidende Frage ist: Wenn der schottische Regent mit Bothwell seinen Sündenbock bekäme, würde das seinen Rachedurst stillen? Könnten wir, wenn Bothwell hingerichtet würde, Mary Stewart zurück nach Schottland schicken und in die Obhut ihres Halbbruders geben, ohne zu riskieren, dass der sie hinrichten lässt?«

»Warum fragen wir ihn nicht?«

»Wäre auf seine Antwort denn Verlass?«, entgegnete Eleanor. »Das ist es eigentlich, was ich von Euch erfahren wollte, denn Ihr kennt ihn, ich nicht.«

»Hm.« Walsingham lehnte sich in seinem Sessel zurück und strich sich über den gepflegten Bart. »Offen gestanden habe ich Zweifel an der Zuverlässigkeit seiner Zusagen. Der schottische Regent ist heute ein Staatsmann und morgen ein trotziges Kind, das nur von seinen Launen beherrscht wird. Und er empfindet einen tiefen Hass auf seine Schwester. Davon einmal abgesehen bin ich nicht sicher, ob der König von Dänemark seinen ›Gast‹ überhaupt hergeben würde. Bothwell hat vor vielen Jahren eine junge dänische Dame zu seiner Geliebten gemacht und sein Eheversprechen gebrochen. Ihr Vater war ein Edelmann und Freund des Königs, der Bothwell deswegen büßen lassen will.«

Eleanor nickte. »Es war eine junge *norwegische* Dame, aber der Rest stimmt.«

Francis Walsingham biss sich auf die Unterlippe. »Herrje. Damit wäre die Frage, wer von uns beiden besser ist, wieder offen.«

Eleanor musste über ihren kindischen Ehrgeiz selbst lächeln. Doch dann wurde sie wieder ernst. »Was werden wir sein, Master Walsingham? Verbündete oder Konkurrenten?«

»Hm.« Er stützte das bärtige Kinn zwischen Daumen und Zeigefinger und sah Eleanor in die Augen. Die seinen waren goldgefleckt, fiel ihr auf, und jetzt lag ein Ausdruck von Neugier und Heiterkeit darin, der die Melancholie überlagerte. Es war ein ebenso fesselnder wie beunruhigender Blick. Bis Walsingham den Bann brach, die Hand vom Kinn nahm und sich in seinem Sessel zurücklehnte.

»Verbündete Konkurrenten?«, schlug er vor.

»Ihr könnt nach Whitehall zurückkehren«, sagte Eleanor den Andrews, als sie wieder losritten. »Ich habe noch etwas zu erledigen.«

»Mylady …«

Eleanor glaubte, Jeremys Antwort sei der übliche Ausdruck von Zustimmung, doch sie wurde eines Besseren belehrt, als Jethro sich räusperte.

»Ja?«, fragte sie.

»Mit Verlaub, Mylady«, begann Jethro eine Spur unbehaglich. »Aber wir würden Euch lieber begleiten.«

»Vielen Dank, aber nicht nötig, denn …«

»Wir wissen, wohin Ihr reitet«, fiel Jeremy ihr ins Wort.

Das war eine Premiere. Seit Elizabeths Krönung vor beinah zehn Jahren waren diese beiden Männer Eleanors treue Schutzengel, aber sie waren meist stumme Schatten, und nie zuvor hatte einer von beiden sie unterbrochen.

»Ihr … was?«, fragte sie verdattert.

»Wir wissen, wohin Ihr reitet«, wiederholte Jeremy geduldig. »Zu *wem*.«

»Ihr kennt das Haus?«, fragte sie, ihre Stimme seltsam dünn. Wenn Gabriel das herausfand, waren ihre Schatten tot, ganz gleich, was Eleanor sagen, wie sehr sie betteln würde. Der König der Diebe konnte erbarmungslos sein, und wenn er glaubte, die Dunklen Bruderschaften seien in Gefahr, gab es einfach nichts, wovor er zurückschreckte.

Doch die Zwillinge schüttelten die Köpfe.

»Wir sind ja nicht lebensmüde«, erwiderte Jethro. »Wir sind Euch dann und wann gefolgt, aber nie weiter als bis zur St.-Magnus-Kirche in Billingsgate.«

»Gott sei Dank …« Sie atmete verstohlen durch und sah erst dem einen, dann dem anderen ins Gesicht. »Und was weiter, Gentlemen? Ich hoffe, ihr erspart mir Eure moralische Entrüstung, denn zufällig kenne ich Eure Vorliebe für die übel beleumundeten Etablissements der Bankside.«

»Das würden wir uns niemals anmaßen, Mylady«, versicherte Jeremy ernst. »Euer … Gentleman hat damals bei der Sache mit dem verrückten Schotten seine Treue zur Königin bewiesen, und alles andere geht uns nichts an.«

»Aber Euer Geheimnis macht Euch angreifbar«, fuhr sein Bruder fort. »Wenn Ihr gestattet, würden wir Euch gern helfen, es zu hüten.«

Eleanor zählte zwei und zwei zusammen. »Warum ausgerechnet jetzt, wenn Ihr es schon seit Jahren wisst? Es ist Richard Topcliffe, nicht wahr?«

»Als er aus Walsinghams Haus kam, war er ziemlich redseliger Stimmung«, berichtete Jethro. »Und in seine Plaudereien hat er ein paar Fragen über Euch eingestreut. Er muss uns für ziemlich beschränkt halten.«

Da war er nicht der Einzige, wusste Eleanor. Es war die wortkarge Art der Zwillinge, verbunden mit ihrem Scheunentorformat, die viele Leute zu der Annahme verleitete, sie seien nicht die Allerhellsten. »Was für Fragen?«

»Ob die Königin nicht gar zu hohe Ansprüche an Eure Loyalität stelle, indem sie Euch verbietet zu heiraten. Ob wir Euch in den letzten Monaten gelegentlich nach Waringham begleitet hätten.

Und ob wir wüssten, wer das kleine Mädchen ist, das der Earl of Waringham in seine Familie aufgenommen hat.«

Eleanor bekam feuchte Hände. Lettice Knollys und Richard Topcliffe hatten die Köpfe zusammengesteckt. Was Lettice im Schilde führte, war unschwer zu erraten: Sie hatte ein Verhältnis mit Robin Dudley und wollte ein Druckmittel gegen Eleanor, damit die es der Königin gegenüber nicht ausplauderte. Lettice konnte schließlich nicht ahnen, dass Elizabeth über Eleanors skandalöses Liebesleben und dessen nicht minder skandalöse Früchte genauestens im Bilde war, die Affäre als Druckmittel also nicht taugte. Aber was zum Henker wollte Topcliffe?

»Wir wissen, dass dieser Topcliffe für Secretary Cecil arbeitet und all das«, knüpfte Jeremy an. »Und wenn der Secretary ihn für vertrauenswürdig hält, sollten wir das vermutlich auch tun, aber wir haben uns trotzdem ahnungslos gestellt.«

»Gott segne Euch«, sagte Eleanor. Die Fürsorge der Zwillinge rührte sie, aber das ließ sie sich nicht anmerken, denn es hätte die Andrews verlegen gemacht.

»Also war es richtig?«, vergewisserte sich Jeremy.

»Absolut. Ich bin mir nicht sicher, ob der Secretary ihn wirklich für vertrauenswürdig hält oder nur für nützlich. Aber mir ist Topcliffe nicht geheuer, und meine persönlichen Angelegenheiten gehen ihn nichts an. Ihr meint demnach, er lässt mich beschatten?«

Sie nickten.

»Aber was soll mir Eure Begleitung dann nützen, Gentlemen? Zu dritt sind wir leichter zu verfolgen als ich allein.«

»Ich reite mit Euch, Jethro folgt uns in fünfzig Schritt Abstand. Falls wirklich jemand an Euren Fersen klebt, wird mein Bruder ihn sehen und … aufhalten.«

»Einverstanden. Aber nur bis zur St.-Magnus-Kirche.«

»Was machst du denn hier so allein, kleiner Mann?«, fragte die Dame mit dem modischen, kecken Hut. »Wie heißt du denn, hm?«

»Jayden«, log Samuel. Er senkte den Kopf und schniefte.

Die Dame beugte sich zu ihm herab, sodass die Samtbörse an

ihrem Gürtel praktisch vor seiner Nase baumelte. »Und wo ist deine Mutter, Jayden?«

»Die Pest hat sie geholt.«

»Ach Gott.« Sie schnalzte mitfühlend. »Schau ihn dir an, Hannah«, sagte sie zu der Magd, die ihre Einkäufe trug. »Was für ein hübscher kleiner Kerl.«

»Und so traurig …«, antwortete die Magd seufzend.

»Was ist mit deinem Vater?«, versuchte die Dame es noch einmal.

»Auch tot«, erklärte Samuel mit erstickter Stimme und bohrte sich die Knöchel beider Fäuste in die Augen. »Vorgestern haben wir ihn in St. Thomas begraben.«

Die Tränen kamen sofort. Nicht weil der Druck seiner Knöchel schmerzte, sondern weil er es wollte. Das war etwas, das er niemandem erklären konnte: Wenn er sich dazu entschloss, konnte er sich in den Waisenjungen *verwandeln*. Und dann war es ein Leichtes, dessen Verlorenheit zu beweinen.

»Aber irgendwer muss doch auf dich achtgeben?«, fragte die Dame sorgenvoll. »Du bist doch noch viel zu klein, um allein auf den Londoner Straßen umherzustreifen …«

»Ich bin schon fünf«, widersprach er mit halbherziger Entrüstung, und das war das erste wahre Wort, das er ihr gesagt hatte.

»Ja, aber …«

»Onkel hat gesagt, er kommt mich holen«, unterbrach er beinah tonlos. »Am Brunnen vor Mulberrys Laden soll ich warten, und er kommt, wenn die Turmuhr von All Hallows fünfmal schlägt, hat er gesagt.« Er wies mit dem Daumen über die Schulter auf Mulberrys Tuchladen, um anzudeuten, dass er am richtigen Ort war.

»Aber es ist schon dreiviertel sechs«, sagte die Magd stirnrunzelnd. »Der Onkel wird ihn doch nicht vergessen haben?«

Die Dame blickte unschlüssig auf den traurigen kleinen Kerl hinab. »Wo wohnst du denn, Jayden?«

»Weiß nicht«, log Samuel.

»Also schön. Hannah, wir müssen ihn mitnehmen, es bleibt keine andere Wahl.« Energisch streckte sie ihm die Hand entgegen. »Komm, Jayden. Ich nehme dich mit zu mir nach Hause. Du bekommst eine Schale Suppe und darfst in der Küche vor dem Herd schlafen, und morgen macht einer meiner Diener sich mit dir zusammen auf die Suche nach deinem Onkel.«

Samuel sprang von der Brunneneinfassung, legte seine Hand zutraulich in die ihre und sah mit tränenverhangenen Wimpern zu ihr hoch.

Sie erwiderte den Blick mit einem traurigen Lächeln. »Armes Lämmchen …«

Keine zehn Schritte hatten sie sich vom Brunnen entfernt, als Onkel Lewis hinter ihnen rief: »Jayden? Jayden! Wo willst du denn hin, du verdammter Lump!«

Er holte sie ein und stellte sich ihnen in den Weg. »Was habt Ihr mit meinem Neffen zu schaffen?«, schnauzte er die Dame an.

Sie blieb stehen und hob angriffslustig das Kinn. »Was erlaubst du dir? Tritt gefälligst zurück! Der Junge war verängstigt und allein. Und das ist kein Wunder, wenn du ihn so lange warten lässt und …«

»Kümmert Euch gefälligst um Euren eigenen Mist, Lady«, fiel Onkel Lewis ihr ins Wort, packte Samuel an der Schulter und riss ihn roh von ihr weg. »Was fällt dir ein, mit Fremden zu gehen, du verfluchter Schwachkopf …« Und er hob die Hand, um ihm eine Ohrfeige zu verpassen.

Die Dame fiel ihm in den Arm. Zum Glück taten sie das fast immer. »Untersteh dich, du gefühlloser Klotz! Der Junge hat gerade erst den Vater verloren, und du …«

»Hab ich Euch nicht gesagt, Ihr sollt Eure Nase aus unseren Angelegenheiten halten?«

»Ich hätte nicht übel Lust, nach dem Constable zu schicken, du …« Sie unterbrach sich kurz, als ein bärtiger Handwerker mit Kappe und Lederschürze an ihr vorbeihastete. Er rempelte sie in seiner Eile kurz an, murmelte »Bitte um Vergebung, Madam …« und lief weiter. Im Nu war er um die nächste Straßenecke gebogen.

»Sei nicht wütend, Onkel«, bettelte »Jayden« und richtete den traurigen Blick der dunklen Augen auf ihn. »Ich hatte Hunger und solche Angst, und die Lady war so gut zu mir …«

»Na schön«, knurrte der Onkel halb unwillig, halb versöhnt. »War nicht deine Schuld.« Er nickte der empörten Dame knapp zu. »Nichts für ungut, Mistress …«

»Also wirklich, das ist doch …«, stieß sie hervor.

Der Onkel zerrte seinen Neffen derweil schon die Straße entlang. »Wenn ich dir das nächste Mal sage, warte da und da auf mich, dann tust du's, klar?«

»Ja, Onkel …«

»Leb wohl, kleiner Jayden!«, rief die Dame ihm mit erstickter Stimme nach.

Samuel sah über die Schulter zurück und winkte, dann hatten sie die Einmündung zur Water Lane erreicht. Mit raschen Schritten, aber ohne verräterische Hast gingen sie die dämmrige Gasse entlang und bogen nach vielleicht hundert Yards links in ein ebenso schmales Sträßchen ab, wo der unverwechselbare Geruch des Fischereihafens von Billingsgate sie empfing. Der Mann mit dem blonden Rauschebart und der Lederschürze wartete im Hauseingang einer verlassenen Aalräucherei auf sie, und als sie an ihm vorbeikamen, trat er heraus und ging scheinbar zufällig auf einer Höhe mit ihnen.

»Gute Arbeit, Männer.«

In dem struppigen falschen Bart konnte Samuel das übermütige Grinsen seines Vaters nicht sehen, aber er hörte es in der Stimme. Er tauschte ein Lächeln mit Onkel Lewis.

Samuel konnte kaum erwarten zu hören, wie sein Vater der mildtätigen Dame die Samtbörse abgeknöpft hatte, als er sie anrempelte. Doch der Junge hatte bereits gelernt, dass man niemals über einen Raubzug sprach, ehe man wieder im Schutz seines eigenen Hauses war, also zügelte er seine Neugier.

Er musste sich auch nicht lange gedulden, denn es war nur ein kurzer Weg bis nach Hause. Onkel Lewis sperrte auf, während Vater die Straße im Blick hielt, und im nächsten Moment standen sie alle drei in der kleinen Eingangshalle, wo Ben Ruby ihn mit den Worten begrüßte: »Du errätst nie, wer oben auf dich wartet, Sammy, mein Junge.«

»Samuel«, verbesserte er geduldig.

Er wusste selbst, dass er noch klein war. Es würde noch eine Ewigkeit dauern, bis er so groß und stark und unerschrocken werden konnte wie sein Vater oder sein Onkel, aber wenigstens wollte er, dass er mit seinem »erwachsenen« Namen angesprochen wurde. Er hoffte irgendwie, das werde die Dinge beschleunigen.

»Meine Großmutter?«, fragte er hoffnungsvoll, wenngleich er die Wahrheit schon ahnte.

»Deine Mutter, Bübchen.«

Samuel nickte und rang sich ein Lächeln ab, denn er wusste, was von ihm erwartet wurde.

»In dem Fall ist es wohl besser, wir teilen die Beute hier«, wisperte Onkel Lewis und zwinkerte ihm zu.

»Lewis«, wies Vater ihn scharf zurecht.

Samuels Onkel hob ergeben beide Hände. »Tut mit leid, tut mir leid.« Die ausgestreckten Hände wanderten an seinen Kopf, und er ließ sie wie Eselsohren wackeln, was Samuel zum Lachen brachte.

Sie traten in die Kammer neben der Halle, von wo aus die Türwache die Straße im Auge behielt, und Vater nahm Kappe, Bart und Lederschürze ab. »Du warst gut, Samuel«, sagte er ernst. »Viel besser als noch vor zwei Wochen.«

Samuel sah hastig zu Boden. Er fühlte sich immer ganz seltsam, wenn sein Vater oder Onkel ihn lobten, denn natürlich wusste er, dass es verboten war, was sie taten. Schließlich war er schon fünf, da wusste man solche Sachen. Und seine Mutter ließ keine Gelegenheit aus, ihn daran zu erinnern. Nicht einmal sein Vater behauptete etwas anderes. Lügen und Stehlen waren verboten. Kinder, die sich erwischen ließen, verprügelte der Constable mit dem Riemen oder sperrte sie ein oder beides. Väter und Onkel, die sich erwischen ließen, wurden aufgehängt. Doch Samuel liebte und bewunderte seinen Vater über alle Maßen, und darum gab es aus all dem nur einen einzigen zulässigen Schluss:

Niemals erwischen lassen.

Vater schnürte die tiefblaue bestickte Samtbörse der feinen Dame auf und schüttete den Inhalt auf den Tisch. Gold und Silber schimmerten matt im Schein der Laterne, die an einer Kette von der niedrigen Decke baumelte.

»Donnerwetter«, sagte Onkel Lewis, der mit flinken Fingern die Münzen sortierte. »Fast dreieinhalb Pfund.« Er boxte Samuel auf die Schulter. »Das wird brüderlich geteilt, also ein Pfund drei Schilling für dich.«

Samuel strahlte, weil Onkel Lewis mit ihm redete wie mit einem Kerl. Das Geld an sich war ihm egal. Er verstand nie so recht, was die Erwachsenen daran fanden. Ihm gefielen nur neue Silberpennys, wenn sie noch so schön glänzten, aber davon war keiner in dem Beutel der Dame gewesen.

Vater ließ sich auf dem einzelnen Schemel am Tisch nieder, hob Samuel hoch und setzte ihn auf die Tischkante, sodass sie Auge in Auge waren. »Du bekommst meinen Anteil obendrauf, wenn du mir drei Fragen beantwortest.«

Samuel nickte eifrig.

»Was ist das wichtigste Werkzeug eines erfolgreichen Diebes?«

Das war leicht. »Seine Beobachtungsgabe.«

»Richtig. Also sag mir: Wie oft bin ich an dir vorbeigelaufen, während du am Brunnen gewartet hast?«

»Zweimal. Einmal warst du ein Bettler mit Augenklappe, einmal eine alte Frau mit Krückstock.«

Dieses kleine Lächeln, das das Gesicht seines Vaters kurz, aber strahlend erhellte wie Wetterleuchten an einem Sommerabend, belohnte ihn. »Wie viele Männer standen vor All Hallows, bevor die Dame dich angesprochen hat?«

Samuel überlegte. Er kniff die Augen zusammen und versuchte, das Bild wieder auferstehen zu lassen. »Sechs?«, tippte er unsicher.

Sein Vater wiegte den Kopf hin und her. »Fünf Männer, eine Frau. Trotzdem nicht schlecht, wir lassen es gelten. Und was …«

»Das waren drei Fragen«, sagte Mutters Stimme von der Tür. »Also gib dem Jungen sein redlich verdientes Geld.«

Sie klang sonderbar. Samuel wurde nicht klug aus diesem Tonfall, der nie so recht mit den Worten zusammenzupassen schien. Damit brachte sie ihn immer durcheinander. Aber Vater blieb natürlich die Ruhe selbst. Er schien nicht mal überrascht. Vielleicht hatte er die ganze Zeit gewusst, dass sie in der dämmrigen Halle stand – ihm entging einfach nie irgendetwas.

Samuel wandte sich nicht um. »Frag!«, forderte er seinen Vater auf.

Der zerzauste ihm lachend das Haar. »Was hatte die Dame für einen Schmuck am Hut?«

»Eine … Brosche. Wie eine kleine Scheibe aus Silber. Mit einer Perle in der Mitte. Sagt man Brosche?«

Vater nickte, nahm Samuels Rechte zwischen beide Hände, und als er sie wieder sinken ließ, lag das Schmuckstück in Samuels Handteller. Hingerissen starrte er darauf hinab. Er machte sich nichts aus Schmuck – das war Weiberkram –, aber welcher Junge hatte schon einen Vater, der so wunderbar zaubern konnte?

»Schenk sie deiner Mutter«, regte sein Vater an, und es funkelte spitzbübisch in seinen Augen. »Womöglich vergibt sie uns dann.«

»Ich habe dir gesagt, ich will, dass das aufhört.« Eleanor bemühte sich, nicht die Stimme zu erheben, aber sie sprach mit Nachdruck.

»Nicht all unsere Wünsche können indes in Erfüllung gehen.« Gabriel öffnete die Tür, um die drei Glaskugeln draußen an den Haken zu hängen, ehe er sie wieder schloss. »Nicht einmal deine.«

»Ist das wirklich das Leben, das du für deinen Sohn willst?«, fragte sie verständnislos.

»Hofft nicht jeder Vater, dass sein Sohn ihm nachfolgt?«, erwiderte er und kam zu ihr herübergeschlendert.

»Und was, wenn er nicht so ist wie du und sich nicht an die Spitze kämpft? Soll ein hergelaufener Dieb aus ihm werden, der am Galgen endet, eh er zwanzig ist?« Die Vorstellung war so entsetzlich, dass Eleanor die Tränen in die Augen schossen, aber sie blinzelte sie weg.

»Das wird die Zukunft zeigen. Im Übrigen bin ich keineswegs sicher, dass ich ihn hindern könnte, in meine Fußstapfen zu treten, selbst wenn ich wollte. Es liegt ihm einfach im Blut. Und er ist, nebenbei bemerkt, ausgesprochen begabt.« Es gelang ihm nicht ganz, ein stolzes Lächeln zu unterdrücken, und allein dafür hätte Eleanor ihn erwürgen können.

»Nun, wenn du es nicht verhindern kannst, muss ich es eben tun«, gab sie zurück, verschränkte die Arme und sah Gabriel in die

Augen. »Wenn er auf der Schule meines Bruders in Waringham und nicht länger den Einflüssen in diesem Haus ausgesetzt wäre, sähen die Dinge sicher ganz anders aus.«

Er winkte desinteressiert ab. »Das haben wir alles schon mehrfach durchgekaut. Samuel ist mein Sohn, und er gehört hierher, nicht nach Waringham.«

»Er ist ebenso *mein* Sohn, auch wenn du dafür gesorgt hast, dass er sich mir entfremdet.«

Und sie war ehrlich genug, zuzugeben, dass es das war, was sie am meisten schmerzte. Vorhin hatte Samuel ihr das erbeutete Schmuckstück gebracht, wie sein Vater gesagt hatte, und sie artig begrüßt. Wie eine entfernte Verwandte. Obwohl sie Gabriel schon vor Jahren klipp und klar gesagt hatte, dass sie kein Interesse an seinem Diebesgut habe, hatte sie Samuels Gabe angenommen und Freude geheuchelt, um den Jungen nicht zurückzustoßen. Doch es hatte nichts genützt. Seit Samuel dem Kleinkindalter entwachsen war, blieb er auf Distanz zu ihr. Er ließ sich willig von ihr küssen, aber nur aus Höflichkeit. Er war immer noch versessen auf ihre Gutenachtgeschichten, aber wenn sie auf seiner Bettkante saß und versuchte, ein persönliches Gespräch mit ihrem Sohn zu führen, rannte sie gegen eine Mauer.

»Ich würde den Jungen niemals gegen dich aufbringen, und das weißt du ganz genau«, widersprach Gabriel. Er wollte die Hände auf ihre Schultern legen, doch Eleanor schüttelte ihn ab.

»Aber ich wette, dein Bruder tut es mit großer Hingabe«, entgegnete sie.

»Nicht in meiner Gegenwart.«

»Nein. Aber vermutlich sobald du den Rücken kehrst. Lewis glaubt, er müsse mir irgendetwas heimzahlen, und in Samuel hat er einen Weg dazu gefunden, der seiner feigen Natur entspricht.«

»Eleanor.« Es klang beschwichtigend. So als wäre sie hysterisch. »Samuel ist ein verschlossenes Kind und den Umgang mit Frauen nicht gewohnt. Er sieht dich selten, also ist es nur natürlich, dass er ein wenig scheu ist. Aber das ist alles. Also mach keine Tragödie daraus.«

»Das ist *nicht* alles«, widersprach sie vehement. »Er ist alt genug, um zu verstehen, dass ich nicht billige, was du und dein Bruder tut. Aber weil ihr ihn dazu verführt, euch anzuhimmeln, muss ich zwangsläufig der böse Feind sein.«

»Wer weiß«, gab er zurück, und sie hörte, dass er allmählich auch wütend wurde. »Man muss sich wirklich fragen, wie eine Frau wie du sich mit einem Kerl wie mir einlassen konnte.«

Unwillkürlich musste Eleanor an Francis Walsingham denken. Als sie sich vorhin in die Augen geblickt hatten, war es ihr vorgekommen, als habe sie für einen Herzschlag ein Knistern verspürt, und ihr war eingefallen, dass Walsingham – der Mann, den ihr Bruder bei jeder Gelegenheit für seine Integrität und seine noble Gesinnung lobte – vor ein paar Monaten verwitwet war. Wie anders ihr Leben verlaufen wäre, hätte sie es mit solch einem Mann geteilt statt mit einem Schurken …

»Als ich es tat, habe ich jedenfalls nicht daran gedacht, dass meine Kinder eines Tages den Preis für meine Torheit zahlen müssen. Also? Du hast versprochen, dass du Samuel zur Schule schickst.«

»Sei unbesorgt, er geht zur Schule.«

»Du meinst deine verdammte Langfingerschule in diesem Haus, nehme ich an?«

Gabriel lachte humorlos. »Wie bedenkenlos du mir auf einmal unterstellst, dich mit einem Versprechen hereinzulegen, Lady Eleanor. Auf das Cordwainer College for Boys, genau wie sein Vater. Es ist eine der besten Schulen in London. Nächsten Frühling fängt er an. Jetzt ist es noch zu früh.«

»Und was tust du, wenn ich darauf bestehe, ihn nach Waringham zu schicken?«

»Ich nehme es zur Kenntnis.«

»Du arroganter *Bastard* …«

Sie wollte sich abwenden, aber plötzlich hatte er ihr Handgelenk gepackt. »Du bleibst hier.«

Eleanor wirbelte zu ihm herum. »Ich bin nicht eine deiner Huren, die dir zu Willen sein müssen.«

»Du lässt mich hier nicht einfach stehen wie deinen Lakaien«, sagte er leise. »Wir sind noch nicht fertig.«

»Oh doch. Das sind wir. Lass mich los, Gabriel.«

Stattdessen zog er sie mit einem Ruck noch ein Stückchen näher. »Der Junge bleibt hier, ist das klar?«

»Fürs Erste. Aber wage nicht, mir meine Tochter zu stehlen.«

»Komm nicht auf die Idee, mir zu drohen.«

Für einen Moment war ein kaltes Funkeln in seinen Augen. Es war nicht der unverfrorene König der Diebe, den sie sah. Es war der Oberste der Dunklen Bruderschaften, der Mann, der Menschen quälen und töten konnte. Eleanor war sich bewusst, dass es auch Gabriels Gefährlichkeit war, die sie angezogen hatte, aber dieser Mann hier war ein Fremder. Zum ersten Mal jagte er ihr Angst ein, und dafür hasste sie ihn. Aber sie wusste, sie durfte sich ihre Furcht um keinen Preis anmerken lassen.

»Und wieso nicht?«, konterte sie. »Ich bin so viel mächtiger als du jämmerlicher kleiner Strauchdieb.«

»Oh, ich weiß, Mylady. Solange du deine schützende Hand über mich hieltest, konnte kein Sheriff der Welt mir etwas anhaben.« Er gab ihren Arm frei. »Was glaubst du denn, warum ich dich so lange behalten habe?«

Rio de la Hacha, Juni 1568

Francis Drake hatte die beiden kleinsten Schiffe der Flotte weiter nach Westen geführt. Mit scheinbar traumwandlerischer Sicherheit, in Wahrheit aber dank der erbeuteten portugiesischen Seekarten fand er einen Weg durch Untiefen und Sandbänke und erreichte die geschützte Bucht im Mündungsdelta des Flusses Hacha ohne Missgeschicke. Doch kaum hatten sie Anker geworfen, gerieten sie von der Festung oberhalb des Hafens unter Beschuss. Die spanischen Kanoniere bewiesen zum Glück wenig Geschick, aber die *Angel* verlor den Fockmast, ehe die beiden wendigen Schiffe sich zurückziehen konnten.

Und da lagen sie nun, außerhalb der Reichweite der spanischen Kanonen und Bug an Bug in der Hafeneinfahrt und harrten der Dinge.

»Diese Warterei macht mich völlig verrückt«, bekannte Drake, der mit seinen Offizieren auf dem Achterdeck saß.

Sie hatten sich zwei kleine Bänke aus dem Mannschaftsquartier hierherschaffen lassen, denn unter Deck war es noch unerträglicher als hier oben, wo wenigstens ein Lüftchen ging, und spielten auf einer umgedrehten Kiste Karten.

»Dann lass uns an Land gehen«, schlug Isaac vor. »Mal sehen, ob wir nicht doch in die Stadt gelangen.«

»Sie hat eine Palisade«, wandte Thaddeus Corby ein.

»Was du nicht sagst. Aber ich nehme an, irgendwo gibt es ein Tor, oder?«

»Und am Tor stehen Wachen mit Arkebusen«, prophezeite Peter Westbury düster.

Drake schnalzte mit der Zunge. »Was seid Ihr? Männer oder Memmen?«

»Aber der Kommandant hat ausdrücklich befohlen …«, begann Westbury.

Drake schnitt ihm mit einer ungeduldigen Geste das Wort ab. »Wir müssen die Stadt ja nicht gleich stürmen, dafür sind wir zu wenige. Aber was spricht dagegen, uns einmal umzuschauen?« Er stand auf, trat an die Reling und beschirmte die Augen mit der flachen Hand, um zum Ufer hinüberschauen zu können. »Alles ruhig. Weder am Hafen noch in der Festung bewegt sich irgendetwas.«

»Aber ich wette, sie beobachten uns aus dem Schatten der Häuser«, bemerkte Isaac.

»Wir gehen zwei Stunden nach Mitternacht. Rudern bis zur Mündung des östlichen Seitenarms, dann ein kleines Stück flussaufwärts. Ein Boot. Nicht mehr als zehn Männer. Wir warten bis Sonnenaufgang und nähern uns der Stadt im Schutz des Waldes. Da kann nicht viel schiefgehen, oder?«

»Ich verlange, dass mein Protest im Logbuch vermerkt wird«, erklärte Westbury, und in seiner ohnmächtigen Entrüstung erinnerte er Isaac an einen aufgeplusterten Sperling.

»Oh, seid versichert, ich werde Eurem Heldenmut eine ganze Seite widmen. Und nur keine Angst. Ihr bleibt an Bord und übernehmt die Wache. Was ist mit Euch, Corby?«

»Ich wär gern dabei«, bekannte der Zweite, ein mutwilliges Funkeln in den Augen.

»Guter Mann«, murmelte der Captain. »Sucht vier Männer aus Eurer Wache aus. Du ebenfalls, Isaac. Sie sollen das Boot klarmachen.«

Der schmalere Mündungsarm des Hacha-Deltas war seicht und träge und wimmelte nur so von gewaltigen schwimmenden Ungeheuern, wie der Landungstrupp feststellte, als die Sonne aufging.

»Das sind Krokodile«, behauptete Marian Edmundson.

»Sie sehen wie die großen Brüder der Geckos von Teneriffa aus«, befand Isaac. »Sie haben nur mehr Zähne. *Viel* mehr Zähne«, verbesserte er sich, als eine der Kreaturen das Maul aufsperrte, so als müsse sie gähnen.

»Ich rate jedenfalls davon ab, die Wassertemperatur mit der Hand zu erkunden«, witzelte der Captain, der im Heck der kleinen Pinasse saß, eine geladene Arkebuse über den Knien. »Bringt uns an Land«, befahl er den Männern an den Riemen. »Vier rudern, zwei bahnen uns den Weg durch die Krokodile. Stupst sie mit den Rudern an, sie lassen sich leicht verscheuchen. Aber seid vorsichtig. Wenn sie nach eurem Ruder schnappen, müsst ihr sofort loslassen. Ziehen sie euch ins Wasser, kann nichts und niemand euch retten.«

Dabei wirkten die zu groß geratenen schwimmenden Geckos träge und schwerfällig. Doch als eines dieser Ungetüme sich einen unvorsichtigen Wasservogel schnappte, konnte es sich plötzlich blitzschnell bewegen.

»Verschlagene Biester«, murmelte Marian, der eines der Ruder hielt. »Sie wollen uns in Sicherheit wiegen, damit wir leichte Beute sind.«

Doch die Männer machten ihre Sache gut, blieben ruhig und umsichtig, und so kamen sie vollzählig und unversehrt an Land.

Genau wie in Afrika reichte auch hier der Urwald bis ans Ufer des Flusses. Wuchernde Pflanzen mit ausladenden Blättern bildeten das Unterholz und waren so undurchdringlich, dass man keine drei Schritte weit sehen konnte.

Drake nahm die Büchse in die Linke, zog mit der Rechten den Degen und führte versuchsweise einen Streich auf das üppige Blattwerk. Unter leisem Rascheln segelte es zu Boden.

»Isaac, du und ich gehen vor und bahnen einen Weg. Corby, Edmundson, ihr bildet die Nachhut. Und von jetzt an wird nur geflüstert und auch nur das Nötigste gesprochen. Vorwärts.«

Ihr Fortkommen war nicht gerade lautlos, denn Zweige knackten unter ihren Füßen und die abgeschlagenen Blätter raschelten. Die Sonne in ihrem Rücken stand noch nicht hoch, aber schon wurde es heiß und drückend, und der Wald dampfte. Wolken blutgieriger Mücken umschwirrten die Köpfe der Kundschafter, landeten auf Hälsen und Unterarmen und tranken sich satt.

»Wie lange bis zur Palisade?«, wisperte Lawrence, der Schiffszimmermann, in Isaacs Rücken.

»Eine Stunde«, antworteten Isaac und Drake wie aus einem Munde und tauschten ein Grinsen.

Isaac war zum ersten Mal im Leben auf dem neuspanischen Festland, aber die riesenhaften Schmetterlinge, die ihren Pfad kreuzten, kannte er schon von Hispaniola, genau wie die geradezu lächerlich bunten Papageien, die hoch oben in den Bäumen wohnten. Hawkins würde seine helle Freude haben, denn er hatte eine echte Schwäche für Papageien und brachte von jeder Reise mindestens ein Dutzend mit in die Heimat. Doch den Vogel, der schwebend vor einer violetten Blüte verharrte und so klein war, dass Isaac ihn zuerst für ein Insekt gehalten hatte, kannte er noch nicht. Fasziniert beobachtete er, wie der winzige Geselle den langen, gebogenen Schnabel in den Blütenkelch steckte, als ihn unsanft ein Stoß in die Seite traf.

»Isaac!«, zischte Drake warnend.

Isaac wandte hastig den Kopf und entdeckte keine zehn Schritte vor ihnen auf einem tiefhängenden Ast eine Raubkatze. Sie hatte ein gelbliches Fell mit dunkleren, blumenförmigen Flecken. Ein imposantes, wunderschönes Tier, nur das linke der kleinen Ohren war verstümmelt und ausgefranst, hatte vielleicht beim Revierkampf mit einem Rivalen Schaden genommen. Geruhsam, scheinbar desinteressiert schauten die gelben Augen auf die Seeleute hinab, aber der ebenfalls gefleckte Schwanz verriet die Anspannung des Tieres, denn die Spitze bewegte sich sacht hin und her – wie bei der Schiffskatze auf Rattenjagd.

Die Männer waren wie angewurzelt stehengeblieben.

»Das ist ein Löwe«, hauchte Luke Harrow.

»Blödsinn«, widersprach Lawrence, ebenso gedämpft, aber mit Nachdruck. »Das ist ein Tiger. Du hast doch keine Ahnung, Lukie …«

»Still«, befahl der Captain, die Büchse im Anschlag. »Verdammt. Was machen wir jetzt? Wenn ich schießen muss, sind die Spanier vorgewarnt.«

»Ist vielleicht nicht nötig«, kam Marians Stimme von hinten. Im nächsten Moment stand der junge Steward zwischen Drake und Isaac, zog sich das Wams über den Kopf und ging wedelnd damit auf die große Katze zu. »Husch! Weg mit dir …«

»Ähm, Marian …«, begann Isaac unsicher.

»Lass mich nur machen«, murmelte sein Cousin über die Schulter – die Ruhe selbst. »Husch! Hörst du nicht? Verschwinde! Husch, husch!«

Isaac hätte schwören können, dass sich so etwas wie ungläubige Konsterniertheit auf dem gefleckten Gesicht abzeichnete, doch als Marian vielleicht noch fünf Schritte entfernt war, erhob die große Katze sich mit einzigartiger Geschmeidigkeit von ihrem Ast, sprang lautlos herunter und verschwand in westlicher Richtung im dichten Gebüsch.

Drake senkte den Lauf der Arkebuse. »Los, weiter, Männer. Und seid vorsichtig. Wir müssen ihr folgen, also könnten wir nochmals auf sie treffen. Haltet die Augen offen.«

Sie setzten ihren Weg durch den Urwald fort und versuchten nun, auch die Bäume im Auge zu behalten. Es war harte Arbeit, eine Schneise in das Blattwerk zu schlagen. Isaac fühlte Schweiß auf Brust und Rücken und sah ihn auch auf Francis Drakes Gesicht glänzen, aber allmählich gewannen sie Geschick in ihrer ungewohnten Fertigkeit und wurden schneller, bis sie schließlich unvermittelt auf einen schmalen, aber erkennbaren Weg stießen.

»Das muss der Pfad sein, der die Stadt mit dem Dorf der einheimischen Perlenfischer verbindet«, mutmaßte der Captain. »Es kann nicht mehr weit sein.«

Sie steckten die Klingen ein und folgten dem Pfad in westlicher Richtung. Jetzt kamen sie wesentlich schneller voran. Das Rascheln der Bäume, das Summen und Zwitschern ihrer Bewohner übertönte die Schritte der Zweibeiner, die dennoch darauf achteten, sich so still wie möglich zu verhalten. Dann kam die Palisade in Sicht. Der Pfad verbreiterte sich und führte geradewegs auf ein zweiflügeliges verschlossenes Tor zu.

Drake blieb stehen. »Keine Wachen zu sehen. Wir könnten versuchen …«

Er verstummte, als hinter ihnen ein gedämpfter Schreckenslaut ertönte.

Isaac wirbelte herum und verstand nicht sofort, was er sah. Ein gelber, gefleckter Koloss hatte den Schiffszimmermann unter sich begraben, der mit den Armen ruderte und einen gellenden Schrei ausstieß. Dann erkannte Isaac die große Katze mit dem ausgefransten Ohr, zückte den Degen und eilte Marian zu Hilfe, der ganz allein mit dem Entermesser auf das Raubtier losgegangen war.

Dieses hatte den armen Lawrence mit den Fängen am Nacken gepackt und wollte sich rückwärts mit ihm ins Gebüsch zurückziehen. Als Isaac es von der Seite ansprang und ihm die Klinge in die Flanke stieß, ließ es von seiner Beute ab und fuhr fauchend zu ihm herum. Für einen Lidschlag verharrten sie Auge in Auge. Isaac spürte sein Herz in der Kehle hämmern und hörte das Blut in den Ohren rauschen. Die gewissenlose Gleichgültigkeit, der Jagdinstinkt in den bernsteinfarbenen Katzenaugen verschlugen ihm beinah den Atem. Der Schiffszimmermann stöhnte und versuchte wegzukriechen, aber sogleich stieß die Kreatur wieder ein Fauchen aus und schlug die Zähne in seine Wade. Lawrence schrie.

Isaac und Marian verständigten sich mit einem Blick, stürzten sich von zwei Seiten auf das abgelenkte Raubtier und stießen ihm jeder seine Klinge in die Kehle. Mit einem Laut, der dem Schrei des Zimmermanns ganz ähnlich war, sprang das verwundete Tier herum und wollte sich auf Marian stürzen, der aber geschickt zurückwich. Helles Blut sprudelte aus den beiden tiefen Wunden am gefleckten Hals, und dann taumelte die Kreatur und fiel auf die Seite. Isaac verspürte Bedauern, ein absurdes schlechtes Gewissen, aber vor allem Erleichterung. Einen Augenblick rang er mit seiner Furcht. Dann gab er sich einen Ruck, trat auf das sterbende Tier zu und bohrte die Klinge dort durch das gelbe Fell, wo er das Herz vermutete. Er traf gut. Der eben noch so kraftvolle Leib erzitterte und lag dann still.

Drake, der ebenfalls mit gezückter Klinge zurückgeeilt war, drosch Isaac auf den Rücken. »Guter Mann.«

Isaac schüttelte den Kopf und wies mit dem blutverschmierten Degen auf seinen Cousin. »Er hat den ersten Streich geführt. Falls Lawrence am Leben bleibt, verdankt er es ihm.«

Drake winkte ungeduldig ab. »Wir müssen verschwinden. Vermutlich haben die Wachen den Radau gehört, und gleich wimmelt es hier von Spaniern. Schafft den Kadaver ins Unterholz.«

Während er sich über den reglosen Zimmermann beugte, packten Isaac, Marian und die übrigen Männer die erlegte Raubkatze an den Hinterläufen.

»Siehst du das ausgefranste Ohr?«, fragte Marian leise.

Isaac nickte. »Es war dieselbe wie vorhin im Wald.«

»Ja, keine Frage. Sie muss uns umrundet haben, um dann von hinten anzugreifen, wenn wir unachtsam sind. Was für eine ausgeklügelte Strategie.«

»Hm«, machte Isaac zustimmend. »Ein bisschen gruselig.«

Sie hatten ihre liebe Mühe, das tote Tier zwischen die Bäume zu zerren. Isaac schätzte das Gewicht auf etwa das Doppelte eines ausgewachsenen Mannes. Aber schließlich war es vollbracht, und als die Männer auf den schmalen Trampelpfad zurückkehrten, hatte Drake den Schiffszimmermann auf die Füße gebracht. Lawrence blutete und schwankte, aber er konnte gehen.

»Nichts wie weg hier«, befahl der Captain, und im selben Moment begann das Tor in der Palisade sich polternd zu öffnen.

Der kleine Stoßtrupp wartete nicht ab, um zu sehen, was aus dem Tor kommen mochte. Sie rannten den Pfad zurück, bis sie zu ihrer Schneise gelangten, und ließen sich dankbar vom üppigen Grün verschlucken. Hinter ihnen fielen Schüsse.

»Schneller«, befahl der Captain.

Harrow und Corby nahmen den Verwundeten in die Mitte und legten sich seine Arme um die Schultern. Halb stützten, halb trugen sie ihn durch den dumpfigen, dämmrigen Blättertunnel. Trotzdem kamen die Spanier näher, und als sie wieder zwei Schüsse abfeuerten, schlug eine der Kugeln nur eine Handbreit neben Isaacs Schulter in einen rötlichen Baumstamm.

»Es hat keinen Sinn«, sagte Drake. »So erwischen sie uns.« Er schaute sich um, und der Blick, mit dem er den verwundeten Zimmermann streifte, war distanziert. Und nachdenklich.

»Isaac, wir müssen …« Der Captain brach ab, denn wieder fielen Schüsse, und dieses Mal spürte Isaac den Luftzug.

»Wir dürfen Lawrence nicht im Stich lassen«, flüsterte er beschwörend. *So wie du mich damals in Teneriffa im Stich gelassen hast.*

»Und was schlägst du vor, das wir stattdessen tun?«, fragte Drake wütend. »Uns allesamt kameradschaftlich in Gefangenschaft begeben?«

»Wir verschwinden im Unterholz und lassen die Spanier vorbeilaufen. Mal sehen, wie viele es überhaupt sind.«

»Gute Idee.« Drake flüsterte ein paar präzise Befehle. So leise wie möglich verschwanden die Männer links und rechts im üppigen Gesträuch, und kaum hatten die großen Blätter aufgehört zu rascheln und zu zittern, sah Isaac die Verfolger kommen. Sie alle hatten Schusswaffen und trugen glänzende Helme und Brustpanzer, aber sie waren nur zu fünft. Langsam tasteten sie sich vor und blickten sich um, liefen aber am Versteck der Engländer vorbei. Auf Drakes Zeichen schlichen seine Männer ihnen nach, und als sie aufgeschlossen hatten, fielen sie sie von hinten an. Genau wie die Raubkatze es mit uns gemacht hat, fuhr es Isaac durch den Kopf.

Der Spanier, den er geschnappt hatte, wand sich aus seinem Klammergriff und wollte den Degen ziehen. Aber Isaac schlug ihm die flache Klinge auf die Hand. »Nichts da, Freundchen«, knurrte er auf Spanisch.

Die Hand zuckte zurück, und Isaac setzte seinem Gefangenen

den Degen an die Kehle. »Wenn du schön brav bist, passiert dir nichts.«

Der Spanier starrte ihn an. »Isaac …«

Der fiel aus allen Wolken, aber dann erahnte er unter Helm und Bart das Knabengesicht von einst. »Fernando!«

Das hat mir gerade noch gefehlt …

Er ließ seine Klinge, wo sie war, und sah sich kurz um. Seine Kameraden hatten keine Mühe mit den übrigen Spaniern gehabt. Alle waren entwaffnet und wurden mit gezückten Waffen in Schach gehalten, während Corby von einem zum anderen ging, die Tragegurte ihrer Büchsen abriss und ihnen damit die Hände auf den Rücken fesselte.

Als er bei Isaac ankam, schüttelte der den Kopf. »Nimm ihm die Waffen ab, aber lass seine Hände frei.«

»Wieso?«, fragte Drake, der zu ihnen getreten war.

Isaac steckte den Degen weg. »Es ist Fernando Soler. Don Pedros jüngerer Sohn.«

»Oh.« Drake klang unbehaglich. »Was in aller Welt hat er hier verloren?«

Isaac übersetzte die Frage. »In Teneriffa hieß es, dass du mit deinem Schwager zusammen neues Land für die Plantage kaufen wolltest«, fügte er hinzu.

Fernando nickte, nahm den silbern schimmernden Helm ab und fuhr sich mit dem Ärmel über die feuchte Stirn. »Das sollte ich auch. Aber ich habe die Gelegenheit genutzt, um endlich zu tun, was ich immer wollte: Ich habe mich zum Militärdienst gemeldet.«

Isaac schüttelte grinsend den Kopf. »Dein Vater wird so richtig hingerissen sein …«

Fernando erwiderte das Grinsen, auch wenn seines ein wenig kläglich ausfiel. »Und wie sich gerade beweist, hat er mit seinen Bedenken recht gehabt. Ich wollte im Herbst als Offizier mit der Silberflotte segeln. Aber ich schätze, daraus wird nun nichts werden.«

»Ach, sei nicht so sicher«, widersprach Isaac leichthin. »Wir wollen hier nur Geschäfte machen. Keinen Krieg beginnen.«

»Das heißt, ihr lasst uns laufen?«, fragte Fernando hoffnungsvoll.

»Natürlich«, beruhigte Isaac ihn. »Früher oder später …«

Als John Hawkins mit dem Rest der Flotte eintraf, hatte Drake ihm indes nicht viel Erfreuliches zu berichten.

»Ich habe den jungen Soler als Gast an Bord genommen und als Unterhändler zum Kommandanten der Stadt geschickt. Er kam auch zurück, weil wir ja seine Kameraden als Geiseln halten, aber der Kommandant ist hart geblieben. Er verweigert uns den Zugang zur Stadt und hat den Pflanzern und Perlenhändlern von Rio de la Hacha untersagt, Handel mit uns zu treiben, obwohl sie alle wie üblich ganz versessen auf unsere Afrikaner und unser englisches Tuch sind.«

Sein älterer Cousin hatte ihm konzentriert zugehört. Die Hände auf dem Rücken verschränkt, ging er auf dem geräumigen Achterdeck der *Jesus of Lübeck* auf und ab, blieb dann stehen und sah zu der befestigten Hafenstadt hinüber.

Schließlich wandte er sich zu Drake und seinen Offizieren um. »Also schön. Es hat den Anschein, als müssten wir die Spanier zu ihrem Glück zwingen. Wir nehmen die Stadt, Gentlemen.«

»Wie bitte?«, fragte Saunders, der Erste Offizier.

»Wir werden Rio de la Hacha erobern«, erklärte Hawkins untypisch geduldig. »Morgen bei Sonnenaufgang segeln wir in den Hafen, und während wir die Stadt unter Beschuss nehmen, führe ich zweihundert Männer an Land. Wir werden versuchen, die spanischen Geschütze zu erbeuten. Sobald sie unser Feuer nicht mehr erwidern können, steht uns die Stadt offen. Mit all ihren Schätzen.«

Es klang simpel, aber Isaac sah in den Gesichtern der anderen Offiziere die Fragen, die ihm auch durch den Kopf spukten: Ist es so leicht, wie es sich anhört? Was, wenn wir die spanischen Geschütze nicht erbeuten und sie unsere Flotte versenken? Und vor allem: Hast du so was schon jemals gemacht, John Hawkins, oder hat die karibische Sonne dir vielleicht das Hirn geröstet?

Da aber niemand den Mut fand, diese Fragen laut auszusprechen, gingen sie auf ihre Schiffe zurück und trafen ihre Vorbereitungen.

Bei Sonnenaufgang am nächsten Morgen segelte die gesamte englische Flotte in den malerischen Hafen von Rio de la Hacha und verwandelte ihn in eine dröhnende, brennende und qualmende Höllenvision.

Während die Geschütze der *Jesus* auf die Festung feuerten, nahmen die kleineren Schiffe die Stadt selbst unter Beschuss, wo schon nach der ersten Breitseite mehrere Brände ausbrachen.

Im Schutz des allgemeinen Durcheinanders gingen Hawkins und Drake mit der handverlesenen Truppe an Land. Die Geschütze der Festung hatten das englische Feuer erwidert, waren dann aber seltsamerweise verstummt. Isaac begriff, wieso, als sie die Festung erstürmten und sie verlassen fanden.

»Offenbar hat die spanische Garnison eingesehen, dass sie keine Chance gegen unsere Feuerkraft haben«, befand Hawkins mit unverkennbarer Befriedigung. »Sie sind geflohen.« Er zog den Degen und reichte seine Büchse an einen seiner Matrosen, damit der sie wieder lud. »Beeil dich«, befahl er ihm barsch.

»Ja, könnte gut sein, dass ein paar der Mutigeren hier noch lauern«, stimmte Drake zu und schaute sich um.

Aber auch eine gründliche Durchsuchung der schlichten hölzernen Anlage scheuchte keine versprengten Spanier mehr auf. Also befahl Hawkins, die erbeuteten Geschütze zum Strand hinunterzuschaffen und die Festung in Brand zu stecken.

Das beschauliche Städtchen ergab sich dem englischen Landungstrupp ebenfalls rasch. Vor dem Haus des Stadtkommandanten war der Widerstand am heftigsten, und die Spanier schossen aus den Fenstern des Obergeschosses auf die Angreifer, sodass zwei getroffen zu Boden sanken, ehe Hawkins und die Seinen das Tor erstürmt hatten und das Gebäude einnehmen konnten. Aber damit war die Schlacht um Rio de la Hacha endgültig geschlagen, und sie hatte neben den zwei englischen nur ein spanisches Menschenleben gefordert.

»Saunders, Barrett, sorgt dafür, dass nicht geplündert wird«, befahl Hawkins. »Und es soll sich ja keiner der Männer einfallen lassen, den Frauen hier an die Wäsche zu gehen. Wir sind christliche Seeleute und Kauffahrer, keine barbarischen Eroberer, ist das klar?«

»Aye, Sir.« Die beiden Offiziere der *Jesus* eilten hinaus, um für die Umsetzung der Order zu sorgen.

»Fitzgervais, bringt mir den Kommandanten.«

»Sir.«

Während Hawkins sich in den thronartigen Sessel hinter dem polierten, dunkel gebeizten Tisch setzte, der bis heute früh todsicher noch der bevorzugte Platz des Stadtkommandanten gewesen war, trat Isaac vor die Tür der vornehmen Halle und winkte Marian und Harrow mit dem Gefangenen herein.

Miguel de Castellanos, der Kommandant von Rio de la Hacha, war ein graumelierter Spitzbart mit stechendem Blick und einem kleinen, verkniffenen Mund, und er war alles andere als eingeschüchtert. »Im Namen Seiner Majestät, König Felipe, protestiere ich auf das Schärfste gegen diesen ungerechtfertigten Überfall, Capitán Hawkins. Ich setze Euch in aller Form davon in Kenntnis, dass Spanien dies als kriegerischen Akt betrachtet.«

»Aber ich bitte Euch, Don Miguel«, entgegnete Hawkins beschwichtigend, nachdem er Isaacs Übersetzung gehört hatte. »Nichts könnte uns ferner liegen. Doch Ihr müsst uns verstehen: Wir haben Gefahren und eine weite Reise auf uns genommen, um Handel in der Neuen Welt zu treiben, und wir werden nicht einfach kehrtmachen und nach Hause segeln, nur weil Euer König im fernen Madrid nicht will, dass Ihr und ich miteinander ins Geschäft kommen. Zu unser beider Nutzen, möchte ich betonen.«

Don Miguel schien indes nicht gewillt, sich auf einen Kompromiss einzulassen. »Ich pflege mit Piraten und *Luteranos* keinen Handel zu treiben«, erwiderte er frostig.

Wie üblich perlten die Beschimpfungen von Hawkins ab, doch er ließ die Maske der Höflichkeit fallen, als er merkte, dass er mit seiner »Wir-sind-hier-doch-alle-Männer-von-Welt«-Masche nicht ans Ziel kommen würde.

»Also schön.« Er sah zu Isaac. »Sagt ihm, wenn er keine Geschäfte mit mir machen will, bekommt er morgen früh den Kopf des jungen Soler auf einem Silbertablett.«

»Ähm … Sir«, begann Isaac zu widersprechen.

»Sagt es ihm!«, herrschte Hawkins ihn an.

»Denkt Ihr wirklich, es ist klug, Drohungen auszusprechen, die man nicht wahr zu machen gedenkt?«

»Wie kommt Ihr darauf, dass ich es nicht tun würde?«

»Weil ich Volltrottel glaubte, Pedro Soler sei Euer Freund.«

»Volltrottel kommt hin«, höhnte Hawkins. »Sollte Euch das noch nicht klar sein: Die Tage der Freundschaft zwischen Engländern und Spaniern sind gezählt. Und nun übersetzt endlich, was ich Euch aufgetragen habe. Wird's bald?«

Isaac wandte sich an den Kommandanten der eroberten Stadt. »Wenn Ihr nicht nachgebt, wird es Fernando Soler den Kopf kosten.«

Don Miguels Gesicht war so braungebrannt, dass die Haut ledrig wirkte, aber jetzt wurde es fahl. »Das … das kann er nicht tun.« Mit einem Mal war die eben noch so volltönende Stimme dünn. »Der Junge ist mein Neffe.«

»Ihr seid Doña Anas Bruder?«, fragte Isaac ungläubig.

»Woher kanntet Ihr meine Schwester?«, fragte der Spanier argwöhnisch.

»Oh, das ist … eine lange Geschichte. Aber wie dem auch sei, Don Miguel. Fernando ist mein Freund und Euer Neffe, aber weder das eine noch das andere wird ihn retten, glaubt mir. Captain Hawkins macht keine leeren Drohungen.«

Miguel Castellanos rang mit sich. Offenbar fiel es ihm schwer, die Befehle seines Königs gegen seine persönlichen Gefühle abzuwägen, jedenfalls dauerte es ein Weilchen. Schließlich traf er seine Wahl, und das Herabsinken der breiten Schultern verriet sein Einlenken, noch ehe er sagte: »Fragt ihn, was er will.«

»Freien Handel«, antwortete Hawkins prompt. »Er darf seinen Leuten nicht verbieten, unsere Sklaven zu kaufen. Und er bekommt zwanzig Afrikaner als Wiedergutmachung für die niedergebrannten Häuser der Stadt. Wenn unsere Geschäfte abgewickelt sind, kriegt er die Geiseln unversehrt zurück, aber ich will eine

Entschädigung dafür, dass er grundlos und ohne Provokation das Feuer auf meine Schiffe eröffnet hat.«

Don Miguel lauschte der Übersetzung unbewegt. Schließlich nickte er. »Er bekommt sein Gold.«

»Ich will kein Gold«, entgegnete Hawkins wegwerfend.

»Sondern was?«, fragte der Kommandant müde.

Hawkins zeigte dieses Lächeln, das jedem, der ihn kannte, eine Warnung war. »Fernando Solers Gewicht in Perlen.«

Carlisle, Juni 1568

Es kam Eleanor seltsam vor, dass man so unglücklich sein und trotzdem weiteratmen konnte.

Sie hatte ihren Sohn *und* dessen Vater verloren. Den Mann, den sie liebte. Damit nicht genug, hatte sie erkennen müssen, dass diese Liebe nur ein Hirngespinst, die letzten sieben Jahre eine einzige Lüge gewesen waren. Und es war das, was ihr den Boden unter den Füßen wegzog. Sie hatte wenig Erfahrung mit Männern, noch weniger mit Liebe gehabt, als sie Gabriel Durham begegnet war, und so war sie naiv genug gewesen, in seine Falle zu tappen. Sie hatte ihm vertraut, obwohl sie doch wusste, dass er ein Schurke war. Sie hatte geglaubt, es sei etwas Besonderes, etwas Kostbares, das sie verband, stark genug, um die Kluft zu überbrücken, die zwischen seinem Leben und dem ihren klaffte. In Wahrheit, wusste sie jetzt, hatte sie sich benutzen lassen. *Solange du deine schützende Hand über mich hieltest, konnte kein Sheriff der Welt mir etwas anhaben,* hatte er gesagt, und es stimmte. Sie hatte nie einen Gedanken daran verschwendet, weil der König der Diebe ja für keinen Sheriff zu fassen war. Aber wäre es doch einmal geschehen, hätte Eleanor ihn vor dem Galgen bewahrt. Offiziell hatte die Krone zwar keinen Einfluss auf die Londoner Gerichte, doch die Art von Macht, die die Nähe zur Königin Eleanor verlieh, konnte beinah alles. *Natürlich* hätte sie einen Weg gefunden. Und nur deshalb hatte Gabriel Durham sie gewollt.

Sie fühlte sich klein und dumm und wertlos. Und sie hatte den Verdacht, dass sie nichts Besseres verdient hatte, denn irgendwie hatte sie es zugelassen, dass ihr armes Kind, ihr *fünfjähriger* Sohn, im wahrsten Sinne des Wortes unter die Räuber gefallen war, endgültig abgenabelt von dem Minimum an Mutterliebe, das sie ihm zu geben versucht hatte. Von dem Gegengewicht zu der Erziehung seines Vaters, das sie hätte sein müssen. Sie hatte Samuel im Stich gelassen, genau so wie ihr eigener Vater sie einst im Stich gelassen hatte.

All das war ein Bleigewicht auf ihren Schultern, das sie in die Knie zwang, und sie wusste nicht, wie sie je wieder auf die Füße kommen sollte.

»Wollt Ihr denn gar nichts essen, Mylady?«, fragte Sir Francis Knollys. »Ihr werdet immer dünner, scheint mir.«

Eleanor kehrte mit einem schuldbewussten Ruck in die Gegenwart zurück. *Reiß dich zusammen*, schärfte sie sich ein.

»Das kann nicht schaden«, antwortete sie. »Eine Frau in den mittleren Jahren ist gut beraten, auf ihre Figur zu achten.«

»Mittlere Jahre? Ein Küken wie Ihr?«

»Wie alles ist wohl auch das eine Frage der Perspektive, Sir Francis«, neckte sie ihn, und um ihren guten Willen zu beweisen, schnitt sie sich ein Stück vom Hasenbraten, der zwischen ihnen auf dem Tisch stand.

»Ihr meint, einem Tattergreis wie mir erscheint eine Dame Eures Alters zwangsläufig jung?« Es funkelte belustigt in seinen warmen braunen Augen.

Eleanor trank einen Schluck Wein. »Vermutlich ist das der Grund, warum manche Frauen deutlich ältere Ehemänner bevorzugen. Wobei ich mir kaum einen Gentleman reiferer Jahre vorstellen kann, auf den ›Tattergreis‹ weniger zutrifft als auf Euch.«

Er deutete eine Verbeugung an. »Sehr charmant. Und doch bin ich alt und weise genug, um zu sehen, dass Ihr mir eine Komödie vorspielt und in Wahrheit einen Kummer mit Euch herumtragt. Ich wünschte, ich könnte Euch helfen, mein Kind.«

Eleanor biss sich gerade noch rechtzeitig auf die Zunge, ehe sie ihn anfahren konnte. Sie hasste es, wenn er sie so nannte.

»Ihr müsst Euch täuschen, Sir«, versicherte sie und strahlte ihn an.

Aber er ließ sich nichts vormachen. »Wenn ich richtig mitgezählt habe, sind sieben meiner fünfzehn Kinder Töchter. Glaubt mir, ich kenne mich aus mit Liebeskummer. Ich will Euch nicht zu nahe treten, aber wenn Ihr den Rat oder auch nur das Ohr eines väterlichen Freundes braucht, stehe ich jederzeit zu Eurer Verfügung.«

Eleanor trank noch einen Schluck, um den Kloß in ihrer Kehle herunterzuspülen, der ihr groß wie ein Tennisball vorkam.

Obwohl Sir Francis Lady Cats Gemahl war, hatte Eleanor ihn nur flüchtig gekannt, ehe sie vor zehn Tagen gemeinsam nach Norden aufgebrochen waren. Er hatte sich als angenehmer Reisegefährte erwiesen, und seine amüsanten Anekdoten aus dem Parlament oder den Zeremonien des Hosenbandordens hatten sie von ihren düsteren Gedanken abgelenkt. Sie mochte ihn gern. Aber sie verspürte nicht die geringste Neigung, sich ihm anzuvertrauen.

»Ihr seid sehr freundlich, und ich weiß Eure Sorge zu schätzen. Aber an mich ist sie verschwendet. Lasst sie lieber Mary Stewart angedeihen. *Sie* ist hier diejenige, die eine Schulter braucht, an der sie sich ausheulen kann.«

Sie fanden sie wie meistens: Mary Stewart kniete auf der kleinen Gebetsbank unter dem bleiverglasten Fenster ihres Gemachs, und sie hatte keinen Blick für die herrliche, raue Hügellandschaft dort draußen oder den Fluss Eden, der sich durch sattgrüne Schafwiesen schlängelte und blaugrau in der Sonne funkelte. Die abgesetzte schottische Königin hatte die Augen geschlossen, und die Perlen eines Rosenkranzes klimperten leise zwischen den Fingern der Rechten. Sie hatte dunkle Schatten unter den Augen, die Lider schimmerten fast durchsichtig wie Perlmutt, und die langen Wimpern gaben ihrem Gesicht etwas Kindliches.

»Majestät«, grüßte Francis Knollys respektvoll von der Tür.

Sie wandte langsam den Kopf in ihre Richtung und öffnete die Augen. »Sir Francis. Lady Eleanor. Tretet näher.« Es klang matt und duldsam – ein Märtyrertonfall, der Eleanor auf die Nerven ging.

Sir Francis womöglich auch, denn sein Schritt war betont forsch, als er an den Tisch trat und seine Papiere dort ablegte. »Lasst uns noch einmal versuchen, einen gemeinsamen Ausweg aus dieser … etwas vertrackten Lage zu finden«, schlug er vor.

Mary musste sich einen Moment auf die Fensterbank stützen, als sie aufstand. Womöglich hatte sie so lange dort gekniet, dass sie kein Gefühl mehr in den Beinen hatte. »Inwieweit vertrackt? Mein Bruder hat mir meine Krone und meinen Sohn gestohlen. Meine Cousine Elizabeth, deren unverbrüchlicher Freundschaft Ihr mich allenthalben versichert, muss mir Geld und Truppen geben, damit ich sie mir zurückholen kann.«

Hinter einem der Sessel am Tisch blieb sie stehen und legte die Hände auf die hohe Rückenlehne. Sie bot keinen sehr königlichen Anblick: Das Haar, das sie sich auf der Flucht geschoren hatte, um als Mann durchzugehen, stand in wilden Locken von ihrem Kopf ab. Der Blick der großen Augen wirkte fiebrig. Und ihr Kleid war schmuddelig, der linke Ärmel eingerissen.

Knollys räusperte sich und nahm Platz. »Madam, erlaubt mir, offen zu sprechen, denn anders kommen wir nicht weiter.«

»Bitte.« Mary Stewart setzte sich ihm gegenüber, und als Eleanor sich ebenfalls einen Stuhl zurückziehen wollte, herrschte sie sie an: »Ich glaube, Euer Platz ist bei meinem Gefolge, Lady Eleanor.« Geradezu rüde ruckte sie das Kinn zu der Fensternische am Ostende des Raums, wo Mary Seton – letzte Verbliebene ihrer »vier Marys« – und der hübsche Geordie Hamilton saßen.

»Majestät, Lady Eleanor ist im Auftrag Ihrer Majestät, Königin Elizabeth, mit hergekommen, und es besteht kein Grund, ihr feindselig zu begegnen«, wies Knollys sie behutsam zurecht.

»Wirklich nicht?«, gab Mary Stewart schneidend zurück. »War nicht sie es, die Elizabeth eingeredet hat, ich wäre in das Mordkomplott gegen meinen Gemahl eingeweiht gewesen?«

»Im Gegenteil«, gab der ältere Gentleman zurück. »Lady Eleanor hat immer wieder betont, dass sie Euch für unschuldig hält.« Demonstrativ stand er auf und hielt Eleanor den Stuhl. »Mylady.«

»Danke, Sir Francis.« Ihr lag nichts daran, an dieser Unterredung teilzunehmen, die so fruchtlos verlaufen würde wie die beiden vorherigen, aber sie wusste, es war wichtig, klarzustellen, wer hier die Kontrolle hatte.

Mary Stewart verlor das Interesse an dem Punkt. Sie streckte die Hände auf der Tischplatte aus, verschränkte die Finger ineinander und bettete den Kopf auf die Arme. »Also? Was muss ich tun, damit meine geliebte Cousine mir zu meinem Recht verhilft?«

»Drei Dinge, Majestät.« Knollys zählte sie an den Fingern ab. »Ihr müsst den Vertrag von Edinburgh anerkennen, der das Ende der schottischen Allianz mit Frankreich garantiert und England ein Mitspracherecht in schottischen Angelegenheiten einräumt, der aber seit sieben Jahren auf Ratifizierung durch die schottische Regierung wartet. Zweitens müsst Ihr die Regentschaft Eures Halbbruders, des Earl of Moray, als rechtmäßig akzeptieren und Euch drittens der Kontrolle durch das schottische Parlament und Euren Kronrat unterwerfen. Dann – und *nur* dann – ist Königin Elizabeth bereit, Euer Ansinnen auf eine Rückkehr nach Schottland und Wiedereinsetzung als Königin zu unterstützen.«

Man hätte meinen können, Mary sei eingeschlafen, so reglos verharrte sie mit dem Kopf auf den Armen, doch sie erwiderte: »Mein Bruder ist ein Verräter. Was glaubt Ihr, warum sich im Handumdrehen sechstausend Schotten hinter mir versammelt haben, um ihn zu stürzen? Wie könnte ich seine Regentschaft dulden?«

»Aber was war mit den achttausend Schotten, die *er* nach Langside geführt hat?«, entgegnete Knollys. »Und wie dem auch sei, Madam, diese Bedingungen sind nicht verhandelbar, fürchte ich.«

Sie hob den Kopf, richtete sich kerzengerade auf und sah plötzlich doch wie eine Königin aus. »Ihr seid ein Narr, Sir, wenn Ihr glaubt, ich würde mein Land *und* meinen Glauben verraten. Das habe ich auch nicht nötig. Ich müsste nur mit den Fingern schnipsen, und Felipe von Spanien schickt mir den Herzog von Alba mit seiner Armee, um mir meinen rechtmäßigen Thron zu erobern.

Meinen schottischen *und* meinen englischen Thron, denn beide stehen mir von Rechts wegen zu. Das solltet Ihr nicht vergessen.«

Knollys war für einen Augenblick sprachlos ob solcher Dreistigkeit, und so war es Eleanor, die sagte: »Also, worauf wartet Ihr? Schnipst mit den Fingern.«

»Glaubt lieber nicht, ich würde es nicht tun!«, fauchte Mary.

Die Frage ist, ob Felipe es hören würde. Denn *wir* kontrollieren, welche Nachrichten diese Burg verlassen und welche nicht, hätte Eleanor erwidern können. Stattdessen sagte sie: »Dann bleibt nur abzuwarten, ob König Felipe bereit ist, Euch Euren Thron zu erobern – welchen auch immer –, solange Euer Halbbruder Moray jeden Tag aufs Neue behauptet, dass Ihr bei Darnleys Ermordung die Finger im Spiel hattet.«

»König Felipe gibt nichts auf das, was mein Bruder sagt. Felipe hat den wahren Glauben, genau wie ich, mein Bruder ist ein Ketzer.«

Es erschreckte Eleanor, dass Mary Stewart jeden Kontakt zur Wirklichkeit verloren zu haben schien. »Wenn es politisch opportun ist, glaubt auch der katholischste Monarch einem Ketzer, Majestät, seid versichert.«

Mary gab einen kehligen Laut von sich, eine Art Glucksen, mit dem sie sich über Eleanors Ahnungslosigkeit zu mokieren schien. »Wann wird Elizabeth mich endlich empfangen?«, fragte sie. »Ich kann all diese Fragen doch letztlich nur mit ihr erörtern, von Königin zu Königin.«

»Ich fürchte, ein Zusammentreffen zwischen Ihrer Majestät und Euch steht im Moment völlig außer Frage«, erklärte Knollys mit aufrichtigem Bedauern. Jedenfalls schien es aufrichtig. »Solange der Verdacht einer Mitwisserschaft am Tod Eures Gemahls gegen Euch im Raum steht, darf die Königin nicht in Eure Nähe kommen. Das versteht Ihr doch sicher.«

Mary schlug die Hände vors Gesicht und brach in Tränen aus. Sie weinte wie ein kleines Mädchen. Zwei ihrer grausam abgekauten Nägel bluteten, bemerkte Eleanor erst jetzt, und mit einem Mal hatte sie Mühe, das Mitgefühl für diese einsame, unglückliche Frau auf Armeslänge von sich fernzuhalten. Doch sie wusste, das musste sie um jeden Preis. Einsam und unglücklich mochte Mary Stewart sein, obendrein schuldlos – an ihrem Schicksal ebenso wie an Darnleys Tod –, aber ungefährlich machte sie all das nicht. Viele in England hielten sie für Elizabeths rechtmäßige Thronerbin, ganz besonders natürlich die englischen Katholiken, die immer noch fast die Hälfte der Bevölkerung ausmachten. Schlimmer noch: Mary Stewart selbst hielt sich für Englands rechtmäßige Königin. So erbarmungswürdig sie auch erscheinen mochte, hatte sich an ihrer Gefährlichkeit doch nichts geändert.

»Das Beste wäre, wir schicken dieses furchtbare Frauenzimmer zurück nach Schottland«, sagte der Duke of Norfolk angewidert. »Ihr Bruder wird sich ihrer zu entledigen wissen, und wir alle sind um eine Sorge ärmer.«

Das gleiche hat Topcliffe auch gesagt, dachte Eleanor und drückte unauffällig die linke Hand ins Kreuz. Erst vor gut einer Stunde war sie mit den Andrews aus Carlisle zurückgekehrt, das nahe der schottischen Grenze in Cumberland lag. Sie hatten sechs Tage für die dreihundert Meilen gebraucht, und Eleanor fühlte sich, als wäre sie zu Fuß gegangen.

Elizabeth schlug mit beiden Fäusten auf ihre Sessellehnen. »Beim Tod am Kreuz! Wie oft muss ich wiederholen, dass ich meine Cousine nicht dem Henkersbeil ausliefere, bis irgendwer es zur Kenntnis nimmt?«

»Wenn wir ihre Rückkehr auf den schottischen Thron zu unseren Bedingungen erreichen wollen, müssen wir eine Verständigung zwischen Mary Stewart und dem Regenten, ihrem Halbbruder Moray, bewirken«, sagte Secretary Cecil.

Die Königin atmete durch. »Ah. Die Stimme der Vernunft. Sagt mir, wie, lieber Freund.«

»Wir müssen eine Art Tribunal abhalten. Ganz inoffiziell, versteht sich, denn natürlich haben wir hier in England keine Gerichtsgewalt über Mary und Moray. Eine … Anhörung, in der die Vorwürfe beider Seiten gegen die jeweils andere gehört werden. Auf englischem Boden und unter englischer Leitung, um Neutralität zu garantieren.«

»Und wer ist der englische Glückpilz, der dieses Tribunal leiten darf?«, fragte Robin, wie so oft skeptisch gegenüber Cecils Politik. »Ganz gleich, was er tut, beide Seiten werden ihm vorwerfen, voreingenommen zu sein, ungerecht, all das. Er wird sich Feinde in Schottland und in England machen.«

»Genau die richtige Aufgabe für einen integren und unerschrockenen Edelmann wie Euch, Mylord«, entgegnete Cecil aalglatt.

Elizabeth versteckte ihr schadenfrohes Lächeln hinter ihrem Fächer, entschied dann aber: »Mylord of Norfolk, wäret Ihr gewillt, es zu tun? Ihr seid der höchste Adlige des Reiches. Es würde beiden schottischen Parteien beweisen, wie wichtig uns diese Sache ist.«

»Gewiss, Majestät«, willigte Norfolk mit einer Verbeugung ein. »Seid versichert, bei mir ist die Sache in guten Händen.« Und er strahlte vor Stolz, dass sein Rang und seine Qualitäten endlich einmal angemessen gewürdigt wurden.

Eleanor hatte kein gutes Gefühl bei der Entscheidung der Königin, aber natürlich konnte sie nicht widersprechen. Es hätte nichts genützt, und sie hätte sich für alle Zeiten Norfolks Feindschaft zugezogen.

»Und dafür fehlt mir momentan der Sinn«, vertraute sie Robin Dudley an, als sie nach dem Ende der Beratungen durch den Garten von Greenwich schlenderten. Auf der Rückreise war das Wetter kühl und wechselhaft gewesen, aber jetzt war der Frühsommer zurückgekehrt, und die ersten Rosen am Springbrunnen gingen auf.

»Was hast du denn, El?«, fragte er. Es klang ein wenig unbeholfen. Für gewöhnlich war sie es, die seine Kümmernisse ergründete, nicht umgekehrt.

Eleanor zwang sich, den Blick vom Springbrunnen abzuwenden, wo Gabriel ihr damals als kauziger Rechtsgelehrter verkleidet aufgelauert und sie vollkommen bezaubert hatte. »Nichts«, antwortete sie achselzuckend. »Sie ist mir auf die Nerven gegangen, diese schottische Heulsuse, das ist alles. Ich beneide Knollys weiß

Gott nicht, der es weiter mit ihr aushalten muss. Entweder sie flennt oder hüllt sich in königlichen Hochmut, aber von der vernünftigen Frau, die ich vorletzten Winter kennengelernt habe, ist nichts mehr zu erkennen. Die verdammten Kerle haben sie zwischen sich aufgerieben, wie es scheint …«

»Man könnte es auch andersherum sehen: Sie hat sich aufreiben lassen. Du wirst jetzt einwenden, dass nur ein *Kerl* das sagen kann, aber immerhin ist sie die Königin. Oder war.«

»Hm«, machte Eleanor zustimmend, brach eine Rose ab und strich sich mit der samtigen Blüte über die Wange. »Nicht alle Königinnen sind so unverwüstlich wie unsere. Und außerdem …«

»Mylady?«, unterbrach sie eine vertraute Stimme.

Eleanor wandte sich um. »Jethro. Ich dachte, Ihr wolltet eine Woche schlafen. Sagtet Ihr das nicht vorhin?«

Er nickte. »Der Kommandant hatte andere Pläne mit mir. Aber deswegen bin ich nicht hier. Ihr habt eine Besucherin, Mylady.«

Er war verlegen, erkannte sie. »Wen?«

»Sie hat mir ihren Namen nicht verraten.« *Ihr solltet sie trotzdem empfangen,* sagte er nicht laut, aber Eleanor verstand es auch so.

»Würdest du mich entschuldigen, Robin?«

Er hob ergeben die Hände und schüttelte gleichzeitig den Kopf. »Wirst du diese Heimlichtuereien eigentlich nie satt?«

»Oh doch. Oft.« Sie drückte ihm ihre Rose in die Finger. »Hier, leg sie unters Kopfkissen. Sie symbolisiert Beständigkeit. Das tut dir gut.«

»Also wirklich, El …«

Jethro führte sie nicht zum Vorraum des Presence Chamber, wo Besucher und Bittsteller, die nicht abgewiesen wurden, für gewöhnlich warteten, sondern zu Eleanors eigenem Quartier, das ganz in der Nähe der königlichen Privatgemächer lag. Als sie eintrat, verstand sie, warum.

»Samuel!« Die unerwartete Freude durchzuckte sie wie ein tückischer Schreck, und ehe sie sich fragen konnte, ob es klug war, sank sie auf die Knie und breitete die Arme aus.

»Geh und sag deiner Mutter guten Tag«, forderte Rosalin Durham ihn auf und schob ihn sacht auf Eleanor zu.

Samuel schien noch einen Lidschlag zu zögern, aber dann kam er zu Eleanor gerannt und schlang mit untypischem Ungestüm die Arme um ihren Hals.

Eleanor hielt ihn und wiegte ihn, steckte die Nase in die weichen Kinderlocken und sog seinen Duft ein. *Fang bloß nicht an zu heulen,* schärfte sie sich ein. Aber es war schwierig. Sie kniff einen Moment die Augen zu, dann sah sie über Samuels Schulter zu dessen Großmutter hinüber, die mit dem Rücken zum Fenster stand und Mutter und Sohn mit einem schwer zu deutenden Lächeln betrachtete.

Eleanor strich Samuel noch einmal über den Rücken, dann legte sie die Hände auf seine Schultern und hielt ihn ein Stückchen von sich ab. »Es ist so schön, dich zu sehen, mein Junge. Du hast mir ja so gefehlt.«

Er nickte. Ob es ›Du mir auch‹ oder ›Ja, ich weiß‹ bedeutete, blieb offen, aber als sie ihn losließ und sich wieder aufrichtete, nahm er ihre Hand. Das sah ihm nicht ähnlich, und er tat es so verstohlen, als sei es ihm peinlich. Aber Eleanor hätte vor Glück über diese kleine, etwas klebrige Hand in der ihren jubilieren können.

»Wünschen die Lady oder der kleine Gentleman Erfrischungen, Mylady?«, fragte Edna unsicher. Besuch in den Privatgemächern war ausgesprochen unorthodox, darum hatte Eleanors Zofe keine Übung in den Fertigkeiten der Gastlichkeit.

»Danke, Edna, wir bleiben nicht hier«, antwortete Eleanor und fragte ihren Sohn: »Weißt du, wo du bist?«

»Greenwich. Hier wohnt die Königin.«

»Jedenfalls diese Woche, stimmt. Was möchtest du anschauen? Den Tiergarten? Die Pferdeställe? Die Kegelbahn?«

»Den Irrgarten«, antwortete Samuel ohne das geringste Zögern. »Vater hat mir davon erzählt.«

»Also, auf zum Irrgarten.«

Sie schmuggelte Rosalin und Samuel durch eine diskrete Seitentür, die in den Heilkräutergarten führte. Hierhin kamen die Mitglieder des Hofes nur dann, wenn sie Heimlichkeiten hatten;

man hatte gute Chancen, unbeobachtet zu bleiben. Ein schwarzes Kätzchen mit einer weißen Pfote schlief auf einem flachen Stein im Arnikabeet in der Sonne, und Samuel blieb wie angewurzelt stehen. »Darf ich es anfassen?«, fragte er seine Mutter und zeigte mit dem Finger auf das putzige, vielleicht drei Monate alte Tier.

»Ja. Aber es könnte dich kratzen, wenn du es aufweckst. Also überleg dir, ob es den Preis wert ist.«

Furchtlos und fachmännisch nahm Samuel das Jungtier im Nacken und hob es auf. Obwohl so rüde aus dem Schlaf gerissen, beschwerte es sich nicht, sondern kuschelte sich auf seinem Arm zurecht und kniff genießerisch die Augen zu, als Samuel es kraulte.

Er lief ein Stück voraus, setzte das Kätzchen ins Gras und erfreute es mit einem Stück Schnur, das er aus der Tasche fischte.

»Alle Durham sind Katzennarren«, bemerkte Rosalin. »Sein Großvater gestattete seinen Katzen sogar Zutritt zu seinem Bett.«

»Samuels Vater scheint diese Neigung hingegen nicht zu teilen«, erwiderte Eleanor, und ehe sie sich hindern konnte, fügte sie hinzu: »Sie ist wohl einfach zu menschlich für ihn.«

Rosalin schaute sie einen Moment von der Seite an und antwortete nicht sofort. Sie trug ein Kleid aus eichenlaubgrünem Leinen, Manschetten und Kragen waren in weißer Spitze gearbeitet, mit welcher auch der Gürtel und die Knöpfe bezogen waren. Es war elegant und doch dezent. Niemand wäre auf die Idee gekommen, dass diese Frau die Wirtin des teuersten Londoner Hurenhauses war. Sie sah eher wie die Gemahlin eines Gildemeisters oder Stadtrates aus.

»Ich fürchte, es gibt viele Dinge, die Ihr über Samuels Vater nicht wisst, Mylady«, antwortete sie schließlich. Es klang bedauernd, nicht überheblich.

»Und dabei wollen wir es auch belassen«, gab Eleanor zurück – eine Spur zu hastig.

Doch Rosalin schien sie nicht gehört zu haben. »Gabriel war als Knabe genauso versessen auf Katzen wie sein Vater. Aber nachdem ein Schulkamerad Gabriels Katze den Schwanz angezündet hatte, um ihm irgendetwas heimzuzahlen, beschloss mein Sohn, aus seiner Vorliebe ein Geheimnis zu machen.«

»Ich glaube nicht, dass ich wissen will, wie es dem Schulkameraden danach ergangen ist.«

Rosalin deutete ein Achselzucken an und nickte.

Sie waren zu einer der schattigen Alleen gelangt, die Greenwich im Sommer so angenehm machten. Die Sonne schien durch das noch frühlingshelle Laub der Linden auf den sorgsam gepflegten, grasbewachsenen Pfad. Samuel lief vielleicht zehn Schritte vor ihnen einher, das Kätzchen immer noch an seiner Seite. Der Junge lachte ausgelassen, wenn es in die Höhe sprang und mit noch ungeschickten Pfoten nach dem Ende der Schnur schlug.

»Ich bin Euch wirklich dankbar, dass Ihr mir Samuel gebracht habt, Rosalin«, sagte Eleanor leise. »Ihr könnt nicht ermessen, welche Freude Ihr mir damit macht …«

»Natürlich kann ich das ermessen«, widersprach die Besucherin. »Gabriels Onkel haben mir meinen Sohn andauernd weggenommen, um ihn vor mir in Sicherheit zu bringen und auf feine Schulen zu schicken, und jedes Mal habe ich geglaubt, ein Stückchen von meiner Seele stirbt. Es ist schwer genug für uns Mütter, unsere Kinder in die Welt zu entlassen, wenn sie groß und erwachsen sind, aber einen Jungen in Samuels Alter von seiner Mutter wegzureißen ist … grausam.«

Eleanor schluckte trocken.

»Ich bin allerdings noch aus einem anderen Grund gekommen, Mylady.«

»Das habe ich befürchtet. Aber was immer Euer Anliegen sein mag, ich fürchte, meine Antwort muss nein lauten.«

Rosalin blieb plötzlich stehen und wandte sich ihr zu. »Ich bin sicher, Euer Zorn ist berechtigt. Ich kenne meinen Sohn, ich weiß, wie erbarmungslos er sein kann, ganz besonders zu denen, die es gewagt haben, seinen Panzer zu durchbrechen. Aber was immer er Euch gesagt oder getan haben mag, er zahlt dafür, seid versichert. Er leidet wie ein …«

»Ihr müsst Euch irren«, fiel Eleanor ihr ins Wort. »Und ich bitte Euch inständig, lasst uns das Thema wechseln. Das ist alles schwierig genug für Samuel, er soll nicht erleben müssen, wie seine Mutter die Fassung verliert.«

»Da habt Ihr vollkommen recht, und ich will Euch auch nicht quälen. Aber ich muss Euch diese Dinge sagen, weil niemand sonst es tun wird. Mein Sohn liebt Euch. Ich habe das gewusst, lange bevor er es sich eingestanden hat, denn die Erkenntnis war ihm unwillkommen. Dennoch ist es so, und seit Ihr fort seid, hat er vielleicht erst erkannt, was Ihr ihm bedeutet. Er ist unerträglich, schroff und eisig zu jedem außer Samuel. Seine … Unternehmungen werden von Nacht zu Nacht tollkühner und waghalsiger. Er weiß selbst am besten, dass das nicht lange gut gehen kann, aber er kann auch nicht damit aufhören. Und was er vor allem nicht kann, ist, den ersten Schritt machen. Eher wird er sich zugrunde richten.«

Eleanor schaute zu ihrem kleinen Sohn und dessen drolligem Spielkameraden hinüber. Bei der Vorstellung, dass Samuel seinen Vater verlieren könnte, den er so über alle Maßen liebte, zog ihre Brust sich schmerzhaft zusammen, doch sie antwortete Rosalin: »Ich fürchte, Ihr habt Euch vergeblich herbemüht. Ich weiß, dass Ihr aufrichtig seid, aber ich kann trotzdem nicht glauben, was Ihr sagt. Und deswegen kann ich auch keinen Schritt machen. Nicht den ersten und nicht den zweiten. Es ist vorbei.« Ehe Rosalin etwas einwenden konnte, schloss Eleanor zu Samuel auf und wies nach rechts. »Siehst du? Das ist der Eingang zum Labyrinth.«

»Laby … was?«

»Der Irrgarten. Man nennt ihn auch Labyrinth, nach dem ersten Irrgarten, der überhaupt je angelegt wurde. Das war vor laaanger Zeit auf einer Insel in einem fernen Land, und eigentlich war das Labyrinth gar kein Garten, sondern ein Gefängnis für ein schreckliches Ungeheuer. Es hatte den Kopf eines Stiers und den Körper eines Menschen.«

»Erzähl mir davon!«, verlangte Samuel aufgeregt.

Während sie durch die schmalen, schattigen Gänge des Irrgartens flanierten, berichtete Eleanor also ihrem Sohn und dessen Großmutter, die genauso gebannt lauschte, vom schrecklichen Minotaurus – wobei sie die Umstände seiner Zeugung unterschlug –, von Theseus und Ariadne und von Dädalus und Ikarus, und als sie gerade überlegte, wo ein hoffnungsvoller Schlusspunkt für die Geschichte sein könnte, sodass sie Samuel nicht von Theseus' tragischer Heimkehr erzählen musste, erklang Musik auf der anderen Seite der hohen Eibenhecke zu ihrer Linken, wo das Zentrum des Irrgartens lag.

Eleanor verstummte, und alle drei lauschten gebannt. Es waren eine Flöte, eine Violine und eine Laute, die den Irrgarten mit ihrem harmonischen Dreiklang in einen entrückten, unwirklichen Ort verwandelten. Auch Samuel und Rosalin spürten den Zauber, und sie bewegten sich so lautlos wie möglich, als sie durch den letzten Rundbogen in der Hecke auf die kleine grasbewachsene Lichtung kamen.

Lappidot stand genau in deren Mitte. Die Violine unters Kinn geklemmt und den Kopf leicht zur Seite geneigt, spielte er eine wunderschöne, melancholische Melodie. Die Flöte folgte der gleichen Melodie mit zwei Takten Abstand, und die Laute ahmte die Melodie ebenfalls mit zwei weiteren Takten Abstand nach. Doch was eigentlich einen grässlichen Musiksalat hätte ergeben müssen, fügte sich zu einem mehrstimmigen Wohlklang, bis der Flötist sein Instrument absetzte und sagte: »Arlington, du Trottel, du hast bei der Wiederholung schon wieder den Halbtonschritt vergessen.«

»Oh, Mist …« Der Lautespieler legte die flache Hand auf die Saiten seines Instruments. »Tut mir leid, Master Tallis. Noch mal ab der Umkehrung?«

Auch Lappidot hatte den Bogen gesenkt, und ausgerechnet er war es, der die heimlichen Zuhörer bemerkte. »Ich glaube, wir haben Publikum, Gentlemen.«

Thomas Tallis, der zu den führenden Musikern der Chapel Royal zählte, wandte sich stirnrunzelnd um. »Lady Eleanor! Das ist eine unerwartete Freude.«

»Vergebt die Störung, Master Tallis«, bat Eleanor. »Wir haben einen Spaziergang gemacht, und als wir Euch hörten, fanden wir uns unwiderstehlich angelockt.«

Sie stellte Rosalin und Samuel als ›Mistress Durham, eine alte Freundin aus London, mit ihrem Enkelkind‹ vor und hoffte inständig, dass Samuel an seinen wortkargen Gewohnheiten festhalten und sie vor allem nicht ›Mutter‹ nennen würde.

»Wir haben uns zum Üben hierhergestohlen, weil das Wetter so herrlich, unsere neue Fuge aber noch alles andere als vorführungsreif ist, Mylady. Der Komponist hat sich nämlich in den Kopf gesetzt, sie heute Abend der Königin vorzuspielen.« Lächelnd wies Master Tallis auf Lappidot.

»*Du* hast diese Fuge geschrieben?«, fragte Eleanor ihren Neffen stolz.

Lappidot wiegte den Kopf hin und her. »Es ist eine neue Form, die man ›Kanon‹ nennt. Wir streiten noch darüber, ob es nun eine Fuge ist oder nicht.«

»Vor zwei Tagen kam er damit zu mir und hat es mir vorgespielt.« Tallis klang nicht weniger stolz als Eleanor. »Ich habe es aufgeschrieben. Ist es nicht grandios?«

Das war nicht das Wort, welches Eleanor gewählt hätte. Zart und anrührend, heiter und doch melancholisch war ihr die Musik erschienen. Sie verstand nichts von Kompositionslehre, aber sie nahm an, es erforderte Talent, mit der schieren Aneinanderreihung von Lauten solche Empfindungen zu wecken. »Es ist wunderschön, Lappidot«, sagte sie ein wenig unbeholfen.

»Lappidot …«, wiederholte Samuel leise. Es klang, als erprobe er das Wort auf der Zunge.

»Ja, ich weiß«, der junge Waringham hob mit einem ergebenen Seufzer die Schultern. »Es ist ein grässlicher Name, mit dem ich da geschlagen bin.«

»Ich find ihn schön«, widersprach Samuel. »Lappidot … Lappidot … Lappidot. Es klingt …«

»Dämlich?«, schlug der Namensträger vor.

»Lustig«, verbesserte Samuel. »Ich könnte mein neues Kätzchen so nennen. Ich darf es doch behalten, oder, M…«

»Natürlich, Samuel«, beeilte Eleanor sich zu versichern.

Jetzt war es an Lappidot, über den Namen erstaunt zu sein. »Du heißt Samuel? Vergib mir, aber ich habe doch tatsächlich geglaubt, du seiest ein Mädchen.«

»Wieso das denn?«, fragte Samuel empört.

»Ich kann nicht sehen, verstehst du, darum bin ich auf meine Ohren angewiesen, um mir eine Vorstellung von den Leuten zu machen. Und ob du's glaubst oder nicht, aber deine Stimme klingt ganz genau so wie die meiner Schwestern Adah und Zillah. Was für ein merkwürdiger Zufall.«

»Wir werden euch nicht weiter von der Probe abhalten«, sagte Eleanor und nahm Samuel bei der Hand. »Ich bin sehr gespannt, was Ihre Majestät heute Abend zu deinem Werk sagen wird, Lappidot.«

Ihr Neffe schien mit seinen Gedanken meilenweit fort. »Hm? Oh, ja, ich auch. Aber wenn Arlington sich diesen simplen Halbtonschritt nicht endlich einprägt und ihn heute Abend wieder verpatzt, wird sie uns vermutlich die Hunde auf den Hals hetzen und davonjagen lassen.«

Sein Freund Richard Arlington schnitt eine freche Grimasse.

Lappidot hob die Violine. »Leb wohl, Samuel«, sagte er lächelnd. »Und bitte entschuldige meinen Irrtum.«

Samuel, der sich noch keine rechte Vorstellung von Blindheit machen konnte, winkte ihm zu. »Schon gut. Wiederseh'n.«

Lappidot schien vom Klang der Stimme aufs Neue verwundert. Aber dann schüttelte er den Kopf, um die Ablenkung zu vertreiben, und setzte den Bogen an. »Also, noch einmal von vorn.«

San Juan de Ulúa, September 1568

»Gott sei gepriesen«, sagte Francis Drake. »Ein Hafen.«

»Aber leider ein *spanischer* Hafen«, wandte Thaddeus Corby ein.

»Ein *befestigter* spanischer Hafen«, führte Peter Westbury weiter aus. »Mit genügend Kanonen, um uns alle pulverisiert ins Jenseits zu befördern.«

»Da, wo ich herkomme, gibt es ein Sprichwort«, sagte Isaac. »*Bettler können nicht wählerisch sein*. Entweder wir gehen hier vor Anker, oder die *Jesus* säuft ab. Und vermutlich nicht nur sie.«

Schon Mitte August hatte John Hawkins beschlossen, die Heimreise anzutreten. Nicht alle Sklaven waren verkauft, aber doch die große Mehrzahl, und der Kommandant schien ausgesprochen zufrieden mit den Geschäften, die sie gemacht hatten, ganz zu schweigen von der Perlenbeute aus Rio de la Hacha. Außerdem wurde es allmählich Herbst, und die gefürchteten Stürme der Neuen Welt, die die Spanier *Huricanos* nannten, standen bevor. Doch Hawkins musste bald feststellen, dass er zu lange gezaudert hatte: Kaum hatten sie den westlichen Zipfel der Insel Kuba umrundet, empfing der erste Huricano sie mit offenen Armen. Vier Tage lang hielt er sie gepackt, und sie hatten die *William and John* aus den Augen verloren. Ob sie gekentert oder nur abgetrieben war, vermochte niemand zu sagen. Das alte Flaggschiff der Flotte, die *Jesus of Lübeck,* hatte den Sturm nur mit knapper Not überdauert. Hätte Hawkins nicht Befehl gegeben, sämtliche Aufbauten abzureißen, wäre sie untergegangen. Auch so waren ihre Planken gesplittert und das Ruder beschädigt. Die übrigen Schiffe hatten ebenfalls einiges abbekommen. Und die Vorräte würden für die lange Heimreise nicht reichen. Kurzum: Sie brauchten einen Hafen.

»Du hast völlig recht«, pflichtete Drake seinem Ersten Offizier bei. »Aber da, wo ich herkomme, gibt es auch ein Sprichwort: *Der bessere Teil der Tapferkeit ist Vorsicht.* Master Westbury, Steuerbordgeschütze klarmachen.«

»Aye, aye, Captain.« Der Dritte Offizier verließ das Achterdeck im Eiltempo.

»Es ist tatsächlich noch ein Seemann und ein halbwegs brauchbarer Kerl aus ihm geworden«, murmelte Drake abwesend, den Blick auf die *Jesus* gerichtet, die die Flotte anführte.

Isaac nickte, aber er gab keinen Kommentar ab. Drake hatte völlig recht, Westbury hatte sich gemacht in diesen sechs Monaten, seit sie die afrikanische Küste verlassen hatten. Aber Isaac gefiel es nicht sonderlich, dass der Captain die Qualitäten eines Offiziers mit den anderen erörterte.

Die *Judith* folgte der *Jesus of Lübeck* in die Bucht mit der bescheidenen Ansammlung von Häuschen und Blockhütten am Ufer. Beherrscht wurde der Hafen von einer stark befestigten, vorgelagerten Insel. Weiß und gleißend ragten die dicken Mauern unter dem strahlend blauen Himmel auf, und über den Kronen sah man Palmwipfel wie drollige grüne Haarschöpfe. Bedrohlich, aber noch schweigend starrten die Öffnungen der Geschützrohre den Ankömmlingen entgegen.

»Da, seht ihr?«, stieß Corby hervor. »Sie machen sich feuerbereit.«

Die typischen glänzenden Helme der Spanier blitzten hier und da hinter der Festungsmauer der Hafeninsel auf, und die Kanonen wurden in Stellung gebracht.

»Vertrauen wir darauf, dass sie so miserabel zielen wie alle Spanier«, sagte Drake leichthin, aber die Knöchel seiner Hände waren weiß, so fest hielt er die Reling umklammert.

Das erste der spanischen Geschütze donnerte, unmittelbar gefolgt von drei weiteren. Aber diese hier schienen in der Tat miserable Kanoniere zu sein, denn keines der englischen Schiffe wies einen Einschlag auf. Auch die nächsten drei Geschütze trafen nichts. Und dann endlich sah Isaac, dass die Rohre viel zu hoch ausgerichtet waren. »Francis … Ich weiß, es klingt irrsinnig, aber ist es möglich …«

»Ja.« Auch der Captain klang hoffnungslos verwirrt. »Sie wollen uns nicht versenken, sondern begrüßen uns mit einem Salut.«

»Da, wo ich herkomme, gibt es auch ein Sprichwort«, sagte Thaddeus Corby grinsend: »*Wenn du zur See fährst, nehmen die Wunder kein Ende.*«

Völlig ungehindert und unter dem ohrenbetäubenden Getöse der Salutschüsse liefen die sieben verbliebenen Schiffe von John Hawkins' Flotte in den Hafen ein, und noch ehe die *Jesus* die Inselfestung erreichte, legte ein Boot von dort ab und kam ihr entgegengerudert – zweifellos ein Begrüßungskommando.

»Das wird immer verrückter«, bemerkte Drake kopfschüttelnd. »Isaac, lass die Pinasse klarmachen. Du und ich fahren hinüber zur *Jesus,* ich muss einfach wissen, was vorgeht. Corby, Ihr habt das Kommando über die *Judith*. Eröffnet das Feuer erst, wenn das Flaggschiff es auch tut.«

»Wird gemacht, Captain.«

Als Isaac hinter Francis Drake das Fallreep der *Jesus* hochkletterte, bot sich ihm ein höchst ungewöhnlicher Anblick: John Hawkins stand mittschiffs vor zwei spanischen Spitzbärten – unverkennbar irgendwelchen Würdenträgern – und bog sich vor Lachen. Man konnte sehen, dass er versuchte, sich zusammenzureißen, aber es wollte einfach nicht gelingen.

»Vergebt mir, Gentlemen … vergebt mir«, bat er atemlos. Aber kaum hatte er sich ein wenig beruhigt, brach er erneut in hilfloses Kichern aus.

»Was ist hier los?«, fragte Drake den Kommandanten der *Jesus* leise.

Auch Robert Barrett kämpfte sichtlich gegen Heiterkeit. »Sie dachten, wir sind die spanische Silberflotte«, antwortete er und wies mit der Linken zur Spitze des Hauptmastes. »Unser königliches Banner ist so ausgeblichen, dass sie …« Kopfschüttelnd wandte er den Kopf ab und unterdrückte ein Prusten, indem er die Hand vor den Mund presste. »Sie haben es nicht erkannt.«

Drake und Isaac tauschten einen fassungslosen Blick.

»Was für eine tragische Verwechslung«, bemerkte ersterer trocken.

»Das heißt, die Silberflotte kommt *hierher*?«, fragte Isaac. »Wo zum Henker sind wir?«

»San Juan de Ulúa. Es ist …«

»Der Hafen von Veracruz, ich weiß.« Isaac wandte sich um, als erwarte er, die ersten spanischen Schiffe einlaufen zu sehen, aber noch waren sie allein in der Bucht.

Einmal im Jahr schickte König Felipe eine Flotte in die Neue Welt, um die Schätze an Silber, Gold, Perlen und so weiter abzuholen, die für die spanische Krone zusammengetragen worden waren. Seit englische und französische Piraten sich gelegentlich auf die Lauer gelegt hatten, um Schiffe der Silberflotte aufzubringen, wurde sie von einem Geleitschutz aus Kriegsschiffen eskortiert, der von Jahr zu Jahr größer wurde, wie man hörte.

»Diese beiden Gentlemen sind der Vizegouverneur und der Schatzmeister von Veracruz«, erklärte Robert Barrett, dessen Spanisch kaum schlechter war als Isaacs.

Hawkins hatte sich inzwischen gefasst und zu seiner üblichen Gemütsverfassung zurückgefunden. »Master Barrett, Sir, wenn Ihr dann die Güte hättet, uns wieder Eure Aufmerksamkeit zu schenken, seid so gut und sagt den beiden, dass sie unsere Gäste bleiben, bis die Reparaturen an der *Jesus* abgeschlossen sind und wir ausreichend Proviant für die Heimreise an Bord genommen haben.«

»Aye, Sir.«

»Versichert ihnen, dass niemandem ein Leid geschehen wird und wir für Baumaterial und Vorräte bezahlen werden.«

Barrett übersetzte.

»Wir sind erleichtert zu hören, dass Ihr nicht gekommen seid, um zu plündern, Capitán Hawkins«, antwortete der Vizegouverneur. *Ausnahmsweise* sagte er nicht, aber der Argwohn war seiner Miene deutlich anzusehen, und seine Verbeugung fiel ziemlich steif aus. »Und vielleicht solltet Ihr wissen, dass wir mit der Silberflotte auch den neuen Vizekönig von Neuspanien hier erwarten, Don Martín Enríquez. Es wäre möglicherweise … wünschenswert für alle Beteiligten, Eure Schiffe hätten San Juan wieder verlassen, wenn er einläuft?«

»Jetzt erklärt sich das hochgestellte Begrüßungskomitee«, war Hawkins' einziger Kommentar, nachdem er die Übersetzung gehört hatte. »Master Barrett, ich fürchte, Ihr werdet Eure Kajüte für unsere Gäste räumen müssen.«

»Natürlich, Sir«, stimmte der Kapitän der *Jesus* zu, doch als er einen Blick mit Drake wechselte, verdrehte er die Augen.

Die Engländer machten an der Felseninsel fest – wegen des begrenzten Platzes Seite an Seite und mit der Nase landeinwärts, sodass man am Ufer achtgeben musste, sich an den überhängenden Bugsprieten nicht den Schädel einzuschlagen – und besetzten die Festung. Hawkins befahl den Mannschaften, an Bord zu bleiben, schickte zwei Offiziere von jedem Schiff ins Dorf auf dem Festland, um sich auf die Suche nach Baumaterial und Proviant zu machen, und gab zur grenzenlosen Enttäuschung der Matrosen keinen Landgang.

Doch seine Vorsicht zahlte sich aus. Als bei Morgengrauen des nächsten Tages dreizehn spanische Segel vor der Bucht auftauchten, waren die Geschütze der Inselfestung in englischer Hand und feuerbereit.

»Gentlemen«, sagte Hawkins, den Blick aufs offene Meer gerichtet. »Da kommt der neue Vizekönig. Schickt ihm zur Begrüßung einen Schuss vor den Bug. Wir lassen ihn nicht in den Hafen, ehe wir die Bedingungen ausgehandelt haben, unter welchen wir hier ein paar Tage friedlich miteinander ausharren können.«

Der Master Gunner der *Minion*, der die Geschütze der Insel befehligte, machte seine Sache hervorragend: Die Kugel schlug so knapp vor dem Bug des Flaggschiffs ein, dass die Spanier die Botschaft mühelos verstanden und die Segel strichen.

»Wir senden den ehrenwerten Schatzmeister als Unterhändler«, beschied Hawkins. »Mit einem Bewacher, der versteht, was sie sagen. Fitzgervais?«

»Oh, nicht schon wieder …«, entfuhr es Isaac, ehe er sich auf die Zunge beißen konnte.

Hawkins wandte langsam den Kopf und musterte ihn. Abschätzig, natürlich. »Wozu habe ich Euch doch gleich wieder angeheuert?«

Isaac winkte ab. »Schon gut. Erspart mir den Rest. Kann ich mich vorher noch rasieren?«

Der Kommandant schüttelte den Kopf. »Der Vizekönig wird Euch ertragen müssen, wie Ihr seid. Bringt Eure Erscheinung in Zukunft gefälligst vor Dienstantritt auf Vordermann.«

Isaac verzichtete darauf, ihn daran zu erinnern, dass er die ganze Nacht auf Wache gewesen war, denn Hawkins wusste es zweifellos. »Aye, Sir.«

»Master Barrett, holt mir den Schatzmeister.«

Barrett nickte, bat jedoch: »Gestattet mir eine Frage, Sir. Warum schlagen wir den Vizekönig und seine Flotte nicht in die Flucht, laden das spanische Gold und Silber, das für sie bestimmt war, und segeln damit nach Hause? Wir haben hier doch alle Trümpfe in der Hand.«

Hawkins verzog für einen Herzschlag die Mundwinkel nach

oben und nickte. »Fast zwei Millionen Pfund. Eine fette Prise, nicht wahr? Aber ich fürchte, es muss ein Traum bleiben. Ihre Majestät die Königin wäre wahrscheinlich ein wenig verstimmt, wenn wir es täten, denn es würde Krieg zwischen England und Spanien bedeuten.«

»Der kommt so oder so«, prophezeite Francis Drake unbeeindruckt. »Die verfluchten Spanier betteln ja geradezu darum, schon seit Jahren.«

»Mag sein«, erwiderte der Kommandant. »Aber wir werden es trotzdem der Königin überlassen, den Zeitpunkt zu bestimmen. Also, wenn ich jetzt bitten dürfte?«

Die Silberflotte bestand aus elf bewaffneten Handelsschiffen und zwei gewaltigen Galeassen – von Segeln und Rudersklaven angetriebenen Kriegsschiffen – mit jeweils zwölf Geschützen. Die prächtigere der beiden, die *San Pedro* mit ihrer vergoldeten Galionsfigur, war das Flaggschiff, und dorthin hieß Isaac die Männer an den Riemen, die Pinasse zu rudern.

Er ließ dem Schatzmeister den Vortritt, der ein wenig umständlich das Fallreep erklomm, und als er ihm folgte, fand er sich zwei Dutzend spanischen Soldaten mit polierten Brustpanzern und Helmen gegenüber, die allesamt die langen Läufe ihrer Arkebusen auf ihn gerichtet hatten.

Der graubärtige Schatzmeister reckte erschrocken beide Hände in die Höhe. »Wir kommen als Unterhändler«, rief er mit bebender Stimme.

Ein hagerer Mann, der statt einer Büchse einen Degen in der Hand hielt, trat einen Schritt vor. »Ihr seid?«, herrschte er den armen Schatzmeister an.

»Francisco de Bustamante, Schatzmeister Seiner Majestät für die Provinz Veracruz, zu Diensten, Euer Gnaden.« Sicherheitshalber verneigte er sich fast bis zu den Planken.

»Martín Enríquez de Almanza.« Der Vizekönig sprach seinen Namen mit unüberhörbarem Stolz, aber mit unbewegter Miene aus.

Er war älter, als Isaac angenommen hätte, der Bart – ausnahmsweise einmal nicht spitz – grau und schütter. Doch anders als der Schatzmeister wirkte Don Martín athletisch und gestählt, seine kantigen Züge mit den ausgeprägten Wangenknochen deuteten auf ein asketisches Leben hin, und die dunklen Augen loderten, als verberge sich ein geheimes Feuer in seinem Innern. Jetzt richtete ihr Blick sich auf Isaac.

Der beschränkte sich auf eine kleine Höflichkeitsverbeugung. »Isaac Fitzgervais of Waringham, Euer Gnaden.«

»*Ingles.*« Wie so oft klang es wie ein Fluch.

»Ja.«

»Und ein *Luterano*?«

»Schon wieder richtig. Und nachdem das nun geklärt ist, wollen wir uns vielleicht der Frage zuwenden, was wir tun können, um zu verhindern, dass Eure gesamte Flotte im nächsten Sturm in Sichtweite der Küste absaufen muss?«

»Was, wenn ich sagte, ich suche mir einen anderen Hafen und komme über Land, um Euch den Garaus zu machen?«, konterte der Vizekönig.

»Ich würde Euch viel Glück wünschen. Wir haben diese Küste tagelang nach einem Hafen abgesucht, der groß genug ist, um einer Flotte Schutz zu bieten, und allein diesen hier gefunden.«

»Was vermutlich daran liegt, dass englische Seekarten miserabel sind.«

»Das sind sie in der Tat, darum fahren wir mit erbeuteten portugiesischen.«

»Tja, zu dumm.« Ein unerwartet sympathisches Lächeln hellte das Gesicht des Vizekönigs auf. »Und ich dachte, der ehrenwerte Don Francisco solle mit mir verhandeln.«

Isaac nickte und machte eine einladende Geste. »Dann nur zu. Nicht ich bin es, dem hier die Zeit davonläuft.«

Der Vizekönig lachte in sich hinein, steckte seinen Degen weg und gab seinen Männern ein Zeichen. Sie senkten die Büchsen und gaben ihre bedrohliche Pose auf.

»Wein und Erfrischungen für meine Gäste«, gab Don Martín in Auftrag.

Gute Neuigkeiten, dachte Isaac.

Der Vizekönig führte sie aufs Achterdeck, wandte ihnen ein wenig rüde den Rücken zu und schaute zum sicheren Hafen von San Juan de Ulúa hinüber. Wie lange waren sie wohl unterwegs?, überlegte Isaac. Er wusste nur zu gut, wie es in jedem einzelnen der Spanier auf diesem und den anderen Schiffen aussehen musste. Hatte man festen Boden unter den Füßen, mochte es einen aufs Meer hinausziehen, aber nach ein paar gefahrvollen Wochen auf See ging einfach nichts über den Anblick des ersten Schattens am Horizont – *Land in Sicht*.

Und nun stand der neue Vizekönig da wie Moses: Er durfte sein gelobtes Land sehen, aber nicht betreten.

Ein livrierter Diener brachte ein schweres Silbertablett mit Oliven und Wein, schenkte ein und verschwand wieder.

Don Martín wandte sich um und vollführte eine einladende Geste. »Bitte. Erfrischt Euch.«

Dankend ergriffen Isaac und der Schatzmeister die Pokale, tranken aber nicht, weil ihr Gastgeber es auch nicht tat.

»Der englische Capitán John Hawkins hält die Festungsinsel des Hafens, Euer Gnaden«, begann Don Francisco.

»Das ist mir nicht entgangen«, gab der Vizekönig unwirsch zurück.

Der Schatzmeister räusperte sich nervös. »Ich bin gehalten, Euch auszurichten, dass er Euch nur in den Hafen lässt, wenn Ihr einem Waffenstillstandsabkommen zustimmt. Er ist im Begriff, die Heimreise anzutreten, aber er muss sein Flaggschiff reparieren, das vom Sturm schwer beschädigt ist und …«

»Wie lange wird das dauern?«, unterbrach der Vizekönig.

Der Schatzmeister sah hilfesuchend zu Isaac.

»Zwei Wochen.« Vielleicht auch nur eine, dachte Isaac, aber er ging lieber auf Nummer sicher.

»Und was fordert er sonst noch?«

Don Francisco wollte antworten, aber der Vizekönig schüttelte ungeduldig den Kopf und wies mit dem Finger auf Isaac. »Ich will es von Euch hören.«

»Die Zusicherung, dass er freien Handel treiben darf: Proviant und Baumaterial gegen Afrikaner. Und dass Eure Männer jedwede

Kampfhandlung und Provokation uns gegenüber unterlassen. Wir behalten die Festung auf der Insel mit allen Geschützen, bis wir in See stechen.«

»Kommt nicht infrage«, brauste Don Martín auf. »Ihr wollt einen *Narren* aus dem neuen Vizekönig machen, noch ehe er sein Land betreten hat!«

»Das wollen wir nicht, Euer Gnaden, seid versichert.« Isaac sah ihm direkt in die Augen. »Wir sind seit einem Jahr unterwegs und wollen nach Hause, nichts sonst. Aber wir haben die Insel eingenommen und wären töricht, sie wieder herzugeben. Ihr tätet es auch nicht. Wir haben es nicht auf König Felipes Gold und Silber abgesehen, denn unser Kommandant will keinen Krieg heraufbeschwören. Ich versichere Euch, er treibt kein doppeltes Spiel.«

Don Martín ließ ihn nicht aus den Augen, während Isaac sprach. Schließlich nickte er. »Also schön. Waffenruhe, während Eure Schiffe und unsere im Hafen liegen … enger als Sardinen im Fass, schätze ich?«

»So wird's sein«, stimmte Isaac mit einem unfreiwilligen Grinsen zu.

»Und freier Abzug nach Übergabe der Festung. Ich will zwölf englische Offiziere als Geiseln, um Hawkins' Vertragstreue zu garantieren.«

Isaac unterdrückte ein Seufzen. Natürlich hatte er gewusst, dass sie an diesen Punkt gelangen würden. *Gewöhn dich schon mal an mein Gesicht, Don Martín Enríquez,* dachte er. »Mein Kommandant verlangt zehn Geiseln, Euer Gnaden, und würde es als Zeichen Eures guten Willens sehr zu schätzen wissen, wenn Ihr Euch ebenfalls mit zehn begnügen wolltet.«

»Von mir aus.« Der Vizekönig hob ihm den Weinbecher entgegen. »Trinken wir auf die Tüchtigkeit und vor allem Schnelligkeit englischer Schiffszimmerleute, Isaac Fitzgervais of Waringham.«

Entgegen seiner Befürchtungen wurde Isaac ausnahmsweise einmal nicht an die Spanier ausgeliefert, denn Hawkins brauchte ihn als Übersetzer. Von den Offizieren der *Judith* traf es stattdessen Peter Westbury, weil er weder bei den Instandsetzungsarbeiten an der *Jesus* und der *Minion* noch beim Handel mit den Spaniern von Nutzen war.

Während der ersten Tage war Isaac ständig mit den Proviantmeistern der englischen Flotte unterwegs, um im Dorf des Hafens und auf den umliegenden Plantagen die für die Heimreise benötigten Vorräte zu beschaffen. Das Wetter war grau und unbeständig und schien unentschlossen, ob es nun einen Huricano entfesseln sollte oder nicht. So oder so waren die Spanier sicher erleichtert, dass sie sich auf Hawkins' Angebot eingelassen hatten und im Hafen von San Juan de Ulúa in Sicherheit waren, so eng es dort auch sein mochte.

Schließlich klarte der Himmel auf, und sie verbrachten ein paar herrliche und unbeschwerte Tage am Strand des Festlandes. Die Stimmung unter den Mannschaften war verblüffend gelöst. Engländer oder Spanier, Papist oder Luterano – es schien mit einem Mal belanglos, und vor allem die jungen Matrosen beider Flotten begegneten einander mit Neugier und verständigten sich mit Händen und Füßen. Sie schwammen um die Wette, und diejenigen, die nicht schwimmen konnten – in beiden Lagern die Mehrheit –, aalten sich am Strand oder rauften freundschaftlich in der Brandung. Die Spanier lehrten die Engländer das Pfeiferauchen, ein Zeitvertreib, der besonders unter spanischen Seeleuten beliebt war. Das kleine Dorf, das den Hafen mit dem Nötigsten versorgte, hatte keine Spelunken voll leichter Mädchen zu bieten, wie die Matrosen es gewöhnt waren, aber die Engländer fanden in Windeseile heraus, dass die neun Töchter des Segelmachers alles andere als keusche Jungfrauen und genau genommen auch nicht seine Töchter waren. Großzügig teilten sie dieses Geheimnis mit ihren neuen spanischen Freunden.

»Warst du schon dort?«, fragte Marian neugierig, ließ das Entermesser niedersausen und teilte die Ananas, die auf einem Palmblatt im Sand lag.

»Natürlich«, antwortete Isaac, ergriff seine Ananashälfte und zückte das Messer, um sie zu schälen. »Eine ist wirklich hinreißend.«

»Ich weiß, welche du meinst«, warf Marian enthusiastisch ein.

»Die mit der Kette aus Haifischzähnen. Wie heißt sie doch gleich …« Er schnipste mehrfach mit den Fingern, um seinem Gedächtnis auf die Sprünge zu helfen, aber es fiel ihm nicht ein.

Isaac schnitt ein Stück der Frucht ab und steckte es in den Mund. Dieser einzigartige Geschmack und die unvergleichliche Süße, die ihm immer das Paradies in den Sinn brachten, umschmeichelten seinen Gaumen, und er schloss genießerisch die Augen. »Manuela.«

»Genau! Ich sag dir ehrlich, ich werde nicht traurig sein, wenn wir diesem Tropennest hier endlich den Abschiedskuss verpassen, aber an Manuela könnt ich mich gewöhnen …«

»Hm.« Isaac lehnte sich an den Baumstamm und sah blinzelnd in das gefächerte Dach der Palme auf. Die Blätter raschelten in der sachten Brise, und Sonnenlicht flirrte hindurch. Er war schläfrig, weil er auf der Festungsinsel Nachtwache geschoben hatte, genau wie Marian Edmundson.

Jetzt hatten sie sich ein stilles Plätzchen gesucht, weiter oben, wo der Strand in den Urwald überging. Nichts war hier zu hören als das Rauschen der Brandung, die in der geschützten Bucht gebändigt war, und dann und wann der Ruf eines exotischen Vogels.

»Hawkins hat die letzten zwei Tage eine Jagdmannschaft in den Wald geschickt, um ihm ein paar Papageien einzufangen, hast du das gehört?«, fragte Marian amüsiert.

Isaac schüttelte den Kopf. »Na ja, warum nicht? Sie schmecken großartig, und diejenigen, die lebendig in England ankommen, kann er für gutes Geld verkaufen.«

»Wohl wahr. Da fällt mir ein, was ist eigentlich aus deinen zwei Ballen florentinischer Seide geworden, die du aus London mitgebracht hattest? Sie modern im Frachtraum der *Judith* vor sich hin, nehme ich an, und dein armer Bruder sieht sein Geld nie wieder?«

»Im Gegenteil.« Isaac verspeiste noch ein Stück Ananas und legte die andere Hand auf die Brust, wo unter dem Wams ein kleiner, aber prall gefüllter Beutel lag. »Ich habe sie in Rio de la Hacha verkauft. An Miguel de Castellanos' Gemahlin, Doña Catalina, wenn du es genau wissen willst. Sie teilte den Zorn ihres Mannes auf uns englische Luteranos nämlich nur bedingt.«

Marian sah ihn argwöhnisch von der Seite an. »Das klingt irgendwie, als hättest du sie mit mehr als nur deiner Seide beglückt.«

Isaac lächelte kurz auf seine Ananas hinab, schüttelte dann aber den Kopf. »Wer weiß, wenn wir ein wenig mehr Zeit gehabt hätten ... Jedenfalls war Doña Catalinas Gier nach Seide größer als ihre patriotische Entrüstung. Ich habe ja immer gesagt, dass die spanischen Siedler hier nach Luxusgütern aus der alten Heimat dürsten. Man muss keinen Menschenhandel betreiben, um in der Neuen Welt sein Glück zu machen.«

»Hat sie dich in Perlen bezahlt?«

»Natürlich.« Isaac hatte nur eine ungefähre Vorstellung, was er in London für seine Perlen bekommen würde – die ja streng genommen Francis gehörten –, aber vermutlich genug, um vier oder fünf Ballen neue Seide für das nächste Mal zu kaufen. »Wenn ich einen neuen Captain finde, werde ich ihm vorschlagen ...« Isaac brach ab, weil Marian plötzlich auf die Füße gesprungen war. »Was ist? Junge, hektische Bewegungen sind ungesund in diesem Klima und ...«

»Isaac«, unterbrach Marian rau und wies mit dem ausgestreckten linken Arm zur Festungsinsel hinüber. »Was hat das zu bedeuten?«

Unwillig kam Isaac auf die Füße und stellte sich neben ihn. »Was denn?« Doch dann sah er es selbst. »Süßer Jesus ...«

Das Deck der spanischen Galeone, die Seite an Seite mit der *Minion* lag, wimmelte auf einmal von Soldaten. Spanische Soldaten, in den typisch blanken Rüstungen, und alle mit Arkebusen bewaffnet.

»Wo kommen die auf einmal alle her?«, fragte Marian fassungslos.

Aus Veracruz.

Die Erkenntnis durchzuckte Isaac wie ein gleißend heller Blitz. Die Provinzhauptstadt lag nur ein paar Meilen vom Hafen entfernt, und während die englischen und spanischen Matrosen sich am Strand verbrüderten, hatte Don Martín Enríquez de Almanza, dieser verfluchte verräterische Vizekönig, sich in Veracruz eine Armee besorgt ...

Noch während sie entsetzt hinüberstarrten, blies der Trompeter an Bord der *San Pedro* zum Angriff.

Seite an Seite rannten Isaac und Marian zum Wasser hinunter.

»Schnell!«, brüllte Isaac den englischen Matrosen zu, die sich dort in der Sonne aalten. »Rüber zur *Minion*! Die Spanier greifen an!«

Die Seeleute sprangen auf und kämpften sich im Laufen in ihre Kleider. Ein glücklicher Zufall, dass keine spanischen Matrosen beim Badevergnügen in der Brandung sind, dachte Isaac, ehe ihm aufging, dass das natürlich kein Zufall war.

»Ich glaube nicht, dass die *Minion* noch zu retten ist«, sagte Marian, scheinbar die Ruhe selbst.

Zwei Spanier hingen backbord an der Bugleine ihres Schiffes, damit es sich der benachbarten *Minion* näher zuneigte, und an die hundert Soldaten mit Arkebusen und Hellebarden standen bereit, um das englische Schiff zu entern.

Isaac watete ins Meer und begann zu schwimmen, sobald er genug Wasser unter sich hatte. Mit einem Mal wimmelte es um ihn herum von Ruderbooten voller Spanier, die sich teils der *Minion*, teils der Festungsinsel zu nähern schienen.

Sie wollen die Geschütze auf der Insel, um uns alle zu Klump zu schießen, fuhr es ihm durch den Kopf, und genau vor ihm peitschte ein Büchsenschuss ins Wasser. Isaac tauchte und schwamm unter Wasser in den engen, dunklen Tunnel, den die Bordwände der *Jesus of Lübeck* und der *Minion* bildeten. Er fand das Fallreep und kletterte hinauf, Marian gleich hinter ihm.

Als sie an Bord der *Minion* kamen, war deren Besatzung schon in verzweifelte Zweikämpfe mit den Angreifern verwickelt, und immer mehr Spanier ergossen sich auf das Deck. Doch von der *Jesus* nahte Verstärkung: Auch dort erscholl die Trompete, rief alle Männer zu den Waffen, und Hawkins brachte die ersten zwei Dutzend herüber, ohne auf die Säumigen zu warten. »Gott und St. George!«, brüllte der Kommandant. »Nieder mit den verräterischen Schurken, und rettet die *Minion*! Vertraut auf Gott, der mit uns sein wird!«

»An ihm ist ein Feldherr verloren gegangen«, bemerkte Isaac, riss den Degen aus der Scheide und rammte ihn dem ersten Spanier, der in seine Nähe kam, in die Kehle.

»Wie nett, dass sie alle diese Lücke zwischen Brustpanzer und Helm haben«, knurrte Marian und erledigte einen Gegner auf die gleiche Weise.

Isaac sah seinem Cousin in die Augen und erkannte dort die unbändige Wut, die er selbst empfand. Die Feigheit dieses Angriffs aus heiterem Himmel und der Verrat des spanischen Vizekönigs waren ungeheuerlich.

An Bord der *Minion* wurde eine Schlacht geschlagen wie an Land, Mann gegen Mann, Klinge gegen Klinge, aber die Überzahl der Spanier drohte die überrumpelten Engländer zu erdrücken.

»Master Hampton, kappt die Bugleinen«, befahl Hawkins dem Kapitän des angegriffenen Schiffes. »Barrett, die der *Jesus* ebenfalls, aber die beiden Schiffe bleiben vertäut. Wir müssen zusehen, dass wir von diesem verfluchten spanischen Schiff wegkommen!«

Es war eine unkonventionelle und kaltblütige Taktik, aber sie funktionierte: Mit Bootshaken, Stangen, Balken oder was sie auch gerade zu fassen bekamen, schoben die englischen Seeleute die *Minion* weg von dem Spanier, sodass die Lücke größer wurde und die nachdrängenden Angreifer ins Meer fielen. Gleichzeitig kamen von der *Jesus* immer mehr Männer herüber, sodass die Engländer ihr Schiff verteidigen konnten.

Aber dann gerieten sie von zwei Seiten unter Geschützfeuer: Die beiden spanischen Kriegsschiffe, die prächtige *San Pedro* und die *Santa Clara,* hatten das Feuer eröffnet, und schlimmer noch: »Isaac, die Hurensöhne haben die Festungsinsel erobert«, brüllte Marian über den Kanonendonner hinweg.

Isaac nickte. Das Nicken fühlte sich seltsam hölzern an, so als wäre er eine Marionette. Er wusste, alle englischen Seeleute der Vormittagswache auf der Festungsinsel waren tot, darunter auch Thaddeus Corby, der Isaac mit einem Becher Brandy bestochen hatte, damit der die Wache mit ihm tauschte …

»Fitzgervais, steht nicht da wie ein Götzenbild, Mann. Los, kommt mit zurück auf die *Jesus,* wir müssen versuchen, sie zu retten!«, befahl Hawkins.

»Aye, Sir.«

Die meisten Spanier an Bord der *Minion* waren niedergemacht, lagen stöhnend oder aber gänzlich still auf dem Deck. Die Planken waren rot und glitschig vor Blut, sodass Isaac ausglitt, gerade als hinter einem Aufbau eine kleine, drahtige Gestalt in glänzender Rüstung hervorsprang, sich auf ihn stürzte und ihm die Klinge in den Oberarm rammte. Zum Glück war es der linke. Isaac zischte mit zusammengebissenen Zähnen, führte einen unkoordinierten Stich mit dem Degen, während er um Gleichgewicht rang, und es war schieres Glück, dass er den Spanier ins linke Auge traf.

Der kleine Mann ließ seinen Degen fallen, schlug die Hände vors Gesicht und fing an zu schreien.

»Tja, José, wärst du nur zu Haus geblieben«, knurrte Isaac, packte ihn am glänzenden Brustpanzer und beförderte ihn über Bord, damit er ersoff. Und den nächsten, der ihn von links angriff, warf er gleich hinterher. Er hätte stundenlang spanische Hurensöhne ersäufen können, stellte er fest. Aber er sah, dass die *Jesus* in arger Bedrängnis war, und sprang hinüber auf das Deck des englischen Flaggschiffs.

Der Beschuss von der Festungsinsel war erbarmungslos. Die kleine *Angel* versank im Hafen von San Juan de Ulúa ebenso wie die *Swallow,* und die restlichen Schiffe der englischen Flotte hatten Schlagseite. Allein die *Judith*, die am weitesten von der Festungsinsel entfernt lag, schien noch seetüchtig.

Auch die *Jesus* hatte bereits mehrere Einschläge über der Wasserlinie, ihre Segel hingen in Fetzen, und der Besanmast war zersplittert wie ein Kienspan.

Doch John Hawkins behielt einen kühlen Kopf. »Sammy, hol mir einen Schluck Ale«, befahl er einem der Schiffsjungen und stellte sich vor den Hauptmast, wo die Männer sich um ihn scharten.

Der verängstigte Knabe brachte ihm einen Becher, und Hawkins trank seiner Mannschaft zu. »An die Geschütze, Männer, und lasst sie nicht schweigen, solange die *Jesus of Lübeck* noch schwimmt!«

Der Jubel fiel ein bisschen dünn aus.

Neben dem Hauptmast lag noch ein Stapel Holz, der von den nicht vollendeten Instandsetzungsarbeiten zeugte, und kaum hatte Hawkins den Becher darauf abgestellt, kam eine spanische Kanonenkugel herangepfiffen, fegte den Pokal ins Meer, durchschlug die Reling und verschwand, ohne irgendwem auch nur ein Haar zu krümmen.

Für einen Herzschlag herrschte atemloses Schweigen, dann brachen die Männer in Gelächter aus.

»Habe ich euch nicht gesagt, dass Gott mit uns ist? An die Geschütze, Männer!«

Die *Jesus* teilte so gut aus wie sie einsteckte: Isaac und Marian gingen mit an die Geschütze und feuerten auf die *San Pedro*, was das Zeug hielt. Bald sah das stolze spanische Flaggschiff aus wie eine zerlumpte Bettlerin, aber die *Santa Clara* erwischte es schlimmer, denn eine englische Kugel traf ihr Pulverdepot, und ein Fass explodierte. Innerhalb von Sekunden stand die *Santa Clara* in lichterlohen Flammen und lebende Fackeln stürzten schreiend ins Meer.

Fasziniert starrten die Engländer durch die Geschützluken auf das grausige Spektakel.

»Vielleicht können wir es doch noch schaffen, Isaac«, sagte Marian.

Er hatte kaum ausgesprochen, als von oben entsetzte Schreie erklangen: »Ein Feuerschiff! Ein Feuerschiff!«

An Deck drohte Panik auszubrechen; Isaac hörte rennende Schritte und viele Stimmen, die durcheinanderbrüllten, bis ein neuerliches Trompetensignal sämtliche Geräusche übertönte: *Alle Mann von Bord*.

Der Master Gunner löschte seine Fackel im Wasserfass. »Ihr habt es gehört. Nichts wie raus hier!«

Hastig, aber geordnet kletterten sie durch die Luke, und als sie an Deck kamen, bot sich ihnen ein beängstigender Anblick: Die Spanier hatten eine Hulk, die luvseits der Engländer im Hafen gelegen hatte, in Brand gesteckt, und sie trieb mit beachtlicher Geschwindigkeit auf die *Jesus of Lübeck* zu.

»Na los, alle rüber auf die *Minion*«, befahl Hawkins, den Blick unverwandt auf das Feuerschiff gerichtet.

»Was ist mit den spanischen Geiseln, Sir?«, fragte Robert Barrett.

»Lasst sie hier zurück, aber nehmt ihnen die Fesseln ab. Ich habe ihnen mein Wort gegeben, dass ihnen nichts geschieht, und das werde ich nicht brechen.«

Welch ungewohnte Anwandlung von Ehrgefühl, dachte Isaac grimmig. »Ich glaube nicht, dass der Vizekönig bei unseren Geiseln ähnliche Skrupel hat«, bemerkte er. Und er dachte an Peter Westbury, über den er sich zu Beginn der Fahrt so gerne lustig gemacht hatte, weil der Dritte ein so aufgeblasener Fatzke war und ständig seekrank wurde. *Aber das hier hast du nicht verdient, armes Schwein …*

Hawkins hob die Schultern. »Das ist eine Sache zwischen Martín Enríquez und Gott. Vorwärts, Männer. Lasst alles zurück. Wir können froh sein, wenn wir unser Leben retten, für alles andere bleibt keine Zeit.«

Zumal der Großteil der Beute ohnehin an Bord der *Minion* war, wusste Isaac.

Aber das Feuerschiff kam immer näher, und längst nicht alle Männer hatten es auf die *Minion* hinübergeschafft, als es die *Jesus* rammte und in Brand setzte. Ohne auf den Befehl zu warten, kappte irgendwer die Verbindungsleinen, und die beiden englischen Schiffe begannen augenblicklich auseinanderzudriften. Isaac und Marian tauschten einen entsetzten Blick und sprangen hinüber aufs Deck der *Minion*. Auch der Kommandant rettete sich im letzten Moment mit einem eleganten Satz. Isaac sah Sammy, den Schiffsjungen, der heulend auf der Reling stand, sich mit der Linken an einer Want festklammerte und im rechten Arm eine juwelen- und perlenbesetzte Goldschale hielt. Mitsamt seiner Last versuchte er zu springen und stürzte schreiend ins Wasser. Und dann hüllte dichter Rauch die panisch umherlaufenden Männer an Deck der *Jesus* ein.

Nach sechs Stunden war die Schlacht von San Juan de Ulúa vorüber, und John Hawkins hatte alle Schiffe bis auf die *Minion* und die *Judith* verloren.

Eine blutige Schramme verlief quer über seine Stirn, exakt im rechten Winkel zu dem Rußfleck auf der Wange. Seine sonst so tadellose Garderobe war zerrissen und mit spanischem Blut besudelt, und seine Augen loderten.

»Lasst es euch eine Lehre sein«, sagte er zu niemand Bestimmtem. »Das ist der Lohn, wenn man sich auf die Ehre von Spaniern verlässt.« Voller Verachtung spuckte er aus und befahl barsch: »Master Barrett, sehen wir zu, dass wir aus der Reichweite der spanischen Geschütze kommen. Drake wartet an der Hafeneinfahrt mit der *Judith*. Wir sind hoffnungslos überladen, er muss die Hälfte der Männer hier an Bord nehmen.«

Barrett nickte und gab ein paar Befehle. Obwohl die *Minion* hinter der *Jesus* gelegen hatte und so vor spanischem Beschuss halbwegs geschützt gewesen war, hatte sie einiges abbekommen. Sie lag viel zu tief, weil zu viele Menschen an Bord waren, und das Hauptsegel hing in Fetzen. So hinkte sie aus dem Hafen von San Juan de Ulúa, und ein Aufatmen ging durch die Reihen der Männer, die erschöpft und teilweise verwundet, aber immerhin lebendig an Deck standen.

Isaac war keine Ausnahme. Jetzt, da das Kampfesfieber sich allmählich legte, spürte er zum ersten Mal die Verletzung am Arm, und er sah, dass Blut von den Fingern auf die Deckplanken tröpfelte.

»Signalisiert Drake, er soll beidrehen«, ordnete Hawkins mit einer etwas matten Geste an, als sie noch eine Kabellänge von der *Judith* entfernt waren.

»Was tun sie denn?«, fragte Barrett im selben Moment erschrocken. »Sir, ich glaube …«

Er verstummte, als sich rauschend und knarrend das Hauptsegel der *Judith* entfaltete.

»Oh, Allmächtiger …«, murmelte Marian an Isaacs linker Seite.

Isaac konnte ihn nicht anschauen. Er war einfach unfähig, den

Blick von der *Judith* abzuwenden, die ganz allmählich nach backbord abdrehte und sich zu entfernen begann.

»Drake, du verfluchter Bastard, was fällt dir ein?«, brüllte John Hawkins. »Du kannst uns hier nicht im Stich lassen!«

Die *Judith* war schon so weit weg, dass es fraglich schien, ob irgendwer an Bord den Kommandanten gehört hatte. So oder so, es machte keinen Unterschied.

»Oh doch, er kann«, flüsterte Isaac. *Denn dies hier war ja nicht das erste Mal …*

Bleierne Stille hatte sich über die *Minion* gesenkt, und mit Schreckensmienen blickten die Männer der *Judith* hinterher, bis sie zu einem kleinen Punkt geschrumpft war.

Als der Punkt über den Horizont fiel, löste sich die eigentümliche Starre.

»Wie viele Seelen an Bord, Barrett?«, fragte Hawkins gedämpft.

»Über zweihundert Seeleute und knapp fünfzig Afrikaner, Sir«, antwortete der Captain.

Er hatte ebenfalls leise gesprochen, aber Isaac hatte ihn gehört, denn er stand in der Nähe. Außerdem konnte er selbst zählen. Zweihundertfünfzig Menschen. Zucker, Gold und Perlen im Frachtraum, aber kaum Proviant oder Wasser. Ein hoffnungslos überladenes Schiff, das schon vor der Schlacht alt und leck gewesen war.

»Isaac«, murmelte Marian Edmundson an seiner Seite unbehaglich. »Ich sag's ungern, aber ich fürchte …«

»Wir werden alle draufgehen«, beendete Isaac den Satz für ihn. »Ich weiß.«

Hampton Court, Oktober 1568

»Majestät, Seine Exzellenz Don Guerau de Espés del Valle, Botschafter Seiner Majestät König Felipes von Spanien, ersucht um eine Audienz«, meldete Christopher Hatton förmlich.

Elizabeth war dabei, alle Kissen aus ihrem Lieblingssessel am Kamin auf dem Boden zu stapeln, und warf ihm eines davon an den Kopf. »Sagt ihm, er soll sich zum Teufel scheren!«, schnauzte sie ihn an.

Sir Christopher hatte das Kissen wie im Affekt aufgefangen, hielt es in beiden Händen und sah fragend zu Eleanor.

»Wir vermissen einen Ring«, erklärte diese seufzend.

»Doch nicht etwa den Rubin?«, erkundigte er sich.

»Genau den«, antwortete die Königin verdrossen und schleuderte eins der Kissen zu Boden wie eine trotzige Vierjährige.

Am gestrigen Abend war das Fehlen des Rings erstmals aufgefallen, aber niemand hatte sich etwas dabei gedacht, denn die Königin verlegte ständig dieses oder jenes Schmuckstück. Sie besaß über fünfhundert, da konnte man schon einmal den Überblick verlieren. Doch diesen speziellen Ring, der unter dem versteckten Scharnier das winzige Porträt ihrer Mutter enthielt, trug sie fast immer, und sie hütete ihn mit untypischer Sorgfalt. Nun war er indes verschwunden, und seit dem Frühstück suchten alle Angehörigen des Privy Chamber und des Royal Bedchamber danach.

Bislang vergebens.

»Es ist, als hätte die Erde sich aufgetan und das verdammte Ding verschluckt!«, schimpfte Elizabeth.

»Trotzdem solltet Ihr dem spanischen Gesandten lieber nicht ausrichten lassen, er möge sich zum Teufel scheren«, mahnte Lady Cat mutig. »König Felipe ist so schon verstimmt genug.«

Die Königin stöhnte ungeduldig, nickte dann aber. »Na schön. Es ist ohnehin bald Zeit fürs Presence Chamber. Ich empfange Don Guerau dort, Sir Christopher.«

Der verneigte sich und trat den geordneten Rückzug an.

Die Hofhühner scharten sich um die Königin, um ihr beim Ankleiden für die große Audienzhalle behilflich zu sein, aber sie scheuchte sie weg. »Nein, ihr sucht weiter, Mädchen. Wer meinen Ring findet, bekommt zur Belohnung einen Ehemann.«

Die übliche Mischung aus Höflingen, Bittstellern, Adligen und Geistlichen, Musikern und ausländischen Gesandten bevölkerte das prunkvolle Presence Chamber. Ein jeder hatte sich herausgeputzt, um vor die Königin zu treten, und die Gold- und Silberfäden in den Brokatgewändern funkelten mit den Juwelen um die Wette.

Doch Elizabeth überstrahlte sie alle. Sie trug eine wundervolle Seidenrobe mit eingewebtem Lilienmuster und einem hoch aufragenden Kragen aus sahnefarbener Spitze, ein brillantenbesetztes Diadem und Mary Stewarts sechsreihige Perlenkette.

Selbst der sonst so unterkühlte spanische Gesandte schien beeindruckt, als er sich förmlich verneigte. »Majestät. Zu gütig, dass Ihr so rasch Zeit für mich finden konntet.«

Elizabeth stand vor ihrem Thronsessel und ließ den Gesandten nicht aus den Augen. Don Guerau de Espés del Valle war ein spanischer Edelmann alten Geblüts, und was die meist halb gesenkten Lider seiner dunklen Augen verbergen sollten, argwöhnte Eleanor, war seine Herablassung für die englische Königin, die eine Frau *und* Protestantin *und* Abkömmling einer Bastardlinie des englischen Königshauses war. Von allen intriganten, hochmütigen und papistischen Botschaftern, mit denen König Felipe sie in den letzten zehn Jahren beglückt hatte, war Don Guerau der schlimmste.

»Man richtete mir aus, es sei wichtig«, gab Elizabeth zurück. »Also, Don Guerau? Was ist es, das ich heute für meinen lieben Freund und Schwager König Felipe tun kann?«

Wie sie beabsichtigt hatte, zuckte der Gesandte ein wenig zusammen, als er so rüde daran erinnert wurde, dass sein angebeteter König mit Elizabeths Schwester verheiratet gewesen war. »Nun, Majestät, da Ihr so rundheraus fragt und ich weiß, dass Ihr keine Freundin großer Umschweife seid, will ich Eure Frage beantworten: Ihr könntet ihm sein Schiff zurückgeben.«

Elizabeth machte große Augen. »Er hat eins seiner Schiffe verloren? Wie unachtsam. Aber bedenkt man, wie viele er besitzt, kann dergleichen natürlich vorkommen. So wie ich einen meiner Lieblingsringe vermisse. Davon habe wiederum ich vermutlich ein paar mehr als König Felipe.«

»Bei dem fraglichen Schiff handelt es sich um eine königliche Galeone, die den Sold der spanischen Soldaten in den Niederlanden nach Brügge bringen sollte. Sie lief in einen Sturm, wurde abgetrieben und geriet vor Southampton in Seenot, wo sie von englischen Freibeutern aufgebracht und beschlagnahmt wurde.«

»Englische Freibeuter, Don Guerau?« Mit einem Mal war die Stimme der Königin scharf wie eine Stahlklinge. »Ich bin nicht sicher, dass ich verstehe, was Ihr damit meint.«

»Nein?« Der Gesandte machte einen halben Schritt auf sie zu. »Dann will ich es Euch gern erklären: Ich meine Piraten wie etwa diesen John Hawkins, die wider jedes Recht Sklavenhandel betreiben und spanische Besitztümer plündern, ohne dass die englische Königin ihnen Einhalt gebietet!«

Empörtes Raunen erhob sich im Presence Chamber.

»Ich rate Euch dringend an, Euch eines anderen Tons zu befleißigen«, wies Elizabeth ihn barsch zurecht. »John Hawkins ist vor einem Jahr nach Guinea aufgebrochen, um dort eine herrenlose Goldmine auszubeuten.«

»Wie sonderbar, Majestät. Traf die königliche Silberflotte ihn doch letzten Monat im Hafen von Veracruz an.«

Elizabeth zuckte nicht mit der Wimper. »In dem Fall handelte Captain Hawkins gegen meine ausdrückliche Order.«

»Tatsächlich? In dem Falle wird es Euch gewiss befriedigen zu hören, dass Gott ihn angemessen gestraft hat: In einem Gefecht mit dem spanischen Vizekönig verlor Hawkins etwa hundert Männer und seine gesamte Flotte bis auf zwei Schiffe. Der spanische Vizekönig nahm über dreißig Engländer gefangen, die, so fürchte ich, aufgrund ihrer ketzerischen Religion der Überstellung an die Inquisition entgegensehen.«

Eleanors Herz stolperte. Es war ein denkbar unpassender Moment für diese Erkenntnis, aber sie musste feststellen, dass sie ihren Bruder Isaac vielleicht doch nicht ganz so leidenschaftlich verabscheute, wie sie immer gedacht hatte. Bei dem Gedanken, dass er der Inquisition in die Hände fallen könnte, wurde ihr sterbenselend. Doch es konnte die Dinge nur schlimmer machen, sich ihren Schrecken vor dem spanischen Gesandten anmerken zu lassen, darum setzte sie alles daran, eine unbeteiligte Miene zu wahren.

Genau wie die Königin, die desinteressiert die Schultern hob.

»Wenn es so ist, kann Hawkins schwerlich ein spanisches Schiff im englischen Kanal aufgebracht haben.«

»Nein. Aber es gibt andere. Im Namen Seiner Majestät König Felipes muss ich darauf bestehen, dass der Verbleib der Galeone und ihrer Fracht aufgeklärt wird.«

»Wie hoch würdet Ihr diese Fracht beziffern?«

Don Guerau hatte sichtlich Mühe, es auszusprechen. »In etwa ... fünfundachtzigtausend Pfund, Majestät.«

Elizabeth zeigte keinerlei Regung, aber gegen das Leuchten in ihren Augen war sie machtlos. »Seid versichert, dass ich der Angelegenheit auf den Grund gehen werde«, versprach sie und entließ den Gesandten mit einem etwas schroffen Wink.

Der Nachmittag im Presence Chamber war Eleanor endlos erschienen. Der französische Gesandte hatte vorgesprochen und das Angebot der französischen Königinmutter, Caterina de' Medici, wiederholt, Mary Stewart an ihrem Hof als Dauergast willkommen zu heißen. Elizabeth hatte dankend abgelehnt. Der Erzbischof von Canterbury hatte sich über die angeblich finsteren Umtriebe der katholischen Lords im Norden beklagt, und um ihn zu ärgern, hatte die Königin mit Christopher Hatton eine Volta getanzt.

Es dämmerte bereits, als sie ins Privy Chamber zurückkehrten.

»Irgendetwas Neues von meinem Ring?«, war Elizabeths erste Frage an ihre Hofdamen.

Aber sie erntete nur Kopfschütteln.

»Er scheint gründlich verschwunden zu sein, Majestät«, sagte Lady Cat bekümmert.

Elizabeth schnalzte. »Beim Tod am Kreuz ...« Sie ließ sich in den Sessel sinken – den irgendwer inzwischen wieder mit seinen bestickten Kissen ausgestattet hatte – und griff in die Schale mit den gebrannten Mandeln auf dem Tisch. »Lasst uns überlegen, wo wir ihn zuletzt gesehen haben. El, weißt du noch ... Gott, du bist kreidebleich. Ist dir nicht gut?«

Eleanor schüttelte den Kopf. »Mein Bruder Isaac, Majestät. Er ist mit Hawkins gesegelt.«

»Als ob ich das vergessen hätte. Aber es hat keinen Sinn, dass wir uns um den Schlaf bringen. Seefahrer sind Abenteurer, es liegt in der Natur der Sache. Hawkins kannte sein Risiko, genau wie dein Bruder.«

Eleanor wusste, es war nicht so herzlos gemeint, wie es sich anhörte. Aber eine Königin konnte sich Sentimentalitäten nicht leisten. Und darüber hinaus hatte sie natürlich vollkommen recht.

»Ich weiß. Aber die Inquisition … hat nicht einmal Isaac verdient.«

»Nein. Diese papistische Barbarei hat niemand verdient.«

»Wusstet Ihr von dem Vorfall vor Veracruz?«

Elizabeth schüttelte den Kopf. »Wir sagen Cecil, er soll Walsingham darauf ansetzen, etwas darüber in Erfahrung zu bringen. Aber was immer er auch herausfinden mag, viel tun können wir nicht. Wenn ich König Felipe um Gnade für die gefangenen englischen Seeleute bitte, wird er sich damit herausreden, dass die Inquisition der Kirche untersteht und nicht ihm. Selbst wenn ich ihm sein Schiff mit den 85 000 Pfund zurückgebe, das Gott an unsere Küste gespült hat – und ich denke nicht daran –, wird er sich nicht erweichen lassen. Hawkins hat ihm zu viele Nadelstiche versetzt und ihn bloßgestellt. Ich habe deinen Bruder gewarnt, und er hat nicht auf mich gehört. Jetzt müssen diese Männer sich selbst helfen.«

Und wenn Isaac nur halb so tollkühn und verwegen ist, wie er tut, kann es vielleicht sogar gelingen, dachte Eleanor. *Falls er noch lebt.*

Es klopfte, und auf Lady Cats Aufforderung trat Jethro Andrews ein. »Majestät.« Er verneigte sich vor der Königin, wandte sich dann aber an Eleanor. »Nachricht für Euch, Mylady.« Er überreichte ihr einen kleinen versiegelten Brief.

Eleanor erkannte die Prägung auf einen Blick, und zum zweiten Mal an diesem Nachmittag durchzuckte sie ein tückischer Schreck, dieses Mal so schlimm, dass sie es bis in die Fingerspitzen spürte. Doch sie dankte Jethro mit einem Lächeln, steckte das Briefchen in ihren Beutel und setzte sich zu Lady Cat auf den Fenstersitz, um ihr von dem unverschämten Auftreten des spanischen Gesandten zu erzählen. Erst als alle außer ihr die Nachricht längst vergessen hatten, entschuldigte sie sich und trat hinaus in den beheizten, aber notorisch zugigen Vorraum. Am Kamin holte sie das Briefchen hervor, erbrach das Siegel und faltete den Bogen auseinander.

Ich seh etwas, das du nicht siehst, und das ist rubinrot. Wenn du es zurückwillst, komm und hol es dir.

Am nächsten Morgen entwischte sie den Andrews und fuhr allein in die Stadt. Sie vermutete, nach fünf Monaten dürfte selbst Richard Topcliffe es müde geworden sein, sie beschatten zu lassen, da sie in dieser Zeit keinen einzigen ihrer verdächtigen Ausflüge nach London unternommen hatte. Aber um ganz sicherzugehen, dass niemand ihr folgte, nahm sie ein Mietboot. Sie ließ sich zur Bankside am Südufer bringen, machte dort ein paar Besorgungen und kam über die London Bridge in die Stadt.

Es war ungewöhnlich warm für November, der Himmel blau und die Luft mild wie im Spätsommer. Sogar der wimmelnde Fischereihafen in Billingsgate mit seinen Booten, Fischständen, Räuchereien und Schänken verströmte in diesem Licht einen rauen Charme, und das Haus der Dunklen Bruderschaften wirkte so malerisch-schäbig wie seine Nachbarn. Vor der Bootswerft zur Linken hing ein riesiger Kessel mit kochendem Teer über einem Feuer und verströmte einen stechenden, aber seltsam angenehmen Geruch. Zwei Männer in dicken Lederschürzen waren dabei, ein ziemlich heruntergekommenes Boot zu kalfatern, und einen Schritt zur Rechten stand ein bärtiger Hüne – vermutlich der Bootseigner – und fachsimpelte mit den beiden Bootsbauern. Keiner der Männer schenkte Eleanor die geringste Beachtung, als sie an die einst so vertraute Tür klopfte.

Neil Goodall, ein junger, hochbegabter Fälscher aus der Bruderschaft der Red Slayers, öffnete ihr und begrüßte sie mit einem gewinnenden Lausebengellächeln. »Euch haben wir aber lange nicht gesehen, Mylady.«

Sie nickte. »Ist er da?«

Neil wies zur Treppe. »Geht nur hinauf. Seid Ihr hungrig? Soll ich Euch irgendwas Gutes schicken?«

»Ich hätte nichts gegen einen Becher Wein«, räumte sie ein.

»Gerade einen Krug Burgunder nach oben gebracht.«

»Oh, wunderbar, danke.« Sie wandte sich lächelnd ab und erklomm die schmale Holzstiege zum obersten Stockwerk des verwinkelten Hauses. Oben angekommen, sammelte sie sich einen Moment. Das Herz schlug ihr bis in die Kehle, aber sie gestattete sich nicht, den Grund zu erforschen. Im Geiste ging sie noch einmal kurz ihren Plan durch, dann öffnete sie die Tür und trat ein.

Gabriel stand am offenen Fenster und schien auf die Themse hinabzuschauen. Beim Knarren der Tür wandte er den Kopf, und als er Eleanor sah, malte sich ein Lächeln auf seinen Zügen ab – ganz allmählich. »Ich habe geahnt, dass dich das herbringen würde.«

Sie schloss die Tür und machte drei Schritte in den Raum hinein. Zwischen dem eleganten Eichentisch und dem abscheulichen Kamin blieb sie stehen. »Gib mir den Ring.«

Gabriel kam auf sie zugeschlendert. Sein Gang wirkte vollkommen gelassen, aber sein Gesicht sagte etwas anderes. Vielleicht lag es am ungewohnten dunklen Bartschatten, jedenfalls wirkte es hager, beinah hohlwangig, und unter den Augen lagen bleigraue Schatten. War er sonst immer so tadellos gekleidet, lag das elegante Wams heute zusammengeknüllt auf dem ungemachten Bett, und er empfing sie im langärmeligen Hemd – aufgeschnürt, sodass sie freien Blick auf den Ansatz der schwarzen Brusthaare hatte, die sie einmal mit solchem Entzücken erfüllt hatten.

Er blieb einen Schritt vor ihr stehen und betrachtete sie. »Überwältigend wie eh und je«, sagte er schließlich stirnrunzelnd, so als bereite die Erkenntnis ihm wenig Freude.

Eleanor zog die linke Braue in die Höhe. »Du hingegen siehst ein wenig derangiert aus. Wenn du so sicher warst, dass ich komme, hättest du mir die Höflichkeit eines angemessenen Aufzugs erweisen können.«

Er hörte gar nicht richtig zu. »Sicher war ich nicht«, entgegnete er. »Ich habe es lediglich gehofft. Ob du es glaubst oder nicht, ich habe dich vermisst.«

Ohne jeden bewussten Entschluss hob Eleanor die Hand und ohrfeigte ihn. So hart sie konnte. Sein Kopf ruckte ein wenig nach rechts, und augenblicklich begannen rote Fingerabdrücke sich auf seiner fahlen Wange abzumalen. Seit ihren Raufereien mit Elizabeth und Robin und dessen Brüdern in Kindertagen hatte Eleanor gegen keinen anderen Menschen mehr die Hand erhoben, und sie war verblüfft, wie gut es tat. Wie sehr es sie erleichterte. Darum tat sie es gleich noch einmal.

Gabriel stand mit herabbaumelnden Händen vor ihr und ließ sie gewähren. »Nur keine Hemmungen, Mylady«, ermunterte er sie. »Ich weiß, ich hab's verdient.«

Aber mit einem Mal sickerte die Kraft aus ihren Armen. »Du verdienst weit Schlimmeres als das«, sagte sie und biss die Zähne zusammen, um sich daran zu hindern, die Beherrschung zu verlieren. »Und jetzt gib mir den verfluchten Ring.«

»Willst du denn gar nicht wissen, wie ich ihn bekommen habe?«

»Nein, vielen Dank, ich habe kein Interesse an Heldengeschichten über deine Schurkenstücke, auch wenn sie dein bevorzugtes Gesprächsthema sein mögen.«

Es funkelte gefährlich in seinen Augen. Sie hatte ihn getroffen, sah sie. *Gut.*

»Es war ausnahmsweise nicht meine Absicht, mich zu brüsten«, erwiderte er. »Aber es war nicht besonders schwierig, ins innerste Heiligtum der königlichen Privatgemächer zu gelangen. Wie ich dir bereits bei früherer Gelegenheit gesagt habe: Ihr spielt mit dem Leben der Königin, wenn ihr die Paläste nicht besser sichert und bewacht.«

»Ich werde es ausrichten. Wenn ich jetzt bitten dürfte?« Sie streckte die Linke aus.

Gabriel packte sie plötzlich mit der Rechten und schloss gleichzeitig die Lücke zwischen ihnen. »Eleanor …« Seine Augen wollten sie bannen und ihr irgendetwas sagen, das er nicht über die Lippen brachte.

Aber sie verschloss sich schleunigst gegen diesen fiebrigen, flehenden Blick, zückte den verborgenen Dolch aus dem Ärmel und setzte ihn dem König der Diebe an die Kehle. »Lass mich los, du *Hurensohn.*«

Gabriel lächelte. »Und ich Narr habe geglaubt, ich müsse nur deinen Fächer im Auge behalten …« Aber er war klug genug, ihre Hand freizugeben und einen Schritt zurückzutreten. Vielleicht hatte er ja von der berüchtigten Waringham gehört, die vor rund hundert Jahren dem Mann, der sie gedemütigt hatte, die Hand abgehackt hatte. Jedenfalls ging er kein Risiko ein.

»Entschuldige. Es war nicht meine Absicht, dir zu nahe zu treten oder dich gar zu bedrängen.« Und endlich steckte er zwei Finger in eine der unsichtbaren kleinen Taschen an seiner Hose und hielt ihr dann die ausgestreckte Hand hin. Der vertraute Ring mit dem rundgeschliffenen Rubin lag darin.

Eleanor steckte die schmale, nadelspitze Klinge weg, nahm den Ring und achtete darauf, Gabriels Hand dabei nicht zu berühren. Sie ließ das kostbare Schmuckstück in ihre Börse am Gürtel gleiten. »Ich hoffe, du erwartest nicht, dass ich Danke sage.«

Er schüttelte den Kopf. »Ich erwarte lediglich, dass du mich anhörst, und sei es nur um Samuels willen.«

Sie nickte. »Ich habe mich gefragt, wie lange es dauern würde, bis du dazu herabsinkst, ihn ins Spiel zu bringen.« Und ihre Bitterkeit war mit einem Mal wie ein lähmendes Gift in ihren Adern. Ihr wurde so elend davon, dass sie sich nur noch an irgendeinem dunklen Ort hinter lichtdichte Bettvorhänge verkriechen und ein Jahr lang nicht wieder zum Vorschein kommen wollte. Abrupt wandte sie sich zur Tür, weil sie unter keinen Umständen riskieren wollte, dass er Tränen in ihren Augen sah.

»Eleanor, ich bitte dich um Vergebung«, sagte er in ihrem Rücken.

Sie blieb stehen, wandte sich aber nicht wieder um.

Sie hörte ihn einen langen Atem ausstoßen. »Das habe ich noch niemals getan, und es fällt mir so verflucht schwer, dass es deinen Rachedurst eigentlich stillen sollte. Aber ich sag es auch gern noch einmal, wenn das der Preis ist: Ich bitte dich um Vergebung. Du hattest mich herausgefordert, und ich wollte dich zurechtstutzen. Vermutlich hast du ganz recht, wenn du denkst, dass ich keine Ahnung habe, wie man eine Lady behandelt. Aber wie dem auch sei, was ich gesagt habe, war gelogen. Und abscheulich. Kein Tag ist seither vergangen, ohne dass ich meine Worte bereut und mich verflucht habe. Du fehlst mir. Eleanor … komm zurück zu mir.« Die Stimme drohte zu bröckeln, aber er räusperte sich schleunigst und verstummte.

Ein paar Herzschläge lang war die Szene im Raum wie gefroren. Nichts rührte sich, nichts war zu hören als die Geräusche vom Fluss, die gedämpft heraufklangen. Das ganze Haus schien mucksmäuschenstill, so als hätte es den Atem angehalten.

Langsam wandte Eleanor sich um. Und dann standen sie da, zwei Schritte voneinander entfernt, und sahen sich an.

Die Erkenntnis, dass sich an ihren Gefühlen nicht das Geringste geändert hatte, war niederschmetternd. Sie hatte sich eingebildet, sie könne einen Schlussstrich unter die Vergangenheit ziehen. Oder falls nicht, dass es allein an den Kindern läge. Aber sie musste feststellen, dass sie sich etwas vorgemacht hatte. Dies war der Mann, den sie liebte. Trotz allem, was er getan hatte und was er war. Sie wollte die Finger in dem kurzen, schwarzen Schopf vergraben, sie wollte den Schmerz aus den dunklen Augen vertreiben, die Lippen auf diesen unverschämten, beinah sinnlichen Mund pressen, die geschickten Diebeshände auf der Haut spüren. Aber sie schüttelte eisern den Kopf. »Wozu? Im Handumdrehen würden wir wieder an denselben Punkt gelangen.«

»Nein«, widersprach er beschwörend. »Ich habe nachgedacht und eingesehen, dass du in vielerlei Hinsicht recht hattest. Vor allem, was Samuel betrifft. Wir werden tun, was du für richtig hältst.«

Eleanor traute ihren Ohren kaum. Das war ein gänzlich unerwartetes Zugeständnis. Falls es nicht doch eine List war und er wieder einen Weg finden würde, sich vor der Erfüllung zu drücken …

Sie brach den beunruhigenden Blickkontakt und trat an den Tisch. »Lass uns einen Schluck trinken.« Es war eine Erleichterung, Gabriel den Rücken zuzukehren, und sie ließ sich viel Zeit mit dem Einschenken.

»Einverstanden.« Er ging zur Tür und hängte die drei Glaskugeln draußen an den Haken.

»Du solltest keine falschen Schlüsse ziehen«, warnte sie frostig.

»Nein. Ich will meine Ruhe, sonst nichts.«

Sie reichte ihm am lang ausgestreckten Arm ein Glas. Der Wein funkelte tiefrot im Novembersonnenschein, sodass er an Elizabeths Ring erinnerte.

Gabriel ergriff das Glas und ließ es sacht an ihres klimpern. »Auf dich, Lady Eleanor of Waringham.«

Sie erwiderte den Trinkspruch nicht, hob ihr Glas schweigend und trank im selben Moment wie er.

Gabriel schnitt eine kleine Grimasse. »Was ist das für ein abscheuliches Gebräu, das Neil uns da gebracht hat?«, brummte er und beäugte das Glas missfällig.

Eleanor lehnte sich an die Tischkante. »Wieso? Der Wein ist tadellos.«

»Aber … Nun, es spielt keine Rolle.« Gabriel stellte seinen Wein achtlos beiseite.

»Das heißt also, du würdest zustimmen, Samuel nach Waringham zu schicken?«, fragte Eleanor.

Er deutete ein Schulterzucken an. »Ich halte es immer noch für den falschen Weg, aber ja, ich würde zustimmen. Im Vertrauen darauf, dass du ihn nicht dort lässt, wenn es nicht funktioniert.«

»Und du gibst mir dein Wort, dass du nicht versuchst, ihn gegen Francis und Millicent zu beeinflussen, bevor ich ihn hinbringe?«

»Ich gebe dir mein Wort.« Er nickte, aber eine Spur abwesend, so schien es. »Lass uns … verdammt, was zum Henker …« Er presste für einen Moment Daumen und Zeigefinger gegen die Augenlider, als sei sein Blick verschwommen, und taumelte einen winzigen Schritt nach links. Ganz langsam ließ er die Hand sinken und sah Eleanor an. »Was ist das?«

»Was ist was?«, fragte sie.

»Du hast mir … irgendetwas in den Wein gemischt. Was ist es?«

Sie nahm noch ein Schlückchen, stellte ihr Glas dann auf dem Tisch ab und verschränkte die Arme vor der Brust. »Offen gestanden, ich weiß es nicht genau.«

»*Eleanor …*« Er machte einen Schritt auf sie zu, geriet ins Torkeln und wäre gestürzt, hätte er sich nicht am Bettpfosten festgehalten.

Eleanor löste sich ohne Hast von der Tischkante und brachte einen Schritt Sicherheitsabstand zwischen sie. »Ich nehme an, du erinnerst dich an den geheimnisvollen Heiler, den du damals nach Hampton Court gebracht hast, als die Königin an den Pocken erkrankt war?«

»Burcot …« Es klang verwaschen, so als wäre er betrunken.

Eleanor nickte. »Ich habe in den Jahren seither gelegentlich seine Dienste in Anspruch genommen. Zu seinen verblüffenden Arzneien gehören auch Tinkturen aus morgenländischen Kräutern.«

»Opium?«, fragte er ungläubig und wollte wieder einen Schritt auf sie zu machen, aber jetzt war der Schwindel so schlimm, dass er nicht riskieren konnte, den Bettpfosten loszulassen.

»Oh nein. Es versetzt dich nicht in Schlaf. Nicht im herkömmlichen Sinne jedenfalls. Es verursacht eine Art Rausch und macht dich … wie soll ich sagen? Willenlos ist wohl das passende Wort.« Sie ließ ihn nicht aus den Augen, während sie fortfuhr: »Ich habe es einmal einem französischen Gesandten verabreicht und ihn dann gebeten, mir den Namen seiner Spionin im Kreise der Königin zu nennen. Er hat meinem Ansinnen mit großem Enthusiasmus entsprochen. Er hat mir sogar den Chiffrierschlüssel für seine Berichte an Caterina de' Medici gegeben, ich musste nicht einmal danach fragen.«

Gabriel lauschte ihr mit gesenktem Kopf. Sein Atem ging stoßweise, und er war so bleich geworden, dass sein Gesicht gräulich schien. »Was hast du vor?«, brachte er mit Mühe hervor.

»Wer weiß, Gabriel? Werde ich dich bitten, diese Frauenkleider anzulegen, die ich mitgebracht habe, und dich dann an dein Bett fesseln, auf dass dein Bruder oder irgendein anderer deiner Getreuen den König der Diebe morgen früh so hier vorfindet? Oder werde ich dir befehlen, mich zum Tower zu begleiten, wo ich dich dem Lieutenant übergebe, auf dass er dich einsperrt, solange es der Königin gefällt? Immerhin hast du ihren Ring gestohlen, nicht wahr?«

Sie sah Schweiß auf seiner Stirn glänzen. Die schwarzen Augen waren groß und auf einmal so kindlich ob der nackten Angst darin, dass Eleanor um ein Haar ins Wanken geraten wäre. Es waren Samuels Augen. Alle Durham empfanden eine abergläubische, geradezu kindische Furcht vor dem Tower of London; es lag in der Familie wie die dunklen Haare und Augen. Gabriel war keine Ausnahme. Obwohl er doch das Newgate und Bridewell, zwei der schlimmsten der Londoner Gefängnisse, von innen kannte, war sein Schrecken vor dem Tower mindestens so groß wie der eines jeden anderen Durham.

»Lass dich einfach überraschen, Liebster. Ich schwöre dir, du wirst staunen, wenn du zu dir kommst.«

Er erwachte aus seiner alptraumgefüllten Bewusstlosigkeit so wie aus jedem Schlaf: Die Lider öffneten sich, und er war *da* – wachsam und für alles gewappnet. Früher hatte Eleanor diesen übergangslosen Wechsel von Traum zu Wirklichkeit immer mit einer Mischung aus Bewunderung und Beklommenheit beobachtet. Heute beobachtete sie ihn mit einem ganz und gar neuen Gefühl von Zärtlichkeit.

»Nicht im Tower«, bemerkte Gabriel und setzte alles daran, seine Erleichterung zu verhehlen.

Sie lächelte auf ihn hinab. »Nein.«

»An mein Bett gefesselt, aber nicht in Weiberkleidern, sondern in gar keinen. Genau wie du.«

»Mit dem Unterschied, dass ich nicht an dein Bett gefesselt bin«, erwiderte sie, kniete sich auf die Bettkante und strich sich die offenen Haare hinters Ohr.

Er trug es mit Fassung. Sie nahm an, es war nicht das erste Mal, dass er sich in dieser Lage fand – es gab wenige Dinge auf dem Gebiet körperlicher Liebe, die Gabriel Durham noch zum ersten Mal hätte ausprobieren können.

Sie hatte ihn mit drei Kissen halb aufgerichtet, ehe sie seine Handgelenke mit ihren Strumpfbändern an die Bettpfosten gebunden hatte. Er drehte den Kopf, nahm seine Rechte in Augenschein, dann die Linke, schließlich blickte er mit einem Lächeln zu Eleanor auf und zuckte die Schultern. »Aus den Knoten komme ich nicht heraus.«

»Du hättest mir nicht so viel über Knoten beibringen sollen«, gab sie zurück.

»Ich bin also nach wie vor in Teufels Küche?«

Sie wiegte den Kopf hin und her. »Sagen wir, in meiner Gewalt.«

»Wo ist der Unterschied?«

Sie glitt rittlings auf ihn, beugte sich vor und küsste ihn. Er erwiderte den Kuss voller Gier und doch kapriziös. Leicht. Er fand Vergnügen an diesem Spiel, wie sie geahnt hatte.

Sie löste die Lippen von seinen, vergrub beide Hände in seinem schwarzen Schopf, wie sie es sich gewünscht hatte, und presste ihre Brust an seine, erging sich in dem lang entbehrten Gefühl, die seidigen Löckchen zu spüren, die so gar nicht zu einem König der Diebe passen wollten.

»Binde mich los«, flüsterte er ihr ins Ohr.

»Nein.«

»Ich will dich anfassen.«

»Nichts da.« Sie ließ ihn in sich hineingleiten, richtete sich auf und sah reglos auf ihn hinab.

Sie spürte seine Ungeduld. Fast war es, als vibriere sein ganzer Körper unter ihr. Er wollte einen wilden, lustvollen Akt, um ihre Versöhnung zu besiegeln, vor allem wollte er die Oberhand. Er bäumte sich unter ihr auf, und sie verstärkte den Druck ihrer Schenkel, um ihn zu maßregeln.

»Ich bin kein Pferd, Madam.« Es klang halb amüsiert, halb entrüstet.

»Und doch wirst du heute geritten.«

»Es hat tatsächlich den Anschein«, sagte er mit einem ergebenen Seufzer. »Warum bin ich nicht im Tower, Eleanor? Du hast es ernst gemeint, als du es sagtest.«

»Weil du dich gefürchtet hast. Du hast mir damals gedroht und mir Angst gemacht, und das wollte ich dir mit gleicher Münze heimzahlen. Hättest du deine Angst vor mir verborgen, wärest du jetzt dort.«

Wieder bäumte er sich unter ihr auf, und sie zog ihn zur Warnung an den Haaren.

»Ich fange an, mich zu fragen, welche Strafe schlimmer ist«, knurrte er.

Eleanor ließ die Hände auf seine Schultern gleiten und fing an, sich zu regen, ganz sacht nur, um ihn noch ein bisschen verrückter zu machen. »Lass es uns herausfinden, Gabrielus, Rex Furum.«

»Was immer Ihr sagt, Mylady«, stimmte er unterwürfig zu und befreite seine Linke ohne die geringste Mühe.

Auf See, 23°18′ N, 97°14′ W, Oktober 1568

»Mit Verlaub, Sir, wir brauchen einen Plan«, sagte Robert Barrett beschwörend. »*So* kommen wir niemals lebend nach Hause.«

»Und was schlagt Ihr vor?«, fragte Hawkins den einstigen Kapitän der *Jesus of Lübeck* eisig. »Sollen wir die Hälfte der Männer über Bord werfen?«

Barrett biss sichtlich die Zähne zusammen und schwieg.

»Wenigstens die Afrikaner sollten wir an Land setzen«, regte John Hampton, der Captain der *Minion*, an. »Sie sind selber heidnische Wilde und das Leben im Urwald gewöhnt. Sie hätten hier vermutlich eine Chance.« Er ruckte das Kinn zur neuspanischen Küste hinüber, die sich backbord im Dunst gerade noch ausmachen ließ.

»Kommt nicht infrage«, widersprach Hawkins kategorisch. »Wir müssen versuchen, die Gefangenen gegen Proviant einzutauschen. Bis auf ein paar Ballen Tuch sind sie alles, was wir haben, um zu handeln.«

Isaac sah ihn ungläubig an. »Handeln? Wir können keinen

Handel mehr mit den Spaniern treiben, Sir. Sie wollen unsere Sklaven nicht, und wir sind nicht mehr genug Männer, um sie umzustimmen …«

»Oh, ich hätte geschworen, dass Ihr das sagt«, unterbrach Hawkins höhnisch. »Und innerlich dabei *frohlockt*!«

Er ist drauf und dran, die Nerven zu verlieren, erkannte Isaac. So wie der Kommandant den Kontakt zur Wirklichkeit schon verloren zu haben schien. Und das machte Isaac Angst. John Hawkins mochte ein verfluchter Bastard sein, aber er war erfahren, unerschrocken und findig. Es gab keine Lage, so aussichtslos sie auch schien, für die ihm keine Lösung einfiel. Das war eine beruhigende Gewissheit, auf die alle Männer bauten, die mit Hawkins segelten, Isaac eingeschlossen.

Bis heute.

Sie standen unter dem bleigrauen Herbsthimmel auf dem Achterdeck der *Minion*. Der Wind im Karibischen Meer war böig und launenhaft, und das alte Schiff ächzte im Kampf mit den kurzen Wellen. Selbst bei ruhigem Wetter wie jetzt mussten sie die Pumpen Tag und Nacht besetzen. Was passieren würde, wenn sie auf dem offenen Meer in einen Sturm liefen, wusste niemand.

Die Stufen knarrten, als Doktor Lyn die Treppe zum Achterdeck erklomm. »Sir«, er neigte höflich den Kopf vor dem Kommandanten.

Hawkins nickte ihm zu. »Ich sehe, Ihr bringt keine freudigen Nachrichten, Doktor.«

Der junge Schiffsarzt schüttelte den Kopf. »Saunders ist tot.«

Niemand war überrascht. Der Erste Offizier der *Jesus* hatte bei der Schlacht von San Juan de Ulúa eine Klinge in den Bauch bekommen und seither im Sterben gelegen. Jetzt hatte er es wenigstens überstanden. Aber Robert Barrett wandte den anderen Männern abrupt den Rücken zu und starrte blinzelnd nach Süden, woher sie gekommen waren. Er hatte William Saunders für diese Fahrt angeworben, seinen alten Freund, mit dem er schon auf der *Great Harry* als Schiffsjunge gedient hatte.

Somit blieben Hawkins für die schier unmögliche Aufgabe ihrer Heimreise auf der hoffnungslos überfüllten *Minion* die drei

Offiziere, mit denen er hier oben stand. Doch die neuerliche Hiobsbotschaft brachte den Kommandanten seltsamerweise wieder zur Vernunft.

»Gott sei seiner Seele gnädig. Seebestattung nach der Wachablösung, Gentlemen. Wenn Ihr wollt, könnt Ihr den Gottesdienst leiten, Barrett.«

»Danke, Sir«, erwiderte dieser mit versteinerter Miene.

»Also dann.« Hawkins breitete kurz die Hände aus. »Zurück an die Arbeit.«

»Von Staub bist du genommen, zu Staub sollst du wieder werden.« Robert Barrett war bleich, aber seine Stimme klang fest. Er legte die Linke für einen Moment auf die Brust des Leichnams, den zwei Matrosen in ein sauberes Laken eingenäht hatten und der mit einer Flagge bedeckt war, die das königliche Wappen zeigte. »William Saunders starb in Ausübung seiner Pflicht, im Vertrauen auf Gottes Gnade und die Verheißung der Auferstehung. Möge Jesus Christus sich seiner Seele und unser aller erbarmen. Amen.«

»Amen«, antwortete die versammelte Mannschaft.

»Übergebt die sterblichen Überreste der See«, befahl Barrett und trat einen Schritt zurück.

Zwei Matrosen brachten das Brett, auf welches der Tote gebettet war, in Schräglage, und Saunders' Leichnam rutschte unter dem königlichen Banner hervor und verschwand mit einem satten Platschen im Meer, das heute nicht türkisblau, sondern so bleifarben wie der Himmel war, als hätte es sich dem Anlass entsprechend angemessen gekleidet.

Die Männer regten sich in Erwartung des Befehls zum Wegtreten, aber Barrett war noch nicht fertig.

»Ein guter Mann ist heute gestorben«, sagte er. »Er war der dritte in dieser Woche. Allen dreien war gemeinsam, dass sie ihren schweren Verwundungen erlegen sind, die sie bei der Abwehr des feigen Überfalls der Spanier davongetragen hatten. Trotz Doktor Lyns aufopfernder Sorge konnte nichts und niemand diese Männer retten. Doch ihr alle wisst, dass auf dem langen Weg, der jetzt vor uns liegt, viele weitere das Leben verlieren werden, und es stellt sich die Frage, ob auch diese Toten unvermeidlich sind …«

»Was fällt Euch ein, Mann«, knurrte Hawkins, der einen Schritt zur Linken stand. »Das hier ist weder die Zeit noch der Ort.«

»Nein?«, konterte Barrett. »Welche Zeit und welcher Ort könnten besser gewählt sein? Die Männer hier sind keine Kinder, Sir. Sie haben ein Recht zu erfahren, wie es um uns steht.«

Hawkins sah ihm noch einen langen Moment in die Augen, fuhr dann auf dem Absatz herum und wies den Bootsmann an: »Master Abingdon, die Mannschaft kann wegtreten.«

»Ihr habt es gehört, Jungs.« Der altgediente Abingdon scheuchte die Matrosen mit beiden Händen Richtung Vorschiff, als wären sie eine Schar Gänse.

Aber keiner rührte sich.

»Wir hätten gerne gehört, was Master Barrett zu sagen hat«, sagte Hortop, ein junger Kerl mit Segelohren. Er hielt seinen Monmouth artig in den Händen, aber sein Blick war eine Spur herausfordernd. »Wir wissen, dass wir so gut wie keinen Proviant mehr haben, und wir alle fragen uns, wo wir welchen herbekommen sollen. Bitte um Vergebung, General.«

Schon auf der Hinfahrt hatten die Männer sich angewöhnt, Hawkins so zu nennen, und Isaac ahnte, dass es dem Kommandanten schmeichelte.

Jedenfalls gab dieser unerwartet nach. »Also schön. Ja, es stimmt, wir sind überladen und schlecht proviantiert, und das Schiff ist in keinem guten Zustand. Aber wir …«

»Wie steht es mit dem Wasser?«, rief Philips, ein graubärtiger Glatzkopf, von weiter hinten.

»Der nächste, der mich unterbricht, wird in Ketten gelegt und zwei Tage auf halbe Wasserration gesetzt«, drohte Hawkins schneidend. »Das hilft, die Vorräte zu strecken …«

Hier und da gab es nervöses Gelächter.

»Wir haben auch zu wenig Wasser«, fuhr der Kommandant nüchtern fort. »Aber dem können wir abhelfen. Morgen nähern wir uns der Küste, suchen uns eine unbesiedelte Bucht, wo wir ankern und uns auf die Suche nach Frischwasser machen. Sobald wir die Fässer aufgefüllt haben, stechen wir in See. Wir werden die Pinasse ins Schlepp nehmen, und wann immer das Wetter es erlaubt, werden wir mit ihr fischen. Sicher gibt es einige unter euch, die aus einer Fischerfamilie stammen und wissen, wie man ein Netz knüpft. Also, macht euch ans Werk. Wir werden hungern und dürsten, keine Frage. Aber mit Gottes Hilfe können wir es nach Hause schaffen.«

Hortop nickte unglücklich. Er war alles andere als getröstet. »Mit Verlaub, General … Wir werden absaufen, sobald wir in schweres Wetter kommen. Das alte Mädchen ist löchrig vom spanischen Kanonenfeuer und vor allem überladen.«

»Das alte Mädchen ist seetüchtiger als du glaubst«, widersprach Hawkins mit gerunzelter Stirn. »Und nun schlage ich vor, dass wir alle im Gedenken an unsere Toten ein Vaterunser beten und dann …«

»Das alte Mädchen ist ein schwimmender Sarg«, sagte Robert Barrett.

Hawkins fuhr zu ihm herum. »Seid verflucht, Barrett! Was ist in Euch gefahren?«

Die Matrosen wechselten verstohlene Blicke. Sie waren es gewöhnt, dass die Offiziere eine einheitliche Front bildeten, oft zu hart und ungerecht, gewiss, aber verlässlich. Dass diese Front im Angesicht der Krise bröckelte, machte ihnen zu schaffen.

»Was Master Barrett vermutlich meint, Sir, und was vielen von uns durch den Kopf geht, ist, ob wir nicht bessere Chancen hätten, wenn wir hierbleiben«, sagte Marian Edmundson in die plötzliche Stille.

»Hierbleiben?«, wiederholte Hawkins ungläubig. Er wandte sich nach backbord, starrte einen Moment zur Küste hinüber und zeigte dann mit dem Finger darauf. »Ihr meint diesen verlockenden Garten Eden dort drüben, ja? Wo entweder die Spanier oder die Wilden euch abschlachten, falls ihr nicht verhungert, verdurstet, am Fieber krepiert oder von Krokodilen aufgefressen werdet?«

»Wir alle wissen, dass es gefährlich ist«, sagte Hortop. »Aber einige von uns würden trotzdem lieber ihr Glück hier in der Wildnis versuchen.«

»Du bist ja nicht bei Trost«, widersprach ein anderer. »Wenn wir jetzt an Land gehen, sehen wir die Heimat nie wieder!«

»Wenn wir auf dem Heimweg ersaufen, auch nicht«, gab Philips zurück. »Die *Minion* ist verflucht und war es vom ersten Tag an, das weiß doch jeder …«

»Behauptet wer?«, fragte der Bootsmannsmaat aufgebracht, und die ersten Fäuste wurden geballt.

»Das reicht!« Hawkins brüllte nicht einmal besonders laut, aber er hatte eine Art, seine Befehle zu erteilen, die selbst den grimmigsten Seebären im Handumdrehen zur Räson brachte.

Die Männer hörten schleunigst auf zu streiten und wandten sich ihm wieder zu. Isaac wurde ganz mulmig von der Ergebenheit in ihren Augen. Wie sie ihm vertrauen, dachte er. Und in Wahrheit ist er doch so verzweifelt wie jeder von ihnen.

»Ich dulde keine Streitereien an Bord«, stellte der ›General‹ klar. »Verseht eure Arbeit mit Gewissenhaftigkeit und vertraut auf den Allmächtigen. Ich werde einen Blick in die Seekarten werfen und über das nachdenken, was ihr mir vorgetragen habt. Morgen früh werde ich euch meine Entscheidung mitteilen.«

»Es mag den einen oder anderen geben, der in dieser Lage seine eigenen Entscheidungen trifft«, murmelte Barrett.

Aber er hatte so leise gesprochen, dass Hawkins vorgeben konnte, er habe es nicht gehört.

»Fitzgervais, wenn Ihr mich begleiten würdet«, sagte er über die Schulter.

Oh, wunderbar, dachte Isaac düster, folgte ihm aber wortlos zur Kapitänskajüte unter dem Achterdeck.

Fast wäre er vor Überraschung vom Stuhl gekippt, als Hawkins einen kleinen, vergoldeten Becher mit Wein vor ihn stellte. »Das ist der letzte«, bemerkte er.

»Ein Jammer.« Isaac hob den Becher und bewunderte das schwarzrote Funkeln des edlen spanischen Tropfens, den sie in Rio de la Hacha erbeutet und gelegentlich auch in der Offiziersmesse der *Judith* genossen hatten – er selbst und Thaddeus Corby in unbescheidenen Mengen.

»Tja.« Hawkins ließ sich ihm gegenüber nieder, stützte die Ellbogen auf den Tisch und hielt den Blick auf den wundervoll ziselierten Goldbecher in seiner Linken gerichtet. »Robert Barrett wird eine Meuterei anzetteln, Ihr folgt mir klaglos ins Ungewisse. Ich wäre jede Wette eingegangen, dass es genau umgekehrt sein würde.«

»Ich bedaure, wenn ich Euch enttäusche, Sir«, gab Isaac bissig zurück.

»Zumindest überrascht Ihr mich.«

»Von klaglos kann allerdings keine Rede sein.«

»Nein?«, plötzlich sah Hawkins ihm direkt in die Augen. »Und doch ist es Zuversicht, die Ihr ausstrahlt.«

»*Zuversicht?*« Isaac lachte ohne viel Humor. »Ihr müsst mich wirklich für den König aller Toren halten.«

»Drake ist an allem schuld«, sagte Hawkins bitter. »Ich hätte nie für möglich gehalten, dass er mich so schändlich im Stich lässt. Ich … kann es immer noch nicht richtig glauben.«

»Und doch ist es passiert«, entgegnete Isaac brüsk. »Und er wird sich nicht besinnen und zurückkommen, vermutlich ist er schon halbwegs in England. Also ist das beste, was wir tun können, ihn zu vergessen, oder?«

»Keine Frage«, stimmte Hawkins zu. »Zumindest, bis wir uns wiedersehen.«

»Ja. Bis wir uns wiedersehen.« Isaac stierte einen Moment auf seine Stiefel hinab. Sie waren staubig, stellte er fest, etwas, das Hawkins bis vor zwei Wochen niemals geduldet hätte. »Es muss nicht zwangsläufig zu einer Meuterei kommen.«

»Und was, denkt Ihr, sollte ich tun, um sie abzuwenden? Barrett vorsorglich aufknüpfen?«

Isaac schüttelte den Kopf. »Lasst die Männer wählen. Barrett und die Matrosen ebenso. Diejenigen, die ihr Glück in der Neuen Welt versuchen wollen, setzt Ihr an Land. Sie werden nicht meutern, und sie werden vor allem nichts vom mageren Proviant wegessen.«

»Vom nicht vorhandenen Proviant«, verbesserte Hawkins.

Isaac zuckte die Achseln. »Von dem auch nicht.«

Hawkins schwieg eine Weile und drehte nervös den Becher

zwischen den Händen. Er wirkte zerrissen. Dann murmelte er: »Ich habe diesen Männern gegenüber eine Fürsorgepflicht, Fitzgervais. Wie soll ich es vor meinem Gewissen verantworten, sie hier ihrem Schicksal zu überlassen?«

Isaac lehnte sich auf dem unbequemen Scherenstuhl zurück und kreuzte die Arme, weil er plötzlich auf Abstand zu John Hawkins gehen musste. *Dein Gewissen ist doch ziemlich flexibel, bedenkt man, wie viele Menschen du in die Sklaverei verkauft hast, ohne mit der Wimper zu zucken*, dachte er wütend, sagte aber: »Und doch hat Hortop recht: Die Männer kennen dieses Land und wissen, worauf sie sich einlassen. So wie sie die Lage kennen, in der die *Minion* steckt. Sie sollten selber wählen dürfen, welcher Misere sie ins Auge sehen wollen. An diesem Punkt endet Eure Fürsorgepflicht, glaube ich.«

Hawkins rieb sich mit der Linken den Bart. »Ich frage mich, ob Ihr das auch denken würdet, wenn Ihr der Kommandant wäret.«

»Aber zum Glück bin ich das ja nicht«, gab Isaac zurück. »Wie Ihr so gern betont, mangelt es mir am nötigen Verantwortungsgefühl.«

»Touché.« Hawkins zeigte ein müdes Lächeln. »Und was tue ich, wenn alle Offiziere sich entscheiden, hierzubleiben?«

Du meine Güte, Hawkins, wenn du einen Beichtvater willst, werd Papist, dachte Isaac unwillig und antwortete: »Ein Schiff sinkt nicht, nur weil es keine Offiziere hat.«

»Doch die Männer werden ihren Offizieren folgen. Die große Mehrheit jedenfalls. Das wisst Ihr ganz genau. Ich will aber zurück nach England. Ich *muss*!« Er beschwor ihn regelrecht. »Also, Isaac Fitzgervais of Waringham. Sagt mir, wie Ihr Euch entscheiden würdet. Ich habe gesehen, wie die Männer Euch anhimmeln. Eure Entscheidung hätte Gewicht.«

Endlich begriff Isaac den Sinn dieser sonderbaren Audienz, und ihm wurde gleich wohler, als er Hawkins' eigennützige Motive durchschaute. Doch der Kommandant hätte sich keine Sorgen zu machen brauchen. So trübe ihre Aussichten auch waren, wollte Isaac doch lieber sein Glück mit der löchrigen *Minion* auf dem Meer versuchen als im karibischen Nirgendwo, so malerisch es auch sein mochte. Dieses Land gehörte den Spaniern, und Isaac wollte nicht den Rest seiner Tage vor ihnen auf der Flucht sein. Denn er hatte ganz andere Pläne mit diesen hinterhältigen Feiglingen …

Was er indessen zu Hawkins sagte, war: »Ich segle mit Euch unter einer Bedingung.«

Hawkins legte den Kopf in den Nacken und schnaubte. »Lasst mich raten. Ich soll die Sklaven an Land setzen.«

Isaac nickte. »Ihr wisst selbst, dass wir sie nicht mehr verkaufen können. Und sie würden als Erste verhungern.«

»Das heißt, Ihr erpresst mich?«

Isaac stand auf. »Ganz und gar nicht, Sir. Ich mache Euch ein Angebot. So wie Ihr mir vor fünf Jahren. Nein, es sind schon sechs.«

Hawkins brummte. »Die Sklaven auszusetzen bedeutet einen Verlust von eintausendfünfhundert Pfund. Könnt Ihr mir verraten, wer mich dafür entschädigt?«

»Ich denke nicht, dass die Frage mir den Schlaf rauben wird. Aber wie wär's mit Francis Drake? Falls wir je in England ankommen, könnt Ihr mit Eurem treulosen Halunken von einem Cousin abrechnen.«

»Ihr könnt *wetten*, dass ich das tue …«

Es dauerte noch einmal zwei Tage, bis sie eine langgezogene Bucht fanden, in welcher der Urwald bis an den Strand reichte und die keinerlei Spuren von spanischer oder indianischer Besiedlung aufwies. Sie mussten gut zweihundert Yards vom Ufer entfernt ankern, um nicht auf Grund zu laufen, und Hawkins befahl, die Pinasse klarzumachen.

Natürlich fiel Isaac die heikle Aufgabe zu, den gefangenen Afrikanern die Nachricht von der wundersamen Wendung ihres Schicksals zu bringen. Er band sich sein Halstuch vor Mund und Nase und ließ sich von Hawkins eine geladene Arkebuse aushändigen, ehe er in den Laderaum der *Minion* hinabstieg.

»Warte, Isaac, ich komme mit«, erbot sich Marian.

Isaac versuchte, sich seine Erleichterung nicht anmerken zu

lassen. »Meinetwegen.« Er streckte ihm die Schusswaffe entgegen. »Kannst du mit diesem Ding umgehen?«

Marian nahm die Büchse. »Besser als du jedenfalls.«

Sie tauschten ein mattes Grinsen und schluckten sichtlich, beide im selben Moment.

»Jesus … Ich werde mich nie an diesen Gestank gewöhnen«, brummte Marian, als sie sich der Trennwand zum hinteren Teil des Laderaums näherten. Hier im vorderen Bereich sah man Gold und Silber im Dämmerlicht funkeln. Die Kisten und Fässer waren voll mit den Schätzen der Neuen Welt.

»Das musst du auch nicht«, gab Isaac zurück. »Nach diesem Fiasko wird kein englischer Seefahrer mehr große Lust verspüren, Sklavenfahrten zu unternehmen. Es ist nicht mehr lukrativ.«

»Na, ein Glück.«

Vor der Tür wappneten sie sich einen Augenblick, dann zog Isaac den Degen und sperrte die Tür auf.

Zuerst sah er nur Schwärze, und obendrein begannen seine Augen vom beißenden Gestank zu tränen. Trotzdem trat er ohne zu zögern in diesen Vorhof der Hölle. »Kann irgendwer mich hier verstehen?«, fragte er auf Spanisch.

Er bekam keine Antwort. Allmählich stellten seine Augen sich auf das schwache Licht ein, und er sah das bereits bekannte Bild des Elends: eng aneinandergekettete Menschen in zwei Etagen übereinander auf dreckigem Stroh.

»Versteht mich jemand?«, versuchte er es noch einmal auf Englisch.

»Ich«, kam ein dünnes Stimmchen von links, und als er in die Richtung spähte, erkannte er die zierliche Wasserträgerin. Wie die übrigen kleinen Kinder war auch sie nicht angekettet.

Isaac winkte sie zu sich. »Komm her. Hab keine Furcht, ich tu dir nichts.«

Sie kam. Sie wäre auch gekommen, hätte er gesagt, ›Ich will dir nur den Kopf abreißen‹, wusste er, denn das Grauen, das über ihr Leben hereingebrochen war, hatte sie völlig teilnahmslos gemacht. Er fragte sich, ob sich das wieder legen würde, wenn ihr ein paar Jahre in Freiheit beschieden sein sollten.

Er hockte sich vor sie, ohne sie anzufassen. »Das Schiff muss umkehren. Aber ihr bleibt hier. Wir lassen euch frei. Verstehst du?« Er hielt ihr den Schlüssel hin, der die Ketten öffnete.

»Frei?«, widerholte sie verständnislos.

Es war weiß Gott kein Wunder, dass das Wort ihr nichts sagte. Er nickte. »Ihr könnt gehen. Weg von diesem Schiff. Niemand wird euch aufhalten.«

Sie verstand, was er sagte, aber sie glaubte ihm kein Wort. Auch das war kein Wunder, fand Isaac. »Marian, schließ die Kette auf, sonst stehen wir morgen früh noch hier.«

»Was immer Ihr sagt, Sir«, gab sein Cousin zurück, seine Zweifel unüberhörbar. Er nahm den Schlüssel, hockte sich vor das erste der großen Schlösser und sperrte es auf. Dann begann er, die lange Kette aus den Ösen an den Fußfesseln der ersten drei oder vier Afrikaner zu ziehen, ehe er ihnen mit Gesten bedeutete, selber weiterzumachen.

Die Gefangenen ließen sich nicht lange bitten. Während Marian das nächste Schloss aufsperrte, zogen viele schwarze Hände die Kette aus den Ösen, bis sie sich schneller bewegte als eine Schlange im Urwald. Sobald die erste Reihe von ihren Fesseln befreit war, standen die Menschen unsicher auf, fielen wieder ins Stroh, stützten sich aufeinander und halfen sich gegenseitig auf die Füße.

Isaac wusste, dies war der gefährlichste Moment. »Warte, Marian. Nicht alle auf einmal. Sie würden uns in Stücke reißen, Arkebuse oder nicht.«

»Das täten wir im umgekehrten Fall ja auch«, stimmte sein Cousin zu. »Lass uns die ersten hier nach oben führen und an Land setzen. Das kleine Mädchen lassen wir zuschauen, damit sie den restlichen erzählen kann, was vorgeht. Wie klingt das?«

»Gut«, stimmte Isaac erleichtert zu.

Auf seine auffordernden Gesten bewegten die ersten zehn Gefangenen sich langsam Richtung Luke. Sie gingen steif, ein junger Kerl musste sich auf seinen Nachbarn stützen. Die Schätze aus Gold, Silber und Perlen zu beiden Seiten der schmalen Mittelgasse würdigten sie keines Blickes, doch die beiden bewaffneten weißen Männer ließen sie nicht aus den Augen.

Isaac ging voraus an Deck. Mittschiffs war es verdächtig leer. Offenbar legten weder Matrosen noch Offiziere gesteigerten Wert darauf, Zeugen dieser Szene zu werden. Hawkins stand reglos auf dem Achterdeck und schaute zu ihnen herüber.

Isaac blieb am Fallreep stehen, hob das kleine Mädchen auf den Arm und zeigte ihr die wartende Pinasse im Wasser. »Wir bringen euch an Land, verstehst du?«

Sie nickte. »Arbeiten auf Plantage.«

»Süßer Jesus …«, knurrte er vor sich hin. »Nein, nicht arbeiten auf Plantage. Leben. Jagen. Fischen. Häuser bauen. Kinder machen. Was weiß ich, was sonst noch.«

Mit einem Mal erstrahlte ihr Gesicht in einem Lächeln, das so voller Glückseligkeit und so hinreißend war, dass seine Brust sich zusammenzog. Sie wand sich aus seinen Armen, drehte sich zu ihren Leidensgenossen um und rief etwas in ihrer melodischen Sprache.

Die einstigen Gefangenen raunten, tauschten unsichere Blicke und sahen schließlich unsicher zu Isaac.

Der nickte, mahnte sich zur Geduld und machte eine einladende Geste. »Wenn ich die Gentlemen dann in die Pinasse bitten dürfte, werden wir heute vielleicht noch fertig …«

Doch die Afrikaner bemühten das Boot ihrer Peiniger nicht. Mit einem markerschütternden Schrei, der vielleicht Wut oder Triumph oder beides ausdrückte, setzten sie alle gleichzeitig über die Reling, sprangen ins Wasser und schwammen zum Ufer hinüber.

Isaac blieb mit dem Kind an der Reling stehen, damit die Kleine sich davon überzeugen konnte, dass es keine neue Tücke war, ehe sie den restlichen rund vierzig Menschen unter Deck Bericht erstattete.

Marian trat neben sie und schaute den unvergleichlichen Schwimmern hinterher. »Sie haben bessere Chancen als Barrett und die andern von uns, die hierbleiben, so viel ist sicher.«

Isaac wandte den Kopf. »Das heißt, du hast dich entschlossen, mit uns die Heimreise zu versuchen?«

Marian nickte.

Isaac wurde leichter ums Herz. »In dem Fall kannst du dich

gleich nützlich machen. Such dir die zehn Männer, die du am wenigsten leiden kannst, und trag ihnen auf, den Frachtraum zu säubern.«

Marian schnaubte – es klang beinah belustigt. »Aye, Sir. Und wozu, wenn die Frage erlaubt ist?«

»Wir müssen auf die Jagd gehen und versuchen, lebende Tiere zu fangen, die uns auf der Heimfahrt ernähren. Affen und Papageien eignen sich am besten, schätze ich. Und die müssen ja irgendwo hin.«

Doch bevor sie sich auf die Suche nach Nahrung und Wasser begaben, galt es, von den Männern Abschied zu nehmen, die ihr Glück in der Neuen Welt versuchen wollten. Hawkins hatte befohlen, den befreiten Gefangenen ein paar Stunden Vorsprung zu lassen, damit die beiden Gruppen sich nach Möglichkeit nicht begegneten.

Robert Barrett und die fünfundneunzig Matrosen, die sich ihm angeschlossen hatten, warteten vor dem Hauptmast, die etwa gleich große Gruppe derer, die mit Hawkins segeln wollte, hatte sich dahinter versammelt. Die Männer wussten, dass sie sich vermutlich nie wiedersehen würden, und es schien, als wollten sie deswegen schon jetzt nichts mehr miteinander zu schaffen haben. Mitleidig und beinah feindselig beäugten sie sich, denn ein jeder glaubte, die anderen seien dem Tod geweiht.

John Hawkins sah aus, als habe er ein paar schlaflose Nächte hinter sich. Er war bleich, die Augen gerötet. Aber seine Stimme klang fest, als er Barrett die Hand reichte. »Gott sei mit Euch, Robert, und mit allen, die Euch folgen.«

Barrett schlug ein. »Das Gleiche wünsche ich Euch, Sir.«

Der Kommandant winkte den Bootsmann näher, der mit einem unordentlichen Stapel gefalteter Tücher hinzutrat. Hawkins nahm das oberste und schüttelte es aus. »Hier. Master Abingdon und ich haben unser restliches Tuch in sechsundneunzig Stücke geschnitten, es sind für jeden von euch sechs Fuß. Nehmt es. Es ist bestes Kammgarn aus Devon, damit könnt ihr bei den Wilden sicher guten Handel treiben.«

Mit einem Mal musste Robert Barrett sichtlich schlucken, und der Adamsapfel in seinem mageren Hals arbeitete. »Danke, General.«

Einen Moment sahen sie sich unsicher in die Augen, dann umarmten sie sich – kurz, ungelenk und verlegen. Man konnte sehen, dass sie wenig Übung darin hatten. »Ich komme wieder und suche nach Euch, Barrett, ich schwör's bei Gott. Ich werde England lebend erreichen, und dann kehre ich zurück und hole euch nach Hause.«

Oh, Hawkins, du verfluchter Hurensohn, dachte Isaac wütend, der bei den Männern hinter dem Mast stand und die Szene mit gemischten Gefühlen verfolgte. *Untersteh dich, mir auf unserer letzten gemeinsamen Fahrt noch ans Herz zu wachsen …*

Whitehall, Dezember 1568

»Majestät, wir müssen König Felipe das Schiff mit den fünfundachtzigtausend Pfund zurückgeben«, sagte Robin Dudley beschwörend.

Elizabeth klappte ärgerlich den italienischen Gedichtband zu, den sie auf dem Schoß hielt. »Also wirklich, Mylord of Leicester. Manchmal kommt mir in den Sinn, dass Ihr zu Felipes liebsten Freunden gezählt habt, als er mit meiner Schwester verheiratet war. Man fragt sich, wo Eure Loyalitäten liegen.«

Robin öffnete den Mund, um etwas zu entgegnen, und klappte ihn wieder zu. Er war sprachlos. Doch diese untypische Anwandlung war nur von kurzer Dauer, und nach einem Moment räusperte er sich entschlossen. »Ist Euch eigentlich klar, wie oft ich mich schon in mein Schwert gestürzt hätte, wenn ich mir Eure ungeheuerlichen Anschuldigungen zu Herzen nähme?«

»Dann ist es ja ein Glück für England, dass Ihr gar kein Herz habt«, konterte sie mit einem Lächeln, das so trügerisch und kühl war wie Sonnenschein im Februar.

Es hatte wieder einmal ordentlich gerasselt zwischen den beiden, wusste Eleanor. Lettice Knollys war anlässlich der Feierlichkeiten zu Elizabeths Thronfolgejubiläum im Herbst in großer Garderobe bei Hofe erschienen, und alle Männer hatten sie umschwärmt, Robin Dudley eingeschlossen. Seither war Elizabeth kurz angebunden und scharfzüngig zu ihm, und Robin köchelte wie üblich vor sich hin.

Jetzt nahm er sich indes zusammen. »Fünfundachtzigtausend Pfund sind einfach eine zu große Summe, um sie dem König von Spanien einfach zu stibitzen und ihm eine lange Nase zu machen.«

»Es ist ja gar nicht sein Geld, sondern das seiner italienischen Bankiers«, gab Elizabeth gelangweilt zurück. »Ich borge mir lediglich das, was er sich bereits geborgt hat, und zahle es den Italienern irgendwann zurück.«

»An dem Tag, da die Pferde in Waringham fliegen lernen, nehme ich an«, warf Eleanor ein.

Die Königin brach in ihr unwiderstehliches, warmes Lachen aus. »Und nicht einen Tag eher …«

Auch Robin grinste, wurde aber gleich wieder ernst. »Ich weiß, Ihr wollt es nie hören, wenn ich Cecils Politik in Zweifel ziehe, Majestät …«

»Dann solltet Ihr heute lieber gar nicht erst damit anfangen«, warnte Elizabeth.

Selten waren die Spannungen zwischen Robin Dudley und dem Secretary so schlimm gewesen wie in den letzten Monaten. Vermutlich lag es daran, dass Cecil sich vehement für Elizabeths Verlobung mit dem österreichischen Erzherzog eingesetzt hatte. Auch wenn natürlich wieder einmal nichts aus der Sache geworden war, hatte Robin es gewiss nicht vergessen. Und es war tatsächlich Cecils Vorschlag gewesen, König Felipes Geld mit der durchschaubaren Ausrede, es den Gläubigern irgendwann zu erstatten, einfach zu behalten.

Robin ging nervös vor dem Kamin auf und ab, dann blieb er abrupt vor der Königin stehen. »Hör mir zu, Bess, ich bitte dich inständig …«

Wie gestochen fuhr Elizabeth aus dem Sessel hoch. »Nenn mich nicht Bess, du treuloser Schuft!«

»Es ist ein Krieg mit Spanien, den Cecil heraufbeschwört. Ein Krieg, für den wir nicht bereit sind und den wir uns nicht leisten können.«

Sie zog die schmalen, fein geschwungenen Brauen in die Höhe. »Für fünfundachtzigtausend Pfund kann man eine Menge Soldaten bekommen, Mylord. Und Schiffe.«

»Aber nicht so schnell, wie wir sie bräuchten. Vergesst Alba und seine fünfzigtausend Mann in den Niederlanden nicht. Felipe wartet doch nur auf eine Provokation, um sie herüberzuschicken und Mary Stewart – dieses papistische *Miststück* – auf Euren Thron zu setzen! Das ist es, was Cecil riskiert! Er baut darauf, dass Felipe diesen Krieg im Moment so wenig will wie wir, aber wenn er sich verschätzt, ist es Eure Krone, die er verspielt!«

Die Königin verschränkte die Finger ineinander und stützte das Kinn auf beide Daumen, um über seine Worte nachzudenken, und in die Stille hinein sagte Cecils Stimme von der Tür: »Ich glaube, um Mary Stewart brauchen wir uns in Zukunft keine Sorgen mehr zu machen. König Felipe wird sich schaudernd von ihr abwenden, wenn er das hier gelesen hat.«

Er hielt einige eselsohrige, ziemlich vergilbte Blätter in der Hand, aber seine Augen strahlten, sein ganzes Gesicht trug solch einen Ausdruck des Triumphes, als bringe er seiner Königin den Stein der Weisen.

»Was ist das?«, fragte Robin herausfordernd.

Cecil schenkte ihm ein frostiges Lächeln. »Der ehrenwerte Earl of Moray, Regent von Schottland, hat dem Tribunal heute früh einige höchst faszinierende Dokumente vorgelegt, Mylord. Wie Ihr wüsstet, wenn Ihr der Sitzung nicht wieder ferngeblieben wäret, so wie meistens, nicht wahr?«

Elizabeth wedelte ihr Gezänk mit einem ungeduldigen Wink beiseite. »Ich wünschte, ich hätte diesem verdammten Tribunal niemals zugestimmt.«

Wie Cecil kurz nach Mary Stewarts Ankunft in England vorgeschlagen hatte, war ein inoffizielles Tribunal einberufen worden mit dem Ziel, die Vorwürfe zu prüfen, die Mary Stewart und ihr Halbbruder Moray gegeneinander erhoben, um eine Versöhnung herbeizuführen und eine Rückkehr der schottischen Königin auf ihren Thron zu Englands Bedingungen zu ermöglichen. Aber es war von Anfang an nicht nach Plan verlaufen, was auch daran lag, dass ausgerechnet der Duke of Norfolk den Vorsitz führte. Mehr und mehr verwandelte die angeblich neutrale Anhörung sich in einen Prozess gegen die abgesetzte schottische Königin. Moray erhob jeden Tag schwerwiegendere Anschuldigungen gegen sie, während Mary Stewart niemals persönlich angehört wurde, sondern im finsteren Bolton Castle in Yorkshire »zu Gast« war und die Vorgänge hilflos aus der Ferne verfolgen musste.

»Das sagt Ihr nicht mehr, wenn Ihr dies hier gesehen habt, Majestät«, entgegnete Cecil zuversichtlich, trat näher und überreichte ihr seine Papiere mit der ihm eigenen Verbeugung bedingungsloser Ergebenheit. »Es ist ein Brief von Mary Stewart an ihren heutigen Gemahl, den Earl of Bothwell, aber er stammt aus der Zeit vor der Ermordung ihres letzten Gemahls, Lord Darnley.«

Elizabeth nahm das Schreiben, setzte sich zu Eleanor auf den Fenstersitz und hielt den Brief so, dass sie beide lesen konnten:

Mary, von Gottes Gnaden Königin von Schottland, an James, Earl of Bothwell.

Es ist spät, und ich bin froh, Dir schreiben zu können, während andere Menschen schlafen. Ich kann es ihnen nicht gleichtun, denn ich kann an nichts anderes denken, als in Deinen Armen zu liegen, mein Geliebter, den Gott vor allem Übel bewahren möge!

Eleanors Herzschlag beschleunigte sich, und sie tauschte einen ungläubigen Blick mit Elizabeth, ehe sie beide weiterlasen.

Ich bin müde und muss doch weiterschreiben, solange das Papier reicht. Verflucht seien dieser Mann und seine Syphilis, die mich hindern, dir von schöneren Dingen zu berichten! Es geht ihm nicht schlechter, aber er ist in desolater Verfassung, und sein fauliger Atem bringt mich fast um. Er sagt, ich müsse ihm schwören, Tisch und Bett wieder mit ihm zu teilen, wie es sich für Eheleute geziemt, dann werde er alles tun, was ich will. Aber lieber wäre ich tot!

Oh, wie es mir widerstrebt, einen Menschen zu verraten, der mir vertraut. Doch ich unterwerfe mich ganz und gar Deinem Willen. Sag mir nur, was ich tun soll, Geliebter, und was immer auch mit mir geschieht, ich will Dir gehorchen. Vielleicht vermagst Du etwas Heimliches für ihn zu besorgen, wie eine Arznei etwa, denn er soll Arznei und Heilwasser bekommen, es würde nicht auffallen.

Gott vergebe mir und schenke Dir, mein einziger Freund, Glück und Wohlstand, wie deine demütige und treue Geliebte sie dir wünscht, die hofft, bald zur Belohnung für ihre Mühen etwas anderes in deinem Leben als nur deine Geliebte zu sein.

Verbrenne diesen Brief und liebe mich stets so wie ich dich!

»Beim Tod am Kreuz …«, murmelte Elizabeth, ehrlich erschüttert, und reichte das Schreiben an Robin weiter. »Das ändert wohl alles.«

»Aber wieso präsentiert Moray diesen Brief erst heute?«, fragte Eleanor. »Seit zwei Wochen bezichtigt er seine Schwester vor dem Tribunal, sie sei Bothwells Geliebte und seine Komplizin bei Darnleys Ermordung gewesen, zumindest seine Mitwisserin. Mary Stewarts Vertreter haben das entrüstet als Verleumdung zurückgewiesen, und nicht einmal Norfolk wollte die Vorwürfe ohne Beweise gelten lassen. Und heute – oh Wunder – legt Moray den geforderten Beweis auf einmal vor?«

»Ihr seid gar zu argwöhnisch, Mylady«, widersprach Cecil. »Dieser Brief lag zusammen mit weiteren belastenden Dokumenten in einer Schatulle, die bei einem Diener des Earl of Bothwell gefunden wurde, als dieser Mann verhaftet wurde. Moray hat erklärt, er habe die Dokumente bis heute zurückgehalten, um sich selbst, seiner Halbschwester und ganz Schottland die Schande zu ersparen. Doch nun habe er eingesehen, dass er sie vorlegen müsse, um Euch, Majestät, Mary Stewarts Verkommenheit und ihre Unfähigkeit, ihr Land zu regieren, vor Augen zu führen.«

Eleanor war nicht überzeugt. »Ich weiß nicht … Diese unterwürfigen Liebesschwüre passen überhaupt nicht zu der selbstbewussten und gescheiten Königin, die ich vorletzten Winter in Schottland erlebt habe.«

»Und doch hast du in Carlisle eine ganz andere Mary Stewart

erlebt«, gab Robin zu bedenken. »Mutlos, melancholisch und … schwach. Eine Verfassung, in die sie leicht gerät – das sagt jeder, der sie kennt – und in der sie sich gewiss dankbar auf jeden starken Arm stützt, der ihr gereicht wird.«

Da hatte er nicht ganz unrecht, musste Eleanor einräumen. »Aber trotzdem. So etwas?« Sie wies auf den Brief in seiner Hand und schüttelte den Kopf. »Hat irgendwer sich die Mühe gemacht, dieses Dokument mit einer Handschriftprobe von ihr zu vergleichen?«

»Gewiss.« Cecil nickte nachdrücklich. »Der Duke of Norfolk hat das sogleich angeordnet, und wir haben diesen Brief hier mit Mary Stewarts Schreiben an den Lord Treasurer vom letzten Monat verglichen. Buchstaben für Buchstaben. Es ist ihre Handschrift, Mylady, daran kann kein Zweifel bestehen.«

Elizabeth drehte versonnen ihren geliebten Rubinring um den Finger, während sie dem Secretary lauschte. »Wer hätte das gedacht. Ich muss gestehen, ich bin bestürzt. Nie hätte ich geglaubt, dass das lange Elend zu solcher Niedertracht und Tücke fähig wäre.«

Cecils Brust hob sich sichtbar in einem Stoßseufzer der Seligkeit. »Es war ein Glück, dass Ihr Euch stets geweigert habt, sie zu empfangen, Majestät. Nein, kein Glück, sondern Klugheit. So habt Ihr verhindert, dass Felipe von Spanien oder Caterina de' Medici jetzt mit dem Finger auf Euch zeigen und behaupten können, Ihr habet Euch von Mary Stewarts Niedertracht und Tücke besudeln lassen. Ihr steht unbeschadet über diesem unaussprechlichen Sumpf aus Ehebruch und Gattenmord, während Caterina de' Medici sich die Frage gefallen lassen muss, ob denn ihr Sohn, Mary Stewarts erster Gemahl, auch wirklich eines natürlichen Todes gestorben ist.«

Elizabeth konnte sich ein schadenfrohes Lächeln ob dieser Vorstellung nicht ganz verbeißen.

»Euer Vater wäre stolz auf Euch, Majestät«, erklärte Cecil feierlich.

Und genau deswegen macht diese Sache mir Bauchschmerzen, dachte Eleanor. »Ich sage es noch einmal: Dieser Brief kommt gar zu gelegen für Moray. Wir sollten unsere eigenen Nachforschungen anstellen, um die Echtheit zu überprüfen.«

»Wieso?«, fragte Robin Dudley und legte das belastende Schreiben auf den Tisch am Kamin, als fürchte er, sich die Finger daran zu beschmutzen. »Norfolk hat sich zu seiner Zufriedenheit von der Echtheit überzeugt. Mehr brauchen wir nicht zu tun, oder? Denn für uns ist dieser Brief genauso ein Geschenk des Himmels wie für Moray, seien wir doch mal ehrlich. Und ich nehme an, da du eine Waringham bist, kennst du das Sprichwort vom geschenkten Gaul.«

»Oh, Robin, du bist abscheulich«, protestierte Eleanor.

»Im Gegenteil, Mylady, es ist das erste vernünftige Wort, das er seit Monaten von sich gegeben hat«, entgegnete Cecil.

»Heißen Dank auch, Master Secretary …«, knurrte Robin.

»Aber merkt ihr denn nicht, dass ihr euch zu Morays Marionetten machen lasst?«, beschwor sie die beiden Männer.

»Na und?«, konterte Robin achselzuckend. »Solange sein Tänzchen unser Tänzchen ist, darf er ruhig die Fäden ziehen.«

Alle verstummten, als die Königin langsam die Hand hob. Sie dachte noch einen Moment nach, den Blick aufs Fenster gerichtet, vor dem dicke Flocken noch ein wenig zögerlich und lustlos zu fallen begannen. Dann sagte Elizabeth: »Ihr habt alle recht. Wir müssen wissen, ob dieser Brief echt ist oder nicht. Also nimm ihn, El, und nutze deine Kontakte zu den Kreisen, wo man … sich am besten auf Fälschungen versteht.«

»Was für Kreise?«, fragte Robin verdattert.

Elizabeth fuhr fort, als sei sie nicht unterbrochen worden. »Aber was immer du herausfindest, wir werden die Echtheit dieses Schreibens und der übrigen Briefe aus Bothwells Schatulle nicht öffentlich anzweifeln. Ihr Inhalt wird sich in Windeseile zu allen Höfen der Christenheit herumsprechen, und nichts wird Mary Stewarts Ruf je wiederherstellen können. Das kommt uns gelegen, wie du sagst, weil es Felipe von Spanien die Lust daran verderben wird, Mary auf meinen Thron zu setzen.«

»Vorübergehend«, warnte Cecil.

Elizabeth nickte. »Wir gewinnen kostbare Zeit.«

»Und was machen wir nun mit ihr?«, fragte Robin Dudley eine Spur unbehaglich. »Mit Mary Stewart, meine ich.«

»Gar nichts«, antwortete die Königin. »Wir können sie nicht nach Schottland ausliefern, denn Moray würde sie hinrichten lassen. Wir können sie nicht nach Frankreich ausreisen lassen, denn Caterina de' Medici und Felipe von Spanien würden Mittel und Wege finden, sie als Druckmittel gegen mich einzusetzen. Also müssen wir sie hierbehalten.« Sie sah in die Runde und zuckte die Schultern. »Und dürfen sie nie wieder laufenlassen.«

Auf See, 50°06' N, 5°29' W, Januar 1569

Tags zuvor hatten sie den letzten Papagei geschlachtet, aber Isaac hatte nichts abbekommen. Das war schon in Ordnung, redete er sich ein. Der Papagei war alt gewesen, sein Fleisch sicher zäh wie Schuhleder. Jetzt waren sie jedenfalls kahlgefressen, und das Ende ihres zweimonatigen Jammertals stand bevor.

Sie hatten alles, aber auch *alles* versucht, um die Mannschaft der *Minion* irgendwie durchzubringen. Anfangs hatten sie mit mäßigem Erfolg gefischt, aber dann hatten sie die Pinasse eines Nachts verloren. Nach zwei, drei Wochen, Isaac wusste es nicht mehr genau. Seine Erinnerung war merkwürdig bruchstückhaft geworden. Sie hatten Master Abingdons Hund geschlachtet, daran entsann er sich genau. Der letzte Festschmaus, sozusagen. Dann die Schiffskatze, damit sie ihnen ja nicht die Ratten wegfraß. Die *Minion* war vermutlich das einzige ganz und gar rattenfreie Schiff in der christlichen Seefahrt. Sie hatten sogar Lederstücke in Wasser gekocht in der Hoffnung, damit eine Art Rindersuppe herzustellen, aber die widerliche Brühe hatte nur alle krank gemacht. Nichts hatten sie unversucht gelassen. Nur das Fleisch ihrer toten Gefährten hatten sie der See übergeben, statt es zu essen. Davon wäre reichlich vorhanden gewesen, aber Hawkins hatte angedroht, den ersten, den er dabei erwischte, in die Brig zu sperren und dort verhungern zu lassen.

Isaac wusste nicht, ob er ihm dankbar war oder nicht. Es gab so viele Dinge, die er nicht wusste. Hawkins opferte ihren Leib, indem er sie verhungern ließ, und rettete damit gleichzeitig ihre Seele. Das war gut, nahm er an, vorausgesetzt, dass es überhaupt eine unsterbliche Seele gab. Oder einen Gott. Isaac wusste es nicht.

»Isaac? Kannst du noch aufstehen?«, fragte Rodhri Lyn, der Schiffsarzt.

Isaac schlug die Lider auf. »Als ich es zuletzt versucht habe, ging's noch.«

Das war auch so eine Sache, die er nicht verstand. Von den siebzehn, die noch lebten, konnten fünf noch stehen: Hawkins, Lyn, Abingdon, Marian und er selbst. Darum hatten sie auch nichts von dem verfluchten Papagei bekommen. Aber sie standen immer noch. Warum?

»Andrew wird heute sterben, denke ich.«

Isaac nickte nur. Andrew war der letzte verbliebene Schiffsjunge der *Minion*. Er krepierte nicht vor Hunger, sondern am Skorbut. Seine Haut war von Ausschlag bedeckt, die Beine schwärzlich blau verfärbt, und er hatte keinen Zahn mehr im Mund – ein todkranker Greis von vierzehn Jahren.

»Ich kann ihn kaum verstehen, aber ich glaube, er will, dass du ihm eine Geschichte erzählst. Du hast es versprochen, sagt er.«

»Ach, richtig …« Isaac hatte es vergessen. »Ich komme gleich.«

»Ich wusste nicht, dass ein Dichter in dir steckt«, bemerkte Lyn. »Dabei heißt es doch, wir Waliser seien die Poeten.«

»Kein Dichter«, widersprach Isaac. »Nur Geschichtenerzähler. Alte Familientradition. Meinem alten Herrn hätten sie für seine Satiren fast den Kopf abgeschlagen.«

»Weil sie so gut oder weil sie so schlecht waren?«

»Keine Ahnung. So treffend, vermutlich.«

»Nun, zumindest das bleibt dir erspart«, entgegnete der Schiffsarzt trocken. »Schlaf nicht wieder ein. Der Junge hat nicht mehr lange.«

»Ist gut.«

Ehe die Augen wieder zufallen konnten, rollte Isaac sich von seiner Koje in der Offiziersmesse, die wesentlich geräumiger war als die auf der *Judith* und die er mit Marian und Lyn teilte, weil Dienstränge ab einem bestimmten Punkt der Hoffnungslosigkeit irgendwie aufhörten, eine Rolle zu spielen. Als er aufs Deck hinaustrat, fielen ihn Schneeregen und eisige Kälte an. Genau von achtern. Das war gut. Die Brise war steif und seine Glieder empfindlich gegen die bittere Winterluft – weil sie ausgezehrt oder weil sie sonnenverwöhnt waren, auch das gehörte zu den vielen Dingen, die er nicht wusste –, aber auf jeden Fall blies der Wind sie in die richtige Richtung. Keiner der Männer an Bord konnte noch aufentern und Segel setzen, trimmen, reffen oder einholen. Darum fuhren sie seit drei Tagen nur noch mit der Fock vor dem Wind. Das klappte bislang ganz ordentlich, aber sollte der Wind drehen, waren sie endgültig erledigt, denn kreuzen konnten sie nicht.

Der Kommandant selbst stand am Ruder. Die Bezeichnung »General« drängte sich nicht mehr unbedingt auf, wenn man ihn anschaute, aber er war besser beieinander als alle anderen.

»Nanu, Fitzgervais. Schon Zeit für die Ablösung?«, fragte er und schaute gewohnheitsgemäß zum Stundenglas. Aber es stand still. Vor ungefähr einer Woche hatte der Rudergänger versäumt, es umzudrehen. Trotz dieses schweren Vergehens hatte Captain Hawkins von einer Bestrafung des Übeltäters abgesehen, denn der Rudergänger war einfach klammheimlich während seiner Wache gestorben …

»Das weiß der Henker, Sir«, gab Isaac zurück. »Ich wollte kurz nach Andrew sehen, aber wenn Ihr wollt, löse ich Euch ab.«

»Nein, geht nur.«

Isaac schaute einen Moment aufs Meer hinaus. Es war grau, eine Schattierung dunkler als der Winterhimmel. Aber der Regen schien ein wenig nachzulassen. »Es klart auf.«

»Mit etwas Glück bekommen wir heute Nacht ein paar Sterne zu sehen.«

»Dann wüssten wir wenigstens, ob wir noch auf Kurs sind.«

Der Kommandant nickte. »Lasst den Jungen nicht warten. Vielleicht könnt Ihr ihm ein wenig Mut machen. Abingdon hat heute früh ein paar Möwen gesehen. Er meint, womöglich können wir mit einem Klüver eine fangen wie mit einem Netz. Dann bekämen wir heute ein Abendessen.«

»Ich sag's ihm«, erwiderte Isaac. »Aber Lyn denkt, es geht zu Ende mit dem Jungen.«

Hawkins' Kiefermuskeln spannten sich an, doch er nickte lediglich. Als er zum Himmel aufblickte, um nach den Wolken zu sehen, entdeckte er einen Seemann, der bedächtig von der Mars des Hauptmastes in die Wanten kletterte. »Verfluchter Leichtsinn … wer ist das?«

»Edmundson.«

»Ich habe das ausdrücklich verboten. Die Männer sind zu schwach.«

»Ich weiß. Aber ich schätze, jeder sucht sich den Ort, wo er dem Tod am besten ins Auge sehen kann, und für ihn ist dieser Ort eben da oben.«

Schweigend sahen sie zu, wie Marian langsam abwärts kletterte. Nicht mit der üblichen katzenhaften Eleganz, aber wenigstens unbeschadet landete er auf Deck, sah sich suchend um, und als er sie am Ruderstand entdeckte, kam er näher.

»Captain Hawkins, Sir …«

»Was fällt Euch ein, meine Befehle zu missachten?«, schnauzte Hawkins ihn an, so schneidend wie eh und je. Isaac fragte sich, woher er die Energie dafür nahm.

»Bitte um Vergebung, Captain, aber …«

»Wer, denkt Ihr, soll Eure Wache versehen, wenn Ihr Euch die Gräten brecht? Ihr solltet …«

»Land in Sicht, Sir«, fiel Marian ihm ins Wort, und erst jetzt konnte Isaac die sonderbare Miene seines Cousins deuten. Er hatte so lange keine Zuversicht gesehen, dass er sie doch glatt nicht erkannt hatte …

Hawkins schien fast unmerklich zusammenzuzucken, und seine Hände packten das Steuer fester. »Wo?«, fragte er.

»Steuerbord voraus.«

Isaac warf einen Blick auf den Kompass. »Nordnordost.«

»Oh, Jesus Christus«, murmelte John Hawkins, und seine Stimme bebte ein wenig. »Das könnte England sein.«

Es war Mounts Bay, um genau zu sein, eine langgezogene Bucht in Cornwall, wo Captain John Hawkins vierhundertundachtzig Tage nach seinem Aufbruch schließlich wieder englischen Boden betrat. Von den rund vierhundert Mann, die mit ihm in See gestochen waren, brachte er nur fünfzehn mit nach Hause, denn Andrew hatte es nicht geschafft. Sobald sie sicher waren, dass es wirklich Land und keine Nebelbank war, die sie anliefen, war Isaac zum Geschützdeck getorkelt, so schnell er konnte, um ihm die Freudennachricht zu bringen. Aber der Junge war trotzdem gestorben, noch ehe sie Anker warfen. Isaac hatte ihm die Lider geschlossen, durch eine der Geschützluken auf die vorgelagerte Insel mit dem unirdisch schönen St. Michael's Mount gestarrt und Rotz und Wasser geheult.

Die Fischer von Mounts Bay hatten nicht gerade den besten Ruf, hieß es doch, dass sie gelegentlich Schiffe mit falschen Leuchtfeuern in die Untiefen lockten, um dann das Treibgut einzuheimsen, wenn diese Schiffe mit Mann und Maus untergingen. Doch dieses Mal erwiesen sie sich als wahre Christenmenschen und brachten den halb verhungerten Seefahrern auf der *Minion* Bier und Eintopf, noch ehe sie feststellten, dass ihre Gaben mit Gold bezahlt wurden. Doktor Lyn mahnte alle an Bord eindringlich zur Vernunft, und so aßen sie nur ein paar Löffel der dicken Fischsuppe, warteten ein Weilchen, um zu sehen, wie sie ihnen bekam, und aßen dann mit Bedacht weiter.

Hawkins sandte seinem Bruder William einen Boten nach Plymouth, und während sie auf seine Antwort warteten, kamen sie allmählich wieder zu Kräften. William brachte ihnen nach wenigen Tagen Proviant und eine gesunde Mannschaft für die Überführung der *Minion*, sodass sie Anfang Februar in den Heimathafen der Hawkins einliefen. Und beinah das erste Schiff, das sie dort am Kai liegen sahen, war die *Judith*.

»Sieh an«, sagte John Hawkins bitter. »Francis Drake ist sicher nach Hause zurückgekehrt. Vermutlich schon vor Wochen, wohlgenährt und voller Geschichten von seinen Ruhmestaten …«

Doch sein Bruder schüttelte den Kopf. »Er war noch nicht hier, als ich zu euch nach Cornwall aufbrach. Er kann erst vor wenigen Tagen eingelaufen sein.«

»Pinasse ist klar, Sir!«, meldete der Bootsmann vom Hauptdeck.

»Danke, Master Abingdon. Diejenigen, die noch krank oder schwach sind, sollen als erste an Land gebracht werden.«

»Aye, aye, Captain.«

Hawkins wandte sich an Isaac, die Hände auf dem Rücken verschränkt wie eh und je, aber die Miene vielleicht nicht mehr ganz so abschätzig. »Was werdet Ihr nun machen, Fitzgervais?«

»Tja …« Isaac kreuzte fröstelnd die Arme vor der Brust. Er hatte doch tatsächlich vergessen, wie schauderhaft der englische Winter sein konnte. »Ich bin noch unentschlossen, Sir. Gehe ich in den *Verlorenen Anker*, um mich der Völlerei hinzugeben und Francis Drake die Zähne auszuschlagen, sollte ich ihn dort antreffen? Oder besorge ich mir ein Pferd, reite nach Waringham, vergesse Drake und die Seefahrt und werde sesshaft, wie mein Bruder es wünscht?« Er schüttelte den Kopf. »Keine Ahnung.«

Ein geisterhaftes Grinsen huschte über Hawkins' ausgezehrtes Gesicht, aber er sagte streng: »Ihr werdet Drake schön mir überlassen.«

»Mit Verlaub, Ihr seid nicht der einzige, der eine Rechnung offen hat.«

»Nein, ich weiß. Aber ich wünsche nicht, dass Ihr ihm die Knochen brecht und Euch in Schwierigkeiten bringt.«

Ich könnte im Moment vermutlich nicht einmal einer Wachtel die Knochen brechen, fuhr es Isaac durch den Kopf, doch er entgegnete bockig: »Habt Ihr einen besseren Vorschlag?«

»Allerdings. Begleitet mich an den Hof. Diese Angelegenheit gehört vor die Königin, denn sie hat mir ihr Geld und ihre Schiffe anvertraut. Eure Zeugenaussage würde sie niemals anzweifeln, weil Ihr seid, wer Ihr seid.«

Doch Isaac hob abwehrend die Linke. »Sie wird Euch ebenso glauben. Und ich habe nicht die Absicht, Drake vor der Königin anzuklagen wie ein Schulbengel den anderen bei seinen Lehrern verpfeift. Ich mache es lieber auf meine Art.«

»Bitte, wie Ihr wollt. Ihr wart noch niemals in der Lage, auf die Stimme der Vernunft zu hören.«

»Nein, ich weiß.«

Hawkins trank versonnen einen Schluck aus dem Weinbecher, den er seit ihrer Landung in Mounts Bay ständig in Reichweite hatte. Das sah ihm nicht ähnlich, und vermutlich würde es sich auch wieder legen, nahm Isaac an, aber der Kommandant verspürte derzeit wohl ein unstillbares Bedürfnis, sich die Welt schönzutrinken. »Sobald hier alles geregelt ist, fahre ich zurück und mache mich auf die Suche nach Robert Barrett und den übrigen Männern, die wir zurückgelassen haben. Kann ich Euch überreden, mich als Erster Offizier auf dieser Fahrt zu begleiten?«

Isaac sah ihm in die Augen und schüttelte den Kopf. Sein Eid war erfüllt, und er war frei. Seit San Juan de Ulúa war John Hawkins höher in seiner Achtung gestiegen, als er sich je hätte träumen lassen, aber das machte die Sklavenfahrten nicht ungeschehen. An Isaacs Zorn auf diesen Mann hatte sich ebenso wenig geändert wie an seinem Freiheitsdurst. Doch niemand war so verblüfft wie er selbst, als er sich sagen hörte: »Sollte ich je wieder einen Fuß auf ein Schiff setzen, dann wird es mein eigenes sein.«

DRITTER TEIL
1577–1579

»Eine Krone auf dem Haupt ist glorreicher für jene,
die sie sehen, als für die, welche sie tragen müssen.«

Elizabeth I.

London, November 1577

»Lang lebe Elizabeth, unsere noble Königin!«, rief der Lord Mayor, und die sonst so zynischen und schwer zu begeisternden Londoner, die dicht gedrängt die Straßen säumten, brachen in Jubel aus, der gar nicht mehr verhallen wollte.

Elizabeth, die anlässlich der Feierlichkeiten zu ihrem 19. Thronfolgejubiläum in einer prunkvollen Kutsche von St. Paul nach Whitehall fuhr, winkte ihnen zu. Ihre Miene drückte eine würdevolle Heiterkeit aus und eigentlich nichts sonst. Doch irgendwie verstand sie es, die Menschen spüren zu lassen, wie viel die Liebe ihrer Untertanen ihr bedeutete.

»Welch ein Glück, dass die Engländer zu schätzen wissen, was sie an ihrer Majestät haben«, bemerkte Francis Walsingham, der Secretary of State. »Verdienter Lohn für ihr unermüdliches Schaffen.«

Eleanor gab ihm recht. »Trotzdem werde ich froh sein, wenn sie heil wieder hinter sicheren Palastmauern angekommen ist.«

»Oh, komm schon, El«, schalt Robin Dudley lachend. »Du hörst dich an wie Topcliffe und siehst papistische Gespenster!«

Sie ritten Seite an Seite gleich hinter den Wachen und Herolden in der ersten Reihe des langen Festzuges, welcher der Kutsche folgte. Auch vor und seitlich der Königin marschierten Gentlemen Pensioners und Yeomen of the Guard, bildeten ein waffenstrotzendes Viereck um sie, aber es gab keinen vollkommenen Schutz bei solch einem Bad in der Menge.

»Die Gefahr ist alles andere als ein Hirngespinst«, entgegnete Walsingham. »Da wir sie indes nicht umgehen konnten, müssen wir darauf bauen, dass der Allmächtige seine auserwählte Königin schützt.«

Eleanor betrachtete Elizabeth in ihrem hermelinbesetzten Mantel, dem Diadem auf dem hocherhobenen Haupt, die beringten, winkenden Hände. Sie war eine erhabene Erscheinung, wirkte majestätisch und unantastbar. Doch natürlich war sie das nicht. Die Klinge oder Kugel eines Meuchelmörders konnte Elizabeths Fleisch ebenso durchdringen wie das gewöhnlicher Sterblicher. Und seit der Papst seine Bulle *Regnans in Excelsis* erlassen hatte, die Elizabeth exkommunizierte, sie der Ketzerei bezichtigte und alle Untertanen von der Gehorsamspflicht entband, war die Hemmschwelle für papistische Attentäter deutlich niedriger geworden …

Der Himmel über London war stahlgrau, und ein scharfer Novemberwind fegte durch die Straßen, aber wenigstens war es trocken. Und die Londoner hatten ihre besten Festtagskleider angelegt, schwenkten bunte Wimpel und Fähnchen mit dem königlichen Wappen. Sie boten ein farbenprächtiges und fröhliches Bild.

Unter dem anhaltenden Jubel der Menge setzte die Königin ihren Weg Richtung Westminster fort, und bis zum Charing Cross standen die Leute dicht an dicht. Eleanor und ihre Begleiter bekamen einen mörderischen Schreck, als ein junger Kerl die Phalanx der Wachen durchbrach und sich rennend der Kutsche näherte, aber es war lediglich ein treuer Untertan, den die Liebe zu seiner Königin so kopflos gemacht hatte, dass er getrocknete Rosenblüten vor ihr auf die Straße streuen wollte. Die Andrews-Zwillinge und zwei weitere Gentlemen Pensioners hatten ihn gepackt, in den Straßendreck geschleudert und ihm die Klingen an die Kehle gesetzt, ehe er zum zweiten Mal die Hand in seinen schmuddeligen Leinensack stecken konnte, aber die Königin sagte lachend: »Lasst ihn heil, um Himmels willen! Nehmt ihn mit nach Whitehall, setzt ihm ein Brathühnchen vor und gebt ihm einen neuen Mantel, ihr habt seinen ruiniert.«

Während Jethro den leicht ramponierten Mann auflas und mit der flachen Hand nachlässig abstaubte, brach die Menge in erneuten Jubel aus.

»Bess, du Teufelsweib«, murmelte Robin vor sich hin. »Du findest einfach immer das Richtige zu sagen.«

Walsingham runzelte ob seiner schamlosen Vertraulichkeit die Stirn.

Doch Eleanor nickte. »Einer der zahllosen Vorzüge eines *weiblichen* Monarchen«, bemerkte sie.

Das Bankett im Presence Chamber begann am späten Nachmittag, gleich nach Abschluss des alljährlichen Turniers. Über dreihundert Gäste saßen an den langen Tafeln: Höflinge, Adlige, ehrwürdige Kaufherren, Botschafter und Bischöfe. Ihre Juwelen und festlichen Gewänder funkelten mit den goldenen Platten und Pokalen um die Wette, und das Tischtuch an der hohen Tafel war aus Goldbrokat. Die Königin saß auf ihrem ausladenden Thronsessel, plauderte mit Robin Dudley an ihrer rechten Seite oder dem Earl of Shrewsbury zur Linken, und das Strahlen in ihren Augen verriet, wie sehr sie ihren Ehrentag genoss. Sie trug eine Robe aus cremefarbenem, golddurchwirktem Damast, die eingewebten Blumen mit Perlen bestickt, die bauschigen Ärmel geschlitzt und golden unterlegt, der hoch aufragende Spitzenkragen mit funkelnden Brillanten besetzt.

Francis Walsingham wies diskret mit dem Speisemesser zur Galerie hinauf, wo dicht gedrängt die Bürgersleute aus London und Westminster standen, die eine der begehrten Eintrittskarten ergattert hatten. »Sie werden den Anblick ihrer Königin so schnell nicht vergessen«, raunte er Eleanor zu.

»Bestimmt nicht. Das ist ja der Sinn dieses Spektakels, nicht wahr?«

»Ihr missbilligt das?«, fragte er erstaunt.

Eleanor schüttelte den Kopf. »Ich billige grundsätzlich alles, was das Band zwischen der Königin und den Engländern stärkt. Vermutlich ist es mir ein wenig peinlich, dass die Menschen dort oben uns beim Schlemmen zuschauen, das ist alles.«

Walsingham hob gleichmütig die Schultern. »Niemand hat sie gezwungen.«

»Ich weiß.« Sie verspeiste ein Stück Wachtelbrüstchen und dachte nach. »Meine Mutter war eine Dienstmagd bäuerlicher Herkunft, Sir Francis.«

»Die Milchamme Ihrer Majestät, ich weiß«, erwiderte er mit einem Nicken, sein Tonfall neutral.

Es war nicht allgemein bekannt, denn Eleanors Vater hatte es immer verstanden, die niedere Herkunft seiner ersten Gemahlin zu verschleiern. Doch Eleanor war nicht verwundert, dass Walsingham es wusste, denn dieser Mann wusste *alles.* »Ich glaube, manchmal meldet sich ihr Blut, und dann schäme ich mich für all den Prunk und den schönen Schein. Ganz besonders vor zahlendem Publikum.«

Er zeigte sein charmantes Lächeln. »Ich finde, das spricht nur für Euch, Mylady. Aber grämt Euch nicht. Auf der Galerie mögen keine Speisen und kein Wein serviert werden, doch die Musik klingt dort oben noch wundervoller als hier.«

Wie aufs Stichwort führte Master Tallis die handverlesenen Musiker herein, die an diesem Tag vor der Königin spielen durften. In einer exakt einstudierten Prozession durchschritten sie die Halle und stellten sich in drei Reihen auf. Lappidot war der vorletzte und legte den langen Weg ohne Hilfe und mit sicheren Schritten zurück. Der Chor der Chapel Royal folgte, und sie brachten ein vierstimmiges Madrigal zum Vortrag, zart und doch triumphal, dessen lateinischer Text die segensreiche Regentschaft der Königin pries. Walsingham lauschte mit Wohlgefallen. Das war auch etwas, das Eleanor an ihm mochte: Er empfand die fast allgegenwärtige Musik bei Hofe als etwas Kostbares, und während andere Höflinge die Stimmen erhoben, um sich weiter unterhalten zu können, und den Vortrag mit ihrem Gemurmel störten, schenkte Walsingham den Musikern immer seine ungeteilte Aufmerksamkeit.

Erst als das Madrigal und auch der Beifall verklungen waren, fragte er: »Hat Euer Neffe das geschrieben?«

Sie hob die Schultern. »Ich weiß es nicht, vielleicht auch Master Tallis oder Master Byrd. Ich verstehe zu wenig davon, um den Komponisten herauszuhören.«

»Ich auch«, gestand der Secretary. »Master Tallis ist alt geworden.«

Sie nickte. »Er ist über siebzig.«

»Hm. Bald brauchen wir einen Nachfolger.« Er sah sie vielsagend an.

»Es ist gut von Euch, dass Ihr an Lappidot denkt. Ich bin sicher, er hätte das Zeug. Aber ich weiß nicht, was mein Bruder dazu sagen würde.«

Nach dem Essen wurde das Fest ausgelassen. Die mittlere der drei Gästetafeln wurde abgebaut, und die Musiker spielten zum Tanz auf.

Wie eh und je führte Robin die Königin zur Volta, während Christopher Hatton mit Lettice Knollys tanzte, die, seit sie verwitwet war, wieder häufiger bei Hofe verkehrte. Eleanor stellte befriedigt fest, dass Elizabeths Taille um einiges schmaler war als die ihrer Cousine und dass man die zehn Jahre, die Lettice jünger war, zumindest bei Kerzenlicht nicht sah.

»Würdet Ihr mir die Ehre erweisen, Mylady?«, raunte eine vertraute Stimme in ihr Ohr.

Eleanor wirbelte herum.

Gabriel verneigte sich formvollendet vor ihr und streckte ihr dann die Rechte entgegen, an der ein wundervoller, zweifellos unlauter erworbener Saphirring steckte. Der König der Diebe war unverkleidet, aber in erlesen eleganter Garderobe erschienen. Niemand betrachtete ihn argwöhnisch oder fragte, mit welchem Recht er hier sei, denn er passte perfekt ins Bild. Und da kaum jemand außerhalb der Dunklen Bruderschaften ihn von Angesicht kannte, riskierte er auch nicht, verhaftet zu werden. Trotzdem war ihr immer mulmig, wenn er sich hier unmaskiert zeigte.

Doch jetzt legte sie lächelnd die Hand in seine. »Gott sei Dank. Ich fing an zu fürchten, ich müsse den Abend als Mauerblümchen beschließen.«

Gabriel führte sie mitten unter die Tänzer, und nach zwei Takten hatten sie sich in die Figurenfolge der Gaillarde gefunden. »Daraus darf ich schließen, dass der ehrenwerte Secretary Walsingham zwei linke Füße hat?«

»Keine Ahnung«, gestand Eleanor. »Ich schätze eher, er ist zu puritanisch für so frivole Vergnügen wie eine Gaillarde.«

»Ah«, machte er ironisch, legte die Hände um ihre Taille und wirbelte sie durch die Luft. »Wie aufregend es sein muss, das Objekt seiner Bewunderung zu sein.«

Gabriel unterstellte ihr immer eine romantische Tändelei mit Walsingham. Er zog sie gern damit auf, aber in Wahrheit, wusste Eleanor, war er eifersüchtig auf den gut aussehenden Secretary, mit dem Eleanor so viel Zeit verbrachte. Das lag einfach in der Natur der Sache, denn Eleanor war das Auge der Königin, und Walsingham – selber ein meisterhafter Spion – musste als Erster Sekretär über alle enthüllten Geheimnisse und Ränke im Bilde sein. Eleanor hatte auch mit William Cecil Hand in Hand gearbeitet. Aber sie musste zugeben, die Zusammenarbeit mit Walsingham war enger und … erbaulicher.

»Ihr zieht falsche Schlüsse, Sir«, sagte sie streng. »Secretary Walsingham ist seiner Frau treu und ergeben. Anders als gewisse andere Gentlemen, die ich nennen könnte.«

»Da ich mich nicht im glückseligen Stand der Ehe befinde, sehe ich keine Veranlassung, mich angesprochen zu fühlen«, entgegnete er liebenswürdig.

»Lump!«

Er hob sie so schwungvoll hoch, dass Eleanor fürchtete, sie werde im nächsten Moment durch die Halle fliegen wie ein Tennisball, doch Gabriel ließ sie gekonnt wieder zu Boden schweben.

»Wie bist du hier hereingekommen?«, fragte sie.

»Deine beiden Schutzengel waren so freundlich, mich zu übersehen, als ich durchs Tor geschlüpft bin.«

Sie nickte. Es war ihr nicht neu, dass es ein stillschweigendes Einvernehmen zwischen Gabriel und den Andrews gab.

Die Gaillarde endete, und Elizabeth gab den Musikern ein Zeichen, dass sie eine Pause einlegen wolle. Dann fiel ihr Blick auf Eleanor und Gabriel. Sie verbarg ein spitzbübisches Lächeln hinter den weißen Seidenreiherfedern ihres Fächers und deutete ein huldvolles Nicken an.

»Sie wünscht, dass du sie zum nächsten Tanz führst«, übersetzte Eleanor die kaum wahrzunehmende Geste.

»Welch hohe Ehre.« Ausnahmsweise spottete er nicht. Gabriel

war ein glühender Bewunderer der Königin. »Aber lauf ja nicht weg.«

Eleanor genoss das rauschende Hoffest in vollen Zügen und tanzte, bis ihr schwindelig wurde – ob von den vielen Drehungen oder dem Wein, den sie zwischendurch trank, um sich abzukühlen, vermochte sie nicht zu entscheiden. Als es auf Mitternacht ging und sich mit dem Feuerwerk der Höhepunkt, wenn auch noch lange nicht das Ende der Feierlichkeiten näherte, sagte sie: »Ich nutze die Gelegenheit, während alle draußen sind, um die Schuhe zu wechseln. Meine Füße bringen mich um.«

Gabriel gab ihren Arm frei. »Ich zeige derweil ein bisschen Familiensinn und trinke einen Becher mit unserem Cousin Cecil.«

Eleanor nickte mit einem etwas boshaften Lächeln. Seit dem Tod ihres gemeinsamen Onkels Philipp vor einem Jahr war dessen Sohn das Oberhaupt der Londoner Durham und hatte neben dem weltweit verzweigten Handelsnetz seines Vaters auch dessen traditionelle Verbindung zum König der Diebe geerbt. Cecil machte seine Sache hervorragend und genoss großes Ansehen, hatte Eleanor aus den Kreisen der Londoner Kaufmannschaft erfahren. Aber die Erkenntnis, dass der meist gesuchte Londoner Dieb sein Cousin war, hatte Cecil immer noch nicht so recht verkraftet.

Von der Tür aus warf Eleanor einen Blick zurück und beobachtete amüsiert, wie der fein gekleidete Kaufherr vor Schreck erstarrte, als der König der Diebe plötzlich an seiner Seite stand – wie aus dem Boden gestampft, verstand sich. Dann verließ sie den hell erleuchteten Saal, nickte den Wachen in der Vorhalle zu und stieg mit schmerzenden Füßen eine Treppe hinauf.

Whitehall war ein moderner, lichtdurchfluteter Palast, aber auch hier gab es finstere Ecken und Korridore, vor allem nachts. Trotzdem nahm Eleanor kein Licht mit, denn der Weg zu den Privatgemächern war notdürftig beleuchtet, und sie hätte ihn notfalls auch mit verbundenen Augen gefunden.

So sah das heimliche Liebespaar, das sich in einer dämmrigen Fensternische zu einem Stelldichein getroffen hatte, sie nicht kommen. Vermutlich hätten sie auch nichts davon bemerkt, wenn Eleanor das Feuerwerk, das gerade begann, hier in diesem Flur vor ihrer Nase abgebrannt hätte, denn sie saßen eng umschlungen auf der gepolsterten Fensterbank, die junge Dame halb auf dem Schoß ihres Galans, und küssten sich innig. Eleanor wollte eigentlich diskret den Blick abwenden und sich vorbeischleichen, doch dann erkannte sie die beiden.

Sie blieb stehen und räusperte sich vernehmlich.

Das Paar fuhr auseinander.

»Wer da?«, stieß das Mädchen erschrocken hervor.

»Meine Tante, Lady Eleanor«, antwortete Lappidot.

Du erkennst mich an einem *Räuspern?*, dachte diese fassungslos, aber vermutlich gehörte ein übernatürlich gutes Ohr zu den wenigen Vorzügen von Blindheit.

»Was in aller Welt hat das zu bedeuten?«, fragte Eleanor schneidend. Sie war sich bewusst, dass sie sich wie das fleischgewordene Klischee der prüden, altjüngferlichen Tante anhörte, die sie ja gar nicht war, weswegen sie sich Entrüstung streng genommen auch nicht leisten konnte. Aber sie war erschrocken. »Mahalath? Weißt du denn nicht, was du aufs Spiel setzt? Ich hätte dich für klüger gehalten. Und dich für verantwortungsvoller, Lappidot.«

Sie bekam nicht sogleich eine Antwort.

Mahalath blieb stumm und hielt den Blick artig gesenkt, aber ihre Schultern, ihre ganze Haltung verrieten ihre Auflehnung. Sie stammte aus einem alten Rittergeschlecht in Norfolk und war eines der Hofhühner, aber eigentlich vernünftiger als der Rest. Oder zumindest hatte Eleanor das bis heute geglaubt. »Geh zurück zum Fest, ehe du vermisst wirst.«

»Aber, Lady Eleanor …«

»Tu, was ich dir sage«, unterbrach diese sie scharf. »Vergiss deinen Mantel nicht, draußen ist es kalt.«

Mahalath sah ihr einen langen Moment in die Augen. Dann nickte sie und stand auf.

Lappidot tastete nach ihrer Hand, nahm sie in seine beiden und drückte sie kurz an die Lippen. »Ich finde dich«, versprach er mit einem Lächeln in der Stimme.

Für einen Lidschlag erstrahlte das Gesicht des Mädchens. Dann wandte Mahalath sich ab und verschwand leichtfüßig Richtung Treppe.

»Also?« Eleanor setzte sich zu ihrem Neffen auf den Fenstersitz und faltete die Hände im Schoß. Eisige Zugluft wehte ihr durch das undichte Fenster in den Rücken. »Ich höre.«

»Ich bin nicht ganz sicher, was ich dir sagen soll«, gestand Lappidot, aber es klang weder verlegen noch reuig. »Ich liebe sie, sie liebt mich, Ende der Geschichte.«

»Das ist *nicht* das Ende der Geschichte, denn …«

»Für mich schon«, unterbrach er sie.

»Lappidot, um Himmels willen«, beschwor Eleanor ihn. »Du stürzt euch beide ins Unglück.«

»Warum genau? Bin ich nicht gut genug für sie, weil ich blind bin, oder ist sie nicht gut genug für mich, weil ihr Vater keinen Titel hatte?«

»Mach dich nicht lächerlich«, fuhr sie ihn an. »Du bist ein Waringham, und die Frage deines Augenlichts ist nicht von Belang. Aber sie ist eine Helmsby, das heißt, sie ist Papistin.«

»Na und? Die halbe Chapel Royal ist katholisch: Thomas Tallis, William Byrd und noch etliche mehr. Mir ist das egal, und die Königin scheint es auch nicht sonderlich zu empören. Sonst hätte sie Mahalath ja nie zu ihrer Hofdame gemacht, oder?«

Eleanor überlegte einen Moment, ob Lappidot sich naiv stellte, um sie in Rage zu bringen, oder ob er tatsächlich so ahnungslos war, weil er in seiner Musikwelt lebte wie in einem abgeschiedenen, ummauerten Garten.

Denn die Dinge lagen weitaus komplizierter.

Elizabeths Toleranz den Katholiken gegenüber hatte spürbar nachgelassen, denn vor sechs Jahren hatte es ein papistisches Komplott gegeben, das sie um ein Haar das Leben gekostet hätte. Die mächtigen katholischen Lords des Nordens hatten sich mit dem Papst, Felipe von Spanien und Mary Stewart verschworen, und während die Earls of Westmoreland und Northumberland mit ihren Truppen auf York marschierten, sollte der Herzog von Alba mit seiner spanischen Armee aus den Niederlanden den Kanal überqueren, Südengland erobern und die Königin gefangen nehmen. Elizabeth sollte ermordet und durch Mary Stewart ersetzt werden. Unter deren Regentschaft, so hofften die Papisten, sollte England zurück in den Schoß der katholischen Kirche geführt werden, und um ihrem Anspruch auf den englischen Thron zusätzliche Legitimation zu verleihen, sollte sie Elizabeths Cousin, den Duke of Norfolk, heiraten.

Ausgerechnet Norfolk, dieser Esel, der nach der Entdeckung der Schatullenbriefe lautstark verkündet hatte, die schottische Königin sei eine ehebrecherische Hure und Mörderin und gehöre nach Schottland ausgeliefert und enthauptet – ausgerechnet Norfolk hatte plötzlich seine romantische Seite entdeckt und Mary Stewart feurig den Hof gemacht, weil er gerne König werden wollte.

Aber John Hawkins, der immer noch gute Kontakte nach Spanien unterhielt, hatte von der Verschwörung erfahren und die Königin gewarnt. Auch Mahalaths Vater, Sir Aaron of Helmsby, war bei Nacht und Nebel nach Hampton gekommen und hatte der Königin von den Plänen berichtet. Das war ihm furchtbar schwergefallen, denn er war Papist *und* ein Vasall des Duke of Norfolk. Aber seine Königstreue hatte letztlich alle Bedenken überwogen, und auch deswegen hatte Elizabeth Mahalath an ihren Hof geholt, nachdem deren Vater bei der Niederschlagung der Rebellion im Norden gefallen war.

Es war eine schwere Krise gewesen, ihre Folgen erdbebengleich: Der Papst hatte seine berüchtigte *Regnans in Excelsis* gegen Elizabeth erlassen. Mary Stewart, die abgesetzte schottische Königin, hatte ihren Kopf nur deswegen behalten, weil Elizabeth sich geweigert hatte, das Todesurteil zu unterzeichnen, das Cecil ihr vorlegte. Der Duke of Norfolk hingegen hatte weniger Glück gehabt. Genau wie sein Vater vor ihm endete er auf dem Schafott und sein Kopf zur Warnung an alle Verräter an einer langen Stange über der London Bridge. Kein großer Verlust für England, fand Eleanor. Doch Norfolks Schwester – Lappidots Mutter – hatte ihren Bruder nur um zwei Monate überlebt. Sie sei vor Schande gestorben, behauptete Francis. Und auch wenn sich das wie schwülstiger Unsinn anhörte, wusste Eleanor, dass ihr Bruder recht hatte, dessen Trauer bitter war und dessen Toleranz den Papisten gegenüber merklich nachgelassen hatte.

»Was, glaubst du, würde dein Vater sagen, wenn er von dieser Sache erführe?«, fragte sie Lappidot.

Er hob langsam die Schultern. »Er wird es vermutlich schwernehmen, ich weiß. Aber ich bin dreiundzwanzig Jahre alt, Tante Eleanor. Es wird Zeit, dass ich mein Leben selbst in die Hand nehme. Und ich fürchte, dabei kann ich nur bedingt Rücksicht auf die Wünsche meines Vaters nehmen.«

»Und was ist mit ihr? Denkst du auch nur einen Augenblick daran, was es für Mahalaths Zukunft bedeutet, wenn ihr auffliegt?«

»Ich bin nicht sicher, dass ich verstehe, was du meinst.« Es klang kühl.

»Ich hoffe für euch, sie ist noch nicht schwanger.«

Lappidot verschränkte die Arme vor der Brust. »Du glaubst, das würde ich tun? Die Frau entehren, die ich heiraten will?«

»Heiraten …«, wiederholte Eleanor matt. Erst jetzt erkannte sie wirklich den Ernst der Lage, und sie sann auf eine Strategie.

Es war einen Moment still, nur das Böllern und Heulen der Feuerwerksraketen auf der anderen Seite des Palastes war gedämpft zu hören.

»Wie ist es überhaupt dazu gekommen?«, fragte Eleanor, eher neugierig als streng. »Wie seid ihr euch begegnet?« An diesem Hof lebten über eintausendfünfhundert Menschen, und zwischen Elizabeths Hofdamen und den Mitgliedern der königlichen Kapelle gab es wenige Berührungspunkte.

»Sie kam mit ihrer Laute zu Master Tallis und bat ihn um Unterricht. Sie ist sehr begabt, weißt du.« Er lächelte, und Eleanor bekam weiche Knie von diesem Lächeln. Es verriet, wie rettungslos verliebt er war. »Lautespiel hat eine lange Tradition in ihrer Familie, aber es war ihr Bruder, der gründlich unterwiesen wurde, nicht sie. Master Tallis schickte sie zu mir.«

»Vermutlich glaubte er, bei dir sei das schönste Mädchen unter den Hofhühnern sicher«, warf sie seufzend ein.

»Genau das hat er gesagt. Aber auch wenn ich die Schönheit ihrer Züge oder ihrer Gestalt nicht würdigen kann, konnte ich die Schönheit ihrer Stimme doch umso besser hören. Als wir einander vorgestellt wurden, mussten wir lachen, weil wir beide diese fürchterlichen biblischen Namen haben, und als ich ihr Lachen gehört habe, war's schon passiert. Doch je mehr wir redeten, je besser wir uns kennenlernten, desto schlimmer wurde es. Ich weiß, es wird schwierig, Tante Eleanor. Vater wird Einwände haben, weil sie Papistin ist, ihr Bruder wird Einwände haben, weil ich blind bin, und die Königin wird ebenfalls Einwände haben. Offen gestanden, hatte ich gehofft, dass du uns vielleicht verstehen und uns helfen würdest.«

Eleanor fiel aus allen Wolken. »Wieso ausgerechnet ich?«

Lappidot ließ die Arme wieder sinken und lehnte den Rücken an die kalte Mauer. Sein Gesicht war ihr zugewandt, doch die blauen Augen schienen ins Leere zu blicken. »Du hast ein Geheimnis. Vor Jahren kam eine Dame mit einem kleinen Jungen zu dir, den ich für ein Mädchen hielt, weil seine Stimme exakt genauso klang wie Adahs und Zillahs. Klang und Timbre einer Stimme können erblich sein, habe ich festgestellt, genau wie die Textur von Haaren oder die Form von Nasen. Ich habe oft über den kleinen Samuel nachgedacht. Und dann kam ich nach Hause und fand ihn dort im Internat unter dem Namen Durham. Zusammen mit seiner Schwester Anne. Londoner Durham, hörte ich, aber Cecils Kinder sind sie nicht. Also …«

»Schon gut, schon gut«, unterbrach sie und hob die Hände in einer Geste der Kapitulation. »Dein Gehör hat dich nicht getrogen.« Sie flüsterte beinah, obwohl sie mutterseelenallein auf dem dämmrigen Korridor waren. »Sie sind meine Kinder. Und ihr Vater *ist* ein Londoner Durham. Cecils Cousin. Aber er ist nicht mein Gemahl.«

Lappidot nickte. Falls er schockiert war, wusste er es gut zu verbergen. »Also? Du hast gegen alle Regeln verstoßen, um den Vater deiner Kinder zu bekommen – wer immer er sein mag. Dann musst du doch verstehen können, wie es in mir aussieht. Und in Mahalath.«

»Mahalath of Helmsby ist gerade einmal sechzehn, Lappidot.«

»Was hat ihr Alter damit zu tun?«, konterte er ungeduldig. »Sie weiß, was sie will, und stell dir vor, das bin ich. Obwohl ich blind bin und obwohl die Königin sehr wohl entscheiden mag, dass Waringham an Onkel Isaac oder an Adahs Mann fällt.«

»Du wärst trotzdem eine gute Partie«, entgegnete Eleanor. »Egal, wer Waringham bekommt, dein Vater wird dafür sorgen, dass du nicht mit leeren Händen dastehst.«

Lappidot nickte unglücklich. »Es sei denn, er enterbt mich, weil ich eine Papistin heirate.«

Es könnte passieren, dachte Eleanor beklommen. Und ihr Bruder würde darunter weitaus mehr leiden als ihr Neffe. Diesen Kummer wollte sie sich lieber gar nicht vorstellen, aber sie sah an Lappidots Miene, dass er die Frage, ob Mahalath all das wert sei, für sich längst beantwortet hatte.

»Wirst du uns helfen?«, fragte er. Er bettelte nicht, aber es fehlte nicht viel.

Was blieb ihr anderes übrig? Auch wenn aus dem niedlichen Bengel mit den Engelslocken ein eigenwilliger junger Mann geworden war, hatte sie ihren Neffen doch immer abgöttisch geliebt, und daran hatte sich nichts geändert. »Ich werde tun, was ich kann. Aber nicht bedingungslos, Lappidot.«

»Was heißt das?«

»Es heißt, was es heißt: Ich tue, was ich kann, aber nicht mehr. Meine Loyalität gehört im Zweifelsfall der Königin, ist das klar?«

»Völlig.«

»Wenn ihr sie hintergeht und zum Beispiel heimlich heiratet, habt ihr meine Unterstützung verloren. Es wird auch so schon ordentlich krachen. Sie kann es nicht leiden, wenn die Hofhühner Liebschaften haben, wie du vermutlich weißt.«

»Ist es wirklich wahr, dass sie einer ihrer Damen einen Finger gebrochen hat?«, fragte er unbehaglich.

»So wahr ich hier sitze.« Eleanor hatte gehofft, diese peinliche Episode werde sich nicht herumsprechen, aber die Hoffnung war natürlich eitel gewesen, weil es mindestens zehn Zeugen gab, die miterlebt hatten, wie die Königin auf die arme schwangere Mary

Shelton losgegangen war … »Sie hat Mahalath wirklich gern, deswegen wird das Donnerwetter umso heftiger ausfallen. Aber ich bin offen gestanden in größerer Sorge um dich als um deine Herzensdame. Tut nichts Unüberlegtes, Lappidot, sonst mag es passieren, dass du dich für ein Weilchen in einem finsteren Loch im Tower wiederfindest.«

»Finstere Löcher bergen für mich keinen Schrecken«, entgegnete der junge Mann mit einem geisterhaften Lächeln.

Auf See, 38°25′ N, 25°25′ W, November 1577

»Captain, wir sind in Schussweite!«, meldete der Bootsmann.

»Danke, Master Holbroke«, antwortete Isaac. »Backbordgeschütze klar?«

»Geschütze klar, Sir.«

Isaac sah zu der spanischen Galeasse hinüber, deren Geschützluken sich gerade öffneten.

Marian stand neben ihm auf dem Achterdeck und stierte blinzelnd zum Bug des Spaniers, um den Namen zu entziffern. »Die *Todos Los Santos*«, las er schließlich vor.

»Ah«, machte der Captain. »Dann geht es an Bord sicher ganz besonders heilig zu.«

Sein Erster Offizier nickte. »Vor allem unter Deck. Wo mag sie herkommen, und was mag sie geladen haben?«

»Schwer zu sagen.« Sie waren in Sichtweite der Azoren, und die meisten spanischen Schiffe fuhren hier entlang, egal ob sie aus Panamá oder von den Molukken kamen. Er beugte sich über das Geländer und befahl dem Rudergänger: »Zehn Grad abfallen, Morland, sonst sind wir in Reichweite.«

»Aye, aye, Captain.«

Der Bug der *Nemesis* verschob sich nach Süden.

Der Spanier feuerte. Seine Steuerbordgeschütze verursachten ein Heidengetöse, aber keine der Kugeln erreichte ihr Ziel.

»Hornochsen«, bemerkte Marian verächtlich.

»Dann wollen wir mal sehen, ob wir es besser können. Master Yates?«

»Sir?« Der Master Gunner hielt die Fackel einsatzbereit in der Linken.

»Breitseite in die Takelung«, befahl Isaac und fuhr an seinen Ersten Offizier gewandt fort: »Alle Mann klarmachen zum Entern.«

»Oh, wunderbar, mein Lieblingsbefehl«, erwiderte Marian. »Master Holbroke, alle Mann klarmachen zum Entern!«

»Aye, Sir!«

Die zehn Backbordgeschütze der *Nemesis* donnerten in schneller Folge, und als der Großmast des Spaniers mit dem gewaltigen Rahsegel zu kippen begann und dann herabstürzte, jubelten die Männer. Den Fockmast erwischten sie auch, und drei Kugeln durchschlugen das Lateinersegel am Besanmast.

»Das dürfte sie ein Weilchen beschäftigen«, prophezeite Marian.

Das Hauptsegel der *Todos Los Santos* hatte offenbar die halbe Mannschaft unter sich begraben, und während die Spanier versuchten, sich zu befreien und die Ordnung an Bord wiederherzustellen, hatte die wendige *Nemesis* sie schon erreicht und beigedreht, und die ersten Enterhaken flogen über die Bordwand der Galeasse.

Isaac stand mit gezücktem Degen auf der Reling und schlang sich eines der Enterseile um den linken Unterarm. »Für Elizabeth und die Freiheit!«, rief er, so wie er es immer tat, und schwang hinüber auf das feindliche Schiff.

»Elizabeth und die Freiheit«, echote die fast achtzigköpfige Mannschaft in einem donnernden Chor und folgte ihm.

Die Spanier hatten sich schon wieder halbwegs sortiert und empfingen sie wie üblich mit einer Salve aus ihren verfluchten Arkebusen. Isaac spürte den Luftzug einer Kugel am Hals, und neben ihm stürzte ein Matrose getroffen ins Wasser. Die spanischen Schützen gaben die Waffen zum Nachladen nach hinten und zückten die Klingen.

Unter markerschütterndem Gebrüll stürzten die englischen Matrosen sich ins Getümmel, und das reichlich verspätete Angriffssignal des spanischen Trompeters wurde vom Waffenklirren beinah ertränkt.

Isaac stieß einem Spanier in blanker Rüstung die Klinge in die Kehle – immer noch ihr wunder Punkt –, brach dem nächsten mit dem Ellbogen die Nase und kämpfte sich langsam nach mittschiffs vor. Dort suchte und fand er den spanischen Kapitän, ein ungerüstetes, kugelrundes Männlein, das ihm kaum bis an die Schulter reichte, aber blitzschnell mit dem Degen war. Die übrigen Kämpfenden machten ihnen höflich Platz. Isaac glaubte schon, er habe die Oberhand gewonnen, aber er unterschätzte das Kugelmännlein. Es machte einen pfiffigen Ausfall, durchbrach Isaacs Deckung und erwischte ihn am Unterarm. Dabei kam der spanische Kapitän ihm allerdings so nah, dass Isaac ihn mit der Linken an der Halskrause zu fassen bekam. Er packte fest zu und drehte, und bald lief das Männlein purpurrot an. »Das ist … regelwidrig«, japste es.

»Darüber ließe sich trefflich streiten«, gab Isaac zurück und trat ihm die Waffe aus der erschlaffenden Rechten. »Aber wie dem auch sei. Das Wunderbare an der Piraterie ist, dass Regelverstöße zum Beruf gehören. Und nun sagt mir, möchtet Ihr Euch ergeben oder zur Hölle fahren?«

Der Spanier winkte mit einer fetten, beringten Hand ab, beinah gelangweilt. »Wir ergeben uns.« Und nachdem Isaac ihn losgelassen hatte und ihm die Klinge auf die Brust setzte, befahl er: »Streckt die Waffen, Männer! Wir sind geschlagen!«

Streng genommen waren sie das keineswegs, und die exzellent geschulten spanischen Soldaten hätten Isaacs Mannschaft noch schwer zusetzen können, aber blinder Gehorsam war das erste, was man sie lehrte. Augenblicklich versiegten die Kampfhandlungen, und Marian Edmundson übernahm es mit den beiden anderen Offizieren, die Gegner zu entwaffnen. Alles ging geordnet vonstatten, geradezu routiniert.

Das entging auch dem spanischen Kapitän nicht. »Eure Männer machen das heute nicht zum ersten Mal«, bemerkte er anklagend.

Isaac schüttelte den Kopf. »Ihr seid unser achter Fang auf dieser Fahrt.«

»Ha«, machte das Kugelmännlein angewidert. »Welcher seid Ihr? Fitzgervais oder Drake?«

»Vergebt mir«, bat Isaac mit einer übertriebenen Verbeugung. »Isaac Fitzgervais, Euer ergebener Diener.« Und er konnte sich nicht verbeißen hinzuzufügen: »Wer zum Teufel ist Drake?«

»Ein englischer Halunke wie Ihr, der genau wie Ihr am Galgen enden wird.«

»Verstehe. Und ich habe die Ehre mit …?«

»Gustavo Mendoza de Córdoba.« Auch er verneigte sich.

»Eine Ehre, Don Gustavo. Und Ihr kommt womit woher und bringt es wohin?«

»Zucker und Früchte von Española nach Valencia.«

Isaac zog scharf die Luft durch die Zähne, als hätte er sich in den Finger geschnitten. »Ein herber Schlag. Wir wollten eigentlich Gold oder Muskat. Wenigstens Wein.«

»Tja, was kann ich sagen, Capitán?«, höhnte Don Gustavo. »Mehr Glück beim nächsten Mal.«

Isaac wandte den Kopf. »Gentlemen? Könnte irgendwer hier mal übernehmen?«

Schleunigst trat Arthur Humphreys, der Zweite Offizier, hinzu und fesselte Don Gustavo in aller Höflichkeit die Hände auf den Rücken, der säuerlich fragte: »Ich hoffe, Ihr behandelt Eure Gefangenen mit Anstand, Capitán Fitzgervais?«

»Von *mir* habt Ihr nichts zu befürchten«, versicherte der englische Captain mit einem Lächeln, von dem Don Gustavo offenbar ein wenig unbehaglich wurde.

Isaac ließ ihn stehen und ging zur Luke, die ins Innere des Schiffsbauches führte, und mit einem Mal war der schelmische Mutwillen aus seinen Zügen verschwunden. Marian begleitete ihn, ohne dass eine Absprache nötig gewesen wäre. Sie durchquerten das verlassene Geschützdeck, kletterten eine weitere Stiege hinab ins Ruderdeck, und hier fanden sie die Beute, auf die sie eigentlich aus waren: Zweihundertvierzig Männer, nackt bis auf zerlumpte, knielange Hosen, die Schädel geschoren, so mager und ausgemergelt, dass man die einzelnen Rippen zählen konnte, jeweils zu viert an die sechzig Ruder gekettet.

Isaac und Marian blieben vor dem ersten Ruderpaar stehen und ließen den Blick über die bedauernswerten Menschen gleiten. Dann sagte Isaac auf Spanisch: »Heute ist euer letzter Tag in Ketten. Wir sind hier, um euch zu befreien. Wo ist der *Cómitre?*«

Der Cómitre war der Offizier an Bord, der zusammen mit seinen Vertretern – je nach Schiffsgröße zwei oder vier – die Ruadersträflinge beaufsichtigte, und er verwahrte den Schlüssel zu den Ketten.

»Sie sind alle drei an Deck geeilt, als die Kämpfe begannen«, antwortete ein alter Mann auf der dritten Bank links, und er sprach Englisch. Er hatte die knochigen großen Hände um die Haltegriffe an dem dicken Ruderschaft gelegt, als seien sie nach all den Jahren daran festgewachsen. Aber er hatte die Arme durchgestreckt und saß sehr aufrecht – eine unbeugsame, stolze Haltung.

Isaac trat zu ihm, und aus der Nähe erkannte er, dass dem Mann ein Ohr fehlte. Das taten die Spanier gern mit denjenigen, die die Peitsche allein nicht gefügig machte, wusste er, denn es war eine schwere Strafe mit hohem Abschreckungsgrad, die aber die Arbeitskraft des Ruderers nicht beeinträchtigte. »Wir werden sie schon finden, Väterchen, keine Bange.«

Der hagere Mann schüttelte langsam den Kopf. »Ich bin kein Väterchen, Isaac. Mach die Augen auf.«

Im selben Moment, als Isaac ihn erkannte, schnappte Marian hörbar nach Luft. »Peter Westbury?«

Der einohrige Greis auf der Ruderbank war der ewig seekranke Dritte Offizier auf der *Judith* gewesen, und er war zweiunddreißig Jahre alt, wusste Isaac, denn sie waren am selben Tag geboren.

»Süßer Jesus …«

»Oh, erspar mir deine Betroffenheit«, knurrte Westbury und rasselte mit den Handketten. »Schaff den verfluchten Cómitre her!«

Isaas legte ihm einen Moment die Hand auf die Schulter und wandte den Kopf. »Marian, wärst du so gut?«

»Sicher.« Marian verschwand an Deck.

»Wer von euch ist Engländer?«, fragte Isaac.

»Ich!«

»Ich auch!«

»Hier!«

Ein gutes Dutzend meldete sich; vier von ihnen waren genau wie Westbury bei San Juan de Ulúa in Gefangenschaft geraten. Doch die große Mehrzahl der Sträflinge waren Türken.

»Sie sind bei der Seeschlacht von Lepanto gefangen genommen worden«, wusste Westbury. »Tausende von ihnen, arme Schweine. Das ist auch schon ein Weilchen her, aber keiner ist so lange hier wie Knox, Davidson, Williams und ich.«

Neun Jahre, dachte Isaac fassungslos. »Es ist ein Wunder, dass ihr so lange überlebt habt.«

Westbury wandte den Blick ab und nickte. »Sie verstehen sich darauf, einen Mann am Leben zu halten, ob er will oder nicht.«

Nach wenigen Minuten kamen Marian und Arthur mit drei Spaniern zurück.

Der Cómitre war ein junger Kerl mit kinnlangen schwarzen Locken. Seine feinen Kleider und die juwelenbesetzte, wenn auch leere Degenscheide verrieten seine vornehme Herkunft, und er hatte ein gewinnendes Lausbubengesicht.

Doch der Schein trog offenbar: Ein wütendes Zischen erhob sich unter den Ruderern, als er vor sie geführt wurde, und Peter Westbury spuckte aus. »Der verfluchte Schinder gehört aufgeknüpft.«

»Das liegt bei euch«, antwortete Isaac, löste mit einem höflichen Nicken den Schlüsselbund vom Gürtel des jungen spanischen Edelmannes und reichte ihn den Sträflingen auf der vordersten Ruderbank.

»Wir werden jetzt an Deck gehen«, erklärte er, scheinbar seelenruhig, aber dies war immer ein Moment, da ihm das Herz bis in die Kehle schlug. »Was ihr mit diesen Männern tut, ist eine Sache zwischen euch und ihnen.«

»Dann möge Gott ihnen gnädig sein«, antwortete Westbury grimmig. »Wir sind es bestimmt nicht.«

Rasselnd wurden die Ketten aus den Ösen gezogen und die Schlüssel nach hinten durchgereicht. Die Männer auf den vorderen Bänken standen auf. Der Cómitre und seine Gehilfen fluchten entrüstet, verstummten dann und tauschten unsichere Blicke.

»Sonst noch jemand, den ihr haben wollt?«, fragte Isaac. »Den Kapitän? Den Quartiermeister?«

Westbury verständigte sich in fließendem Spanisch mit den übrigen Gefangenen, aber er erntete einhelliges Kopfschütteln.

»Capitán Gonzales ist ein anständiger Kerl für einen Spanier«, erklärte Davidson, der Steuermann auf der *Jesus* gewesen war und neben Westbury auf der Ruderbank saß. »Seit er dieses Schiff kommandiert, haben wir wenigstens keinen madigen Zwieback mehr bekommen.«

Isaac nickte seinen beiden Offizieren zu und wandte sich zum Ausgang.

Als der Cómitre und seine Gehilfen begriffen, dass sie mit den befreiten Ruderern hier unten allein bleiben sollten, protestierten sie lautstark. Ehe Isaac die Stiege erreichte, fingen sie an zu flehen. Und als er zurück an Deck kam, hörte er den ersten Schrei. Es folgten noch viele weitere, und sie waren entsetzlich anzuhören.

Bleierne Stille herrschte an Deck der *Todos Los Santos*, während die drei Männer im Innern des Schiffes ihren langsamen und qualvollen Tod starben.

»Ihr seid ein Satan, Fitzgervais«, sagte der spanische Kapitän heiser, als es endlich still geworden war.

Isaac sah ihn an und schüttelte den Kopf. »Ich glaube nicht, Don Gustavo. Ich versuche, die Gerechtigkeit wiederherzustellen. Im Rahmen meiner bescheidenen Möglichkeiten.«

»Das ist Hochmut, mein junger englischer Capitán.«

»Vielleicht. Aber nicht ich habe das Schicksal dieser drei Männer entschieden, sondern die Sträflinge, die der Cómitre und seine Bluthunde gequält und gedemütigt haben. Was könnte gerechter sein?«

»Diese Sträflinge wurden im Namen des Königs oder im Namen unseres Herrn Jesus Christus verurteilt!«, entgegnete Don Gustavo streng. »Wie könnt Ihr Euch anmaßen, diese Autoritäten in Frage zu stellen und ihre Urteilssprüche umzustoßen? Das ist Anarchie!«

Isaac nickte, scheinbar zerknirscht. »Ich gestehe, Autoritäten anzuerkennen war noch nie meine Stärke. Euch wollten die Rudersträflinge übrigens nicht. Also seid dankbar für meinen Weg der Urteilsfindung und trinkt ein Glas mit mir auf diesen kleinen Sieg der Gerechtigkeit.«

Der Kapitän brummte übellaunig, doch als Isaacs Steward ein Silbertablett mit zwei gefüllten Kristallgläsern brachte, griff er zu.

»Ich trinke auf König Felipe«, betonte er trotzig.

Isaac stieß mit ihm an. »Also, auf König Felipe. Möge die Pest ihn holen.«

Wie üblich übergab Isaac das Schiff an die befreiten Sträflinge. Für gewöhnlich beanspruchte er ein Zehntel der Ladung als Prise, aber der Frachtraum der *Nemesis* war so voll, dass kein Zuckerkörnchen mehr hineingepasst hätte.

Er vereinbarte mit dem Anführer der Türken, dass sie Kapitän Gonzales und dessen Mannschaft auf den Azoren aussetzen würden. Die Spanier hatten Glück: Die Azoren gehörten den Portugiesen und waren eine beliebte Zwischenstation auf deren Handelsreisen. Gonzales würde schneller nach Hause kommen als manch anderer Spanier, der das Pech gehabt hatte, den Weg der *Nemesis* zu kreuzen.

Die befreiten Engländer nahm Isaac an Bord und bat Rodhri Lyn, sie sich anzusehen.

»Ihnen fehlt nichts, was anständiges Essen und ein paar Tage Ruhe nicht heilen können«, sagte der Schiffsarzt, als er dem Captain in dessen Kajüte Bericht erstattete.

»Bis auf abgeschnittene Ohren«, bemerkte Isaac abwesend, den Blick auf die Seekarte gerichtet. »Oder neun gestohlene Jahre.«

»Du nimmst dir diese Dinge immer zu sehr zu Herzen, Isaac«, schalt sein walisischer Freund. »Sie sind frei, nur das zählt.«

»Du hast recht.« Isaac legte den Zirkel beiseite. »Schick Westbury zu mir, wenn du ihn siehst.«

»Sicher.« Der Schiffsarzt zeigte auf die herrlich verzierte erbeutete Seekarte. »Wohin als Nächstes?«

»Nach Hause«, antwortete Isaac. »Nachdem letztes Jahr die

ganze Mannschaft das heulende Elend hatte, hab ich mir geschworen, dieses Jahr Weihnachten nicht auf See zu verbringen.«

Rodhri grinste verlegen. »Erinnere mich bloß nicht …«

Peter Westbury kam kurz vor Sonnenuntergang, als der Rudergänger acht Glasen schlug.

»Plattfußwache«, bemerkte Westbury mit einem Lächeln, das ebenso bitter wie nostalgisch war. »Ich habe sie gehasst.«

Isaac nickte. »Sie scheint niemals umzugehen. Setz dich. Hat der Steward euch anständig gefüttert?«

Westbury hob abwehrend beide Hände. »Ein Bissen mehr, und ich hätte um Gnade gefleht.«

Er hatte sich gewaschen und etwas Passendes in der Kleiderkiste gefunden, die Marian für die befreiten Rudersträflinge unterhielt. Hoffähig sah Westbury nicht gerade aus, aber wenigstens angezogen.

Isaac schenkte ein und stellte einen der Becher vor seinen Gast. »Hier. Besser, du hältst ihn fest, wir bekommen eine Mütze Wind.«

Westbury nahm den Silberpokal in beide Hände. »Wenigstens werde ich nicht mehr seekrank.« Er nahm genüsslich einen langen Schluck. »Gott, tut das gut …« Er trank noch einmal, dann stellte er den Becher auf sein Knie. »Danke, Isaac. Oder Captain, sollte ich wohl sagen. ›Danke‹ ist ein lächerlich unzureichendes Wort, um auszudrücken, was ich eigentlich meine. Ich habe mir neun Jahre lang gewünscht, ich wäre tot. Wir alle, schätze ich. Wir hatten keinen Funken Hoffnung, dieser Hölle je zu entrinnen. Und dann kommst du plötzlich die Stiege herunter und sagst: ›Heute ist euer letzter Tag in Ketten.‹ Es kommt mir … immer noch unwirklich vor.«

»Das kann ich mir vorstellen.«

»Wenn ich daran denke, dass ich England noch mal wiedersehen darf …« Er atmete tief durch. »Ob meine Frau noch lebt?«

Es klang glücklicherweise eher wie laut gedacht, nicht wie eine Frage, sodass Isaac nicht zu antworten brauchte. Westburys Frau, wusste er, hatte erst einen anderen Kerl geheiratet und war dann im Kindbett gestorben. Aber heute war nicht der richtige Tag für Peter Westbury, um das zu hören.

»Robert Barrett hat mir erzählt, wie es euch nach San Juan de Ulúa ergangen ist«, sagte dieser nach einem längeren Schweigen.

»Barrett? Du hast ihn gesehen? Das heißt also, sie haben ihn geschnappt.«

Westbury senkte einen Moment den Blick. »Sie haben sie alle geschnappt. Elf von den fünfundneunzig, die mit Barrett an Land gingen, sind gestorben, die Übrigen sind den Spaniern in die Hände gefallen. Wir waren zusammen in Sevilla eingekerkert, während wir auf unseren Prozess warteten. Robert Barrett war … ein gebrochener Mann. Er hat sich selbst für das Schicksal der Männer verantwortlich gemacht. Er glaubte, wenn sie mit Hawkins gesegelt wären, hätten sie bessere Chancen gehabt.«

Isaac schnaubte. »Sollte ich ihn eines Tages an eine Ruderbank gekettet finden, werd ich ihm den Zahn ziehen. Nur fünfzehn von uns sind lebend nach Hause gekommen.«

»Ich denke nicht, dass ihm das ein Trost gewesen wäre, aber wie auch immer. Barrett wirst du nicht finden, und wenn du alle spanischen Galeassen auf den Weltmeeren aufbringst.«

»Ist er tot?«

Westbury stierte in seinen Weinbecher und nickte. »Sie haben uns allen ein Bild der heiligen Jungfrau vorgehalten, das wir küssen sollten. Natürlich haben wir es getan. Keiner von uns wollte zum Märtyrer werden. Bis auf Barrett. Ob aus protestantischer Überzeugung oder weil er des Lebens müde war, kann ich dir nicht sagen. Jedenfalls hat er das Bild angespuckt. Sie … haben ihn als unbelehrbaren Ketzer verurteilt und auf den Scheiterhaufen gestellt, diese verfluchten papistischen Dreckschweine.«

Eine gute Woche später lief die *Nemesis* im Hafen von Plymouth ein, von wo aus sie vor einem halben Jahr aufgebrochen war.

Es war eine einträgliche Kaperfahrt gewesen: Wein, Silber, ein bisschen Gold und Schießpulver, aber vor allem Fassholz aus bester Eiche hatten sie erbeutet. Letzteres würde besonders gute Preise bringen, denn jedes Jahr befuhren mehr Schiffe die Weltmeere; sie alle brauchten Proviantfässer, und die Preise für Fassholz waren ins Märchenhafte gestiegen.

»Master Holbroke, Master Potter, Ihr überwacht das Löschen der Ladung«, befahl Isaac. »Und schickt nach Hawkins' Agenten.« Sie waren die besten in der Stadt und würden die Beute, welche die *Nemesis* nach Hause brachte, in ganz Südengland an den Meistbietenden verkaufen. Isaac übergab dem Bootsmann ein paar lose Papierbogen.

Holbroke blätterte sie durch. »Frachtliste … Proviantkosten … Quoten … Alles da.« Er nickte anerkennend. »Ihr wart fleißig, Captain.«

Isaac schnitt eine kleine Grimasse. »Ich erledige diesen ganzen Papierkram immer so schnell wie möglich, weil ich ihn verabscheue. Jedenfalls habe ich ein bisschen gerechnet. Wir müssen natürlich abwarten, welche Preise wir erzielen, aber bei zwei Zehnteln für die Krone und einem für mich müssten rund fünftausend Pfund übrigbleiben. Das heißt ungefähr sechzig für jeden.«

Holbroke strahlte, und in seinem feuerroten Bart blitzten für einen Moment seine großen Zähne auf. »Die Männer werden im siebten Himmel sein.«

Doch der Steward brummte missfällig. »Ich werde nie begreifen, warum auf der *Nemesis* der Schiffsjunge den gleichen Anteil an der Prise bekommt wie die Offiziere. Das gehört sich doch nicht, Sir.«

»Nein?« Isaac lächelte unverbindlich. »Aber der Schiffsjunge riskiert sein Leben genauso wie die Offiziere, wenn wir in See stechen.«

Es war eine alte, wenn auch weitgehend vergessene Piratentradition, dass jeder an Bord den gleichen Beuteanteil bekam. Isaac beanspruchte nur deswegen einen größeren für sich, weil er die *Nemesis* instand halten und proviantieren musste.

»Ihr macht Euch unter den anderen Kapitänen keine Freunde damit«, warnte Master Potter.

Isaac lachte. »Aber dafür haben wir die besten Schiffsjungen. Gentlemen, ich gehe von Bord. Wenn irgendwer mich sucht, ich bin im *Papagei*.«

»Da wird es hoch hergehen«, bemerkte der Bootsmann und wies auf das Schiff, das gleich neben der *Nemesis* vor Anker lag. »Er sticht morgen in See, hat der Hafenmeister mir erzählt, und feiert Abschied im *Papagei*.«

Isaac nickte und gab keinen Kommentar ab. Aber was er dachte, war: *Schade, dass wir uns nicht verpasst haben.*

»Ach, Isaac …« Francis Drake legte ihm mit einem seelenvollen Blick den Arm um die Schultern. »Ich wünschte, du würdest es dir noch mal überlegen.«

»Werd ich aber nicht. Und behalt die Griffel bei dir, Francis, sei so gut.« Er fegte die Hand von seiner Schulter. »Wenn du betrunken bist, wirst du immer zudringlich. Das ist widerlich.«

»Ich bin nicht betrunken«, entgegnete Drake und schenkte sich nach. »Noch nicht. Warum willst du nicht mitkommen?«

»Weil ich gerade erst wieder eingelaufen bin.«

»Na und? Ich würde auf dich warten, wenn du ein paar Tage brauchst, um deine Mannschaft zusammenzutrommeln und dein Schiff klarzumachen.«

»Danke, aber nein danke.«

Drake richtete sich auf und sah ihn scharf an. »Warum nicht?«

Isaac schaute zu Marian. »Er ist … hartnäckig.«

»Wie wir ihn kennen«, stimmte sein Cousin zu.

»Ich mein's ernst, Isaac«, beharrte Drake, und mit einem Mal war seine Miene sturmumwölkt. »Warum willst du nicht mit mir segeln? Seit Jahren erteilst du mir eine Abfuhr nach der anderen. Ich könnte mich entschließen, das als Beleidigung aufzufassen!«

»Das würde ich bedauern«, erwiderte Isaac aufrichtig. »Aber es gibt nicht viel, was ich dagegen tun könnte.«

Drake schnaubte. »Du hast die Hosen voll, gib's zu. Du fürchtest insgeheim, dass du nicht Manns genug für die Magellanstraße bist.«

»Das sieht dir wirklich ähnlich.« Isaac merkte, wie ihm allmählich die Galle überkochte. »Du denkst immer noch, Angriff sei die beste Verteidigung, nicht wahr?«

»Verteidigung?«, wiederholte Drake argwöhnisch. »*Verteidigung?* Wofür?«

Marian Edmundson stieß hörbar die Luft aus. »Gott, müsst ihr wirklich schon wieder damit anfangen?«

Im selben Moment stellte Sarah einen neuen Zinnkrug mit Wein auf den Tisch, nahm den leeren mit der Linken und sagte streng: »Wenn ihr euch schlagen wollt, geht vor die Tür.«

Sie war die stolze Besitzerin der Schänke *Zum letzten Papagei*. Nachdem ihr greiser Schiffszimmermann auf See gestorben war, hatte sie die große Perle verkauft, die Isaac ihr wie versprochen mitgebracht hatte. Von dem Erlös hatte sie eine heruntergekommene Hafenspelunke erworben und liebevoll wiederhergerichtet. Sie hatte sie nach einem beliebten Seemannslied benannt, das von der letzten Fahrt der *Minion* und ihren fünfzehn Überlebenden erzählte. Ihr Etablissement war meist zum Bersten voll, denn die Matrosen vergötterten die energische Wirtin mit dem exotischen Kopftuch und schworen auf ihre Kochkunst. Doch ganz gleich, wie gut besucht, für Isaac war im *Papagei* immer ein Tisch reserviert. Was indessen nicht bedeutete, dass Sarah ihm gestattete, ihr Mobiliar zu zerlegen.

»Geht nach Hause zu Eurer Frau, Captain Drake«, riet sie nachsichtig. »Wenn Ihr erst wieder auf See seid, wird sie Euch fehlen.«

Er nickte, blieb aber sitzen und ließ Isaac nicht aus den Augen. »Was muss ich tun, um dich umzustimmen?«, fragte er.

Isaac schüttelte den Kopf. »Du wirst mich nicht umstimmen.« *Weil ich dir nicht mehr trauen kann*, schluckte er herunter, aber Drake verstand ihn auch so.

Er ließ krachend beide Fäuste auf die glücklicherweise massive Tischplatte niedersausen. »Du selbstgerechter Bastard, Isaac! Dabei hättest du doch genau das Gleiche getan!«

Isaac konnte nur hoffen, dass das nicht stimmte.

Nach ihrer Rückkehr damals hatte die Königin Francis Drake für drei Monate einsperren lassen, als sie John Hawkins' erbitterte Klagen über seinen Cousin gehört hatte. Vermutlich, um Hawkins eine Freude zu machen zur Belohnung für die märchenhaften Schätze an Gold, Silber und Perlen, die er ihr mitgebracht hatte.

Jedenfalls hatte Isaac drei Monate lang Zeit gehabt, die Schrecken ihrer Heimreise zu überwinden und in Ruhe nachzudenken, ehe er Francis Drake wiedersah, und das war vermutlich ein Glück für sie beide gewesen. Er hatte eingesehen, dass Drake im Grunde nicht viel hätte tun können. Die *Judith* war ein kleines Schiff. Sie hätte vielleicht zwanzig der zweihundert Unglücklichen von der *Minion* aufnehmen können. Und natürlich hätte Drake ihnen von dem Proviant abgeben können, den die *Judith* gebunkert hatte, aber auch hier galt: Für die vielen hungrigen Mäuler auf der *Minion* hätte es niemals gereicht.

Trotzdem.

Francis Drake hatte seinen Vetter und seine Gefährten in der Not im Stich gelassen, und Isaac fand, dass er nicht straflos ausgehen durfte. Und so kam es, dass bei der Hochzeit des aufstrebenden Kapitäns Francis Drake mit der liebreizenden Mary Newman an einem warmen Sonnabend Ende Juni anno 1569 der Bräutigam abhandengekommen war. Der hatte mit Isaac, Marian und ein paar anderen Freunden einen wilden Junggesellenabschied gefeiert, war den Verlockungen einer Hure mit Kopftuch erlegen, die er damals noch nicht kannte, und am nächsten Morgen allein und splitternackt auf St. Nicholas Island, einer kleinen Insel, die dem Hafen vorgelagert war, aufgewacht.

Bis er an Land geschwommen war und sich ein Paar Hosen besorgt hatte, waren Braut und Hochzeitsgesellschaft längst aus der Kirche verschwunden.

Mary hatte ihm verziehen, und eine Woche später war die Hochzeit nachgeholt worden. Francis Drake war nach ihrer einträglichen Fahrt reich genug gewesen, um die Wogen zu glätten. Aber während sein Cousin John Hawkins für Plymouth ins Parlament einzog und der angesehenste Mann der Stadt wurde, blieben Francis Drake die Türen der vornehmeren Häuser verschlossen, und der gesellschaftliche Aufstieg, den er sich insgeheim ersehnt hatte, war ins Stocken geraten.

Das war alles lange her. Inzwischen war er noch ein paarmal in die Neue Welt gesegelt, um den Spaniern die Hölle heiß zu machen, mal mit Erfolg, mal ohne – genau wie Isaac. Drake hatte sich mit Hawkins ausgesöhnt, und die Königin hatte ihn empfangen und den Plan für seine nächste Fahrt mit ihm ausgeheckt. Aus dem Hungerleider Francis Drake war ein allseits bewunderter Freibeuter geworden. Aber beliebt war er nicht, weder bei Hofe, der Bürgerschaft von Plymouth noch unter Seeleuten, denn seine unrühmliche Rolle nach der Schlacht von San Juan de Ulúa wollte einfach nicht in Vergessenheit geraten und haftete ihm an wie ein Fluch.

»Segle zum Pazifischen Ozean und suche die Spanier dort heim, Francis«, sagte Isaac beschwichtigend. »Du wirst große Taten vollbringen, daran zweifelt wohl niemand. Aber lass mich dabei aus dem Spiel. Du brauchst mich doch überhaupt nicht. Und ich habe andere Pläne.«

»Du willst mich doch nur wieder ausstechen und mir den Ruhm stehlen«, behauptete Drake verdrossen.

Isaac hob mit einem Grinsen die Schultern. »Darum geht es zwar eigentlich nicht, aber ich gebe zu, ich hätte nichts dagegen …«

»Wenn nicht darum, worum geht es dann?«, fragte Drake mit der ihm eigenen Ungeduld.

Isaac schaute aus dem bleiverglasten Fenster auf den Hafen, wo die *Nemesis* lag. Sie war ein wirklich schönes Schiff und sein ganzer Stolz: eine Galeone von hundertfünfzig Tonnen mit Doppelbeplankung und zwanzig Geschützen. Und er hatte sie viel schneller bekommen, als er sich je hätte träumen lassen. Sein Anteil an der Beute seiner letzten Fahrt mit Hawkins war höher als erwartet ausgefallen, und Isaac hatte ihn verdoppelt, indem er einen Sommer lang jeden Sonnabend beim Pferderennen in Mile End angetreten war und immer auf seinen eigenen Sieg gesetzt hatte. Bis das finstere Gelichter, welches das Londoner Wettgeschäft kontrollierte, ihm eindringlich riet, zu verschwinden, hatte er mehr als genug beisammen gehabt, war nach Plymouth zurückgekehrt und hatte sein Schiff in Auftrag gegeben. Die prächtige Galionsfigur, die die geflügelte Rachegöttin mit dem Schwert in der Hand darstellte, hatte der Earl of Waringham gestiftet.

»Es geht um Vergeltung«, antwortete Isaac schließlich. »Vor allem für San Juan de Ulúa.«

»Darin sind wir uns einig«, stimmte Drake vorbehaltlos zu. Seine Verbitterung über den feigen Angriff des spanischen Vizekönigs damals war mindestens so groß wie Isaacs, gerade weil die Folgen seinen Ruf so nachhaltig beschädigt hatten. »Aber es ist nicht verwerflich, sich bei der Gelegenheit die Taschen zu füllen, oder?«

»Im Gegenteil. Wenn die Spanier uns schon Piraten nennen, sollten wir uns auch entsprechend benehmen.«

Waringham, April 1578

Wie so oft war der Samstag nach Ostern ein wunderbarer Frühlingstag. Die Sonne strahlte am blassblauen Himmel und ließ die Narzissen auf den hügeligen Wiesen leuchten, aber es war nicht heiß. Ein Windchen wehte und ließ die Luft wie frisch gewaschen duften. Die Menschen, die aus ganz Kent und Essex zum Jahrmarkt nach Waringham geströmt waren, genossen das herrliche Wetter, und die Stimmung war ausgelassen.

»Ein Paradies für Beutelschneider«, raunte Gabriel Eleanor zu.

Sie hoffte, er wolle sie nur aufziehen, aber ganz sicher konnte man nie sein. »Untersteh dich«, warnte sie deshalb finster.

Er zwinkerte ihr zu und drückte für einen winzigen Moment ihre Hand, ließ sie aber sogleich wieder los und wandte sich an Samuel. »Was denkst du? Kannst du's noch?«

»Gabriel!«, zischte Eleanor.

»Ich glaube schon«, antwortete Samuel.

»Hast du geübt?«

»Natürlich.«

»Oh, wunderbar …«, murmelte Eleanor verdrossen.

Ihr Sohn sah sie an, den Kopf leicht zur Seite geneigt. »Glaubst du nicht, dass man alles, was man einmal gelernt hat, pflegen sollte, weil es sich irgendwann als nützlich erweisen kann?«

»Doch«, musste sie einräumen.

Samuel nickte. Es war unmöglich zu sagen, was er dachte. Noch gut zwei Wochen trennten ihn von seinem fünfzehnten Geburtstag, und der Junge war verschlossener denn je.

Die Buden und Karren der Händler füllten die Dorfwiese mit den alten Buchen und zogen sich zu beiden Ufern des Tain entlang bis auf die Weiden hinaus. Es gab Werkzeuge und Gürtelschnallen, Tuch und Schuhwerk und feine Handschuhe, billigen Tand und teure Gewürze vom anderen Ende der Welt, Bill Saddlers begehrte Zaumzeuge und feine Sättel, Berit Adams' Schafskäse, den sie nach einem alten Familierezept herstellte und der in ganz Südengland berühmt war, Bader und Scharlatane, Garküchen und Bäckerstände und alles, wovon man betrunken werden konnte.

Nur keine Huren mehr.

Seit Francis der Earl of Waringham war, hatte der reisende Hurenwirt keine Erlaubnis mehr bekommen, sein buntes Zelt auf der Wiese am Tain aufzuschlagen, was nicht nur die jungen Burschen in Waringham grenzenlos enttäuscht hatte. Dafür gab es gleich mehrere Stände, an denen man erbauliche Schriften und fromme Bücher erwerben konnte …

Francis hatte indessen nie versucht, das kunterbunte und manchmal auch wilde Treiben auf dem Jahrmarkt zu unterbinden, so sehr es seiner puritanischen Gesinnung auch entgegenstehen mochte. Er hatte weder die Feuerschlucker noch die Gaukler oder Spielleute fortgejagt und drückte sogar ein Auge zu, wenn beim Hahnenkampf um kleines Geld gewettet wurde. Er wusste, der Markt war für viele Einwohner von Waringham der Höhepunkt des Jahres, dem sie schon Monate im Voraus entgegenfieberten, eine willkommene Unterbrechung in ihrem gleichförmigen, von harter Arbeit geprägten Leben, und nicht wenige verdienten den Großteil ihres Jahreseinkommens damit. Ihm selber schadeten die Standmieten auch nicht gerade, die er einnahm. Und seit die Auktion des Gestüts, die zeitgleich oben auf der Burg stattfand, über zwei Tage ging, war auch der Jahrmarkt um einen Tag verlängert worden.

Gabriel reihte sich in die Schlange an einem Stand, dessen hölzerne Seitenwände mit rotbackigen Äpfeln bemalt waren, und kam wenig später mit drei Bechern Cider zurück.

Den ersten reichte er Eleanor. »Mylady.«

Sie deutete einen Knicks an. »Das kommt gerade recht.«

»Und für den jungen Gentleman …«

Samuel grinste verlegen. »Danke, Vater.«

»He!«, protestierte Anne entrüstet. »Was ist mit mir?«

»Du bist zu klein für Cider«, beschied ihr Vater. »Aber du darfst einmal von meinem kosten.« Er reichte ihr den Becher.

Anne blieb stehen, nahm das Gefäß in beide Hände und trank einen Schluck. Erwartungsgemäß verzog sie das Gesicht, denn der Cider war stark. »Eklig!«

Lachend nahm Gabriel ihr den Becher wieder ab, zauberte fast beiläufig eine rote Samtschleife aus ihrem Halsausschnitt, die sie vorhin an einem der Verkaufsstände bewundert hatte, und dann stutzte er plötzlich. »Warte einen Moment, Böhnchen …«

»Du *sollst* mich nicht so nennen!«

Gabriel spähte in seinen Ciderbecher, schüttelte verwundert den Kopf und hielt ihn ihr wieder hin. »Was sagst du jetzt?«

Anne klatschte jauchzend in die Hände, steckte die Hand in den großen Holzbecher und zog sie mit einem kandierten Apfel an einem Holzstäbchen wieder heraus. »Oh, wie herrlich! Danke, Vater! Wie machst du so etwas nur immer?«

Er tat verwirrt. »Wie mach ich was, Böhnchen?«

»Cider in Äpfel verwandeln. Und du sollst nicht Böhnchen zu mir sagen. Dafür bin ich zu groß, weißt du. Ebenso, um noch an Zauberei zu glauben.« Sie versuchte, streng zu klingen, aber das kindliche Staunen in ihren Augen strafte sie Lügen.

Begegnete Samuel seinem Vater heute mit ebensolcher Zurückhaltung wie seiner Mutter, so war Anne mit ihren knapp elf Jahren noch jung genug, um ihren Vater zu vergöttern, und dass sie ihn und ihre Mutter oft monatelang nicht sah, war ihr größter Kummer. Bei einer dieser seltenen Gelegenheiten hatte Gabriel vor ein paar Jahren einmal behauptet, sie wachse schneller als die Stangenbohnen im Garten, und der Name war trotz aller Proteste haften geblieben.

»Ich weiß nicht, wie es passiert ist«, beteuerte ihr Vater und hob die Hände zu einer Geste der Unschuld. »Beiß vorsichtig ab und probier, ob er nicht nach Cider schmeckt. Sonst bist du nachher noch ganz betrunken und purzelst in den Fluss.«

Anne sah ratsuchend zu Samuel. Eleanor verspürte einen hässlichen kleinen Stich der Eifersucht. Es war ihr großer Bruder, an den Anne sich wandte, wenn sie Unterstützung brauchte. Nicht ihre Mutter. Ihr Verstand sagte Eleanor, dass das vollkommen natürlich war, schließlich lebte Anne unter einem Dach mit Samuel, soweit sie zurückdenken konnte. Aber ihr Mutterherz war trotzdem schwer.

»Er zieht dich auf«, erklärte Samuel seiner Schwester. Das Lächeln, mit dem er das sagte, war liebevoll und warm und strikt für Anne reserviert. »Aber wie er es gemacht hat, kann ich dir auch nicht sagen.«

Sie wandte sich an ihren Vater. »Verrat es mir«, bettelte sie. »Zeig mir den Trick!«

Gabriel lachte in sich hinein. »Ich schwöre, ich weiß nicht, wovon du redest.«

Sie zog erschrocken die Luft ein. »Aber eine Flunkerei darf man doch nicht beschwören, Vater!«

Der Gescholtene tauschte einen Blick mit Eleanor und verdrehte die Augen. »Ich denke, ich brauche etwas Stärkeres als Cider, um zu verkraften, dass unsere Kinder hier zu Heiligen erzogen werden.« Er strich Anne über den dunklen Schopf, zauberte eine Narzisse hinter ihrem Ohr hervor und überreichte sie ihr. »Vergebt mein schlechtes Benehmen, Mylady.«

Anne gluckste, nahm die Blume und steckte sie an ihren schmalen, geflochtenen Ledergürtel. Dann biss sie von ihrem kandierten Apfel ab. Als sie weiterschlenderten, schmuggelte sie die Linke in die Hand ihres Vaters und ließ sie dort.

Eleanor folgte ihnen Seite an Seite mit Samuel und stellte sich wohl zum tausendsten Mal vor, wie es sich anfühlen würde, wenn sie eine normale Familie wären. Der elegante Mann mit den Silberfäden im kurzen schwarzen Schopf und das zierliche, bildhübsche Mädchen mit der Narzisse am Gürtel ernteten wohlwollende und bewundernde Blicke: ein feiner Gentleman aus der Stadt mit seinem Töchterchen, dachten die Jahrmarktsbesucher wohl, ein Tuchhändler vielleicht oder einer der reichen Gewürzkrämer. Und gleich dahinter die Frau Gemahlin mit dem Stammhalter. Aber der Schein trog eben. Sie alle waren nichts dergleichen, und manchmal lag Eleanor nachts wach und verfluchte sich dafür, dass sie ihren Kindern das gleiche angetan hatte wie ihr Vater ihr: Der Makel, als Bastarde geboren zu sein, würde Samuel und Anne durch ihr ganzes Leben begleiten. Aber das Schlimmste war vermutlich, dass sie in Wahrheit nichts bereute. Sie wusste, stünde sie heute vor der gleichen Wahl, würde sie wieder genauso handeln. Ein normales Familienleben und die enge Rolle, die der Frau darin zugedacht war, hätten sie todunglücklich gemacht. Nur waren ihre Kinder die Leidtragenden ihrer Entscheidungen, und dafür schämte sie sich.

»Hast du dir überlegt, ob du nach Cambridge gehen willst?«, fragte sie Samuel. Mit fünfzehn wurde er allmählich zu alt für die Schule von Waringham. »Dein Onkel Francis meint, es wäre der richtige Ort für dich. All deine Lehrer seien sich einig, dass du an die Universität gehörst.«

Ehe Samuel antworten konnte, sagte sein Vater kategorisch über die Schulter: »Das könnt ihr euch gleich wieder aus dem Kopf schlagen. Junge Kerle gehen nach Cambridge und kommen als wirrköpfige Bücherwürmer mit weibischem Gehabe zurück.«

»Was für ein Unsinn«, entgegnete Eleanor stirnrunzelnd und fragte Samuel: »Also, was ist es, das *du* möchtest?«

»Zurück nach London«, antwortete Samuel prompt.

Gabriel wandte den Kopf und bedachte Eleanor mit einem triumphalen, unerträglich selbstzufriedenen Lächeln, als wolle er sagen: *Na siehst du, wir hätten uns den Firlefanz mit der Schule gleich sparen können, der Junge will in meine Fußstapfen treten.*

Doch falls er das meinte, belehrte Samuel ihn gleich eines Besseren. »Vermutlich wird es das Beste sein, ich werde Soldat, oder? Wenn der Earl of Leicester englische Truppen in die Niederlande führt, gehe ich mit ihm.«

Eleanor unterdrückte mit Mühe ein Schaudern. »Ich glaube nicht, dass es in nächster Zeit dazu kommt.« Tatsächlich verhandelte die Königin seit Jahresbeginn mit Felipe von Spanien, um vielleicht doch noch eine friedliche Lösung für die Niederlande zu erreichen. »Aber natürlich bekommst du einen Offiziersposten, wenn das die Laufbahn ist, die du einschlagen willst …«

»Danke, aber wenn ich mich für diesen Weg entscheide, will ich ihn allein gehen. Ohne deine Hilfe.«

»Das verstehe ich«, sagte sein Vater. »Aber du bist trotzdem verrückt, wenn du das Angebot deiner Mutter ausschlägst. Du denkst, es ist eine noble Sache, für die Freiheit der Protestanten in den Niederlanden zu kämpfen, und du hast recht, aber bei der Armee geht überhaupt nichts ohne Beziehungen. Du würdest dich den spanischen Kanonen zum Fraß vorwerfen, weiter nichts.«

Samuel sah ihn einen Moment an, und es war etwas Herausforderndes in seinem Blick. Doch er erwiderte lediglich: »Wollen wir das vielleicht später besprechen?« Und er wies verstohlen auf seine kleine Schwester.

Gabriel folgte seinem Blick und nickte. »Was möchtest du machen, Böhnchen? Soll ich dir ein Stück Mandelkuchen kaufen? Oder willst du dort drüben beim Sackhüpfen mitmachen?«

Sie rümpfte die Nase. »Das ist etwas für Bauernkinder, Vater«, belehrte sie ihn.

Er zog sie grinsend an einem der langen schwarzen Zöpfe. »So vornehm, Lady Anne? Aber es sieht aus, als wäre es ein Mordsspaß, oder?«

»Anne hat trotzdem recht«, warf Eleanor nachdrücklich ein. »Du könntest uns allen ein Stück Mandelkuchen spendieren. Und dann sollten wir uns auf den Rückweg machen, wenn wir oben auf der Burg die Versteigerung der kostbarsten Pferde sehen wollen.«

Sie stellte fest, dass sie Gabriels Aufmerksamkeit verloren hatte, und folgte seinem Blick, der abgeschweift war. Im Schatten einer Buche entdeckte sie Gabriels Bruder, und im selben Moment sagte Samuel: »Da ist Onkel Lewis.«

»Entschuldigt mich einen Moment«, bat Gabriel und ließ Annes Hand los. »Geht nur vor, ich folge euch mitsamt Mandelkuchen, so schnell ich kann.« Und damit schlenderte er davon, scheinbar ziellos, aber natürlich hielt er auf die Buche zu.

»Was hat der Kerl hier verloren?«, murmelte Eleanor vor sich hin, alles andere als erfreut, dass Lewis Draper hier auftauchte und das kostbare Beisammensein ihrer Familie störte.

Sie hatte geflüstert und erwartete keine Antwort, doch Samuel sagte: »Er bringt das Zelt mit den Wahrsagerinnen, das seltsamerweise immer nur Männer betreten.«

Eleanor sah ihn fassungslos an. »*Was?*«

»Schon jahrelang. Seit du Vater vom Verbot der …« Im letzten Moment entsann er sich der Anwesenheit seiner kleinen Schwester. »… du weißt schon was erzählt hast. Du hast doch nicht im Ernst geglaubt, sie würden sich solch ein todsicheres Geschäft entgehen lassen?« Er sagte es nachsichtig, wie eh und je mit einem Hauch von Bewunderung für die Unverfrorenheit seines Vaters und Onkels.

Eleanor stieß verächtlich die Luft aus.

»Warum gehen nur Männer zu den Wahrsagerinnen?«, wollte Anne wissen.

Samuel legte ihr einen Arm um die Schultern. »Keine Ahnung, Böhnchen. Komm. Ich habe gesehen, wo es Handpuppen zu kaufen gibt. Du wolltest doch eine, oder?«

Eleanor folgte ihren Kindern aus dem dichtesten Jahrmarktsgewühl. Sie überquerten den eiligen Tain auf der hübschen Brücke, die Eleanors Großvater hatte bauen lassen, und während Samuel seiner Schwester eine wunderschön gearbeitete und wirklich drollige Puppe kaufte, sann Eleanor auf den besten Weg, ihrem Sohn die Offizierslaufbahn zu verbauen.

»Vierhundertunddreißig«, rief David Pembroke, der Stallmeister, der auf einem erhöhten Podium gleich hinter dem Verkaufsring stand. »Gegen Euch, Sir.«

Es war halb eine Frage, halb eine Drohung an den Mann im blauen Samtmantel, der die Unterarme auf die hölzerne Einfassung des Rings gestützt hatte und das Objekt seiner Begierde, einen Rappen mit einer guten Portion Andalusierblut, nicht aus den Augen ließ. Er nickte fast unmerklich.

»Vierhundertundvierzig. Es wird ernst, Gentlemen.« Der Stallmeister hob sein Hämmerchen ein wenig. »Vierhundertvierzig zum ersten …«

Der andere Bieter mit der rotblonden Löwenmähne winkte kurz mit der Linken.

»Vierhundertundfünfzig.« David schaute fragend zu Samtmantel. Der zauderte einen Augenblick und schüttelte dann den Kopf.

David hob wieder den Hammer. »Vierhundertundfünfzig Pfund zum ersten … zum zweiten …« Der Hammer fuhr auf das Pult nieder. »Der fünfjährige Hengst Patroclus geht für vierhundertundfünfzig Pfund an den Earl of Sussex. Glückwunsch, Mylord.«

Es gab höflichen Applaus, und Löwenmähne nickte mit einem seligen Lächeln in die Runde.

Sein Mitbieter schlug wütend mit der Faust gegen den Holzzaun.

Während ein Junge in Sussex' Livree in den Verkaufsring stapfte und die nervös tänzelnde Neuerwerbung seines Herrn wegführte, wandte Isaac sich ab und schlenderte über den Hof Richtung Bergfried. Verwunschen und wirklich wunderschön sah das uralte Hauptgebäude von Waringham Castle aus mit seinem dichten Bewuchs aus frühlingshellem Weinlaub, doch als er es betrat, schlug ihm die klamme Kälte entgegen, die diesem Gemäuer zu eigen war, und er fragte sich, warum zum Henker Francis mit seiner Familie eigentlich nie in das neue Haus gegenüber gezogen war. Es schien ihm ein kleines Wunder, dass die Schwindsucht ihr Geschlecht nicht schon vor Generationen ausgelöscht hatte.

Kopfschüttelnd erklomm er die Wendeltreppe zu den privaten Gemächern der Familie, klopfte an die Tür seines Bruders und trat ein.

»… werde ich unter keinen Umständen zulassen«, hörte er Francis ungewohnt grimmig sagen. »Ich verstehe dich einfach nicht, Lappidot. Wie *kannst* du nur?«

»Oh, mühelos«, gab sein Sohn zurück. »Du wirst es verstehen, wenn du sie kennenlernst.«

»Ich habe nicht die Absicht«, teilte sein Vater ihm mit. »Du wirst fortan jedweden Umgang mit diesem Mädchen meiden, und wir werden nie wieder von ihr sprechen.«

Isaac ahnte, in was er da hineingeraten war, und er wünschte sich, er wäre zu einem anderen Zeitpunkt gekommen. Aber für einen unbemerkten Rückzug war es zu spät, denn Francis hatte ihn entdeckt und eröffnete ihm: »Er hat sich in eine Papistin verliebt.« Es klang fassungslos.

»Oh«, war vorerst alles, was Isaac dazu einfiel. Er trat in den Raum und entdeckte seine beiden Schwestern auf dem Fenstersitz. Isabella war schwanger, und er war behutsam, als er sie in die Arme schloss. »Das wievielte ist es?«, fragte er sie. »Das zweiundfünfzigste, so kommt es mir vor.«

Sie küsste ihn auf die Wange und schüttelte lachend den Kopf. »Mit Gottes Hilfe haben wir im Sommer das Dutzend voll.«

»Unglaublich ...«

»Will, unser Ältester, tritt nächsten Monat schon in die königliche Leibwache der Yeomen of the Guard ein«, berichtete sie stolz.

»Hör bloß auf«, protestierte Isaac. »Ich fühle mich steinalt, wenn ich so etwas höre. Wo ist dein Mann?«

»Die Königin hat ihn als Gesandten nach Venedig geschickt. Sobald das Kind da ist, reise ich ihm nach. Ich kann es kaum erwarten.«

»Die Sehnsucht nach der Ferne gehört wohl zu den Dingen, die wir gemeinsam haben«, sagte Isaac und erfreute sich am Leuchten ihrer Augen und der Zufriedenheit, die sie ausstrahlte. Dann wandte er den Kopf und nickte seiner älteren Schwester zu. »Eleanor.«

»Isaac.« So frostig wie eh und je.

Er trat an den Tisch, schenkte sich einen Schluck Wein in ein Glas und legte seinem Neffen im Vorbeigehen die Hand auf die Schulter. »Wer ist sie denn, deine Papistin?«

Ehe der junge Mann antworten konnte, sagte Francis: »Das ist ohne Belang.«

»Ihr Name ist Mahalath of Helmsby«, antwortete Lappidot seinem Onkel trotzig. »Ihr Stammbaum ist mindestens so alt wie unserer, und ihr Vater ist für die Königin gefallen, als die Lords im Norden sich damals erhoben haben. Mahalath ist klug, warmherzig, musisch und überhaupt alles, was man sich von einer Frau nur wünschen kann. Sogar schön, hab ich mir sagen lassen. Aber nichts von alledem zählt für Vater.« Es klang eher wütend als verzweifelt.

»Hm«, machte Isaac und hoffte, der Laut war unbestimmt genug, um nicht zwischen die Fronten zu geraten. Er wusste, sein Vater hatte den Namen Helmsby immer mit Hochachtung ausgesprochen. Aber sein Vater war ja selbst ein Papist gewesen. »Kann sie nicht konvertieren?«, schlug er vor.

»Dein Pragmatismus hat mir seit jeher imponiert, Bruder«, bemerkte Francis mit einem gänzlich unfreiwilligen Lachen.

Aber Eleanor schnaubte verächtlich. »Das sieht dir ähnlich. Du bist immer für den leichten Ausweg, nicht wahr, Isaac? Egal, was es andere kostet.«

Er hob gelassen die Schultern. »Wohingegen du die ganz und gar ausweglosen Lebenslagen vorziehst, ich weiß. Ich sehe allerdings nicht, dass es irgendjemandem wehtun würde, wenn … wie heißt sie?«

»Mahalath«, wiederholte Lappidot geduldig.

»Wenn Mahalath dem Papismus abschwört, am allerwenigsten ihr selbst.« Und gleichzeitig dachte er: Verdammt, warum misch ich mich jetzt eigentlich doch ein?

»Nur wird sie das nicht«, gab Eleanor unwirsch zurück. »Die Helmsby sind sehr fromm, aber Toleranz in Glaubensfragen hat große Tradition bei ihnen. Sie reagieren empfindlich, wenn eine Glaubensrichtung für sich in Anspruch nimmt, besser als andere zu sein, weil sie ein Tröpfchen jüdisches Blut in den Adern haben.«

»Woher weißt du das?«, fragte Lappidot erstaunt.

»Sie weiß doch alles über jeden«, behauptete Isaac.

»Mahalath hat es mir selbst erzählt«, antwortete Eleanor ihrem Neffen. »Und zwar mit Stolz.«

»Ein Grund mehr, den Papisten den Rücken zu kehren«, sagte Isaac. »Die spanische Inquisition macht immer noch Jagd auf Juden.«

Francis hob die Hand. »Das tut alles nichts zur Sache. Ich werde dieser Verbindung nicht zustimmen, und die Königin wird es auch nicht tun. Da du ein Kronvasall bist, brauchst du ihre Einwilligung, Lappidot, also können wir genauso gut aufhören zu streiten, weil du Elizabeths Einwilligung für eine Heirat mit einer Papistin nie bekämest.«

»*Du* bist der Kronvasall, Vater, nicht ich«, widersprach der junge Mann. »Und wir alle wissen, dass ich den Titel nicht erben werde. Also kann ich heiraten, wen ich will.«

»Du täuschst dich, denn solange die Königin keine anderslautende Regelung verfügt, bleibst du mein Erbe.«

Lappidot erhob sich ohne Eile aus dem brokatgepolsterten Sessel am Tisch und verneigte sich förmlich vor seinem Vater. »Das Letzte, was ich will, ist, dich kränken oder dir Kummer bereiten, Mylord. Aber ich kann dir in diesem Punkt nicht gehorchen.«

Francis war bleich wie eine seekranke Sardine geworden. Ein seltsames dunkles Funkeln lag in seinen Augen, und Isaac war sich nicht schlüssig, ob es Tränen oder fanatische Frömmigkeit waren, die diesen Glanz hervorriefen. Der Earl antwortete nicht sofort, denn wie die meisten wahrhaft sanftmütigen Menschen überlegte er immer, bevor er den Mund aufmachte, um auch nur ja niemandem unnötig auf die Zehen zu treten. Aber seine Entschlossenheit war unübersehbar. Und eine Spur furchteinflößend.

»Doch, mein Sohn, du wirst mir gehorchen, glaub mir. Du wirst Rosalind Fitzalan heiraten, wie geplant. Sie ist die Enkelin des Earl of Arundel, und ich bin sicher, dass sie dich sehr glücklich machen wird, denn ihr teilt nicht nur Rang und Religion, ihr passt auch hervorragend zusammen. Deswegen haben deine Mutter und ich sie schon vor Jahren für dich ausgewählt.«

»Aber …«, begann Lappidot.

Doch sein Vater ließ sich nicht unterbrechen. »Du wirst mir auf die Bibel schwören, dass du deine Romanze mit der katholischen jungen Dame beendest, und ehe du diesen Eid nicht geleistet hast, wirst du nicht an den Hof zurückkehren. Du wirst de facto die Mauern dieser Burg nicht verlassen.«

Er sprach ruhig und gesetzt wie immer, aber seine Worte hatten einen ähnlichen Effekt wie ein Kanoneneinschlag. Seine Geschwister starrten den Earl of Waringham ungläubig an, mit unterschiedlichen Abstufungen des Entsetzens.

»Francis …«, begannen ausgerechnet Isaac und Eleanor im Chor.

»Es gibt nichts, was ich von euch hören will«, fiel Francis ihnen ungewohnt scharf ins Wort. »Ihr habt gegen alle Regeln von Anstand und Ehre verstoßen und eure persönlichen Wünsche über die Tradition und die Interessen eures Hauses gestellt, und zwar *ihr beide*. Euer Beispiel ist es, das Lappidot zur Auflehnung gegen göttliche Ordnung verführt hat und mich zwingt, meinen geliebten Sohn hier einzusperren. Und das …« Er musste sich räuspern und senkte für einen Moment den Kopf, fuhr dann aber mit derselben Bedächtigkeit fort: »Ich weiß nicht, ob ich euch das jemals verzeihen kann, Gott helfe mir.«

Und damit stand er auf, kehrte ihnen den Rücken und ging ohne ein weiteres Wort hinaus.

Lappidot sank zurück auf seinen Stuhl, fuhr sich mit beiden Händen durch die ohnehin schon wilde Lockenflut und murmelte: »Süßer Jesus, was nun?«

Isabella stand schwerfällig auf, trat zu ihm und legte ihm eine tröstende Hand auf die Schulter.

Eleanor und Isaac starrten einander ungläubig an.

»Hat er uns … wirklich über einen Kamm geschoren?«, fragte er.

Sie nickte knapp. »Nie hätte ich gedacht, dass mein maßvoller Bruder mich so grässlich beleidigen könnte.«

Isaac gab sich keine Mühe, sein boshaftes Lächeln zu unterdrücken. »Ja, es muss erschütternd sein, sich plötzlich auf der Seite der schwarzen Schafe zu finden. Was hast du denn ausgefressen?«

»Das soll deine Sorge nicht sein.«

»Wieso habe ich das Gefühl, dass wir ungelegen kommen?«, fragte eine Stimme von der Tür, und ein Kerl, der wie ein Durham aussah, kam mit einem schlaksigen Jüngling und einem kleinen Mädchen herein, die ihm beide wie aus dem Gesicht geschnitten waren. Isaac erkannte den Vater sofort wieder: Dieser Mann war es gewesen, der ihm vor ein paar Jahren eindringlich geraten hatte, sich nicht mehr beim Pferderennen in Mile End blicken zu lassen, als Isaac bei seinen Wetten all das Geld für die *Nemesis* gewonnen hatte.

Und auch die beiden Kinder hatte er schon gesehen, ging ihm auf, und zwar hier. Er hatte immer geglaubt, sie seien einfach nur Internatsschüler und gehörten vielleicht zu den Durham aus Sevenelms. Doch als das kleine Mädchen zu Eleanor trat und sagte: »Es wird ganz schwarz am Himmel, Mutter, da sind wir lieber hereingekommen«, ging Isaac ein ganzer Radleuchter voller Lichter auf.

»Ich glaub, ich werd ohnmächtig«, murmelte er.

»Oh, komm schon, reiß dich zusammen«, knurrte Eleanor. »Du bist wirklich der letzte, der es sich leisten könnte, schockiert zu sein.«

»Na ja, das ist wahr«, bekannte er, rieb sich verlegen das Ohr und betrachtete seine große Schwester mit ganz neuer Hochachtung.

Dann stand er auf, trat zum Vater ihrer Kinder und streckte die Hand aus. »Isaac Fitzgervais of Waringham.«

»Ich weiß. Deswegen atmet Ihr noch.« Der Kerl schlug ein, und um seine schwarzen Augen bildeten sich Kränze sympathischer Lachfalten. »Gabriel Durham.«

Isaac hätte die kräftige, dunkel behaarte Hand beinah fallen lassen, als verbrenne sie ihm die Finger. Er war in London aufgewachsen und hatte sich in dunklen Gassen herumgetrieben. Er kannte diesen Namen. Und den Titel, der damit einherging, meist mit ehrfürchtig oder furchtsam gesenkter Stimme geflüstert. »Eine Ehre, Sir.«

»Ganz meinerseits. Und nichts für ungut.«

Isaac winkte ab. »Solltet Ihr je zur See fahren und mir vor den Bug laufen, sprechen wir uns wieder.«

»Seid Ihr dann fertig mit Eurem Gockelritual?«, fragte Eleanor ungeduldig. »Dann lasst uns überlegen, wie wir Lappidot aus dieser kolossalen Klemme helfen, in die wir ihn gebracht haben.«

Der junge Musiker lachte humorlos. »Was könntet ihr schon tun? Ich sitze in der Falle. Wer hätte gedacht, dass das finstere Loch, in dem ich lande, ausgerechnet Waringham Castle sein würde?«

Isaac entfloh dem Familienkrach bei erster Gelegenheit. Ein Aprilgewitter hatte die Auktion im Burghof unterbrochen und die zahlungskräftigen Interessenten vorzeitig in die große Halle getrieben, wo schon die langen Tafeln für das traditionelle Bankett eingedeckt wurden. Doch jetzt ließ der Regen nach, und allmählich versammelten sich alle wieder um den Verkaufsring, magisch angezogen von den kostbarsten Rössern des Jahrgangs, die hier am Nachmittag des zweiten Tages als Höhepunkt der Auktion versteigert wurden.

Isaac schloss sich den Lords und reichen Kaufherren jedoch nicht an. Er verließ die Burg durch das alte Torhaus der Ringmauer und schlenderte ohne Eile den grünen, mit Narzissen betupften Burghügel hinab. Ein gutes Dutzend Schafe hatte unter der Weide Schutz gesucht, wo Maude Knollys damals mit dem Schlitten verunglückt war. Missmutig drängten die Tiere sich zusammen und sahen vorwurfsvoll zu Isaac hinüber, als hätte er den Regenguss zu verantworten.

Er erklomm den Mönchskopf mit der kahlen weißen Kalksteinkuppe und schaute einen Moment auf das bunte Treiben des Jahrmarkts hinab, wandte sich aber nach rechts und ging ins Gestüt.

Die weitläufige Anlage mit den hübschen Fachwerkstallgebäuden strahlte Ruhe und gediegenen Wohlstand aus. Weit und breit war kein Mensch zu entdecken, denn alle, die hier arbeiteten, waren heute oben auf der Burg. Dafür sah er Pferde im Überfluss, und sie waren eine reine Augenweide. Auf der Südweide tollten die Jährlinge herum, auf der Koppel hinter der Futterscheune standen ein paar Stuten, die schon gefohlt hatten, mit ihrem Nachwuchs. Isaac blieb einen Moment stehen, um sich an den drolligen Fohlen zu ergötzen, dann ging er weiter zum langgezogenen Stall der jungen Hengste, die jetzt angeritten wurden und ab dem nächsten Jahr zum Verkauf stehen würden. Er sattelte sich Heracles, einen temperamentvollen, perfekt gebauten Braunen, ritt in den Wald von Waringham und fragte sich, wie er eigentlich immer all die Monate auf See ohne Pferde überlebte.

Heracles war ein Pferd nach seinem Geschmack: kraftvoll, schnell wie der Wind und ein Filou, der nichts unversucht ließ, sich seines Reiters zu entledigen. Sie hatten jede Menge Spaß zusammen, und auch wenn Isaac zwischendurch fürchtete, der Gaul werde ihm die Arme ausreißen, war er doch überzeugt, dass sie sich blendend verstanden, bis ein aufgeschrecktes Eichhörnchen eine der gewaltigen Buchen hinaufflitzte und Isaacs Aufmerksamkeit einen Moment auf sich lenkte. Mehr brauchte Heracles nicht. Er kam so abrupt zum Stillstand, als wäre er vor eine Mauer gerannt, senkte den Kopf und machte gleichzeitig einen krummen Rücken, sodass sein Reiter kopfüber aus dem Sattel flog wie eine Kanonenkugel aus dem Geschützrohr.

Es passierte so schnell, dass Isaac keine Zeit blieb, sich zusammenzurollen. Er landete auf der rechten Schulter, Arm und Schlüsselbein brachen mit Übelkeit erregenden Knacklauten, und der Schmerz schoss bis in die Fingerspitzen und unter die Kopfhaut, als der Schwung seines Sturzes Isaac noch zwei unfreiwillige Purzelbäume bescherte. Er blieb einen Moment mit dem Gesicht im nassen Laub des Vorjahres liegen. Dann drehte er den Kopf zur Seite, gerade noch rechtzeitig, um Heracles' Rückansicht zu bewundern, während der junge Hengst mit schlackernden Steigbügeln und im fliegenden Galopp den Heimweg antrat.

»Verdammte Höllenbrut«, knurrte Isaac ihm hinterher. »Damit werden sie mich hier noch aufziehen, wenn du längst Hundefutter geworden bist.«

Umständlich richtete er sich auf, bis er auf der feuchten Erde kniete, und ihm wurde flau vor Schmerz. Fluchend schnürte er mit der Linken sein Wams auf und führte den gebrochenen Arm vorsichtig hinein wie in eine Schlinge. Dann stützte er sich mit der unverletzten Hand an einen Baumstamm, stand auf und fiel gleich wieder um. Er hatte sehr wohl gemerkt, dass er sich irgendwann während des Sturzes den linken Knöchel umgeknickt hatte. Aber erst jetzt merkte er, dass auch der Fuß gebrochen war.

Er landete auf den Knien und raufte sich mit der gesunden Hand die Haare. »Glückwunsch, Captain Fitzgervais. Wirklich gut gemacht. Und was nun?«

Er wusste, er war nicht weit vom Tain entfernt, und als er sich zusammennahm und sein Keuchen, das streng genommen ein

Stöhnen war, unterdrückte, hörte er das Flüsschen irgendwo rechts ganz in der Nähe murmeln. Von einem Herzschlag zum nächsten verspürte er quälenden Durst. Halb kroch, halb robbte er auf das Geräusch zu, musste sich durch ein dichtes Haselgesträuch zwängen und kam auf eine wunderschöne kleine Lichtung.

»Oh, fabelhaft. Das wird immer besser«, schimpfte Isaac vor sich hin. »Onkel Raymond Rastlos …«

Auf dieser Lichtung, die so idyllisch am Tain gelegen war und mit ihrem weichen Moos- und Grasbett zu heimlichen Rendezvous einzuladen schien, ging der tote Bruder seines Vaters um. Isaac wusste nichts Genaues, denn in der Familie wurde niemals darüber gesprochen. Aber aus irgendeinem Grund hatte sein Onkel sich erhängt, und weil Selbstmörder nicht in geweihter Erde begraben werden durften, hatte Isaacs Vater seinen toten Bruder hier verscharrt. Seither mieden die Menschen von Waringham diesen Ort, denn natürlich fand der arme Onkel keine Ruhe. Jedenfalls behaupteten das die Bauern, die zum Holzsammeln oder auf der Suche nach verirrten Schafen in den Wald gingen, und sie nannten ihn Raymond Rastlos.

»Ich gestehe, mir wird ein wenig mulmig«, raunte Isaac dem Flüsschen zu, robbte ans Ufer, schöpfte mit der gesunden Hand und trank, dreimal, viermal, bis seine Schläfen von dem eiskalten Wasser zu hämmern begannen. Dann setzte er sich vorsichtig auf, das linke Bein vor sich ausgestreckt. Er wusste, er steckte in der Klemme. Es waren ungefähr drei Meilen bis zum Gestüt. Mit einem gebrochenen Arm konnte man drei Meilen laufen. Mit einem gebrochenen Fuß konnte man vielleicht sogar drei Meilen humpeln, wenn man einen stabilen Ast als Krücke benutzte. Aber mit gebrochenem Fuß *und* Arm?

Er sah sich auf der Spuklichtung um. Veilchen blühten im Gras, und die ersten kleinen Farnwedel sprossen noch eingerollt aus der Erde. Aber das Grab seines Onkels war nicht erkennbar. Höchstens dort weiter links, wo der Boden ein wenig höher und buckelig schien und ein struppiger Brombeerstrauch wuchs.

»Ich bin gerade ein wenig ratlos, Onkel Raymond. Denn hier wird mich in hundert Jahren keiner finden. Vermutlich ist es das

Beste, ich bette mich einfach zu dir. Dann ruhen zwei Waringham der eher missratenen Sorte gleich beieinander.« Er streckte sich vorsichtig aus und legte den Kopf auf die leicht erhöhte Grasnabe neben dem Brombeerbusch. »Was mag so furchtbar gewesen sein, dass du keinen anderen Ausweg wusstest, du armes Schwein?«

»Liebeskummer«, bekam er zur Antwort.

Isaac schreckte hoch und stieß zischend die Luft durch die zusammengebissenen Zähne aus, weil Arm und Schulter gegen die ruckartige Bewegung protestierten. »Abigail …«

»Seid Ihr verletzt?«, fragte sie erschrocken, die herrlichen graublauen Augen weit aufgerissen.

»Was in aller Welt tust du hier? Ich dachte, kein Mensch wagt sich hierher.«

Sie hielt den Weidenkorb hoch, den sie in der Linken trug. »Ich bin auf der Suche nach Hahnenfuß. Hier blüht er früher als sonst irgendwo in Waringham. Und ich fürchte mich nicht vor Gespenstern«, schloss sie eine Spur abfällig.

»Dann beglückwünsche ich dich zu deiner Kaltblütigkeit. Mir wurde eben ein bisschen gruselig zumute.«

Sie lachte. Es war ein hinreißender Laut des Frohsinns, ihre herrlichen Lippen verzogen sich zu einem perfekten Halbmond dabei, und sie warf den Kopf ein wenig zurück, sodass es ihren Schwanenhals betonte. Isaac verspürte eine vollkommen alberne Anwandlung von Seligkeit, dass er es geschafft hatte, dieses Lachen hervorzubringen.

»Erzähl mir von meinem Onkel«, bat er. »Was weißt du über ihn?«

»Warum liegt Ihr auf der nassen Erde und rührt Euch nicht?«

»Ich hab zuerst gefragt.«

Sie trat unschlüssig näher, kniete sich neben ihn ins Gras und stellte ihren Korb ab. »Ich weiß nur, was mein Vater erzählt hat. Er war damals Vormann auf dem Gestüt. Euer Onkel war mit König Henry und dessen fünfter Gemahlin …« Der Name fiel ihr nicht ein.

»Katherine Howard«, half Isaac aus.

Abigail nickte. »Sir Raymond war mit dem Königspaar im

Norden gewesen, aber dann kam er plötzlich bei Nacht und Nebel heim. Auf der Flucht. Seine Lordschaft … Euer Vater wollte ihn auf den Kontinent schicken, doch statt zu gehen hat Sir Raymond sich im Stall auf der Burg erhängt. Und kurz darauf wurde die Königin wegen Ehebruchs verhaftet und es wimmelte in Waringham plötzlich von Erzbischof Cranmers Männern, die auf der Suche nach Sir Raymond waren.«

»Abigail, du willst sagen, mein Onkel und die Königin … ähm …«

Sie deutete ein Schulterzucken an und nickte gleichzeitig.

»Süßer Jesus. Ganz offensichtlich gab es schwärzere Schafe in der Familie als mich, und niemand war je so freundlich, mir das zu erzählen.«

»Vermutlich fürchtete seine Lordschaft, das könnte Eure letzten Hemmungen zunichtemachen.«

»Vermutlich.«

»Und bekomme ich jetzt auch eine Antwort?«

Isaac schnitt eine kleine Grimasse. »Es ist … ziemlich peinlich. Aber ich glaube, ohne Hilfe schaffe ich es nicht zurück. Der verdammte Gaul hat mich abgeworfen, und ich …«

»Habt ihr Euch den Arm gebrochen?«, fragte sie und wies auf die Hand, die im Wams steckte.

Er räusperte sich. »Unter anderem.«

In einer graziösen Bewegung kam sie auf die Füße und strich sich den Rock ihres dunkelblauen Kleides glatt. Es war schlicht, aber aus feinem Tuch und an den Säumen mit einer dezenten Bordüre besetzt – der Frau des Stallmeisters angemessen. Seit zehn Jahren war sie verheiratet, aber Isaac hatte sich immer noch nicht an den Gedanken gewöhnt. David Pembroke war ein großartiger Kerl und Isaacs entfernter Cousin, aber trotzdem hätte er ihm liebend gern den Hals umgedreht. Sein einziger Trost war, dass diese Ehe bislang fruchtlos geblieben war. Doch seine klammheimliche Genugtuung beschämte ihn gleichzeitig, denn er ahnte, dass die Kinderlosigkeit ein großer Kummer für Abigail und ihren Mann war.

»Ich gehe und hole Hilfe.«

»Aber was war mit dem Hahnenfuß? Bleib lieber noch ein bisschen und erzähl mir, wozu er taugt. Ständig läufst du vor mir davon, aber ich schwöre dir, heute bin ich ganz harmlos.«

Sie bekopfschüttelte ihn. »Habt ihr denn keine Schmerzen?« Er lächelte sie an.

»Was für ein unverbesserlicher Kindskopf Ihr doch seid, Sir Isaac«, schalt sie, wandte sich ab und zwängte sich durch die Haselsträucher.

»Ich weiß«, räumte Isaac ein, nachdem ihre raschelnden Schritte verklungen waren. »Aber ich fürchte, ich liebe dich, Abbie Wheeler, und egal wie oft ich ans andere Ende der Welt segle, um von dir loszukommen, es will einfach nicht gelingen. Was nur einmal mehr beweist, was für ein Tor …« Er brach abrupt ab, weil er ein leises, geradezu verstohlenes Knacken hörte. Er hob schon wieder ruckartig den Kopf, und dieses Mal blieb ihm fast die Luft weg. »Abigail?«, keuchte er.

Nichts.

Er hatte sich wohl getäuscht.

Die Tage als Invalide erwiesen sich als unerwartet angenehm und zählten zu den schönsten, die Isaac je in Waringham verbracht hatte.

Abigail war mit ein paar kräftigen Stallburschen mitsamt Trage zurückgekommen, und auch wenn es ihm unendlich peinlich gewesen war, in derart schmachvoller Weise auf die Burg seines Bruders zurückzukehren, wusste er doch, sein Ausflug hätte schlimmer enden können.

Abigail hatte seine Brüche versorgt. Sie verfügte über jede Menge Erfahrung, denn früher hatte sie die kleinen Blessuren der Internatskinder versorgt, und heute auf dem Gestüt flickte sie die Stallburschen zusammen, die sich beim Training der jungen Pferde ständig irgendwelche Gräten brachen. Sie schiente Isaacs rechten Unterarm, stellte das Schlüsselbein mit einem festen Verband ruhig und bandagierte das linke Fußgelenk. Es tat weh, aber es war trotzdem himmlisch, denn er saß mit nacktem Oberkörper auf seinem Bett, und sie konnte nicht vermeiden, seine Haut zu berühren. Er versuchte, jede Sekunde auszukosten, weil er ahnte, dass er ihr nie wieder so nahe kommen würde. Und wenngleich sie betont brüsk und geschäftsmäßig war, wenngleich sein Bruder und eine Magd zugegen waren, damit der Anstand gewahrt blieb, spürte doch auch sie die Intimität des Augenblicks, denn eine feine Röte stieg ihr in die Wangen.

Sie befahl ihm streng, sich möglichst ruhig zu verhalten, aber schon am nächsten Morgen hüpfte er mit Hilfe einer Krücke zum Frühstück, denn er fürchtete, sein frommer Bruder könnte ihm einen Stapel erbaulicher Bücher bringen, wenn er im Bett blieb. Und so verbrachte er die Tage also in völlig ungewohnter Untätigkeit auf dem Fenstersitz in dem wohnlichen, hellen Gemach über dem Rosengarten, den Fuß hochgelegt, und lernte seine Geschwister aufs Neue kennen, allen voran Eleanor.

»Sag, Isaac, dieser Francis Drake …«

»Was ist mit ihm?«

»Kennst du ihn schon lange?«

»Seit ich zur See fahre.«

»Und hältst du ihn für vertrauenswürdig?«

Die Frage war wesentlich heikler, als sie sich anhörte. »Warum willst du das wissen?«

Eleanor sah ihn forschend an. Darauf verstand sie sich vortrefflich. Vielleicht musste man diesen Blick beherrschen, um das Auge der Königin zu sein, jedenfalls machte er Daumenschrauben und Streckbänke überflüssig. »Die Königin hat ihn empfangen und hinter verschlossenen Türen Pläne für seine nächste Kaperfahrt mit ihm geschmiedet«, eröffnete sie ihm. »Drake hat ihr gefallen, weil er tollkühn und mutig ist und sie eine Schwäche für Schlitzohren hat. Aber ich … traue ihm nicht.«

»Dabei hast du offenkundig doch selbst eine Schwäche für Schlitzohren, bedenkt man, wer der Vater deiner Kinder ist«, gab Isaac zurück.

»Du weichst mir aus«, warf seine Schwester ihm vor.

Isaac nickte und rechtfertigte sich nicht.

Sie versuchte es anders: »Als ihr damals nach San Juan de Ulúa heimgekommen seid, hat John Hawkins schwere Anschuldigungen gegen Drake erhoben. Und er hat angedeutet, dass du seine Vorwürfe bezeugen könntest, aber du hast dich verdrückt. Wieso?«

»Weil Francis Drake mein Freund ist, egal, was er getan oder nicht getan hat.«

»Das kann ich akzeptieren …«

»Wie überaus großmütig, Madam.«

»… trotzdem muss ich die Wahrheit wissen. Du sagst, er sei dein Freund, aber ebenso seid ihr Konkurrenten, oder nicht? In Plymouth werden Wetten darauf abgeschlossen, wer von euch beiden auf seiner nächsten Fahrt mehr spanische Schiffe kapert. Warum fahrt ihr nicht mehr gemeinsam hinaus?«

»Weil wir beide unsere Unabhängigkeit schätzen.«

»Ist das wirklich der Grund? Oder habt ihr zu unterschiedliche Prioritäten? Du bringst portugiesische und spanische Schiffe auf, um Rudersträflinge und afrikanische Sklaven zu befreien. Drake tut es nur für Geld.«

Isaac lachte. »Wer hätte gedacht, dass du einmal etwas sagen würdest, das mich dermaßen gut dastehen lässt, Schwester. Aber so nobel bin ich nicht. Ich tue es genauso für die Prise wie Drake und Hawkins und Frobisher und all die anderen. Es ist eben das, womit ich meinen Lebensunterhalt bestreite.«

Eleanor machte eine wegwerfende Geste. »Erzähl mir, was du willst, die Tatsachen sprechen für sich. Aber wie dem auch sei. Ich glaube, dass ihr Seefahrer unsere wichtigste Waffe gegen spanische Begehrlichkeiten sein werdet. Secretary Walsingham glaubt das auch und die Königin ebenso. Deswegen hat sie Hawkins zum Treasurer der Admiralität berufen. Deswegen hat sie in Drakes Kaperfahrt investiert. Aber deswegen ist es auch unerlässlich, dass wir wissen, wer die Männer sind, die von so großer Bedeutung für Englands Zukunft sein könnten. Also, ich frage dich noch einmal: Was für ein Mann ist dieser Drake? Kein Mensch wird je erfahren, was du mir antwortest. Wenn du willst, gehen wir hinunter auf den Friedhof hinter der Kapelle, und ich schwöre es dir bei Vaters Grab.«

»Du weißt ganz genau, dass ich eine halbe Stunde für die Treppe bräuchte«, wehrte er ab.

»Hat er euch im Stich gelassen damals nach dem Debakel von San Juan de Ulúa, ja oder nein?«, bohrte sie unbeirrt weiter.

Isaac wandte den Kopf ab und sah in den Garten hinunter, wo die ledrigen Blätter der Rosensträucher und -büsche sprossen, aber noch keine Knospen zu entdecken waren. Er nickte.

»Und das war weder das erste noch das letzte Mal?«

Isaac sah sie wieder an. »Also schön. Meinetwegen. Unter dem absoluten Siegel der Verschwiegenheit, und nur, weil du meine Schwester bist und nicht so unfehlbar, wie ich immer befürchtet habe, sage ich dir die ungeschminkte Wahrheit: Francis Drake kennt nur eine Mission, und die heißt Francis Drake. Er stammt aus einem bettelarmen Elternhaus und wollte es zu etwas bringen. Und warum auch nicht? Materielle Sicherheit für sich und die Seinen zu erstreben ist ja nicht anstößig. Er ist im Allgemeinen ein anständiger Kerl, aber wenn er eine Wahl zwischen den Geboten des Anstands und seinem persönlichen Vorteil treffen muss, bleibt der Anstand gelegentlich auf der Strecke. Er hat keinen Ton gesagt, als Hawkins mich damals in Teneriffa an die Spanier verscherbelt hat. Er hat uns bei San Juan de Ulúa schändlich im Stich gelassen. Und bei seinem phantastischen Raubzug in Neuspanien vor fünf Jahren hatte er einen Komplizen, einen französischen Freibeuter und Kartographen namens Le Testu. Beim Überfall auf die spanische Goldkarawane wurde Le Testu angeschossen. Drake ließ ihn verwundet dort auf der verdammten Straße liegen und brachte seine Beute an Bord, ehe er eine Suchmannschaft ausschickte.«

Eleanor legte erschrocken eine Hand vor den Mund.

»Natürlich hatten die Spanier Le Testu inzwischen längst aufgegriffen«, fuhr Isaac fort. Er zuckte wütend die Achseln, was ihm ein blitzartiges Aufflammen von Schmerz in der rechten Schulter bescherte. »Er hatte noch Glück, die Spanier haben ihm nur den Kopf abgeschlagen.«

»Woher weißt du davon? Ich meine, ist es sicher?«

Isaac nickte. Robert Tanner, seit den Tagen der *Judith* Drakes Bootsmann, hatte es ihm erzählt.

»Auf derselben Fahrt hat Drake zwei seiner Brüder verloren«, fuhr er unbehaglich fort und hob die Linke – vorsichtig – zu einer beschwichtigenden Geste. »Die Seefahrt ist ein gefährliches Geschäft, ich unterstelle Drake keinen verschwenderischen Umgang mit seinen Männern, Brüder oder nicht. Im Gegenteil. Bei ihrem missglückten Angriff auf Nombre de Dios hat er seine Leute nur mit einem Entermesser in der Hand gegen eine Übermacht von Feinden verteidigt, obwohl er so schwer verwundet war, dass er sich kaum auf den Beinen halten konnte. Er ist … so verdammt mutig, Eleanor, das imponiert mir immer wieder. Aber als sein Bruder Joseph an einem Fieber gestorben war, das an Bord grassierte, hat Drake dem Schiffsarzt befohlen, ihn aufzuschneiden. Nur um zu sehen, ob das Fieber die inneren Organe befällt. Aus … Neugier. Allen an Bord hat vor ihm gegraut. Ich kann dir nicht sagen, was genau es ist, das mit ihm nicht stimmt. Aber man kann sich nicht auf ihn verlassen. Und deswegen fahre ich nicht mehr mit ihm zusammen.«

Eleanor lehnte sich in ihrem Sessel zurück und atmete tief durch. »Danke, Bruder.«

»Was genau ist es, das dich an diesen scheußlichen Geschichten so glücklich macht?«, erkundigte er sich grantig.

»Dass ich etwas weiß, was andere nicht wissen.« Sie lächelte flüchtig und winkte ab. »Der ewige Wettstreit unter Spionen. Ich bezweifle, dass du das verstehst.«

»Nein. Aber ich erwäge, mich doch die Treppe hinabzubemühen und dir den Eid an Vaters Grab abzunehmen.«

»Oh, keine Bange. Ich stehe zu meinem Wort. Und ich benutze mein Wissen nicht, um mich damit zu brüsten.«

Er war geneigt, ihr zu glauben, denn er wusste, das hatte sie nicht nötig.

»Weißt du von Irland?«, fragte sie ihn.

Isaac schüttelte den Kopf. »Ich weiß, dass Drake mit dem Earl of Essex gegen die Iren gekämpft hat. Aber keine Einzelheiten.«

»Die irischen Rebellen verschanzten sich auf Rathlin Island. Mit ihren Familien. Es waren ungefähr sechshundert Menschen. Drake nahm die Inselfestung unter Beschuss, bis die Garnison sich ergab. Essex hatte den Iren freien Abzug zugesichert, aber nachdem sie sich ergeben hatten, ließ er sie alle abschlachten. Männer, Frauen und Kinder.«

Isaac stieß angewidert die Luft aus, schüttelte dann aber den Kopf. »Nicht Francis Drake. Nie und nimmer.«

Eleanor wiegte den Kopf hin und her. »Essex hat das Geheimnis, wer seinen abscheulichen Befehl ausgeführt hat, mit ins Grab genommen.«

»Dann glaub mir einfach.«

»Tatsache ist, dass Essex deinen Freund Drake nach ihrer Rückkehr aus Irland mit Secretary Walsingham bekannt gemacht hat, der ihn wiederum Robin Dudley vorgestellt hat. Und so kam es, dass die Königin ihn empfangen hat. Jetzt ist Drake mit ihrem Wohlwollen und auf Kosten der Krone unterwegs in die Neue Welt. Also was immer er für Essex tun musste, hat sich für ihn gelohnt. Und du sagst selbst, er sei ehrgeizig.«

»Aber kein Schlächter.« Isaac betrachtete seine Schwester beklommen. »Wie … zynisch du bist.«

»Es ist eine schlechte Welt, Brüderchen«, gab sie brüsk zurück. Dann seufzte sie, hob die schmale Rechte und strich sich die Haare hinters Ohr – mit einem Mal verlegen. »In Wahrheit bin ich längst nicht so zynisch, wie ich gerne wäre. Seit mehr als zwanzig Jahren spüre ich für Elizabeth Geheimnisse auf und hüte sie, und dabei kann man leicht den Glauben an die Menschheit verlieren. Aber ich werde einfach nicht klüger und habe immer noch Illusionen, scheint mir oft. Und darum ist es auch nach wie vor leicht, mich zu enttäuschen.«

Isaac musste lächeln. »Ich glaube, das ist eine Familienkrankheit.«

»Hm«, machte sie ironisch. »Und niemanden hat sie so schlimm erwischt wie Francis.«

Sie teilten ein verschwörerisches Lachen auf Kosten ihres Bruders.

»Irgendwelche Fortschritte mit Lappidot und seiner kleinen Papistin?«, fragte Isaac ohne viel Hoffnung.

Eleanor schüttelte den Kopf. »Es ist das erste Mal, dass Francis sich weigert, mir zuzuhören. Er ist ganz und gar verbohrt, was diese Sache angeht. Millicents Tod hat ihn bitterer gemacht, als er sich eingestehen will, fürchte ich.«

»Er sollte wieder heiraten«, befand Isaac.

Sie nickte mit einem liebenswürdigen Lächeln. »Wenn dir einmal danach sein sollte, dir seine Standpauke in voller Länge anzuhören, schlag es ihm vor.«

»Ach herrje, das klingt, als hättest du's am eigenen Leib erfahren. Ja, ich kann mir vorstellen, dass er nicht entzückt ist über dich und den König der Diebe.«

»Nein. Aber er hütet unsere Kinder und sagt keinen Ton, wenn Gabriel und ich uns hier gelegentlich treffen, um wenigstens für ein paar Tage ein Familienleben zu führen.«

Isaac nickte. Er wusste, offiziell war Gabriel Durham zu Gast im Haus des Stewards auf der anderen Seite des Burghofs. Das hatte sogar einen Anstrich von Glaubwürdigkeit, denn die Frau des alten Stewards war eine geborene Durham und Gabriels Tante. Tatsächlich schlich der König der Diebe sich jedoch Nacht um Nacht in den Bergfried und in Eleanors Gemach, und Isaac hatte Mühe zu glauben, dass Francis davon nichts ahnte.

»Wie seid ihr euch begegnet?«, fragte er neugierig.

»Das gemeinsame Interesse an einem Falschmünzer hat uns zusammengeführt«, antwortete sie mit einem nostalgischen Lächeln.

»Und die Königin?«

»Erhebt keine Einwände. Gabriel hat ihr das Leben gerettet, als sie die Pocken hatte. Aber das ist nicht einmal der wahre Grund. Sie und ich waren Milchschwestern. Niemand kann wirklich verstehen, was das bedeutet. Wie tief das Vertrauen geht. Ich versuche immer, mich im Auge zu behalten, damit ich diese Nähe nicht ausnutze. Aber die Königin würde solch eine skandalöse Liaison bei keiner anderen ihrer Damen dulden, so viel steht wohl fest. Sie kann sehr streng und … unbarmherzig sein.«

»Das ist mir nicht entgangen. Ich schätze, das muss sie, um ein guter Herrscher zu sein.«

Und sie sprachen über Königtum und Vasallentreue, über Spanien und England, Protestanten und Katholiken. Isaac konnte immer noch nicht richtig fassen, dass es tatsächlich seine Schwester Eleanor war, mit der er politische und religiöse Ansichten austauschte; es kam ihm unwirklich vor. Aber er ertappte sich dabei, dass er diese Unterhaltung genoss, denn seine überaus gebildete und lebenskluge Schwester brachte ihn auf Gedanken und Sichtweisen, die ihm neu waren. Und seine Neugierde hatten die Jahre bislang nicht dämpfen können.

»Wann willst du das nächste Mal hinausfahren?«, fragte sie ihn schließlich.

»In zwei, drei Monaten.«

»Komm an den Hof, bevor du nach Plymouth zurückkehrst. Sie will dich sehen.«

Ende April hielt das frühsommerliche Wetter immer noch an, und nach dem Gottesdienst in der kleinen Kapelle der Burg versammelte die Familie sich im Rosengarten. Die Mägde hatten Decken auf dem Rasen ausgebreitet und Kissen auf die steinernen Bänke entlang des Pfades gelegt, und sie servierten Wein und Früchtebrot und herrliche lauwarme Fleischpasteten.

Lappidot hatte nach der Violine geschickt und ihnen zwei von Master Byrds wundervollen Fugen vorgespielt. Wie immer spielte Lappidot rückhaltlos. Er gab alles, was er hatte, in die Musik, und Eleanor beobachtete mit einem Hauch von Neid, wie entrückt und einzigartig die Welt war, in die ihr Neffe entschwand, wenn er musizierte. Doch viel zu bald legte er den Bogen neben sich auf die Samtdecke.

»Das war wundervoll, Lappidot«, lobte Francis vorbehaltlos, aber ohne zu lächeln.

»Danke, Mylord.«

»Wollt ihr irgendwann auch mal wieder damit aufhören?«, erkundigte sich Isaac. »Man kriegt ja Frostbeulen, wenn man euch hört.«

»Sei so gut und misch dich nicht ein«, wies der Earl ihn höflich zurecht.

Isaac verdrehte die Augen und setzte zu einer Erwiderung an, aber Isabella kam ihm zuvor.

»Erzähl uns etwas von der Neuen Welt, Isaac«, bat sie.

Er schien überrascht. »Was willst du denn wissen?«

»Stimmt es, dass es dort heiß ist?«

»Es gibt unterschiedliche Jahreszeiten, aber wann immer ich da war, war es mörderisch heiß, ja.«

»Ist es wie im Heiligen Land, von dem die Bibel erzählt?«, wollte Anne wissen.

»Nein, ganz anders. Es ist … grün und lebendig. Alles ist ein bisschen üppiger, als einem lieb ist. Die Bäume eine Spur zu hoch, ihre Blätter eine Spur zu grün. Ich wette, die Spinnen würden dir gefallen, Anne. Sie sind ungefähr so groß wie meine Hand. Na ja, die kleineren Exemplare.«

»Iiiih!«, machte sie erwartungsgemäß und schüttelte sich.

»Sind sie giftig?«, fragte ihr Vater.

»Manche schon.«

Eleanor beobachtete, wie Gabriel und Isaac stumme Botschaften tauschten. Sie ahnte nicht, was Gabriel mit diesen giftigen Ungetümen aus der Neuen Welt vorhatte, aber sie sah, dass Isaac ihm ein paar Exemplare mitbringen würde. Es war im Grunde keine große Überraschung, dass die beiden Männer sich so blendend verstanden, aber ganz geheuer war es ihr trotzdem nicht.

»Es gibt auch giftige Schlangen und gefährliche Bestien wie Krokodile und Raubkatzen, aber in Wahrheit ist es ein wundervolles Land«, fuhr Isaac fort, und während er das türkisblaue warme Wasser beschrieb und die Strände, die so weiß waren, dass man fast nicht hinschauen konnte, zog er seine Zuhörer nach und nach in seinen Bann. Eleanor merkte selbst, wie dieses fremdartige Land mit seinen sachten Hügeln, seinen Urwäldern und Papageien und Affen vor ihrem geistigen Auge Gestalt annahm, und sie beschloss, der Königin vorzuschlagen, auf Isaacs nächste Reise einen Künstler mitzuschicken, der die Wunder der Neuen Welt in Bilder fassen konnte.

»Und wer lebt dort?«, fragte Samuel.

Isaac war bei seiner Erzählung fast so entrückt gewesen wie Lappidot beim Violinespiel, aber jetzt kehrte er abrupt in die Wirklichkeit zurück.

»Spanier«, antwortete er knapp.

»Was ist mit den Wilden? Wie sagt man gleich wieder ... Indianer?«

»Warum eigentlich?«, wollte Gabriel wissen.

»Weil die ersten Seefahrer, die hinkamen, glaubten, sie seien in Indien gelandet«, erklärte Isaac. »Deswegen heißen die Inseln in der Karibik auch immer noch die Westindischen Inseln, obwohl man vermutlich kaum viel weiter weg von Indien sein könnte. Aber es gibt nicht mehr sehr viele Indianer, Samuel. Die verfluchten Spanier ...«

»Isaac ...« Francis seufzte duldsam.

»Tut mir leid, Mylord. Die ... mir fällt kein nettes Wort ein ... Spanier haben versucht, die Indianer mit dem Schwert zu bekehren, und dabei sind nicht viele übrig geblieben. Ganze Scharen sind auch an Krankheiten gestorben, die die Spanier eingeschleppt haben. Aber ein paar gibt es noch. Manche sind versklavt und müssen auf den Zuckerplantagen schuften, genau wie die schwarzen Sklaven aus Afrika. Andere haben sich tief in die Wälder geschlagen und leben dort noch in Freiheit.«

»Wovon?«, fragte Isabella, die auf einer der Bänke saß, die Hände zufrieden auf dem runden Bauch verschränkt. »Kann man Affen und Papageien etwa essen?«

Für einen Lidschlag huschte ein Schatten über Isaacs Gesicht, aber er nickte. »Manche schmecken sogar hervorragend. Und es gibt noch eine Menge anderer essbarer Tiere, Tapire, die ein bisschen an Wildschweine erinnern, oder Fasane. Außerdem wachsen die herrlichsten Früchte dort. Ananas, zum Beispiel. Annonen. Und Kokosnüsse. Die kann man besonders gut einlagern, vielleicht bringe ich dir beim nächsten Mal eine mit, Anne, was meinst du?«

»Oh ja!«, rief die Kleine begeistert.

»Ich will auch eine«, sagte Isabella.

»Dagegen hätte ich ebenfalls nichts«, räumte Francis ein.

Isaac nickte. »Ich merke schon, ein ganzes Fass wäre wohl am besten.« Lächelnd hob er den gesunden Arm und zog Anne sacht an einem ihrer rabenschwarzen Zöpfe. »Und vielleicht sollte ich ...«

Er brach abrupt ab, und seine eben noch so übermütige Miene wurde wachsam, als er an Annes Schulter vorbei zum Bergfried hinübersah. »Da kommen zwei Scheunentore in Uniform.«

Eleanor wandte den Kopf. »Die Andrews«, sagte sie zu Gabriel, der sich bereits aus dem Gras erhoben hatte, ohne jede Hast oder Dringlichkeit, um sich zwischen den nächstbesten Rosensträuchern in Luft aufzulösen. Aber vor Eleanors Schutzengeln brauchte er sich ja nicht zu verbergen.

»Ich nehme an, das ist das Ende unserer beschaulichen Familienzusammenkunft?«, erkundigte Francis sich bedauernd.

Eleanor hob die Schultern. »Gut möglich.«

Sie stand auf und ging den Zwillingen entgegen. Als sie sie aus der Nähe sah, erkannte sie, dass es keine Krise, sondern eine Katastrophe war, die ihre beiden getreuen Schatten herführte.

»Gentlemen.«

»Mylady.«

»Ist die Königin gestorben?«

»Gott bewahre«, keuchte Jethro erschrocken.

»Sie ist wohlauf«, versicherte Jeremy. »Und Windsor hat ihr gutgetan, sagt sie, so wie immer.«

Die jährlichen Zeremonien des Hosenbandordens, die immer in Windsor stattfanden, lagen erst wenige Tage zurück.

Eleanor nickte. »Also?«

Jeremy trat nervös von einem Fuß auf den anderen. »Als der Hof dorthin übersiedelte, haben wir getan, was Ihr gesagt habt, und Lady Lettice Knollys im Auge behalten … die Dowager Countess of Essex, sollte ich wohl sagen.«

»Und was hat die Eisprinzessin angestellt, das Euch so erschüttert?«

Lettice' Gemahl Walter Devereux hatte es weit gebracht, genau wie Lady Cat einst prophezeit hatte: Aus dem bescheidenen Viscount Hereford war der Earl of Essex geworden. Doch die irdischen Lorbeeren nützten ihm nicht mehr viel, denn vor knapp zwei Jahren war er gestorben. Plötzlich und unerwartet und nur wenige Tage nach seinem fünfunddreißigsten Geburtstag. Eleanor war nicht die einzige gewesen, die den Verdacht hegte, Lettice habe beim Ableben ihres Gemahls ein wenig nachgeholfen, doch nicht einmal Francis Walsingham, den alle Welt den Meister der Spione nannte, hatte den leisesten Hinweis auf einen Giftmord finden können. So war Lettice also an den Hof zurückgekehrt – mit erlesener Trauergarderobe und angemessen kummervollem Gebaren. Womöglich hatte sie sich Chancen ausgerechnet, dort den Platz ihrer Mutter als erste Hofdame einzunehmen, denn Lady Cat war im Winter vor acht Jahren gestorben. Doch niemand hätte der Königin jemals ihre warmherzige Halbschwester ersetzen können, und so hatte Lettice den erhofften Zugang zum innersten Zirkel nie gefunden. Trotzdem war sie geblieben. Und je länger Lettice bei Hofe ausharrte, desto nervöser war Eleanor geworden.

»Vergangene Woche ließ sie sich plötzlich beurlauben, um ihre Kinder auf dem Land zu besuchen«, begann Jethro. »Und wir sind ihr gefolgt. Unauffällig, versteht sich. Lady Lettice reiste auch tatsächlich in die Midlands, aber nicht nach Chartley zu ihren Kindern …« Der Mut verließ ihn, und sein Bruder nahm den Faden auf: »Sondern nach Kenilworth.«

Eleanors Herz stolperte einmal. »Nach Kenilworth?«, echote sie dümmlich. »Zu Robin Dudley?« *Bitte, Gott. Bitte nicht …*

Die Zwillinge nickten, und plötzlich sahen sie aus, als wollten sie in Tränen ausbrechen.

»Ich werd ihm den Kopf abreißen«, grollte Eleanor leise. »Seit *Jahren* habe ich ihn vor dieser Frau gewarnt, aber er wird einfach nicht klüger. Ich fürchte, wir müssen uns etwas einfallen lassen.«

»Es ist zu spät, Mylady«, sagte Jeremy und sah ihr endlich ins Gesicht. »Er … er hat sie geheiratet.«

Eleanor hob langsam die Linke und legte sie an ihre Kehle, wo ihr Herz pochte wie ein panisch flatternder, gefangener Vogel. »Oh, süßer Jesus …« Ihre Stimme klang seltsam. Dünn und heiser. »Ist sie schwanger?«

»Wir nehmen es an. Jedenfalls trug sie mit einem Mal weit fallende Kleider, sobald sie den Hof verließ«, antwortete Jeremy.

Eleanors Hände waren eiskalt und feucht, und sie spürte einen leichten Schwindel. Der Schreck fühlte sich an wie ein körperlicher Schock, aber ihr Gehirn funktionierte noch einwandfrei. »Wie habt ihr davon erfahren?«

»Wir haben uns in die Burg geschlichen, und als wir sie in die Kapelle gehen sahen, ist Jeremy aufs Dach geklettert und hat zwischen den Schindeln hindurchgespäht.«

»Gute Arbeit«, lobte sie. »Gab es Zeugen?«

Jethro schüttelte den Kopf. »Niemand in der Kirche außer dem Brautpaar und dem Vikar.«

»Und gibt es irgendwen außer uns dreien, der davon weiß?«

»Secretary Walsingham«, antwortete Jeremy, als sei das eine Selbstverständlichkeit. »Wir waren schon unterwegs hierher, als er uns einen Boten mit einer Nachricht hinterherschickte. Er ersucht Euch höflichst um Eure sofortige Rückkehr nach Whitehall, Mylady.«

»Er will, dass ich es ihr sage«, mutmaßte Eleanor düster.

Jethro nickte. »Schonend beibringen, waren die Worte, die er gewählt hat. Er sagt, das sei etwas, das wirklich nur Ihr tun könnt.«

»El!« Die Königin strahlte. »Wie schön, dass du zurück bist. Mit Robin in den Midlands und dir in Waringham war mir niemand geblieben, gegen den zu reiten sich lohnt.« Sie nahm sie bei den Händen. »Eine Schande, dass du Windsor versäumt hast. Die ganze Motte war mit Stiefmütterchen bepflanzt. Es ist reizend, wie die Gärtner jedes Jahr daran denken, dass es meine Lieblingsblumen sind. So als wäre …« Sie unterbrach sich. »Sag, kann es sein, dass du die Zähne zusammenbeißt?«

Mit einem bewussten Willensakt entspannte Eleanor ihren Kiefer. »Es war mir nicht aufgefallen, aber jetzt, da du es sagst …«

Die warmen kleinen Hände packten die ihren noch ein wenig fester. »Was ist passiert?«

Eleanor war dankbar, dass sie die Königin allein angetroffen hatte. Denn die Aufgabe, vor die sie sich hier gestellt fand, konnte weder die Hofdame noch das Auge der Königin erfüllen, sondern allein die Milchschwester. Darum war es gut, dass sie auf Förmlichkeiten verzichten konnten.

»Bess, ich bringe sehr schlechte Neuigkeiten. Ich weiß, wie du es hasst, auf die Folter gespannt zu werden, darum werde ich sofort mit der Sprache herausrücken. Aber zuerst will ich, dass du dich hinsetzt.«

Die Königin sah ihr noch einen Moment in die Augen, dann zog sie einen der schweren Ebenholzstühle vom Tisch zurück und setzte sich auf die Kante. »Ich höre.«

Eleanor hielt Wort. »Robin hat Lettice Knollys geheiratet.«

Die Königin blinzelte einmal, und ihre Lippen öffneten sich ein klein wenig.

Das war alles.

Sie saß reglos wie eine Bronzestatue, die Hände lose auf den Armlehnen. Für ein paar Herzschläge wirkte ihr Blick leer, weil er nach innen gerichtet war. Dann kehrte er zu Eleanor zurück. »Sag mir alles, was du weißt.«

Eleanor setzte sich ihr gegenüber an den kleinen Tisch, den Rücken zum kalten Kamin. »Er hatte ein Verhältnis mit ihr, kaum dass sie Devereux geheiratet hatte. Dann verschwand sie vom Hof und ging auf Devereux' Landgut nach Chartley, und ich glaubte, die Angelegenheit habe sich erledigt. Inzwischen denke ich, dass sie sich jedes Mal getroffen haben, wenn Robin in den Midlands war. Vor zehn Jahren tauchte Lettice dann plötzlich in Waringham auf und kaufte ein Pferd.«

Bei der Gelegenheit hatte sie Eleanor nachspioniert, und fast gleichzeitig hatte Richard Topcliffe angefangen, sich für Eleanors Privatangelegenheiten zu interessieren. Inzwischen war ihr klar geworden, dass Lettice etwas gegen sie in der Hand haben wollte, falls Eleanor ihr Verhältnis mit Robin entdeckte, und dass sie Topcliffe becirct hatte, ihr zu helfen. Doch sie ließ dieses stümperhafte Komplott unerwähnt, denn vermutlich war es nicht ratsam, Elizabeths Zorn auf Lettice noch zusätzlich zu befeuern.

»Das Pferd hat sie Robin geschenkt. Als ich ihn zur Rede stellte, sagte er, wenn du dein Monopol auf ihn so hoch schätzen würdest, bräuchtest du ihn nur zu heiraten. Er gebe Lettice lediglich das, was du nicht wolltest.«

Die Königin schüttelte langsam den Kopf – verwundert, so schien es. »Warum hast du mir das all die Jahre verschwiegen?«

»Um dir Kummer zu ersparen.«

»Wirklich?« Plötzlich war Elizabeths Blick forschend. »Oder weil es das Bequemste war? Schließlich ist Robin auch dein ältester Freund. Du stecktest in einer üblen Klemme.«

»Bess, tu das nicht«, beschwor Eleanor sie. »Ich verstehe, wie erschüttert du bist, aber zweifle nicht an meiner Loyalität, um mich für die schlechte Nachricht zu bestrafen. Womöglich ist es tatsächlich so, dass ich es mir zu leicht gemacht habe, um dich und Robin und letztlich uns alle zu beschützen. Weil … weil ich wollte, dass die Dinge so bleiben, wie sie sind. Nichts sollte unsere verschworene Gemeinschaft zunichtemachen, schon gar nicht dieses berechnende Miststück. Und als er mir gesagt hat, er gebe Lettice nur den Teil von sich, den du nicht wolltest, habe ich ihm geglaubt. Du weißt doch ganz genau, dass er in Wahrheit allein …«

»Nein, sprich es nicht aus«, sagte die Königin und hob abwehrend die Linke. Die Hand zitterte ein wenig. »Wenn es nur *das* ist, was er mit ihr teilt, warum hat er sie dann plötzlich geheiratet?«

»Ich bin noch nicht sicher, aber vermutlich ist Lettice guter Hoffnung.«

Elizabeth stieß verächtlich die Luft aus. »Ja, ich kann mir vorstellen, wie willig er sie nach dieser Eröffnung zum Altar geführt hat. Er ist besessen davon, eine Dynastie zu gründen. Und weißt du, wo das turtelnde Brautpaar sich zurzeit aufhält?«

Das klang überhaupt nicht gut, doch Eleanor antwortete nüchtern: »Robin ist in seinem Haus in London. Sie ist in Wanstead in Essex, wo er ein Gut gekauft hat.« Das hatte sie von Walsingham erfahren, den sie kurz gesprochen hatte, bevor sie zur Königin gegangen war.

»Ein Liebesnest, wie famos.« Von Elizabeths Lächeln wurde Eleanor hundeelend. Es sollte spöttisch wirken, aber der Schmerz in den Augen war kaum auszuhalten. »Ich frage mich gerade, was mein Vater wohl in einer vergleichbaren Lage getan hätte.«

»Wir wissen beide, was er getan hätte«, gab Eleanor zurück.

»An dieser Stelle weist du mich für gewöhnlich darauf hin, dass ich anders sei als mein Vater.«

Eleanor nickte. »Aber heute kann ich mich nicht dazu durchringen, an deine Noblesse zu appellieren. Denn was immer du tust, haben sie verdient, alle beide. Nur …«

»Nur?«

»Ich glaube, wenn du Robin hinrichten lässt – und dein Vater hat uns gelehrt, dass sich im Bedarfsfall immer ein Vorwand findet –, wirst du dich selbst damit mehr bestrafen als ihn.«

»Wieso?« Elizabeth schien ehrlich erstaunt. »Was, denkst du, könnte er mir jetzt noch bedeuten?«

Alles, wäre die ehrliche Antwort gewesen, doch stattdessen bat Eleanor: »Warte bis morgen, ehe du eine Entscheidung triffst.«

Die Königin sagte weder ja noch nein. »Sei so gut und lass mich allein.«

Eleanor stand auf. »Natürlich.«

»Ich will nicht gestört werden. Und in einer Stunde soll meine Barke bereit sein.«

»Ich sorge dafür«, versprach Eleanor und dachte beklommen: *Fahr nicht zu ihm. Das kann nur furchtbar enden. Für euch beide.*

»Ich wäre dankbar, wenn du mich begleitest. Du und eine Eskorte, niemand sonst.«

»In Ordnung.«

Sie hatte die Tür schon erreicht, als sie Elizabeth sagen hörte: »Danke, El.« Die Stimme klang verdächtig heiser.

Eleanor nickte und ging hinaus, ohne sich noch einmal umzuschauen.

Niemand erfuhr je, was die Königin zu Robin Dudley zu sagen hatte oder was er zu seiner Verteidigung vorbrachte. Mit zunehmender Nervosität hatte Eleanor in Robins Bibliothek auf Elizabeth gewartet, hatte versucht, sich zuerst mit italienischen Sonetten, dann mit lateinischen Geschichtsbüchern abzulenken, aber ohne Erfolg. Zwei Stunden nach Einbruch der Dunkelheit kam die Königin endlich zurück, die elegante, mit einem schmalen Silberfuchsstreifen besetzte Kapuze tief ins Gesicht gezogen, und auf der ganzen Rückfahrt nach Whitehall sprach sie kein einziges Wort.

»Alles, was ich Euch sagen kann, ist, dass sie ihn nicht hat verhaften lassen, Gentlemen«, berichtete Eleanor Secretary Walsingham und William Cecil, die trotz der späten Stunde auf sie gewartet hatten. »Sie hat meines Wissens auch nicht angeordnet, ihn heute Nacht heimzusuchen und verhaften zu lassen. Eine seiner Mägde hat mir erzählt, dass Robin Dudley krank ist und das Bett hütet. Möglicherweise hat er das Mitgefühl Ihrer Majestät geweckt, und das hat ihn gerettet, ich weiß es nicht.« Müde sank sie in einen der Sessel am Tisch in Walsinghams Arbeitszimmer.

»Mir ist gelegentlich schon aufgefallen, dass Lord Leicester eine erstaunliche Begabung besitzt, im rechten Moment zu erkranken«, bemerkte Cecil gehässig. Er war inzwischen in den Adelsstand erhoben, Ritter des Hosenbandordens und Lord Treasurer, also eigentlich viel zu vornehm für seine alberne Eifersucht, von zu alt ganz zu schweigen.

»Und woher sollte er wissen, dass ausgerechnet heute sein Leben davon abhängen könnte, das Mitgefühl der Königin zu erwecken?«, entgegnete Eleanor.

»Er musste damit rechnen, dass sie es jetzt jeden Tag erfahren könnte«, sagte der Secretary, schenkte ein Glas tiefroten Wein ein und stellte es vor sie, während er mit der anderen Hand die Platte mit dem kalten Braten zu ihr hinüberschob. »Esst und trinkt, Mylady. Ich möchte wetten, in all der Aufregung in Leicester House hat niemand dort daran gedacht, dass auch Hofdamen gelegentlich der Stärkung bedürfen.«

Eleanor musste lächeln. »Habt Dank, Sir.« Der Wein war ein hervorragender Malvasier, und sie ließ ihn genießerisch über die Zunge rollen. »Wunderbarer Tropfen. Und den habe ich auch verdient.« Sie spießte eine dünne Bratenscheibe auf die bereitliegende Gabel, aber ehe sie abbiss, sagte sie zu Cecil: »Ich an Eurer Stelle würde mir jedenfalls keine großen Hoffnungen machen, dass er den Kopf verliert. Verdient hätte er's zwar, aber sie wird es nicht tun.«

Die beiden Männer nickten.

»Nun, ganz gleich, ob seine Krankheit vorgetäuscht war oder nicht, das Beste wird sein, der Earl of Leicester absentiert sich eine

Weile vom Hof und sucht eine Heilquelle auf«, befand Walsingham. »Vorzugsweise eine weit entfernte Heilquelle.«

»Buxton«, schlug Eleanor vor. »Das liegt in Derbyshire, und da war er früher schon.«

»Buxton ist perfekt. Und dort sollte er bleiben, bis alle Gemüter sich beruhigt haben.«

Eleanor betrachtete ihn kopfschüttelnd. »Wenn Ihr glaubt, ein paar Wochen reichen aus, damit die Königin ihm vergibt und zur Tagesordnung zurückkehrt, mangelt es Euch in diesem Fall an Eurer berühmten Einsicht.«

»Ich glaube nichts dergleichen«, bekannte Walsingham und schlug die Beine übereinander. »Aber Ihre Majestät ist eine kluge Frau und besitzt große Selbstbeherrschung und königliche Würde. Darum wird sie ihre Gefühle tief in ihrem Innern verschließen. Und je länger sie ihn nicht sieht, desto besser wird sie diese schwierige Fertigkeit gemeistert haben, bis er wiederkommt.«

Eleanor trank noch einen Schluck. »Ich nehme die Behauptung bezüglich der mangelnden Einsicht zurück. Im Gegenteil. Jetzt kommt mir der Verdacht, Ihr könntet sie im Übermaß besitzen.«

»Was nur wieder einmal beweist, wie wankelmütig ihr Frauen seid, Lady Eleanor«, konterte er mit einem winzigen Zwinkern.

»Oder wie durchtrieben ihr Männer.«

»Es wird Euch vielleicht verwundern, aber Walsingham und ich sind nicht unglücklich über die jüngsten Entwicklungen, Mylady«, bekannte Cecil.

»Ich habe schon lange aufgehört, mich über einen von Euch zu wundern. Und was genau erfreut Euch daran, dass Robin Dudley der Königin das Herz gebrochen hat und sein eigenes gleich mit?«

»Nun, in Herzensangelegenheiten bin ich kein Experte …«, räumte Cecil ein.

»Das könnt Ihr in Stein meißeln.«

»… aber womöglich wird Ihre Majestät jetzt endlich Vernunft annehmen und heiraten.«

»Oh Gott.« Eleanor schob Walsingham ihr leeres Glas hin. »Seid so gut und schenkt mir nach, Master Secretary.«

Er folgte der Bitte, setzte Cecils Gedankengang aber ungerührt fort: »Ihr werdet nicht leugnen, dass es allerhöchste Zeit dafür wird. Noch ist die Königin jung genug, um Kinder zu bekommen. Aber das wird sie nicht ewig bleiben.«

»Nein, ich weiß. Und wenn sie verhindern will, dass Mary Stewarts Sohn ihr eines Tages auf den Thron folgt, muss sie selbst für eine Alternative sorgen.«

Walsingham und Cecil tauschten einen erleichterten Blick.

»So ist es, Mylady«, stimmte Letzterer nachdrücklich zu.

Eleanor hob die Schultern. »Also? Hauchen wir den Verhandlungen mit dem schneidigen Herzog von Anjou neues Leben ein?«

»Anjou?«, wiederholte Cecil verdattert. »Wie kommt Ihr ausgerechnet auf ihn?«

»Er wirbt mit großer Standhaftigkeit um die Hand Ihrer Majestät, und wann immer sein Name fällt, lächelt sie.«

»Aber er ist Papist«, wandte Cecil entsetzt ein.

»Und nur halb so alt wie sie«, fügte Walsingham hinzu.

»Ein Schürzenjäger.«

»Ein Glücksritter, der im Begriff ist, in die Niederlande einzumarschieren und dort Gott weiß was für ein Unheil anzurichten.«

»Verantwortungslos.«

»Kurzum: ein Schlitzohr«, schloss Cecil, als sei das Thema damit erledigt.

Eleanor lehnte sich in dem herrlich bequemen Sessel zurück und schaute von einem zum anderen. »Tja, Gentlemen, was soll ich sagen? *Bedenke, worum du bittest, die Götter könnten es gewähren …*«

Waringham, Mai 1578

Der Frühling in Kent blieb herrlich. Isaac erinnerte sich, dass er und seine Männer letzten Sommer während einer dreiwöchigen Flaute im Karibischen Meer bei sengender Hitze und Wasserknappheit von grauen Wolken und englischem Landregen geträumt hatten, aber jetzt war er alles in allem froh, dass dieser Wunsch unerfüllt geblieben war. Jedenfalls bis jetzt.

Sechs Wochen waren seit seinem verunglückten Ausritt vergangen und die Knochen tadellos verheilt. Das Schlüsselbein machte sich noch dann und wann bemerkbar, die Schulter war ein wenig steif, und Isaac argwöhnte, dass es ein Weilchen brauchen würde, ehe er wirksam einen Degen führen konnte. Trotzdem war es höchste Zeit aufzubrechen. Die Zwangspause hatte seinen Zeitplan völlig durcheinandergebracht, und seine Männer saßen in Plymouth und fragten sich, wo er blieb. Wenn er sie zu lange warten ließ, würden sie anderswo anheuern. Und das war nicht der einzige Grund, warum er Waringham endlich hinter sich lassen musste.

»Ich bin gekommen, um mich zu verabschieden.«

Abigail fuhr herum, als sei sie bei etwas Verbotenem ertappt worden, dabei hielt sie lediglich eine Gartenschere in der Hand.

Sie hatte hinter dem Stallmeisterhaus einen Garten angelegt, der seinesgleichen suchte: Kräuter- und Gemüsereihen wechselten sich ab mit farbenfrohen, übermütigen Blumenbeeten, Lauben aus blühenden Klettergewächsen, Irrgärten aus Beerensträuchern und Wacholderbüschen in Tiergestalt. Die verschlungenen Pfade führten zu lauschigen Plätzchen oder unvermuteten Tümpeln. Früher waren Gartenfreunde aus ganz Kent gekommen, um die Rosen oben auf der Burg zu bewundern. Heute kamen sie zum Stallmeisterhaus, und die königlichen Gärtner in Greenwich und Nonsuch würden vor Neid so grün wie das Gras ihrer sorgsam gehegten Rasenflächen, wenn sie Abigails Werk sehen könnten, hatte Eleanor behauptet, die eher nicht zu übertriebenen Lobeshymnen neigte.

»Ihr habt mich erschreckt …« Abigails Lächeln war verlegen.

»Tut mir leid«, log Isaac.

»Wann brecht Ihr auf?«

»Morgen früh.«

Sie nickte. »Nach Plymouth?«

»Über London.« Er wollte die Gelegenheit nicht versäumen, in der *Grünen Karavelle* vorbeizuschauen, und außerdem hatte die

Königin nach ihm geschickt – Gott helfe ihm. »Was in aller Welt ist das?« Er wies auf einen ausladenden Busch, dessen veilchenfarbene Blütendolden einen betörenden Duft verströmten.

»Man nennt es Flieder, und es kommt aus dem Osten. Lady Millicent hat mir einmal einen Ableger aus einem der königlichen Gärten mitgebracht. Ich habe ihn eingepflanzt, und er hört einfach nicht auf zu wachsen.«

»Nicht einmal die Blumen in der Neuen Welt haben so einen herrlichen Duft. Ach so, hier. Ich habe dir etwas mitgebracht. Ein kleines, unzureichendes Dankeschön dafür, dass du mich zusammengeflickt hast.«

Er streckte ihr die Linke mit einem ledergebundenen Buch entgegen.

Abigail strahlte, ihre Scheu verflogen. »Was ist es? Sagt es mir, meine Hände sind schmutzig, ich will es nicht anfassen.«

»Komm, wir setzen uns einen Moment.« Eine verwitterte Holzbank stand im Schatten des Flieders. Isaac legte das Buch auf sein Knie und schlug es auf.

Wie er gehofft hatte, setzte Abigail sich neben ihn und beugte den Kopf über die Titelseite. *»Giulietta e Romeo?«*, fragte sie verwundert.

Isaac nickte. »Es hat meiner Mutter gehört.«

»Ja, ich weiß. Sie hat es sehr geliebt und uns im Italienischunterricht manchmal daraus vorgelesen. Ihr solltet mir das nicht schenken, Sir Isaac. Es ist ein Erbstück.«

»Dummerweise mangelt es mir an Erben. Im Übrigen habe ich eine verdammte Woche lang jeden Abend gelesen, um das Richtige für dich unter ihren Büchern zu finden, also weise mein Geschenk nicht zurück, denn ich habe dafür gelitten.«

»Wie konnten zwei so belesene Menschen wie Eure Eltern nur so einen Banausen hervorbringen.« Das Rot ihrer Lippen machte ihn immer kopflos. Obwohl sie so ein Ausbund an Tugend war, hatte er etwas Sinnliches, dieser Mund, und wollte ihn immer verleiten, sich Freiheiten herauszunehmen.

»Vielleicht wollen wir die Frage lieber nicht vertiefen.«

»Wieso sagt Ihr, dies sei das richtige Buch für mich?«

»Es ist eine ehrliche Geschichte. Die Menschen darin sind keine überhöhten Kunstwesen, sondern wahrhaftig. Ich dachte, gerade du würdest das schätzen.«

»Aber es ist eine Geschichte von Maßlosigkeit und … verbotener Liebe, Sir Isaac«, entgegnete sie. Es klang streng, doch gleichzeitig stieg ihr ein Hauch von Röte in die Wangen, und das machte sie so hinreißend, dass sein Herzschlag sich beschleunigte.

Er lächelte. Ihre Augen erinnerten ihn immer noch an den Golf von Guinea bei Sonnenuntergang; graublau wie die seinen, aber dunkler. Er klappte das Buch zu und legte es neben sich auf die sonnenwarme Holzbank. »Seltsam. Ich dachte, es ist die Geschichte einer Liebe, die größer ist als alle Widrigkeiten und Verbote.«

Abigail wandte den Kopf ab und sah auf eine der duftenden Dolden, die über der Bank in der sachten Frühlingsbrise wippte. »Ich habe gehört, was Ihr damals auf der Lichtung am Tain gesagt habt.«

Isaac nahm ihre Hand. »Ich weiß.«

»Ihr …«

Er zog sie an sich und küsste sie, weil er einfach nicht anders konnte und weil er auch keine Einwände mehr hören wollte.

Abigail verharrte einen Augenblick reglos, nicht erstarrt, aber passiv. Dann legte sie die Hände auf seine Schultern, und ihre Zungenspitze fuhr so sacht über seine Lippe, dass er beinah hätte zweifeln können, ob es wirklich passiert war.

Er schlang den linken Arm um sie und zog sie noch ein bisschen fester an sich.

Sie wandte den Kopf ab und lehnte die Stirn an seine Schulter. »Nicht …«

»Warum nicht?«

»Du … du vernichtest mein bisschen Seelenfrieden.«

»Seelenfrieden wird überschätzt, glaub mir. Du bist im Begriff, dein Leben zu versäumen.«

Sie lachte leise, und er spürte ihren warmen Atem am Oberarm durch den Stoff seines Wamses. »Ich versäume mein Leben, weil ich mich nicht mit dir ins Gras legen will? Wie überaus bescheiden, Sir Isaac.«

»Nein, weil du dir selber versagst, was du dir insgeheim wünschst.«

Er legte einen Finger unter ihr Kinn, drehte ihr Gesicht wieder zu sich und küsste ihre Augenlider, die Stirn, die Nasenspitze. Während er mit dem kleinen Finger den feinen Schwung ihrer Brauen nachfuhr, ließ er die linke Hand langsam ihr Rückgrat hinabwandern.

Sie schmiegte sich an ihn, vielleicht ohne es so recht zu merken, und fuhr mit den Fingerspitzen der Linken sacht über seinen Nacken. »Selbst wenn es so wäre. Du segelst in den Sonnenuntergang, und ich muss hierbleiben und weiter mit dem leben, was wir getan haben.«

»Du hast recht. Aber ich habe noch niemals eine Frau so gewollt wie dich, und wenn du deine Hand noch einen Augenblick länger in meinem Nacken lässt, kann ich für nichts garantieren.«

Ihre Hand blieb, wo sie war, und die Berührung ihrer Finger, eben noch so schüchtern und unschlüssig, wurde wagemutiger.

Isaac zog sie mit sich ins Gras, beugte sich über sie und küsste sie, während er ihr Mieder aufschnürte. Ihre Haut war straff und samtig und alabasterweiß, und die zartrosa Spitzen ihrer Brüste hatten sich aufgerichtet.

Er nahm die linke zwischen die Lippen, während er seine Hosen aufschnürte, und Abigail vergrub beide Hände in seinen Haaren, kniff die Augen zu und stieß einen kleinen Laut aus, der lustvoll ebenso wie schmerzlich sein konnte, er wusste es nicht.

Aber sie war diejenige, die ihre Röcke raffte, ehe sie ihn am Ellbogen packte und zwischen ihre Schenkel zog.

»Lass mich dich ausziehen«, bat er, und es klang ein bisschen atemlos.

Sie schüttelte den Kopf, ohne die Augen zu öffnen. »Jeden Moment kann irgendwer sich hierher verirren.«

In dem Fall wären wir halb ausgezogen ebenso geliefert wie ganz, fuhr es ihm durch den Kopf, aber das sagte er nicht. Er glitt in sie hinein – mühelos, denn sie war feucht und bereit –, und sie umklammerte seine Schultern mit ihren kleinen, kräftigen Händen und drängte sich ihm entgegen. Isaac regte sich in ihr, behutsam zuerst, und ergötzte sich an ihren bläulich schimmernden Lidern, den langen, geschwungenen Wimpern, der feinen Nase mit dem Hauch von Sommersprossen über der Wurzel. Dann küsste er wieder diesen unwiderstehlichen, frechen Mund, und Abigail schlang die Arme fester um ihn und stemmte sich ihm entgegen. Mit einem Mal glühten ihre Wangen vor Erregung, und ihr Atem wurde rauer. Isaac beschleunigte seinen Rhythmus, legte einen Arm unter ihren Rücken und presste sie noch fester an sich. Als sie kam, schauderte sie und stieß einen hinreißenden Laut der Ekstase aus, und im selben Moment ergoss er sich in sie.

Sie verharrten reglos, beide außer Atem, und Isaac fuhr mit den Lippen über ihre Schläfe, wo das weizenblonde Haar ein wenig feucht war.

Sie ließ die Fingerspitzen über sein Gesicht gleiten – eine zarte und eigentümlich intime Liebkosung. »Wir sollten unser Glück nicht überstrapazieren.«

Es klang nüchtern, und er fand es unmöglich, zu erraten, was sie empfand.

Seufzend löste er sich von ihr, setzte sich auf und fing an, seine Kleider in Ordnung zu bringen. Dann stand er auf, streckte ihr die Hände entgegen und zog sie auf die Füße. Lächelnd brach er eine der Blütendolden vom Strauch und steckte die Nase hinein. »Ich werde hieran denken, wann immer ich Fliederduft rieche«, prophezeite er.

»An die Eroberung der tugendhaften Spröden?«, fragte sie, aber es klang eher ergeben als bitter.

Er dachte einen Moment darüber nach. Abigail Wheeler war weiß Gott nicht das erste anständige Mädchen, das er verführt hatte. John Hawkins' bildhübsche Tochter Mary, die er anlässlich eines Banketts zur Parlamentsberufung ihres Vaters in ein verlassenes Tuchlager auf dem großen Anwesen geführt und auf einem Bett aus Kammgarnballen in die Geheimnisse der Lust eingeweiht hatte, war sein größter Triumph auf diesem Gebiet.

Aber das hier war anders.

»An ein paar verwunschene Augenblicke an einem warmen Maitag. An deine Großzügigkeit, deine Pfirsichhaut, deine Sommersprossen und ein paar andere Dinge, über die ein Gentleman nicht spricht.« Er hob die Hand mit der Blüte und strich ihr damit über die Wange. »An dich.«

Sie lächelte. »Geh, Isaac. Fahr hinaus auf dein geliebtes Meer und komm heil zurück.«

Er zog den Ring mit dem schwarzen Einhorn aus Obsidian vom Finger. »Hüte ihn so lange für mich, sei so gut.«

Sie schloss die Faust darum, wandte sich ab und verschwand hinter dem Flieder. Nach fünf Schritten hatte das schattige Grün ihres Gartens sie verschluckt.

Vor Tau und Tag brach Isaac am nächsten Morgen nach Greenwich auf. Endlich war das Wetter umgeschlagen; der Himmel hing voll unheilschwangerer Wolken, und kurz hinter Rochester öffnete er seine Schleusen.

Eleanor holte ihren Bruder in der Vorhalle des Presence Chamber ab, wo Isaac am kalten Kamin stand und sich halbherzig mit dem bestickten Leinentuch abtrocknete, das ein umsichtiger Page ihm mitsamt einem großzügigen Becher Wein gebracht hatte.

»Du meine Güte, Isaac. Bist du herge*schwommen*?«, fragte seine Schwester kritisch.

Er trank noch einen Schluck und stellte den Becher dann auf ein zierliches Rosenholztischchen. »Schau aus dem Fenster. Es schüttet.«

»Ich weiß. Ich bin erst vor zwei Stunden aus Sheffield zurückgekehrt.«

Trotzdem sah sie natürlich perfekt aus, wie nur Höflinge es konnten: das moosgrüne Kleid mit der goldbraunen Spitzenbordüre makellos, jedes Härchen am richtigen Platz und augenscheinlich trocken.

»Sheffield? Was hattest du dort zu suchen?« Wasser lief ihm aus dem ungebärdigen Lockenschopf in den Nacken, und er tupfte noch einmal nach.

»Ich hatte das zweifelhafte Vergnügen, die abgesetzte Königin von Schottland zu besuchen.«

»Oh.«

Während seine Schwester ihn durch das Wirrwarr der langen Korridore führte, berichtete sie: »Mary Stewarts dritter Gemahl, der Earl of Bothwell, ist gestorben.«

»Kein großer Verlust für die Welt, nach allem, was man hört.«

»Nein«, stimmte sie zu. »Und viele sagen sogar, er habe sein grauenvolles Ende verdient.«

»Will ich wissen, *wie* grauenvoll?«

»Der König von Dänemark hat ihn jahrelang in einen lichtlosen Kerker gesperrt, angekettet an einen Pfeiler. Man berichtete mir, im Kreis um den Pfeiler herum seien die Steinfliesen sichtlich gefurcht, wo der Gefangene jahrelang seine Runden gedreht hat. Zu guter Letzt hat er den Verstand verloren.«

Isaac sah sie von der Seite an. »Ich merke, auf dein Mitgefühl kann er nicht rechnen.«

»Nein.« Es klang grimmig.

»Du hattest die delikate Aufgabe, es Mary Stewart zu sagen?«

Eleanor nickte. »Und sie zumindest war schwer erschüttert. Obwohl sie ihr Herz doch an den Duke of Norfolk verschenkt hatte, wie wir alle wissen.«

»Und sonst? Wie geht es ihr nach all den Jahren der Gefangenschaft?«, fragte Isaac ein wenig beklommen.

»Du hast Mitleid für jede Kreatur, die man ihrer Freiheit beraubt, nicht wahr? Ohne Ansehung der Umstände.«

Er hob ratlos die Schultern und nickte.

»Nun, bring dich ihretwegen nicht um den Schlaf. Sie lebt auf großem Fuße und mit reichlich Gefolge, wie es sich für eine Königin gehört. Der Earl of Shrewsbury, der sie seit ein paar Jahren verwahrt, ist immer respektvoll und zuvorkommend zu ihr.«

»Das klingt tatsächlich, als könne sie sich nicht beklagen.«

»Was sie trotzdem in einem fort tut«, gab Eleanor zurück. »Vor allem über ihre Gesundheit. Sie ist ziemlich füllig geworden und leidet an Rheumatismus. Angeblich sind wir daran schuld, weil wir sie nicht zur Jagd reiten lassen. Sie stellt wahrhaftig hohe Ansprüche, bedenkt man, dass sie ständig gegen Elizabeth intrigiert. Apropos Elizabeth: Hüte deine lose Zunge und lass deinen Piratencharme vor der Tür. Die Königin ist grauenvoller Laune.«

Sie hielten vor der Tür des Privy Chamber.

»Alsdann.« Isaac atmete tief durch und nickte den beiden Yeomen zu, die links und rechts der Tür wachten.

Eleanor klopfte, trat auf ein missfälliges Brummen ein und meldete: »Mein Bruder, Isaac of Waringham, Majestät.«

»Herein mit ihm.«

Isaac betrat den erlesen eingerichteten Raum mit den großen Fenstern zum Garten. Die Königin saß an ihrem großen Arbeitstisch und studierte eines der Dokumente, mit denen er übersät war. Drei sehr junge Hofdamen hockten mit Handarbeiten auf einer der tiefen Fensterbänke.

Isaac sank auf ein Knie nieder. »Majestät.«

Stirnrunzelnd sah die Königin auf. »Waringham. Erhebt Euch.«

Wie immer fand Isaac ihren Ausdruck wegen der starken Schminke schwer zu deuten, aber nicht einmal ein Trottel wie er konnte die Melancholie in ihren Augen übersehen. Obendrein hielt sie ein feuchtes Seidentuch gegen den linken Unterkiefer gedrückt. Anscheinend hatte sie Zahnschmerzen.

Jetzt warf sie es indes in die goldene Wasserschale und schenkte dem jungen Kapitän vor sich ihre ungeteilte Aufmerksamkeit. »Ihr wollt zu einer weiteren Fahrt in die Neue Welt aufbrechen, berichtet Eleanor mir.«

»Ja, Majestät.«

»Was habt Ihr dort vor? Was hofft Ihr zu erreichen? Die Zeiten, da englische Seefahrer Handel mit spanischen Siedlern treiben konnten, sind wohl ein für alle Mal vorbei. Ihr und Euresgleichen habt die spanischen Niederlassungen einmal zu oft überfallen und geplündert.«

»Der Handel war schon lange vorher zum Erliegen gekommen, weil die Siedler vor dem Vizekönig zittern und seine Befehle nicht zu missachten wagen.«

»Widersprecht mir nicht, Ihr Flegel!«

»Nein, Majestät.« *Du meine Güte …*

»Also?«

»An meiner Mission hat sich nichts geändert: Ich werde, Eure Erlaubnis vorausgesetzt, auf den üblichen Routen der Spanier auf der Lauer liegen, um ihre Schiffe aufzubringen, ihre Ladung zu plündern und ihre Rudersträflinge zu befreien, von denen nicht wenige Engländer sind. Aber dieses Mal habe ich noch etwas anderes vor.« Es war etwas ziemlich Großes, und Isaac hatte Mühe, ein seliges Lächeln ob seines genialen Plans zu unterdrücken. Er glaubte nicht, dass es bei der Königin in ihrer momentanen Stimmung besonders gut angekommen wäre.

Auf ihren ungeduldigen Wink hin fuhr er fort: »Ich will nach Panamá segeln und eine spanische Goldlieferung … umleiten.«

»Kommt nicht infrage«, beschied Elizabeth barsch. »Wenn wir König Felipes Gold stehlen, gibt es Krieg.«

Isaac dachte insgeheim, dass die Zeit für einen Krieg gegen die verdammten Spanier überreif sei, aber auch das behielt er für sich. »Es ist nicht König Felipes Gold, das ich zu stehlen gedenke, Majestät. Oder streng genommen doch, aber es wurde ihm bereits von anderen gestohlen, die wiederum ich um ihre unlauter erworbenen Schätze erleichtern will.«

»Das müsst Ihr mir erklären«, verlangte sie, aber er hörte, dass ihre Ablehnung ins Wanken geriet.

»Seht Ihr, *mein* Handel mit den spanischen Siedlern läuft trotz aller Spannungen immer noch reibungslos, denn ich bringe Seide, die mein Cousin Cecil Durham mir beschafft, nach Neuspanien und verkaufe sie den Damen. Ich suche sie vormittags mit meiner Ware auf, während ihre Männer auf den Plantagen unterwegs sind, gebe mich als niederländischer Kaufmann aus und bringe den spanischen Ladys ein wenig schmerzlich vermissten Luxus aus der alten Heimat.«

»Und das lohnt sich?«, fragte Elizabeth erstaunt.

Isaac nickte. »Es ist ein gutes Geschäft, denn Seide bringt dort das Vierfache des hiesigen Preises. Vor allem lohnt es sich, weil ich auf diesem Weg Neuigkeiten und Siedlerklatsch höre. So habe ich erfahren, dass der Gouverneur von Panamá ein korrupter Gauner ist. Er beutet eine Goldmine aus, von deren Existenz König Felipe nichts ahnt, obwohl sie ihm natürlich eigentlich gehört. Der Gouverneur lässt das Gold mit Maultierkarawanen auf die Plantage eines Komplizen schaffen. Dort wird es zur Tarnung in Zuckerfässer gesteckt. Dann verfrachten sie es auf Schiffe und schmuggeln es nach Frankreich, wo ihre Agenten es unter dem üblichen Marktwert an die französische Krone verkaufen. Frankreich hat keine Kolonien in der Neuen Welt, Majestät. Es lechzt nach Gold. Ich will den Transport auf dem Weg zur Küste überfallen und ... nach England umleiten«, schloss er lächelnd.

»Woher weißt du von den Machenschaften dieses Gouverneurs?«, wollte seine Schwester wissen.

»Aus sicherer Quelle«, antwortete er. Möglicherweise hätten sie eine verbitterte Zofe nicht als ›sichere Quelle‹ angesehen, aber sie diente der Gemahlin des Gouverneurs, und Isaac traute ihr.

»Wie viel Gold in etwa, was schätzt Ihr?«, fragte die Königin. Der Ausdruck in ihren Augen hatte zumindest Ähnlichkeit mit dem Schalk, den sie früher bei solchen Unterredungen an den Tag gelegt hatte.

»Fünfzig–, vielleicht sechzigtausend Pfund. Es gibt nur einen Transport pro Jahr, und die Mine ist ertragreich.«

»Es klingt gefährlich, und der Plan hat mehr Löcher als ein Sieb«, warf Eleanor ein.

»Wüsste ich es nicht besser, müsste ich glauben, du seiest besorgt um mich, Schwester«, gab er bissig zurück. »Zugegeben, mein Plan ist noch nicht ausgereift, und natürlich ist er auch nicht ohne Risiko. Aber wenn er gelingt ...« Er sah wieder zu Elizabeth. »Wenn er gelingt, Majestät, wird König Felipe niemals von unserem Beutezug erfahren. Denn der Gouverneur kann sich ja kaum über den Diebstahl beschweren, nicht wahr?«

Elizabeth fing an zu lachen, hörte sogleich wieder damit auf, kniff die Augen zu und presste die Hand an die Wange. »Das ist großartig, Waringham!«, befand sie. »Ich erteile Euch meine Erlaubnis zu dieser Fahrt und wünsche Euch Glück. Ich werde den Treasurer anweisen, Euch an Mitteln zur Verfügung zu stellen, was Ihr benötigt.«

Isaac wollte kein Geld von der Krone, denn er würde nur mit der *Nemesis* aufbrechen, und alles, was er darüber hinaus brauchte, gedachte er zu erbeuten. Aber er lehnte ihr Angebot nicht ab. Es wäre unverzeihlich taktlos gewesen. »Habt Dank, Majestät. Und wenn Ihr mir ein offenes Wort gestattet: Der Zahn muss raus, dann habt Ihr Ruhe.«

»Geht mir aus den Augen und lasst Euch von Seeungeheuern verschlingen«, knurrte sie, aber als er sich verneigte, schenkte sie ihm ein Lächeln voller Wohlwollen.

Greenwich, Juli 1578

»Beim Tod am Kreuz, was ist das für ein furchtbares Gekrächz?«, schimpfte die Königin. Mit einem schroffen Wink brachte sie die Musiker zum Schweigen. Die Geste wirkte, als wolle sie ihnen die Köpfe abhacken. »Danke, Gentlemen, aber von Eurem Vortrag bekomme ich Ohrenschmerzen, und meine Zahnschmerzen reichen mir völlig.«

Der junge Elijah Burlington, der erst seit wenigen Monaten zur Chapel Royal gehörte und die vorgetragenen *Frotolle* verbrochen hatte, senkte hastig den Bogen und errötete. »Vergebt mir, Majestät.«

»Ja, ja«, knurrte sie. »Ihr dürft euch entfernen und noch ein bisschen üben …«

Burlington und seine beiden Mitstreiter traten den Rückzug an.

Elizabeth seufzte tief. Sie saß am Seerosenteich, wo die Diener ihr einen bequemen Sessel hingetragen und einen Baldachin darüber gespannt hatten, um ihre Königin vor der Sonne zu schützen. Ein paar Hofhühner saßen ihr zu Füßen auf Samtdecken im Gras.

»Wo zum Henker bleibt Lappidot?«, fragte Elizabeth.

Mahalath of Helmsby fuhr fast unmerklich zusammen und ließ ihren französischen Gedichtband in den Schoß sinken.

»Er ist in Waringham, Majestät«, antwortete Eleanor, die neben der Königin auf einer der Marmorbänke Platz genommen hatte. »Wie ich sagte, er hatte ein Zerwürfnis mit seinem Vater, und Francis hat ihn dazu verdonnert, fürs Erste zu Hause zu bleiben und über seine Sünden nachzudenken. Oder so ähnlich.«

»Nun, ich bedaure, Francis' väterliche Beschlüsse außer Kraft zu setzen, aber schreib ihm, der Junge werde hier gebraucht, es sei eine Angelegenheit der nationalen Sicherheit, und wenn Francis sich weigert, werde ich ihn als Verräter enteignen und in den Tower sperren.«

Die Hofhühner kicherten. Alle außer Mahalath, deren Gesicht einen Ausdruck banger Hoffnung angenommen hatte, von dem Eleanor ganz schwer ums Herz wurde.

»Er wäre weiß Gott nicht der erste Waringham, der für seine Überzeugungen in den Tower wandert«, gab sie zurück.

Elizabeth schnalzte ungehalten mit der Zunge. »Ist es wirklich so ernst?«

»Allerdings, Majestät.«

»Aber was kann Lappidot ausgefressen haben, um seinen gutmütigen Vater so zu erzürnen?«

Da Eleanor ihre Königin grundsätzlich niemals anlog, blieb ihr nichts anderes übrig, als die Antwort schuldig zu bleiben, denn dieses war nicht ihr Geheimnis, darum durfte sie es nicht preisgeben.

»El? Hat es dir die Sprache verschlagen?«

»Nein, Majestät. Ich bin zuversichtlich, dass Francis und Lappidot sich versöhnen werden, denn sie sind ja beide so sonderbar friedliebend. Einstweilen müssen wir darauf hoffen, dass Master Burlington sein Violinespiel verbessert.«

Elizabeth nickte mit einem liebenswürdigen Lächeln, das jedem eine Warnung war, der sie kannte. »Du bist mir schon geschickter ausgewichen.«

Eleanor stieß hörbar die Luft durch die Nase aus, und noch ehe sie sich für eine Strategie entschieden hatte, stand Mahalath auf und machte einen zögernden Schritt auf die Königin zu. »Es ist meinetwegen, Majestät.«

Mit einem Mal war es totenstill am Seerosenteich. Eleanor kam es vor, als hätten sogar die Amseln im Gebüsch den Atem angehalten.

Erwartungsgemäß verfinsterte sich die Miene der Königin. »Sag, dass es nicht das ist, was ich glaube«, knurrte sie.

Mahalath sah hilfesuchend zu Eleanor, weil sie nicht wusste, was genau die Königin glaubte.

So sah Eleanor sich genötigt, zu antworten. »Nein, Majestät. Es ist nichts vorgefallen. Aber Mahalath und Lappidot haben entdeckt, dass sie mehr verbindet als alttestamentarische Namen und die Liebe zur Musik. Lappidot war so aufrichtig, das seinem Vater zu offenbaren, und zahlt jetzt den Preis für seinen Anstand.«

Das Gesicht der Königin hinter der hellen Schminke war ausdruckslos, die Lider halb gesenkt. Die Hofhühner befürchteten einen Ausbruch und beäugten Mahalath aus den Augenwinkeln, halb mitfühlend, halb gespannt, vor allem dankbar, dass nicht sie den berüchtigten Tudor-Zorn auf sich gezogen hatten.

Eleanor hingegen sah, dass Elizabeth nicht zürnte, sondern nachdachte.

Mahalath stand wie eine Marmorstatue vor ihr, den Blick höflich gesenkt, doch nicht furchtsam.

Elizabeth betrachtete sie – geruhsam und eine geraume Zeit. Schließlich fällte sie ihr Urteil: »Ich bin nicht grundsätzlich dagegen.«

Ein hörbares Aufatmen ging durch die Schar der Hofhühner, und Mahalaths Gesicht erstrahlte in einem Lächeln purer Seligkeit, das genau so lange währte, bis die Königin ihre Bedingung verkündete:

»Aber du musst konvertieren.«

Nicht ohne Gewissensbisse erinnerte sich Eleanor, dass sie den Vorschlag verächtlich abgeschmettert hatte, als Isaac ihn machte. Aber es klang irgendwie ehrenvoller – von naheliegend ganz zu schweigen –, wenn die Königin es sagte.

Mahalath zog indessen erschrocken die Luft ein. »Ich glaube nicht … dass ich das kann, Majestät.«

»Nein?«, fragte diese stirnrunzelnd. »Dann ist deine Liebe vielleicht nicht so groß, wie du dachtest.«

»Ich kann doch nicht aufhören zu glauben, was ich mein Leben lang geglaubt habe.« Mahalaths Tonfall, sonst immer so gesetzt, hatte etwas Beschwörendes.

»Papperlapapp.« Elizabeth winkte ab. »Es gibt nur einen Jesus

Christus, und er ist für uns alle da, Papisten und Protestanten gleichermaßen. Im Übrigen ist dein Übertritt zum protestantischen Glauben ein öffentlicher, wenn du willst, ein poltischer Akt. Aber wie es tatsächlich in dir aussieht, ist eine Sache zwischen dir und Gott.«

»Aber man darf doch nicht das eine glauben und das andere sagen, Majestät.«

»Nein? Was, denkst du, haben Lady Eleanor und ich getan, um unsere Haut zu retten, als meine katholische Schwester Mary auf einmal Königin wurde und England mit Feuer und Schwert zum Papismus zurückgeführt hat? Wir haben nicht eine einzige Messe versäumt und unsere papistischen lateinischen Gebete voller Inbrunst gesprochen, war's nicht so, El?«

Eleanor nickte. »Die Unterschiede sind nicht so unüberbrückbar, wie du vielleicht glaubst, Mahalath.«

»Warum führen Protestanten und Katholiken dann in den Niederlanden Krieg gegeneinander?«, konterte das junge Mädchen. Sie war sehr bleich, und ihre Hände hatten ein wenig zu beben begonnen.

»Weil es Männer sind. Sie blicken nur auf das, was sie trennt, nie auf das, was sie verbindet«, antwortete Elizabeth mit einem kleinen, traurigen Lächeln. »Aber wir hier in England haben eine Uniformitätsakte, die das Parlament beschlossen hat, damit alle Christen sich in unserem wunderbaren *Book of Common Prayer* wiederfinden können.«

»Mein Vater hat mich gelehrt, dass das *Book of Common Prayer* unseren Glauben unterdrückt.«

»Und doch hat er die Uniformitätsakte anerkannt, Mahalath, genau wie dein Bruder. Weil sie verstanden haben, dass dieses Land protestantisch geworden ist, und zwar unumkehrbar. Anders gesagt: aus Pragmatismus.«

Das Mädchen schüttelte entschieden den Kopf. »Aus Liebe und Treue zu ihrer Königin.«

Das entlockte Elizabeth ein Lachen. »Umso besser!«

Mahalath trat einen Schritt näher, kniete vor ihr nieder und küsste ihr die beringte Hand. »Habt Dank für Eure Güte, Majestät.

Es ist mein sehnlichster Wunsch, Lappidot of Waringhams Frau zu werden. Und ich weiß Eure Großzügigkeit zu schätzen, dass Ihr mir einen Weg eröffnet, der zur Erfüllung dieses Wunsches führen könnte. Haltet mich nicht für undankbar, wenn ich mir Bedenkzeit erbitte.«

»Ich habe nichts Geringeres von dir erwartet«, erwiderte Elizabeth mit feierlicher Miene, aber einem verräterischen Funkeln in den Augen. Der fromme Ernst dieses Mädchens imponierte ihr, aber er amüsierte sie auch. »Du kannst so lange nachdenken, wie du willst, und du wirst es in Sheffield tun.«

Oh, Bess, du ausgekochtes Miststück, dachte Eleanor bewundernd.

»Sheffield, Majestät?«, wiederholte Mahalath verwirrt.

Elizabeth nickte huldvoll. »In Mary Stewarts Haushalt. Denke nicht, ich wolle dich bestrafen«, fügte sie hinzu, als sie den Schrecken in Mahalaths Augen sah. »Das ist nicht der Fall. Aber ich bin sicher, dass es lehrreich für dich sein wird, zu sehen, wie die Papisten – und ganz besonders meine geliebte schottische Cousine – mit Religion Politik machen. Außerdem wird es Mary Stewart besänftigen, wenn ich ihr eine meiner persönlichen Hofdamen borge, und sie wird mir nicht mehr wöchentlich ihre Beschwerdebriefe über ihre angeblich unstandesgemäße Behandlung schicken, sondern nur noch einen im Monat, wenn ich Glück habe. Du wirst für uns die Augen offenhalten. Je mehr Komplotte du aufdeckst, desto eher wird geheiratet. Nein, das war ein Scherz.« Sie biss sich einen Moment auf die Unterlippe, was ihr etwas Verschmitztes verlieh. »Aber wie dem auch sei: Du wirst fort sein, also wird Lord Waringham mir seinen Sohn zurückgeben, und das musikalische Niveau meiner Hofkapelle wird endlich wieder aus den Niederungen emporsteigen, in die es gesunken ist.« Sie breitete die Hände aus. »Ein glückliches Arrangement für alle Beteiligten, meinst du nicht auch?«

Zwei charmante Grübchen zeigten sich in Mahalaths Wangen, als sie lächelte. »Ihr habt recht, Majestät.«

»Dann geh packen. Ihr dürft sie begleiten und ihr helfen, Mädchen. Husch, husch.«

Die Hofhühner sammelten ihre Bücher und Stickrahmen ein, knicksten artig und verschwanden.

»Danke, Bess«, sagte Eleanor, als sie allein waren.

Elizabeth nickte. »Lappidot und Mahalath passen gut zusammen. Und wenn sie heiraten, bleiben sie mir beide erhalten. Es war keine uneigennützige Entscheidung.«

»Nein, ich weiß«, gab Eleanor lächelnd zurück. »Aber du musst trotzdem damit rechnen, dass sie dir ewig dankbar sein werden. Wie wir allerdings Francis von den Vorzügen dieser Verbindung überzeugen wollen …« Sie schüttelte ratlos den Kopf.

»Das lass nur meine Sorge sein. Francis wird sich mir nicht widersetzen, wenn das Mädchen dem Papismus abschwört. Er will doch nur das Beste für seinen Jungen.«

»Ich hoffe, du hast recht. Er ist ein bisschen … fanatisch geworden seit Millicents Tod.«

»Er war immer fanatisch. Und davon einmal abgesehen, El …« Elizabeth verstummte abrupt, und ihre Hände umklammerten mit einem Mal die filigranen Armlehnen. Der Blick war auf einen Punkt weiter rechts gerichtet, und als Eleanor das Leuchten in den Augen erkannte, wusste sie, wer gekommen war, noch ehe sie sich umwandte.

Die Heilquellen haben ihm gutgetan, fuhr es ihr durch den Kopf.

Robin Dudley kam mit langen Schritten vom Westflügel herüber zum Seerosenteich, erlesen gekleidet in kupferfarbene Hosen, die geschlitzten Ärmel des Wamses der gleichen Farbe mit Goldbrokat unterlegt. Er hatte den Hut mit der verwegenen Feder in der Hand und das kleine, mokante Lächeln in den Mundwinkeln. Sein von Natur aus getöntes Gesicht war jetzt tiefbraun von der Sommersonne, und seine blauen Augen strahlten nicht weniger als Elizabeths.

Mit seinem entwaffnenden Ungestüm warf er sich ihr zu Füßen. »Ich hörte, Ihr habet Zahnschmerzen, Majestät. Da bin ich sofort hergeeilt, um Euch das todsichere Hausmittel meiner Amme zu bringen.«

Er streckte ihr die Hand entgegen, in der ein kleines Lederbeutelchen lag, und als sie danach griff, nahm er ihre Linke in beide Hände und küsste sie innig.

Elizabeth hob das Kinn und entzog ihm die Hand. »Ich bin nicht sicher, ob wir uns dergleichen noch gestatten sollten, Mylord of Leicester«, sagte sie ernst, aber nicht kühl.

Eleanor stand von ihrer Bank auf. »Ich lasse euch allein.« Im Vorbeigehen legte sie Robin die Hand auf die Schulter. »Schön, dich zu sehen, du Schuft.«

Er lächelte ihr zu, aber sofort kehrte sein Blick zu Elizabeth zurück.

»Zwei Stunden habe ich sie vom Fenster aus beobachtet«, berichtete Eleanor Gabriel, als sie tags darauf bei Einbruch der Dunkelheit in seinem Bett lagen, jeder ein Kissen im Nacken, und wie so oft ein Glas aus seinem erlesenen Weinkeller teilten.

»Zwei Stunden hat sie ihn vor sich kriechen lassen?«, fragte Gabriel unbehaglich.

»Nein, überhaupt nicht.« Robin hatte vor der Königin gekniet wie ein Verehrer, nicht wie der reumütige Bittsteller, der er eigentlich hätte sein sollen. Er hatte Elizabeth eine wundervolle zweifarbige Rose mitgebracht, wie Eleanor sie nie zuvor gesehen hatte, und sie seiner Königin in den Schoß gelegt. Während sie sprachen, hatten Elizabeths Finger über die samtigen Blütenblätter gestrichen, und die beiden hatten geredet, ohne auch nur für einen Lidschlag den Blick vom Gesicht des anderen zu wenden. Es war ein anrührendes, wunderschönes Bild gewesen. Keine Unterwerfung, sondern eine lange überfällige Aussprache. Zuerst war ihre Unterredung offenbar sehr ernst gewesen, aber schließlich hatten sie zusammen gelacht, genau wie früher, und zu guter Letzt war Robin aufgestanden, hatte sich auf Eleanors Marmorbank gesetzt und Elizabeths Hand ergriffen, um den Inhalt des Lederbeutelchens hineinzuschütten.

»Es kam mir vor, als hätte sich überhaupt nichts zwischen ihnen geändert«, schloss Eleanor ihren Bericht. »Und nüchtern betrachtet, ist das ja auch der Fall. Inzwischen dürfte wohl allen klar sein, dass sie ihn ohnehin niemals geheiratet hätte. Natürlich war sie gekränkt, dass er sie hintergangen und Lettice heimlich geheiratet hat, aber in Wahrheit ist es, wie er gesagt hat: Er enthält der Königin nichts vor, was sie je gewollt hätte. Wenn du mich fragst, wird er an den Hof zurückkehren, seine alten Gemächer neben den ihren beziehen, und alle werden so tun, als sei überhaupt nichts vorgefallen. Elizabeth wird eine Zeitlang ein bisschen scharfzüngig zu ihm sein, um ihn zu bestrafen. Daran ist er ja weiß Gott gewöhnt. Aber sie können einfach nicht ohne einander sein, daran hat sich nichts geändert. Die schöne Lettice wird diejenige sein, die das Nachsehen hat, und ihren Gemahl nicht häufiger sehen als Amy damals. Und sie hat auch nichts Besseres verdient.«

»Fragt sich nur, ob die schöne Lettice ihr Los so klaglos erträgt wie ihre Vorgängerin.«

»Nie und nimmer.«

Gabriel verzog amüsiert einen Mundwinkel. »Dudley kann einem leidtun. Gefangen zwischen zwei zänkischen Weibern. *Anspruchsvollen* zänkischen Weibern obendrein.«

Eleanor stieß ihm einen Ellbogen in die Seite. »Untersteh dich, die Königin und Lettice Knollys über einen Kamm zu scheren.«

Er nahm den spitzen Ellbogen sicherheitshalber mit der Rechten, ließ die flache Hand dann ihren Arm zur Schulter hinaufgleiten, schob sie in ihren Nacken und presste die Lippen auf ihre.

Eleanor fuhr mit den Fingern durch die kurzgeschnittenen schwarzen Haare und erwiderte den Kuss mit Hingabe.

»Apropos zänkische Weiber«, sagte Gabriel, als ihre Lippen sich voneinander gelöst hatten. »Hast du *endlich* deinem Bruder geschrieben, dass er uns Samuel zurückschicken soll?«

»Stell dir vor, das habe ich tatsächlich. Die Königin hat Francis unmissverständlich aufgefordert, Lappidot zur Chapel Royal zurückkehren zu lassen, und ich habe dem Boten meinen Brief mitgegeben, weil ich dachte, es wäre schöner für die beiden, zusammen zu reisen. Aber bilde dir nicht ein, ich hätte es getan, weil *du* es wolltest.«

»Oh, natürlich nicht, Mylady«, räumte er mit einem trügerischen Lächeln ein und glitt auf sie.

Doch als Eleanor am nächsten Morgen nach Greenwich zurückkehrte, erwartete sie dort die sonderbare Antwort ihres Bruders:

Francis, Earl of Waringham, an seine geliebte Schwester, Lady Eleanor of Waringham, Grüße.

Was ich davon halte, wie du und die Königin mir das Messer an die Kehle setzt, was Lappidots Vermählung betrifft, sage ich dir ein andermal.

Heute nur rasch dies: Ich bin ein wenig verwirrt, denn hier muss irgendeine Art von Missverständnis vorliegen. Samuel hat mir bereits vor zwei Wochen mitgeteilt, sein Vater habe ihm Nachricht geschickt und seine sofortige Rückkehr befohlen. Er ist am nächsten Morgen aufgebrochen, und seither haben wir ihn hier nicht mehr gesehen. Ich bete zu Gott, dass es eine harmlose Erklärung gibt und ihm nichts zugestoßen ist.

Auf See, 46°02′ N, 11°05′ W, Juli 1578

»*Wer mich aufnimmt, der nimmt den auf, der mich gesandt hat*«, las Isaac vor. »*Wer einen Gerechten aufnimmt in eines Gerechten Namen, der wird eines Gerechten Lohn empfangen. Und wer dieser Geringsten einen nur mit einem Becher kalten Wassers tränkt in eines Jüngers Namen, wahrlich, ich sage euch: Es wird ihm nicht unbelohnt bleiben.*«

Wie er es von John Hawkins gelernt hatte, fand auch an Bord der *Nemesis* jeden Morgen ein Gottesdienst statt, soweit das Wetter es zuließ. Isaac oder einer seiner Offiziere las aus der Schiffsbibel das Evangelium und den Psalm des Tages vor, gefolgt von einem der Gebete aus dem *Book of Common Prayer*. Aber anders als bei Hawkins oder bei Drake wurde auf der *Nemesis* nicht gepredigt. Isaac sah sich außerstande, denn oft genug verstand er selber nicht, was genau Gott ihnen mit dem jeweiligen Tagesevangelium eigentlich sagen wollte, und wenn doch, dann hatte er dem Wort Gottes nichts hinzuzufügen. Auch unter seinen Offizieren fand sich niemand, der eine Neigung zum Predigen besaß. So beschränkten sie sich darauf, alle gemeinsam noch ein *Vaterunser* zu beten, und damit Schluss.

Isaac sorgte für religiöse Disziplin und duldete keine Rosenkränze, Heiligenbilder oder sonstigen papistischen Unsinn, doch Anwesenheitspflicht beim Gottesdienst bestand nicht. Wer ihn schwänzte, verwirkte allerdings seine nächste Brandy-Ration; darum zeichnete die Mannschaft sich in der Regel durch beständige Frömmigkeit aus. Umso erstaunter war Isaac, dass ausgerechnet der Bootsmann den heutigen Gottesdienst versäumte, denn Thomas Holbroke spuckte für gewöhnlich nicht ins Glas …

Das Rätsel wurde gelöst, als Isaac eine Viertelstunde später in seiner Kajüte über dem Logbuch saß und ein Klopfen ihn von der ungeliebten Aufgabe erlöste.

»Nur herein.«

Marian Edmundson steckte den Kopf durch die Tür. »Captain, der Bootsmann hat im Frachtraum einen blinden Passagier gefunden.«

»Wie schmeichelhaft …« Isaac legte die Feder beiseite und streute ein bisschen Sand aus der bereitstehenden Dose über die mageren zwei Absätze, die er zustande gebracht hatte. »Dann wollen wir ihn uns einmal anschauen.«

Marian öffnete die Tür weit, und auf seinen einladenden Wink führte der Bootsmann einen schwarzhaarigen, sehr jungen Mann in schmuddeligen, aber vornehmen Kleidern in die Kapitänskajüte.

»Süßer Jesus …«, entfuhr es Isaac.

»Ihr kennt diesen jungen Gentleman, Sir?«, fragte Holbroke verblüfft.

»Sein Name ist Samuel Durham. Er ist mein Neffe. Samuel, darf ich vorstellen, Master Edmundson, der Erste Offizier, und Master Holbroke, der Bootsmann.«

Mit einem unwilligen Ruck befreite der Junge seinen Ellbogen aus dessen Klammergriff und knurrte: »Ja, wir kennen uns schon.«

Isaac studierte einen Augenblick sein Gesicht. Dann nickte er dem Bootsmann mit einem Lächeln zu. »Dieses eine Mal bitte ich um Nachsicht, Master Holbroke. Ich bin zuversichtlich, Samuel wird den angemessenen Ton finden, wenn er begriffen hat, wie die Dinge hier an Bord funktionieren.«

Holbroke winkte ab. »Schon gut, Sir.«

»Schließt die Tür.«

»Von drinnen oder von draußen?«

»Nein, bleibt nur hier.«

Samuels Miene verriet, wie sehr er darauf gehofft hatte, sich seinem Onkel unter vier Augen erklären zu können, aber er protestierte nicht. Für einen Moment biss er sich auf die Unterlippe und senkte den Blick, sah aber sofort wieder auf. Er war blass, und der Ausdruck in den dunklen Augen war gehetzt und voller Unruhe.

Isaac hatte nicht vergessen, wie er sich gefühlt hatte, als er unter den gleichen Umständen vor John Hawkins gestanden hatte, und er war entschlossen, es besser zu machen als sein Captain damals. Er gedachte indessen nicht, seinen jungen blinden Passagier deswegen gleich mit Glacéhandschuhen anzufassen.

»Marian. Holbroke.« Mit einer Geste wies er den Männern die beiden verbliebenen Schemel an den Schmalseiten des Tisches, sodass der Junge ihm allein gegenüberstand wie ein armer Sünder vor dem Richter.

»Wie und wann bist du an Bord gekommen?«, begann der Captain.

»In der Nacht, bevor die *Nemesis* abgelegt hat. Ich hörte in einer Hafenschänke, dass sie am folgenden Tag mit der Nachmittagsflut auslaufen würde, und da habe ich mich an Bord geschlichen.«

»Was war mit der Wache?«

»Ich bin zum Schiff hinausgeschwommen, die Strickleiter hinaufgeklettert und habe eine Handvoll Kiesel aufs Deck geworfen, so weit weg vom Fallreep wie möglich. Die beiden Wachen sind verschwunden, um dem Geräusch auf den Grund zu gehen, und der Weg war frei.«

Isaac konnte ein anerkennendes Lächeln nicht unterdrücken. »Man merkt, wessen Sohn du bist …«

Samuels Kiefermuskeln spannten sich an, und er erwiderte das Lächeln nicht. »Ich hatte vorher herausgefunden, wie ich am schnellsten in den Frachtraum komme. Dort habe ich mich hinter den Vorratsfässern versteckt, genau wie du damals … Ihr«, verbesserte er sich nach einem Moment. »Ich hatte Brot für vier Tage dabei, denn so lange wollte ich mich verbergen, damit Ihr auf keinen Fall umkehrt und mich zurückbringt.«

Heute war ihr dritter Tag auf See. »Keine Bange, wir kehren nicht um. Auch wenn ich damit rechnen muss, dass dein Vater mir das Herz herausreißt, falls dir etwas zustößt. Hast du daran mal einen Gedanken verschwendet?«

Samuel stierte zu Boden. »Ja, Sir. Aber ich musste es trotzdem tun.«

»Warum? Und sieh mich an, wenn ich mit dir rede.«

Der Junge hob den Kopf wieder. Sein Blick glitt von Isaac zu Marian und weiter zum Bootsmann, und er wählte seine Worte mit Bedacht: »Mein Vater will, dass ich ihm nachfolge. Auch wenn sein … Amt kein erbliches ist, hat er sich doch in den Kopf gesetzt, dass ich es bekommen soll. Meine Mutter will, dass ich Jurist werde und irgendein ödes Hofamt bekleide, Hauptsache, ich werde nicht Soldat. Seine Lordschaft will mich nach Cambridge schicken und einen frommen Gelehrten aus mir machen. Aber ich will nichts von alldem. Ich … kann nicht.«

Wenn du wüsstest, wie gut ich dich verstehe, dachte Isaac, doch er fragte: »Hast du ihnen klargemacht, wie du über ihre Pläne denkst?«

Samuel schüttelte den Kopf. »Es hätte nichts genützt.« Er schien noch mehr sagen zu wollen, brachte es aber nicht heraus.

Doch Isaac war in Waringham zufällig an der Tür vorbeigekommen, hinter welcher Samuels Eltern über die Zukunft des Jungen debattiert hatten, und er konnte sich vorstellen, dass es wenig Spaß machte, der Zankapfel zwischen zwei so streitsüchtigen Dickschädeln zu sein.

»Aber warum ausgerechnet die See, Samuel? Ist das nicht ein bisschen drastisch? Als ich mich auf Hawkins' Schiff geschlichen habe, dachte ich, er bringt eine Ladung Wolle nach Harfleur.«

»Ihr habt uns von der Neuen Welt erzählt, als wir im Frühling alle zusammen in Waringham waren. Und ich muss immerzu daran denken.«

Marian schnaubte belustigt. »Was hast du ihnen aufgetischt, Captain?«

»Nur die Wahrheit«, beteuerte Isaac hilflos. Wenn auch vielleicht nicht die *ganze* Wahrheit … »Hast du wenigstens eine Nachricht hinterlassen?«, fragte er den blinden Passagier ohne viel Hoffnung.

Der schüttelte den Kopf. »Mein Vater oder meine Mutter werden meine Spur bis Plymouth verfolgen, und damit werden sie wissen, wo ich bin.«

»Zu schade. Deine Mutter und ich fingen gerade an, ein Mindestmaß an geschwisterlicher Zuneigung zu entwickeln …«

Samuel wirkte mit einem Mal so niedergedrückt, dass Marian nicht umhin kam, ihm zuzuraunen: »Er nimmt dich auf den Arm.«

»Sei nicht so sicher«, brummte der Captain. »Aber wie dem auch sei, jetzt können wir die Dinge nicht mehr ändern. Bist du seekrank geworden, Samuel?«

Der Junge schüttelte den Kopf.

»Das ist ein guter Anfang«, befand Isaac. Die Dünung im englischen Kanal hatte es in sich gehabt, wie immer um diese Jahreszeit. »Und du musst dir angewöhnen, die Zähne auseinanderzubringen, denn bei Regen oder Dunkelheit kann man ein Kopfschütteln oder Nicken nicht erkennen. Das ist gar nicht weiter schwierig, du kannst mit einsilbigen Wörtern wie ›Nein‹ und ›Ja‹ anfangen zu üben. Auf See sagt man allerdings ›Aye‹.«

Ein unerwartet spitzbübisches Lächeln erhellte das blasse Gesicht. Samuel richtete sich zum ersten Mal zu voller Größe auf und antwortete: »Ich werde mich bemühen, Captain.«

Der stand auf, um anzuzeigen, dass ihre Unterredung sich dem Ende zuneigte. »Du wirst fürs Erste mein Bursche, mir und den Offizieren das Essen auftragen und so weiter, die Messe und meine Kajüte in Ordnung halten, wo du auch schlafen wirst …«

»Aber ich will keine Sonderbehandlung«, protestierte Samuel erschrocken. »Warum kann ich nicht Matrose werden?«

Isaac schüttelte den Kopf. Er wusste, dass der Junge im Gegensatz zu ihm selbst für das Matrosendasein nicht geschaffen war. »Du bist ein Durham, und darum hast du auf dem Vorschiff nichts verloren.«

»Und doch wart Ihr Matrose, wenngleich Ihr ein Waringham seid.«

»Weil John Hawkins keine Ahnung hatte, wer ich war. Wie auch immer, wenn dir nicht passt, was ich entscheide, steht es dir frei, über Bord zu springen und nach Hause zu schwimmen, mein Junge. Bis dahin unterstehst du Master Potter, dem Steward. Master Holbroke wird euch bekannt machen. Dies ist ein Freibeuterschiff, und deswegen mag mancher denken, hier ginge es drunter und drüber, aber das Gegenteil ist der Fall. Ein jeder an Bord weiß genau, wo sein Platz ist und was er zu tun hat. Die Befehlskette wirst du im Handumdrehen durchschauen und dich einsortieren. Wenn du aus Unwissenheit etwas versäumst, wird dir niemand den Kopf abreißen. Geschieht es aus Faulheit oder in rebellischer Absicht, sieht es wesentlich weniger rosig für dich aus. Klar?«

Samuel nickte, besann sich dann und antwortete feierlich: »Aye, aye, Captain.«

Der Junge fügte sich reibungsloser in das Leben an Bord ein, als Isaac vermutet hätte. Er lernte schnell, weil er ein hervorragender Beobachter war, und erfüllte seine Pflichten gewissenhaft. Sauberkeit und Ordnung in der Offiziersmesse und der Kapitänskajüte nahmen eine unerwartete Wendung zum Guten, und die Offiziere dankten es dem Jungen, indem sie seine nie enden wollenden Fragen über Seefahrt und Navigation beantworteten und ihn anstandslos in ihrer Mitte akzeptierten.

Die Mannschaft nahm das plötzliche Auftauchen des jungen Gentleman stoisch. Die Männer waren es von früheren Fahrten unter anderen Kapitänen gewöhnt, dass irgendwelche feinen Pinkel sich mit ihrem Geld in eine Fahrt einkauften, einen Offiziersrang bekamen, obwohl sie Backbord und Steuerbord nicht auseinanderhalten konnten, um dann wie aufgeplusterte Gockel auf dem Achterdeck umherzustolzieren. Platzverschwendung, aber meist harmlos. Und im Gegensatz zu den Gockeln war der junge Durham nicht hochnäsig, wenn er gelegentlich mal den Mund aufmachte, und arbeitete für seinen Platz an Bord. Die Schiffsjungen jedenfalls waren begeistert, dass er ihnen einen Teil ihrer Aufgaben abnahm.

Isaac, der noch nie großen Wert auf Privatsphäre gelegt hatte, machte es überhaupt nichts aus, seine Kajüte mit dem unaufdringlichen Jungen zu teilen, und wann immer sie die Zeit fanden, nahm er ihn mit aufs Achterdeck und unterrichtete ihn im Degenfechten. Es war eine Fertigkeit, in der man Samuel nur unzureichend unterwiesen hatte, aber er würde sie vermutlich brauchen, ehe sie nach England zurückkehrten, wusste Isaac.

Port Nicholas, März 1579

Samuel war jeden Tag aufs Neue fasziniert von diesem völlig fremdartigen Leben und den Abenteuern, die es zu bieten hatte.

Die *Nemesis* war bei meist ruhiger See und stetigem Wind bis nach Guinea gesegelt und hatte in einer halbmondförmigen Bucht geankert, wo eine kleine Strandkolonie aus schwarzen, weißen und braunen Menschen lebte. Mit ihrer Hilfe hatten sie frisches Wasser und lebendes Wild an Bord genommen. Samuel durfte den Captain auf seiner Jagd im afrikanischen Urwald begleiten, und so tief hatten die Farben, das Licht, die Pflanzen und Tiere dieser exotischen Welt den jungen Mann beeindruckt, dass er seinen Onkel um Papier und Feder gebeten hatte, um seine Erinnerungen festzuhalten.

Von Afrika aus waren sie über das große westliche Meer gesegelt, waren in Stürme und Flauten geraten, hatten zwei spanische Galeassen aufgebracht und ihre Rudersträflinge befreit, und spät im Herbst waren sie in der Neuen Welt angekommen und zu einem kleinen unbewohnten und bewaldeten Eiland gesegelt, das der Captain bei einer seiner früheren Fahrten entdeckt hatte. In dem geschützten, natürlichen Hafen hatte er mit seinen Männern schon vor Jahren eine bescheidene hölzerne Festung errichtet, die er nach seinem Vater benannt hatte, und in Port Nicholas hatte die *Nemesis* überwintert. Wenn man es denn »Winter« nennen wollte. Es hatte fast immer die Sonne geschienen, selbst wenn es jeden Tag regnete. Es war warm, das glasklare, hellblaue Meer eine ewige Verheißung, es gab bunt schillernde Fische, die auf der Zunge zergingen, wenn man sie briet, und Früchte, die schmeckten, als seien sie im Paradies gepflückt.

Aber die *Nemesis* hatte nicht zum Vergnügen die halbe Welt umrundet, und Samuel wusste, dass das selige Nichtstun ein Ende hatte, als ein Schatten auf seine geschlossenen Lider fiel und der Dritte Offizier schnauzte: »Wach auf, Söhnchen, es gibt Arbeit für dich.«

Samuel schlug die Augen auf. »Ich komme, Sir.« Er erhob sich aus dem sonnenwarmen Sand, wenn auch ohne Eile. Wer ein paar Wochen in dieser dumpfigen Schwüle gelebt hatte, tat überhaupt nichts mit Eile.

Dennoch knurrte der Dritte: »Noch heute, wenn ich bitten darf …«

Samuel hatte sich schon oft gefragt, warum sein Onkel diesen griesgrämigen Finsterling angeheuert hatte. Peter Westbury fehlte nicht nur ein Ohr, sondern sein Gesicht war in einem Ausdruck permanenter Missbilligung erstarrt, und er schien von jedem immer das Schlechteste zu denken. Ein größerer Gegensatz zu dem unbekümmerten, verwegenen Captain und seinen draufgängerischen ersten beiden Offizieren wäre kaum möglich gewesen.

»Pack Proviant für drei Mann und drei Tage und bring ihn zur Pinasse. Der Captain will ein Stück den Chagres hinauffahren, um ihn auszukundschaften. Du und ich werden ihn begleiten.«

Warum du und nicht Edmundson?, fragte sich Samuel, doch er verstand es, sich seine Gefühle nicht anmerken zu lassen. »Aye, Sir. Was ist der Chagres?«

»Ein moskitoverseuchtes, träge fließendes Gewässer dort drüben in Panamá.« Sein ausgestreckter Arm wies nach Südwesten.

»Man kann trockenen Fußes von einem Ufer zum anderen gelangen, indem man von Rücken zu Rücken der verfluchten Krokodile springt, die es bevölkern. Sonst noch Fragen?«

Grinsend wandte Samuel sich ab. »Ich denke, lieber nicht …«

Westbury hatte nicht übertrieben. Nach einem Tag und einer Nacht in der offenen Nussschale auf dem Karibischen Meer erreichten sie die Mündung des Chagres – die man kaum verfehlen konnte, weil sie das glasklare Wasser der See mit dem gelblichen, sandigen Schlamm des Flusses trübte – und tauchten ein in eine dumpfige Nebelwelt. Dichte Schwaden waberten über dem Wasser, und der Dunst färbte den Himmel weißlich grau. Bewaldete Hügel erhoben sich links und rechts des Flusses, der von Sandbänken durchzogen war, und wohin man auch blickte, sah man Krokodile am Ufer liegen oder scheinbar träge im Wasser treiben.

Isaac holte das kleine Segel ein, denn kein Lufthauch rührte sich auf dem Fluss. Samuel übernahm den Steuerbordriemen, Westbury den auf der Backbordseite, während der Captain auf der Bank im Heck saß und in regelmäßigen Abständen eine mit einem Bleigewicht beschwerte Leine ins Wasser warf, um die Tiefe zu messen. Der Chagres verschluckte das Senklot mit einem dumpfen »Plopp«.

»Sieht gut aus, Peter«, sagte Isaac nach zwei Stunden. »Falls wir uns entschließen, mit der *Nemesis* den Fluss hinaufzufahren, ist er tief genug.«

»Jetzt ist gewiss die beste Jahreszeit dafür«, antwortete der Offizier. »Der Fluss führt Hochwasser, weil es viel geregnet hat im Winter.«

Isaac nickte. »Lass uns hoffen, dass wir keinen spanischen Gegenverkehr bekommen. Wenn ihr ein Schiff im Nebel ausmacht, denkt dran, dass wir nur niederländische Krämer sind, die ein bisschen Seide verkaufen wollen. Es wird nur Spanisch gesprochen.«

Jetzt endlich begriff Samuel, warum sein Onkel den Dritten Offizier mit auf diesen Ausflug genommen hatte, denn Westbury sprach die fremde Sprache fließend.

Der Captain ließ das Lot noch einmal zu Wasser. Während er es wieder einholte, sah er seinem Neffen beim Rudern zu. »Du bist kräftiger, als man dir ansieht, Samuel.«

Der Junge senkte hastig den Blick. »Na ja. Keine starke Strömung, gegen die wir anrudern.«

»Stimmt.«

»Kann ich Euch etwas fragen, Sir?«

»Natürlich.«

»Was genau tun wir hier?«

Isaac stellte das Senkblei neben sich auf die Planke. »Weißt du, wo wir sind?«

»Panamá, hat Master Westbury mir gestern erklärt. Aber der Name sagt mir nichts.«

Isaac wies mit den Daumen auf die beiden Flussufer. »Willkommen auf dem malerischen neuspanischen Festland. Es besteht zum größten Teil aus ungezähmter Wildnis, aber kaum irgendwo ist der Urwald so undurchdringlich und angeblich auch tückisch wie hier. Trotzdem ist Panamá die wichtigste Verbindungsroute der Spanier, denn es hat einen Isthmus.«

»Isthmus?«, wiederholte Samuel unsicher und grub in seinem Schulwissen. »Eine … Landenge?«

»Ganz genau. Das meiste Gold und Silber der Neuen Welt wird in Peru gefunden. Das ist ein Vizekönigreich und liegt an dem großen Meer dort drüben, das Magellan den Stillen Ozean getauft hat.« Er zeigte nach Westen. »Es gibt aber keinen direkten Landweg von Peru über die Berge und die unbekannte Wildnis, um all die Reichtümer auf diese Seite des Landes und weiter nach Spanien zu schaffen, darum verladen sie sie an der peruanischen Küste auf Schiffe und bringen sie dorthin, wo das Land am schmalsten ist, nämlich hier in Panamá. Dann geht es mit Maultierkarawanen über Land bis zum Hafen von Nombre de Dios. Oder aber bis nach Santa Cruz, wo dieser Fluss hier befahrbar wird, und dann mit Booten weiter zur Mündung. Verstehst du, Samuel, aller Reichtum der Neuen Welt muss durch Panamá.«

»Also legen wir uns hier auf die Lauer und warten darauf, dass der Reichtum vorbeigeschwommen kommt?«, fragte der Junge staunend.

Doch sein Onkel schüttelte seufzend den Kopf. »Ganz so einfach ist es leider nicht mehr, denn die Königin hat uns verboten, direkt von König Felipe zu stehlen.« Und er berichtete ihm von einem korrupten Gouverneur und einem ausgeklügelten Plan. »Don José de Velasco, der Gouverneur, hat seinen Palast in der Stadt Panamá am Stillen Ozean, aber er schickt sein abgezweigtes Gold zu einem Komplizen, der in Santa Cruz eine Zuckerplantage betreibt, Don Baltasar de Escobar. Von dort tritt das Gold seine Reise den Chagres hinab zur Küste an. Und diese Plantage wollen wir uns anschauen.«

»Aber was tut Ihr, wenn dieser Don Baltasar Euch sieht?«, wollte Samuel wissen.

»Oh, er darf mich ruhig sehen«, gab der Captain zurück. »Solange er glaubt, dass ich nur Seide für seine Frau und seine Töchter bringe.«

Er warf das Senklot noch einmal ins Wasser, das plötzlich gleich an der Bordwand zu brodeln und zu schäumen begann. Dann sah Samuel den weißen Bauch eines Krokodils, das sich wie von Sinnen um die eigene Achse zu drehen schien. Sein mächtiges Schwanzende schlug gegen die Pinasse und brachte sie ins Schlingern.

Westbury packte Samuel mit einer Hand am Oberarm. »Halt dich fest, Junge«, warnte er, und zum ersten Mal klang seine Stimme nicht feindselig.

Der Captain hatte beide Hände aufs Dollbord gelegt, um das Gleichgewicht in dem schwankenden Bötchen zu halten, aber er war die Ruhe selbst, als er sagte: »Schon gut. Es schwimmt zum Ufer.«

Westbury ließ Samuels Arm los. »Sag nicht, es hat unser Senkblei gefressen.«

»Ich fürchte«, antwortete Isaac. »Wohl bekomm's, du hässliches Ungetüm«, gab er dem Krokodil mit auf den Weg. Dann sagte er achselzuckend zu seinen Männern: »Es macht nichts. Wir haben herausgefunden, was wir wissen müssen.«

Sie verbrachten eine abscheuliche Nacht in der Pinasse, denn die Schwärme der blutgierigen Mücken, die hier Moskitos genannt wurden, ließen sie einfach keine Ruhe finden. Sobald es hell wurde, setzten sie die Fahrt auf dem Fluss fort und erreichten Santa Cruz, als die Glocke des dortigen Kirchleins das Ende der Frühmesse verkündete.

»Was für ein verfluchtes Drecksloch«, schimpfte Westbury vor sich hin. »Typisch spanischer Charme …«

Isaac sah sich aufmerksam um. Santa Cruz sah aus wie die meisten neuspanischen Handelsposten: ein solider Holzkai, an dem ein halbes Dutzend Boote verschiedener Größe lagen, dahinter eine schlammige Wiese, umringt von ein paar Holzhäuschen und Blockhütten, einer schmuddeligen Taverne und der unvermeidlichen Kirche. Der Platz für diese durcheinandergewürfelte Ansammlung von Bauwerken war dem Urwald mühsam abgerungen worden und musste laufend gegen ihn verteidigt werden, darum ging man sparsam damit um, und die Hütten standen dicht an dicht.

»Sie haben tatsächlich eine Palisade gebaut, um dieses traurige Nest zu schützen«, raunte Isaac seinen beiden Gefährten zu.

»Wovor?«, fragte Samuel ebenso gedämpft.

»Wilde«, flüsterte Westbury. »Sie sollen hier besonders zahlreich und kämpferisch sein.«

Isaac behielt seinen Neffen genau im Auge, aber falls dem Jungen mulmig war, ließ er es sich nicht anmerken.

»Die Wilden hier machen mir weniger Sorgen als die Spanier«, bekannte der Captain. »Und jetzt hört auf, Englisch zu reden.«

Ein afrikanischer Sklavenjunge lungerte auf dem Steg herum, fing geschickt die Leine auf, die Westbury ihm zuwarf, und vertäute das Boot.

Mit einem langen Schritt ging Isaac an Land. »Wie weit ist es zu Don Baltasar de Escobars Plantage?«, fragte er auf Spanisch.

Der vielleicht zwölfjährige Knabe zeigte mit einer mageren Hand nach Osten. »Eine Stunde.«

»Weißt du, ob er dort ist?«

Der Junge schüttelte den Kopf, seine Miene verschlossen.

»Ich habe ein paar Ballen feines Tuch für seine Gemahlin im Boot. Ob ich hier irgendwo ein Muli mieten kann?«

»Ihr könnt *mich* mieten, *Patrón*«, erbot er sich achselzuckend. »Ich trag Euer Tuch und zeig Euch den Weg, wenn Ihr mir ein Stück Brot gebt.«

Es war nicht zu übersehen, dass der Junge hungerte. Isaac reichte ihm eine kleine Silbermünze. »Meine Tuchballen sind zu schwer für dich. Geh und kauf dir Brot.«

Der Knabe versteckte erschrocken beide Hände hinter dem Rücken und schüttelte wild den Kopf. »Ich darf kein Geld haben, Patrón. Wenn sie mich damit erwischen, werden sie sagen, ich hätt's gestohlen.«

»Du hast recht. Wie dumm von mir«, antwortete Isaac zerknirscht, und sein Magen schlingerte, wie immer in solchen Momenten, da er an sein eigenes Sklavendasein erinnert wurde. Er wandte sich an seinen Neffen und murmelte: »Gib ihm an Zwieback, was wir entbehren können, und dann nimm den Ballen in der helleren Lederhülle. Wie es aussieht, müssen wir sie selbst tragen.«

Westbury, der mit der Handvoll spanischer Männer und Frauen geplaudert hatte, die aus dem Kirchlein gekommen waren, schlenderte zum Steg zurück und lud sich den größeren und mörderisch schweren Seidenballen auf die Schulter, als handele es sich um ein Büschel Stroh. Nichts war so dazu geeignet, einem Mann Bärenkräfte zu verleihen, wie ein paar Jahre auf einer spanischen Ruderbank, wusste Isaac.

»Escobars Plantage ist die größte hier in der Gegend«, berichtete der Offizier auf Spanisch, und er senkte auch die Stimme nicht. »Das Weib des Küfners hat mir erzählt, Escobar habe erst vor ein paar Monaten geheiratet und sei so vernarrt in seine Gemahlin, dass er ihr bestimmt einen Ballen Seide spendiert. Wir können den Pfad nicht verfehlen, sagt der Küfner, denn er sei von Kreuzen gesäumt. Es sind die Gräber der vielen Soldaten und Kaufleute, die auf dem Weg von Panamá hierher gestorben sind. Deswegen heißt er *Camino de Cruces.*«

Der »Weg der Kreuze« bestand aus den typischen zwei Fahrrillen mit einer Grasnarbe dazwischen, wie schwer beladene Ochsenfuhrwerke voller Zuckerfässer sie hervorbrachten, aber er war gepflegt und gut instand gehalten.

Isaac, Westbury und Samuel folgten ihm in nordwestlicher Richtung. Vielleicht eine Meile führte ihr Weg durch den Urwald, wo es wenigstens Schatten gab, aber dann blieb die üppige und wilde Vegetation zurück und wich der pedantischen Ordnung von Zuckerrohrfeldern.

»Mir wird immer speiübel von dem Anblick«, grollte der Captain vor sich hin.

»So wie mir vom Rudern«, antwortete Westbury. »Aber ich tue es, ohne mich zu beklagen, wie dir hoffentlich aufgefallen ist.«

Isaac schnitt eine Grimasse. »Nur deswegen habe ich dich ja angeheuert. Damit du mir als leuchtendes Beispiel dienst …« Und als er die verständnislose Miene seines Neffen sah, erklärte er: »Master Westbury hatte die Ehre, neun Jahre lang als König Felipes Gast die Weltmeere zu bereisen. Und zum Dank hat er ihm ein Ohr geschenkt …«

»Grundgütiger«, murmelte der Junge beklommen und warf dem Dritten Offizier einen unsicheren Blick zu.

Der zeigte ein geisterhaftes, bitteres Lächeln – der einzige Ausdruck von Heiterkeit, dessen er fähig war. »Mach kein solches Gesicht, Milchbart. Ich hab's überlebt. Und jetzt fahre ich auf der *Nemesis*, um mich bei den Spaniern erkenntlich zu zeigen.«

Samuel nickte wortlos und schob sich den schweren Tuchballen auf der Schulter zurecht.

Isaac trat zu ihm und nahm ihm seine Last ab. »Ich trage ihn ein Stück.«

»Das ist nicht nötig, Captain«, protestierte der Junge entrüstet. Aber er konnte seine Erleichterung nicht gänzlich verhehlen.

»Du bekommst ihn ja gleich wieder«, sagte Isaac tröstend und wies mit der freien Hand geradeaus. »Da lang geht's zum Gutshaus, schätze ich. Aber es könnte noch ein paar Meilen weit sein. Also sehen wir zu, dass wir weiterkommen.«

Nach einer Viertelstunde zweigte ein Pfad vom Camino de Cruces nach links ab. Die drei Engländer kamen an einem niedergebrannten Zuckerfeld vorbei, wo drei oder vier Dutzend afrikanische Sklaven unter der Aufsicht berittener Spanier das Rohr schnitten, und genau wie einst auf Teneriffa bildete auch hier das Pfeifen von Peitschenriemen die Begleitmusik zur Zuckerernte. Isaac hatte einen unangenehmen metallischen Geschmack im Mund, aber er winkte den Aufsehern mit einem unbekümmerten Lächeln zu und schritt mit größter Selbstverständlichkeit aus, so als würde er erwartet. Niemand versuchte, ihn aufzuhalten.

Das Herrenhaus der Plantage war ein zweigeschossiges, weiß getünchtes Holzgebäude mit einem umlaufenden Balkon im Obergeschoss, der die untere Galerie beschattete. Wie ein Schmuckkästchen stand es unter der sengenden Tropensonne, und die kleinen Fenster waren mit ebenfalls weiß gestrichenen Holzläden verschlossen. Der Vormittag war fortgeschritten, die Hitze gnadenlos. Kein Mensch war im Freien zu entdecken, und das monotone Singen der Zikaden schien das einzige Geräusch der Welt.

Isaac gab seine kostbare Handelsware an Samuel zurück, stieg die zwei Stufen zur Galerie hinauf und klopfte an die dunkel gebeizte, zweiflügelige Holztür.

Ein junger schwarzer Sklave in Livree öffnete. »Ihr wünscht?«, fragte er barsch.

»Mein Name ist Isaak Klaason«, log Isaac. »Ich bin Tuchhändler aus Löwen und würde gerne der Dame des Hauses meine Aufwartung machen.« Er sprach nicht unfreundlich, aber mit Autorität.

Der Sklave verbeugte sich respektvoll. »Wenn Ihr mir folgen wollt, Don Isaak.«

»Ihr wartet hier«, hieß Isaac seine beiden Begleiter auf Spanisch. »Habt ein Auge auf die Seide. Ich sorge dafür, dass man euch etwas zu trinken bringt.«

Der Hausdiener führte ihn in eine vergleichsweise kühle, dämmrige Halle und entschwand, um ihn zu melden. Isaac sah sich aufmerksam um: dunkle Möbel mit fein gedrechselten Beinen, ein Intarsientischchen und hochwertige, wenn auch mehrheitlich düstere Gemälde an den Wänden – Baltasar de Escobar schien dem Luxus aus der Alten Welt nicht abgeneigt.

Als Isaac das dezente Rascheln von Röcken vernahm, wandte er sich zur Tür, die Hände auf dem Rücken verschränkt, und der Schreck fuhr ihm wie ein sengender Blitzschlag in alle Glieder.

»Doña Clara Soler de Escobar«, meldete der Diener förmlich und mit unverkennbarer Ehrerbietung, so als kündige er eine Königin an.

Einen Moment stand Isaac wie gelähmt und konnte sie nur anstarren. *Sie sieht noch so aus wie das vierzehnjährige Mädchen von einst,* schien der einzige Gedanke, dessen er fähig war. Aber er fasste sich schnell und machte eine formvollendete Verbeugung. »Eine Ehre, Doña Clara.«

Er hielt den Atem an, denn er hatte keine Ahnung, was sie sagen oder tun würde, ob sie Freund oder Feind war. Zweimal war er ihr auf seinen Reisen mit John Hawkins in Hispaniola begegnet, und beide Male war sie ihm distanziert, beinah abweisend gegenübergetreten, ohne dass er je begriffen hatte, warum.

Doch jetzt offerierte sie ein Lächeln und senkte huldvoll den Kopf. »Ganz meinerseits, Don Isaak. Seid willkommen. Ihr bringt Tuch, sagt Pedro mir?«

»So ist es. Ich habe zwei Ballen feinster Seide, einen aus Venedig, einen aus Florenz. Wenn Ihr erlaubt, werde ich meinen Gehilfen rufen, um sie Euch zu zeigen.«

Sie nickte. »Aber erst müsst Ihr Euch erfrischen.« Sie wandte sich an den Diener: »Pedro, sorge dafür, dass Don Isaaks Begleiter beköstigt werden.«

Er verbeugte sich und ging hinaus.

Clara war in Begleitung einer jungen Frau erschienen, deren bronzefarbene Haut verriet, dass sie eine *Mestiza* war, halb spanisch, halb indianisch.

»Schenk unserem Gast ein Glas Wein ein, Pilar«, bat die Dame des Hauses. »Wenn du so gut sein willst?«

Keine Dienerin, schloss Isaac und sah neugierig von einer zur anderen, während das schöne, exotische Mädchen an den massigen Wandschrank trat, um Weinkrug und Gläser herauszuholen.

Clara wies ihm einen der reich geschnitzten Sessel am Tisch und setzte sich ihm gegenüber. »Was in aller Welt hat das zu bedeuten?«, fragte sie. Es klang eher verwirrt als feindselig.

Isaac sah unsicher zu der Mestizin, die ein Glas mit einer zähen, honigfarbenen Flüssigkeit vor ihn stellte.

»Vor Pilar könnt Ihr offen sprechen«, versicherte Clara. »Sie ist meine Freundin, und wir haben keine Geheimnisse voreinander.« Sie ergriff die Hand des Mädchens und zog es auf den Sessel neben sich. »Sie ist die Tochter meines verstorbenen ersten Gemahls«, erklärte sie.

Isaac nickte und lächelte Pilar zu. Er wusste natürlich, dass die spanischen Pflanzer sich mit ihren schwarzen und indianischen Sklavinnen vergnügten, wie es ihnen in den Sinn kam, und er wusste auch, dass die strenge Moral, die in Spanien eine Freundschaft zwischen einer Dame und dem fleischgewordenen Fehltritt ihres Gemahls undenkbar gemacht hätte, in den Kolonien nicht ganz so rigide war, denn hier funktionierte das Leben einfach anders.

»Was ist passiert? Mit Don Julio, meine ich?«

»Er starb vor drei Jahren an einem Schlangenbiss. Hier wimmelt es vor Schlangen in den Zuckerfeldern.«

Sie zog die Schultern hoch, als müsse sie ein Schaudern unterdrücken, und bekreuzigte sich. Ihre Hände waren immer noch so zart, wie er sie in Erinnerung hatte, und hatten die gleiche Farbe wie ihr elfenbeinweißes Kleid. Jetzt aus der Nähe sah Isaac, was das Dämmerlicht eben verborgen hatte: Clara war Anfang dreißig, und ihr Gesicht hatte gelebt. Aber die Haut wirkte frisch und zart, und das schwarze Haar unter der feinen Spitzenhaube hatte nichts von seinem üppigen Glanz verloren. Sie war so hinreißend wie eh und je.

»Julio, mein Ältester, war gerade zwölf«, fuhr Clara fort. »Zu jung, um die Plantage zu führen. Aber mein Bruder Fernando hatte die Nachbarplantage gekauft und lebt dort mit seiner Familie, also wusste ich meine Söhne und unsere Besitzungen in seiner Obhut gut aufgehoben.«

Isaac hingegen glaubte, dass Fernando Soler genau die Sorte Mann war, um die Ländereien seiner Neffen in beispiellos kurzer Zeit abzuwirtschaften oder zu verjubeln. Aber das sagte er nicht. »Und was wurde aus Euch, Doña Clara?«

»Ich wollte nach Spanien zurückkehren und in Sevilla ins Kloster gehen. Das war immer mein Wunsch. Aber …« Sie hob die Hände zu einer Geste der Ergebenheit. »Mein Bruder und mein Vater hatten wiederum andere Pläne.«

Sie wollten eine Verbindung zum mächtigen Gouverneur von Panamá, mutmaßte Isaac, und Escobar war der beste Weg, sie zu bekommen.

»Ich hoffe, Ihr seid dennoch glücklich hier in der Neuen Welt«, hörte er sich sagen. »Das habe ich mir immer für Euch gewünscht.«

Sie lächelte. Es war ein nachsichtiges, abgeklärtes Lächeln. »Wie schmeichelhaft, dass Ihr Euch meiner gelegentlich erinnert habt.«

»Oft«, gestand er, und es war die reine Wahrheit. Er sah ihr tief in die Augen, denn es war schließlich nie zu spät, eine alte Leidenschaft zu entstauben. »Es ist mir einfach nicht gelungen, Euch zu vergessen.«

Sie gab vor, seine Andeutung nicht zu verstehen, hob ihr Glas und trank ihm zu. »Auf alte Freundschaften.«

Isaac ließ den Blick noch einen Moment länger auf ihr ruhen und trank dann ebenfalls. Der Wein war süß, würzig und zähflüssig, aber unerwartet gut. »Himmlisch«, befand er und hielt sich mit Mühe davon ab, sich die Lippen zu lecken.

»Aus der alten Heimat, natürlich«, antwortete Clara. »Er kommt aus Jerez, um genau zu sein.« Sie verschränkte die Finger auf der Tischplatte und sah Isaac an. »Und nun sagt mir, was Euch wirklich herführt. Ich hoffe, Ihr werdet mich nicht beleidigen, indem Ihr an dem Märchen vom Tuchhändler festhaltet. Ich weiß, was Ihr seid, Isaac Fitzgervais. Und ich weiß, dass König Felipe fünftausend Ducados auf Euren Kopf ausgesetzt hat.«

»Was denn, nur fünftausend?«, erwiderte er entrüstet. »Das ist ja geradezu beleidigend.« *Wehe, das Kopfgeld auf Francis Drake ist höher …*

Clara hob einen mahnenden Zeigefinger. »Das ist kein Anlass, zu scherzen!«

Es funkelte in ihren schwarzen Augen, und sie war bezaubernd, wenn sie so streng wurde. Aber Isaac ahnte, dass es besser war, seinen Verführercharme im Zaum zu halten. Er wurde ernst. »Ihr habt völlig recht. Ich versuche zu scherzen, weil mir einfach nichts einfällt, womit ich Euch Sand in die Augen streuen könnte. Vermutlich bleibt mir nichts anderes übrig, als Euch die Wahrheit zu sagen.«

»Das ist immer ein guter Anfang«, lobte sie, und er ahnte, dass sie das ungezählte Male in ähnlichen Lebenslagen zu ihren Söhnen gesagt hatte.

Er atmete tief durch, lehnte sich ein wenig vor, schaute von Clara zu Pilar und wieder zurück. »Wenn ich behauptete, dass Euer Gemahl Euren König hintergeht, wäret Ihr sehr schockiert?«

Clara erwiderte seinen Blick unverwandt. »Nein.«

»Das heißt, Ihr wisst, was er treibt?«

Sie schüttelte den Kopf. »Es ist nicht seine Gewohnheit, mich in seine Geschäfte einzuweihen. Aber ich weiß, dass hier sonderbare Dinge vorgehen. Goldladungen kommen den Camino de Cruces herauf und werden in unserem Siedehaus in Zuckerfässer gepackt, zum Beispiel.«

Isaac stockte der Atem. »Ihr wisst davon?«

»Ja. Aber nicht, was es damit auf sich hat.«

»Der Gouverneur und Euer Gemahl unterschlagen dieses Gold und schmuggeln es nach Frankreich«, eröffnete er ihr unverblümt.

Ihre Augen wurden groß, und mit einem Mal stand Furcht darin, aber keine Zweifel. Sie glaubte ihm.

»Wie viel Gold ist hier, wisst Ihr das?«, fragte er.

Clara schüttelte den Kopf.

Zum ersten Mal öffnete Pilar den Mund: »Viel«, sagte sie. »Die Fässer stapeln sich im Siedehaus bis unters Dach. Und Don Baltasar hat letzte Woche zusätzliche Mulis gekauft.«

Ich werde noch ein Schiff brauchen, dachte Isaac und spürte, wie das Blut in seinen Adern anfing zu singen, so wie es immer geschah, wenn sein Jägerinstinkt erwachte. »Ist Euer Gemahl daheim, Doña Clara?«

»Nein, er ist beim Gouverneur in Panamá, aber wir erwarten ihn bald zurück.« Mit einem Mal wirkte sie angespannt. »Ich ahne, was Ihr im Schilde führt, Isaac.« Sie flüsterte beinah, obwohl niemand außer ihnen in der dämmrigen Halle war. »Aber ich bitte Euch, kehrt an die Küste auf Euer Schiff zurück und vergesst Don Baltasars unlauter erworbenes Gold. Was Ihr vorhabt, ist zu gefährlich.« Plötzlich lag ihre Hand auf seiner, und die vertrauliche Geste kam so unerwartet, dass Isaac um ein Haar zusammengezuckt wäre. »Denkt nicht, ich billige, was mein Gemahl tut. Wenn es stimmt, was Ihr sagt, hätte er verdient, selber bestohlen zu werden. Aber kein Gold der Welt ist es wert, dass Ihr Euer Leben dafür verliert.«

Isaac kam die Frage in den Sinn, ob sie ihn einlassen würde, wenn er heute Nacht durchs Fenster ihres Schlafgemachs kletterte, aber er schob den Gedanken energisch beiseite, denn jetzt galt es erst einmal, andere Fragen zu beantworten. »Das ist bestimmt ein weiser Rat. Ich wüsste dennoch zu gerne, wie der Transport vonstatten geht. Sie schaffen das Gold nach Santa Cruz, nehme ich an?«

Es war wiederum Pilar, die antwortete: »Don Baltasar gehört das größte Haus dort. Eine Mulikarawane bringt die Zuckerfässer mit dem Gold dorthin, immer an einem Tag vor dem Vollmond. Im Laufe der Nacht kommen Boote den Fluss herauf, die die Fracht übernehmen.«

Clara starrte sie fassungslos an. »Woher weißt du das?«

»Von Juana Obejo, der Frau des Verwalters. Ihr Mann war beim letzten Transport dabei.«

»Boote?«, hakte Isaac nach. »Aus Port San Lorenzo?« Es war der offizielle königliche Handelsposten, ein befestigter Hafen unweit der Mündung des Chagres.

»Das kann ich nicht sagen.« Pilars Blick war offen und doch rätselhaft. Isaac konnte ihn nicht deuten, aber ihm war sehr wohl bewusst, dass sie nicht gesagt hatte: *Das weiß ich nicht.*

Er stand auf und verneigte sich vor den beiden Frauen. »Habt Dank für Eure Gastfreundschaft und Offenheit. Ich will Euch mit meiner Anwesenheit nicht länger in Verlegenheit bringen, Doña Clara, aber erlaubt mir, Euch meine Seide hierzulassen. Zur Erinnerung an alte Zeiten«, schloss er mit einem Lächeln.

Clara erhob sich ebenfalls. »Das kann ich nicht annehmen«, wehrte sie ab.

»Ihr tätet mir einen Gefallen«, bekannte Isaac. »Die Ballen sind schwer, und meine Männer werden meutern, wenn ich sage, sie müssen sie zurück nach Santa Cruz schleppen.«

Clara geriet ins Wanken. »Nun, ich gestehe, ich würde mir die Seide zumindest gern anschauen. Feines Tuch findet nicht gerade oft den Weg hierher.«

Das konnte Isaac ohne Mühe glauben, und er hätte ihrem Vater und Bruder am liebsten die Zähne eingeschlagen, weil sie Clara in diese tropische Wildnis verheiratet hatten. Hispaniola war eine Perle der Zivilisation, verglichen mit Panamá. »Dann entschuldigt mich einen Moment.«

Die Eingangshalle lag verlassen, weit und breit war kein Diener zu entdecken. Isaac wusste, während der heißesten Stunden des Tages kam das Leben in den Gutshäusern der Plantagen praktisch zum Erliegen, und ein jeder verkroch sich bis zum späten Nachmittag an irgendeinem möglichst schattigen, möglichst kühlen Plätzchen.

Er ging hinaus auf die Galerie, wo Samuel und Westbury dösend auf einer Holzbank im Schatten saßen, jeder einen leeren Zinnbecher in der Hand, und geduldig die Ware hüteten wie waschechte Kaufmannsgehilfen.

»Sag, dass der weite Weg sich gelohnt hat und du etwas Brauchbares in Erfahrung gebracht hast«, verlangte der Dritte Offizier übellaunig.

Isaac nickte. »Ich erzähle es euch auf dem Rückweg. Aber zuerst bringen wir der Dame des Hauses unsere Seide.«

Samuel und Westbury erhoben sich ohne viel Elan, schnürten die ledernen Schutzhüllen auf, packten die kostbaren Tuchballen aus und trugen sie ins Haus. Isaac bildete die Nachhut, und wie er inständig gehofft hatte, fing Pilar ihn vor der Tür zur Halle ab und raunte ihm zu: »Drei oder vier Meilen vor der Mündung zweigt ein Seitenarm des Chagres ab. Er ist schmal und mit Mangroven zugewuchert, schwer zu finden. Er fließt ein Stück weiter nördlich ins Meer. Dorthin bringen die Boote das Gold. In der Bucht warten die Schiffe, die es in die Alte Welt tragen.«

Isaac warf einen kurzen Blick über die Schulter. Sie waren allein. »Und woher wisst Ihr das?«

»Das braucht Euch nicht zu kümmern«, gab sie abweisend zurück. »Glaubt es oder glaubt es nicht.«

Isaac ließ sie nicht aus den Augen und fragte sich, ob es Baltasar de Escobar oder sein Verwalter war, der die bildschöne Mestizin zu seiner Geliebten gemacht hatte und ihr zwischen den Bettlaken seine Geheimnisse anvertraute, um sich zu brüsten. »Was kann ich tun, um mich erkenntlich zu zeigen, Doña Pilar?«

Sie winkte ungeduldig ab. »Stehlt ihm sein verfluchtes Gold, nichts könnte ihn härter treffen. Und jetzt lasst uns hineingehen, ehe Clara uns vermisst.«

Isaac folgte ihr zurück in die Halle, wo Westbury und Samuel jeder auf dem langen Tisch ein großzügiges Stück ihrer Seide abgerollt hatten, damit Clara sie in all ihrer Pracht bewundern konnte.

Fachmännisch befühlte sie das matt glänzende Tuch zwischen Daumen und Mittelfinger. »Wirklich wundervoll.« Sie winkte Pilar näher. »Hier, schau dir das an. Die Damen in Panamá werden vor Neid platzen, wenn wir in diesem Tuch zum Osterbankett des Gouverneurs erscheinen.«

Pilar strich mit der flachen Hand über das Tuch und lächelte pflichtschuldig, aber sie war in Gedanken anderswo.

»Würdest du unseren Gästen noch ein Glas vom Jerez einschenken, Liebes?«, bat Clara, nahm den abgerollten grünen Damast auf, hielt ihn vor ihren Rock und schaute an sich hinab.

»Perfekt zu Eurem Haar«, sagte Isaac bewundernd. Er wusste, es war nach den strengen spanischen Sitten unschicklich, aber es wollte um jeden Preis heraus. »Hätte ich gewusst, dass ich ausgerechnet Euch hier vorfinde, hätte ich doch genau dieses Tuch für Euch ausgewählt.«

»Allmächtiger …«, knurrte Westbury angewidert vor sich hin.

Clara warf Isaac unter halb gesenkten Lidern hervor einen Blick zu, der ihm fast keck erschien. »Grün wie an dem Tag, als Ihr mich vor dem wild gewordenen Andalusier meines Vaters gerettet habt?«

Isaac nickte, und mit einem Mal rieselte ihm ein eisiger Schauer den Rücken hinab. Er sah sie noch einen Moment an, dann leerte er das kleine Weinglas, das Pilar ihm gereicht hatte, in einem Zug und stellte es auf den Tisch. »Habt nochmals Dank für Eure Gastlichkeit. Doch ich fürchte, wir müssen nun wirklich aufbrechen, denn der Tag vergeht und wir haben ein gutes Stück Weg vor uns. Lebt wohl, Doña Clara.«

»Du gehst nirgendwo hin, du verfluchter englischer Pirat«, sagte Fernando Soler in seinem Rücken.

Isaac hatte den Degen schon in der Rechten, als er herumwirbelte, aber er sah sofort, dass es zu spät war. Fernando hatte fünf Plantagenaufseher mitgebracht, die bis an die Zähne bewaffnet waren – genau wie damals in Teneriffa –, zwei sogar mit langen Arkebusen.

»*Madre de Dios,* Fernando, was hat so lange gedauert?«, zischte seine Schwester ungehalten.

Isaac musste feststellen, dass er weder über Fernandos Auftauchen noch über Claras doppeltes Spiel sonderlich überrascht war, und die Erkenntnis brachte ihn zu der wenig erbaulichen Frage, wieso er nicht sofort von hier verschwunden war, als ihn das mulmige Gefühl beschlich, und warum, *warum* er regelmäßig aufhörte, mit dem Kopf zu denken, sobald eine schöne Frau im Spiel war.

Dann standen sein Neffe und Peter Westbury plötzlich mit gezogenen Klingen links und rechts neben ihm, und auf Anhieb hätte Isaac nicht zu sagen vermocht, wessen Miene grimmiger war.

Isaac machte einen Schritt auf Fernando zu. »Und was nun, alter Freund?«

Fernando hatte ebenfalls die Klinge gezogen, und der vierschrötige Aufseher an seiner Seite richtete den Lauf seiner Schusswaffe auf Isaacs Brust.

»Ganz einfach, Isaac: Ihr lasst die Waffen fallen und werdet vor Gericht gestellt. Lebend. Aber wenn einer von euch noch einen

Schritt näher kommt, schießt Hernandez ihn über den Haufen, ich schwör's bei Gott.«

»Du warst seit jeher ein Ausbund an Tapferkeit«, knurrte Isaac angewidert und warf ihm den Degen scheppernd vor die Füße. Dann nickte er Samuel zu, der so kreidebleich geworden war, dass selbst die Lippen blass wirkten, und seinem Beispiel folgte. Nur Westbury zögerte noch.

»Und was ist so heldenhaft daran, zwei schutzlosen Frauen ihre Geheimnisse abzugaunern?«, konterte Fernando und ruckte das Kinn in Westburys Richtung. »Her mit dem Degen, na los!«

»Ich weiß von keinen Geheimnissen, und, mit Verlaub, ich habe deine Schwester nicht mit vorgehaltener Waffe gezwungen, uns in ihr Haus zu bitten. Was sie ja im Übrigen nur getan hat, um uns aufzuhalten, bis ihr Hausdiener dich herbeischaffen konnte, nicht wahr?« Er wollte Clara eigentlich nicht anschauen, aber ihm ging es wie Lots Weib – er konnte nicht anders. »Warum?«

»*Warum?*«, wiederholte sie ungläubig und schnaubte. »Ihr seid ein Luterano, ein Engländer, ein Pirat und ein Feind des Königs!«, zählte sie auf, und jeder der Vorwürfe klang wie ein Peitschenhieb.

Isaac war indes nur mäßig beeindruckt. »Pirat hin oder her, mir ist es noch nicht gelungen, Eurem geliebten König Felipe so viel Gold zu stehlen wie Euer Gemahl.« Ihm ging ein Licht auf. »Und Euer Bruder.« Er schaute wieder zu Fernando. »Nicht wahr?«

»Denk, was dir Spaß macht«, gab der junge Soler gelangweilt zurück, aber ein winziges Blinzeln verriet ihn.

»Lief die Offizierslaufbahn nicht nach Wunsch?«, erkundigte Isaac sich und zog die linke Braue in die Höhe. »Oder brauchtest du neue Quellen, um deinen extravaganten Lebenswandel zu bestreiten?«

»Welche Offizierslaufbahn?«, schleuderte Fernando ihm wütend entgegen. »Nach der öffentlichen Demütigung, die ihr mir in Rio de la Hacha zugefügt habt, gab es keine Laufbahn mehr für mich, du verfluchter Hurensohn, und das weißt du verdammt gut!«

Hawkins hatte ihn auf dem Marktplatz von Rio de la Hacha auf eine Waage gesetzt und mit Perlen aufgewogen, aber so fürchterlich erniedrigend war es nun doch nicht gewesen. Sie hatten ihm nicht die Kleider ausgezogen oder Ähnliches. Kein Anlass, um den guten Namen eines Mannes zu ruinieren. Isaac glaubte eher, dass Fernando es bei der Armee nicht weit gebracht hatte, weil er ein Taugenichts war, genau wie er selbst.

»Fernando, hör zu …«

»Halt's Maul«, schnauzte der. »Und sag diesem Krüppel, er soll endlich den Degen fallen lassen!«

Isaac wandte den Kopf. Westburys Miene war versteinert, und der Offizier trat einen halben Schritt zurück und ging in Angriffsposition, ohne Fernando aus den Augen zu lassen.

»Peter«, murmelte Isaac beschwichtigend. »Tu's nicht. Das hat doch keinen Sinn.«

Westbury schüttelte langsam den Kopf. Offenbar hatte es ihm die Sprache verschlagen, aber Isaac konnte sich schon vorstellen, was es war, dem sein Dritter hier eine Absage erteilte.

Fernandos Geduld erschöpfte sich. »Ich zähle bis drei, und wenn du den Degen bis dahin nicht abgelegt hast, verlierst du auch noch dein zweites Ohr an eine spanische …«

Weiter kam er nicht. Peter Westbury, gerade noch starr wie eine Marmorsäule, machte einen beiläufigen, geradezu leichtfüßigen Satz auf Fernando Soler zu und stieß ihm die Klinge in die linke Brust. Eine Frau schrie – Clara, tippte Isaac –, aber ihr Schrei ging unter im Dröhnen der Arkebuse.

Westbury wurde nach hinten geschleudert und landete mit ausgebreiteten Armen auf dem Rücken wie ein Gekreuzigter. Aber er lebte noch. Der beizende Pulvernebel machte die Halle noch dunkler, doch Isaac sah Blut aus der Wunde über dem Brustbein sprudeln. Die geschlossenen Lider flackerten, und die Hände strichen suchend über den polierten Holzboden.

»Rühr dich nicht«, befahl Isaac seinem Neffen, streifte den toten Fernando und dessen schreckensstarre Kohorten mit einem abschätzigen Blick und wandte ihnen dann den Rücken zu. Er kniete sich neben Westbury, richtete dessen Oberkörper auf und legte beide Arme um ihn.

»Du verfluchter Narr, Peter.«

Sein Dritter Offizier nickte matt. »Aber ich muss nicht wieder rudern.«

»Nein.« Isaac packte ihn fester, als könne er damit verhindern, dass Peter Westburys Leben dahinrann.

»Ich verlasse diese Welt … als freier Mann.«

»Vermutlich werde ich Gelegenheit bekommen, dich darum zu beneiden.«

»Also wer ist hier der Narr?«, fragte Westbury lächelnd und starb.

London, März 1579

»Die verfluchten Franzmänner legen es darauf an, dass Ihre Majestät diesen papistischen Prinzen heiratet, und wir alle können uns wohl vorstellen, was sie bezwecken!«, ereiferte Richard Topcliffe sich, und weil die helle Frühlingssonne seitlich durchs Fenster auf ihn fiel, sah Eleanor Speicheltröpfchen von seinen Lippen fliegen.

Sicherheitshalber ging sie einen Schritt auf Abstand. »Ihr meint, der Herzog von Anjou steckt mit dem Papst unter einer Decke und soll England zurück in den Schoß der römischen Kirche führen?«, fragte sie ungläubig. »Dazu müsste ihre Majestät ihren Gemahl zum Mitregenten krönen lassen, und uns ist wohl allen klar, dass sie das niemals täte.«

Während sie das sagte, dachte sie: *Ich kann nicht fassen, dass wir hier über Elizabeths Heiratspläne reden. Und zwar zum ersten Mal seit zwanzig Jahren ernsthaft …* Aber alle Indizien sprachen dafür, dass die Königin den französischen Herzog tatsächlich als Prinzgemahl in Betracht zog. Eleanor hatte viele Bewerber kommen und gehen sehen, und sie wusste, dieses Mal war irgendetwas anders.

»Was, wenn er den Gehorsam von ihr fordert, der jedem Mann dem Gesetz nach von seiner Frau zusteht?«, konterte Topcliffe.

»Das war ja genau der Grund, warum sie sich bislang zu heiraten geweigert hat«, erwiderte Eleanor. »Der Ehevertrag muss diese Frage regeln, und zwar wasserdicht.«

Topcliffe rieb sich übellaunig über das kurze, drahtige Haar. »Ich kann nicht sagen, dass ich Euer Vertrauen in Eheverträge teile, Lady Eleanor. Diese ganze Idee ist schwachsinnig! Von verräterisch ganz zu schweigen!«

Secretary Walsingham war dabei, eine Orange zu schälen. Vorsichtig drehte er sie in der Linken an der Klinge seines Messers entlang, sodass die Schale sich als langes Band auf dem Zinnteller kringelte. »Wenn Ihr gütigst Ihre Majestät nicht des Verrats bezichtigen wolltet, Topcliffe«, bat er duldsam, ohne die Augen von seinem Werk abzuwenden. »Und Ihr könntet ein wenig mehr Vertrauen in die Raffinesse englischer Juristen setzen.«

Topcliffe nahm seinen schmuddeligen blauen Hut vom Tisch, verneigte sich unwillig vor Eleanor und knurrte: »Ihr werdet alle noch sehen, dass ich recht habe, wartet's nur ab!« Damit stapfte er hinaus, und die Tür fiel so krachend zu, dass Eleanor ein wenig Putz zu Boden rieseln hörte. Wenn Topcliffe einen Raum verließ, kam es einem oft so vor, als sei gerade ein Wirbelwind hindurchgefegt, hatte sie gelernt. Das war Teil seiner Persönlichkeit.

Ein paar Atemzüge genossen sie die wohltuende Stille, ehe der Secretary bedächtig sagte: »Er hat nicht einmal unrecht, wisst Ihr. Ihre Majestät kann den Herzog von Anjou nicht heiraten, wenn er nicht zuvor zum protestantischen Glauben übertritt.«

»Ihr meint, weil er nicht nur der jüngere Bruder des französischen Königs ist, sondern dessen Erbe? Ihr fürchtet, wenn er der Gemahl der Königin ist und König von Frankreich wird, könnte er Herrschaftsansprüche über England geltend machen?« Die Sorge war nicht unbegründet, wusste Eleanor, zumal die Valois-Könige starben wie die Fliegen und der jetzige, Henri III., selbst vermutlich keinen Thronfolger zustande bringen würde, da er seine Nächte lieber mit hübschen Knaben als mit Frauen verbrachte.

Walsingham legte das Messer beiseite und teilte seine Orange in zwei Hälften, dann die Hälften in einzelne Spalten, die er symmetrisch auf dem Teller anordnete. »Was ich fürchte, Mylady, sind frömmlerische Revolten und Massaker auf den Straßen«, sagte er und schaute auf. »Ich war in der Bartholomäusnacht in Paris. Ich habe mit eigenen Augen gesehen, wie tausende französischer Protestanten auf Geheiß der katholischen Königinmutter abgeschlachtet wurden, bis die Straßen von Paris sich in roten Schlamm verwandelten.« Der Blick der dunklen Augen war geruhsam so wie meistens, aber das gutaussehende Gesicht mit der eigenwilligen Hakennase angespannt. »Es waren Bilder von solchem Schrecken, die ich sah, dass ich sie keiner Menschenseele je beschreiben würde. Was ich in jener Nacht gelernt habe, war dies: Nichts verwandelt Menschen in schlimmere Bestien als die Überzeugung ihrer religiösen Überlegenheit. Und wenn wir einen katholischen Prinzgemahl bekommen, werden es die Straßen von London sein, die sich in roten Morast verwandeln.«

Eleanor hatte Mühe, ein Schaudern zu unterdrücken. »Simier hat mir im Vertrauen versichert, dass Anjou keine tieferen religiösen Gefühle hegt.«

Jean de Simier war ein enger Freund des französischen Herzogs und nach England gekommen, um im Namen seines Herrn um die englische Königin zu werben. Dies tat er mit solcher Verve, als sei *er* derjenige, der Elizabeth heiraten wollte, hatte Robin Dudley wutentbrannt behauptet. Er war natürlich rasend vor Eifersucht. Und die Königin war entzückt …

»Aber Ihr traut Simiers Beteuerungen nicht?«, hakte der Secretary nach und schob ihr den Teller mit den Orangenspalten hin.

Eleanor ergriff eine, steckte sie in den Mund und presste mit der Zunge den herrlich prickelnden, süßen Saft heraus. Dann schluckte sie genüsslich, ehe sie antwortete: »Ich glaube schon, dass er aufrichtig ist. Aber er ist jung, genau wie Anjou. Alles ist ein großer Spaß für ihn, versteht Ihr?«

Walsingham schüttelte langsam den Kopf. »Theoretisch, ja. Aber ich kann mich offen gestanden nicht erinnern, als junger Mann so leichtfertig gewesen zu sein.«

Eleanor zog die Nase kraus und lächelte. »Dann seid Ihr eine rühmliche Ausnahme, Master Secretary.«

»Euer Bruder Francis war auch als junger Mann schon von frommem Ernst erfüllt«, verteidigte er sich.

»Hm«, machte sie, halb spöttisch, halb zustimmend. »Mein Bruder Isaac war dafür verantwortungslos und tollkühn genug für zwei. Oder ist es genauer gesagt immer noch. Tatsächlich erinnert Simier mich an ihn. Darum rate ich dazu, seinen Beteuerungen nicht allzu große Bedeutung beizumessen.«

»Und was habt Ihr sonst über ihn erfahren?«

»Nichts, was man nicht erwarten würde: Er stellt den Mägden und gelegentlich auch den Damen nach und geht ihnen an die Wäsche, wenn sie ihn lassen, aber er versteht, was ein Nein bedeutet. Er verspielt moderate Summen bei der Bärenhatz, dem Hahnenkampf und am Kartentisch, und er frequentiert ein teures Freudenhaus in der Stadt, aber alles im Rahmen. Ich suche unermüdlich nach einem dunklen Geheimnis, damit wir ihn uns zu Willen machen können, aber noch suche ich vergeblich.«

Mit der Orangenspalte in der Hand vollführte der Secretary eine ergebene Geste. »Womöglich gibt es keins.«

Eleanor sah ihn an, als hätte er ihr erzählt, der Klapperstorch bringe die kleinen Kinder. »Es gibt immer eins, Master Secretary, und das wisst Ihr ganz genau.«

Es dämmerte bereits, als Eleanor Walsinghams Haus verließ. Die Andrews hatten wie ungezählte Male zuvor in der Küche des großen Hauses bei einem Krug Ale auf sie gewartet und flankierten sie sicher zurück nach Whitehall.

Es war ein wunderschöner Frühlingstag gewesen; die Sonne hatte vom strahlend blauen Himmel geschienen und das junge Grün auf den vielen Friedhöfen der Stadt leuchten lassen. Mittags war es so warm geworden, dass man eine Vorahnung auf den Sommer bekommen hatte, und die Menschen ließen sich Zeit an den vielen Straßenküchen, standen in Gruppen zusammen und aßen ihre Aalpasteten oder Fleischspieße im Freien, während die Kinder kreischend an den Pferdetränken planschten.

Aber jetzt wurden die Schatten lang, und die Luft war kühl und feucht. Hinter dem Stadttor dünnte der Verkehr ein wenig aus, und Eleanor galoppierte an, damit Thalia und ihr selbst warm wurde. Die Zwillinge folgten ihrem Beispiel, und bald lieferten die drei exzellenten Reiter sich ein Rennen, wobei alle drei vorgaben, ihnen sei gleich, wer das Charing Cross als Erster erreichte.

Jethros Waringham-Wallach hatte schließlich die Nase vorn, und Eleanor fluchte vor sich hin, als sie aus dem Augenwinkel eine schmale Gestalt in einem dramatischen Kapuzenmantel mit einem Bündel im Arm wahrnahm, die Thalia direkt vor die Hufe zu laufen drohte.

»Mylady …«

»Gib acht!«, rief Eleanor erschrocken, lenkte Thalia nach rechts und kollidierte prompt mit Jeremy Andrews' langbeinigem Fuchs, der bedenklich ins Wanken geriet, dann aber doch nicht fiel. Der Reiter stieß einen Laut der Entrüstung aus, und endlich kamen sie alle zum Stehen, ohne dass irgendwer Schaden genommen hatte.

Eleanor wandte sich im Sattel um. »Bist du noch zu retten?«

Die Frau, die gerade um ein Haar das Leben verloren hätte, kam in aller Seelenruhe näher, blieb neben Eleanors Steigbügel stehen und antwortete: »Vermutlich nicht. Aber falls doch, seid Ihr die einzige, die mich retten kann.«

Jeremy war aus dem Sattel gesprungen und zog die Klinge. »Was fällt dir ein, Weib?«, schnauzte er.

Eleanor starrte sie ungläubig an. »Abigail Wheeler?«

Die Kapuze nickte. »Früher einmal. Heute Abigail Pembroke.«

»Lasst sie heil, Jeremy.«

»Mylady.« Der hünenhafte königliche Leibwächter verneigte sich in ihre Richtung und steckte die Waffe wieder weg.

Eleanor glitt aus dem Sattel und gab ihm Thalias Zügel. »Ich gehe den restlichen Weg zu Fuß. Danke, Gentlemen. Vor morgen Nachmittag brauche ich Euch nicht mehr.«

Sie trollten sich, nicht ohne die geheimnisvolle Fremde über die Schulter mit argwöhnischen Blicken zu traktieren.

Das Bündel, das halb unter dem wallenden Mantel verborgen gewesen war, fing an zu jammern, und plötzlich reckte es Eleanor eine winzige Hand entgegen. Wie im Affekt schloss Eleanor die Finger darum, und als sie Abigail wanken sah, nahm sie ihr den Säugling ab.

Das Kind war vielleicht sechs Wochen alt, hatte ein hinreißendes, zartes Gesichtchen und honigfarbenen Flaum auf dem Kopf. Aus großen blauen Augen sah es Eleanor an.

Alle Babys haben blaue Augen, versicherte sie sich hastig, aber es nützte nichts. Dieses Kornblumenblau war unverwechselbar, denn Eleanor sah es jeden Morgen beim Frisieren im Spiegel. Und auch wenn ihr Bruder Isaac selbst diese Augenfarbe nicht geerbt hatte, trug er sie offenbar doch in sich, denn das Kind war ihm wie aus dem Gesicht geschnitten.

Ohne jeden bewussten Entschluss bettete Eleanor es in ihre linke Armbeuge. »Nichte oder Neffe?«

»Ein Mädchen«, antwortete Abigail. »Ich habe sie Janis genannt.«

»Oh, wunderbar …«, knurrte Eleanor. Es war der Name der zweiten Frau ihres Vaters gewesen – Isaacs und Isabellas Mutter –, für die Eleanor nie viel übrig gehabt hatte. Sie wandte sich zum Tor. »Komm.«

Es war ein weiter Weg durch Gärten und Innenhöfe, die so riesig waren, dass sie mehr Ähnlichkeit mit öffentlichen Plätzen hatten. Schließlich gelangten die beiden Frauen jedoch zu dem Teil des weitläufigen Palastes, wo die königlichen Privatgemächer lagen. Sie schwiegen, und auch die kleine Janis in Eleanors Arm war wieder still geworden. Abigail ging mit langen Schritten neben Eleanor einher, und es war unmöglich zu sagen, ob sie die prächtigen Fassaden und Springbrunnen auch nur eines Blickes würdigte.

Sie betraten das langgezogene Gebäude mit den vielen Fenstern, durchquerten die Halle mit Hans Holbeins wundervollen Wand- und Deckengemälden, stiegen eine breite Marmortreppe hinauf und standen endlich vor der Tür zu Eleanors Gemächern.

»Tritt ein«, lud Eleanor ihre Besucherin mit einem Nicken ein.

Abigail öffnete und ließ ihr den Vortritt.

Eleanor trug ihre winzige Nichte in den anheimelnden Raum. Irgendein guter Geist hatte Feuer im Kamin gemacht, und die goldenen Sterne, mit denen die Bettvorhänge bestickt waren, funkelten im Schein der Flammen. An der Wand über dem Tisch hing das Gemälde von Eleanors Großmutter, deren Namen sie trug. Ihr Vater hatte es ihr in seinem Testament vermacht, und Eleanor nahm es bei jedem der häufigen Umzüge des Hofes mit.

»Setz dich«, lud sie ihre Besucherin ein und nickte zu einem der bequemen Sessel am Feuer.

Schweigend nahm Abigail Platz. Eleanor gab ihr das schlafende Kind zurück, entzündete einen Kienspan am Kaminfeuer und ging dann im Raum umher, um ein paar Kerzen anzustecken. Eine trug sie zu Abigail zurück und setzte sich ihr gegenüber.

»Zeig mir, wie schlimm es ist.«

Abigail legte Janis auf ihrem Schoß ab, schob die große Kapuze mit beiden Händen zurück und sah Eleanor unverwandt ins Gesicht. Falls sie denn richtig sehen konnte. Das linke Auge war zugeschwollen und gelb-violett verfärbt, das rechte blutunterlaufen. Ihre Lippe war an zwei Stellen aufgeplatzt, das Blut getrocknet.

»Was sonst noch?«, fragte Eleanor betont nüchtern.

»Nichts. Ein paar blaue Flecken. Er … er war nicht wirklich mit dem Herzen dabei, denn es entspricht nicht seiner Natur. Er war nur … so furchtbar gekränkt.«

»Nimm ihn nicht in Schutz!«, fuhr Eleanor sie an. »Das hat er nicht verdient. Auch wenn Isaac der eigentliche Schurke ist, verflucht soll er sein.«

»Mit Verlaub, Mylady«, widersprach Abigail, höflich, aber bestimmt. »Mein Gemahl ist ein hochanständiger Mann, den ich in eine unmögliche Lage gebracht habe, kein Schurke. So wenig wie Euer Bruder, der nichts getan hat, was ich nicht wollte.«

»Nein. Aber nachdem es passiert war, ist er auf und davon gesegelt, und du konntest allein zusehen, wie du mit den Folgen zurechtkamst, nicht wahr?«

Schon vor dem heutigen Tag war Eleanor zorniger denn je auf ihren jüngeren Bruder gewesen, weil der es irgendwie fertiggebracht hatte, Samuel mit seiner kindischen Sehnsucht nach dem Meer anzustecken und ihn Gott weiß wohin zu verschleppen. Tag und Nacht bangte sie nun um ihren Sohn. Und diese neue Eskapade stimmte sie nicht gerade milder.

Abigail rieb sich müde die Stirn und nickte.

Eleanor ging auf, dass die junge Frau eine Nacht und einen Tag zu Fuß unterwegs gewesen sein musste. Abigail hatte außer dem Kind eine schwere Tasche über der Schulter getragen, und egal, was sie über den Anstand ihres Mannes sagte, sie hatte allerhand eingesteckt. Erschöpft, niedergedrückt, verzweifelt und ausgehungert – all das war sie vermutlich, und nichts davon ließ sie sich anmerken. Das imponierte Eleanor.

Sie stand entschlossen auf, trat auf den Korridor hinaus und schickte einen vorbeihastenden Pagen nach Wein, Brot und allem, was die Küche außerhalb der Mahlzeiten und während der Fastenzeit zu bieten hatte. In Windeseile kam der Junge mit einem gut gefüllten Tablett zurück, und nachdem er wieder verschwunden war, forderte Eleanor ihre Besucherin auf: »Iss und trink, Abigail. Lass dir Zeit. Und wenn du so weit bist, erzähl mir, was passiert ist.«

Abigail nahm sich ein Stück Brot und knabberte lustlos daran. Den Wein ignorierte sie. »David … mein Gemahl und ich sind seit zehn Jahren verheiratet, und ich bin nicht ein einziges Mal schwanger geworden. Das war eine bittere Enttäuschung für uns beide. Wir …« Sie brach ab.

Eleanor ahnte, dass es Abigail widerstrebte, ihr Persönliches anzuvertrauen. Aber es war nicht so schwer zu erraten, wie es gewesen war. »Dein Vater und mein Bruder haben diese Ehe vermittelt, nicht wahr? Ich erinnere mich. Und David und du habt sie mit Höflichkeit gemeistert, weil ihr mehr nicht füreinander empfinden konntet?«

Abigail nickte. »Hätten wir Kinder bekommen, wäre vermutlich alles gut geworden. Ich habe es mir so sehr gewünscht und er auch. Aber … es sollte nicht sein. Als ich dann letzten Sommer merkte, dass ich guter Hoffnung war, bin ich aus allen Wolken gefallen. Wenn eine Ehe kinderlos bleibt, gibt man immer der Frau die Schuld, Mylady, aber bei uns war es anders. David war außer Rand und Band vor Freude.« Sie biss sich auf die Unterlippe und verstummte.

»Ja. Ich kann mir vorstellen, wie grässlich du dich gefühlt hast. Du hast geahnt, dass es Isaacs war?«

»Natürlich. Als Janis zur Welt kam, dachte ich noch, alles wird gut, denn zuerst schien sie nur mir zu ähneln. Aber dann veränderte sich ihr Gesicht plötzlich, wie es bei Säuglingen manchmal passiert, und die Wahrheit war unübersehbar. David ist kein Narr, und ihm war auch nicht entgangen, dass ich … eine Schwäche für Isaac hatte. Die ich übrigens nie wollte.«

»Nein.« Eleanor seufzte. Für eine Frau, die sich in den falschen Kerl verliebte, konnte sie *großes* Verständnis aufbringen.

»David sah Janis ins Gesicht, und auf einmal war ihm alles sonnenklar. Er nannte sie ein verfluchtes Kuckuckskind, und einen Moment lang habe ich gedacht, er würde sie aus der Wiege nehmen und gegen die Wand schleudern. Er war …« Plötzlich musste Abigail um Haltung ringen. »Er war nicht er selbst. Und ich bin sicher, wenn er sich jetzt zurückerinnert, schaudert er über sich. Das war mein Abschiedsgeschenk an ihn: die Entdeckung seiner dunklen Seite.«

Eleanor deutete ein Schulterzucken an. »Jeder hat sie, und man ist besser gewappnet, wenn man sie kennt.«

»Ich habe mich zwischen ihn und die Wiege gestellt, und da ist er mit den Fäusten auf mich losgegangen. Dann hat er gesagt, ich hätte bis zum nächsten Morgen Zeit, aus seinem Haus und seinem Leben zu verschwinden. Mit meinem Balg.« Sie schwieg einen Moment und hob langsam die Schultern. »Ich konnte nicht in Waringham bleiben. Mein Vater hätte mich weit schlimmer zugerichtet als mein Mann. Die Stadt … schien mir die einzige Lösung. Ich will versuchen, eine Anstellung als Gouvernante zu finden. Notfalls auch als Dienstmagd. Aber bevor ich meiner zukünftigen Herrschaft ein rührendes Märchen über meine plötzliche Witwenschaft auftischen kann, muss mein Gesicht wieder normal aussehen, und ich weiß nicht, wohin ich bis dahin gehen soll. Ich habe kein Geld.« Sie straffte die Schultern. »Es fällt mir schwer, Euch um Hilfe zu bitten, Mylady. Aber mir bleibt nichts anderes übrig, denn ich muss an Janis denken. Und …«

»Nein, bitte«, wehrte Eleanor ab, nun ihrerseits verlegen. »Du musst nichts weiter sagen, und es ist auch nicht angebracht, dass du beschämt bist.«

Sie war eine Waringham, und Abigail war eine Wheeler. Schon allein das knüpfte ein Band. Ihre Familien hatten eine gemeinsame

Geschichte, die sich über Jahrhunderte zurück erstreckte, und auch wenn die einen geherrscht und die anderen gedient hatten, schuldeten sie einander doch Loyalität. Darüber hinaus war Eleanor sehr wohl bewusst, dass ihre beiden Brüder diese Frau abscheulich behandelt und ausgenutzt hatten, ein jeder auf seine Weise. Und außerdem hatte sie nicht vergessen, dass Abigail sie einmal vor Lettice Knollys' allzu großer Neugier und einer gefährlichen Intrige bewahrt hatte.

»Ich bin froh, dass du zu mir gekommen bist«, bekannte Eleanor untypisch impulsiv, ergriff Abigails Hand und drückte sie kurz. »Meine alte Zofe ist letzten Monat gestorben, und ich habe mich noch nicht durchringen können, eine neue zu suchen. Eine der jungen Hofdamen hilft mir jetzt beim Ankleiden und so weiter, aber Ednas Kammer nebenan ist frei. Dort seid ihr fürs Erste gut aufgehoben, Janis und du. In ein paar Tagen werden wir eine Lösung für euch finden. Aber erst einmal musst du dich ausruhen, Abigail, und dann kannst du entscheiden, was du willst.«

»Oh, das weiß ich bereits, Mylady«, gab Abigail zurück. »Was ich vor allem will, ist eine Scheidung.«

Panamá, April 1579

»Das Schlimmste an diesem Drecksloch sind die Krabbeltiere«, befand Isaac. Missmutig verfolgte er den Zickzackkurs einer Kakerlake auf dem feuchten Lehmboden. »Sie ist groß wie ein Spatz, oder?«

»Oh, jetzt übertreibst du aber, Fitzgervais«, widersprach William Beaver gelangweilt, wartete, bis das riesige Vieh an ihm vorbeirannte und erschlug es mit der flachen Hand.

Isaac kniff die Augen zu und wandte den Kopf ab, damit er die Sauerei nicht sehen musste. Als er die Lider wieder aufschlug, fand er sich Auge in Auge mit Samuel, der offenbar das Gleiche getan hatte und der so aussah, als ringe er damit, das kärgliche Frühstück bei sich zu behalten.

»Sag das griechische Alphabet auf oder so etwas«, riet Isaac gedämpft. »Davon wird dir besser, du wirst sehen.«

Das oft schimmelige Stück Brot und der Becher Wasser am Morgen waren alles, was sie bekamen. Und es war wichtig, dass der Junge bei Kräften blieb.

»Warum machst du Mus aus der arme Kakerlake, Beaver?«, fragte Pete Petit vorwurfsvoll. »Kann man rösten und essen.«

Samuel stöhnte.

»Gestern ich hab gesehen eine Tausendfüßler, das war so lang wie meine Arm«, fuhr Pete fort. »Wäre genug gewesen für uns alle zu machen satt. War aber zu schnell weg.«

»Sei froh«, sagte Isaac und lehnte unter leisem Kettenrasseln den Rücken an die Mauer. »Die Tausendfüßler hier sind so giftig, dass sie vermutlich selbst ein Fossil wie dich umbringen würden.«

Die Männer lachten. Zumindest diejenigen, die nicht krank waren oder ständig schliefen, weil der Hunger sie ausgezehrt hatte. Manche, wusste Isaac, waren seit einem Vierteljahr hier. Das wollte er sich lieber gar nicht vorstellen. Die zwei Wochen, die er und Samuel hier festsaßen, reichten ihm völlig.

Es waren nur rund zwanzig Meilen von Baltasar de Escobars Plantage nach Panamá Stadt gewesen, aber sie hatten es in sich gehabt. Die vier Plantagenaufseher, die die beiden Engländer zum Gouverneur schaffen sollten, hatten ihnen die Schuhe abgenommen und die Hände gefesselt, und dann hatten sie sich auf ihre Gäule geschwungen und ihre sehr bald fußwunden Gefangenen auf altbewährte Weise mit Peitschen durch den Urwald getrieben. Isaac hatte sich um seinen Neffen gesorgt, denn Samuel war noch keine sechzehn – zu jung, um der feuchten Hitze, den Schlägen und den wenig rosigen Zukunftsaussichten zu trotzen. Doch was immer Samuel an Furcht und Verzweiflung ausgestanden haben mochte, seit Fernando Soler mit seinen Finstermännern in die Halle seiner Schwester gestürmt war, machte er mit sich allein aus. Er war wortkarg und grimmig und vor allem zäh. Isaac war stolz auf ihn und ließ es ihn wissen.

Er kannte Panamá von zwei früheren Gelegenheiten: Es lag am

Ufer des Pazifischen Ozeans und war ein belebter Hafen, denn beinah jeden Tag kamen dort Schiffe mit den Reichtümern aus Peru an. Es war größer und vor allem ordentlicher als alle anderen Siedlungen, die Isaac in der Neuen Welt je gesehen hatte. Eine imposante Kirche aus Stein thronte über dem Städtchen, und beinah ebenso groß und prächtig war der Gouverneurspalast. Jedenfalls von außen. Vom Innern der Residenz hatten sie bislang nur dieses trostlose Kellerloch gesehen.

Don Baltasars Aufseher hatten ihre Gefangenen dem Offizier der Wache übergeben. Der hatte selig gelächelt, als er den Namen Fitzgervais hörte, vorerst aber nichts weiter getan, als sie in Ketten legen und hier einsperren zu lassen.

Isaac war absurderweise erfreut, aber nicht besonders überrascht gewesen, alte Freunde von der Besatzung der *Salomon* hier wiederzutreffen, denn die Welt englischer Piraten war vergleichsweise klein, und die Wahrscheinlichkeit, ihren Angehörigen in spanischen Verliesen zu begegnen, vergleichsweise hoch. Beaver, Pete Petit und ein paar andere waren zuletzt auf der *Marigold* gesegelt, die vor eineinhalb Jahren mit Francis Drakes Flotte zu unbekannten Zielen aufgebrochen war. Vor Recife waren sie in einen Sturm gelaufen, hatten die Flotte verloren und Schiffbruch erlitten. Die Überlebenden hatten sich zu Fuß nach Norden aufgemacht in der Hoffnung, in irgendeiner Bucht vielleicht auf ein englisches Schiff zu treffen. Stattdessen waren sie bei Nombre de Dios in Gefangenschaft geraten.

Und nun hockten sie hier und warteten genau wie Isaac und Samuel darauf, dass der Gouverneur über ihr weiteres Schicksal entschied. Aber der ehrenwerte Don José de Velasco ließ sich Zeit …

Pete Petit zog einen Tampen aus seiner dreckstarrenden Weste und warf ihn Samuel in den Schoß. »*Alors, mon fils.* Zeig mir ein paar Knoten, wie wär's? Damit du nicht alles wieder vergessen hast, wenn du kehrst zurück auf die schöne *Nemesis*, he?«

Samuel lächelte matt. »Knoten sind nicht meine Spezialität. Mein Onkel will ja nicht, dass ich Seemann werde.«

»Und was ist dann deine Spezialität?«, wollte der kleine Franzose wissen.

Isaac war dankbar, dass Pete versuchte, den Jungen aufzuheitern, aber er wusste, Samuel zog es vor, einfach zufriedengelassen zu werden. Doch er schritt nicht ein.

Samuel zuckte bockig die Schultern und ließ das Stück Leine ein paarmal durch die Linke gleiten. Dann bewegten seine Finger sich mit einem Mal flink und behände, und im nächsten Moment lag eine Blume aus Hanfseil auf seinem Handteller.

Pete klatschte entzückt, und die Männer richteten sich interessiert auf. Aber kaum hatten sie Samuels Werk bewundert, strich der mit der anderen Handfläche leicht darüber, und plötzlich war die Blume verschwunden. Die ersten »Ahs« und »Ohs« der Verwunderung waren zu hören. Samuel breitete die Hände aus, soweit die Ketten es zuließen, Handflächen nach außen, um zu beweisen, dass sie leer waren. Dann stand er auf, ging die drei Schritte, die ihn von Pete trennten, legte die Linke an seinen grauen Zottelkopf und zog den Tampen Stückchen um Stückchen aus Petes Ohr. Die Matrosen tauschten fassungslose Blicke, und ehe sie sich erholt hatten, war aus dem Stück Leine ein Schmetterling geworden, der auf Samuels ausgestreckter Hand mit den Flügeln schlug und dann verschwand wie zuvor die Blume.

Die Seeleute applaudierten begeistert.

»Wo hast du das gelernt, mein Junge?«, fragte Beaver tief beeindruckt.

»Mein Vater hat es mir beigebracht.«

»Und wie funktioniert es?«

Samuel lächelte geheimnisvoll. »Vor allem durch Ablenkung. Du siehst nur, was du sehen sollst.«

»Dein Vater ist ein Gaukler?«

Samuel nickte und hob gleichzeitig die Schultern. »Und ein Dieb. Auch dabei ist Ablenkung der Schlüssel. Während ich den Schmetterling mit den Flügeln schlagen lasse, kann ich deine Taschen ausleeren, ohne dass du es merkst.«

»Aber nicht mit Handketten«, widersprach Watkins, ein junger Kerl aus Poole, den Isaac nicht von früher kannte.

»Vermutlich nicht«, räumte Samuel ein. »Es spielt keine Rolle, denn eure Taschen sind so oder so leer, richtig?«

»Wohl wahr«, räumte Pete ein. »Aber wenn du es schaffst, mir zu stehlen diese Muschel hier, bekommst du morgen früh mein Brot.« Er hielt eine schimmernde Muschelschale von der Größe eines Pennys hoch.

»Du wirst morgen ein sehr hungriger kleiner Franzose sein«, warnte Isaac ohne viel Nachdruck.

Pete winkte ab und fuhr an Samuel gewandt fort: »Und wenn ich dich erwische, kriege ich deins.«

»Abgemacht«, stimmte Samuel zu.

Isaac überlegte, ob er protestieren sollte oder besser nicht, als die Holztür mit dem rostigen Gitterfenster sich quietschend öffnete und der Offizier der Wache in seinem polierten Brustpanzer eintrat.

»Mitkommen, Fitzgervais.«

Isaac stand auf.

»Der Junge auch«, befahl der Spanier.

»Wozu?«, fragte Isaac. »Er hat nichts verbrochen, und er kann kein Spanisch.«

»Das ist mir egal«, bekam er zur Antwort. »Ich hab meine Order.«

Isaac spürte einen heißen Druck auf dem Magen. Er nickte seinem Neffen zu. »Samuel.«

»Viel Glück, Isaac«, sagte William Beaver ernst.

»Das wünsch ich euch«, erwiderte er. »Wer weiß, vielleicht sind wir in einer Stunde wieder da.« Aber das glaubte er nicht.

Er musste den Kopf einziehen, um durch die niedrige Tür zu passen. Der Offizier und die vier Wachen, die er mitgebracht hatte, führten sie eine unebene, von flackernden Fackeln erhellte Treppe hinauf und ins Freie. Isaac blinzelte gegen den plötzlichen Ansturm von Licht. Sie befanden sich in einem lauschigen Innenhof. Palmen beschatteten den wundervollen Springbrunnen in der Mitte, Blumen mit Blüten von unglaublicher Größe leuchteten violett, rosafarben und gelb, und vor einem weißblühenden Strauch blieb Samuel wie angewurzelt stehen, weil zwei winzige, buntschillernde Kolibris vor den trichterförmigen Blüten schwebten.

Einer der Soldaten stieß dem Jungen unsanft den Schaft seiner Pike zwischen die Schultern, und Samuel setzte sich wieder in Bewegung.

Auf der anderen Seite gelangten sie durch eine schattige, säulengesäumte Arkade in eine kleine Halle mit dunklen Deckenbalken. Vor einem ausladenden Tisch stand ein eleganter Spitzbart mit blütenweißer Halskrause und blickte ihnen unbewegt entgegen. Einen Schritt zu seiner Linken stand ein kleines steinernes Becken auf einem Dreifuß, in welchem Holzkohlestückchen glommen. In der Glut steckte ein Schürhaken.

Bei dem Anblick wurde Isaac flau. Er hatte schon vorher nicht angenommen, dass heute der schönste Tag seines Lebens werden würde, aber wozu man ein Kohlebecken im panamáischen Frühling auch immer brauchen mochte – zum Heizen todsicher nicht.

»Seid Ihr wirklich Isaac Fitzgervais?«, fragte der Spitzbart.

Er war um die vierzig, von athletischer Statur, und sein Auftreten wirkte ruhig und gelassen, aber irgendetwas funkelte in den dunklen Augen.

Isaac verbeugte sich artig. »Zu Diensten. Und ich habe die Ehre mit Don José de Velasco, nehme ich an?«

Der bestätigte dies mit einem winzigen Nicken. »Ihr seid … jung. *El Terror de los Mares* habe ich mir anders vorgestellt.«

Der Schrecken der Meere … Isaac biss sich auf die Unterlippe, um ein boshaftes Lächeln zu unterdrücken, aber es klappte nicht ganz. »Ich bedaure, dass ich Euren Erwartungen nicht gerecht werde, Don José, aber solltet Ihr eines Tages Francis Drake begegnen, den ihr Spanier ja so gern *el Dragón* nennt, werdet ihr noch viel enttäuschter sein, glaubt mir, denn er ist einen Kopf kleiner als ich.«

Der Gouverneur verschränkte die Arme vor der Brust. »Mir wurde berichtet, Ihr seiet erbitterte Konkurrenten. Solltet Ihr gewillt sein, mir zu sagen, wann und wo ich ihn finde, könnte ich vielleicht Euren Kopf retten.«

Isaac schüttelte denselben. »Nein, danke. Es stimmt, Drake und ich sind uns nicht immer grün gewesen über die Jahre, aber erstens habe ich keine Ahnung, wann er wo sein könnte, und zweitens hätte ich doch große Mühe, Eurer Zusicherung zu trauen. Seit San Juan de Ulúa weiß ich schließlich, was ein spanisches Ehrenwort wert ist.«

Der Wachoffizier rammte dem Gefangenen die Faust in den Magen. Isaac krümmte sich keuchend, und natürlich landete der Schaft einer Pike krachend auf seinem Rücken, sodass er vornübertaumelte und dem Gouverneur zu Füßen landete, wie der sich das zweifellos gewünscht hatte. Isaac wartete einen Moment, bis er wieder atmen konnte, stützte sich auf die zusammengeketteten Hände und stand auf. Aus dem Augenwinkel sah er Samuel einen Schritt zur Linken stehen, reglos und mit versteinerter Miene.

»Nun, Drake ist momentan die kleinste meiner Sorgen«, bekannte der Gouverneur.

»Das hört er sicher gar nicht gern, aber ich werde es ausrichten, falls er es sein sollte, der das Schiff aufbringt, mit dem Ihr uns nach Spanien schickt.«

Don José lächelte gallig. »Oh, ich habe nicht die Absicht, Euch nach Spanien zu schicken, Capitán Fitzgervais. Ihr hättet dort zu viel zu erzählen, was mich in Verlegenheit bringen könnte, nicht wahr?«

Das war ein unerwarteter Schlag. »Aber was wird aus den fünftausend Ducados Kopfgeld, wenn Ihr mich hier inoffiziell an einen Baum hängt und dann verscharrt? Es wäre schade um das gute Geld, an dem Ihr doch offensichtlich so hängt, oder?«

Der Gouverneur lehnte sich an seinen wuchtigen Tisch und legte die Fingerspitzen vor dem Bauch zusammen. »Vielleicht wisst Ihr es nicht, aber nördlich von hier, in dem Teil unserer herrlichen neuspanischen Heimat, den wir Mexiko nennen, hat die Heilige Inquisition vor einiger Zeit eine Niederlassung gegründet. Sie dient in erster Linie der Bekehrung der einheimischen Wilden, aber da auch englische Luteranos in die Zuständigkeit der Inquisition fallen, schicke ich Euch dorthin. Der Inquisitor ist ein guter Freund, der mein kleines Geheimnis schützen wird. Für die fünftausend Ducados Belohnung muss ich nur Euren Kopf nach Spanien schicken.« Er hob ergeben beide Hände. »Falls die Inquisition genug davon übrig lässt, versteht sich.«

Isaac nickte, zur Abwechslung einmal sprachlos. Selbst wenn ihm etwas Kluges eingefallen wäre, hätte er es vermutlich nicht herausgebracht, denn sein Mund war mit einem Mal ausgedörrt.

»Lasst die Männer wegtreten, *Teniente*«, befahl Don José, und der Wachoffizier schickte seine Untergebenen mit einem zackigen Befehl hinaus.

Es war einen Moment still in der eleganten Halle, allein das Plätschern des Brunnens draußen im Hof war zu hören. Dann trat der Offizier ans Fenster und schloss den Laden, sodass auch dieses Geräusch abgeschnitten und das Licht in der Halle dämmrig wurde.

Don José schenkte sich aus einem schlanken Silberkrug ein kleines Weinglas voll. Ohne aufzusehen fragte er: »Woher wusstet Ihr von dem Gold, Capitán Fitzgervais?«

»Einer von Escobars Mulitreibern hat mir davon erzählt«, log Isaac. »In dieser schäbigen kleinen Spelunke in Santa Cruz. Er war unzufrieden mit Arbeit und Lohn, ich hab ihn abgefüllt, und schließlich sprudelte es nur so aus ihm heraus.«

Der Spanier trank versonnen. »Wann?«

»Letztes Frühjahr.«

»Und der Name des Mannes?«

»Ich habe keine Ahnung. Er hatte Segelohren und ein Feuermal am Kinn.« Isaac improvisierte. Er hatte nicht damit gerechnet, nach solchen Einzelheiten befragt zu werden.

»Spanier?«

»Galizier, würde ich sagen, aber ich mag mich irren. Ich finde es schwierig, Eure Dialekte auseinanderzuhalten.«

»Und Ihr habt diesem namenlosen, segelohrigen Galizier geglaubt? Einfach so?«

»Seine Geschichte klang plausibel, und ich hielt das Risiko für gering. Hätte es sich als leere Prahlerei erwiesen, hätte ich immer noch umdisponieren und die königliche Goldkarawane nach Nombre de Dios überfallen können. Der Weg nach Panamá hätte sich allemal für mich gelohnt … ohne Clara Soler, dieses durchtriebene Früchtchen, meine ich.«

Das bescherte ihm einen mörderischen Hieb an die Schläfe, und dieses Mal brauchte er ein bisschen länger, ehe er wieder stand.

»Ein wenig mehr Respekt vor einer spanischen Dame, wenn ich bitten darf, Capitán«, mahnte der Gouverneur höflich.

»Respekt, wem Respekt gebührt, Don José«, konterte Isaac, hob unter leisem Klirren die Linke und strich kurz mit den Fingern über die Schläfe. Ein Blutrinnsal floss dort Richtung Jochbein.

»Also, noch einmal: Woher wisst Ihr von meinem Gold?«

Isaac verdrehte die Augen, antwortete aber geduldig: »Von einem missgelaunten galizischen Mulitreiber mit Segelohren.«

Er sah nie, dass der Gouverneur seinem Offizier irgendein Zeichen gab, aber der packte mit einem Mal Samuel, presste ihm mit einem seiner Keulenarme die Luft ab und quetschte ihm mit der anderen Pranke die Nüsse.

Samuel stieß ein halb ersticktes Stöhnen aus und kniff die Augen zu. Als der Wachoffizier ihn losließ – nach einer geraumen Zeit –, sank der Junge langsam auf die Knie, aber er gab keinen Laut von sich.

»Ist das wirklich nötig?«, fragte Isaac den Gouverneur ärgerlich. »Können wir das hier nicht wie Ehrenmänner austragen, ohne dass Ihr Euch an meinem Burschen vergreift? Dessen Eier mir im Übrigen völlig egal sind.«

»Das glaube ich nicht. Ihr steht in dem Ruf, für jeden Eurer Männer durchs Feuer zu gehen.«

Für einen Lidschlag glitt Isaacs Blick unwillkürlich zu dem Kohlebecken hinüber. »Welch rührendes Bild … Aber Ihr wisst ja sicher, was solche Geschichten wert sind. Bitte, nehmt ihn auseinander, wenn Ihr wollt, aber ich kann Euch nichts anderes erzählen, denn es ist nun einmal so gewesen.«

Er wusste, es war ein gefährlicher Bluff, aber er sah keinen anderen Ausweg. Wenn der Gouverneur ihm die Wahrheit abpresste, würde er irgendetwas Fürchterliches mit der Dienerin seiner Frau tun, denn sie war eine Sklavin. Isaac hatte ihren Mut bewundert, als sie ihm damals nachgeschlichen war und von dem

Goldschmuggel erzählt hatte, um Rache an ihrer Herrschaft zu nehmen. Natürlich hatte sie gewusst, in welche Gefahr sie sich damit begab, und er hatte ihr versprochen, ihr Geheimnis zu hüten. Also, was konnte er tun, außer die Nerven zu behalten, diesem spanischen Bastard in die Augen zu sehen und nur ja nicht anzufangen zu schwitzen, egal, wie heiß und dumpfig es hier drinnen wurde?

Don José nahm den Schürhaken aus dem Kohlebecken. »Bringt mir den Jungen, Teniente.«

Der Offizier packte Samuel beim Arm und zerrte ihn in die Raummitte.

Isaacs Eingeweide verknoteten sich schmerzhaft, und er sann fieberhaft auf eine Strategie – ohne Erfolg.

Samuel drehte sich weg, als wolle er sich sträuben, und dann passierten mehrere Dinge gleichzeitig. Rasselnd fielen die Handketten des Jungen zu Boden. Im nächsten Moment hatte er irgendetwas in der Rechten – etwas Zerbrechliches offenbar, denn er hielt es behutsam, mit spitzen Fingern – und warf es dem Teniente mit einer sparsamen, eleganten Bewegung ins Gesicht. Ungläubig erkannte Isaac, dass es eine dieser riesigen, wirklich grässlichen Spinnen war, die es hier gab, handtellergroß, und ihre behaarten Beine spreizten sich über Stirn und Wangen. Es war ein alptraumhaftes Bild, und Isaac spürte trotz der Hitze einen eisigen Schauer seinen Rücken hinabrieseln. Der Offizier fing an zu schreien, ließ sein Opfer los und schlug panisch mit der Linken nach der abscheulichen Kreatur. Doch er war zu langsam. Als die Spinne zu Boden fiel und davonhuschte, sah Isaac einen Blutstropfen aus der kleinen Bisswunde unter dem linken Auge quellen, und schon begann das Gesicht anzuschwellen. Heulend brach der wackere Teniente in die Knie.

Sein Geschrei brachte seine Männer auf den Plan. Alle vier stürmten mit gezogenen Klingen herein, stürzten sich auf Isaac, und der landete zum dritten Mal am Boden, ehe er an den Haaren hochgerissen wurde und eine kalte Stahlklinge an der Kehle spürte.

»Halt«, befahl der Gouverneur, und es klang ein wenig zittrig.

Die Szene im Raum gefror, nur der Wachoffizier wälzte sich jaulend am Boden und fing an zu röcheln. Isaac hatte schon gelegentlich erlebt, wie irgendein unachtsamer Unglücksrabe sich einen dieser Spinnenbisse einfing. Die meisten stöhnten und kotzten und fieberten ein paar Stunden und waren danach so gut wie neu. Aber er hatte auch einmal einen holländischen Piraten daran sterben sehen, und der Teniente sah so aus, als sei auch ihm dieser Weg bestimmt.

Alle starrten in unterschiedlichen Abstufungen des Grauens auf ihn hinab. Nur Samuel schien eher fasziniert als erschüttert.

Don José fasste sich als erster. »Schafft ihn weg und tut für ihn, was ihr könnt. Und sucht diese verfluchte Spinne, ich will sie nicht heute Abend in der Suppe finden. Aber zuerst fesselt mir diesen Teufelsjünger, und dieses Mal richtig, wenn ich bitten darf!«

Die Soldaten zögerten, und Isaac verspürte eine grimmige Genugtuung, als er sah, dass sie Angst vor Samuel hatten. Doch dann siegte der Gehorsam. Sie ließen von ihm ab, umringten den Jungen, und zwei hielten ihn mit dem Degen in Schach, während die beiden anderen ihm die Hände auf den Rücken banden.

»Ich merke, Euer Bursche ist in mehr als einer Hinsicht ein Fall für die Inquisition, Fitzgervais«, sagte Don José. Es sollte kühl wirken, aber auch er fürchtete sich. Seine Stimme bebte ein klein wenig, und sein Blick glitt immer wieder in Samuels Richtung. »Und ich denke, ich werde ihr die Fortführung dieses Verhörs überlassen. Sie hat ja bekanntlich hervorragende Experten.«

Zur heißesten Zeit des Tages und mit einer lächerlich großen Eskorte brachen sie nach Nombre de Dios auf, von wo aus ein Schiff die Gefangenen nach Mexiko überstellen sollte.

Natürlich hatte man ihnen ihre Schuhe nicht zurückgegeben. Aber nun nahmen sie Samuel auch noch Wams und Hemd ab, sodass sein Oberkörper der sengenden Sonne und den blutgierigen Moskitos schutzlos ausgeliefert war. Obendrein schnürten sie ihm die Arme auf dem Rücken von den Handgelenken bis zu den Ellbogen zusammen, so grausam, dass seine Schultern schmerzhaft nach hinten gebogen wurden.

»Mal sehen, ob der Satan meine Knoten auch aufbekommt«, brummte Carrillo, der stiernackige Offizier, der Samuel gefesselt hatte, und zog ihm eins mit der Reitgerte über, ehe er aufsaß. »Nach dir, du Hurensohn …«

Samuel streifte ihn mit einem kurzen Blick, aber sein Ausdruck war unmöglich zu deuten. Folgsam schlug er die angewiesene Richtung ein, vorne, hinten und auf beiden Seiten von vier Reitern eingekeilt, genau wie Isaac, der ihm folgte. Nicht zum ersten Mal bedauerte er, dass er die Gabe der Waringham nicht besaß, denn dann hätte zur Abwechslung er mal ein Wunder wirken und die Gäule ihrer Bewacher im gestreckten Galopp in alle Himmelsrichtungen schicken können. So blieb ihm nichts anderes übrig, als auf eine Fluchtgelegenheit zu warten und zu hoffen, dass Samuel auf den Beinen blieb, bis sie ihr Nachtlager aufschlugen.

Fast schnurgerade nach Norden führte der *Camino Real* von Panamá-Stadt über die Landenge nach Nombre de Dios, meist durch undurchdringlichen Urwald, doch der Weg selber war breit für diese Gegend der Welt, gut instandgehalten und über weite Strecken sogar gepflastert. Das war großartig für beschlagene Pferde und Mulis oder für Karren, aber miserabel für schuhlose Gefangene, und kaum eine Stunde war vergangen, da hinterließen sie beide blutige Fußabdrücke auf den ockerfarbenen Pflastersteinen.

Hunger quälte Isaac, vor allem Durst, und drei der vier jungen Soldaten, die ihn eskortierten, wurden es einfach nicht müde, ihn zu verhöhnen.

»He, du Schrecken der Meere, leg mal einen Schritt zu!«, befahl der zur Linken, dessen blonder Bart noch spärlich war, und trat ihm aufmunternd in die Rippen.

»Nun schaut euch den gefürchteten Capitán Fitzgervais an, Männer«, sagte der, der vorausritt, lachend über die Schulter. »So gefährlich sieht er gar nicht aus, wenn er mit blutenden Füßen einhergehumpelt kommt …«

»Na ja, die Füße braucht er ja nicht, wenn sie ihn an die Ruderbank ketten«, befand der Dritte, und es gab Gelächter.

»Ach, du glaubst doch nicht im Ernst, dass sie *el Terror de los*

Mares rudern lassen! Ein schönes Feuerchen machen sie dem, jede Wette …«

»Schluss jetzt«, verlangte der Mann auf Isaacs rechter Seite. »Wir sollen sie nach Nombre de Dios bringen, sonst nichts, und das machen wir mit Anstand, ist das klar?«

Isaac schaute verblüfft auf.

»Nun werd bloß nicht zimperlich, Miguel«, schnauzte der Flaumbart. »Mein Cousin Andres ist bei San Juan de Ulúa gefallen, und wer weiß, ob es nicht Capitán Großmaul hier war, der ihn abgestochen hat.«

»Ja, das will ich doch hoffen«, knurrte Isaac.

»Siehst du?«, sagte Flaumbart wütend und hob die Peitsche. Isaac wandte gerade noch rechtzeitig den Kopf ab, sodass der Hieb sein Gesicht verfehlte.

»Schluss, hab ich gesagt!«, beharrte Miguel. »Wenn du klug bist, lässt du der Heiligen Inquisition noch was übrig, Juan.«

Es nützte nicht viel, denn Miguel war nur ein einfacher Soldat, und die übrigen folgten Carrillos Beispiel, der das runde Dutzend befehligte.

Doch als sie eine Stunde vor Sonnenuntergang anhielten, torkelten die beiden Gefangenen immerhin noch auf den eigenen Füßen zum Wegrand, wo sie auf die Knie sanken.

Isaac kniff einen Moment die Augen zu. Es war eine Wohltat, dass die blutigen Füße ihn nicht länger tragen mussten. »Ah! Jetzt noch ein Brathühnchen und ein Daunenkissen, und der Abend ist gerettet.«

Samuel kniete neben ihm, den Kopf mit den kurzen schwarzen Locken abgewandt.

»Alles in Ordnung, Junge?«, fragte Isaac leise.

»Meine … Schultern.« Sein Atem ging stoßweise.

»Ja, ich wette, es ist schlimm.«

»Schlimm ist … schlimm ist, dass ich bald nicht mehr weiß … wie ich es schaffen soll, nicht zu schreien.«

Isaac nickte. *Über kurz oder lang werden wir das wohl beide tun,* dacht er und unterdrückte mit Mühe ein Schaudern. *Aber vielleicht noch nicht jetzt gleich.* Und er gab ihm den einzigen Rat, der seiner Erfahrung nach wirklich gegen Schmerzen half: »Denk an etwas anderes. Erzähl mir, wie du's gemacht hast. Wie hast du die Ketten gelöst?«

»Mit einem Draht. Ich habe … immer ein Stück bei mir.« Er war furchtbar bleich, und die Haut auf Stirn und Wangen wirkte wächsern, fast durchsichtig.

»Und die Spinne?«

»Vorgestern Abend im Verlies … eingefangen. Ich habe … eine geheime Innentasche im Wams. Mein Vater hat mir beigebracht, wie man … wie man sie zuschnürt. Mit einem kleinen Ruck geht sie auf und zu … ganz schnell. Mausefalle … so nennen die Diebe sie. Sie … sie bringen darin eine Maus in eine Kirche … lassen sie frei … und wenn die ersten Frauen kreischen …« Er brach ab.

»Nehmen sie die fromme Gemeinde aus, ich kann's mir vorstellen«, schloss Isaac, nicht ohne Bewunderung. »Aber wieso hat sie dich nicht gebissen?«

»Keine Ahnung. Einfach … Glück.« Er keuchte. »Oh Gott. Es wird schlimmer.«

»Du bist ein Mordskerl, Samuel«, sagte der Onkel mit aufrichtiger Bewunderung. »Wenn wir hier je wieder rauskommen, musst du unbedingt noch eine einfangen und sie deinem Vater mitbringen. Er war ganz versessen darauf.«

»Wenn wir hier rauskommen?«, wiederholte Samuel ungläubig.

Isaac zuckte mit den Achseln und sah sich kurz um. Die Männer waren dabei, eine Feuergrube auszuheben und ein Zelt aufzuschlagen. Der Größe nach zu urteilen nur für Carrillo. Alle anderen, erkannte Isaac, mussten den Schrecken einer Nacht im Urwald schutzlos begegnen, auch den sechs- und achtbeinigen.

»He, Miguel.«

Der junge Soldat sah von den Zeltschnüren auf, die er mit ratloser Miene zu sortieren versuchte. »Was?«

»Nicht bitten …«, zischte Samuel wütend.

Aber Isaac ignorierte ihn. »Würdest du dem Jungen die Fesseln ein wenig lockern? Sechs Stunden war lang genug, oder?«

Miguel stand auf und kam unschlüssig ein paar Schritte näher. »Hm, ich weiß nicht … Ich will keinen Ärger mit Carrillo.«

»Nein, das kann ich mir vorstellen«, erwiderte Isaac.

Wie aufs Stichwort kam der vierschrötige Offizier aus dem Wald zurück, wo er offenbar irgendetwas fürs Nachtmahl gesucht hatte, denn er hielt einen Lederbeutel in der Hand.

»Soll ich dem Bengel die Fesseln lockern?«, fragte Miguel. »Bevor die Schulter aus dem Gelenk springt?«

»Ja, nur zu«, antwortete Carrillo unerwartet. »Nimm sie ihm ganz ab.«

»Was?«, fragte Miguel verdattert.

»Nimm sie ihm ab!«, wiederholte der Anführer ungeduldig.

Als Isaac sein Lächeln sah, ahnte er, dass dies hier keine unerwartete Anwandlung von Barmherzigkeit, sondern der Anfang irgendeiner neuen Teufelei war. Trotzdem war er erleichtert, als Samuels Arme frei waren. Im ersten Moment konnte der Junge sie gar nicht bewegen, weil sie ihm nicht mehr gehorchten, aber dann führte er sie langsam vor den Körper, presste sie übereinander vor die sonnenverbrannte Brust, machte einen krummen Rücken und wiegte sich sacht vor und zurück.

»Was glotzt ihr denn so?«, schnauzte Isaac Miguel und Carrillo an, die mit offenkundiger Faszination zuschauten. Sie antworteten nicht und ließen sich nicht verscheuchen.

Es dauerte lange, bis das Blut in den abgeschnürten Gliedern wieder richtig floss und der höllische Schmerz in den Schultern nachließ. Aber schließlich richtete Samuel sich auf und ergriff den Krug, den einer der Soldaten zwischen ihnen abgestellt hatte. Auf halbem Weg zum Mund hielt er inne. »Was mag darin sein?«

»Wasser«, versicherte Isaac. »Keine Bange, ich hab's probiert.«

Samuel setzte den Krug an und trank durstig in großen Schlucken. Als er absetzte, keuchte er.

»Na, Bübchen?« Carrillo tätschelte ihm unsanft die Wange. »Geht's wieder?«

»Er kann dich nicht verstehen«, erinnerte Isaac den Offizier. »Irgendwie hat er seit heute Morgen immer noch kein Spanisch gelernt …«

»Macht ja nichts. Ich hab hier etwas für ihn.« Er hielt seinen Lederbeutel hoch. »Du kannst ihm übersetzen, was ich sage.«

»Ich brenne darauf. Und …« Isaac verstummte abrupt, als er sah, dass der Lederbeutel sich bewegte. »Was ist da drin?«, fragte er.

Der spanische Offizier lachte vergnügt in sich hinein, schnürte das Säckchen behutsam auf, hielt es mit beiden Händen offen und streckte es Samuel hin. »Ich will, dass er die Hand hineinsteckt.«

Isaac musste sich an einem nahen Baumstamm abstützen, um auf die schmerzenden Füße zu kommen. »Was ist da drin?«, fragte er noch einmal.

Auch Samuel stand auf und sah unsicher von einem zum anderen.

»In meinem Heimatdorf in Andalusien haben wir unsere eigenen Methoden, um festzustellen, ob jemand mit dem Teufel im Bunde ist oder nicht. Sag ihm, er soll die Hand hineinstecken.«

Ungeduldig schüttelte er den Beutel ein wenig, und prompt kam aus dem dunklen Innern ein unheilvolles Rasseln.

Isaac wich unwillkürlich einen Schritt zurück. »Du bist ja nicht bei Trost, Mann«, knurrte er.

»Was ist in dem Sack?«, fragte Samuel leise.

»Eine Klapperschlange.«

»Giftig?«

»Oh ja.«

»Und er will, dass ich hineingreife?«

Isaac warf ihm einen argwöhnischen Blick zu. »Untersteh dich. Sie ist schneller als du, glaub mir.«

»Wird's bald!«, schnauzte Carrillo, schon wesentlich weniger leutselig.

»Fürchtest du keinen Ärger mit den heiligen Männern von der Inquisition, wenn er draufgeht?«, fragte Isaac.

Der Offizier schüttelte den Kopf. »Wenn sie ihn beißt, werd ich ihnen erzählen, er sei unterwegs auf eine Schlange getreten, das kommt schließlich oft genug vor. Und wenn sie ihn nicht beißt, liefere ich ihnen einen wertvollen Beweis, denn Schlangen beißen keine Teufelsjünger, weil sie selbst Abgesandte Satans sind, verstehst du?«

»Was ist das nur mit euch Papisten?«, fragte Isaac angewidert. »Kriegt ihr bei der Taufe eins mit dem Aspergill übergebraten, oder wieso seid ihr allesamt verrückt?«

Carrillo ließ sich nicht ablenken. »Juan, Manuel, kommt her und helft dem Bürschchen, die Hand in den Beutel zu stecken.«

Die beiden Soldaten traten hinzu und packten Samuel an den Armen. Der Junge versuchte, sich loszureißen, aber gegen zwei hatte er keine Chance, selbst wenn Arme und Schultern nicht immer noch steif gewesen wären.

»Wenn sie es mich allein versuchen lassen, kann ich es vielleicht schaffen«, sagte Samuel flehentlich zu seinem Onkel.

»Augenblick, Carrillo, warte …« Isaac wollte sich zwischen den Offizier und sein Opfer stellen, aber auch er wurde von zwei Seiten gepackt und zurückgerissen. »Lasst ihn los, und er wird es tun.«

Doch sie hörten ihm gar nicht zu. Ein erwartungsvolles Funkeln stand in Carrillos Augen. Die Schlange war inzwischen ganz übler Laune. Das Rasseln verstummte nicht mehr, und der Beutel in Carrillos Händen schaukelte. Flaumbarts Gesicht zeigte ein widerwärtiges Entzücken. Er hielt Samuels Unterarm mit beiden Händen umklammert und führte die Hand unaufhaltsam zur gähnenden Öffnung des Beutels, als Carrillo plötzlich in die Knie brach und der Ledersack seinen erschlafften Händen entglitt.

Isaac sah die Fiederung eines kleinen Pfeils aus dem zerplatzten linken Auge ragen. Geistesgegenwärtig packte er seinen Neffen und riss ihn zurück, als die wütende Schlange aus dem Behältnis kroch, im hohen Gras verschwand und in der sicheren Deckung weiterklapperte.

Juan und Manuel reagierten wesentlich langsamer, starrten verständnislos auf ihren gefällten Anführer hinab, und ehe sie begriffen hatten, was passiert war, sanken sie beide tödlich getroffen zu Boden.

Isaac stieß Samuel mit dem Rücken gegen den Baumstamm, stellte sich vor ihn und rührte sich nicht.

Die verbliebenen spanischen Soldaten zückten die Klingen und schrien wild durcheinander, als zu beiden Seiten des Camino Real bewaffnete schwarze Männer aus dem Unterholz brachen und über sie herfielen. Es waren mindestens zwanzig. Sie waren mit langen Speeren und Bögen bewaffnet, vier oder fünf führten glänzende Degen, die sie vermutlich erbeutet hatten. Sie waren schnell und stark und erbarmungslos – die Spanier hatten keine Chance. Nach wenigen Augenblicken waren alle niedergemetzelt, auch die beiden, die ihre Waffen wegwarfen und um Gnade bettelten. Miguel suchte sein Heil in der Flucht, aber ehe er einen Steinwurf weit gekommen war, ging er zu Boden, den Rücken mit Pfeilen gespickt.

Es wurde still auf dem Camino. Einer der Angreifer, ein furchteinflößender Kerl mit einer weißen Punktbemalung auf der Stirn, ging bedächtig von einer reglosen Gestalt zur nächsten, tippte sie mit der Fußspitze an, und als ein spanischer Soldat sich stöhnend auf die Seite zu wälzen versuchte, gab er ihm den Rest.

Dann schloss er sich seinen Kameraden an, die einen Ring um Isaac, Samuel und ihren Baum geschlossen hatten und sie unverwandt aus ihren dunklen Augen anschauten. Manche waren Afrikaner. Andere Indianer. Wieder andere eine Mischung aus beidem. Ihre Gesichter waren konzentriert und grimmig, und Isaac schärfte sich ein, keine plötzlichen Bewegungen zu machen, denn er wusste, ihr Leben hing an einem dünnen Faden.

»Falls Ihr mich verstehen könnt, habt Dank für Euer Erscheinen im rechten Augenblick«, sagte er auf Spanisch. »Mein Name ist Isaac Fitzgervais.«

»Ich weiß«, sagte eine Stimme, die vage vertraut schien, und eine schmächtige Gestalt drängte sich durch die Phalanx aus muskelbepackten Hünen ins Innere des Kreises. »Und ich habe immer geahnt, dass ich dich hier eines Tages in der Klemme finden würde.«

Es war Tomás.

Die *Cimarrones* brachten die beiden befreiten Engländer in ihre Siedlung, die tief im Innern des Urwaldes gelegen war. Der Pfad, für das ungeübte Auge nicht erkennbar, schlängelte sich tunnelartig in nordöstlicher Richtung durchs Unterholz. Er war zu schmal und niedrig für einen Reiter, aber die Cimarrones nahmen die erbeuteten Pferde trotzdem mit.

Die kurze Dämmerung war hereingebrochen. Das allgegenwärtige Summen der Insekten versiegte nach und nach und wurde von den geheimnisvollen Nachtgeräuschen abgelöst: Das Rascheln der Abendbrise im Laub der gewaltigen Bäume. Das Knacken im Unterholz, wo die nächtlichen Jäger auf die Pirsch gingen. Ein beinah lautloser Flügelschlag.

Isaacs und Samuels leidgeprüfte Füße machten das Fortkommen mühsam, aber der Weg war nicht weit. Ehe es völlig dunkel wurde, öffnete der Pfad sich plötzlich zu einer großen Lichtung, auf der vielleicht zwanzig Hütten aus Holz und Lehm am Ufer eines Sees standen. Frauen hockten vor ihren Häusern am offenen Feuer und kochten, Kinder mit riesigen schwarzen Augen versteckten sich hinter ihren Müttern oder spähten aus dunklen Hauseingängen zu den sonderbaren hellhäutigen Fremdlingen hinüber.

Die Formation der knapp zwei Dutzend Krieger löste sich auf, und die Männer traten zu ihren Frauen ans Feuer und legten die Waffen ab.

Nur Tomás und der Goliath mit der Punktbemalung blieben zusammen und führten Isaac und Samuel zu einem größeren Haus am Rand der Siedlung.

»Tretet ein«, forderte der Guanche sie auf.

»Danke, Tomás. Danke vor allem, dass ihr im richtigen Moment am richtigen Ort wart.«

»Keine Ursache. Aber sag nicht Tomás zu mir. Der Name, den mein Vater mir gab, ist Arafo, und Arafo bin ich heute wieder.«

»Und ein angesehener Mann, wie ich merke«, erwiderte Isaac.

»Untersteh dich, darüber verwundert zu sein.«

»Im Gegenteil.« Isaac schaute sich in dem geräumigen Holzhaus um. Möbel gab es keine, aber die Wände waren mit Brokat behangen, und die Krüge, Becher und Teller, die ordentlich aufgereiht auf dem festgestampften Boden standen, waren aus Gold und Silber.

Tomás … Arafo streifte seine Reichtümer mit einem gleichgültigen Blick. »Wir nehmen es den Spaniern vor allem, weil sie so daran hängen. Eigentlich haben wir wenig Verwendung dafür. Lass mich dich mit meinem Schwager bekannt machen, Isaac: Das hier ist Sacina.«

Isaac streckte dem Goliath die Hand entgegen, der ihn aber stürmisch in die Arme schloss und ihm fast die Rippen brach.

Ein wenig atemlos erwiderte Isaac die ungewöhnliche Begrüßung. Dann sagte er seinerseits: »Mein Neffe Samuel. Samuel, dies ist Arafo, ein alter Freund aus Teneriffa.«

»Wie hilfreich, dass du anscheinend auf der ganzen Welt verstreut Freunde hast«, bemerkte der Junge mit einem kleinen Lächeln und schüttelte Arafo die Hand.

»Was ist mit ihm?«, wollte dieser wissen.

Isaac hob die Schultern. »Abscheulicher Tag.«

»Hm. Schultern und Rücken sind sonnenverbrannt, vermutlich bekommt er Fieber. Sag ihm, ich mache ihm einen Sud.«

»Wenn ich an das Gebräu denke, das deine Mutter mir früher verabreicht hat, denke ich nicht, dass Samuel zu beneiden ist«, gab Isaac zurück.

Arafo erwiderte das Lächeln. »Ich bin froh um alles, was sie mir beigebracht hat. Ich kümmere mich um unsere Kranken und Verwundeten. Dass mir das liegt, habe ich erst hier entdeckt. Als ich herkam, wollten die Cimarrones mich eigentlich ihren Göttern opfern, weil sie mich für unbrauchbar im Krieg gegen die Spanier hielten. Aber Sacinas Vater hatte einen offenen Beinbruch, und ich konnte ihm helfen. Sein Glück ebenso wie meines. Ich bekam nicht nur einen neuen Platz im Leben, sondern obendrein Sacinas Schwester zur Frau.« Er zeigte einladend auf die sorgfältig gegerbten Felle am Boden. »Setzt euch. Wenn wir Glück haben, bringen die Frauen uns gleich etwas Gutes.«

Nicht nur Arafos und Sacinas Frauen kamen mit ihren Kindern und einem verführerisch duftenden Kessel ins Haus, sondern ein gutes Dutzend Nachbarn stellte sich ein. Der erste brachte Carrillos Kopf auf einem Spieß, rammte das angespitzte Ende in die Erde, rieb sich die Hände und betrachtete sein Werk mit einem zufriedenen Nicken.

Isaac und Samuel tauschten einen ungläubigen, sehr verstohlenen Blick.

Die anderen kamen mit gebratenem Wild und Fischen, bestaunten die Gäste und setzten sich im Kreis um die Trophäe zu einem geselligen Abend nieder. Es wurde gelacht und geschmaust, und alle redeten durcheinander.

Samuel hatte keinen rechten Appetit, und er bekam tatsächlich Fieber.

Aber Isaac befahl leise: »Du *musst* essen. Deine letzte anständige Mahlzeit liegt mehr als zwei Wochen zurück, also nimm dich zusammen und iss.«

»Gott allein weiß, was alles in diesem Eintopf ist«, gab der Junge wispernd zurück.

»Stimmt. Das weiß Gott allein. Also denk nicht darüber nach und greif zu. Es sieht ein bisschen seltsam aus, aber es schmeckt hervorragend, glaub mir.« Er füllte die vergoldete Schale, die vor Samuels Füßen stand, und drückte sie dem Jungen in die Finger.

Samuel leerte sie folgsam, wenn auch mechanisch und lustlos. Und nachdem er Arafos zähflüssiges Gebräu mit Todesverachtung heruntergekippt hatte, streckte er sich auf den Fellen aus und schlief ein. Seine Gesichtszüge entspannten sich, und er atmete in langen, gleichmäßigen Zügen.

Arafo drückte Isaac einen Becher Wasser in die Hand.

Der Gast trank durstig. »Sehr wohlschmeckend und bekömmlich«, lobte er, als er absetzte. »Aber erbeutet ihr niemals Weinfässer?«

»Andauernd. Wir behalten die Fässer und schütten den Inhalt in den See. Wein ist etwas für weiße Männer, Isaac. Uns macht er krank. Wenn wir uns berauschen wollen, essen wir bestimmte Kräuter oder rauchen sie. Nur zu spirituellen Zwecken, natürlich.«

Isaac seufzte. »Natürlich …«

Arafo hockte sich neben ihn und betrachtete Samuel einen Moment. »Morgen ist er wieder gesund«, prophezeite er.

Isaac nickte. »Danke, alter Freund.«

Sacina sagte etwas, und Arafo übersetzte: »Sie möchten wissen, warum die Spanier euch zur Küste schaffen wollten. Und mit so großer Eskorte.«

»Sie wollten uns der Inquisition in Mexiko schicken. Aber ich denke, die große Zahl der Wachen galt eher euch als uns. Ihr macht ihnen jede Menge Ärger, oder?«

»So viel wir können«, räumte Arafo ein. »Genau wie du und Drake.«

Isaac schnitt eine kleine Grimasse, wie immer, wenn man ihn und Francis Drake in einem Atemzug nannte. »Ihr wisst von uns?«, fragte er erstaunt.

»Wir wissen alles, was die Spanier betrifft. Hin und wieder lassen wir einen am Leben und befragen ihn nach Neuigkeiten. Das ist überlebenswichtig. Sie machen unentwegt Jagd auf uns.«

»Das kann ich mir vorstellen.«

»Also, was verschlägt dich nach Panamá? Und warum schickt Velasco dich nach Mexiko, nicht nach Spanien, wo König Felipe dich doch bestimmt sehnsüchtig erwartet hätte?«

Isaac sah keinen Grund, es ihm nicht zu sagen, und während er vom Goldschmuggel des Gouverneurs berichtete, übersetzte Arafo leise für Sacina und die übrigen Männer.

Als er geendet hatte, sagte Arafo: »Wir haben Gerüchte von diesen Zuckerfässern voller Gold gehört. Nur leider wissen wir nie, wann genau sie den Chagres hinunter zur Küste geschafft werden.«

»Dieses Mal schon«, entgegnete Isaac. »Sie bringen das Gold mit Mulis nach Santa Cruz. In der Vollmondnacht verladen sie es auf Boote, und es geht den Fluss hinab.«

Arafo übersetzte, und die Cimarrones brachen in eine angeregte Debatte aus. Nur die Männer, beobachtete Isaac. Die Frauen hörten schweigend zu.

»Vollmond ist in drei Tagen«, sagte Arafo schließlich versonnen.

»Aber mein Schiff und meine Männer liegen in Port Nicholas, hundert Meilen nordöstlich der Küste. Selbst wenn meine Pinasse noch in Santa Cruz wäre und ich sie zurückbekommen könnte, läuft mir die Zeit davon.« Isaac lehnte den Rücken an die Wand und stierte auf seine gekreuzten Knöchel hinab. »Ich kann nicht einmal vernünftig laufen. Nein, ich fürchte, dieses Jahr wird es nichts mehr mit mir und dem schönen Gold des Gouverneurs.«

»Sag das nicht«, widersprach Arafo.

Windsor, April 1579

»Majestät«, Francis verneigte sich galant vor der Königin. »Ich habe mir erlaubt, Euch die Pferde zu bringen, die der Master of the Horse letzte Woche in Waringham ersteigert hat.«

»Du meine Güte«, erwiderte Elizabeth verwundert. »Und nur deswegen macht Ihr den weiten Weg aus Eurer geliebten ländlichen Eremitenklause hierher in die böse, sündige Welt, Mylord?«

Es funkelte in ihren Augen, was keineswegs ungewöhnlich war. Aber auch Francis' Miene drückte Übermut aus, und das hatte Eleanor lange nicht gesehen. Irgendetwas hatte sich geändert, erkannte sie, und was es auch immer sein mochte, es war gut. Trotzdem traute sie ihren Ohren kaum, als sie ihren Bruder antworten hörte: »Ich dachte mir, es sei eine gute Gelegenheit, mich beliebt zu machen, auf dass ich auf Eure Einwilligung zu meiner Vermählung hoffen kann.«

»*Was?*«, entfuhr es Eleanor.

»Die viel interessantere Frage ist: wen?«, befand die Königin. Sie war im Begriff gewesen auszureiten, und schlug dem Earl of Waringham mit den Reithandschuhen in ihrer Linken vor die Brust. »Raus damit, Francis.«

»Rosalind Fitzalan.« Er senkte den Blick und errötete, sah aber gleich wieder auf. »Und ich weiß genau, wie das aussieht, glaubt mir. Es besteht also eigentlich kein Grund, mich damit aufzuziehen, Ladys.«

Eleanor und die Königin tauschten einen Blick.

»Rosalind Fitzalan?«, wiederholte Elizabeth mit unbewegter Miene. »Mir scheint, mein Gedächtnis lässt mich allmählich im Stich. Ich hätte schwören können, sie sei Lappidots Verlobte.«

Francis fuhr sich verlegen mit der Linken über den ungebärdigen Lockenschopf, und die Geste erinnerte Eleanor so sehr an den sonnigen kleinen Jungen, der er einmal gewesen war, dass sie vor Liebe zu ihrem Bruder dahinzuschmelzen drohte und sich schleunigst zur Ordnung rief.

Der Earl of Waringham verschränkte die Arme vor der Brust. »Wir wissen wohl alle, dass daraus nichts wird, oder?«

»Und nachdem Ihr zu dieser Einsicht gekommen seid, sahet Ihr es als Eure Pflicht an, anstelle Eures Sohnes in das Eheversprechen einzutreten, damit Ehre und Anstand gewahrt bleiben, ist es das?«

»Oh, komm schon, Bess«, murmelte Eleanor. »Lass ihn vom Haken.«

Die Königin zog die schmalen Brauen hoch und klimperte mit den Wimpern, ohne Francis aus den Augen zu lassen. »Mylord?«

»Also schön.« Francis kapitulierte. »Ich bin zu ihrem Großvater nach Arundel geritten, um es ihm zu erklären. Er ist ein sehr alter Gentleman, wie Ihr wisst, und ich fürchtete, er werde wenig Verständnis dafür aufbringen, dass ich mich außerstande sehe, meinen Sohn in eine Ehe zu zwingen, die er nicht will. Wie sich herausstellte, hatte ich recht. Und während er mich abkanzelte und mir einen Vortrag über den Sittenverfall in England hielt, drückte mir plötzlich jemand einen Becher in die Hand und sagte: ›Stärkt Euch, Mylord, denn diese Strafpredigt ist lang und hat ihren Höhepunkt noch lange nicht erreicht.‹ Ich habe mich umgewandt und da … stand sie. Rosalind. Als ich sie zuletzt gesehen hatte, muss sie fünf oder sechs gewesen sein. Jetzt ist sie …« Francis räusperte sich.

»Eine vollendete junge Dame von zwanzig Lenzen?«, half Elizabeth ihm aus.

»Dreiundzwanzig«, verbesserte er hastig.

»Na dann. Das heißt, sie ist nur zwanzig Jahre jünger als Ihr.«

»Ich weiß. Ich weiß genau, wie das aussieht, glaubt mir. Aber ich kann nichts machen.« Er hob beide Hände. »Es hat uns getroffen wie ein Blitzschlag. Uns beide. Ihr ist es egal, dass ich zwanzig Jahre älter bin als sie. Sie …« Er sah hilfesuchend zu seiner Schwester. »Sie will mich.«

Es klang, als könne er es nicht fassen, sich vor allem überhaupt nicht vorstellen, warum das so sein sollte.

Eleanor wandte sich an die Königin. »Majestät?«

Es klang halb beschwörend und halb tadelnd, und es funktionierte, so wie meistens. Ganz plötzlich verlor Elizabeth das Vergnügen daran, Francis zu hänseln, und sie ergriff seine Hände. »Ich freue mich für Euch und Eure Braut, Mylord. Und natürlich bekommt Ihr die Einwilligung der Krone.«

Francis atmete tief durch, beugte sich über ihre Rechte und küsste sie. Dann ließ er sie los. »Danke, Majestät.« Er strahlte.

Fast hatte Eleanor vergessen, was dieses unkomplizierte, arglose Lächeln ihres Bruders vermochte. Es konnte einen ganzen Raum erhellen, und jeder, der es sah, wurde ein klein wenig aufgeheitert, ganz gleich wie trüb und schwer seine Gedanken waren.

»Reitet Ihr ein Stück mit uns?«, lud Elizabeth ihn ein.

»Unbedingt.«

»Wunderbar. Aber denkt daran, dass ich meine Einwilligung widerrufen könnte, solltet Ihr schneller reiten als ich.«

»Ich glaube, die Gefahr ist eher gering …«

Sie schlenderten den gepflasterten Weg an der trutzigen Ringmauer entlang. Als sie durch das Normannentor kamen, fiel ihr Blick auf die Motte mit dem gedrungenen, runden Burgturm, dem ältesten Gebäude von Windsor Castle. Eleanor und Francis blieben einen Augenblick stehen, wie es ihre Gewohntheit war, um ihres Vorfahren zu gedenken, der um ein Haar von den Zinnen dieses Turms in die Tiefe gestürzt wäre, weil er mit seiner losen Waringham-Zunge den mächtigen Duke of York erzürnt hatte.

Im unteren Burghof herrschte reges Treiben: Die Höflinge nutzten das herrliche Wetter, um sich in den Gärten zu tummeln, und ihre farbenfrohe Garderobe schien den Frühlingsblumen Konkurrenz machen zu wollen. Die Yeomen of the Guard in ihren rot-goldenen Uniformen standen vor den Eingängen der Gebäude auf Wache, einige dienstfreie saßen unter einem Apfelbaum im Gras und teilten einen Krug Ale. Diener, Mägde und Pagen hasteten geschäftig umher, und allenthalben ritten Gruppen von Neuankömmlingen durchs Tor, die zu den bevorstehenden Zeremonien des Hosenbandordens anreisten.

»Da kommt Robin«, bemerkte Eleanor und wies unfein mit dem Finger Richtung Torhaus.

»Das wird ja wohl auch Zeit«, brummte die Königin. »Er vergisst gern, dass er der Constable von Windsor Castle ist, und außerdem …« Sie verstummte abrupt, als sie die Reiterin an Robins Seite erkannte, und blieb stehen.

»Oh nein …«, murmelte Eleanor und tauschte einen alarmierten Blick mit ihrem Bruder.

»Lettice?«, formten seine Lippen tonlos, seine Miene ungläubig.

Eleanor nickte. »Er muss den Verstand verloren haben.«

Der Earl und die Countess of Leicester reisten mit Stil: Ihr Gefolge aus livrierten Wachen, Herolden und Dienerschaft belief sich auf mehr als zwei Dutzend. Vor dem Pferdestall neben dem Torhaus hielt die Reisegesellschaft an. Robin sprang aus dem Sattel, warf die Zügel einer der Wachen zu und half seiner Gemahlin dann höflich vom Pferd. Er sagte etwas zu ihr, und sie nickte. Dann schaute sie sich im Burghof um, und als sie die Königin entdeckte, sank sie in einen tiefen Knicks.

Robin wirbelte herum, sah Elizabeth und lächelte, aber es war unschwer zu erkennen, dass er mit einer Begegnung hier im Burghof nicht gerechnet hatte. Er kam näher und verneigte sich galant. »Majestät.«

»Mylord of Leicester.« Es klang ausgesprochen frostig. »Wie nett, dass Ihr schon hergefunden habt. Aber wen in aller Welt bringt Ihr da?«

Er presste einen Augenblick die Lippen zusammen, ehe er antwortete: »Meine Gemahlin, Majestät. Eure Cousine Lettice Knollys.«

Die Königin runzelte die hohe Stirn. »Meine Cousine? Nie und nimmer, Mylord. Denn welche *Cousine* der Königin könnte so treulos sein, ohne Erlaubnis der Krone zu heiraten?«

»Bess, um Himmels willen«, beschwor Robin sie leise, sank vor ihr auf ein Knie und ergriff ihre Linke. »Sie hat ein ganzes Jahr in der Verbannung gelebt, und im Herbst hat sie unser Kind verloren. Hab ein Herz und …« Er verstummte und bog gerade noch rechtzeitig den Kopf weg, sodass der pfeifende Schlag der Reitgerte ihn auf die Schulter traf.

»Was erlaubt Ihr Euch, Ihr dreister Filou!«, fuhr die Königin ihn an und riss ihre Hand aus seiner. »Wie könnt Ihr es wagen, diese … Person hierher zu bringen? Sie ist an meinem Hof nicht erwünscht!«

»Majestät, vergebt mir … ich …«, stammelte Robin, und er schien ebenso erschrocken wie verwirrt über diesen Ausbruch königlichen Unmuts.

Elizabeth stieß ihn von sich, hart genug, dass Robin um ein Haar das Gleichgewicht verloren hätte und zur Belustigung des versammelten Hofs im Gras gelandet wäre.

Achtlos stürmte die Königin an ihm vorbei zu seiner Gemahlin, die Reitgerte drohend erhoben. Eleanor fand den Anblick furchteinflößend, um nicht zu sagen gruselig, weil die Königin in ihrem Zorn plötzlich ihrem Vater ähnelte.

»Was fällt Euch ein, ohne Einladung hier zu erscheinen, Madam?«, knurrte Elizabeth. »Und sind es Goldbordüren, die ich da an Eurem Kleid entdecke? Nun, ich will mir lieber nicht vorstellen, was Ihr der Welt damit sagen wollt, aber seid versichert, so wie es am Himmel nur eine Sonne geben kann, gibt es nur eine Königin in England!«

Lettice starrte sie entsetzt an, senkte aber sogleich wieder den Kopf. »Vergebt mir, Majestät …« Man konnte sehen, wie schwer es ihr fiel, Demut zu zeigen, die nun wirklich nicht in ihrer Natur lag.

Doch sie bemühte sich vergeblich. Die Reitgerte fuhr nieder. Lettice stieß einen kleinen Schrei aus und hob schützend den brokatumhüllten Arm vors Gesicht.

»Beim Tod am Kreuz, geh mir aus den Augen, du liederliches Weibsstück!«, fauchte Elizabeth. »Du hast dich gegen mich aufgelehnt und meinen Wünschen zuwider gehandelt! Wie konntest du glauben, ich würde dir je vergeben? Ich bin nur froh, dass deine arme Mutter deine Schande nicht mehr erleben muss. Verschwinde!« Sie schlug noch einmal zu.

Eleanor nahm ihren Mut zusammen und trat zu ihr. »Ich denke, das reicht, Majestät.«

Elizabeth schien sie nicht zu hören, ließ aber wenigstens die Gerte sinken. Einen Moment starrte sie auf die weinende Sünderin zu ihren Füßen hinab, dann sagte sie: »Da Ihr schwer von Begriff zu sein scheint, werde ich mich ganz schlicht und deutlich ausdrücken, Madam: Ich will Euch nicht mehr sehen. Ich verbanne Euch von meinem Hof und aus meiner Gegenwart. Sollte ich mich je entschließen, Euch zu vergeben, werde ich es Euch wissen lassen. Aber rechnet diesseits des Jüngsten Gerichts lieber nicht damit. Und solltet Ihr es je wieder wagen, mir unter die Augen zu treten, werde ich die Wache anweisen, Euch von den Hunden zum Tor hinaus jagen zu lassen. Habt Ihr mich verstanden?« Sie stemmte abwartend die Hände in die Seiten.

Lettice wagte nicht, sie anzuschauen, aber sie hatte die Schultern gestrafft und die Haltung wiedergefunden. »Ja, Majestät.«

Elizabeth nickte einmal knapp und blickte dann zu Eleanor. »Jetzt lass uns endlich reiten gehen.«

Und damit wandte sie sich ab. Der Ring aus Schaulustigen, die die abscheuliche Szene teils schadenfroh oder amüsiert, teils mitfühlend verfolgt hatten, öffnete sich schleunigst und machte ihr Platz, sodass Elizabeth ungehindert und mit wehenden Röcken Richtung Pferdestall rauschen konnte.

Eleanor sah zu Robin, der mit herabbaumelnden Armen dastand und blinzelte, als sei er gerade aus einem bizarren Traum erwacht. »Ich denke, es wird das Beste sein, du bringst deine Frau von hier weg«, riet sie.

Er nickte stumm.

Lettice war aufgestanden, wandte den Höflingen den Rücken zu und gab vor, sich am silberbeschlagenen Zaumzeug ihres nervösen Wallachs zu schaffen zu machen.

Eleanor musste feststellen, dass sie nicht einen Funken Mitgefühl für sie aufbringen konnte. »Wie undiplomatisch, Lettice«, raunte sie ihr im Vorbeigehen zu. »Das sieht dir gar nicht ähnlich.«

Lettice wirbelte herum. »Ja, spotte nur! Aber dir wird das Lachen auch noch vergehen, wart's nur ab. Euch allen!«, schleuderte sie den umstehenden Gaffern entgegen.

Eleanor blieb stehen und zog eine Braue in die Höhe. »Drohungen, Liebes?«

Lettice Knollys richtete sich zu ihrer ganzen, nicht unbeträchtlichen Größe auf und musterte sie kühl. »Eine Prophezeiung«, antwortete sie.

Robin trat zu ihnen. »Jetzt tut mir den Gefallen und hört auf, euch anzugiften. Es ist weiß Gott schlimm genug.« Er legte seiner bildschönen Frau einen Arm um die Schultern. »Komm, Lettice. Lass uns erst einmal von hier verschwinden.«

Eleanor beobachtete, wie fürsorglich er seiner Gemahlin beim Aufsitzen half. Es hatte ihn schwer getroffen, als sie im November einen toten Sohn zur Welt gebracht hatte. Vermutlich hatte es auch Lettice getroffen, selbst wenn Eleanor immer zweifelte, ob diese Eisprinzessin wirklich Gefühle wie andere Menschen hatte. Auf jeden Fall schien die Tragödie das Band zwischen den beiden gefestigt zu haben.

Im Vorbeigehen legte sie Robin seufzend die Hand auf den Arm und flüsterte: »Wenn du klug bist, kommst du rechtzeitig zum Abendessen zurück und tust so, als wäre überhaupt nichts vorgefallen.«

Francis und Elizabeth warteten vor dem langgezogenen Stallgebäude auf sie, Letztere tippte sich ungeduldig mit der Reitgerte ans Knie. »Wo bleibst du denn?«, fragte sie ungnädig.

Eleanor nahm dem Stallburschen Thalia ab, nickte ihm zu und saß auf. Sie wartete, bis der Junge verschwunden war, Francis der Königin in den Sattel geholfen hatte und selbst aufgesessen war, ehe sie erwiderte: »Ich habe versucht, ein paar Wogen zu glätten, Majestät. Ich kann nur hoffen, dass Ihr mir zur Strafe für meine Verspätung keins überziehen werdet.«

Elizabeth lächelte ihr zu. Eine Spur verschämt vielleicht, aber man konnte nie sicher sein. »Ach, El … Sie ist so ein Ungeheuer. Das war sie als kleines Mädchen schon.«

»Ich weiß.«

Die Königin ritt an, und sie folgten ihr im Schritt durch das tunnelartige Torhaus und dann außen an der Ringmauer entlang Richtung Themse. Sechs Leibwächter der Königin bildeten mit ein paar Längen Abstand die Nachhut.

Sie trabten den weidengesäumten Uferpfad entlang, und Francis sah sich mit leuchtenden Augen um. »Ich bleibe dabei, dass England im Frühling nirgendwo schöner ist als in Kent, aber in Berkshire kann man es auch aushalten, schätze ich.«

»Oh, Ihr habt ja keine Ahnung, Mylord. Nirgendwo ist England im Frühling schöner als in Windsor. Man kann ihn mit allen Sinnen erfahren: Das Funkeln der Sonne auf dem Fluss entzückt das Auge, der Ruf des Kuckucks das Ohr, der Duft der Obstblüte umschmeichelt die Nase, und man spürt das linde Lüftchen auf der Haut. Was habe ich vergessen?«

»Den Geschmack«, antworteten Francis und Eleanor im Chor.

»Ah.« Elizabeth überlegte, und ihre Augen leuchteten ob all der Schönheit, die sie umgab. »Wonach könnte der Frühling schmecken?«

»Nach dem lieblichen Straßenstaub, den man beim Galoppieren unweigerlich in den Mund bekommt?«, schlug Eleanor vor.

»Oder nach der ersten Fliege des Jahres, die man versehentlich verschluckt?«, offerierte ihr Bruder.

Die Königin seufzte. »Ihr Waringham seid nicht gerade für eure poetische Veranlagung berühmt, nicht wahr?«

»Nein, Majestät«, räumte Francis ein. »Das sind die Dermond, aber wenigstens sind wir weitläufig mit ihnen verwandt.«

»Also, ihr Banausen: Wer zuerst an der verfallenen Kapelle ist. Wer verliert, muss heute Abend in der Halle ein selbstverfasstes Sonett vortragen. Achtung … und los!«

Und sie preschte davon.

Sicher grauste Francis davor, ein Gedicht vortragen zu müssen, denn er war nach all den Jahren des zurückgezogenen Lebens ein bisschen verschroben und menschenscheu geworden, doch er war zu sehr Gentleman, um gegen die Königin ernsthaft auf Sieg zu reiten. Eleanor hingegen hatte keine solchen Skrupel, und sie plante ihr Rennen geschickt, teilte Thalias Kräfte minutiös für die drei Meilen bis zu der kleinen Ruine ein, und tatsächlich machte sie das Rennen.

»Gut gemacht, El!«, rief Elizabeth lachend und blies sich die gekringelte rote Strähne aus der Stirn, die sich wieder einmal unter dem kecken Hut hervorgestohlen hatte. »Ich fürchte, wir werden Francis' Verse ertragen müssen heute Abend.«

Der verneigte sich lachend mit der Hand auf der Brust. »Darf ich mir Hilfe bei einem der Hofdichter holen? In Eurem eigenen Interesse rate ich, mir diese kleine Mogelei zu gestatten.«

»Ich werde es wohlwollend in Erwägung ziehen«, stellte die Königin in Aussicht, wie sie alle ein wenig außer Atem.

Auf dem Rückweg ritten sie gemächlicher, alle drei nebeneinander, die Königin in der Mitte.

»Irgendwelche Neuigkeiten von Isaac und deinem Sohn?«, fragte Elizabeth, die Stimme gesenkt, damit die Wachen sie nicht hörten.

Eleanor schüttelte den Kopf. »Frobisher ist letzten Monat aus der Neuen Welt zurückgekehrt, aber er hat sie nicht gesehen und auch nichts von ihnen gehört.«

»Isaac wird schon auf Samuel achtgeben, El«, sagte ihr Bruder. »Ich weiß, dass du ihn für leichtfertig hältst, aber er ist ein anständiger Kerl. Und ein hervorragender Seemann, da sind sich alle einig.«

»Pah!«, machte sie abschätzig. »Er hätte den Jungen niemals an Bord nehmen dürfen. Das werde ich ihm nicht verzeihen, Francis, egal, was du sagst.«

»Und wenn Samuel sich in den Frachtraum geschlichen hat und erst nach Tagen auf See entdeckt wurde, so wie Isaac selbst damals? Was hätte er tun sollen?«

»Umkehren«, gab sie unversöhnlich zurück.

»Oh, sei keine solche Glucke, El«, schalt Elizabeth. »Dein Sohn wollte ein Abenteuer, und er hat sich genommen, was er wollte. Du solltest nicht allzu verwundert sein, bedenkt man, wer sein Vater ist. Oder seine Mutter«, fügte sie mit einem mokanten Lächeln hinzu.

»Wärmsten Dank, Majestät, dass Ihr mir in den Rücken fallt …«

Elizabeth nickte knapp. »Es ist doch eine hübsche Abwechslung, dass ich dir einmal die ungeschminkte Wahrheit sagen kann, nicht immer nur umgekehrt.« Und um das Thema zu beschließen, fragte sie Francis: »Und? Wann wird geheiratet?«

»Im Mai, schätze ich. Wir wollen keine große Affäre daraus machen, also brauchen wir keine aufwändigen Vorbereitungen zu treffen.«

»Ich werde meine Ansprüche also herunterschrauben und mich auf eine karge Puritaner-Hochzeit einstellen«, stellte sie in Aussicht.

Er starrte sie ungläubig an. »Ihr würdet uns die Ehre erweisen und kommen?«

»Warum denn nicht? Vielleicht gestattet Ihr mir ja doch, ein paar Musiker mitzubringen, damit die frivoleren unter Euren Gästen ein wenig tanzen können?«

Francis nahm die Linke vom Zügel und vollführte eine einladende Geste. »Was immer Ihr wünscht, Majestät. Ich argwöhne, dass meine Braut insgeheim entzückt wäre. Es gibt einige Ansichten, die sie nicht mit mir teilt.«

»Auch darin setzt Ihr also die Tradition Eurer Vorfahren fort: Ihr heiratet eine Frau mit einem eigenen Kopf.«

»Ganz gewiss«, stimmte er zu. »Mir scheint, sie werden zahlreicher in England, Majestät, weil alle Mädchen so werden wollen wie ihre Königin.«

In gelöster, beinah übermütiger Stimmung kamen sie nach Windsor zurück, der hässliche Vorfall mit Lettice Knollys scheinbar vergessen. Wie so oft drängten sich vor dem Haupttor der Burg Ankömmlinge, Lieferanten und Boten, und der Sergeant der Wache hatte seine liebe Mühe, sie zu überreden, eine Schlange zu bilden und einzeln ihr Begehr vorzutragen.

Als die Wartenden die Königin kommen sahen, machten sie ihr indes eilig Platz, sodass Elizabeth und ihre Begleiter ungehindert durchs Torhaus kamen. Vor dem Pferdestall war das Gedränge kaum geringer.

Elizabeth, Francis und Eleanor saßen ab und übergaben die

Pferde den livrierten Stallburschen. Ein paar Musiker der Chapel Royal, die vermutlich von einer Probe aus der St.-Georgs-Kapelle kamen, entdeckten ihre Königin, kamen zu ihr herüber, stellten sich im Halbkreis auf und brachten ihr ein spontanes Ständchen, wie sie es gern taten.

Elizabeth blieb stehen, um ihnen zu lauschen, und ihre Augen strahlten ob dieses unspektakulären Liebesbeweises. Die Musiker spielten eine beschwingte, fröhliche Melodie, in der man das Plätschern von eisigen Frühlingsbächen, das Zwitschern der heimkehrenden Zugvögel, sogar das Wogen der blühenden Narzissen zu hören glaubte.

»Welch große Gnade Gott mir erweist, dass er dem Jungen diese Gabe geschenkt hat«, flüsterte Francis, den Blick unverwandt auf seinen Sohn gerichtet, der das Quartett mit seiner Violine führte, ein winziges Lächeln in den Mundwinkeln, die Lider geschlossen – ein Bild der heiteren Selbstvergessenheit.

»Und jede Wette, dass er es auch noch komponiert hat«, gab Eleanor ebenso leise zurück.

»Schsch«, machte die Königin streng.

Francis hob kurz die Hände zu einer Geste der Entschuldigung, dann zog er plötzlich scharf die Luft ein, packte Elizabeth roh am Oberarm und schleuderte sie zur Seite. In derselben Bewegung machte er einen Schritt nach vorn, und dann sah Eleanor die blutige Spitze einer Klinge aus seinem Rücken ragen.

Ein Aufschrei ging durch die Menschentraube, die sich um die vier jungen Musiker geschart hatte, und es schien Eleanor, als sei die Zeit aus den Fugen, denn alles geschah merkwürdig verzerrt, mit alptraumhafter Langsamkeit.

Jethro Andrews hatte instinktiv den Arm ausgestreckt und die Königin so vor einem Sturz bewahrt, während sein Bruder und zwei weitere Wachen eine dunkel gekleidete Gestalt überwältigt und zu Boden geworfen hatten. Francis stand mit herabbaumelnden Armen und gesenktem Kopf reglos wie ein Baum, aber dann taumelte er und sank auf die Knie.

Eleanor war bei ihm, ehe sein Oberkörper zur Seite sacken konnte, und legte beide Arme um ihn. »Francis …«

Sie verstummte. Der Anblick des juwelenverzierten Dolchgriffs, der aus seiner rechten Brust ragte, machte sie nicht nur sprachlos, er schien alle Lebenskraft aus ihren Gliedern zu saugen, und vor ihren Augen wurde es grau. Aber sie hielt ihren Bruder weiter fest und zwang die Schwäche mit schierer Willenskraft zurück.

Francis ließ den Kopf an ihre Schulter sinken. »Ist die Königin verletzt?«

»Nein«, sagte diese, scheinbar die Ruhe selbst, kniete sich neben ihn und nahm seine Linke in beide Hände. »Ich bin unversehrt, was ich allein Euch zu verdanken habe. Bleibt ganz ruhig, die Wache ist unterwegs und holt meinen Leibarzt.«

Francis sah auf den Dolch hinab und schaute Elizabeth dann in die Augen, als wolle er sagen: *Wem willst du hier etwas vormachen?* »Es … es war ein Papist. Er trug ein Kruzifix um den Hals.« Kleine Blutbläschen bildeten sich in seinen Mundwinkeln, und er fuhr sich mit der Zunge über die Lippen.

»Denk jetzt nicht an ihn.« Eleanor strich über den wilden Lockenschopf. »Die Wache hat ihn unschädlich gemacht.«

»Wo ist mein Sohn?«

»Ich bin hier, Vater«, sagte Lappidot. Sein Freund und Mentor William Byrd hatte die Rechte auf seinen Ellbogen gelegt und ihn zu seinem Vater geführt. Routiniert und ohne Getue half er dem jungen Mann, sich ins Gras zu knien, und trat dann sofort zurück, um die Familie nicht zu stören.

»Geht beiseite!«, hörte Eleanor Robin Dudleys tragende Stimme befehlen. »Na los, worauf wartet Ihr? Hier gibt es nichts zu sehen! Zeigt Respekt und zerstreut Euch!«

Und dann stand er hinter der Königin, Stiefel und Mantelsaum noch voller Straßenstaub. Er legte Elizabeth die Hand auf die Schulter und schaute auf den Earl of Waringham hinab. »Ich würde dich in den Stall tragen, Francis, aber ich weiß nicht, ob es die Dinge nicht schlimmer macht, wenn wir dich bewegen. Die Klinge steckt in deiner Lunge.«

Francis senkte einen Moment die Lider. »Lasst mich nur hier, wo ich den Himmel sehen kann.«

Elizabeth legte ihre Hand auf Robins, die immer noch auf ihrer Schulter ruhte, dann stand sie auf. »Wo bleibt der verdammte Arzt?«

Robin machte sich derweil nützlich. »Master Byrd, wisst Ihr, wo Bischof Whitgift steckt?«

»Eben war er noch in der Kapelle. Ich gehe ihn holen.«

»Danke. Sergeant: Ein Dutzend Yeomen stellen sich im Kreis um den Earl of Waringham, Gesichter nach außen. Und haltet Abstand! Sir Jethro, Ihr und die übrigen Gentlemen Pensioners seid den Herrschaften behilflich, die nicht verstehen, was ›zerstreut Euch‹ bedeutet. Sir Jeremy, bringt den Gefangenen auf die Füße, legt ihn in Ketten und sperrt ihn ein. Ihr bewacht ihn persönlich. Und irgendwer soll Secretary Walsingham herschaffen.«

»Mylord.«

Es wurde so still auf der Wiese am Torhaus, dass Eleanor das Brodeln in der Lunge ihres Bruders hörte. Sein Atem war ein mühsames Rasseln. »Lappidot.«

»Ja, Vater.« Tränen schimmerten in seinen Augen, aber die Stimme war fest. Er tastete, fand Francis' Hand und schloss die Finger darum.

»Heirate deine Mahalath. Verschwende nicht so viel Zeit … wie ich es getan habe. Aber schwöre mir, dass du deine Kinder zu guten Protestanten erziehst.«

»Ich schwöre.«

Francis schloss die Lider und nickte. »Es ist mein Wunsch, dass du mir nachfolgst, blind oder nicht, und die Königin … weiß das. Aber du musst …« Er hustete, krümmte sich in Eleanors Armen und keuchte.

»Einen Sohn zeugen, ich weiß«, vollendete Lappidot den Satz für ihn.

»Je eher, desto besser, hörst du?«

»Ja, Vater.«

»Francis, um Himmels willen, sprich nicht so viel«, beschwor Eleanor ihn. Sie wusste ganz genau, dass nichts ihren Bruder mehr retten konnte, aber sie hielt es nicht aus, mitanzusehen, wie er sich quälte.

»Ich bin … gleich fertig«, versprach er lächelnd. »El, würdest du etwas für mich tun?«

»Was immer du willst.« Sie klang ganz ruhig. Die Verzweiflung drohte sie niederzuknüppeln, aber es war ihr kleiner Bruder, der hier in ihren Armen starb, und deswegen würde sie stark bleiben, solange es dauerte.

»Reite nach Arundel und sag es Rosalind. Sie … soll es nicht … von irgendeinem Fremden erfahren.«

»Natürlich.«

»Ich hätte so gerne … noch ein wenig länger gelebt. Mit ihr. Aber seid nicht traurig …« Francis' Blick streifte über den makellos blauen Himmel, dessen Farbe einen Ton heller war als die seiner Augen. »Ich habe nach Gottes Wort gelebt, so gut ich konnte, und jetzt kehre ich ein in sein Reich. Dort … sehen wir uns wieder.« Die Lider senkten sich langsam, und er ließ Lappidots Hand los. »Spiel etwas, mein Junge.«

Lappidots Gesicht war fahl und voller Schmerz, aber er zögerte nicht. Zielsicher legte er die Hand auf die Violine im Gras, setzte den Bogen an und spielte noch einmal die wundervolle, heitere Frühlingsweise, während unablässig Tränen über seine Wangen liefen.

Als er geendet hatte, war Francis tot.

»Sein Name ist Robert Glenn, und er ist ein Katholik aus Shropshire«, berichtete Walsingham der Königin. »Er sagt, er wollte Euch töten, weil Mary Stewart die rechtmäßige und gottgewollte Königin von England sei. Und er behauptet, er habe aus eigenem Antrieb gehandelt, nicht im Auftrag einer Verschwörung.«

Die Königin hatte ihm konzentriert gelauscht, die Hand am Kinn. Jetzt ließ sie sie sinken und fragte: »Glaubt Ihr ihm?«

Der Secretary zuckte die Schultern. »Zumindest ist er bei der Behauptung geblieben, als diese hünenhaften Zwillinge Eurer Leibgarde ihn sich vorgenommen haben.«

Richard Topcliffe schnaubte verächtlich. »Mit Glacéhandschuhen haben sie ihn angefasst! Gebt ihn mir, Majestät. Eine halbe Stunde, und ich schwöre Euch, wir erfahren die Wahrheit.« Er stand mit verschränkten Armen an der Wand des Privy Chamber, angespannt wie ein Jagdhund, der Witterung aufgenommen hat.

»Gentlemen.« Elizabeth hob abwehrend die beringte Linke. »Ich habe heute einen meiner ältesten Freunde verloren, Lady Eleanor ihren Bruder. Also, was immer Ihr tut, seid so gut und erspart uns die Einzelheiten.«

Topcliffe sah hilfesuchend zu Walsingham. »War das ein Ja oder ein Nein?«, fragte er mit gesenkter Stimme, doch laut genug, dass die Königin ihn hörte.

Walsingham studierte einen Moment ihr Gesicht, dann nickte er Topcliffe zu.

Der lächelte selig, verneigte sich, setzte den Hut auf seinen Drahtschopf und ging mit langen Schritten zur Tür.

Eleanor horchte einen Moment in sich hinein, aber kein Protest regte sich in ihr. Auch kein Rachedurst. Ihr war gleich, was Topcliffe mit Robert Glenn tat. Sie fühlte sich dumpf und ausgehöhlt.

Elizabeth wandte sich an Walsingham. »Master Secretary, schickt einen vertrauenswürdigen Mann nach Sheffield, um herauszufinden, ob es eine Verbindung zwischen Mary Stewart und diesem Robert Glenn gibt. Und er soll Mahalath of Helmsby mit zurückbringen. Wir haben einen Earl zu verheiraten, und das sollten wir bald tun, ehe die Aaskrähen sich versammeln, die es nach Waringham giert, und anfangen zu krakeelen, dass ein Blinder keinen Titel erben könne.«

»Womit sie streng genommen recht hätten«, merkte der rechtsgelehrte Secretary ohne besonderen Nachdruck an.

»Ah ja?«, gab Elizabeth zurück. »Ich würde sagen, da es keine ausdrückliche gesetzliche Regelung gibt, liegt es im Ermessen des Monarchen, meint Ihr nicht?«

Walsingham hob beschwichtigend beide Hände, offenbar wenig erpicht darauf, sich als Sündenbock zur Verfügung zu stellen. Er merkte genau wie Eleanor, wie verstört die Königin war. »Keine Einwände, Majestät.«

Die Königin dachte einen Moment nach und beschloss dann:

»Wir machen den Onkel des jungen Waringham zum Vormund, bis der neue Erbe mündig ist. Das wird den Skeptikern den Wind aus den Segeln nehmen.«

Du machst den Bock zum Gärtner, dachte Eleanor, doch sie konnte sich jetzt nicht damit befassen. Sie mobilisierte ihre letzten Reserven und stand auf. »Erlaubt Ihr, dass ich mich zurückziehe, Majestät? Ich sollte nach Lappidot sehen. Und morgen früh muss ich nach Arundel aufbrechen.«

»Natürlich.« Elizabeth legte ihr für einen Moment die Hand auf den Arm. »Versuche, ein paar Stunden zu schlafen.«

Eleanor nickte und ging zur Tür. »Gute Nacht, Master Secretary.«

Er verneigte sich vor ihr, und auch seine Augen waren kummervoll. »Ich wünschte, ich hätte Worte des Trostes für Euch, Lady Eleanor. Aber ich finde keine. Euer Bruder war der gütigste Mensch, den ich kannte, und nun ist er durch die Hand eines Meuchelmörders aus unserer Mitte gerissen. Manchmal sind die Wege des Herrn wahrlich unergründlich.«

Eleanor fand Lappidot weder in seinem Quartier noch in der großen Halle oder der St.-Georgs-Kapelle, wo der Leichnam des Earl of Waringham aufgebahrt lag. Robin Dudley, die Andrews und die drei Söhne des Earl of Burton hielten die Totenwache, nickten ihr ernst zu und machten ihr Platz, als sie näher trat.

Eleanor schaute auf ihren Bruder hinab. Das Blut war von seinem Gesicht gewaschen, die besudelten, aufgeschlitzten Gewänder von einem großen Samttuch mit dem Waringham-Wappen verdeckt. Das musste aus dem Fundus des Hosenbandordens stammen, nahm sie an, dem so mancher ihrer Vorfahren angehört hatte. Die Frauen, die Francis hergerichtet hatten, waren an seinem Schopf gescheitert wie alle, die je zuvor versucht hatten, ihn zu bändigen. Die Lider waren geschlossen, die Züge entspannt und friedvoll.

Schlafe gut, mein geliebter Bruder, dachte sie, beugte sich vor und küsste die geglättete Stirn. Dann wandte sie sich brüsk ab und ging, ehe sie vor den Totenwächtern die Contenance verlieren konnte. Sie hatte kein Bedürfnis, am offenen Sarg ihres Bruders zu beten. Gebete für die Toten waren alberner papistischer Firlefanz. Und sie hatte Gott auch nichts zu sagen.

Die Dunkelheit war hereingebrochen, und Eleanor fand ihr Gemach in weiches Kerzenlicht getaucht. Zwei brannten auf dem Sims des kalten Kamins, drei in einem filigranen Silberleuchter auf dem Tisch. Und dort saßen Lappidot und Abigail sich gegenüber, seine Hände in ihren auf dem Damasttischtuch, und sie sprach leise zu ihm.

»Niemand in Waringham erwartet, dass du alles genauso machst wie er. Natürlich wird sich vieles verändern, auf dem Gestüt und in der Schule ebenso. Aber du solltest nicht denken, dass die Menschen enttäuscht sind oder dich gar geringschätzen, weil du anders bist als dein Vater. Im Übrigen ist es viel zu früh, um dir den Kopf über diese Dinge zu zerbrechen. Du bist verstört, und du trauerst. Also lass dir ein bisschen Zeit, um wieder Tritt zu fassen, bevor du die Zukunft in Angriff nimmst.«

Eleanor hatte ihr von der Tür aus zugehört. Ihr war nicht klar gewesen, dass eine alte Freundschaft Lappidot und Abigail verband, aber wenn man darüber nachdachte, war es nicht verwunderlich. War Abigail auch ein paar Jahre älter als er, waren sie im Grunde doch zusammen auf Waringham Castle aufgewachsen, ungefähr wie eine ältere Schwester und ein jüngerer Bruder.

»Sie hat recht, Lappidot«, sagte Eleanor, trat näher und setzte sich neben ihn. »Und wenn du meinen Rat willst: Bleib hier, bis Mahalath aus Sheffield zurückkehrt. Heiratet hier bei Hofe, und dann … bringen wir deinen Vater nach Hause und legen ihn neben deiner Mutter zur Ruhe.«

Er nickte zögernd und befreite seine Hände aus Abigails. »Gott … Es kommt mir alles so unwirklich vor. Ich kann nicht glauben, dass das passiert ist.«

Eleanor legte ihm einen Moment die Hand auf den Arm. »Mir geht es genauso.«

»Was ist mit dem Mörder?«, fragte er.

»Er wird verhört. Ein papistischer Fanatiker, wie es scheint, und er hat behauptet, er habe aus eigenem Antrieb gehandelt. Ob es stimmt, wissen wir morgen früh.«

»Ich hoffe, er leidet Höllenqualen«, stieß der junge Mann wütend hervor und stützte einen Moment die Stirn auf beide Fäuste, bis er seine Gefühle wieder unter Kontrolle hatte. »Obwohl … das bringt meinen Vater auch nicht zurück. Und er hätte vermutlich nicht einmal seinem Mörder Höllenqualen gewünscht.«

»Nein«, stimmte Abigail zu. »Aber wir Normalsterblichen wollen Rache, wenn uns jemand ein Leid zugefügt hat.«

»Wie abscheulich«, murmelte Lappidot.

»So ist die menschliche Natur. Manchmal abscheulich, manchmal wundervoll.«

Eleanor fand jeden Tag Grund, der Vorsehung zu danken, dass sie ihr diese Frau geschickt hatte. Abigail hatte die Rolle als ihre Zofe anfangs nur als vorübergehende Notlösung übernommen, aber sie hatten schnell Gefallen aneinander gefunden. Sie teilten die Liebe zu Poesie und wissenschaftlichen Büchern, die den Verstand forderten. Ihre Pflichten erledigte Abigail gewissenhaft, und anders als zu Ednas Zeiten fand Eleanor verlorene Knöpfe oder aufgegangene Kleidersäume immer am nächsten Tag ausgebessert. Doch ihre Aufgaben füllten Abigails Tage nicht aus, und sie war selig über die vielen Mußestunden und den freien Zugang zur königlichen Bibliothek. Sie redeten viel – über Literatur, über Waringham, über Kinder und über Gott und die Welt –, und Eleanor, die nur zögerlich Freundschaften schloss, hatte verblüfft festgestellt, dass sie Abigail und die kleine Janis nicht mehr missen wollte.

Lappidot atmete tief durch. »Ich muss zur Totenwache.«

»Ich schicke nach Melvin«, erbot sich Abigail. »Er wird Lord Waringham auch die Totenwache halten wollen.«

»Ist gut.«

Lappidots Freund und Kammerdiener ließ nicht lange auf sich warten. Als er eintrat, nahm er das Barett ab und verneigte sich höflich. »Lady Eleanor. Mein Beileid. Und Euch ebenfalls, Mylord.«

Lappidot fuhr sichtlich zusammen. »Untersteh dich, mich so zu nennen!«

»Doch, ich denke, das werde ich«, widersprach der junge Adams mit einer sonderbaren Mischung aus Respekt und Unverfrorenheit. »Du musst dich daran gewöhnen, auch wenn du nicht willst, und vermutlich ist es das Beste, wir üben es erst einmal ohne Publikum. Wollen wir?«

Sprachlos folgte Lappidot ihm zur Tür, und Melvin führte ihn wie üblich ohne ihn anzufassen, ging neben ihm einher und murmelte hin und wieder Dinge wie »links« oder »zwei Stufen« oder »Westkorridor«. Er schien immer genau zu wissen, welchen Hinweis Lappidot brauchte, um sich zu orientieren, und Eleanor hatte sich schon manches Mal gefragt, ob Melvin die Worte auch dann vor sich hin sagte, wenn er allein unterwegs war.

Sie empfand Erleichterung, als sie sich in der Abgeschiedenheit hinter ihren Bettvorhängen endlich gehen lassen konnte. Doch statt ihren Bruder zu beweinen, starrte sie mit brennenden Augen in die Dunkelheit, matt und dumpf vor Trauer. Nie zuvor hatte sie sich so allein gefühlt. Das war merkwürdig, denn in Wahrheit hatten sie und Francis nur einen kleinen Teil ihres Lebens gemeinsam verbracht. Meistens war er in Waringham gewesen und sie dort, wo Elizabeth war. Aber er war eben immer *da* gewesen, eine feste Größe, das stärkste Bindeglied zwischen ihr und Waringham, der eine Mensch auf der Welt, der sie immer lieben würde, ganz gleich, was sie tat. Und jetzt, da er tot war, wusste sie nicht, wie sie weiter funktionieren konnte.

Schließlich hatte die Erschöpfung sich zu ihrem Recht verholfen. Eleanor war eingeschlafen, hatte von einem Sommertag in Hatfield geträumt, als ihr Vater zu einem seiner seltenen Besuche an Prinz Edwards Hof gekommen war und der kleine Francis in seiner Hast, dem Vater entgegenzulaufen, hingefallen war und sich beide Knie aufgeschlagen hatte. In ihrem Traum saß der Junge im Staub und weinte bitterlich, während ihr Vater an ihm vorbeiging, ohne ihn zu sehen, und als Eleanor ruckartig, wie aufgeschreckt, erwachte, stellte sie fest, dass sie diejenige war, die schluchzte.

Hastig drehte sie das Gesicht ins Kissen, um die jammervollen

Laute zu ersticken, damit Abigail nebenan nur ja nicht davon aufwachte. Ab es nützte nicht viel. Jetzt, da sie einmal angefangen hatte zu heulen, fand sie es unmöglich, wieder aufzuhören. Also schlang sie beide Arme um das feuchte Kissen und ließ den Tränen freien Lauf, bis sie plötzlich eine Präsenz im Innern ihres sicheren Kokons aus Bettvorhängen wahrnahm.

Sie erstarrte und presste den Handballen vor den Mund, aber dann erkannte sie Gabriel, noch ehe sie ihn flüstern hörte: »Eleanor.« Er glitt unter die Decke, legte einen Arm um sie und zog sie näher, bis seine Brust sich an ihren Rücken schmiegte. »Es tut mir leid.« Er fühlte sich kühl und feucht an, und er roch nach Regen.

»Danke, dass du gekommen bist.«

»So schnell ich konnte.« Seine Lippen liebkosten ihren Scheitel, und Eleanor fand solchen Trost in seiner Gegenwart, dass ihre Tränen endlich versiegten. »Woher …?«

»Die ganze Stadt redet von nichts anderem. Die verdammte schottische Königin kann froh sein, dass sie weit weg in Sheffield ist. Die Londoner hätten sie in Stücke gerissen, wäre sie hier.«

»Womöglich hätten sie die Falsche in Stücke gerissen.«

»Hm. Das werden wir wohl nie erfahren.«

»Wieso? Irgendwann wird der Kerl schon anfangen zu reden.«

»Eher nicht. Er ist tot, Eleanor.«

Sie setzte sich abrupt auf. »*Was?*«

»Hm. Master Richard Topcliffe, der Bluthund Ihrer Majestät, hat offenbar nicht die nötige Geduld für seinen bevorzugten Zeitvertreib. Aber er wird's schon noch lernen …«

Eleanor fröstelte plötzlich, legte sich wieder hin und bettete den Kopf auf Gabriels Schulter. »Ich kann jetzt nicht darüber nachdenken. Mir ist egal, was mit Robert Glenn passiert ist. Die Königin wird fuchsteufelswild sein, dass wir nun nie die Wahrheit erfahren werden, aber … mir ist es gleich. Ich will nur meinen Bruder zurück.«

»Ich weiß.« Gabriel deckte sie zu und legte die Arme um sie. »Schlaf noch ein bisschen.«

»Wird nicht bald Tag?«

»In zwei Stunden.«

»Ich muss beim ersten Licht aufbrechen.«

»Wohin, um Himmels willen?«

»Arundel. Dort wartet Francis' glückliche Braut. Ich muss es ihr sagen.«

Er küsste sie auf die Schläfe. »Dann komme ich mit.«

Eleanor schloss die brennenden Augen. *Ich liebe dich, Gabriel Durham,* dachte sie schläfrig, aber nicht einmal Richard Topcliffe hätte sie überreden können, das zu gestehen …

Port Nicholas, April 1579

»Was genau bedeutet es, wenn du sagst, ›Wir sind am Montag zurück‹?«, erkundigte Marian Edmundson sich, die Fäuste in die Hüften gestemmt. »Übernächsten Montag? Überübernächsten? Oder am Montag nach Pfingsten nächstes Jahr?«

»Kann ich an Bord kommen, ehe du über mich herfällst?«, fragte Isaac, erklomm die Strickleiter und verspürte ein geradezu albernes Glücksgefühl, als er den Fuß auf die Planken der *Nemesis* setzte.

»Wir haben uns verdammte Sorgen gemacht, weißt du«, schimpfte sein Erster Offizier weiter. »Ihr wart drei Wochen verschwunden, und hier wurden die ersten Stimmen laut, die vorschlugen, ohne euch … Jesus, was ist mit deinen Füßen passiert?«

Der Captain winkte ab, beugte sich über die Reling und half erst Samuel, dann Arafo an Bord. »Peter ist tot, Marian.«

»Mist!«

Isaac fasste in wenigen Worten zusammen, was geschehen war. »Es war ein verdammtes Fiasko«, schloss er. »Ohne Samuel wäre ich jetzt vermutlich in Ketten unterwegs nach Mexiko. Er war sagenhaft.«

»Blödsinn …«, wehrte der Junge verlegen ab.

»Ich sage nur, wie's war. Marian, das hier ist Arafo, ein alter Freund. Er und die Seinen haben uns aus der Hand der Spanier befreit. Mit ihrer Hilfe können wir es womöglich immer noch schaffen, unser Gold zu bekommen, aber wir müssen sofort in See stechen.«

»Sofort heißt sofort, nehme ich an?«, fragte der Erste, und auf Isaacs Nicken wandte er den Kopf und brüllte zum Strand hinüber: »Master Holbroke! Alle Mann an Bord, und zwar schleunigst, wenn ich bitten darf! Wir legen in zehn Minuten ab, und wer dann noch an Land ist, kann es sich hier bis nächstes Jahr gemütlich machen!«

Während die Matrosen einzeln oder in kleinen Gruppen durch das Tor der Palisade von Port Nicholas kamen und mit ausgebreiteten Armen ins türkisblaue Wasser liefen, hockte Samuel sich aufs Deck und begrüßte die Schiffskatze. Gawain, ein rotgetigerter Kater und listenreicher Rattenjäger, hatte eine besondere Schwäche für den jungen Durham, genau wie umgekehrt, und wohnte seit dessen Ankunft an Bord ebenfalls in der Kapitänskajüte.

»Er hat dich vermisst«, bemerkte Marian, der lächelnd auf die beiden hinabschaute. »Ich fing an zu befürchten, er wird schwermütig.«

Samuel kraulte dem schnurrenden Kater den Hals und schaute auf. »Ich habe die Taschen voller Spinnen. Wir müssen uns etwas einfallen lassen, damit Gawain sie nicht auffrisst.«

»Spinnen?«, fragte Arthur Humphreys, der Zweite Offizier, der hinzugetreten war. »Wozu in Gottes Namen brauchen wir Spinnen?«

»Samuel bewirft die Spanier damit«, berichtete Isaac grinsend. »Mit erstaunlichem Erfolg. Ich schlage vor, du suchst dir ein kleines Fass für deine achtbeinigen Freunde, mein Junge. Vorzugsweise ein gut verschließbares.«

»Aber sie brauchen Licht und Luft und Auslauf«, protestierte Samuel. »Sie sind Jäger, hat Arafo mir erklärt und …«

»In welcher Sprache?«, fragte der Captain verdutzt und hob sogleich abwehrend die Hand. »Nein, ich will's gar nicht wissen. Keine freilaufenden Riesenspinnen auf meinem Schiff, das ist ein Befehl. Lass dir etwas einfallen, wie du sie unterbringst und fütterst, aber wenn du sie entwischen lässt, gehören sie Gawain, verstanden?«

»Aye, aye, Captain. Wobei, ich bin nicht sicher, wer in dem Fall Jäger, wer Gejagter wäre. Bedenkt man Größe und Kampfgeist meiner achtbeinigen Freunde …«

Die Matrosen und der Bootsmann kamen an Bord und begrüßten die Rückkehrer – freudestrahlend und tropfend.

»Alle da?«, fragte Marian. »Gebraucht eure Köpfe und schaut euch um. Jede Back vollzählig?«

»Aye.« Der Bootsmann nickte.

»Alle Offiziere?«

Isaac sah sich auf dem Hauptdeck um. »Wo ist Rodhri?«

Er hatte kaum ausgesprochen, da kam der walisische Schiffsarzt zwischen den Palmen am Rand der kleinen Festung zum Vorschein, die Arme voller Kokosnüsse.

»Ich schwöre euch, er ist süchtig nach den Dingern. Das kann nicht gesund sein«, brummte Arthur und klemmte sich seine Pfeife zwischen die Zähne.

Isaac winkte den Schiffsarzt ungeduldig herüber, erklomm die Stufen zum Achterdeck und sagte über die Schulter: »Arthur, Ankerwinde besetzen und Anker auf. Marian, alles klarmachen zum Segelsetzen, und zwar jeden Fetzen, den wir haben. Samuel, bring einen Krug Wein aufs Achterdeck und besorg mir ein Paar Stiefel. In der Reihenfolge. Ich schwöre, wenn ich noch einen Schluck Wasser trinke, wachsen mir Kiemen. Master Potter, eine Ration Brandy für die Mannschaft.« Und auf Spanisch schloss er: »Komm mit, Arafo. Wir müssen unsere Pläne erörtern.«

Während die *Nemesis* die geschützte Bucht von Port Nicholas verließ und Kurs auf die panamäische Küste nahm, berichtete Isaac seinen Offizieren, wie es ihm, Samuel und Peter Westbury ergangen war.

»Als die Cimarrones von unserem Plan hörten, waren sie sofort gewillt, uns zu helfen. Arafo, ein halbes Dutzend ihrer Krieger, Samuel und ich sind am nächsten Morgen nach Santa Cruz aufgebrochen, und im Schutz der Dunkelheit sind Arafo und sein Schwager außerhalb der Palisade in den Fluss, bis zum Bootssteg geschwommen und haben unsere Pinasse geholt.«

»Sie sind geschwommen?«, unterbrach Marian fassungslos. »Im Chagres? Aber der hat mehr Krokodile als Wasser!«

Isaac hob beide Hände zu einer Geste der Ratlosigkeit. »Sie haben irgendeines von Arafos Zaubermittelchen aufs Wasser gestreut, ein weißes Pulver, und die Krokodile sind ans andere Ufer geschwommen, als hätten sie Angst davor. Frag mich nicht, was das Zeug war, Arafo lässt sich nichts entlocken. Dann haben er und Sacina uns abgeholt, und wir sind hergekommen, so schnell wir konnten.«

»Wie lange habt ihr gebraucht?«, fragte Arthur.

»Zwei Tage, zwei Nächte.«

»Für hundert Meilen? In *der* Nussschale und bei dem Wind? Du bist doch wahrhaftig der beste Seemann, den England zu bieten hat, Fitzgervais.«

Isaac winkte ungeduldig ab. »Trotzdem sitzt uns die Zeit im Nacken. Gestern war Vollmond. Das heißt, heute oder in der kommenden Nacht verladen die Spanier ihre kostbaren Zuckerfässer auf die Schiffe, und spätestens morgen früh stechen sie in See.«

»Und?«, gab Arthur achselzuckend zurück. »Die *Nemesis* macht acht Knoten. Das heißt, zwei Stunden nach Einbruch der Dunkelheit sind wir da.«

Isaac nickte. »Falls wir unterwegs keine anderen Spanier treffen …«

Der Wind blies wie gerufen aus nördlichen Richtungen, aber er war launisch und tückisch, weswegen Isaac die ersten vier Stunden selber am Ruder stand. Die *Nemesis* glitt pfeilschnell und scheinbar schwerelos durch die kurzen, blauen Wellen. Ihre weißen Segel mit den roten St.-Georgs-Kreuzen darauf blähten sich und schmückten sie wie eine Festtagsrobe, und wieder einmal erfüllte der Anblick seines Schiffes unter voller Takelage Isaac mit Seligkeit.

Doch gegen Mittag verscheuchte Marian ihn vom Ruderstand und wies ihn an, sich aufs Ohr zu hauen. Isaac wusste selbst, dass er dringend ein paar Stunden Schlaf brauchte. Also überließ er die *Nemesis* seinem Cousin, machte einen Rundgang bis zum Vorschiff und sprach mit seinen Männern, ehe er seine Kajüte betrat und wie ein Stein in die Koje fiel.

Sie erreichten die Mündung des Chagres ohne Hindernisse und, wie der Zweite Offizier prophezeit hatte, am frühen Abend. Isaac konnte nur hoffen, dass Pilar ihm die Wahrheit gesagt hatte, als sie ihm die Bucht beschrieb, in welcher der Seitenarm des Flusses ins Meer mündete. Unter kleiner Besegelung tasteten sie sich die Küste entlang. Kein Wölkchen stand am Himmel, und der Mond machte die Nacht hell.

»Da!«, stieß Marian hervor, die Stimme gesenkt, aber die Erregung unüberhörbar. »Das muss es sein.« Sein ausgestreckter Arm wies nach steuerbord.

»Geh nach unten und vergewissere dich, dass die Geschütze klar sind«, flüsterte Isaac. »Feuer frei, sobald wir nahe genug sind. Wir können nicht verhindern, dass sie uns kommen sehen, also müssen wir schneller feuern als sie.«

Wie ein Geisterschiff glitt die *Nemesis* in die kleine Bucht. Eine altmodische spanische Galeere und eine Karavelle lagen nahe dem mangrovenbewachsenen Ufer vor Anker. Vom hohen Achterdeck aus konnte Isaac die schwer beladenen Boote sehen, die die Fracht von Santa Cruz hergebracht und längsseits der Schiffe festgemacht hatten. Isaac atmete tief durch. »Sie sind noch nicht fertig mit dem Beladen«, raunte er Arthur zu.

Der Zweite nickte. »Bedenkt man das Gewicht der Fracht, haben sie vermutlich lieber das Ende der Tageshitze abgewartet.«

Ihre Ankunft blieb den Spaniern nicht lange verborgen. Schattenhafte Gestalten erschienen an Deck der beiden Schiffe, gestikulierten wild und riefen durcheinander, und dann donnerten die Steuerbordgeschütze der *Nemesis* in einer vollen Breitseite, die den Rumpf der Karavelle durchsiebte und ihren Hauptmast fällte. Unter Deck jubelten die Kanoniere.

Isaac trat an die Luke zum Geschützdeck: »Und gleich noch einmal, weil's so schön war, Master Yates. Aber nicht auf die Galeere, hört ihr. Sie steckt vermutlich voller Ruderer.«

Die zweite Breitseite gab der Karavelle den Rest: Sie steckte die Nase ins Wasser und bekam Schlagseite. Die Besatzung sprang ins

Wasser, und ungefähr die Hälfte der Matrosen ging schreiend unter, denn obwohl die Schiffe nah am Ufer lagen, hatte das Wasser mehr als Stehhöhe.

Derweil hatte die *Nemesis* die Galeere erreicht und beigedreht. Isaac gab den Befehl zum Entern. »Für Elizabeth und die Freiheit!«

Wie üblich war er der erste, der auf das feindliche Schiff hinüberschwang, den Kugeln aus spanischen Arkebusen entgegen.

Eine streifte ihn am Oberschenkel, eine zweite fegte ihm den Hut vom Kopf, aber er landete in einem Stück auf dem Deck der Galeere, so wie die meisten seiner Männer. Sofort zogen die Spanier die Degen und ließen die langen Feuerwaffen achtlos fallen, aber gegen die achtzig Mann der *Nemesis* hatte die kleine spanische Besatzung keine Chance. Isaac tötete einen Graubart, dessen verbeulter Helm auf eine Vergangenheit in König Felipes Armee hindeutete, und bald begannen die Spanier, vor ihm zurückzuweichen. Um ihn herum war das Klirren von Klinge auf Klinge zu hören, und aus dem Augenwinkel sah er Samuel im Zweikampf mit einem geharnischten Spanier. Aber ehe er anfangen konnte, sich um den Jungen zu sorgen, packte sein Steward den Spanier von hinten und beförderte ihn mit einem kräftigen Stoß über die niedrige Reling, ehe er Samuel links und rechts ein paar um die Löffel haute, weil der Junge unbefugt mit herüber auf die Galeere gekommen war.

Und dann fand Isaac endlich den spanischen Kapitän im Gewimmel auf dem Hauptdeck, einen hageren Spitzbart mit Patriziernase und stolz aufgerichteter Haltung, der den kurzen Lauf einer Radschlosspistole auf ihn gerichtet hielt. Isaac sah die Goldbeschläge der kostbaren Waffe im Mondlicht schimmern und bog im entscheidenden Moment den Oberkörper zur Seite, sodass die Kugel an ihm vorbeipfiff und in den Mast schlug.

Ehe der Spanier den Degen ziehen konnte, hatte der englische Captain ihm die Klinge auf die Brust gesetzt. »Das Dumme an Feuerwaffen ist, dass man immer nur eine Chance hat, Capitán …?«

»Gutierrez«, knurrte der Spitzbart.

Isaac deutete eine Verbeugung an. »Isaac Fitzgervais.«

»Ich weiß.«

»Also? Ich warte.«

»Ich ergebe mich Euch, Capitán Fitzgervais, und möget Ihr zur Hölle fahren.«

Isaac schenkte ihm ein strahlendes Lächeln. »Und weiter?«

»Feuer einstellen!«, brüllte Gutierrez über die Schulter. »Wir sind geschlagen!« Dann sah er Isaac wieder in die Augen und verlangte: »Erlaubt meinen Leuten, die Ertrinkenden von der *Santa Ana* aus dem Wasser zu holen.«

Isaac schüttelte den Kopf. »Wer nicht schwimmen konnte, ist längst untergegangen. Ihr bleibt schön hier, wo wir euch im Auge behalten können.«

Marian trat hinzu und verschnürte den spanischen Kapitän.

»Entwaffnet die Mannschaft und treibt sie zusammen. Niemand geht von Bord, bis wir uns einen Überblick verschafft haben.«

»Aye, Captain.«

»Wo ist Baltasar de Escobar?«, fragte Isaac seinen Gefangenen.

»Wer soll das sein?«, konterte Gutierrez hochnäsig.

Isaac hob den Degen wieder und ritzte dem Capitán mit einer kleinen, fast beiläufigen Bewegung aus dem Handgelenk die linke Wange ein. »Mir ist heute nicht danach, mich für dumm verkaufen zu lassen.«

Der Spanier war leicht zusammengezuckt. »Er ist auf seiner Plantage und liegt vermutlich mit seiner bildschönen Frau im Bett«, antwortete er säuerlich.

»Er überwacht den Transport der kostbarsten Fracht des ganzen Jahres nicht persönlich?«, fragte Isaac skeptisch.

»Wozu? Sein Schwager hatte Euch gefangen genommen, und Ihr wart auf dem Weg zur mexikanischen Inquisition, ließ der Gouverneur uns wissen. Was konnte also schiefgehen?« Einen Moment sah er so aus, als wolle er vor Wut in Tränen ausbrechen.

Isaac schaute ihm noch einen Moment in die Augen und nickte dann. »Ihr erlaubt?« Mit einem Ruck riss er ihm den Schlüsselbund vom Gürtel. Diese Galeere hatte keinen Cómitre, sondern der Kapitän selber verwahrte die Schlüssel für die Ketten der Ruderer. Isaac ließ sie in der Linken klimpern. »Marian, holt die Ladung von der Karavelle, ehe sie absäuft.«

»Wird gemacht.«

»Nehmt auch die spanischen Boote, umso schneller geht es, und bringt die Fracht auf die *Nemesis*. Arthur, teil ein Dutzend Männer ein, um Kapitän Gutierrez hier und seine Mannschaft zu bewachen. Wir werden ihre hübsche Galeere brauchen, um die Fracht nach Hause zu schaffen, aber sie gehen erst von Bord, wenn wir Anker lichten.«

»Aye, aye.«

Isaac steckte den Degen ein, stibitzte einem seiner Männer eine brennende Fackel aus der Hand und kletterte wie so viele Male in der Vergangenheit durch die Luke zum Ruderdeck hinab. Noch ehe seine Augen dort unten sich auf die Dunkelheit eingestellt hatten, brandeten auf den Ruderbänken Applaus und Jubel auf.

»Was hab ich euch gesagt, *mes amis*?«, hörte Isaac Pete Petits unverwechselbare Stimme rufen. »Hab ich es euch nicht gesagt?«

Isaac entdeckte den kleinen Franzosen auf der ersten Backbordruderbank.

»Der Allmächtige sei gepriesen«, brummte William Beaver an Petes Seite.

Isaac wollte ihm die stämmige Schulter klopfen, aber nahm davon Abstand, als er die blutigen Striemen darauf sah. »Beaver! Ich hatte so gehofft, dass ich nicht nur das geschmuggelte Gold, sondern ebenso euch hier an Bord finde.«

»Nicht so wie wir, Söhnchen«, entgegnete der alte Ron Pockley mit Inbrunst.

Isaac reichte Beaver den Schlüsselbund.

Der einstige Bootsmannsmaat der *Salomon* nahm ihn mit einem seligen Lächeln. »Wisst Ihr, Captain, es ist genau, wie sie in Plymouth sagen: Wenn Drake dich im Stich lässt, haut Fitzgervais dich wieder raus.«

Westminster, November 1579

John Stubbs' Hand war rundlich, die Finger kurz und dick wie Schweinswürstchen und rot von der schneidenden Herbstkälte. Scheinbar seelenruhig ließ der untersetzte Rechtsgelehrte den Blick über den gut gefüllten Marktplatz von Westminster schweifen und bat die Menge dann mit tragender Stimme: »Betet für mich, jetzt da meine Linke bald nicht mehr weiß, was meine Rechte tut!«

Die Zuschauer brachen in Gelächter aus und spendeten dem kaltblütigen Verurteilten Applaus.

Der Henker ließ das Beil auf den Block niedersausen, und es drang mit einem vernehmlichen Knirschen in das Handgelenk, ging aber nicht durch. Erst als er die Klinge aus der klaffenden Wunde zog, schrie Stubbs auf.

Wieder fuhr das Beil nieder, traf einen Zoll weiter oben auf und ging wieder nicht durch.

»Herr*gott*, was für ein Trottel«, knurrte Gabriel, den stümperhafte Henker immer nervös machten.

Der dritte Streich des Beils trennte endlich die Hand vom Arm, und ein hörbares Aufatmen ging durch die Menge, das eine dicke, weiße Nebelwolke in den trüben Novembermorgen entließ.

John Stubbs richtete sich langsam auf, nahm den Hut ab – notgedrungen mit der Linken –, reckte ihn in die Luft und rief: »Gott segne die Königin!«

Dann sank er besinnungslos zu Boden.

Wieder applaudierten die Bürger von Westminster und die Londoner, die mindestens genauso zahlreich erschienen waren, und der Bader eilte mit einer brennenden Fackel herbei, um den Stumpf zu versorgen, damit der Delinquent, der ja schließlich nicht zum Tode verurteilt war, nicht verblutete.

Stubbs kam rechtzeitig zu sich, um das Ausbrennen bei vollem Bewusstsein ertragen zu müssen, stieß einen gellenden Schrei aus und sank benommen gegen den Richtblock.

Gabriel verschränkte die Arme. »Der bittere Lohn der Wahrheit …«

»Pass lieber auf, was du redest«, warnte Eleanor, unterdrückte ein Schaudern und zog den fuchsgefütterten Mantel fester um sich.

»Ah ja?«, gab er angriffslustig zurück. »Und warum genau? Ich sage, was ich denke, Mylady, in meiner Stadt erst recht.«

»Aber das hier ist Westminster, nicht deine Stadt, und hier wimmelt es von Walsinghams und Topcliffes Spitzeln. Also lass uns verschwinden, ehe sie anfangen, sich für deine Meinung zu interessieren.«

»Augenblick noch.« Gabriel schlängelte sich zu zwei schäbig gekleideten Frauen in der ersten Reihe des Zuschauerrings, die Eleanor erst auf den dritten Blick als Lewis Draper und Ben Ruby identifizierte, und gab ihnen gedämpft ein paar Anweisungen.

Die beiden »Frauen« traten zu John Stubbs, halfen ihm auf die Füße und führten ihn zu einer wartenden, nicht gekennzeichneten Kutsche.

»Das heißt also, die Dunklen Bruderschaften unterstützen die aufwieglerischen Schriften dieses puritanischen Eiferers, ja?«, fragte Eleanor missfällig.

Gabriel schüttelte den Kopf. »Die Dunklen Bruderschaften sind der Krone treu ergeben, wie du weißt, aber sie unterstützen das Recht auf Redefreiheit.«

»Ja.« Eleanor seufzte tief. »So wie die Königin …«

»Hm«, machte er ironisch. »Jedenfalls meistens.«

Es war John Stubbs' überaus populäre Schrift *Die unüberbrückbare Kluft*, die den berüchtigten Tudor-Zorn erregt hatte. Doch waren es weder Stubbs' frömmelnder Eifer noch der scharfe Ton gewesen, die ihn die Hand gekostet hatten, sondern die Tatsache, dass er eine Wahrheit ausgesprochen hatte, die schmerzlich für die Königin war.

Im August war der junge Herzog von Anjou zu einem Besuch nach England gekommen, um Elizabeths Herz und vor allem ihre Hand zu erobern. Bei Nacht und Nebel hatte er sich inkognito nach Greenwich geschlichen und die Königin im Verlauf der nächsten zwei Wochen mit seiner Verwegenheit, seinem Esprit und seinen ritterlichen Tugenden bezaubert. Der ganze Hof hatte sich ungläubig die Augen gerieben: Es sah tatsächlich so aus, als wolle die Königin nun doch noch einen Gemahl erwählen, um England einen Thronerben zu schenken – im allerletzten Moment, sozusagen.

Eigentlich hätten sie ein lächerliches Paar abgeben müssen: Hatte Elizabeth sich auch ihre Figur bewahrt und zeigte sie der Welt dank einer Vielzahl kosmetischer Geheimnisse ein frisches, makelloses Gesicht, war doch unübersehbar, dass Anjou mit seinen dreiundzwanzig Jahren exakt halb so alt war wie sie. Außerdem war er einen halben Kopf kleiner.

Grotesk, hatte Robin Dudley das turtelnde Paar genannt und sich – rasend vor Eifersucht – nach Wanstead verkrochen.

Doch sie waren nicht grotesk, in Gegenteil. Vielleicht weil keiner der beiden versuchte, über die Unterschiede hinwegzutäuschen. Sie spielten einfach keine Rolle. Elizabeth und Anjou waren von ähnlichem Gemüt, teilten viele Interessen und Leidenschaften, hatten unter der Regentschaft älterer Geschwister ähnlich schwierige Jugendjahre verlebt. Und vor allem knisterte es zwischen den beiden, sodass selbst Walsingham anfing zu befürchten, Elizabeth könne alle Vernunft fahren lassen und Anjou heiraten.

Den Papisten.

Den Bruder und Erben des französischen Königs.

Den Sohn der teuflischen Caterina de' Medici, die in der Bartholomäusnacht die Straßen von Paris mit dem Blut der französischen Protestanten getränkt hatte.

Die Schlange, die da kam, um die englische Eva zu verführen und das englische Paradies zu zerstören, hatte Stubbs geschrieben. Unter anderem. Und die Londoner hatten ihm seine Schrift aus den Fingern gerissen, ehe die Druckertinte trocken war …

»Sie hätten alle einfach den Mund halten und ihrer Königin vertrauen sollen, dann hätte der streitbare Master Stubbs seine Hand auch behalten können. Aber jeder Mann in England fühlte sich wieder einmal berufen, Elizabeth vorzuschreiben, was sie zu tun hat …«

»Oh, nicht das schon wieder«, flehte Gabriel, schenkte Rauchenden Bischof in zwei osmanische Bronzebecher und schob ihr einen davon zu. »Du hast doch selber geglaubt, sie würde ihn heiraten.«

Eleanor schnaubte. »Blödsinn!«

Sie war schließlich dabei gewesen, als die achtjährige Prinzessin Elizabeth am Hinrichtungstag ihrer Stiefmutter im verschneiten Park von Hatfield geschworen hatte: ›Ich werde niemals, *niemals* heiraten!‹

»Aber du hast gesagt, sie sei verliebt«, widersprach er ungeduldig.

»Na und?«, konterte sie aufgebracht. »Wie oft verliebst du dich? Einmal pro Woche? Ich kann mich nicht entsinnen, dass du deswegen je geheiratet hättest …«

»Das ist doch etwas ganz anderes.«

»Und warum?«

»Weil ich nicht die Königin bin.«

Eleanor stützte einen Ellbogen auf das abscheuliche Kaminsims und musterte ihn kritisch. »Und Frauen sind wankelmütig und nicht mehr in der Lage, ihren Verstand zu gebrauchen, sobald das Herz spricht, meinst du das? Welch originelle Anschauung, Sir.« Er wollte etwas sagen, aber sie ließ sich nicht unterbrechen. »Es war ihre letzte Chance auf eine Romanze. Das weiß niemand besser als sie selbst. Außerdem ist sie melancholisch, seit Robin dieses Miststück Lettice Knollys geheiratet hat, mehr noch seit Lettice einen gesunden Jungen geboren hat. Ist es denn nicht ganz natürlich, dass sie sich ein wenig in Anjous Bewunderung sonnen wollte? Dass sie ein wenig Aufheiterung brauchte, weil sie sich vielleicht mit der Vorstellung quält, was wäre, wenn sie damals nach Amys Tod wider alle Vernunft Robin geheiratet und ihm Kinder geboren hätte?«

Er schüttelte den Kopf. »Auf die Gefahr hin, dass du mir die Augen auskratzt, aber nur Frauen verschwenden ihre Zeit mit solch müßigen Fragen.«

»Hm«, machte sie. »Vermutlich, weil Männer sich lieber die Hand abhacken lassen, als in ihre eigenen Abgründe zu schauen.

Aber niemand, der aufrichtig zu sich selbst ist, kommt in unser Alter, ohne die eine oder andere Entscheidung zu bereuen, selbst wenn sie richtig war. Das bringen nur selbstgerechte Bastarde wie du fertig.«

Gabriel lachte in seinen Becher. »Wärmsten Dank, Mylady. Aber stell dir vor, sogar ich habe dies oder jenes zu bereuen. Vor allem verpasste Gelegenheiten …«

»Tatsächlich? Dabei bist du doch der Mann, der nichts auslässt.«

Er stellte den Becher auf den Tisch und schlenderte zu ihr herüber. »Wie kommst du denn darauf?«, fragte er und legte die Hände um ihre Taille.

Eleanor schob sie energisch weg. »Versuch ja nicht, mich einzuwickeln, mir ist gerade nicht danach.«

»Wie bedauerlich. Was kann ich nur tun, um dich umzustimmen, Lady Eleanor …« Sacht wie ein schüchterner Knabe nahm er ihre Linke in beide Hände, führte sie einen Augenblick an die Lippen und öffnete sie dann. Zwei atemberaubende, tropfenförmige Smaragde lagen auf ihrem Handteller: Ohrringe mit fein gearbeiteten, geschwungenen Goldfassungen.

Eleanor betrachtete sie kritisch. »Lettice hatte einmal genau die gleichen.«

»Stell dir vor, was für ein Zufall.«

Sie sah argwöhnisch auf. »Gabriel … du hast die Countess of Leicester bestohlen?«

Er hob die Hände zu einer Geste der Unschuld. »Nur um dich aufzuheitern. Ehrenwort.«

Eleanor gluckste und schloss die Faust um die kostbaren Schmuckstücke. »Ich könnte in Versuchung geraten, von meinen ehernen Grundsätzen abzuweichen und dein Diebesgut zu tragen.«

»Nur schade, dass Lettice nicht mehr an den Hof kommen darf, um ihre Ohrringe an dir zu bewundern.«

Wider Willen musste Eleanor lachen. »Aber Robin würde sie sehen und vermutlich sofort erkennen.«

»Und könnte keinen Ton sagen.«

Sie nahm die Unterlippe zwischen die Zähne. »Eine unwiderstehliche Vorstellung.«

Gabriel zog sie wieder an sich, legte das Kinn auf ihren Scheitel und fing an, ihr Kleid aufzuschnüren. »Heißt das etwa, mir ist wieder einmal verziehen?«

»Unter Vorbehalt, wie üblich«, schränkte sie ein.

»Aber was wirst du tun, wenn …«

Ein energisches Klopfen an der Tür unterbrach ihn.

Gabriel stieß die Luft aus und brummte: »Ist das zu fassen? Es hängen drei Kugeln draußen.« Und zur Tür hinüber rief er: »Wer bist du, Schwachkopf, der du nicht bis drei zählen kannst?«

»Nur dein Sohn. Aber ich kann später wiederkommen. Nach eineinhalb Jahren kommt es auf eine Stunde ja auch nicht mehr an …«

Plötzlich pochte und flatterte Eleanors Herz in ihrer Kehle. *Wie tief seine Stimme geworden ist …*

Dann hatte Gabriel die Tür mit drei großen Schritten erreicht und riss sie auf.

Ein braun gebrannter junger Mann mit Bartschatten stand auf der Schwelle, und erst als sie das verhaltene Lächeln sah, konnte Eleanor wirklich glauben, dass es ihr Sohn war.

»Da bin ich wieder«, bekundete er mit einem Schulterzucken.

Eleanor drängelte Gabriel beiseite und schloss Samuel in die Arme. Er war so groß wie sein Vater geworden, und sie musste sich auf die Zehenspitzen stellen. »Samuel … Oh, Gott sei gepriesen!«

Verlegen, aber nicht brüsk befreite er sich von ihr und stellte den Seesack ab, den er über der Schulter getragen hatte.

Auch Gabriel betrachtete ihn mit leuchtenden Augen. »Ich sehe, was immer du angestellt und wo immer du dich herumgetrieben hast, es hat dir nicht geschadet.« Er trat näher, beschränkte sich aber darauf, dem Jungen für einen Moment die Rechte auf die Schulter zu legen.

Samuel schüttelte den Kopf. »Es war … großartig.«

»Wo bist du gewesen?«, wollte der Vater wissen.

»In Guinea, auf den Westindischen Inseln und in Panamá.«

»Junge, Junge. Weit herumgekommen.«

»Allerdings.« Er sah seinem Vater forschend ins Gesicht. »Was ist? Bist du gar nicht wütend?«

»Ich hatte viel Zeit, wütend auf dich zu sein und mich wieder zu beruhigen«, antwortete Gabriel. »Und hätte ich einen Vater gehabt, hätte ich ihm vermutlich auch nicht gehorcht, also darf ich mich nicht beklagen. Ich verstehe, warum du es getan hast, und ich bin sogar stolz auf dich. Aber wenn du das nächste Mal für eineinhalb Jahre verschwindest, warne uns vor. Solltest du deine Mutter je wieder so in Angst und Sorge versetzen, wirst du es büßen, klar?«

»Lass mich dabei aus dem Spiel«, protestierte Eleanor und reichte Samuel ihren Becher. »Hier, er ist heiß, das tut dir gut. Ist dein Onkel noch in Plymouth?«

Samuel hatte anscheinend gelernt, wie ein Seemann zu trinken, und nahm einen ordentlichen Zug. »Nein, wir sind gar nicht dort gelandet, denn der Captain … Onkel fand den weiten Weg über Land zu gefährlich für die kostbare Fracht.«

»Also hat sein Plan funktioniert?«

»Und wie. Er sagt, es war viel mehr Gold, als er sich je hätte träumen lassen. Allein der Anteil der Königin beträgt das Doppelte der jährlichen Einnahmen der Krone, schätzt er.«

Dafür wird sie ihn zum Ritter schlagen, fuhr es Eleanor durch den Kopf.

Gabriel pfiff vor sich hin. »Ich glaube, ich bin im falschen Geschäft …«

»Wir sind jedenfalls am Montag mit zwei Schiffen voller Gold in Southampton angekommen, und jetzt ist er auf dem Weg zur Königin, um ihr die Abrechnung zu bringen.«

Gabriel wies einladend zu den Sesseln am Kamin. »Komm, mein Junge. Wir wollen alles hören, was du erlebt hast.«

Samuel schnürte seinen Seesack auf und holte behutsam eine Holzschachtel heraus, die obenauf gelegen hatte. »Hier. Ich habe dir zwei von den Riesenspinnen mitgebracht, die du wolltest.«

Gabriel nahm die Schachtel mit leuchtenden Augen. »Gut von dir, dass du daran gedacht hast.«

»Wie geht es Anne?«

»Prächtig«, versicherte Eleanor und beschloss, Samuel nicht jetzt gleich von Francis' Tod zu erzählen. »Sie ist immer noch in Waringham, und auch sie wird erleichtert sein, zu hören, dass du wohlbehalten zurückgekommen bist.«

Samuel war mit dem Becher in der Hand ans Fenster getreten. Er nickte, den Blick auf die novembergraue Themse gerichtet.

Gabriel gesellte sich zu ihm. »Nicht so hübsch anzusehen wie das viel zitierte Türkis der Karibik, schätze ich …«

»Nein.« Der Junge wandte den Kopf und sah ihn an. »Aber zuhause.«

»Mein Name ist Isaac Fitzgervais, und ich möchte zu Lady Eleanor of Waringham«, erklärte Isaac der Wache. »Ich bin ihr Bruder.«

Er hatte keine besondere Eile, der Königin unter die Augen zu treten. In einem Gasthaus in Guildford hatte er gehört, sie sei seit der Abreise des Herzogs von Anjou grauenvoller Laune, und darum zog er es vor, erst zu seiner Schwester zu gehen, um dort zu erfragen, ob man sich Elizabeth wohl nähern könne, ohne den Kopf zu riskieren.

»Lady Eleanor ist nicht hier, Sir«, erklärte der linke der beiden Yeomen, und als er höflich den Kopf neigte, rann ein kleiner Sturzbach von der Hutkrempe. Aus dem Novemberniesel war ernsthafter Regen geworden.

»Und Ihre Majestät?«

Die Yeomen tauschten stumme Botschaften. Vermutlich war es reichlich unkonventionell, ans Tor von Whitehall zu klopfen und zu fragen, ob die Königin denn wohl zu Hause sei.

»Ich schwöre Euch, sie wird schlagartig fröhlicher, wenn sie hört, was ich ihr zu sagen habe.«

Der rechte Wachmann, der ältere der beiden, räusperte sich vielsagend. »Ihre Majestät tagt mit dem Kronrat, Sir.«

Isaac seufzte ungeduldig. »Und was nun? Ich komme geradewegs aus der Neuen Welt, um ihr meine guten Nachrichten zu bringen. Also lasst ihr mich nun ein, oder soll ich zurücksegeln und dort warten, bis es konveniert?«

»Kon… was?«, fragte der Linke, und gleichzeitig schlug der

andere vor: »Ich kann nach Lord Waringham schicken, wenn Ihr wünscht, Sir.«

»Francis?« Isaac hauchte seine eiskalten Hände an und rieb sie. »Er ist hier?«

Wieder tauschten die Wachen einen Blick, und von einem Herzschlag zum nächsten hatte Isaac einen scheußlichen heißen Knoten im Bauch.

»Ähm … Lord Lappidot, Sir. Der junge Master der Chapel Royal. Ihr habt es wohl noch nicht gehört, und das tut mir außerordentlich leid, Sir, aber … er ist jetzt Lord Waringham.«

Isaac starrte auf einen gelblichen, nass glänzenden Pflasterstein zwischen seinen Füßen und denen des rechten Yeoman. Plötzlich konnte er dem Mann nicht länger in die Augen schauen, denn das Mitgefühl, das er dort sah, schnürte ihm die Luft ab.

Jetzt war er derjenige, der sich räuspern musste. »Was ist passiert?«

»Ich bin nicht sicher, dass wir diejenigen sein sollten, die es Euch …«

»Raus damit!« Isaac hob mit Mühe den Kopf. »Was ist passiert?«

»Ein … Es war ein Papist, Sir. Er wollte die Königin töten, dieser Teufel, um Platz für das verdammte Luder Mary Stewart zu schaffen. Lord Waringham … er stand zufällig daneben und hat sich zwischen die Königin und die zustoßende Klinge geworfen.«

Isaac war fassungslos. Nicht dass die Tücke und Plötzlichkeit des Todes ihn noch hätten überraschen können, dafür war er ihnen schon zu oft begegnet – das erste Mal, als seine Eltern gestorben waren. Aber dass ausgerechnet sein sanftmütiger Bruder, der sein Leben zwischen frommen Büchern verbracht hatte, einen gewaltsamen Tod finden sollte, während er – Isaac – ungeschoren vom anderen Ende der Welt und aus spanischer Gefangenschaft heimkehrte, das war schon der Gipfel der Ironie.

»Francis …« Er hörte, wie ungläubig und dünn seine Stimme klang, und versuchte, sich zusammenzunehmen. »Danke, Gentlemen.« Er nickte den Yeomen knapp zu und wollte sich abwenden.

Doch der Ältere sagte in seinem Rücken: »Wenn Ihr wünscht,

könnt Ihr in Lady Eleanors Gemächern auf die Rückkehr Eurer Schwester warten, Sir Isaac. Für gewöhnlich kommt sie vor Einbruch der Dunkelheit zurück, um am abendlichen Bankett teilzunehmen.«

»Einverstanden.«

Sobald sie die gekreuzten Piken aufrichteten, stürmte Isaac mit gesenktem Kopf an ihnen vorbei. Blindlings lief er durch windzerzauste Parks und Innenhöfe und nahm nur vage wahr, wo er sich befand. Er begegnete so gut wie niemandem außer Gärtnern und gelegentlich einer Schar livrierter Diener, die von einem Gebäude zum anderen hasteten. Sie beäugten ihn neugierig aus den Augenwinkeln, und Isaac war froh über den Regen auf seinem Gesicht, der seine Tränen tarnte.

Schließlich gelangte er zu dem Prachtbau mit der breiten Marmortreppe zum Privy Chamber der Königin und fand Eleanors nahe gelegene Gemächer auf Anhieb. Ohne anzuklopfen betrat er den behaglichen Raum mit den goldenen Sternen in den blauen Bettvorhängen. Ein lustiges Feuer prasselte im Kamin, und von dem Anblick wurde ihm ein wenig besser.

Er verschmähte die Sessel am Feuer, kniete sich davor auf die Steinfliesen und ließ sich von der Hitze und dem Rauch und dem harzigen Duft einhüllen. Unverwandt stierte er dabei in die Flammen, folgte ihrem unsteten, flackernden Werdegang vom bläulichen Zentrum zu den weißgelben Spitzen und wartete darauf, dass er endlich aufhören würde zu heulen.

Als er neben sich ein schnalzendes Glucksen hörte, wandte er so abrupt den Kopf, dass die Wirbel in seinem Nacken warnend knackten. Ein hinreißendes kleines Mädchen mit hauchzartem, honigfarbenem Haar war von Gott weiß woher auf allen vieren zu ihm gekrabbelt und hatte haltgemacht, als sie ihn entdeckte. Ohne ihn aus den Augen zu lassen, zog sie sich an einem der Sessel in die Höhe, bis sie stand – wenn auch noch ein wenig wackelig –, und sah ihn aus kornblumenblauen Augen unverwandt an.

Isaac schniefte unfein und streckte der Kleinen die linke Pranke entgegen. »Wessen Fehltritt magst du wohl sein? Bestimmt nicht Francis', denn der hat ja nie welche gemacht. Lappidots?«

Sie schloss die Faust um seinen Zeigefinger, zauderte noch einen Augenblick, ließ den stützenden Sessel dann los und machte zwei stapfende Schritte auf Isaac zu, ein Draufgängerlächeln im Gesicht. Das seidige Haar kringelte sich im Nacken und über den Ohren, und die großen Waringham-Augen waren unverwandt auf ihn gerichtet.

»Wie heißt du denn, hm?«, fragte Isaac und kam sich dämlich vor, denn auch wenn er keine Ahnung von Kindern hatte, wusste er doch, dass sie noch zu klein war, um ihn zu verstehen.

Er bekam trotzdem eine Antwort.

»Ihr Name ist Janis«, sagte Abigail in seinem Rücken. »Und falls so ein Gottesgeschenk ein Fehltritt sein kann, dann ist es der deine, fürchte ich.«

Das Kind geriet ins Trudeln, und Isaac fing es wie im Affekt auf, kam auf die Füße und wandte sich um. »Meins?«, fragte er staunend.

Abigail trug ein Kleid aus erdbraunem Leinen, das an Hals und Säumen mit einer schwarzen Spitzenbordüre besetzt war. Sehr elegant, aber eine Spur düster, wie die Puritaner sich gern kleideten. Seltsamerweise war ihr wundervolles Haar unbedeckt wie bei einer unverheirateten Frau, und sie sah ihn unverwandt und geruhsam an, so wie es ihre Art war.

Isaac setzte Janis auf seinen linken Arm, ohne deren Mutter aus den Augen zu lassen. »Lass mich raten. Ich habe dich in mörderische Schwierigkeiten gebracht.«

Sie nickte und hob gleichzeitig die Schultern. »Du, ich selbst, was spielt das für eine Rolle? Und ein Kind war immer mein größter Wunsch.«

Ja, ich weiß, dachte er.

Abigail kam näher, betrachtete ihn mit zur Seite geneigtem Kopf, ein kleines Lächeln in den Mundwinkeln, hob dann plötzlich die Hand und wischte ihm mit dem Daumen eine Träne vom Jochbein.

Isaac bog erschrocken den Kopf weg, ergriff die Hand aber gleichzeitig mit der freien Rechten.

»Du hast gerade erst von deinem Bruder erfahren?«

Er nickte und biss die Zähne zusammen. »Entschuldige. Geht gleich vorbei …«

Er schaute zu dem Kind auf seinem Arm. Janis hatte sich mit einer Hand auf seine Schulter gestützt, betrachtete die Welt mit verhaltenem Interesse und wippte lässig mit dem Fuß dabei. Isaac musste lächeln und küsste sie schüchtern auf die Wange.

»Hast du den Sohn deiner Schwester heil mit zurückgebracht?«, fragte Abigail. »Sie hat sehr um ihn gebangt.«

»Das glaub ich gern, bei dem enormen Vertrauen, das sie zu mir hat …«, gab er bissig zurück. »Samuel ist unversehrt. Und, nebenbei bemerkt, ziemlich reich. Ich bin gespannt, was meine Schwester daran auszusetzen findet …«

Abigail nahm ihm das Kind ab. »Setz dich. Ich habe eben heißen Ipogras gemacht. Willst du?«

»Immer her damit.«

Janis auf der Hüfte, schenkte Abigail am Tisch einen Bronzebecher voll und brachte ihn zum Kamin.

Isaac bedeutete ihr, in einem der Sessel Platz zu nehmen, setzte sich ihr gegenüber, während er trank, und stellte den Wein dann auf den Boden.

Abigail hatte die bestickte Seidenbörse an ihrem Gürtel geöffnet, tastete mit zwei Fingern darin und zog sie mit Isaacs Ring wieder hervor. »Hier. Ich habe ihn gehütet, wie du wolltest.«

»Danke.« Er schloss die Faust um das schöne Schmuckstück. »Was tust du hier bei Hofe, Abigail?«

»Deine Schwester hat uns aufgenommen. David … mein Gemahl hat mich aus dem Haus geworfen, nachdem er …« Sie geriet ins Stocken, sah auf Janis in ihren Armen hinab und küsste sie auf den Schopf. »Nun ja. Du siehst ja selbst, wie sehr sie dir ähnelt …«

»Im Ernst?« Er musste unwillkürlich lächeln. »Sie sieht aus wie ich?«

»Sie ist dein Ebenbild, Isaac«, versicherte Abigail trocken.

Die Vorstellung faszinierte ihn. Er hatte etwas von Francis in dem zarten Gesicht entdeckt, aber da er an Bord der *Nemesis* keinen Spiegel besaß, hatte er nur eine vage Vorstellung seiner eigenen Züge.

»Es gab jedenfalls eine … ziemlich hässliche Szene, und ich bin mit Janis hierher geflüchtet. Das hat sich als glückliche Fügung erwiesen. Deine Schwester und ich stehen uns nahe. Sie hat sogar gefälschte Dokumente beschafft, die eine Verwandtschaft zwischen David und mir belegen, sodass ich eine Scheidung erwirken konnte. Das heißt, ich bin frei und habe hier einen Ort gefunden, wo ich ein erfülltes Leben führen kann. Aber ich kann nie wieder nach Hause.«

Isaac nahm ihre Rechte mit der freien Hand und führte sie an die Lippen. »Es tut mir leid.«

»Was genau?«, fragte sie herausfordernd. »Dass du meine Ehre gestohlen und mir einen Bastard gemacht hast? Jetzt tu ja nicht so, als hättest du die Möglichkeit nicht billigend in Kauf genommen.«

»Und warum bist du nicht wütend auf mich?«

»Ich bin nicht ganz sicher«, bekannte sie. »Weil du mir Janis geschenkt hast, vielleicht. Oder weil du auf der Lichtung am Tain gesagt hast, du liebst mich. Und weil du nie vorgegeben hast, etwas anderes zu sein als das, was du eben bist: Leichtfertig. Verantwortungslos. Ein Filou und Herumtreiber. Ein Weiberheld. Und ein …«

»Die Aufzählung ist niederschmetternd«, fiel Isaac ihr ins Wort. »Bei so vielen furchtbaren Charaktermängeln besteht wohl wenig Hoffnung, dass du mich heiraten willst?«

»Was?«, fragte sie verdattert.

Er zuckte ungeduldig die Schultern. »Die Gelegenheit ist günstig: Du bist zufällig gerade geschieden, ich bin zufällig gerade hier. Also, was meinst du?«

Sie sah ihn unsicher an, senkte dann den Blick auf Janis, die sich auf dem Schoß ihrer Mutter zurechtgekuschelt hatte und im Begriff war einzuschlafen. »Ich weiß nicht, Isaac …«

»Oh.« Er ließ ihre Hand los und stand auf. Abigails Zurückweisung verursachte ein seltsam graues Gefühl in seinem Innern, so als fröstele seine Seele. Er räusperte sich entschlossen. »Entschuldige, ich muss irgendetwas missverstanden haben.«

»Natürlich hast du nichts missverstanden.« Sie stand langsam auf, bettete das Kind in den Sessel und trat zu Isaac an den Kamin.

»Aber du solltest nicht vergessen, wer du bist und wer ich bin. Wenn dein Bruder noch leben würde …«

»Dessen Mutter eine Dienstmagd war, eine Saddler obendrein …«

»Er würde es trotzdem missbilligen.«

»Keine Ahnung. Aber es spielt auch keine Rolle, denn erstens ist er tot und zweitens habe ich mich nie um das geschert, was meine Familie billigt und was nicht. Auch das gehört zu meinen zahllosen Makeln. Also, mein Angebot gilt, Abbie Wheeler: Vor dir steht ein leichtfertiger, verantwortungsloser Filou, Herumtreiber und Weiberheld, der sich vermutlich nicht mehr ändern wird, jedenfalls nicht zum Besseren, und fragt dich ein letztes Mal: Willst du mich heiraten?«

»Ja.«

Von ihrem Lächeln blieb ihm fast das Herz stehen. »Na, endlich …«

Er nahm ihre Linke und steckte ihr seinen Waringham-Ring nacheinander auf Ring-, Mittel- und Zeigefinger. Erst am Daumen passte er halbwegs.

Isaac zog seine Braut an sich, vergrub die Hände in ihrem weizenblonden Haar und versprach: »Morgen bekommst du einen, der dir passt. Mit einem ordentlichen Klunker, wie es sich gehört. Ich bin zur Abwechslung gerade einmal flüssig.«

Ihre Finger liebkosten seinen Nacken, und das brachte die Erinnerung an den Frühlingstag in ihrem verwunschenen Garten lebhaft zurück. »Klunker bedeuten mir nichts«, murmelte sie. »Also spar dein Geld und kauf uns lieber ein Haus.«

Er lachte in sich hinein. »Sei so gut, warte mit den vernünftigen Ratschlägen bis nach der Hochzeit, damit ich keine kalten Füße bekomme …«

Abigail setzte zu einem entrüsteten Einwand an, aber Isaac kam ihr zuvor und küsste sie, denn er fand, sie hatten mehr als genug geredet.

VIERTER TEIL
1585–1588

»Da diese schuldige Frau von England dem katholischen Glauben so großen Schaden zugefügt und die Verdammnis von Millionen von Seelen zu verantworten hat, gibt es keinen Zweifel: Wer sie aus der Welt schafft mit der frommen Absicht, Gott zu dienen, begeht keine Sünde, sondern wird im Himmel belohnt.«

Tolomeo Gallio, päpstlicher Sekretär (1580)

London, Dezember 1585

In dem unscheinbaren Haus in Billingsgate wurde das Weihnachtsbankett schon am Nikolaustag gehalten, denn auch wenn man in England eigentlich keine Heiligen mehr verehrte, hatten die Dunklen Bruderschaften doch nicht vergessen, wer ihr Schutzpatron war.

Der zweite Gang wurde bereits aufgetragen, doch der Platz des Königs der Diebe an der Mitte der langen Tafel war noch verwaist.

»Wo bleibt er nur?«, fragte Anne stirnrunzelnd.

»Du könntest einstweilen seinen Thron einnehmen«, raunte Lancelot ihr zu. »Du erbst ihn ja sowieso.«

Anne spürte einen herrlichen Schauer ihren Rücken hinabrieseln, der aber nichts mit seiner Prophezeiung zu tun hatte, sondern eher damit, dass seine Lippen ihr Ohr berührten. »Eine Königin der Diebe?« Sie sah ihn an und zog spöttisch die schmalen, kohlschwarzen Brauen hoch. »Eher friert die Hölle ein.«

»Sag das nicht«, gab er zurück. »Wenn eine Frau über ganz England regiert, warum nicht auch über die Dunklen Bruderschaften?«

»Setz ihr keine Flausen in den Kopf, du Flegel«, wies Annes Großmutter ihn zurecht. »Und nimm gefälligst die Hand von ihrem Bein. Du bist erstaunlich mutig, sobald ihr Vater den Rücken kehrt.«

»Was ja nicht bedeutet, dass hier irgendetwas unbemerkt bliebe«, fügte Onkel Lewis ominös hinzu, der an ihrer linken Seite saß, und traktierte Lancelot mit einem starren Blick.

Der hob lachend beide Hände. »Vergebt mir, Mistress. Ich hatte beinah vergessen, welch strenge Sittenwächterin Ihr seid …«

Rosalin Durham lachte schallend. Sie war eine alte Dame von siebzig Jahren und lebte zurückgezogen in einem eleganten Haus in der Vintry, das ihre Söhne für sie gekauft hatten, aber sie schämte sich ihrer Vergangenheit als Wirtin des teuersten Londoner Hurenhauses nicht. »Wenn es um meine Enkelin geht, bin ich das tatsächlich. Vergiss das lieber nicht.«

Lancelot schenkte ihr nach und zeigte ein Lächeln, das charmant und doch gleichzeitig unverbindlich war. »Ich vergesse niemals irgendetwas, Madam.«

Lancelot war in der Krippe aufgewachsen, dem Waisenhaus an der Old Fish Street, das die Waringham, die Londoner Durham und der alte Doktor Harrison vor langer Zeit gegründet hatten. Mit vierzehn war er vor den frommen Schulmeistern davongelaufen und wenig später als Lehrling in dieses Haus gekommen – am selben Tag, als die zwölfjährige Anne kurz nach dem Tod ihres Onkels Francis aus Waringham nach London zurückgekehrt war. Anne fand es unmöglich, irgendwem zu erklären, was genau es war, das sie mit Lancelot verband. *Was willst du denn nur mit diesem hoffnungslosen Taugenichts,* hatte ihre Mutter sie verständnislos gefragt, ein Hauch von Verzweiflung in der Stimme. *Herrgott noch mal, Anne, du könntest einen Ritter heiraten, einen Londoner Kaufherrn, wen immer du willst.*

Aber Anne wollte Lancelot.

Es liegt mir fern, dich zu kränken, Böhnchen, hatte ihr Vater gesagt. *Aber ist dir je der Gedanke gekommen, dass er dir nachstellt, weil er sich einen Vorteil davon erhofft, die Kronprinzessin zu erobern? Er ist ehrgeizig, weißt du.*

Anne hatte ihn ausgelacht.

So schwülstig es sich auch anhören mochte: Sie und Lancelot waren füreinander bestimmt. Das hatten sie beide in dem Moment gewusst, als sie sich an ihrem Ankunftstag hier in dieser Halle begegnet waren – bevor er erfuhr, dass sie die Prinzessin der Diebe war, und lange bevor sie hätte ahnen können, dass er mit neunzehn Jahren der Meister der Seven Sisters werden würde.

Geruhsam ließ Anne den Blick durch die Halle ihres Vaters schweifen, die weit größer war, als man der schmalen Häuserfront je zutrauen würde, und fensterlos, denn sie lag unter der Erde: neunzig Fuß lang und zwanzig Fuß hoch, ein Saal mit prachtvollen Kaminen an beiden Schmalseiten, die jedoch niemals die Halle verräucherten, denn sie hatten Abzüge bis zu den Dächern der darüber liegenden Häuser. Die Wappen des Königs der Diebe und der dreizehn Dunklen Bruderschaften von London zierten die Wände, und die langen, mit Damasttüchern bedeckten Tafeln boten mühelos Platz für die dreizehn mal dreizehn Gäste – die Oberen der Bruderschaften –, die sich heute zum traditionellen Nikolausschmaus eingefunden hatten.

Onkel Lewis reichte Anne eine dampfende Schüssel mit Muschelsuppe. »Hier. Was hattest du mit Lucy Lombard zu besprechen?«

»Danke.« Anne nahm die Kelle, füllte erst die Schale ihrer Großmutter, dann Lancelots, zum Schluss ihre eigene. »Ich wüsste nicht, was dich das angeht.«

Onkel Lewis runzelte erwartungsgemäß die Stirn. »Sie führt drei Hafenschänken, die verdächtig wenig Profit abwerfen, und behauptet, sie könne kein Schutzgeld mehr zahlen. Ich bin deines Vaters Statthalter. Du kannst *sicher* sein, dass es mich etwas angeht!« Wie meistens sprach er vehementer, als der Anlass gebot, und er war auch schon wieder betrunken, stellte sie missfällig fest.

»Du hast vergessen zu erwähnen, dass die Hälfte ihrer Huren an den Pocken gestorben ist, und Lucy hat erst zwei neue gefunden, weil sie wählerisch ist.«

»Anne«, schalt ihre Großmutter halbherzig. »Du solltest nicht von solchen Dingen …«

»Oh, bitte, Großmutter«, unterbrach sie barsch. »Erspar mir das keusche Getue.« Und an ihren Onkel gewandt, fuhr sie fort: »Darüber habe ich mit Lucy Lombard gesprochen. Und ich meine, wenn sie aus ihren erbärmlichen Kaschemmen etwas Besseres machen will, warum nicht? Je mehr sie verdient, desto größer unser Anteil. Ich habe jedenfalls die Absicht, mit Vater zu reden und ihm ihre Bitte vorzutragen, ihr ein bisschen mehr Zeit zu lassen.«

Lancelot nahm die Unterlippe zwischen die Zähne und hob Onkel Lewis den vergoldeten Pokal entgegen. Seine blauen Augen funkelten. »Spar deinen Atem. Du stimmst sie nicht um. Im Übrigen hat sie recht.«

»Dich hab ich nicht gefragt, Grünschnabel«, knurrte Lewis.

»Nenn mich noch einmal so, und es wird wieder einmal Blut in dieser ehrwürdigen Halle fließen.«

»Ja, fragt sich nur, ob deins oder meins«, gab Lewis zurück, aber die beleidigende Anrede wiederholte er nicht.

Anne legte unter dem Tisch die Hand auf Lancelots Bein. Eigentlich hatte sie ihm mit der Geste nur zu diesem kleinen Sieg gratulieren und die Hand gleich wieder wegziehen wollen, aber als sie die festen Muskeln unter dem feinen Wolltuch seiner dunkelblauen Hosen spürte, brachte sie das nicht fertig. Langsam, Zoll um Zoll schob sie ihre Hand weiter aufwärts, während sie sich mit ihrer Großmutter über irgendein unverfängliches Thema unterhielt, und gerade, als Lancelot den Becher ansetzte, strich sie mit den Fingerspitzen über die pralle Härte in seinem Schritt.

Erwartungsgemäß fuhr er zusammen und verschluckte sich fürchterlich.

Eine dunkel behaarte Hand erschien plötzlich in Annes Blickfeld und klopfte ihrem Liebsten emsig den Rücken. »Nanu, Lancelot, was hast du denn in den falschen Hals bekommen?«, spöttelte ihr Vater.

Schleunigst, aber so unauffällig und geschickt, wie nur Diebe es konnten, zog Anne ihre Hand zurück.

Lancelot drosch sich ein paarmal mit der Faust auf die Stelle oberhalb des Brustbeins. »Gar nichts«, antwortete er, immer noch ein bisschen atemlos. »Ich bin ja nicht derjenige an dieser Tafel, der in jeder Suppe ein Haar findet.«

Ihr Vater traktierte ihn mit einem langen Blick und setzte sich dann neben Anne auf seinen thronartigen Sessel, während seine Tochter ihm Ochsenbraten und Brot auf den Teller häufte. »Was hat dich aufgehalten?«, fragte sie gedämpft.

»Deine Mutter war hier.« Er ergriff das Weinglas, das Lancelot ihm gefüllt hatte, trank aber nicht sofort.

»Warum ist sie nicht mit zum Bankett gekommen?«, fragte Anne.

»Du weißt doch, dass sie das niemals tun würde«, entgegnete er kopfschüttelnd. »Sie lebt in ihrer Welt, wir in der unseren, Anne. Es wird Zeit, dass du das akzeptierst.«

»Oh, das tu ich, keine Bange«, gab sie zurück. Sie sprach brüsk. Ihr Vater sollte ja nicht merken, mit welchem Schrecken der tiefe Graben sie manchmal erfüllte, der diese beiden Welten voneinander trennte.

Für ihre Eltern war es leicht: Ihr Vater herrschte über sein Königreich – unangefochten, mit Klugheit und oft auch mit eiserner Hand –, und wenn ihm der Sinn danach stand, verkleidete er sich einfach und schlich sich bei Hofe ein, um ihre Mutter zu besuchen und die Königin zu amüsieren. Ihre Mutter wiederum lebte in der höfischen Welt. An der Oberfläche bestand dieses Dasein aus Prunk und Zeremoniell, Musik und Esprit, Diplomatie und Politik, doch auf ihre Art war Annes Mutter mindestens so mächtig wie ihr Vater, weil sie das Ohr der Königin besaß und zahllose brisante Geheimnisse kannte. So groß war ihre Macht, dass sie sich eine Liaison mit dem König der Diebe und zwei Bastarde leisten konnte, und sie kam in dieses Haus, wann immer ihr der Sinn danach stand und ihre Pflichten es erlaubten. Aber von den Dingen, die innerhalb dieser Mauern vorgingen, wollte sie nichts wissen, und sie hatte diese Halle hier noch niemals betreten.

Anne war in Waringham in der Welt ihrer Mutter aufgewachsen und dann hierher in die ihres Vaters gekommen. Sie wusste, dass es Letztere war, in die sie gehörte, aber sie konnte die andere nie ganz abschütteln. Sie war eine talentierte und überaus geschickte Diebin. Sie hatte sich selbst dazu erzogen, hart und furchtlos zu sein. Kurzum, sie tat alles, um ihrem geliebten Vater den Sohn zu ersetzen, der sich weigerte, in seine Fußstapfen zu treten, aber manchmal lag sie nachts wach und fragte sich, wie ihr Leben wohl aussähe, wenn sie Waringham niemals verlassen hätte.

Auf ein Zeichen ihres Vaters traten die Merry Minstrels in ihren phantasievollen Kostümen vor die Ehrentafel, verneigten sich und begannen ein Singspiel. Eigentlich waren sie die Bruderschaft der falschen Bettler, die irgendein Gebrechen vortäuschten und vor den Kirchen an die Mildtätigkeit der Frommen appellierten. Doch niemand durfte Mitglied werden, der nicht singen konnte oder ein Instrument beherrschte. Sie waren hervorragende Musiker, und ihr geistreiches, wenn auch zotiges Stück über einen unkeuschen Mönch und eine papistische Dame, die ihm ins Netz ging, erntete Lachsalven und frenetischen Beifall.

Anne klatschte, bis ihr die Hände schmerzten, und stand auf, um den Merry Minstrels Anerkennung zu zollen.

Lancelot folgte ihrem Beispiel und legte ihr den Arm um die Schultern, ohne Andrew Basset, den Meister der Minstrels, aus den Augen zu lassen. »Eigentlich habe ich eine Rechnung mit ihm offen. Aber da er dich so entzückt hat, könnte ich mich entschließen, die Falle nicht zuschnappen zu lassen, die ich ihm gerade stelle.«

»Nur keine Umstände meinetwegen«, gab Anne zurück und schüttelte seinen Arm ab. »Von mir aus könnt ihr euch gegenseitig an die Kehle gehen, und dann übernehme ich die Merry Minstrels oder die Seven Sisters, je nachdem, wer übrig bleibt.«

»Majestät, Euer Einverständnis vorausgesetzt, werden wir Mary Stewart nach Chartley übersiedeln«, sagte Secretary Walsingham und fischte einen eng beschriebenen Bogen aus der dünnen Ledermappe, die er in der Linken hielt.

»Chartley?«, wiederholte Elizabeth verwundert. »Das gehört dem Earl of Essex, oder sollte ich mich irren?«

»Wie üblich irrt Ihr nicht, aber der junge Essex ist mit seinem Stiefvater, Lord Leicester, in den Niederlanden.«

»Ach, richtig …« Elizabeth richtete den Blick zum Fenster. Die Butzenscheiben waren beschlagen, die Ränder mit Eisblumen verkrustet, doch man erahnte ein rastloses Wimmeln dort draußen. Das Schneetreiben hatte zugenommen. Die Parkanlagen von Whitehall waren eine stille weiße Märchenlandschaft und so verfremdet, dass selbst Eleanor sich darin zu verirren drohte. Vermutlich fragte die Königin sich, ob es auch im niederländischen Flachland seit zwei Tagen ohne Unterlass schneite.

Die Rebellion der protestantischen niederländischen Provinzen gegen die spanische Oberherrschaft war zu einem Krieg geworden, aus dem England sich nicht länger heraushalten konnte. Vor fünf Jahren war Felipe von Spanien durch eine umstrittene Erbschaft die portugiesische Krone zugefallen, sodass er nun beide Weltreiche beherrschte und – schlimmer noch – über beide Flotten verfügte. Unter der Führung des Herzogs von Parma hatten Felipes Truppen Antwerpen belagert und eingenommen, und Willem »der Schweiger«, Anführer der niederländischen Protestanten, war ermordet worden.

Es schien, als könne keine Macht der Welt Felipe mehr aufhalten, und in England stellte man sich die bange Frage, was ihn denn eigentlich noch hindern sollte, den Kanal zu überqueren. Also hatte Elizabeth eingewilligt, Truppen unter Robin Dudleys Führung in die Niederlande zu entsenden. Nicht nur sein Stiefsohn, der junge Earl of Essex, war mit ihm gegangen, sondern ebenso sein Neffe Philip Sidney und mehr oder minder jeder andere junge Gentleman in England.

Elizabeth fürchtete um sie alle, wenn auch um keinen so wie um Robin, der vor seinem Aufbruch in schlechter Verfassung gewesen war. Sein über alles geliebter Sohn, der kleine Robert Dudley, war im Sommer gestorben, und Robin war untröstlich. Lettice angeblich auch, selbst wenn Eleanor immer Mühe hatte, das zu glauben. Jedenfalls befürchtete sie, dass Robin in seinem Schmerz zu unnötigen Risiken neigen könnte, und sie wusste, Elizabeth dachte das Gleiche.

Walsingham räusperte sich diskret – seine unnachahmliche Art, Elizabeths Aufmerksamkeit zurückzuerlangen. »Der junge Essex war so gut, uns Chartley vorübergehend zu borgen, Majestät, und da es eine altmodische Burg mit einem Graben und einer Ringmauer ist, löst es unser drängendstes Problem.«

Elizabeth wandte entschlossen den Blick vom Fenster ab. »Das da wäre?«

»Mary Stewarts Wäscherinnen«, antwortete Walsingham.

»Wie bitte?«

»Tja, seht Ihr, wir lassen Mary Stewart auf das Strengste bewachen, wie Ihr wisst, und Sir Amyas Paulet, der neuerdings ihr … Gastgeber ist …«

»Sagt ruhig Kerkermeister, Sir Francis. Ich bin der schönen Umschreibungen überdrüssig.«

Er nickte. »Sir Amyas macht seine Sache hervorragend. Er lässt sich auch nicht von Tränen und Seufzern erweichen, denn er ist ein eher humorloser Puritaner.«

»So wie Ihr, Master Secretary?«, neckte Elizabeth ihn.

»So wie ich.« Er lächelte flüchtig. »Er ist eine gute Wahl für diese schwierige Aufgabe, aber auch er kann nichts dagegen machen, dass Mary Stewarts Wäscherinnen ihr jetziges Domizil auf der Burg von Tutbury verlassen müssen, um die Wäsche im Dorf zu waschen. Sir Amyas lässt die Frauen natürlich vorher und nachher durchsuchen, aber der Anstand setzt einer umfassenden Durchsuchung Grenzen. Mit anderen Worten, die treu ergebenen Wäscherinnen schmuggeln Mary Stewarts Briefe an Felipe von Spanien und seine Agenten unter der Kleidung hinaus und die Antworten wieder hinein. Dieser Zustand erschien mir … unbefriedigend.«

Die Königin nickte und seufzte leise. »Wird sie es denn niemals müde?«

Erst vor zwei Jahren hatte Walsingham ein neuerliches Komplott aufgedeckt, das Mary Stewart mit spanischer und französischer Hilfe auf den englischen Thron hieven sollte.

»Nein, sie wird es niemals müde«, antwortete der Secretary mit Nachdruck. Die Sorgenfalte über seiner Nasenwurzel war heute besonders ausgeprägt, fiel Eleanor auf. Walsingham glaubte, dass Mary Stewart die größte Bedrohung für Elizabeths Herrschaft, ebenso für ihre persönliche Sicherheit darstellte, und es trieb ihn zur Verzweiflung, dass die Königin seine Warnungen nie so richtig ernst zu nehmen schien. »In Chartley gibt es reichlich frisches Wasser innerhalb der Burgmauern, sodass dieses Schlupfloch für Mary Stewarts heimliche Korrespondenz gestopft würde. Wenn es Euch denn beliebt, Majestät«, schloss er mit einer kleinen Verbeugung. Anders als andere Männer vergaß er niemals, wer sie war, und wahrte immer die Form.

Elizabeth nickte. »Ja, ich denke, es ist unumgänglich.« Sie wandte sich an Eleanor. »Würdest du hinreisen und dafür sorgen, dass der Umzug mit Anstand und Höflichkeit und vor allem reibungslos vonstatten geht?«

Warum immer ich, dachte Eleanor verdrossen, aber sie nickte. Sie wusste, es war einer dieser delikaten Aufträge, die in Frauenhänden einfach besser aufgehoben waren. »Natürlich, Majestät.«

»Dann erlaubt Ihr, dass ich mich zurückziehe?«, bat Walsingham die Königin.

Elizabeth entließ ihn mit einer beinah liebevollen Geste. »Gewiss, lieber Freund.«

»Ich begleite Euch ein Stück, Master Secretary«, sagte Eleanor und griff nach ihrem Schultertuch.

Sie verließen das Privy Chamber, und sobald sie die Wachen vor der Tür weit genug hinter sich gelassen hatten, um außer Hörweite zu sein, fragte Eleanor: »Erinnert Ihr Euch, dass wir kürzlich über die Überwachung der Häfen sprachen?«

»Natürlich«, antwortete der Secretary. »Der Zustrom von Jesuiten und anderen Papisten nach England hat zugenommen, und da jeder von ihnen ein potenzieller Rädelsführer oder Attentäter ist, sollten wir wenigstens wissen, wer uns hier beehrt.«

Noch vor fünf Jahren hätte Eleanor diese Bemerkung belächelt. Walsingham war dafür berüchtigt, dass er hinter jedem Baum einen Meuchelmörder vermutete. Aber inzwischen war ihr das Lachen vergangen. »Dann werdet Ihr Euch auch erinnern, dass ich darauf gedrungen habe, vor allem die kleineren Häfen im Auge zu behalten, was Ihr wegen des hohen Aufwandes und der geringen Erfolgsaussichten abgeschmettert habt.«

Er wandte den Kopf, und der Blick der dunklen Augen ruhte auf ihr, wie so oft melancholisch und amüsiert zugleich. »Ich ahne, dass ich im Begriff bin, eines Besseren belehrt zu werden …«

Der lichtdurchflutete Korridor bog nach rechts ab, und sie gelangten zum Absatz der breiten Marmortreppe.

»So ist es, Master Secretary«, erwiderte Eleanor nicht ohne Befriedigung. »Der Wirt einer Hafenschänke in Rye stammt aus Waringham. Er steht in meinen Diensten und schickt mir Nachricht über Neuankömmlinge in Rye, die keine Seeleute sind. Und gestern kam ein gewisser Gilbert Gifford in seine Schänke, verlangte Damengesellschaft und eine Kammer für sich allein und bezahlte mit einem französischen Écu.«

Walsingham blieb auf der obersten Stufe stehen, die Rechte am Geländer. »Gifford …« Er kniff konzentriert die Augen zusammen, sodass die ohnehin schon buschigen Brauen sich sträubten, und dachte nach. Er war stolz darauf, dass er niemals einen Namen vergaß, aber dieser sagte ihm offenbar nichts. »Erklärt mir, wieso Master Gifford interessant für uns sein könnte.«

»Sein Vater ist ein papistischer Landedelmann aus Staffordshire. Der junge Gifford ist Mitte zwanzig. Er sollte eigentlich die Priesterlaufbahn einschlagen, aber er ist zweimal vom Jesuitenkolleg ausgeschlossen worden, einmal in Rom, einmal in Reims.«

Walsingham atmete hörbar ein und aus. Am sogenannten »English College« in Reims wurden Jesuiten speziell für die Mission in England ausgebildet. »Ein wenig gefestigter junger Mann also, mit papistischen Neigungen, aber ohne Moral, obendrein dumm genug, mit französischen Goldmünzen um sich zu werfen …« Der Secretary lächelte, als hätte Eleanor ihm seine Leibspeise vorgesetzt. »Wo ist er jetzt?«

»Immer noch in der Schänke in Rye, nehme ich an«, gab sie achselzuckend zurück. »Offenbar ist London das Ziel seiner Reise, aber er schien nicht in Eile und äußerst angetan von den Hafenmädchen in Rye.«

»Es klingt, als sei er genau der Mann, den ich suche. Gut gemacht, Mylady. Gebt mir den Namen der Schänke, und ich lasse Master Gifford … abholen.«

»Aber gebt ihn nicht Topcliffe« war heraus, ehe Eleanor sich hindern konnte. Sie wusste genau, dass sie sich im Krieg mit der gesamten papistischen Welt befanden – auch wenn niemand diesen Krieg offiziell erklärt hatte. Sie konnten es sich nicht leisten, zimperlich zu sein, und Walsingham war kein grausamer Mann. Er tat nur, was getan werden musste. Doch fiel es Eleanor immer schwer, die nötige Härte gegen junge Männer in Samuels Alter an den Tag zu legen.

»Seid unbesorgt«, beruhigte der Secretary sie. »Wenn Master Gifford der ist, für den wir ihn halten, ist er viel zu wertvoll für Topcliffes Folterkammer.«

Weil sie Unangenehmes nicht gern aufschob, brach Eleanor am nächsten Morgen nach Tutbury Castle in Staffordshire auf – einhundertundvierzig Meilen über verschneite Straßen.

Sie und die Andrews brauchten vier Tage, obwohl sie weder sich noch die Pferde geschont hatten und nach Einbruch der frühen Dunkelheit noch mindestens zwei Stunden bei Fackelschein weitergeritten waren.

»Gentlemen, ich fürchte, wir werden nicht jünger«, bemerkte Eleanor, als sie im Innenhof der alten Festung anhielten, und bemühte sich nach Kräften, ihre Erleichterung zu verhehlen.

Jeremy sprang aus dem Sattel und hielt ihr höflich den Steigbügel. »Mylady.«

»Vielleicht hättet Ihr doch lieber die Kutsche nehmen sollen«, sagte sein Bruder, stieg vom Pferd und überreichte die Zügel einem herbeigeeilten Stallburschen.

»Wollt Ihr mich beleidigen, Ihr Flegel?«, entgegnete Eleanor entrüstet. »Außerdem hätten wir mit der Kutsche mindestens eine Woche gebraucht. Und ich hätte mir beim untätigen Herumsitzen vermutlich den Tod geholt. Das Reiten hält einen wenigstens warm.«

Auch in Tutbury war die Welt verschneit, aber der Schneefall hatte ebenso nachgelassen wie der scharfe, grausame Nordwestwind, der ihnen auf dem ganzen Weg hierher ins Gesicht geweht war und den Pferden schwer zugesetzt hatte. Still lag der Burghof nun unter einer dicken weißen Daunendecke versteckt, nur die Strecke zwischen Bergfried und Torhaus hatten viele Stiefel in einen schlammigen Trampelpfad verwandelt, den der Offizier der Wache nun entlanggeeilt kam.

»Lady Eleanor of Waringham für Sir Amyas Paulet«, eröffnete Jethro ihm.

Der Mann verneigte sich höflich. »Folgt mir, Mylady.«

Zackig machte er auf dem Absatz kehrt.

Eleanor fischte eine Münze aus ihrer Börse und warf sie dem Stallburschen zu, der sie geschickt auffing.

»Reib sie gut trocken und gib ihnen Hafer, hörst du. Sie sind erschöpft, und die Kälte zehrt an ihren Kräften.«

»Wird gemacht, Mylady«, versprach der pfiffige Junge, wandte sich mit seinen drei Schützlingen ab, und im Weggehen murmelte er vor sich hin: »Man kann merken, woher du kommst …«

Jeremy sah ihm mit einem unheilvollen Stirnrunzeln nach, aber Eleanor winkte lächelnd ab. Sie hatte nichts dagegen, als pferdeverrückte Waringham erkannt zu werden, im Gegenteil.

Amyas Paulet war ein schmächtiger Mann mit kleinen Händen, braunen Haaren und nachdenklichen dunklen Augen. Seine Sprechweise war so bedacht und unaufdringlich wie sein Gebaren, und Eleanor mochte ihn auf Anhieb.

»Ich bedaure, dass wir Euch solche Umstände machen, Sir Amyas, aber die Königin und der Kronrat halten es für das Sicherste, den Ausflügen der Wäscherinnen ein Ende zu setzen.«

»Nur zu wahr«, stimmte er zu. »Hier, das habe ich erst vorgestern bei einer von ihnen gefunden.«

Er schob Eleanor einen Bogen aus dünnem Papier zu, dessen Knicke verrieten, wie winzig klein er zusammengefaltet worden war. Eleanor zog ihn neugierig näher, doch er enthielt nur einen unverständlichen Buchstabensalat. »Chiffriert«, sagte sie enttäuscht.

Paulet nickte. »Sie sind immer chiffriert. Und offenbar ist der Schlüssel geändert worden, ich habe es noch nicht entziffern können.«

»Habt ihr der Wäscherin entlocken können, wer ihr Kontakt im Dorf war?«

Paulet zeigte ein bitteres kleines Lächeln. »*Ein Gentleman in einem dunklen Mantel.* Das sagen sie immer, wenn wir sie erwischen, und brechen augenblicklich in Tränen aus. Das würde mich normalerweise nicht erweichen, aber ich bin gehalten, der schottischen Königin mit äußerster Höflichkeit zu begegnen, Lady Eleanor, und das bedeutet, dass ich ihre Mägde weder verhören noch davonjagen kann. Mir sind die Hände gebunden.«

Eleanor nickte. »Ich kann mir vorstellen, dass Euer Amt nicht leicht ist. Wenn Ihr gestattet, nehme ich diesen Brief mit zurück nach London. Secretary Walsingham hat einen Spezialisten für solche Sachen.«

»Thomas Phelippes, ich weiß. Er war mit mir in Paris, als ich dort Botschafter war. Zweifellos der beste Mann auf dem Gebiet.« Er schenkte einen Zinnbecher aus einem dampfenden Krug voll und reichte ihn ihr.

Eleanor trank dankbar von dem heißen Ipogras, faltete das Schreiben wieder zusammen und steckte es in ihren Beutel. »Wie lange werdet Ihr brauchen, um die Vorbereitungen für den Umzug zu treffen, was denkt Ihr?«

Paulet verschränkte die Arme vor der mageren Brust und überlegte einen Moment. »Eine Woche. Vorausgesetzt, dass in Chartley alles bereit ist, kann Ihre Majestät Weihnachten in ihrem neuen Domizil feiern.«

Eleanor brauchte einen Moment, ehe sie begriff, dass er Mary Stewart meinte. Und es gefiel ihr, dass er die schottische Königin mit ihrem korrekten Titel bezeichnete, auch wenn sein distanzierter Tonfall verriet, wie er in Wahrheit zu ihr stand.

»Der Secretary wird erleichtert sein, es zu hören. Und ich denke, ich sollte jetzt gleich zu ihr gehen und es ihr sagen. Je eher ihre Damen anfangen zu packen, desto besser.« Und außerdem wollte sie es hinter sich bringen.

Amyas Paulet erhob sich, trat zur Tür und hielt sie ihr höflich auf. »Seid auf Händeringen und Tränen gefasst.«

»Oh, ich bin auf alles gefasst«, gab Eleanor trocken zurück. »Wann immer ich Mary Stewart aufgesucht habe, war ich der Bote mit der schlechten Kunde …«

Das Gleiche sagte die abgesetzte schottische Königin auch, als Amyas Paulet ihr die Besucherin meldete. »Lady Eleanor of Waringham? Dann sollte ich wohl mit dem Schlimmsten rechnen.«

Ihr Akzent ist immer noch so französisch wie einst, dachte Eleanor, trat ein und sank in ihren besten Hofknicks. »Majestät.«

Mary Stewart saß mit einem schweren Buch in einem damastbezogenen Sessel. Er war wuchtig und ausladend, dennoch kaum breit genug für sie, denn sie war fett geworden. Ein ordentliches Feuer prasselte im Kamin, und eine verschwenderische Zahl an Kerzen drängte die frühe Winterdämmerung zurück. Das Gemach war großzügig. Die Tapisserien an den grauen Steinwänden waren erlesen, wenn auch alt und hier und da ein wenig mottenzerfressen. Der Boden war mit frischen Binsen ausgelegt, die mit getrockneten Kräutern bestreut waren. Drei von Mary Stewarts Hofdamen saßen mit Handarbeiten um ein Tischchen am Feuer, zwei Mägde machten sich an dem ausladenden Bett mit den purpurnen Brokatvorhängen zu schaffen. Tutbury mochte eine alte, eherne Burg sein, aber dieses Gemach hätte kaum königlicher sein können.

Mary Stewart legte einen Wollfaden in ihr Buch und schlug es langsam zu. »Erhebt Euch, Madam«, sagte sie mit einer routinierten Geste.

Eleanor richtete sich auf. »Wenn Ihr gestattet, hätte ich Euch gern unter vier Augen gesprochen, Majestät.«

»Kommt nicht infrage«, konterte Mary kühl. »Ihr würdet Elizabeth Gott weiß welche Lügen auftischen, wenn ich ohne Zeugen mit Euch spräche. Alle hier im Raum genießen mein uneingeschränktes Vertrauen und dürfen ruhig hören, was ich höre. Nun, sagen wir, fast alle.« Sie richtete den Blick auf Amyas Paulet. »Ich denke, auf Euch können wir verzichten, Sir.«

Er machte einen formvollendeten Diener. »Vergebt mir, Majestät, aber ich ziehe es vor zu bleiben. Wenn Ihr Zeugen für diese Unterredung wünscht, sollte Lady Eleanor das gleiche Recht haben.«

Er machte das sehr geschickt, fand Eleanor. Er wahrte die Form, aber er ließ keinen Zweifel daran, wer hier die Regeln bestimmte.

Mary Stewart legte die Hände auf die Armlehnen, um aufzustehen. Die einst so langen, eleganten Finger waren knotig und vom Rheumatismus zu hässlichen Krallen gekrümmt. Zwei der jungen Hofdamen erhoben sich hastig, eilten zu ihr und stützten sie links und rechts, weil sie aus eigener Kraft nicht aus dem Sessel kam. Dennoch – als sie endlich aufrecht stand, war sie eine imposante Erscheinung mit ihren annähernd sechs Fuß Körpergröße. Das spitzenbesetzte dunkelgrüne Kleid war erlesen. Kein Grau verunzierte das perfekt aufgesteckte rotbraune Haar unter der kleinen, perlenbesetzten Haube. Das Gesicht war feist, aber nahezu faltenlos. Unverändert schön waren die großen, mandelförmigen Augen, selbst wenn ihr Blick nicht mehr so arglos wirkte wie bei ihrer ersten Begegnung vor beinah zwanzig Jahren. Eleanor las Enttäuschung und Resignation darin und noch etwas, das sie nicht genau benennen konnte. Papistischer Eifer? Hass? Es war schwer zu sagen, denn die abgesetzte schottische Königin hatte gelernt, ihre Gefühle zu verbergen.

»Bitte, wie Ihr wünscht, Sir Amyas«, sagte sie eine Spur gelangweilt. »Also, Mylady? Was hat meine geliebte Cousine mir dieses Mal mitzuteilen? Hat sie sich womöglich besonnen und ist endlich bereit, mich zu empfangen?«

»Es ist keine Nachricht Ihrer Majestät, die ich Euch überbringe, sondern des Kronrats«, antwortete Eleanor.

»Verstehe. Neue Erniedrigungen und Repressalien, nehme ich an?«

»Weder noch. Aber ein Ortswechsel.«

Plötzlich wurde die schottische Königin seltsam reglos. »Wohin?«, fragte sie nach einem Moment.

»Chartley Castle, Majestät.«

Mary Stewart schnaubte verächtlich, aber ihre Augen weiteten sich, so als fürchte sie sich. »Chartley? Ist Tutbury noch nicht abgelegen und finster genug?« Die Stimme war schrill geworden. »Hofft meine Cousine vielleicht, dass ich mir in Chartley endlich die Schwindsucht hole und sie so bald von meiner Anwesenheit in England erlöst wird?«

»Nichts dergleichen«, versicherte Eleanor betont nüchtern. »Chartley ist tatsächlich wohnlicher als Tutbury, denn es war jahrelang das Zuhause von Lady Lettice Knollys, der Countess of Leicester, als sie noch Countess of Essex war, und glaubt mir, wenn es eine Dame auf Erden gibt, die es versteht, für ihre eigene Bequemlichkeit Sorge zu tragen, dann sie. Aber Chartley Castle hat eine eigene Quelle. Darum müssen Eure Wäscherinnen die Burg nicht mehr verlassen und können so nicht länger in Versuchung gebracht werden, sich des Verrats schuldig zu machen.«

Mary Stewart zog die fein geschwungenen Brauen zusammen und senkte die Lider ein wenig, als fürchte sie, ihre Augen könnten ein Geheimnis preisgeben. Anders als Amyas Paulet prophezeit und Eleanor befürchtet hatte, wurde sie nicht hysterisch, sondern fragte schneidend: »Wann?«

»Noch vor Weihnachten. In einer Woche etwa.«

Die abgesetzte Königin nickte knapp und verschränkte unterhalb der Brust die Finger ineinander. »Habt Dank, dass Ihr den weiten Weg auf Euch genommen habt, um mir die Nachricht zu bringen«, höhnte sie. »Und wenn das alles war, dann seid so gut und geht mir aus den Augen.«

Eleanor maß keine sechs Fuß, aber sie war doch hochgewachsen wie alle Waringham, und auch sie verstand es, das Beste aus diesem Umstand zu machen. »Tatsächlich bin ich noch nicht ganz fertig, Madam. Ich habe Euch noch etwas zu sagen, das mir niemand aufgetragen hat. Es war der Grund, warum ich Euch allein sprechen wollte, aber ich sage es ebenso gern vor Zeugen: Ich weiß, Ihr glaubt, dass Königin Elizabeth und die Engländer Euch unrecht getan haben. Ihr glaubt darüber hinaus sogar, Ihr hättet einen Anspruch auf den englischen Thron. Ich glaube etwas anderes, aber ich erinnere mich, dass Ihr einmal eine Königin von Anstand und Ehre wart, und sie ist es, an die ich heute appelliere.« Eleanor machte einen Schritt auf Mary Stewart zu, auch wenn es sich nicht gehörte, und fuhr beschwörend fort: »Eure Cousine Elizabeth, die Ihr vom Thron stoßen wollt, hat immer eine schützende Hand über Euch gehalten. Aber es gibt Männer in ihrem Kronrat, die das für einen Fehler halten, und auch Elizabeths Geduld hat Grenzen. Betrachtet Euren Umzug nach Chartley als Segen, Madam, weil Ihr dort nicht länger der Versuchung ausgesetzt seid, mit Elizabeths Feinden auf dem Kontinent zu paktieren. Denn Euer nächstes Komplott wäre Euer letztes.«

»Ihr wagt es, mir zu drohen?«, fragte Mary Stewart leise.

Eleanor unterdrückte ein Seufzen. Sie hatte keine große Hoffnung gehabt, dass sie Mary wirklich erreichen könnte, aber sie hatte es wenigstens versuchen müssen. »Nichts könnte mir ferner liegen. Ich will Euch beschützen. Vor allem vor Euch selbst.«

Die schottische Königin verzog die Mundwinkel zu einem humorlosen Lächeln. »Ich weiß Eure Fürsorge zu schätzen, Mylady.«

»Lebt wohl, Majestät.« Eleanor neigte höflich den Kopf, aber sie sparte sich den Knicks, tauschte einen Blick mit Amyas Paulet und zuckte die Schultern.

Er öffnete ihr zuvorkommend die Tür zu dem zugigen Korridor, wo Fackeln in schmiedeeisernen Wandhaltern flackerten und rußten, und geleitete sie zurück zu seinen Gemächern.

»Ich bin verwundert, dass Ihr Euch die Mühe gemacht habt«, bekannte er. »Zumal es genauso ist, wie Ihr zu ihr sagtet: In Chartley wird sie nicht länger der Versuchung ausgesetzt sein. Dort kommt keine Maus unbemerkt hinein oder heraus.«

»Hm«, machte Eleanor unbestimmt und dachte: *Es sei denn, es sind Walsinghams dressierte Mäuse …*

Plymouth, Dezember 1585

»Bis Ihr im Frühjahr hinausfahren wollt, ist sie fertig, Sir Isaac, ich schwör's«, beteuerte Thomas Rotherfield, der Schiffsbauer, und blies auf seine rissigen, rotgefrorenen Finger.

Skeptisch ließ Isaac den Blick über das Gerippe seines zukünftigen Schiffes schweifen, das oberhalb der Wasserlinie am Strand auf Stapeln lag. »Fragt sich nur, in welchem Frühjahr …«

»Nein, im Ernst, wenn die Spanten erst einmal stehen, geht der Rest ganz schnell und … He! Williams, du Esel, pass auf an der Säge! Entschuldigt mich einen Augenblick, Sir.« Und damit eilte der Schiffsbauer davon, um an der gewaltigen, von zwei Männern bedienten Säge für Ordnung zu sorgen. Sie stand am Heck des unfertigen Schiffsrumpfs, in etwa da, wo einmal die Brig – die Arrestzelle – hinkommen würde. Überall auf dem Dock wurde gehämmert und gehobelt, wenigstens zehn Zimmerleute waren trotz Kälte und Graupel bei der Arbeit.

Isaac trat auf dem grauen, vom Regen pockennarbigen Kiesstrand zurück, um das begonnene Werk als Ganzes begutachten zu können, und schloss zufrieden, dass seine Anweisungen bezüglich der Größe befolgt worden waren.

Rotherfield kam zurück. »Was denkt Ihr, gehen wir auf einen Schluck hinein und werfen einen Blick auf die Pläne?«

»Einverstanden.«

Isaac folgte dem Schiffsbauer zu dessen Werkstatt, die einen Steinwurf entfernt stand. Es war ein riesenhaftes, scheunenartiges Bauwerk, das auch das Holzlager beherbergte, aber in der südöstlichen Ecke gab es einen abgetrennten Raum, der fast wie ein Kontor aussah mit Arbeitstischen und Tintenfässchen. Hier wurden die Pläne entworfen und gezeichnet, und hier wurden auch die zahlenden Kunden empfangen, weswegen es ein Kohlebecken gab.

Isaac wärmte sich dankbar die Hände, während Master Rotherfield eine knarrende Schranktür öffnete, um Krug und Gläser herauszuholen. »Und Ihr seid wirklich sicher, dass Ihr zwei Geschützdecks wollt?«, fragte er, während er einschenkte.

»Warum nicht? Da das Schiff nicht nur länger, sondern auch höher wird, haben wir den Platz, oder?«

Rotherfield reichte ihm ein gut gefülltes Glas. »Platz genug für vier Dutzend Kanonen, wenn Ihr mich fragt. Aber wir dürfen das Gewicht nicht aus den Augen verlieren.«

Isaac nickte und trank. Es war der saure, billige Rotwein, den Rotherfield immer ausschenkte, aber Isaac liebte den Geschmack, weil er es liebte, in dieser Werkstatt mit ihrem Holz-, Teer- und Eisengeruch zu stehen.

Rotherfield trat an einen der Tische und hob mit ausgebreiteten Armen einen Bogen an, der Isaac groß wie ein Bettlaken vorkam. »Ich würde vorschlagen, dass wir die Geschützluken versetzt übereinander einfügen, Sir. Wenn Ihr mal schauen möchtet …?«

Isaac trat begierig zu ihm, als in seinem Rücken die Tür geöffnet wurde und ein Schwall eisiger, feuchter Luft hereinströmte.

»Was für ein gottloses Wetter eine Woche vor Weihnachten …«, knurrte eine vertraute Stimme. »Rotherfield, wo bleibt meine verdammte Pinasse, Ihr Halunke?«

Isaac wandte sich um. »Captain Hawkins«, grüßte er.

»Ah, Fitzgervais.« John Hawkins fegte sich die Graupelkörner vom Biberkragen seines feinen Mantels. »Erzählt mir nicht, diese schwimmende Festung dort draußen baut er für Euch?«

»Es werden nur fünfhundert Tonnen«, widersprach Isaac ohne besonderen Nachdruck. Er hatte nicht die Absicht, sich zu rechtfertigen, lehnte sich stattdessen an den schweren Arbeitstisch und betrachtete seinen einstigen Dienstherrn. Hawkins' Haar war grau und ein wenig schütter geworden, aber er wirkte so athletisch und vital wie bei ihrer ersten Begegnung vor fünfundzwanzig Jahren.

»Was ist aus der *Nemesis* geworden?«, erkundigte Hawkins sich. »Sie ist ein herrliches Schiff. Sagt nicht, Ihr habt sie verkauft.«

»Schiffswurm«, erklärte Isaac. Er brachte es immer so schnell wie möglich hinter sich, das zu sagen, und beschränkte sich nach Möglichkeit auf das eine Wort, um zu verhindern, dass er in Tränen ausbrach.

»Ein Jammer.« Hawkins schüttelte betrübt das Haupt – eine überschwängliche Bekundung von Mitgefühl für seine Verhältnisse.

Isaac zuckte die Achseln. »Wenigstens sind wir nicht abgesoffen.« *Auch wenn nicht viel gefehlt hat …*

Der Schiffswurm gehörte zu den schlimmsten Schrecken für alle Seefahrer, die in warme Gefilde segelten. Nicht länger als ein Daumen und halb so dick, fielen diese unersättlichen Kreaturen meist in Scharen den Schiffsrumpf an, fraßen regelrechte Tunnel durchs Holz und verwandelten die soliden Planken in bröckelige Schwämme. Praktisch über Nacht war der Rumpf der *Nemesis* so durchlässig geworden, dass mehr Wasser eindrang, als die Männer herauspumpen und -schöpfen konnten.

»Wo ist es passiert?«, fragte Hawkins.

»Vor den Kapverden. Im September.«

Der ältere Seefahrer zog scharf die Luft durch die Zähne. »Weit weg von zu Hause …«

»Hm. Mein Schiffszimmermann und mein Erster Offizier haben die schlimmsten Stellen von innen neu ausgekleidet, und wir haben Tag und Nacht gepumpt. Trotzdem hatten wir Fische im Laderaum.«

»Fracht verloren?«

Isaac breitete ergeben die Hände aus. »Komplett.« Vor Gomera waren sie einer unbewaffneten spanischen Galeone begegnet und hatten gehofft, sie kapern zu können, um Mannschaft und Ladung mit dem erbeuteten Schiff zurück nach England zu schaffen, doch die *Nemesis* war zu träge von all dem Wasser in ihrem Bauch und zu bröckelig gewesen, um noch schnelle Manöver wagen zu können. Schweren Herzens hatten sie den Spanier ziehen lassen und die gesamte Ladung über Bord geworfen, um weiterzuschwimmen. »Aber die Hälfte der Geschütze konnten wir retten. Und ich habe keinen einzigen Mann verloren, obwohl wir den Wurm zu guter Letzt auch noch in den Wasserfässern hatten.«

Hawkins nickte mit einem Lächeln, das man kaum anders als stolz nennen konnte. »Respekt, Captain.«

Wann immer er diese Art von väterlichem Wohlwollen an den Tag legte, musste Isaac den Drang niederringen, ihm die Zähne einzuschlagen. Diesem Mann hatte er zwei Jahre in der Hölle zu verdanken, und er hatte nichts vergessen. Allein die seemännische und – auch wenn Isaac es nicht gerne zugab – charakterliche Glanzleistung bei der Heimfahrt auf der *Minion* nach dem Debakel von San Juan de Ulúa hatte dazu geführt, dass er John Hawkins mit Höflichkeit begegnen konnte, aber das war auch alles.

»Und was habt Ihr vor, um Euer neues Schiff vor Wurmbefall zu schützen?«, fragte dieser interessiert. »Eine Bleihaut?«

Isaac winkte ab. »Zu schwer, und sie halten ja auch nicht lange.«

»Nein, ich weiß. Eine Spikerhaut also?«

So nannte man eine zweite, äußere Plankenschicht, meist aus Nadelholz, die das Eindringen des Wurms aufhalten sollte. Hawkins schwor darauf, denn er hatte die Spikerhaut erfunden. Aber die *Nemesis* hatte solch eine Doppelbeplankung gehabt, und es hatte sie nicht gerettet. »Habt Ihr je von künstlichem Pech gehört?«, fragte Isaac.

»Nein. Was ist das?« Dankend nahm Hawkins von Rotherfield ein Glas des grässlichen Rotweins an und trank abwesend, während Isaac erklärte: »Mein Erster Offizier ist mein Cousin Marian Edmundson …«

»Ja, ich weiß.«

»Sein Vater fuhr für die Portugiesen, und in Macao hat er einmal einen Schiffsbauer getroffen, der ein künstliches Pech herstellte, das angeblich vor Schiffswürmern schützt. Man braucht ein chinesisches Baumöl dafür. ›Tungöl‹ nannte er das Zeug. Und vor ein paar Jahren habe ich eine portugiesische Galeasse aufgebracht, die voller Fässer mit Tungöl war. Ich habe das Zeug zu Hause in einen Lagerschuppen gestellt, weil niemand es wollte und ich nicht wusste, was ich damit anfangen sollte.«

Hawkins stellte das Glas achtlos beiseite und sah ihn an. »Weiß Euer Cousin, wie dieses künstliche Pech daraus gemacht wird?«

»Nur ungefähr. Aus Hanf, Kalk und eben diesem Baumöl. Aber was Mischung und Verfahren angeht …« Er seufzte leise. »Wir experimentieren noch.«

»Kann ich mir das ansehen?« Hawkins wirkte aufgeregt wie ein kleiner Junge. Er war immer aufgeschlossen für technische Neuheiten, wusste Isaac, und hatte sogar selbst eine Kettenpumpe entwickelt, die schon so manchen Seemann vor dem Ertrinken bewahrt hatte. Und da er als Treasurer zu den einflussreichsten Männern der Admiralität zählte, kamen seine Neuerungen immer gleich einer Vielzahl von Seeleuten zugute.

»Natürlich.« Isaac gab sich im Geiste einen Tritt in den Hintern und fügte hinzu: »Kommt zum Essen. Mein Cousin und ich werkeln bei mir zu Hause an dem Zeug herum. Morgen Abend?«

Hawkins strahlte. »Ich werde da sein. Und wie wollt Ihr Euer neues Schiff nennen?«

Isaac schaute aus dem salzverkrusteten Fenster auf das halbfertige Gerippe hinaus. »Das wird die *Liberty*«, antwortete er dann und sah John Hawkins wieder ins Gesicht. »Denn es gibt kein höheres Gut als die Freiheit, meint Ihr nicht?«

Hawkins zeigte nicht die Spur von Verlegenheit, sondern nickte feierlich. »Und nichts Geringeres als unsere Freiheit wird es sein, die wir gegen Felipe von Spanien und die Allianz der Papisten verteidigen müssen, wenn Ihr mich fragt. Und zwar bald.«

William Rotherfield schenkte ihnen nach. »Wir bauen, so schnell wir können.«

Von der Schiffswerft ritt Isaac über den Hoe, eine windgepeitschte, mit struppigem Gras bewachsene Freifläche gleich am Meer. Das Schneetreiben hatte wieder zugenommen, und er zog die Kapuze tiefer ins Gesicht. Sein Pferd scheute vor einer der Schneewolken, die über den Hoe wirbelten, und wollte nach links ausbrechen.

Isaac schnalzte beruhigend und klopfte ihm den schneebeflockten schwarzbraunen Hals. »Alles in Ordnung, Antenor, du kleiner Feigling …«

Antenor glaubte ihm kein Wort und schnaubte nervös. Isaac hatte ihn letztes Jahr von Lappidot gekauft, und hätte er noch Rennen geritten, wäre er mit diesem Wirbelwind auf vier Hufen unschlagbar gewesen. Aber dummerweise hatte er seiner Frau in einem schwachen Moment versprochen, diesem riskanten Zeitvertreib abzuschwören. Es reiche schließlich, dass er jahrein, jahraus sein Leben auf See riskiere, hatte sie angeführt, und ihm war auf die Schnelle kein stichhaltiges Gegenargument eingefallen …

Als sie in die Gassen des Hafenviertels eintauchten, beruhigte der Wallach sich. Die Dämmerung war hereingebrochen, und durch die Fenster der Seemannsherbergen und Hafentavernen fiel warmes Licht auf die schlammige Straße. Vereinzelt traf er auf Handwerksburschen und Matrosen, aber die meisten Leute zogen es bei diesem Wetter vor, daheim zu bleiben. Quietschend schaukelte das Holzschild mit dem bunten Vogel über der Tür des *Letzten Papagei* im Wind, doch heute kehrte Isaac nicht ein, denn auch er wollte nach Hause.

Er ritt in östlicher Richtung durch das Kaufmannsviertel der aufstrebenden Hafenstadt, wo die Häuser größer und die Straßen breiter waren, und gelangte schließlich ans Ufer des Plym. Eine Viertelmeile ritt er in nördlicher Richtung am Fluss entlang, der der Stadt ihren Namen gegeben hatte, und kam ans Tor von Cattedown Manor, als die Schneeflocken dicker wurden und lautlos zu Boden schwebten.

Durch das geöffnete, unbewachte Tor gelangte Isaac in den Innenhof seines Hauses, und eine melodiöse, scheinbar körperlose Stimme aus der Dunkelheit sagte: »Wir waren im Begriff, eine Suchmannschaft auszuschicken, Sir.«

»David!« Isaac lachte leise. »Du hast mich zu Tode erschreckt, Mann.«

»Einer der Vorzüge schwarzer Hautfarbe ist es, bei Nacht unsichtbar zu sein«, räumte der Diener ein, stand plötzlich wie aus dem Boden gestampft neben ihm – kaum mehr als ein strahlend weißes Augenpaar in der Nacht – und nahm Antenor beim Zügel.

Isaac saß ab. »Reib ihn gut trocken. Und eine Decke könnte auch nicht schaden. Wir bekommen eine kalte Nacht.«

»Wann ist es in diesem verfluchten Land nicht kalt?«, entgegnete David seufzend und führte das Pferd in den kleinen Stall neben dem Tor.

Es hatte einiges Aufsehen erregt, als Captain Fitzgervais ein altes Gutshaus am Stadtrand gekauft und es mit dunkelhäutiger Dienerschaft gefüllt hatte. Aber inzwischen regte das niemanden mehr auf, denn man sah jetzt immer mehr Mohren auf den Straßen von Plymouth, und die Leute hatten sich daran gewöhnt.

Längst nicht alle afrikanischen Sklaven oder Rudersträflinge aus aller Herren Länder, die Isaac und andere englische Kapitäne im Laufe der Jahre befreit hatten, waren in der Lage gewesen, in ihre Heimat zurückzukehren. Viele waren in England gestrandet, die meisten in London, wo sie sich nach und nach in ihre neue Existenz als Dienstboten oder Handwerker gefunden hatten. Einige waren auch in den Hafenstädten geblieben, in Bristol etwa oder eben hier in Plymouth. Manche kamen überhaupt nicht zurecht, verfielen dem Suff und bettelten oder die Mädchen verkauften sich unten am Hafen. Doch die meisten hatten gelernt, ihr Heimweh zu ertragen und wie die Engländer zu leben, gaben sich englische Namen, wurden Segelmacher oder Zapfer oder heuerten auf einem Schiff an, gingen sonntags in die Kirche und anschließend zum Fußball.

Isaac überquerte den Hof und betrat das Haus, wo ihm Wärme und Pfannkuchenduft entgegenschlugen. In der Küche rechter Hand hörte er Töpfe scheppern und die Stimme der Köchin, doch er ging weiter zur Halle, die die hintere Hälfte des Erdgeschosses einnahm und bei Tag einen herrlichen Blick auf den Fluss bot.

»Vater! Da bist du endlich wieder!« Janis sprang von der Decke am Boden auf, wo sie mit ihren beiden kleinen Brüdern gespielt hatte, und rannte zu ihm.

Isaac hob sie hoch. »Du meine Güte. Man kann merken, dass du nächsten Monat schon sieben wirst, du bist gar kein Federgewicht mehr …« Trotzdem wirbelte er sie durch die Luft.

Janis jauchzte und schlang die Arme um seinen Hals. »Was bekomme ich zum Geburtstag?«

Er tat, als überrasche ihn die Frage. »Hm. Keine Ahnung. Was wünschst du dir denn?«

»Ein Pony!«, verkündete sie erwartungsgemäß, ein bisschen atemlos vor Aufregung über die Dringlichkeit des Wunsches.

Isaac lachte. Janis erinnerte ihn so lebhaft an seine kleine Schwester Isabella, die in dem Alter auch von einem Pony geträumt und ihm seines ständig abspenstig gemacht hatte. »Wir werden sehen«, stellte er vage in Aussicht.

Doch Janis spürte, dass sie so gut wie gewonnen hatte, und küsste ihn auf die Wange. »Dein Bart kitzelt.«

»Das sagt deine Mutter auch immer«, antwortete er und zwinkerte Abigail zu.

Seine Frau erhob sich vom Tisch und warf einen letzten Blick in ihr Buch, ehe sie es zuschlug, um ihn zu begrüßen. »Was macht die *Liberty*?«

Isaac stellte Janis auf die Füße. »Klitzekleine Fortschritte«, berichtete er. »Mir geht das alles viel zu langsam.«

»Niemand kann dir ein Übermaß an Geduld vorwerfen«, bemerkte Abigail lächelnd.

»Ich hab Hawkins getroffen und musste ihn für morgen Abend zum Essen einladen.«

Sie hob gleichmütig die Schultern. »Ist recht.«

Isaac warf einen Blick in die wundervoll bemalte Wiege neben dem Tisch, wo die winzige Isabella schlummerte, den Daumen im Mund. Ihre honigfarbenen Wimpern waren wie zwei halbe Kränze aus Sonnenstrahlen, und das flaumige Haar der gleichen Farbe drehte sich zu verwegenen Löckchen. Sie war so niedlich, dass Isaac das Atmen mühsam wurde.

Er riss sich los und gesellte sich zu seinen Söhnen auf die Wolldecke vor dem Kamin, denn er war durchgefroren und ziemlich feucht, und es war der wärmste Platz in der Halle. Francis und Nick, drei und zwei Jahre alt, schenkten ihm nicht die geringste Beachtung, denn das Spielzeugschiff, das sie auf den Steinplatten vor dem Kamin auf große Fahrt schickten, war viel interessanter als er.

»Schande, ihr habt schon wieder den Großmast umgelegt, Männer«, stellte er fest.

»Was erwartest du?«, sagte Abigail. »Sie sind Piraten genau wie ihr Vater …«

Janis holte einen Zinnteller vom Tisch und hielt ihn Isaac einladend hin. »Willst du meinen halben Pfannkuchen?«

Er schüttelte den Kopf. »Auch wenn deine Mutter mich einen Piraten nennt, heißt das nicht, dass ich kleinen Mädchen ihre Pfannkuchen stehle. Es gibt Schandtaten, vor denen sogar ich zurückschrecke.«

Janis bot ihm den Teller weiterhin an, aber ihr Gesicht zeigte Besorgnis. »Du kannst ihn haben, ehrlich, ich will nichts mehr. Wird die Königin dich aufhängen?«

Das wollen wir doch nicht hoffen. »Wie in aller Welt kommst du darauf?«

»Jean Rosseau«, antwortete sie mit einem scheinbar abgeklärten Schulterzucken. »Sie haben ihn gestern gehenkt, und er war ein Pirat. Ich habe gehört, wie David und Onkel Marian darüber gesprochen haben.«

Isaac nahm ihr den Teller ab, stellte ihn auf die Kaminbank und zog Janis auf seinen Schoß. »Jean Rosseau war ein bretonischer Halunke, der vor den Küsten von Devon und Cornwall englischen Fischern und Frachtbooten aufgelauert hat. Ein Bandit auf dem Wasser, verstehst du. Und er hat sich nicht damit begnügt, seine

Opfer auszurauben, er hat auch viele von ihnen umgebracht. Das ist Piraterie der übelsten Sorte.«

»Und welche Sorte Piraterie ist deine?«

Isaac hatte Mühe, ein ernstes Gesicht zu wahren. »Die patriotische«, beteuerte er.

»Isaac«, schalt Abigail. »Merkst du nicht, dass diese Sache ihr zu schaffen macht?«

Er wurde wieder ernst. »Also schön. Es stimmt, dass auch ich Schiffe aufbringe, aber nur spanische, Janis. Die Fracht, die ich erbeute, haben die Spanier selber gestohlen. Darüber hinaus sind sie unsere Feinde, und ihr König Felipe will unsere Königin vom Thron stoßen. Das können wir nicht zulassen, oder?«

Sie schüttelte langsam den Kopf, die kornblumenblauen Augen voller Unruhe.

»Darum fahren englische Kapitäne hinaus und bekämpfen die Spanier auf See, aber wir tun es mit der Billigung der Königin.« Wenn auch meistens ohne offiziellen Kaperbrief, fügte er in Gedanken verdrossen hinzu. »Deswegen sind wir streng genommen gar keine Piraten, sondern Freibeuter.«

»Andere englische Kapitäne außer dir tun es auch?«, vergewisserte sie sich.

Er nickte. »Richard Grenville, Martin Frobisher, Thomas Cavendish …«, begann er aufzuzählen.

»Captain Drake?«, unterbrach Janis hoffnungsvoll.

»Und wie«, antwortete er grinsend.

»Oh. Gut.« Janis war beruhigt. Sie hatte eine große Schwäche für Francis Drake, der ein Kindernarr war und eine gänzlich ungeahnte Einfühlungsgabe an den Tag legte, wenn er es mit einem kleinen Mädchen zu tun hatte.

Vor drei Jahren war Drake kinderlos verwitwet und hatte im letzten Winter Eliza Sydenham geheiratet, die Tochter eines Landedelmannes aus Somerset. Drake hatte zehn Meilen außerhalb von Plymouth ein prachtvolles Anwesen gekauft, Buckland Abbey, um seiner vornehmen Braut ein angemessenes Heim zu bieten und der Welt nebenbei zu beweisen, wie steinreich er inzwischen geworden war.

Eliza hatte einen guten Einfluss auf ihn, so schien es, denn seit es sie gab, war Drakes Auftreten in der Öffentlichkeit nicht mehr so laut und prahlerisch wie früher, und die Scharen derer, die ihm die Kehle durchschneiden wollten, hatten sich ein wenig gelichtet. Selbst Isaac konnte ihn inzwischen fast wieder ertragen. Es blieb ihm auch nicht viel anderes übrig, denn das Schicksal schien wild entschlossen, ihre Wege miteinander zu verflechten. So hatte die Königin sie beide am selben Tag zum Ritter geschlagen, nachdem Isaac aus Panamá zurückgekommen war und ein paar Monate später Drake von seiner Weltumsegelung – nur mit einem knappen Drittel der Männer, die mit ihm aufgebrochen waren, dafür aber mit märchenhafter Beute. Wann immer die Königin und der Kronrat eine Fachmeinung über die spanische Seestreitmacht einholen wollten, wurden Isaac und Drake gemeinsam an den Hof zitiert. Und es war bereits zweimal geschehen, dass sie nach Monaten auf See am selben Tag nach Plymouth zurückgekehrt waren. Im *Letzten Papagei* machte man schon Witze darüber.

Und als sei all das nicht genug, schienen auch die Bande zwischen seiner und Drakes Familie immer enger zu werden, denn Abigail und Eliza waren Freundinnen geworden. Waren ihre Männer auf See, schloss Abigail das Haus am Plym und zog mit Sack und Pack nach Buckland Abbey, oder aber Eliza kam zu einem wochenlangen Besuch nach Cattedown Manor. Nicht dass Isaac Einwände gehabt hätte, im Gegenteil. Er war froh, dass Abigail nicht einsam zu Hause saß, wenn er auf See war. Er wäre einfach nur eine Spur glücklicher gewesen, wenn es Frobishers oder Grenvilles Frau gewesen wäre …

Eine Magd kam mit einem Stapel Teller in die Halle, knickste und deckte den Tisch fürs Nachtmahl.

»Janis, bring deine Brüder zur Amme und dann wasch dir die Hände«, trug Abigail ihrer Tochter auf. »Das gilt auch für dich, Captain.«

Isaac erhob sich folgsam vom Fußboden, fragte aber erstaunt: »Ich soll meine Brüder der Amme bringen?«

Abigail schmunzelte wider Willen und schüttelte gleichzeitig den Kopf. Janis brach in glockenhelles Gelächter aus, nahm Francis und zog ihn auf die Füße. Der so rüde Unterbrochene fing erwartungsgemäß an zu heulen. »Sylvia, hilfst du mir?«, bat das kleine Mädchen mit erhobener Stimme.

Die junge Magd las den ebenfalls brüllenden Nick auf, und himmlische Ruhe blieb zurück, als die Tür sich hinter den kleinen Schreihälsen schloss.

»Sie fängt an zu sprechen«, berichtete Abigail, sobald sie allein waren.

»Sylvia?«, fragte er verwundert.

Niemand wusste, woher die junge Frau stammte, die eher orientalisch als afrikanisch aussah, aber was immer ihr seit ihrer Entführung durch die Portugiesen passiert war, hatte ihr die Sprache verschlagen. Isaac hatte deswegen gezögert, sie einzustellen. Er fürchtete, sie könnte irgendwann mit dem Tranchiermesser auf seine Kinder losgehen. Doch seine Frau und seine afrikanische Köchin hatten ihn umgestimmt, und tatsächlich war Sylvia fleißig und sanft wie ein Lamm.

»David hat sie gehört«, fuhr Abigail fort. »Sie war im Stall beim Melken und glaubte sich offenbar allein.«

»Und da hat sie der Kuh ihr Herz ausgeschüttet?«

»Es ist ein Anfang, oder?«, gab sie zurück. »Aber wir wissen nicht, was sie gesagt hat. David kannte die Sprache nicht. Wie eine schlimme Halsentzündung habe es geklungen, sagt er.«

»Dann war's Arabisch«, behauptete Isaac, wusch sich – wie befohlen – die Hände in der Schüssel auf der Anrichte und setzte sich an den Kopf des wundervollen Ebenholztisches. »Ich habe mit Hawkins über dieses künstliche Pech gesprochen, das Marian und ich herzustellen versuchen. Er war brennend daran interessiert. Wenn es uns gelingt, die richtige Rezeptur zu finden, bräuchte nie wieder ein englisches Schiffs wegen Wurmbefalls unterzugehen. Aber irgendjemand müsste nach China segeln, um dieses Baumöl dort zu beschaffen.«

Abigail ergriff seine Hand. »Und ich nehme an, dieser Jemand bist du?«

»Die Vorstellung ist nicht ohne Reiz«, gestand er. »Und Marian weiß von seinem Vater allerhand über Land und Leute. Das ist immer hilfreich.«

»Sprich mit Hawkins. Er wird dafür sorgen, dass die Admiralität dir einen offiziellen Auftrag erteilt.«

»Hm. Keine erhebende Vorstellung, ihn um einen Gefallen zu bitten …«

»Aber du bist doch derjenige, der der Admiralität den Gefallen täte. Sagtest du nicht, Hawkins sei brennend an diesem künstlichen Pech interessiert?« Sie hob die Hände zu einer ›Na-also‹-Geste. »Wenn du nicht vorsichtig bist, küsst er dir die Stiefel, sobald du ihm vorschlägst, dieses grässlich riechende Zeug aus China zu holen.«

Isaac musste lachen. »Welch hübsches Bild.«

Und er dachte wohl zum tausendsten Mal, was für ein Glückspilz er war, dass der Himmel ihm diese Frau geschickt hatte.

Es hatte hier und da Kopfschütteln erregt, als er die Zofe seiner Schwester geheiratet hatte, bäuerlicher Herkunft und geschieden obendrein. Ausgerechnet Robin Dudley – nicht gerade dafür berühmt, dass er bei seiner Vermählung Rücksicht auf die Wünsche der Königin oder die öffentliche Meinung genommen hatte – war zu ihm gekommen und hatte ihn in aller Freundschaft gewarnt, dass Isaac mit einem solchen Schritt Türen zuschlüge, die ihm ansonsten weit offen gestanden hätten. Isaac hatte nie so ganz verstanden, was zum Henker das bedeuten sollte, aber er strebte weiß Gott keine Karriere bei Hofe an, und somit waren Dudleys Türen ihm egal. Abigails einstiger Gemahl, der Stallmeister von Waringham, hatte Lappidot die Brocken vor die Füße geworfen und war mit unbekanntem Ziel verschwunden, aber keinen Monat später war Lappidots Schwester Zillah verwitwet nach Hause zurückgekehrt. Wie sich herausstellte, besaß sie die Gabe und kümmerte sich viel lieber um das Gestüt als um eine baldige Wiederverheiratung.

Lappidot und seine junge Frau hatten Isaacs und Abigails Hochzeit in Waringham ausgerichtet, und Isaacs Schwestern waren gekommen – auch Eleanor. Das hatte ihn verblüfft, bis er begriffen hatte, dass sie es für Abigail getan hatte, nicht für ihn. Aber so oder so rechnete er es seiner Schwester hoch an, denn der Rückhalt der Waringham hatte Abigail viel bedeutet. Dann hatte er seine Braut nach Plymouth gebracht, wo die feinere Gesellschaft sie mit offenen Armen aufgenommen hatte, und Abigail hatte sich mit Feuereifer auf die Einrichtung des großen Hauses von Cattedown Manor, vor allem die Anlage des Gartens gestürzt.

Es war ein gutes Leben. Abigail fühlte sich wohl in Plymouth. Wenn er hinausfuhr, ließ sie ihn ohne Tränen ziehen. Sie fragte ihn auch niemals, was er trieb, während er fort war. Und je mehr Leine sie ihm ließ, desto verrückter wurde er nach ihr. Er war ihr öfter treu, als sie vermutlich glaubte, doch wenn er sich fern der Heimat gelegentlich in anderen Betten herumtrieb, war sie es, an die er dachte. Er war immer selig, nach Hause zurückzukehren, zumal er fast jedes Mal ein neues Kind vorfand.

»Wir bitten Marian und seine Frau ebenfalls morgen zum Essen«, schlug sie vor. »Dann könnt ihr Hawkins euer grässliches Gebräu vorführen, und wir lenken das Thema scheinbar zufällig auf China. Mal sehen, ob Hawkins anbeißt.«

»Gute Idee.«

Janis kam in die Halle zurück, dicht gefolgt von Jamima, der Köchin, die eine große Schüssel Eintopf aus Erdäpfeln, Lauch und frischem Fisch brachte, veredelt mit Pfeffer und Muskat und anderen sündhaft teuren Gewürzen, die Isaac von seiner letzten Fahrt mit heimgebracht hatte.

Er beugte sich über die Schüssel, sog genießerisch den aromatischen Dampf ein und seufzte glücklich. »Ich sag euch, es geht einfach nichts über ein Piratenleben.«

Hampton Court, Dezember 1585

»*Noble Lords von England*«, sprach Königin Eleanor von Aquitanien. »*Mögen Gott und Fortuna uns des siegreichen Richards, des Bezwingers der Ungläubigen, beraubt und dieses Land in Trauer und Entsetzen gestürzt haben, so gestattet mir dennoch zu frohlocken. Und auch Ihr solltet frohlocken, dass aus diesem meinem Schoß eine zweite Hoffnung hervorgegangen ist – ein König, der in Herrschaft und Tugend seinem Bruder nachfolgen kann.*«

Die greise Königin setzte sich auf ihren Bühnenthron, und der junge König John sagte: »*Unwürdig bin ich einer so hohen Ehre wie des Throns der Könige von England, doch bin ich willens, das schwere Joch zu meistern …*«

»Kann man ein Joch meistern?«, flüsterte Gabriel Eleanor ins Ohr, seine Skepsis unüberhörbar.

Sie biss sich auf die Unterlippe, mahnte aber gleichzeitig: »Schsch. Das Stück mag keine große Verskunst sein, aber dein Sohn ist wundervoll. Also hör ihm zu.«

»Mein Sohn trägt Weiberkleider, sollte dir das nicht aufgefallen sein …«

»Pst!«, machte jetzt auch Lady Butler an seiner anderen Seite, und der König der Diebe bedachte sie mit einem Blick, von dem ihr die Farbe aus dem Gesicht wich, verstummte dann aber.

Sie saßen an der weihnachtlich geschmückten rechten Seitentafel in der riesigen Halle von Hampton. Gabriel hatte die Ellbogen auf den Tisch gestützt, Becher in Händen, und folgte der *friedlosen Regentschaft des Königs John* missmutig.

Ungefähr nach der Hälfte des Stücks gab es eine Pause, in welcher Richard Tarlton, der berühmte Narr der *Queen's Men*, die Festgemeinde mit akrobatischen Kunststücken und frechen Versen amüsierte.

Lady Butler erhob sich von der Tafel – fluchtartig, argwöhnte Eleanor –, und Gabriel raunte: »Beantworte mir zwei Fragen, wenn du so gut sein willst.«

Eleanor wandte sich ihm zu. »Und zwar?«

»Warum müssen wir hier ein fades Stück über König John ertragen, der eine der jämmerlichsten Gestalten war, die je Englands Thron verunziert haben?«

»Weil König John den Kampf mit dem Papst aufgenommen hat«, antwortete sie prompt. »Dieses Stück, so fade es auch sei, ist Teil von Secretary Walsinghams antipapistischer Kampagne.«

Gabriel schnaubte leise. »Aber dies hier ist Königin Elizabeths Hof. Lauter überzeugte Protestanten. Anti-papistische Propaganda ist hier gänzlich verschwendet.«

»Hm«, stimmte sie zu. »Die Queen's Men werden indes mit ihrem Repertoire durchs ganze Land reisen, und die Königin und Walsingham wollten es vorher sehen.«

Gabriel nickte und trank einen Schluck. »Verstehe.«

»Und die zweite Frage?«

»Warum muss ausgerechnet unser Sohn die alte Königin spielen?«

Eleanor verbiss sich ein Lachen, antwortete aber mit Überzeugung: »Weil niemand das so gut kann wie er. Frauen dürfen nun einmal auf keiner Bühne stehen, weil es sich angeblich nicht schickt. Also müssen die Frauenrollen mit Männern besetzt werden, und du musst zugeben, dass Samuel großartig ist.« Seine Darbietung wirkte weder possenhaft noch anstößig. Er trug die altmodischen Roben mit königlicher Würde, und seine Frauenstimme klang nicht albern oder verstellt. »Er spielt Königin Eleanor nicht, er *ist* Königin Eleanor. Und wer war es gleich wieder, der ihm beigebracht hat, Frauenkleider zu tragen, wie eine Frau zu sprechen und sich wie eine Frau zu bewegen?«

Der König der Diebe hob abwehrend die Rechte. »Das ist etwas anderes. In meinem Gewerbe erfüllen Verkleidung und Verstellung einen Zweck.«

»In seinem auch«, erwiderte Eleanor. »Du solltest froh für ihn sein. Er hat einen Platz gefunden, wohin er gehört.«

Gabriel seufzte leise. »Nur leider nicht den, welchen ich mir gewünscht habe.«

»Ich weiß. Aber ich glaube, Eltern haben in Wahrheit nur wenig Einfluss auf das, was aus ihren Kindern wird.« Sie dachte unwillkürlich an Anne, die so ganz anders geraten war, als sie gehofft hatte. »Was die Queen's Men tun, erfüllt einen Zweck, der über eitlen Zeitvertreib hinausgeht, denn sie tragen eine politische Botschaft ins Land hinaus.«

»Hm, und spionieren in der Provinz für Walsingham«, spöttelte er.

»Falls es so ist, wäre es keine Sünde. Und du solltest stolz sein, dass dein Sohn der beste Schauspieler der ganzen Kompanie ist.«

»Ich bin nicht sicher«, bekannte er. »Dieser Kerl, der König John spielt, ist mindestens genauso gut. Wie heißt er gleich wieder?«

»Shakespeare.« Er war vor ein paar Monaten aus der Provinz gekommen und zur Schauspielertruppe der Queen's Men gestoßen, und seither waren Samuel und der junge Will Shakespeare unzertrennlich.

Am Ende der Vorführung war der Beifall lang, aber eher höflich als begeistert, argwöhnte Eleanor, und als die Musiker die Schauspieler ablösten und zum Tanz aufspielten, las sie auf manchen Gesichtern Erleichterung.

»Es war kurzweilig und bewegend dank der guten Schauspieler«, urteilte Christopher Hatton, der Kommandant der königlichen Leibwache, der an ihrer anderen Seite saß. »Doch was wir wirklich brauchen, sind neue Stücke, Lady Eleanor.«

»Ja, es gibt vermutlich einiges, was man besser machen könnte«, räumte sie ein.

»Ah, und da kommt der Mann, der vielleicht Abhilfe schaffen könnte.« Plötzlich klang Hatton giftig. »Der König der Emporkömmlinge, der sich für einen begnadeten Dichter hält …«

Eleanor wusste schon, wen Hatton meinte, bevor sie ihn entdeckte: Sir Walter Raleigh hatte sich von seinem Platz an einer der unteren Tafeln erhoben und steuerte zielstrebig auf die Königin zu, um sie zum Tanz zu führen.

Als Elizabeth ihn kommen sah, strahlte sie und streckte ihm die Linke mit dem eleganten weißen Fächer entgegen.

»Gönnt ihn ihr, Sir Christopher«, bat Eleanor achselzuckend. »Es gibt derzeit nicht gerade vieles, was ihr ein Lächeln entlockt.«

»Ihr stellt zu hohe Ansprüche an meine menschliche Größe, Mylady«, gab er ironisch zurück. »Mir kocht die Galle über, wenn ich ihn nur sehe.«

Eleanor wusste, es ging vielen bei Hofe ebenso.

Walter Raleigh war in der Tat ein Emporkömmling – aber viele gute Männer waren das heutzutage. Er war bescheidener ritterlicher Abstammung, hatte auf der Schule in Waringham eine hervorragende Erziehung genossen und sich anschließend im Krieg in Frankreich und in Irland herumgetrieben. Aber dann hatte das Glück ihn im Stich gelassen, und ihr Bruder Isaac hatte Raleigh hungrig und abgebrannt in irgendeiner Hafenspelunke an der Bankside aufgegabelt. Weil Isaac Raleigh einen Gefallen schuldete, hatte er ihn Robin Dudley vorgestellt, und als die Königin zufällig hinzukam, gefiel ihr, was sie sah.

Raleigh war vielleicht ein Luftikus, aber Eleanor mochte ihn, und sie wusste, was Männer wie Christopher Hatton ihm am meisten verübelten, war, dass Raleigh zwanzig Jahre jünger war als sie.

Jetzt beugte er sich zur Königin hinab, und seine weißen Zähne blitzten im dunklen Bart auf, als er ihr etwas zuflüsterte.

Elizabeth warf den Kopf zurück und brach in ihr schönes warmes Lachen aus. Dann legte sie die Hand in seine, stand auf und ließ sich von Raleigh zum Tanz führen.

Christopher Hatton – einst als bester Tänzer Englands gerühmt – stieß einen Laut aus, der gefährlich nah an einem Wimmern war.

Gabriel stand auf und verbeugte sich galant vor Eleanor. »Würdet Ihr mir die Ehre erweisen, Mylady?«

»Mit Vergnügen.«

Mit schuldbewusster Erleichterung überließ sie den armen Sir Christopher seiner Trübsal und tanzte eine ausgelassene Volta mit dem König der Diebe. Mahalath tanzte mit ihrem Bruder, Amos of Helmsby, während Lappidot mit den übrigen Musikern der Chapel Royal spielte. Anfangs hatte er Stirnrunzeln geerntet, denn nach weitverbreiteter Meinung gehörte sich das öffentliche Musizieren nicht für einen Earl. Doch Lappidot hatte der Königin in aller Höflichkeit erklärt, er werde den Titel nur dann annehmen, wenn er die Stellung in der Hofkapelle nicht dafür aufgeben müsse, und inzwischen hatten sich alle damit abgefunden. Es war schließlich allgemein bekannt, dass die Waringham alle ein wenig … exzentrisch waren.

Als die beschwingte Melodie endete, verneigten die Gentlemen sich vor ihren Tanzpartnerinnen. Elizabeth fächelte sich Luft zu, aber sie war nicht die Spur außer Atem. »Gleich noch einmal, Sir Walter«, befahl sie energisch und legte die Linke auf Raleighs Schulter.

Lappidot setzte den Bogen wieder an, und auf sein Zeichen stimmten die Musiker die nächste Volta an.

Gabriel steuerte Eleanor unauffällig aus dem Zentrum der Tänzer. »Zeit für mich zu verschwinden.« Es klang bedauernd, doch wenn er unmaskiert kam, verabschiedete er sich immer, ehe die Halle sich leerte.

»Ich begleite dich ein Stück«, erbot Eleanor sich, denn der Saal war stickig und verräuchert, und sie hatte nichts gegen ein bisschen frische Luft.

Die Halle von Hampton Court lag an einem der vielen quadratischen Innenhöfe, die diesen Palast so unübersichtlich machten. Als Eleanor und Gabriel ins Freie traten, knirschte der Schnee unter ihren Schuhen, aber es schneite nicht mehr, und die Nacht war klar. Ein livrierter Diener mit einer Fackel schickte sich an, sie zu begleiten, aber Gabriel schüttelte den Kopf. Der halbvolle Mond und der Schnee machten die Nacht hell.

Arm in Arm schlenderten sie Richtung Torbogen.

»Was macht Anne?«, fragte Eleanor, denn sie hatten zuvor keine Gelegenheit zu einem vertraulichen Wort gehabt.

Gabriel lachte leise. »Sie ist nicht zu bändigen. Ein wahrhaft wildes Geschöpf.«

Sie brummte missfällig. »Ich weiß genau, von wem sie das hat …«

»Oh, komm von deinem hohen Ross herunter, Lady Eleanor. Du hast auch immer getan, was du wolltest, ohne dich darum zu scheren, ob es jemanden brüskiert. Und du hast dir *genommen*, was du wolltest.«

»Aber immer mit Bedacht.«

Er nickte. »Genau wie Anne. Tatsächlich erinnert sie mich in der Hinsicht sehr an dich.«

»Ah ja? Was ist so wohlbedacht an ihrer kindischen Schwärmerei für diesen Taugenichts?«

Gabriel antwortete nicht sofort. Sie gingen ein paar Schritte schweigend durch die eisige, stille Nacht, und als Eleanor fröstelte, blieb er stehen, wandte sich zu ihr um und hüllte sie mit in seinen wallenden dunklen Mantel. Dann drückte er die Lippen auf ihre Stirn und sagte: »Ich habe keine Einwände dagegen, dass sie heiraten.«

»Nein, ich weiß. Ich hingegen habe dutzende Einwände, aber irgendwie habe ich es geschafft, Anne an dich zu verlieren, und so wirst du es sein, der über ihre Zukunft bestimmt, und nicht ich.«

»Ich denke, weder du noch ich werden über Annes Zukunft bestimmen, sondern sie allein. Wenn ich ihr etwas verbiete, ignoriert sie mich. Wenn ich sie einsperre, büxt sie aus. Wenn ich ihr drohe, droht sie mir. Es ist einfach unmöglich, sie einzuschüchtern. Natürlich kann man jeden Menschen brechen, auch Anne. Aber die Wahrheit ist, ich sehe mich außerstande, das zu tun, Eleanor, und ich sehe auch keine Veranlassung.«

Es kam nicht gerade oft vor, dass der König der Diebe sie seine verletzliche Seite sehen ließ. Aber wenn es geschah – vielleicht einmal pro Jahrzehnt, schätzte sie –, dann war Eleanor immer ganz hilflos vor Liebe. Sie legte die Hände auf seine Schultern, stellte sich auf die Zehenspitzen und küsste ihn.

»Also meinetwegen«, sagte sie schließlich. »Dann lass sie in Gottes Namen heiraten. Und wahrscheinlich sollten wir unsere Zustimmung bald geben, oder? Ehe Anne beschließt, sie habe lange genug gewartet.«

»Wenn es die Tugend deiner Tochter ist, um die du fürchtest, kommt deine Sorge ein Jahr zu spät«, eröffnete er ihr trocken. »Mindestens.«

Eleanor fiel aus allen Wolken. Als sie den Schock überwunden hatte, fragte sie: »Wieso wird sie nicht schwanger?«

»Was weiß ich?«, knurrte er. Offenbar behagte ihm das Thema ganz und gar nicht. »Weil sie jede Hure in London kennt und vermutlich jede nach ihrem Rezept gefragt hat. Meine Mutter eingeschlossen.«

»Die der lebende Beweis dafür ist, dass die Rezepte der Huren nichts taugen, denn zweimal ist sie schwanger geworden.«

»Ja, aber nicht öfter.« Er hob beschwörend die Hände. »Frag

Anne. Nicht mich. Wenn ich nur dran denke, bin ich versucht, Lancelot sein gutes Stück abzuhacken und in den Rachen zu stopfen, also je weniger ich mich damit befasse, umso besser für alle Beteiligten …«

»Master Topcliffe und Master Gifford, Sir«, meldete der alte Humphrey, der schon seit Ewigkeiten Walsinghams Hausdiener war und vermutlich mehr Staatsgeheimnisse kannte als der Kronrat.

Walsingham tauschte einen Blick mit Eleanor und nickte dann. »Ich lasse bitten.«

Eleanor wartete, bis Humphrey die Tür zur Bibliothek geschlossen hatte, ehe sie bemerkte: »Und ich könnte schwören, Ihr hättet gesagt, Ihr wolltet ihn nicht Topcliffe ausliefern.«

»Das habe ich auch nicht«, antwortete Walsingham und schlug die Beine übereinander. »Aber der junge Master Gifford verkannte den Ernst seiner Lage, darum habe ich Topcliffe gebeten, ihn … aufzuklären.«

Plötzlich fröstelte Eleanor am Rücken. Das lag nicht an der Temperatur, denn auch wenn draußen vor den Butzenscheiben eisiger grauer Januarniesel herrschte, war dieser Raum mit seinen hohen Bücherregalen doch behaglich, und das Feuer knackte und prasselte anheimelnd im Kamin.

Noch ehe Eleanor entschieden hatte, ob sie genauer nachfragen wollte, wurde die Tür aufgerissen, und Topcliffes raue Stimme polterte: »Immer herein in die gute Stube. Nur nicht schüchtern, Söhnchen!« Er zerrte seinen Begleiter am Ärmel mit sich und beförderte ihn mit einem Tritt in Walsinghams Bibliothek.

Gilbert Gifford schlug der Länge nach auf die polierten Bodendielen, sprang aber sogleich wieder auf die Füße und wich vor Topcliffe bis ans Fenster zurück. Er war Mitte zwanzig, wusste Eleanor, aber er wirkte jünger mit seiner dürren, schlaksigen Statur, dem hellblonden Schopf und den weit aufgerissenen blauen Augen, deren gehetzter Blick durch den dämmrigen Raum schweifte, für einen Lidschlag auf dem Gesicht des Secretary verharrte, dann weiter zu Eleanor glitt.

Sie musterte den jungen Papisten kühl, aber dennoch appellierte er an sie: »Madam, um der Liebe Christi willen …« Weiter wusste er nicht. Die Stimme klang gepresst.

»Gentlemen, nehmt Platz«, lud Walsingham die Neuankömmlinge ein. »Das gilt auch für Euch, Gifford. Es besteht kein Anlass für eine Szene. Euch ist nichts geschehen, oder?«

Gifford kam zögernd vom Fenster herüber ans Feuer und ließ sich in den Sessel neben Eleanor sinken. »Nein.« Er schluckte sichtlich. »Aber Master Topcliffe war so freundlich, mir seinen Keller zu zeigen.«

Walsingham nickte. »Kein schöner Anblick.«

Richard Topcliffe erledigte schon seit Jahren die Drecksarbeit für den Kronrat. Seine Verhöre waren effektiv und ergaben fast immer die gewünschten Geständnisse. Die Yeomen Warders im Tower behaupteten, kein Mann verstehe sich auf die Streckbank so wie Topcliffe, der den besonders wortkargen Gefangenen einen Stein unters Rückgrat legte, ehe er sie auf die Streckbank band – mit verblüffenden Ergebnissen. Doch nach dem papistischen Komplott gegen die Königin im vorletzten Jahr hatte Topcliffe um Erlaubnis ersucht, im Keller seines Hauses in Westminster eine eigene Verhörkammer einrichten zu dürfen, damit er sich seinen Schäfchen ungestört und – falls nötig – über längere Zeiträume widmen könne. Er hatte diese Erlaubnis erhalten. Immer mehr Jesuiten kamen heimlich nach England. Immer häufiger fielen einflussreiche Bürger oder Angehörige des Landadels vom protestantischen Glauben ab, kehrten klammheimlich zum Papismus zurück und stellten das Herrschaftsrecht der Königin infrage. Ein Mann wie Topcliffe wurde gebraucht, hatte der Kronrat befunden. Eine abscheuliche Notwendigkeit …

»Es muss schlimm um England stehen, wenn es so tief sinken kann«, versetzte Gifford verächtlich.

Topcliffe legte die großen Hände auf die Armlehnen seines Sessels und stemmte sich ohne Eile in die Höhe, aber Walsingham bat ihn mit einem Wink, wieder Platz zu nehmen.

»Ihr habt recht, Gifford«, räumte der Secretary nüchtern ein. »Es steht schlimm um England. Und daran sind Männer wie Ihr schuld, die sich unter dem Deckmäntelchen der Religion für spanische oder französische Machenschaften kaufen lassen.«

»Aber ich habe nie …«

»Ihr wollt mich gütigst nicht unterbrechen.« Francis Walsingham erhob niemals die Stimme, aber in Momenten wie diesem erhaschte man einen Blick auf den stählernen, unerbittlichen Kern seines Wesens. »Ihr seid unmittelbar aus Paris nach England gekommen?«

»Ja, Sir.«

»Und dort hattet Ihr Kontakt zu Mary Stewarts Spion Thomas Morgan?«

Die Frage war ein herber Schlag für Gifford. »Woher wisst Ihr das?« Seine Stimme klang dünn und brüchig.

Walsinghams Mundwinkel verzogen sich für einen Lidschlag nach oben. »Es ist meine Aufgabe, dergleichen zu wissen. Also, was wollte Morgan?«

Giffords Blick glitt zum Feuer. »Er … er ist ein großer Bewunderer der schottischen Königin. Es heißt, Mary Stewart bringe Männer dazu, ihr zu verfallen und völlig zu Willen zu sein, und offenbar ist ihr das bei ihm gründlich gelungen.«

»Sehr hübsch formuliert, aber wir werden die ganze Nacht hier sitzen, wenn Ihr mir weiterhin ausweicht. Wozu hat Morgan Euch nach England geschickt?«

»Wie kommt Ihr darauf, dass er mich geschickt hat?«

»Weil er in engem Kontakt mit Mary Stewarts französischer Verwandtschaft steht, insbesondere dem Herzog von Guise. Und ich wüsste niemanden sonst, der Eure Börse mit französischen Goldmünzen gefüllt haben sollte.«

Gifford fuhr sich mit der Linken durch den kurzen Blondschopf und nickte unwillig. »Ja, es ist wahr. Morgan war es, der mich gebeten hat, nach England zurückzukehren.«

»Und ist es zutreffend, dass Thomas Morgan jahrelang Briefe zwischen Mary Stewart und dem Herzog von Guise geschmuggelt hat?«

Gifford nickte.

»Sprecht es aus, seid so gut«, bat der Secretary höflich.

Gifford räusperte sich. »Ja, es stimmt.«

»Mit welchem Ziel?«

»Mary Stewart zu befreien.«

»Und weiter?«

Gifford zuckte die mageren Schultern. »Was weiß ich …«

Walsingham schenkte ihm ein scheinbar nachsichtiges Lächeln. »Nun, wenn Ihr es nicht wisst, sage ich es Euch gern, mein junger Freund: Morgan und seine Mitverschwörer wollen ein Attentat auf Königin Elizabeth verüben und Mary Stewart auf den englischen Thron setzen.«

»Und ich sage Euch etwas, das Ihr vielleicht nicht wisst, weil Ihr lange Zeit fort aus England wart«, setzte Eleanor hinzu. »Vor zwei Jahren haben die Engländer einen Vertrag mit Königin Elizabeth geschlossen. Er heißt *Bond of Association*. Darin gehen die Engländer die Verpflichtung ein, jeden auf der Stelle hinzurichten, der versucht, die englische Krone an sich zu reißen oder Königin Elizabeth zu ermorden. Tausende und Abertausende von Engländern haben diese Erklärung unterschrieben, auch Master Topcliffe und Secretary Walsingham und sogar Frauen. Wie ich, zum Beispiel.«

»Und dieser Bond of Association hat Gesetzeskraft«, nahm Walsingham den Faden wieder auf. »Versteht Ihr, Gifford? Ihr habt Euch zu Thomas Morgans Werkzeug machen lassen, der den Sturz und die Ermordung Ihrer Majestät Königin Elizabeths plant. Wir hier im Raum wären eigentlich verpflichtet, Euch dafür zu töten.« Er verschränkte die Hände zwischen den Knien und lehnte sich ein wenig vor. »Begreift Ihr jetzt endlich, in welcher Lage Ihr Euch befindet?«

Gilbert Gifford starrte ihn an wie das Kaninchen die Schlange, und winzige Schweißperlen standen auf seiner bartlosen Oberlippe. Dann glitt sein Blick wieder zu Eleanor. »Was … was wollt Ihr denn von mir?«

Eleanor spürte ihren Herzschlag in der Kehle pochen. Sie wusste, wenn sie antwortete, würde sie etwas in Gang setzen, das sie bis ans Ende ihrer Tage verfolgen könnte. Aber es gab keinen anderen Weg. »Wir wollen, dass Ihr genau das tut, wozu Ihr nach

England gekommen seid: Ihr werdet Mary Stewart einen Brief schreiben, in welchem Ihr Euch als Mittelsmann zwischen Ihr und Thomas Morgan vorstellt, und ihr diesen Brief zusammen mit Morgans Empfehlungsschreiben zukommen lassen.«

»Aber wie?«, fragte der junge Mann verständnislos. »Ihr habt gesagt, sie sitzt in Chartley unter strenger Bewachung, und Amyas Paulet kontrolliert jeden Fetzen Papier, ehe sie ihn in die Hände bekommt.«

Walsingham nickte. »Es gibt immer Mittel und Wege. In Buxton wohnt zum Beispiel der Brauer, der Chartley Castle mit Bier beliefert. Ihr werdet zu ihm gehen und ihn überreden, Eure Briefe in seinen Fässern in die Burg zu schmuggeln. Er ist ein großer Bewunderer der schottischen Königin, und für eine kleine finanzielle Anerkennung wird er es tun. Die Einzelheiten sind genau ausgearbeitet, Master Phelippes wird sie Euch erklären. Er ist unser Chiffrierspezialist, und er wird Euch nach Norden begleiten.«

Gifford schlug den Blick nieder und nickte. »Ihr stellt ihr eine Falle.«

»Nein«, gab Walsingham lächelnd zurück. »*Ihr* seid derjenige, der Mary Stewart die Falle stellt.«

»Fang bloß nicht an zu heulen, Söhnchen«, schnauzte Topcliffe. »Das schottische Luder intrigiert seit Jahren mit dem Papistengeschmeiß auf dem Kontinent, um Ihre Majestät zu stürzen und ihren Thron zu erbeuten. Jedes Mal ist sie aufgeflogen, jedes Mal hat Königin Elizabeth ihr verziehen. Wenn das Stewart-Weib auch nur einen Funken Anstand im Leib hat, wird sie es nicht noch einmal tun. Aber wenn doch, hat sie alles verdient, was es ihr einbringt.«

Wie so oft verriet Walsinghams Miene, dass Topcliffes Ausdrucksweise ihn nicht glücklich machte, aber er sah Gifford an und nickte. »Ihr werdet derjenige sein, der ihr die Gelegenheit gibt, zu beweisen, dass sie ihre Lektion gelernt hat, Gifford. Und solltet Ihr in Versuchung geraten, ein doppeltes Spiel zu treiben und Korrespondenz an Master Phelippes vorbeizuschmuggeln, seid gewarnt: Ihr werdet unter ständiger Beobachtung stehen. Jeder Bauer, jede Bürgersfrau, jeder Gasthauswirt, die ihr in Chartley oder Buxton seht, könnten meine Agenten sein. Unser Netz ist zu eng, als dass Ihr hindurchschlüpfen könntet. Also seid klug und stürzt Euch nicht ins Unglück.«

Gifford lachte freudlos. »Wie es aussieht, habe ich das bereits, oder?«

Waringham, April 1586

»Willst du, Lancelot …« Der alte Pastor Wilkins sah verwirrt von dem Zettel auf, den er in sein *Book of Common Prayer* gelegt hatte. »Wie lautet Euer Familienname, mein Sohn?«

Lancelot hob mit einem entwaffnenden Lächeln die Schultern. »Einfach nur Lancelot, Reverend. Ich wurde gleich nach meiner Geburt in einer Holzkiste vor der Krippe abgestellt, und der selige Lord Waringham hat mir den Namen gegeben. Anscheinend war er gerade ritterlicher Stimmung.«

Hier und da gab es leises Gelächter unter den Versammelten, und auch der Pastor musste schmunzeln. »Also dann: Willst du, Lancelot, diese Frau zu deinem angetrauten Weibe nehmen und mit ihr nach Gottes Gebot im heiligen Stand der Ehe leben? Willst du sie lieben und trösten, sie ehren und halten in Krankheit und Gesundheit? Willst du allen anderen entsagen und ihr allein angehören, solange ihr lebt?«

Der Bräutigam senkte fromm das Haupt. »Ich will.«

»Und willst du, Anne Durham of Waringham, diesen Mann zu deinem angetrauten Gemahl nehmen und mit ihm nach Gottes Gebot im heiligen Stand der Ehe leben? Willst du ihm gehorchen und dienen, ihn lieben, ehren und halten, in Krankheit und Gesundheit? Willst du allen anderen entsagen und ihm allein angehören, solange ihr lebt?«

»Ich will, aber ich werde ihm nur gehorchen, wenn er im Recht ist«, stellte Anne klar.

Sie sah hinreißend aus in dem perlenbestickten Kleid aus elfenbeinfarbenem Damast, das ihr Vater hatte springen lassen. Doch

Anne hatte es nur unter Protest angelegt und wie zum Ausgleich das hüftlange, gewellte Haar offen gelassen. Ein wenig windzerzaust leuchtete es nun wie Rabenflügel in der strahlenden Frühlingssonne, die durch die kleinen Fenster der Kapelle fiel.

»Das fängt ja gut an mit euch beiden«, murmelte Pastor Wilkins kopfschüttelnd und sah ratsuchend zu Lappidot. »Mylord?«

Der junge Earl hob die schönen Musikerhände. »Wenn Lancelot keine Einwände gegen diese Einschränkung des Ehegelöbnisses hat, soll es mir recht sein. Wenigstens ist meine Cousine aufrichtig und sagt von Anfang an, worauf er sich einlässt.«

»Ich weiß, worauf ich mich einlasse«, versicherte Lancelot und tauschte ein verschwörerisches Lächeln mit seiner widerspenstigen Braut.

Der Pastor nickte. »Wer führt diese Frau ihrem Bräutigam zu?«

»Ihr Vater.« Gabriel trat einen Schritt vor, seine Erscheinung tadellos und elegant, seine Miene ernst. Oder finster traf es besser, fand Eleanor. Dies war kein leichter Tag für ihn. Nicht genug damit, dass er sein über alles geliebtes Kind endgültig hergeben musste. Obendrein hatte die Verlobung zu einem so bitteren Streit zwischen Gabriel und seinem Bruder Lewis geführt, dass ungewiss schien, ob der Riss sich je kitten ließ. Doch der Brautvater lächelte, als er Annes Hand ergriff und in Lancelots legte, und küsste ihr die Stirn.

Unaufgefordert zog Samuel die Ringe aus einer der unsichtbaren Taschen in seinem Wams und hielt sie dem Geistlichen hin.

Wilkins gab Lancelot den kleineren mit dem Smaragd, Anne den glatten, größeren, und forderte sie auf: »So sprecht mir nach: Mit diesem Ring nehme ich dich zur Frau … zum Mann. Dieses Gold gebe ich dir. Mit meinem Leib will ich dir huldigen und will all meine weltliche Habe mit dir teilen. Im Namen des Vaters, des Sohnes und des Heiligen Geistes. Amen.«

Die Brautleute sahen sich in die Augen, als sie einander die Ringe ansteckten, und während Wilkins sie zu Mann und Frau erklärte und den Segen sprach, kam Eleanor zu dem Schluss, dass sie das Richtige getan hatten, ihre Zustimmung zu geben, und zur Hölle mit Lewis Draper …

Es war der Tag nach dem Osterfest – keine Woche mehr bis zum Beginn des großen Jahrmarkts und der Pferdeauktion hier auf der Burg. Dass die weit verstreute Familie zu dieser Zeit in Waringham zusammenkam, war schon länger Tradition, doch seit Lappidot die Gastgeberrolle innehatte, galt der Begriff »Familie« im denkbar weitesten Sinne: Der uralte Doktor Harrison war mit seinen beiden Nachfolgern – seinem Sohn Elkana und seinem Ziehsohn Uriah – aus London angereist, und die beiden jüngeren Männer hatten wiederum ihre eigenen Familien mitgebracht. Die Kutschfahrt war beschwerlich für den alten Gentleman gewesen, der von der Gicht geplagt wurde, aber er ließ es sich nicht nehmen, im Frühling nach Waringham zu kommen, erklärte er, weil er hoffte, bei einem der Besuche hier zu sterben und so nicht auf einem der überfüllten Friedhöfe in der Stadt beerdigt zu werden. Jasper Pembroke, der Steward, und die Seinen waren natürlich da und eine Schar Durham aus London und aus Sevenelms, die mit den Waringham *und* den Pembroke verwandt waren. Nur ihr Cousin Cecil, das Oberhaupt der Londoner Durham, blieb diesen Zusammenkünften in der Regel fern, da er es ablehnte, gesellschaftlich mit seinem Cousin, dem König der Diebe, zu verkehren, was Gabriel jedes Jahr aufs Neue erzürnte. Lappidots Schwester Adah war mit ihrer Familie aus Cambridge angereist, genau wie Isabella und William mit ihrem Dutzend Kindern, von denen zwei bereits verheiratet waren. Isaac, ausnahmsweise einmal nicht auf See, hatte seine ganze Familie hergeschleppt, obwohl Abigail nicht gern in Waringham war, und sie hatten Marian Edmundson – einen *sehr* entfernten Cousin – und dessen Familie mitgebracht.

Lord Waringham saß in der Halle seiner Burg auf der Estrade an der hohen Tafel und lauschte dem lebhaften Stimmengewirr mit einem zufriedenen Lächeln.

Eleanor schloss versuchsweise die Augen, um nachempfinden zu können, wie Lappidot diese Zusammenkunft erlebte. »Hört sich an wie ein Gänseschwarm«, urteilte sie.

Lord Waringham nickte. »Nur sind die Gespräche hier an der Tafel ein wenig geistreicher. Jedenfalls meistens.«

»Aber Vater, wir wissen doch gar nicht, was die Gänse einander erzählen«, gab der fünfjährige John zu bedenken. Er war eigentlich noch zu klein, um mit den Erwachsenen zu essen, aber weil heute seine Cousine heiratete, hatte seine Mutter ein Auge zugedrückt. Johns Geschwister, William und Katherine, waren aber bei der Amme geblieben, denn sie waren erst eineinhalb und drei Jahre alt.

»Nein, das ist wahr«, musste der Vater einräumen. »Vielleicht ist das, was sich für unsere Ohren wie Geschnatter anhört, in Wahrheit ein gelehrter Disput über die ungelösten Rätsel der höheren Mathematik.«

»In altgriechischer Sprache«, schlug Eleanor vor, und Vater und Sohn lachten. Sie lachten beide genau gleich, und John war Lappidots Ebenbild. Wenn sie die beiden anschaute, schmerzte Francis' Abwesenheit Eleanor schlimmer als sonst, aber sie wusste selbst, das war albern. Und undankbar.

Der kleine John wandte sich an das Brautpaar, das neben seinem Vater saß. »Was ist denn Lancelot eigentlich für ein komischer Name?«

»Sag nicht, keiner hat dir die Geschichten von König Artus und den Rittern seiner Tafelrunde erzählt?«, entgegnete Anne ungläubig.

»Ich dachte, wir warten noch ein Jährchen damit«, erklärte Mahalath und strich ihrem Sohn über den lockigen Blondschopf. »Sie sind so … finster, diese Geschichten.«

»Auf jeden Fall ist Lancelot ein beneidenswert hübscher Name«, warf der Earl seufzend ein.

»Wer weiß.« Der Bräutigam lächelte spitzbübisch. »Womöglich hat Euer alter Herr bei meiner Taufe gar nicht ›Lancelot‹ gesagt, sondern ›Lappidot‹, weil er so vernarrt in den Namen war, und der Pastor hat ihn nur falsch verstanden. Klingt schließlich ähnlich genug.«

»Hm. Schade, dass der Pastor sich bei meiner Taufe nicht auch verhört hat …«

Es war kein Zufall, dass die neue Erbengeneration der Waringham so gängige Namen trug. Je einfallsloser, desto besser, hatten Lappidot und Mahalath einhellig beschlossen.

»Wo sind denn eigentlich die Schulkinder heute?«, fragte Eleanor, denn für gewöhnlich war die Halle der Burg das Herzstück des Internats, wo die Schüler ihren Unterricht erhielten und die Mahlzeiten einnahmen.

»Ich glaube, die meisten sind über Ostern nach Hause gereist«, antwortete Mahalath.

Lappidots Schwester Zillah nickte. »Die drei oder vier, für die die Reise zu weit war, treiben sich im Dorf herum. Die Vorbereitungen für den Jahrmarkt finden sie immer sehr aufregend.«

Eleanor betrachtete ihre Nichte mit Wohlgefallen. Francis hatte seine beiden Töchter mit der ihm eigenen Umsicht verheiratet: Für Adah, die ein verträumtes, lerneifriges Kind gewesen war, hatte er Thomas Beaumont ausgewählt, den Bruder des Baron of Aimhurst, der an der Universität in Cambridge lehrte. Adahs Zwillingsschwester Zillah, die für Bücher nicht viel übrig hatte und nur unter freiem Himmel glücklich war, hatte einen Cousin des Earl of Oxford geheiratet, Mordecai de Vere, einen Draufgänger, der genauso pferdesüchtig war wie sie. Die Ehe hatte auf einer eher kameradschaftlichen Basis funktioniert, war aber kinderlos geblieben, und als Mordecai sich vor sechs Jahren bei einem Jagdunfall das Genick gebrochen hatte, war Zillah nach Hause zurückgekehrt und kümmerte sich um Waringham, wann immer Lappidot und Mahalath bei Hofe waren, vor allem um das Gestüt.

»Ich habe gehört, ihr habt Doktor Andrews aus Oxford für die Schule gewinnen können?«, fragte Eleanor.

Lappidot nickte stolz. »Adahs Mann hat uns geholfen, ihn zu überreden. Es gibt inzwischen so viele gute Schulen im Süden, weißt du, wir müssen zusehen, dass wir konkurrenzfähig bleiben.«

»Womöglich wäre es viel besser, das Internat in die Midlands oder den Norden zu verlegen«, warf Mahalath ein. »Nach Burton etwa, dessen Earl ein Cousin von euch ist. Oder mein Bruder Amos wäre bestimmt gewillt, es in Helmsby aufzunehmen.«

»Um unsere armen Schulkinder zum Papismus zu verführen?«, wandte Lappidot ungläubig ein. »Ich denke, lieber nicht.«

»Aber das ist es ja gerade«, ereiferte sich Mahalath. »Die Menschen im Norden sind rückständig, sagt ihr und rümpft die Nase, aber wenn sie nicht mehr Schulen bekommen, werden sie nie die Chance haben, sich zu ändern!«

»Da hat sie recht«, befand Zillah.

Eleanor schüttelte den Kopf. »Es gibt hervorragende Schulen in York. Oder in Norwich. Und nichts hindert den Adel und die Kaufmannschaft im Norden, ihre Kinder in London oder Canterbury oder eben in Waringham auf die Schule zu schicken. Aber die Wahrheit ist, dass sie den Süden mit ebensolchem Misstrauen betrachten wie umgekehrt. Und dass so viele von ihnen weiter dem papistischen Aberglauben anhängen, hat mehr mit Sturheit als mit Unwissenheit zu tun.«

Mahalath presste die Lippen zusammen und schwieg. Sie hatte Elizabeths Bedingung erfüllt und war zum Protestantismus konvertiert, ehe sie Lappidot heiratete, aber Eleanor argwöhnte, dass sie im Herzen nach wie vor Papistin war.

»Nach Lage der Dinge muss jeder Engländer sich entscheiden, Mahalath«, fügte Eleanor mit Nachdruck hinzu. »Für Elizabeth und den protestantischen Glauben oder für Felipe von Spanien, Mary Stewart und den Papst. Dazwischen ist nichts mehr.«

»Du hörst dich an wie dein guter Freund Richard Topcliffe«, raunte Gabriel ihr zu.

Eleanor runzelte ärgerlich die Stirn. »Der in der Sache völlig recht hat«, zischte sie ebenso gedämpft. »Auch wenn seine Methoden verabscheuungswürdig sind.«

Lappidot winkte ab. »›Keine Politik beim Essen‹ war Vaters Grundsatz, und ich wäre dankbar, wenn ihr ihn auch heute beherzigen wolltet. Denn dies hier ist Annes und Lancelots Hochzeitsfeier, nicht der Kronrat.«

Er versteht es wie Francis, die ganze Meute mit einem milden Wort zu bändigen, dachte Eleanor säuerlich, kam der Bitte aber nach. Sie wusste, die Zeit, da dieser Konflikt jeden Gedanken, jede wache Minute und somit auch jedes Tischgespräch überschatten würde, war nicht fern. Doch das machte Lappidots Einwand nur umso stichhaltiger. »Du hast natürlich recht, Mylord. Lass uns den Freudentag begehen und die Schatten aus der Halle jagen.«

Solange wir noch können …

Nach dem Essen hatte Isaac mit Janis einen Spaziergang ins Dorf und zum Gestüt hinunter gemacht. Abigail hatte nicht mitkommen wollen. Er war nicht sicher, ob es die Dämonen der Vergangenheit waren, die sie mied, oder der Anblick ihres verwilderten Gartens. Jedenfalls schnitt er dort einen Zweig vom Flieder und nahm ihn ihr mit, damit sie versuchen konnte, zu Hause in Cattedown Manor einen Ableger zu ziehen.

Auf dem Rückweg den steilen Burghügel hinauf nahm er Janis auf die Schultern. Wie eh und je grasten Schafe auf den Weiden rund um Waringham Castle, und Janis wusste sich vor Entzücken über die putzigen Lämmer kaum zu lassen.

»Sie sind so *niedlich,* Vater!«

»Ja, du hast recht.«

»Kann ich nicht auch so ein Lämmchen bekommen?«

»Also ehrlich, Janis Fitzgervais of Waringham. Du hast vor ein paar Wochen erst ein Pony zum Geburtstag bekommen.

»Wieso nennst du mich so?«

»Was meinst du?«

»Waringham.«

»Weil du hier geboren bist. Genau wie deine Mutter und ich.«

»Im *Ernst*? Aber wieso wohnen wir dann nicht hier so wie Onkel Lappidot und Tante Mahalath und Tante Zillah und John und William und …«

»Waringham ist ziemlich weit weg vom Meer«, unterbrach Isaac. »Unser Zuhause muss an einem Hafen liegen, weil ich Seemann bin, verstehst du?«

»Hm«, machte sie halb versonnen, halb zustimmend.

»Würdest du gern hier zur Schule gehen? Das ließe sich einrichten, weißt du.«

»Bloß nicht!«

»Ich dachte nur, du findest es vielleicht manchmal ein bisschen einsam zu Hause.« Denn Janis besuchte keine Schule in Plymouth, sondern wurde von ihrer gebildeten Mutter unterrichtet, sodass sie wenig gleichaltrige Gesellschaft hatte.

»Aber du hast erzählt, du warst hier auf der Schule, und es war grässlich«, wandte sie ein.

»Ich bin ja auch nicht so gescheit wie deine Mutter und du.«

»Trotzdem. Ich will nicht fort von zu Hause. Selbst wenn es hier ja fast so aussieht wie dort.«

Als sie aus dem Torhaus in den Burghof kamen, verstand Isaac, was Janis meinte: Der alte Bergfried von Waringham Castle war bis zu den Zinnen mit Wein berankt. Die Fenster waren säuberlich ausgeschnitten, und die Butzenscheiben der großen Hallenfenster, die großteils aus papistischen Kirchenfenstern stammten und deswegen auffällig bunt waren, schienen in der hellen Aprilsonne zu zwinkern. Dank des warmen Frühjahrs war das Weinlaub schon dicht und verdeckte die hässlichen grauen Mauern des Bergfrieds. Es war ein Bild von verwunschener Schönheit. Isaac war sich nicht bewusst gewesen, was er tat, als er neben der Tür des alten Gutshauses von Cattedown Manor den ersten Wein pflanzte, aber natürlich war es dieses Idyll, das er hatte imitieren wollen.

Er hob Janis von seinen Schultern, küsste sie laut schmatzend aufs Ohr, sodass sie entrüstet protestierte, und stellte sie dann auf die Füße. »Da, sieht du? Neben dem Pferdestall spielen John und ein paar andere Kinder Fußball. Lauf und mach sie fertig.«

Janis lächelte verwegen. »Aye, aye, Captain …«

Verliebt sah Isaac ihr hinterher, als sie zum Stall hinüberhüpfte, dann ging er in den Rosengarten hinter dem Bergfried, wo zur Zeit nur das Unkraut im Gras blühte. Auf dem versteckten Rondell, wo der seit ungefähr hundert Jahren geplante Springbrunnen immer noch nicht plätscherte, saß Eleanor auf einer steinernen Bank, die Augen geschlossen und das Gesicht der Frühlingssonne zugewandt.

»Also?« Isaac setzte sich neben sie und legte die Hände auf die Knie. »Hat es irgendeinen besonderen Grund, dass du mich hier so konspirativ einbestellst, oder ist es nur Gewohnheit?«

Eleanor schlug die Augen auf. »Vermutlich Letzteres. Das muss an Walsinghams Einfluss liegen. Ich sage dir, dieser Mann kann keinen Apfel essen, ohne einen konspirativen Eindruck dabei zu machen.«

»Wahrscheinlich bewunderst du ihn deswegen so.«

»Vielleicht.«

Isaac konnte sich nicht erinnern, wann genau sie aufgehört hatten, einander zu beargwöhnen. Als er Samuel damals nach dem Abenteuer in Panamá nach Hause gebracht hatte, wäre Eleanor um ein Haar mit ihrem berühmten Fächerdolch auf ihn losgegangen, so wütend war sie gewesen, weil er den Jungen angeblich dazu verführt hatte, sich auf sein Schiff zu schleichen. Doch sie hatte ihrem Bruder verziehen, als sie feststellte, wie gut Samuel diese Erfahrung getan hatte. Außerdem war Francis gerade erst gestorben, und darüber waren beide Geschwister erschüttert gewesen, was sie einander auf sonderbare Weise nähergebracht hatte. Und weil die Fahrten der englischen Freibeuter von Jahr zu Jahr an politischer Brisanz zunahmen, hatten sie oft zusammengehockt und Ränke geschmiedet.

So wie heute.

»Wie geht es mit deinem neuen Schiff voran?«, wollte Eleanor wissen.

»Langsam«, knurrte Isaac. »Es ist genau, wie ich vorhergesagt habe: Während der Frostmonate konnte Rotherfield überhaupt nicht weiterbauen, und nun wird es Sommer, ehe die *Liberty* vom Stapel läuft. Aber wenn sie einmal fertig ist, wird sie ein Prachtstück. Schnell und wehrhaft, natürlich, aber ich gebe zu, sie wird auch stattlich. Die Spanier sollen ruhig sehen, dass wir nicht mehr die Hungerleider von vor zwanzig Jahren sind, die neiderfüllt nach ihrem unlauter erworbenen Gold schielen.«

Seine Schwester nickte versonnen und fragte dann: »Kannst du noch eines von der Sorte bauen?«

Isaac fiel aus allen Wolken. »Wozu? Ich kann immer nur auf einem Achterdeck stehen.«

»Du könntest es Marian geben. Du hast selbst gesagt, er hätte das Zeug.«

»Natürlich hätte er das Zeug. Aber er will kein eigenes Kommando, Eleanor. Und nebenbei bemerkt, ich will keine Flotte.«

»Warum nicht?«

»Weil es mich nervös machen würde, nicht überblicken zu können, was meinem Befehl untersteht. Befehlen ist so eine Sache, weißt du. Es liegt mir überhaupt nicht. Eigentlich bin ich wie

Marian und habe es viel lieber, wenn mir jemand sagt, was ich tun soll, und ich mir nicht den Kopf zerbrechen muss. Aber es ist irgendwie anders gekommen, und ich musste lernen, ein Kommando zu führen. Wir sollten meine diesbezüglichen Qualitäten indes nicht überschätzen, selbst wenn ich ahne, dass du an meinen Patriotismus appellieren wirst, um mich umzustimmen.«

Eleanor nickte. »Felipe von Spanien hat den Papst um seinen Segen für eine Invasion Englands ersucht, Isaac. Papst Sixtus hat ihn bereitwillig erteilt und finanzielle Unterstützung zugesagt. Nun ist Felipes Plan, Elizabeth vom Thron zu stoßen, eine heilige Angelegenheit.«

»Ein Kreuzzug«, grollte Isaac höhnisch.

»Ganz genau. Und wir haben einen höchst aufschlussreichen Brief von Mary Stewart an den spanischen Gesandten in Paris abgefangen: Sie schreibt, sie will die ihr zustehende englische Krone nicht an ihren Sohn, den König von Schottland, vererben, weil er, wie sie es ausdrückt, ›halsstarrig und unbelehrbar im protestantischen Unglauben verharrt‹. Stattdessen will sie sie Felipe überlassen.«

»Süßer Jesus«, murmelte Isaac. »Felipe von Spanien ist nicht zufrieden, ehe er die ganze Welt beherrscht …«

Eleanor sah ihm in die Augen. »Ganz genau so ist es, Bruder. Jetzt ist Robin Dudley in die spanischen Niederlande eingefallen und hat sich von den protestantischen Provinzen zum ›Obersten Gouverneur der Niederlande‹ ausrufen lassen. Er kann froh sein, dass er nicht hier war, als die Königin das erfuhr. Sie war so wütend, sie hätte ihn ungespitzt in den Boden gerammt. Denn natürlich fühlt Felipe sich nun provoziert und wird alles daran setzen, seinen ›Kreuzzug‹ so schnell wie möglich auf den Weg zu bringen.«

»Trotzdem wird es ein Weilchen dauern, ehe er genügend Schiffe beisammen hat.«

»Hm. Aber wir sollten diese Gnadenfrist, die uns bleibt, nicht untätig verstreichen lassen. Wir brauchen mehr Schiffe zur Verteidigung unserer Küsten, Isaac. Und du bist steinreich. Also?«

Isaac hob abwehrend die Hände. »So steinreich nun auch wieder nicht, und die *Liberty* kostet mich viertausend Pfund. Sie wird zweihundert Mann Besatzung haben – mehr als doppelt so viele waffentaugliche Männer wie die *Nemesis* - und mehr als doppelt so viele Geschütze. Sie ist quasi zwei Schiffe in einem, also gib Ruhe, Eleanor, sei so gut.« Und ehe sie Gelegenheit zu einem Einwand bekam, wechselte er das Thema. »Was bedeutet, ihr habt Mary Stewarts Brief ›abgefangen‹?«

Mit einem Mal entwickelte Eleanor ein ungewöhnliches Interesse an den Butterblumen zu ihren Füßen. »Wir kontrollieren ihre gesamte Korrespondenz.«

Isaac hatte keine Mühe, das zu deuten. »Walsingham stellt ihr eine Falle?«

Als Eleanor ihn wieder anschaute, hatte sie die strenge Große-Schwester-Miene aufgesetzt: »Du darfst glauben, was du willst. Hauptsache, du sprichst nicht darüber. Das ist ein Staatsgeheimnis, Isaac.«

»Ich bin gebührend beeindruckt«, beteuerte er. »Und ich halte die Klappe, keine Bange. Aber du siehst mir nicht so aus, als würde dich besonders glücklich machen, was immer ihr mit Mary Stewart tut.«

Eleanor schüttelte entschieden den Kopf. »Alles, was ihr passiert ist, hat sie sich selbst zu verdanken. Und nur sie selbst hat sich dahin gebracht, wo sie heute ist.«

»Und?« Isaac zuckte mit den Schultern. »Haben wir das nicht alle?«

Plymouth, Juli 1586

»Bring uns noch einen, Sarah«, rief Isaac über das Stimmengewirr im *Letzten Papagei* hinweg. »Heute ist ein Tag zum Feiern!«

»Du klingst, als hättest du bald genug gefeiert!«, gab die Wirtin mit dem verwegenen Kopftuch zurück.

Sarah war ziemlich in die Breite gegangen, und ihre Stimme

klang branntweingeölt, vor allem ihr volltönendes, meist gutmütiges Lachen. Sie hatte im Laufe der Jahre vier oder fünf Kinder von unbekannten Vätern bekommen, die sie auf die besten Schulen des Landes schicken konnte, weil sie hin und wieder ihre Ersparnisse in eine von Drakes oder Isaacs Kaperfahrten steckte. Aus der gebrandmarkten Küchenmagd war eine gestandene Geschäftsfrau geworden, der die etwas sonderbare Rolle einer Ersatzmutter für alle Seeleute von Plymouth zugefallen war – eine Rolle, die sie sichtlich genoss.

Sie brachte einen großen Weinkrug an den Tisch, wo Isaac mit seinen Offizieren, dem Schiffsarzt und einigen anderen seiner Männer den Stapellauf der *Liberty* beging.

»Wie wendig sie ist«, schwärmte Arthur Humphreys, der Zweite Offizier. »Unglaublich bei der Größe!«

»Und habt ihr gemerkt, wie wenig anfällig sie gegen Seitenwind ist?«, fügte Rahim Osman hinzu. »Das muss an den niedrigeren Aufbauten liegen.«

Vor sechs Jahren hatten sie Rahim von einer französischen Ruderbank befreit, und er hatte als Matrose auf der *Nemesis* angeheuert, ohne auch nur eine Silbe Englisch zu können. Jetzt war er ihr Dritter Offizier.

»Aber zwei Geschützdecks und vier Dutzend Kanonen, Isaac?«, wandte Rodhri Lyn zweifelnd ein. »Meinst du nicht, das ist des Guten zu viel?«

Marian schenkte ihm nach und bemerkte grinsend: »Der Doktor würde die Spanier lieber mit gutem Zureden zur Vernunft bringen.«

»Blödsinn«, knurrte der Schiffsarzt. »Ich fürchte nur, wir könnten absaufen. Rechne mal das Gewicht aus.«

»Wir saufen nicht ab«, versicherte Isaac. »Sie ist ein großes Schiff, Rodhri. Über fünfhundert Tonnen Verdrängung. Gut hundertfünfzig Fuß lang. Selbst mit zweihundert Mann Besatzung und dem Bauch voll spanischem Gold wird sie noch schwimmen, glaub mir.«

Verliebt blickte er durch das geöffnete Fenster auf den Hafen hinaus. Dort lag die *Liberty* unter dem makellos blauen Sommerhimmel, die prächtigen Segel, die noch rahmweiß und makellos waren und leuchtend rote St.-Georgs-Kreuze trugen, leider wieder eingeholt; nur die Wimpel mit dem königlichen Banner und dem schwarzen Einhorn auf grünem Grund wehten noch über dem Haupt- und dem Besanmast. Die Galionsfigur stellte nicht die römische Freiheitsgöttin dar, sondern eine schöne Afrikanerin, die in beiden triumphal emporgereckten Händen ihre gesprengten Ketten hielt. Kaum war die farbenfrohe Statue an Ort und Stelle montiert gewesen, hatten die Matrosen sie »Lady Libby« getauft.

Isaac war mit nur zwanzig Mann der alten Stammbesatzung einen halben Tag auf See hinausgefahren, um die Eigenschaften der auffallend schlanken Galeone zu erproben, und er fand seine kühnsten Hoffnungen übertroffen: Sie war schnell, sie war wendig, und sie konnte härter am Wind fahren als jedes Schiff, dessen Bekanntschaft er bislang gemacht hatte, und das bedeutete ein ganz neues Maß an Unabhängigkeit von der Windrichtung.

»Jetzt muss die Königin uns nur noch erlauben, in die Neue Welt zu segeln, damit wir den Spaniern die *Liberty* vorstellen können«, bemerkte Arthur und seufzte vernehmlich. Mehrere Kapitäne warteten derzeit auf diese Erlaubnis, aber Elizabeth ließ sich Zeit.

»Erst einmal bringen wir dem Earl of Leicester den dringend benötigten Nachschub an Waffen und Munition in die Niederlande«, eröffnete Isaac seinen Männern, und als er ihre langen Gesichter sah, fügte er hinzu: »Ja, ich weiß. Mir passt es auch nicht. Aber es ist eine gute Gelegenheit, die *Liberty* besser kennenzulernen. Und wie meine staatstragende Schwester mir neulich wieder einmal in Erinnerung rief: Wir fahren nicht zum Spaß zur See, Gentlemen.«

Marian richtete sich erschrocken auf. »Im Ernst? Und das sagst du mir *jetzt*? Nach all den Jahren?«

In das Gelächter hinein rief Sarah: »Ratet mal, wer da nach Hause kommt!« Und sie wies mit dem Finger zum Fenster.

Isaac wandte den Kopf. Mit majestätischer Langsamkeit zog die *Bonaventure* in den Hafen von Plymouth ein, gefolgt von fünf oder sechs kleineren Schiffen, und ging eine Kabellänge backbord der *Liberty* vor Anker.

»Drake!« Arthur strahlte. »Da ist er ja wieder, der verdammte Satansbraten.«

»Und hat anscheinend wieder mal die Hälfte seiner Flotte verloren«, spöttelte Marian.

»Das wollen wir doch nicht hoffen«, entgegnete Isaac und dachte: Ich weiß schon, warum ich keine Flotte befehligen will …

»Jedenfalls sollten wir jetzt die Zeche bezahlen und verschwinden oder uns auf eine lange Nacht gefasst machen«, warnte der Schiffsarzt. »Wenn Drake einmal von seinen Ruhmestaten anfängt …«

Doch Francis Drake war untypisch kleinlaut, geradezu zugeknöpft, als er an Land kam, und erst als er am nächsten Abend allein mit Isaac in dessen Halle saß, ließ er sich entlocken, wie es ihm während seiner zehnmonatigen Fahrt ergangen war.

»Um es kurz zu machen, es war ein Fiasko, Isaac.«

Isaac seufzte und schenkte ihm ein Glas von dem hervorragenden Valpolicella ein, den er eigens zu diesem Anlass angestochen hatte. Gute Rotweine waren eine der Leidenschaften, die sie teilten. »Dann mach einen Haken an die Sache und schau nach vorn. So ist das eben, Francis.« Isaac zuckte die Achseln. »Mal gewinnen wir, mal verlieren wir. Das ist in jedem Geschäft gleich, schätze ich.«

Drake nahm das Glas mit Daumen und Mittelfinger beim Stiel und trank einen kleinen Schluck. »Du hast recht … Hhm! Herrlicher Tropfen.«

Isaac kostete selbst und stimmte ihm zu.

Draußen vor dem halb geöffneten Fenster hörten sie Drakes Frau Eliza und Abigail und die Kinder, die klüger waren als die Männer und den von süßen Düften erfüllten Sommerabend im Garten verbrachten.

Isaac schlug die Beine übereinander. »Also?«

Drake nickte unwillig, trank noch einen Schluck und stellte das Glas behutsam ab. »Wir erreichten die Kanaren Ende Oktober und wollten in La Palma an Land gehen, aber sie haben eine neue Festung gebaut und uns sofort unter Feuer genommen. Eine Kugel ging genau zwischen meinen Beinen durch, ob du's glaubst oder nicht. Ehrlich, manchmal denk ich, ich hab mehr Glück, als ich verdiene …« Das altvertraute, unbekümmerte Grinsen hellte das Gesicht für einen Moment auf. »Wir haben schleunigst abgedreht und sind weiter zu den Kapverden. Da hatten wir leichteres Spiel …«

Es wurde das typische Drake'sche Seemannsgarn von erbeuteten Schiffen und Kanonen, Schurkenstücken und Heldentaten. Aber auf Isaacs hartnäckige Nachfragen rückte Drake schließlich mit der Wahrheit heraus: Er hatte sich mit den Kapitänen seiner Schiffe überworfen, und je länger der Erfolg auf sich warten ließ, desto angespannter war die Stimmung geworden. Sie waren ins Karibische Meer gesegelt und hatten Anfang des Jahres mit eintausend Mann Santo Domingo besetzt. Es war die größte, vor allem die reichste Stadt auf Hispaniola, doch als Drake den Stadtvätern anbot, gegen fünfhunderttausend Pfund Lösegeld wieder abzuziehen, ohne die Stadt zu plündern, hatten die Spanier sich standhaft geweigert. Letztlich hatte Drake nur zwölftausend Pfund kassiert und Santo Domingo in Schutt und Asche gelegt.

»Wir waren so wütend, Isaac, ich hätte die Männer kaum hindern können, selbst wenn ich gewollt hätte. Wir haben alles mitgenommen, was nicht angenagelt war, aber die Beute war jämmerlich, und von einer niedergebrannten Stadt haben weder die Spanier noch wir irgendeinen Gewinn.«

Sie waren weitergesegelt nach Cartagena auf dem neuspanischen Festland, aber dort war es ihnen kaum besser ergangen, und die vorgewarnten Bewohner der Stadt hatten ihre Reichtümer irgendwo im Urwald vergraben oder versteckt, jedenfalls war die Beute wiederum enttäuschend ausgefallen. Und weil Francis Drake nun einmal ein unverbesserlicher Geizkragen war, hatte es über die Aufteilung dieser mageren Beute erbitterte Auseinandersetzungen gegeben. Er sagte es nicht ausdrücklich, aber Isaac hörte zwischen den Zeilen, dass Meuterei in der Luft gelegen hatte.

»Dann nach Kuba und weiter die Küste von Florida hinauf –

und überall war es das Gleiche«, fuhr er mit seinem Bericht fort. »Ich sage dir, diese Fahrt stand von Anfang an unter einem schlechten Stern. Das wertvollste, was wir mit nach Hause gebracht haben, waren rund hundert Engländer.«

»Engländer?«, wiederholte Isaac verwundert. »Rudersträflinge?«

Doch Francis Drake schüttelte den Kopf. »Sie waren viel ärmere Schweine als Rudersträflinge, wenn du mich fragst. Es waren Raleighs Siedler.«

»Oh …«

Walter Raleigh hatte der Königin vorgeschlagen, in der Neuen Welt eine englische Kolonie zu gründen, um den Spaniern das ganze Territorium nicht kampflos zu überlassen und um einen Stützpunkt zu haben, wo englische Seefahrer Halt machen, ausruhen, ihre Schiffe reparieren und neuen Proviant aufnehmen konnten. Drake, Hawkins und andere Seeleute spotteten gern über Raleigh und nannten ihn den »Freibeuter, der nie das Meer befuhr«, weil Raleigh bis auf einen wenig spektakulären Ausflug aufs westliche Meer keine Seefahrten unternommen hatte.

Aber Isaac kannte Raleigh und wusste, er war weder ein Feigling noch ein Traumtänzer, und die Idee, nördlich von Florida, wo die Spanier kaum Fuß gefasst hatten, eine eigene Kolonie zu gründen, war gut. Die Königin war der gleichen Ansicht und hatte Raleigh eine Urkunde ausgestellt, in welcher sie ihm den entsprechenden Auftrag erteilte, und sie war sehr angetan gewesen, als Walter Raleigh – dieser schamlose Charmeur – vollmundig verkündete, das neue Land, das er zu besiedeln gedenke, werde Virginia heißen, zu Ehren ihrer jungfräulichen Königin …

»Heißt das, die Kolonie ist gescheitert?«, fragte Isaac enttäuscht.

»Fürs Erste ja«, gab Drake achselzuckend zurück. »Dabei war die Insel Roanoke eine gute Wahl für eine Siedlung, schien mir, fruchtbar und leicht zu verteidigen. Aber die Wilden, die dort ansässig sind und anfangs hilfsbereit schienen, wurden feindselig, als die Männer anfingen, eine Festung zu bauen. Die ganze Sache war schlecht geplant: Sie hatten Versorgungsengpässe, und das Schiff, das im Frühling kommen sollte, um ihnen Proviant und Verstärkung zu bringen, wurde nie gesichtet. Die Wilden rüsteten derweil zum Krieg gegen die Eindringlinge. Als ich unseren Leuten angeboten habe, sie mit nach Hause zu nehmen, haben sie nicht lange gezögert, das kannst du mir glauben.«

»Gott segne dich, Francis«, sagte Isaac. Er fand, es war ein abscheulicher Gedanke, dass hundert Engländer fern der Heimat verhungern oder in einem völlig sinnlosen Krieg ihr Leben lassen sollten. »Ich bin sicher, die Königin wird sich erkenntlich zeigen, dass du ihre Untertanen aus der Bedrängnis errettet hast. Und so könnte die Fahrt sich vielleicht doch noch als lohnend erweisen …«

»Was für ein jämmerlicher Trostpreis«, grollte Drake und schüttelte seufzend den Kopf. »Ich wollte die Spanier schröpfen, um Ihrer Majestät die Kriegkasse zu füllen!«

»Ich weiß.« Isaac legte die Füße auf einen niedrigen Schemel, kreuzte die Knöchel und hielt das Glas auf Augenhöhe, um die Farbe des Weins zu bewundern. »Felipe baut seine Flotte aus.«

»Das ist nichts Neues.«

»Hm. Neu ist, dass er sie in einem heiligen Kreuzzug nach England führen will, wie meine Schwester mir erzählte. Und ich frage mich, warum englische Schiffe nur vor der englischen Küste patrouillieren sollten, um sie zu beschützen? Und warum wir ewig den ganzen weiten Weg bis ins Karibische Meer machen, um König Felipe den Bart anzusengen?«

Der lederbezogene Sessel knarrte leise, als Drake sich gespannt vorbeugte. »Ich glaube, das musst du mir ein bisschen genauer erklären …«

London, Juli 1586

»Lady Eleanor, Euer Master Gifford war ein Glücksgriff.« Walsingham klang euphorisch, was ihm nun wirklich nicht ähnlich sah.

»Er ist nicht *mein* Master Gifford«, gab Eleanor verdrossen zurück, trat aber neugierig an den großen, mit Papieren übersäten Arbeitstisch. »Was haben wir?«

Der Secretary reichte ihr eine seiner ordentlichen Ledermappen, die schon einen ziemlich dicken Bauch aufwies, denn Mary Stewart hatte im Verlauf der letzten Monate eine äußerst rege Korrespondenz geführt.

Wie von Walsingham befohlen, hatte der junge Gilbert Gifford der schottischen Königin in Chartley verschlüsselte Briefe in einem Bierfass zugeschmuggelt. Mary war erwartungsgemäß selig über diesen neuen Weg, um hinter dem Rücken des wachsamen Sir Amyas Nachrichten mit ihren Verbündeten auszutauschen – ahnungslos, dass es statt Sir Amyas jetzt Secretary Walsingham war, der ihre Briefe und die Antworten ihrer Freunde las.

Im Mai hatte sie Felipe von Spanien geschrieben und ihn angefleht, er möge sich mit seiner Invasion Englands doch beeilen. Felipe hatte ihr über einen Agenten antworten lassen, dass ein gewisser John Ballard – ein Jesuit – gerade von Frankreich nach England zurückgekehrt sei, um den katholischen Adel in England zu überzeugen, sich zugunsten der katholischen Mary Stewart gegen Königin Elizabeth zu erheben. Dieser John Ballard, der natürlich sofort unter Beobachtung gestellt wurde, hatte wiederum einen jungen Gentleman rekrutiert, Anthony Babington, der Mary Stewart schon seit seiner Jugendzeit verehrte, als er ihr im Haushalt des Earl of Shrewsbury als Page gedient hatte. Babington war nicht nur Papist, er hatte auch den Kopf voller Flausen und sah sich als eine Art Ritter in schimmernder Rüstung, der die bedrängte Dame – in diesem Falle Mary Stewart – aus der Hand ihrer Feinde retten müsse.

Im Juni hatten Ballard und Babington sich in einer Schänke in Cheapside getroffen und Königin Elizabeths Ermordung geplant: Entweder im Presence Chamber oder bei einem ihrer ausgedehnten Spaziergänge sollte es geschehen, hatten sie beschlossen, während Eleanors Spionin – die Wirtin, die vorgab, schwerhörig zu sein – ihnen kalten Braten und Ale vorsetzte.

Sechs Gentlemen stehen bereit, um diese Tat auszuführen und die Thronräuberin aus dem Wege zu räumen, hatte Babington an

Mary Stewart geschrieben. *Jeder einzelne ist mein persönlicher Freund und vertrauenswürdig. Unterdessen werde ich selbst die Ehre haben, Eure Majestät aus Chartley zu befreien und mit Hilfe der spanischen Invasionsstreitmacht Eurem rechtmäßigen englischen Thron zuzuführen …*«

Eleanor sah von der Lektüre auf. »Wer sind diese sechs Gentlemen?«

Walsingham hob langsam die Schultern. »Noch wissen wir es nicht. Aber Babington wird rund um die Uhr beschattet. Früher oder später wird er sich mit ihnen treffen.«

»Wir sollten ihn lieber auf der Stelle verhaften«, antwortete Eleanor, und obwohl sie nicht wollte, senkte sie den Blick nochmals auf Babingtons Brief: *die Thronräuberin aus dem Wege räumen …* Natürlich war es alles andere als neu, dass Papisten im Ausland und sogar hier in England Elizabeth nach dem Leben trachteten. Dennoch war es ein Schock, die Verabredung der potenziellen Mörder schwarz auf weiß vor sich zu sehen. »Wer weiß, ob er nicht ungeduldig wird und allein zuschlägt.«

Der Secretary setzte sich zu ihr an den Tisch und sah sie kopfschüttelnd an. »Wir müssen die ganze Bande erwischen. Wenn wir Babington jetzt verhaften, tauchen seine sechs Gentlemen unter, und wir können nie sicher sein, ob und wann sie versuchen, Ihre Majestät zu ermorden.«

»Ja, ich weiß«, bekannte Eleanor. »Ich habe Sir Christopher Hatton unterrichtet. Nicht über Einzelheiten, aber er weiß, dass die Leibwache der Königin in nächster Zeit ganz besonders auf der Hut sein muss. Und Walter Raleigh weiß ebenfalls Bescheid.«

»Dieser Windhund?«, fragte Walsingham stirnrunzelnd. »Ich bin nicht sicher, ob das klug war.«

»Nun, dafür bin ich sicher«, konterte Eleanor brüsk. »Nicht jeder Mann, der ein wenig mehr Modebewusstsein besitzt als Ihr, ist deswegen gleich ein Windhund.«

Er betrachtete sie mit einem nachsichtigen Lächeln. »Ihr habt vermutlich recht. Vergebt die Vorurteile eines alten Mannes. Wenn Ihr Raleigh für vertrauenswürdig haltet, sollte das gut genug für mich sein.«

»Ich glaube, es gibt kein größeres Kompliment in Eurem Repertoire, Sir Francis«, gab Eleanor zurück und bewahrte mit Mühe eine feierliche Miene.

Francis Walsingham schnitt eine komische kleine Grimasse. Dann wurde er wieder ernst. »Ich weiß, dass Ihr beunruhigt seid, und das durchaus zu Recht. Aber wir müssen einen kühlen Kopf bewahren und versuchen, diese Sache wie eine Partie Schach zu betrachten. Letztlich wird die Seite gewinnen, die ihre Züge mit der größten Voraussicht macht.«

»Und die klügeren Fallen stellt.«

Er nickte. »Und in dem Punkt sind wir im Vorteil, schätze ich. Die Gegenseite ahnt nicht, dass wir Gifford umgedreht haben. Darüber hinaus können Babington und Ballard und der Rest dieser Schurken ja niemals ahnen, wie engmaschig das Netz ist, das wir um sie geknüpft haben. Und das wäre ohne die Hilfe der Dunklen Bruderschaften nicht möglich gewesen. Ihr solltet wissen, dass mir das sehr wohl bewusst ist, Mylady.«

Es war das erste Mal, dass Walsingham ihre Verbindung zum lichtscheuen Gesindel der Stadt erwähnte. Sie nahm an, er wusste auch, was es mit der sonderbaren Allianz zwischen Lady Eleanor of Waringham und den Dunklen Bruderschaften auf sich hatte. Aber falls es ihn befremdete, wusste er es gut zu verbergen.

Eleanor schloss die Ledermappe, stand auf und ging ans geöffnete Fenster. Walsinghams Tochter Frances, die mit Robin Dudleys Neffen Philip Sidney verheiratet war, saß im Schatten einer Linde auf einer Decke im Gras und entzückte ihre einjährige Tochter mit einer Rassel. Es war ein schönes, friedvolles Bild, und mit einem Mal war Eleanors Herz bleischwer. »Gott, ich *hasse* dieses Spiel …«, murmelte sie.

»Ja, das ist mir aufgefallen«, antwortete der Secretary in ihrem Rücken. »Und mir will nicht so recht einleuchten, warum. Ihr habt Elizabeths Feinden schon listige Fallen gestellt, bevor sie Königin wurde. Was ist dieses Mal anders?«

Ein Klopfen an der Tür ersparte es Eleanor, antworten zu müssen. Auf Walsinghams Aufforderung trat der alte Diener ein und brachte dem Herrn des Hauses einen versiegelten Umschlag.

»Danke, Humphrey. Und wo du schon hier bist, sei so gut und bring uns irgendetwas Kühles. Einen Schluck Ale für mich. Mylady?«

Sie schüttelte den Kopf. »Danke, für mich nichts.«

Humphrey schlurfte zurück zur Tür.

»Sag Frances, sie soll nicht so lange draußen in der Hitze bleiben mit dem Kind«, trug Walsingham ihm noch auf.

»Wird gemacht, Sir Francis, aber sie hört nicht auf mich.«

»Nein? Dann sind wir schon zu zweit«, gab Walsingham zerstreut zurück, den Blick auf den Brief gerichtet. Als der Diener hinausgegangen war, sagte er: »Von Thomas Phelippes.«

Eleanor fuhr herum und kam zurück an den Schreibtisch. Der Umschlag, den Walsingham ihr zur Begutachtung hinhielt, zeigte nur einen seltsamen Schnörkel – anscheinend war Thomas Phelippes der Kryptografie so verfallen, dass er sogar seine Unterschrift verschlüsselte – und daneben in bräunlicher Tinte eine krude kleine Zeichnung, die einen Galgen darstellte.

Einen Moment sahen sie sich wortlos an – das Auge der Königin und ihr Meisterspion.

»Es hat den Anschein, als sei der Tag gekommen, auf den wir hingearbeitet haben«, sagte Eleanor, und ihr Herzschlag fühlte sich plötzlich an wie ein Vögelchen, das in einer Schatulle gefangen war.

Walsingham öffnete den Brief. Der Umschlag enthielt zwei eng beschriebene Blätter: das chiffrierte Original mit Mary Stewarts Unterschrift und Phelippes' entschlüsselte Fassung. Routiniert überflog Walsingham das Schreiben, und mit einem Mal wurde er seltsam reglos. Dann hielt er Eleanor den Brief hin. »Lest den zweiten Absatz.«

Die Hand, mit der Eleanor den Bogen in Empfang nahm, zitterte ein klein wenig.

Und da die Angelegenheit somit nun vorbereitet ist und unsere Verbündeten im In- und Ausland bereitstehen, ist es an der Zeit, dass Eure sechs Gentlemen sich ans Werk begeben und ihr Vorhaben in die Tat umsetzen, hatte Mary Stewart geschrieben.

Langsam legte Eleanor das Schreiben auf den Tisch.

»Das ist eine Aufforderung, ihre Majestät zu ermorden, Lady Eleanor«, sagte Walsingham.

»Ich weiß.«

»Damit hat Mary Stewart ihr eigenes Todesurteil unterschrieben.«

Es war unmöglich zu sagen, ob Walsingham innerlich frohlockte oder nicht. Er klang nüchtern und gelassen wie immer.

Eleanor bedauerte, dass sie Humphrey ohne Auftrag hatte ziehen lassen, denn ihr Mund war staubtrocken, und sie verspürte mit einem Mal das dringende Bedürfnis, sich zu betrinken. Sie dachte an die kluge und würdevolle junge Königin von Schottland bei der Taufe ihres Sohnes vor zwanzig Jahren. Der Täufling von damals war ein selbstbewusster junger König geworden, hatte sich von seiner Mutter abgewandt, regierte Schottland allein und hatte seit Jahren keinen Finger gerührt, um ihr zu helfen. Der Earl of Bothwell, auf den Mary vertraut und den sie geliebt hatte, war ihr zum Verhängnis geworden und hatte sie verraten. Ihr eigenes Volk hatte sich gegen sie gewandt, und in ihrer Not war sie zu ihrer Cousine nach England geflohen, um dort Schutz zu suchen.

Und das hier war dabei herausgekommen.

Plötzlich spürte Eleanor Walsinghams Hand auf der Schulter. Sie fuhr zusammen.

»Tut das nicht, Mylady«, sagte er leise. »Ich weiß genau, was Ihr denkt, aber Ihr dürft Euch das nicht antun. Wir *müssen* Härte zeigen. Ganz gleich, welche Schicksalsschläge sie erlitten hat, es war treulos und niederträchtig, ein Komplott nach dem anderen gegen Ihre Majestät zu schmieden.«

»Ja.« Eleanor räusperte sich und nahm sich zusammen. »Da habt Ihr recht.«

»Sie will England wieder das Joch des Papismus aufzwingen, sie will, dass spanische Truppen das englische Volk in den Staub treten, und sie will die Königin ermorden lassen. Sie *muss* sterben, Lady Eleanor. Ich kann mir nicht vorstellen, dass Ihr das aus unangebrachter Sentimentalität bezweifeln wollt.«

Eleanor schüttelte den Kopf. »Aber ich glaube nicht, dass Ihr

Elizabeth je dazu überreden werdet, Marys Todesurteil zu unterschreiben.«

Walsingham schien verblüfft. »Wieso nicht, in aller Welt? Königin Elizabeth hat bisher noch immer getan, was getan werden musste – in dieser schwierigen Disziplin übertrifft sie so manchen ihrer Vorgänger, will mir scheinen. In Anbetracht der Beweislage wird sie nicht zögern, das Urteil zu unterschreiben.«

»Wenn Euch da nur keine böse Überraschung bevorsteht …«

»Wieso? Weil es die Hemmschwelle potenzieller Umstürzler senken könnte, wenn erst einmal königliches Blut vergossen und ein Präzedenzfall geschaffen wurde? Das ist albern.«

»Ich bin keineswegs sicher, ob das so albern ist«, entgegnete Eleanor, aber auch wenn Elizabeth dieses Argument immer gern ins Feld führte, ahnte Eleanor doch, dass der wahre Grund ein völlig anderer war: Anne Boleyn, die Mutter, die Elizabeth niemals erwähnte, war eine gekrönte Königin gewesen und trotzdem enthauptet worden. Elizabeth war erst drei Jahre alt gewesen und von den Ereignissen abgeschirmt worden, aber natürlich hatte der Verlust ihre Kindheit trotzdem wie ein Albdruck verdüstert. Und nichts war ihrem Vater danach mehr gelungen, so als läge ein Fluch auf seiner Herrschaft: Die Reform der Kirche, die vier Ehen, die noch folgten, der Krieg gegen Frankreich – alles war ihm zwischen den Fingern zerronnen, und zum Schluss hatten seine Untertanen ihn verachtet.

Walsingham legte den Brief und den Umschlag mit der makabren Zeichnung in die Ledermappe, stand auf und klemmte sie sich unter den Arm. »Mary Stewart ist nach dem Bond of Association schuldig. Diesem Gesetz hat auch die Königin zugestimmt. Notfalls werden wir sie daran erinnern müssen.«

Eleanor zog die linke Braue hoch und lächelte. »Viel Glück, Master Secretary …«

Richmond, Oktober 1586

»Gott, es war so grauenhaft, Isaac«, sagte Walter Raleigh und strich sich über den dunklen, kurzen Schopf. Die Geste wirkte nervös. »Ich habe viel Blutvergießen gesehen, vor allem in Irland. Aber diese Hinrichtungen …«

»Hm«, machte Isaac unverbindlich, lehnte sich auf dem unbequemen Eisenstuhl zurück und blinzelte in die Herbstsonne. »Sie hatten nichts Besseres verdient.«

Sie saßen am Ufer eines stillen, mit Seerosenblättern bedeckten Teichs im Palastgarten von Richmond. Die Königin hatte sich gleich nach der Eröffnung des Parlaments hierher zurückgezogen. Weil sie gesundheitlich angeschlagen sei, behaupteten die einen. Weil sie nicht zugegen sein wolle, wenn das Parlament Mary Stewart aburteilte, sagten die anderen.

Raleigh wartete, bis ein livrierter Page ihnen das Haferbier gebracht hatte, für das er so schwärmte, ehe er sagte: »Die Königin war ganz deiner Meinung und hatte den Scharfrichtern befehlen lassen, sie müssten sicherstellen, dass Ballard, Babington und die anderen noch leben, wenn sie sie vom Galgen schneiden. Und die Henker verstanden ihr Handwerk, das kannst du mir glauben.« Er ergriff den Zinnkrug. »Hier, willst du?«

»Bloß nicht …«

Raleigh zuckte die Achseln und schenkte sich ein. »St. Giles Field war schwarz vor Menschen, und sie waren in wirklich hässlicher Stimmung. Du kannst wetten, dass sie die Verschwörer leiden sehen wollten. Aber als sie erst dem Jesuiten und dann Babington die Eier abgehackt und die Gedärme herausgeschnitten und vor ihren Augen verbrannt hatten … Du kannst dir das nicht vorstellen, Mann. Dieser bestialische Gestank. Und die Schreie … Ich konnte nicht fassen, wie lange sie die armen Schweine bei Bewusstsein gehalten haben. Es wurde jedenfalls ziemlich still in St. Giles Field. Und als der letzte der sieben Delinquenten an die Reihe kam – heulend und winselnd und bis zur Halskrause vollgepisst vor Angst –, fingen die Londoner an, Gnade zu fordern.«

Isaac nickte, streckte die langen Beine vor sich aus und verschränkte die Arme. »Aber sie waren nun mal Verräter, Walter. Da kann man nichts machen, oder?«

»Hast du eine Ahnung. Am nächsten Tag wurden noch mal sieben Verschwörer hingerichtet. Der Jesuit und Babington und dessen ›sechs Gentlemen‹ hatten ja noch weitere papistische Wirrköpfe für ihre Sache gewonnen. Jedenfalls bekamen die Henker am zweiten Tag Befehl, die Verurteilten ›versehentlich‹ zu lange am Galgen zu lassen, sodass sie alle tot waren, bevor sie ausgeweidet wurden.«

Isaac seufzte. »Ich erinnere mich, dass mein Onkel Philip Durham früher gern die Verwässerung von Recht und Ordnung beklagt hat. Ich fürchte, er hatte recht.«

Raleigh schnaubte und trank einen gewaltigen Zug. Dann sagte er kopfschüttelnd: »Ich erzähl dir nichts Neues, wenn ich dir sage, dass ich die Königin vergöttere. Und wenn die einfachen Leute in London auf der Straße sagen, sie ist das Licht, das über England strahlt, dann haben sie recht. Ballard und Babington wollten dieses Licht … auslöschen. Darum hätten sie eigentlich noch viel schlimmer leiden müssen bei ihrer Hinrichtung. Aber selbst die hartgesottenen Londoner können nur ein gewisses Maß an Grausamkeit mit ansehen, irgendwann ist Schluss. Darum war der Befehl richtig. So wie all ihre Befehle richtig sind.«

Isaac betrachtete den jüngeren Mann amüsiert. »Ich bin gespannt, ob du das auch noch sagst, wenn sie Mary Stewart begnadigt.«

Noch war die ausrangierte schottische Königin allerdings überhaupt nicht verurteilt. Nachdem das Babington-Komplott aufgedeckt worden war, hatte man Mary aus dem vergleichsweise behaglichen Chartley nach Fotheringhay Castle in Northamptonshire verlegt. Ohne eigene Dienerschaft und unter strengster Bewachung hockte sie dort nun in Erwartung ihres weiteren Schicksals. Ausgesprochen zögerlich hatte Elizabeth ein Tribunal aus sechsunddreißig Männern zusammengestellt – darunter Walsingham, Hatton, der altgediente William Cecil und sogar zwei papistische Lords –, um über Mary Stewart zu Gericht zu sitzen. Mary hatte darauf gepocht, dass sie keine Untertanin der englischen Krone sei und darum nicht der englischen Gerichtsbarkeit unterstehe. Sie hatte erklärt, als zweifach gekrönte Königin erst recht keiner Gerichtsbarkeit für Normalsterbliche zu unterstehen. Und sie hatte jede Mitwisserschaft an der Babington-Verschwörung bestritten. Doch all das nützte ihr nichts. Ihre beiden Sekretäre beschworen, den verhängnisvollen Brief nach ihrem Diktat geschrieben zu haben. Somit hatte sie zur Ermordung des englischen Monarchen anstiften wollen und sei daher sehr wohl nach englischem Recht zur Verantwortung zu ziehen, erklärten die strengen Lords.

Doch verurteilen konnten sie sie nicht. Ein jeder wusste, ein solches Urteil konnten nur Königin Elizabeth und das Parlament fällen. Und kaum hatte Letzteres sich in Westminster versammelt, hatte Erstere sich aus dem Staub gemacht und hier in Richmond eingeigelt …

»Sie darf sie unter keinen Umständen begnadigen«, sagte Raleigh entschieden. »Dann ginge ja alles wieder von vorne los.«

»Meine Schwester glaubt, es gibt nur einen Mann, der Elizabeth davon abhalten könnte.«

»Robin Dudley?«, fragte Raleigh argwöhnisch.

Isaac nickte. »Ich weiß, du hast ihn nicht sonderlich ins Herz geschlossen, aber …«

»Er nennt mich den Freibeuter, der nie das Meer befuhr!«, fiel der Jüngere ihm entrüstet ins Wort.

Da ist er nicht der Einzige, dachte Isaac und entgegnete: »Na und? Du nennst ihn den Feldherrn, der nie ein Schwert zog, oder?«

Raleigh grinste schuldbewusst. »Möglich, dass ich so was mal gesagt habe. Aber jetzt nach der Schlacht von Zutphen darf ich das wohl nicht mehr. Obwohl, wenn ich so drüber nachdenke, bezweifle ich doch stark, dass seine Lordschaft tatsächlich selbst mitgemischt hat …«

Robin Dudley hatte den Spaniern letzten Monat bei irgendeinem gottverlassenen Nest an der Ijssel tatsächlich eine empfindliche Schlappe beigebracht, aber die Schlacht hatte an der vertrackten Lage auf dem Kontinent letztlich nichts geändert, und obendrein war Dudleys Neffe, der junge Sir Philip Sidney, tödlich verletzt worden. Ganz England trauerte um Sidney, der nicht nur Walsinghams Schwiegersohn, sondern ein Poet und ein perfekter Ritter gewesen war.

»Offen gestanden, Walter, die Eifersüchteleien unter euch Hofschranzen langweilen mich zu Tränen«, bekannte Isaac. »Erzähl mir lieber von deiner Kolonie in den Neuen Welt. Eleanor sagte mir, du hast die Sache noch nicht aufgegeben?«

»Im Gegenteil. Ich glaube, der Fehler war, dass wir nur Männer hingeschickt haben. Nächstes Jahr statte ich eine neue Siedlergruppe aus, dieses Mal ganze Familien. Das wird die Eingeborenen weniger aufbringen und den Durchhaltewillen der Siedler stärken. Ich habe übrigens noch ein paar Anteile für gute Freunde zurückgehalten. Wie wär's? Wenn die Kolonie erst einmal Erträge abwirft, werden wir alle ein Vermögen verdienen.«

Das fehlte noch, dachte Isaac. Er hatte noch nie gehört, dass irgendwer auch nur einen Penny von dem Geld wiedergesehen hatte, das er in eine von Raleighs ›todsicheren‹ Unternehmungen steckte. »Ich bin geehrt«, versicherte Isaac. »Aber mein Kapital steckt in meinem neuen Schiff.«

»Ah, die *Liberty*. Wann stichst du in See und wohin?«

»Um das herauszufinden, bin ich hier«, antwortete Isaac. »Zusammen mit Francis Drake.«

»Majestät, mit allem gebotenen Respekt erbitten die Lords und Commons Euer Erscheinen im Parlament, um diese Angelegenheit zu erörtern«, erklärte der alte Lord Burghley, William Cecil, einst Elizabeths Secretary of State. Seine Stimme war brüchig geworden, sein Bart spärlicher denn je, aber er hatte nichts von seinem politischen Gespür und seiner Weitsicht verloren.

»Die Antwort lautet nein«, teilte die Königin ihm kategorisch mit. »Beim Tod am Kreuz, ich habe nicht die Absicht, mir anzuhören, wie Lords und Commons nach Mary Stewarts Blut schreien. Das ist gar zu unerfreulich, Mylord.«

Cecil tauschte einen Blick mit Eleanor, die ein ergebenes Schulterzucken andeutete.

»Nach ihrem Blut schreien?«, wiederholte Cecil langsam. »Das klingt, als sei das englische Parlament so etwas wie der geistlose Pöbel in der römischen Arena, der den Tod eines Gladiators zu seiner Belustigung fordert. Aber damit tut Ihr den Gentlemen unrecht.«

Die Königin warf ihm eine Schachfigur an den Kopf. »Was fällt Euch ein?«

Cecil bog den Kopf nicht schnell genug weg, und der elfenbeinerne Läufer traf ihn an der Stirn.

»Heutzutage ist es gefährlich, anderer Meinung zu sein als Ihre Majestät, Mylord«, erklärte Eleanor, und sie gab sich keine Mühe, ihre Missbilligung zu verbergen.

Die Königin traktierte sie mit einem ihrer finstersten Blicke. »Danke, dass auch du mir in den Rücken fällst, älteste aller Freundinnen.«

»Wenn Euer Zorn sich gelegt hat, wird es Euch vielleicht zu denken geben, dass Eure ältesten und treuesten Freunde einhellig auf Mary Stewarts Hinrichtung dringen«, gab Eleanor ungerührt zurück. »Vielleicht werdet Ihr zu der Einsicht gelangen, dass wir Euer und Englands Wohlergehen dabei im Sinn haben und uns nicht plötzlich alle in Ungeheuer verwandelt haben.«

»Aber …«

»Ihr seid zufällig nicht der einzige Mensch in England, dem der Gedanke an die Hinrichtung der schottischen Königin zu schaffen macht.«

Der frostige Tonfall war die schärfste Waffe in Eleanors Arsenal, wenn es darum ging, die Königin zur Vernunft zu bringen, und glücklicherweise versagte sie auch heute nicht den Dienst.

Elizabeth warf ihrer Milchschwester einen langen Blick zu, sank dann in einen der Sessel am Kamin und starrte ins prasselnde Feuer. »Aber sie ist doch meine Cousine«, sagte sie schließlich. »Versteht ihr denn nicht, dass mich der Zorn Gottes treffen wird, wenn ich das Blut meiner Cousine vergieße?«

»Uns allen ist klar, welche Bürde diese Entscheidung für Euch ist, Majestät«, versicherte Cecil und verschränkte die Finger ineinander wie zum Gebet. »Aber Mary Stewart hat sich nach dem

Gesetz schuldig gemacht, und auch Königinnen stehen nicht über dem Gesetz, weder sie noch Ihr. Lords, Commons und die einfachen Menschen auf der Straße verlangen, dass Mary Stewart den Kopf verliert, weil sie Euch lieben und um Euch fürchten.«

Elizabeth schnaubte leise. »Und werden sie mich auch noch lieben, wenn James von Schottland die Allianz mit uns aufkündigt und die Grenze überschreitet, weil wir seine Mutter umgebracht haben?«

»Der schottische Botschafter hat hinter vorgehaltener Hand versichert, dass wir dergleichen nicht zu befürchten brauchen«, entgegnete Cecil ungerührt. »James würde es bei erbitterten Protesten bewenden lassen.«

Dieser Tod wäre ein erträglicher Schmerz für uns, hatte Robert Melville, der schottische Botschafter, wörtlich gesagt, Eleanor hatte es mit eigenen Ohren gehört. Und natürlich war es die Aussicht, dass König James Elizabeths Krone erben könnte, die dem Schmerz die Schärfe nahm …

»Solange Mary Stewart lebt, wird sie die unbelehrbaren papistischen Wirrköpfe dazu verleiten, gegen Euch und Euren Thron zu rebellieren, wir haben es doch oft genug erlebt«, hielt Cecil der Königin vor Augen. »Erst wenn sie tot ist, wird England vor den Papisten sicher sein.«

»Und was, wenn der papistische König Felipe mit seiner Flotte an Englands Küsten landet, um Mary Stewarts Tod zu rächen?«

»Draußen vor der Tür warten zwei Männer, die genau über diesen Punkt mit Euch sprechen möchten.«

»Wer?«, fragte sie lustlos.

»Mein Bruder und Drake«, wusste Eleanor.

Elizabeth runzelte verwundert die Stirn. »Und ich dachte, sie sind erbitterte Konkurrenten und ertragen es nicht, die gleiche Luft zu atmen.«

»Ganz so schlimm ist es nicht«, widersprach Cecil mit einem angespannten kleinen Lächeln. »Und sie haben ihre Differenzen beiseite gelegt, weil auch sie Englands Wohl über ihre persönlichen Gefühle stellen, Majestät.«

»Ah, verstehe. Sie sollen mir als leuchtende Beispiele vorgeführt werden«, knurrte die Königin. »Mein Verlangen, sie zu empfangen, wird mit jeder Minute übermächtiger.« Sie trommelte einen Moment mit den schmalen, beringten Fingern der Linken auf das Brokattischtuch, dann nickte sie. »Also schön. Herein mit ihnen.«

Auf Eleanors Zeichen öffnete eines der Hofhühner die Tür und raunte den Andrews etwas zu, die vor dem Privy Chamber auf Wache standen. Jethro trat über die Schwelle, verneigte sich vor der Königin und meldete förmlich: »Sir Isaac Fitzgervais of Waringham und Sir Francis Drake, Majestät.«

»Ich lasse bitten.«

Seite an Seite traten die beiden Freibeuter durch die Tür. Ein ungleiches Paar, fuhr es Eleanor durch den Kopf: Drake war eher klein und mit den Jahren ein wenig rund geworden. Das kurze, krause Haar lichtete sich an den Seiten der Stirn, sodass die vorn zulaufende Teufelsmütze ausgeprägter war als früher. Aber sein Schritt verriet seine Agilität und sein quecksilbriges Temperament. Er war erlesen gekleidet – makellos weißer Spitzenkragen, Wams und Hosen aus kupferfarbener florentinischer Seide – und trug seine kostspielige Garderobe mit dem entwaffnenden, kindlich anmutenden Stolz eines Mannes, der seinen Reichtum selbst erworben hat. Isaac wirkte auf den ersten Blick unauffälliger, denn auch wenn er sich für seine Besuche bei Hofe immer sorgfältig kleidete, legte er doch keinen Wert auf kostspielige Gewänder und trat heute in gedecktem Dunkelblau vor die Königin. Er überragte Drake um Haupteslänge und war deutlich schlanker, dachte die große Schwester zufrieden. Das wettergegerbte Gesicht unter dem kurzen, honigblonden Schopf war eher markant als klassisch proportioniert, doch die von kleinen Fältchen umkränzten blauen Augen hatten etwas Fesselndes. Nicht von dem typischen Kornblumenblau der Waringham, sondern heller, strahlten sie immer noch die unbekümmerte Heiterkeit eines geborenen Schelms aus – allem zum Trotz, was Isaac gesehen, erlebt und auch getan hatte.

Eleanor ertappte sich dabei, dass sie ihren Bruder beneidete.

Seite an Seite sanken er und Drake vor Elizabeth auf ein Knie. »Majestät.«

Die Königin schenkte ihnen ein strahlendes Lächeln. »Erhebt Euch, Gentlemen. Und berichtet uns, was Ihr vorhabt.«

»Es geht ein Gerücht, Felipe von Spanien stelle eine Flotte zusammen«, begann Drake ohne Vorrede. »*La Armada* nennen sie sie in Spanien, die Streitmacht.«

»Ich weiß.« Elizabeth nickte ungerührt. »Falls es stimmt, wartet Felipe wohl nur darauf, dass ich Mary Stewart den Kopf abschlagen lasse, um seine Seestreitmacht auszusenden und England zu erobern wie William the Conqueror es einst tat. Und aus dem gleichen Grund: Mary will meine Krone, auf die sie ein Anrecht zu haben glaubt, an Felipe vererben. Trotzdem wollen mein Kronrat und das Parlament mir weismachen, Mary Stewarts Hinrichtung sei nicht nur unausweichlich, sondern auch politisch ratsam.«

Isaac wechselte einen Blick mit seiner Schwester, ehe er sagte: »Wir wollen uns keine politischen Ratschläge anmaßen, Majestät. Aber König Felipe wird früher oder später einen Vorwand finden, um seine Invasion zu versuchen, egal, was Ihr mit Mary von Schottland tut. Darum haben wir uns überlegt, dass es das Beste wäre, nach Spanien zu segeln und möglichst viele von Felipes Schiffen auf den Grund des Meeres zu schicken. Als … vorbeugende Maßnahme, sozusagen.«

Elizabeth runzelte die Stirn. »Aber hat Hawkins mir nicht im Frühjahr berichtet, Ihr wolltet nach China?«, fragte sie. »Um irgendein Zaubermittel zu suchen, das unsere Schiffe sicherer macht?«

»Es ist nicht so verrückt, wie es klingt«, beteuerte Eleanors Bruder lächelnd. »Doch ich möchte ungern nach China segeln und bei meiner Heimkehr spanische Besatzungstruppen in England vorfinden. Dies hier geht vor.«

»Eine Gruppe Londoner Kaufleute hat Interesse bekundet, in diese Fahrt Geld zu investieren und Schiffe auszurüsten«, erklärte Drake eifrig. »Es stehen schon jetzt sieben Kapitäne bereit, um unter meinem Kommando nach Spanien zu segeln, Fitzgervais nicht mitgezählt.«

»Ich segele nicht unter deinem Kommando, Francis«, stellte Isaac mit einem nachsichtigen Lächeln klar. »*Jeder für sich und*

Gott für uns alle, ist nach meiner Erfahrung der beste Grundsatz auf See. Was die anderen tun, ist indes ihre Angelegenheit.« Er wandte sich an die Königin. »Er ist ein Großmaul, Majestät, aber er ist auch der beste Seemann in England, also …«

»Oh, heißen Dank, Fitzgervais, du …«

»Wenn Ihr uns segeln lasst«, fuhr Isaac unbeirrt fort, »haben wir zumindest die Chance, König Felipes Armada zu schwächen, sodass Hawkins und der Admiralität mehr Zeit bleibt, sich für die spanische Invasion zu wappnen.«

»Nun, dann brecht auf und tut, was getan werden muss, ihr Piraten«, forderte Elizabeth sie mit einem Lächeln voller Wohlwollen auf. »Ein jeder für sich und Gott für uns alle.«

Fotheringhay Castle, Februar 1587

»Was für ein wundervoller Morgen«, murmelte Eleanor und schaute aus dem kleinen Fenster auf das liebliche, flache Umland der alten Festung. Das Blutrot des Sonnenaufgangs – dem Anlass so bestürzend angemessen – war einem strahlend blauen Himmel gewichen. Die Wiesen und die kahlen Bäume leuchteten in der klaren Wintersonne, die auf dem Wasser des Nene glitzerte.

»Vielleicht will Gott uns sagen, dass wir das Richtige tun«, mutmaßte Amyas Paulet an ihrer Seite. Er sprach nüchtern wie üblich, aber allein der Gedanke verriet, dass er von Zweifeln erfüllt war.

Anders als Eleanor. Nicht Zweifel plagten sie, sondern etwas wie Grauen. *Sie* war diejenige gewesen, die Walsingham auf Gilbert Gifford aufmerksam gemacht hatte, ohne den das Babington-Komplott niemals zustande gekommen wäre. *Sie* hatte den Kiesel ins Rollen gebracht, der diese Lawine hier ausgelöst hatte. Sie konnte nicht erkennen, an welcher Gabelung sie den falschen Weg eingeschlagen hatte oder was sie anders hätte machen müssen, aber das Ergebnis ihrer Handlungen entsetzte sie: Es war der Morgen des achten Februar im Jahre des Herrn 1587, und heute sollte Mary Stewart, die Königin von Schottland, sterben.

»Lasst uns gehen«, mahnte Amyas Paulet. »Für acht Uhr war die Hinrichtung angesetzt, und jetzt ist es schon Viertel nach. Der ganze Zeitplan gerät durcheinander.«

Eleanor musste sich auf die Unterlippe beißen, um ein albernes, vermutlich hysterisches Kichern zu unterdrücken. Das Pünktlichkeitsstreben des stets so korrekten Sir Amyas erschien ihr in dieser Situation grotesk.

Trotzdem nickte sie.

Paulet legte die Hand an den Türknauf und sah sie forschend an. »Seid Ihr wirklich sicher, dass Ihr Euch das antun wollt?«

»Ich bin alles andere als sicher«, erwiderte Eleanor freimütig. »Aber ich muss.«

»Ich verstehe offen gestanden nicht so recht, wozu Ihre Majestät Euch überhaupt hergeschickt hat«, bekannte er kopfschüttelnd. Seine Miene war angespannt, Stirn und Wangen fahl.

»Weil ich ihr Auge bin, Sir Amyas«, antwortete Eleanor. »Heute ist einer der schwärzesten Tage für Elizabeth, aber irgendwann, wenn sie so weit ist, wird sie wissen wollen, wie es gewesen ist. Um ihr das berichten zu können, bin ich hier.«

Ein Vierteljahr lang hatte Elizabeth das Parlament und den Kronrat hingehalten, hatte Listen und teilweise geniale Ausflüchte ersonnen, um Mary Stewarts Todesurteil nicht unterzeichnen zu müssen. Aber anders als in der Vergangenheit hatten die Lords sich dieses Mal von ihrer Taktik des kontrollierten Wankelmuts, wie Walsingham es nannte, nicht zermürben lassen.

Ende November war Robin Dudley aus den Niederlanden heimgekehrt und hatte seinen Einfluss auf die Königin in die Waagschale geworfen. So war es letztlich Elizabeth gewesen, deren Widerstand zu bröckeln begann, und vor einer Woche hatte sie ihre Unterschrift unter das Urteil gesetzt. Weil die Lords des Kronrats berechtigterweise fürchteten, die Königin werde es sich eine Stunde später wieder anders überlegen, brachten sie es umgehend zum Lord Chancellor, der es mit dem Großen Siegel versah, und schickten es noch in derselben Nacht Sir Amyas nach Fotheringhay.

»Die Königin hat mir vor zwei Tagen einen Brief gesandt«, vertraute dieser Eleanor auf der zugigen Treppe mit gesenkter Stimme an. »Sie hat sich nicht gänzlich klar ausgedrückt, aber worauf es hinauslief, war die Frage, ob die Gefangene nicht auf anderem Wege aus der Welt geschafft werden könne. Ist es möglich … denkt Ihr, sie wollte mir tatsächlich nahelegen, Mary Stewart zu vergif…«

»Es gibt Dinge, über die man niemals auf einer Wendeltreppe sprechen sollte, Sir Amyas«, unterbrach Eleanor liebenswürdig. »Man weiß nie, wer am oberen oder unteren Ende steht und lauscht.« Sie rang sich ein Lächeln ab. »Was immer die Königin Euch sagen wollte, nehmt es Ihr nicht übel und vergesst es am besten einfach wieder. Sie ist verzweifelt, Sir. Sie suchte nach einem Ausweg für ihre Gewissensqualen.«

Amyas Paulet atmete hörbar tief durch und stieß eine beachtliche Dampfwolke dabei aus. »Ich würde meiner Königin niemals irgendetwas verübeln, Mylady«, stellte er klar.

»Nein, ich weiß.«

Auf Anordnung der Königin sollte die Hinrichtung nicht im Hof, sondern in der großen Halle von Fotheringhay Castle stattfinden. Diese war gut besucht: Über dreihundert Zuschauer hatten sich eingefunden. Eleanor entdeckte den Earl of Kent und ein paar Schritte weiter vorn den Earl of Shrewsbury, der Mary Stewart jahrelang gehütet hatte und nie streng genug gewesen war, um zu verhindern, dass sie mit den Papisten in England und auf dem Kontinent Ränke schmiedete. Er war ein gutmütiger alter Knabe, und Eleanor konnte nur hoffen, er gab sich selbst keine Schuld daran, dass dieser Tag gekommen war.

Die Zuschauer hatten sich entlang der nackten Steinwände der unmöblierten Halle aufgereiht, in deren Mitte eine Art Bühne errichtet worden war. Darauf stand ein mit schwarzem Tuch verhüllter Block, und am Fuß der drei hölzernen Stufen zur Bühne warteten der Dekan von Peterborough und der maskierte Henker, der genau wie Eleanor eigens aus London angereist war.

Das schweigsame Publikum machte Platz für Sir Amyas und Eleanor, und als sie in vorderster Reihe gegenüber der Richtstätte stehenblieben, trat eine ältere Dame in einem schlichten dunklen Kleid zu ihnen. »Sie ist um sechs Uhr aufgestanden und hat ihrem Steward ihr Testament übergeben, Sir«, berichtete sie im Flüsterton. »Dann hat sie Geld und kleine Geschenke an ihre Dienerinnen verteilt. Dabei sind ihr die Tränen gekommen, weil die dummen Gänse natürlich geflennt haben, aber sie hat sich schnell wieder gefasst und sich zum Gebet in ihre Kapelle begeben.«

Sir Amyas nickte. »Dann lasst uns hoffen, dass uns Tränen und unwürdige Szenen erspart bleiben.«

Wie einer großen Dame angemessen, ließ Mary Stewart die Zeugen ihres letzten Auftritts über eine Stunde warten. Es war beinah halb zehn, als der Sheriff von Northampton sie in die Halle führte, gefolgt von einem halben Dutzend ihrer Damen, ihrem Leibarzt, Apotheker und dem Steward ihres Haushalts.

»Was für ein atemberaubendes Kleid«, murmelte eine Dame in Eleanors Rücken, und ihr Begleiter brummte zustimmend, antwortete jedoch: »Fett ist sie geworden.«

»Was erwartest du …«

»Schsch!«, kam es aus verschiedenen Richtungen, und die geflüsterte Unterhaltung brach ab.

Mary Stewart trug eine elegante Robe aus schwarzem Satin, deren geschlitzte Ärmel mit purpurnem Samt unterlegt waren. Unter der feinen Batisthaube wallte das sorgfältig frisierte kupferfarbene Haar hervor. Ein hauchfeiner Schleier verdeckte ihr Gesicht und machte es unmöglich, ihre Miene zu deuten. Zwei Rosenkränze baumelten von ihrem perlenbesetzten Gürtel, ein goldenes Kruzifix hing um ihren Hals, und sie hielt eines aus Elfenbein in der Rechten.

Vor der kleinen Holztreppe blieb sie stehen, und eine ihrer Damen brach in Schluchzen aus.

Die schottische Königin legte ihr die Hand auf den Arm und sagte: »Du solltest frohlocken, statt zu trauern, denn heute finden Mary Stewarts lange Qualen ihr Ende.«

Der Dekan aus Peterborough trat zu ihr und fing an zu beten, doch sie hob gebieterisch die freie Hand. »Bemüht Euch nicht. Ich halte fest am alten katholischen Glauben, zu dessen Verteidigung ich heute mein Blut hingeben werde.«

»Das hättest du wohl gern …«, murmelte Sir Amyas vor sich hin und verschränkte die Arme.

Aber Eleanor dachte: *Wenn die Illusion sie tröstet, soll es mir recht sein.*

Behäbig, aber ohne jedes Zögern erklomm Mary Stewart das Schafott. Der Dekan ließ sich nicht abhalten, seine Gebete zu murmeln, doch sie übertönte ihn mit ihren lateinischen, und vor dem schwarz verhüllten Block blieb sie stehen. Der Henker und sein Gehilfe waren ihr gefolgt. Zaudernd und mit dem größtmöglichen Respekt nahmen sie ihr die Haube und die imposante Robe ab, und ein Zischen ging durch die Menge, als Rock und Mieder von Scharlachrot darunter zum Vorschein kamen – die Farbe der katholischen Märtyrer.

Der Henker trat vor sie. »Vergebt Ihr mir?«

»Ich vergebe dir.« Sie schaute ihn an, aber ihre Miene war ausdruckslos, seltsam entrückt. Als sei sie schon nicht mehr Teil dieser Welt. Was immer es sein mochte, das sie empfand, Furcht war es nicht. Auch Bitterkeit und Trotz schien sie hinter sich gelassen zu haben. Mary Stewart wirkte königlich und würdevoll, nichts sonst. »Mach meinem irdischen Jammertal ein rasches Ende«, trug sie ihrem Henker auf, kniete sich vor den Block, legte den Kopf darauf und sagte wieder und wieder: »In manus tuas, Domine, commendo spiritum meum.« *In deine Hände, Herr, empfehle ich meinen Geist.*

Der Scharfrichter sah zu Sir Amyas und hob das Beil.

Eleanor hörte ein warnendes Brausen in den Ohren, und ihr war schwindelig. Sie wusste nicht genau, ob sie das Entsetzen, dass ihre Beine hinaufkroch, stellvertretend für Elizabeth empfand oder nicht, auf jeden Fall war es etwas Ungeheuerliches, das hier geschah. Aber sie durfte nicht die Augen schließen. *Nur nicht die Augen schließen …*

Amyas Paulet nickte.

Lautlos fuhr das Beil nieder und landete eine Handbreit unterhalb des Halses zwischen den Schulterblättern.

Ein gedämpfter Aufschrei ging durch die Reihen, aber die Verurteilte gab keinen Laut von sich. Ihre Lippen bewegten sich indessen noch: *In manus tuas, Domine, commendo spiritum meum,* glaubte Eleanor darauf zu lesen.

Der Henker knurrte irgendetwas vor sich hin, offenbar angewidert von seiner mangelnden Geschicklichkeit, zog die Klinge mit einem kleinen Ruck aus dem Körper, hob sie, und als sie dieses Mal niederfuhr, trennte sie den Kopf sauber vom Rumpf. Ein Blutschwall schoss aus dem Hals und färbte den Strohbelag der Bühne so scharlachrot wie die Gewänder der Toten.

Ein tiefes Luftholen – halb Stöhnen, halb Aufatmen – fuhr durch die Reihen.

Das besudelte Beil in der Linken, beugte der Scharfrichter sich über den abgetrennten Kopf und hob ihn an den Haaren hoch. »Gott schütze die Königin!«, rief er, wie es üblich war.

Eleanor sah in das verzerrte, zur Unkenntlichkeit entstellte Gesicht und schauderte. *In manus tuas, Domine, commendo spiritum meum,* formten die wächsernen Lippen immer noch.

Die Frau hinter Eleanor stieß einen Schrei aus.

»So möge es allen Feinden der Königin ergehen!«, sagte der Dekan von Peterborough mit tragender Stimme.

Die Zuschauer regten sich. »Amen!« und »Lang lebe Elizabeth!« waren hier und da zu hören.

Dann fiel der abgetrennte Kopf plötzlich ins Stroh, und der Henker hielt nur noch eine kupferfarbene Perücke in der Hand. Mary Stewarts eigenes Haar, sah Eleanor, war eisgrau und kurz geschoren.

»Allmächtiger, was für ein makabres Nachspiel«, schalt Sir Amyas leise und gab den Wachen einen diskreten Wink. Zu viert trugen sie eine Holzkiste herbei.

Eleanor nahm Sir Amyas beim Ärmel und führte ihn näher zur Bühne. »Secretary Walsingham hat mich ersucht, dafür zu sorgen, dass keine Kleidung oder Schmuckstücke von ihr in Umlauf kommen, die den Papisten als Reliquien dienen könnten«, erklärte sie.

»Ein kluger Gedanke.«

»Oh, Secretary Walsingham hat *nur* kluge Gedanken«, gab sie bissig zurück. »Mich nennen die Leute das Auge der Königin, vermutlich nennen sie ihn ihr Hirn.«

»Höre ich Abneigung aus Eurer Bemerkung?«, fragte er verwundert. »Ich hätte geschworen, Ihr und Walsingham habt absolutes Vertrauen zueinander.«

Sie nickte seufzend. »Ihr habt recht. Ich schätze, ich bin heute nur schlecht auf ihn zu sprechen, weil ich hier sein muss und er vermutlich in seiner Bibliothek in London sitzt und die nächste kluge Idee ausbrütet.« Sie fuhr sich kurz mit dem Handrücken über die Stirn und winkte ab. »Hört nicht auf mich, Sir Amyas. Ich bin … durcheinander.«

»Das sind wir wohl alle.« Ohne Abscheu, mit undurchschaubarer Miene blickte er zu der grausig entstellten Leiche der schottischen Königin. »Es musste sein. Aber sie war dennoch eine bemerkenswerte Frau. Und … sie wird mir fehlen.« Die Erkenntnis schien ihn zu überraschen.

Eleanor nickte. »Wenn Ihr keine Einwände habt, wäre ich beim Entkleiden des Leichnams gern zugegen, damit nicht doch ein Ärmel oder ein Rosenkranz verschwindet. Die Kleider sollten wir verbrennen. Den Schmuck bringe ich Euch.«

»Einverstanden.« Amyas Paulet verneigte sich vor ihr. »Mir wird allmählich klar, dass es nicht immer leicht ist, das Auge der Königin zu sein. Ich bewundere Euren Mut, Mylady.«

Eleanor schenkte ihm ein etwas missglücktes Lächeln und verriet ihm nicht, dass sie gegen Tränen ankämpfte. Mit klopfendem Herzen und feuchten Händen erklomm sie die schaurige Bühne. Als sie sich über die kopflose Leiche beugte, um das Kruzifix aus der klauenartigen Hand zu lösen, raschelte plötzlich der scharlachrote Rock am Boden. Eleanor biss sich im letzten Moment auf die Zunge, ehe der Schrei herauskonnte, und sah ungläubig ein graues Fellknäuel aus den Röcken der toten Königin kriechen.

»Jesus, erbarme dich«, stieß Mary Stewarts Leibarzt hervor, der ebenfalls aufs Schafott geklettert war. »Das ist ihr Hund.«

Auf den ersten Blick konnte man nicht ausmachen, wo an dem

Fellknäuel vorne und hinten war, aber dann richteten sich an einem Ende zwei kleine Ohren auf, und das pelzige Geschöpf jaulte einmal leise, kam dann auf kurzen Beinen zu Eleanor und wollte unter ihren Röcken Zuflucht suchen.

Sie hob es auf den Arm und strich ihm die langen Fransen zurück, um in die Augen schauen zu können. Sie waren braun und warm und – so bildete sie sich ein – voller Traurigkeit.

»Du treuer kleiner Geselle wolltest deiner Herrin bis zum letzten Moment beistehen, nicht wahr?«

Der Hund jaulte noch einmal, kuschelte sich auf ihrem Arm zurecht und leckte ihr über die Hand.

»Wie magst du wohl heißen?«

»Sein Name ist Bothwell«, klärte der Doktor sie respektvoll auf.

Eleanor sah den Leibarzt ungläubig an. »Sie hat ihren Hund nach ihrem dritten Gemahl benannt?«

»Hm. Sie hatte drei Skye Terrier, Mylady. Jetzt ratet, wie die anderen beiden hießen.«

Cádiz, April 1587

»Nachladen und weiter feuern!«, brüllte Isaac zum Geschützdeck hinab. »Schlaft ja nicht ein da unten!«

»Alle Steuerbordgeschütze klar, Captain«, meldete der Master Gunner prompt.

»Dann gebt dem verdammten Genueser eine Breitseite, Master Yates, und macht ihm ein paar Löcher in den Wanst, damit er endlich absäuft!«

»Aye, aye, Sir.«

Die genuesische Galeone feuerte ihrerseits eine Breitseite, aber sie konnte es an Reichweite nicht mit den Geschützen der *Liberty* aufnehmen. Diese donnerten eines nach dem anderen in schneller Folge, und die Männer an Deck jubelten, als sieben der zweiundzwanzig Kugeln in den Rumpf der mächtigen Galeone schlugen.

Isaac wandte den Blick nach backbord: Francis Drakes Flaggschiff, die *Bonaventure*, hatte eine ankernde Galeone unter Beschuss genommen, die gerade zu sinken begann. Zwei brennende Wracks trieben auf die Kais an der Ostseite des Hafens zu, und Pulverschwaden zogen übers tiefblaue Wasser. Vom Castillo de Puntal, das die Einfahrt zum inneren Hafen schützte, wurde die englische Flotte ohne Unterlass beschossen, aber bislang hatte keines der mehr als zwanzig Schiffe einen ernstlichen Treffer einstecken müssen.

»Wird bald dunkel, Captain«, sagte Marian Edmundson.

»Das macht nichts«, gab Isaac unbekümmert zurück. »Ein bisschen Mondlicht reicht, um die spanische Flotte zu zerlegen und …«

»Was macht er denn?«, unterbrach Rahim Osman und zeigte mit dem ausgestreckten Arm auf die *Bonaventure*, die geradewegs in den Kugelhagel von der Festung zu segeln schien.

»Oh, Francis, du verdammter Satansbraten.« Isaac schüttelte den Kopf, wider Willen beeindruckt. »Los, hinterher, Männer. Er soll sich nicht bis in alle Ewigkeit im *Letzten Papagei* damit brüsten können, dass er den inneren Hafen von Cádiz allein erstürmt hat.«

»Den inneren Hafen?«, wiederholte Arthur Humphreys ungläubig. »Aber sie werden ihn zu Klump schießen. Oder falls nicht, läuft er in der Dunkelheit auf eine Sandbank. Der innere Hafen von Cádiz ist berüchtigt für seine Untiefen und …«

»Ja, ja, macht euch nicht ins Hemd«, unterbrach Isaac ungeduldig und wandte sich nach achtern. »Marian, du gehst ans Ruder, hier ist Fingerspitzengefühl gefragt.«

»Aber wo soll ich hinsteuern?«, fragte sein Erster Offizier ratlos.

Isaac wies auf die *Bonaventure*. »Tu einfach, was er tut. Aber nur, bis wir unter dem Feuer der Festung hindurch sind. Sobald wir den Hafen erreichen, müssen wir uns auffächern, klar?«

Der Erste Offizier tat einen tiefen Seufzer. »Aye, Captain.«

»Arthur, sobald wir drinnen sind, müssen wir feuern, was das Zeug hält, und zwar auf alles, was schwimmt, nur nicht auf Drake, wenn's geht.«

Der Zweite wandte sich grinsend zur Luke, um die Befehle an den Master Gunner weiterzugeben.

Isaac blickte zurück. Fünf englische Schiffe erahnte er in der zunehmenden Dunkelheit, die ihnen folgten. Er hatte keine Ahnung, was die anderen taten, aber zur Not musste es eben so gehen.

So dicht am Ufer wie möglich passierten sie die Festung, und die meisten der dort abgefeuerten Kugeln pfiffen über sie hinweg. Nur eine fand ein Ziel und zertrümmerte das Wasserfass am Hauptmast.

»Ist das alles, was ihr könnt?«, rief Isaac auf Spanisch zur Festung hinüber. »Wir holen uns das Wasser aus euren Zisternen zurück, wenn wir an Land kommen!«

Eine Kugel pfiff über das Deck hinweg, und Isaac duckte sich gerade noch rechtzeitig. Er spürte den Luftzug am Kopf und drohte dem dräuenden Castillo de Puntal lachend mit der geballten Linken. Das Blut sang in seinen Ohren, er spürte den Wind auf dem Gesicht und roch die salzige Luft – jeder Atemzug mochte sein letzter sein, aber bei Gott, er *liebte* dieses Leben …

Dann öffnete sich vor ihnen das weite Hafenbecken, und wie er gehofft hatte, lagen die spanischen Schiffe dort dicht an dicht, die meisten unbemannt und dunkel. Drake drehte nach steuerbord ab und eröffnete das Feuer, Marian lenkte die *Liberty* nach backbord, und Master Yates gab ebenfalls Feuerbefehl. Das Viertel der englischen Flotte, das ihnen gefolgt war, tat es ihnen gleich, und als die Nacht über Cádiz hereinbrach, war der Hafen vom Lodern der brennenden spanischen Galeonen hell erleuchtet. Nur eine galizische Galeasse leistete ernstlichen Widerstand. Sie zertrümmerte den Fockmast der *Merchant Royal*, die der Königin gehörte, ehe sie ihre ganze Feuerkraft auf Drakes Flaggschiff richtete.

»Na wartet, ihr verfluchten Spitzbärte …« Isaac richtete eines der kleinen Geschütze an Deck der *Liberty* aus und zielte auf den Rumpf unterhalb der Offiziersmesse. Pfeifend flog die Kugel durch die Nacht und durchschlug die Bordwand der Galeasse, die einen Herzschlag später mit ohrenbetäubendem Getöse auseinanderflog. Die Nacht wurde taghell, und brennende Trümmerteile regneten vom Himmel, ehe sie zischend im schwarzen Wasser erloschen.

»Glückwunsch, Captain, das war das Pulverdepot!«, rief Rahim.

»Ja, sie werden einfach nicht klüger und verstauen ihre Munition immer an gleicher Stelle«, gab Isaac zurück.

»Genau wie wir«, bemerkte Marian.

»Hm, da hast du recht, und das sollten wir schleunigst ändern. Jetzt macht die Pinasse klar. Die Schlacht ist geschlagen, Männer. Zeit, dass wir die Beute holen …«

Der Überfall auf den Hafen von Cádiz war ein voller Erfolg. An die dreißig spanische Schiffe hatte die englische Flotte erbeutet oder zerstört – Schiffe, die nun nicht mehr nach Norden segeln konnten, um die englischen Küsten zu bedrohen. Zwei der Galeonen, die die Männer der *Liberty* geentert hatten, waren mit nichts als Dauben beladen gewesen, und sie hatten sie in Brand gesteckt, denn ohne Proviant- und Wasserfässer konnte die stärkste Armada nicht in See stechen.

Obwohl die meisten feindlichen Schiffe in Rauch aufgegangen waren, konnten die englischen Freibeuter doch mit der Prise zufrieden sein. Cádiz war ein belebter Hafen, den Schiffe aus der ganzen Welt anliefen, und da auch die genuesischen Handelssegler auf die Engländer gefeuert hatten, waren sie ebenso geplündert worden wie die Spanier. Darum fanden sich jetzt florentinischer Seidenbrokat, Safran aus Persien und Nelken von den Molukken im Frachtraum der *Liberty*, ganz zu schweigen von dem Gold, das sie auf einem Spanier erbeutet hatten, der den Sold der spanischen Armee in die Niederlande bringen sollte.

Isaac war eine Stunde nach Sonnenaufgang dabei, den unerwarteten Goldsegen mit Marian zusammen zu zählen, als der Bootsmann an der Tür zum Frachtraum erschien. »Signal von der *Bonaventure*, Sir. Captain Drake bittet zur Lagebesprechung.«

»Danke, Master Holbroke.« Isaac ließ die Münzen zurück in die Eichenschatulle klimpern. »Wir sind noch nicht durch mit dem Zählen, aber ich schätze, es dürften fünfzigtausend Ducados sein.«

Der Bootsmann strahlte, fragte jedoch: »Wie viel ist das in richtigem Geld?«

Isaac machte eine vage Geste. »Fünfundzwanzigtausend Pfund etwa.«

»Allmächtiger ...«, rief der Bootsmann erschrocken aus.

Isaac drosch ihm im Vorbeigehen auf die massige Schulter. »Grämt Euch nicht. König Felipe hat ja unbegrenzten Nachschub aus der Neuen Welt.«

Auch Francis Drake hatte fette Beute gemacht. Dennoch fand Isaac ihn schlecht gelaunt, als er an Bord der *Bonaventure* und in die vergleichsweise geräumige Offiziersmesse kam, wo sich die Kapitäne der englischen Schiffe versammelt hatten.

»Der Überfall auf Cádiz wäre um ein Haar zum Fiasko geworden«, grollte Drake, die kräftigen Arme vor der Brust verschränkt. »Weil nicht einmal die Hälfte der Schiffe meiner Flotte mir an der Puntal vorbei in den inneren Hafen gefolgt ist. Ich bin beeindruckt von Eurer Tapferkeit, Gentlemen, und Ihr könnt *sicher* sein, dass die Königin hiervon erfährt!«

»Es besteht keine Veranlassung, uns Feigheit zu unterstellen«, konterte William Boroughs, der Kapitän der *Golden Lion*. »Ihr hattet keine Order erteilt, und wir sind keine Hellseher.«

Wütend machte Drake einen Schritt auf ihn zu. »Was zum Henker soll das bedeuten?«

Boroughs musterte ihn kühl. Er war ein Gentleman aus Devon und möglicherweise der Auffassung, dass das Kommando über die Flotte ihm hätte gehören müssen, nicht dem Emporkömmling Drake.

»Es bedeutet, dass das Versäumnis Eures war, Sir, nicht unseres«, antwortete er. »Darüber hinaus hatte ich Euch bereits schriftlich in Kenntnis gesetzt, dass ein Angriff auf den inneren Hafen mir zu riskant erschien. Als Ihr auf einmal Richtung Puntal gesegelt seid, dachte ich, Ihr seiet getroffen und manövrierunfähig. Als stellvertretender Kommandant habe ich der Flotte signalisiert, nicht zu folgen.«

Drake schnaubte. »Zu riskant, fandet Ihr, ja? Dennoch war er erfolgreich, selbst wenn wir nur zu siebt waren. Ihr seid ein Feigling, Boroughs ...«

»Ich muss doch sehr bitten, Sir«, brauste dieser auf.

»Ein Feigling und ein Meuterer«, fuhr Drake unbeirrt fort, und seine scharfen blauen Augen funkelten gefährlich. »Ihr habt meine Befehle wissentlich missachtet …«

»Francis …«, begann Isaac beschwichtigend. »Es war ein Missverständnis.«

Drake fuhr zu ihm herum. »Du hältst dich raus!«

»Das werde ich nicht tun«, konterte Isaac mit einem Lachen, das halb verwundert und halb ungläubig war. »Ich bin ein englischer Kapitän im Dienst Ihrer Majestät genau wie du, und ich sehe nicht ein, warum ich mir von dir den Mund verbieten lassen sollte.«

»Oh ja, ich habe nicht vergessen, dass du dich geweigert hast, dich meinem Kommando zu unterstellen, du erinnerst mich schließlich oft genug daran.«

»Und das aus gutem Grund«, gab Isaac zurück, hob dann aber begütigend beide Hände. »Worüber streiten wir hier eigentlich? Wir haben getan, wozu wir hergekommen sind, und es den Spaniern gezeigt. Dieses Jahr wird Felipes Armada nicht mehr segeln, so viel steht wohl fest. Also? Warum feiern wir nicht?«

Zustimmendes Gemurmel war von den anderen Kapitänen zu vernehmen, und das schien Drakes Zorn noch zu steigern.

»Ich enthebe Euch Eures Kommandos, Boroughs«, teilte er dem Kapitän frostig mit.

»Dazu habt Ihr keine Befugnis«, protestierte dieser empört. »Die Königin hat mir die *Golden Lion* anvertraut und …«

»Und sie hat sie *meinem* Befehl unterstellt. Ihr habt von der ersten Stunde an Front gegen mich gemacht, und ich werde den Erfolg dieser Mission und das Leben englischer Seeleute nicht weiter aufs Spiel setzen, indem ich Euch ein Schiff führen lasse!«

Boroughs reckte das Kinn vor und sah plötzlich aus wie ein aufgeplusterter Hahn. »Sir Francis, ich protestiere in aller Form gegen diese …«

»Ihr könnt protestieren, soviel Ihr wollt, niemand wird es hören«, fiel der Kommandant ihm ins Wort und wandte sich an seinen Ersten Offizier. »Schickt nach dem Bootsmann. William Boroughs wird in Eisen gelegt, bis wir nach England zurückkehren, und dort wegen Meuterei und Befehlsverweigerung angeklagt.«

Es wurde totenstill in der Messe.

Boroughs war bleich geworden, doch er schwieg. Das fiel ihm offenbar nicht leicht, denn er presste die Lippen zusammen, als hindere er sich nur mit Mühe daran, seinem Herzen Luft zu machen. Aber vermutlich dämmerte ihm, dass er Gefahr lief, mehr als nur sein Kommando zu verlieren.

»Francis, das ist unrecht«, sagte Isaac in die Stille hinein.

»Du hast noch nie gewusst, wann es an der Zeit ist, die Klappe zu halten«, entgegnete der Flottenkommandant gefährlich leise.

»Mag sein«, räumte Isaac ein. »Und vermutlich sind alle anderen hier klüger als ich, weil sie den Mund halten, aber glaubst du, es ist auch nur einer darunter, der nicht gerade an Thomas Doughty denkt, den du hast hinrichten lassen?«

Ohne Hast zog Francis Drake den Degen und setzte ihn ihm an die Kehle. »Nur weiter, Isaac. Lass uns den Rest deiner Verleumdungen auch noch hören.«

»Das ist keine Verleumdung«, widersprach Isaac, und als er schluckte, spürte er die mörderische Schärfe der Klinge. »Er war ein *Kapitän* deiner Flotte, verflucht noch mal, und sein einziges Vergehen bestand darin, dass er deinen Bruder beim Stehlen erwischt hat. Das konntest du nicht aushalten, also runter mit Doughtys Kopf. Du argwöhnst seit jeher, dass Neider deinen Namen in den Dreck ziehen, aber letztlich bist du es immer selbst, der das tut. Und wir können bis morgen früh hier stehen und so weitermachen, ohne dass du zustoßen wirst.« Er hob die Linke und schob Drakes Degen beiseite. »Nicht weil wir einmal Freunde waren. Sondern weil meine Schwester das Auge der Königin ist und du daran denkst, wie es sich auf deine Karriere auswirkt, wenn du mich erschlägst. Du bist einer der mutigsten Männer, die ich kenne, und ein hervorragender Seemann, aber manchmal bist du auch ein Drecksack.« Er trat einen Schritt zurück und verneigte sich vor den versammelten Kapitänen, die ihn teilweise mit offenen Mündern angafften. »Gentlemen, ich empfehle mich. Wir sehen uns in England.«

London, Juli 1587

Stimmengewirr und Gelächter drangen aus dem *Bell Inn* in Bishopsgate auf die schlammige Straße hinaus, und als Anne eintrat, schlug ihr eine Wolke von Pfeifenqualm entgegen, die aromatisch war, den dämmrigen Raum aber komplett vernebelte.

Sie musste indessen nur ihrem Gehör folgen – der größte Radau herrschte üblicherweise dort, wo die Queen's Men waren.

Dumpfer Paukenklang und weinseliges Grölen schienen vornehmlich aus der hinteren rechten Ecke zu kommen, also wandte sie ihre Schritte dorthin. Und wie vermutet: Richard Tarlton, der Lieblingsnarr der Königin, hatte eine mandeläugige Hure auf dem Schoß und führte ihre Rechte, mit der sie seine bunte Trommel schlug, die wiederum auf ihrem Schoß stand. Beide gackerten. Auch die restlichen Queen's Men hatten sich weibliche Gesellschaft besorgt und führten sich dementsprechend idiotisch auf. Zwei der halbwüchsigen Knaben, die meist die Frauenrollen bei den Schauspielen übernahmen, weil sie noch helle Stimmen hatten, waren beim Würfeln in Streit geraten und prügelten sich im dreckstarrenden Bodenstroh. Inmitten dieses Getöses stand ein kleiner wackliger Tisch wie eine Insel der Ruhe, und dort entdeckte Anne ihren Bruder und seinen Freund.

»… kannst nicht König Richard *und* seinen Bruder Clarence spielen, Will«, erklärte Samuel im Tonfall überstrapazierter Geduld.

»Und weshalb nicht?«, gab Shakespeare herausfordernd zurück. »So viel Text ist es nun auch wieder nicht. Dann könntest du König Edward und den Duke of Buckingham …«

»Du müsstest einen Dialog mit dir selber führen, deswegen«, unterbrach Samuel, schlug das eselsohrige Textbuch auf, das gefährlich nahe an einer Weinpfütze vor ihm auf dem Tisch lag, drehte es zu Will um und zeigte mit dem Finger. »Hier, siehst du?«

»Verflucht …« Shakespeare raufte sich den ohnehin schon ziemlich wilden dunkelblonden Schopf. »Ich sage dir, Samuel, dieses Stück ist noch schlimmer als *König John*. Die Leute werden uns davonlaufen.«

»Scharenweise und noch vor dem Ende des ersten Akts«, stimmte Samuel düster zu. »Falls der erste Akt denn je ein Ende nimmt, was ich bezweifle.«

Shakespeare nickte unglücklich. »Die Geschichte taugt durchaus, aber … man müsste sie ganz neu schreiben.«

»Das sagst du andauernd.«

Anne ertappte sich dabei, dass sie zögerte, die beiden Freunde zu unterbrechen. Deren Sorgen erschienen ihr klein und absurd. Sie fand es unbegreiflich, dass Samuel sich mit dieser Welt aus Lug und Trug begnügen konnte, wo er doch nur die Hand hätte ausstrecken müssen, um tatsächliche Macht zu besitzen. Doch es war seine Wahl gewesen, und sie wusste, er hatte sie mit Bedacht getroffen.

»Du hast recht«, bekannte Shakespeare und tupfte versonnen mit dem Ärmel seines schäbigen Wamses die Weinpfütze auf. »Aber wenn ich es täte, wer würde es spielen wollen? *Die Tragödie von König Richard III., seiner Tyrannei und seinem wohlverdienten grausigen Ende* von Will Shakespeare?« Er lehnte sich auf seinem Stuhl zurück und schnaubte. »Auslachen werden sie mich. Und selbst wenn ich wollte … Nanu, Anne! Was tut ein unartiges Mädchen wie du an einem anständigen Ort wie diesem?«

Wie so oft amüsierte sie seine Unverschämtheit, aber sie hatte eine Stellung zu wahren, und deswegen drohte sie: »Pass lieber auf, was du redest, sonst kannst du nur noch einen der beiden toten Prinzen spielen.«

»Hört, hört«, konterte er lachend. »Das gefürchtete Mannweib von London kennt sich in Geschichte aus.«

Sie zwinkerte ihm scheinbar nachsichtig zu, hakte unauffällig den linken Stiefel um sein Stuhlbein und zog das Sitzmöbel mit einem Ruck unter ihm weg, sodass der junge Schauspieler bei den raufenden Knaben in den Binsen landete.

»Miststück …«, grollte er leise und stemmte sich in die Höhe.

Anne ignorierte ihn und wandte sich an ihren Bruder. »Onkel Lewis ist verhaftet worden.«

Samuels Kiefermuskeln spannten sich an. »Ich bedaure, das zu hören«, sagte er förmlich.

»Ja, ich weiß, du willst von alldem nichts wissen, aber dieses Mal musst du es erfahren. Allerdings nicht hier. Komm mit nach Hause.«

»Wo soll das sein, Anne?«

Sie verdrehte die Augen. »Es geht um deine Sicherheit, Dummkopf, und …«

»Ach, hör doch auf«, fiel er ihr schroff ins Wort. »Ich kann jetzt nicht mit dir gehen, wir haben in einer Stunde eine Vorstellung.«

Anne zog die linke Braue in die Höhe. »Was denn, diese vom frommen Ernst der Kunst beseelten Gentlemen und du? Ich denke, es ist besser für Spieler und Zuschauer, wenn die heutige Vorstellung ausfällt. Und jetzt komm.«

»Du kannst mich nicht herumkommandieren«, gab Samuel mit einem ärgerlichen Stirnrunzeln zurück. »Auch wenn du zu glauben scheinst …« Er verstummte abrupt, als er Ben Ruby und Lancelot an der Tür entdeckte. »Ah, meine furchtlose Schwester hat sich Verstärkung mitgebracht.«

Anne antwortete nicht. Sie hätte ihn auch allein überreden können. Aber weil sie ihren Bruder zu innig liebte, um die Hand gegen ihn zu erheben, wäre ihr nur übrig geblieben, mit einer Feuersbrunst im Bell Inn oder im Curtain Theatre zu drohen, wo die Queen's Men ihre Londoner Spielstätten hatten. Sie hatte so eine Ahnung, dass Samuel ihr das nie verzeihen würde, und so einen Zwist wollte sie ihnen beiden ersparen. »Kommst du? Oder muss erst irgendwer bluten? Aber anders als bei euch ist es kein Schweineblut, das wir vergießen, Bruder …«

Es war nur etwa eine halbe Meile vom Bell Inn an der Gracechurch Street bis nach Billingsgate, doch die kleine Gruppe nahm nicht die direkte Route über die Thames Street, sondern bog auf halbem Weg nach links in die Tower Street ab und verschwand im Gassengewirr von Eastcheap.

Es war ein grauer, regnerischer Tag und viel zu kalt für die Jahreszeit. Übellaunige Böen vom Fluss wehten ihnen den Niesel geradewegs ins Gesicht. Trotzdem herrschte das übliche Gewimmel auf den Straßen: Die Scharlatane und Handwerker von Eastcheap boten ihre Auslagen auf den waagerecht ausgeklappten Läden ihrer Häuser feil, Hausfrauen, Mägde, Lehrlingsburschen, Huren und Reisende vom Lande flanierten daran vorbei und bestaunten Gürtelschnallen, Tongeschirr, gezinkte Spielkarten oder Tinkturen gegen Warzen und Hasenscharten. Die alten Weiber am Straßenrand hatten Häute über die Kessel ihrer Garküchen gebreitet, damit der Regen ihre Suppen und Eintöpfe nicht noch wässriger machte, als sie ohnehin schon waren.

Mit einer Geschicklichkeit und Schnelligkeit, die lebenslange Übung verrieten, schlängelten Anne, Samuel, Lancelot und Ruby sich durch das lärmende Gewühl und sprachen kein Wort.

Erst als sie das unscheinbare Haus neben der Bootswerkstatt am Ufer der Themse betraten und die Tür sich hinter ihnen geschlossen hatte, fragte Samuel: »Was ist passiert?«

Weil Ruby und Lancelot beharrlich schwiegen, war es Anne, die antwortete: »Er hat einen Goldschmied erschlagen. Vor Zeugen.«

Samuel stieß hörbar die Luft aus und wandte den Blick zur rußgeschwärzten Balkendecke. »Dieser gottverdammte Hitzkopf.«

»Das kannst du laut sagen, mein Junge«, pflichtete Ben Ruby ihm bei, dessen Trauermiene ihn mehr denn je wie einen Totengräber aussehen ließ.

»Lasst uns nach oben gehen.« Anne löste die Kordel ihres leichten Sommerumhangs. Ein schlichtes Kleid aus taubenblauem Leinen kam darunter zum Vorschein. Sie achtete immer auf eine unauffällige Erscheinung, sodass sie auf den ersten Blick nicht anders aussah als Tausende anderer junger Frauen in London. Doch unter dem Kleid trug sie Hosen und geschmeidige Stiefel mit dünnen Sohlen, und die taubenblauen Ärmel waren nicht ans Kleid genestelt, sondern gehörten zu einem Wams. Wenn es hart auf hart kam, konnte sie sich das Kleid mit einem Handgriff vom Leib reißen, und zum Vorschein kam ihre Männerkleidung, in der sie rennen und klettern konnte.

Anne stieg die knarrende schmale Holzstiege hinauf, und die drei Männer folgten ihr. Keine Murano-Kugel hing an der Tür, trotzdem klopfte sie und wartete auf die gemurmelte Einladung von drinnen, ehe sie eintrat.

Ihr Vater stand mit verschränkten Armen vor dem fürchterlichen Kamin, seine Miene grimmig. In einem der beiden Sessel saß ihre Großmutter, und Anne sah mit sinkendem Herzen, dass Tränen über das Gesicht der alten Dame rannen.

Ein angespanntes Lächeln hellte Gabriels Gesicht ein wenig auf, als er sie eintreten sah. »Samuel. Kein besonders glücklicher Anlass, aber es ist gut, dich zu sehen, mein Sohn.«

Ihr Bruder nickte. »Ja, ich freu mich auch«, räumte er ein, und es klang, als sei er ein wenig verwundert über die Erkenntnis. Dann glitt er auf die Armlehne des Sessels, ergriff Rosalins Hand und führte sie an die Lippen. »Es tut mir leid, Großmutter.«

Konnte Samuel auf der Bühne auch reden wie ein sprudelnder Quell, so war er im richtigen Leben doch eher geizig mit Worten. Aber jeder hörte, dass seine Worte aufrichtig waren, und seine Großmutter legte die alte, von blauen Adern überzogene Hand an seine Wange. »Danke, mein Junge. Es hat den Anschein, als sei der Tag gekommen, vor dem mir immer gegraut hat …« Sie wandte den Kopf ab, und es tat Anne weh zu sehen, mit welch eiserner Beherrschung ihre Großmutter sich zusammennahm.

»Aber Vater kann doch gewiss irgendetwas tun«, mutmaßte Samuel zuversichtlich.

»Ich glaube, nein«, entgegnete ihr Vater, und es klang frostig. Schlimmer. Es klang endgültig.

»Das verstehe ich nicht«, bekannte Samuel. »Und im Übrigen verstehe ich auch nicht, wieso ihr mich quasi von der Bühne hierher verschleppt habt. Was hat all das mit mir zu tun?«

»Dein Onkel hat mit den Aldgate Elders zusammen einen Zug durch St. Paul's gemacht«, berichtete Vater. »Sie erbeuteten von irgendeinem unbedarften Landjunker eine Börse voller Edelsteine und begaben sich zur Water Street, um zu feiern. Lewis war wie üblich im Handumdrehen betrunken und machte wie üblich einen Narren aus sich …«

»Gabriel«, sagte seine Mutter leise, unüberhörbar flehend.

Es war eine von Lucy Lombards Hafentavernen gewesen, wo

sie ihren Raubzug begießen wollten, und obwohl der König der Diebe eine Einigung mit Lucy bezüglich ihrer ausstehenden Schutzgelder getroffen hatte, war Onkel Lewis erst ausfallend und dann handgreiflich geworden.

»Die Aldgate Elders haben versucht, ihn zu beruhigen, aber ohne Erfolg«, setzte Anne den traurigen Bericht fort. »Als dieser Goldschmied aus der Cordwainer Street sich einmischte und Lucy zu Hilfe kommen wollte, hat Lewis den Dolch gezückt und ihm zwischen die Rippen gerammt.« Sie schüttelte den Kopf, fassungslos über die Dummheit und mangelnde Beherrschung, die diese Tat bewiesen. »Vor mehr als zwei Dutzend Zeugen tötet er einen angesehenen Londoner Bürger, einfach nur so. Aus schlechter Laune.« Sie war kaum weniger angewidert als ihr Vater.

»Die Freunde des toten Goldschmieds haben Lewis überwältigt und gefesselt«, fuhr Lancelot fort. »Die Aldgate Elders hatten sich natürlich längst verdrückt, als der Constable kam und schließlich der Sheriff. Jeder hätte das getan, es war nur vernünftig. Aber jetzt sagen die Red Slayers, die Aldgate Elders hätten ihn im Stich gelassen.«

»Oh, mein Gott …«, murmelte Samuel.

Alle Dunklen Bruderschaften von London waren berüchtigt, auch die Aldgate Elders. Aber keine wurde so gefürchtet wie die Red Slayers, die ihr Motto – »Keine Zeugen« – unbarmherzig befolgten. Wie der König der Diebe gehörte auch dessen Bruder als sein Statthalter offiziell keiner Bruderschaft an, aber sie beide waren bei den Red Slayers in die Lehre gegangen und groß geworden, und das Band war immer noch eng.

»Das ist der Grund, warum wir dich von der Straße holen mussten, Samuel«, erklärte Ben Ruby. »Gott allein weiß, was die Red Slayers tun werden. Sie waren eurem Vater immer treu ergeben, aber bei ihnen muss man mit allem rechnen. Und wir durften nicht riskieren, dass du ihnen als Geisel in die Hände fällst.«

»Aber das verstehe ich nicht«, entgegnete Samuel und wandte sich an ihren Vater. »Sie müssen doch wissen, dass du alles tun wirst, was in deiner Macht steht, um Onkel Lewis vor dem Galgen zu bewahren.«

Ihr Vater schüttelte den Kopf. »Du täuschst dich.«

Anne brüstete sich gerne damit, dass es nicht viel gebe, was ihr Angst machen könne, aber der Ausdruck auf dem Gesicht ihres Vaters drohte ihr die Kehle zuzuschnüren. »Er hat sich von ihm losgesagt, Samuel. Weil Onkel Lewis den Frieden der Bruderschaften aufs Spiel gesetzt hat. Er will keinen Finger für ihn rühren.« Sie gab sich keine Mühe, ihren Zorn zu verbergen.

Ihre Großmutter hatte wieder angefangen zu weinen. »Gabriel, ich flehe dich an …«

»Es wird nichts nützen«, erwiderte er. Es klang beinah sanft, aber man konnte hören, dass sein Entschluss unumstößlich war.

»Er ist doch dein Bruder!«

»Und ich habe ihn beschützt, seit er laufen konnte!«, konterte er, mit einem Mal aufgebracht. Anne beobachtete ungläubig, dass seine Hände ein wenig zitterten. »Ich habe seine Scherbenhaufen und manchmal seine Leichen beseitigt und ihn aus beinah jedem Gefängnis dieser Stadt geholt, Mutter, und jetzt ist es genug.«

»Aber sie werden ihn hängen, verflucht noch mal!«, schleuderte Anne ihm entgegen. »Wie kannst du das nur zulassen? Du bist der König der Diebe!«

Er sah ihr in die Augen und nickte. »Eben.«

Hampton Court, Dezember 1587

Elizabeth saß am Kopf des polierten Ebenholztisches im Privy Chamber und ließ Mary Stewarts sechsreihige Perlenkette versonnen durch die Linke gleiten. »Mit all dem wollt Ihr mir sagen, dass ein Krieg mit Spanien unvermeidlich ist.« Es war keine Frage.

Isaac nickte. »Mit dem Überfall auf Cádiz haben wir Zeit gewonnen, Majestät. Ich schätze, dass Felipe vielleicht ein Jahr braucht, um die zerstörten Schiffe zu ersetzen, mehr nicht.«

»Und davon ist mehr als die Hälfte bereits verstrichen«, warf Robin Dudley ein, der zur Rechten der Königin saß und nervös das zierliche Weinglas zwischen den Händen drehte. »Ungenutzt haben wir diese Monate ins Land gehen lassen, anstatt uns zu wappnen.«

Er wirkte angespannt und erschöpft. Die Monate in den Niederlanden hatten ihm viel abverlangt, wusste Eleanor, und es hatte ihn furchtbar getroffen, so kurz nach seinem Sohn auch noch seinen Neffen zu verlieren. Robins von Natur aus eher dunkle Haut wirkte fahl, die einst so klaren, haselnussbraunen Augen waren ein wenig gelblich.

Wir werden alle nicht jünger, dachte Eleanor und unterdrückte ein Seufzen.

»Ich habe elf neue Schiffe bauen lassen«, widersprach die Königin.

»Das wird nicht reichen«, warnte Isaac.

Elizabeth bedachte ihn mit einem unwilligen Stirnrunzeln, kanzelte ihn aber nicht ab, sondern fragte: »Also? Was müssen wir Eurer Meinung nach tun?«

»Das Naheliegende, Majestät: Wir sollten noch einmal nach Spanien segeln und dieses Mal die ganze Armada versenken«, schlug Robin vor, und er sagte es nicht zum ersten Mal.

Die Königin schüttelte den Kopf. »Ich werde die englische Küste nicht entblößen, Robin. Je nach Wind und Wetter könnte es passieren, dass unsere Schiffe und Felipes Armada aneinander vorbeisegeln, ohne sich zu treffen.« Sie sah zu Isaac. »Oder?«

»Dergleichen ist schon vorgekommen«, musste dieser einräumen. »Aber wenn Ihr die ganze englische Südküste sichern wollt, brauchen wir mehr Schiffe. Mindestens noch ein Dutzend.«

»Dann werden wir sie bauen«, antwortete Elizabeth. »Ihr werdet Hawkins die entsprechende Order überbringen, Fitzgervais.«

Er nickte, seine Erleichterung unübersehbar. »Und da wir nicht vorhersagen können, wo die Armada zuerst gesichtet wird, müssen wir einen Weg finden, wie die Küstenstädte gewarnt werden können.«

»Leuchtfeuer«, sagten Robin und Walsingham wie aus einem Munde.

Elizabeth tippte Ersterem mit dem Finger an die Brust. »Darum wirst du dich kümmern.«

»Nichts lieber als das, Majestät.«

Auch er war offenbar heilfroh, dass die Königin ihre Unentschlossenheit endlich abgestreift hatte und handelte.

Eleanor erging es nicht anders. Sie tauschte einen Blick mit Walsingham, und der Secretary ergriff das Wort: »Majestät, Felipe *wird* seine Armada aussenden, sobald sie bereit ist, das müssen wir als gesichert betrachten. Und unsere Agenten in Antwerpen und Brüssel berichten, dass der Herzog von Parma zeitgleich eine Invasion Englands vorbereitet. Er will die spanischen Truppen in den Niederlanden mit Flachbooten über den Kanal bringen. Das sind fünfundzwanzigtausend Soldaten. Felipes Armada soll ihre Überfahrt und Landung an unseren Küsten sichern. Das werden noch einmal …« Er sah fragend zu Isaac.

Der hob die Schultern. »Schwer zu sagen. Aber wir sollten mit rund hundertfünfzig Schiffen rechnen. Das wären dreißigtausend Mann. Und das Schlimmste an der Armada ist ihr Kommandant, der Marqués de Santa Cruz.«

»Jener Santa Cruz, der für die Papisten die Seeschlacht von Lepanto gewonnen hat?«, fragte Elizabeth.

Isaac nickte. »Er ist ein alter Fuchs mit viel Erfahrung. Es wird nicht so leicht sein, einen englischen Flottenkommandanten zu finden, der es mit Santa Cruz aufnehmen kann.«

»Macht einen Vorschlag, Sir«, lud Elizabeth ihn ein. »Ihr dürft auch Euren eigenen Namen nennen. Ihr wäret nicht der erste, der das tut«, fügte sie boshaft hinzu.

Isaacs Mundwinkel verzogen sich für einen Moment nach oben. »Ich habe keine Mühe zu erraten, wer das gewesen sein könnte.« Mehr sagte er nicht.

»Das heißt, du willst das Kommando nicht?«, fragte Eleanor.

Ihr Bruder hob abwehrend beide Hände. »Um Himmels willen. Ich bin ein Kapitän, kein Admiral.«

Robin trank einen Schluck. »Also Drake?«

Isaac verschränkte die Hände auf der schwarz glänzenden Tischplatte, richtete den Blick darauf und antwortete nicht.

»Auf einmal so stumm, Sir?«, fragte Elizabeth.

»Was ist wirklich vorgefallen bei Eurem Angriff auf den Hafen von Cádiz?«, wollte Walsingham wissen. »Drake hat vor der Admiralität schwere Anschuldigungen gegen Captain Boroughs erhoben, aber weder hat er Euch als Zeugen benannt, noch habt Ihr die Episode in Eurem Logbuch erwähnt …«

»Woher kennt Ihr mein Logbuch?«, fragte Isaac verdattert.

Der Secretary lächelte geheimnisvoll. »Also?«

Isaac wandte sich an seine Schwester. »Woher kennt er mein Logbuch, Eleanor?«

»Ich habe es gelesen, als ich euch im Herbst in Plymouth besucht habe«, bekannte sie achselzuckend. »Das war, genau genommen, der eigentliche Grund für meinen Besuch. Sei mir nicht gram, Bruder. Ich wollte herausfinden, was in Cádiz passiert war, und Drake und Boroughs haben sich nur immerzu gegenseitig beschuldigt, während die anderen Kapitäne widersprüchliche Aussagen gemacht haben, und du hast einfach gar nichts gesagt. Was blieb mir also übrig?«

Isaac schüttelte ungläubig den Kopf. »Wann werde ich lernen, dir zu misstrauen …«, murmelte er vor sich hin, offenbar ziemlich verlegen. Dann nahm er sich zusammen und sagte zur Königin: »Was zwischen Drake und Boroughs vorgefallen ist, war im Grunde nur ein Missverständnis, Majestät. Der eine ist drauflosgesegelt, ohne seiner Flotte genaue Befehle zu erteilen. Der andere ist in Schreckensstarre verfallen und hat einfach gar nichts getan, statt den eigenen Kopf zu gebrauchen. Der Vorfall beweist nur, wie viel bei einem Flottenkommando schiefgehen kann. Wenn Ihr einen ganz und gar furchtlosen Kommandanten wollt, nehmt Drake. Wenn ihr einen verantwortungsvollen wollt, nehmt Frobisher. Wenn ihr einen wollt, der niemals den Kopf verliert, nehmt Hawkins. Wenn Ihr einen wollt, der alle drei Eigenschaften in sich vereint, muss ich passen, aber dieser Mann bin todsicher nicht ich.«

In die ratlose Stille hinein sagte die Königin: »Charles Howard of Effingham.«

Walsingham wiegte den Kopf hin und her. »Das wäre naheliegend. Immerhin ist er ja schon Euer Lord High Admiral.«

»Aber er hat überhaupt keine Erfahrung in der Seefahrt«,

wandte Robin ein. »Wir haben ihm das Amt als eine Art Ehrentitel übertragen. Doch für eine Lage wie diese brauchen wir einen erprobten Kommandanten zur See.«

Eleanor sah ihrem Bruder an, dass er anderer Meinung war. Aber Isaac fühlte sich immer unwohl in Situationen wie diesen, wusste sie. Die Königin machte ihn heute noch genauso nervös wie vor zwanzig Jahren, und es erschreckte ihn, wenn sie ihn um Rat fragte.

»Sag, was du denkst, Isaac«, forderte Eleanor ihn auf.

»Nun … es stimmt nicht ganz, dass Lord Howard keine Erfahrung hat«, begann er zögernd. »Er ist als junger Kerl zur See gefahren, als Königin Mary Krieg gegen Frankreich führte und wir … ähm … Calais verloren haben. Howard macht kein großes Gewese darum, aber wenn man mit ihm spricht, merkt man, dass er mehr über die Seefahrt weiß, als die meisten ihm zutrauen.«

»Woher kennt Ihr ihn?«, fragte Walsingham.

»Er ist seit zwei Jahren im Amt«, gab Isaac mit einem Schulterzucken zurück. »Wenn ein englischer Kapitän von einer Kaperfahrt zurückkehrt, muss er dem Lord Admiral Bericht erstatten und die Abrechnung vorlegen. Wir … sind ins Gespräch gekommen, und ich war ein paar Mal bei ihm zu Gast, wenn ich in London war.«

»Vielleicht wäre das wirklich die beste Lösung, Majestät«, sagte Robin mit wiedererwachendem Enthusiasmus. »Wenn Ihr einen der Freibeuter zum Kommandanten macht, werden die anderen sich ihm nur zähneknirschend unterordnen. Wenn überhaupt. Denn sie sind ja alle so eifersüchtig aufeinander. Stimmt's nicht, Fitzgervais?«

»Nur zu wahr.«

»Aber Charles Howard mit seiner Autorität und seiner Verbindlichkeit könnte es schaffen, dass sie alle an einem Strang ziehen.«

»Und er ist ein kluger Mann«, fügte Eleanor hinzu. »Ein ganz seltenes Exemplar: Uneitel. Er würde Isaac und Drake und die anderen um Rat fragen, um sich ihre Erfahrung zunutze zu machen, und nicht fürchten, dass seine Position darunter leidet.«

»Also bitte«, sagte die Königin und stützte die Hände entschlossen auf die Armlehnen. »Master Secretary, bittet den Lord High Admiral zu mir. Es dürfte ein hartes Stück Arbeit werden, ihn davon zu überzeugen, dass er der Richtige für diese Aufgabe ist. Also fangen wir besser sofort damit an.«

»Gute Reise gehabt, Sir?«, fragte David, der Isaac wie so oft im Hof des alten Gutshauses von Cattedown Manor begrüßte.

Isaac glitt aus dem Sattel des braven Wallachs, den er in einem Mietstall am Hafen bekommen hatte. »Zumindest schnell.« Er war mit einer königlichen Barke von Hampton Court nach London gefahren und hatte dort einen Handelssegler gefunden, der Tuch und Leder aus Devon in die große Metropole gebracht und ihn als Passagier mit zurück nach Plymouth genommen hatte. »Es war so stürmisch auf dem Kanal, dass sogar die Schiffsratten seekrank wurden, aber es hat nur einen Tag und eine Nacht gedauert. Hier alles in Ordnung?«

David nickte mit einem Schulterzucken – eine Geste, die die Frage gleichzeitig bejahte und verneinte und die nach Isaacs Erfahrung nur Afrikaner in dieser Perfektion beherrschten. »Alle im Haus sind gesund und munter. Aber es kommen jeden Tag mehr Bettler ans Tor. Eure Frau fängt an, sich Sorgen zu machen, glaub ich. Sie wird erleichtert sein, dass Ihr zurück seid.«

Isaac überreichte ihm die Zügel. »Mir ist egal, wie viele kommen, David, aber kein hungriger Seemann wird von meiner Tür gewiesen.«

»Nein, Sir. Wir haben im alten Brauhaus eine Suppenküche eingerichtet.« David nickte zur anderen Hofseite hinüber, wo ein paar ungenutzte Wirtschaftsgebäude des einstigen Gutsbetriebs allmählich verfielen.

»Großartig.« Isaac rieb sich die rotgefrorenen Hände. »Komm ins Haus, wenn du das Pferd versorgt hast. Sieh zu, dass du dir hier draußen nicht den Tod holst.«

»Ihr Engländer seid ein leidenswilliges Volk, dass ihr in einem so kalten Land lebt. Das werde ich nie begreifen. Eines Tages heuere ich auf Eurem Schiff an und gehe in Afrika von Bord, um nach Hause zurückzukehren.«

»Ein guter Plan«, befand Isaac, aber er wusste, es würde nichts daraus werden. David war höchstens zehn Jahre alt gewesen, als die Männer der *Nemesis* ihn aus dem Frachtraum eines portugiesischen Sklavenschiffs befreit hatten. Er hatte keine klare Vorstellung, wo »zuhause« in Afrika lag, und er hatte mehr als die Hälfte seines Lebens in England verbracht.

Isaac besprach mit ihm die Rückgabe des Mietpferdes am folgenden Tag und betrat dann sein behagliches Haus. Er fand Abigail und Janis mit Jamima in der Küche, deren großer Arbeitstisch in der Mitte so aussah, als habe ihn eine Kanonenkugel getroffen.

»Ach du meine Güte, was ist denn hier los?«

»Isaac!« Abigail trat ihm lächelnd entgegen, bog aber die Hände weg und warnte: »Vorsicht, ich bin ein wenig mehlbestäubt. Wenn auch nicht so schlimm wie deine Tochter.«

Er schloss seine Frau furchtlos in die Arme und küsste sie ungeniert. Was immer sie sagte, er fand sie makellos: Sie trug ein Kleid aus feinem, stahlblauem Kammgarn, das genau die Farbe ihrer Augen wiedergab, und auf dem üppigen, raffiniert aufgesteckten Blondschopf eine kleine perlenbesetzte Spitzenhaube. Kleine Krähenfüße bildeten sich um ihre Augen, wenn sie lächelte, aber auch mit Anfang vierzig kam sie ihm immer noch so schön vor wie die Dienstmagd von einst. Nur dass sie heute nicht mehr so streng und unnahbar zu ihm war wie damals.

»Wir backen Brotfladen für die armen Matrosen, Vater«, erklärte Janis ihm mit großer Ernsthaftigkeit. Sie war schon fast neun – kein kleines Mädchen mehr –, und je größer sie wurde, desto deutlicher trat ihre Ähnlichkeit mit seinem Bruder Francis zum Vorschein.

Isaac beugte sich zu ihr hinunter und küsste die feine Mehlspur von ihrer Nase. »Das ist großartig. Aber bist du sicher, dass du schon wieder herumlaufen solltest?«

Bevor er an den Hof zitiert worden war, hatte Janis eine böse Erkältung mit hohem Fieber gehabt, und er war in Sorge gewesen, weil er spürte, dass Abigail beunruhigt war.

Doch nun beschwichtigte seine Frau ihn: »Sie hat seit drei Tagen kein Fieber mehr.«

»Gut.« Er wuschelte Janis über die Haare.

»Dafür sind jetzt Francis und Nick krank«, berichtete Abigail und seufzte ergeben. »So ist das eben, einer reicht es an den nächsten weiter.«

»Ich sehe gleich nach ihnen«, versprach Isaac.

Jamima stellte einen dampfenden Becher mitten in das Schlachtfeld auf dem Küchentisch. »Trinkt heißen Wein, Captain. Und keine Sorgen machen um Söhnchen. Ihr immer zu viel Sorge, wenn Kinder krank, weil Eure Mama und Papa sind gestorben an Grippe. Aber das ist dumm. Götter lachen über Euch.«

»Dann lass sie doch«, knurrte er, unendlich verlegen, dass seine Köchin seine geheimsten Ängste so mühelos durchschaut hatte. Er nahm den Becher und blies über das dampfende Gebräu. »Wer hat dir von meinen Eltern erzählt?«

Jamima hob die massigen Schultern und wandte sich wieder der Teigschüssel zu. »Weiß nicht mehr, Captain. Hab geträumt, glaub ich.«

Isaac sah fragend zu Abigail, aber sie schüttelte den Kopf. Er ließ die Sache auf sich beruhen. Es gab Frauen mit hellsichtigen Träumen in seiner Familie. Er vermutete, dass auch Eleanor dazu zählte, denn sie hatte manchmal Kenntnis von Dingen, die sie eigentlich nicht wissen konnte. Also warum sollte es ihn wundern, dass es sich mit seiner Köchin ebenso verhielt?

»Komm und hilf Jamima, Janis«, forderte diese das Kind auf. »Wir müssen machen Kugeln von Teig, dann Fladen von Kugeln.«

»Aye, aye.« Voller Tatendurst kam Janis zurück an den Tisch.

»Überlassen wir die Bäckerinnen ihrer Arbeit«, schlug Abigail vor, nahm Isaacs Hand und führte ihn in die behagliche Halle.

Er hatte seinen dampfenden Becher mitgenommen, setzte sich auf die Kaminbank und zog seine Frau neben sich.

»Wie war die Königin?«, fragte sie neugierig.

»Souverän, erhaben und unmöglich zu deuten«, antwortete er. »Und charmant wie üblich. Ich habe in ihrer Gegenwart immer glimmende Kohlestückchen im Bauch und bin grenzenlos erleichtert, wenn sie mich entlässt. Gott allein weiß, wie meine Schwester es aushält, ihr Leben an Elizabeths Seite zu verbringen.«

»Vermutlich kennt sie eine ganz andere Elizabeth als du.«

»Das hoffe ich für sie«, sagte er und trank einen Schluck. »Inständig.« Er stellte den Becher neben sich auf die Bank und ergriff Abigails schmale Rechte. »Danke für deine Sorge um die hungrigen Seeleute in der Stadt.«

Abigail winkte mit der freien Hand ab. »Die Fladen waren eine gute Idee. Sie bleiben länger frisch als angeschnittene Brotlaibe. Es ist immer schwierig vorauszusagen, wie viele hungrige Mäuler wir an einem Tag zu stopfen haben. Aber es wird schlimmer, fürchte ich.«

Isaac nickte. Es war in allen Hafenstädten das Gleiche: Die Königin hatte angeordnet, dass die Flotte sich bereithalten solle, aber sie erlaubte nicht, dass sie hinausfuhr und Jagd auf spanische Schiffe machte. Das bedeutete, dass Hunderte von Matrosen in den Häfen festsaßen – untätig und ohne Einkommen –, und es oblag den Hafenstädten, sie zu versorgen.

»Ich bin zu Katherine Hawkins und Mary Grenville geritten, und wir haben gemeinsam mit einigen anderen Kapitänsfrauen überlegt, was man tun kann«, fuhr Abigail fort. »Grenvilles versorgen die Matrosenherbergen mit Brennholz. Die Hawkins beliefern den *Letzten Papagei* kostenlos mit Lebensmitteln, und die Wirtin betreibt damit ebenfalls eine Suppenküche.«

»Und was ist mit Drake?«, fragte Isaac.

Abigail hob die Schultern. »Eliza würde gewiss gern helfen, aber Buckland Abbey liegt zu weit außerhalb der Stadt.«

»Hm«, brummte er. »Nicht zu weit, um Geld oder ein paar Säcke Korn oder warme Decken zu schicken.«

»Du weißt doch, wie es ist. Francis ist in London bei der Admiralität.« *Und Eliza wagt nicht, ohne seine Erlaubnis an die Schatullen zu gehen,* sagte sie nicht, aber Isaac hörte es trotzdem.

»Richard Hawkins lässt ausrichten, du mögest so bald wie möglich zu ihm kommen, um die Versorgungslage zu erörtern.« Richard Hawkins – John Hawkins' Sohn – war Mitte zwanzig, ein hervorragender Seemann und derzeit Stellvertreter seines Vaters, der dieses Jahr der Mayor von Plymouth, aber ständig abwesend war. »Wie es aussieht, fehlt es Plymouth nicht nur an

Lebensmitteln, sondern ebenso an Pech, um alle Schiffe zu kalfatern.«

»Wie üblich«, bemerkte Isaac. Die Admiralität hatte einen Teil der königlichen Flotte nach Plymouth geschickt und erwartete, dass die Stadt für die Seetüchtigkeit der Schiffe sorgte, ohne sich darum zu scheren, woher das nötige Material kommen sollte. Isaac lehnte den Rücken an die herrlich warme Kaminwand. »Ich hoffe, die Armada kommt, bevor alle englischen Schiffe abgesoffen und alle englischen Seeleute verhungert sind.«

»Bedenke, worum du bittest«, mahnte Abigail – die Stimme der Vernunft.

»Komm. Lass uns nach unserer Brut schauen. Und danach verschwinden wir hinter den Bettvorhängen, was meinst du?«

»Also wirklich, Isaac.« Sie bekopfschüttelte ihn wie eh und je. »Mitten am Tag?«

Isaac grinste in seinen Becher, stand auf und zog seine Frau mit sich in die Höhe. Ehe sie das obere Ende der Treppe erreichten, hatte er sie umgestimmt.

Tyburn, März 1588

Es war ein klarer, aber kalter Frühlingsmorgen, als der von einem duldsamen Grauschimmelgespann gezogene Henkerskarren sich langsam einen Weg durch die Menschenmenge zum Galgen bahnte. Sobald die Schaulustigen ihn kommen sahen, wurden sie rastlos, fingen an zu johlen, und hier und da flogen Dreckfladen und Steine.

Der Karren brachte drei Verurteilte, die barhäuptig auf ihren Särgen saßen: ein verwahrloster Greis in Lumpen mit spärlichem Haar, der sich gehetzt umschaute und mit dem Kopf nickte wie ein Vogel. Er wirkte verwirrt und hilflos, sodass man meinte, er könne keiner Fliege etwas zuleide tun. Doch er hatte drei Hafenhuren aufgeschlitzt. Zu seiner Rechten saß eine dickliche Bürgersfrau in mittleren Jahren, eine Bäckerin aus Cheapside, die ihren Mann mit einem Schürhaken erschlagen hatte. Sie starrte mit glasigen, geweiteten Augen in die Ferne, ohne sich zu rühren.

Der dritte war Lewis Draper. Lässig hatte er die Beine übereinandergeschlagen, die gefesselten Hände lose auf dem Knie, und blickte herausfordernd in die Menge.

Der Vikar von Newgate fuhr mit ihnen auf dem Karren und intonierte mit tragender Stimme: »Ihr, die ihr zum Sterben verurteilt seid, weinet Tränen der Reue und erflehet die Gnade des Herrn zur Errettung eurer Seelen.« Dann wandte er sich an die Schaulustigen: »Betet von ganzem Herzen für diese armen Sünder, die dem Tode entgegengehen und deren Stunde geschlagen hat!«

Doch die Londoner waren nicht sonderlich frommer Stimmung. Dichter wogte die Menge an den Henkerskarren, sodass der beinah zum Stillstand kam. Mehr Wurfgeschosse prasselten auf die Verurteilten nieder, aber hier und da auch kleine Gebinde aus den ersten Primeln des Jahres. Geschickt fing Lewis eines davon auf und winkte der Menge damit zu.

Die Londoner klatschten gut gelaunt.

»Ich bring jeden Tag Blumen auf dein Grab, Lewis!«, rief eine schrille Frauenstimme, die nicht ganz nüchtern klang.

»Mögen die Engel im Himmel gut auf ihre Harfen aufpassen, wenn Lewis Draper kommt!«, kam es von weiter links.

Lewis warf sein Blumensträußchen in die Richtung. »Was hätte ich bei den Engeln zu suchen, du Trottel!«

Er erntete Gelächter und neuerlichen Applaus. Und während der Karren quälend langsam vorwärtsrumpelte, saß der Henker oben auf einem der Querbalken des Galgens und rauchte in aller Seelenruhe ein Pfeifchen.

»Süßer Jesus, ich muss wahnsinnig gewesen sein, herzukommen«, murmelte Eleanor und zog die pelzbesetzte Kapuze tiefer ins Gesicht. Sie saß in der ersten Reihe auf der erhöhten Tribüne an der rechten Seite des Platzes und hatte einen ungehinderten Blick auf das Geschehen.

»Du wirst es nicht bereuen«, versprach Gabriel an ihrer Seite. »Mein Bruder wird ein gutes Ende machen, du wirst sehen.«

Er klang stolz und vollkommen gelassen. Geradezu unbeschwert. Eleanor betrachtete ihn voller Beklommenheit. Gabriel war als greiser Rechtsgelehrter verkleidet zur Hinrichtung seines Bruders erschienen, in einem schwarzen Umhang mit mottenzerfressenem Lammfellkragen, einer grauen Perücke und staubigem Hut. Beinah so wie damals in Greenwich, als Eleanor ihn in den Irrgarten gebracht hatte, um sich von ihm verführen zu lassen.

»Mir graut ein wenig vor dir«, gestand sie ihm leise.

»Ja, mir ist aufgefallen, dass ich diese Wirkung auf manche Menschen habe«, räumte er ein.

»Wie kannst du so … unbeteiligt sein?«

Er wandte ohne Eile den Kopf und schaute ihr einen Moment ins Gesicht, ließ sie die Furcht und Zweifel sehen, die er vor dem Rest der Welt verbarg. »Wir alle müssen eines Tages sterben, jeder König ebenso wie jeder Bettler«, sagte er. »Das einzige, worüber wir Macht haben – zumindest die Glücklichen unter uns –, ist, ob wir gut oder schlecht sterben wollen. Ich hätte angenommen, eine Frau in deiner Position wüsste das.«

Eleanor biss einen Moment die Zähne zusammen. »Theoretisch, ja.«

»Und wie gut oder wie schlecht unser Leben war, hängt unter Umständen auch davon ab, zu welchem Zeitpunkt das Ende kommt.«

Eleanor glaubte zu wissen, wie er das meinte: Es war im Laufe der Jahre immer weiter bergab gegangen mit Lewis. Sein Jähzorn und seine ständige Trunkenheit hatten ihn Sympathien und Respekt gekostet, und auch wenn er nominell Gabriels Statthalter war, hatte in Wahrheit doch längst Ben Ruby diese Vertrauensposition eingenommen. Der Zuspruch auf dem Weg zum Galgen bewies, dass Lewis unter den Londoner Gaunern und Huren immer noch Freunde hatte, aber ihre Reihen lichteten sich. Vielleicht war heute für Lewis tatsächlich der richtige Tag.

Das hatte Samuel und Anne indessen nicht gehindert, von ihrem Vater zu verlangen, ihren Onkel aus dem Newgate zu befreien, wie er es gelegentlich schon in der Vergangenheit getan hatte. Sie hatten ihre Argumente vorgebracht. Sie hatten ihn beschworen und beschimpft. Die Red Slayers hatten mit Rebellion gedroht. Und seine Mutter hatte ihn angefleht.

Alles vergeblich.

»Ich verstehe nicht, warum du handelst, wie du handelst«, flüsterte sie. »Und darum graut mir vor dir.«

Er nickte, als sei dieses Bekenntnis nur von mäßigem Interesse für ihn, so ähnlich wie die Hinrichtung seines Bruders.

Der von zwölf Männern der Stadtwache eskortierte Henkerskarren hatte sein Ziel erreicht.

»Gib der dreibeinigen Mähre die Peitsche, Lewis!«, rief eine fette alte Hure, die ein Stück hinter Eleanor auf der Tribüne saß, und sie erntete Gelächter.

Es war der Spitzname, den das Londoner Gesindel dem neuen Galgen von Tyburn gegeben hatte. Dieser war der ganze Stolz der Stadtväter: Drei massive Pfeiler waren zu einem Dreieck angeordnet und stützten die gleiche Zahl an Querbalken, von denen die Schlingen baumelten. Es waren jeweils acht, sodass im Bedarfsfalle vierundzwanzig Missetäter gleichzeitig hingerichtet werden konnten. Das sei erforderlich geworden, hatten die Sheriffs dem Stadtrat vorgerechnet, weil London von Jahr zu Jahr schneller wuchs, und der stetige Zustrom bedeute auch eine unaufhaltsame Zunahme an Straftaten.

Der junge Henker, der auf einem der massiven Querbalken gesessen hatte, klopfte seine Pfeife daran aus, steckte sie weg und kletterte umständlich zu Boden, ehe er seine Maske aus der Tasche zog und aufsetzte.

Der Karren kam mit dem hinteren, offenen Ende genau unter dem Balken zum Stehen, welcher der Tribüne gegenüberlag. Der Henker kletterte auf die Ladefläche, nahm den abgemagerten alten Mann beim Arm und sagte: »Komm, Väterchen, es ist so weit.«

Willig ließ der Greis sich an die Kante des Gefährts führen, und während der Scharfrichter ihm die Schlinge umlegte, erbat er die Vergebung des Verurteilten.

Die Bäckersfrau fing an zu heulen, als sie aufgestellt wurde, rang die gefesselten Hände und beteuerte stammelnd ihre Unschuld. Die Menge zischte, hier und da waren Buhrufe zu hören.

Lewis Draper wartete nicht, bis der Henker ihn holte. Er erhob sich von seinem Sarg und schlenderte ans Ende des Karrens, bis er unter der dritten Schlinge stand. Er packte sie mit den gebundenen Händen und ruckte ein paar Mal prüfend daran, ehe er selbst den Kopf hindurchsteckte.

Gabriels Hände, die bis gerade eben lose auf seinen Oberschenkeln gelegen hatten, ballten sich zu Fäusten.

»Vergibst du mir?«, fragte der junge Scharfrichter.

Lewis gab ihm den Penny, den er in der Hand gehalten hatte, und nickte.

»Will einer noch was sagen?«

Der Greis reagierte nicht. Sein Kopf ruckte immer noch auf und ab, als folge er dem Takt einer Melodie, die nur er hören konnte. Die Bäckersfrau schüttelte den Kopf und schluchzte. Lewis Draper ließ den Blick über sein geneigtes Publikum schweifen, seine Miene konzentriert. »Seht mich an, ihr guten Leute von London, und lasst euch mein Schicksal eine Lehre sein!«, rief er. »Keinen Tag Arbeit habe ich in meinem Leben getan und doch nie gehungert! Keinen Funken Redlichkeit im Leib und doch in Saus und Braus gelebt, von den Früchten eurer Mühen! Kein Ehejoch getragen und doch die schönsten Frauen gehabt! Ich habe wie ein Dieb gelebt und bin bereit zu hängen wie ein Dieb! Gott schütze euch alle!«

Die Menge jubelte und rief in Sprechchören seinen Namen. Die Stimmung war aufgeheizt, und Eleanor sah den Sergeant der Stadtwache dem Henker ein Zeichen geben: Mach ein rasches Ende.

Der Scharfrichter nickte, sprang vom Karren, packte die Zügel des Gespanns und schnalzte. Die beiden braven Grauschimmel trotteten eine Länge nach vorn, und unter dem Aufschrei der Zuschauer rutschten die Füße der Verurteilten vom Karren und traten ins Leere.

Ein breitschultriger Mann löste sich aus der ersten Reihe der Zuschauer. Eleanor rechnete damit, dass er den Greis oder die Frau bei den Füßen packen und mit einem Ruck das Genick brechen würde, denn das durften die Freunde oder Verwandten der Delinquenten tun, um ihnen ein qualvolles, langsames Ersticken zu ersparen. Doch noch ehe der Mann den Galgen erreichte, explodierte unter dem Karren mit den drei Särgen ein Feuerwerkskörper. Rote Funken sprühten zwischen den Rädern hervor. Die Menschen schrien auf, und die eben noch so braven Gäule gerieten in Panik, bockten, brachen nach links aus und galoppierten in die Menge.

Schreiend und fluchend wichen die Schaulustigen zurück. Wie ein einziger riesiger Leib wogten sie bald nach links, bald nach rechts, und als zwischen den zwölf Pferden der Stadtwache die nächsten zwei Feuerwerke zu knallen begannen, verwandelte Tyburn sich in einen Hexenkessel.

Die Menge wandte sich zur Flucht. Die Menschen drängten und stießen sich gegenseitig aus dem Weg, und die ersten Schreie waren zu hören. Die livrierten Stadtwächter setzten unterdessen ihren durchgegangenen Pferden nach, zwei versuchten vergeblich, die Ordnung wiederherzustellen, ein paar schlossen sich der allgemeinen Flucht an. Drei traten unter den Galgen, und während einer den Degen zückte und den schreckensstarren Henker damit in Schach hielt, nahm der zweite den dritten und schmächtigsten auf die Schultern.

»Oh, Jesus Christus, erbarme dich«, flüsterte Eleanor tonlos und legte die eiskalte Linke vor den Mund. »Es ist Anne.«

Und noch während sie das sagte, erkannte sie, dass es Samuel war, der seine Schwester auf den Schultern trug, und Lancelot, der den Henker mit der Klinge bedrohte und ihm mit einer unmissverständlichen Geste riet, das Weite zu suchen.

Der Scharfrichter ließ sich nicht lange bitten.

Kaum war er in der tosenden Menge verschwunden, reichte Samuel Anne ein Messer nach oben, und sie durchschnitt Lewis' Strick. Der Gehenkte fiel wie ein Mehlsack, doch er war noch bei Bewusstsein, krümmte sich und hustete.

Anne sprang von Samuels Schultern, und sie zerrten ihren Onkel auf die Füße, nahmen ihn in die Mitte und verschwanden unter der Bretterverkleidung der Tribüne. Lancelot bildete die Nachhut, folgte ihnen rückwärts und mit erhobener Klinge, aber niemand versuchte, sie aufzuhalten, niemand hatte sie auch nur bemerkt.

Bis auf die rund hundert mehr oder weniger fein gekleideten Bürgersleute auf den teuren Tribünenplätzen.

Eleanor sah über die Schulter, verstört und desorientiert. »Warum tun sie nichts?«, wisperte sie. »Sie sitzen einfach nur seelenruhig da und protestieren noch nicht einmal.«

»Alles die Unseren«, erklärte Gabriel.

»Grundgütiger …« Eleanor spürte, dass sie im Begriff war, die Nerven zu verlieren, und das wollte sie nicht. Sie kniff einen Moment die Augen zu. Der Greis und die Bäckerin baumelten immer noch, und den Anblick konnte sie jetzt wirklich nicht gebrauchen. »Das heißt, du hast all das geplant? Und mir keinen Ton gesagt?«

»Ich hatte nicht das Geringste damit zu tun«, widersprach Gabriel. »Deine Tochter hat das ausgeheckt. Samuel und Lancelot haben ihr geholfen, aber der Plan war von ihr.«

»Du hast es gewusst? Und zugelassen, dass unsere Kinder ihr Leben aufs Spiel setzen?«

»Ich habe es gehofft«, schränkte er mit einem Lächeln ein. »Ich habe das Leben meines Bruders darauf verwettet, dass sie es tun und dass sie Erfolg haben. Und darum, Lady Eleanor, brauche ich jetzt etwas zu trinken.«

»Du unglaublicher Hurensohn, Gabriel … Das werde ich dir *niemals* verzeihen!«

Sie wollte aufspringen und davonlaufen und ihn nie wiedersehen, aber er bekam sie am Handgelenk zu fassen und zog sie wieder neben sich auf die harte Holzbank. »Doch, ich denke, das wirst du. Vertage dein endgültiges Urteil bis heute Abend.« Er sah sie an, und das übermütige Diebeslächeln funkelte in den schwarzen Augen. »Vertrau mir noch dies eine Mal …«

Tyburn lag eine Stunde außerhalb der Stadtmauern, aber Gabriel hatte Vorkehrungen für ihre Rückkehr getroffen. Im Hof eines Gasthauses an der Ostseite des Galgenplatzes standen zwei schnelle Pferde bereit, die sie in das verschlafene Dörfchen Chelsea brachten. Dort warteten am Flussufer ein junger Kerl, der ihnen die Tiere abnahm, und ein Wherry. Themseabwärts brachte das Boot sie bis zur St. Paul's Wharf, wo sie ausstiegen und sich zu Fuß durch das Straßengewirr der Stadt in östlicher Richtung bewegten. Gabriel bog so oft ab, dass Eleanor bald jede Orientierung verloren hatte, aber sie ahnte, dass sie die ganze Zeit in Flussnähe blieben. Die Gassen wurden immer schmaler, dunkler und unheimlicher. Windschiefe Mietskasernen wechselten sich ab mit Werkstätten, unappetitlichen Straßenküchen und Tavernen, hier und da eine ärmliche Kirche dazwischen. Aber so finster das Gesindel in dieser Gegend auch aussah, kam doch niemand auf die Idee, den alten Rechtsgelehrten und die fein gekleidete Dame zu behelligen, die so gar nicht hierher passten. Es war, als warne ein sechster Sinn die Londoner, dass diese beiden nicht waren, was sie auf den ersten Blick zu sein schienen.

»Hätte ich geahnt, dass wir London zu Fuß durchqueren, hätte ich andere Schuhe angezogen«, bemerkte Eleanor irgendwann säuerlich. »Diese hier dürften ruiniert sein, und sie waren aus persischer Seide. Nur für den Fall, dass es dich kümmert. Und …«

»Ich kaufe dir ein Paar neue«, stellte er in Aussicht.

»Auch neue Füße?«

»Ich hoffe, du kannst mir vergeben. Aber die ganze Stadtwache und die Miliz sind jetzt auf den Beinen und durchkämmen die Straßen. Es wäre unklug gewesen, mit dem Wherry bis vor die Haustür zu fahren.«

»Gebe Gott, dass die Kinder unbeschadet ankommen«, flüsterte sie.

Er nickte knapp. Offenbar dachte er genau das Gleiche.

Doch wenigstens diese Sorge erwies sich als unbegründet. Als sie am frühen Nachmittag in das unscheinbare Haus in Billingsgate kamen, wartete Ben Ruby in der kleinen Wachkammer neben der Tür auf sie.

»Und?«, fragte Gabriel eine Spur atemlos.

»Sie sind hier, alle vier. Unbeschadet bis auf Lewis, aber der wird wieder. Er ist heiser und hat ein hübsches Henkersmal, doch er war munter genug, um nach einem Krug Brandy zu verlangen.«

Gabriel schnitt eine kleine Grimasse des Unwillens. »Danke, Ruby.«

Der nickte und betrachtete den König der Diebe seltsam eindringlich. »Sie sind alle da, wie du befohlen hast.«

»Gut.«

»Ich hoffe, du weißt, was du tust.«

Gabriel legte ihm einen Moment die Hand auf die Schulter, und er lächelte. »Das hoffe ich auch.«

»Was geht hier vor?«, fragte Eleanor argwöhnisch.

Sie bekam nicht sofort eine Antwort.

Gabriel streifte die Perücke und den alten Mantel ab, und die Gewänder, die darunter zum Vorschein kamen, waren elegant genug, um ihn wahrhaft königlich erscheinen zu lassen: ein elfenbeinfarbenes Wams aus wesentlich edlerem Damast als ihre Schuhe, das eng geschnitten war und in der Taille spitz zulief, mit einem breiten, schwarz-goldenen Brokatkragen. Aus dem gleichen Stoff wie der Kragen waren die Hosen geschneidert, die in blank polierten, kniehohen Stiefeln steckten.

Man kann merken, dass du ein Durham bist, fuhr es Eleanor durch den Kopf.

Mit sonderbarer Feierlichkeit reichte Ruby ihm den Gürtel mit dem Degen, und als Gabriel ihn umlegte, entdeckte Eleanor an seiner rechten Seite eine kleinere, edelsteinverzierte Scheide mit einem Dolch, den sie nie zuvor gesehen hatte.

Gabriel reichte ihr den Arm. »Gehen wir?«

»Wohin?«

»An einen Ort, den du noch nicht kennst.«

Eleanor sah ihn forschend an, aber seine Miene war undurchschaubar. Es war genauso, wie es ihr seit jeher mit diesem Mann ergangen war: Sie konnte ihm trauen oder nicht. Ins unbekannte Wasser springen oder auf dem sicheren Boden bleiben. Es gab nichts dazwischen. Und weil sie eine Waringham war und somit unheilbar neugierig, war sie wieder und wieder gesprungen. Manchmal hatte sie es bereut und manchmal nicht. Doch sie erkannte, dass sie heute nicht mit dieser Tradition brechen würde.

Sie legte die Hand auf seinen Arm und lächelte ihm zu – verwegen, hoffte sie, wenngleich ihr das Herz bis in die Kehle schlug.

Sie folgten dem schmalen, dämmrigen Korridor, der ins Innere des verwinkelten Hauses führte. Durch eine Tür, die in der Wandtäfelung beinah unsichtbar war, gelangten sie zu einer Treppe, und es ging abwärts, erst über hölzerne Stufen, dann wieder einen von Laternen erhellten Korridor entlang zu einer steinernen Wendeltreppe, die sich in die Tiefe schraubte. Ruby ging mit einem Licht voraus, Eleanor folgte, und Gabriel bildete die Nachhut.

Am Fuß der Wendeltreppe kamen sie in einen etwa quadratischen Raum, wo zwei wahrhaft finstere Gestalten in schwarzen, voluminösen Kapuzenmänteln eine hohe Doppeltür bewachten, jeder ein blankes, vorsintflutliches Breitschwert vor sich, die Spitze auf dem festgestampften Lehmboden, die Hände oben auf dem Knauf verschränkt.

Wortlos verneigten sie sich und öffneten dann die beiden Türflügel.

Seite an Seite traten Gabriel und Eleanor in die große Halle des Königs der Diebe, und es kostete Eleanor alle Beherrschung, die sie in einem Leben bei Hofe erlernt hatte, um nicht wie angenagelt stehenzubleiben und sich mit offenem Munde umzusehen. Es war ein prunkvoller Saal, das Kreuzrippengewölbe der Decke mindestens zwanzig Fuß über dem schwarz-weißen Marmorboden. Sechs große, wundervoll gearbeitete Radleuchter erhellten die Halle, sodass die verschwenderische Zahl an Kerzen auf den langen Tischen fast überflüssig war. Dreizehn Wappen, kostbare Teppiche und alte Waffen zierten die weiß getünchten Wände. An der linken Stirnwand, wo sich auf einer Estrade die Ehrentafel befand, prangte das größte Wappen von allen: auf blauem Grund ein schwarzer Adler mit ausgebreiteten Schwingen, der in der linken Kralle einen goldenen Ring trug, über zwei gekreuzten Klingen.

An den beiden langen Seitentafeln saßen Männer und einige wenige Frauen. Knapp zweihundert, schätzte Eleanor. Sie boten eine bunte Mischung: jung und alt, elegant und schäbig, manche mit ebenmäßigen Zügen, andere mit furchteinflößenden Narben im Gesicht, aber sie alle sahen ihrem König mit gleichermaßen ernsten Mienen entgegen.

An der hohen Tafel saßen Anne und Lancelot, ein sichtlich nervöser Samuel, der offenbar an jedem anderen Ort der Welt lieber sein wollte als hier, neben seiner Großmutter, und an Rosalinds linker Seite Lewis Draper, mürrisch über einen Bronzepokal gebeugt.

An der Mitte der Tafel stand ein intarsienverzierter Sessel, dessen Ähnlichkeit mit dem Krönungsstuhl der Könige von England in Westminster Abbey eine solch majestätsbeleidigende Unverfrorenheit war, dass Eleanor heiß und kalt von dem Anblick wurde, und dorthin führte Gabriel sie.

Es war still in der Halle, sodass man die Scheite in den beiden mannshohen Kaminen knistern hörte, und alle Augen waren auf den König der Diebe gerichtet.

Der stellte sich hinter seinen Thron und sah zu seinem Bruder. »Ich bin froh, dich wohlauf zu sehen, Lewis.«

Der hob den Kopf. »Was ich nun wirklich nicht dir zu verdanken habe.«

»Richtig.«

Allgemeines Füßescharren war zu vernehmen und ein Seufzen, als hätten alle Versammelten gleichzeitig tief Luft geholt.

»Du … du willst es nicht einmal leugnen?«, fragte ein breitschultriger Hüne an der rechten Seitentafel, und als er aufstand, erkannte Eleanor den Mann wieder, der als erster unter den Galgen getreten war.

»Wie käme ich dazu, Ned?«, entgegnete Gabriel. »Es ist zutreffend, dass ich dieses Mal keinen Finger gerührt habe, um Lewis zu retten.«

»Warum nicht?«, fragte Ned.

»Weil er glaubt, ich sei ein Risiko für euch alle«, versetzte Lewis wütend. Seine Stimme klang entstellt und rau.

»Nein, das war nicht der Grund, wenngleich es stimmt, dass ich das glaube.«

»Das ist mir zu hoch«, knurrte Ned. »Verflucht noch mal, Gabriel, ich hätte ihm um ein Haar das Genick gebrochen!«

»Ich weiß«, gab Gabriel mit einem sparsamen Lächeln zurück. »Offen gestanden war das meine größte Sorge, schließlich kenne ich die Loyalität der Red Slayers, die manchmal größer ist als ihre Besonnenheit.«

Hier und da gab es Gekicher, das augenblicklich verstummte, als Ned sich finster umblickte.

»Also, wenn nicht das der Grund war, warum dann hast du deinen Bruder im Stich gelassen?«, fragte ein blonder Mittdreißiger an der anderen Tafel und stand ebenfalls auf. »Wie du siehst, sind alle hier beunruhigt und verwirrt darüber, weil ein jeder sich fragt, ob du ihn beim nächsten Mal vielleicht auch einfach hängen lässt.«

»Ich habe Lewis nicht im Stich gelassen, Andrew. Doch bevor ihr in eurer Unruhe und Verwirrung anfangt, die Messer zu wetzen, hört euch an, was ich zu sagen habe.« Er legte eine kleine Pause ein, und erst als er sich vergewissert hatte, dass alle in der Halle ihm ihre ungeteilte Aufmerksamkeit schenkten, fuhr er bedächtig fort: »Ich danke ab und räume den Thron des Königs der Diebe für meinen Nachfolger.«

Im ersten Moment herrschte ungläubige Stille, dann fingen alle gleichzeitig an zu reden, zu debattieren und zu gestikulieren.

»Aber … aber das kannst du nicht!«, protestierte Ned über das Stimmengewirr hinweg. »König der Diebe bleibt man bis an sein Lebensende!«

»Ja, und weil das Lebensende meist länger auf sich warten ließ, als den Thronanwärtern lieb war, ist noch niemals ein König der Diebe eines natürlichen Todes gestorben«, gab Gabriel trocken zurück.

»Am allerwenigsten dein Vorgänger«, erinnerte ihn ein graubärtiger Kerl mit schütterem, schulterlangem Haar. »Ich entsinne mich gut an den Tag, da du Bartholomew Kestrel beerbt hast, denn ich war dabei.«

Gabriel hob kurz die Linke, und augenblicklich kehrte wieder Ruhe ein. »Ich bin nicht sonderlich versessen darauf, friedlich in meinem Bett zu sterben. Aber ich werde alt, Freunde. Ich würde gerne noch eine kleine Weile die unlauter erworbenen Früchte meiner Mühen genießen, und wer weiß, vielleicht habe ich ja Glück, und die Mutter meiner Kinder heiratet mich irgendwann noch, um die besagten Früchte mit mir zu teilen. Darum räume ich meinen Thron, und ich erlaube mir, meinen Schwiegersohn Lancelot als Nachfolger vorzuschlagen, der von heute an den Namen

Durham tragen soll, wenn es sein Wunsch ist. Mir ist bewusst, dass er eurer Zustimmung bedarf, und es liegt mir fern, eure Rechte zu beschneiden. Aber ihr alle habt gesehen, was er und Anne heute getan haben. Und ihr wisst, mit ihm bekämet ihr auch Anne. Als Königin der Diebe, deren Taten mehr sagen als viele Worte.«

Ben Ruby trat neben ihn und wandte sich an die Versammlung. »Ich unterstütze Gabriels Vorschlag. Für mich war schon lange sonnenklar, dass Lancelot der nächste König sein würde, und ich schätze, ich bin nicht der Einzige. Wenn wir seine Nachfolge jetzt beschließen, könnte der Machtwechsel ausnahmsweise einmal ohne Bruderschaftskrieg vonstatten gehen, und ich für meinen Teil würde das begrüßen.«

»Woran du merkst, dass auch du ein alter Mann bist, Ruby«, warf Lancelot ein, nahm Anne bei der Hand, und sie standen auf. »Hattest du die Absicht, uns irgendwann auch mal nach unserer Meinung zu fragen?«, verlangte der junge Mann zu wissen.

»Wie wär's jetzt?«, gab Gabriel zurück.

»Ja, wir wollen«, sagte Anne, ohne Lancelots Antwort abzuwarten. Sie schaute ihrem Vater ins Gesicht. »Seit uns klar wurde, dass du nichts für Lewis tun würdest, haben wir geplant, dich zu stürzen. Wir konnten uns nur nicht dazu entschließen, dich zu … du weißt schon.« Ihr Blick war offen und herausfordernd wie üblich, aber eine kleine Geste ihrer Linken verriet ihre Zerrissenheit. »Ich meine … du bist doch mein Vater. Und es gibt ein paar wenige Dinge, zu denen nicht einmal ich fähig bin.«

Er legte ihr lächelnd die Hand auf die Schulter. »Jetzt bin ich nicht ganz sicher, ob ich enttäuscht sein soll oder nicht.«

Hier und da wurde gelacht, aber es klang unsicher.

»Und die ganze Zeit … hast du uns auf die Probe gestellt, wofür ich dir jetzt gerade im Moment doch mühelos die Kehle durchschneiden könnte.«

Ihr Vater nickte unverbindlich und ließ die Hand sinken. »Eine Probe, die euch Gelegenheit bot, euch meinen Thron zu verdienen, also erspar mir deine Empörung.« Er zog den kostbaren Dolch aus der Scheide auf seiner rechten Hüfte und hielt ihn einen Moment hoch. »Wer ihn will, soll ihn sich holen.«

Und damit rammte er die Damaszener Klinge, seit Jahrhunderten das Machtsymbol des Königs der Diebe, in das blütenweiße Tischtuch und die Holzplatte darunter und trat drei Schritte zurück in den Schatten neben dem Kamin zu Eleanor.

Sirrend bebte die Klinge einen Moment und war dann still.

Lancelot, Ned, Andrew und die Meister der zehn restlichen Bruderschaften stellten sich vor der Estrade auf. Als alle dort aufgereiht waren, traten Ned und Lancelot an die hohe Tafel.

Der Oberste der Red Slayers legte die Hand um den elfenbeinernen Schaft. »Ich erhebe Anspruch auf diese Klinge.«

Die elf Männer vor der Estrade schwiegen.

Ned trat einen Schritt beiseite, und Lancelot nahm seinen Platz ein. »Auch ich erhebe Anspruch auf diese Klinge.«

»Aye!«, donnerten die Meister der Dunklen Bruderschaften.

»Aye«, sagte auch Ned mit einem ergebenen Nicken, anscheinend weder wütend noch überrascht über den Ausgang. »Ich musste es versuchen, oder?«

Gabriel atmete langsam aus. »Großer Gott. Einstimmig«, flüsterte er. »Das heißt, es wird keinen Krieg geben, Eleanor.«

»Das war großartig inszeniert«, gab sie ebenso tonlos zurück. »Elizabeth hätte es nicht besser gekonnt.«

»Wärmsten Dank, Mylady.«

»War das eben ein Heiratsantrag?«

»Ja.«

»Oh.«

Gabriel wandte den Kopf und sah sie an. »Und bekomme ich eine Antwort?«

Eleanor blickte wieder zur hohen Tafel, wo der Adel der Londoner Unterwelt ihre Tochter und deren Gemahl umringte, um ihnen zu ihrem Diebesthron zu gratulieren. Samuel stand ein Stück abseits, schaute mit einem zufriedenen Lächeln zu und tuschelte konspirativ mit seiner Großmutter.

»Denkst du nicht, es ist reichlich spät dafür?«, fragte Eleanor skeptisch. »Unsere Küken brauchen kein Nest mehr. Also warum ausgerechnet jetzt?«

»Ich wollte dich immer heiraten«, bekannte Gabriel untypisch freimütig. »Doch eine offizielle Familie hätte mich erpressbar gemacht, solange ich in Amt und Würden war. Jetzt … eröffnen sich ganz neue Wege.«

»Dein Rückzug ins Privatleben in allen Ehren, aber solange Elizabeth regiert, braucht sie ihr Auge.«

Gabriel verschränkte ungeduldig die Arme vor der Brust. »Ich beginne zu bereuen, dass ich dich gefragt habe, aber sei versichert, ich erwarte nicht, dass du mir treusorgend die Pantoffeln hinterherträgst, nur weil wir verheiratet wären.«

Die Vorstellung war so drollig, dass Eleanor die Hand vor den Mund legen musste, um ein Kichern zu ersticken.

»Du zweifelst nicht wirklich, dass Elizabeth uns ihre Einwilligung geben würde, oder?«

Eleanor wurde wieder ernst. »Ich zweifle eher daran, ob sie noch einen Thron besitzt, wenn der Sommer zu Ende geht.« Sie ergriff seine Hand, drückte sie einen Moment und ließ sie wieder los. »Dein Antrag ehrt mich. Aber ich kann überhaupt nichts entscheiden, ehe wir wissen, was aus den spanischen Invasionsplänen wird.«

»Also schön.« Gabriel lehnte sich an die Wand unter dem Wappen des Königs der Diebe und betrachtete seine unwillige Braut mit einem wohlwollenden Lächeln. »Warten wir ab, ob dein Bruder und die restlichen Helden zur See die Armada versenken oder nicht. Falls ja, werde ich bei der Königin um dich anhalten und ihr bei der Gelegenheit anbieten, ihre Paläste endlich einbruchssicher gegen papistische Meuchelmörder zu machen.«

»Und gegen das Londoner Diebesgesindel?«, schlug sie vor und zog die linke Braue hoch.

Gabriel schüttelte lachend den Kopf. »Ich schätze, man ist gut beraten, bei der neuen Königin der Diebe nicht in Ungnade zu fallen …«

Plymouth, Juli 1588

»Letzte Runde, Gentlemen!« Francis Drake ging ein wenig in die Knie, visierte mit verengten Augen sein Ziel an und warf seine Kugel. Mit einem dumpfen »Plock« landete sie im Gras, rollte mit beträchtlichem Schwung und prallte gegen Isaacs Kugel, sodass diese ein gutes Stück nach links geschleudert wurde und die des Lord High Admiral gleich mitnahm.

»Oh, ich hasse es, wenn du das tust, Francis«, beklagte Isaac sich seufzend. »Es sah so gut für mich aus.«

Drake richtete sich auf und zwinkerte ihm zu. »Tja, so geht das nun mal beim Bowls-Spiel. Wenn es am besten für dich aussieht, ist die Gefahr am größten.«

»Hm, wie bei der Seefahrt«, bemerkte Edward Fenton, nahm die nächste Kugel und ging in Stellung.

»Wohl wahr!«, stimmte Drake lachend zu.

Wie charmant er sein kann, wenn die Dinge so laufen, wie er will, fuhr es Isaac durch den Kopf.

Die englischen Kapitäne, die der Lord High Admiral mit ihren Schiffen nach Plymouth beordert hatte, waren auf dem Hoe zusammengekommen, um die Lage zu beraten, vor allem jedoch, um sich die elende Warterei mit einer Partie Bowls zu versüßen, während die Mannschaften bei unverändert angespannter Versorgungslage an Bord der Schiffe ausharren mussten. Es war ein perfekter Sommertag. Die Sonne brannte am hellblauen Himmel und ließ die Nordsee wie Lapislazuli schimmern. Doch es war nicht drückend, denn eine frische Brise wehte über die blumenbetupften Wiesen des Hoe.

Isaac war nicht der einzige, der bemerkt hatte, dass der Wind auf Südwest gedreht hatte.

Martin Frobisher kam schließlich an die Reihe, dann Charles Howard – der Lord Admiral.

»Eure Lage wird schlimmer und schlimmer, Fitzgervais«, bemerkte dieser mit gutmütigem Spott.

»Wohl wahr«, musste Isaac einräumen. »Aber auf Euren Sieg würde ich auch nur ungern mein letztes Hemd wetten, Mylord.«

»Dabei heißt es doch, Euch sei keine Wette zu riskant«, gab Howard zurück. »Pferde, wenn ich mich recht entsinne?«

»Naheliegend«, bemerkte Drake, der zu ihnen getreten war, einen Becher Wein in der Hand. »Er erwähnt es nie, aber er ist und bleibt ein Waringham.«

»Das habe ich nicht vergessen«, erwiderte der Lord High Admiral. »Was im Übrigen nicht bedeutet …« Er unterbrach sich, sah an Drakes Schulter vorbei und sagte: »Da kommt ein Reiter.«

Isaac wandte sich um. »Es ist Marian.« Er spürte ein plötzliches Durchsacken in der Magengegend.

Es ist so weit.

Pferd und Reiter keuchten ausgepumpt, als sie bei ihnen anhielten. Isaacs Erster Offizier sprang aus dem Sattel und verneigte sich vor Lord Howard. »Spanische Schiffe sind vor dem Lizard in Cornwall gesichtet worden, Mylord.«

Das Geplauder verstummte jäh.

»Wie viele?«, fragte Howard.

»Der Bote ist losgeritten, als er fünfzig gezählt hatte, aber es sind mehr, sagte er.«

»Also keine Vorhut«, schloss der Admiral.

»Nein, Mylord.« Marian wechselte einen kurzen Blick mit Isaac. »Die Armada ist hier.«

»Nun, dann wollen wir sie gebührend willkommen heißen«, gab Howard scheinbar seelenruhig zurück. »Entzündet die Leuchtfeuer, damit die anderen Häfen gewarnt sind. Gentlemen, ich schlage vor, wir begeben uns an Bord.«

»Augenblick«, widersprach Isaac und hob die letzte verbliebene Kugel aus dem Gras auf. »Ich habe diese Runde noch nicht gespielt, und so viel Zeit muss sein. Erst machen wir Drakes Siegeshoffnungen ein Ende, danach der Armada …«

Unter den übermütigen, gelegentlich vulgären Anfeuerungen der anderen Kapitäne ging er in Position und ließ den Blick über das Spielfeld schweifen, maß die Entfernungen der farbigen großen Kugeln zueinander und zu der alles entscheidenden kleinen, dem »Jack«. Er holte aus, drehte im letzten Moment das Handgelenk ein klein wenig nach außen, um seiner Kugel Effet zu verleihen, und sie flog in einem seitlichen Bogen, schlug unmittelbar vor dem Jack auf und katapultierte ihn zwei Yards nach links, wo er sacht mit Isaacs erster Kugel zusammenstieß und liegenblieb.

»Na bitte«, sagte Isaac zufrieden und wandte sich grinsend um.

Fenton drosch ihm auf die Schulter. »Mögen deine Kanoniere so treffsicher sein wie ihr Captain!«

»Oh, das sind sie, sei versichert.«

Drake betrachtete die radikal veränderte Lage auf dem Spielfeld mit einem missfälligen Brummen. »Zur Hölle mit dir, Fitzgervais …«

Isaac fand, das war unmittelbar vor der Schlacht ein eher taktloser Fluch, aber er wischte ihn mit einer nachsichtigen Geste beiseite. Francis Drake war seit jeher ein schlechter Verlierer gewesen. Doch Isaac musste zugeben, dass er selbst nicht viel besser war, denn dieser Sieg schmeckte besonders süß, gerade weil er Drake ausgestochen hatte.

Nach den unseligen Ereignissen im Hafen von Cádiz hatte ihre komplizierte Freundschaft einen ihrer vielen Tiefpunkte erreicht, doch auf die eindringliche Bitte des Lord High Admiral hatten sie ihre Differenzen für bereinigt erklärt und sich vor Dutzenden von Zeugen im *Letzten Papagei* die Hand gereicht. Das sei Francis schwerer gefallen als ihm, hatte Isaacs kluge Frau ihrem Mann vor Augen geführt, und umso mehr wusste Isaac es zu würdigen.

Er rieb sich die Hände, als wolle er sie von Staub befreien. »Also, gehen wir und spielen eine Partie Bowls mit König Felipe.«

Ungefähr drei Viertel der englischen Flotte – an die neunzig Schiffe – lagen in Plymouth, wobei längst nicht alle geschützstarrende Galeonen waren wie die der Freibeuter oder die knapp zwei Dutzend der königlichen Marine. Die kleineren und schlecht bewaffneten Küstenfahrer bildeten die Mehrzahl. Trotzdem herrschte drangvolle Enge im Hafen von Plymouth, und der Lord High Admiral gab Befehl, umgehend auszulaufen.

»Wenn die Armada gestern vor dem Lizard lag, könnten sie jeden Moment hier sein«, sagte Isaac, der mit seinen Offizieren auf dem Achterdeck der *Liberty* stand. »Und wenn sie uns im Hafen erwischen, machen sie Kleinholz aus uns, denn es ist zu eng hier zum Manövrieren.«

Doch der stetige Südwestwind, der die Armada geradewegs an die englische Küste geweht hatte, drückte die englischen Schiffe zurück in den Hafen und machte es unmöglich, sie mit den Pinassen aufs offene Meer hinaus zu schleppen.

»Süßer Jesus, wir müssen aus dem Hafen warpen«, erkannte Isaac mit sinkendem Herzen.

»Schande, das wird ewig dauern«, sagte Marian beunruhigt.

Der Captain nickte. »Jetzt wünschte ich, ich hätte diese letzte Kugel nicht gespielt …«

»Warum das denn?«

»Weiß nicht«, gab Isaac mit einem verlegenen Achselzucken zurück. »Nach meiner Erfahrung kann Gott diese Art von Prahlerei nicht ausstehen und stutzt einen gleich danach immer ordentlich zurecht.«

Die Beiboote ruderten voraus und warfen Warpanker in den sandigen Grund des Hafenbeckens. Dann zogen die Mannschaften ihre Schiffe mit der Ankerleine heran. Der Warpanker wurde gehoben, und das Boot ruderte wieder ein Stück voraus. Es war eine mühevolle Kleinarbeit, und Isaac war nicht der einzige, dessen Blick wieder und wieder zur Hafeneinfahrt glitt. Jedes Mal rechnete er damit, dort das Flaggschiff der spanischen Flotte zu sehen, doch bis auf ein paar Möwen dann und wann war nichts zu entdecken.

»Wo bleiben sie denn?«, fragte Arthur irritiert.

»Vielleicht haben sie Befehl, sich am Lizard zu sammeln und auf Nachzügler zu warten«, mutmaßte Rahim.

Isaac nickte. »Ich wette, genau so ist es. Aber wir können verdammt froh sein, dass nicht Santa Cruz die Armada befehligt – Gott hab ihn selig.«

Felipes gefürchteter Flottenkommandant war im Frühjahr gestorben und durch den Herzog von Medina Sidonia ersetzt worden, dem ebenfalls ein furchteinflößender Ruf vorauseilte, der aber wenig Flottenerfahrung besaß und obendrein seekrank wurde.

»Ja, Santa Cruz hätte die Chance sofort erkannt, die dieser Wind ihm eröffnete, und uns hier heimgesucht«, stimmte Marian zu.

»Noch sind wir nicht draußen«, warf Rodhri nervös ein. »Lasst uns beten, dass Medina Sidonia nicht doch noch auf die Idee kommt.«

»Du hast recht«, sagte Isaac. »Und das dauert mir alles zu lange. Marian, geh auf die Pinasse und mach den Schlafmützen ein bisschen Feuer. Ich geh ans Ankerspill.«

Bis zum Nachmittag hatten sie vierundfünfzig Schiffe aus dem Hafen gewarpt, ohne unliebsamen Besuch zu bekommen, und kreuzten bis zu den Eddystone Rocks. Im Laufe der Nacht drehte der Wind, und als die Sonne wieder aufging, stellten die spanischen Kommandanten zu ihrem Schrecken fest, dass sie die englische Flotte im Rücken hatten.

Der Herzog von Medina Sidonia behielt indes einen kühlen Kopf. Er befahl seiner Flotte zu wenden, und in zweireihiger Sichelformation hielt die spanische Armada auf die englischen Schiffe zu.

»Sie werden versuchen, uns auseinanderzutreiben, um uns einzeln in die Zange zu nehmen und zu entern«, warnte Isaac. »Die Spanier führen Krieg auf See am liebsten genauso wie an Land: Mann gegen Mann.«

»Ja, weil ihre Geschütze nichts taugen«, behauptete Arthur verächtlich.

Der Lord High Admiral, der in Königin Elizabeths *Ark Royal* an der Spitze der englischen Flotte segelte, signalisierte der kleinen *Disdain*, der spanischen *Rata* einen Warnschuss vor den Bug zu setzen. Und so begann das erste Gefecht der englischen Flotte gegen die spanische Armada. Es war der 21. Juli, aber nicht einmal darin waren sich Engländer und Spanier einig, denn Papst Gregor hatte in der katholischen Welt einen neuen Kalender eingeführt, der aus Gründen, die wohl nur Papisten verstehen konnten, zehn Tage überschlagen hatte. Darum schrieben sie den 31. Juli im Jahre des Herrn 1588.

Während die *Ark Royal* und die *Rata* einander höflich beschossen, ohne einen einzigen Treffer zu landen, hielten die *Liberty* und Drakes *Revenge* auf die rechte Spitze der spanischen Sichelformation zu, wo die gewaltige *San Juan de Portugal* den kleineren englischen Schiffen schwer zusetzte. Sie lieferten sich ein erbittertes Feuergefecht. Der Herzog von Medina Sidonia eilte der *San Juan* mit seiner *San Martín* zu Hilfe, und sie versuchten, die *Revenge* einzukeilen, um sie zu entern. Aber Drake entwischte ihnen – schlüpfrig wie ein Aal –, und weil die Engländer den Wind im Rücken und damit den Vorteil auf ihrer Seite hatten, mussten die Spanier schließlich abdrehen.

Das Scharmützel bei den Eddystone Rocks währte nur drei Stunden, und keiner der Flotten gelang es, der anderen Schaden zuzufügen. Dennoch blieben die Spanier nicht ungeschoren: Bei ihrem Rückzug kollidierte die *Rosario* mit der *Santa Catalina* und verlor Bugsprit und Fockmast. Während der kräftige Westwind die Armada weiter nach Osten trieb, fiel die *Rosario* zurück wie ein verwundetes Tier in der Herde, und als Francis Drake erkannte, dass Strömung und Wind Medina Sidonia überforderten und dieser nichts unternehmen konnte, um die *Rosario* zu retten, verließ die *Revenge* die Formation und segelte in die zunehmende Dunkelheit, um die waidwunde Galeone aufzubringen.

»Aber was tut er denn?«, fragte Rahim verständnislos. »Lord Howard hat ihm doch befohlen, mit einem Leuchtfeuer vorwegzusegeln und die Flotte durch die Nacht zu leiten.«

»Hm.« Isaac hob ergeben die Schultern. »Das kann Wynter ebenso gut übernehmen. Lord Howard hat offenbar noch nicht so ganz begriffen, wo Francis Drakes Prioritäten liegen.«

»Verrätst du uns, was du meinst, oder gefällt es dir, in Rätseln zu sprechen?«, fragte Marian untypisch verdrossen.

»Drake ist ein Pirat, Marian. Genau wie wir. Und die *Rosario* transportiert den Sold für die Truppen der Armada.«

Die Offiziere auf dem Achterdeck lachten; nur Marian war unversöhnt. »Wie gut, dass nicht allen englischen Piraten die eigenen Reichtümer über Krone und Vaterland gehen.«

»Warum so übellaunig, Cousin?«

Marians Wangenmuskeln spannten sich an, und er wandte den Blick nach Osten. »Es sind zu viele, Isaac«, sagte er leise. »Wir sollten uns nichts vormachen. König Felipe behauptet, seine Armada sei unbesiegbar, und er hat recht. Ganz gleich, wie tollkühn zu sein wir vorgeben. Wir können sie nicht schlagen.«

Isaac verschränkte die Arme und sah ihn an. »Nein, wir können sie nicht schlagen. Vermutlich bleibt uns nur, tollkühn unterzugehen.«

»Einhundertunddreißig Schiffe, Majestät«, berichtete Walsingham. »Dreißigtausend Mann Besatzung. Und jedes Schiff der Armada hat eine beglaubigte Abschrift der päpstlichen Bulle an Bord, die Felipes Invasion als Heiligen Krieg bezeichnet und Eure Exkommunikation wiederholt. Offenbar sollen diese Kopien nach der Invasion in ganz England unters Volk gebracht werden, um die Wiedereinführung der papistischen Religion zu befördern.« Der sonst stets so besonnene Secretary hatte offenkundig Mühe, ob dieser papistischen Beleidigungen die Fassung zu bewahren.

»Nur ruhig Blut, mein Freund«, erwiderte Elizabeth mit einem schmallippigen Lächeln. »Noch ist es ja nicht so weit …«

»Majestät, Ihr müsst uns erlauben, Euch in Sicherheit zu bringen«, flehte Sir Christopher Hatton, der Kommandant ihrer Leibwache, und er sagte es nicht zum ersten Mal. »Geht wenigstens in den St.-James-Palast, der wesentlich besser zu verteidigen ist als Richmond. Am wohlsten wäre mir, Ihr ginget in den Tower.«

Eleanor hätte geschworen, die Königin säße bereits kerzengerade. Aber bei der Erwähnung der verhassten Londoner Festung, wo Elizabeths Mutter gestorben war, strafften die Schultern sich sichtlich. »Das kommt nicht infrage, Sir Christopher.«

»Majestät, ich beschwöre Euch …«

Die Königin erhob sich abrupt. »Gentlemen.« Sie brüllte nicht, im Gegenteil. Aber so viel Schärfe lag in diesem einen Wort, dass die im Privy Chamber versammelten Männer sichtlich zusammenzuckten. Alle verstummten artig und schenkten der Königin ihre ungeteilte Aufmerksamkeit. »Wenn Felipes Armada die englische Flotte besiegt und die spanische Invasionsarmee aus den

Niederlanden nach England bringt, dann geschieht das, weil es Gottes Wille ist. Wir haben getan, was in unserer Macht stand, um uns zu verteidigen, also liegt alles Weitere in der Hand des Allmächtigen. Sollte es ihm aber gefallen, dass unsere Feinde triumphieren, dann werde ich mich nicht hinter Festungsmauern verkriechen, ist das klar?«

»Majestät, wenn ich Euch daran erinnern dürfte …«, begann dieses Mal Walsingham.

Er brach ab, als die irreführend zierliche Faust auf den Tisch niedersauste. »Nein! Es ist nicht erforderlich, mich an irgendetwas zu erinnern, weil ich niemals etwas vergesse, Master Secretary.« Elizabeth sah die Männer, die sich in dieser Schicksalsstunde um sie geschart hatten, der Reihe nach an: Walsingham, Hatton, der alte William Cecil und sein Sohn Robert. Dann fuhr sie fort: »Ihr habt mich gezwungen, Mary Stewart zu ermorden. Eine gekrönte Königin. Mein Fleisch und Blut. Ich habe gewusst, dass es eine schreckliche Sünde und ein Fehler war, doch ich habe Eurem Drängen nachgegeben. Selten habe ich etwas bitterer bereut, und ich sage Euch: *Dieses* Mal wird es nicht geschehen, dass ich gegen meine Überzeugung handele, ganz gleich, was Ihr sagt. Dies ist Englands Stunde höchster Bedrängnis, und ich werde tun, was das königliche Amt und Blut erfordern. Ist das klar?«

Einen Moment herrschte betretenes Schweigen.

Dann sagte Walsingham mit einer tiefen Verbeugung. »Vollkommen klar, Majestät.«

Sie atmete tief durch. »Gut. Wie steht es mit unserer Verteidigung an Land?«

»Lord Leicester hat die Grafschaften zu den Waffen gerufen und zieht die Truppen in Tilbury zusammen«, berichtete der junge Cecil.

Elizabeth hatte Robin Dudley zum »Lieutenant and Captain General of the Queen's Armies and Companies« ernannt. Robin war von der großen Ehre sichtlich bewegt gewesen, hatte Eleanor aber unter vier Augen seine Sorge anvertraut, sein schöner Titel könne länger sein als die Reihen der englischen Verteidigungstruppen.

»Wie viele Männer?«, fragte die Königin.

»Etwa … viertausend, Majestät.«

»Viertausend?«, wiederholte Elizabeth. Sie wusste wie jeder hier im Raum: Die Besatzung der Armada und die Invasionsarmee des Herzogs von Parma, die in den Niederlanden bereitstand, brachten es zusammen auf fünfzigtausend Soldaten.

»Es werden täglich mehr«, versicherte Cecil hastig. »Und die Milizen der …«

»Papperlapapp!«, fuhr Elizabeth ihm mit einem ungeduldigen Wink über den Mund. »Untersteht Euch, mir irgendetwas schönzureden. Habt Dank, Gentlemen. Ich werde alles, was Ihr mir vorgetragen habt, gebührend bedenken, Ihr habt mein Wort. Einstweilen lasst die Barken bereit machen und die Gentlemen Pensioners antreten, Sir Christopher.«

»Ihr wollt Euch doch in den Tower begeben?«, fragte dieser erleichtert.

Von dem Blick, den sie ihm zuwarf, wäre jeder geringere Mann zu einem Häuflein Asche zerfallen. »Ich begebe mich nach Tilbury. Ein Monarch sollte dort sein, wo seine Truppen sind, meint Ihr nicht?«

Die Barken der Königin und ihrer Leibwache glitten pfeilschnell mit der Strömung flussabwärts Richtung Tilbury, das unweit der Mündung am Ufer der Themse lag.

»Ich bete, dass ich das Richtige tue«, murmelte Elizabeth.

In der Debatte mit ihren Ratgebern hatte sie glaubhaft den Eindruck erweckt, als sei sie sich ihrer Sache vollkommen sicher. Aber jetzt, da nur Eleanor sie hörte, machte sie aus ihren Zweifeln keinen Hehl.

»Es *ist* das Richtige«, versicherte Eleanor vorbehaltlos. Es war ihre Idee gewesen, dass die Königin ihre Truppen inspizieren und damit Präsenz zeigen sollte, so wie ein König es selbstverständlich auch getan hätte.

Elizabeth nickte, den Blick auf den Fluss gerichtet, der selbst an einem strahlenden Sommertag wie diesem schiefergrau war. Dann wandte sie den Kopf und sah Eleanor an. »Aber was soll ich ihnen sagen, El? Diesen viertausend englischen Löwen, die ich gegen eine Übermacht von mehr als zehn zu eins in die Schlacht ziehen lasse?«

Eleanor ergriff ihre Hand und drückte sie kurz, ehe sie sie wieder losließ. »Wenn es einen Menschen gibt, der die richtigen Worte finden kann, dann du.«

»Glaubst du wirklich? Gibt es die richtigen Worte, um Männer in den Tod zu schicken?«

»Das hat König Harry sich vor der Schlacht von Agincourt bestimmt auch gefragt. Und er hat nicht nur die richtigen Worte gefunden, sondern sich obendrein getäuscht, denn er hat sein trauriges englisches Häuflein zum Triumph geführt und keineswegs in den Tod geschickt.«

Die Königin lächelte. Es war ein wenig blass, dieses Lächeln, aber es war ein Fortschritt. »Ich bin froh, dass du an meiner Seite bist.«

»Wo sonst sollte ich wohl sein?«

Elizabeth hob mit vorgetäuschtem Gleichmut die Schultern. »Bei deiner Familie? Deinen Kindern? Ist es nicht das, was Menschen in der Stunde der Not tun: sich mit ihren Liebsten umgeben, in deren Gegenwart sie Trost finden?«

Gabriel war in London und half Lancelot, die Dunklen Bruderschaften für die letzte Verteidigung der Stadt zu organisieren. Samuel und Anne waren bei ihm. Isaac war irgendwo da draußen auf See, um sich der Armada entgegenzuwerfen. Lappidot war mit den Männern von Waringham nach Tilbury geritten, sobald Robin Dudley die Grafschaften zu den Waffen rief, während Mahalath und Zillah die Burg in Waringham für eine Belagerung vorbereiteten, auch wenn niemand mehr so genau wusste, wie man das eigentlich machte. Sie alle waren eben dort, wohin sie gehörten und wo sie ihre Kräfte am wirkungsvollsten einsetzen konnten, um ihren Beitrag zur Verteidigung Englands zu leisten.

»Ich denke, ich bin genau da, wo ich sein sollte«, antwortete Eleanor.

Robin Dudley hatte eine Barriere aus Booten und Lastkähnen quer über die Themse zwischen Tilbury und Gravesend errichten lassen, um die spanischen Invasionsschiffe wenigstens aufzuhalten, wenn sie den Fluss heraufkamen. Und er hatte innerhalb und außerhalb der kleinen Festung von Tilbury ordentliche Reihen von Zelten für seine Verteidigungstruppen aufstellen lassen.

Robin wartete am Kai, als die Barke der Königin festmachte: In seiner polierten, aber nicht protzigen Rüstung immer noch ein gut aussehender Mann und so rank und schlank wie immer, doch die haselnussbraunen Augen waren ein wenig trüb und verrieten seine Müdigkeit.

Lächelnd streckte er der Königin die Hand entgegen, um ihr an Land zu helfen. »Willkommen in Tilbury, Majestät.« Er verneigte sich förmlich.

»Habt Dank, lieber Freund. Ich sehe, mein Bote hat sich beeilt und war vor mir hier.«

Robin nickte. »Alles ist bereit, und Eure Truppen erwarten Euch.«

Er reichte auch Eleanor eine hilfreiche Hand. Sie ergriff sie dankbar, trat mit einem langen Schritt an Land und sah sich um. »Du warst fleißig, Robin«, bemerkte sie und wies auf die schwimmende Barrikade quer über den Fluss.

»Untersteh dich, so überrascht zu klingen«, gab er mit halbherziger Entrüstung zurück. Dann folgte er ihrem Blick. »Ich hoffe nur, es wird etwas nützen. Alle Männer, die irgendetwas von Schiffen verstehen, sind mit Lord Howard und deinem Bruder dort draußen auf See.«

Eleanor nickte. »Es ist genau, wie die Königin sagt, weißt du: Wir alle tun, was wir können, und den Rest müssen wir Gott überlassen.«

»Amen.«

Es war schwer zu sagen, ob er spottete oder nicht. Er reichte der Königin den Arm. »Ich bringe Euch zu meinem Zelt.«

Elizabeth legte die Hand auf seinen Ellbogen und ging mit langen Schritten neben ihm einher. Eleanor folgte mit den Andrews, Christopher Hatton mit den übrigen Gentlemen Pensioners. Durch das geöffnete Tor der Palisade gelangten sie ins Innere der schlichten Festung, und die Torwachen begrüßten ihre Königin freudestrahlend, aufgeregt wie Kinder.

Robins Zelt war erwartungsgemäß das größte. Es stand am Ostrand der Anlage, und über dem Eingang prangte unübersehbar sein Wappen mit dem blauen Band des Hosenbandordens.

Er führte Elizabeth ins geräumige, aber spärlich möblierte Innere und wies auf eine Truhe an der rechten Zeltwand. »Dort drin ist alles, was der Bote mir gebracht hat.«

»Danke, Robin.« Sie legte seine Hand einen Moment an ihre Wange, und für einen Lidschlag entspannte sich ihre Miene zu einem umkomplizierten Lächeln. Dann ließ sie ihn los, und der Augenblick war vorüber. »Sei so gut und hole mein Pferd.«

»Natürlich.«

Er ließ sie allein, und sobald der schwere Brokatvorhang vor den Zelteingang geglitten war, klappte Eleanor die Truhe auf. »Ich hoffe, wir kommen mit dem Brustpanzer zurecht …«

Elizabeth trat zu ihr und spähte auf die ungewöhnlichen Kleidungsstücke hinab. Dann atmete sie tief durch und begann, ihre Robe aufzuschnüren. »Wir haben schon ganz andere Herausforderungen gemeistert.«

Die Andrews schienen versucht, sich die Augen zu reiben, als die Königin schließlich wieder ins Freie trat. Sie trug ein Kleid aus sahneweißem Samt, darüber einen Brustpanzer aus strahlendem Silber. Das offene Haar fiel ihr in üppigen Kringeln über Schultern und Rücken, nur unzureichend gebändigt von dem aus Gold und Silber geflochtenen Stirnreif.

Robin stand mit einem auf Hochglanz gestriegelten Schimmel bereit, und nachdem er der Königin in den Sattel geholfen hatte, erkannten die Umstehenden, dass auch ihre Stiefel mit weißem Samt bezogen und mit Gold und Silber beschlagen waren.

Die Gentlemen Pensioners, die dabei waren, sich zu formieren, hielten inne, betrachteten ihre Königin mit leuchtenden Augen, und ausgerechnet der sonst so nüchterne und unerschütterliche Jethro Andrews war es, der als erster auf die Knie sank und rief: »Gott schütze Elizabeth, die Königin der Amazonen!«

Die Männer der Leibwache folgten seinem Beispiel und nahmen den Ruf begeistert auf.

Elizabeths Augen strahlten, und sie gebot ihnen mit einer eleganten Geste, sich wieder zu erheben. »Habt Dank, Gentlemen. Und nun lasst uns gehen und unser Bestes tun, um Englands Truppen zu inspirieren.«

Ein Dutzend livrierter Trommler und Trompeter ging voraus, gefolgt von vier jungen Gentlemen, die die Standarten mit den Wappen der Könige von England und des Hauses Tudor trugen. Dann zwei Dutzend Yeomen of the Guards und schließlich Elizabeth. Robin ging barhäuptig neben ihr einher und führte den langmähnigen Schimmel am Zügel. Eleanor und Christopher Hatton folgten ihr zu Fuß, flankiert von den Andrews-Zwillingen, und die übrigen Gentlemen Pensioners bildeten den Abschluss der prunkvollen Prozession.

Auf den Wiesen außerhalb der Palisade waren die viertausend englischen Fußsoldaten und Reiter angetreten, um ihre Königin und oberste Befehlshaberin zu begrüßen. Als sie die Trommler und Trompeter kommen sahen, fingen sie an zu jubeln und riefen: »Gott schütze die Königin!« und »Lang lebe Elizabeth!«

Doch sobald sie die unirdische, in Weiß und Silber gerüstete Erscheinung auf dem weißen Pferd sahen, verstummten sie vor Ehrfurcht und Staunen. Für ein paar Herzschläge war es so still, dass man das Flüstern des Windes in den vereinzelten Weiden hören konnte. Dann fingen die Soldaten an zu klatschen und zu jubeln. Solch ein Getöse stimmten sie an, als sei die Schlacht bereits ausgebrochen. Donner schien aus der Erde aufzusteigen und die Luft zu erfüllen, und Eleanor dachte, der einzig vergleichbare Radau, den sie je gehört hatte, war die Explosion des Hauses in Kirk o' Field gewesen, als der schottische Prinzgemahl gestorben war und sie um ein Haar mit ins Verderben gerissen hätte.

So frenetisch waren die Ovationen der Truppen, dass der Schimmel in Panik geriet und stieg. Doch Elizabeth zügelte ihn ohne jede Mühe. Und als sie die Hand hob, kehrte Stille ein.

»Meine geliebten Untertanen!«

Die kräftige Stimme der Königin trug mühelos bis zu den hintersten Reihen der Truppe und drückte ebenso viel Liebe und Warmherzigkeit aus wie das Leuchten in ihren Augen.

»Es gibt jene, die um meine Sicherheit besorgt sind und mir rieten, ich möge großen Ansammlungen von Menschen fernbleiben, weil sie Verrat fürchteten. Doch ich versichere euch, ich hege kein Misstrauen gegen mein treues, ergebenes Volk. Sollen Tyrannen sich fürchten! *Ich* habe immer so gehandelt, dass meine größte Kraft und auch mein Wohlergehen neben Gott nur den treuen Herzen und dem guten Willen meiner Untertanen entsprangen. Darum bin ich heute unter euch gekommen, wie ihr seht, in dieser Stunde, nicht zu meinem Vergnügen oder Wohlgefallen, sondern weil ich entschlossen bin, inmitten der tosenden Schlacht an eurer Seite zu leben oder zu sterben. Um für meinen Gott, für mein Reich und für mein Volk meine Ehre und mein Blut zu geben und notfalls in den Staub zu gießen.

Ich weiß, ich habe nur den Leib einer schwachen und zerbrechlichen Frau, doch ich habe das Herz und Gemüt eines Königs, eines Königs von England zumal, und ich kann nur Verachtung empfinden für Parma oder Felipe oder jeden anderen Fürsten Europas, die es wagen wollen, die Grenzen meines Reiches anzugreifen! Und nicht unehrenhaft wird meine Antwort darauf sein, vielmehr werde ich selbst zu den Waffen greifen, ich selbst werde euer General sein, euer Richter, der jede eurer Heldentaten belohnt.

Mit eurem treuen Gehorsam an meinen Lieutenant General, eurer Einigkeit, eurer Tapferkeit im Feld werden wir einen ruhmreichen Sieg erringen, und über die Feinde Gottes werden mein Königreich und mein Volk triumphieren!«

Vor Calais, Juli 1588

»Es wird Zeit, dass wir etwas unternehmen«, hörte Isaac den Lord High Admiral sagen. »Seit einer Woche spielen wir Katz und Maus mit der Armada, und allmählich geht uns die Munition aus.«

Isaac durchquerte die dunkle, verlassene Offiziersmesse der

Ark Royal, betrat die schwach erhellte Kapitänskajüte und wäre um ein Haar gestorben.

Mit einem »Verfluchter Strolch, was suchst du hier!« stürzte Francis Drake sich auf ihn, den Dolch in der Faust.

Isaac bog gerade noch rechtzeitig den Kopf weg und rempelte den Angreifer beiseite. »Mach die Augen auf, Francis, du Hornochse. Ich bin's.«

»Isaac!« Drake stieß zischend die Luft aus. »Verflucht noch mal … Du siehst aus wie ein Spanier und kommst hier ohne einen Laut hereingeschlichen. Also wer ist der Hornochse?«

Isaac hob begütigend die Linke. Er nahm den verhassten Helm vom Kopf und warf ihn achtlos auf die Planken. Leise scheppernd rollte er in eine dunkle Ecke.

»Ich bin ausgesprochen erleichtert, Euch unversehrt zu sehen«, sagte Admiral Howard auf seine förmliche und doch verbindliche Art.

Fünf Männer hatten sich zur Lagebesprechung auf seinem Flaggschiff eingefunden: John Hawkins und Martin Frobisher, die der Admiral am Vortag beide für ihren Einsatz gegen die Armada in den Ritterstand erhoben hatte, Lord Henry Seymour, der mit einem Viertel der englischen Flotte in Dover gelegen und sich ihnen erst vor zwei Tagen angeschlossen hatte, John Hawkins' Sohn Richard und Francis Drake. Eine Seekarte lag auf dem Tisch, die Ecken mit Bechern und Zinntellern beschwert, damit sie sich nicht einrollte, und ein Weinkrug stand daneben.

Howard schenkte einen Becher voll und reichte ihn Isaac. »Hier, Captain Fitzgervais. Den habt Ihr gewiss nötig. Nicht genug, dass Ihr Euch unter die Spanier geschlichen habt, sondern zur Belohnung hätte Drake Euch um ein Haar niedergemetzelt.«

»Bei ihm muss man eben immer auf alles gefasst sein, Mylord.« Isaac trank einen ordentlichen Zug. Der Wein war zu warm und zu süß für seinen Geschmack, aber heute war Isaac nicht wählerisch.

»Soll ich Euch den Brustpanzer abnehmen, Sir?«, fragte der junge Hawkins. »Es ist gruslig, wie spanisch Ihr damit ausseht.«

»Sei so gut, Richard.« Und während der junge Mann ihn aus

seinem Spanierkostüm befreite, berichtete Isaac: »Ich bin mit der Pinasse bis nach St. Pol gefahren. Und wie Walsinghams Spione berichtet haben, sammelt sich dort ganz in der Nähe Parmas Invasionsarmee, und zwar in Dünkirchen.« Jeder englische Kapitän wusste, wo das lag, aber Isaac zeigte trotzdem auf die entsprechende Stelle der Karte, falls der eher unerfahrene Admiral unsicher sein sollte. »Hier, ungefähr dreißig Meilen östlich unserer jetzigen Position. Ich bin in die finsterste Hafenschänke gegangen, die ich finden konnte, damit die Spanier nicht erkennen, wie englisch ich aussehe, und habe zugehört, was sie reden. Die gute Nachricht scheint zu sein: Der Herzog von Parma hat getrödelt und ist noch nicht marschbereit.«

»*Was?*«, fragte Hawkins ungläubig. »Aber er muss schon vor Wochen mit der Armada gerechnet haben. Sie ist doch nur wegen widriger Winde erst jetzt gekommen.«

Isaac nickte und hob gleichzeitig die Schultern. »Dennoch ist es das, was die spanischen Seeleute in Dünkirchen reden. Parma hatte offenbar ziemliche Probleme mit Fieberepidemien und niederländischen Piraten. So oder so, die Armada liegt vor Calais und wartet auf Parma, aber Parma braucht noch eine Woche, bis er so weit ist. Mindestens.«

»Eine Woche?«, wiederholte Drake. »Das ist reichlich Zeit, um die Armada zu zerlegen.«

»Die nicht ganz so gute Nachricht ist: Die Armada ist weitaus besser mit Pulver und Kugeln ausgestattet als wir«, fuhr Isaac fort. »Ihre Munitionslager sind noch voll, während wir sie spätestens ab morgen Mittag nur noch mit toten Fischen bewerfen können.«

»Und wissen die Spanier, wie schlecht es um unsere Munitionsbestände steht?«, fragte der Admiral.

Isaac sah ihn an und nickte. »Sie reißen Witze darüber, dass sie uns morgen nach dem Frühstück auf den Grund des Meeres schicken.«

Martin Frobisher schnaubte. »Das wollen wir ja wohl erst mal sehen …«

»Aber wie sollen wir ihnen standhalten?«, wandte Henry Seymour ein.

»Ich kann euch verraten, warum sie noch so viel Munition haben«, sagte Drake. »Nachdem wir die *Rosario* aufgebracht hatten, hab ich mich unter Deck umgesehen. Die Geschütze stehen viel zu eng beieinander, um schnell nachladen und weiter feuern zu können. Die Spanier legen es immer noch darauf an, ihr Opfer mit der ersten Breitseite manövrierunfähig zu schießen oder genug Verwirrung zu stiften, um entern zu können. Sie haben keine Strategie für ein langes Feuergefecht.«

»Und doch werden wir ihnen ins offene Messer laufen«, warnte der Admiral.

John Hawkins nickte unwillig. »Sie liegen in ihrer verdammten Sichelformation da drüben im Hafen wie ein Seeungeheuer mit weit aufgerissenem Maul und warten nur darauf, dass wir kommen, um uns zermalmen zu lassen.«

Du meine Güte, Hawkins, dachte Isaac verblüfft. *Seit wann so poetisch*? »Dann sollten wir dem Ungeheuer die Zähne ziehen. Wir müssen sie dazu bringen, ihre Sichelformation aufzugeben.«

»Und wie?«, fragte Frobisher skeptisch. »Höflich bitten wird nichts nützen, oder?«

»Martin, Isaac hat recht!« Mit einem Mal war Drake aufgeregt wie ein kleiner Junge. »Wenn wir sie zwingen, Anker zu lichten, werden sie feststellen, dass zwischen hier und Dünkirchen kein Hafen mehr liegt, den sie anlaufen könnten. Sie müssten versuchen umzukehren, und während sie kreuzen, holen wir sie uns einzeln.«

»Ich frage noch einmal, wie wollt ihr die Armada dazu bewegen, ihren strategischen Vorteil *und* ihren sicheren Ankerplatz im Hafen von Calais aufzugeben?«, fragte der Lord High Admiral mit einem Hauch von Ungeduld, als wolle er sagen: Es wird Zeit für realistische Vorschläge.

Isaac und Drake tauschten einen Blick und sahen die Inspiration in den Augen des anderen. »Feuerschiffe«, sagten sie wie aus einem Munde.

»Denkt Ihr wirklich?«, fragte Seymour zweifelnd. »Was sollen die bewirken?«

»Angst und Schrecken«, erwiderte Isaac mit einem boshaften Lächeln.

»Vergeltung«, fügte Drake mit Nachdruck hinzu. »Endlich ist der Tag der Rache für San Juan de Ulúa gekommen.«

John Hawkins verzog die Mundwinkel zu einem bitteren Lächeln und war im Begriff, irgendetwas Gehässiges zu sagen, aber der Lord High Admiral kam ihm zuvor: »Dann wollen wir uns sputen. Gewiss verbreiten Feuerschiffe nie mehr Schrecken und Verwirrung als in der Nacht.«

Acht kleine, entbehrliche englische Schiffe wurden mit allem befüllt, was brennen konnte.

»Vergesst nicht, die Geschütze zu laden«, hatte Hawkins den Männern aufgetragen. »Sie werden feuern, sobald die Flammen an Bord die Lunten erreichen.«

Im Schutz der Dunkelheit und so lautlos wie möglich schleppten die Engländer die Feuerschiffe auf die Armada zu und setzten sie in Brand, sobald sie sicher waren, dass Flut und Strömung den Rest erledigen würden. Unbeschadet kehrten die Pinassen zur englischen Flotte zurück.

Wie acht riesige Fackeln loderten die brennenden Schiffe auf der nachtschwarzen See, und die Spanier gerieten in Panik, als sie sie kommen sahen. Der Herzog von Medina Sidonia befahl ein Ausweichmanöver. Zur bitteren Enttäuschung der Engländer fand keines der Feuerschiffe ein Ziel, doch in ihrer Hast, dem drohenden Inferno zu entkommen, kappten die Spanier ihre Ankerleinen, nahmen Reißaus wie eine Herde verängstigter Kühe und flohen aus dem sicheren Hafen von Calais. Der kräftige südwestliche Nachtwind packte sie, ehe sie ihre Formation ordnen konnten, und die gewaltige *San Lorenzo* kollidierte mit einer kleineren Galeone und verlor ihr Ruder. Isaac und die Männer der *Liberty* enterten sie ohne große Mühe, fanden den Frachtraum voller Pulverfässer und verteilten die Beute im Laufe der Nacht an diejenigen Schiffe der englischen Flotte, deren Munitionsbestände aufgebraucht waren.

Bei Sonnenaufgang des 29. Juli befand die Armada sich irgendwo zwischen Gravelines und Ostende auf dem Kanal, und als der Herzog von Medina Sidonia nach achtern schaute, sah er die englische Flotte kommen. Er signalisierte seiner Armada, und die spanischen Schiffe wendeten und stellten sich zur Schlacht. Ehe sie ihren Kommandanten und die vier Schiffe seines Geleits erreicht hatten, war Francis Drakes *Revenge* in Reichweite und feuerte den ersten Schuss der Schlacht von Gravelines. Er traf das Hauptsegel der *San Martín*, doch Medina Sidonias Flaggschiff begann augenblicklich, das Feuer zu erwidern.

Die *Liberty* kam Drake zu Hilfe und nahm die *San Martín* ebenfalls unter Feuer, und überall um sie herum beschossen Spanier und Engländer einander ohne Unterlass. Bald bestand die Welt nur noch aus Pulvergestank und dicken Rauchwolken.

»Isaac, das ist unmöglich, man kann ja kaum weiter als bis zum übernächsten Schiff sehen!«, brüllte Arthur Humphreys über den Kanonendonner hinweg.

»Ich weiß.« Isaac rief zum Geschützdeck hinab: »Master Yates, feuert nicht aufs Geratewohl, wir müssen die Munition, die wir haben, wirksam einsetzen! Macht alle Geschütze klar, aber feuert nur, wenn ihr einen Feind seht!«

»Aye, Sir!«, kam es dumpf von unten.

Der schwarze Qualm war nicht nur undurchdringlich, sondern brannte in den Augen. Blinzelnd stierte Isaac nach steuerbord, wo er Howards *Royal Ark* vermutete, aber es war hoffnungslos.

»Master Holbroke! Wo seid Ihr, Mann?«

Der Bootsmann kam von mittschiffs herbeigelaufen. »Wir haben einen Treffer unter der Wasserlinie, Captain.«

»Pumpen besetzen.«

»Schon passiert, und der Schiffszimmermann ist bei der Arbeit.«

Isaac nickte. »Marian?« Er sah kurz über die Schulter.

Sein Erster Offizier erschien aus der schwarzen Qualmwolke an Deck wie der Teufel höchstpersönlich. »Captain?«

»Komm mit nach achtern. Ihr nehmt zehn Männer und folgt uns, Holbroke. Wir müssen die Arkebusen ausgeben, damit wir bereit sind, falls wir geentert werden.«

Die beiden Männer nickten.

»Arthur, du hast das Kommando, bis wir zurück sind. Rahim, du gehst ans Ruder.«

»Aye, aye, Captain.«

In der Kapitänskajüte stand neben der Koje ein schwerer, abschließbarer Schrank, wo zwei Dutzend der langen Handfeuerwaffen mit Kugeln, Ladestöcken und sonstigem Zubehör verwahrt wurden. Es geschah nicht oft, dass die Arkebusen an Bord der *Liberty* zum Einsatz kamen, denn Isaac konnte diese Dinger nicht ausstehen. Er zog es wie die meisten englischen Kapitäne vor, seinen Gegner mit den Geschützen manövrierunfähig zu schießen und dann zu entern, um den letzten Widerstand mit dem Degen niederzuringen. Das funktionierte einwandfrei, solange man selbst der Angreifer war. Wurde man jedoch geentert, sahen die Dinge anders aus …

Vor dem Schrank blieb er stehen. Selbst hier im Schiffsinnern herrschte ein leichter Nebel, und der scharfe Geruch von Schießpulver und Rauch drang ihm in die Nase. Dumpf hörten sie den Geschützdonner der Schlacht um sie herum.

»Worauf wartest du?«, fragte Marian.

»Ich hab vergessen, wo der Schlüssel ist«, gestand Isaac kleinlaut.

»Herr*gott* noch mal, Captain …«

»Ah, ich weiß wieder!« Isaac hob erleichtert einen Zeigefinger und beugte sich über die kleine Kiste am Fußende der Koje, als unter ohrenbetäubendem Getöse die Kajütenwand in seinem Rücken zersplitterte. Irgendetwas flog pfeifend über seinen Kopf hinweg und durchschlug auch die Kajütenwand vor seiner Nase.

Isaac starrte ungläubig auf das ausgefranste Loch vor sich, das eine nahezu runde Form aufwies. »Süßer Jesus … Was war das?«, fragte er dümmlich.

»Eine spanische Kanonenkugel«, erklärte Marian überflüssigerweise. »Hättest du dich einen Herzschlag später über die Kiste gebeugt, wärst du jetzt noch kopfloser als üblich.«

Isaac lachte. »Wie's aussieht, hat irgendwer den Spaniern beigebracht zu zielen.« Seelenruhig hob er die perlenbesetzte Silberdose aus der Kiste, fischte den angerosteten Schlüssel heraus und sperrte den Waffenschrank auf, als der Bootsmann mit den Matrosen an der Tür erschien.

»Alles heil, Captain?«, fragte Master Holbroke.

»Alles bis auf die *Liberty.*« Isaac drückte ihm die erste der langen, unhandlichen Schusswaffen in die Hand. »Hier, reicht sie nach hinten durch. Laden und bereithalten, Männer. Verteilt euch steuerbord und backbord und haltet Ausschau. Wenn ein Spanier uns nahe genug kommt, feuert nach Ermessen. Aber gebraucht eure Köpfe und vergewissert euch, dass ihr nicht auf Engländer schießt.«

Rasch und routiniert gingen die Verteilung und das Laden der Arkebusen vonstatten.

Isaac und Marian kamen gerade rechtzeitig zurück aufs Achterdeck, um zu erleben, wie die *San Felipe* steuerbord aus dem Pulvernebel auftauchte, ziemlich gebeutelt und zerrupft, die Takelung in Fetzen, aber gefährlich nah. Die spanischen Soldaten in ihren glänzenden Brustpanzern standen an Deck bereit, Enterhaken in Händen.

»Steuer hart backbord, Rahim!«, brüllte Isaac.

»Ich hätte geschworen, Drake war eben noch an unserer Steuerbordseite«, sagte Arthur verwirrt.

Aber in diesem Chaos und bei der katastrophalen Sicht konnte man nie wissen, wer wann wo war.

»Hart backbord liegt an, Captain!«, meldete der Dritte.

»Jetzt holen wir euch, ihr verfluchten Heiden!«, höhnte ein spanischer Zauselbart und schwang seinen Enterhaken. Gerade als er ihn werfen wollte, feuerte der Bootsmann seine Arkebuse ab und streckte ihn nieder.

Die übrigen Spanier fluchten und drohten ihnen mit den Fäusten. »*Cobardes!*« schrien sie und »*Gallinas luteranas!*«

»Wie nennen sie uns?«, fragte Arthur entrüstet.

»Feiglinge und protestantische Hühner«, übersetzte Isaac.

Der Zweite brummte verächtlich, nahm einem der Matrosen die Arkebuse ab und legte an, um eins der spanischen Großmäuler zu stopfen, als ihn selbst eine Kugel an der Stirn traf und er taumelnd zu Boden ging.

Ein Offizier der *San Felipe* gab den Befehl zum Entern, und die

Haken flogen alle gleichzeitig herüber, als sei es nur ein einziger Arm, der sie geschleudert hatte. Doch die *Liberty* hatte bereits zu weit abgedreht, und nur zwei der Enterhaken fanden ein Ziel. Isaac und Master Holbroke zückten die Klingen und durchtrennten die Seile, und nach wenigen Augenblicken entschwand die spanische Galeone in den Pulverschwaden.

»Was ist mit Arthur?«, fragte Isaac.

Marian hatte neben dem getroffenen Offizier auf den Planken gekniet. Er richtete sich auf, sah Isaac an und schüttelte den Kopf.

»Captain, spanische Galeone *San Pedro* backbord voraus!«, kam es von irgendwo weiter vorn.

»Dann schickt sie auf den Grund des Meeres«, antwortete Isaac.

Master Yates kam an Deck, die sonst immer so makellosen Kleider rußverschmiert. »Wir haben keine Munition mehr, Captain. Wir haben alles verschossen, was wir hatten. Jetzt kann uns nur noch der Allmächtige helfen.«

»Wind frischt auf«, bemerkte der Bootsmann, als sei das eine Antwort.

Isaac nickte. Er hatte es schon vor ein paar Minuten gemerkt, und jetzt sah man, dass der dichte Pulvernebel allmählich aufriss.

»Arkebusen nachladen und alle Schützen nach backbord«, befahl der Captain.

Die Galeone kam im spitzen Winkel auf sie zu. Isaac entdeckte zwei Geschütze auf dem Vorderdeck. Die Kanoniere richteten sie aus, sodass die ominösen schwarzen Öffnungen ihn direkt anzugähnen schienen. Sie feuerten, und die Kugel des Backbordgeschützes schlug mittschiffs ins Deck, während die zweite den Hauptmast über der Mars zersplitterte.

Isaac zog seinen Degen, aber er wusste, sie waren erledigt. *So stirbt Isaac of Waringham, Freibeuter Ihrer Majestät, im Gefecht gegen die Spanier auf See.*

Das war das Ende, das er sich immer gewünscht hatte, aber er verspürte einen heißen Stich in der Brust, eine Mischung aus Trauer und Furcht und Zorn bei der Erkenntnis, dass er Abigail und seine Kinder niemals wiedersehen sollte.

Gott schütze euch alle …

Unaufhaltsam hielt die *San Pedro* auf sie zu, und gerade als Isaac aufging, dass diese vollkommen irrsinnigen Spanier sie rammen wollten, tauchte der frischgebackene *Sir* John Hawkins von achtern mit seiner *Victory* auf, kam längsseits zur *Liberty* und verpasste dem Spanier eine Breitseite, der sich daraufhin manövrierunfähig in den Wind drehte.

Die Männer der *Liberty* jubelten.

Hawkins stand auf dem Achterdeck seines Schiffes, Hände auf dem Rücken verschränkt und die Ruhe selbst wie eh und je, und er nickte Isaac knapp zu. »Ich schätze, ich war Euch noch etwas schuldig!«, rief er herüber.

Da hast du verdammt recht, fuhr es Isaac durch den Kopf, aber er erwiderte lediglich: »Wir sind blank! Kein Pulver, keine Kugeln mehr, nichts!«

»Das gilt für die ganze englische Flotte. Aber seid guten Mutes, Fitzgervais. Gott hat beschlossen, uns einen protestantischen Wind zu schicken.«

Isaac sah sich aufmerksam um. Der Gefechtslärm ebbte allmählich ab, doch der Munitionsmangel der englischen Flotte war offenbar nicht der einzige Grund dafür. Auch die Armada stellte das Feuer ein. Und die Entfernung zwischen den englischen und den spanischen Schiffen schien sich zu vergrößern. Als der Lord High Admiral der Flotte signalisierte, beizudrehen, machten die Spanier nicht kehrt, um sich auf die jetzt wehrlosen Engländer zu stürzen. Ob es die Dünung des Kanals und der auffrischende südwestliche Wind war, der sie wie schon gelegentlich in den vergangenen Tagen überforderte, oder ob sie sich irgendwo sammeln wollten, um sich neu zu formieren – Isaac konnte nur raten. Die stolzen Schiffe der spanischen Armada wurden jedenfalls immer kleiner, verloren im Pulverdunst mehr und mehr an Kontur und verschwanden schließlich hinter dem Horizont.

Waringham, August 1588

»Willst du, Gabriel Durham, diese Frau zu deinem angetrauten Weibe nehmen und mit ihr nach Gottes Gebot im heiligen Stand der Ehe leben? Willst du sie lieben und trösten, sie ehren und halten in Krankheit und Gesundheit? Willst du allen anderen entsagen und ihr allein angehören, solange ihr lebt?«

Gabriel ergriff Eleanors Hand, aber es war Pastor Wilkins, den er anschaute, und er nickte. »Ich will.«

»Und willst du, Eleanor of Waringham, diesen Mann zu deinem angetrauten Gemahl nehmen und mit ihm nach Gottes Gebot im heiligen Stand der Ehe leben? Willst du ihn lieben, ehren und halten, in Krankheit und Gesundheit? Willst du allen anderen entsagen und ihm allein angehören, solange ihr lebt?«

»Ja, ich will.«

Der gutmütige Pastor mit den weißen Zotteln um die rosige Glatze lächelte ihr wohlwollend zu, ehe er fortfuhr: »Dieser Mann und diese Frau sind vor uns erschienen, um in den heiligen Stand der Ehe zu treten. Sollte irgendwer der hier Versammelten Kenntnis von einem Grund haben, warum sie nicht rechtmäßig vereiniget sein dürfen, so möge er jetzt sprechen oder für immer schweigen.«

Wie üblich war die Stille an dieser Stelle ein wenig angespannt, so als hätten alle Zeugen den Atem angehalten.

»Soll ich?«, flüsterte Robin Dudley der Königin zu.

Es war vermutlich nicht für andere Ohren bestimmt gewesen, aber der Hall in der kleinen Kapelle von Waringham Castle trug seine Stimme bis zum Altar.

Isaac beobachtete, dass seine Schwester die linke Braue hob, aber das war alles. Gabriel Durham verzog keine Miene, sondern sah Pastor Wilkins ruhig an.

»Der Ring, mein Sohn«, sagte dieser, und ein leises Raunen ging durch die Festgemeinde, als Samuel vortrat und seinem Vater einen Goldreif mit einem herrlichen Brillanten von unbescheidener Größe reichte.

Pastor Wilkins nahm ihn, hielt ihn hoch und betete: »Segne diesen Ring, o Herr! Mögen er, der ihn darbringt, und sie, die ihn tragen wird, in deinem Frieden und deiner Gnade leben bis ans Ende ihrer Tage durch Christus, unseren Herrn, Amen!«

Er gab Gabriel den Ring zurück, und der Bräutigam wandte sich Eleanor zu, ergriff ihre schmale, lilienweiße Linke und sagte: »Mit diesem – ehrlich erworbenen – Ring nehme ich dich zur Frau. Dieses Gold gebe ich dir. Mit meinem Leib will ich dir huldigen und will all meine weltliche Habe mit dir teilen. Im Namen des Vaters, des Sohnes und des Heiligen Geistes. Amen.«

Und als er seiner Braut den Ring ansteckte, zeigte seine Miene etwas, das die Welt in der Vergangenheit nur höchst selten gesehen hatte: Sanftmut.

Es war ein so herrlicher Sommertag, dass das Hochzeitsbankett auf Befehl der Königin im Rosengarten stattfand. Dort hatte die Dienerschaft eine lange Tafel aufgestellt, und das grüne Damasttischtuch mit den eingewebten schwarzen Einhörnern leuchtete mit den goldenen Platten und den venezianischen Trinkgläsern um die Wette. Ein halbes Dutzend Musiker der Chapel Royal hatte sich rechts hinter der Tafel auf dem Rondell ohne Springbrunnen aufgestellt, und der Earl of Waringham ließ es sich nicht nehmen, bei der ersten Fuge mitzuspielen, die er eigens zu diesem freudigen Anlass komponiert hatte.

Am Arm seiner Frau kehrte Lappidot an die Tafel zurück, stellte sich an seinen Platz zur Linken der Königin und erhob sein Glas. »Der heutige Tag gehört Eleanor und Gabriel. Aber wir alle stehen wohl noch unter dem Eindruck der düsteren Bedrohung, welche die vergangenen Monate überschattet hat, und darum möchte ich auf das Wohl derjenigen trinken, die, wie sie in Tilbury sagte, das Herz eines Königs besitzt und in deren Namen unsere Seeleute die Armada zu verjagen vermochten, weil sie gewillt war, ihre Ehre und ihr Blut für uns in den Staub zu gießen. Lang lebe Elizabeth, unsere glorreiche Königin!«

Alle an der Tafel Versammelten erhoben sich, Gläser in Händen, und donnerten: »Elizabeth, unsere glorreiche Königin!«

Diese war sichtlich berührt, und das Lächeln, mit dem sie Lappidot dankte, war warm und eine Spur verlegen. Isaac hatte bislang nicht geahnt, dass sie solch menschlicher Regungen fähig war, und ihm ging auf, dass er heute zum ersten Mal Elizabeth, die Frau, sah, wo er bislang immer nur der Königin begegnet war.

Es wurde ein fröhliches Festmahl, die Stimmung war geradezu euphorisch. Und das war kein Wunder: Die Gefahr war vorüber.

Elizabeth und Robin Dudley brachten geistreiche Trinksprüche auf das Brautpaar aus, gespickt mit Anspielungen auf Gabriels Vergangenheit und Eleanors Taten als Auge der Königin, die nur Eingeweihte verstehen konnten. Isaac langweilte sich bald, doch dann führten Samuel, sein Freund Will Shakespeare und der berühmte Richard Tarlton einen ziemlich schlüpfrigen Schwank auf, der ihn entschädigte. Und Isaac war nicht der einzige, dem das etwas derbe Spiel gefiel – die Königin lachte Tränen.

Anne und Lancelot saßen am rechten Tischende und heckten irgendetwas mit Annes Großmutter aus. Gabriels Blick schweifte dann und wann in ihre Richtung, und er schien zufrieden mit dem, was er sah.

»Ein Penny für deine Gedanken«, flüsterte Abigail ihrem Gemahl ins Ohr.

Isaac wies verstohlen auf die Countess of Waringham. »Mahalath ist schwanger.«

»Ich weiß. Ich hoffe, sie bekommt noch ein Mädchen. Sie hat mir erzählt, dass Katherine sich ein Schwesterchen wünscht.«

»Hm«, machte er. »Trotzdem wäre ein dritter Sohn vielleicht besser.«

»Captain Fitzgervais zittert immer noch davor, den Titel der Waringham zu erben«, zog Abigail ihn auf.

»Unsinn«, wehrte er ab, umso nachdrücklicher, als sie mitten ins Schwarze getroffen hatte. »Soweit überhaupt irgendetwas im Leben sicher sein kann, würde ich sagen, der Fortbestand derer von Waringham ist es.«

»Und dafür sei Gott gepriesen«, mischte die Königin sich ein, die sie schamlos belauscht hatte. »Nicht zuletzt, weil es bedeutet, dass Ihr weiterhin das tun dürft, was Ihr am besten könnt: in die Welt hinaussegeln und die Schatullen der Krone mit spanischen Reichtümern füllen.«

Isaac lachte. »Nichts lieber als das, Majestät.«

»Was habt Ihr als Nächstes vor?«

Isaac hob die Schultern und trank einen Schluck. Lappidots Keller war mindestens so gut wie sein eigener, stellte er fest. »Ich würde sagen, das hängt von König Felipe ab, oder?«

»Das heißt, Ihr glaubt nicht, dass der Schrecken ein Ende hat?«

»Doch. Fürs Erste ganz gewiss. Ohne den Schutz der Armada wird der Herzog von Parma sich nicht über den Kanal wagen. Er hat zu lange gezögert und … na ja, sein Schiff verpasst, könnte man wohl sagen.«

Die englische Flotte hatte die Armada bei Gravelines zwar nicht vernichtend geschlagen, doch der »protestantische Wind«, wie er inzwischen in ganz England genannt wurde, hatte die spanische Flotte geradewegs nach Norden geblasen. Medina Sidonia hatte notgedrungen beschlossen, eine weitere Konfrontation zu meiden und stattdessen auf dem Umweg um Schottland und Irland herum nach Spanien zurückzukehren. Doch dann war aus dem Wind ein protestantischer Sturm geworden, und vor der schottischen Küste war die stolze Armada auf die gefürchteten Riffe gelaufen. Mehr als die Hälfte ihrer Schiffe war gesunken.

»Francis Drake glaubt, wir sollten die Gunst der Stunde nutzen und unsere eigene Armada aussenden, die Azoren erobern und Portugal aus den Klauen der spanischen Krone befreien«, bemerkte Robin Dudley. »Was meint Ihr?«

»Ich denke wie er, dass ein günstigerer Zeitpunkt so schnell nicht kommen wird. Aber ich wette, es ist leichter gesagt als getan …«

»Würdet Ihr mit ihm segeln?«, fragte die Königin.

Isaac unterdrückte ein Seufzen. »Wenn es Euer Wunsch ist, natürlich, Majestät.«

»Ich ahne, dass Ihr lieber andere Pläne verfolgen würdet. Welche?«

»China.« Es gelang ihm nicht ganz, die Erregung aus seiner Stimme zu verbannen.

»Ach herrje. Ihr wollt Euch wirklich auf die Suche nach diesem Zaubermittel begeben, das unsere Schiffe angeblich unsinkbar machen soll? Das klingt ziemlich abenteuerlich.«

»Von ›unsinkbar‹ war nie die Rede«, stellte er klar. »Aber wie dem auch sei. Ich bin einem Abenteuer niemals abgeneigt.«

»Oh, das ist mir wohl bewusst, Sir«, spöttelte die Königin.

»Ich denke, wir sollten nichts unversucht lassen, um unsere Schiffe sicherer und die englische Flotte schlagkräftiger zu machen, Majestät.«

»Ich weiß«, stimmte Elizabeth zu, ihre Miene mit einem Mal ernst, ihr Blick in die Ferne gerichtet. »Denn wir werden sie noch brauchen.«

ENDE

Nachbemerkung und Dank

Die Blamage der spanischen Armada im Ärmelkanal war keineswegs der epochale militärische Triumph, als der sie gelegentlich dargestellt wurde, und der anglo-spanische Krieg sollte Elizabeths Regentschaft überdauern. Trotzdem hat die Politik Felipes II. sich nie so ganz davon erholt, denn die Schmach der Armada gab der protestantischen Bewegung in ganz Europa neuen Auftrieb, vor allem in den Niederlanden. Die Hand Gottes, glaubten die Menschen, hatte dem spanischen Machtstreben Einhalt geboten, und Königin Elizabeth war die Heldin der Stunde. Diese turbulenten Tage und Elizabeths »Most Excellent Oration«, wie ihre berühmte Ansprache an die Truppen in Tilbury genannt wurde, waren der glanzvolle Höhepunkt ihrer langen Regentschaft, und wer sich die Armada-Porträts der Königin anschaut, ahnt das Ausmaß der Verehrung, die ihr entgegengebracht wurde. Sie war Gloriana – die Ruhmreiche – und Virginia – die jungfräuliche Königin –, ein gottähnliches Wesen.

Wenn man so wie ich daran glaubt, dass Romane ein glückliches Ende haben sollten, weil das richtige Leben oft schon tragisch genug ist, dann war der August 1588 der perfekte Zeitpunkt, diesen Roman enden zu lassen, denn nur zu bald kamen die Schatten: Kaum einen Monat nach Elizabeths »Most Excellent Oration« starb am 4. September Robert »Robin« Dudley. Unerwartet und nach kurzer Krankheit – möglicherweise war es Malaria, aber wie so oft wissen wir es nicht genau. Zu sagen, die Königin war zutiefst erschüttert, wird der Sache kaum gerecht. Eine Zeitlang hörte die pflichterfüllte und machtverliebte Elizabeth einfach auf zu funktionieren. Sie verbarrikadierte sich in ihren Gemächern und war so lange für niemanden zu sprechen, dass ihre Vertrauten schließlich die Tür aufbrachen, weil sie so in Sorge waren.

Und das bringt uns zum ersten der vielen ungelösten Rätsel in dieser Geschichte: Waren Robert Dudley und Elizabeth Tudor ein Liebespaar? Nach Lage aller Gerüchte und Verleumdungen, Fakten und Indizien, die mir bei der Recherche begegnet sind, lautet meine Einschätzung: Sie waren mit Sicherheit ein Liebespaar in dem Sinne, dass sie die eine große Liebe für den jeweils anderen waren – falls Sie an dergleichen glauben. Aber sie hatten keine sexuelle Beziehung. Das Risiko einer Schwangerschaft oder anderweitigen Entdeckung war für die Königin einfach zu groß, und sie liebte ihre Krone noch ein klein bisschen mehr als ihren Robin. Der Schwur, den sie geleistet hat, als sie die Pocken hatte und im Sterben zu liegen glaubte, entsprach der Wahrheit. Sie war auch einfach nicht die Sorte Königin, die ihren Kronrat auf dem Sterbebett angelogen hätte, denke ich.

Robins Tod war sicher der schwerste, aber nicht der einzige Verlust, den sie verkraften musste: Der tanzbegabte Sir Christopher Hatton, der ihr ebenfalls sehr nahe stand, starb drei Jahre später, dann folgten Walsingham und schließlich der alte William Cecil, der ihr erster Secretary gewesen war. Inzwischen war Elizabeth Mitte sechzig, und das Märchen von der überirdischen Virginia, die niemals altert, war immer schwerer aufrechtzuerhalten: Die Königin war in die Breite gegangen, ihre Zähne waren verfault (und bereiteten ihr immer größere Qualen), und sie versteckte – genau wie Mary Stewart – ihr schütter gewordenes Haar unter Perücken. Die waren allerdings auch ein Modeaccessoire, und man zählte in ihrem Nachlass etwa 200 Stück. Neben rund 3000 Kleidern und Roben, 198 Umhängen und 628 Schmuckstücken, darunter auch der Ring mit der Miniatur ihrer Mutter und nicht zu vergessen Mary Stewarts sechsreihige Perlenkette, die auch auf den drei Armada-Porträts zu bewundern ist.

Die alternde Elizabeth geriet unter den Einfluss eines selbstsüchtigen und machtgierigen jungen Mannes, Robert Devereux, Earl of Essex (Lettice Knollys' Sohn und mithin Robin Dudleys Stiefsohn), der zweiunddreißig Jahre jünger war als die Königin und ihr dennoch feurig den Hof machte. 1601 erledigte Essex sich selbst, weil er eine Verschwörung anzettelte, nach der Krone griff und als Verräter hingerichtet wurde. Loyaler und treuer, wenn auch nicht so glamourös, diente der Königin ein anderer Robert, William Cecils Sohn nämlich, der die weitsichtige, »britische« Politik seines Vaters fortführte und in aller Diskretion die Thronfolge regelte, um die zu kümmern Elizabeth sich selbst im hohen Alter stets weigerte. Und so geschah es, dass nach ihrem Tod am 24. März 1603 James VI. von Schottland auch James I. von England wurde. Er war der Sohn von Mary Stewart und ihrem zweiten Gemahl Henry Stewart, Lord Darnley.

Das bringt uns zu den ungeklärten Todesfällen. Gleich zwei der meist diskutierten und bis heute ungelösten Kriminalfälle der englischen bzw. schottischen Geschichte sind Ihnen hier begegnet. Der erste war Amy Dudleys wundersamer Treppensturz im September 1560. Der Schilderung im Roman ist nicht viel hinzuzufügen, ich habe alles so erzählt, wie es sich nach aktueller Forschungslage zugetragen hat, nur den geistig verwirrten Mörder habe ich erfunden. In Wahrheit wissen wir nicht, wer dahintersteckte oder ob überhaupt jemand dahintersteckte. Zwei unabhängige Quellen berichten von Amys Krankheit, bei der es sich mit aller Wahrscheinlichkeit um Brustkrebs handelte. Bleibt er unbehandelt, schädigt er natürlich irgendwann auch das Skelett und macht die Knochen brüchig. Gut vorstellbar also, dass selbst ein harmloser Sturz auf der kurzen Treppe dann tödliche Folgen haben könnte. Verdächtig jedoch bleibt die Tatsache, dass Amy alles darangesetzt hat, die Diener auf den Jahrmarkt zu schicken und das Haus für sich allein zu haben. Aber um was zu tun oder um wen zu treffen, wissen wir nicht. Die meisten Historiker sind heute davon überzeugt, dass nicht Elizabeth und Robin dahintersteckten, denn ihre vertrackte Lage wurde durch Amys verdächtige Todesumstände nur schlimmer. Und ganz sicher hätte Elizabeth an ihrem Geburtstagsabend nicht die unbedachte Äußerung gegenüber dem spanischen Gesandten gemacht, die im Nachhinein so verdächtig wirkte, denn Elizabeth war eine sehr kluge Frau und machte keine so plumpen Fehler. William Cecil, der Secretary, wird gern als Verdächtiger gehandelt, weil er Robin misstraute, seinen wachsenden politischen Einfluss mit Argwohn betrachtete und ihn ruinieren wollte. Aber mal ehrlich: Der integre, fromme William Cecil veranlasst den Mord an einer unschuldigen, schwer kranken Frau aus politischem Kalkül? Weit hergeholt. Wir müssen uns einfach damit begnügen, dass manche Rätsel ungelöst bleiben.

Beim zweiten mysteriösen Todesfall, nämlich der Ermordung des schottischen Prinzgemahls Henry Lord Darnley im Februar 1567, sieht es ein klein wenig besser aus. Es spricht alles dafür, und die Historiker sind sich weitgehend einig, dass der Earl of Bothwell, Mary Stewarts dritter und letzter Gemahl, dahintersteckte. Er hatte die Gelegenheit, er hatte die Mittel, er hatte vor allem das beste Motiv. Völlig schleierhaft bleibt hingegen die Todesursache. Die augenscheinliche Unversehrtheit von Darnleys Leiche im Garten, der nahe Schemel mit dem Morgenmantel und den Pantoffeln – all das schließt aus, dass er bei der Explosion ums Leben kam. Ebenso ungelöst bleibt die Frage, ob Mary Stewart Mitwisserin, Komplizin oder ahnungsloses Opfer war. Wenn die »Casket Letters« (die ich im Roman »Schatullenbriefe« genannt habe) echt waren, dann war Mary mitschuldig. Aber das werden wir nie wissen, weil die Originale verschwunden sind. Und weil Mary Stewarts Charakter so facettenreich und widersprüchlich war, ist es besonders schwierig, die Wahrscheinlichkeit ihrer Verstrickung in die Ermordung ihres Mannes einzuschätzen.

Apropos widersprüchliche Charaktere. John Hawkins war ein großartiger Navigator und unerschrockener Seefahrer, aber ebenso ein Menschenräuber und Sklavenhändler, wofür seine Nachkommen sich vor einigen Jahren öffentlich entschuldigt haben. Er hatte auch kein Problem damit, unbewachte Schiffe zu stehlen. Die Schandtaten, von denen ich hier berichtet habe, hat er ebenso begangen wie die Heldentaten, nicht zuletzt die alptraumhafte Heimfahrt der *Minion* nach dem Debakel von San Juan de Ulúa.

Ein noch zwiespältigerer Charakter war sein Cousin und Meisterschüler Francis Drake. Kein anderer Seefahrer der elisabethanischen Epoche wird in England so verehrt wie er, wobei Dichtung und Wahrheit ziemlich durcheinandergehen. Er habe die Kartoffel nach Europa gebracht, glauben viele. Falsch. Sie ist schon um 1540 belegt. Er habe als Erster die Welt umsegelt. Auch falsch. Die Überlebenden der Magellan-Expedition (1519 – 1522) waren die Ersten, aber Drake war zumindest der erste Engländer. Er habe beim Bowls-Spiel auf dem Hoe in Plymouth von der Ankunft der Armada erfahren und in größter Lässigkeit erklärt, er wolle erst die Partie beenden und danach die Spanier besiegen. Strittig. Der früheste Bericht dieser Episode stammt von 1624, also sechsunddreißig Jahre nach der Ankunft der Armada. Doch Drakes Name taucht erst weitere hundert Jahre später in einer Nacherzählung dieser Anekdote auf. Darum habe ich mir erlaubt, diese piratentypische Mischung aus Kühnheit und Angeberei Isaac of Waringham anzudichten. Weiter wird behauptet, Drake habe die Armada quasi im Alleingang davongejagt. Auch das ist leider unwahr. Beim ersten Gefecht bei den Eddystone Rocks hat er nichts weiter getan, als zu seiner persönlichen Bereicherung die *Rosario* aufzubringen, und bei der Schlacht von Gravelines ist er auch nach einer Stunde verschwunden, um auf Beutezug zu gehen. Vizeadmiral Martin Frobisher war so fuchsteufelswild, dass er nach der Schlacht schrieb, Drake sei entweder ein Feigling oder ein Verräter, was meines Erachtens beides nicht stimmt. Wahr ist hingegen, dass er aufgrund seiner Unzuverlässigkeit bei anderen Kapitänen und wegen seines Geizes bei einfachen Seeleuten unbeliebt war.

Als ich mit der Recherche zu diesem Roman begann, war mein Bild von Francis Drake vor allem von alten Spielfilmen und Büchern geprägt, und es war ein kleiner Schock, dem wahren Drake zu begegnen. Aber was wir ihm auf jeden Fall zugutehalten müssen, ist, dass er in gefährlichen Situationen enormen persönlichen Mut bewies und ganz ohne Zweifel ein herausragender Seemann war. Das ist doch gar nicht so wenig, oder?

Seine miserablen Führungsqualitäten stellte er übrigens erneut beim Fiasko der englischen »Gegen-Armada« unter Beweis, die 1589 unter seinem Kommando nach Spanien aufbrach. Wie üblich missachtete er die königlichen Befehle und ging lieber auf Beutezüge. Wie üblich überwarf er sich mit den anderen Kapitänen, und wie üblich war er mit der Führung einer großen Flotte überfordert. Schmachvoll kehrte die dezimierte Gegen-Armada zurück, zwei Drittel der 18000 Mann Besatzung waren gestorben. Das war nach San Juan de Ulúa Drakes zweiter katastrophaler Karriereknick. Die Königin wandte sich endgültig von ihm ab. 1595 brach er ein letztes Mal an der Spitze einer Flotte in die Neue Welt auf und starb mit sechsundfünfzig Jahren am 28. Januar 1596 vor Portobelo (Panamá) an Bord der *Defiance* an der Ruhr. Er wurde auf See bestattet – entgegen seinem ausdrücklichen Wunsch. Der große Ruhm, den er bis heute genießt, ist meiner Meinung nach unverdient. Martin Frobisher und Charles Howard, der Lord High Admiral, haben weit mehr zur Vertreibung der Armada beigetragen als Drake und sind doch so gut wie vergessen. Aber Geschichte wird eben auch immer von Erinnerung beeinflusst, und Erinnerung geht oft sonderbare Wege.

Ganz kurz noch die Rubrik »Wahr und unwahr« – soweit nicht schon behandelt –, ohne Anspruch auf Vollständigkeit:

Herzog Johann von Finnland, Bruder des Königs von Schweden, wurde tatsächlich aus England hinauskomplimentiert, weil er seine Schulden mit Falschmünzen bezahlt hatte.

Die Diebesschule in Billingsgate gab es wirklich, auch die Börse mit den Glöckchen zum Trainieren der Geschicklichkeit ist überliefert. Verbrecherorganisationen, die ich die Dunklen Bruderschaften genannt habe, sind in London und anderen größeren Städten spätestens seit dem 14. Jahrhundert nachgewiesen. Den König der Diebe habe ich hingegen erfunden.

Elizabeths Temperament war berüchtigt, ihre Wutausbrüche gefürchtet, weil die Königin manchmal auch zu körperlicher Gewalt neigte und man sich natürlich nicht wehren durfte. So ist es leider wahr, dass sie ihrer Hofdame Mary Shelton den Finger gebrochen hat, als die ihr ihre Heiratsabsichten gestand, und ebenso, dass sie tätlich gegen Lettice Knollys wurde, als diese sich nach ihrer Heirat mit Robin Dudley einmal bei Hofe zu zeigen wagte.

Alle Details der Babington-Verschwörung, auch die in Bierfässern geschmuggelten Briefe, haben sich tatsächlich so zugetragen, und auch die Einzelheiten von Mary Stewarts Hinrichtung, die ich geschildert habe, stimmen mit den Augenzeugenberichten überein, nur die Namen ihrer drei Terrier habe ich mir ausgedacht.

Der Teredo- oder Schiffswurm (der eigentlich eine Muschel ist) war eine der meistgefürchteten Bedrohungen für Schiffe, die in warme Gewässer fuhren, und die Spikerhaut, die einen teilweisen Schutz bot, war eine Erfindung von John Hawkins. Jedenfalls behauptet das sein Sohn Richard in einem schriftlichen Bericht zum Thema, und Hawkins gilt auch als Erfinder der Kettenpumpe. Wirkungsvoller gegen den Teredowurm war jedoch das aus dem chinesischen Tung-Öl hergestellte »künstliche Pech«, das sich aber erst im 18. Jahrhundert durchsetzte.

Die Mobilität der Menschen im 16. Jahrhundert hat mich überrascht und beeindruckt; fast war es ein erstes Zeitalter der Globalisierung. Man merkt es ja schon daran, dass die Schauplätze dieses Romans sich nicht auf England und seine unmittelbare Nachbarschaft beschränken, sondern drei Kontinente umspannen. Den Mut der Männer, die im 16. Jahrhundert zur See fuhren, kann man nur bewundern, denn es war ein lebensgefährliches Unterfangen. Zu den Risiken gehörte auch die ungenaue und fehlerhafte Navigation, weil es keine Methode gab, um auf See den Längengrad zu bestimmen. Die Koordinatenangaben bei den Kapitelanfängen »auf See« sollten daher also nur Ihrer besseren Orientierung beim Lesen dienen.

Die oben erwähnte Mobilität der Menschen beruhte natürlich keineswegs immer auf Freiwilligkeit. Die von Walter Raleigh gegründete und gescheiterte Kolonie in Roanoke/Virginia hat es natürlich gegeben, ebenso die schwarze Community in England, vornehmlich, aber nicht ausschließlich in London, die sich aus entflohenen oder befreiten Afrikanern zusammensetzte. Ach ja, und die *Cimarrones* gab es auch.

Apropos Afrikaner, Spanier und sonstige Exoten: Es ist unmöglich, einen historischen Roman über das 16. Jahrhundert zu schreiben und sich dabei immer politisch korrekt auszudrücken, wenn man auch nur ein Mindestmaß an Authentizität erreichen will. Alle Abscheulichkeiten und Abwertungen gegenüber Menschen anderer Hautfarbe oder Religion entspringen aber der Gesinnung und Unkenntnis der Figuren dieses Romans und spiegeln nicht meine Meinung wider. Gleiches gilt für die Darstellung und Charakterisierung von Spaniern. Ich habe in Spanien eine zweite Heimat gefunden und kann aus erster Hand berichten, dass Drake, Hawkins, Elizabeth, Isaac, Eleanor und alle anderen Figuren dieses Romans, die mir über die letzten zwei Jahre so ans Herz gewachsen sind, sich in Bezug auf die Spanier komplett getäuscht haben. Vielleicht war König Felipe kein pazifistisches Sonnenscheinchen. Aber ansonsten …

Die Jahre 1586 bis 88 fallen in das schwarze Loch in William Shakespeares Lebenslauf, die sogenannten »Lost Years«, von denen wir einfach nicht wissen, wo er in dieser Zeit war und was er dort angestellt hat. Einige seiner Biografen halten es aber für durchaus wahrscheinlich, dass der junge Shakespeare zu der Zeit bereits in London und Mitglied der Queen's Men war.

Das zitierte Gedicht von Thomas Wyatt war »Die spröde Geliebte«, übersetzt von Alexander Büchner und zu finden in *England und Amerika: Fünf Bücher englischer und amerikanischer Gedichte von den Anfängen bis auf die Gegenwart in deutschen Übersetzungen*, Minden i. W. 1885 (S. 78–79).

Die Übersetzung der kurzen Passage aus der Tragödie über *Die friedlose Regentschaft des Königs John*, (Verfasser unbekannt), die Shakespeare vermutlich als Vorlage diente, stammt von mir, genau wie die Übersetzung von Elizabeths »Most Excellent Oration«.

Wie immer an dieser Stelle möchte ich mich bei ein paar Menschen bedanken, die mich bei der Recherche und der Entstehung dieses Romans unterstützt haben: Jonas Stephan und Jana Sonntag haben mir bei der Suche nach einer Antwort auf die Frage geholfen, ob ein Sehbehinderter im 16. Jahrhundert in England einen Adelstitel erben konnte. Mein seefahrtserprobter Cousin Torsten Manhardt und einige küstennahe Kolleginnen und Kollegen der schreibenden Zunft haben mich bei der Übersetzung seemännischer Fachbegriffe beraten – ein Thema, das es in sich hatte. Und wie üblich wäre nichts gegangen ohne meine Lektorin Karin Schmidt und meinen Agenten Michael Meller – danke, ihr Lieben.

Meine langjährigen, unermüdlichen, aufmerksamen, kritischen, belesenen und klugen Testleser waren wieder einmal Wolfgang Krane, Sabine Rose, Frank Rose und Patrizia Kals. Auch euch meinen ganz herzlichen Dank.

Wie immer kommt das Beste zum Schluss: Mein Mann Michael war bei der Entwicklung, Recherche und Niederschrift dieses Romans wieder einmal unersetzlich. Ideenquell, Rechercheur, Fotograf und nervenstarker Linksverkehr-Fahrer auf der Recherchereise, Testleser, Berater, Manager und geduldiger Zuhörer, allerbester Freund in guten wie in schlechten Tagen und dieses Mal auch noch Skipper. Was kann ich sagen?

Danke.

R. G., Februar 2013 – Februar 2015

Die Waringham-Saga geht weiter!

Rebecca Gablé
DER DUNKLE THRON
Historischer Roman
960 Seiten
mit zahlreichen
Abbildungen
ISBN 978-3-431-03840-8

London 1529: Nach dem Tod seines Vaters erbt der vierzehnjährige Nick of Waringham eine heruntergewirtschaftete Baronie – und den unversöhnlichen Groll des Königs Henry VIII. Dieser will sich von der katholischen Kirche lossagen, um sich von der Königin scheiden zu lassen. Bald sind die „Papisten“, unter ihnen auch Henrys Tochter Mary, ihres Lebens nicht mehr sicher. Doch in den Wirren der Reformation setzen die Engländer ihre Hoffnungen auf Mary, und Nick schmiedet einen waghalsigen Plan, um die Prinzessin vor ihrem größten Feind zu beschützen: ihrem eigenen Vater …

Bastei Lübbe

»Du hast die Krone bekommen. Also trag sie auch. Und zwar allein.«

Rebecca Gablé
DAS HAUPT DER WELT
Historischer Roman
864 Seiten
mit zahlreichen
Abbildungen
ISBN 978-3-431-03883-5

Brandenburg 929: Beim blutigen Sturm durch das deutsche Heer unter König Heinrich I. wird der slawische Fürstensohn Tugomir gefangen genommen. Er und seine Schwester werden nach Magdeburg verschleppt, und bald schon macht sich Tugomir einen Namen als Heiler. Er rettet Heinrichs Sohn Otto das Leben und wird dessen Leibarzt und Lehrer seiner Söhne. Doch noch immer ist er Geisel und Gefangener zwischen zwei Welten. Als sich nach Ottos Krönung die Widersacher formieren, um den König zu stürzen, wendet er sich mit einer ungewöhnlichen Bitte an Tugomir, den Mann, der Freund und Feind zugleich ist ...

Bastei Lübbe

Stirling
Edinburgh
Plymouth
Mounts Bay